SUPER INSUPERABILI

22

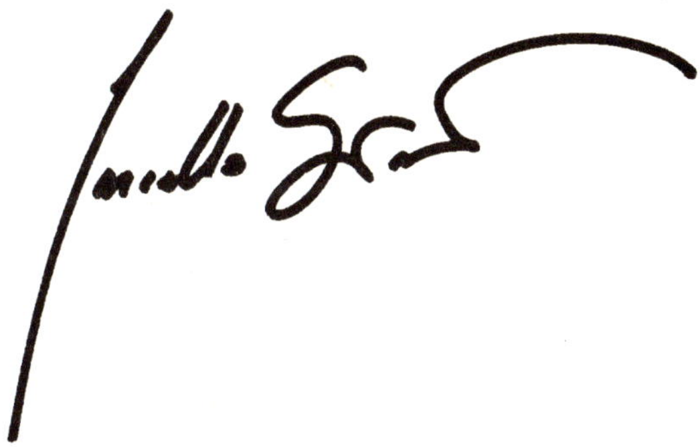

Dello stesso autore:

Il mercante di libri maledetti
La biblioteca perduta dell'alchimista
I sotterranei della cattedrale
L'isola dei monaci senza nome
Il labirinto ai confini del mondo
L'abbazia dei cento peccati

Prima edizione in questa collana: ottobre 2014

Roma, Casella postale 6214

ISBN 978-88-541-6943-2

Stampato nell'ottobre 2014 da Puntoweb s.r.l., Ariccia (Roma)
su carta prodotta con pasta termomeccanica, senza utilizzo di cloro,
proveniente da foreste controllate, nel rispetto delle normative ambientali vigenti.

Marcello Simoni

La trilogia del mercante di libri

Il mercante di libri maledetti

La biblioteca perduta dell'alchimista

Il labirinto ai confini del mondo

Newton Compton editori

IL MERCANTE
DI LIBRI MALEDETTI

A Giorgia

PROLOGO

Anno del Signore 1205. Mercoledì delle Ceneri.

Folate di vento gelido sferzavano l'abbazia di San Michele della Chiusa, insinuando fra le sue mura un odore di resina e di foglie secche, e annunciando l'arrivo di una bufera.

La funzione vespertina non era ancora conclusa quando padre Vivïen de Narbonne decise di uscire dal monastero. Irritato dalle effusioni di incenso e dal palpitare delle candele, varcò il portale d'ingresso e passeggiò per la corte innevata. Davanti ai suoi occhi, il crepuscolo soffocava gli ultimi spicchi di luce diurna.

Un'improvvisa raffica di vento lo investì, suscitandogli un brivido a fior di pelle. Il monaco si strinse nella tonaca e increspò la fronte, come avesse ricevuto un'ingiuria. La sensazione di disagio che lo accompagnava dal risveglio non accennava ad abbandonarlo, anzi, si era inasprita durante il corso della giornata.

Persuaso a mitigare l'inquietudine con un po' di riposo, deviò il cammino verso il chiostro, ne attraversò il colonnato e penetrò nell'imponente dormitorio. Fu accolto dal chiarore giallognolo delle fiaccole e da una successione di vani angusti, a dir poco soffocanti.

Indifferente a quella morsa claustrofobica, Vivïen percorse un labirinto di corridoi e scale sfregandosi le mani per il freddo. Sentiva il bisogno di coricarsi, di non pensare a nulla, ma quando giunse davanti all'uscio della sua cella, trovò ad attenderlo un particolare inaspettato. Un pugnale a forma di croce era conficcato sulla porta d'ingresso. Dall'elsa di bronzo pendeva un biglietto arrotolato. Il monaco lo fissò per un istante, in preda a un terribile presagio, finché non si fece coraggio e decise di leggerlo. Il messaggio era breve e spaventoso.

Vivïen de Narbonne,
colpevole di negromanzia.
Sentenza emessa

dal Tribunale Segreto della Saint-Vehme.
Ordine dei Franchi-Giudici.

Vivïen cadde in ginocchio, atterrito. La *Saint-Vehme*? I Veggenti? Come avevano fatto a scovarlo in quel rifugio arroccato sulle Alpi? Dopo anni di fuga pensava ormai d'essere al sicuro, d'aver fatto perdere le proprie tracce. Invece no. L'avevano ritrovato!

Non c'era tempo per disperare. Doveva fuggire ancora una volta.

Si alzò sulle gambe tremanti, intorpidito dalla paura. Spalancò la porta della cella, raccolse pochi oggetti alla rinfusa e si diresse spedito verso le stalle, coprendosi con un mantello pesante. All'improvviso i corridoi di pietra parvero restringersi, e infondergli la paura per gli spazi chiusi.

Uscito dal dormitorio, si accorse che l'aria era divenuta più fredda. Il vento ululava, flagellando le nubi e le fronde scheletriche degli alberi. I confratelli indugiavano dentro il monastero, avvolti dal tepore sacrale della navata maggiore.

Vivïen si strinse nel mantello ed entrò nelle scuderie. Sellò un cavallo, lo montò e percorse al trotto il borgo di San Michele. Grossi fiocchi di nevischio iniziarono a cadergli sulle spalle, inzuppando il tessuto lanoso dell'abito. A farlo tremare, tuttavia, erano i pensieri. Si aspettava un agguato da un momento all'altro.

Giunto che fu presso il varco delle mura, gli andò incontro un monaco infagottato in una tonaca. Era padre Geraldo da Pinerolo, il cellario. Tirò indietro il cappuccio, scoprendo una lunga barba corvina e uno sguardo attonito. «Dove vai fratello?», gli domandò. «Rientra, prima che si scateni la bufera».

Vivïen non rispose e proseguì verso l'uscita, pregando di essere ancora in tempo per la fuga… Ma al varco l'attendeva un carro trainato da due cavalli neri come la notte, con un solo uomo seduto alla serpa, un emissario di morte. Il fuggitivo passò oltre, fingendo indifferenza. Tenne il viso nascosto sotto il cappuccio, attento a non incrociare lo sguardo del cocchiere.

Geraldo invece si avvicinò allo sconosciuto e lo osservò: era un tipo imponente, indossava un ampio cappello e un mantello nero. Nulla di particolare, a prima vista, ma quando lo guardò in faccia non poté più levargli gli occhi di dosso: il volto di quell'uomo aveva il colore del sangue ed era increspato da un ghigno infernale.

«Il diavolo!», esclamò il cellario, arretrando.

Nel frattempo Vivïen aveva spronato il cavallo e si era lanciato al galoppo lungo il pendio, in direzione della Val di Susa. Avrebbe voluto fuggire il più in fretta possibile, ma la neve, mescolata al fango, rendeva il sentiero impraticabile e lo costringeva a procedere con cautela.

L'oscuro cocchiere riconobbe il fuggiasco, e a quel punto aizzò i cavalli e lanciò il carro all'inseguimento. «Vivïen de Narbonne, fermatevi!», urlò con rabbia. «Non potete nascondervi in eterno alla Saint-Vehme!».

Vivïen non si voltò neppure, la mente allucinata da una vertigine di pensieri. Udiva dietro di sé il rollare del cocchio, sempre più vicino. Lo stava raggiungendo! Come poteva essere tanto veloce lungo un sentiero così accidentato? Quelli non erano cavalli, erano demoni dell'inferno!

Le parole dell'inseguitore non lasciavano dubbi, doveva trattarsi di un emissario dei Franchi-Giudici. I Veggenti volevano il Libro! Sarebbero stati disposti a tutto per ottenerlo. L'avrebbero torturato fino a renderlo folle pur di sapere, pur di imparare come attingere alla sapienza degli angeli. Meglio la morte!

Con le lacrime agli occhi, il fuggitivo strinse le briglie e incitò il palafreno a correre più svelto. Ma il cavallo si accostò troppo al ciglio del burrone. Il terreno, reso molle dal nevischio e dal fango, franò sotto il peso degli zoccoli.

L'animale scivolò e Vivïen con lui, precipitando entrambi sul fianco della montagna. Le grida del monaco, confuse ai nitriti, echeggiarono nella caduta fino a perdersi nel mugghio della bufera.

Il carro si fermò. L'oscuro cocchiere scese a terra e scrutò l'abisso. "Ora l'unico a sapere è Ignazio da Toledo", pensò. "Bisogna trovarlo".

Portò la mano destra al volto, toccando una superficie troppo fredda e dura per appartenere a lineamenti umani. Con un gesto quasi riluttante, strinse la presa sulle gote e rimosse la Maschera Rossa che nascondeva la sua vera faccia.

PARTE PRIMA
IL MONASTERO DEGLI INGANNI

Questo è quel che gli angeli mi hanno mostrato; ascoltai tutto da essi e tutto conobbi, io che vedo non per questa generazione ma per quella che verrà, per le generazioni future.

Libro di Enoch, I, 2

1

Chi fosse realmente Ignazio da Toledo, nessuno avrebbe saputo dirlo con certezza. A volte fu giudicato saggio e colto, a volte infido e negromante. Per molti era solo un pellegrino, girovago da una terra all'altra in cerca di reliquie da vendere ai devoti e ai potenti.

Benché evitasse di rivelare le proprie origini, i suoi lineamenti moreschi, ingentiliti dalla carnagione chiara, parlavano fin troppo dei cristiani vissuti in Spagna a contatto con gli arabi. Il capo completamente rasato e la barba plumbea gli conferivano un'aria dottorale, ma erano gli occhi a catturare l'attenzione: smeraldi verdi e penetranti incastonati fra rughe geometriche. La sua tunica grigia, coperta da un mantello con cappuccio, emanava la fragranza delle stoffe orientali intrise di aromi per il tanto viaggiare. Alto e magro, camminava appoggiandosi a un bordone.

Questo era Ignazio da Toledo e così lo vide per la prima volta il giovane Uberto, quando la sera piovosa del 10 maggio 1218 il portone del monastero di Santa Maria del Mare si aprì. Entrò un'alta figura incappucciata seguita da un uomo biondo che si trascinava dietro un grosso baule.

L'abate Rainerio da San Donnino, che aveva appena finito di recitare l'ufficio del vespro, riconobbe subito il forestiero con il cappuccio e gli andò incontro. «Mastro Ignazio, da quanto tempo!», esordì benevolo, facendosi largo tra schiere di monaci. «Ho ricevuto il messaggio del vostro arrivo. Ero impaziente di rivedervi».

«Venerabile Rainerio», Ignazio accennò un inchino, «vi lascio semplice monaco e vi ritrovo abate».

Rainerio era alto quanto il mercante di Toledo, ma più robusto. Aveva il viso dominato da un marcato naso aquilino. I capelli castani e corti spiovevano in ciocche disordinate sulla fronte. Prima di ribattere, abbassò lo sguardo e si fece il segno della croce. «Così ha voluto il Signore. Maynulfo da Silvacandida, il nostro vecchio abate, è deceduto l'anno scorso. Una grave perdita per la nostra comunità».

A quella notizia il mercante emise un sospiro amareggiato. Non prestava molta fede alle vite dei santi e dubitava delle proprietà miracolose delle reliquie che spesso trasportava da Paesi lontani. Ma Maynulfo, lui sì, era stato santo. Non aveva mai rinunciato alla vita eremitica, neppure dopo la nomina abbaziale. Era solito ritirarsi periodicamente lontano dal monastero per pregare in solitudine. Nominava un vicario, si metteva una bisaccia a tracolla e raggiungeva un eremo fra i canneti della vicina laguna. Là cantava i salmi e digiunava in solitudine.

Ignazio ricordò la notte in cui l'aveva conosciuto. A quei tempi, mentre fuggiva disperato, si era rifugiato proprio nel suo eremo. Maynulfo l'aveva accolto e si era offerto di aiutarlo, e il mercante aveva intuito che poteva metterlo a parte del suo segreto.

Erano trascorsi quindici anni, e ora la voce di Rainerio risuonava nelle sue orecchie dissipando i ricordi: «È morto nell'eremo, non ha resistito al rigore dell'inverno. Noi tutti avevamo insistito perché rimandasse il ritiro a primavera, ma lui diceva che il Signore lo chiamava al raccoglimento. Dopo sette giorni l'ho trovato morto nella sua cella».

Dal fondo della navata si udì qualche monaco sospirare per il dispiacere.

«Ma ditemi, Ignazio», continuò Rainerio, notando come il mercante si fosse accigliato, «chi è il compagno silenzioso che vi portate appresso?».

L'abate osservò l'uomo biondo al fianco del mercante. Poco più di un giovane, a dire il vero. I capelli lunghi, leggermente mossi, ne incorniciavano il collo posandosi sulle spalle robuste. Gli occhi azzurri sembravano quelli di un fanciullo, ma i contorni del viso erano decisi, scolpiti dall'espressione rigida delle mascelle.

L'uomo fece un passo in avanti e si inchinò per presentarsi. Parlò con l'accento della *langue d'oc*, macchiato da un'imprecisata cadenza esotica: «Willalme de Béziers, venerabile padre».

L'abate ebbe un lieve sussulto. Sapeva bene che la città di Béziers era stata il covo di una setta di eretici. Fece un passo indietro e fissò lo sconosciuto, bisbigliando tra i denti: «*Albigensis*…».

Al suono di quella parola sul volto di Willalme si disegnò una smorfia arcigna. Dagli occhi balenò rabbia, poi sopraggiunse un senso di tristezza, come di un dolore non ancora sopito.

«Willalme è un buon cristiano, non ha nulla a che vedere con l'eresia albigese, o catara», intervenne Ignazio. «È vissuto lontano dalla propria terra per molto tempo. L'ho conosciuto mentre facevo ritorno dalla Terrasanta e siamo diventati compagni di viaggio. Si ferma qui solo per la notte, ha affari da sbrigare altrove».

Rainerio studiò il volto del francese, che aveva tanto da nascondere sotto quello sguardo sfuggente, poi annuì. All'improvviso parve ricordarsi di qualcosa e si voltò verso le ultime panche del monastero. «Uberto», chiamò, rivolgendosi a un ragazzetto moro seduto fra i confratelli. «Vieni qui un momento, ti voglio presentare una persona».

Proprio allora Uberto stava interrogando alcuni monaci sul conto dei due visitatori, che non aveva mai visto prima. Un confratello gli stava rispondendo sottovoce: «L'uomo alto con la barba e il cappuccio è Ignazio da Toledo. Si dice che durante il sacco di Costantinopoli abbia messo le mani su alcune reliquie, ma anche su libri preziosi, certi addirittura di magia... Pare che abbia trasportato il bottino a Venezia, ricavando grandi ricchezze e il favore della nobiltà di Rialto. Ma in fondo è un buon uomo. Non per nulla era amico dell'abate Maynulfo. Avevano un intenso rapporto di corrispondenza».

Sentendosi chiamare da Rainerio, il ragazzo congedò l'interlocutore e si diresse verso il piccolo gruppo, raccolto all'ombra del vestibolo. Solo allora Ignazio abbassò il cappuccio e scoprì il volto, quasi per guardarlo meglio. Studiò con discrezione il suo viso, i grandi occhi ambrati e i folti capelli neri. «Dunque, tu saresti Uberto», esordì.

Il ragazzo ricambiò lo sguardo. Non aveva idea di come rivolgersi a quell'uomo. Era più giovane di Rainerio, eppure emanava un'aura ieratica che imponeva riverenza. Affascinato, abbassò gli occhi verso i calzari. «Sì, mio signore».

Il mercante sorrise. «"Mio signore"? Non sono un alto prelato! Chiamami per nome e dammi del tu».

Uberto si rasserenò. Gettò uno sguardo in direzione di Willalme, impassibile e attento.

«Dimmi», incalzò Ignazio, «sei un novizio?»

«No», intervenne Rainerio. «È un...».

«Suvvia padre abate, lasciate parlare il ragazzo».

«Non sono un monaco, ma un converso», rispose Uberto, sorpreso dalla confidenza con cui il mercante trattava Rainerio. «Mi hanno trovato i confratelli quando ero ancora in fasce. Sono stato cresciuto e istruito in questo luogo».

Il volto di Ignazio si velò per un attimo di tristezza, poi tornò a esprimere un distaccato contegno.

«È un ottimo amanuense», soggiunse l'abate. «Capita spesso che gli faccia copiare brevi codici o compilare documenti».

«Aiuto come posso», ammise Uberto, più con imbarazzo che con modestia. «Mi è stato insegnato a leggere e a scrivere in latino». Esitò un momento. «Voi... tu hai viaggiato molto?».

Il mercante annuì, abbozzando una smorfia che alludeva alla fatica accumulata nel suo peregrinare. «Sì, ho visitato molti luoghi», disse. «Se lo desideri, potremo parlarne. Mi fermerò qui per qualche giorno, per concessione dell'abate».

Rainerio atteggiò il volto in un'espressione paterna. «Mio caro, come già scrissi in risposta alla vostra lettera, siamo lieti di accoglervi. Riposerete nella foresteria vicina al monastero e potrete cenare nel refettorio assieme alla famiglia monastica. Prenderete posto al mio desco stasera stessa».

«Ve ne sono grato, padre. A questo punto, chiedo il permesso di deporre il mio baule nella stanza che ci avete assegnato. Willalme l'ha trascinato fin qui da dove ci ha sbarcato il traghettatore, ed è molto pesante».

L'abate annuì, oltrepassò il vestibolo e si affacciò all'esterno. Cercava qualcuno. «Hulco, sei lì?», vociò, scrutando attraverso il grigiore fittissimo dello scroscio.

Uno strano figuro si avvicinò ciondolando, ingobbito per via di una fascina caricata sulle spalle. Sembrava che la pioggia non lo infastidisse. Non era un monaco. Un villano piuttosto, o meglio, uno di quei servi casati cui venivano affidate le faccende pratiche del monastero. Doveva essere Hulco. Farfugliò qualcosa in un vernacolo incomprensibile.

Rainerio, visibilmente infastidito dal dover impartire ordini al servo in prima persona, parlò come se stesse addomesticando un animale: «Bene, figliolo... No, lascia stare la legna. Appoggiala lì, lì. Bravo. Prendi una carriola e aiuta i signori a portare questa cassa alla foresteria. Sì, là. E bada a non farla cadere. Bravo, accompagnali». Cambiando espressione, si rivolse di nuovo agli ospiti: «È rude, ma mansueto. Seguitelo. Se non avete bisogno d'altro, vi attendo fra breve in refettorio per la cena».

Congedati Rainerio e Uberto, i due compagni si incamminarono al seguito di Hulco che, deposta la fascina, continuò a camminare ingobbito e dinoccolato, affondando i talloni nel pantano.

Spioveva. Le nuvole lasciavano spazio al rossore del crepuscolo. Torme di rondini stridenti turbinavano nell'aria, accompagnate da un vento odoroso di salsedine.

Raggiunta la foresteria, Hulco si rivolse ai due visitatori. Gli ultimi spiragli di luce diurna illuminavano il suo corpo sgraziato. Sotto una cuffia cenciosa si scorgevano ciuffi di capelli ispidi e un naso bitorzoluto. Una casacca sudicia e un paio di brache lise alle ginocchia completavano il miserabile ritratto. «*Domini illustrissimi*», biascicò. Seguì un'indicibile miscela maccheronica, a intendere: "Lorsignori desiderano che porti dentro il baule?".

Dopo un cenno di assenso, il servo sollevò la cassa dalla carriola e la trascinò con fatica all'interno dello stabile.

La foresteria era edificata quasi integralmente in legno, con le pareti rivestite da graticci di incannicciata. All'entrata, dietro un bancone, attendeva un figuro con una casacca di guarnello e due occhi da civetta. Ginesio, il gestore, salutò i pellegrini e dichiarò che l'abate aveva ordinato di riservare per loro la stanza più confortevole. «Salite, la terza porta sulla destra conduce al vostro alloggio», disse con un sorriso gaglioffo, indicando una rampa di scale diretta al piano superiore. «Per qualsiasi cosa chiedete pure a me. Buona permanenza».

Ignazio e Willalme seguirono le istruzioni di Ginesio. Superati i gradini, si trovarono in breve davanti a una porta di legno. Un vero lusso, valutò il mercante, che era abituato a riposare in dormitori collettivi dove i giacigli venivano separati da semplici tende.

Hulco, esausto, si fermò dietro gli ospiti.

«Basta così, grazie», accennò Ignazio. «Torna pure alle tue faccende».

Il servo depose grato il baule, salutò con un inchino e si allontanò con l'ormai familiare andatura dinoccolata.

Quando furono soli, Willalme parlò: «Ora che si fa?»

«Prima di tutto nascondiamo il baule», rispose il mercante. «Poi andiamo a cena. Siamo attesi al tavolo dell'abate».

«Non credo di essergli molto simpatico, al tuo abate», commentò il francese.

Ignazio sorrise. «Ci tenevi forse a fartelo amico?».

Come previsto non ottenne risposta. Willalme era un tipo di poche parole.

Ed entrando nella stanza aggiunse: «Ricorda, domani dovrai partire all'alba. Bada che nessuno veda dove sei diretto».

2

Il monastero di Santa Maria del Mare si ergeva sulla laguna, poco distante dalla costa del mare Adriatico. Benché non particolarmente imponente, nei giorni assolati dominava le superfici deserte circondate da canali e acquitrini.

L'edificio risaliva ai primi decenni dell'anno Mille. All'esterno era percorso da una serie di finestrelle insinuate quasi a forza tra le murature. La facciata guardava a est. Sul fianco sinistro, oltre a un modesto campanile, compariva un gruppo di edifici addossati l'uno all'altro: il refettorio, le cucine e il dormitorio dei monaci. Sul lato opposto c'erano gli stallaggi e la foresteria, dove sostavano viandanti di ogni tipo. La maggior parte raggiungeva il monastero spostandosi da Ravenna a Venezia. Erano spesso diretti alle mete sacre, ai monasteri della Germania e della Francia o al *Camino* di Santiago de Compostela. Altri invece si muovevano verso Mezzogiorno, per raggiungere il tempio di San Michele Arcangelo del Gargano.

Ma quel giorno la foresteria era quasi deserta. Nulla si muoveva fra le ombre della sera. Nulla, eccetto un uomo dall'aspetto rozzo. Aveva atteso con ansia, nascosto, finché tutti non si erano ritirati per la cena – i monaci in refettorio e i servi nelle loro stamberghe. Solo allora era uscito dalle stalle e si era intrufolato nella foresteria, scivolando nella semioscurità fino a raggiungere l'alloggio assegnato al mercante di Toledo.

Accostò l'orecchio al battente per accertarsi che non vi fosse nessuno all'interno, dopodiché penetrò di soppiatto. Se aveva bene inteso, gli ospiti erano stati invitati a cenare in refettorio, alla mensa dell'abate.

Camminava ingobbito, e i talloni sul pavimento facevano scricchiolare l'assito. Si guardò intorno con lo sguardo grifagno, le pupille luccicanti nel buio.

L'arredo era spartano: due giacigli, uno scranno e un piccolo tavolo su cui era stata riposta una lucerna.

Ma dov'era il baule? Doveva essere colmo di soldi d'argento, o magari di preziosi. Dove l'avevano messo? Hulco frugò con grande cura, senza mettere nulla a soqquadro. Inutile, non c'era. Eppure doveva essere lì!

«Peregrini bastardi!», imprecò, continuando a rovistare nell'ombra.

3

Dopo cena il mercante sedette al tavolo del suo alloggio. Accese la lucerna e sfilò dalla bisaccia un foglio di carta araba. Impugnò una penna d'oca, la intinse nel calamaio, poi iniziò a scrivere.

Invece Willalme si rannicchiò subito sul suo giaciglio. Per anni aveva riposato nella stiva oscillante di una nave, ragione per cui, nonostante la stanchezza, impiegò del tempo prima di addormentarsi. Il giorno seguente avrebbe dovuto sbrigare un'importante commissione per Ignazio.

Il mercante invece, terminato di scrivere, estrasse dal baule un grosso codice, avvicinò la lucerna alle pagine di pergamena e si immerse nella lettura. Rimase in quella posizione per un paio d'ore, avvolto nel barlume. Quando la vista iniziò ad annebbiarsi, richiuse il codice e lo depose nella cassa. Arrotolò la lettera, la sigillò e la infilò nella bisaccia, poi spense la lucerna e raggiunse al buio il suo giaciglio.

Prima di sdraiarsi lanciò un'occhiata alla finestra, oltre la quale si scorgeva la sagoma del monastero. Scacciò un cattivo presagio e si accucciò senza addormentarsi. Pensava al volto di Maynulfo da Silvacandida: la fronte ampia, i capelli e la barba bianchissimi, gli occhi pacifici e celesti. La notizia della sua morte l'aveva colto impreparato. Benché attempato, Maynulfo si era sempre distinto per una fibra robusta. Possibile che il rigore dell'inverno ne avesse intaccato a tal punto la tempra?

Il mercante si girò nervosamente fra le coltri. Povero Maynulfo, per anni era stato l'unico custode del suo segreto. Si chiese se l'avesse rivelato a qualcuno. A Rainerio, per esempio. Era un'ipotesi verosimile. Era necessario incontrare il nuovo abate e parlargli in privato, capire di cosa fosse stato messo al corrente. Del resto, il tempo a disposizione era così poco…

Ripensò al compito da assolvere, per il quale con tanta urgenza il conte lo aveva richiamato dalla Terrasanta. Doveva mettersi sulle tracce di un libro in grado di sciogliere misteri inimmaginabili, al di là delle cognizioni di qualsiasi filosofo o alchimista. Presto avrebbe ricevuto istruzioni da Venezia.

Intrecciò le dita dietro la nuca e fissò le travature del soffitto, simili alle costole di uno scheletro abnorme. Prima di cedere al sonno, rifletté su un particolare che aveva notato dopo cena, mentre si stava ritirando con Willalme per la notte: all'ombra della foresteria aveva intravisto Hulco e Ginesio che confabulavano, indicando con le mani le dimensioni di un oggetto rettangolare e piuttosto capiente.

Si chiese se il comportamento dei due servi dovesse essere valutato con maggior attenzione. Hulco e Ginesio si stavano interrogando sul contenuto del suo baule, non c'era dubbio, e forse uno di loro era addirittura entrato nella stanza per cercarlo.

La stanchezza prese il sopravvento, i pensieri rallentarono, perdendo lucidità e coerenza. E dal sonno, gonfio di ricordi e di vecchie paure, emerse il delirio. Fu allora che Ignazio udì un rumore, uno strascichio, come se qualcuno si muovesse ai piedi del suo letto. Poi vide due mani scivolare sulle coperte, arrampicandosi. Colto di sorpresa, sbarrò gli occhi e le osservò, impotente. Sentiva gli arti pesanti e insensibili come quelli di un fantoccio.

E mentre le mani si facevano strada fra le coltri, qualcosa saliva sul giaciglio. Era come se un'ombra si fosse staccata dalla notte e avesse iniziato a premergli sul petto. Poi l'ombra divenne una cappa nera, e quelle mani, quegli artigli bianchissimi che uscivano dalle maniche, afferrarono un pugnale cruciforme, e dal cappuccio spuntò una faccia. No, non una faccia, ma la Maschera Rossa.

Il mercante trasalì. Conosceva bene quella maschera.

D'un tratto il suo respiro si fermò e si sentì sprofondare. L'incubo svanì, lasciando spazio a uno sciame di voci e di suoni. E si ritrovò in fuga: valicava le montagne con un prezioso fardello tra le braccia, la paura gli mordeva lo stomaco e gli stinchi, il vento ghiacciato sulla faccia. La neve spariva nel verdeggiare delle conifere e il paesaggio si tramutava in collina, poi in pianura. Il sole si oscurava e le vie di terra diventavano labirinti persi tra fiumi e canneti. Lagune e paludi nella nebbia.

Mentre da lontano le urla degli inseguitori si facevano incalzanti, finalmente, inaspettata, la luce…

E un sorriso. Maynulfo da Silvacandida.

La notte si dissolveva nel torpore di un cielo rosato. I confratelli, dentro il monastero, cantavano le laudi.

Willalme era già in piedi. Ignazio, sbadigliando, ringraziò il cielo per averlo fatto sopravvivere agli incubi, ancora una volta. Allungò la mano dentro la bisaccia, estrasse la lettera che aveva scritto la notte precedente e la porse al compagno. «Mi raccomando. Non è un compito pericoloso, ma stai attento. Queste lagune hanno occhi e orecchie. Purtroppo non posso accompagnarti, lo sai. Non voglio rischiare di farmi riconoscere da qualcuno, per il momento. Segui le mie indicazioni e non avrai problemi».

«Riposa, amico mio, e non curarti di nulla», rispose Willalme. «Sarò di ritorno al più presto».

Il francese sgusciò dalla foresteria e aggirò il monastero senza farsi vedere, imboccando il sentiero diretto agli argini. D'un tratto udì un rumore alle spalle e si nascose dietro un canneto. Un gruppetto di villani scendeva da un dosso, i piedi e le braccia sporche di fango. Fra quelli spuntava Hulco, riconoscibile per l'andatura bizzarra.

Erano diretti al monastero. Trasportavano una matassa di reti e canestri di pesce guizzante. Il francese attese che si allontanassero, poi si rialzò e corse verso un argine, al di là del quale scorreva un canale.

Un barcaiolo attendeva su una tozza navicella. Willalme vi salì a bordo con un balzo, accennò un saluto e porse all'uomo quattro monete. «Portami all'abbazia di Pomposa».

Il traghettatore acconsentì e affondando un lungo bastone nel letto, spinse in avanti il battello, facendolo scivolare verso nord.

4

Dopo la funzione della terza, a mattino inoltrato, Ignazio uscì dal suo alloggio e interrogò una coppia di monaci su dove potesse trovare Rainerio. Gli fu indicato un palazzo vicino al monastero, proprio dirimpetto alla facciata. L'edificio era piccolo e massiccio, percorso da eleganti decorazioni in terracotta; al suo interno l'abate amministrava i propri feudi e sbrigava le faccende economiche e di rappresentanza. Veniva chiamato *Castrum abbatis*.

Un gruppetto di mendicanti era appostato ai piedi del palazzo. Ignazio lo superò senza problemi e varcò l'ingresso principale, poi percorse il corridoio di pianterreno, lasciandosi alle spalle gli accessi ai vani laterali fino a raggiungere un portone di legno collocato sul fondo. Dal retro si sentiva parlare.

Bussò, ma nessuno rispose.

«Vorrei conferire con l'abate», disse ad alta voce, appoggiandosi alla porta.

A quelle parole, la conversazione dall'interno si interruppe e risuonò una risposta: «Mastro Ignazio, siete voi? Entrate, è aperto».

Il mercante si fece avanti ed entrò in una sala piuttosto accogliente. Sulle pareti correva un'alternanza di icone sacre e di armadi. Una scorsa alle suppellettili rivelò un arredo di buon gusto, forse troppo lussuoso per i canoni di sobrietà previsti dalla regola benedettina. Ma agli abati, spesso, piaceva trastullarsi come i nobili.

Rainerio da San Donnino si trovava in fondo alla stanza, arroccato dietro un tavolo ingombro di registri e pergamene. Sedeva su un seggio foderato di velluto rosso e sembrava impegnato a dettare appunti a un giovane *secretarius*. Alzò lo sguardo, rivolgendosi con cordialità al nuovo arrivato: «Mastro Ignazio, venite avanti. Ho concluso proprio un attimo fa». Poi, con fare sbrigativo, apostrofò il secretarius: «Vattene Ugucio, continueremo più tardi».

Il giovane monaco si limitò ad annuire. Chiuse il piccolo dittico dalle superfici cerate su cui aveva tachigrafato e uscì tirandosi la porta dietro le spalle.

Rainerio sorrise. «Ignazio, la vostra presenza è un dono inatteso». Con un gesto cortese, invitò l'ospite ad accomodarsi su uno degli scranni ai bordi del tavolo. «Ieri sera, a cena, non avete parlato molto. Neppure un accenno al motivo della vostra visita».

«Ieri ero stanco», si giustificò il mercante, sedendosi di fronte all'abate. «Viaggiare per mare fiacca il corpo e lo spirito. Ora però, dopo un buon sonno, mi sento ristorato».

«Allora raccontate. Parlatemi dei vostri viaggi».

Pregustando gli argomenti della conversazione, Rainerio si abbandonò allo schienale del seggio e intrecciò le dita sotto il mento.

«Non vi facevo tanto curioso sul mio conto», osservò Ignazio, mascherando il sospetto.

Il mercante di Toledo avrebbe parlato di sé, dei suoi viaggi, ma alla fine avrebbe reclamato un tributo all'abate: uno spiraglio di verità. Fin dal primo momento in cui se l'era trovato di fronte, aveva intuito che dietro tante cortesie e premure Rainerio gli nascondeva qualcosa. Era palese. Ignazio immaginava già di cosa si trattasse, ma per esserne certo doveva spingerlo a scoprirsi. Un colloquio a quattr'occhi era il sistema migliore.

Trattenendo un sorrisetto volpino, raccontò di come fosse giunto ad assistere alla quarta crociata e alla rovina di Costantinopoli. Parlò del doge di Venezia, che aveva incarnato lo spirito di quella spedizione, e dei crociati che l'avevano seguito. Pur di arraffare ricchezze, quegli uomini non avevano avuto alcuna remora nel fare strage dei cristiani d'Oriente. Con una punta di vergogna, Ignazio rammentò di aver preso parte lui stesso a quell'impresa. E sebbene non avesse ucciso o ferito nessuno, si era arricchito approfittando delle disgrazie altrui.

Omise di raccontare le scene di guerra e di violenza a cui aveva assistito, e si dilungò invece nel descrivere il fascino del Corno d'Oro e degli edifici bizantini. Ma aveva compiuto molti altri viaggi. Dopo essersi allontanato da Costantinopoli si era diretto verso la laguna veneziana, approfittandone per far visita all'amico Maynulfo e ai confratelli del monastero. «Fu allora che ci conoscemmo, ricordate Rainerio?»

«Come potrei dimenticare?», rispose l'abate. «Era il marzo 1210, mi avevano appena trasferito da Bologna. Giungeste qui per affari, se la memoria non mi inganna. Incontraste il cappellano dell'imperatore Ottone IV, allora di passaggio in queste terre e gli vendeste alcune reliquie».

Ignazio annuì. Raccontò poi di quando aveva lasciato l'Italia per la Borgogna, e di quando aveva raggiunto Toledo, dove aveva vissuto in gioventù. In seguito si era imbarcato a Gibilterra, solcando il mare lungo le coste dell'Africa, verso Alessandria d'Egitto.

Non accennò alla ragione dei suoi continui spostamenti. Sembrava non avesse mai trovato pace in quell'incessante girovagare.

Rainerio ascoltava con attenzione, senza lasciarsi sfuggire nemmeno una parola. «I vostri racconti hanno dell'incredibile, dovreste metterli per iscritto», disse a un certo punto. «Ma ora date soddisfazione alla mia curiosità: il vostro mestiere è scoprire e recuperare le reliquie dei santi. A quali prodigi avete assistito in simili circostanze?»

«Durante i miei viaggi ho trovato molte reliquie», confermò il mercante. «Ma non c'è nulla di sensazionale in questo, potete credermi».

«Parlate sul serio?».

Ignazio si sporse in avanti e appoggiò i gomiti sul tavolo. «Le reliquie sono oggetti comuni, privi di qualità miracolose. Ossa, denti, brandelli d'abito… Se ne trovano di eguali in qualsiasi cimitero».

«Attento a quel che dite!», obiettò l'interlocutore battendo il pugno sul tavolo. «Le reliquie testimoniano il sacrificio e la devozione dei santi. I fedeli pregano al loro cospetto».

Il mercante gli lesse in faccia lo sdegno, ma anche sentimenti più profondi e minacciosi. «Forse avete ragione», disse pacato. «Però viaggiando ho scoperto che a volte i religiosi abusano del culto delle reliquie, rendendolo simile all'idolatria e alla superstizione».

«Sciocchezze. Non potete dimostrarlo».

«Al contrario, ne sono stato testimone. In certi monasteri, quando le reliquie non "esaudiscono" le preghiere dei devoti, vengono gettate fra i rovi o nella cenere. Ho visto compiere questo rito più di una volta, con i miei occhi, e vi assicuro che somiglia più alla stregoneria che alla liturgia cristiana».

«Inaudito!».

«Comprendo il vostro sdegno, ma vi assicuro che accade».

Rainerio socchiuse gli occhi e si segnò. «È colpa di questi tempi oscuri. Tempi di barbarie».

«La colpa è dell'uomo», soggiunse Ignazio. «È lui a portare la luce e l'ombra. In qualsiasi luogo, in qualsiasi tempo».

Ci fu una pausa.

L'abate si toccò la fossetta del mento con l'indice. Sembrava impaziente di affrontare un certo discorso. Quando fu incapace di trattenersi oltre, esordì: «Ebbene, Ignazio, non volete parlare del vostro segreto?».

Il mercante, che attendeva quella domanda, alzò le sopracciglia e studiò l'espressione esagitata dell'interlocutore. «Parliamone», rispose. «Prima però ditemi cosa vi ha rivelato al riguardo Maynulfo da Silvacandida. Non vorrei annoiarvi ripetendo cose che già sapete».

«So poco, a dire il vero». Rainerio sprofondò nel sedile, una luce ambigua negli occhi. «Maynulfo mi ha confidato che avete nascosto in questo monastero qualcosa di molto prezioso... Qualcosa che prima o poi sareste tornato a riprendere».

«Questo è noto a molti qui dentro. Dovrete essere più preciso se intendete affrontare l'argomento».

«Maynulfo si era ripromesso di rivelarmi ogni cosa al riguardo», si giustificò l'abate. «Purtroppo la sua improvvisa dipartita non gliel'ha permesso».

«Be', dopotutto non c'è fretta che ne siate informato», proferì il mercante, segretamente rasserenato. Maynulfo aveva tenuto fede al giuramento, non rivelando il segreto neppure al suo successore.

«Ma io sono l'abate!», obiettò Rainerio, rendendo manifesto d'un tratto il nervosismo che gli rodeva dentro. «Sono responsabile di questo monastero. Devo sapere cosa si nasconde fra le sue mura».

«Vi assicuro che non si tratta di nulla di importante, reverendo padre», lo rabbonì Ignazio, mentre nella mente gli echeggiava l'accento perentorio e incollerito delle sue parole. Fece per alzarsi, dando a intendere che la conversazione era finita. «Abbiate pazienza. A giorni partirò per sbrigare certi affari. Al mio ritorno, fra qualche mese al massimo, vi svelerò il mistero. Promesso».

Per tutta risposta l'abate grugnì indispettito. Ben magra consolazione gli era stata offerta.

5

L'abbazia di Pomposa era ormai vicina. Willalme aguzzò lo sguardo, cercando di scorgere qualcosa al di là della trama verdeggiante che coronava i dossi. Distinse la guglia del complesso, ne ammirò la forma slanciata finché non guardò più in alto, rapito dal biancheggiare dei cirri sparpagliati nel cielo.

La pace di quei luoghi lo incantava, ma si ricordò di dover restare all'erta: stava svolgendo una missione per Ignazio. Il mercante non si era fidato di far recapitare la propria corrispondenza da un corriere di Rainerio, temendo che l'abate potesse leggerne il contenuto prima di inviarla al destinatario. Perciò aveva scelto di farla spedire in segreto dalla vicina Pomposa, dove nessuno lo conosceva.

Mentre il francese era immerso in tali pensieri, il barcaiolo osservava fra una vogata e l'altra il fodero di una spada ricurva che spuntava dal suo mantello. Sembrava l'arma di un saraceno. Fece attenzione a non farsi notare, tuttavia la sua espressione incuriosita non passò inosservata. Willalme si voltò di scatto, lo trapassò con un'occhiata gelida e ricoprì la spada con un gesto secco. Il barcaiolo distolse rapidamente lo sguardo. Nessuno, neppure un cane rabbioso, l'aveva mai guardato in quel modo.

Quasi a mezzodì il francese si rese conto di essere giunto a destinazione. Non appena l'imbarcazione toccò la sponda, scese a terra e congedò il traghettatore.

Mentre si incamminava verso l'abbazia, si ricordò di aver sentito Ignazio parlare di quel luogo: era uno dei templi benedettini più rinomati della penisola, noto come *monasterium in Italia primum*. Non che ciò avesse molta rilevanza per lui.

Si avvicinò a un monaco, salutandolo gentilmente. «Perdonatemi padre, ho urgenza di far pervenire una lettera a Venezia. E vorrei pernottare qui finché non mi sia giunta risposta. Si tratta di un affare urgente», specificò, usando le parole raccomandate da Ignazio. «A chi posso rivolgermi?»

«Chiedi al padre guardiano, figliolo», gli rispose il benedettino. «Comunque, se ti affretti, potresti affidare la lettera a quei marinai là in fondo. Li vedi? Sono diretti a Pavia, ma prima faranno scalo a Venezia».

Dopo aver ringraziato, Willalme si diresse di corsa verso gli uomini indicati dal monaco. Erano intenti a stivare sacchi di sale su una nave attraccata alla riva di un canale.

6

Ignazio aveva appena finito di parlare. Osservava di sbieco Rainerio, in attesa di un cenno di commiato. All'improvviso l'unica porta della stanza si aprì ed entrò un monaco piccolo e tarchiato, il viso rubicondo coronato da una calotta di capelli neri. Doveva avere più di sessant'anni, ma i suoi lineamenti ricordavano quelli di un cupido.

Il nuovo arrivato salutò il mercante con un inchino, poi si rivolse all'abate con aria insofferente. Si espresse in un latino colorito dall'accento toscano: «*Pater*, siete atteso in refettorio. Il pranzo sta per essere servito».

«Non mi pareva si fosse fatto così tardi». Rainerio indicò il mercante. «Costui è Ignazio da Toledo, un amico giunto da molto lontano. L'avrete certo notato ieri sera, in refettorio, seduto accanto a me».

«Ho sentito parlare di voi, mastro Ignazio. L'abate Maynulfo da Silvacandida vi teneva in buona considerazione». Il monaco si interrogò sul malumore che scuriva le occhiaie di Rainerio. Pareva contrariato e non gli spiaceva affatto vederlo in quello stato. «Io sono Gualimberto da Prataglia, amanuense e bibliotecario. Chiedo perdono per la mia intromissione. Ho interrotto qualcosa di importante?».

Il mercante scosse la testa. «Niente affatto, avevamo appena concluso».

Con un sospiro contrariato, Rainerio appoggiò le mani sui braccioli del seggio e si alzò in piedi. Accennando ad andarsene, si rivolse al monaco: «Ci seguite a pranzo, padre Gualimberto?»

«Purtroppo no… Soffro ancora di quegli insopportabili bruciori allo stomaco. Chiedo il permesso di trattenermi nello *scriptorium* fino all'ora nona, se possibile».

«Concesso. Voi Ignazio, mi terrete compagnia in refettorio?».

Prima di rispondere, il mercante scambiò un'occhiata d'intesa con Gualimberto. «Neppure io ho appetito, reverendo abate. Penso che coglierò l'occasione per chiedere a padre Gualimberto di mostrarmi la biblioteca, se gli aggrada».

«Sarà un onore», intervenne il monaco. «Se piace all'abate, naturalmente».

«*Placet*», proferì scostante Rainerio, prima di uscire dalla stanza.

Dopo essere rimasti soli, Ignazio e Gualimberto salirono al piano superiore del Castrum abbatis, dove si trovava l'ingresso della biblioteca. Prima di entrare si misero a conversare del più e del meno vicino a una bifora, per godersi la frescura che proveniva dall'esterno.

Gualimberto continuava a lamentarsi dei suoi dolori di stomaco, che a quanto pareva lo tormentavano da mesi e Ignazio lo ascoltava con pazienza. Gradiva la sua compagnia, e soprattutto gli era riconoscente per avergli offerto una scusa per allontanarsi da Rainerio. C'era più di una cosa, in quel monaco, a incuriosirlo. Ma a un certo punto, sbirciando fuori dalla bifora, una scena catturò ancora una volta la sua attenzione: Hulco e Ginesio avevano ripreso a confabulare vicino alla foresteria, e sembravano molto agitati.

Tramavano qualcosa, ne era certo.

Ignazio non impiegò molto a trarre conclusioni. Pensando alla svelta, si rivolse a Gualimberto: «Reverendo padre, io posseggo il rimedio per la vostra ulcera di stomaco».

«Davvero?»

«Basta preparare un decotto con certe radici».

«E voi sapete quali?»

«Sono rare, ma ne posseggo alcune. Si trovano nella mia stanza. Se avete pazienza di attendere un attimo, sarò lieto di farvene dono».

Gualimberto abboccò. «Siete gentile».

«Però vi chiedo un favore», proseguì Ignazio, continuando a sbirciare dalla finestra. «Sapreste indicarmi un'uscita secondaria?». Per giustificare la richiesta, indicò gli accattoni appostati davanti all'ingresso. «Vedete quei mendicanti laggiù? Mi sono molesti e non vorrei incorrere in spiacevoli incidenti trovandomeli di fronte una seconda volta».

Il bibliotecario annuì e lo prese per un braccio. «Venite, vi faccio strada», disse. «Il Castrum abbatis ha anche un'uscita sul retro».

7

Hulco aveva bighellonato per tutta la mattina di fronte alla foresteria, lanciando occhiate furtive in direzione dell'edificio. Di tanto in tanto Ginesio si sporgeva dalle finestre del locale e lo ricambiava gesticolando come un mimo.

Era trascorsa circa un'ora da quando il mercante di Toledo era uscito dal suo alloggio. Hulco l'aveva tenuto d'occhio, fingendo di rimuovere il fieno delle stalle con una forca. E l'aveva visto dirigersi verso il Castrum abbatis.

C'era tempo per agire.

Ripulì piedi e ginocchia dal letame e si diresse in fretta verso la foresteria. Ginesio gli aprì, facendolo sgattaiolare all'interno. «Che fai qui?», farfugliò, serrando l'uscio. «Non puoi entrare adesso! Il biondo è ancora in camera. Non l'ho visto scendere».

«L'ho visto io, all'alba. Se n'è andato», biascicò Hulco. «L'ho notato per caso, mentre portavo il pescato ai magazzini. Si è nascosto dietro un roveto, poi è corso verso il canale. L'ho seguìto con la coda dell'occhio».

Ginesio era titubante. «Non puoi andare adesso, è quasi ora di pranzo. L'ispanico uscirà dal palazzo da un momento all'altro. Potrebbe entrare di nuovo qui».

«Vedrai che l'abate lo inviterà al suo tavolo, come ieri sera».

«Forse sì, ma stavolta non dovrai fallire. Controlla sotto i letti, le assi si muovono. Può darsi che l'abbia nascosto lì, il baule, sotto il pavimento».

«E perché non ci sei andato tu? Sempre a me i lavori sporchi!».

«Non posso compromettermi, sono il responsabile qui dentro». Ginesio fece una pausa. «*Lui* ha detto che devi andare tu».

A quelle parole Hulco ebbe un piccolo sobbalzo. «Allora farò come *lui* comanda».

In quel mentre i compari notarono l'abate Rainerio uscire dal Castrum abbatis. Era diretto al refettorio, ma solo. Camminava ricurvo e accigliato.

«E l'ispanico dov'è?», si domandò Ginesio.

«È là, guarda. Si vede dalla finestra del palazzo».

Ginesio seguì l'indice del compare verso un punto preciso del Castrum abbatis. Affacciate a una bifora del secondo piano, vide due persone intente a colloquiare, il padre bibliotecario e il mercante di Toledo.

«L'ispanico sta parlando con padre Gualimberto», disse sorpreso.

«Vedrai che staranno lì per un bel po', o almeno per quanto basta», ghignò Hulco, impaziente di eseguire gli ordini. «Io vado. Tu guarda bene che nessuno entri».

Ginesio non ebbe il tempo di ribattere che il compare si era già precipitato verso le scale.

Hulco raggiunse l'alloggio del mercante. Inutile agire in silenzio, non c'era nessuno nei paraggi. Superato l'ingresso, aguzzò lo sguardo in direzione del letto. Questa volta il baule era là, in bella mostra. Non avrebbe dovuto faticare per cercarlo.

Avanzò con le dita luride protese in avanti e stava già per piegarsi sul baule quando qualcosa di tagliente gli sfiorò la gola. Un coltello!

Non ebbe il tempo di reagire che una mano gli bloccò il polso destro e lo immobilizzò. Le ossa della schiena scricchiolarono.

Hulco si sentì trascinare indietro. L'uomo che lo tratteneva era alto, si muoveva leggero. Quasi non se ne udivano i passi.

Era la fine, pensò. Sarebbe morto ammazzato.

La lama sul collo iniziò a premere. Il metallo entrò nella carne, tracciando un segmento rosso sulla pelle sudicia. All'improvviso si fermò, e una voce parlò alle spalle del servo: «Se ti trovo ancora a frugare in questa stanza ti taglio la gola».

Hulco capì di chi si trattava: doveva essere il mercante. Come diavolo aveva fatto? Com'era potuto entrare così in fretta, senza che Ginesio fosse riuscito a trattenerlo? Quell'uomo doveva essere un negromante se riusciva a muoversi come un gatto.

Il servo non ebbe il tempo di pensare ad altro, né di reagire. Fu trascinato verso la porta, e solo a quel punto il coltello gli fu scostato dal collo. La lama era sporca del suo sangue. Ignazio gliela pulì addosso, sulla giubba, strofinandola senza fretta, poi lo afferrò per le spalle e lo allontanò da sé con un calcio nel sedere.

Hulco fu scaraventato fuori dall'uscio e sbatté naso e ginocchia sul pavimento del corridoio. Posò le mani per terra, girandosi il più in fretta possibile per assalire il nemico, ma si ritrovò la lama puntata al mento. Il mercante stava chino su di lui. Maneggiava il coltello con indifferenza, quasi giocasse con una piuma d'argento.

«Credi veramente che un tanghero della tua risma riesca a farmela sotto il naso?». Ignazio abbozzò un sorriso beffardo, ma il tono della voce era intimidatorio. «Vattene adesso, prima che ci ripensi».

Il servo indietreggiò, ma il mercante lo trattenne afferrandolo per il bavero. «E ricordati bene di questo!», esclamò, facendogli scintillare la lama davanti agli occhi. Poi lo lasciò andare.

Hulco rabbrividì, portò la mano al collo sanguinante e sgattaiolò via a testa bassa.

Ignazio lo guardò allontanarsi. Depose il coltello in una tasca interna della tunica, aprì il baule ed estrasse da un sacchetto di pelle le radici per Gualimberto. Uscì dalla stanza, scese le scale con calma e, nell'attraversare l'uscio della foresteria passò vicino ai due compari rannicchiati dietro il bancone, intenti a confabulare sull'accaduto.

Ginesio lo guardò come se avesse visto un fantasma, poi si rivolse a Hulco, che ancora tremava. «Ti assicuro che non l'ho visto entrare! Non so come abbia fatto!».

Ignazio ghignò soddisfatto e fece ritorno al Castrum abbatis.

Ne era certo, non avrebbero più messo piede nella sua stanza.

8

L'abate era appena entrato in refettorio e i monaci ritardatari si affrettavano a seguirlo. Uberto era tra loro. Stava attraversando la corte insieme all'anziano padre Tommaso da Galeata, sorreggendolo per un braccio.

Il vecchio faticava a camminare, a ogni passo traballava sulle gambe magre e inarcate. «Questa sarà la mia ultima primavera, figliolo. Il Signore mi sta chiamando a sé». Ripeteva quella frase da circa dieci anni.

Il ragazzo sorrise, leggermente distratto. Un attimo prima aveva notato un uomo sbucare dal retro del Castrum abbatis, correre verso la foresteria e arrampicarsi su una scala esterna che fiancheggiava l'edificio. Ginesio, appostato davanti all'entrata principale, non l'aveva notato. L'uomo si era dileguato. Doveva essere entrato attraverso una finestra del secondo piano.

«Quell'uomo era Ignazio, il mercante di Toledo», si disse Uberto, pensando ad alta voce.

«Hai visto il peregrino Ignazio?», chiese il vecchio, concludendo la frase con un colpo di tosse.

«Mi è parso».

Il monaco si schiarì la gola. «Certo è un tipo misterioso, quell'Ignazio. Lo conobbi di persona quando capitò qui per la prima volta. Pareva proprio disperato, allora».

Uberto, incuriosito dall'argomento, si rivolse con dolcezza a Tommaso: «Dimmi nonnino, cosa sai di lui?».

"Nonnino" era il modo con cui il ragazzo era solito chiamare il vegliardo, dal momento che più di tutti si era preso cura di lui fin dall'infanzia.

L'anziano monaco rallentò il passo e inspirò l'aria tiepida del mezzogiorno. «In quei tempi fuggiva dalla Germania. Così mi confidò Maynulfo da Silvacandida, chiedendomi di non parlarne con nessuno. Tu sei il primo con cui ne faccio parola. Si tratta di cose delicate, che mi sono state rivelate solo in minima parte».

Uberto annuì, grato della fiducia concessa dal monaco.

Tommaso raccontò allora quegli anni della vita di Ignazio di cui pochi erano a conoscenza. «Tutto era cominciato nel 1202, quando il mercante di Toledo aveva conosciuto un certo Vivïen de Narbonne, un monaco girovago di dubbia fama. I due ebbero l'ardire di mettersi in affari con un alto prelato di Colonia, forse l'arcivescovo in persona. Gli mostrarono alcune preziose reliquie, recuperate chissà dove in giro per il mondo».

Uberto chiese di quali reliquie si trattasse, ma il vecchio non seppe rispondergli.

Stringendo con maggior forza il braccio del giovane accompagnatore, Tommaso proseguì nel racconto: «Per ragioni a me ignote, l'affare andò in fumo. Pare inoltre che il loro committente facesse parte di un tribunale segreto insediato in Germania, con seguaci disseminati in tutto il mondo».

«Un tribunale segreto? Di cosa si tratta?»

«Non ne ho idea, e credo sia meglio non saperlo». Il vecchio tossì ancora, poi riprese a parlare con la voce roca: «A Ignazio non restò che fuggire, ma fu braccato. Attraversò la Francia, valicò le Alpi, oltrepassò Venezia e trovò rifugio proprio nel nostro monastero. Fu accolto dall'abate Maynulfo e rimase nascosto qui per un po' di tempo, poi ripartì per l'Oriente».

«E Vivïen de Narbonne, che fine fece?»

«I due compagni si divisero durante la fuga. Maynulfo non mi rivelò cosa successe a Vivïen, forse perché nemmeno lui lo sapeva, e credo non l'abbia mai saputo neppure Ignazio».

Uberto stava già aprendo bocca, pronto per la domanda successiva, ma Tommaso lo precedette: «È tardi. Svelto figliolo, raggiungiamo il refettorio, o ci lasceranno senza pranzo».

9

Gualimberto da Prataglia attendeva davanti all'ingresso della biblioteca. Passeggiava in tondo, il volto pensoso e le mani giunte sul ventre, quando Ignazio fece ritorno.

«Eccomi, padre». Il mercante gli mostrò il sacchettino di pelle contenente le radici.

«Dite che siano efficaci?», si informò Gualimberto.

«Erbe e radici hanno proprietà curative, lo sapete benissimo, immagino». Ignazio inarcò un sopracciglio. «Ma ora ditemi, se non sono indiscreto, per quale motivo non vedete di buon occhio l'abate Rainerio?».

La domanda fu tanto inattesa che il monaco diventò paonazzo. «Ma no! Come fate a...».

«Non mentite, per carità». Il tono del mercante si fece confidenziale. «Ho notato il disprezzo con cui vi rivolgete a lui». Avrebbe ricevuto una risposta sincera, ne era certo: sapeva d'aver instaurato una complicità segreta con quell'uomo.

«Non pensate male, vi prego», farfugliò Gualimberto. «È solo che, come molti confratelli, non riesco ad abituarmi ai suoi modi altezzosi». Si morse le labbra, tuttavia fu incapace di tacere: «Inoltre Rainerio non era degno di prendere il posto di Maynulfo. L'ha usurpato con l'inganno».

Ignazio si limitò ad abbozzare un cenno comprensivo, senza trasformare la conversazione in un interrogatorio. Era certo che le rivelazioni non avrebbero tardato ad arrivare, senza forzature, in un pacifico colloquio.

Il monaco, pentito forse d'aver parlato troppo, abbassò lo sguardo. «Venite», proferì, come volesse accoglierlo in casa propria. «Permettete ora che vi mostri la biblioteca».

La biblioteca del Castrum abbatis versava in stato di trascuratezza. L'umidità ristagnava ovunque, nonostante le finestre garantissero una discreta aerazione. Logorati dal tempo e dall'usura, i libri emanavano odore di muffa, rendendo l'aria irrespirabile.

Sbirciando fra le ante degli *armaria*, Ignazio notò le opere di Agostino e di Isidoro di Siviglia, di Gregorio Magno e di Ambrogio. La maggior parte dello scibile riguardava le Sacre Scritture, ma vi erano anche autori pagani come Seneca e Aristotele.

Il mercante sfogliava, leggeva frasi di sfuggita, e intanto citava testi che non erano presenti in quel luogo, opere rare dai contenuti bizzarri che Gualimberto non conosceva.

Il bibliotecario lo ascoltava con attenzione, domandandosi chi fosse l'individuo che aveva di fronte. L'accento della sua voce era indefinibile: per lo più castigliano, avrebbe detto, ma colorito da vaghe inflessioni moresche. «Siete molto preparato», ammise a un certo punto. «Ditemi, dove avete studiato?»

«Allo *Studium* di Toledo», rispose il mercante, soffiando sulle dita impolverate. «Beneficiai degli insegnamenti di Gherardo da Cremona».

«Il famoso Gherardo, che si recò in Spagna per studiare i testi occulti dei mori! Un grande *magister*», disse il monaco, quasi euforico. «Dunque voi sarete stato senz'altro iniziato ai misteri dell'alchimia e delle scienze ermetiche».

Sulle labbra di Ignazio affiorò un ghigno sornione. «Vi prego, padre, parliamo d'altro. Meglio evitare certi argomenti».

Gualimberto sembrò deluso. «Avete ragione. Comunque voglio mettervi in guardia. Uomini del vostro ingegno vengono spesso fraintesi e diventano facile preda in luoghi come questo. Non fidatevi di nessuno, nel monastero. Soprattutto, non fidatevi di Rainerio da San Donnino».

«È la seconda volta che lo nominate». Ignazio gli rivolse un'occhiata indagatrice. «Avete prove sulla sua malafede, o solo sospetti? Parlate senza timore».

«Sospetti? Gli stessi che nutrirete voi, immagino». Le labbra carnose di Gualimberto si schiusero in un sorrisetto maligno. «Scommetto che non avete prestato fede al resoconto sul decesso di Maynulfo da Silvacandida».

«Cosa intendete?»

«Che è una fandonia. Maynulfo non è morto per il gelo dell'inverno. Rainerio vi ha mentito, come ha mentito a tutti, del resto».

«Accuse pesanti. E dite, cosa sarebbe accaduto al vecchio?»

«Nessuno ha visto il suo cadavere, eccetto Rainerio». Gli occhi del monaco si spalancarono di colpo, febbrili. «Si vocifera che Maynulfo sia stato ucciso mentre si trovava in preghiera nell'eremo... e che il suo corpo sia stato occultato agli sguardi dei confratelli poiché recava ferite da taglio».

Colpito da tali parole, Ignazio afferrò Gualimberto per un braccio e lo trasse a sé con un gesto energico. Il monaco sobbalzò per la sorpresa e oppose resistenza, ma la presa dell'interlocutore era troppo forte per liberarsene. Poi udì la voce del mercante sussurrargli all'orecchio, allora capì di trovarsi dinanzi non a una minaccia ma a un atteggiamento confidenziale. «Si conosce il responsabile?», gli chiese Ignazio.

«No», si affrettò a rispondere il bibliotecario. La morsa che lo tratteneva si strinse, incitandolo a proseguire. «Ma... prima della morte di Maynulfo, Rainerio aveva accolto nella foresteria uno strano figuro, un frate dal volto sfregiato. Pochi l'hanno visto. È sparito dopo il decesso del vecchio abate, senza lasciare traccia».

Ignazio lo liberò dalla presa. «Il nome?».

Gualimberto indietreggiò di un passo e abbassò lo sguardo. «Ho sbirciato fra le carte di Rainerio... So che non avrei dovuto, ma la curiosità ha prevalso sul contegno». Sospirò. «Ho scoperto che l'abate intrattiene una fitta corrispondenza con quest'uomo. È un frate domenicano di nome Scipio Lazarus. Sembrerebbe molto influente a Roma e persino in Linguadoca, a Tolosa».

«Scipio Lazarus», ripeté il mercante a labbra socchiuse. Udiva quel nome per la prima volta.

«Secondo le lettere che ho letto, Rainerio deve a quest'uomo la nomina abbaziale. Pertanto gli è debitore».

Ignazio si accarezzò la barba, pensoso. «Una cosa è certa, la morte di Maynulfo da Silvacandida e la nomina di Rainerio sono collegate a questo Scipio Lazarus. Il nuovo abate deve essere poco più di un burattino nelle sue mani».

«Questo è evidente. Tuttavia da quelle lettere ho anche appreso qualcos'altro. Che vi riguarda».

«Vale a dire?»

«Scipio Lazarus è morbosamente interessato a voi, e pretende che Rainerio lo tenga informato su tutte le notizie che riesce a carpire sul vostro conto».

Di fronte a quelle parole Ignazio si sentì cadere dentro una ragnatela di cui non scorgeva i contorni. Intuì che il monastero di Santa Maria del Mare non era più un rifugio sicuro per lui, né tantomeno un nascondiglio idoneo per il suo segreto.

E che doveva andarsene al più presto.

10

Nei giorni a venire Ignazio se ne restò tranquillo nel suo alloggio. A volte lo si vedeva salire in biblioteca per scambiare qualche parola con Gualimberto, ma raramente cercò la compagnia dell'abate. Attendeva invece il ritorno di Willalme.

Passeggiando per la corte, gli capitò spesso di incontrare il giovane Uberto. Dagli iniziali saluti, i due presero a conversare finché non strinsero una particolare amicizia che ricordava quasi un rapporto fra discepolo e magister.

Il ragazzo era cresciuto nel monastero, ma si sentiva molto diverso dai confratelli. E sebbene gli venisse proibito di allontanarsi dal cenobio, non era né monaco e neppure servo. Più di una volta gli era stato chiesto di prendere i voti, e lui tuttavia aveva sempre rifiutato. Era troppo razionale per subire il fascino della vocazione. Inoltre, nonostante provasse affetto per l'intera famiglia monastica, non trovava figure di riferimento in quel luogo. I monaci vivevano in un mondo tutto loro, fatto di silenzio e di isolamento dove non si dava troppa importanza alla vita fuori dal monastero né, a volte, ai comuni sentimenti.

Il mercante di Toledo invece era diverso. Aveva un carattere difficile e sofistico, ma con lui Uberto si trovava a suo agio.

Ignazio, sotto certi aspetti, gli somigliava. Era un uomo razionale e curioso, sempre in bilico fra il mondo dei laici e quello dei chierici. Per giunta aveva viaggiato molto, e ciò esercitava sul ragazzo una forte attrattiva.

Durante le conversazioni crebbe tra loro una particolare complicità. Un giorno il mercante gli insegnò addirittura a giocare a scacchi, sebbene in un modo alquanto strano: per lui la scacchiera era un'allegoria della vita, e mentre descriveva le mosse delle pedine ne approfittava per equipararle ai comportamenti umani e a ciò che poteva capitare a un individuo se non sapeva ben interpretare gli eventi.

Uberto ne fu entusiasta. Fin da allora comprese che Ignazio non era un uomo comune. Il mercante guardava la vita da un'angolazione molto personale, sempre barricato dietro un sorriso sfuggente, dietro occhi che scrutavano senza lasciarsi scrutare. E come presto ebbe modo di scoprire, le sue azioni nascondevano sempre un secondo fine.

Dopo una settimana di attesa, un'imbarcazione attraccò nelle vicinanze del monastero di Santa Maria del Mare.
Willalme era tornato.

11

Era ormai mezzogiorno quando Uberto fu convocato nello studio dell'abate. Dopo aver ricevuto la notizia, si precipitò al piano inferiore del Castrum abbatis chiedendosi di cosa potesse trattarsi. Trovò l'abate in compagnia di Ignazio, entrambi seduti al tavolo, uno di fronte all'altro. Gli fecero cenno di accomodarsi. Il viso del mercante era impenetrabile, Rainerio invece appariva sereno.

Il ragazzo li scrutò con attenzione, poi si sedette.

L'abate si schiarì la voce e parlò per primo: «Figliolo, ti starai chiedendo il motivo di questa convocazione. Non ti farò attendere oltre... Mastro Ignazio ha ricevuto una chiamata urgente e sta per partire. Gli affari lo porteranno a Venezia, poi chissà dove». Fece una pausa, forse per cercare le parole adatte.

Uberto, impaziente di sapere, si sporse sulla sedia lanciando occhiate perplesse.

Rainerio riprese il discorso: «Ignazio mi ha chiesto se conosco qualcuno disposto a seguirlo come aiutante, o meglio, come secretarius. Come mi spiegava poc'anzi, il suo accompagnatore, Willalme de Béziers, è un amico fidato, ma analfabeta». Attese un cenno di consenso del mercante, infine concluse: «Ebbene, ha espresso una preferenza per te. Ti reputa intelligente e colto quanto basta. Faresti al caso suo».

«Scegli in piena libertà, Uberto», precisò Ignazio. «Nessuno ti obbliga».

Il ragazzo fu talmente sorpreso che dovette imporsi di non vacillare. Le parole che aveva udito gli rimbombavano in testa generando vampate di entusiasmo. Come poteva rifiutare un'offerta del genere? Finalmente gli si presentava l'occasione di allontanarsi dal monastero e di esplorare il mondo. Il suo sogno più grande! «Accetto, e di buon grado», rispose con voce tremante, senza pensarci troppo.

«Allora è deciso», decretò l'abate. «Ignazio da Toledo si prenderà cura di te».

Il mercante si alzò e pose la mano sulla spalla del ragazzo. «Sei sicuro? È una decisione importante, non prenderla con leggerezza».

«Sono sicuro», confermò il giovane, euforico.

«Bene». L'uomo parve compiaciuto. «Partiremo domani, dopo il canto delle laudi. Vai a preparare la bisaccia e non caricarti troppo: viaggeremo leggeri», si raccomandò. «Io mi trattengo ancora qualche minuto con l'abate: devo firmare le carte per il tuo affidamento».

Il giovane acconsentì e salutò, ancora incapace di credere a quanto era appena accaduto.

12

La notte si diluiva in un mattino grigio e senza luce. Un vento fiacco sfiorava i ciuffi dei canneti.

La barca non era la stessa che aveva traghettato Willalme fino a Pomposa, ma più lunga e capiente. A poppa era dotata di una tenda in grado di ospitare sei persone. Lo scafo ricurvo, privo di carena, era formato da assi tenute insieme da lacci di pelle, resina e catrame.

Ignazio salì a bordo, seguìto da Uberto e Willalme. Il timoniere si avvicinò, squarciando il grigiore con una torcia, e chiese la direzione.

«Venezia», si limitò a dire il mercante, prendendo posto nell'alloggio passeggeri.

Il nocchiere impartì gli ordini ai quattro rematori e si diresse a poppa, verso il timone. I barcaioli presero a vogare, producendo una sequela dapprima confusa poi sempre più ritmata di sciacquii.

A riva, alcuni monaci, avvolti nelle loro tonache nere, salutavano con discreti cenni del capo. Uberto li fissò finché non divennero sagome appena distinguibili in lontananza, quasi miraggi. Non li avrebbe più rivisti per molto tempo.

Ignazio lanciò un'occhiata perplessa in direzione del monastero di Santa Maria del Mare. Appena possibile vi avrebbe fatto ritorno.

Non sapeva ancora come, ma la morte di Maynulfo sarebbe stata vendicata.

13

Fra le mura del Castrum abbatis, Rainerio da San Donnino congedò Hulco e Ginesio dopo un breve colloquio. Avevano fallito in un compito molto semplice, e lui era stato quasi scoperto: sarebbe bastato che Ignazio, puntando il coltello alla gola di Hulco, avesse chiesto il nome del suo mandante... Per fortuna il mercante non l'aveva fatto. Doveva aver supposto che i due ceffi avessero deciso da soli di penetrare nel suo alloggio. Quello era uno dei vantaggi di essere abate, era raro che si venisse sospettati di qualcosa.

Immerso in tali pensieri, Rainerio se ne stava sprofondato sulla sedia, i gomiti piantati sui braccioli e le dita intrecciate sotto il mento. Rifletteva sulle ultime parole riferite dai servi: "È partito senza portarsi dietro la cassa. Sappiamo dove l'ha messa".

Rimase immobile nella penombra, meditando sull'incarico che gli era stato affidato da Scipio Lazarus tanti anni prima, nella quiete di un chiostro bolognese. Poi si alzò e si diresse verso la biblioteca, pronto a compiere la sua crociata.

L'ora era tarda, dalle bifore si intravedeva il cielo stellato. L'abate vagò fra le mura deserte fino a raggiungere l'angolo più nascosto della biblioteca. Scrutò nell'ombra, avanzando fra lo squittio dei ratti con una lucerna. All'improvviso, facendo luce sul pavimento, scorse qualcosa... Eccolo!

Il rapporto di Ginesio e di Hulco era stato veritiero, Ignazio aveva affidato il proprio baule a Gualimberto affinché lo custodisse in segreto fino al suo ritorno, nella biblioteca.

L'abate posò a terra la lucerna e brandì un pesante martello che si era portato appresso. Bastarono pochi colpi e il lucchetto che sigillava il baule cedette. Riposto l'arnese, Rainerio sollevò il coperchio e avvicinò la lucerna. Finalmente stava per scoprire i segreti di Ignazio, i misteri che tempo addietro – ne era certo – erano stati rivelati a Maynulfo da Silvacandida.

Il baule non conteneva denari o preziosi, ma un mucchio di libri. Li estrasse per esaminarli con metodo, uno per uno, passando lo sguardo inquisitore sui titoli. Con sdegno e meraviglia riconobbe il *De scientia astrorum*, di Alfragano, il *De quindecim stellis* di Messahalla, il *Liber de spatula* di Ermete e il *Centiloquium* di Abu Masar. Vi erano molti altri testi compilati in arabo, a lui sconosciuti. Fra quelle pagine vide geroglifici dai significati occulti e immagini dipinte con colori sgargianti, quasi violenti.

Allora era vero quanto si diceva sul conto di Ignazio! Era veramente un negromante! E se Rainerio poteva nutrire ancora dei dubbi, il contenuto di un fagotto riposto in fondo al baule dissipò ogni incertezza. L'abate aprì l'involto e, dopo essersi segnato ripetutamente, estrasse una statuetta d'oro. Non aveva mai visto nulla di simile. Si trattava di un idolo: un uomo barbato con quattro braccia. Aveva una corona cinta da teste animali, il fallo eretto come un satiro e sei ali piumate, interamente ricoperte d'occhi.

Un'iscrizione ai piedi dell'idolo diceva: "Hor dai molti occhi, che somiglia agli angeli cherubini".

Ma ben altro che cherubini vedevano le pupille di Rainerio. Nella sua mente risuonavano gli ammonimenti dei padri della Chiesa che condannavano gli idoli pagani e li assimilavano ai demoni. Quelle divinità erano emissari di Satana e la loro impurità li rendeva freddi e pesanti, quindi soggetti all'attrazione lunare. Si occultavano nelle tenebre, incapaci di librarsi verso i cori celesti, e trascorrevano le loro esistenze scivolando fra le nuvole e le onde del mare come caligine portata dal vento, recando danno agli uomini.

Rainerio era allucinato da simili pensieri, ma ancora più intenso era l'odio che provava per Ignazio. Un odio misto a timore, come di chi si trovi di fronte all'ignoto.

Ciò nondimeno si fece forza e continuò a frugare nel baule. Estrasse un rotolo di incartamenti legati insieme con un laccio di pelle, la corrispondenza del mercante, e ne esaminò il contenuto. Per la maggior parte si trattava di lettere provenienti da Venezia, da Napoli e da varie città della Spagna. Una di esse riportava una data recente: risaliva al lunedì appena passato, tre giorni prima della partenza di Ignazio, Willalme e Uberto.

Il contenuto era di poche righe.

In nomine Domini, anno 1218, mensis maii 14

Mastro Ignazio, faccio seguito alla lettera che mi avete inviato pochi giorni fa dall'abbazia di Pomposa. Sono grato della solerzia con cui avete risposto alla mia chiamata. L'incontro è fissato per domenica prossima, alla basilica di San Marco, dopo la messa mattutina.

Preparatevi a un lungo viaggio. Vi rivelerò ogni particolare al nostro incontro.

Il conte Enrico Scalò

PARTE SECONDA
LA FILOSOFIA OCCULTA

Questo è vero, senza falsità, sicuro, e il più vero: ciò che sta in alto è uguale a ciò che sta in basso e ciò che sta in basso è come ciò che sta in alto, per compiere i miracoli della Cosa Una.

ERMETE TRISMEGISTO, *Tabula smeraldina*

14

La basilica di San Marco si ergeva maestosa sulla piazza, fra il castello del doge e i tendoni del mercato. Era un imponente edificio a forma di croce sormontato da cinque cupole. Uberto ammirò i marmi, le colonne e i capitelli disposti con grazia ed equilibrio, che conferivano all'insieme un ritmo ascensionale e allo stesso tempo statico. Peccato che il lato occidentale della basilica fosse in fase di ristrutturazione, interamente coperto da impalcature.

Spostando lo sguardo verso il basso, il giovane notò al piano inferiore, su un basamento di marmo, le finestre della cripta. Doveva essere molto ampia, non come quella del suo piccolo monastero disperso fra le lagune. Ignazio gli appoggiò la mano sulla spalla e lo guidò di fronte all'edificio, facendosi largo tra la folla vociante. Sopra il portale quattro cavalli di bronzo rilucevano al sole del tardo mattino. «Stupefacenti, vero? Fanno parte del bottino della quarta crociata», disse il mercante indicandoli.

Di fronte a tanta magnificenza, Uberto fu quasi sopraffatto da un senso di inadeguatezza. Si trovava al cospetto di un edificio maestoso, nel cuore di una città marinara che aveva sfidato e sconfitto la superba Costantinopoli. E lui, un converso inesperto del mondo, non poteva fare altro che provare sbalordimento ed entusiasmo.

Prima di entrare nella basilica, il mercante si accostò a Willalme. «Aspetta qui e stai all'erta», gli disse sottovoce. «Io entro con il ragazzo».

Il francese annuì e, senza ribattere, si allontanò dai compagni per andare a sedersi sulle gradinate davanti alla facciata, confondendosi fra una ressa di passanti e accattoni.

Oltrepassato il fascio di luce che illuminava il vestibolo, Ignazio e Uberto entrarono nella penombra della basilica. Camminarono sul pavimento mosaicato fino a raggiungere il fulcro della navata maggiore. Da quel punto si distingueva con chiarezza come i quattro bracci dell'edificio formassero una croce. Ogni braccio, a sua volta, era suddiviso in tre navate da file parallele di colonne.

Uberto alzò il naso verso il soffitto ricoperto di mosaici dorati. Più in basso, ombre taciturne vagavano fra le logge alla luce dei candelabri.

D'un tratto Ignazio si impettì, richiamò l'attenzione di Uberto con un piccolo strattone e si schiarì la voce. Stava avanzando verso di loro un uomo dalla fronte alta e i capelli del colore della cenere, con indosso una tunica gialla orlata con ricami, brache nere e calzari di pelle. Sopra le spalle portava un mantello di velluto rosso. Era il conte Enrico Scalò, una sua vecchia conoscenza, un ricco patrizio amico del doge e membro del Consiglio dei Quaranta.

Ignazio lo salutò con ossequio: «Mio signore, sono lieto di rivedervi». Poi aggiunse, ben consapevole del narcisismo che albergava in quell'uomo: «Radioso come al solito. Un giorno o l'altro mi svelerete come fate a mantenervi tanto in forma».

«Mastro Ignazio, il segreto sono il buon cibo e le belle donne», si pavoneggiò il nobile, ma subito si fece serio. «Sono lieto che abbiate risposto alla mia chiamata. Ho una missione importante da affidarvi».

«Sono tutt'orecchi. Ah, chiedo venia», il mercante indicò il suo accompagnatore. «Vi presento il mio nuovo assistente. Uberto».

A tali parole il ragazzo si piegò in un elaborato inchino, come gli era stato insegnato al monastero di Santa Maria del Mare.

Lo Scalò accennò con il capo. «Alzati pure, giovanotto».

Uberto obbedì, abbozzando un timido sorriso. Con la sua schiavina di tela grezza, si sentiva ben misera cosa dinanzi a quell'elegante patrizio.

Il nobile si rivolse nuovamente al mercante: «A proposito Ignazio, giusto l'altra sera esaltavo in compagnia del vescovo il valore di un vostro dono. Rammentate la Bibbia illustrata che mi inviaste l'anno scorso? Eccola, guardate, l'ho portata con me».

Il conte stringeva fra le mani un vecchio libro. L'aprì e Uberto poté ammirare le miniature che conteneva all'interno, immagini sacre, di certo opera di un miniaturista alessandrino.

«Me ne ricordo bene», ammise Ignazio, memore soprattutto di

quanto poco gli fosse stata pagata quella Bibbia. «Ho faticato assai per procurarmela».

Il nobile annuì. «Il doge ha molto apprezzato questo libro, e ha voluto che una delle sue miniature più belle venisse riprodotta fra i mosaici di San Marco. Venite, ve la mostro».

Così dicendo, il conte li guidò verso il braccio occidentale della basilica. Varcò un passaggio sotto il colonnato di marmo, oltrepassò un portale e raggiunse l'atrio. Quel luogo, come Uberto aveva già notato all'esterno, era in fase di ristrutturazione.

«Oggi è domenica, non vi sono artigiani al lavoro», spiegò il nobiluomo, facendo strada tra impalcature e pietre sbozzate.

Si fermò davanti a una cupoletta. Nonostante la decorazione non ancora ultimata, era visibile un mosaico che rappresentava tre angeli alati al cospetto di una figura maschile.

Ignazio notò immediatamente la somiglianza con una delle miniature del codice alessandrino.

Uberto scrutò le figure angeliche. Alla loro destra distinse un albero, ancora incompleto. «Sembra una scena del Vecchio Testamento», affermò senza essere interpellato. «Rappresenta i tre angeli apparsi ad Abramo».

«Guarda bene il quarto uomo sulla sinistra, giovanotto», rispose il nobile, passandosi le dita fra i capelli. «Quello non è Abramo, ma il Padre Celeste. Il mosaico raffigura il terzo giorno della Creazione. Gli esseri alati, che tu dici angeli, indicano i giorni trascorsi dall'inizio dell'opera divina. Sono simboli del tempo».

Uberto arrossì. Bella figura aveva fatto, pensò. Ecco cosa si guadagnava parlando a sproposito.

«Tuttavia», replicò Ignazio con l'indice puntato verso l'alto, «quelle creature alate sono più misteriose di quanto sembri».

Lo sguardo del nobile si acuì. «Spiegatevi».

«Per me non sono solo simboli, ma veri e propri angeli. La loro funzione di "controllori del tempo" richiama il potere di Aion, divinità pagana dell'*aeternitas*. Come a lui, anche agli angeli viene attribuita la facoltà di governare il tempo, i giorni e le stagioni».

«E come farebbero?», domandò Uberto.

«Muovendo le ruote celesti». Il mercante diresse un'occhiata significativa al ragazzo. «Se sposti il sole e la luna, provochi la successione del giorno e della notte, del caldo e del freddo».

Lo Scalò si passò le dita sul mento con aria riflessiva. All'improvviso prese Ignazio per il braccio, come fossero compagnoni di taverna, e lo ricondusse verso l'interno della basilica. Voltandosi verso Uberto, esclamò: «Giovanotto, non ti spiacerà se ti lasciamo solo per un attimo. Ho alcune questioni da discutere in privato con il tuo magister».

«Sarò qui tra breve, Uberto», lo rassicurò il mercante. «Visita la basilica nel frattempo».

Il giovane si limitò ad annuire.

I due uomini raggiunsero l'abside e scesero nella cripta.

Nessuno di loro aveva notato un figuro appostato nelle tribune superiori, molto alto, vestito di nero, con un cappello a larghe tese calato sul viso. Si era affacciato più volte dai parapetti di marmo per spiare le tre persone. Solo Willalme l'aveva notato, sbirciando dal vestibolo.

Deciso a seguirlo, il francese era salito al piano superiore della basilica, ma una volta raggiunte le tribune, l'aveva perso di vista. Dov'era finito? Uberto, dalla sua postazione, avrebbe potuto scorgerlo: gli sarebbe bastato voltarsi in direzione del coro e l'avrebbe visto strisciare nella semioscurità verso un accesso della cripta, opposto a quello da cui erano entrati Ignazio e lo Scalò.

Ma lo sguardo del giovane era rivolto da tutt'altra parte.

15

La cripta era suddivisa in tre navate, una centrale, molto grande, e due laterali più piccole. Pesanti arcate a sesto acuto sorreggevano i soffitti e scendevano verso terra, posandosi su colonne di marmo o contro le murature. La luce delle candele scavava a fatica fra i blocchi di pietra umida, creando guizzi sfuggenti nell'ombra delle nicchie.

Sembrava di trovarsi dentro un grande organo palpitante. Le volte fremevano come gigantesche membra bloccate in un'eterna, soffocante apnea.

Più Ignazio inspirava, più sentiva i polmoni svuotarsi. Imputò quella sensazione all'inquietudine: il pensiero di Rainerio da San Donnino e dello spettrale Scipio Lazarus, implicati nell'omicidio dell'abate Maynulfo, persisteva a tormentarlo. Si guardò intorno, la fronte velata di sudore. In passato si era introdotto in quell'ambiente con ben altra disposizione d'animo, ammirando i tesori custoditi nel ventre di pietra della basilica. Si era divertito a osservare i fili di luce entrare dall'esterno e giocare lungo le pareti come dita di fanciulli curiosi. Ma ora tutto era diverso.

Al fianco dello Scalò percorse la navata occidentale finché si fermarono al centro della cripta. In quel luogo i raggi solari penetravano dalle finestrelle dell'abside, spezzando l'oscurità.

«Di solito la cripta è chiusa». La voce del conte echeggiò sotto le arcate del soffitto. «Ho predisposto che venisse aperta per noi, in modo che potessimo parlare in segreto».

«Finalmente mi rivelerete il motivo per cui sono stato convocato da tanto lontano», disse il mercante.

«Lo farò, ma prima ditemi cos'altro sapete sugli angeli».

L'espressione di Ignazio rivelò per la prima volta una nota di impazienza. «Cosa c'entra?».

Il conte lo fissò con gravità. «Più di quanto immaginate».

Il mercante ignorava il senso di quel discorso, perciò rispose in modo vago, per saggiare il terreno su cui stava camminando. Si espresse secondo i precetti di Isidoro di Siviglia e di sant'Agostino, cioè della cultura canonica: «La parola greca "angeli", in ebraico *melachim*, significa "messaggeri", ovvero intermediari fra Dio e gli uomini. I sabei di Harrān si riferiscono a loro con una parola molto simile: *malā'ika*. Secondo le Scritture si dividono in nove ordini, ma anche Platone, afferma l'esistenza di *daemones* nel cielo, ammette l'esistenza di creature del tutto simili».

«Tutto qui?», lo stuzzicò lo Scalò.

Il mercante aggrottò la fronte. «Personalmente trovo alcune somiglianze fra gli arcangeli e gli *Amerta Spenta*, i "Santi Immortali" adorati dai magi persiani... Ma esattamente, cosa volete sapere, mio signore?»

«E sia». Il conte si sporse in avanti, quasi stesse per fargli una confidenza personale. «Ho ricevuto una lettera mesi fa da un monaco francese. Scrive di possedere un metodo infallibile per evocare gli angeli. Chiede se sono interessato a conoscere il segreto, naturalmente dietro ragionevole compenso».

Ignazio non avrebbe mai pensato che un uomo come lo Scalò nutrisse simili interessi. «Per caso, non starete mica parlando di quelle "teste magiche" fabbricate con cera e paglia, vero?».

«Teste magiche?»

«Sì. Si dice che certi indagatori dell'occulto riescano a convogliare dentro queste teste-feticcio le essenze angeliche, così da interloquire con loro. È di questo che state parlando?».

Il nobile apparve interessato all'argomento, ma negò. «Non c'entrano niente queste teste di cera. La lettera del monaco francese accenna a un libro copiato da certi manoscritti persiani che conterrebbe il metodo per evocare gli angeli. Le creature soprannaturali, una volta invocate, saranno disposte a rivelare i segreti dei poteri celesti. Si parla di procedimenti simili anche in Egitto, da quel che mi è concesso sapere».

«Se ne parla ovunque. I sapienti designano questa scienza con il nome di *teurgia*».

«Capisco».

Ignazio fissò il conte con aria scettica, sebbene l'argomento l'avesse distolto dall'inquietudine. «Come si chiamerebbe questo libro misterioso?»

«*Uter Ventorum*».

«*Uter Ventorum*, "Otre dei Venti". Mai sentito nominare. Vediamo se riesco a capire...». Il mercante incrociò le braccia al petto, rimuginando a testa china. «Gli angeli cavalcano i venti, e si dice siano fatti di una sostanza eterea, simile all'aria ma più leggera. Invece, per quanto riguarda l'otre, l'unica cosa a venirmi in mente è quello usato da Eolo per rinchiudere i venti al cospetto di Ulisse. Si potrebbe supporre che l'otre sia il metodo, il talismano in grado di vincolare gli angeli, di costringerli a manifestarsi».

«Convengo con voi».

«Tuttavia l'apertura dell'otre non giovò a Ulisse», obiettò Ignazio. «E poi come fate a essere sicuro che non si tratti di un imbroglio? Come potete fidarvi così facilmente?».

Il conte aggrottò le sopracciglia. «Se dovrò fidarmi, dovrete verificarlo voi».

«Cosa intendete?»

«Per concludere l'affare, il proprietario del libro ha richiesto la vostra mediazione. Vuole incontrarsi unicamente con voi. Solo a voi cederà l'Uter Ventorum. Sostiene di conoscervi molto bene e da lungo tempo. Comprendete ora perché ho preteso i vostri servigi? Dato che conoscete questo monaco, sarete di certo in grado di valutarne la credibilità».

«Si può sapere chi si tratta?», domandò Ignazio, sempre più sulle spine.

«Vivïen de Narbonne. Così afferma di chiamarsi».

Fu come se Ignazio avesse ricevuto uno schiaffo. Un'ondata di ricordi lo pervase. «Vivïen... Da molto tempo non ricevo più sue notizie, è scomparso da anni». Si appoggiò a una colonna, lo sguardo perso nel vuoto. Emerse dalla memoria un volto dai lineamenti aristocratici che andava assottigliandosi verso il mento. Era appartenuto a un suo compagno di viaggio piuttosto singolare: un monaco animato da una curiosità viscerale per l'occulto, e che per questo motivo aveva rischiato più volte di essere additato come eretico. Effettivamente, si disse il mercante, la scoperta di un libro come l'Uter Ventorum era proprio quel genere di cose che gli si addiceva.

Vivïen de Narbonne non era stato per Ignazio solo un amico, ma anche un socio in affari. Insieme avevano importato dall'Oriente numerose reliquie e libri pregiati, spesso su commissione dei ricchi signori di Francia e Germania. Tutto era andato bene finché non avevano condotto a termine una consegna per Adolfo, l'arcivescovo di Colonia. Allora, senza ragione apparente, era accaduto qualcosa di molto grave: i due compagni avevano scoperto d'essere braccati da una società segreta, la Saint-Vehme, temuta in tutta Europa. Il capo di quegli emissari era chiamato Dominus, meglio noto come Maschera Rossa.

I due erano sfuggiti per un soffio al pericolo e avevano ripiegato verso l'Italia. Prima di valicare le Alpi, però, si erano divisi per confondere le acque. Per anni erano rimasti in contatto scrivendosi lettere, poi, di punto in bianco, Ignazio non aveva avuto più notizie dell'amico.

Il mercante si rammentò che Vivïen era al corrente del suo ventennale rapporto di affari con il conte Scalò e di conseguenza, non conoscendo altra via per rintracciarlo, doveva essersi rivolto al nobile veneziano.

Dominando le emozioni, Ignazio riacquistò in breve la sua freddezza. «Sì, Vivïen de Narbonne non è solo un caro amico, ma anche un uomo degno di fiducia. Ma come facciamo a sapere che l'autore della lettera sia proprio lui e non un impostore?».

A tali parole, lo Scalò gli porse un piccolo oggetto, dicendo che Vivïen l'aveva allegato alla lettera come prova della sua identità. Era un frammento bianco e sottile, lucido come madreperla, solcato da scanalature. «È una di quelle conchiglie raccolte dai pellegrini a Santiago de Compostela per dimostrare d'aver visitato la tomba dell'apostolo Giacomo. Non so quale significato possa avere per voi».

Dopo aver preso l'oggetto, Ignazio infilò le dita sotto il colletto della tunica ed estrasse un ciondolo. Il pendente era del tutto simile al frammento mostratogli dal conte.

Accostò i pezzi. Combaciavano perfettamente.

«Un ricordo della nostra amicizia», spiegò il mercante, osservando la conchiglia come se tenesse fra le dita un'ostia infranta. «Ho conosciuto Vivïen a Santiago, tanti anni fa».

Lo Scalò annuì.

«Mio signore, mi avete convinto», affermò Ignazio. «Qual è il luogo d'incontro stabilito da Vivïen?».

16

Willalme penetrò nella cripta convinto che l'uomo in nero fosse entrato là dentro per spiare Ignazio. Ma chi poteva essere? Dal portamento e dalla stazza avrebbe detto un armigero, però gli abiti, completamente anonimi, non permettevano un'identificazione certa.

Le fiammelle delle candele allungavano le ombre sulle pareti, facendole danzare come esseri viventi. Il francese camminò rasente ai muri, in silenzio, mentre gli occhi gli lacrimavano per l'intenso odore di incenso e di sego di candela. Percorse quasi tutta la navata orientale finché, a un tratto, vide lo sconosciuto appostato dietro una colonna, immobile. Come previsto, stava spiando la conversazione in corso fra il mercante e lo Scalò.

Willalme si acquattò come un gatto e studiò il nemico. Era davvero singolare. Aveva il viso nascosto non solo dall'ampio cappello, ma anche da un velo nero che gli copriva la bocca e il naso; gli occhi erano stretti, color ghiaccio, circondati da un incarnato bianchissimo.

Avvicinandosi, il francese raschiò inavvertitamente a terra le suole dei calzari. Abbassò lo sguardo per una frazione d'attimo, per capire come avesse fatto a provocare quel rumore, ma quando rialzò gli occhi era già troppo tardi: l'uomo in nero si era accorto della sua presenza e gli si stava avventando contro. Willalme schivò il suo attacco, gli afferrò il braccio sinistro e tentò di immobilizzarlo. Ma l'aggressore era forte, si liberò con uno strappo e sguainò un pugnale.

Il giovane anticipò una stoccata al fianco, bloccò il polso del nemico e tentò di spingerlo contro il muro. Ma dovette indietreggiare, e così facendo inciampò su un candelabro di ottone che aveva alle spalle. L'oggetto cadde sul pavimento, graffiando l'aria con un fragore metallico.

Uno sferragliare inatteso echeggiò fra le volte della cripta.

Ignazio interruppe la conversazione. «Cosa succede?»

«Qualcuno ci osserva!», esclamò lo Scalò.

Guidati dal rumore, corsero verso il braccio orientale.

Si imbatterono in Willalme sdraiato a terra, impegnato a respingere l'attacco di un aggressore. L'uomo in nero era riverso su di lui e cercava di affondargli il pugnale nella gola.

Ignazio fu sul punto di intervenire, ma il francese riuscì ad allontanare l'avversario con una ginocchiata al fianco destro. L'uomo emise un gemito soffocato e balzò indietro, mantenendo però l'equilibrio. Si rizzò alla svelta, il pugnale teso in avanti, e trapassò i nuovi arrivati con uno sguardo minaccioso.

Il mercante avvertì la rabbia di quel figuro, ma anche la sua indecisione. E per quanto non riuscisse a distinguerne i lineamenti, lo studiò con attenzione. Era alto e robusto, sicuramente avvezzo a indossare l'armatura. Il suo portamento non era quello di uno sgherro qualunque, ricordava piuttosto i cavalieri dell'esercito crociato. Quegli armigeri avevano un modo tutto loro di camminare, con le gambe divaricate e il busto proteso in avanti. Inoltre l'uomo in nero doveva essere abituato a maneggiare armi pesanti, spade o mazzapicchi, perché appariva palesemente a disagio con un semplice pugnale.

Il tempo si fermò per un istante, poi l'uomo in nero si voltò di scatto e si precipitò di corsa verso l'uscita.

Il conte Scalò rimase impietrito. Il mercante invece soccorse Willalme, ancora sdraiato a terra. «Tutto a posto?», gli chiese allarmato.

«Sta fuggendo!», sbraitò il francese, rialzandosi alla svelta.

Ma l'uomo era già uscito dalla cripta.

«Dannazione, Uberto!», esclamò Ignazio, ricordandosi all'improvviso di aver lasciato il giovane al piano superiore.

Willalme si gettò all'inseguimento e il mercante dietro di lui.

17

Estasiato dalla bellezza di San Marco, Uberto passeggiava per la navata centrale osservando i mosaici, le colonne e gli affreschi. Non aveva mai visto nulla di simile.

D'un tratto udì un vociare confuso. Si guardò intorno per capire da dove provenisse, e in quel mentre notò un uomo vestito di nero che stava correndo verso di lui. Alle calcagna aveva Willalme e Ignazio, appena sbucati dalla cripta. I due gridarono qualcosa, ma il giovane non ebbe il tempo di afferrare le loro parole. L'uomo in nero gli era già addosso, lo spinse a terra con una gomitata e proseguì correndo verso l'uscita.

Uberto, colpito in pieno petto, cadde riverso e batté la testa.

Quando Ignazio e Willalme furono su di lui, lo straniero aveva ormai varcato il portale della basilica.

«Sta bene, è solo svenuto», disse il mercante, osservando il volto pallido del ragazzo. Poi si rivolse al francese: «Vai a prendere quel bastardo!».

Willalme corse, attraversò il vestibolo e raggiunse l'esterno. Davanti al suo sguardo apparvero i tendoni del mercato, disseminati per la piazza come un enorme mosaico. Si tuffò tra la gente facendosi largo tra stoffe, odori e bancarelle, soffocato dal caldo del mezzogiorno.

Il brulicare della calca rallentava il passo. Willalme arrancava, cercando di avvicinarsi il più possibile al fuggitivo. Ma non era un'impresa facile! Fece cadere una donna e finire a terra alcuni vasi di aceto ma proseguì lo stesso, tra grida, vociare e cantilene.

In mezzo a quella marea di gente, d'improvviso un ricordo si fece strada nella sua mente: una ressa di guerrieri cristiani ammassati sopra di lui, sconfitto, sul ponte di una nave crociata. Il pensiero svanì come un miraggio.

Cercò di avanzare tra la folla, ma ormai era tardi. Aveva perso di vista l'uomo in nero.

«Maledizione!», sibilò a denti stretti.

18

L'uomo in nero era sgusciato via dalla calca. Svoltò in un vicolo che fendeva gli edifici della piazza, guardandosi alle spalle per verificare se il francese gli fosse alle calcagna.

Quando si trovò a distanza ragionevole dal mercato, tolse il velo che gli occultava la faccia scoprendo dei lineamenti nordici. Aveva mascelle robuste, un naso affilato e la bocca atteggiata in una smorfia severa. La pelle del viso era tirata come la corteccia di un albero.

Si aggirò fra le calli, tornando più volte sui propri passi per assicurarsi di non essere seguìto. Quando fu certo d'aver fatto perdere le proprie tracce, si sporse da un canale e fece cenno a una gondola di accostare.

L'imbarcazione si avvicinò, lasciandosi dietro una scia baluginante di acqua verdastra. L'uomo salì a bordo, farfugliò qualcosa e sedette a prua. Il barcaiolo acconsentì e ribadì la destinazione, per assicurarsi di avere ben compreso le parole del passeggero. «Al ponte di Rialto», cantilenò.

L'uomo annuì e distolse lo sguardo, scrutando il viavai sulle banchine umide. Si premette con delicatezza il fianco destro. Doleva. Quel francese era un osso duro, pensò. Per poco non gli aveva spezzato il braccio.

La gondola attraversò il sestiere di San Marco, cullata dalle increspature luccicanti dei canali, e scivolò lungo il Canal Grande fino a raggiungere Rialto.

«Accosta vicino a Campo San Bartolomeo», mugugnò il passeggero.

La barca si affiancò alla riva, facendo cozzare lo scafo contro la sponda. Pagato il nocchiere, l'uomo scese a terra.

La sua destinazione era la casa di Henricus Teotonicus, nipote del daziere supremo di Ratisbona. Quel luogo era frequentato dalla borghesia grassa che investiva nel commercio con Costantinopoli e nella zecca veneziana, ma non solo. Era anche un punto di ritrovo per ben altro genere di affari.

Si lasciò alle spalle Campo San Bartolomeo e proseguì verso la residenza di Henricus Teotonicus, un palazzotto che torreggiava sugli edifici circostanti e a cui si accedeva attraverso un loggiato di pietra d'Istria.

Al chiaroscuro del colonnato stazionava un drappello di sgherri ben vestiti.

L'uomo in nero si fermò davanti a loro, senza salutare. «Devo parlare con Henricus Teotonicus», disse.

Si fece avanti il più alto del gruppo, un ragazzone nerboruto dal volto glabro. Indossava un cappuccio a foggia, una giornea di velluto nero e gambali di cuoio alti fino al ginocchio. Esibiva al fianco una grossa daga germanica, la *sax*. Parve riconoscere il nuovo arrivato, accennò un inchino e rispose con deferenza: «È uscito per affari, mio signore. Tornerà in serata».

«E Rudolf, il suo secretarius?».

L'armigero indicò una finestra del palazzotto affacciata sulla loggia. «È nella sua stanza».

L'uomo in nero annuì. Congedò i sorveglianti, attraversò il colonnato e varcò l'ingresso. Superò due rampe di scale dai gradini di coccio, che lo condussero a una porta familiare. Bussò.

Risuonò dall'interno una voce maschile: «Chi è?»

«Porto buon pane e ottimi consigli».

Dall'altra parte non vi fu risposta. L'uscio si aprì. All'interno di un'anticamera si trovava Rudolf, un vecchio segaligno con lunghi capelli neri. Riconobbe subito il visitatore. «Siete voi, Slawnik. Entrate, non c'è nessuno».

Slawnik varcò la soglia, chiudendo la porta alle spalle. Superò l'anticamera al seguito dell'ospite e giunse in un vano appena più luminoso. Si tolse quindi il cappello e si accomodò su uno scranno, portando di nuovo la mano al fianco.

Rudolf notò il gesto. «Siete ferito?»

«Non è niente, passerà presto».

Il secretarius annuì. Sedette su una branda ricoperta di scartoffie, puntellando i gomiti magri sulle ginocchia. «Allora, li avete trovati?»

«Sì, la putta ha detto il vero. Avevano appuntamento proprio oggi, alla basilica di San Marco. Li ho spiati. Vivïen de Narbonne è ancora vivo».

«E il libro?»

«Ce l'ha ancora lui, a quanto pare. Il conte Scalò ha incaricato Ignazio da Toledo di recuperarlo».

«Eccellente!». Rudolf batté il pugno sul palmo della mano. «Dopo tanto tempo li abbiamo trovati, con il libro per giunta. Ma ditemi, sapete dov'è diretto l'ispanico? E dove si nasconde quel cane di Vivïen?»

«Non l'ho scoperto», grugnì Slawnik, irritato dal dover ammettere un errore davanti a un subalterno di Henricus Teotonicus. «Un uomo di Ignazio da Toledo, un guerriero francese, è riuscito a cogliermi di sorpresa. Sono dovuto fuggire prima che la conversazione avesse termine».

«Vi hanno riconosciuto?»

«No. Però ora sanno di essere seguiti. Staranno all'erta».

Rudolf scattò in piedi e prese a gesticolare nervosamente. «E adesso come farete a scoprire dov'è nascosto il libro?»

«Non è affar vostro». Slawnik lo tacitò con un'occhiata che non ammetteva repliche. «Fate chiamare la putta. Ditele di organizzare un secondo "incontro" con il conte Scalò, in modo che io possa interrogarlo di persona».

«D'accordo». Il secretarius indietreggiò, intimidito. «Dovrete stare attento, però. Enrico Scalò è un *avogador* di Venezia. Non possiamo concederci il lusso di commettere errori... Sapete bene come la pensa al riguardo Dominus, il nostro signore».

«Come vi ho detto, non è affar vostro». Lo sgherro alzò il mento, scrutandolo con protervia. «Voi limitatevi ad accordarvi con la putta, al resto penserò io».

19

Uberto giaceva a terra ancora privo di sensi, ma il volto iniziava a riacquistare colore.

Finalmente riaprì gli occhi. Disorientato, roteò le pupille finché non vide sopra di sé il soffitto dorato della basilica. Si trovava sotto la cupola dell'Ascensione del Cristo. A causa della vertigine, sembrava dovesse precipitargli addosso da un momento all'altro.

Ignazio, chino su di lui, gli reggeva il capo con premura. «Bevi, ti farà sentire meglio», gli disse porgendogli una borraccia.

Dopo aver sorseggiato l'acqua, Uberto cercò di rialzarsi ma fu colto da un capogiro. Per di più, restare sdraiato sul freddo pavimento di San Marco gli aveva intorpidito le membra. Si palpò la testa dolente. «Cos'è successo?», farfugliò.

«Un uomo ti ha spinto e sei caduto».

«Quale uomo?»

«È quello che vorremmo scoprire». Ignazio lo prese per la spalla. «Ora forza, prova a rialzarti».

Uberto riguadagnò lentamente l'equilibrio e si rimise in piedi.

«Sicuro di star bene?», gli chiese il mercante. «Hai dato una bella zuccata».

«Tutto bene. Almeno credo».

Il conte Scalò, che fino ad allora aveva taciuto, si fece avanti. Il suo volto non era più ilare, anzi, appariva turbato. «Ti ricordi qualcosa dell'uomo che ti ha spinto?»

«Non molto». Il ragazzo aggrottò la fronte, sforzandosi di ricordare. «Era vestito di nero, grosso come un bue. Non l'ho visto in faccia».

«Speriamo che Willalme abbia avuto fortuna», si augurò Ignazio.

Proprio in quel momento il francese fece ingresso nella basilica, lo sguardo crucciato. Si avvicinò allargando le braccia. «È svanito come un fantasma», disse. «Mi spiace».

Il mercante si rabbuiò. «Siamo in un bel guaio. Chi poteva essere quell'uomo? Voi, conte, nutrite sospetti?»

«Una persona del mio rango ha sempre nemici da cui guardarsi». Lo Scalò si grattò il capo. «Ma non so immaginare chi possa nutrire interesse per quanto stavamo dicendo».

«Perciò dovremo stare attenti», soggiunse Ignazio, valutando che forse sarebbe stato saggio abbandonare l'impresa sul nascere. Ma l'Uter Ventorum ormai lo incuriosiva, e poi avrebbe ritrovato Vivïen... Accarezzandosi la barba, si rivolse a Uberto: «In ogni caso non sono più sicuro di volerti portare con me. La situazione è cambiata, non è sicura come credevo».

«Magister, non puoi dirmi questo», si lagnò il ragazzo. «Ho visto più cose in due giorni che in tutta la mia vita! Prometto che non ti sarò d'intralcio, ti prego».

«Vedremo». Ignazio lo osservò dubbioso, mentre la parola "magister" gli fluttuava nella mente generando disagio. Poi si rivolse allo Scalò: «Accetto l'incarico. Manca però di sapere dove incontrerò Vivïen de Narbonne».

A quelle parole il conte parve abbandonare ogni insicurezza. Estrasse una scarsella tintinnante da sotto il mantello e la porse al mercante. «Pagamento in grossi veneziani, come al solito. Questi adesso e il doppio alla consegna». Prima di continuare, si accertò che intorno non vi fossero terzi a spiare. «Padre Vivïen vi attende all'abbazia benedettina di San Michele della Chiusa, fra Torino e la Borgogna. State molto attento».

Ignazio acconsentì, riponendo il denaro nella bisaccia. «So dove si trova quel luogo. Partirò domani stesso».

20

Era calata la notte. Dopo aver presenziato a una noiosa cena in compagnia del vescovo e di altre eminenze, il conte Scalò pensò di concedersi qualche ora di svago. Verso mezzanotte salì a bordo della sua gondola, avvolto in un mantello grigio. «Parti, Gigin. Portami in quel posto che sai», ordinò al conducente. «Ho bisogno di tirarmi su il morale».

Il nocchiere gli rivolse un sorrisetto complice e prese a remare.

La gondola uscì dai canali di Rialto, scivolando tra banchi di foschia che aleggiavano a pelo d'acqua. Abbandonò i rioni gentilizi, avventurandosi in una zona non molto distante. A palazzi e ponti di pietra si sostituirono edifici di legno e argilla, case di mercanti, artigiani e usurai. I rintocchi di San Marco risuonavano ancora nitidi, ma le fiaccole lungo i canali iniziavano già a diradarsi, perdendosi in un'oscurità sempre più densa, a tratti inviolata.

Il natante fendette la cortina lattiginosa, lasciando dietro il suo passaggio un filo d'acqua tremula. Accostò davanti a un palazzo anonimo da cui fuoriuscivano musiche e risate di fanciulle. Solo allora il conte parve sgusciare da un incipiente stato di sonnolenza. Attese che lo scafo si fermasse, quindi sbarcò, sempre avvolto nel suo mantello.

«Mi raccomando, Gigin, aspettami qui».

Senza attendere risposta, lo Scalò entrò nel bordello. Varcò un'angusta anticamera e raggiunse un salone circondato da pareti rosse. L'odore del vino si mesceva ai profumi delle putte intente a sollazzare patrizi e notabili seduti ai tavoli o sdraiati su lettini.

Sentì la tensione della giornata abbandonare lo stomaco e scivolare giù fino alle caviglie. In breve fu completamente libero dagli affanni. Non pensava più all'uomo in nero comparso nella cripta di San Marco. Dopotutto, che aveva da temere? Non era certo un semplice plebeo, lui. Era un *avogador del Comun*! Faceva parte del Consiglio dei Quaranta! Mezza dozzina di vassalli insediati nei feudi di Costantinopoli gli dovevano obbedienza. Persino il doge lo riveriva.

Pensò a Ignazio da Toledo. Di lì a poche ore il mercante sarebbe partito verso le Alpi, e presto l'Uter Ventorum sarebbe stato suo… Ma ora basta rimuginare, era tempo di svagarsi. Si guardò intorno mentre gli appetiti prendevano il sopravvento.

Attraversò la sala con crescente disinvoltura, riconoscendo molte delle facce che incrociava. Vide un nipote del doge e un ricco mansionario veneziano, entrambi alticci, intenti a danzare con un drappello di ragazze seminude. Li salutò con discrezione e i due ricambiarono con muti cenni del capo. In quel luogo nessuno usava chiamarsi per nome.

Passò oltre e raggiunse una poltrona in un angolo tranquillo della sala. Subito una coppia di putte gli si affiancò. Una mora e una bionda, giovanissime. Gli chiesero quale delle due preferisse o se desiderava intrattenersi con entrambe. Il conte gettò indietro la testa, sorrise e dichiarò che prima di scegliere avrebbe dovuto controllare la merce. Così dicendo, infilò le dita sotto le loro gonne e iniziò ad accarezzare. «E nessuna di voi mi porta da bere? Suvvia, non volevate prendervi cura di me?».

In quel mentre una terza donna si accomodò al suo fianco, porgendogli una coppa di vino. Il portamento era raffinato, quasi aristocratico. Ma gli occhi neri e la bocca carnosa parlavano fin troppo dei suoi veri talenti. Indossava un abito color porpora aderente ai fianchi e lungo fino ai piedi. Una generosa scollatura esibiva le rotondità dei seni.

La donna portava sulla spalla una scimmietta nera, omaggio di un mercante di Alessandria d'Egitto. Un dono esotico per una maestra d'amore. Sorrise maliziosa. «Andate pure, ragazze, il signore è già occupato con me».

Dopo averla riconosciuta, il nobiluomo la invitò con un gesto ad accomodarsi accanto a lui. «Altilia, non permetti a nessuna donna di avvicinarmi. Ancora un po' e inizierò a pensare che sei gelosa».

«Se vostra grazia non gradisce la mia presenza, non ha che da dirlo», gli sussurrò all'orecchio, sfiorandolo con le labbra. «In caso contrario resterò per il suo piacere».

Le due putte si arresero e si allontanarono in cerca di altra clientela.

«Resta, Altilia. Sai bene di essere la mia prediletta». Il conte le accarezzò il collo, ridacchiando. «E poi, oramai sono rimasto solo».

Lei gli trattenne la mano prima che scivolasse sul seno. «Non qui, mio signore», sospirò. «Seguitemi in un luogo più appartato, in modo che possa soddisfarvi come si conviene». Si passò la lingua sulle labbra. «Stasera sono in vena di capricci...».

Altilia lo fece alzare e lo condusse al piano superiore del bordello. Oltrepassarono porte chiuse da cui uscivano sussurri, vocine e gemiti di piacere, ed entrarono in una stanza poco illuminata, intrisa di essenze inebrianti.

Il conte si accomodò sul bordo del letto. Le coperte non erano certo disfatte come accadeva nei casini di periferia, ma intatte e profumate, confacenti a una casa d'appuntamento per clienti facoltosi. Perbacco, non si sarebbe certo coricato dove aveva appena fottuto un villano!

Altilia lasciò andare la scimmietta e prese a danzare davanti allo Scalò. L'animale si arrampicò in cima a un trespolo di legno, rannicchiandosi in silenzio.

La putta portò le mani ai piedi, afferrò i lembi della veste e li sollevò lentamente, scoprendo le caviglie, le cosce e il ventre. Quando fu completamente nuda, si avvicinò al conte e gli si sedette sulle ginocchia. L'uomo fece scivolare le mani sui suoi seni, poi sui fianchi.

Altilia, serva e padrona, gli porse un calice di vino. «Bevete, mio signore. Bevete, ché il vostro piacere sia ancora più intenso».

Il conte prese la coppa, la portò alle labbra e bevve fino a vuotarla, poi la lasciò cadere vicino al letto. Si coricò, incurante del sapore amarognolo rimasto in gola. Sopra di lui, Altilia gli stava sfilando le brache con uno sguardo colmo di promesse. Lui socchiuse gli occhi, pregustando ciò che sarebbe seguìto, ma proprio allora l'eccitazione svanì. Le sue membra si rilassarono, diventarono fiacche e insensibili, la lingua fu pervasa da uno strano formicolio e la mente iniziò ad annebbiarsi.

Sconcertato da quella strana sensazione, il conte cercò spiegazione nel volto della putta. «Altilia... Cosa mi sta succedendo?», le chiese. «Cosa mi hai dato da bere?».

Ma Altilia, a cavalcioni sopra di lui, rimaneva in silenzio. I suoi occhi neri lo fissavano ferini, traditori. Il conte non poté fare altro che fissarli a sua volta, e li vide diventare stretti, sempre più stretti, fino a scomparire nel buio dell'incoscienza.

Fuori dal bordello, il corpo di Gigin galleggiava senza vita accanto alla gondola.

21

Uberto era sdraiato sul suo giaciglio, nella stanza di un albergo di Venezia. Quella notte non riusciva proprio a chiudere occhio. Incolpava la navigazione dei giorni precedenti, trascorsa per lunghi tratti in stato di dormiveglia. Il viaggio aveva scombussolato la sua cognizione del tempo: non sapeva più quando mangiare né quando dormire. Era un fenomeno consueto, aveva assicurato Ignazio. Uberto era cresciuto trascorrendo le ore del giorno in accordo con la vita monastica, scandita dalle funzioni del mattino, del pomeriggio e della sera. Era questione di tempo e si sarebbe abituato.

In verità il giovane non aveva ancora smaltito il turbamento per l'incidente mattutino. Gli sarebbe servito tempo – giorni – per allontanare dai suoi incubi la sagoma minacciosa dell'uomo in nero che avanzava verso di lui. Ma non si era azzardato a parlarne con Ignazio, convinto che il mercante non avrebbe tollerato le sue lamentele e l'avrebbe rispedito senza esitazione nel monastero in cui l'aveva trovato.

Tossì. Il petto doleva per il colpo ricevuto, e gli rendeva faticoso respirare. Aveva taciuto anche su quello, come sul grosso livido nero comparso sul costato. Si strinse le braccia al petto e cercò di dormire. Il giorno seguente si sarebbe sentito meglio.

Prima di chiudere gli occhi, osservò i suoi compagni. Willalme era sprofondato nel sonno, ma ogni tanto si torceva fra le coltri, probabilmente tormentato da sogni spiacevoli. Ignazio invece stava immobile, rannicchiato su un lato. Forse neppure lui dormiva. Il suo corpo emanava una strana tensione, come se un grumo di pensieri levitasse sopra di lui.

Nell'attesa di prendere sonno, Uberto ripensò alla destinazione del viaggio. L'abbazia di San Michele della Chiusa era un monastero benedettino arroccato su un monte chiamato Pirichiano, a un giorno di marcia da Torino. Sebbene avesse l'aspetto di una fortezza, era il punto di passaggio dei pellegrini diretti in Francia. Fra le sue mura albergavano più di duecento monaci di varie nazionalità, tra cui spagnoli, borgognoni e italiani. E tra questi, Vivïen de Narbonne.

Non sapeva altro al riguardo. La cosa che più lo incuriosiva era il contenuto del libro. «È un testo sacro?», aveva chiesto qualche ora prima al mercante.

«No», gli era stato risposto.

«Allora di cosa tratta?», aveva insistito il giovane.

Gli occhi di Ignazio si erano stretti, due fessure verdi e intimidatorie. «Di argomenti che non potresti comprendere».

Uberto era stato deluso da quella risposta, ma il mercante sembrava deciso a non voler parlare.

La notte veneziana trascorse lenta per l'insonne Uberto. Ma ancora più lenta trascorse per il conte Enrico Scalò.

22

Il conte si svegliò di soprassalto. Avrebbe continuato a dormire volentieri, se non fosse stato assillato da uno sgradevole bruciore allo stomaco. Doveva aver bevuto qualcosa di rancido prima di addormentarsi. Era inebetito. Faticava a pensare, a evocare i ricordi. Le membra erano intorpidite, come fossero rimaste a lungo in una posizione innaturale.

Cercò di aprire gli occhi, ma non vi riuscì. Era stato bendato, le mani erano bloccate, legate ai braccioli di una sedia. Ma ciò che più lo spaventò furono le gambe, immobilizzate in una sorta di cilindro metallico che culminava all'altezza delle ginocchia in una svasatura. Freddo e inamovibile, quel sinistro contenitore si fletteva sotto i calcagni formando una sorta di alloggiamento per i piedi.

Nella mente del conte si stagliò l'immagine di un bizzarro stivale di ferro. Per quanto si sforzasse, non riusciva a immaginare a cosa potesse servire.

Il bruciore allo stomaco lasciò spazio alla nausea, generata dalla sensazione di impotenza. L'autorevole Enrico Scalò, avogador di Venezia, fu pervaso dal panico. Avvertiva il freddo, umido, sentore di muffa. Non si trovava certo nel suo palazzo di Rialto, ma probabilmente in una segreta. Un remoto sciacquio gli giunse alle orecchie. Doveva essere nelle vicinanze di un quartiere portuale.

Di colpo si ricordò: lo avevano drogato! Era stata Altilia, quella baldracca!

Se solo l'avesse avuta fra le mani in quel momento…

D'un tratto udì un rumore di passi provenire da un ambiente attiguo, sempre più vicini. Poi… un cigolio di cardini e una porta si spalancò davanti a lui. Uno spiffero d'aria viziata lo raggiunse al volto.

«Altilia, sei tu?», chiese il conte con tono incerto.

Le sillabe risuonarono come gocce cadute in una grotta calcarea.

La risposta uscì dal buio, metallica: «Altilia non c'è».

Lo Scalò trasalì e il suo petto fu pervaso da un brulichio raccapricciante. «Chi siete?», farfugliò.

Nessuna risposta.

«Cosa volete da me?», continuò il prigioniero, quindi esplose: «Sono un avogador di Venezia, per Dio! Non potete trattarmi così!».

Le parole furono inghiottite dal buio.

D'un tratto risuonarono dei passi, molti passi. Entrarono numerose persone, una dozzina o più. Che dimensioni poteva avere quel luogo? A giudicare dai rumori, i convenuti sembrarono prendere posto su una fila di scranni, come una sorta di giuria.

«Cosa sta succedendo?», sobbalzò il conte.

«Siete al cospetto del Tribunale Segreto della Saint-Vehme». Era la stessa voce che aveva parlato poc'anzi: un uomo dall'accento slavo. «Questo incontro è stato organizzato per voi».

"La Saint-Vehme?", rimuginò lo Scalò. Pur facendo parte del Consiglio dei Quaranta, aveva udito poche volte quel nome. Sapeva che designava una congrega di matrice germanica, composta da fanatici. "Franchi-Giudici" o "Veggenti" venivano chiamati. Non ne sapeva molto di più e certo non avrebbe mai immaginato che ve ne fossero alcuni insediati a Venezia. «Lasciatemi libero!», grugnì, cercando di assumere un tono autoritario. «Non sapete chi sono? Il mio sequestro non resterà impunito».

«Questa notte siete solo, conte. E privo di qualsiasi privilegio», ammonì la voce. «Siete solo, davanti a *noi*».

Lo Scalò digrignò i denti. La sua autorità veniva messa in discussione. «Cosa volete da me, si può sapere?»

«Cos'avete detto stamane a Ignazio da Toledo?», chiese lo slavo. «Rispondete e non vi sarà fatto alcun male».

«Non sono affari vostri». Il prigioniero dimenò le mani legate. «Liberatemi, per Dio. Per il vostro bene».

Non ci fu risposta. Senza preavviso due grosse mani gli afferrarono le cosce e le divaricarono, in modo da creare spazio fra i polpacci imprigionati nell'involucro metallico. Ma di spazio libero, dentro quella sorta di stivale, ce n'era veramente poco. Un attimo dopo un paletto venne incuneato fra le ginocchia, poi fu conficcato attraverso la svasatura dello stivale e spinto verso il basso. La scorza legnosa raschiò contro la pelle nuda, graffiandola fino alle caviglie.

Con un gemito, il conte accusò un opprimente restringimento all'interno dello stivale. Avvertì un intenso formicolio ai polpacci. Le gambe iniziarono a pulsare come se le vene, impossibilitate a pompare sangue, fossero in procinto di esplodere. Il prigioniero cercò di dibattere i piedi, ma si rese conto di non avere spazio sufficiente per farlo.

L'orgoglio ferito o, forse, la disperazione, gli diedero il coraggio di protestare: «Siete un branco di vigliacchi! Sono un nobile, dannazione! Non avete alcun diritto di tormentarmi in questo modo!».

«Rispondete conte, vi conviene», lo invitò lo slavo. «Non abbiamo molto tempo a disposizione. Cosa avete detto a Ignazio da Toledo?»

«Vi pagherò bene se mi lasciate andare», insistette lo Scalò. «Qualsiasi cifra. Sono un uomo molto ricco».

Nessuna risposta. Le cosce gli furono nuovamente divaricate, questa volta a fatica, e un secondo paletto fu introdotto fra le ginocchia, sempre rivolto verso l'interno dello stivale.

Il conte fremette. Che intendevano fare? Non era possibile infilare altro fra i suoi polpacci. Non c'era più spazio libero. E il suo aguzzino dovette rendersene conto, poiché abbandonò l'impresa a metà.

Poi accadde qualcos'altro. Risuonò un nuovo rumore, uno strascichio metallico sul pavimento. Seguì uno spostamento d'aria provocato da un oggetto pesante, come se qualcuno brandisse una mazza o... un *martello*. Proprio nel momento in cui quella parola fece breccia nella mente del prigioniero, un colpo picchiò sulla testa del palo collocato sull'imboccatura dello stivale.

Il conte fletté il volto bendato in avanti, svuotando i polmoni in un grido lacerante. Poi strinse i denti, come per contenere il dolore, e lo fece con tale forza che un rivolo di sangue stillò dalle estremità della bocca.

Facendosi largo fra carne e ossa, il paletto affondò per oltre una spanna, schiacciando e spappolando ogni cosa intralciasse il suo incedere.

Ma il supplizio era appena iniziato. Lo Scalò non poté vedere il terribile martello alzarsi una seconda volta, ma ne avvertì la percossa.

Il paletto fu spinto più a fondo, fino a sbriciolare tibie e talloni. Seguì un abominevole gorgoglio, e uno zampillo di sangue schizzò all'esterno della svasatura.

La sofferenza fu tale che, se il conte avesse potuto, non avrebbe esitato ad amputarsi le gambe con le proprie mani pur di liberarsene. Si rese conto di essersi pisciato e cacato addosso, ma ormai la sua condizione era al di là dell'umiliazione. Dolori acutissimi gli salivano dai piedi fino all'inguine, senza che potesse capire dove finissero le sue membra e iniziasse lo stivale di ferro.

Senza accenno di compassione, la voce dello slavo lo incalzò: «Parlate e smetterete di soffrire».

«Dirò tutto ciò che volete...». L'affanno del prigioniero somigliava al respiro di un cavallo in corsa.

«Rispondete dunque, cosa sapete dell'Uter Ventorum?»

«So solo che serve a evocare gli angeli...», proferì il conte, senza neppure tentare di mentire.

«Come fate a saperlo?»

«Me l'ha rivelato un certo Vivïen de Narbonne... Me l'ha scritto in una lettera, mesi fa».

Emerse dal silenzio di sottofondo un vociare sommesso.

«Che rapporti avete con quest'uomo?»

«Non l'ho mai conosciuto. È stato lui a cercarmi per primo, a iniziare a scrivermi...».

«E cosa vuole da voi questo Vivïen de Narbonne? In che modo è coinvolto Ignazio da Toledo?»

«Vivïen vuole che compri il libro, l'Uter Ventorum. Ho mandato

Ignazio da Toledo a incontrarlo, perché lo acquisti in mia vece... Così ha stabilito Viviën de Narbonne. Non so per quale motivo...».

Il vociare si alzò di tono: «*Il mercante di Toledo è ricomparso! Vuole riunirsi al compagno! Vogliono fuggire col libro!*».

«Silenzio!». L'accento cavernoso dello slavo vibrò per l'ambiente. «Dove si nasconde Viviën? Parlate, conte!».

«Al monastero di San Michele della Chiusa», proferì lo Scalò, quasi devoto. Le sue tempie erano lucide di sudore e martellavano disperatamente. Presto avrebbe smesso di soffrire, e benediceva il Signore.

«Lo giurate sul vostro onore? Sulla vostra vita?»

«Lo giuro su tutto ciò che volete! San Michele della Chiusa! Liberate le mie gambe ora, vi scongiuro!».

«Come desiderate, conte», disse lo slavo. «Avete smesso di soffrire».

Lo Scalò fece un sorriso ebete e la benda gli fu tolta dagli occhi.

23

All'alba Ignazio, Willalme e Uberto si imbarcarono su un bastimento diretto verso l'entroterra.

La nave salpò, oltrepassò il ponte mobile di Rialto assieme a un nugolo di battelli e si lasciò alle spalle Venezia, avventurandosi nelle acque degli affluenti del Po. Il mercante aveva scelto quell'imbarcazione perché immune al pagamento di dazi, ed esente da scali.

Uberto non era mai stato a bordo di una nave. Si aggirava sul ponte, gettando occhiate curiose e ascoltando le parlate aspre dei marinai. «Dove sbarcheremo?», chiese a Ignazio, che gli camminava a fianco.

«Questa nave trasporta carichi di sale a Pavia», rispose il mercante. «Là scenderemo a terra, poi proseguiremo a cavallo verso nord-ovest, fino a raggiungere la nostra meta».

Il giovane annuì mentre guardava già altrove, verso prua. Là c'era Willalme, appoggiato all'impavesata. Sembrava triste, anche se a volte il suo sguardo si accendeva di rabbia improvvisa, come se fosse tormentato da ricordi troppo dolorosi per essere repressi.

Ignazio indovinò le riflessioni di Uberto e gli pose una mano sulla spalla. «Prima o poi ti racconterà la sua storia», disse. «Allora capirai».

Il giovane accennò con il capo e distolse lo sguardo da Willalme, quasi per non violare il suo raccoglimento. Ascoltò per un po' il brontolio del fiume, mentre le sponde erbose scorrevano davanti ai suoi occhi, poi si rivolse di nuovo al mercante: «Ci ho pensato tutta la notte. Al libro, intendo dire. Non vuoi proprio accennarmi nulla?».

Sul volto dell'uomo affiorò un sorriso sfuggente. «Sono cose più grandi di te, ragazzo mio. Per il momento ti basti sapere che si tratta di un manoscritto molto raro, e altrettanto pericoloso».

«Se è davvero così pericoloso, forse converrebbe ignorarne l'esistenza e lasciarlo dov'è».

«Al contrario, è necessario recuperarlo. Tra le sue pagine, forse, si cela il mistero della vera sapienza».

Uberto lo guardò in tralice. «Credevo che la vera sapienza risiedesse solo nella Bibbia».

Con un gesto quasi teatrale, Ignazio allargò le braccia e fissò le nuvole. «Io parlo di un altro tipo di sapienza: quella degli astronomi babilonesi, i caldei, e dei magi persiani».

«Alludi ai tre Re Magi?».

Il mercante sorrise. «Chi ha mai detto che i magi fossero in tre, e re per giunta? I Vangeli non lo affermano. I magi erano dodici saggi che vivevano sui monti per osservare le stelle. Vestivano di bianco e conducevano una vita frugale. Zoroastro fu il loro profeta».

Il ragazzo lo scrutò con scetticismo. «Nessuno mi ha mai parlato di queste cose. Come faccio a sapere se sono vere?»

«Forse in questo viaggio avrai modo di scoprirlo». Ignazio lo fissò con i suoi occhi smeraldini. Non intendeva imporgli nulla, solo incuriosirlo. Come ben sapeva, la verità non poteva essere insegnata, ma solo ricercata per gradi e in assoluta libertà. «I magi furono chiamati "adoratori del fuoco" perché sulla sommità dei loro templi risplendevano fuochi misteriosi. Erano uomini molto saggi e potenti». Esitò un attimo, poi aggiunse: «La loro sapienza derivava delle entità celesti».

«Non capisco. A cosa ti riferisci?»

«Al mistero custodito nell'Uter Ventorum». Dopo una breve riflessione, il mercante si rabbuiò. «Un mistero che non siamo i soli a cercare: l'uomo in nero in cui ci siamo imbattuti a Venezia nutre di certo gli stessi interessi. Forse anche più di noi».

24

Il sorriso ambrato del mattino coloriva i tetti di Venezia, ma nella casa di Henricus Teotonicus regnava ancora l'oscurità, trattenuta dai tendaggi alle finestre. Slawnik fu accolto da un servo basso e attempato, che lo pregò di attendere nello studio. Il padrone si era appena svegliato ma sarebbe subito sceso per riceverlo.

Lo studio era ampio, appena rischiarato dalla fiammella di una bugia. L'armigero si diresse verso la luce, avanzando a tentoni fra gli oggetti nascosti nella penombra. Sedette al bordo di un tavolo circolare, al centro della stanza, senza curarsi di mettersi a proprio agio. Premette i polpastrelli sugli occhi, poi li portò alle tempie. Massaggiò la pelle, stropicciandola sotto le dita. Intanto ripensava a quanto era accaduto nelle ultime ore.

Nella mano sinistra stringeva la benda tolta dagli occhi di Enrico Scalò. La contemplò soddisfatto, come un trofeo, infine lo sguardo scivolò sull'indice, dove scintillava un anello d'oro. Gli era stato donato dal padre morente, molti anni prima. Sulla superficie portava impresso un fiore di genziana, simbolo di una casata boema caduta in disgrazia.

Da decenni la rovina si era abbattuta sulla dinastia di Slawnik ed egli, nel tentativo di mantenerla in vita, si era messo al servizio di un uomo molto potente. Il suo signore sedeva fra gli alti seggi di una società segreta radicata in tutto il Sacro Romano Impero. E lui, in qualità di suo vassallo, era stato accolto nella medesima confraternita e insignito di un importante incarico. E aveva imparato a rivolgersi al suo signore con il nome segreto di Dominus.

Il boemo udì il cigolio di una porta e notò il profilo massiccio di Henricus Teotonicus. Lo osservò attraversare la stanza e sedersi al tavolo con aria seriosa, appena illuminato dalla luce della bugia. Era un uomo grasso, avvolto in una vestaglia ricamata con motivi orientali, la testa sudata coperta da ciuffi di capelli rossicci. Gli occhi grigi, strettissimi, sovrastavano guance paffute e un gozzo carnoso. Slawnik l'aveva sempre trovato ripugnante, nonostante fosse un valido appoggio per la sua missione.

Henricus appoggiò i grossi pugni sul tavolo. Al posto delle nocche aveva piccole fossette scavate sul dorso delle mani. Prima di parlare inspirò profondamente, a fatica. Sembrava che il grasso gli opprimesse i polmoni. «Ha parlato?», chiese, fissando con crescente inquietudine la benda stretta fra le dita dell'armigero. «Avete ottenuto ciò che volevate?»

«Sì». Slawnik gli rivolse un sorriso tagliente. «Finalmente so dove si trova l'Uter Ventorum».

Intimidito da quello sguardo, Henricus si ritrasse e tossì con nervosismo. Benché celasse ambizioni di comando, non smaniava di partecipare a certi sadici interrogatori. «Che intendete fare ora?»

«Seguirò Ignazio da Toledo e troverò il libro. Dominus lo vuole per sé, a tutti i costi».

«È giusto, Dominus va servito fino in fondo», ansimò l'obeso. La sua voce sembrava un rantolo. «Chi porterete con voi?»

«Andrò da solo. So dove trovare aiuto in caso di bisogno. Dite agli altri di attendere qui, a Venezia».

«Sarà fatto». Henricus si astenne dall'obiettare. Benché l'uomo che aveva di fronte gli fosse inferiore per grado e schiatta, beneficiava di notevole autorità e di libertà d'azione. Dominus aveva disposto così: mandando avanti *caballarii* privi di iniziativa, frenava l'ambizione dei seguaci di classe superiore. Ma con il tempo le cose sarebbero cambiate, si disse Henricus. Stava già adoperandosi al riguardo…

«Non ho altro da riferirvi», continuò il boemo. «Ora dovete provvedere a farmi traghettare in un luogo vicino, da cui possa proseguire a cavallo, lontano dalle paludi».

«Quando intendete partire?»

«Subito». Slawnik fece per alzarsi, poi meditò un istante e aggiunse: «Vi chiedo un ultimo servigio. Prima di mettermi in viaggio, vorrei sapere quante navi sono già salpate o sono in procinto di salpare verso l'interno. Ignazio da Toledo si sarà di certo imbarcato su una di quelle».

25

Era il quinto giorno di navigazione, poco prima di mezzogiorno. Ignazio e Willalme riposavano nella stiva. Uberto invece se ne stava affacciato a babordo.

Risalendo il fiume controcorrente, lo scafo sobbalzava di continuo e a volte accennava a impennarsi verso prua. Il ragazzo, sempre più infastidito da quel movimento, si rendeva conto di non essere adatto alla navigazione. Lo stomaco seguiva di pari passo le vibrazioni della nave e a ogni sussulto accusava i sintomi della nausea. Per fortuna il vento era favorevole. Presto avrebbero raggiunto la diramazione del Ticino.

Uberto rifletteva sulle parole di Ignazio. Non poteva fare a meno di pensare ai magi persiani. Meditava sulle loro cerimonie praticate nei templi del fuoco, sui monti d'Oriente. A cosa aveva voluto accennare il mercante, dicendo che la loro sapienza derivava dalle entità celesti? Perché non si era espresso in maniera più chiara?

Non aveva ancora compreso cosa Ignazio volesse realmente da lui, e questo lo rendeva inquieto. Per non pensarci, si sporse sull'impavesata e iniziò a osservare ciò che avveniva lungo le sponde del fiume. Davanti ai suoi occhi sfilavano piccole scene di vita agreste, un drappello di villani dava la caccia a un cinghiale; un bifolco portava ad abbeverare i buoi; un crocchio di massaie lavava i panni sulla riva; un gregge di pecore pasceva in un prato; un pastore ronfava all'ombra di un faggio.

Notò che un numero crescente di barche si affiancava alla loro. Pavia doveva essere vicina.

Ignazio si era appena svegliato. Non aveva idea di che ora fosse, né per quanto tempo avesse dormito. Le narici erano sature dell'odore delle resine che rivestivano lo scafo. Si diresse verso il ponte e incrociò Willalme, intento a giocare a dadi con i marinai. Era da tanto che non lo vedeva sorridere. Si ricordò di quando l'aveva conosciuto, a bordo di una nave crociata a largo di San Giovanni d'Acri. L'aveva trovato nella stiva, appeso a una corda come un animale morente. «Aiutami», gli aveva chiesto con un filo di voce. E lui gli aveva prestato soccorso, come avrebbe fatto al suo posto Maynulfo da Silvacandida.

Messi da parte i ricordi, camminò verso poppa e vicino al timone trovò Uberto affacciato a babordo. Dopo l'incidente avvenuto alla basilica di San Marco avrebbe preferito rispedirlo a casa, per maggior sicurezza, ma un dubbio l'attanagliava. Il mandante della spia incontrata a Venezia poteva controllare anche il cenobio di Santa Maria del Mare, e magari essere in combutta con Rainerio da San Donnino e con il misterioso Scipio Lazarus. In tal caso, ordinando al ragazzo di fare ritorno al monastero, il mercante avrebbe potuto esporlo a gravi rischi.

Ma anche proseguire il viaggio non era una scelta del tutto saggia, perché Ignazio non escludeva che l'uomo in nero si fosse messo sulle loro tracce. Oltretutto quell'individuo aveva risvegliato in lui vecchi timori. Era stata la forma del suo pugnale... Ma non ne era certo, l'aveva intravisto per un solo istante.

Cercò di nascondere l'ansia. Non voleva che Uberto lo vedesse inquieto. L'unica cosa da fare al momento era procedere secondo i piani e spostarsi velocemente, senza dare nell'occhio. Forse si stava preoccupando troppo.

Messi da parte i pensieri, si avvicinò al ragazzo. «Come stai?»

«Lo stomaco non mi dà requie».

«Sei riuscito a dormire?»

«Un po'».

«Rilassati, siamo arrivati». Il mercante indicò una basilica poco distante. «Guarda».

Poco dopo, la nave stava procedendo per le manovre di attracco.

La basilica di San Pietro in Ciel d'Oro sorgeva ai margini di Pavia. Uberto la ammirò di sfuggita, e fu deluso di dover ripartire senza poter osservare i suoi famosi soffitti dorati che le erano valsi l'appellativo *ad cœlum aureum*.

Acquistati tre cavalli, i viandanti sfilarono al trotto davanti alla basilica. Mentre Uberto bisticciava con la sua cavalcatura, ne ammirò il portale. Era sovrastato da una lunetta che raffigurava un angelo con in mano un fiore e un orbe, ai suoi fianchi stavano due personaggi in atto di supplica, un villano e un monarca.

Distogliendo lo sguardo dalla basilica, il giovane notò che Willalme aveva afferrato per le briglie il suo cavallo.

«Tieni i piedi ben saldi sulle staffe e non dare strattoni alle redini», gli disse il francese. «Così il *cheval* smetterà di fare i capricci».

Uberto sorrise e seguì il consiglio.

Si misero al galoppo verso Torino.

26

Era trascorsa una settimana da quando Ignazio era partito dal monastero di Santa Maria del Mare. Rainerio da San Donnino aveva vissuto quei giorni con profonda inquietudine, dopo le scoperte fatte sul suo conto. Ignazio non era solo un negromante, un adoratore del diavolo, ma si portava appresso un eretico. Che gliela raccontassero come volevano, ma quel Willalme de Béziers emanava il tanfo dei catari.

La domanda a quel punto era cosa avesse da spartire un nobile veneziano come Enrico Scalò con simili ribaldi. Rainerio suppose che Ignazio l'avesse circuito, ingannandolo con la promessa di chissà quali paccottiglie. O peggio, stava tramando per diffondere fra le classi altolocate di Rialto il seme dell'eresia.

Nonostante fosse certo d'aver smascherato la corruzione di Ignazio, Rainerio non riusciva a placare la sua invidia. Perché Maynulfo l'aveva amato così tanto, al punto di farsi carico del suo segreto? E quel segreto era custodito nel baule, o da qualche altra parte, fra le mura del monastero?

Dopo aver letto la lettera spedita dal conte Scalò al mercante, Rainerio aveva subito scritto al rettore della chiesa dei Santi Maria e Damiano dell'isola di Murano, presso Venezia, pregandolo di organizzargli un incontro con il conte. Voleva metterlo in guardia sul conto di Ignazio. E in caso avesse ricevuto un rifiuto o un trattamento ostile da parte dello Scalò, avrebbe comunque cercato di carpire altre informazioni sul mercante per comunicarle a Scipio Lazarus, il suo benefattore.

Dopo giorni d'attesa giunse la risposta del rettore della chiesa di Murano, e il suo contenuto superava le più cupe aspettative. Rainerio lesse e rilesse quelle righe, increspando la fronte. C'era scritto che non sarebbe stato più possibile conferire con il conte Scalò, perché era stato trovato impiccato all'albero maestro di una nave, con le gambe maciullate, all'alba del lunedì precedente.

Una terribile disgrazia. Il colpevole del delitto non era stato trovato, però un marinaio giurava sulle reliquie di san Marco d'aver assistito alla scena dell'impiccagione: era avvenuta poco prima dell'alba, a opera di un gruppo di uomini vestiti di nero, con i volti coperti da maschere. Il marinaio aveva provato a soccorrere la vittima, ma gli era stato intimato di andarsene, pena la morte.

Rainerio stropicciò la missiva, molto irritato. La coincidenza dell'incontro dello Scalò con Ignazio era troppo evidente per riuscirgli casuale. Assassino! Anche assassino era dunque quell'ispanico! Doveva subito comunicarlo a Scipio Lazarus. Lui sì, avrebbe saputo cosa fare.

Impugnati calamaio e pergamena, Rainerio iniziò a scrivere. E mettendo in fila le parole rimuginava sul lungo viaggio che avrebbe fatto quella lettera. Ormai da tempo Scipio Lazarus non si trovava più nel convento domenicano di Bologna, ma a Tolosa, nella chiesa di Saint-Romain.

Correva l'anno del Signore 1210 quando lo aveva conosciuto, erano i primi di gennaio e aveva appena nevicato. Rainerio attendeva nel chiostro di San Niccolò, intabarrato in un mantello di lana grezza. Scipio Lazarus era sbucato dall'ombra del porticato, avanzando ingobbito, il viso coperto dal cappuccio. Sapeva poco di lui. Si diceva fosse stato uno dei primi religiosi ad abbracciare il movimento domenicano, ponendosi al seguito di fra' Domenico di Guzman. Pareva godesse di amicizie molto influenti, sia presso la curia romana che all'estero.

«Siete voi Rainerio da San Donnino?», gli aveva chiesto Scipio Lazarus.

«Sì, padre. Perché mi avete fatto convocare?».

A quelle parole l'individuo aveva abbassato il cappuccio, rivelando un viso deturpato da orribili cicatrici. Rainerio ricordò con imbarazzo di essere indietreggiato come un fanciullo spaventato. D'altronde prima d'allora non aveva mai visto nulla del genere, e mai immaginò di poter vedere di peggio.

«Non abbiate timore del mio aspetto». Scipio Lazarus aveva distolto lo sguardo per la vergogna. Sapeva bene di apparire repellente. «Desideravo incontrarvi. So che anelate al titolo abbaziale».

«Come fate a saperlo?»

«Io sono in grado di fornirvi questa carica», aveva proseguito Scipio Lazarus, ignorando la domanda. «Conosco un monastero affacciato sull'Adriatico, sufficientemente ricco, presieduto da un abate molto vecchio... Mi basterà farvi trasferire là, dove attenderete fino al suo decesso. Non ci vorrà molto. Penserò io, poi, a promuovere la vostra successione».

«Mi lusingate, ma per quale ragione volete aiutarmi? Io non vi conosco, e non ho nulla da offrirvi in cambio di simili promesse».

«In cambio vi chiederò molto poco: un aiuto a risolvere una questione spinosa, a cui tengo molto».

«Spiegatevi».

«Sto cercando notizie su un mercante ispanico legato al monastero in cui propongo di insediarvi come abate, e dove prima o poi farà ritorno. Vi chiedo di indagare su costui, e di riferirmi ciò che scoprirete».

A Rainerio non era parso un gran sacrificio. «Se si tratta solo di questo, lo farò con piacere», aveva detto, senza pensarci due volte. «Come si chiama l'uomo sui cui dovrò indagare?»

«Ignazio da Toledo». Scipio Lazarus aveva snocciolato le sillabe come se sputasse dei sassolini.

Da quel momento la vita di Rainerio era stata spianata da ogni genere di intoppo. Su raccomandazione di Scipio Lazarus era stato immediatamente trasferito al monastero di Santa Maria del Mare e dopo pochi anni era succeduto a Maynulfo da Silvacandida in qualità di abate, suscitando il disappunto di confratelli ben più meritevoli.

Mettendo da parte i ricordi, Rainerio continuò a vergare la lettera indirizzata al suo benefattore. Era giunto il momento di ricambiarlo, rivelandogli quanto aveva scoperto sul mercante di Toledo dopo anni di paziente attesa.

27

Il viaggio verso Torino durò quattro giorni. La compagnia di Ignazio si era spostata veloce, accampandosi ogni notte negli ospitali per pellegrini distribuiti lungo il cammino. Così facendo, erano riusciti a rifocillarsi e a dormire con una certa regolarità.

Lasciate alle spalle le mura di Torino, avevano risalito la Dora Riparia fino a raggiungere i sentieri della Val di Susa. Là però trovarono tutte le foresterie, le taverne e persino i fienili zeppi di pellegrini provenienti dalla via Francigena, e non restò loro che dormire a cielo aperto, ai piedi del monte Pirichiano. Il giorno dopo, in poche ore, avrebbero raggiunto l'abbazia di San Michele della Chiusa.

Accesero un fuoco, mangiarono carne essiccata e pane raffermo, poi si coricarono davanti alle braci.

Uberto era molto stanco, ma soddisfatto. Il mercante gli aveva promesso che durante il viaggio di ritorno si sarebbero spostati con più calma, e gli avrebbe permesso di visitare le città che si erano lasciati alle spalle. Inspirò profondamente. L'aria era diversa da quella delle lagune in cui era cresciuto, più leggera. Era carica dell'aroma della resina e degli aghi di pino, solleticava le narici.

Pensò per un attimo al mistero che li attendeva a San Michele della Chiusa, poi chiuse gli occhi e si addormentò.

Non albeggiava ancora quando si svegliò. Un rumore di passi sull'erba lo aveva destato: qualcosa si muoveva vicino a lui. Alzò la testa e si guardò intorno, sonnecchiante. Alla luce eterea della luna vide una massa di pelo rannicchiata ai suoi piedi. Si sfregò gli occhi e guardò meglio. Era una bestia troppo grossa per trattarsi di un cinghiale.

Improvvisamente la creatura si accorse di essere osservata, lasciò cadere la sacca in cui stava rovistando e si avvicinò al ragazzo. Aveva un volto umano, ma il corpo era interamente coperto di pelliccia.

Uberto aprì la bocca, ma non riuscì a emettere alcun suono. Gli sovvenne l'immagine di un mostro che aveva visto una volta leggendo un bestiario. Riprovò a gridare, e questa volta ci riuscì. «*Homo lupus*!», esclamò, iniziando a scalciare per tenere lontano quell'essere.

Destato dalle parole d'allarme, Willalme balzò in piedi e guardò verso Uberto. Nel buio, riconobbe un bandito impellicciato che si stava avvicinando al ragazzo. Tentò di intervenire, ma non gli fu possibile: un secondo bandito lo sorprese alle spalle, cingendolo al petto con le braccia. La presa era forte, ma il francese riuscì a divincolarsi. Portò le mani al fianco sinistro, impugnò la sua scimitarra e la sfoderò con uno strattone. Così facendo, affondò il pomo dell'elsa nel ventre dell'aggressore, che accusò il colpo e si accasciò con un grugnito. Era un energumeno vestito di stracci.

Nel frattempo Ignazio si era alzato in piedi e aveva afferrato il bordone. Stava per gettarsi in soccorso di Uberto, ma Willalme fu più veloce: girò su se stesso con l'agilità di un gatto e colpì il bandito impellicciato in piena faccia, con il piatto della spada. Un anno addietro l'avrebbe decapitato, vibrando la lama di taglio, ma il mercante gli aveva insegnato a rispettare la vita altrui. Il ceffo cadde riverso, il sangue che sprizzava dal naso.

Il francese tornò sull'altro bandito che l'aveva aggredito di spalle. Stava rialzandosi da terra, ma lui lo respinse con un calcio all'addome e gli puntò la scimitarra alla gola. «Cani bastardi!», ruggì. «Andatevene, o vi scanno come bestie!».

Uberto, dopo essersi ripreso dallo spavento, aveva iniziato a osservare la spada del francese. Era una sciabola ricurva, più piccola degli spadoni dei cavalieri cristiani. Non si era mai accorto che la portasse con sé.

Le minacce del francese e le percosse di Ignazio convinsero i due banditi a darsela a gambe. I ceffi arrancarono a valle, tuffandosi come animali selvatici fra i cespugli. Il mercante li seguì con lo sguardo finché non sparirono tra gli arbusti. «Se non ci fossimo accorti di quei due, avrebbero rubato provviste e cavalli. Senza contare che potevano ucciderci nel sonno».

Willalme si rivolse a oriente. «Andiamocene, non è saggio restare qui. E poi oramai albeggia».

Uberto guardò verso tramontana, studiando l'ultimo tratto dell'itinerario che li aspettava. Sulla cima del monte Pirichiano si stagliava la sagoma di San Michele della Chiusa.

Raccolsero in fretta le loro poche cose e si incamminarono.

28

Sotto un sole sempre più accecante, Ignazio faceva strada tra le pareti rocciose.

Uberto cavalcava dietro di lui, al fianco di Willalme, pensando a quanto era successo poche ore prima, nella vallata. Aveva preso un bello spavento con quei banditi. «Non ho mai visto una spada come la tua», disse al francese.

Emergendo dal suo silenzio, Willalme gli sorrise. «È una scimitarra. Viene usata dai guerrieri mori». Così dicendo, sguainò l'arma dal fodero celato sotto il suo mantello. La lama era percorsa da screziature che sfumavano dalla nervatura fino al taglio. «È stata forgiata con l'acciaio di Damasco, introvabile in Occidente».

«Dove hai imparato a combattere?», chiese il ragazzo, stupito di essere riuscito a far parlare il compagno e, per giunta, d'averlo messo di buon umore.

«Su una nave di pirati», rispose Willalme, strizzandogli un occhio.

Uberto, visibilmente impressionato, continuò a osservarlo per un po'. Che tipo misterioso! Forse ancor più del mercante. Sembrava un nobile cavaliere, con quei lunghi capelli biondi e lo sguardo deciso.

A un certo punto dalla testa della comitiva risuonò la voce di Ignazio. «Eccolo finalmente», annunciò l'uomo, puntando l'indice verso l'alto.

Uberto guardò davanti a sé e vide a poca distanza un'imponente cinta muraria. Dietro le merlature si ergeva il monastero di San Michele della Chiusa. Sembrava un gigante di pietra soffocato da una selva di edifici addossati intorno. Nell'insieme la struttura appariva disarmonica, ma ciò era comprensibile, non doveva essere stato facile edificarla sul ciglio di quello strapiombo.

I tre compagni si accodarono a una fila di pellegrini accalcati davanti al cancello d'ingresso e attesero di poter entrare.

Superate le fortificazioni esterne, parve loro di essere giunti nel borgo di un castello. Le vie erano battute da una moltitudine di monaci, mercanti e villani. Nei crocicchi convergeva gente di ogni tipo, dai merciai di stoffe ai venditori di pelliccia, dagli straccioni agli armigeri.

Raggiunti gli stallaggi, affidarono i cavalli a un palafreniere e si diressero a piedi verso il monastero. Per la prima volta l'impazienza trapariva chiaramente dal volto del mercante.

Ignazio avvicinò un gruppo di monaci, salutò con riverenza e chiese dove poter trovare padre Vivïen de Narbonne. A quella domanda, i benedettini si consultarono tra loro. Si fece avanti il più anziano, un tipo allampanato con l'aria da asceta. Passatosi le dita sulle guance scavate dal digiuno, rispose: «Non lo conosciamo. Ma è comprensibile, in questo luogo vivono moltissimi monaci. Chiedete al vecchio cellario, padre Geraldo da Pinerolo. Vive qui da molto tempo, e conosce tutti i componenti del cenobio. A quest'ora, di solito, si trova vicino al portale del monastero».

Il mercante ringraziò, disegnando un inchino. I monaci lo benedissero e si allontanarono.

Come era stato loro indicato, i tre compagni si incamminarono verso il monastero salendo per una gradinata scavata nella roccia. Raggiunsero uno spiazzo erboso disseminato di pietre, a pochi passi dal quale si ergeva il tempio di San Michele Arcangelo. Si fermarono davanti all'ingresso, decorato con splendidi bassorilievi zodiacali.

«Quel portale è stato scolpito quasi un secolo fa», dichiarò una voce roca, cogliendoli di sorpresa.

Ignazio, Uberto e Willalme si voltarono insieme. Aveva parlato un vecchio monaco, basso di statura, gli occhi vispi e la faccia incartapecorita.

Non avendo ricevuto risposta, il vegliardo continuò a parlare: «Non è bellissimo, questo portale? Mi fermo ogni giorno a osservarlo. Il suo artefice fu un certo Nicholaus, che decorò anche la cattedrale di Ferrara. Per molti era spagnolo, ma io credo fosse nativo della Linguadoca. Magari cataro pure lui». Ridacchiò con la bocca sdentata.

«Siete per caso padre Geraldo da Pinerolo?», gli chiese Ignazio.

«Sì, sono io. Cosa posso fare per voi, benedetti pellegrini?»

«Cerchiamo un monaco. Il suo nome è Vivïen de Narbonne, e ci hanno appena detto...»

«Vivïen de Narbonne?». Geraldo si scurì in volto e scrutò con attenzione i tre forestieri. «Chi siete voi che lo cercate?», inquisì, facendo tremare la lunga barba bianca.

«Siamo suoi amici», rispose il mercante, disorientato dalla reazione del vecchio. «Ci ha scritto una lettera pochi mesi fa e siamo giunti fin qui per incontrarlo».

«Impossibile!», esclamò il monaco. «Vivïen de Narbonne è morto tredici anni fa».

29

Slawnik cavalcava da circa due settimane. Si era concesso poche soste, unicamente per mangiare e per far riposare il destriero. Dopo una lunga marcia al galoppo, sentiva le ginocchia e l'inguine indolenziti, e accusava un irritante formicolio al fondoschiena. Le palpebre si chiudevano da sole per la stanchezza. Dato che era quasi arrivato, decise di fermarsi presso un gruppo di stamberghe.

Scese da sella, legò il cavallo a uno steccato e sciacquò la faccia in un abbeveratoio. L'acqua fresca lo rinvigorì. La luce meridiana filtrava dalle montagne, rischiarando i pendii e i sentieri della Val di Susa. Al di là della catena rocciosa, da qualche parte, Dominus attendeva con impazienza sue notizie.

Si sedette vicino a un fienile e rimuginò sulla missione. A giudicare dalle informazioni ottenute strada facendo, il gruppo del mercante doveva essere in vantaggio di circa un giorno. Ormai li aveva raggiunti, pensò il boemo, scrutando le vette che rilucevano al sole come lame di cobalto.

Un rumore di passi tra l'erba risuonò alle sue spalle.

Slawnik si voltò di scatto, la mano al pugnale, ma si trovò di fronte un fanciullo biondo con la faccia sporca. Lo fissava immobile, taciturno, probabilmente incuriosito dal suo aspetto imponente. Il boemo gli lanciò un'occhiata severa, ma priva di minaccia. Gli ricordò se stesso da bambino, quando ancora non conosceva la violenza della spada. «Ho fame. Di' a tuo padre di portarmi da mangiare», gli ordinò reciso, le iridi di ghiaccio già rivolte altrove.

Il fanciullo non parve intimorirsi. «Mio padre è morto l'inverno scorso», bofonchiò, senza distogliere lo sguardo dal cavaliere nero.

Anche suo padre era morto, pensò Slawnik. Era accaduto tanto tempo fa, e da allora si sentiva solo. «Com'è successo?», chiese, senza mostrare troppo interesse.

Il piccolo mascherò le emozioni dietro una smorfia stizzita. «Lo hanno ucciso i briganti».

«Vorrà dire che mi porterai da mangiare tu», concluse il boemo, posando le mani inguantate sulle ginocchia.

Senza ribattere, il bambino corse dentro una stamberga di fronte alla stalla. Dopo poco uscì con una scodella di zuppa di segale e un tozzo di pane fra le mani. Una giovane donna con uno scialle nero si affacciò alla finestra. Era bella, ma aveva il viso smunto, scavato dal dolore e dall'angoscia.

Slawnik prese il cibo senza ringraziare. Mangiò in silenzio, senza smettere di fissare il bambino. Terminato il pasto restituì la ciotola, montò in sella e disse: «Cresci, diventa forte e vendica tuo padre. Uccidili tutti, senza pietà».

Spronò il cavallo e partì al galoppo.

Il bambino restò immobile, la scodella fra le mani, a osservarlo mentre si allontanava.

Era diretto a San Michele della Chiusa. In poco tempo sarebbe giunto a destinazione.

30

Ignazio se ne stava in piedi di fronte al grifo rugoso di padre Geraldo, come se non riuscisse a decifrare le parole appena uscite dalla sua bocca. La frase gli rimbombava in testa – *Viviën de Narbonne è morto tredici anni fa!* – senza trovare una spiegazione logica. Gli sguardi attoniti di Uberto e di Willalme riflettevano il medesimo disappunto.

Tutto sembrava crollargli addosso. Se Viviën era davvero morto, chi aveva contattato a suo nome il conte Scalò? E come spiegare il ciondolo con la conchiglia? Per un attimo il mercante fu sopraffatto dalla vertigine, poi si calmò. Fissò nella mente le poche certezze che aveva e procedette per deduzione logica: padre Geraldo mentiva, oppure qualcuno lo stava manovrando.

Fece cenno ai compagni di stare calmi, poi si rivolse al monaco: «Lo conoscevate?»

«Eravamo amici», rispose Geraldo, colto di sorpresa dal cambiamento di tono dell'interlocutore.

«Siete certo che sia morto?»

«L'ho visto precipitare con il suo cavallo dalla fiancata del monte. Ho sentito le grida fino a valle. Voi che ne dite?».

Ignazio si astenne dal replicare. Percepiva nelle parole del vecchio qualcosa di strano. Non solo risentimento, ma anche paura. Gli stava nascondendo qualcosa. «Reverendo padre», disse, pensando alla svelta, «vi ricordate dove viveva? Qual era il suo alloggio? Se non è di troppo disturbo, vorrei visitarlo».

Geraldo incrociò le braccia. «Le celle dei monaci sono interdette ai pellegrini».

«Abbiate pazienza», insistette il mercante. «Vivïen possedeva un libro che aveva promesso di donarmi, e avrei piacere di recuperarlo per custodirlo in suo ricordo. Faccio appello all'ospitalità benedettina... E naturalmente ricambierei il favore con un'offerta». Per dare enfasi alle parole, infilò la mano nella bisaccia e fece tintinnare le monete della scarsella che custodiva all'interno.

Il monaco tuffò le mani nel cespuglio di barba bianca. «Che io mi ricordi, Vivïen non ha lasciato nulla del genere, ma se insistete possiamo fare un tentativo. Magari la memoria mi inganna». Sospirò arrendevole. «Venite, seguitemi negli alloggi dei confratelli. Ma badate a non fare rumore, non disturbate il raccoglimento dei monaci».

Geraldo li guidò oltre il chiostro e continuò a camminare verso un grande stabile a ridosso del monastero. Varcato l'ingresso, percorsero una rete di corridoi scarsamente illuminati. Benché all'esterno si respirasse aria fresca, in quei luoghi ristagnava odore di incenso e di cera fusa.

Attraverso le porte chiuse si udivano passi, sbadigli e mormorii. Su tutto dominava una calma inquietante, uno strano senso di vuoto. Uberto rabbrividì. Willalme se ne avvide e gli diede un buffetto sulla guancia.

«Siamo arrivati». Geraldo aprì una porta. «Questa era la cella di Vivïen, ma ora non ci abita più nessuno. Girano voci superstiziose al riguardo...». Sorrise con imbarazzo. «I monaci sono più impressionabili dei bambini».

Entrarono. Il vano era angusto e disadorno, conteneva soltanto un giaciglio e un armadio impolverato. Ignazio si avvicinò, spalancò le ante ed esaminò il contenuto: un calamaio secco, una lucerna con lo stoppino di lino bruciacchiato, qualche palinsesto, un libro di salmi e un paio di calzari consunti.

Nell'ultimo scaffale in basso era riposto un volume. Speranzoso, il mercante lo raccolse e lo sfogliò. Era scritto in arabo. Lesse qualche parola, controllò il titolo sul frontespizio, poi lo rigettò deluso nell'armadio. «Non è quel che cerco», disse. «Questo è il *Liber scalarum*».

«Cos'è il *Liber scalarum*?», chiese Uberto, anticipando Geraldo.

«Parla di un viaggio compiuto da Maometto sotto la guida dell'arcangelo Gabriele», rispose Ignazio. «Secondo questo libro, il profeta visitò gli inferi e le sfere celesti. Purtroppo, come ho già detto, questo non è il testo che stiamo cercando».

Il monaco si lasciò sfuggire una smorfia incredula. «Non immaginavo che Viviën si dedicasse a simili letture».

Quello era niente, avrebbe voluto rispondergli il mercante. Ma si trattenne. Si guardò intorno alla ricerca di indizi. Era chiaro che in quella stanza l'Uter Ventorum, se mai vi fosse stato, non c'era più.

D'un tratto Ignazio notò una piccola icona di legno appesa al muro, sopra il giaciglio. Rappresentava, in stile bizantino, un personaggio con la testa di cane vestito con una tonaca orientale e con le mani giunte in segno di preghiera.

«Non mi ricordo d'aver mai visto quell'icona», dichiarò Geraldo, dopo aver capito cosa stesse osservando il mercante.

«Rappresenta san Cristoforo, il protettore dei pellegrini», disse Ignazio.

«Che strano», intervenne Uberto. «Per quale motivo ha la testa di cane?»

«Forse perché si narra che, prima di convertirsi al cristianesimo, Cristoforo fosse un mangiatore di uomini. In Egitto viene assimilato ad Anubi, il dio della morte». Il mercante rifletté su quanto appena detto, e intuì che quel Cristoforo-Anubi potesse essere più di quanto sembrava. Forse era un indizio lasciato apposta da qualcuno. Si avvicinò all'icona e la staccò dal muro, per studiarla da vicino.

Allora si accorse che sul retro era stata incisa una frase in latino:

LEGITE IN MEO SEPVLCRO QVOD SCRIPSI IN VITA MEA

Ignazio si concesse un sorrisetto di trionfo e tradusse: «"Leggete sul mio sepolcro ciò che ho scritto durante la mia vita"». L'espressione del suo volto era impenetrabile. «Padre Geraldo», enunciò a quel punto, «vi devo chiedere un'ultima cortesia. Portatemi nel luogo dove è stato sepolto Viviën de Narbonne».

Il monaco, ormai, non poteva più tirarsi indietro.

Al seguito di Geraldo, Ignazio e i suoi compagni uscirono dal dormitorio del monastero e raggiunsero un grande spazio all'aperto delimitato da mura circolari.

«Questo è il cimitero dei monaci», spiegò il vecchio, indicando la distesa di lapidi conficcate nel terreno. Dopo essersi fatto il segno della croce, attraversò quel luogo deserto e si fermò davanti a un crocifisso di legno. «Ecco la tomba di Viviën de Narbonne», disse. «Però il suo corpo non giace qui. Non è mai stato ritrovato dopo la caduta dalla scarpata. Pregate per lui, se volete. Io vi attenderò al varco».

Geraldo uscì dal sepolcro a mani giunte, accomiatandosi dai tre forestieri. Ne aveva abbastanza di quella strana storia.

«Che ci facciamo qui?». Willalme scrutò il mercante. «Cosa vai cercando fra i morti?».

Ignazio non perse tempo a rispondergli e ispezionò ogni angolo della croce tombale. Davanti era stato inciso unicamente il nome del defunto. Girò intorno alla croce e si chinò su di essa. Le sue pupille parvero dilatarsi. «Ecco, lo sapevo!», esultò all'improvviso. «Viviën non è morto: ha lasciato un segnale cifrato. Diavolo di un monaco!».

Sulla superficie di legno era stato inciso VTER VENTORVM. Sotto l'iscrizione compariva un graffito piuttosto grossolano: al centro vi era un uomo che reggeva un grande otre, e intorno a lui comparivano quattro angeli, intenti a soffiare nella sua direzione. Il vento fuoriusciva dalle loro bocche sotto forma di segmenti curvilinei intagliati alla bell'e meglio e convergenti verso l'otre.

«Sembra un'illustrazione dei quattro venti che spirano dai punti cardinali», osservò Uberto.

«Invece credo che siano le "entità celesti" dei magi di cui ti ho accennato», disse Ignazio, imperscrutabile. «Ora però guarda più in basso».

Sotto il disegno era stata incisa una serie di lettere, apparentemente prive di senso.

a	e	r	c	m	s	a	v	r	n	o	r	z	v	d	t	o	a	r	s
l	l	a	i	t	o	v	s	e	e	r	l	b	z	a	v	i	s	n	t
z	t	d	e	a	r	t	o	v	i	r	a	n	m	i	a	n	r	+	a
o	i	l	e	o	t	s	s	e	e	+	l	l	e	v	m	n	e	a	t
t	t	s	o	v	g	z	t	l	a	v	n	m	g	b	i	r	s	e	m
h	e	v	t	s	n	r	e	v	l	b	g	e	e	r	n	p	v	o	d
r	e	+	n	k	i	o	g	b	e	a	r	b	s	e	i	l	t	j	n
+	e	c	h	e	c	l	s	v	e	m	s	s	a	a	t	n	e	c	v
c	m	s	i	o	d	v	n	n	v	i	c	l	a	v	f	s	i	i	t
i	l	r	l	a	i	t	e	v	l	r	o	l	s	a	e	v	l	r	t
+	c	a	s	m	a	e	+	z	s	a	v	r	i	a	t	k	n	v	e
l	c	e	a	p	s	i	a	v	l	s	t	s	e	e	v	r	l	v	o
v	c	e	a	a	m	l	g	e	i	b	n	a	e	s	a	t	t	v	a
a	s	m	v	p	b	i	o	s	c	t	a	e	j	l	e	l	d	e	n

«Cos'è?», chiese il giovane.

«È un crittogramma. Bisognerà decifrarlo, ma ora non c'è tempo. Svelto, ricopialo senza sbagliare».

Uberto obbedì. Estrasse dalla sua bisaccia un dittico dalle superfici cerate e iniziò a trascrivere. Era incuriosito dal significato di quelle lettere, ma l'atto della copiatura assorbiva tutta la sua concentrazione e gli impediva di fare supposizioni.

Ignazio passò la mano sull'incisione della croce. «È stata realizzata da poco. Non più di un anno fa», disse, rivolgendosi a Willalme. «Si capisce dall'intaglio: non è rovinato dalle intemperie come l'iscrizione del nome sul lato anteriore. Probabilmente nessuno si è mai accorto della sua esistenza». Concentrò lo sguardo sul crittogramma, apparentemente senza senso.

Uberto chiuse il dittico e lo ripose nella bisaccia. «Ho finito. Ho copiato tutto».

«Bene. Usciamo di qui». Il mercante lanciò un ultimo sguardo in direzione del sepolcro vuoto. «Non so perché, ma non mi sento al sicuro fra queste mura».

31

Era trascorsa poco più di un'ora quando un forestiero si presentò davanti a padre Geraldo da Pinerolo. Il vecchio, che aveva appena concluso l'ispezione quotidiana della dispensa, si stava concedendo un attimo di riposo al sole, di fronte al monastero.

«*Dilectissime patre*, perdonatemi», proferì lo straniero. Accennò un inchino, rivelando una certa rigidità nei movimenti.

«Parlate pure, figliolo». Geraldo scrutò il figuro ammantato di nero, la faccia appena visibile sotto il cappuccio. A prima vista lo scambiò per un monaco girovago, poi, guardando in basso, vide gambali di pelle con tanto di speroni spuntare dalla cappa. Cambiò idea. Non era certo un religioso, quel tipo, tantomeno un viandante squattrinato.

«Cerco tre pellegrini giunti qui da poco. Alcuni monaci dicono che hanno parlato con voi oggi stesso, in tarda mattinata».

«È vero, ma sono già ripartiti. Arrivate tardi».

A quelle parole lo straniero incrociò le braccia sul petto, quasi sforzandosi di contenere una rabbia improvvisa. «In verità io non cerco loro, ma un monaco. Padre Viviën de Narbonne».

«Ancora con questa storia!», sbuffò Geraldo, ma subito dopo cercò di calmarsi. Al contrario dei precedenti visitatori, quel forestiero aveva un aspetto poco rassicurante. Forse era per l'accento slavo e vagamente perentorio, forse per la stazza imponente, ma il vecchio non si sentiva tranquillo. «Come ho già spiegato a chi vi ha preceduto, Vivïen de Narbonne è deceduto molto tempo fa», ribadì, intrecciando le dita sotto la barba bianca.

L'uomo tacque per un attimo. La cappa nera parve tremare. «Hanno portato via qualcosa?», chiese infine. Il suo tono era cambiato, lo stava inquisendo.

«No». Geraldo si ritrasse. «Hanno solo visitato la sua tomba. Null'altro».

«Portatemi alla tomba», ordinò il forestiero.

Il monaco acconsentì, chinò umilmente il capo e lo condusse al sepolcro.

Camminando nel cimitero, Slawnik si guardava intorno con la rabbia che gli rodeva nel petto. Vivïen de Narbonne morto! Qualcuno si faceva passare per lui o il conte Scalò gli aveva mentito? La faccenda si complicava. Probabilmente il libro era stato sotterrato nella tomba, si disse. Di sicuro Ignazio da Toledo l'aveva già trovato, dato che era ripartito così in fretta da San Michele della Chiusa. L'aveva perso! Ma in ogni caso doveva controllare. E poi quel Geraldo da Pinerolo nascondeva qualcosa. Forse era in combutta con il mercante.

«Questa è la tomba di Vivïen», disse a un certo punto il monaco.

Il boemo guardò dove gli veniva indicato. Non c'era terra smossa o segni d'infrazione. Solo un crocefisso di legno. D'un tratto ebbe la sensazione di essere giunto in un vicolo cieco. Qualcuno sembrava essersi preso gioco di lui. La missione rischiava di fallire. Dominus non l'avrebbe mai perdonato!

Con un improvviso scatto d'ira, Slawnik afferrò il monaco per la barba e lo fissò con occhi gelidi. «Tu menti!», gli sibilò in faccia. «Cosa ti ha detto il mercante di Toledo? Dimmi cosa nascondi o ti ammazzo!».

Terrorizzato, Geraldo invocò pietà con gesti tremanti delle mani. «In nome di Gesù Cristo…», squittì. «Non so niente… Credetemi…».

Il boemo lesse in quel volto decrepito la sincerità della disperazione. Non avrebbe ottenuto nulla in quel modo. Allora si accese di un'ira ancora più grande e scaraventò il vecchio contro la tomba di Vivïen. Con l'urto della caduta, la croce si sradicò da terra sollevando nugoli di zolle brune.

Slawnik sguainò la spada e la sollevò in aria, infuocato dalla collera. Il monaco trovò la forza di raccattare la croce e di porla davanti a sé come riparo.

Il boemo stava già per colpire, ma d'un tratto si arrestò. Un graffito sul crocefisso aveva attirato la sua attenzione. Lesse orgoglioso: VTER VENTORVM.

Strappò la croce dalle mani del vecchio, con un fendente tagliò la parte che recava l'incisione e la infilò sotto la giubba. Aveva ottenuto ciò che voleva. Geraldo, rannicchiato a terra, tremante come una foglia, non gli interessava più.

Girò i tacchi e fece per andarsene e fu allora che vide un novizio allontanarsi di corsa dal sepolcro. Doveva aver assistito alla scena e stava probabilmente mettendosi in cerca aiuto. La situazione non era più sicura. San Michele della Chiusa si avvaleva di un rigido servizio di vigilanza. Aveva quasi ucciso un monaco, non l'avrebbe passata liscia.

Uscì a lunghe falcate dal cimitero, intenzionato a raggiungere al più presto la sua cavalcatura. Giunse di corsa alle stalle, inseguito da grida sempre più vicine. All'improvviso una guardia gli si parò davanti cercando di infilzarlo con una lancia. Il boemo, che brandiva ancora la spada, scansò una stoccata, avanzò di scatto e portò un fendente al fianco del nemico. La guardia cadde a terra, le mani strette sulla ferita.

Slawnik allora montò in sella e spronò il cavallo, balzò fuori dalle stalle e si lanciò al galoppo verso l'uscita dalla cinta, cavalcando come una furia. Guardie, monaci e pellegrini si scansarono per evitare di restare travolti. D'un tratto una freccia gli sibilò sulla testa, gli arcieri erano appostati sulle mura. Poi l'aria fischiò di nuovo e Slawnik fu trafitto in pieno petto.

Il palafreno sembrò percepire il suo dolore. Nitrì, arrestandosi di colpo.

Slawnik portò la mano alla ferita, sotto la giubba di cuoio. La freccia si era conficcata nel legno della croce e l'aveva attraversato, perforando la stoffa del farsetto e la carne viva. Perdeva sangue.

Fece per rimettersi al galoppo ma un manipolo di guardie l'aveva già accerchiato. Per nulla intimorito, strattonò le briglie e fece impennare il cavallo. Gli uomini arretrarono, alcuni colpiti dagli zoccoli della bestia furono proiettati a terra. Poi il cavaliere nero sollevò il brando, lo roteò in aria e calò un violentissimo colpo sulla testa di un soldato, fracassandogli la cervelliera. L'uomo si accasciò come un fagotto vuoto, lasciando libero il passaggio.

Il destriero, che scalciava come fosse imbizzarrito, balzò in avanti fuoriuscendo dalla mischia.

Slawnik chinò la testa e cavalcò verso le mura, veloce come un fulmine. Le frecce degli arcieri gli saettavano intorno, ma non riuscirono a ferirlo una seconda volta. Varcò il cancello di uscita prima che venisse chiuso.

Era in salvo, ormai fuori dalla cinta di San Michele della Chiusa.

32

Ignazio, insieme a Uberto e Willalme, si era rifugiato in una taverna poco distante da San Michele della Chiusa. Non aveva ritenuto opportuno sostare fra le mura di quel monastero: se Vivïen de Narbonne si era fatto credere morto, c'era senz'altro un valido motivo.

«Cercavamo un monaco con un libro, invece abbiamo trovato un messaggio cifrato». Seduto a un tavolaccio di legno, Uberto interrogava gli sguardi dei compagni di fronte a lui. Il suo volto era segnato dalla stanchezza e dall'apprensione. «Questa storia è davvero assurda».

«Forse Vivïen de Narbonne si sentiva in pericolo», ipotizzò Willalme, «ed è fuggito».

«A causa di un libro? Non ti pare eccessivo?»

«Come ho già detto», intervenne il mercante, «certi libri possono rivelarsi molto pericolosi».

Uberto lo fissò con sospetto. «Credi che Vivïen sia stato minacciato?».

Ignazio distolse lo sguardo, fingendo di seguire il deambulare dell'oste fra i tavoli della locanda. «Non saprei, ma di certo sta agendo in modo premeditato. È fuggito per nascondere se stesso e l'Uter Ventorum, e vuole che lo seguiamo». Le assi del tavolo scricchiolarono sotto i suoi gomiti. «Deve aver intuito che ci sono altre persone interessate al libro, e ha avuto paura. Forse tra questi individui c'è l'uomo in nero che ci ha spiati a Venezia».

Quelle parole risuonarono con un timbro infausto, nessuno seppe replicare. I tre si fissarono in un silenzio gravoso.

«Dobbiamo decifrare il messaggio della croce», rammentò Willalme.

«Lo faremo più tardi», disse il mercante. «Mangiamo qualcosa, prima. Abbiamo bisogno di rimetterci in forze».

Intanto era arrivato al loro tavolo un arrosto di cervo e una brocca di idromele.

Un'ora dopo la taverna era deserta, eccetto il locandiere e qualche garzone indaffarato. All'interno si udiva solo il crepitare del fuoco; all'esterno, lo stormire delle fronde e ululati non troppo lontani.

Dopo aver consumato il pasto, Ignazio chiese a un inserviente di sgomberare il desco e di portare un candeliere, dato che le fiaccole alle pareti iniziavano a languire.

Quando i tre compagni furono lasciati di nuovo soli, Uberto frugò nella bisaccia, estrasse il dittico e l'aprì sotto la luce della candela.

«Non così vicino alle candele», lo esortò Ignazio. «Non vorrai che la cera delle tavolette si sciolga!».

Il ragazzo obbedì, ritraendo la tavoletta verso di sé. «L'iscrizione è incomprensibile», borbottò. «È scritta con un alfabeto segreto?»

«No», rispose il mercante. «Si tratta di un metodo inventato da Vivïen. Lo usava per occultare i messaggi importanti contenuti nelle sue lettere».

«Come funziona?»

«Come in una scacchiera, dove le caselle bianche si alternano a quelle nere. Questo messaggio funziona allo stesso modo. Presta attenzione».

Così dicendo, Ignazio prese il dittico e iniziò a sottolineare alternativamente le lettere del codice.

a	e	r	c	m	s	a	v	r	n	o	r	z	v	d	t	o	a	r	s
l	l	a	i	t	o	v	s	e	e	r	l	b	z	a	v	i	s	n	t
z	t	d	e	a	r	t	o	v	i	r	a	n	m	i	a	n	r	+	a
o	i	l	e	o	t	s	s	e	e	+	l	l	e	v	m	n	e	a	t
t	t	s	o	v	g	z	t	l	a	v	n	m	g	b	i	r	s	e	m
h	e	v	t	s	n	r	e	v	l	b	g	e	e	r	n	p	v	o	d
r	e	+	n	k	i	o	g	b	e	a	r	b	s	e	i	l	t	j	n
+	e	c	h	e	c	l	s	v	e	m	s	s	a	a	t	n	e	c	v
c	m	s	i	o	d	v	n	n	v	i	c	l	a	v	f	s	i	i	t
i	l	r	l	a	i	t	e	v	l	r	o	l	s	a	e	v	l	r	t
+	c	a	s	m	a	e	+	z	s	a	v	r	i	a	t	k	n	v	e
l	c	e	a	p	s	i	a	v	l	s	t	s	e	e	v	r	l	v	o
v	c	e	a	a	m	l	g	e	i	b	n	a	e	s	a	t	t	v	a
a	s	m	v	p	b	i	o	s	c	t	a	e	j	l	e	l	d	e	n

Terminata l'operazione, l'uomo mostrò la tavoletta a Uberto. «Ricopia le lettere sottolineate su queste pagine», e gli porse una penna d'oca e un fascio di pergamene rilegate, completamente bianche.

Il giovane eseguì, mentre Willalme lo fissava meravigliato. Quel ragazzo così giovane e inesperto delle cose del mondo sapeva scrivere. Per lui, che era quasi analfabeta, rinchiudere le parole in stanghette d'inchiostro equivaleva a un'autentica magia.

Uberto portò a termine il compito ma non riuscì comunque a comprendere. Di che lingua si trattava? Non certo latino.

a r m a r o z d o r
l i o s e l z v s t
z d a t v r n i n +
i e t s e l e m e t
t s v z l v m b r e
e t n e l g e n v d
r + k o b a b e l j
e h c s e s a t e v
c s o v n i l v s i
l l i e l o s e l t
+ a m e z a r a k v
c a s a l t e v l o
v e a l e b a s t v
s v b o c a j e d n

«Sembra arabo», ipotizzò il giovane, che di arabo non sapeva nulla.

«È un messaggio cifrato», lo corresse il mercante, esaminando lo scritto. Pareva stupito, quasi disorientato. «Non mi aspettavo una cosa del genere», confessò.

«Cosa intendi?»

«Finora Vivïen non aveva mai usato espedienti del genere. In passato si limitava a "intrecciare" le frasi scandendole a lettere alterne, ma è chiaro che ci troviamo di fronte a un ulteriore rompicapo».

«Forse il crittogramma andava sciolto in modo diverso...», suppose Uberto.

«Non è detto». Ignazio soffermò lo sguardo sulla prima riga della trascrizione: *a r m a r o z d o r*. Dapprincipio aveva creduto quelle lettere prive di senso, invece d'un tratto si accorse che non era affatto così, anzi, contenevano un nome! Incoraggiato dalla scoperta, esaminò la riga successiva, che però risultò indecifrabile. Si soffermò quindi sulla terza, dove riuscì a distinguere delle parole. A quel punto ebbe un'intuizione e tornò a esaminare la seconda riga, ma questa volta lo fece leggendola in senso contrario. Ruminò una serie di sillabe a bassa voce, mentre i compagni lo fissavano con curiosità crescente.

«Ho capito!», esclamò improvvisamente. «Il testo ha un andamento in bustrofedico».

«Bustrofedico?». Uberto lo scrutò meravigliato. «Non ho mai udito questa parola».

Ignazio si concesse un sorrisetto vittorioso. «La parola deriva dal greco, significa "voltando alla maniera dei buoi"». Poiché gli interlocutori non davano segno di comprendere, spiegò meglio: «Durante l'aratura, i buoi trascinano il vomere prima da sinistra verso destra, poi da destra verso sinistra. Viviën ha scritto il testo usando lo stesso espediente, e così si dovrà leggere».

«Incredibile», mormorò Willalme.

Il mercante prese la penna e il fascio di pergamene, e trascrisse con mano sicura il messaggio occultato dalla cifratura.

a r m a r o z d o r
t s v z l e s o i l
z d a t v r n i n +
t e m e l e s t e i
t s v z l v m b r e
d v n e g l e n t e
r + k o b a b e l j
v e t a s e s c h e
c s o v n i l v s i
t l e s o l e i l l
+ a m e z a r a k v
o l v e t l a s a c
v e a l e b a s t v
n d e j a c o b v s

«Si tratta di quattro frasi divise da altrettante croci», rivelò. «Non resta che trascriverle in modo chiaro». E così fece.

a r m a r o z d o r t s v z l e s o i l z d a t v r n i n
t e m e l e s t e i t s v z l v m b r e d v n e g l e n t e r
k o b a b e l j v e t a s e s c h e c s o v n i l v s i t l e s o l e i l l
a m e z a r a k v o l v e t l a s a c v e a l e b a s t v n d e j a c o b v s

«Non è scritto in latino», osservò Uberto.

«No, ma in una lingua che gli somiglia», disse il mercante. «Ora leggo, state attenti. Naturalmente la grafia della *u* e della *v* è ugua-le».

Armaroz dort suz les oilz d'Aturnin
Temel esteit suz l'umbre d'un eglenter
Kobabel jüet as eschecs ou n'i lusit le soleill
Amezarak volvet la sa cue a le bastun de Jacobus

Uberto ascoltò, sempre più interessato. Quelle frasi avevano il suono delle parlate francesi.

«È provenzale, la lingua dei trovatori», chiarì il mercante.

Willalme, che conosceva bene quel linguaggio, dopo aver ascoltato tradusse:

> Armaros dorme sotto gli occhi di Aturnin
> Temel se ne sta sotto l'ombra di un rosaio
> Kobabel gioca a scacchi dove non splende il sole
> Amezarak avvolge la sua coda al bastone di Jacobus

«È un indovinello!», esclamò Uberto divertito. «Se non sbaglio *Aturnin* è uno dei modi in cui viene chiamato san Saturnino».

Ignazio annuì, portandosi alle labbra un boccale di idromele.

«Ma non so chi o cosa siano Armaros, Temel, Kobabel e Amezarak», continuò il ragazzo.

«Sono nomi di angeli», rivelò il mercante.

«Angeli...», gli fece eco Uberto. «È dunque a questo che ti riferivi quando hai parlato delle "entità celesti" dei magi?».

Anziché rispondere, Ignazio proseguì nella spiegazione: «Questi nomi compaiono nel *Libro di Enoch*, e designano alcuni tra gli angeli ribelli scesi sulla Terra insieme a Lucifero».

«Sono demoni insomma». Uberto si adombrò. «Ecco cosa stai cercando, un libro che parla di demoni!».

Il mercante lo invitò a calmarsi, ma il giovane scattò in piedi, il volto arrossato. «Non voglio più aiutarti in questa ricerca!».

«Non capisci». Ignazio lo prese per un polso, obbligandolo a rimettersi seduto. La sua presa era forte e gentile allo stesso tempo. Fu quella presa, più ancora delle parole che seguirono, a calmare il ragazzo. «Non importa *chi* siano quei quattro angeli, ma *cosa* rappresentano».

Fu allora che Uberto si rese conto di aver reagito come un bambino spaventato, e ne provò vergogna. «Intendi dire che si tratta di simboli?»

«Molto di più». Lo sguardo del mercante rapì l'attenzione dei commensali. «Secondo Enoch, gli angeli caduti trasmisero agli uomini i fondamenti della magia. Armaros insegnò gli incantesimi, Temel l'astrologia, Kobabel la lettura degli astri, Amezarak le virtù delle radici».

Willalme si fece pensieroso. «Resta da capire quale legame abbiano questi angeli con l'Uter Ventorum».

«Noi li abbiamo già visti, questi angeli», affermò il mercante. «A San Michele della Chiusa, graffiti sulla croce di Vivïen. Ricordate? Erano in quattro, come i venti cardinali, e soffiavano dentro l'otre».

«Sì, l'otre al centro del graffito...». Gli occhi di Uberto si illuminarono. «L'Uter Ventorum, l'otre dei venti!».

Ignazio annuì. «Probabilmente il libro ha questo nome perché contiene il soffio dei quattro angeli, e tale soffio altro non è che il loro insegnamento».

«Quattro venti», proseguì il ragazzo, «ovvero quattro scienze ermetiche».

«Ma anche quattro sezioni del libro», completò il mercante. «Quattro capitoli, quattro dissertazioni».

«Perché specificarlo in un indovinello?», chiese Willalme. «Di quale utilità può essere, per noi, sapere che il libro contiene quattro sezioni?».

Ignazio meditò sulle parole del francese, e nel frattempo esaminò con attenzione l'indovinello. «È vero», ammise infine. «Non ha senso ideare un crittogramma tanto elaborato per limitarsi a descrivere la struttura del libro. Il testo che abbiamo di fronte deve servire a ben altro, e io penso che ci indicherà dov'è nascosto l'Uter Ventorum...». Esitò un attimo, poi fece un sorriso volpino. «Mi sembra ragionevole supporre che Vivïen abbia escogitato questo stratagemma per rivelare che il libro è diviso in quattro parti nascoste in uno o più luoghi».

«Quali luoghi?», chiese Uberto.

Il mercante si strinse nelle spalle, quasi stesse per dire un'ovvietà. «Il primo è Tolosa».

«Sei sicuro?»

«L'hai detto tu stesso un momento fa: san Saturnino, o meglio, saint Sernin. Si tratta del patrono di Tolosa».

«Hai ragione!», esclamò il ragazzo. «Perciò, scrivendo "Armaros dorme sotto gli occhi di san Saturnino", Vivïen vuole dirci che la prima parte del libro, quella dedicata agli incantesimi, è nascosta dentro la cattedrale di Saint-Sernin a Tolosa».

«Così sembrerebbe». Ignazio si abbandonò sullo schienale di legno. «Non ci resta che andare a controllare».

«E il resto dell'enigma?», intervenne Willalme.

«Facciamo un passo per volta», suggerì l'uomo. «E poi, sospetto che la cifratura nasconda altri segreti».

33

Era notte fonda quando un cavaliere scese a valle lungo la Dora Riparia e scivolò fra le ombre del sottobosco fino a raggiungere una *mansio* fortificata. Osservò l'edificio di pietra e legno, dominato da una coppia di torri che recavano lo stemma dei Cavalieri Gerosolimitani, una grande croce rossa circondata da quattro più piccole.

In quel luogo Slawnik avrebbe trovato assistenza, perché là vivevano in segreto alcuni emissari della Saint-Vehme fedeli a Dominus. Rinfrancato, si avvicinò all'ingresso della palizzata esterna e sostò di fronte a tre sorveglianti raccolti intorno a un focolare.

Uno di quelli si alzò controvoglia e gli corse incontro. Portava un elmo conico munito di nasale, un'uniforme bianca smanicata, lunga fino ai piedi, e una lancia con cuspide a foglia di salice. Avvicinandosi allo straniero, lo illuminò con una torcia. «Chi siete?», gli chiese.

Lo sconosciuto abbassò il cappuccio, scoprendo il viso pallido come un cencio. «Cerco asilo per la notte. Mi è stato detto che qui accogliete i pellegrini».

«Infatti è così». Il soldato osservò gli occhi febbricitanti del forestiero. Esitò un attimo, poi aggiunse: «Voi non state bene... Siete ferito?»

«Devo solo riposare», proferì Slawnik, inspirando profondamente per dominare l'estrema spossatezza.

Il soldato lo scrutò con attenzione. Non era un semplice pellegrino e neppure un uomo di chiesa. Forse si trattava di un mercenario diretto in Linguadoca, per arruolarsi alla crociata contro gli albigesi. Se ne vedevano passare parecchi di quei tempi. «Smontate da cavallo, messere», lo intimò, come consuetudine.

Il boemo vacillò, fece per scendere da sella, ma le ginocchia non lo ressero e stramazzò sull'erba, privo di forze. Il destriero nitrì, quasi sollevato per essersi liberato del suo peso.

Il soldato si chinò su di lui, credendolo morto, e osservò il volto pallido imperlato di sudore. Era ancora vivo ma scottava per la febbre. Gli portò la mano sul torace e lo trovò sporco di sangue. Fu allora che notò uno strappo sulla giubba di cuoio e una stecca di legno che fuoriusciva dalla carne. «È ferito!», esclamò, rivolgendosi ai commilitoni.

«Che c'è?», gli risposero quelli, che erano rimasti rannicchiati davanti al fuoco.

«Per la miseria, sbrigatevi! Ha una punta di freccia conficcata nel petto!».

PARTE TERZA
IL MARCHIO DI TEMEL

> Sappi che la Luna è il messaggero degli astri. Essa infatti trasmette le loro virtù da un corpo celeste all'altro.
>
> ABU MASAR, *Libri mysteriorum*, II, 202

34

Dita materne sulla fronte. Odori delicati. Brusio di nenia...

Slawnik si destò da un sonno profondo. Era sdraiato su un giaciglio, in una stanzetta assolata rivestita di legno. Le coltri emanavano il profumo dei fiori che costellavano le selve boeme.

Si sedette sul bordo del paglericcio con la testa piena di ricordi, e del sorriso di sua madre. D'un tratto percepì una fitta al torace, e le reminiscenze svanirono come farfalle rapite dal vento.

Portò la mano destra alla ferita e si accorse di essere stato medicato.

Chi si era preso cura di lui? Chi l'aveva deposto in quel giaciglio?

Cercando di riordinare i pensieri, gli tornò in mente quanto accaduto a San Michele della Chiusa. Il pezzo della croce di Viviën gli aveva salvato la vita frenando il colpo della freccia. Un vero prodigio.

Solo allora si rese conto di essere a torso nudo. Dov'era finito quel pezzo di legno?

Si alzò in piedi e cercò nella stanza. Per un attimo si sentì perduto, poi notò che i suoi indumenti erano stati piegati e riposti su una sedia. Diresse lo sguardo sul pavimento e tirò un sospiro di sollievo. Ai piedi del letto c'erano la sua spada, i suoi gambali... e il pezzo della croce con l'iscrizione. Non l'aveva smarrito.

Ma notò qualcosa di inaspettato: la freccia, trapassando il legno, ne aveva scheggiato la superficie. La parte iniziale del crittogramma era diventata illeggibile!

Il boemo imprecò, le vene del collo gonfie di rabbia. Stava per esplodere in uno scatto d'ira quando udì un rumore di passi provenire dall'uscio, e si costrinse a tranquillizzarsi. Guardò la porta aprirsi, il volto ancora stravolto.

Entrò una donnina dai capelli bianchi raccolti sulla nuca. Slawnik la trapassò con un'occhiata minacciosa, poi, resosi conto che non rappresentava nessuna minaccia, si ammansì. Doveva essere stata lei a curarlo.

«Vedo che vi siete ripreso, messere», constatò con tono gioviale. «Sapeste che pena. Avete delirato per due giorni di fila».

Il boemo accartocciò il volto in una smorfia. Dannazione, pensò, aveva dormito per due giorni!

La donnina non gli diede tempo di ribattere. Alzandosi in punta di piedi, gli toccò la fronte. «La febbre vi è passata», disse. Si accostò poi al giaciglio e rassettò le coperte. «Sarete affamato immagino. Vi porto qualcosa?», chiese, mentre sistemava il capezzale con piccoli gesti energici.

«Preferisco mangiare giù, alla locanda. Qui c'è una locanda, vero?»

«Sì. Se vi sentite abbastanza in forze, va bene. Ma non affaticatevi troppo», raccomandò lei, quasi si rivolgesse a un bambino.

«Non è affar vostro», grugnì il boemo, reprimendo una vampata di imbarazzo.

Con un'alzata di spalle, la donnina lanciò un ultimo sguardo al letto rifatto, infine si incamminò verso l'uscio. «Non toccate la medicazione per un paio di giorni. I vostri abiti, come vedete, sono sulla sedia. Mi sono presa la libertà di lavarli e di rammendarli».

Lui le fece cenno di fermarsi, ma era già uscita. Non era avvezzo a esprimere riconoscenza, stimava qualsiasi esternazione di sentimenti un segno di debolezza. Le parole di gratitudine gli morirono in gola.

Dopo essersi rivestito, scese al piano inferiore. Entrò nella locanda e sedette a un tavolo vuoto.

L'odore del cibo gli stuzzicò l'appetito. Ordinò da mangiare e si guardò intorno. Il locale traboccava di pellegrini e soldati, facce sconosciute chine sulle scodelle.

Con indifferenza, Slawnik sfilò dalla cintura il suo pugnale a forma di croce e lo conficcò al centro del tavolo. Era un segnale. Qualcuno si voltò verso di lui, poi ritornò ai propri interessi.

Dopo poco gli fu servito del vino e un arrosto di lepre, che iniziò a divorare.

Non passò molto tempo che due figuri si alzarono da un angolo in penombra, attraversarono il locale e gli sedettero di fronte. Non erano imponenti quanto lui, tuttavia di corporatura robusta. Lo studiarono in silenzio, poi estrassero i loro pugnali – anch'essi a forma di croce – e li posero accanto al suo.

«Sapevo che vi nascondevate qui, ma non ero sicuro di trovarvi».

Slawnik li esaminò con lo sguardo. Nel frattempo, strappò con i denti un boccone di arrosto e masticò avidamente. «Ho bisogno di voi», disse infine.

«Per conto di chi?», domandò uno dei due, facendo scivolare la mano destra sull'impugnatura della spada.

«Dominus».

La parola cadde come un sasso in uno stagno. Ci fu una pausa.

Entrambi gli uomini parvero rilassarsi e accennarono un inchino. «Offriamo i nostri servigi», affermarono. «Come possiamo essere utili?»

«Sono sulle tracce dell'Uter Ventorum, a un passo dal suo ritrovamento», spiegò il boemo, bevendo un sorso di vino da una fiaschetta di ceramica.

«Il libro che contiene il segreto degli angeli?».

Slawnik annuì.

«Si diceva fosse scomparso».

Senza rispondere, il boemo sfilò l'iscrizione dalla giubba di cuoio e la posò sul tavolo, sotto il naso degli interlocutori, che la osservarono, ammirandola come una reliquia.

«Cosa c'è scritto sopra?», chiese uno dei due.

«Credo che solo Dominus sia in grado di decifrarla». Il boemo recuperò l'oggetto e lo ripose sotto le vesti. «Devo raggiungerlo. In questo momento si trova a Tolosa, sotto falso nome». Fece silenzio per un attimo, quasi si vergognasse di dover chiedere aiuto, poi continuò: «Potrebbero insorgere delle complicazioni: tre uomini sono sulle tracce del libro e sono in vantaggio di due giorni. Dopo aver consultato Dominus, decideremo sul da farsi».

I due annuirono.

«Un'ultima cosa», aggiunse Slawnik.

«Dite pure».

«Se mi ostacolerete, in qualsiasi modo, vi ammazzerò con le mie mani».

35

Valicare le Alpi fu un'impresa estenuante. La compagnia di Ignazio dovette avanzare per un lungo tratto a piedi, per guidare i cavalli sul terreno accidentato.

«D'inverno si procede ancora peggio», spiegò il mercante. «Quando la neve e il ghiaccio ricoprono i sentieri, i montanari usano un metodo tutto loro per condurre i viandanti a valle: li fanno sdraiare su pelli di animale e li trascinano. Ogni tanto qualcuno slitta via e finisce in un burrone...».

«E i cavalli?», chiese Uberto. «Come fanno a condurli fino a valle d'inverno?»

«Trascinano anche loro nello stesso modo, povere bestie», rispose Ignazio sorridendo.

Superate le Alpi, proseguirono verso ovest inoltrandosi in un bosco fittissimo. Oltrepassarono il Rodano presso Avignone attraverso il ponte di Saint-Bénézet e seguirono il corso del fiume verso il mare. Dopo dieci giorni di viaggio da San Michele della Chiusa, pernottarono in un ospitale vicino a Nîmes.

Strada facendo, Uberto aveva avuto modo di conoscere le dolci terre di Linguadoca, dove il profumo dei vigneti si mesceva alla brezza del mare. Era incuriosito soprattutto dal modo di parlare della gente, così diverso dal latino e dai volgari italiani. Spesso, dopo aver udito una parola o un'espressione particolare, cercava di ripeterla e ne chiedeva a Willalme il significato.

Ignazio si rallegrava per l'entusiasmo del ragazzo, ma in cuor suo celava ansia. Gli mancavano ancora molti tasselli del mosaico. Non sapeva cosa fosse accaduto a Vivïen, né quale vita avesse condotto in tutti quegli anni. Ignorava se avesse continuato a nascondersi, proprio come lui, o se fosse riuscito a liberarsi della Saint-Vehme. Inoltre non capiva perché si facesse credere morto, lasciandosi alle spalle false piste e oscuri crittogrammi. E per finire, gli sfuggiva la reale natura dell'Uter Ventorum.

Tormentato dall'inquietudine, il mercante guardò davanti a sé e vide Willalme e Uberto appoggiati alla veranda dell'ospitale, irradiati dal rossore del tramonto. Non voleva che il ragazzo corresse rischi. L'avrebbe impedito a ogni costo.

Senza preavviso, emerse dai suoi pensieri un volto di donna. Un volto bellissimo che aveva amato, e che continuava ad amare perdutamente.

«Sibilla», sussurrò. "Sto cercando di rimediare, mia cara" pensò. "Spero di riabbracciarti presto".

A pochi passi dal mercante Uberto e Willalme contemplavano il tramonto adagiarsi sui poggi. I colori infuocati del sole accarezzavano i loro volti, riscaldandoli con un tepore ormai flebile.

Uberto indicò il mercante seduto lontano da loro, su una sedia di vimini. «Questa sera sembra malinconico», disse.

«Gli accade quando pensa alla sua terra e alla sua famiglia», gli confidò il francese.

«Non ne parla mai».

«Lui preferisce così».

«Non so cosa significhi avere una famiglia... dei genitori». Sul volto di Uberto affiorò una nota di sconforto. «La mia unica famiglia è stata la comunità di Santa Maria del Mare. Ma mi sono sempre sentito diverso dai monaci».

«Mio padre era un falegname», dichiarò Willalme, gli occhi azzurri fissi sul tramonto. «Ricordo le sue mani grandi, ruvide, graffiate dalle schegge di legno. Era alto e robusto, tutti lo rispettavano. Mia madre invece era una donna esile e bionda, come mia sorella».

«Dove sono adesso?».

Il francese abbassò lo sguardo, cercando di nascondere un dolore profondo. «Era il luglio del 1209 quando il papa Innocenzo III e Arnaud-Amaury, l'abate di Cîteaux, decisero di distruggere Béziers, la mia città natale. Quando accadde, non sapevo neppure in che anno fossimo. Lo appresi più tardi», disse, eludendo per il momento la domanda di Uberto. «Béziers è poco distante da qui, vicino al mare. Dissero che era una città colma di eretici... Dissero che distruggerla sarebbe stata un'impresa santa, degna dei cavalieri della Croce. Io non so se avessero ragione, avevo solo tredici anni. Ma di una cosa sono certo: né io né la mia famiglia eravamo eretici, e non conoscevamo neppure il significato della parola "albigese" o "cataro"».

Uberto lo guardò stupito.

«I crociati risposero all'appello del papa», sospirò Willalme. «Erano in gran parte cavalieri del nord della Francia, alcuni capeggiati dal conte Simon de Montfort. E assediarono Béziers».

Willalme proseguì il racconto. Spiegò a Uberto che le milizie di Béziers si erano opposte agli invasori, ma i crociati avevano avuto la meglio. Poi era iniziato il saccheggio, durante il quale molti cittadini avevano trovato la morte nel tentativo di proteggere se stessi o i loro beni. A volte erano stati semplicemente passati a fil di spada, altre invece erano stati costretti a camminare sui carboni ardenti. Alla fine era stato appiccato l'incendio.

Il volto del francese si contrasse in un'espressione arcigna. «Durante l'assedio, molti fuggiaschi si rifugiarono dentro la chiesa di Sainte-Marie-Madeleine. Si trattava di uomini, donne e bambini, eretici e cattolici, tutti terrorizzati allo stesso modo. Io ero in mezzo a loro, con mia madre e mia sorella... Mio padre era già morto, trafitto da uno spiedo crociato per difenderci. Rifugiandoci in quella chiesa, pensavamo che i soldati avrebbero avuto pietà e che ci avrebbero risparmiati. Non fu così».

Il dolore provocato dai ricordi era intenso, ma Willalme continuò a parlare. Disse che nell'incapacità di distinguere i cattolici dagli eretici, l'abate Arnaud-Amaury aveva deciso di far giustiziare tutti quanti: si doveva purificare la blasfemia albigese, aveva decretato. Una volta morti, Dio avrebbe saputo riconoscere i giusti dagli infedeli.

«I soldati penetrarono nella chiesa e uccisero tutti. Non risparmiarono neppure i bambini. Mia madre e mia sorella furono schiacciate dalla folla davanti ai miei occhi. Non le vidi più. Mai più. Solo io riuscii a salvarmi, per puro caso: mi colpirono alla testa e caddi svenuto. Mi credettero morto e quando mi risvegliai, ore dopo, ero fra i cadaveri. Per un attimo pensai di trovarmi all'inferno... Centinaia di morti, capisci? Il sangue ricopriva tutto... Quale dio poteva desiderare un tale massacro? Cercai fra i corpi ma non riuscii a trovare mia madre e mia sorella, così fuggii. Ancora oggi rimpiango di non essere stato in grado di trovarle, di seppellirle... Almeno avrei avuto una tomba su cui piangere la mia famiglia».

Willalme tacque, come per afferrare il ricordo di qualcosa che non c'era più. Aveva gli occhi umidi. Strinse i pugni e rivolse lo sguardo al tramonto. «Maledico Arnaud-Amaury! Maledico Simon de Montfort! E che Innocenzo III bruci all'inferno, fra i demoni suoi fratelli!».

Uberto non riuscì a trovare le parole per esprimere la sua commozione. Se avesse potuto, si sarebbe fatto carico di parte del dolore del suo compagno, per alleviarne il tormento.

Willalme parve intuire quel proposito e gli sorrise, attenuando il cipiglio. «La strage avvenne per la ricorrenza di Maria Maddalena», concluse.

«Dopo esserti salvato cosa facesti?»

«Per tre anni vagai senza meta, solo come un cane. Vivevo di elemosine e piccoli furti. Finché un giorno incrociai sul mio cammino una moltitudine di fanciulli. Avanzavano come un esercito, agitando stendardi e bandiere con simboli cristiani. Per la maggior parte si trattava di pastorelli provenienti dall'Île-de-France e dalla Renania. Dicevano di essere stati prescelti da Dio per ritrovare la Vera Croce. Erano un po' toccati, pensai, ma unendomi a loro, se non altro, avrei mangiato regolarmente, così mi dissi: "Perché no? Che ho da perdere in fondo?". Mi accodai a quei fanciulli e divenni uno di loro. Si trattava semplicemente di cantare e di pregare mentre si marciava, e se qualcuno sosteneva di vedere una croce di luce nel cielo, non dovevi contraddirlo, anzi, dovevi dire che la vedevi anche tu.

E subito altri si alzavano al tuo fianco, infervorati come profeti, dicendo: “È vero! Eccola là, quant’è vero Iddio, la vedo!”. Nessuno però sapeva mai stabilire con esattezza dove fosse quella croce: se a destra o a sinistra, dentro il sole, sopra una nuvola... In fondo era un gioco, pensai. Se non altro mi aiutava a dimenticare le mie sciagure. Solo più tardi, Ignazio mi spiegò che avevo preso parte alla cosiddetta Crociata dei fanciulli».

«Credevo fosse una leggenda».

«Invece è accaduto realmente», assicurò il francese. «Ci mettemmo in testa di raggiungere il mare e di imbarcarci per la Terrasanta. Là, dicevano, avremmo trovato la Vera Croce. Quando raggiungemmo Marsiglia, alcuni si separarono dal gruppo e fecero ritorno alle loro case. Io, che non avevo casa, seguii gli spiriti più audaci e mi imbarcai su una nave di armatori marsigliesi. Eravamo così numerosi da riempire sette velieri. Durante il viaggio però le imbarcazioni si divisero, e si disse che due di quelle naufragarono. Per quanto mi riguarda, scoprii troppo tardi che gli armatori ci avevano imbrogliati: sbarcati ad Alessandria, ci vendettero come schiavi ai mori».

«Ma è spaventoso!».

«Ci sono destini peggiori». Willalme abbozzò un sorriso amaro. «A me non andò neanche troppo male. Passando da un padrone all’altro, finii come mozzo in una nave di pirati islamici che si divertivano ad assaltare le navi dei crociati. Così, con il passare degli anni, divenni pirata anch’io, e scoprii di essere versato nell’arte della spada e del coltello. Una parte di me ne provò addirittura piacere, perché così potevo vendicarmi dei crociati, che avevano trucidato la mia famiglia in nome dell’avidità e della menzogna».

«La tua vita è stata piena di avventura», osservò Uberto, «ma anche di solitudine».

«Il mio unico rimpianto è stato quello di aver assistito impotente alla strage della mia famiglia. Darei tutto pur di rimediare a questo torto».

Uberto avrebbe voluto confortarlo con qualche parola gentile e chiedergli in che modo avesse conosciuto il mercante di Toledo, ma a quel punto Ignazio si avvicinò a loro. «Si sta facendo buio», disse. «Sarà meglio andare a dormire».

«Qualcosa ti assilla?», gli chiese Willalme.

«Ultimamente abbiamo incontrato sul nostro cammino molti soldati diretti verso Tolosa. La faccenda non mi piace. Il locandiere dice che c’è vento di guerra».

36

La luce dell'alba iniziava a insinuarsi nei sobborghi di Tolosa, posandosi fra le mura e i tetti addormentati. Gli elmi delle sentinelle fra le merlature riflettevano i primi raggi, mentre i soldati appostati sugli spalti caricavano le macchine da guerra e scrutavano trepidanti al di là del fossato. Era la quiete prima della tempesta.

Durante la notte Slawnik era entrato in città attraverso un cunicolo nascosto che passava sotto le mura. Pochi conoscevano quell'accesso.

Nei giorni precedenti aveva recuperato il tempo perduto. Raggiunta Genova, si era imbarcato per Narbonne, poi aveva risalito via fiume la Linguadoca e ora, giunto a Tolosa, vagava come un fantasma nella città dormiente. Dietro di lui camminavano i due sgherri reclutati presso la mansio dei Cavalieri Gerosolimitani.

«Siamo arrivati», annunciò Slawnik, indicando un palazzo. Conosceva bene quel luogo, era stato confiscato dalla Chiesa a un mercante condannato per eresia e la proprietà era stata trasferita a un'oscura società di Colonia. Nessuno sapeva a chi appartenesse realmente.

Avvicinandosi al palazzo, il boemo seguì con lo sguardo gli intrecci di rampicanti sulle murature. La sua attenzione ricadde sulle finestre a volta, immerse nell'oscurità. Alcune tende si mossero. Qualcuno osservava.

Non appena Slawnik varcò l'ingresso fu accolto da tre uomini vestiti di nero, i visi nascosti da larghi cappucci. Nessuno di loro proferì verbo, ma si limitarono a indicare una porta in fondo a un corridoio.

«Aspettate qui», raccomandò il boemo ai suoi accompagnatori.

Attraversò il corridoio e aprì la porta che gli era stata indicata.

L'interno della stanza era buio eccetto qualche lama di luce che filtrava dalle finestre chiuse, più utile ad accentuare l'oscurità che a diradarla. Quando gli occhi si adattarono alle tenebre, Slawnik distinse in fondo all'ambiente il barlume di una bugia. Richiuse la porta alle spalle e avanzò in quella direzione, guidato da un rumore di dita che battevano con impazienza su un tavolo.

«Siedi Slawnik», ordinò una voce.

Il boemo si avvicinò e sedette su uno scranno di legno. Di fronte a lui c'era una sagoma in penombra.

«Mio signore, sono giunto appena possibile», enunciò con ossequio.

«Quali notizie porti, mio vassallo?».

Slawnik pensò bene alle parole con cui cominciare, poi disse: «Vivïen de Narbonne è ancora vivo».

Dominus batté la mano sul tavolo. «Credevo fosse morto tredici anni fa. L'ho visto cadere in un burrone, mentre lo stavo inseguendo». Dalla sua voce trapelò irritazione. «E poi? Cos'altro hai scoperto?»

«Ha scritto una lettera a un nobile di Venezia, affermando di possedere l'Uter Ventorum e adesso Ignazio da Toledo è sulle sue tracce».

«Molto male. Quell'ispanico è scaltro. Sa di noi?»

«Non credo, mio signore».

«Di quali informazioni dispone?»

«Vivïen de Narbonne ha lasciato un messaggio a San Michele della Chiusa. Un messaggio dove presumo sia indicato il nascondiglio del libro. L'ispanico l'ha trovato prima di me».

«E tu non sei riuscito a fermarlo?», sibilò Dominus.

«L'ho seguito, e come lui ho trovato il messaggio di Vivïen. Si tratta di un crittogramma».

«L'avrai portato con te, suppongo».

Slawnik infilò la mano sotto la giubba. Toccandosi il petto avvertì il bruciore della ferita, ma lo ignorò. Disprezzava qualsiasi manifestazione di fragilità, provare dolore non si addiceva alla sua tempra di guerriero. Prese il frammento della croce e lo pose sul tavolo.

Dominus afferrò l'oggetto e lo avvicinò alla bugia. «È incompleto. È stato rovinato», disse incollerito.

«Sono stato colpito da una freccia, mio signore», si giustificò il boemo. «È stato un incidente».

Astenendosi dal commentare, Dominus si incurvò sul crittogramma e restò in silenzio a esaminarlo.

Trascorsero interminabili minuti, durante i quali Slawnik attese immobile il responso. Il suo signore era molto astuto e sapiente, e il militare per anni tra le fila della Saint-Vehme l'aveva reso avvezzo a sciogliere codici ed enigmi di ogni genere. Di certo anche stavolta sarebbe riuscito nell'intento, era solo questione di tempo. E infatti, dopo più di un'ora, Dominus annuì soddisfatto e ruppe il silenzio: «Si tratta di un itinerario scritto... Secondo queste frasi, Vivïen ha diviso il libro in quattro parti e le ha nascoste in altrettanti luoghi».

«Ditemi dove devo cercare, mio signore, e lo farò».

«Purtroppo le indicazioni riguardanti la prima tappa sono illeggibili a causa della tua incapacità. Dovrai recarti al secondo luogo indicato. È di strada».

«Molto bene».

«Bada però a non farti scoprire. Spia Ignazio da Toledo prima di agire, ma non ucciderlo. Potrebbe esserci utile vivo, per il momento. Lo stesso vale anche per Vivïen de Narbonne, in caso tu dovessi scovarlo».

«Lo terrò presente».

«Ora sai come agire, mio vassallo. Parti immediatamente per la seconda tappa e attendimi là. Ti raggiungerò entro breve. Voglio seguire questa faccenda di persona».

«Confidavo di scortarvi io stesso, mio signore. Questo luogo non è più sicuro per voi: Tolosa protegge gli eretici e sta per essere assediata dai crociati. Dovete andarvene al più presto».

«Pensi che non lo sappia? L'assedio è già cominciato. Ma devo trattenermi qui per un affare importante. Ho conosciuto un uomo molto informato sul conto di Ignazio da Toledo e di Vivïen de Narbonne. Lo incontrerò presto, al convento di Saint-Romain. Le sue informazioni potrebbero esserci utili. Ti raggiungerò poi, per unirmi alla ricerca del libro».

«Questa persona sa chi siete?», domandò Slawnik, quasi allarmato.

«No. Non sospetta nulla... D'altronde, come potrebbe?»

«Allora, mio signore, farò come dite». Il boemo si rialzò in piedi, lo sguardo basso in segno di riverenza. Baciò il pomo della sua spada e si prostrò in un rigido inchino di commiato.

37

Dopo dieci giorni di marcia da Nîmes, la compagnia di Ignazio sostò in cima a una collinetta di fronte a Tolosa. Fu lì che i tre compagni si imbatterono nell'inaspettata visione dell'esercito dei crociati francesi che assediava la città.

Viaggiando in quella direzione, il mercante aveva saputo da alcuni pellegrini incontrati lungo il cammino che Tolosa, eretica e sovversiva, si era ribellata all'autorità della Chiesa, della Corona e soprattutto del conte Simon de Montfort. Stava difendendo la sua autonomia, appoggiato dalle milizie provenzali del conte Raimond Trencavel, fresco di una vittoria riportata a Beaucaire.

Contrariamente alle notizie giunte alle orecchie di Ignazio, la cosa si sarebbe protratta a lungo perché i soldati di Tolosa opponevano resistenza agli assedianti. Lo scontro infuriava sul lato occidentale delle mura, presso il borgo di Saint-Cyprien, dove l'attraversamento di due ponti avrebbe consentito ai crociati di accedere alla città. Impresa più facile a dirsi che a farsi. Le difese infatti si erano consolidate proprio in quel punto e, si diceva, resistevano da oltre nove mesi.

Gli assedianti brulicavano lungo i fossati, cercando di aprirsi un varco nelle fortificazioni. Si muovevano dentro carri coperti con pelli bovine, per ripararsi dai proietti e dall'olio bollente che piovevano dalle mura. In lontananza, i mangani dei crociati rispondevano all'offesa prendendo di mira i bastioni tolosani.

A un certo punto Willalme scosse il mercante per un braccio e gli indicò il condottiero dei crociati. «Eccolo!», esclamò a denti stretti. «È il Montfort! Che il diavolo se lo porti!».

Ignazio e Uberto aguzzarono lo sguardo verso il punto che veniva loro indicato, tra le rive del fiume Garonna e l'imbocco dei ponti. Videro allora Simon de Montfort cavalcare all'attacco, circondato dalla guardia di stato maggiore. Era sicuramente lui. Il grande scudo triangolare e la gualdrappa del corsiero esibivano il suo blasone, un leone rampante dalla coda forcuta. Il conte sfoggiava poi, sopra l'usbergo, una sopravveste bianca ornata con una croce scarlatta. Avanzava fiero, con gli occhi infuocati e i lunghi baffi neri che spuntavano dall'elmo cilindrico.

Il Montfort strepitava a spada tratta, spronando uomini e cavalli. Ordinò a uno schieramento di arcieri di mirare al di là delle merlature tolosane, per colpire i ribaldi che stavano caricando le macchine da guerra. Una nube di frecce si levò subito dalle fila crociate, andando a crivellare gli artiglieri appostati dietro le fortificazioni. I crociati gridarono con furore e i guastatori si gettarono per l'ennesima volta verso le mura, all'ombra di possenti torri mobili.

Fu a quel punto che, dall'alto della loro postazione, Ignazio e i suoi compagni assistettero a un evento imprevisto. All'interno delle mura, un gruppo di donne di Tolosa si fece largo tra i cadaveri dei soldati e riuscì ad azionare un trabucco appostato sugli spalti. La macchina scattò con un guizzo metallico, scagliando un macigno verso le fila crociate. Il proietto roteò in aria descrivendo un lungo arco, poi precipitò sibilando e andò a colpire proprio la testa del Montfort.

Il conte vacillò e stramazzò a terra.

I crociati rimasero immobili. Sembravano persino incapaci di imprecare, senza qualcuno che ordinasse loro di farlo. La guardia di stato maggiore si radunò immediatamente intorno al caduto, e al Montfort vennero sfilati l'elmo e la cuffia metallica. Dopo poco si udì il responso, gridato da un soldato: «È morto! Il conte de Montfort è morto!».

I lamenti dei crociati risuonarono tutt'intorno alle mura di Tolosa, ma furono sommersi dal boato di giubilo levatosi dalla città. Era il 25 giugno 1218.

Willalme godette di quel momento. Aveva appena assistito alla morte di uno dei carnefici della sua famiglia, un dono inaspettato. Augurò al Montfort di sprofondare nel mondo dei dannati il più rapidamente possibile, e di soffrire in eterno per le bestialità che aveva commesso. Non sapeva che pensare del paradiso, ma all'inferno credeva con tutto il cuore.

«Tolosa ha vinto. I crociati ora se ne andranno», concluse Uberto, osservando i soldati della Croce ritirarsi in formazioni scompigliate verso i loro accampamenti.

«Non così in fretta, ragazzo. Guarda». Non senza manifestare rammarico, Ignazio indicò un gruppo di cavalieri che si avvicinavano al galoppo. Esibivano il gonfalone del re di Francia. «Stanno arrivando i rinforzi. Tolosa è una città troppo ricca perché vi si possa rinunciare tanto facilmente. Questa faccenda andrà per le lunghe. Settimane, forse mesi».

«Allora, cosa proponi di fare?», domandò Uberto, accarezzando nervosamente la criniera del suo cavallo.

«Potremmo entrare in città nottetempo», suggerì Willalme.

«E correre il rischio di essere scambiati per spie dei crociati? Non è saggio. Preferisco aggirare l'ostacolo, per il momento».

«Cioè?»

«Tolosa non è l'unico luogo che dobbiamo visitare. Vivïen de Narbonne ha indicato nel suo crittogramma altri tre posti. Finché l'assedio perdura, cercheremo altrove».

Uberto annuì. «Dovremo decifrare il resto del messaggio».

Il mercante spronò il cavallo. «Cerchiamo un luogo sicuro dove poter riflettere con calma. Restando qui siamo esposti a troppi rischi».

Prima di seguirlo, Uberto gettò l'ultima occhiata a valle. I crociati stavano già tornando alla carica.

38

La battaglia infuriava sotto le mura di Tolosa, ma nonostante il fragore delle grida e il cozzare delle armi, dentro il convento di Saint-Romain regnava il silenzio. Protetto dalle arcate dello studium domenicano, fra' Scipio Lazarus sedeva immobile al proprio scrittoio, indifferente agli eventi che si stavano svolgendo a poca distanza.

Meditava sull'Uter Ventorum. Pensava a ciò che aveva sacrificato in quegli anni pur di ottenerne i benefici. Si era persino aggregato ai Frati Predicatori, al seguito di fra' Domenico di Guzman, per operare indisturbato a Roma, a Bologna e a Tolosa senza destare sospetti sulla sua identità. E tutto per conseguire i suoi scopi.

Fra' Domenico era un individuo ben strano, rifletté Scipio Lazarus. Era spinto da ideali di umiltà e di devozione, ma si teneva distante dalla nicchia spirituale francescana. Per anni aveva seguìto quell'uomo, credendosi immune da ogni sospetto. Ma a volte temeva di non essere riuscito a ingannarlo. E Scipio Lazarus non poteva permettersi di far trapelare qualcosa di sé. Non poteva rivelare a nessuno, nemmeno a fra' Domenico, ciò che covava in segreto. Soprattutto ora che la trama ordita in lunghi anni sembrava finalmente portare i suoi frutti. Mancava davvero pochissimo perché il piano si attuasse! Per di più fra' Domenico non avrebbe potuto intralciarlo anche se avesse sospettato qualcosa, perché in quei giorni si trovava in visita a Roma.

Di fatto, a Scipio Lazarus non era mai interessato veramente unirsi ai domenicani, né convertire eretici o vivere in umiltà. Si trattava per lui di una semplice copertura. Lui bramava altro: il Sapere degli angeli, il potere della mente, il dominio delle energie celesti. Doveva avere ancora pazienza, ma entro breve avrebbe potuto gettare la maschera e abbandonare quella vita nell'ombra.

Mentre pregustava il successo, Scipio Lazarus scorreva lo sguardo fra le righe di una missiva giunta dall'Italia. Gli era stata spedita un mese prima dall'abate Rainerio da San Donnino: il suo burattino. Si trattava di un resoconto dettagliato su quanto scoperto riguardo Ignazio da Toledo, dopo il suo arrivo al monastero di Santa Maria del Mare.

Parve divertito dal contenuto della lettera. Rainerio, d'altronde, era talmente ingenuo da accusare Ignazio dell'omicidio del conte Enrico Scalò; lo credeva addirittura un adoratore del diavolo... Non immaginava quali forze si muovessero nell'ombra e a che scopo. Non aveva compreso neppure la reale natura del segreto di Ignazio... Però Scipio Lazarus trovò anche qualcosa di utile, in quella lettera: Rainerio riferiva dettagli importanti di cui lui non era a conoscenza.

Le riflessioni furono interrotte da una scossa improvvisa che si diffuse per la stanza facendo vibrare le pareti, poi un boato di mura squarciate risuonò dall'esterno.

Scipio Lazarus si rizzò di scatto contro lo schienale. Tese l'orecchio per comprendere cosa stesse avvenendo al di fuori, nel groviglio delle strade impazzite. Udì il crollo di calcinacci e di pietre, grida e imprecazioni, passi in fuga sempre più lontani. Dominò la tensione e attese che tornasse il silenzio.

Tutto quel rumore doveva essere stato causato dal proietto di un mangano che aveva colpito un edificio vicino al convento. Accadeva per la seconda volta, quel giorno. Gli attacchi dei crociati, con le loro macchine da guerra, stavano diventando sempre più frequenti. Se non fossero riusciti a penetrare nella città, l'avrebbero demolita sotto i colpi dei mangani.

Una voce tremula risuonò dall'ingresso dello studium: «Avete sentito, padre Scipio? È successo di nuovo. Un macigno ha quasi sfiorato la nostra chiesa!».

Scipio Lazarus si rivolse con noncuranza a chi aveva parlato: «Padre Claret, pensavo foste fuggito assieme agli altri confratelli. Cosa volete?».

In risposta alla freddezza con cui era stato accolto, padre Claret accentuò la sua espressione scioccata. «Un uomo chiede udienza. Dice di avervi già incontrato e di essere qui per parlare di una certa questione che interessa a entrambi».

«Chi è?»

«Dice di essere il conte Dodiko».

«Il conte Dodiko?», bisbigliò tra sé Scipio Lazarus. «Lasciatelo passare», intimò, «ma prima tenete». Infilò le dita in un cassetto dello scrittoio ed estrasse un rotolo di pergamena. «Si tratta di una lettera. Dev'essere spedita al più presto. Il destinatario vive a Venezia, il suo nome è Henricus Teotonicus. Massima riservatezza, mi raccomando... E non sventolatela sotto il naso del conte Dodiko mentre lo incrociate lungo il corridoio».

Padre Claret annuì ripetutamente, ancora tremebondo. Celò il rotolo sotto lo scapolare e si allontanò a capo chino.

Un attimo dopo entrò nello studium un uomo alto, coperto da un mantello bianco. Aveva lunghi capelli neri e un viso regolare, ben rasato, il taglio degli occhi deciso. Sopra l'usbergo indossava un *gonel* verde decorato con brocche metalliche. Accennò un inchino e si sedette di fronte a Scipio Lazarus.

«Scusate conte, per avervi fatto attendere», esordì il domenicano, «ma di questi tempi non si sa mai. Noi frati predicatori non siamo ben accetti in questa città traboccante di eretici. La maggior parte dei confratelli è già fuggita, del resto».

«Non dovete scusarvi, reverendo padre». L'uomo rispose con accento sassone, ravviando i capelli con un gesto fluido della mano. «Le precauzioni sono d'obbligo in tali circostanze. D'altronde non so per quanto ancora i crociati saranno in grado di protrarre l'assedio. Le difese di Tolosa reggono all'urto... Mi chiedo piuttosto come abbiate fatto voi, un umile religioso, a trattenervi così a lungo in un simile luogo. Non temete di essere preso come ostaggio?».

Scipio Lazarus non poteva certo rivelare di essere riuscito a fermarsi a Tolosa appoggiando segretamente il movimento cataro, accattivandosene la stima e il rispetto. E poi c'era da chiedersi come lo stesso Dodiko, fedele alla Chiesa e schierato dalla parte del Montfort, riuscisse ad aggirarsi indisturbato entro le mura della città. «Non ricordo di cosa avremmo dovuto parlare...», mentì. «Ah, sì. Dicevamo di un uomo... quell'Ignazio da Toledo, se non vado errato».

«Infatti». Dodiko incrociò le braccia sul petto, sfoggiando le piastre dell'usbergo che rivestivano gli arti superiori. «A quanto pare, l'interesse per quell'ispanico ci accomuna».

«Giungete proprio a fagiuolo, caro mio», proferì il domenicano. L'uomo che aveva di fronte era l'ennesimo mistero che lo legava a Ignazio da Toledo, e forse all'Uter Ventorum. Non sapeva molto di lui, ma quanto bastava a comprendere che rappresentava una pedina fondamentale nell'enorme scacchiera del suo piano, una pedina che finalmente avrebbe potuto muovere a piacimento. Per questa ragione gli porse con malizia la lettera di Rainerio da San Donnino ancora stretta fra le sue dita. «Ho ricevuto da poco alcune notizie sul "nostro" Ignazio. Leggete, leggete prima di parlare...».

Dopo aver letto con attenzione, il conte Dodiko posò la lettera sul tavolo. Una nota di sospetto gli induriva lo sguardo, ma quell'accenno di espressione rivelava solo una minima parte del tumulto che si agitava dentro di lui. La sua capacità di dissimulare era seconda soltanto all'abilità con cui sapeva destreggiarsi in combattimento. Con Scipio Lazarus, sospettava, avrebbe messo alla prova l'una e l'altra le sue qualità.

«Non credevo che Ignazio da Toledo fosse capace di simili efferatezze», confessò in tutta franchezza, in accenno alla missiva che aveva appena letto. «E, da quanto vedo scritto, viaggia in compagnia di un presunto cataro, un certo Willalme de Béziers».

Seduto sul bordo dello scrittoio, nell'angolo più in ombra dello studium, Scipio Lazarus annuì in silenzio. Per un attimo Dodiko lo studiò con lo sguardo. Prestò attenzione alle profonde cicatrici che gli attraversavano la faccia, ma proprio allora la sensazione di familiarità svanì. Non aveva mai visto simili sfregi... E di certo non si sarebbe mai aspettato di trovarli sulla faccia di un religioso.

Scipio Lazarus sembrò intuire i sospetti del nobiluomo. Portò la mano davanti al volto e sistemò il cappuccio per nascondere i lineamenti. Poi disse: «Ignazio da Toledo è più pericoloso di quanto sembri. Voi, esattamente, perché siete tanto interessato a lui?»

«Non tanto a lui quanto alla sua incolumità», rivelò Dodiko. «È in possesso di informazioni preziose».

Il domenicano lo fissò con sorpresa, senza allontanare la mano dalla faccia. «Informazioni?», ripeté. «E di quale natura?»

«Rendendovi noti certi dettagli, rischierei di esporvi al pericolo, reverendo padre», si affrettò a rispondere Dodiko. Non si fidava di Scipio Lazarus, era viscido e pretendeva di sapere più di quel che rivelava.

«Si può almeno sapere per conto di chi agite, o a quale scopo?»

«Sul mio mandante e il mio scopo ho giurato di mantenere il silenzio. Posso solo dirvi che devo ritrovare Ignazio da Toledo prima che gli capiti qualche incidente».

«Incidente?»

«Ho ragione di credere che qualcuno voglia attentare alla sua vita. Perciò, voi capirete, ho bisogno di ogni informazione possibile per scongiurare questo rischio».

«Naturalmente, conte». Un sorriso grifagno si allargò sul volto del domenicano. «Perciò vi domandate dove sia diretto e per quale ragione...».

«A voi non sfugge proprio nulla, padre».

39

La compagnia di Ignazio trovò alloggio al di là del fiume Garonna, nelle terre di Guascogna, o *Vasconia*, come spesso si diceva. Era stato abbastanza semplice trovare una locanda lungo la strada sassosa diretta in Spagna. Dopo essersi sistemati in una stanza del locale, lontani da sguardi indiscreti, i tre compagni sedettero a un tavolo di quercia per decidere sul da farsi.

Parlò per primo Uberto: «La cifratura dell'indovinello non aiuta granché, offre indicazioni esplicite solo riguardo Tolosa». Nelle sue parole risuonava una nota di frustrazione. «La seconda riga accenna invece a un rosaio. Si tratta di un giardino? E se anche fosse, dov'è?»

«Come avevo anticipato, sospetto che la cifratura non sia completa». Ignazio puntò l'indice sulla cartapecora. «Devono esserci altre indicazioni nascoste».

a	e	r	c	m	s	a	v	r	n	o	r	z	v	d	t	o	a	r	s
l	l	a	i	t	o	v	s	e	e	r	l	b	z	a	v	i	s	n	t
z	t	d	e	a	r	t	o	v	i	r	a	n	m	i	a	n	r	+	a
o	i	l	e	o	t	s	s	e	e	+	l	l	e	v	m	n	e	a	t
t	t	s	o	v	g	z	t	l	a	v	n	m	g	b	i	r	s	e	m
h	e	v	t	s	n	r	e	v	l	b	g	e	e	r	n	p	v	o	d
r	e	+	n	k	i	o	g	b	e	a	r	b	s	e	i	l	t	j	n
+	e	c	h	e	c	l	s	v	e	m	s	s	a	a	t	n	e	c	v
c	m	s	i	o	d	v	n	n	v	i	c	l	a	v	f	s	i	i	t
i	l	r	l	a	i	t	e	v	l	r	o	l	s	a	e	v	l	r	t
+	c	a	s	m	a	e	+	z	s	a	v	r	i	a	t	k	n	v	e
l	c	e	a	p	s	i	a	v	l	s	t	s	e	e	v	r	l	v	o
v	c	e	a	a	m	l	g	e	i	b	n	a	e	s	a	t	t	v	a
a	s	m	v	p	b	i	o	s	c	t	a	e	j	l	e	l	d	e	n

«Lo credo anch'io». Il ragazzo soffermò lo sguardo sui caratteri non sottolineati durante la precedente operazione di decifratura. «Per metà le lettere sono rimaste inutilizzate, ma ho provato a leggere le rimanenti e le ho trovate prive di senso».

«Prova a trascriverle sul quaderno», lo invitò Ignazio, mentre la sua espressione si faceva meditativa.

Uberto, obbediente, iniziò ad annotare le lettere sulla pergamena, di fianco al precedente indovinello.

e c s v n r v t a s
l a t v e r b a i n
t e r o i a m a r a
o l o s e + l v n a
t o g t a n g i s m
h v s r v b e r p o
e n i g e r s i t n
\+ c e l v m s a n c
m i d n v c a f i t
i r a t v r l a v r
c s a + s v i t n e
l e p i v s s e r v
c a m g i n e a t a
a m p i s t e l l e

Quando il giovane ebbe concluso, il mercante studiò la trascrizione. Per prima cosa provò ad applicare il metodo della lettura bustrofedica, che gli aveva consentito di svelare la prima parte del messaggio, ma non ebbe successo. Letta da sinistra verso destra, la prima riga del testo non acquisiva alcun significato. Proseguì allora a esaminare la seconda riga, e all'improvviso riconobbe con chiarezza la parola *verba*. Frenò l'entusiasmo, non era ancora sicuro di essere sulla giusta strada. Ricontrollò bene, ispirato da un'intuizione, e proseguì a esaminare le righe sottostanti... ed ebbe la conferma che cercava. Aveva trovato la chiave di decifrazione! Alzò uno sguardo vittorioso verso i compagni.

«Hai capito qualcosa?», lo interpellò Willalme.

Ignazio annuì. «Siamo stati degli sciocchi, bastava invertire il verso».

«Quale verso?». Uberto bruciava di curiosità. «Spiegati meglio».

«Il verso di lettura, naturalmente!». Il mercante batté l'indice sulla pergamena. «Dobbiamo leggere la seconda trascrizione come abbiamo fatto con la prima, in bustrofedico, ma questa volta nel verso contrario, cioè partendo da destra verso sinistra».

Uberto e Willalme lo osservarono basiti mentre lui, tutto preso dalla scoperta, trascriveva il codice secondo il proprio ragionamento.

s a t v r n v s c e
l a t v e r b a i n
a r a m a i o r e t
o l o s e + l v n a
m s i g n a t g o t
h v s r v b e r p o
n t i s r e g i n e
+ c e l v m s a n c
t i f a c v n d i m
i r a t v r l a v r
e n t i v s + a s c
l e p i v s s e r v
a t a e n i g m a c
a m p i s t e l l e

«Togliendo gli elementi separatori, cioè le croci, il testo diventa così», disse infine.

s a t v r n v s c e l a t v e r b a i n a r a m a i o r e t o l o s e
l v n a m s i g n a t g o t h v s r v b e r p o n t i s r e g i n e
c e l v m s a n c t i f a c v n d i m i r a t v r l a v r e n t i v s
a s c l e p i v s s e r v a t a e n i g m a c a m p i s t e l l e

Uberto si sporse in avanti per leggere. «Questa volta sembra scritto in latino», notò.

«Sembra proprio di sì», confermò Ignazio. «È scritto in latino, anche se un po' deformato dal vernacolo».

«Allora forse adesso sapremo dove siamo diretti!», esultò Willalme.

Anziché ribattere, il mercante lesse ad alta voce, scandendo con attenzione le parole contenute nel messaggio:

Saturnus celat verba in ara maiore Tolose
Lunam signat Gothus Ruber Pontis Regine
Celum Sancti Facundi miratur Laurentius
Asclepius servat aenigma Campi Stelle

Dopo aver ascoltato, Uberto tradusse per Willalme, ricambiando il favore reso giorni prima.

Saturno nasconde le parole nell'altare maggiore a Tolosa
Gothus Ruber disegna la Luna a Ponte della Regina
A San Facondo Lorenzo osserva il cielo
Asclepio conserva l'enigma nel Campo della Stella

Il francese si aggrottò. «Quindi la cifratura di Vivïen non contiene uno ma due indovinelli, uno in provenzale e l'altro in latino».

«Questo però è totalmente diverso dal precedente», soggiunse Uberto. «Il primo parla degli angeli caduti, il secondo dei pianeti, della luna e delle stelle».

«Ma il secondo è molto più semplice da interpretare», dichiarò Ignazio. «Ogni sua riga accenna a un luogo diverso, quindi dovremo visitare quattro tappe».

«Quattro», ripeté Uberto, «proprio come le parti del libro».

«Proprio così». Il mercante contò sulla punta delle dita. «Quattro parti del libro, quattro località. Senz'altro non è una coincidenza, anzi mi pare chiaro che a ogni luogo citato nel messaggio corrisponda il nascondiglio di una parte diversa dell'Uter Ventorum».

Il ragazzo si trovò d'accordo. «Resta da comprendere quale parte corrisponda a quale luogo».

«Se il nostro ragionamento è corretto, il procedimento più logico sarebbe seguire l'ordine suggerito dal cifrario», propose Ignazio. «Cioè mettere a confronto il testo latino con quello provenzale partendo dalla prima riga di entrambi», e indicò sulla pergamena le frasi di cui stava parlando.

Armaroz dort suz les oilz d'Aturnin
Saturnus celat verba in ara maiore Tolose

«Vedete?», continuò, ormai certo d'aver intuito giusto. «Entrambe fanno riferimento allo stesso luogo: *Aturnin* e *Saturnus*».

«Ma Saturno è il nome di un pianeta», obiettò Willalme.

«È anche il nome latino di saint Sernin», precisò il mercante. «In questo caso, *Aturnin* e *Saturnus* sono modi differenti per designare sempre la basilica di Saint-Sernin che, come sta scritto nel testo, si trova a Tolosa. L'indicazione però va oltre: non segnala la sola basilica, ma suggerisce di cercare presso l'*ara maior*, cioè vicino all'altare maggiore».

«Se il significato delle frasi combacia, la nostra intuizione è giusta!». Uberto tuffò le mani tra i capelli. «Perciò Viviën avrebbe nascosto l'angelo Armaros, cioè la parte del libro dedicata agli incantesimi, nell'altare maggiore di Saint-Sernin».

«Precisamente».

«Ma non possiamo andare a verificare, almeno per il momento», sospirò Willalme.

«È vero, non potremo entrare a Tolosa finché resterà sotto assedio». Il mercante tornò a esaminare la pergamena. «Non ci resta quindi che proseguire. Ora che abbiamo capito come fare, confrontiamo la seconda riga di entrambi gli indovinelli e guardiamo cosa se ne ricava».

Temel esteit suz l'umbre d'un eglenter
Lunam signat Gothus Ruber Pontis Regine

Uberto corrugò la fronte. «Il rosaio, la luna e la regina… Sembrerebbe un riferimento alla Madonna».

«La frase in provenzale è evasiva», disse Ignazio. «A parte la citazione dell'angelo Temel, cioè la parte del libro riguardante le fasi lunari, non fornisce indicazioni. Concentriamoci su quella in latino, che ribadisce il collegamento con la luna… ma soprattutto fornisce i nomi di una località e di una persona».

«Il *Pons Reginae* sarebbe un nome di luogo?», domandò Willalme.

«Ne ho già sentito parlare». Uberto si sforzò di ricordare. «Dovrebbe trovarsi lungo la via di pellegrinaggio per Santiago de Compostela, se non sbaglio».

«Ricordi bene». Il mercante aveva l'aria di sapere ben più di quel che dava a intendere. «Ponte della Regina, o meglio, *Puente la Reina*, si trova in Spagna, ai piedi dei Pirenei. Il nostro uomo vive là».

«E chi sarebbe questo "nostro uomo"?». Il ragazzo si sporse in avanti, non stava più nella pelle. «Ne parli come se lo conoscessi».

«Gothus Ruber? Certo che sì. Lo conosco da una vita».

40

Durante la notte Dominus abbandonò la città di Tolosa.

Qualche ora prima, dopo avere ottenuto le informazioni che gli servivano su Ignazio da Toledo, si era allontanato dal convento di Saint-Romain. La conversazione non era stata facile come pensava perché il suo informatore era astuto e sfuggente, a conoscenza di più segreti di quanto lasciasse trapelare. Dominus era stato costretto a troncare il colloquio, quando il suo interlocutore aveva iniziato a farsi sospettoso. Ma ne era valsa la pena.

Uscito dalla chiesa, aveva atteso il calare della notte per attraversare la città. Si era lasciato alle spalle il monastero di Notre-Dame de la Daurade e aveva raggiunto la corte retrostante di un palazzo sventrato dai proietti. Dopo essersi accertato che nessuno lo seguisse, si era calato dentro un pozzo tramite una scala di ferro fissata alle pareti interne.

Il pozzo non conteneva acqua. Sul suo fondo si apriva l'accesso a una galleria diretta all'esterno delle mura di Tolosa. Dominus vi si era intrufolato e aveva proseguito al buio, con la schiena curva e le ginocchia piegate.

Quando varcò l'uscita del passaggio, si ritrovò in un bosco di lecci.

Inspirò l'aria della notte, guardandosi intorno oltre il groviglio della macchia. Era sbucato sul lato orientale della città, molto vicino alle fortificazioni esterne. Come predisposto, un cavallo assicurato a un albero lo stava aspettando. Montò in sella e aggirò le mura al trotto.

Dai vicini fossati si levava l'afrore della morte. I corpi di molti soldati erano caduti là dentro durante lo scontro, e i loro miasmi si mescolavano all'umidità della notte. Altri cadaveri erano disseminati nei dintorni, sul manto erboso. Profonde ferite, ustioni e lance spezzate deturpavano le loro membra.

Sullo sfondo del tetro scenario un gruppo di beccamorti rovistava fra il sangue e le armature. Incurante della loro presenza, Dominus attraversò il campo come un'ombra, ma uno di quegli uomini gli si avvicinò a un tratto guardingo.

«Fermatevi messere, chi siete?». Si trattava di un crociato, un fante guascone male in arnese. Indossava una maglia di cuoio intrecciato a strisce, una celata conica arrugginita e uno scudo ovale dipinto a motivi rossi e gialli.

«Hai bisogno di chiederlo, soldato?», rispose Dominus, fingendosi sdegnato. «Non vedi la croce sul mio petto? Servo la Chiesa, proprio come te. Lasciami passare».

Il guascone indietreggiò e fece un inchino. «Perdonate la mia inettitudine». E così dicendo, si scansò per lasciare libero il passaggio. Dominus lo oltrepassò senza ribattere, fingendo di dirigersi verso l'accampamento dei crociati, poi, quando fu a buona distanza, spronò il cavallo verso occidente.

41

La compagnia di Ignazio impiegò più di una settimana per raggiungere Puente la Reina. Dopo essersi lasciata Tolosa alle spalle, aveva proseguito a cavallo lungo una strada ciottolosa diretta in Spagna. Era stato facile orientarsi perché l'itinerario era segnalato da cippi e da cartelli che recavano l'immagine della Conchiglia.

Quei segnali, spiegò Ignazio a Uberto, guidavano i viandanti per tutto il *Camino de Santiago* fino alla città di Compostela. Sciami di pellegrini si incamminavano dalle città francesi di Tours, Vezelay, Le Puy e Arles per raggiungerla.

«Perché proprio da una conchiglia?», domandò il ragazzo.

«Tutto nasce da una leggenda», rispose il mercante. «Un cavaliere trasportò a Compostela le reliquie dell'apostolo Giacomo attraversando il mare in groppa al suo destriero, che in quell'occasione si ricoprì miracolosamente di conchiglie. Da allora la conchiglia divenne il simbolo di san Giacomo. È difficile che i viandanti giunti fino a Compostela non ne raccolgano nemmeno una in riva al mare, come ricordo del loro pellegrinaggio. Io stesso lo feci».

Ignazio continuò illustrando che quasi tutte le strade convergevano nel passo di Roncisvalle, presso la zona basca dei *Wascones*, ma c'era anche la possibilità, per chi giungeva da Tolosa, di attraversare i Pirenei più a sud, al passo di Somport, e di scendere a valle presso la città aragonese di Jaca. Da là si poteva proseguire comodamente verso Puente la Reina.

Valicare i Pirenei non fu difficile, sebbene Uberto avesse notato che il versante francese era più accidentato di quello ispanico. Ben presto una vegetazione lussureggiante prese il sopravvento sulle distese di conifere. A valle il paesaggio mutò ancora, diventando un pianoro di campi tagliati da strade polverose. Gli occhi spaziarono sulle superfici verdeggianti disciplinate dall'aratro e dal bue e bruciate dal riverbero del sole.

I tre compagni proseguirono a tappe forzate. Superarono Pamplona senza visitarla e dopo una lunga marcia raggiunsero le sponde del fiume Arga. Si trattava di un alveo stretto, poco più di una virgola azzurra fra le rughe della terra. Sulla riva opposta, dietro una cortina di foschia generata dall'afa, sorgeva una città raggiungibile attraverso un lungo ponte di pietra sorretto da sei arcate.

In direzione dell'abitato, la strada e il ponte erano stipati da una moltitudine di pellegrini: uomini a piedi, per la maggior parte; pochi fortunati stavano in groppa a muli o a cavalli; altri ancora guidavano carri carichi di ogni genere di merce. La calca avanzava pigramente, le teste ciondolanti oppresse dalla calura.

Uberto notò che molte di quelle persone erano vestite allo stesso modo. Portavano larghi cappelli con le falde rialzate sulla fronte, e sugli abiti sfoggiavano i simboli del pellegrinaggio, la conchiglia e la Veronica.

La città oltre il ponte era la loro destinazione, Puente la Reina. La via era molto trafficata perché là convergevano le strade dirette a Compostela.

Si accodarono alla massa di viandanti, avanzando con molta pazienza.

All'interno della città, gli edifici si disponevano lungo l'asse della calle Mayor, la via principale su cui dominava la chiesa di Santiago el Mayor. Uberto stava osservando impressionato la calca che affollava le vie e soprattutto il borgo del mercato, quando a un tratto Ignazio lo prese per un braccio, forse per timore di smarrirlo in mezzo a quella confusione.

«Vieni», gli disse, «andiamo a cercare Gothus Ruber».

42

La canicola raggiunse l'apice durante il primo pomeriggio. Uberto, stanco per il lungo viaggio, avrebbe preferito di gran lunga trovarsi su un letto comodo per riposare, invece che assecondare l'impazienza di Ignazio. Non capiva la ragione di tanta fretta. Se quel Gothus Ruber – o come diavolo si chiamava – aveva atteso fino ad allora, avrebbe senz'altro aspettato un giorno in più... Eppure il mercante appariva inquieto. L'ansia gli traspariva chiaramente dagli occhi, sebbene cercasse di mascherarla.

«Ignazio, qualcosa ti affligge?», gli chiese Uberto, mentre camminava dietro di lui spintonando fra la calca.

Il mercante si voltò, fissandolo come fosse un allocco, poi riprese a guardare in avanti con un mezzo sorriso. Il ragazzo lanciò allora un'occhiata interrogativa a Willalme, che si limitò a un'alzata di spalle.

Vagarono fra i tendoni del mercato davanti alla chiesa di Santiago el Mayor senza che Uberto riuscisse a comprendere dove fossero diretti. Sembravano girare in tondo.

A un certo punto Ignazio, dopo essersi guardato con circospezione alle spalle, chiamò a fianco a sé il francese e gli bisbigliò qualcosa all'orecchio. Willalme annuì, coprì il volto con il cappuccio e si allontanò in fretta.

Uberto lo seguì con gli occhi. «Dove sta andando?»

«Continua a camminare e non guardarlo», gli raccomandò il mercante. «L'ho mandato a controllare una cosa. Ci raggiungerà più tardi».

Ignazio e Uberto camminarono ancora per qualche minuto sotto i tendoni del mercato.

«Il vero nome di Gothus Ruber è Bartolomeo», svelò il mercante. «L'appellativo "Gothus" deriva dal fatto che la sua famiglia discende dai visigoti, che popolarono la penisola iberica prima ancora degli arabi. Motivo per cui è conosciuto anche come Ruber... Be', lo capirai tu stesso non appena te lo troverai di fronte». Sorrise. «Devi sapere che un tempo Bartolomeo era uno degli alchimisti più capaci di Toledo».

Uberto, quasi divertito, iniziava ad abituarsi alle stranezze di Ignazio. «Come fai a conoscerlo?»

«Lo conobbi in gioventù, ai tempi dello Studium di Toledo, quando traducevo i libri provenienti dall'Oriente», rispose il mercante. «Già allora Bartolomeo praticava l'alchimia. Ero affascinato dalle sue teorie sui metalli. Lo frequentai assiduamente e diventammo amici. Quando partii da Toledo ci perdemmo di vista e ci rincontrammo molti anni dopo, quasi per caso. Seppi che era caduto in disgrazia contraendo debiti con certi usurai di Saragozza. D'altronde era prevedibile: i suoi esperimenti lo costringevano a procacciarsi oro, argento e libri rari. E siccome non era più in grado di mantenersi, decisi di portarmelo appresso per fargli guadagnare qualche soldo, insegnandogli l'arte del trafficare reliquie».

In mezzo al mercato, da un crocchio di pellegrini raccolti intorno a una bancarella si levava la voce gagliarda di Gothus Ruber. L'uomo se ne stava dritto dietro un carretto di legno che usava come bancone e sopra la testa, per proteggersi dai raggi solari, aveva un largo tendone quadrato di colore arancio. L'aspetto era quello di un piccolo gazebo tunisino traboccante di oggetti di vario tipo.

I passanti ficcavano il naso nella paccottiglia, curiosando fra amuleti, reliquie e pergamene cotte dal sole e Gothus Ruber alimentava il loro interesse proclamando a gran voce le qualità della sua merce: «Ammirate signori, questo lembo della tunica di Santiago! E quest'altro? È un dente di san Cristoforo, affilato come quello di un lupo! Qui invece ci sono le ceneri di Gervasio e di Protasio, che ho raccolto personalmente a Milano, guidato da una visione di sant'Ambrogio! E che dire di questo vasetto, dove ho sigillato la manna di san Nicola di Mira? Annusate! Sentite la fragranza d'incenso! Cosa dite voi là in fondo, con la faccia triste? Il vostro agro è sterile? Acquistate questo libro, dove sono state trascritte le preghiere e gli incantesimi necessari perché la vostra terra diventi fertile! E renderanno feconda anche vostra moglie, qualora sia sterile o troppo vecchia per avere figli… Come? Non sapete leggere? Perbacco, non importa! Basta che teniate il libro sotto il cuscino! Voial-tri, mettete subito giù! Quello non è un gingillo, sapete? È la lancia di Longino! Bene, chi è il prossimo? A chi tocca? Chi vuole comprare qualcosa?»

«Io vorrei la *Clavicula Salomonis*», vociò qualcuno in mezzo alla folla.

Che razza di richiesta, si disse Gothus Ruber arricciando il naso rubizzo. La *Clavicula Salomonis* era infatti un libro di negromanzia. «E perché non il *Necronomicon* di Abdul Alharzerd, tradotto in greco da Teodoro Fileta di Costantinopoli!», esclamò in risposta. Ma prima ancora di terminare la frase incrociò lo sguardo dell'uomo che aveva parlato. Ebbe un attimo di titubanza, poi il suo volto si trasfigurò per la sorpresa: «Ignazio da Toledo! Sei proprio tu? Ma cosa diavolo ci fai qui, vecchio predone che non sei altro?!».

Dall'altra parte del bancone, Ignazio sorrise. «Sono felice di trovarti in salute, amico mio. Diciamo che sono qui per certi affari».

Uberto, al fianco del mercante, studiò l'aspetto di Gothus Ruber. Era proprio uno strano tipo, tarchiato, sui cinquant'anni, abbigliato con una guarnacca verde sfoderata. Il viso era paonazzo e gli occhi lunghi e stretti. Il suo capo era ricoperto da una cesta di riccioli rossi, ecco perché veniva chiamato Ruber. A ben vedere, i suoi lineamenti ricordavano le fattezze di un satiro.

«Sempre in giro per soldi, come una baldracca!», esclamò il Rosso, traboccante di contentezza. «Sono felice di rivederti, vecchio ceffo! Dopo tanto tempo mi sento ancora tuo debitore».

Ignazio nascose la malinconia dietro un'espressione sardonica. «Tu mi devi solo amicizia e null'altro, brutto cialtrone. D'altronde, che altro potresti offrirmi? Quattro ossa ammuffite dentro un sacchetto di pelle unta?»

«Vacci piano con le offese. Questa è roba autentica», dichiarò l'altro, per non essere screditato davanti a una torma di potenziali acquirenti. «Non sono mica come quei pidocchiosi rigattieri ebrei che infestano le borgate di periferia», grugnì. «Prendi ragazzo, questo è un autentico alluce di san Cipriano. Te lo regalo».

Così dicendo, Gothus Ruber mise un ossicino giallastro nelle mani di Uberto. Poi si rivolse di nuovo al mercante: «Piuttosto, chi è questo giovane?»

«Lui è Uberto, il mio assistente», rispose Ignazio.

«Uberto, eh?». Il Rosso si sporse sul bancone per scrutare il ragazzo. «Sei fortunato. Non ti poteva capitare miglior maestro! Avresti dovuto vederlo quindici anni fa, alla presa di Costantinopoli... A quei tempi guidava un drappello di uomini tra le fiamme della città imperiale, scorrazzando fra il monastero di San Giovanni Battista e il quartiere saraceno. Che tempi! Io ero con lui».

«Già...». Il mercante alzò gli occhi al cielo. Non gradiva che le parole di Gothus Ruber rivangassero nel passato come grosse mani sgraziate.

«Ignazio, dimmi piuttosto», proseguì il Rosso, ammiccando in direzione di Uberto, «ti ricordi di quello spilungone nero che incontrammo a Costantinopoli? Roba da non credere! Aveva una croce marchiata a fuoco nel bel mezzo della fronte».

«Cosa?», si lasciò sfuggire il ragazzo, mentre giocherellava con l'alluce di san Cipriano.

«Me lo ricordo», affermò il mercante. «Si esprimeva in una lingua sconosciuta, perciò si portava dietro un interprete di latino. Diceva di appartenere a un popolo cristiano, sebbene nessuno di noi ne avesse mai sentito parlare. Disse che alla sua gente, durante il battesimo, veniva impressa sulla fronte una croce con il ferro rovente».

Uberto apparve impressionato.

«A mio parere, Bartolomeo, l'uomo nero che abbiamo incontrato doveva essere Lalibela, il re di Etiopia. Se non ricordo male, disse di trovarsi in pellegrinaggio, e che desiderava visitare tutte le città sacre della cristianità».

«Chissà se ce l'ha fatta... Ma ora vuota il sacco, vecchia volpe». Il Rosso aggrottò le fulve sopracciglia. «Cosa ci fai qui?»

«Non mi dilungherò, amico mio». Lo sguardo di Ignazio divenne penetrante come la punta di uno spillo. «Sono sulle tracce di Vivïen de Narbonne e dell'Uter Ventorum, che tu sicuramente hai visto».

43

Gothus Ruber spalancò gli occhi come se gli stesse venendo un colpo. Fissò il mercante con lo sguardo attonito, incurante della folla che smanazzava fra la sua merce. Sembrava stordito come se gli avessero suonato un corno dentro le orecchie. Dopo un momentaneo smarrimento, riprese coscienza e osservò la gente accalcata davanti al suo bancone. Ne fu visibilmente infastidito, tanto che di punto in bianco levò le braccia al cielo e iniziò a sbraitare, quasi volesse disperdere un branco di capre.

«Via, via! Andate via! Adesso chiudo! Tornate domani!».

Così dicendo, il Rosso coprì con un telo le sue preziose cianfrusaglie, mentre i curiosi si allontanavano brontolando, mettendosi alla ricerca di altre bancarelle.

Gothus Ruber attese che la ressa si dileguasse, poi lanciò un'occhiata perplessa verso Ignazio, che attendeva in silenzio affiancato da Uberto. «Lo sapevo che prima o poi ti saresti fatto vivo. Vivïen de Narbonne me l'aveva detto. Aveva previsto tutto, ogni dettaglio», confidò a bassa voce, quasi rivelasse una profezia.

A quelle parole Uberto tese bene le orecchie. Forse sarebbe riuscito a scoprire quella parte di verità che Ignazio gli teneva nascosta. E fu pervaso da una sensazione di trionfo, che non riuscì a contenere: «Allora l'interpretazione del crittogramma era corretta!».

Il mercante lo zittì stringendogli una spalla. Prima di rivelare certi dettagli, intendeva scoprire quali informazioni possedesse Gothus Ruber. Il Rosso conosceva Vivïen de Narbonne, questo lo sapeva bene. Era stato proprio lui a presentarli, prima che gli capitasse quel brutto affare in Germania. Non immaginava però quale tipo di rapporto avessero instaurato durante tanti anni di silenzio, perciò doveva usare cautela. «Quando hai parlato con Vivïen l'ultima volta?»

«Circa due anni fa», rispose il Rosso.

«Ti ha consegnato una parte del libro?».

L'interlocutore confermò con un lieve cenno del capo. Poi, guardandosi intorno, bisbigliò: «Non parliamone qui. Si tratta di una questione molto delicata».

Ignazio lo guardò di sottecchi. «Che ti prende? Di solito sei un gran chiacchierone», insistette. «Anticipami almeno di cosa tratta».

«Parla a bassa voce, per Dio!». Gothus Ruber increspò il volto rubizzo. «Non sono cose da spifferare ai quattro venti, queste». Esitò ancora, poi confessò: «Il libro parla della Scala».

«La Scala?», gli fece eco Uberto, incapace di stare zitto.

«Sì ragazzo, la Scala». Il Rosso emise un sospiro, quasi si fosse liberato di un enorme peso. Fissò il giovane con un largo sorriso. «La Scala per ascendere al cielo… Mentalmente, intendo dire».

«A cosa ti riferisci? A rituali iniziatici o a libri perduti?», chiese Ignazio, catturando di nuovo l'attenzione dell'interlocutore. «Esiste un'infinità di leggende su scale che collegano la Terra al cielo. Sai bene che le conosco tutte, quindi non cercare di abbindolarmi», lo mise in guardia.

«Parlo della Scala dai sette gradini», precisò Gothus Ruber. «Sette gradini, capisci? Come quelli presenti nel culto di Mitra e negli *ziqqurat* babilonesi».

«Capisco benissimo. Alludi ai sette pianeti», disse il mercante. «Ognuno corrisponde a un gradino iniziatico verso il sapere».

Il Rosso annuì allusivo. «E come ben sai, sette sono anche gli Amerta Spenta, le divinità simili agli arcangeli adorate dai magi».

Ignazio increspò la fronte. Lanciò un'occhiata a Uberto, che ascoltava con attenzione, infine soggiunse: «Perciò, secondo l'Uter Ventorum, a ogni pianeta corrisponde un angelo che custodisce una parte del sapere».

«Il libro dovrebbe parlare proprio di questo».

«Vivïen te l'ha consegnato?».

Gothus Ruber incrociò le braccia. «Solo una parte».

Il mercante l'aveva previsto, ma si astenne dal rivelarlo. Disse invece: «Vorrei controllarla, se non hai nulla in contrario».

«Affatto», ammise il Rosso. «Anzi, studiandola insieme potremo cavare qualche ragno dal buco». Alzò l'indice con fare perentorio. «Ma a una sola condizione».

«Spiegati», incalzò Ignazio. In quel momento, pensò Uberto, avrebbe offerto qualsiasi cosa pur di saziare la sua curiosità.

Gothus Ruber non si fece pregare: «So che esistono altre parti del libro, ma non immagino quante siano e neppure dove si trovino. Vivïen non ha voluto dirmelo. Credo però che tu, vecchia volpe, abbia scoperto l'ubicazione esatta di ogni parte…», e indicò Uberto. «Poco fa il tuo aiutante ha accennato a un crittogramma… Di che si tratta? Voglio saperlo. Rivelerò la mia parte solo se mi concederai di unirmi alla tua ricerca».

«Vuoi tornare in società con me?». Il mercante si accarezzò la barba. Prima di rispondere diresse un'occhiata a Uberto, che gli fece un cenno di assenso, quindi aggiunse: «Accordato, amico mio».

«Molto bene», esultò Gothus Ruber. «Passa a casa mia dopo cena e proveremo a sciogliere insieme l'enigma… Ricordi dove abito?»

«Certamente», assicurò Ignazio. «La casetta con il tetto di paglia…».

«Proprio quella. Fatti vivo a mezzanotte. Non prima, devo concludere un affare con un cliente venuto da lontano. Ma per quell'ora avrò già sbrigato l'impiccio».

Così dicendo, Gothus Ruber richiuse il tendone del suo gazebo come un ombrello e iniziò ad accatastare la merce sul carretto.

Pensò che probabilmente quella era l'ultima volta che compiva un gesto simile.

44

Le ombre iniziavano ad allungarsi sulla strada, strisciando fra i solchi di carreggiata come lingue di smeriglio. La moltitudine dei pellegrini andava scemando, fiaccata dalla lunga giornata estiva. Dopo aver congedato Gothus Ruber, Ignazio e Uberto si allontanarono dal mercato con l'intenzione di trovare un luogo dove poter cenare.

Mentre camminava accanto al mercante, il ragazzo scrutava fra i carri di legno e i gruppetti di persone che indugiavano ai crocicchi. Di Willalme non c'era traccia. Ignazio intuì la sua preoccupazione e cercò di rassicurarlo, ma Uberto, che ormai riusciva a decifrare il suo volto, vi ravvisò segni di inquietudine. Temendo di enfatizzare con le parole quella snervante attesa, evitò di ribattere e piegò i pensieri sulla conversazione con il Rosso, di cui non si era lasciato sfuggire una sola sillaba. Quel pomeriggio aveva intuito molte cose riguardo Ignazio, Viviën e l'Uter Ventorum, e gli era parso di comprendere che più il mercante avanzava nella ricerca, più doveva affrontare il suo passato. Uberto non avrebbe saputo dire fino a che punto Ignazio fosse personalmente implicato nella vicenda, ma la cosa gli appariva quantomeno sospetta.

Ignazio e Uberto raggiunsero una locanda e si sedettero a un tavolo sgombro, mescolandosi con gli avventori. Ordinarono all'oste un pasto frugale. Poco dopo si trovarono di fronte a un vassoio di focacce speziate e a una caraffa di vino annacquato.

Mangiarono taciturni. Uberto non si azzardò a fare domande, ormai conosceva abbastanza Ignazio per sapere che avrebbe risposto in modo evasivo. Molto meglio aspettare.

Terminato il pasto, il mercante gli domandò cosa pensasse di Gothus Ruber.

«Non mi dispiace. Sa tante cose, come te».

«È vero. Ed è un mio caro amico, ma non fidarti di lui. Non rivelargli più del necessario, mi raccomando».

«Se non ti fidi di lui, perché hai assecondato la sua richiesta?»

«Per scoprire di cosa tratta la parte del libro che gli è stata affidata, naturalmente. Ma anche per un altro motivo».

«Cioè?»

«Il Rosso è un tipo caparbio. Se non gli avessimo promesso di prenderlo con noi, ci avrebbe seguiti e avrebbe potuto causarci dei problemi. Perciò, tanto meglio portarcelo appresso che guardarci da lui».

Uberto valutò quanto fosse contorto il modo di ragionare di Ignazio, e ne fu un po' spaventato. «Capisco», disse.

«Ora riposiamoci. Tra poco dobbiamo incamminarci verso casa sua».

La notte era calata su Puente la Reina come le ali di un grande rapace. In un sobborgo tagliato da viuzze polverose, due uomini incappucciati bussarono alla porta di una vecchia casa con il tetto di paglia.

Si presentò all'uscio un tipo dai capelli rossi con la faccia da satiro. Riconobbe i visitatori, li salutò amichevolmente e li fece entrare. Il più alto dei due, dopo essere entrato, chiuse la porta e si avvicinò all'ospite. «Gothus Ruber, finalmente ci incontriamo», disse con tono distaccato.

«Vi attendevo con impazienza». Il Rosso si fregò le mani, mentre già pensava al prossimo incontro. «Non intendo rubare molto tempo a lorsignori, perciò, se vogliamo iniziare a parlare subito d'affari...».

«Non c'è fretta», proferì lo straniero, mascherando l'accento slavo dietro un latino compassato. «Non siete curioso di sapere quale sia la merce in vostro possesso a cui siamo tanto interessati?»

«Altroché, mio signore», rispose allegramente Gothus Ruber, sebbene l'atteggiamento di quel forestiero lo inquietasse. «Non capita spesso che mi si offra tanto denaro per un solo libro, qualunque esso sia».

«Allora siediti, alchimista». L'uomo si avvicinò in modo minaccioso. «Parliamo di questo libro...».

45

Le campane della chiesa di Santiago el Mayor suonarono la mezzanotte, scuotendo l'aria con le loro vibrazioni metalliche. Puntuali come due usurai, Ignazio e Uberto raggiunsero la casa di Gothus Ruber. Bussarono all'uscio ma nessuno rispose. Attesero qualche istante e riprovarono, senza risultato. Cercarono allora di sbirciare attraverso le finestre, ma le trovarono tutte serrate.

Il mercante aggrottò le sopracciglia. Era troppo presto per allarmarsi. Magari il Rosso si era solo addormentato dopo una sbronza o era uscito per farsi una passeggiata al chiaro di luna. Strano però. Gli accordi erano stati chiari.

Tormentato da un cattivo presagio, Ignazio si appoggiò istintivamente alla porta di ingresso e spinse per aprirla, anche se appariva sprangata. Con suo disappunto, il battente si spostò all'indietro cigolando sui cardini.

I due compagni si affacciarono all'interno. La stanza era buia, ancor più tetra della notte.

Ignazio entrò per primo e Uberto lo seguì, cercando di distinguere qualcosa nell'oscurità per non inciampare.

«Rosso?», chiamò il mercante.

Tesero le orecchie ma non ci fu risposta.

«La casa sembra deserta», bisbigliò Uberto, pronto a battere in ritirata al minimo sussulto.

Ignazio colse nella sua voce una venatura di timore, ma non lo biasimò. Forse, si disse, avrebbe dovuto avere paura anche lui, ma l'interesse per l'Uter Ventorum lo rendeva cieco e sordo a ogni suggestione. Fece scorrere lo sguardo per la stanza e individuò un barlume proveniente da una scala a chiocciola che scendeva nello scantinato.

Si accostò alle rampe, affacciandosi verso il basso. Gli scalini scendevano avvitandosi come le spirali di una conchiglia. «Preferisci aspettare fuori, mentre controllo il piano inferiore?», chiese a Uberto, cercando di assumere un tono rassicurante.

Prima di rispondere, il giovane raccolse tutto il coraggio che aveva in corpo. «No. Vengo con te».

Percorsero i gradini di legno, appoggiandosi al corrimano per evitare di inciampare, ma in breve non ce ne fu più bisogno perché, scendendo, la luce aumentava d'intensità. Chiaroscuri grotteschi vibravano sui muri, cadenzati dal vampeggiare di fiammelle lontane.

Se qualcuno li avesse aggrediti alle spalle in quel momento, pensò Uberto, non avrebbero trovato scampo. Tornò con la mente all'incidente avvenuto a Venezia. Si accorse di avere la gola riarsa. Deglutì a fatica e continuò a seguire la sagoma di Ignazio, che avanzava in silenzio davanti a lui.

D'un tratto la luce divenne più intensa. Proveniva da un piccolo ingresso sorretto da un arco a volta. Dopo averlo attraversato, il ragazzo e il mercante si trovarono in una stanza spaziosa, illuminata dal riverbero delle candele. Un odore mefitico aggredì le loro narici. Uberto, ignorando quel fetore, sgranò gli occhi incredulo: non aveva mai visto nulla del genere.

Era da poco trascorsa mezzanotte quando Dominus giunse a Puente la Reina. Guidò il cavallo attraverso l'ingresso principale della città e proseguì in direzione della piazza. Percorse al trotto la calle Mayor, completamente deserta, e si fermò davanti alla cattedrale.

Si guardò intorno.

Due uomini lo stavano aspettando. Uno di loro gli si avvicinò a capo chino, prese la sua cavalcatura per le briglie e gli parlò: «Porto pane e consigli per il mio signore».

Dominus gli pose la mano sulla spalla destra. «Accetto il pane solo dai miei figlioli».

«Tali noi siamo, figli del Potere e del Santo Terrore», soggiunse il figuro alzando lo sguardo. «Slawnik vi aspetta, mio signore. Abbiamo l'ordine di scortarvi da lui». Attese un cenno di consenso, poi aggiunse: «Abbiamo recuperato un nuovo indizio sull'Uter Ventorum».

«Bene», rispose Dominus. «Tutto procede come stabilito».

46

«È la prima volta che entri nel laboratorio di un alchimista?», domandò Ignazio.

«Sì», rispose Uberto, incredulo per quanto stava osservando.

La stanza sembrava molto più ampia rispetto al piano superiore, ma forse si trattava di un'illusione ottica provocata dalla luce. Le pareti erano interamente ricoperte da scansie zeppe di libri e utensili, ampolle, recipienti, vasi colmi di polveri e di fluidi colorati, ossa e pergamene.

Il giovane prese un'ampolla di vetro piuttosto spessa. Conteneva un liquido trasparente ed era stata sigillata con un turacciolo di stoppa cerata. Spinto dalla curiosità l'aprì e ne fuoriuscì un'esalazione acre e disgustosa.

Ignazio notò l'espressione schifata di Uberto e avvicinandosi annusò il liquido contenuto nell'ampolla. «Interessante. È *Aqua regina*, un acido in grado di sciogliere tutti i metalli, persino l'oro», spiegò. Mise la soluzione in controluce e gli fece notare che acquisiva una colorazione scarlatta. «Viene ottenuta mescolando tra loro il vetriolo, l'allume e il salnitro, con un'aggiunta di sale ammoniaco. Finora l'avevo vista usare solo da un alchimista di Napoli». Richiuse con attenzione l'ampolla e la porse a Uberto. «Tienila, mettila nella bisaccia. Forse potrà rivelarsi utile, ma stai attento a non aprirla».

Il giovane si sfregò il naso per l'intenso pizzicore provocato dalla sostanza inalata. «E il Rosso cosa dirà se se ne accorge?»

«Come vuoi che se ne accorga?», ribatté il mercante. «Con tutta la roba che ha qui dentro...».

Uberto esitò un istante, poi obbedì. Avvolse l'oggetto in uno straccio e lo depose nella borsa.

I due ripresero a guardarsi intorno. Di fronte all'entrata campeggiava un arazzo figurato che rappresentava un drago nell'atto di mordersi la coda, circondato da due cerchi concentrici. Dentro il primo anello erano stati ricamati i sette pianeti, nel secondo i segni dello zodiaco.

In un angolo della stanza compariva un forno dall'aspetto singolare. Ricordava un piccolo bastione, si disse Uberto. Dalla ceneriera, dove si apriva la bocca del focolare, spuntava una torretta cilindrica sormontata da una cupola di pietra refrattaria, che ospitava alla sommità un alloggiamento per alambicchi e piccoli recipienti, così da sottoporli ai bagni di vapore. Quell'ordigno, rivelò Ignazio, era un *athanor*, il forno usato dagli alchimisti per i loro esperimenti.

Il mercante osservò i volumi ammonticchiati sulle scansie. Riconobbe di sfuggita il *Compositio Alchymiae* tradotto da Roberto di Chester, i *Libri mysteriorum* dell'astronomo Abu Masar e il *De mysteriis Aegyptorum* di Giamblico di Calcide. Notò persino il famigerato *Necronomicon*, il libro delle leggi che governano i morti. Il suo titolo originale, *Al Azif*, si riferiva agli ululati dei demoni notturni. Una copia di quel libro aveva raggiunto Costantinopoli ed era stata tradotta in greco, suscitando l'interesse e lo sdegno di molti dotti. Ma intorno all'anno Mille il *Necronomicon* era stato messo all'indice e solo pochi esemplari erano scampati alle fiamme, come quello posseduto da Gothus Ruber.

Ignazio e Uberto si portarono al centro del laboratorio, dove si trovava un tavolo da lavoro. Era senz'altro il mobile di maggior pregio presente nella stanza. Aveva l'aspetto di uno scrittoio di legno piuttosto alto, con ante riccamente intarsiate, nonostante i fregi ormai sbiaditi ai bordi dell'intelaiatura. Sopra il ripiano, al palpitare dei ceri rilucevano numerosi contenitori di vetro e di metallo, uno specchio ovale, scarti di fusione, panetti di zolfo e... un coltello a forma di croce conficcato proprio nel mezzo.

Il mercante indietreggiò istintivamente, gli occhi dilatati per lo stupore e il terrore. In una frazione di secondo la forma di quell'arma riesumò in lui terribili ricordi. Quel pugnale cruciforme era il simbolo di ciò che aveva cambiato la sua vita, costringendolo all'esilio in Oriente. Solo allora la sua mente parve sbloccarsi e davanti a lui riapparve l'immagine dell'uomo in nero incontrato a Venezia, nella cripta di San Marco. Ora ne era certo, quel figuro possedeva un pugnale identico. «La Saint-Vehme ci ha trovati!», esclamò, strozzato dall'angoscia.

Uberto stava per chiedere delle spiegazioni ma nel frattempo, girando intorno al tavolo, fu attratto da qualcosa sul pavimento che lo fece gridare inorridito. Indietreggiò, inciampò su uno sgabello e finì a terra. Ignazio lo soccorse all'istante ma il ragazzo, balbettando e con le labbra tremanti, lo invitò con insistenza a voltarsi.

Il mercante si voltò, e con una smorfia di raccapriccio scorse un cadavere accasciato a terra, gli arti scomposti come un fantoccio mal riposto. Avevano trovato Gothus Ruber.

Il corpo giaceva dietro il tavolo, nascosto allo sguardo di chi entrava. La faccia era tumefatta e coperta di lividi, come se la vittima fosse stata picchiata prima di venire uccisa. Un taglio praticato sotto il mento, da orecchio a orecchio, indicava la causa della morte. Gli avevano reciso gola e carotide e il sangue era fuoriuscito copioso, lordando gli abiti e il pavimento.

«Povero amico mio», sussurrò il mercante. «Ti hanno sgozzato come un maiale. E probabilmente a causa mia».

Si avvicinò al cadavere. Dal profondo della morte, le iridi vitree sembravano fissare ancora il volto dell'assassino.

Ignazio chiuse gli occhi sbarrati di Gothus Ruber, concedendosi un sospiro amareggiato. Subito dopo afferrò Uberto per un braccio e lo scosse per farlo rinvenire dallo spavento. «Presto ragazzo! Non possiamo restare qui in eterno. Diamo un'occhiata in giro, per vedere se è rimasta qualche traccia dell'Uter Ventorum. Sicuramente il Rosso è stato ucciso per questo motivo».

Il giovane ebbe un sussulto, come se si fosse svegliato da un sonno profondo. Balzò in piedi ed esclamò: «Va bene! Dove devo cercare?»

«Ovunque», rispose il mercante, che aveva già iniziato a rovistare.

Mentre frugava tra mensole e scaffali, Uberto si chiedeva se sarebbe stato in grado di riconoscere l'Uter Ventorum nel caso l'avesse trovato. Ogni volta che si trovava tra le mani uno scritto arabo o greco lo sottoponeva al vaglio di Ignazio, che ogni volta scuoteva la testa.

A un certo punto, senza smettere di ispezionare, gli domandò: «Che cos'è la Saint-Vehme?»

«Lascia perdere», ribatté il mercante, mentre cercava tra cumuli di scartoffie. Il tono della sua voce non lasciava presagire nulla di buono.

«Saint-Vehme», insistette. «Si dice così, mi sembra. Ne hai parlato poco fa».

«È meglio che tu non sappia», tentò di zittirlo l'uomo.

Il giovane smise di rovistare e incrociò le braccia sul petto. «Ormai sono coinvolto in questa storia proprio come te, perciò ho il diritto di sapere!». Il suo tono era quasi di rimprovero. «Non sono stupido. So che mi nascondi molte cose».

A quelle parole, Ignazio posò a terra un fascio di pergamene che stava esaminando e fissò il ragazzo. Nei suoi occhi c'era fierezza, ma anche preoccupazione. «Risponderò alla tua domanda», dichiarò. «Ma ricorda, conoscere le cose non facilita la vita. Anzi, spesso la rende più difficile».

«Non mi importa. Voglio sapere».

Emettendo un sospiro, Ignazio iniziò a raccontare: «Si dice che la Saint-Vehme fu istituita da Carlo Magno per mantenere l'ordine nelle terre germaniche. Si tratta di un tribunale segreto composto da cavalieri che avevano il diritto di vita o di morte su chiunque. Nessuno era in grado di sfuggire al loro castigo, neppure i nobili. Con il tempo vennero chiamati "Veggenti". Rivendicavano le loro esecuzioni lasciando sul luogo del delitto un pugnale a forma di croce. Punivano un'infinità di delitti, dalla miscredenza all'usurpazione del potere sovrano, dalla negromanzia alle violenze sulle donne. I sospettati venivano prelevati dalle loro case e condotti davanti ai giudici, e se trovati colpevoli venivano immediatamente impiccati. A capo della Saint-Vehme c'è il Gran Maestro, poi vengono i Franchi-Conti e per ultimi i Franchi-Giudici». Fece una pausa, dopo la quale la sua voce si fece cupa: «Ebbene, io credo che l'assassino di Gothus Ruber sia agli ordini di un Franco-Conte. Credo che ci abbia seguiti fin qui da Venezia».

«E dunque l'uomo che mi ha fatto cadere a San Marco potrebbe essere un Franco-Giudice?», concluse Uberto. «Ma perché queste persone ci seguono? Non hai appena detto che sono cavalieri votati alla giustizia?»

«In origine lo erano. Ma ben presto iniziarono a usare la loro autorità per ottenere più potere. Si dice che attualmente i Veggenti siano disseminati in tutta Europa. Ne ho riconosciuti alcuni persino in Terrasanta. E credimi, resta ben poco dei loro propositi di giustizia. Si dice addirittura che abbiano appreso i riti magici dei druidi sassoni, prima di sterminarli con l'accusa di negromanzia».

«Ma chi può far parte di una simile congrega di sicari?»

«I Franchi-Conti provengono dalla nobiltà e dagli alti ranghi ecclesiastici. Come imparai a mie spese, il loro attuale Gran Maestro è sua grazia l'arcivescovo di Colonia».

Uberto aveva già sentito parlare di quell'uomo. Adolfo di Colonia era molto noto perché anni prima aveva disobbedito in più di un'occasione al papa, incappando nella scomunica. In ambiente ecclesiastico veniva spesso usato come esempio di ribellione all'autorità pontificia.

Ma al momento qualcos'altro rodeva nella mente del ragazzo. Cosa significava che Ignazio aveva imparato i segreti della Saint-Vehme a proprie spese? Uberto si ricordò che padre Tommaso gli aveva rivelato che la vita errabonda di Ignazio era legata a un dissidio avuto con l'arcivescovo di Colonia. Si chiese se tutto ciò non fosse collegato, e se quindici anni prima Ignazio e Vivïen fossero entrati in contrasto per la prima volta con la Saint-Vehme. Ma che relazione poteva avere tutto ciò con l'Uter Ventorum?

Il ragazzo stava ancora riflettendo quando il mercante, all'improvviso, lo prese per il braccio e gli portò l'indice al naso. «Non fare rumore», ordinò.

Spaventato dal gesto, Uberto obbedì e restò in ascolto. All'inizio non capì, poi udì un cigolio provenire dai gradini delle scale. Qualcuno stava scendendo di corsa nel laboratorio!

Ignazio si guardò intorno come una volpe in trappola, in cerca di uscite secondarie. Ma in quel luogo non sembravano esserci vie di scampo.

47

Nonostante l'ora tarda e la stanchezza, Willalme era deciso a concludere la propria missione. Correva a perdifiato nei vicoli di Puente la Reina, stringendo in mano un prezioso messaggio.

I sospetti del mercante erano fondati. Andava messo in guardia.

Nel pomeriggio, mentre camminavano nel mercato, Ignazio l'aveva chiamato a sé facendogli notare che un uomo vestito di nero, in mezzo alla calca, li stava seguendo mantenendosi a una decina di passi di distanza. Willalme si era offerto di seguirlo a sua volta per scoprire chi fosse e, in caso di necessità, sorprenderlo alle spalle. Si era calato il cappuccio sul volto e aveva fatto perdere le proprie tracce, mescolandosi tra la gente senza che l'inseguitore se ne accorgesse. Si era poi nascosto dietro il tendone di un drappiere e aveva atteso che lo sconosciuto gli passasse a fianco, così da poterlo studiare da vicino. Era un individuo dalla pelle chiara, calvo, con la barba rossiccia; si trattava senz'altro di un forestiero, forse un sassone o uno svevo. Dopo averlo lasciato avanzare, Willalme era uscito dal suo nascondiglio e l'aveva seguìto a debita distanza.

Il figuro aveva tenuto d'occhio Ignazio e Uberto per tutto il pomeriggio, specie quando i due si erano fermati a una bancarella per attaccare discorso con un venditore dai capelli rossi. In quel mentre si era avvicinato abbastanza da poter udire le loro parole, tanto gli interessava l'argomento.

Willalme, dal canto suo, aveva tenuto d'occhio tutti.

Quando, dopo aver congedato il venditore, Ignazio e Uberto si erano diretti a una locanda per cenare, il misterioso inseguitore aveva girato i tacchi e si era allontanato. E il francese gli era andato appresso, deciso a scoprire chi fosse.

Lo sconosciuto aveva imboccato una viuzza asfittica, poi si era fermato davanti a una casa dal tetto di paglia. Davanti all'ingresso un uomo vestito come lui era già in attesa. Sembrava di guardia.

I due avevano confabulato, poi il nuovo arrivato era entrato.

Sgattaiolando sul retro dell'edificio, Willalme aveva trovato le finestre sprangate e nessun accesso secondario. Era rimasto incerto sul da farsi finché non aveva udito dei lamenti provenire dall'interno dell'abitazione, in corrispondenza di una grata che dava sullo scantinato. E si era messo a spiare.

Attraverso le inferriate si scorgeva una stanza molto ampia illuminata da candele. Somigliava al laboratorio di un maniscalco, ma piena di scansie stipate di libri. All'interno c'erano due uomini: il primo nerboruto, dai modi brutali, indossava con un mantello scuro e aveva il volto incappucciato; l'altro era rannicchiato a terra con la faccia sanguinante. Nel secondo individuo Willalme aveva riconosciuto il venditore dai capelli rossi visto poco prima in compagnia di Ignazio. Era conciato piuttosto male. Il tizio incappucciato continuava a pestarlo di botte e tra una pausa e l'altra gli rivolgeva delle domande… L'uomo dai capelli rossi scuoteva il capo e rifiutava di rispondere, nonostante il pestaggio fosse sempre più violento.

D'un tratto qualcuno aveva bussato alla porta del laboratorio. Tre colpi ben ritmati.

«Avanti», aveva grugnito l'incappucciato.

La porta si era aperta ed era entrato il figuro che aveva spiato Ignazio nel pomeriggio. Aveva lanciato uno sguardo incurante all'inquisito, poi si era diretto verso il compagno per bisbigliargli all'orecchio. Per meglio udire, l'imponente aguzzino si era tolto il cappuccio e solo allora Willalme l'aveva riconosciuto! Come dimenticarsi quei terribili occhi? Quell'uomo gli era ben noto, si era battuto contro di lui nella cripta di San Marco a Venezia.

Mise da parte gli interrogativi e cercò di capire cosa stesse accadendo in quello scantinato, sempre attento a non farsi scoprire. E così, ancora una volta, assistette impotente alla violenza, come quando avevano trucidato la sua famiglia. Tormentato dai ricordi, aveva continuato a seguire la scena tra le sbarre della grata.

Prima di morire, la mente del Rosso era stata offuscata dal dolore. Mai il poveretto avrebbe creduto di dover patire tanta sofferenza.

Slawnik gli si era piantato di fronte, i pugni chiusi e il volto deformato dalla rabbia. «È vero quanto mi dicono, alchimista? Oggi hai parlato con Ignazio da Toledo?».

L'uomo non aveva risposto. Si era limitato a fissare il tizio appena entrato ed era sprofondato in un ostinato mutismo.

Il boemo, che non era facile alla pietà, l'aveva sollevato da terra e rigettato sul pavimento come se sbattesse un tappeto. «Cosa gli hai detto? Cos'hai consegnato al moccioso? Un indizio? Una parte del libro? Rispondi!».

Il Rosso contrasse la faccia in un'espressione ironica, un semplice gesto che gli costò fatica e dolore. «Era solamente l'alluce di san Cipriano...», mormorò. «Guarisce il morbo gallico...».

Ma prima di concludere la frase, ricevette un calcio sotto il mento.

Willalme, dalla grata, aveva udito un rumore di ossa rotte. La mascella del poveretto doveva essersi spezzata.

«Parla alchimista!». Slawnik l'aveva sollevato da terra per sbatterlo contro il muro. «Dimmi dov'è il libro! Dimmelo carogna!».

A quel punto Gothus Ruber aveva abbozzato un gesto di resa. Strisciando era arrivato fino al tavolo e si era appoggiato sul ripiano. La mascella rotta gli impediva di parlare, perciò aveva fatto cenno di voler scrivere qualcosa.

Senza perdere tempo, il boemo gli aveva procurato una pergamena e una penna.

Gothus Ruber si era limitato a scrivere qualche riga con la mano tremante, come se stesse firmando un patto con il diavolo. «Questo è... tutto quello... che so...», aveva biascicato, sputando sangue e bava.

Slawnik gli aveva strappato la pergamena di mano, e dopo aver letto si era rivolto all'inquisito con un'espressione interrogativa. A un cenno del Rosso gli si era fatto vicino, credendo che volesse confessare qualcos'altro, ma Gothus Ruber gli aveva solo sputato in faccia.

Acceso dall'ira, il boemo aveva estratto il suo pugnale a forma di croce e con un movimento fulmineo lo aveva sgozzato. Il disgraziato era caduto a terra con gli occhi sbarrati, ai piedi del tavolo.

«L'hai ucciso!», aveva esclamato l'altro, fino ad allora rimasto in silenzio.

«L'alchimista non ci serviva più». La voce di Slawnik era risuonata violenta come uno schiocco di frusta. «Troveremo l'Uter Ventorum grazie al messaggio che ha scritto. Ora sbrighiamoci, Dominus non tarderà a raggiungerci». E conficcato il pugnale in mezzo al tavolo, aveva fatto cenno d'andarsene.

Era necessario recuperare quello scritto, aveva pensato Willalme prima di allontanarsi dalla grata.

Usciti dalla casa di Gothus Ruber, Slawnik e i suoi due accompagnatori avevano raggiunto un modesto ospitale affacciato sulla calle Mayor.

«Ormai Dominus sarà in procinto di arrivare. Andategli incontro e scortatelo fin qui», aveva ordinato.

Dopo essersi ritirato in un alloggio al piano superiore dell'ospitale, il boemo si era seduto alla luce di un candelabro e aveva cominciato a meditare sul breve testo vergato dall'alchimista prima di morire, deciso a decifrarlo di persona per facilitare il compito di Dominus.

Ma dopo averle lette e rilette varie volte, si era reso conto che quelle banalissime parole latine contenevano un messaggio tanto semplice quanto incomprensibile. Non riusciva a venirne a capo…

A un certo punto fu destato da un picchiettio alla porta: tre colpi dal ritmo familiare.

Era balzato in piedi e aveva aperto l'uscio, supponendo fosse arrivato il suo signore. Invece, girati i cardini del battente, si era trovato di fronte uno sconosciuto coperto da una cappa verde, con lunghe ciocche bionde che uscivano dal cappuccio.

A Slawnik non era stato lasciato il tempo di fiatare. Lo sconosciuto aveva portato la mano destra davanti alla bocca, le dita rivolte in avanti, e aveva soffiato. E dal palmo si era alzata una nuvola di polvere bianca.

Con crescente sorpresa, il boemo aveva sentito quella sostanza entrare nei polmoni e solleticare narici e gola, poi, dopo un improvviso capogiro, era stramazzato a terra. D'un tratto gli occhi bruciavano, la vertigine l'opprimeva. Rialzarsi era impossibile.

Con le pupille dilatate e il viso alterato dagli spasimi del vomito, si era trascinato in avanti, arrancando goffamente in direzione dell'intruso, che non aveva esitato ad appioppargli un calcio in pieno volto.

Abbassando il cappuccio sulle spalle, Willalme aveva lanciato uno sguardo soddisfatto in direzione di Slawnik. L'aveva steso senza il minimo sforzo. Le polveri di Ignazio si rivelavano utili in quei casi.

Per un attimo la tentazione di finirlo era stata forte, ma non ne era stato capace. Il francese sapeva uccidere solo in preda alla furia, o per istinto di sopravvivenza. E l'uomo che aveva di fronte, sebbene meritasse la morte, in quel momento gli appariva indifeso come un bambino.

In un attimo aveva trovato il messaggio scritto da Gothus Ruber, l'unica pergamena nelle vicinanze del lume. Aveva afferrato il manoscritto ed era uscito di corsa. Doveva raggiungere il mercante al più presto.

48

Dominus fu scortato con ogni cautela presso l'ospitale lungo la calle Mayor. I due uomini inviati da Slawnik lo condussero alla stanza dove il boemo attendeva e giunti dinanzi all'uscio, bussarono come convenuto, ma nessuno rispose. Tentarono di entrare ma il catenaccio sembrava bloccato, o addirittura manomesso e allora, senza pensarci due volte, sfondarono la porta a spallate.

Quando entrarono nella stanza videro Slawnik steso a terra, privo di sensi, la bocca macchiata di sangue. Dominus avanzò sdegnoso verso di lui e lo scosse con un piede per farlo rinvenire.

Il boemo aprì debolmente gli occhi. «Mio signore...», sussurrò, e resosi conto della posizione umiliante in cui si trovava, cercò subito di rimettersi in piedi. Le gambe tremavano per l'effetto della strana polvere inalata, l'equilibrio era precario.

«Il messaggio! Dov'è il messaggio scritto dall'alchimista?», domandò Dominus, incurante dello stato del suo vassallo.

«L'hanno rubato», rispose Slawnik, prima ancora di controllare il tavolo per assicurarsi di quanto diceva. «È stato il francese, il seguace del mercante di Toledo. Ne sono sicuro».

Dominus non riuscì a trattenere l'irritazione e lo schiaffeggiò. «Inetto!», urlò. «Ti ricordi almeno cosa c'era scritto?»

«Sì, mio signore...», mugugnò il boemo, barcollando. Sebbene fosse ancora intontito dalla droga, ebbe una vampata di rossore. Schiaffeggiato come una femmina! Non aveva mai subìto un'umiliazione tanto grande. «Ricordo perfettamente».

«Allora sbrigati, dimmi ciò che sai. E indicami dove si trova la casa di Gothus Ruber», ordinò Dominus. «Andrò da solo a cercare qualche indizio. Voi incapaci aspetterete qui».

Willalme cercò Ignazio e Uberto alla locanda dove li aveva visti cenare qualche ora prima, ma non trovandoli immaginò che si fossero recati alla casa di Gothus Ruber.

La mezzanotte era trascorsa da poco. Doveva sbrigarsi.

Giunse all'abitazione e trovando la porta aperta corse dentro con affanno crescente. Cercò nel buio, trovò le scale a chiocciola e scese come una furia. Quando entrò nel laboratorio, la luce delle candele era spenta.

Si fermò per riprendere fiato, accaldato, mentre le iridi azzurre frugavano nell'oscurità. Tese le mani in avanti come un cieco, camminando con lentezza.

Sentì un rumore alle spalle, ma quando fece per voltarsi una bastonata lo colse alla nuca.

Traballò e cadde a terra, e mentre perdeva i sensi gli parve di udire la voce di Uberto.

49

Quando Willalme riaprì gli occhi, la stanza sembrava come avvolta nella nebbia. Poco a poco le immagini divennero più nitide, fino a delinearsi con chiarezza. Si trovava nel laboratorio di Gothus Ruber, e Ignazio e Uberto stavano chini su di lui.

Il francese si rialzò a fatica, tastandosi la nuca. La testa rimbombava come un tamburo.

«Scusaci, credevamo fossi un malintenzionato», gli spiegò il mercante. «Abbiamo pensato di sorprenderti nel buio... Ti ho colpito con questo», e gli mostrò il bordone.

«Bravi. Bel lavoro...», ironizzò Willalme con una smorfia. Poi si ricordò di qualcosa e si diresse in fretta verso il centro della stanza. Sbirciò dietro il tavolo e riconobbe il cadavere del Rosso. Si trovava ancora nella posizione in cui l'aveva visto cadere un'ora prima. «È Gothus Ruber, vero? È l'uomo che stavamo cercando», proferì, rivolgendosi ai compagni.

Ignazio annuì dubbioso. «Come fai a saperlo? Cos'hai scoperto?»

«Più tardi ti spiegherò tutto. Ora non c'è tempo, prendi». Willalme gli porse il messaggio rubato a Slawnik. «L'ha scritto Gothus Ruber prima di morire. Riguarda la parte del libro che custodiva».

Il mercante prese il foglio di pergamena e lesse avidamente:

Secretum meum teneo
cum summa virtute
signatum cum igni
sub rosis in cute

Uberto sbirciò e tradusse ad alta voce:

Il segreto mio tengo
Con somma virtù
Segnato con il fuoco
Sotto le rose, sulla cute

«Ma cosa significa?». Willalme lasciò trapelare una profonda delusione. «Ho rischiato la vita per una filastrocca?»

«Non credo», lo rassicurò il mercante. «Si tratta di un indovinello che ci svelerà sicuramente il nascondiglio dell'Uter Ventorum o meglio, la parte custodita dal Rosso».

«Segnato con il fuoco… Nascosto sotto le rose…», mormorò Uberto. D'un tratto esclamò: «Le rose! Come nel crittogramma di Vivïen! Ricordate la seconda frase scritta in provenzale? *Temel esteit suz l'umbre d'un eglenter*, "Temel se ne sta sotto l'ombra di un rosaio". Gothus Ruber ribadisce le stesse parole. Dobbiamo cercare un rosaio!».

«Hai ragione», ammise Ignazio. «Ma qui non ci sono rosai, né giardini o rappresentazioni floreali».

Fu allora che Willalme osservò il cadavere dell'alchimista ed ebbe un'intuizione. «Che sia realmente così semplice?». Indicò il corpo. «Guardate».

I suoi compagni smisero di discutere e gli prestarono attenzione: il francese parlava di rado, ma quando diceva qualcosa valeva sempre la pena di ascoltarlo.

«Non vi siete accorti dei suoi capelli?», continuò Willalme. «Sono rossi e ricci… come boccioli di rosa!».

Uberto annuì in silenzio, senza ben comprendere il senso di quelle parole. Ignazio invece parve illuminarsi e non perse tempo. Versò una brocca d'acqua sul capo del Rosso, estrasse il coltello e lo rapò con la destrezza di un barbiere. Quando terminò l'operazione, rivolse ai compagni un'espressione indecifrabile.

I due fissarono increduli la testa di Gothus Ruber. Sulla pelle del cranio era tatuata l'immagine di un angelo contornato da figure geometriche.

«Segnato con il fuoco, sulla cute... Ma certo, un tatuaggio», disse Uberto. «Il fuoco indica il bruciore che il Rosso deve avere patito mentre gli veniva praticato!».

Il mercante annuì. «Ha nascosto il suo segreto come facevano una volta i persiani».

«Cosa significa?», chiese Willalme.

«Non avevo mai visto un disegno simile», confessò Ignazio. «Sembra un talismano, ma pare incompleto».

Uberto lo scrutò dubbioso. «Cosa c'entra un talismano con il libro?».

Il mercante sembrava entusiasta, come se avesse trovato un inestimabile tesoro. «Questo talismano rappresenta la parte dell'Uter Ventorum affidata da Viviën al Rosso. Il suo ordito geometrico rappresenta l'intersecarsi delle potenze celesti, ne sintetizza l'insegnamento. Dovrò studiarlo con molta attenzione. E poi, sotto l'immagine, è stata tatuata una frase, breve ma significativa».

Uberto non ci aveva fatto caso. Guardò sulla testa rapata di Gothus Ruber in cerca di rivelazioni e vide due parole tatuate sotto il disegno.

PLENITVDO LVNAE

«*Plenitudo lunae*, "Con la luna piena"», tradusse Ignazio. «Si tratta di una prescrizione rituale. D'altronde, una delle funzioni dell'angelo Temel è quella di indicare le fasi lunari».

«Non dilunghiamoci troppo», lo interruppe Willalme. «Non siamo al sicuro in questo luogo, andiamocene!».

«Hai ragione», convenne il mercante.

«Copio il tatuaggio?», domandò Uberto, preparandosi a estrarre il suo dittico di cera.

«Impiegheresti troppo tempo». Ignazio lesse il senso d'allarme negli occhi del francese. «E poi non possiamo rischiare di lasciare il talismano alla mercé della Saint-Vehme. Dobbiamo portarlo via così com'è».

Il ragazzo gli lanciò un'occhiata interrogativa. «Così com'è?».

Willalme capì al volo. Sguainò dalla cintura un lungo pugnale arabo, una *jambiya*, e praticò intorno alla testa del Rosso un taglio circolare sopra le orecchie, quindi strappò lo scalpo.

Il mercante fissò con rammarico il defunto, dispiaciuto per il trattamento che gli veniva riservato. Ma un attimo dopo cambiò espressione e si rivolse autoritario a Uberto, esterrefatto. «Svelto, andiamocene via».

50

Quando Scipio Lazarus entrò nella casa di Gothus Ruber, la trovò silenziosa e deserta. Scese le scale a chiocciola e raggiunse il laboratorio al piano inferiore. L'ambiente era stato scrupolosamente passato al setaccio.

Girò intorno al tavolo centrale e vide il cadavere dell'alchimista. I capelli rossi erano stati rasati e raccolti in un mucchietto sul pavimento e dalla testa era stato asportato lo scalpo.

Ignazio da Toledo aveva cercato bene, pensò.

Dopo essersi rialzato in piedi, staccò il coltello a forma di croce conficcato sul tavolo e lo nascose sotto il mantello, e fu allora che udì un rumore di passi provenire dal piano superiore, ma non si allarmò. Aveva previsto una simile evenienza e sapeva esattamente cosa fare. Raggiunse l'arazzo del drago appeso di fronte all'ingresso e vi si nascose dietro. Tastò lungo le pareti fino a trovare la maniglia di una porta segreta, la aprì e scivolò all'interno, e lasciando socchiuso il battente sbirciò attraverso l'ordito dell'arazzo per scoprire chi fosse il misterioso visitatore.

Poco dopo il conte Dodiko fece ingresso nel laboratorio. Si aggirò fra alambicchi e scaffali finché non si imbatté nel cadavere di Gothus Ruber. Schifato, più che stupito, lo scosse con la punta dello stivale per verificare se fosse realmente morto e dopo aver superato l'apparente disgusto, lo esaminò con dovizia e si rialzò per guardarsi intorno.

Infine il suo sguardo si posò sull'arazzo.

Per un attimo Scipio Lazarus credette d'essere stato scoperto. Attese in silenzio, restando immobile nel suo nascondiglio come una serpe, la mano destra stretta sul manico del pugnale.

Dodiko si avvicinò, osservò l'immagine del drago circondato dagli astri, ma poi si voltò e tornò a studiare di nuovo il cadavere.

Scipio Lazarus avrebbe potuto accoltellarlo alla schiena, tuttavia pensò che non sarebbe stato prudente. Anche Dodiko rientrava nei suoi progetti, e per il momento doveva continuare a vivere.

Pazienza, si disse, e senza emettere neppure un fruscio, scivolò indietro dileguandosi nell'ombra.

51

Tra gli edifici della calle Mayor, al piano superiore di un ospitale, Slawnik sedeva a cavalcioni di una finestra, cercando ristoro nella frescura della notte per liberarsi dagli ultimi effetti della droga che aveva respirato.

In attesa del ritorno di Dominus scrutava il freddo bagliore delle stelle, sfregando in modo nervoso il suo prezioso anello di famiglia. Quel piccolo oggetto rappresentava l'ultimo ricordo della sua nobiltà perduta, di cui non si sentiva più all'altezza. Una parte di sé avrebbe desiderato sbarazzarsi di quell'anello, gettarlo via insieme a un passato ormai lontanissimo e privo di significato; ma il suo lato più nobile e fiero non avrebbe mai accettato di rinnegare le proprie origini e di diventare un semplice armigero privo di orgoglio e di ambizione.

Quella notte aveva subìto un'umiliazione intollerabile. Lo schiaffo ricevuto da Dominus gli bruciava ancora. Portò la mano sulla guancia come quando, ancora bambino, veniva rimproverato dal padre.

Suo padre, pensò. Non era mai stato degno di lui, né della discendenza che l'aveva preceduto. Gettò la testa indietro e inspirò a occhi chiusi. Maledetti ricordi!

Si sentiva uno strumento inutile, incapace persino di servire il suo signore. Non solo non era riuscito a trovare la parte del libro custodita dall'alchimista, ma aveva anche perso l'unico indizio che ne rivelava l'ubicazione esatta. Era un servo indegno. Per un attimo sperò che Dominus riuscisse a perdonarlo e decidesse di riporre in lui nuova fiducia, ma dentro di sé sentiva di non meritarlo.

I suoi pensieri furono interrotti da un rumore di passi che echeggiava dalla strada. Sporgendosi verso il basso, vide un uomo avvicinarsi.

Dominus era tornato.

Mentre entrava nell'ospitale, Dominus meditava sulla prossima mossa da compiere. Il mercante di Toledo gli aveva soffiato una parte importante dell'Uter Ventorum, ma non sarebbe stato difficile mettersi sulle sue tracce. Era probabile che Ignazio si fosse già avviato verso la terza tappa dell'itinerario.

Puente la Reina e... Bastava seguire le indicazioni del crittogramma lasciato da Viviën de Narbonne. Il mercante non poteva certo immaginare che Slawnik l'avesse trovato a San Michele della Chiusa, e che lui, Dominus, fosse perfettamente in grado di decifrarlo.

Grazie a quel crittogramma, lo avrebbe scovato ovunque.

Quel miserabile ispanico, pensò il Franco-Conte, stava di certo scervellandosi per capire come avesse fatto la Saint-Vehme a raggiungerlo fino in Spagna. Di sicuro iniziava a sentirsi un topo in trappola, proprio come tanti anni prima...

Aprì la porta malandata di un alloggio, all'interno del quale Slawnik e gli altri due sgherri erano in attesa di ordini.

«Riposatevi». La voce di Dominus risuonò perentoria. «Tra qualche ora partiremo. Ignazio da Toledo non ci deve sfuggire».

52

L'alba si stava affacciando sulle terre d'Occidente. Coronava i Pirenei con la sua luce dorata, metallo incandescente in procinto di liquefarsi e di colare sui pendii in budelli di fuoco.

Ignazio conduceva il gruppo. Seguivano Uberto e Willalme, desiderosi di tranquillità e di buon riposo. Da quasi due giorni nessuno di loro dormiva.

All'improvviso il mercante arrestò il cavallo e indicò le mura di una città. «Quella è Estella. Là staremo tranquilli, almeno per un po'».

Estella, a occidente di Puente la Reina, sorgeva lungo la via di pellegrinaggio diretta a Santiago de Compostela. Nelle vicinanze si trovava il monastero di Santa Maria la Real di Irache, una delle più antiche fondazioni benedettine di Navarra. L'abitato ospitava un vasto mercato e diversi alloggi per pellegrini ed era il posto ideale dove trovare un rifugio sicuro.

Il gruppo varcò la cinta muraria, facendo capolino davanti alle sentinelle sonnecchianti, superò il convento di San Pedro de la Rua e si diresse verso un albergo munito di scuderia.

Lasciati i cavalli alle cure di un garzone, non restò che bussare alla porta della locanda. Si presentò all'uscio un uomo basso con pochi capelli, per nulla stupito dell'orario. Accolse i tre forestieri con un sonoro sbadiglio, poi assegnò loro una stanza dove poter riposare.

I tre compagni si distesero sui paglericci del loro nuovo alloggio e sprofondarono nel sonno. Ma prima di addormentarsi, Ignazio mise bene a fuoco nella mente il talismano tatuato sul cranio di Gothus Ruber. L'immagine aveva un che di orientale, ma non somigliava a nulla di preciso, almeno a prima vista, e ne era sicuro, mancava di qualcosa. Probabilmente sarebbe riuscito a completarla utilizzando le altre parti dell'Uter Ventorum. Si ripromise di esaminarla più a fondo dopo il riposo. Per il momento doveva provvedere a riprendere le forze e a distendere i nervi.

Mentre iniziava ad assopirsi, ripensò a quanto successo nelle ultime ore. La situazione era preoccupante, non poteva certo nasconderlo a se stesso né a Uberto. Povero ragazzo! L'aveva coinvolto in una missione troppo rischiosa. Forse sarebbe stato meglio lasciarlo fra le lagune di Santa Maria del Mare, ignaro di tutto.

La morte di Gothus Ruber era un monito preciso dell'enorme prova che li attendeva. Tuttavia non era solo l'ansia a tormentare il mercante, ma anche il senso di colpa per il sacrificio dell'amico che gli aveva permesso di sopravvivere. Era lui a essergli debitore, adesso. E quel genere di debito era impossibile da saldare.

Prima di addormentarsi, ricordò il tempo in cui era giunto a Colonia assieme a Vivïen de Narbonne, e si era imbattuto per la prima volta nel Tribunale Segreto. A quei tempi era stato braccato da un feroce Franco-Conte, temuto e rispettato in tutto l'Impero con il nome occulto di Dominus, la Maschera Rossa. Si domandò se non ci fosse il suo zampino dietro l'omicidio di Gothus Ruber.

Quel pensiero si fissò nella mente e continuò a tormentarlo per più di un'ora, fin quando il sonno sopraggiunse clemente, regalandogli un'inaspettata quiete.

Uberto si risvegliò con la mente scossa dagli incubi.

«Hai avuto un sonno agitato». La voce di Ignazio proveniva dal fondo della stanza.

Il ragazzo lo osservò, seduto a un tavolo con la penna d'oca in mano. «Ho sognato Gothus Ruber sgozzato. Non è stato piacevole».

«Lo immagino», rispose il mercante. «Ora va meglio?»

«Sì». Uberto guardò fuori dalla finestra. Era pomeriggio inoltrato. «Dov'è Willalme?»

«È uscito. L'ho mandato a comprare qualcosa da mangiare. Hai fame?»

«Non saprei. Mi sento un po' scombussolato».

«È normale. Alzati, vieni a darmi una mano».

A Uberto suonò come una richiesta piuttosto inusuale. Quando Ignazio era raccolto nelle sue riflessioni, non voleva nessuno vicino.

«Cosa stai facendo?»

«Ho copiato sul mio quaderno di pergamena il tatuaggio del Rosso. Lo sto studiando».

Il ragazzo si avvicinò e sbirciò sul tavolo, ma vedendo in un angolo del ripiano lo scalpo di Gothus Ruber si irrigidì. Il mercante se ne avvide, prese quel lembo di pelle umana e lo fece sparire dentro un vaso, che ripose nella bisaccia. «Ora puoi guardare», disse.

Uberto si vergognò della sua reazione, ma il pensiero della barbara freddezza con cui Willalme aveva scalpato l'alchimista gli faceva ancora rizzare i peli delle braccia. Non aveva mai assistito a scene simili durante la sua permanenza a Santa Maria del Mare.

Affiancandosi a Ignazio, osservò il quaderno aperto sul tavolo. Il mercante aveva copiato su pergamena il tatuaggio di Gothus Ruber, nella pagina accanto al crittogramma di Viviën.

L'immagine era un sovrapporsi di figure geometriche. Un quadrato inscritto in un cerchio con un angelo al centro.

«È bizzarro», disse il giovane, stropicciandosi gli occhi ancora gonfi di sonno.

Ignazio mosse l'indice intorno al disegno. «Vedi i dodici glifi ai margini della figura? Si tratta dei segni zodiacali, un modo artificioso per rappresentare la sfera delle Stelle Fisse».

«E il resto della figura cosa significa?»

«Il cerchio è il simbolo del cielo, ma offre anche protezione contro gli spiriti maligni. Il quadrato invece indica la Terra. La loro unione, come nel nostro caso, genera un talismano citato anche nella Cabala. Allude alla scintilla divina nascosta dentro la materia».

«Esattamente come si utilizza?»

«Lo sapremo quando avremo trovato le tre parti mancanti dell'Uter Ventorum. Per ora ipotizzo che si tratti di una sorta di recinto».

«Un recinto? E a cosa servirebbe?»

«A trattenere *qualcosa*».

«Un angelo?», azzardò Uberto.

Ignazio sorrise. Si alzò in piedi e gli scompigliò bonariamente i capelli. «Speriamo che sia così», disse, affacciandosi alla finestra.

«Queste mele sono le più dolci di Navarra», ammiccò l'ortolana al banco della frutta, fissando il bel forestiero dai capelli biondi che si era avvicinato al suo tendone.

Willalme le rispose con un sorriso. Non intendeva la lingua del posto, ma il significato della frase era palese. Contemplò la ragazza, alta, bruna, con splendidi occhi neri, poi sbirciò dentro la bisaccia. Aveva comprato pane e carne di maiale. Un po' di frutta non avrebbe guastato. Indicò le mele accatastate sul banco e fece cenno di volerne comprare tre.

Il francese pagò, ma quando stava per allontanarsi l'ortolana lo richiamò indietro per offrirgli una quarta mela. Willalme scrutò il suo volto con sguardo interrogativo. «Un regalo per i vostri occhi tristi, bel pellegrino», rispose con malizia.

Lui sorrise di nuovo, leggermente imbarazzato, prese la mano che gli stava porgendo il frutto e la baciò sul palmo, poi sul dorso. La ragazza arrossì, cercò di dire qualcosa, ma lo straniero si era già allontanato.

Willalme tornò di buon passo verso il suo alloggio, pensando alla bella ortolana. Viaggiare per tanti anni aveva accresciuto in lui il desiderio di avere una casa e una famiglia. Ma non poteva abbandonare i suoi compagni. Ignazio aveva fatto molto per lui, gli aveva salvato la vita, e da allora era quasi stato un padre adottivo.

Così pensava il francese, quando la sua attenzione fu attratta da quattro uomini vestiti di nero intenti a conversare con un locandiere della via principale. Uno sguardo e subito riconobbe il più alto del gruppo: era l'assassino di Gothus Ruber. Poi identificò gli altri due, visti entrambi a Puente la Reina: il primo aveva seguìto Ignazio e Uberto al mercato, il secondo era stato di guardia all'esterno della casa dell'alchimista. Il quarto uomo gli era nuovo. Lo studiò con una rapida occhiata, senza farsi notare. Stava in disparte dagli altri, e nonostante il caldo torrido teneva il volto nascosto sotto un cappuccio. Sembrava trovarsi a disagio alla luce del sole.

La presenza di quegli uomini a Estella significava soltanto una cosa.

PARTE QUARTA
LA SCACCHIERA DI KOBABEL

Anche le configurazioni astrali seguono un principio razionale e ogni singolo corpo celeste si muove secondo leggi numeriche.

PLOTINO, *Enneadi*, IV, 35

53

Sebbene la luce pomeridiana indorasse ogni angolo della camera d'albergo, Uberto percepiva l'ombra del mistero addensarsi intorno a sé. Quell'oscurità nasceva da una fonte ben precisa, le iridi smeraldine del mercante di reliquie.

Cosa gli nascondeva esattamente Ignazio da Toledo? Perché era alla ricerca dell'Uter Ventorum? Non certo per denaro e neppure per desiderio di ritrovare Viviën de Narbonne. C'era dell'altro. Neppure la morte del Rosso l'aveva fatto desistere dalla ricerca. Non si trattava più, oramai, di compiere una missione per il conte Scalò. Se fosse riuscito a mettere le mani sul libro, Ignazio l'avrebbe tenuto per sé, Uberto ne era persuaso. Non per conquistare potere, gloria o ricchezza, ma per scopi che solo in parte riusciva a immaginare.

Le riflessioni del giovane furono interrotte.

«Dobbiamo scoprire dove si trova la prossima parte dell'Uter Ventorum, l'angelo Kobabel», disse Ignazio indicando il crittogramma trascritto sulla pergamena.

«Come intendi procedere?», chiese Uberto.

«Come al solito, leggendo la terza riga di entrambi gli indovinelli, quello in provenzale e quello in latino», propose il mercante. «Finora ha funzionato», e cercò sul quaderno le frasi interessate:

Kobabel jüet as eschecs ou n'i lusit le soleill
Celum Sancti Facundi miratur Laurentius

«"Kobabel gioca a scacchi dove non splende il sole", afferma il primo messaggio; “Lorenzo guarda il cielo di san Facondo” dice il secondo», tradusse il giovane.

«No, attenzione». Il mercante alzò un sopracciglio. «Non “*di* san Facondo” ma “*a* San Facondo”. Si tratta del nome di una località, non di una persona».

«Un luogo chiamato “San Facondo”? Mai sentito nominare».

«Con il tempo la parola *Sanctus Facundus* è diventata *San Fagun*, poi *Sahagún*. Perciò noi siamo diretti alla città di Sahagún, che sorge a ovest di Burgos».

«È vero. Sahagún si trova a poca distanza da Santiago de Compostela... E questo Lorenzo chi sarebbe? Una persona? Conosci anche lui?»

«Non è una persona ma una chiesa, la chiesa di San Lorenzo».

Ignazio stava per dilungarsi nella spiegazione, quando improvvisamente la porta d'entrata si spalancò. I due astanti si voltarono di scatto, allarmati.

«Willalme, sei tu». Il mercante sospirò rasserenato. «Ci hai fatto prendere un colpo. Come mai tanta fretta?»

«Dobbiamo andarcene!», esclamò il francese trafelato, serrando l'uscio con un gesto secco. «Sono in città, ci stanno cercando!».

«Calma», intimò Ignazio, alzandosi in piedi e fissandolo negli occhi. «*Chi* ci sta cercando? Spiegati».

«Gli uomini che hanno ucciso Gothus Ruber! La Saint-Vehme! Li ho appena visti, sono in quattro. Si aggirano per le locande di Estella e non ci vorrà molto prima che ci trovino!».

«Come hanno fatto a scovarci così in fretta?». Il mercante batté il pugno sul tavolo. Non c'era tempo per trovare risposta. Riordinò in fretta i pensieri e decise sul da farsi: «Willalme, vai a sellare i cavalli. Uberto, raccogli la nostra roba. Ce ne andiamo».

«Dove vuoi andare così di corsa?», chiese il giovane, già in preda al panico.

«Conosco un posto dove non potranno toccarci neppure con un dito. Non è distante... Ma ora sbrigati, ragazzo, smetti di tremare e riempi quella dannata bisaccia!», esclamò l'uomo, mentre aveva già iniziato a far fagotto.

Uberto non replicò ed eseguì in fretta gli ordini.

Willalme raggiunse la stalla e iniziò a sellare le bestie con la maggior disinvoltura di cui era capace. Sorrise al garzone che stava strigliando un cavallo e si guardò intorno circospetto. Nessuno in vista. Un attimo dopo lo raggiunsero i suoi compagni, saltarono in groppa e si allontanarono dall'albergo con andatura sostenuta.

Non ebbero problemi a raggiungere l'uscita della città e, appena superate le mura, si lanciarono al galoppo verso ovest.

«Dove siamo diretti?», domandò Willalme, affiancandosi al mercante.

«A una chiesa di templari: il Santo Sepolcro di Torres del Río», rispose Ignazio. «L'Ordine del Tempio ha il dovere di proteggere i pellegrini».

«Quanto tempo impiegheremo per raggiungerla?», chiese Uberto, spronando il cavallo.

«Se teniamo questa andatura, ci vorranno due o tre ore al massimo». Così dicendo, il mercante li guidò attraverso gli altopiani, verso il confine che separava le terre di Navarra da quelle di Galizia.

Ignazio fu di parola. Il sole era tramontato da circa mezz'ora quando raggiunsero una vallata di terra brulla. A poca distanza, fra rilievi gibbosi e arbusti rinsecchiti, si ergeva un edificio sormontato da una torre illuminata.

«Sembra un faro», esclamò Uberto, scrutando la struttura che svettava fra le tenebre.

«È la chiesa templare del Santo Sepolcro! Siamo quasi arrivati», proferì Ignazio. «Ancora un ultimo sforzo e saremo al sicuro fra le sue mura!».

A quelle parole il giovane parve finalmente rasserenarsi. Continuò a cavalcare, gli occhi puntati verso la fonte di luce sempre più vicina. D'un tratto Willalme si voltò indietro e scorse a poca distanza quattro cavalieri diretti verso di loro. Procedevano di gran carriera, impugnando delle torce. Se avessero continuato con quel ritmo, in breve li avrebbero raggiunti.

«Ignazio!», vociò il francese. «Guarda!».

Il mercante si voltò allarmato. Strinse gli occhi e notò le quattro fiaccole avanzare come fulmini. «Sono loro, i Veggenti!», gridò, spronando il cavallo in direzione della salvezza. «Non devono raggiungerci! Seguitemi! Fate presto!».

Uberto e Willalme non se lo fecero ripetere e aizzarono le bestie in una corsa frenetica. Gli inseguitori parvero accorgersi della loro reazione, poiché si lanciarono come lupi sulle prede, guadagnando terreno.

Uberto cavalcava con un nodo allo stomaco, aggrappandosi tenacemente alle briglie. Avvertiva il respiro affannoso del suo cavallo, ormai esausto. Evitò di voltarsi, sconvolto dal pensiero che i suoi inseguitori gli fossero addosso e continuò a guardare in avanti, fissando l'immagine del mercante chino sul proprio destriero.

Arrivarono indenni davanti alle mura esterne della chiesa, ma lo sforzo fu vano: i quattro cavalieri li avevano ormai raggiunti.

Fu allora che Willalme girò il cavallo, intenzionato a caricare gli inseguitori. Strinse i denti e brandì la scimitarra, i lunghi capelli biondi scarmigliati dal vento. Alzò la spada e incitò il destriero con gli sproni. La bestia spumò dalla bocca e si impennò con un nitrito.

Il mercante gli ordinò di fermarsi, ma lui gridò con gli occhi pieni di rabbia: «Non c'è nient'altro da fare! Fuggite! Li terrò impegnati finché posso!».

Nessuno dei tre sventurati aveva udito un corno risuonare dalla torre della chiesa, ma si accorsero invece bene di quanto avvenne subito dopo: i battenti degli alloggi del Santo Sepolcro si spalancarono di colpo e dal loro interno uscì un drappello di templari armati.

Uberto rivolse lo sguardo verso quei monaci guerrieri. Erano una decina in tutto, portavano uniformi bianche con una croce rossa sul petto. Erano usciti di corsa, a piedi, richiamati dal suono d'allarme della vedetta e sembravano proprio intenzionati a difenderli.

A quel punto, forte del soccorso sopraggiunto, Willalme rinunciò all'offensiva e si parò al fianco di Ignazio mentre dalla torre due arcieri prendevano di mira i quattro inseguitori. Alla vista degli armati, i quattro strattonarono le briglie e si bloccarono a una ventina di passi dalle loro prede, indecisi sul da farsi. Ignazio ebbe modo di osservarli. Appartenevano alla Saint-Vehme: i mantelli neri e i volti nascosti dietro maschere non lasciavano alcun dubbio. Uno, più di tutti, colpì la sua attenzione. Indossava una maschera rossa dal ghigno infernale. Ebbe un attimo di titubanza, poi ne fu certo: quello era Dominus, la Maschera Rossa.

Intanto i templari usciti dalla chiesa presero le difese dei tre viandanti, disponendosi a scudo davanti a loro. Dominus guardò al di là della schiera di armati e incrociò lo sguardo del mercante. Fremeva di rabbia. Se avesse potuto, gli sarebbe balzato addosso come una fiera. «Ignazio da Toledo, vi ricordate di me?», proferì, camuffando la voce dietro la maschera di ceramica. «Oggi avete avuto salva la vita, godetevela finché potete. Ma badate! Avete qualcosa che bramo e in un modo o nell'altro lo otterrò, dovessi braccarvi fino all'inferno!».

Così dicendo, la Maschera Rossa girò il cavallo e fece cenno ai suoi sgherri di allontanarsi. Lo seguirono come un branco di cani e sparirono nella notte.

Nel mezzo dello schieramento templare, Filippo di Lusignano continuò a fissare i cavalieri neri finché non fu certo della loro ritirata. Non aveva mai visto maschere del genere. Del resto, un simile travestimento non era sufficiente a intimorire un guerriero della sua tempra. Dopo essersi assicurato del cessato pericolo, ordinò ai compagni di rompere le righe; inguainò la spada nel fodero e si diresse verso i tre pellegrini, visibilmente provati dall'inseguimento.

Si rivolse a Ignazio, che aveva subito riconosciuto come il capo del gruppo. «Tutto bene, messere?».

Il mercante osservò il templare. A prima vista lo giudicò un uomo rude, come la maggior parte dei soldati che aveva conosciuto. Tuttavia dai suoi occhi guizzava un'intelligenza non comune, che lo colpì.

«Grazie a voi, cavaliere. Solo grazie a voi», rispose con genuina riconoscenza. Scese da cavallo e lo fissò più da vicino. «Vi dobbiamo la vita. Io sono Ignazio da Toledo, mercante di reliquie. Sarei lieto di conoscere il nome del nostro inaspettato soccorritore».

«Mi chiamo Filippo di Lusignano, messere. Felice di servirvi».

Il mercante rimase di stucco. Il casato dei Lusignano traeva il suo nome dal castello di Leusignem del Poitou, nella Francia occidentale. La sua stirpe discendeva secondo la leggenda dalla fata Melusina, metà donna e metà serpente. Da circa un trentennio a quella parte, dopo aver guadagnato il controllo dell'isola di Cipro, i Lusignano avevano mescolato il proprio sangue con quello della famiglia reale di Gerusalemme.

Cosa poteva spingere un discendente di tale schiatta ad abbandonare agi e ricchezze per farsi monaco templare?

Come si usava fare al cospetto dei nobili, Ignazio accennò un inchino. Filippo lo fermò, posandogli una mano sulla spalla. «Alzatevi», disse. «Non prostratevi. Ho rinunciato da tempo al mio rango. Ora sono monaco e, a Dio piacendo, proteggo con la spada il cammino dei pellegrini». Fece una pausa, studiando con lo sguardo prima Uberto, poi Willalme, infine si rivolse nuovamente al mercante: «Ma ditemi piuttosto, messere, cosa volevano da voi quegli strani cavalieri?».

Ignazio ebbe un attimo di titubanza. Si trovava di fronte a un bivio, dire la verità o mentire.

54

«Si trattava di banditi, mio signore. Nient'altro che banditi». Gli occhi bugiardi del mercante incrociarono lo sguardo del templare. Era preferibile mentire, si disse Ignazio, anziché dilungarsi nella storia dell'Uter Ventorum e della Saint-Vehme. «Banditi», ribadì, ignorando le occhiate di disapprovazione lanciate da Uberto. «Non li avevamo mai incontrati prima d'ora».

«Ma uno di loro sembrava conoscervi, messere», obiettò Filippo di Lusignano con tono pacato. «Vi ha persino chiamato per nome».

«Probabilmente mi avrà scambiato per qualcun altro... E anche se così non fosse, come potrei saperlo? Quell'uomo portava una maschera, come la signoria vostra avrà notato», disse Ignazio, per eludere la domanda.

«Avete ragione, ve ne do atto».

«Ditemi piuttosto», continuò il mercante, deviando l'argomento del colloquio. «Siete voi il rettore di questa chiesa?»

«No, non sono a capo del Santo Sepolcro», chiarì il templare. «Anzi, vi dirò di più, non vi abito neppure. Sono solo di passaggio, proprio come voi. Gli uomini accorsi in vostra difesa sono sotto il mio comando».

«Capisco». Ignazio squadrò i rudi lineamenti dei veterani radunati alle spalle del Lusignano. Lanciò poi un'occhiata alla chiesa del Santo Sepolcro, chiedendosi da dove provenissero quegli uomini, e dove fossero diretti.

«Non voglio trattenervi oltre. È notte e sarete stanchi». Mentre parlava, Filippo non cessava di fissare il mercante. «Vi farò condurre alla foresteria della chiesa. Domattina informeremo il rettore del vostro arrivo».

Con un gesto circolare della mano, il templare chiamò al suo fianco un giovane sergente, che si mise in ginocchio in attesa di ordini. Era vestito come Filippo, eccetto per il mantello bianco.

«Jarenton», disse Filippo, «provvedi all'alloggio dei forestieri».

Il sergente acconsentì, si rialzò in piedi e si rivolse a Ignazio: «Seguitemi. Non preoccupatevi per i cavalli, ci penserò io».

I pellegrini salutarono con riconoscenza il Lusignano e seguirono Jarenton.

Uberto lo studiò con ammirazione. Doveva avere poco più della sua età, sebbene l'aspetto sciupato lo facesse sembrare più vecchio.

Il sergente guidò i tre compagni in un edificio a ridosso del Santo Sepolcro, adibito proprio a ospitare viandanti.

«Da qui possiamo arrangiarci anche da soli», disse Ignazio. «Siete stato molto gentile ad accompagnarci, sergente».

«Dovere», rispose Jarenton con una voce che tradì l'età acerba. Accennò un inchino di commiato e si allontanò.

55

Il mattino seguente Uberto si destò con lo stomaco che languiva per la fame. Si sedette sul giaciglio e fissò la stanza vuota dell'alloggio. Ignazio e Willalme erano usciti senza svegliarlo ma gli avevano lasciato a fianco del letto una ciotola di latte e una grossa mela verde.

Dopo essersi rifocillato, uscì dalla foresteria alla ricerca dei compagni e quando fu all'esterno vide Jarenton seduto su una panca, intento a lucidare un paio di schinieri con una spazzola. Gli si avvicinò chiedendo notizie dei suoi amici.

«Sono entrati in chiesa poco fa», rispose il sergente, senza distogliere lo sguardo dal suo lavoro, e con un colpo di spazzola fece saltare dalla superficie metallica una grossa incrostazione di fango.

«Probabilmente volevano incontrare il rettore», dedusse Uberto.

«Non credo», ribatté Jarenton. «Il vecchio rettore è molto malato e non si alza da giorni. I vostri compagni stavano cercando messer Filippo, credo. Devono essere saliti sulla torre», e indicò la sommità del Santo Sepolcro.

Uberto guardò verso l'alto e notò che il fuoco della torre era stato spento. Ringraziò il sergente e si incamminò verso l'ingresso della chiesa, coronato da un arco a tutto sesto. Spinse i battenti socchiusi ed entrò.

Il perimetro dell'edificio ottagonale e le strette finestrelle disposte su ogni lato lasciavano filtrare il barbaglio del mattino. L'ottagono, gli aveva rivelato Ignazio, era una delle figure geometriche predilette dai templari per il fondersi in esso del quadrato e del cerchio, cioè della Terra e del cielo.

L'ambiente era deserto, perciò Uberto guardò verso l'alto alla ricerca di accessi per la torre. Allora notò lo splendido soffitto a cupola, sorretto da un intreccio di costoloni che formava una stella. Al centro del soffitto campeggiava una croce a bracci uguali.

Quando il giovane riuscì a staccare gli occhi dal soffitto, scorse dietro l'abside l'accesso alla torre. Imboccò il passaggio e seguì una gradinata che saliva verso l'alto. Arrivato ai piani superiori, incrociò un cappellano dall'aria veneranda.

Il vecchio lo guardò con dolcezza. «Buon giorno figliolo, cerchi per caso i due forestieri?»

«Sì», rispose il ragazzo.

«Sono là in fondo». L'uomo indicò un breve camminamento che portava a una torretta collocata proprio in cima alla chiesa. «Vai pure, sali le scale, ma attento a non sporgerti dalle finestre».

Uberto annuì. Il monaco gli pose una mano sul capo e lo salutò.

In cima alla torretta, a pianta ottagonale proprio come la chiesa, Willalme si gustava il panorama montano della Sierra de Codés, e intanto ascoltava la conversazione fra Ignazio e Filippo di Lusignano.

«Sto trasportando un carico molto prezioso, messere», stava spiegando il templare. «Perciò mi muovo con diversi armati».

«Tesori dall'Oriente?», domandò il mercante.

«Non posso rispondervi. Spero comprendiate».

«Ma certo».

«Ho l'ordine di spostarmi a occidente, fino a Tomar».

Ignazio conosceva il castello di Tomar. Era una rocca edificata sulle rive del fiume Tago, sulla linea di confine tra la Spagna cristiana e l'Andalusia musulmana. Circa trent'anni prima, quando viveva presso Toledo, gli era giunta notizia che proprio davanti alle mura di Tomar si erano infranti l'orgoglio e le milizie del re marocchino Almanzor. In quel luogo i templari celavano segreti e grandi ricchezze.

«Domattina ci rimetteremo in viaggio», continuò Filippo, scrutando il profilo degli altopiani che serpeggiava a ponente. «Seguiremo il Camino de Santiago fino a Burgos, poi devieremo verso sud-ovest».

«Anch'io sono diretto verso Burgos», disse il mercante.

«Se desiderate, potremmo compiere parte del viaggio insieme, così approfitterete della nostra scorta per evitare altri brutti incontri», propose inaspettatamente il templare.

Quell'offerta spiazzò Ignazio. Senza dubbio la scorta dei templari avrebbe tenuto alla larga Dominus e i suoi scagnozzi. «Siete sicuro che la nostra presenza non vi sia di ingombro?»

«Al contrario, ci terremo compagnia a vicenda».

«Se la mettete così, accetto volentieri. Viaggiare sicuri non è cosa da poco di questi tempi».

Nel frattempo Uberto era salito in cima alla torre, da cui poté vedere un arciere appostato di vedetta a una finestra. Pochi passi più avanti c'erano i suoi compagni insieme a Filippo.

«Ben svegliato ragazzo», lo salutò Ignazio, vedendolo arrivare. «Ti abbiamo lasciato dormire. Ieri notte avevi l'aria di essere molto provato».

«Lo credo bene», intervenne il Lusignano. «Quei quattro diavoli non sembravano scherzare. Ho ancora in mente le loro maschere. Piuttosto singolari, direi».

«Già», proferì Willalme con tono evasivo.

«Sei giunto appena in tempo», disse il mercante al giovane. «Messer Filippo si è offerto di scortarci per il viaggio. Partiremo domattina per Burgos in compagnia del suo seguito».

«Meraviglioso!», esclamò Uberto, leggendo l'espressione di conferma sul volto del templare. «Non ho mai conosciuto dei cavalieri del Tempio, ma ho molto sentito parlare delle loro gesta».

«Vedremo poi se ciò che ti hanno raccontato corrisponde a verità o a fantasia», sorrise Filippo. «Ora scusatemi, devo scendere. Voglio organizzare i preparativi per la partenza».

Rimasti sulla torre, Ignazio bisbigliò all'orecchio di Uberto curandosi che l'arciere non lo udisse: «Per nessuna ragione dobbiamo parlare ai templari della Saint-Vehme o dell'Uter Ventorum. Neppure con Filippo di Lusignano, anche se sembra affabile. Se scoprono il nostro segreto, e se vengono a conoscenza del libro, potrebbero rivelarsi più pericolosi degli uomini che già ci inseguono. Sarà meglio tenerli all'oscuro di tutto. Mi raccomando ragazzo, e anche tu Willalme».

Uberto comprese finalmente perché la notte prima il mercante aveva scelto di mentire al loro soccorritore. «Fidati di me», rispose.

Willalme strinse le spalle. «D'accordo. Ora, se non c'è più nulla da aggiungere, organizziamoci per il pranzo». Ignazio scese con i suoi compagni ai piani sottostanti. Il suo sguardo sereno celava tormentate riflessioni. Se Dominus aveva anticipato così bene le sue mosse, doveva aver trovato l'enigma lasciato da Vivïen a San Michele della Chiusa.

56

Per i cinque giorni successivi la compagnia di Ignazio proseguì il viaggio scortata dai templari. La colonna attraversò senza fretta le sinuosità degli altopiani, tra scalpitare di zoccoli, nitriti e continui rallentamenti a causa di due grossi carri posti al centro della comitiva.

Faceva strada Filippo, in sella a un imponente cavallo bianco. Seguivano quattro cavalieri, i due barrocci e un altro gruppo di armati. In fondo alla carovana marciavano il mercante e i suoi compagni.

Willalme e Uberto cavalcavano pacifici, interrogandosi però sul contenuto dei carri. All'interno si intravedevano bauli e sacchi accatastati, nulla di più. Ignazio spiegò che doveva trattarsi di un carico molto prezioso, considerata la scorta così ben fornita. La sua stessa destinazione, il castello di Tomar, ne garantiva il valore.

Un pomeriggio, durante la marcia, Uberto affiancò il suo cavallo a quello del mercante e lo interrogò: «Perché Vivïen ha scelto la Spagna per nascondere il libro?»

«Perché questa terra è depositaria di un sapere antichissimo», rispose Ignazio, quasi felice per la domanda. Da qualche giorno si mostrava più disposto a parlare. «In Spagna, specialmente a Toledo, si studiano e si traducono i manoscritti di matematica, di medicina e di alchimia provenienti dal mondo arabo. Probabilmente anche l'Uter Ventorum era fra questi manoscritti, e Vivïen deve aver ritenuto giusto nasconderlo qui».

«Capisco. Ma perché credi che l'Uter Ventorum sia un manoscritto arabo? Come fanno gli arabi a conoscere i segreti dei magi persiani?»

«Li appresero dagli stessi persiani, dopo averli assoggettati e resi *dhimmı* . Fu allora che i magi entrarono nelle corti dei califfi come medici e consiglieri, divulgando la loro cultura».

«Dhimmı ?», lo interruppe il giovane. «Significa "schiavi"?»

«La *dhimma* è una condizione di protezione sotto tributo. Pagando una tassa ai dominatori arabi, i popoli assoggettati potevano conservare la libertà di culto e di professione».

«Non è giusto dover pagare per continuare a essere se stessi», commentò Uberto.

«Hai ragione, ma i feudatari cristiani non trattano meglio i loro contadini», replicò Ignazio. «Comunque sia, la dhimma fu estesa anche ai cristiani di Spagna quando furono assoggettati dagli arabi».

Il giovane sembrò stupito. «Non credevo che i musulmani permettessero ai cristiani di vivere accanto a loro».

«Invece accadde. I cristiani di Spagna assorbirono addirittura la sapienza orientale e riempirono i loro libri sacri di splendide immagini che testimoniano questo intreccio di culture».

«Perché le immagini? Le parole, da sole, non bastavano?»

«"La verità non è venuta al mondo nuda, ma in simboli e in immagini", insegna il Vangelo di Filippo. E questo Vangelo, assieme a quello di Tommaso, era alla base della liturgia cristiana di Spagna».

Uberto lo scrutò sbalordito. «Quella gente... quei "cristiani arabizzati"... tu stai parlando dei mozarabi, vero?»

«Sì, i mozarabi», rispose l'uomo, quasi esitante.

«Perché non se ne sente più parlare?»

«Perché la Chiesa ha sancito la loro estinzione, con la condanna dei Vangeli di Tommaso e di Filippo, dichiarati apocrifi. Ha bruciato i loro libri e la loro cultura, ritenendola sconveniente. Gli eredi di questa civiltà ora vagano per la Spagna, banditi dalla storia, in bilico fra il mondo cristiano e quello arabo».

«Tu...», affermò Uberto, squarciando il velo dell'insicurezza. «Tu se un mozarabo».

«Sì». Il mercante contemplò il volto del ragazzo. Non vi trovò sdegno e neppure repulsione, ma meraviglia e rispetto. Abbozzò un sorriso rassegnato. «Appartengo alla stirpe degli Alvarez. I miei avi furono mozarabi. Già mio padre non lo era più. Io non sono più niente, solo polvere di un ricordo...».

«Tu sei il mio magister», disse a quel punto il giovane. «Senza di te sarei ancora dentro quel monastero, ignaro della bellezza che c'è nel mondo. Ora capisco perché il vecchio abate ti voleva tanto bene».

Il mercante gli sorrise e per la prima volta, da quando Uberto lo conosceva, apparve libero da ogni maschera. Era sul punto di dirgli qualcosa, quando un templare della retroguardia si avvicinò.

«Tutto bene, messeri? Di che si parla?».

L'incantesimo si spezzò e il mercante riacquistò la solita impassibilità, reprimendo ogni emozione. Si girò in direzione del templare e rispose distrattamente: «Niente cavaliere. Niente di interessante... Parlavo della mia famiglia». Si rivolse di nuovo verso Uberto, con occhi ormai distanti.

«Bene, siamo quasi giunti a Burgos», disse. Sembrava essersi già dimenticato di quel che stava dicendo un attimo prima.

57

La compagnia giunse senza intoppi presso Burgos, la capitale della vecchia Castiglia, ricca di edifici e di strade brulicanti.

La colonna si arrestò alla riva del fiume Arlanzón. Filippo di Lusignano, che fino ad allora aveva cavalcato in testa alla spedizione, indietreggiò con il suo destriero fino alla retroguardia e raggiunse la compagnia di Ignazio, ferma al limitare di una distesa di pioppi. «Come potete vedere, mastro Ignazio, sono stato di parola. Vi ho scortati fino a Burgos senza inconvenienti».

«Il vostro aiuto è stato prezioso», rispose il mercante, osservando con riconoscenza il templare.

«Ora, come sapete, le nostre strade si divideranno», continuò Filippo. «Noi templari non entreremo in città. Ci dobbiamo salutare in questo punto».

«Mi auguro di rivedervi e di potervi rendere il favore, un giorno. Fate buon viaggio, messere».

«Che il Signore vi assista, mastro Ignazio», salutò il Lusignano, portandosi di nuovo in testa alla carovana.

I templari avrebbero deviato verso sud, mentre il gruppo di Ignazio era diretto a occidente, lungo la via per Santiago.

La compagnia dai bianchi mantelli si allontanò lungo il corso del fiume e svanì tra la polvere giallastra della strada, come un miraggio riassorbito dalla luce. Quando non fu più visibile, i tre compagni guardarono verso la città di Burgos, che si trovava in cima a un altopiano puntellato di fronde verdeggianti. Si misero in cammino e in breve la raggiunsero.

Cercarono asilo per la notte in un ospitale fuori dal centro, l'Hospital del Rey, situato su una strada diretta a ovest.

58

Ci volle un'altra decina di giorni per raggiungere Sahagún, l'antico abitato che sorgeva intorno al monastero cluniacense di San Fagun.

L'attraversamento di altopiani e di lande di terra brulla aveva spossato uomini e cavalli. Uberto era allo stremo delle forze e seguiva i compagni a fatica, la testa ciondoloni e gli occhi socchiusi. Neppure l'acqua e il cibo gli davano ristoro.

Raggiunsero Sahagún in una torrida notte di fine luglio. Il sole era tramontato rapidamente davanti ai loro occhi, lasciandoli nell'oscurità tra sconfinate distese di grano. Avevano seguìto una strada acciottolata fino a raggiungere il guado del fiume Cea che portava alla città.

Entrati nell'abitato, si erano aggirati fra una selva di edifici tozzi dominata da campanili, scrutando i blasoni e le insegne appese ai muri. Trovarono un alloggio presso una locanda fuori mano. L'albergatore, una persona rude ma all'apparenza onesta, li accolse senza troppe domande.

Il mercante fece coricare Uberto su un pagliericcio. La sua fronte scottava. «Bevi», gli disse qualche minuto più tardi, porgendogli una ciotola di terracotta.

«Cos'è?», chiese il giovane con un filo di voce.

«È un decotto di erbe», rispose, sollevandogli il capo per aiutarlo a bere. «Allevierà la febbre».

Il decotto era amaro, ma lasciava un buon sapore in bocca. Dopo averlo assaggiato, il ragazzo lo trangugiò tutto d'un fiato, poi posò la testa sul cuscino e chiuse gli occhi. In breve scivolò in un sonno profondo.

«Forse gli stai chiedendo troppo», disse Willalme a Ignazio, dopo essersi assicurato che Uberto stesse dormendo. «È stremato dal viaggio».

Il mercante scosse la testa. «Non ho altra scelta. Se fossi certo di non esporlo a pericoli, l'avrei già affidato a qualcuno. Ma a questo punto deve seguirci fino in fondo».

Tra i due calò il silenzio. Ignazio estrasse un paio di bulbi secchi dalla bisaccia, li sbriciolò accuratamente dentro un piccolo recipiente, poi li fece ardere. Un gradevole aroma si diffuse per la stanza.

«Che roba è?», chiese il francese, annusando incuriosito.

«È mandragora», spiegò l'uomo. «Viene utilizzata per distillare veleni e filtri d'amore, ma bruciata perde ogni effetto venefico. L'odore delle sue braci è un potente tonico». Fissò Uberto con dolcezza. «Lo aiuterà a riprendersi».

Willalme fece un cenno d'approvazione. «Pensi che il ragazzo abbia intuito qualcosa? Che sappia?».

Il mercante abbozzò un sorriso amaro. «Non c'è tempo per discutere. Dobbiamo agire».

I due uscirono in silenzio dalla locanda e attraversarono a piedi i borghi di Sahagún, verso la chiesa di San Lorenzo. Volevano approfittare del buio per entrare di nascosto nell'edificio, e recuperare la parte del libro nascosta al suo interno... Sempre che Dominus non li avesse preceduti.

Nel frattempo Uberto avrebbe riposato lontano da ogni pericolo, pensò Ignazio.

Le braci di mandragora avevano ormai cessato di ardere quando il ragazzo fu svegliato da uno scossone. Aprì gli occhi e trovò di fronte a sé un uomo che lo teneva per un braccio, mentre con l'altra mano reggeva una lucerna accesa. Aveva lunghi capelli neri e indossava un mantello bianco e una cotta di maglia rivestita da una sopravveste verde. Sul petto lo stemma dei crociati.

Uberto si liberò dalla presa e si ritrasse di scatto ai bordi del pagliericcio. Tastò nell'ombra, alla ricerca di qualcosa per difendersi, ma trovò solo la ciotola da cui aveva bevuto il decotto. Allora la scagliò contro lo sconosciuto, che si ritrasse di colpo proteggendo il volto con l'avambraccio. L'utensile colpì il guanto di ferro e cadde a terra in frantumi.

L'uomo rivolse lo sguardo ai cocci finiti sul pavimento, poi alzò le mani in segno di resa. «Non voglio farti del male», esordì con voce ferma.

«Chi siete?». Il giovane sbarrò gli occhi ancora lucidi per la febbre. Guardandosi intorno, si rese conto di essere solo. «Dove sono i miei amici?»

«Non lo so. C'eri solo tu quando sono entrato».

«Chi siete? Non lo avete ancora detto!».

«Sono il conte Dodiko», rispose docilmente l'uomo. «Un amico».

"*Un amico*", pensò Uberto, quasi per decifrare quella parola. «Non vi conosco. Cosa volete?».

L'intruso gli si avvicinò, illuminandolo con la fiammella della lucerna. Aveva lo sguardo preoccupato, come se stesse per dargli una cattiva notizia. «Ignazio da Toledo è in pericolo», disse infine. «Se ci tieni alla sua vita, devi aiutarmi».

59

Ignazio e Willalme raggiunsero la chiesa di San Lorenzo.

Il mercante scrutò il torrione campanario svettare in cima all'edificio, al di sopra della cappella maggiore. Nell'oscurità della notte, lo schieramento di finestre ad arco che ricopriva la struttura gli dava l'aspetto di un abnorme alveare. Per un attimo credette di vederlo tremare, come squassato dal terremoto, poi la sensazione svanì. Doveva trattarsi di uno scherzo giocato dalla stanchezza.

«Tu aspettami qui fuori, di guardia», disse al compagno. «Io entro».

«Sai dove cercare?», chiese Willalme.

«Ho una vaga idea... Occhi aperti, amico mio, mi raccomando».

«Come sempre».

Ignazio sgattaiolò all'interno della chiesa mentre il francese rimase davanti all'ingresso principale, sulla via deserta.

Nessuno dei due aveva notato un uomo nascosto a poca distanza, quasi mimetizzato fra le ombre. Era curvo, filiforme, coperto da una cappa che lo rendeva simile a un monaco. Attese che il mercante fosse entrato, poi si dileguò nell'oscurità.

Come previsto, la chiesa di San Lorenzo era deserta. Tutti i religiosi, a quell'ora, dovevano essersi ritirati nel dormitorio. Ignazio percorse con cautela la navata centrale, mentre i suoi passi echeggiavano verso l'alto, fino alle volte del soffitto.

Si fermò davanti all'altare e rimase assorto per qualche istante, accarezzato dal lucore dei ceri. Sulle pareti, un affresco rappresentava il martirio di san Lorenzo, incatenato a una graticola arroventata, straziato delle braci e dai ferri dei carnefici.

Osservandolo, Ignazio non poté fare a meno di immaginare a quali tormenti sarebbe stato sottoposto lui stesso se Dominus l'avesse scovato in quel luogo. Poi studiò il dipinto. Il volto del martire era indifferente al dolore, aveva un'espressione serena, rapita dall'estasi divina della fede. Guardava verso l'alto. Fu allora che l'intuizione lo illuminò, improvvisa. Quello non era un semplice dipinto, era un indizio! Il mercante riportò alla memoria l'enigma di Vivïen:

Kobabel jüet as eschecs ou n'i lusit le soleill
Celum Sancti Facundi miratur Laurentius

"Kobabel gioca a scacchi dove non splende il sole. Lorenzo guarda il cielo a San Facondo", tradusse dentro di sé. Il messaggio era chiaro, doveva cercare in alto, dove rivolgeva lo sguardo il san Lorenzo dell'affresco. Doveva cercare in un luogo elevato ma al riparo dalla luce. Ma certo, la torre!

Afferrò un doppiere acceso sull'altare e si fece strada sotto le arcate delle navate, alla ricerca dell'accesso ai piani superiori. In breve lo trovò, e salì senza indugio.

Dopo essersi inerpicato sulle scale, si trovò al piano più alto del campanile. Sulle prime non scorse nulla di rilevante, né bauli né armadi, tantomeno libri o pergamene. Solo la campana appesa al soffitto, levitante nel metallico silenzio, circondata da finestre e da murature.

Ignazio illuminò le pareti con il doppiere, alla ricerca di un indizio. Quando ormai stava per cedere allo sconforto, notò una piccola icona di legno appesa al muro e, avvicinandosi, la scrutò. Raffigurava un uomo con la testa di cane e le mani giunte in atto di preghiera. Era san Cristoforo.

La tavoletta era identica a quella che aveva trovato a San Michele della Chiusa. Doveva trattarsi dell'ennesima traccia lasciata da Viviën.

Eccitato per la scoperta, il mercante staccò l'icona dal muro. Sul retro non c'erano iscrizioni, ma nel punto in cui era stata appesa, alcuni mattoni della parete sembravano smossi. Nove in tutto, a formare un quadrato.

In preda alla curiosità, sfilò i mattoni uno a uno, esaminandoli. Notò che ognuno di essi recava sulla faccia nascosta delle misteriose incisioni. Li reinserì nel muro seguendo l'ordine esatto in cui li aveva sfilati, ma rivolgendo i graffiti verso l'esterno, in modo che fossero visibili.

Terminata l'operazione, ottenne una bizzarra combinazione disposta su nove caselle.

Quella era la scacchiera dell'angelo Kobabel, pensò trionfante, la parte dell'Uter Ventorum nascosta a Sahagún!

Frugò nella bisaccia ed estrasse il dittico di cera, preparandosi a copiare il misterioso graffito.

60

Uberto camminava febbricitante al fianco del conte Dodiko, interrogandosi su chi fosse e che cosa volesse da lui quell'uomo. In altre occasioni ne avrebbe ammirato l'imponenza dell'aspetto e l'eleganza del vestiario, contrassegni del suo alto lignaggio. Ora invece continuava a tormentarsi in silenzio, divorato dal dubbio di aver agito correttamente. Per giunta era indispettito dal comportamento dei suoi compagni, che avevano deciso di recuperare una delle quattro parti dell'Uter Ventorum senza di lui.

Il conte si fermò sul retro di una chiesa. «Questa è la chiesa di San Lorenzo. Sei sicuro che Ignazio da Toledo si sia recato in questo posto?»

«Sì», rispose Uberto, ricordandosi di quando aveva sciolto assieme al mercante l'enigma dell'angelo Kobabel. Nonostante la gravità della situazione, si era limitato a rivelare il luogo in cui doveva trovarsi Ignazio, senza spiegarne il motivo. Era tutt'altro che disposto a fidarsi dello sconosciuto e a parlargli del libro.

«Ne sei certo? È in gioco la sua vita».

Il ragazzo annuì, il cuore in bilico tra l'angoscia e il sospetto.

«Allora entriamo, ma non dall'ingresso principale. È più prudente passare da un'entrata secondaria. Seguimi».

Uberto, tenendosi a debita distanza, penetrò assieme al conte Dodiko nella chiesa addormentata.

Se Uberto si fosse introdotto dentro San Lorenzo dall'ingresso principale, avrebbe incontrato Willalme seduto in silenzio sui gradini d'entrata. Nonostante la stanchezza, il francese non riusciva a rilassarsi. Aveva la sensazione che qualcosa potesse andare storto. Ogni tanto si alzava in piedi, passeggiava accigliato avanti e indietro calciando i sassi sul selciato. Ignazio tardava a far ritorno.

All'improvviso udì alle sue spalle un rumore di zoccoli al trotto.

Non fece in tempo a voltarsi che una voce minacciosa risuonò dal fondo della strada: «Willalme de Béziers!».

Un cavaliere avanzava al galoppo. Indossava un abito nero e aveva il viso coperto da una maschera somigliante al grifo di un corvo.

Era certamente uno dei quattro uomini che li avevano inseguiti fino al Santo Sepolcro di Torres del Río. Un emissario della Saint-Vehme!

Il cavaliere non accennò a fermarsi, anzi, spronò il destriero alla carica. Nel frattempo brandì una mazza chiodata, staccandola dall'arcione anteriore della sella.

Non c'era tempo per riflettere. Willalme balzò verso il centro della strada e sguainò la scimitarra, mettendosi in posizione di difesa.

Mentre Willalme si preparava a combattere, due uomini mascherati si erano avvicinati alla chiesa di San Lorenzo. Aggirarono silenziosamente il perimetro dell'edificio e sbucarono al fianco destro della facciata, appena in tempo per assistere allo scontro.

Il loro uomo, muovendosi a cavallo, era in vantaggio schiacciante. Il francese, a piedi, non avrebbe potuto difendersi a lungo, pur essendo un abile guerriero.

«Il suo destino è segnato», ghignò Slawnik, rivolgendosi al figuro che gli stava a fianco. Quanti ne aveva visti cadere in quel modo! Tuttavia avrebbe preferito sistemare di persona Willalme, aveva una serie di conti in sospeso con lui. Ma gli ordini di Dominus erano chiari.

«Ora cosa facciamo?», chiese l'altro. «Ci occupiamo del mercante di Toledo?»

«No», rispose il boemo. «Gli ordini sono di controllare le vie d'accesso e di assicurarsi che nessuno esca dalla chiesa».

61

Avvolta dal barlume del doppiere, la figura di Ignazio emergeva dalle tenebre come una statua di argilla. Il mercante si era rannicchiato davanti al graffito e l'aveva trascritto con precisione sulla tavoletta di cera. Non c'era tempo per interpretarlo. L'avrebbe fatto in seguito, in un luogo più sicuro.

Compiuta l'operazione, pensò bene di confondere le acque: sfilò dal muro i mattoni incisi e cambiò il loro ordine, cosicché il messaggio originale – qualunque esso fosse – venisse stravolto. Se Dominus avesse rintracciato quel graffito non sarebbe certo riuscito ad afferrarne il reale significato.

Si rialzò in piedi pronto ad abbandonare la torre quando fu attratto da insoliti rumori provenienti dall'esterno. Si affacciò a una delle finestre ad arco che circondavano l'ambiente e guardò in basso, verso la strada. Sentì il sangue ghiacciarsi nelle vene. Due uomini stavano combattendo in uno sciabolare di colpi. Il primo era Willalme, il secondo un cavaliere nero. Il cozzare delle armi risuonava davanti alla facciata di San Lorenzo e al suo interno, echeggiando fra le colonne e le volte del soffitto.

La Saint-Vehme!

Cercando di ignorare il terrore che gli opprimeva il petto, infilò il dittico di cera nella bisaccia e si precipitò di corsa lungo le scale, pensando a come soccorrere l'amico.

Ma non fece in tempo a raggiungere il piano inferiore perché la sua corsa fu interrotta da due sagome nere che gli si pararono davanti, intralciandogli il cammino.

La mazza martellava con insistenza sulla scimitarra, sollevata a difesa sul capo di Willalme. I colpi erano pesanti, inferti con tale rapidità e violenza da non lasciare spazio per azioni diversive.

All'improvviso, mentre l'uomo con la maschera di uccello stava vibrando l'ennesimo colpo, il francese riuscì a spostarsi di lato e la mazza fendette l'aria, sibilando a vuoto. Preso alla sprovvista, il cavaliere si sbilanciò e finì per sporgersi dalla sella sul fianco destro. Allora Willalme ne approfittò, lo afferrò per il braccio e lo strattonò per disarcionarlo.

Il rivale si tenne saldo alla cavalcatura e cercò di puntellarsi sulle staffe, dimenando il braccio destro per liberarsi. Ma il francese non gli diede tregua, restando aggrappato a mezz'aria, finché a un tratto il cavallo impennò, scagliando entrambi sulla strada.

Willalme si trovò a terra con il nemico addosso, precipitato sopra di lui a peso morto. Era un uomo alto, di struttura robusta. Se avesse indossato l'armatura gli avrebbe sfondato il torace. Lo allontanò con un colpo di gomito e si rialzò sulle ginocchia per riprendere fiato, poi raccolse velocemente la scimitarra, che gli era sfuggita di mano durante la caduta.

Anche l'aggressore balzò in piedi un attimo dopo, la maschera ricoperta di polvere. Avanzò minaccioso, e tuttavia sembrò indeciso sul da farsi. Risalire a cavallo gli sarebbe costato troppo tempo e l'avrebbe esposto a nuovi rischi. Allora cominciò a roteare la mazza e gli si avventò contro con un grido di battaglia.

Willalme rispose all'attacco, veloce come una lince. Brandì la spada a due mani e fece un lungo passo in avanti, descrivendo una mezzaluna intorno al suo corpo. L'acciaio di Damasco vibrò. La lama colpì in pieno volto il nemico.

La maschera si spezzò, scoprendo un viso sfigurato dal sangue, poi il corpo stramazzò sollevando una piccola nube di polvere.

Il francese si fermò davanti al cadavere, le tempie palpitanti per l'eccitazione del combattimento. Da tempo non si abbandonava così alla furia, e a quel pensiero si sentì pervaso da un barbaro piacere, ma all'improvviso si ricordò dell'amico dentro la chiesa. «Ignazio!», esclamò, sperando che non gli fosse capitato nulla di brutto.

Fece per gettarsi di corsa verso l'entrata di San Lorenzo, ma due braccia nerborute lo afferrarono alle spalle e lo spinsero contro il muro della facciata.

62

Ignazio fece un passo indietro, intimorito dai due figuri avvolti nell'ombra. Uno era alto e ben piazzato, l'altro più esile.

Chi poteva avventurarsi a quell'ora di notte in un luogo simile? Potevano essere solo emissari della Saint-Vehme venuti per ucciderlo. Prima Willalme, poi lui.

Tese in avanti il doppiere.

La luce delle candele si posò su entrambi. Il primo indossava una tenuta da crociato, la faccia pulita, forse era più vecchio di quanto sembrasse. Non lo aveva mai visto prima d'allora.

Già pronto alla fuga, Ignazio diresse lo sguardo verso il secondo. Sembrava molto giovane, quasi un ragazzino, ma come lo vide in faccia, fu colto da un capogiro. «Uberto! Che ci fai qui?», chiese, agitando il doppiere. «E chi è quest'uomo?».

Le fiammelle delle candele tremarono, facendo danzare le ombre sui muri.

Il ragazzo cercò di balbettare qualcosa, indeciso su quali fossero le parole giuste. Allora l'uomo al suo fianco intervenne: «Forse è meglio che vi spieghi io stesso, mastro Ignazio», esordì. «Sapevo che eravate in pericolo e ho chiesto aiuto a questo giovane per rintracciarvi. Sono qui per proteggervi».

«Per proteggermi?». Il mercante aggrottò la fronte e studiò lo sconosciuto. Un'uniforme da crociato non era sufficiente a garantire la sua buonafede. «Si può sapere chi siete, e chi vi manda?»

«Sono il conte Dodiko», rispose l'uomo, «e cerco di raggiungervi da quando avete superato Tolosa. Ma non è stato facile, vi spostate velocemente. Mi manda Vivïen de Narbonne, per difendervi».

«Ciò che dite è impossibile». Ignazio infilò la mano sotto la tunica, alla ricerca del coltello. «Lasciate andare il ragazzo».

«Ascoltatemi!», insistette Dodiko, trattenendo Uberto per la spalla. «So della vostra missione, so dell'Uter Ventorum».

«Ciò vi rende più somigliante a un nemico che a un amico», replicò Ignazio.

«Voi non capite. Ho aiutato padre Vivïen a nascondersi dalla Saint-Vehme per anni. Sono stato io a recapitare le sue lettere al conte Enrico Scalò, a Venezia».

«E per quale ragione?». Il mercante nascose lo stupore. Se quell'uomo era persino al corrente dello Scalò, forse diceva il vero. Se fosse stato un emissario della Saint-Vehme, avrebbe certo già usato Uberto come ostaggio, per farsi consegnare la parte del libro in suo possesso.

«Adesso non c'è tempo per le spiegazioni. Qui siamo in pericolo».

Ignazio non poté contraddirlo. Si avvicinò a Uberto e disse: «Seguitemi».

Scipio Lazarus era entrato di nascosto nella chiesa di San Lorenzo. Aveva atteso che Ignazio da Toledo salisse sulla torre, poi l'aveva seguìto per controllare cosa stesse facendo. Aveva evitato di salire fino in cima, per non farsi scoprire: gli bastava sapere che il mercante fosse là sopra, a cercare il segreto dell'angelo Kobabel.

Ormai il suo piano era quasi compiuto. Non poteva permettere che qualcosa andasse storto, doveva assicurarsi che tutto prendesse il verso giusto. Per il momento, il mercante di Toledo era la pedina più importante del gioco.

Mentre era intento a tramare nell'ombra, Scipio Lazarus si era accorto di un imprevisto: due visitatori erano entrati nella chiesa. Aveva appena fatto in tempo a nascondersi dietro i tendaggi di un confessionale. Se l'avessero notato, sarebbe stato un guaio. Dodiko sospettava già della sua identità, ne era sicuro. Se l'avesse visto di nuovo, in quelle circostanze, si sarebbe ricordato di lui e l'avrebbe smascherato. E questo non doveva accadere, non ancora.

I due stavano cercando Ignazio. L'avevano chiamato addirittura per nome, ad alta voce, senza ottenere risposta. A quel punto erano saliti sulla torre.

Rimasto nuovamente solo, Scipio Lazarus uscì dal confessionale e si allontanò in fretta, senza perdere di vista il passaggio in cui si erano appena intrufolati Uberto e il conte Dodiko.

Gli eventi stavano prendendo una piega inaspettata.

I tre scesero a lunghi passi le scale della torre. Ignazio aveva ormai raggiunto l'uscita principale di San Lorenzo quando il conte Dodiko lo fermò, trattenendolo per un braccio.

«Lasciatemi!». Il mercante si liberò dalla presa. «Là fuori c'è un mio amico, devo aiutarlo».

«Per lui è tardi, non ci resta che fuggire». Il nobiluomo volse lo sguardo in direzione di Uberto. «Non pensate all'incolumità del ragazzo?».

Il volto del giovane si tese per l'apprensione. «Se Willalme è in pericolo, non possiamo abbandonarlo».

«Io non mi metterò contro la Saint-Vehme!», sbottò il conte, fermandosi a pochi passi dall'uscita. «È pura follia ostacolare i Veggenti! Il vostro amico è spacciato, rassegnatevi. È già morto, come Enrico Scalò!».

«Il conte Scalò è morto?», si lasciò sfuggire Ignazio, incredulo.

«Il vostro protettore è stato giustiziato dalla Saint-Vehme non appena siete partito da Venezia». Dodiko fissò il mercante dritto negli occhi. «Dovete fidarvi, mastro Ignazio. Fuggiamo finché ci è possibile. Conosco un'uscita secondaria...».

Eccitato dal precedente duello, Willalme si rialzò subito da terra. Aveva ricevuto un brutto colpo alla schiena, ma non gli pareva d'avere nulla di rotto. Davanti a sé vide due sgherri mascherati, pronti ad assalirlo.

La scimitarra era caduta lontano, non aveva alcuna possibilità di raggiungerla. L'unica alternativa era ricorrere alla sua jambiya, che sfoderò rapido e conficcò nella coscia dell'aggressore più vicino, un uomo ben piantato con una maschera simile a una testa di civetta. Il francese premette con rabbia, girando la lama nella carne, e udì il nemico levare al cielo una sfilza di ingiurie agonizzanti. Poi estrasse il pugnale e fece per colpirlo alla gola, ma fu agguantato dal secondo sgherro e gettato nella polvere. Si rialzò però con sveltezza, pronto a difendersi.

L'uomo pugnalato alla gamba era fuori gioco, chino a terra, le mani premute sulla ferita, ma il secondo era alto e massiccio, un vero gigante. Indossava una maschera bianca priva di lineamenti. Sguainò la spada e iniziò a vibrare terribili colpi a vuoto, sempre più vicino a Willalme. Le sue braccia erano grosse come tronchi d'albero, sembravano in grado di frantumare qualsiasi cosa si trovassero di fronte.

Willalme indietreggiò. Era impossibile opporsi con la sola jambiya a quella spada. E poi, aveva riconosciuto quel gigante. Si trattava dell'assassino di Gothus Ruber.

Il francese sembrava spacciato quando improvvisamente, dal silenzio della notte, emerse un vocio crescente e sempre più vicino. I duellanti smisero di fronteggiarsi e si guardarono intorno, cercando di individuare l'origine della confusione. Proveniva dal dormitorio della chiesa e dagli edifici vicini.

I rumori dello scontro dovevano aver risvegliato i dormienti, spingendoli a uscire per strada. Ben presto, infatti, una moltitudine di chierici e plebei si riversò sulla strada.

Il caldo accento spagnolo risuonò nell'aria in un sovrapporsi di frasi allarmate: «Che succede? Banditi! Predoni! Che il Signore ci aiuti! Chiamate le guardie!».

Slawnik restò impietrito, l'ira che fremeva tra l'addome e la gola. Uccidere il francese o fuggire? Dov'era Dominus, a dirgli cosa doveva fare? In preda all'indecisione, sollevò la spada nel tentativo di uccidere Willalme il più velocemente possibile, ma un dolore lancinante lo colse d'un tratto alla base della nuca. Qualcuno l'aveva colpito con una bastonata.

Il boemo barcollò, disorientato, poi si riprese e cercò di portare a segno il colpo. Il francese era sempre davanti a lui, allo scoperto. Impossibile sbagliare.

Per un attimo si chiese perché Willalme avesse abbassato la guardia, ma la sua domanda era destinata a non ricevere risposta. Un secondo colpo lo raggiunse dietro la testa, poi un altro sulla schiena, e un altro ancora, finché non cadde a terra come un toro abbattuto. Dietro di lui comparve Ignazio, che brandiva il bordone come una mazza. Più distante, il conte Dodiko teneva a bada il secondo sgherro ferito alla gamba puntandogli la spada al petto.

Il mercante si avvicinò a Willalme e lo afferrò per un braccio. «Vieni, amico mio». La sua voce risuonò rassicurante. «Ce ne andiamo».

Avanzando a spallate, i quattro uomini si fecero largo tra la folla, e si allontanarono in fretta dal luogo dello scontro.

63

L'aria della notte era insolitamente fredda.

Ormai lontani dalla chiesa di San Lorenzo, i quattro fuggiaschi raggiunsero la periferia di Sahagún, un luogo al confine con l'aperta campagna. Uberto iniziava a stare meglio, si sentiva ancora stanco ma non aveva più la febbre.

Si aggirarono in un sobborgo addormentato, tra case fatiscenti contornate da ciuffi d'erba. A un certo punto il mercante si avvicinò al conte Dodiko, che camminava davanti a lui. Lo prese per le spalle e senza troppe cerimonie lo trascinò contro un muro, puntandogli il coltello alla gola.

«Siete impazzito?», ringhiò il nobiluomo. «È così che mi ringraziate?».

Ignazio appariva quasi indifferente alla gravità della situazione. «State certo, mio signore, che non vi toglierò questa lama dal collo finché non mi avrete spiegato con esattezza chi siete e quali rapporti avete con Vivïen de Narbonne!».

Uberto fu sorpreso da quell'atteggiamento. Vedendo maltrattare un uomo che aveva aiutato lui e i suoi compagni, sentì l'impulso di prenderne le difese ma Willalme intuì i suoi propositi e lo trattenne.

Il conte tentò di liberarsi, ma il mercante era più forte di quanto immaginasse. Lo fronteggiava senza esitazione, gli occhi pesanti come macigni, in attesa di una risposta.

Abbassò lo sguardo e si decise a parlare. «Non vi ho mentito», disse. «Sono qui su richiesta di padre Vivïen».

Il mercante lo scrutò incredulo. «Come fate a conoscerlo?»

«Ero un membro della Saint-Vehme», confessò il conte. Si interruppe, ma la pressione del coltello alla gola lo convinse a proseguire: «Sì, ero uno di loro... una volta. Più di quindici anni fa fui incaricato di mettermi sulle tracce di Vivïen de Narbonne per recuperare l'Uter Ventorum».

A quelle parole il mercante ebbe un fremito. Dodiko lo notò e si lasciò sfuggire un sorrisetto insinuante. «Perché mi guardate in quel modo, mastro Ignazio? Non ne eravate al corrente? Non sapevate che quando vi metteste in affari con l'arcivescovo di Colonia, Vivïen era già in possesso del libro?».

Il mercante sbarrò gli occhi per lo stupore, e d'un tratto capì che la sua esistenza era stata stravolta da eventi a lui ignoti. In tutti quegli anni la Saint-Vehme l'aveva creduto depositario del segreto dell'Uter Ventorum, e per questo l'aveva braccato. Ma lui, di quel segreto, all'epoca non sapeva nulla. Perché Vivïen l'aveva tenuto all'oscuro, esponendolo a un rischio tanto grande?

Il pensiero lo portò indietro nel tempo, a quindici anni prima, quando si era recato in compagnia di Vivïen presso la curia di Colonia. Era un lugubre pomeriggio di fine ottobre. Avevano ottenuto udienza con l'arcivescovo Adolfo, al quale avevano presentato un cofanetto contenente ossa e cenere: le reliquie dei magi reperite lungo le sponde del Danubio, a poca distanza dal mar Nero. Secondo una leggenda orientale, provenivano dalla Caverna dei Tesori situata in cima al monte Nud, sede del Paradiso Terrestre. Là, si diceva, i dodici sapienti si erano ritirati in contemplazione fino alla morte.

L'arcivescovo aveva esaminato i cimeli e si era mostrato interessato al loro acquisto. Sebbene la cattedrale di Colonia possedesse altre reliquie dei magi, era bene assicurarsi l'esclusiva su quella lucrosa forma di culto. Aveva rimandato il pagamento al giorno successivo, quindi aveva congedato i due uomini.

Il mercante si ricordò di un particolare tralasciato in tutti quegli anni. Quando erano ormai usciti dalla curia, l'arcivescovo aveva fatto richiamare Vivïen, trattenendolo per un breve colloquio mentre Ignazio aspettava fuori. Al suo ritorno, Vivïen aveva spiegato che Adolfo gli aveva chiesto ulteriori dettagli sulla storia delle reliquie. Ora però, di fronte al volto sudato del conte Dodiko, Ignazio sospettava che all'interno di quella stanza fosse accaduto ben altro. Vivïen doveva aver parlato con Adolfo dell'Uter Ventorum, rivelando il legame di quel libro con il potere dei magi! Doveva essere andata proprio così, perché quella stessa notte avevano avuto il primo incontro con gli emissari della Saint-Vehme.

«Potete scostare la lama dalla mia gola, per favore?», sbuffò il conte, interrompendo le riflessioni di Ignazio. «Parlerò lo stesso».

Il mercante esaudì la richiesta, frastornato per quanto appena appreso.

«Così va meglio». Il nobiluomo si massaggiò il collo. «Ascoltatemi bene, mastro Ignazio. La Saint-Vehme iniziò a perseguitarvi perché già all'epoca Vivïen possedeva l'Uter Ventorum, e altrettanto si pensava di voi. Su questo non ci sono dubbi. Inizialmente Vivïen intendeva vendere il libro all'arcivescovo Adolfo. Ma quando la Saint-Vehme scoprì i suoi piani, volle il libro per sé. Il resto della storia lo conoscete».

«Lo conosco bene, purtroppo». Riacquistata la solita freddezza, Ignazio ripose il coltello sotto la tunica. «Fino a oggi ho vissuto in esilio a causa di un libro che neppure sapevo esistesse. Ho sentito parlare per la prima volta dell'Uter Ventorum soltanto due mesi fa, ve lo assicuro. Ma c'è un dettaglio poco chiaro. Da quanto ho potuto scoprire, il Gran Maestro della Saint-Vehme è l'arcivescovo di Colonia in persona. Perché quindi ordinare di perseguitare me e Vivïen, se ormai gli era già stato offerto il libro?».

Il conte Dodiko rimase basito. «Non sono in molti a conoscere l'identità del Gran Maestro».

«In questi anni non mi sono limitato a fuggire, ho svolto le mie indagini», disse Ignazio. «Ma non avete risposto alla domanda, perché la Saint-Vehme ci ha perseguitati nonostante il libro fosse già stato offerto al suo Gran Maestro?»

«La situazione non è semplice quanto credete», replicò Dodiko.

«Negli ultimi decenni un susseguirsi di lotte intestine ha logorato la Saint-Vehme, smembrandola in diverse fazioni. E sebbene l'arcivescovo di Colonia venga riverito come Gran Maestro, non possiede l'autorità sufficiente a farsi obbedire. Gli esponenti delle fazioni in lizza sono ben consapevoli della sua debolezza e si contendono il titolo e la supremazia».

«Scommetto che fra questi c'è Dominus», suppose il mercante.

«Dominus», affermò il conte, «è fra i primi della lista... Vedete, mastro Ignazio, voi e Vivïen siete rimasti invischiati in una brutta storia».

«Inizio a capire. Se uno dei Franchi-Conti riuscisse a impadronirsi dell'Uter Ventorum acquisterebbe l'autorità necessaria per soggiogare tutte le fazioni e autoproclamarsi nuovo Gran Maestro della Saint-Vehme. Il suo potere sarebbe tale da condizionare gli equilibri politici del Sacro Romano Impero e del resto del mondo. Potrebbe persino influenzare la curia romana...».

«Avete afferrato il concetto. Grazie al libro si può ottenere la sapienza assoluta, quindi il controllo su ogni cosa e persona».

«E voi, conte, come siete coinvolto in questa faccenda?», intervenne bruscamente Willalme. «Non foste forse incaricato dal Tribunale Segreto di perseguitare Vivïen de Narbonne?».

Irritato dall'intromissione del francese, Dodiko finse di non averlo udito.

«Rispondete alla domanda del mio amico», lo intimò il mercante. «Non avevate detto che eravate un traditore?»

«Infatti è così», confessò il conte. «Ho tradito i Veggenti nel momento stesso in cui conobbi Vivïen... Egli mi illuminò sulla natura dell'Uter Ventorum e sulla ragione per cui doveva restare nascosto. Come avete inteso, il libro conferirebbe al Tribunale Segreto un potere tanto grande da turbare gli equilibri naturali degli eventi storici. Il mondo sprofonderebbe sotto l'egemonia di uno spietato tiranno... Vivïen, spiegandomi ciò, mi fece comprendere la necessità di scongiurare un simile evento. Perciò decisi di tradire i miei mandanti e di aiutarlo».

«Se Vivïen nutriva sentimenti tanto nobili, perché cercò di vendere il libro all'arcivescovo di Colonia e, più di recente, al conte Enrico Scalò?», domandò Ignazio, studiando ogni gesto del nobiluomo per individuare tracce di ambiguità. «Ciò non contraddice i suoi propositi?»

«Nel primo caso si trattò di uno sbaglio. Vivïen era da poco entrato in possesso dell'Uter Ventorum e pensava soltanto a disfarsene. Aveva visto nell'arcivescovo Adolfo un potenziale acquirente ma, come già sapete, quel tentativo fallì. Per quanto riguarda lo Scalò, si è trattato invece di un'esca. Tramite lui desiderava rintracciare voi, presumo».

«Presumete? Non siete sicuro di ciò che dite?»

«Viv̈ien è un uomo scaltro. Non rivela mai fino in fondo i suoi disegni. Ma di una cosa sono certo: non avrebbe potuto vendere l'Uter Ventorum allo Scalò nemmeno se avesse voluto, dal momento che l'aveva già smembrato e nascosto in Spagna».

«Ma perché l'ha fatto?»

«Perché se la Saint-Vehme l'avesse catturato, sarebbe rimasta con un pugno di mosche», rispose Dodiko, come fosse in procinto di fare un'importante rivelazione. «Ora però è giunto il momento di recuperarlo. Non siete l'unico a essere sulle tracce del libro, anche gli emissari di Dominus lo stanno cercando… e sanno esattamente in quali luoghi è stato nascosto».

«Se ciò che dite è vero, avete dato prova di grande coraggio», dichiarò il mercante. «Non è impresa da poco voltare le spalle alla Saint-Vehme».

«Scusate se mi intrometto», intervenne Uberto, che fino ad allora aveva ascoltato in silenzio. «Dove si trova Viv̈ien de Narbonne in questo momento?».

Il mercante restò di stucco. Era tanto preso dalla conversazione da aver tralasciato la domanda più ovvia.

«Vi attende alla quarta tappa del percorso», rispose candidamente Dodiko. «Dobbiamo raggiungerlo al più presto».

Fu chiaro che il conte intendeva aggregarsi alla spedizione. Ignazio non ne era entusiasta, ma d'altronde, se fosse stato necessario, sarebbe stato più facile difendersi dai nemici.

«Per ora i Veggenti sono fuori gioco. Questa notte non attaccheranno più», proferì il mercante. «Ritiriamoci nei nostri alloggi. Partiremo domani, alle prime luci. Naturalmente, conte, immagino sappiate dove raggiungerci al momento della partenza…».

«So dove alloggiate. State all'erta questa notte», raccomandò il nobiluomo.

«Senza dubbio».

Accennando un saluto, Dodiko si allontanò.

64

Quando Slawnik riaprì gli occhi, si trovò immerso nell'oscurità. Era sdraiato su un pavimento di pietra, in un luogo freddo e umido. Si massaggiò la nuca dolorante e si alzò in piedi. Dov'era finito? Tastando le pareti che aveva intorno capì di essere rinchiuso in una cella.

Si sforzò di afferrare gli ultimi ricordi. Era stato sul punto di uccidere Willalme ma qualcuno l'aveva sorpreso alle spalle, colpendolo alla testa. Doveva essere svenuto. Ricordava poi la sensazione di essere stato sollevato da terra e trasportato al chiuso. Aveva udito delle voci, qualcuno aveva parlato di un monastero. Era stato trascinato per delle scale, molte scale, forse alla presenza di monaci. Non riuscì a ricordare molto di più, ma ciò gli fu sufficiente per capire che si trovava nelle segrete del monastero di San Fagun, sotto la custodia dei monaci. Doveva essere ancora notte, altrimenti le guardie del balivo l'avrebbero già prelevato e trasportato al cospetto dell'autorità cittadina per sottoporlo a un giudizio.

Si rannicchiò sul pavimento cosparso di paglia, e prese a massaggiarsi le palpebre. Quel luogo era talmente buio che il boemo non riuscì a scorgere neppure le sue dita.

Avvolto nel silenzio, cercò sollievo in lontani ricordi. Si rivide giovane e fiero, traboccante d'orgoglio, inginocchiato al centro di una sala illuminata. Con l'indice e il medio della mano destra toccava la lama di una spada. La spada di Dominus, il suo signore. Quel giorno era entrato a far parte della Saint-Vehme, ed era stato nominato Franco-Giudice. «Giuro di essere fedele al Tribunale Segreto», aveva detto, «di difenderlo da me stesso, dall'acqua, dal Sole, dalla Luna, dalle stelle, dal fogliame degli alberi, da tutti gli esseri viventi e da tutto ciò che Dio ha creato fra cielo e Terra, da padre, madre, fratelli, sorelle, donne, bambini, e da tutti gli uomini con la sola eccezione del signore dell'Impero...».

Così aveva giurato, convinto di diventare come i paladini di Carlo Magno, nobile e giusto. E invece cosa gli aveva riservato l'investitura? Omicidi, avvelenamenti, torture e sotterfugi! Questo era l'onore promesso? Questo il prezzo da pagare per la gloria del suo signore? Come avrebbe riscattato l'onta ricaduta su di lui e sulla sua famiglia?

Amareggiato, si accovacciò in un angolo della cella come un eremita in preghiera e sussurrò le parole conclusive del giuramento: «Che Dio e i suoi santi mi aiutino».

Poi lo scrocco metallico di una serratura ruppe il silenzio.

Slawnik guardò in direzione del cigolio, senza riuscire a distinguere alcunché finché fu accecato da una torcia. Le sue iridi sembrarono voler schizzare fuori dalle pupille, poi si adattarono alla luce. E il boemo riconobbe il suo salvatore.

Dominus varcò la soglia della cella e gli si inginocchiò di fronte, fissandolo con una smorfia compassionevole. «Questa notte abbiamo fallito entrambi, mio vassallo, ma a tutto c'è rimedio. Vieni, usciamo di qui. Ho persuaso i monaci a liberarti. Il tuo compagno ti aspetta già fuori».

Iniziava ad albeggiare quando Uberto si recò alle stalle. Ignazio gli aveva consigliato di riposarsi un altro po', ma il ragazzo si sentiva in forze e aveva voglia di muoversi. Il sonno, anche se breve, l'aveva ristorato. D'altro canto, avvertiva il desiderio di distrarsi dai ricordi della notte precedente, che lo tormentavano dal risveglio e lo costringevano a rimuginare sull'accaduto.

Il silenzio della scuderia era interrotto solo dal raglio di un vecchio mulo e dallo scodinzolare di una vacca smunta. Uberto tuttavia non vi fece caso.

D'un tratto si accorse di non essere solo. Di fronte a lui, appoggiato a una greppia colma di biada, c'era un uomo coperto da una cappa nera. Era piuttosto alto, o così almeno sembrava, nonostante la schiena curva. Uberto fu colpito dal suo volto, seminascosto dal cappuccio: era sfigurato, interamente coperto da cicatrici. In netto contrasto con quei lineamenti sgraziati, guizzavano due occhi celesti.

«Tu sei Uberto, non è vero?», esordì lo sconosciuto, dopo averlo squadrato con freddezza.

Il giovane fu preso alla sprovvista. «E voi come lo sapete?»

«Non importa, volevo solo essere certo di averti riconosciuto. Rainerio da San Donnino, l'abate del monastero da cui provieni, mi ha scritto di te nelle sue lettere».

«Non capisco. Chi siete?»

«Al momento giusto lo saprai. Lo saprete tutti... Torna pure dal tuo Ignazio, per ora. Nemmeno immagini cosa nasconda quell'uomo dietro il suo volto impassibile».

Uberto si irrigidì e strinse i pugni. «Si può sapere cosa state insinuando? Ignazio è una brava persona!».

Lo sconosciuto fece un risolino cattivo. «Io non insinuo proprio nulla, mio giovane amico. Chiedi pure al tuo mentore. Chiedigli *chi* è veramente».

Il giovane chinò lo sguardo, incapace di ribattere. Quell'uomo era sfuggente, viscido come una serpe. Il semplice suono della sua voce lo infastidiva.

Lo sfregiato si scostò dalla greppia, lanciando un'ultima occhiata in direzione di Uberto.

Per qualche istante il giovane rimase attonito, gli occhi fissi sui propri calzari. Come faceva quell'uomo a sapere di lui, di Ignazio e persino di Rainerio da San Donnino? A quali segreti alludeva? Purtroppo non ebbe modo di scoprirlo perché quando rialzò lo sguardo, lo sfregiato si era già allontanato, avvelenando l'aria mattutina con un ghigno appena accennato.

65

Lasciata alle spalle Sahagún, il gruppo di Ignazio proseguì verso occidente in compagnia del conte Dodiko. Il mercante aveva taciuto sul segreto dell'angelo Kobabel e persino sulla destinazione da raggiungere. Rifletteva in silenzio sul da farsi, fissando il sentiero che serpeggiava sui poggi fino a scomparire alla vista. Il rischio corso la notte precedente non era stato da poco: Willalme se l'era cavata per miracolo e Uberto era stato coinvolto in un azzardato imprevisto. Se si era risolto tutto per il meglio, lo si doveva esclusivamente alla fortuna. Ma la fortuna poteva cambiare direzione come il soffio del vento. Bisognava correre ai ripari finché si era in tempo per farlo.

Uberto cavalcava alle spalle di Ignazio. Da quando aveva lasciato Sahagún, rimuginava di continuo sulle parole dell'uomo sfregiato. Quel volto gli fluttuava nella mente come un'immagine riflessa sull'acqua, e persisteva ad assillarlo.

Il giovane aveva scelto di non parlarne con nessuno, ma quel segreto gli pesava non poco sulla coscienza. Non era sua abitudine mentire e neppure omettere la verità. Il tono di quelle parole lo aveva stregato, gli si era fissato in testa e non riusciva a trovare una via d'uscita.

Dopo due giorni di marcia giunsero nei pressi di Mansilla de las Mulas, a poca distanza da León. A un certo punto Ignazio si fermò ai margini di un bivio che deviava a settentrione e fece cenno alla compagnia di arrestarsi.

Era pomeriggio pieno. Il sole arroventava il sentiero ciottoloso fiancheggiato da arbusti. Nelle vicinanze non spuntavano edifici, né pozzi o sorgenti. Gli uomini frenarono le bestie, guardandosi intorno circospetti. Che succedeva? Era presto per accamparsi per la notte.

Dodiko si avvicinò al mercante con sguardo inquisitorio, evidentemente contrariato dalla sosta inaspettata. Ignazio scrutò il suo volto accaldato, insofferente all'afa. «Mio signore, state sudando», disse ironico. «La vostra carnagione nordica non sopporta la calura di queste terre?»

«Per quale ragione vi siete fermato?», domandò il conte, senza rispondere al motteggio.

«Facciamo una deviazione. Ci spostiamo a nord».

«Non mi risulta che il quarto frammento del libro si trovi da quella parte», replicò il nobiluomo, asciugandosi la fronte con il dorso della mano.

«Mi rincresce, ma per il momento io devo spostarmi in quella direzione. Mi attendono affari urgenti da sbrigare».

«Pensate in questo momento agli affari? Ma che razza di uomo siete?», protestò Dodiko. «Ritrovare l'Uter Ventorum viene prima di qualsiasi altra cosa!».

«Se dico che devo andare a nord, lo farò, con o senza il vostro consenso», ribatté Ignazio con voce grave. «Vi chiedo un giorno di pazienza, nulla di più. Voi proseguite a occidente. Attendetemi a León. Alloggiate vicino alla chiesa di Sant'Isidoro, presso un ospitale chiamato La Medialuna y la Cruz. Vi raggiungerò là al più presto».

«Così facendo perderemo tempo prezioso», insistette Dodiko, «e ci esporremo a rischi».

«Mi rincresce, ma non ho alternative».

Visibilmente indispettito, il conte trotterellò con il suo cavallo intorno a Ignazio, studiandolo in silenzio. «D'accordo, farò come dite», dichiarò. «Vi attenderò a La Medialuna y la Cruz. Spero che la mia fiducia non sia malriposta».

«Mi rivedrete presto», lo rassicurò Ignazio, poi girò il destriero e si rivolse ai compagni: «Uberto, Willalme, seguitemi».

Dodiko li osservò allontanarsi verso nord. Quando furono oltre la portata del suo sguardo, spronò il cavallo in direzione di León. E in cuor suo, sperò che il mercante di Toledo non l'avesse ingannato.

66

La mulattiera scivolava a settentrione, restringendosi man mano che ci si allontanava dalla strada per León. Dodiko doveva essere ormai lontano. Uberto e Willalme, pungolati dal medesimo disappunto, cavalcavano al seguito del mercante. Nessuno dei due si era azzardato a chiedere spiegazioni sulla destinazione, conoscendo fin troppo quello sguardo pensieroso, parato a scudo davanti a un groviglio di emozioni.

Oltrepassato un villaggio anonimo, la compagnia si avventurò lungo un sentiero di terra battuta che scendeva fino a valle. Superò la chiesa mozarabica di San Miguel de Escalada mentre il sole, adagiato sui declivi, allungava le ombre del suo porticato.

La carrareccia scomparve poco per volta, divorata da distese d'erba scarmigliate dal vento torrido.

Prima del calare delle tenebre i tre compagni raggiunsero una villa rustica dispersa nella vallata, mura d'ardesia erette fra placidi moggi d'avena, olivi e vigneti. Quell'abitazione dominava nel mezzo della tenuta, rassicurante come un abbraccio materno.

Ignazio rallentò l'andatura del cavallo e si avvicinò al recinto. Uberto lo osservò scendere da sella e appoggiarsi allo steccato. Non l'aveva mai visto così, sembrava esitante, quasi malinconico. Teneva il capo chino, come ammaliato dall'aria di quel luogo sperduto.

Il mercante si piegò sulle ginocchia, accarezzò un ciuffo d'erba e spiccò un fiore dalla corolla bianca. Lo annusò a occhi socchiusi, poi lo gettò al vento, in una liturgia nostalgica capace di abbracciare a suo modo ricordi lontani.

D'un tratto una voce maschile proveniente dall'edificio ruppe il silenzio: «Voi forestieri, che ci fate lì? Vi trovate su un *solar*, una proprietà privata!».

A quelle parole, il mercante sorrise. «E chi detiene l'*heredad*?», domandò a gran voce. «Chi è il padrone del fondo?»

«Donna Sibilla! È lei la padrona di tutto ciò che vedete». Il servo, sempre scontroso, attraversò con passo svelto la corte. Era un tipo sui trent'anni, asciutto, con folte sopracciglia e la fronte bassa. Scrutò Uberto, Willalme e infine Ignazio e fermandosi a pochi passi da lui, sgranò gli occhi incredulo. «Madre di Dio, non credo ai miei occhi!», esclamò. «*Patron*, siete proprio voi?»

«Sì, Pablo, sono proprio io». Il mercante gli posò una mano sulla spalla. «Quanto sei cresciuto! L'ultima volta che ti ho visto eri un ragazzino, più basso delle spighe d'avena».

«È passato tanto tempo, patron. Oh! Quando lo saprà la padrona... Quando lo saprà! Ormai pensavamo che foste...». Il servo si morse la lingua. «No, non bisogna dirlo! Neanche pensare a queste cose. Porta sfortuna», balbettò, e cadde in ginocchio per la commozione.

«Alzati in piedi, Pablo. Sono così stanco che potrei caderti addosso», disse Ignazio bonariamente. «Dimmi piuttosto, la padrona sta...».

«Bene. Sì, sta bene», rispose il servo, prima che il mercante potesse concludere la frase. «Tutto bene, anche il fondo».

L'uomo annuì. «Ora portaci dentro casa. Io e i miei amici abbiamo bisogno di riposare».

Pablo sorrise e fece strada verso l'entrata della villa. Intanto continuava a mormorare giulivo: «Quando lo saprà la padrona... quando lo saprà...».

Uberto aveva assistito stupefatto alla scena. Camminava taciturno al fianco di Ignazio, incapace di qualsiasi commento. Quella era la casa del mercante? E chi era donna Sibilla?

Pablo accompagnò i tre compagni all'ingresso della villa.

Varcato l'uscio, si trovarono davanti una vecchia gitana con le spalle coperte da uno scialle nero. Appena li vide, la donna giunse i pugni sul petto e si avvicinò con gli occhi umidi, incredula. Si diresse verso Ignazio, gli prese le mani e le baciò. «Quanto tempo è passato, patron», mormorò commossa.

Il mercante la lasciò fare. Le accarezzò il capo e disse: «Cara Nina, non piangere. Dimmi piuttosto, dov'è Sibilla?».

Senza smettere di singhiozzare, la vecchia dichiarò che la padrona si era ritirata per la notte e stava già dormendo. Chiese se doveva svegliarla ma Ignazio rispose di no, senza lasciar trapelare emozioni.

«Avete fame, patron?». La serva volse lo sguardo ai due giovani entrati al seguito dell'uomo. «Preparo qualcosa per voi e per i vostri compagni?»

«No, mangeremo domani. Accompagna i miei amici nelle stanze per gli ospiti e vai a riposare. Io conosco la casa. Mi arrangerò».

La donna acconsentì e fece cenno ai due giovani di seguirla.

Prima di incamminarsi, Uberto prese il mercante per un braccio, in cerca di chiarimenti. Ignazio lo fissò rassicurante. «Parleremo domani», si limitò a dire.

Il giovane dovette rassegnarsi, e raggiunse Willalme e la serva.

Ignazio attraversava in silenzio le stanze della villa, il passo esitante. Ogni odore domestico gli ricordava la fragranza delle pietre andaluse scaldate dal sole. Quella sensazione olfattiva gli era ben familiare, così come ogni increspatura dei tendaggi e scricchiolio dell'assito. Tutto era rimasto come quando se n'era andato.

L'eco di giorni lontani risuonò fra le mura, e per un attimo lo rallegrò, ma al suo svanire restò soltanto il silenzio della notte, freddo e ostile.

E *lei*? Lo stava ancora aspettando, o aveva ceduto alla solitudine e allo sconforto? Sarebbe stato umano, dopotutto. Lo scorrere del tempo trascina via ogni cosa come un fiume in piena.

A quel pensiero si sentì un intruso. Ebbe la sensazione che la sua vita passata non gli appartenesse più. Perché mai Sibilla avrebbe dovuto aspettarlo? Per quale ragione avrebbe dovuto ricordare di avere un marito? Quindici anni erano molti!

Si fermò davanti a un ritratto di donna appeso al muro, e piegò il volto in un sorriso amaro.

Giunse di fronte a una camera da letto, esitò un istante, poi entrò.

Sibilla aprì gli occhi e si girò fra le coltri, inspirando profondamente. Annaspò alla cieca, il brusio dei sogni ancora nelle orecchie. Un rumore l'aveva svegliata. Scrutò nel buio, con lentezza, e d'un tratto lo vide.

Era seduto in fondo alla stanza, proprio di fronte a lei, intento a osservarla.

Quella visione non la spaventò, anzi, le provocò una sorta di euforia. Frugò con lo sguardo i lineamenti dell'intruso finché non incrociò le sue iridi smeraldine, umide di nostalgia e di ricordi.

Scese dal letto e restò in piedi, impietrita, i lunghi capelli neri sulle spalle seminude. Avanzò di un passo senza proferire parola, quasi timorosa che quell'immagine potesse svanire al minimo bisbiglio. Fremente come un animale selvatico, tese il braccio per sfiorare il visitatore notturno, ma si rese conto di non avere il coraggio di farlo. Ritrasse la mano ma lui, più veloce, l'afferrò.

«Ignazio…», sussurrò la donna. «Sei veramente tu…».

L'uomo non rispose. Il nodo che aveva in gola non glielo permise. Si inginocchiò davanti a lei e le pose il capo sul grembo.

Sarebbe rimasto così, stretto ai suoi fianchi, in eterno.

«Sei veramente tu…», continuò Sibilla. Poi non riuscì più a parlare, e iniziò a piangere. Si chinò su di lui, abbracciandolo, come se non fosse vissuta che per quel momento.

67

Alle prime luci dell'alba Uberto scese dal letto e andò alla ricerca di Ignazio. Voleva una risposta a tante domande.

L'idea che il mercante potesse avere una casa, una famiglia, lo sconcertava. E poi, a cosa era dovuta la decisione improvvisa di abbandonare la ricerca dell'Uter Ventorum? Aveva rinunciato o si trattava solo di una strategia?

"Chiedigli chi è veramente", aveva insinuato lo sfregiato a Sahagún.

Con un pizzico di delusione, il giovane si ricordò che Ignazio non gli aveva ancora rivelato il segreto dell'angelo Kobabel. D'altronde, da qualche giorno a quella parte, era diventato scostante e più misterioso del solito.

Mentre pensava, ammirava le icone e gli arazzi appesi alle pareti. Non impiegò molto a orientarsi nella villa.

Camminò finché non udì la voce del mercante provenire da dietro una porta. Sembrava stesse ridendo. Uberto aprì senza bussare e si affacciò all'interno, ma si ritrasse subito con imbarazzo. Ignazio era sdraiato a letto con una donna. Sembrava stessero solo parlando, ma ne fu comunque turbato... Fino ad allora aveva considerato il mercante un maestro di vita. Vederlo giacere con una donna gliene svelava altri aspetti. Possibile che quell'uomo senza radici fosse legato a una moglie, o a una famiglia? D'un tratto la sua immagine lasciava trapelare un'umanità, una natura sanguigna di cui non lo credeva dotato.

Impacciato e un po' sbigottito, non seppe come agire. La vita al monastero non l'aveva preparato a simili evenienze, tantomeno a vincere certi imbarazzi. Doveva fare finta di nulla e andarsene? Si sentì uno sciocco.

All'improvviso la porta si riaprì e apparve lei, la donna.

Sibilla si avvicinò a piccoli passi. Indossava una vestaglia di seta rossa. Non era giovane, ma di certo bella. Gli si avvicinò e gli accarezzò il viso. «Io sono Sibilla», disse sorridendo. «Tu sei Uberto, non è vero?»

«Sì».

«Ignazio mi ha parlato di te. Dice che sei un ragazzo molto intelligente e coraggioso».

Il ragazzo abbassò gli occhi. «In vita mia non ho mai ritenuto d'essere coraggioso, mia signora». Avvertiva un leggero disagio, appena percettibile.

Sibilla era dunque la moglie del mercante? Com'era diversa da lui! Decisa e suadente. Il suo sorriso sembrava abbracciare ogni cosa.

La donna stava per ribattere, ma Uberto la anticipò: «Scusate, mia signora. Vi ho disturbata. Non intendevo...».

Lei scosse il capo, come per dire che non era successo nulla di grave. Cercò di trattenerlo, ma il giovane fece un passo indietro. La sensazione di disagio era aumentata, e Uberto non riuscì più a tollerarla. Accennò un saluto e corse via.

Sibilla rimase sull'uscio, il suo sorriso si velò di tristezza.

Un'ora dopo Uberto sedeva nel soggiorno con Ignazio e Willalme. L'aria era pesante, gravida di questioni irrisolte. Il mercante appoggiò il dittico di cera sul tavolo.

«Cosa c'è inciso sopra?», chiese il giovane.

«L'enigma dell'angelo Kobabel», spiegò l'uomo. «L'ho trovato a Sahagún, in cima alla torre di San Lorenzo. Quando tu e il conte Dodiko siete giunti, avevo appena finito di ricopiarlo. Era inciso sul muro».

«Strano tipo, quel Dodiko», intervenne Willalme.

«È un uomo singolare», convenne Uberto. «Tu Ignazio, che ne pensi?».

Il mercante alzò le spalle e guardò fuori dalla finestra. Il sole era alto e i servi stavano raccogliendo l'avena in fasci dorati. «Sicuramente ci nasconde qualcosa. Non possiamo fidarci di lui, ma nemmeno permetterci di perderlo d'occhio». Si rabbuiò. «Inizio a chiedermi se ci sia davvero Vivïen de Narbonne dietro tutta questa storia».

Willalme lo scrutò in volto. «Pensi che Dodiko menta?»

«Non saprei. Ma ho la sensazione che ci sia qualcun altro a osservare dietro le quinte, a dirigere il gioco».

«Ti riferisci a Dominus?»

«Non solo. Con la sua ultima mossa, Dominus si è scoperto ed è diventato prevedibile. Probabilmente è entrato in possesso dell'enigma dei quattro angeli, proprio come noi, e lo sta seguendo alla lettera. Credo però che abbia qualche difficoltà a interpretarlo, altrimenti perché tenderci un agguato a Sahagún? Credo abbia bisogno di me... anzi, di noi, per trovare il libro». Ignazio fece per alzarsi dal tavolo, poi ci ripensò. «Ma c'è qualcos'altro che mi preoccupa. Come ha fatto la Saint-Vehme a rintracciarci fin da quando siamo giunti a Venezia? Da quanto tempo spiava lo Scalò? E soprattutto, come sapeva che il conte mi avrebbe commissionato di recuperare il libro? Il Tribunale Segreto non gode di particolare influenza a Venezia, perciò è probabile che qualcuno abbia avvertito i suoi emissari».

«Hanno un informatore?», domandò Uberto.

«Non c'è altra spiegazione».

«Ma chi?»

«Qualcuno che controlla le mosse del gioco da molto tempo». Il mercante increspò la fronte. «Forse sin dall'inizio».

Il giovane ebbe un piccolo sobbalzo. Pensò al misterioso uomo sfregiato e si ricordò delle sue parole. Doveva credergli o avrebbe fatto bene a parlarne con i compagni? Ma prima che potesse decidere, Sibilla fece il suo ingresso.

La donna attraversò la stanza con passi misurati, tenendo in grembo un cesto di frutta. Portava i capelli intrecciati in una crocchia e indossava un *bliaut* azzurro con maniche svasate. Salutò con un cenno del capo e pose il cesto sul tavolo. «Una piccola premura per gli ospiti», disse. Ignazio la prese per mano e le confidò qualcosa all'orecchio. Lei annuì, prese licenza e uscì dal soggiorno con la sua andatura gentile.

L'uomo tornò a fissare i compagni, e mostrando lo strano disegno disse: «Osservate bene».

Uberto e Willalme posarono lo sguardo sul graffito. Nessuno dei due aveva mai visto nulla del genere.

ד	ט	ב
ג	ה	ז
ח	א	ו

«Un quadrato diviso in nove caselle», osservò Uberto. «Ma cosa rappresentano i caratteri al suo interno?»

«Sono lettere ebraiche», rispose il mercante.

«Lettere ebraiche?», intervenne Willalme. «Ma non stavamo cercando un codice persiano?»

«Forse l'Uter Ventorum è stato trascritto in parte da un giudeo», ipotizzò Ignazio. «O più semplicemente, l'ebraico è stato ritenuto idoneo allo scopo. Dopotutto, questo idioma viene considerato la lingua della creazione, parlata da Dio, dagli angeli e dai primi uomini».

Uberto fece cenno d'aver compreso. «E nel nostro caso, questi nove caratteri quale significato avrebbero?»

«Conosco poco la lingua ebraica, ma me ne intendo abbastanza da sospettare che questi caratteri non compongano parole».

«Da cosa lo deduci?»

«Per il momento si tratta solo di un'intuizione. Ma il fatto che siano contenuti dentro una figura geometrica, un quadrato, e che ciascuno di essi compaia una volta soltanto, mi dà l'impressione che alludano a una formula matematica».

«La matematica si fa con i numeri», obiettò Uberto, «non certo con le lettere».

A tali parole Ignazio ebbe un'illuminazione. Aggrottò la fronte e inseguì un pensiero che andava formandosi nella mente, restando immobile come un felino che scruta la preda. D'un tratto batté una mano sul tavolo. «Ma certo!», esclamò, facendo sobbalzare i compagni. «La *ghimatriah*!».

Uberto e Willalme lo guardarono allibiti.

«La ghimatriah dev'essere la soluzione», ribadì l'uomo, esultante. «È un sistema di sostituzione alfabetica secondo cui a ogni lettera ebraica corrisponde un numero!».

«Ne sei sicuro?», volle accertarsi Uberto.

Ignazio annuì con fermezza. «Ne sono venuto a conoscenza anni fa. Me ne parlò uno studioso della Cabala». E detto ciò, incise a fianco del quadrato un altro uguale, sostituendo alle lettere ebraiche i corrispondenti numeri arabi.

Contemplò assieme ai compagni la figura ricavata, a prima vista senza senso. Qualcosa in essa tuttavia gli risultò familiare, risvegliando un ricordo legato alla scuola di Toledo, quando Ignazio era un ragazzino di soli dieci anni ed era stato appena ammesso allo Studium. Il ricordo riguardava un dibattito a cui avevano partecipato alcuni magistri tra cui uno in particolare, di nome Galib, che aveva provato nei suoi confronti un affetto quasi paterno. Quel dibattito verteva sull'interpretazione di una sequenza di numeri contenuta in una pergamena di origine magrebina. Galib aveva dichiarato che per comprenderne il significato bisognava racchiudere i numeri in un quadrato… E a quel punto nella mente di Ignazio fu tutto chiaro. «Dev'essere un quadrato magico», dichiarò con convinzione.

«Ho già sentito parlare dei quadrati magici», disse Uberto. «Si dice che vengano usati dagli astrologi musulmani per scagliare malefici».

«Gli astrologi arabi hanno ereditato la scienza dei quadrati magici da Tolomeo e dall'alchimista Geber, questo è vero», confermò il mercante, «ma credo che tali figure vengano impiegate per fini molto diversi da quanto vociferano i superstiziosi». Studiò la posizione dei numeri contenuti dentro il quadrato. «Nove numeri dentro nove caselle». Socchiuse gli occhi e raccolse i pensieri. «Nove, come le sfere celesti compresa la Terra…».

Il ragazzo intuì il suo ragionamento. «Pensi che a ogni numero corrisponda un pianeta?»

«Sì», rispose Ignazio, «e non solo. Sospetto che questi numeri, in un modo o nell'altro, riproducano l'ordine divino dell'universo».

Uberto scosse il capo. «Impossibile, sono in disordine».

«Solo in apparenza», puntualizzò il mercante. «Hai notato che sommando tre cifre qualsiasi allineate in orizzontale, in verticale o in diagonale, si ottiene sempre il medesimo risultato, ovvero quindici? Come vedi, dal disordine si crea l'ordine».

Il giovane scambiò un'occhiata incredula con Willalme e osservò la figura, eseguendo più volte il computo. «Incredibile, hai ragione!», fu costretto ad ammettere. «Ma a cosa serve?»

«Forse a vincolare gli astri a una combinazione segreta», suppose Ignazio. «Credo che questa non sia una semplice figura geometrica, ma un talismano in grado di racchiudere le energie celesti dentro la forma del quadrato».

«Perché usare proprio un quadrato?»

«Perché, ovviamente, simboleggia la Terra. E tra le poche cose che sappiamo, lo scopo dell'Uter Ventorum è proprio quello di attirare la sapienza angelica dalle sfere celesti al nostro mondo».

Detto ciò, il mercante estrasse il quaderno di pergamena e ricopiò il quadrato magico assieme agli altri appunti riguardanti l'Uter Ventorum. Terminata l'operazione, controllò quanto scritto e sospirò. Erano necessarie le altre parti del libro. E non sarebbe stato facile recuperarle.

Uberto gli si avvicinò con gli occhi traboccanti di curiosità. «Dimmi di più, magister. Svelami altre cose sul quadrato magico e sugli angeli...».

A quelle parole Ignazio sobbalzò, quasi spaventato. «Ragazzo, per chi mi hai preso?», disse scattando in piedi. «Per quanto tu possa averlo pensato, io non ho mai detto di essere il tuo magister».

Il giovane lo fissò allibito, come se avesse ricevuto uno schiaffo. Che aveva detto? Perché era stato trattato in quel modo?

Il mercante prese ad aggirarsi nervosamente per la stanza, poi si affacciò a una finestra. Willalme gli pose una mano sulla spalla. «Non è giusto che tu sia così duro con lui. Non ha colpa di nulla», gli disse.

Ignazio fece un cenno vago e abbassò lo sguardo.

Willalme tornò a sedersi, scelse una mela dalla cesta di frutta e lanciò un'occhiata di conforto in direzione del povero Uberto.

Il mercante rimase a lungo in silenzio, quasi in preda a un esame di coscienza, i gomiti piantati sul davanzale e il mento appoggiato sui pugni, lo sguardo rivolto lontano. Quando finalmente si voltò pareva rasserenato, ma anche dispiaciuto. Si avvicinò a Uberto e gli pose la mano sul capo. «Scusami», sussurrò. «Non intendevo reagire in quel modo... Sto pensando alla prossima mossa e ciò mi rende nervoso. Non possiamo permetterci il lusso di correre altri rischi. Finora siamo stati fortunati».

Il giovane emise un borbottio di protesta, ma alla fine si chetò. Quasi non si era accorto che il mercante stava ancora parlando. All'improvviso una frase inaspettata gli giunse alle orecchie, lasciandolo di stucco: «Ripartirò domattina in compagnia di Willalme. Quanto a te, Uberto, attenderai qui il nostro ritorno».

68

Ignazio credeva d'aver preso la decisione più sensata. Lasciare Uberto nella villa significava tenerlo al sicuro, mentre lui e Willalme avrebbero potuto agire con maggior libertà. Non era uno sprovveduto, aveva intuito lo scopo dell'assalto a Sahagún: la Saint-Vehme non desiderava eliminarlo – non subito, per lo meno – ma renderlo vulnerabile uccidendo Willalme e costringerlo a collaborare per ritrovare l'Uter Ventorum.

E nel tentativo di recuperare le parti mancanti del libro, gli scontri con Dominus si sarebbero di certo inaspriti.

«Il viaggio è diventato più pericoloso del previsto», spiegò Ignazio a Uberto. «Devi aspettare qui. Con Sibilla sarai al sicuro».

Willalme, a braccia conserte, ascoltava in silenzio.

Uberto, seduto al tavolo del soggiorno, chinò lo sguardo. «Tu non tornerai più». Alzò gli occhi lucidi. «Mi stai abbandonando».

Ignazio inarcò le sopracciglia, punto nel vivo da quelle parole. Preferì non ribattere. Raccolse il suo prezioso quaderno di pergamena e si diresse verso l'uscio, il volto teso come una statua di bronzo. Raggiunta la porta, senza voltarsi, mormorò: «Io non abbandono nessuno...».

Sembrava quasi stesse parlando a se stesso.

«È così che hai detto anche a tua moglie?», sbottò Uberto. «Così tratti le persone che ti vogliono bene?».

A quelle parole Ignazio si voltò di scatto, il dito puntato contro il ragazzo. «Taci!», esortò. «Tu non sai nulla di me. Osa ancora parlare e...». Non terminò la frase. Uberto stava piangendo.

Ferito da quell'immagine, più ancora che dalle parole, batté un pugno sulla porta e uscì dalla stanza.

69

La mattina seguente, di buon'ora, Uberto sentì bussare alla porta della sua camera. Scese dal letto a fatica. Per un attimo dovette ricordarsi dov'era e cos'era accaduto il giorno prima. Gli capitava sempre più spesso ultimamente. Spostarsi di continuo l'aveva allontanato dall'ordinata quotidianità cui era abituato.

Ripensò al volto incollerito di Ignazio. Non l'aveva mai visto reagire a quel modo, neppure nelle situazioni più critiche. «Avanti», disse, massaggiandosi gli occhi.

La porta si aprì. Era Sibilla.

La donna restò ferma sull'uscio, quasi per non violare lo spazio del ragazzo. Portava abiti scuri e i capelli raccolti dietro la nuca, come il giorno prima, e in grembo un mazzo di fiori. «Ignazio sta partendo. Vuoi venire con me a salutarlo?»

«Preferisco di no».

«Sei sicuro? Ci resterà male».

Il giovane non si curò di ribattere. Rimase in silenzio, le mani sul viso. Cosa voleva da lui quella donna? Non era sua madre! Eppure non era giusto trattarla aspramente. Scese quindi dal letto e le si avvicinò. Non appena le fu accanto avvertì una sensazione particolare, come se si trovasse davanti al simulacro di una dea o di una Madonna immersa nella tristezza. Sembrava che quella donna posasse i piedi su un piccolo lembo di terra e tutto intorno vi fosse oceano. Allora Uberto non riuscì a trattenersi: «Come fate, mia signora?», disse costernato. «Come fate ad accettare un simile destino?»

«La mia vita è un'eterna attesa», rispose lei con un sorriso rassegnato. «Un'attesa puntellata da istanti di felicità. Come quelle piante che godono di una breve fioritura e rimangono spoglie per il resto dell'anno».

«Ma lui... Ignazio...», obiettò il giovane.

«Ignazio sta peggio di me. Gli è stato affidato il fardello più pesante, fuggire per sempre, perché la sua vicinanza mette in pericolo le persone che ama. Gli inseguitori non gli danno tregua, e lui vaga da anni in cerca della salvezza».

Uberto restò senza parole. Fissò la bella signora ferma sull'uscio. Quanta forza occorreva per vivere in quell'isola di solitudine?

Davanti alla stalla, Ignazio e Willalme si stavano preparando per la partenza. Pablo li aiutava a predisporre un carro trainato da una coppia di cavalli, e mentre controllava i finimenti borbottava tra sé: «Ma patron, siete appena arrivato e già ve ne andate...».

Il mercante sorrideva con amarezza, senza dargli troppo ascolto. Intanto spiegava a Willalme che viaggiare su un carro sarebbe stata la scelta migliore perché i Veggenti cercavano tre cavalieri, non un barroccio coperto da un telone. «E poi», continuò, «ricorda che non sono pratichi di queste terre. Sono uomini del Nord, e probabilmente si sentono spaesati. Non credo possano confidare in eventuali rinforzi».

In quel mentre giunsero Sibilla e Uberto. Ignazio andò loro incontro, abbracciandoli.

Accarezzò il viso della donna, spostò un ciuffo di capelli scivolato fuori dalla crocchia e si soffermò sui suoi occhi umidi. La zittì prima che potesse parlare. Non voleva vederla piangere. «Tornerò. Sistemerò tutto», disse, distogliendo lo sguardo. «Lo prometto».

Lei annuì.

«Prenditi cura del ragazzo», disse sorridendole.

Willalme, già salito sul carro, accennò un saluto. Non era avvezzo agli addii. Attese che il mercante si sedesse al suo fianco, poi spronò le bestie.

A quel punto Uberto si ritirò, il viso imbronciato.

Sibilla invece restò immobile sull'uscio, finché il carro non fu sparito all'orizzonte.

PARTE QUINTA
LA CODA DI AMEZARAK E IL BASTONE DEL SANTO

Tutte le opere miracolose dei magi avvengono in base alle dottrine e agli interventi dei demoni.

AGOSTINO DI IPPONA, *De civitate Dei*, VIII, 19

70

Dopo mezza giornata di marcia il carro svoltò per la strada diretta a León. Willalme sedeva alla serpa, i pugni stretti sulle redini. Ignazio, al suo fianco, appariva sereno. Guardava avanti senza parlare, immerso in chissà quali pensieri, celando la sofferenza per il distacco.

«Dove siamo diretti?», chiese il francese.

«Raggiungeremo León per recuperare il conte Dodiko, poi ci incammineremo verso l'ultima tappa segnalata dall'enigma. Andiamo nella direzione giusta».

«La prossima parte dell'Uter Ventorum è molto lontana?»

«L'indovinello latino dell'angelo Amezarak dice "*Asclepius servat aenigma Campi Stelle*", cioè "Asclepio serba l'enigma nel Campo della Stella"».

«Il Campo della Stella. Un altro gioco di parole?»

«No. Si tratta certamente della città di Compostela. Le fu dato questo nome trecento anni fa, quando – si dice – una stella rivelò ad alcuni pastori che là si trovava la tomba dell'apostolo Giacomo. Da allora quel luogo fu chiamato *Campus Stellae*, il "Campo della Stella", e divenne meta di pellegrinaggio. E due secoli più tardi, papa Urbano II l'appellò "San Giacomo", che qui si pronuncia "Santiago"».

«A Compostela allora sono conservate le autentiche ossa dell'apostolo Giacomo?»

«Autentiche, certo...». L'uomo sorrise. «Quanto lo sono quelle di san Pietro a Roma».

Afferrata l'antifona, Willalme passò ad altro: «E Asclepio? Chi è realmente?»

«Tutto a suo tempo, amico mio», rispose il mercante. «Quando saremo arrivati a Compostela, saprai il resto».

«Speriamo di non vedercela brutta come a Sahagún», borbottò il francese, osservando un armento di pecore che pascolava pigramente sul ciglio della strada.

Due cavalieri neri raggiunsero una villa rustica dispersa nella campagna. Avevano faticato a lungo per trovarla, aggirandosi in un dedalo di sentieri appena marcati dalla scia dei carri sull'erba.

Prima di avvicinarsi all'abitazione, il più alto dei due scese da cavallo e ordinò al secondo di fare altrettanto. Il compare storse il naso. Aveva la gamba ferita e faticava a camminare, ma obbedì senza discutere.

Assicurarono i cavalli al tronco di un olivo e proseguirono verso l'abitazione, muovendosi quatti dove la vegetazione era più alta. D'un tratto il primo dei due si fermò. Aveva visto qualcosa. L'altro zoppicò al suo fianco. «Slawnik, che succede?»

«Un colpo di fortuna». Il boemo indicò un ragazzo che passeggiava a poca distanza. «Eccolo».

«Bene», ghignò lo zoppo. «Gli ordini di Dominus sono chiari».

«Sì», rispose Slawnik, e si avvicinò al giovane come un lupo pronto all'agguato.

Uberto aveva compreso le ragioni di Ignazio, ma la ferita per essere stato escluso a metà del viaggio bruciava ancora. Mentre passeggiava lungo uno steccato che delimitava i confini della villa, rimuginava sull'accaduto. In fondo le cose non andavano tanto male: un po' di quiete, dopo tanto viaggiare, gli faceva bene. Poche ore di sosta e le premure di Sibilla erano state sufficienti ad alleviare l'affanno e la stanchezza, sebbene il mistero del libro continuasse a ossessionarlo. La curiosità del mercante l'aveva contagiato.

Per distrarsi aveva deciso di fare una passeggiata all'aperto e godersi un po' di tranquillità e per forza d'abitudine si era messo a tracolla la sua bisaccia prima di uscire. Dopo oltre due mesi che la portava addosso, non gli sembrava quasi possibile spostarsi senza.

Camminava lento con le braccia ciondoloni, misurando i passi in mezzo all'erba. Stava ripensando alle parole di Ignazio sulla civiltà dei mozarabi, quando all'improvviso, senza quasi rendersene conto, si imbatté in un uomo. Non era un rustico. Era alto, vestito di nero, e teneva fra le mani un sacco vuoto. Uberto lo scrutò, colse il suo sguardo minaccioso e capì. Allora scattò per darsi alla fuga, ma si accorse di avere un secondo uomo alle spalle.

L'avevano bloccato! E nei dintorni non c'era nessuno a cui chiedere aiuto.

Tentò di gridare, ma non ne ebbe il tempo: il sacco gli fu calato addosso. Che stava accadendo? Sentì che gli veniva stretta una corda intorno al busto e alle gambe. Oppose resistenza e iniziò a dibattersi, terrorizzato. Dovette colpire qualcuno con un calcio, perché improvvisamente fu lasciato cadere a terra e per un attimo sperò di liberarsi. Cercò di rialzarsi e di sciogliere i vincoli, ma un pugno lo colse in pieno addome.

Tossì, mentre il dolore gli esplodeva nello stomaco e si ramificava nel torace. Poi sopraggiunse la nausea. Ben presto le forze vennero meno e svenne.

Slawnik si caricò il sacco in spalla, quasi contenesse un capretto braccato. Eppure, nel farlo usò maggior cura di quanto volesse ammettere, provando uno strano disagio. Si sentiva come quando si è commesso un enorme sbaglio. Girando i tacchi, fece per allontanarsi dalla villa.

«Un attimo!», si oppose il suo compare. «Non abbiamo ancora finito qui».

Il boemo gli scoccò un'occhiata perplessa.

«Dominus ha parlato chiaro», insistette lo zoppo. «Rapire il ragazzo e uccidere tutti gli altri».

«Nessuno ha visto. Non c'è bisogno di versare sangue», rispose Slawnik, incamminandosi verso i cavalli e lasciando intendere che per lui la questione era chiusa. Continuare a parlare di quella vergognosa faccenda lo irritava, e gli faceva desiderare di trovarsi altrove.

Lo zoppo lo fissò stranito. «Ma gli ordini...».

«Per oggi ho compiuto fin troppe bassezze». Il boemo scosse il sacco, fremente di rabbia. «Quale onore ricaverei nel massacrare una famiglia di rustici?»

«Questa è insubordinazione! Quella gente...».

«Quella gente vivrà». Slawnik posò la mano libera sull'elsa della spada. «Vivrà perché non si è macchiata di nessuna colpa. Ora andiamocene, o quant'è vero Iddio ti squarto a metà».

Lo zoppo, intimorito, abbassò lo sguardo e seguì il Franco-Giudice senza più ribattere.

71

A León, di fronte alla chiesa di Sant'Isidoro, il conte Dodiko sedeva sotto la veranda a La Medialuna y la Cruz. Al riparo dalla calura pomeridiana, scrutava le innumerevoli facce che sfilavano per la via polverosa, un corteo di volti con cappelli, cappucci e turbanti dai colori vistosi. Aveva la sensazione che da un momento all'altro spuntasse tra quella gente la faccia sfregiata di Scipio Lazarus. Quel domenicano non doveva essere molto lontano. Da alcuni giorni aveva infatti il presentimento di essere seguìto. Ma più ancora lo infastidiva il fatto di sentirsi la pedina di un gioco imperscrutabile, come se qualcuno lo volesse mettere in contatto con Ignazio e Viviën per qualche oscura ragione. Nulla lo distoglieva da quel sospetto, e dalla convinzione che l'artefice di un simile intrigo fosse proprio Scipio Lazarus.

Gettò un'occhiata impaziente verso la strada. Il mercante di Toledo non si faceva ancora vivo e lui era stanco di aspettare. Per giunta, il caldo di quelle terre lo opprimeva. Se Ignazio non l'avesse raggiunto entro l'alba del giorno seguente, si sarebbe messo in marcia per Compostela da solo. Almeno là, la brezza marina avrebbe mitigato quella maledetta afa, pensò alzandosi in piedi.

Proprio in quell'istante vide una coppia di uomini scendere da un carro. Uno dei due rimase fermo vicino ai cavalli, l'altro invece sollevò il cappellaccio di paglia che lo proteggeva dal sole e si incamminò di buon passo verso di lui. Era Ignazio.

Dodiko si lasciò sfuggire un sospiro di sollievo. Attese che il mercante lo raggiungesse sotto la veranda, poi esclamò: «Mastro Ignazio, alla fine vi siete fidato!».

«Ne dubitavate?». Il mercante batté il cappello con le mani per liberarlo dalla polvere della strada. «Vi avevo dato la mia parola, se ben ricordo».

«E il ragazzo? Dov'è Uberto?», chiese il conte, notando che Willalme si stava avvicinando da solo.

«L'abbiamo lasciato indietro, in un convento di suore», rispose Ignazio. «È troppo cagionevole, ve ne sarete accorto. Il viaggio l'ha debilitato».

Era calata la notte quando Pablo fece ritorno alla villa. Si appoggiò ai battenti dell'uscio per riprendere fiato, asciugando la fronte imperlata di sudore. Aveva corso a lungo. Prima d'entrare, pensò a quali parole avrebbe usato con la padrona per annunciarle le brutte notizie.

All'interno della casa, barricata nel soggiorno, Sibilla stava di vedetta alla finestra con le dita avvinghiate a un lembo della veste. Non appena si era accorta della scomparsa di Uberto, aveva ordinato ai servi di perlustrare il fondo e tutte le terre confinanti. E ora, mentre le tenebre divoravano la terra, attendeva con ansia, pensando a quanto era stata stupida a lasciare da solo il ragazzo.

Pablo entrò, inginocchiandosi. Non era solito farlo, essendo cresciuto in quella casa come un figlio. Ma questa volta teneva gli occhi bassi, ed esitava a parlare.

«Parla», gli ordinò Sibilla. «L'avete trovato?»

«No, mia signora. È scomparso», rispose il servo, imbronciandosi in un'espressione scimmiesca. «Nessuno sa che fine abbia fatto...».

La donna portò le mani sul volto. «Vattene», esclamò, «lasciami sola!».

Pablo si rialzò lentamente, cercando di trovare un modo per confortarlo. Ma lui era un rustico, e non era bravo con le parole. Uscì in silenzio.

La padrona della villa rimase davanti alla finestra per tutta la notte. E pianse.

72

Uberto fu risvegliato dal dolore alle costole. Impiegò un attimo per riprendersi, poi capì: era stato caricato sul dorso di un cavallo come un fagotto. Stava a pancia in giù, con testa e gambe penzoloni e le mani legate dietro la schiena. Aveva la faccia coperta da un tessuto grezzo e pruriginoso, che gli impediva di comprendere bene cosa stesse accadendo. Avvertiva soltanto che la bestia era al trotto, i sobbalzi gli indolenzivano il torace e il basso ventre.

A giudicare dai rumori, due uomini gli cavalcavano a fianco.

Cercò di sbirciare attraverso la tela del sacco, ma fuori c'era buio pesto e non riuscì a distinguere alcunché. Poco per volta riacquistò la lucidità, e allora un terribile presagio gli strinse il cuore: forse era stato catturato dai Veggenti.

Ma non poteva fare a meno di chiedersi di quale utilità avrebbe mai potuto essere per la Saint-Vehme. Il mercante stesso l'aveva lasciato indietro, senza neppure rivelargli il nascondiglio di Amezarak, l'ultimo angelo citato nell'enigma. Evidentemente lo riteneva un peso inutile, un impiccio... O forse aveva previsto il suo rapimento? Forse lo aveva abbandonato lungo il cammino di proposito? Possibile?

Lo sfregiato l'aveva messo in guardia, dopotutto. Gli aveva detto di non fidarsi, di non credere al mercante... No! Ignazio non poteva averlo ingannato. I suoi occhi erano stati sinceri quando l'aveva affidato a Sibilla. Ma in fondo cosa ne sapeva lui di quegli occhi? Come pretendeva di conoscere un uomo capace di mille sotterfugi, abituato a nascondersi e a mentire per il proprio interesse?

E tuttavia non era ancora sicuro che a rapirlo fosse stata la Saint-Vehme. La casa del mercante si trovava fuori dall'itinerario tracciato dall'enigma. Era impossibile che l'avessero trovato per caso, a meno che qualcuno non avesse parlato... spiato... tradito... Forse Dodiko? Improbabile. Quel nobiluomo era terrorizzato dai Veggenti e non avrebbe rischiato la vita contattandoli. E se invece fosse stato lo sfregiato? Lui sì, sembrava conoscere molte cose sul conto di Ignazio, e chissà da quanto tempo lo controllava.

C'erano molte ragioni per cui preoccuparsi: che fine avrebbe fatto? Sarebbe stato interrogato? L'avrebbero torturato e ucciso, com'era successo al povero Gothus Ruber e al conte Scalò?

Nonostante dentro il sacco l'aria fosse calda, il sangue di Uberto si gelò all'improvviso. Era accaduto qualcosa, i cavalli si erano fermati.

Slawnik smontò da sella e si diresse verso il cavallo su cui era stato caricato l'ostaggio. Afferrò il sacco e lo gettò a terra senza troppo riguardo, poi lo osservò mentre una nube di polvere vi si posava sopra. Pensò al giovane, dolente e spaventato, e d'un tratto fu colto da una fastidiosa inquietudine, come se per un attimo fosse riuscito a osservarsi e a disprezzare se stesso.

Era la prima volta che provava una simile sensazione. Sbuffò. Cos'era quell'improvviso rigoglio di umanità? Era forse diventato un omiciattolo senza spina dorsale? No, non era così, lo sapeva bene. Pensò ancora al ragazzo e a tutto il male ingiustificato che aveva compiuto da quando era divenuto Franco-Giudice. "E per cosa?", si chiese.

Per un libro, niente di più.

Slawnik grugnì. Che il diavolo se lo portasse, quel libro maledetto! Perché Dominus non capiva? Perché non abbandonava i suoi propositi e non si decideva a conquistare la supremazia con il valore della spada piuttosto che con l'inganno? Il boemo avrebbe dato la vita pur di compiere una simile impresa. Che gli tagliassero pure un braccio o una gamba! Che finisse pure sul campo di battaglia, trafitto da uno spiedo! Era stanco di compiere atrocità per recuperare uno sfuggente manoscritto! Desiderava misurare il suo valore contro un nemico reale, combattere per una giusta causa, come si addiceva a un cavaliere del suo rango. Invece quale gloriosa impresa aveva appena compiuto? Aveva rapito un ragazzo.

La voce catarrosa dello zoppo interruppe i suoi pensieri: «Perché stiamo evitando i centri abitati?»

«Non voglio che qualcuno si insospettisca vedendo l'ostaggio», rispose Slawnik. «Ci muoveremo a debita distanza dalla via maestra finché non saremo giunti a Santiago». Detto ciò, iniziò a sciogliere i legacci che chiudevano l'imboccatura del sacco.

Il compare lo scrutò con disappunto. «Ma che state facendo?»

«Volete forse che muoia asfissiato? Di che utilità potrebbe esserci un cadavere?».

Lo zoppo non rispose.

All'interno del sacco, Uberto sentì le mani di Slawnik liberargli le caviglie. Erano enormi, scabre come sassi. Sembravano fatte di pietra.

Un attimo dopo il giovane sentì la frescura della notte accarezzargli il volto, ma il sollievo svanì subito, appena vide davanti a sé i suoi rapitori.

Il boemo, senza proferire verbo, tirò la corda che gli stringeva le braccia e lo trascinò contro un tronco d'albero. Lo fece rannicchiare alla base del fusto, poi si chinò davanti a lui. «Io non dormo mai», disse, puntandogli un pugnale alla gola. «Prova a fuggire e ti ammazzo».

Senza attendere cenni di conferma, Slawnik si allontanò dal prigioniero e iniziò a prendersi cura dei cavalli. Dopo averli liberati delle selle, li assicurò a un arbusto in modo che potessero brucare in santa pace. Nel frattempo lo zoppo aveva acceso il fuoco.

I due figuri si sedettero davanti al falò e mangiarono in silenzio. Uberto, rannicchiato a terra, li osservò attonito. Non si scambiavano neppure un cenno o una battuta cordiale, sembravano cani randagi chini sul pasto. Cercò di sistemarsi alla meglio, adagiando la schiena sul tronco, ma era tutto dolorante, le braccia gonfie e intorpidite, e le corde facevano male, penetrando quasi dentro la carne. Chissà dov'era Ignazio in quel momento?

Dopo aver mangiato, i due rapitori si distesero per riposare. Lo zoppo si girò su un fianco, addormentandosi quasi subito mentre l'altro si coricò accanto al fuoco, di fronte al ragazzo. Teneva la testa appoggiata sulla sella e le mani aggrappate alla fibbia della cintura, vicino all'elsa del pugnale. Sembrava incuriosito da Uberto. Lo fissava con le palpebre socchiuse, quasi cercasse d'afferrare un pensiero lontanissimo.

Uberto distolse lo sguardo. Quell'uomo lo intimoriva e ben presto si rese conto che non gli aveva mentito: non dormiva. Restava immobile, con gli occhi semiaperti.

Continuò a guardarlo per tutta la notte.

73

Nonostante il cammino per Santiago si facesse sempre più impervio, il numero dei pellegrini cresceva di giorno in giorno. Molti si muovevano a piedi, le facce bruciate dal sole e le gole arse per la sete. Alcuni, spossati dal tragitto, sostavano sul ciglio della strada, coricandosi fra le rocce e i ciuffi d'erba. Spesso era difficile distinguerli dagli accattoni e dagli storpi.

Willalme fissava tutta quella gente con crescente stupore.

«È normale trovare tanti pellegrini», gli spiegò Ignazio. «Vedi il monte davanti a noi? È il Cebrero. Vuol dire che siamo vicini a Compostela. E non dimenticare che è da poco trascorso il 25 luglio, la festa di san Giacomo. Molti viaggiatori sono giunti fin qui per onorare questa ricorrenza».

«In mezzo a tanta gente sarà più facile nascondersi», commentò Willalme.

«Sì. Ma in ogni caso dovremo agire velocemente, senza dare nell'occhio». Ignazio si rivolse a Dodiko, che cavalcava a fianco del carro: «Ditemi, conte, quand'è che Vivïen deciderà di farsi vivo?»

«Come saprete, Vivïen de Narbonne è un uomo molto prudente», rispose il nobiluomo. «Prima di rivelare la sua presenza, vorrà accertarsi di non correre rischi. Non so quale luogo abbia scelto per attendere il nostro arrivo».

«Perciò», disse Willalme, «non uscirà allo scoperto finché non recupereremo la parte dell'Uter Ventorum nascosta a Compostela».

Dodiko annuì.

«Vivïen non deve trovarsi distante dalla quarta parte del libro», dedusse il mercante. «Dovrà pur sorvegliarla in un modo o nell'altro, altrimenti come potrebbe accorgersi del nostro arrivo?».

Il conte aguzzò lo sguardo. «Credete che Vivïen in persona custodisca l'ultima parte del libro?».

Ignazio fece un gesto vago. «Lo scopriremo presto». Una cosa era certa, pensò: quando si fosse trovato di fronte a Vivïen, avrebbe preteso da lui parecchie spiegazioni.

74

Sceso dagli altopiani attraverso il passo di El Poyo, il gruppo capeggiato da Slawnik si portò a valle volgendo leggermente a sud, lungo le sponde di un fiume diretto a ponente. I due sgherri avanzavano guardinghi. Dietro di loro, in groppa alla terza cavalcatura, seguiva l'ostaggio.

Uberto, liberato dal sacco, montava in sella con le mani immobilizzate dietro la schiena e le caviglie legate alle staffe, perché non potesse fuggire.

Il giovane viaggiava in quelle condizioni da circa una settimana. Era spossato, tanto più che i due cavalieri neri non si concedevano mai riposo, spesso neppure di notte.

La destinazione, da quanto aveva intuito, era Santiago di Compostela.

Scendendo dai monti, Uberto notò al di là del fiume una lunghissima processione di uomini diretta a occidente. Camminavano tutti a piedi, anche chi possedeva carri e cavalli. Si trattava senz'altro di un gesto di penitenza, l'ultimo sacrificio dei pellegrini prima di accedere all'agognata meta di culto, la cittadella santa.

Chissà se fra quella gente si trovavano anche Ignazio e Willalme? Era molto probabile. A quel pensiero, il cuore gli si strinse. Provò a pensare al modo in cui potersi liberare e dare alla fuga, ma Slawnik parve accorgersi dei suoi propositi e dopo averlo trapassato con uno sguardo terribile, gli si avvicinò afferrandolo per il bavero. «Non pensare di fare sciocchezze, sai bene a cosa mi costringeresti», ringhiò, passandosi l'indice sotto la gola. Uberto colse in quelle minacce una nota di indecisione, quasi di umanità, ma non seppe come interpretarla.

Poi il boemo si rivolse al compare: «Ci accampiamo qui, fra gli alberi. Stanotte entreremo in città».

Le borgate di Santiago erano letteralmente infestate dai pellegrini. Non vi era angolo della città in cui non si trovassero crocchi di monaci, compagnie di penitenti o bancarelle di oggetti sacri. Era impossibile procedere a cavallo, perciò la compagnia di Ignazio decise di muoversi a piedi.

«Quando farà buio, la confusione cesserà e potremo agire in tutta libertà», disse il mercante.

Willalme annuì. «Finalmente cercheremo l'Asclepius indicato dall'enigma. Ti sei già fatto un'idea di chi o di cosa si tratti?».

Dodiko rimase in silenzio. Stava sulle spine come il francese, era evidente, e attendeva una risposta del mercante.

«Asclepio è il dio greco della medicina». Ignazio fece tanto di spalle, quasi spiegasse un'ovvietà. «Il riferimento dell'enigma non è casuale: l'angelo Amezarak iniziò gli uomini alla magia delle piante, e Asclepio usa gli stessi espedienti per fini curativi».

«Ebbene?», incalzò Dodiko. «In sostanza di che si tratta?»

«Sono convinto che la parola "Asclepius" designi un luogo e una persona al tempo stesso. Si tratta di una biblioteca situata sul lato occidentale della città. Vi risiede da anni un vecchio medico di razza berbera noto a tutti come Asclepio». Ignazio sorrise, osservando i volti increduli dei compagni. «Io e Vivïen lo conoscevamo molto bene. È una persona fidata».

«Possibile che sia così semplice?», mormorò il conte. «Un segreto tanto grande nascosto dietro un puerile gioco di parole?»

«Di solito le cose più semplici passano inosservate», commentò il mercante.

«Dobbiamo cercare in una biblioteca?». Willalme parve rasserenarsi. «Non mi sembra un'impresa rischiosa».

«La chiesa di San Lorenzo aveva forse un aspetto minaccioso?», replicò Ignazio. «Non sappiamo a cosa stiamo andando incontro. E poi, prendiamo in considerazione l'eventualità che Dominus ci abbia preceduti. Se così fosse, resteremmo con due sole parti del libro».

«Due sole parti?». Il conte Dodiko rivelò un certo disappunto. «Voi dovreste possederne già tre!».

«Abbiamo recuperato le parti dell'Uter Ventorum nascoste a Puente la Reina e a Sahagún», rispose con rammarico il mercante. «Non ci è stato possibile rinvenire la prima, che si trova a Tolosa. La città era sotto l'assedio dei crociati francesi. Era impossibile varcarne le mura».

Il nobiluomo rifletté un momento. «Questo potrebbe rappresentare un problema, superabile tuttavia. Sono già stato a Tolosa. Grazie al mio aiuto, riuscirete a raggiungerla senza problemi».

«Molto bene», disse Ignazio, che non amava l'aiuto di terzi nel risolvere gli enigmi. «Ora però dedichiamoci alla ricerca dell'angelo Amezarak».

75

La notte era calata su Compostela, e la quiete aveva preso il sopravvento sulla confusione pomeridiana. I pellegrini si erano ritirati negli ospitali, nelle locande, o giacevano addormentati ai margini delle strade, inconsapevoli di quanta gente venisse assassinata o derubata nella cittadella santa dopo il tramonto.

Un rumore di passi attraversò la *plaza*. Una figura ammantata raggiunse la cattedrale, aggirò il grande edificio cruciforme e proseguì verso il transetto meridionale.

Poco distante, presso la Puerta de las Platerías, Slawnik era in attesa, le braccia conserte e il respiro inquieto. Una nota di disagio gli attraversava il volto. In quel momento avrebbe preferito trovarsi altrove, e per ingannare l'inquietudine aveva iniziato a osservare i rilievi scolpiti sul portale. Si diceva fossero opera di un abile scalpellino di Tolosa.

D'un tratto l'attesa volse al termine, Dominus era a pochi passi da lui.

«Mio signore», proferì il boemo, andandogli incontro.

Il Franco-Conte gli si fermò dinanzi. Lo esaminò con diffidenza, quasi avesse fiutato qualcosa che non andava. Slawnik se ne avvide e distolse lo sguardo.

«Siamo ormai giunti al termine dell'impresa, mio vassallo», disse Dominus. «Non deludermi proprio ora».

Il boemo fece un inchino, sperando così di guadagnare credibilità. «Non sia mai, mio signore. Sono il vostro braccio e la vostra spada».

«Me lo auguro. Ma dimmi, avete trovato il ragazzo?»

«Sì, l'abbiamo preso in ostaggio. Le indicazioni sulla villa si sono rivelate esatte».

«Come vedi, le informazioni che ho ottenuto a Tolosa ci sono state utili». Dominus allargò il volto in un ghigno soddisfatto. «E la moglie del mercante? E i servi? Li avete...».

«Uccisi», mentì Slawnik. «Sono tutti morti».

«Ottimo. Useremo il ragazzo come merce di scambio. Ignazio si mostrerà arrendevole. Sarà facile farsi consegnare il libro».

«Il libro... certo...», mormorò il boemo.

«Tutto accadrà stanotte. Ricorda, interverremo solo quando il mercante avrà recuperato l'ultima parte dell'Uter Ventorum. Dovremo attendere che entri nella biblioteca di Asclepio, tra qualche ora... E attento a non ucciderlo. Ci serve vivo».

Slawnik fissò l'interlocutore con occhi di pietra. «Sì, mio signore».

«Ora va' a prepararti, manca poco». Il Franco-Conte si voltò, ma prima di andarsene soggiunse: «E ricorda bene, Slawnik, non deludermi».

Il boemo abbassò la testa in segno di sottomissione, senza rispondere. Attese che Dominus sparisse fra le ombre della notte, poi si incamminò verso il suo nascondiglio. Mentre dava le spalle alla cattedrale, un pensiero gli balenò nella mente. Tradimento.

Ma sarebbe stato davvero tradimento, il suo? Lui non voleva tradire per assecondare l'ambizione o l'avidità, ma per ritrovare l'orgoglio e la nobiltà perduta. La verità era che Dominus l'aveva ingannato, promettendogli un destino fatto di gloria e di fierezza, e invece l'aveva reso più simile a un sicario che a un vassallo. No, concluse Slawnik, il suo non era tradimento, bensì la ribellione a una vita ignobile imposta da un signore che aveva smarrito l'ideale della cavalleria e il senso della misura. In lui invece non si era ancora spento il desiderio di diventare come suo padre, un guerriero retto e inflessibile. Ma se veramente intendeva intraprendere quella strada c'era una sola cosa da fare: distruggere l'Uter Ventorum. Perché com'era già successo a Dominus, anche il cavaliere più virtuoso, se allettato dalla promessa di un potere soprannaturale, avrebbe potuto allontanarsi dalla retta via.

Slawnik si sentì pervaso da una sensazione nuova, un sentimento puro e sfuggente a cui non seppe dare un nome. Ma il nome non aveva molta importanza. Contava solo la consapevolezza di avere finalmente trovato uno scopo per cui combattere.

Uberto era stato segregato al buio, in un tugurio. Sedeva su uno scranno sbilenco, le mani legate e la testa china. L'ambiente era disadorno, privo di finestre. Niente tavoli né lucerne. L'odore di fieno riempiva l'aria solleticando le narici e soffocando il respiro. L'unica cosa visibile nella penombra era il contorno di un portone sprangato, orlato da segmenti di luce proveniente dall'esterno. Dall'altro lato dell'ingresso lo zoppo stava di guardia mentre il gigante doveva essere uscito per assolvere qualche ignota incombenza.

Sforzandosi di udire cosa avvenisse al di là del portone, il ragazzo si rese conto che da un po' di tempo non percepiva alcun rumore. Forse anche lo zoppo era uscito.

Si fece coraggio e provò ad alzarsi in piedi. Se veramente l'avevano lasciato incustodito, doveva decidersi a raggiungere quella porta e tentare la fuga. Con le mani legate dietro la schiena e i muscoli intorpiditi, faticò non poco a muoversi. Fece forza sulle ginocchia, piegando in avanti il busto, mentre il viso si contraeva in un'espressione spasmodica. La schiena doleva, era rigida come un pezzo di legno.

Con uno sforzo estremo si proiettò in avanti, ma le caviglie non lo ressero e stramazzò al suolo. Girandosi di lato, evitò all'ultimo momento di battere la testa.

Attese in silenzio con il cuore in gola. Il tonfo poteva aver attirato l'attenzione di qualcuno, ma nessuno si fece vivo.

Riprese a muoversi con lentezza. Si rannicchiò in posizione fetale, puntò le ginocchia e la fronte sul pavimento, poi spinse verso l'alto finché non riuscì a mettersi in piedi. A quel punto doveva cercare di liberare le mani dai vincoli. Camminò per la stanza alla ricerca di oggetti in grado di aiutarlo nell'impresa, ma senza trovare nulla di utile.

Rassegnatosi a tenere i legacci ai polsi, si accostò alla porta per origliare. Non udendo alcun rumore osò. Si voltò di schiena e afferrò con cautela l'ansa della maniglia. Sperò che il catenaccio non fosse bloccato, ma prima che potesse verificarlo il portone si aprì all'improvviso, spalancandosi verso l'interno!

Uberto urtò contro il battente e cadde nuovamente a terra, tagliandosi sulla fronte. Fu solo per lo stato di eccitazione in cui si trovava che non svenne.

Si girò di scatto per guardare chi fosse entrato, e allora vide il boemo. Slawnik gli si avvicinò, lo sollevò da terra ed estrasse il pugnale dalla cintura.

«Non uccidetemi, vi prego!», implorò il giovane, ormai senza scampo.

Lo sgherro non rispose. Socchiuse gli occhi e voltò bruscamente l'ostaggio, poi tagliò senza esitare.

Uberto sentì i legacci alle mani allentarsi e scivolare per terra. Era libero! Istintivamente portò in avanti i polsi indolenziti e prese a massaggiarli e con il cuore in gola diresse lo sguardo verso l'unica via di fuga. Ma il gigante boemo si frapponeva tra lui e l'ingresso. Fuggire sembrava impossibile.

Slawnik lo guardò e d'un tratto si fece da parte. «Vattene», mugugnò. «Sei libero». Furono le uniche parole che pronunciò. Sconcertato per quanto accadeva davanti ai suoi occhi, Uberto fissò quel volto aspro e impenetrabile cercando di capire dove fosse l'imbroglio. Ma il gigante rimaneva immobile e muto.

Decise di non sfidare oltre la sorte e, ancora terrorizzato, fuggì.

Lasciatosi alle spalle l'oscuro tugurio, si trovò all'interno di un fienile. Prima di imboccare l'uscita, scorse al barlume di una fiaccola un cadavere steso a terra. Aveva barba e capelli rossi, e un'espressione di stupore sul volto. Era lo zoppo.

Per un attimo il ragazzo cercò di capire cosa fosse avvenuto in quel luogo, poi si allontanò di corsa, tuffandosi nella torrida notte di Compostela.

Al buio del tugurio, Slawnik stringeva in mano il suo pugnale cruciforme.

Gustava il sapore acerbo della libertà. La sua libertà.

Finalmente, dopo anni di incertezza, sapeva cosa fare.

76

Quella notte la tensione del mercante giunse al culmine.

Come era stato stabilito, dopo l'imbrunire Ignazio e Willalme erano usciti per avviarsi alla biblioteca di Asclepio. Ma, prima di incamminarsi in quella direzione, dovettero dirigersi in un altro rione di Santiago, dove alloggiava il conte Dodiko. Il nobiluomo, avvezzo agli agi, aveva scelto una sistemazione più consona alle abitudini di un aristocratico. L'albergo si trovava al centro della cittadella e per raggiungerlo fu necessario percorrere le vie principali, cosa di cui Ignazio avrebbe volentieri fatto a meno, date le circostanze.

Ma quando entrarono nell'albergo, Dodiko non c'era. I due pensarono subito al peggio e si precipitarono a interrogare il locandiere, che tuttavia sapeva ben poco. Il conte aveva cenato e se n'era andato in fretta senza lasciare detto nulla.

«Ma guarda che situazione!», sbuffò Willalme.

Superato l'iniziale disappunto, Ignazio esaminò l'arredo della camera assegnata al conte. «Non abbiamo tempo di scoprire cosa gli sia successo. Muoviamoci! Andremo da Asclepio senza di lui».

Quindi uscirono dall'albergo e si avventurarono nel groviglio di vicoli deserti.

Nonostante le ore buie fossero solite recare un po' di frescura, quella notte l'afa si dilatava nell'aria come un sudario. Percorrendo le strade dirette alle mura occidentali, il mercante rifletteva sugli ultimi avvenimenti. Dodiko l'aveva tradito? Era andato a recuperare la quarta parte del libro senza di lui? O forse era stato aggredito dalla Saint-Vehme? In tal caso, però, sarebbe stato trovato il suo cadavere o qualche segno di colluttazione. Invece la camera era intatta e secondo la testimonianza del locandiere, il conte era uscito dall'albergo in perfetta forma e senza compagnia.

Raggiunsero una borgata situata ai margini dell'abitato. Al di là delle antiche mura, baluardi inviolati dalle invasioni normanne, risuonava il fragore del mare.

Il mercante socchiuse gli occhi, inspirando la brezza salmastra, poi guardò davanti a sé, verso una torre diroccata. «Ecco», disse, «quella è la biblioteca di Asclepio».

Willalme osservò l'edificio a base quadrata coronato da merlature logore, erose dalle intemperie. «Non è molto rassicurante a vedersi», commentò.

«Forza, entriamo», lo incitò il mercante, indifferente alle sue parole.

L'umidità ristagnava dentro la torre, mescolandosi all'odore di stantio. I due visitatori avanzarono nell'ombra e si trovarono davanti a una gradinata di pietra che saliva verso l'alto. Gli scalini erano stretti e sbozzati, scivolosi come sassi di fiume. Li salirono facendo molta attenzione e, dopo una trentina di passi, giunsero di fronte a un portone serrato.

Ignazio picchiò il bordone sul battente. «Asclepio!», chiamò a gran voce. «Apri! Sono io, Ignazio da Toledo!».

Lui e Willalme attesero in silenzio qualche istante senza ottenere risposta.

Il francese, spazientito, iniziò a camminare su e giù per le scale.

Senza dare peso all'inquietudine del compagno, il mercante picchiò di nuovo. «Per Dio, apri vecchio sordo!».

Finalmente si udì una chiave girare dentro la toppa e a seguire lo scrocco di un catenaccio. Poi, pigramente, il portone si aprì e ne uscì un vecchio dai capelli bianchi e corti. Aveva un viso lungo, ornato sul mento da un pizzetto grigio, e indossava una tunica gialla. Era Asclepio da Malabata, proprietario e custode della biblioteca in cima alla torre. «Chi bussa a quest'ora? Si può sapere?», domandò, le palpebre gonfie di sonno.

«Asclepio, sono Ignazio. Mi riconosci?».

Restando fermo sull'uscio, il vecchio protese la lucerna verso l'uomo. Lo studiò con apparente disinteresse, poi disse: «Alvarez. Ma guarda, sei proprio tu». Aggrottò le sopracciglia. «Il solito scostumato, svegliare un povero vecchio a quest'ora di notte! Non potevi aspettare fino a domattina?».

Prima che il mercante potesse ribattere, Asclepio era già rientrato. «Vieni, Alvarez, entra pure. Anche il tuo amico. E richiudete l'uscio, dannazione».

Willalme, impressionato dalla grinta di quel vecchio, seguì il mercante tirandosi il portone dietro le spalle. Varcò la soglia e si trovò in un'anticamera munita di due accessi. Quello di sinistra portava a una specie di soggiorno, quello di destra ad altre scale.

«Si può sapere perché ti chiama Alvarez?», bisbigliò il francese in direzione del compagno.

«È il *cognomen* della mia famiglia da molte generazioni», rispose Ignazio senza voltarsi.

Senza curarsi delle loro parole, Asclepio imboccò l'ingresso di destra e salì lentamente. I due uomini gli tennero dietro finché non giunsero al piano superiore. L'ambiente era diviso in una sequenza più o meno regolare di stanze a base quadrata, ed era arredato con armadi zeppi di libri.

Asclepio da Malabata si mosse con disinvoltura in quel labirinto fino a raggiungere la sala più ampia. L'ambiente ricordava uno scriptorium monastico, tranne per alcuni oggetti disposti sulle scansie. Willalme notò strane tenaglie, stadere di bronzo e raffigurazioni di interiora umane. Intravide persino un vasetto pieno di denti.

Il vecchio si sedette stancamente al suo scrittoio e Ignazio gli si accomodò di fronte, osservando una pila di libri affastellati sul ripiano, tra cui riconobbe un trattato di magia medica noto con il nome di *Cyranidi*.

«Che vuoi, Alvarez?», domandò Asclepio. «Non ti sei fatto vedere molto spesso in questi anni. Credevo fossi morto».

Il mercante annuì, ma invece di rispondere sbirciò dentro un grosso tomo appoggiato sul tavolo.

«La smetti di curiosare?», avvampò il berbero. «Lascia perdere quel libro, è una copia del *Canone* di Avicenna. Me l'ha donato un medico di Siena».

«Riconosco l'opera. L'ha tradotta dall'arabo il mio magister, Gherardo da Cremona».

«Fu un grand'uomo, quel Gherardo. È per il rispetto che gli porto se serbo nei tuoi confronti un briciolo di stima. E per la memoria di tuo padre, quella buon'anima! Lui sì, era dabbene, non un vagabondo come te».

Sentendo nominare il padre, Ignazio si accigliò. «Lui non è mai stato libero», sentenziò piccato. «Ha sprecato la sua vita servendo gli altri, senza mai pensare a se stesso».

«Per la miseria, era un *notarius* del re di Castiglia!», scattò il vecchio, arrossando in volto. «Conosci un onore più grande? Potevi scegliere di seguire i suoi passi, oppure succedere a Gherardo da Cremona come magister... Ma per la tua smania di non voler prendere ordini da nessuno, hai abbandonato tutto, la tua famiglia e lo Studium, e te ne sei andato appena hai potuto!». Dato che il mercante subiva il rimprovero senza ribattere, smise di infierire e cambiò argomento: «Ebbene, dove sei stato per tutti questi anni?»

«Non ho molto tempo a disposizione». Lo sguardo di Ignazio si fece penetrante. «Dimmi, quando hai visto Viviën de Narbonne per l'ultima volta?».

Asclepio parve ritrarsi. Scrutò l'interlocutore, come per saggiarne la buona fede. «È stato qui due giorni fa», dichiarò, incrociando le esili braccia sul petto. «Ma arrivi troppo tardi. Se n'è già andato».

«Capisco». La voce del mercante si incrinò appena, rivelando una nota di apprensione. «Ha portato via qualcosa dalla tua biblioteca?»

«Intendi l'Uter Ventorum?», proferì il berbero.

«Sì!», rispose Willalme, anticipando il compagno.

Asclepio fissò il francese e sorrise. «Beata gioventù! Volete sempre tutto in fretta. Sempre paura che vi rubino la terra da sotto i piedi». Sospirò. «Ebbene, il libro è qui. Vivïen non è passato per portarlo via, ma solo per assicurarsi che l'avessi ancora in custodia, dopo tanti anni».

Ignazio posò i gomiti sul tavolo, accigliato. «Ho assoluto bisogno di quel libro... Anzi, della parte che ti è stata affidata».

«Questa è bella», rispose Asclepio con occhi stralunati. Si abbandonò allo schienale della sedia e iniziò a gesticolare con le dita ossute. «E cosa te ne faresti?»

«È una questione della massima importanza. Dopo di me verranno altre persone a cercarla, ed è meglio che non la trovino. È meglio che non trovino neppure te, per dirtela tutta. Si tratta di gente pericolosa. Userebbero il libro per fini malvagi».

Asclepio tacque per un attimo, riluttante sulla decisione da prendere. «Alvarez, io non mi fido di te», confessò. «Sei un uomo eccessivamente curioso e useresti il libro in modo sbagliato. Ma purtroppo, a quanto pare, non ho altra scelta». Così dicendo, infilò la mano in un cassetto nascosto sotto il tavolo e tirò fuori un piccolo volume. Lo gettò sotto gli occhi dell'interlocutore. «Eccolo. Non immagino cosa possano contenere queste pagine. Non le ho mai lette. Chiamala paura, se vuoi. Per me si tratta solo di buon senso».

Il mercante, senza indugiare, afferrò il libro e lo aprì. Lesse, parve contrariato, alzò lo sguardo verso Asclepio, poi riprese a sfogliare incredulo. «Ma questo è uno scherzo!», esclamò amareggiato.

Il vecchio parve cadere dalle nuvole. «Cosa?»

«Sei sicuro che sia il libro giusto?»

«Ma certo, che domande! Vivïen è stato molto esplicito al riguardo».

Ignazio gli mostrò il manoscritto. «Guarda. Leggi tu stesso».

Asclepio, restio, afferrò il libro e ne aprì una pagina a caso. Fu subito colpito da una frase: «Luce e tenebre, vita e morte, destra e sinistra, sono tra loro fratelli. Non è possibile separarli». Si passò una mano sul mento. «Questo sembra un passo del Vangelo dell'apostolo Filippo», disse. Preso dal dubbio, scartabellò il codice leggendolo in vari punti, infine concluse: «Questo *è* il Vangelo di Filippo, non ci sono dubbi».

«Infatti», confermò Ignazio. «Non è il genere di libro che mi aspettavo di trovare».

«Ma Vivïen mi aveva assicurato di avermi consegnato il segreto dell'angelo Amezarak! La quarta parte dell'Uter Ventorum... Non capisco. Cosa c'entra questo Vangelo apocrifo?».

Il vecchio riconsegnò il codice al mercante, che riprese a scartabellarlo, esaminando con pazienza ogni pagina.

«Com'è possibile?», continuava Asclepio, battendosi la mano sulla fronte.

«Forse qui c'è qualcosa», lo interruppe Ignazio.

A quelle parole, Willalme gli si avvicinò e diresse istintivamente lo sguardo verso le pagine, dimenticandosi di non sapere leggere.

«No, Willalme. Non cercare nel testo scritto». Così dicendo, Ignazio sfilò dalle pagine un lungo segnalibro di pelle cucito alla legatura. «Ecco! *Questo* deve essere il messaggio di Vivïen».

Asclepio osservò quel sottile nastro di cuoio. «Sei sicuro?»

«Guardate sulla sua superficie», suggerì Ignazio. «Vedete? Sono state segnate delle lettere».

«Sembra un lavoro di fino». Il vecchio scorse gli occhi sulla trafila di caratteri. «Devono essere state incise sulla pelle con uno stiletto. Cosa riportano?»

c
a
p
u
r
l

b.
m.
v.

v
l
l

l

l

«Si tratta dell'ennesimo crittogramma di Vivïen», disse il mercante. «La soluzione si nasconde nell'enigma dei quattro angeli, nell'ultima riga scritta in provenzale: "*Amezarak volvet la sa cue a le bastun de Jacobus*", cioè: "Amezarak avvolge la sua coda al bastone di Jacobus"».

«Hai compreso cosa significa?», chiese Willalme.

«Non ancora», rispose Ignazio. «Ma è giunto il momento di farlo».

Uberto raggiunse di corsa il cuore addormentato della cittadella e si fermò al centro della plaza. Riprese fiato, fissando le grandi torri gemelle che svettavano ai lati della cattedrale.

Sapeva come rintracciare Ignazio. Durante il sequestro, aveva sentito i suoi rapitori parlare dell'ubicazione della quarta parte dell'Uter Ventorum. La città a cui facevano riferimento era Compostela. Il giovane non possedeva riferimenti precisi sul nascondiglio, ma ricordava a memoria l'indovinello scritto in provenzale da Vivïen de Narbonne. *Amezarak volvet la sa cue a le bastun de Jacobus*. Sicuramente Ignazio si trovava a Compostela. Se avesse rintracciato la quarta parte del libro, avrebbe trovato anche lui.

Il problema era capire cosa fosse il *bastun de Jacobus*.

Voltandosi in direzione della cattedrale, Uberto ebbe un'intuizione. Camminò verso l'ingresso principale e giunse davanti al Pórtico de la Gloria, un fastoso colonnato sovrastato da bassorilievi. Gli occhi del ragazzo corsero fra le ombre del Pórtico finché non individuarono il *parteluz*, il pilastro divisorio del portale, sulla cui sommità campeggiava l'immagine scolpita di san Giacomo maggiore.

L'apostolo era stato rappresentato in abiti da pellegrino. Stava assiso in cima alla colonna, e sosteneva con la testa un architrave. Con la mano destra mostrava il Vangelo, mentre con la sinistra reggeva un bordone.

Uberto pensò che forse quel bordone potesse essere il *bastun de Jacobus*. Non ne era certo, ma doveva controllare. Se aveva ragione, una parte dell'Uter Ventorum era nascosta lì. Esaminò bene la statua, girò intorno alla colonna osservandola in ogni particolare, ma non trovò nulla. Solo l'opera minuziosa di un mastro scalpellino.

L'intuizione era sbagliata. E se lì non c'erano tracce del libro, non immaginava dove potesse trovarsi Ignazio in quel momento. In preda allo sconforto, Uberto uscì dalla cattedrale e iniziò a vagabondare per la piazza come un ubriaco.

Proprio allora, mentre vagava senza meta e con il viso bagnato di lacrime, un uomo spuntò dall'oscurità e lo prese per un braccio. Il giovane ebbe un sobbalzo. Lo guardò e rimase di stucco: era il conte Dodiko.

«Uberto, che ci fai qui? Cosa ti è successo?», gli chiese il nobiluomo.

«Sapeste, mio signore, cosa mi è capitato...», rispose il ragazzo.

«Ora non c'è tempo per le spiegazioni, mio giovane amico», lo interruppe il conte. «Sto raggiungendo Ignazio alla biblioteca di Asclepio. Vieni, seguimi».

Udite quelle parole, Uberto si sentì rinascere. Aveva ritrovato il mercante! Asciugò le lacrime e si incamminò speranzoso al fianco di Dodiko.

77

All'ombra della biblioteca di Asclepio, Ignazio osservava con attenzione il segnalibro lasciato da Vivïen. I minuscoli caratteri incisi sulla striscia di pelle alludevano a qualcosa, ma il loro significato continuava a sfuggirgli. Accarezzandosi la barba, l'uomo riportò nuovamente alla memoria l'indovinello in provenzale: *Amezarak volvet la sa cue a le bastun de Jacobus*, "L'angelo Amezarak avvolge la sua coda al bastone di Jacobus".

«La coda... Ecco cos'è la coda», affermò a un certo punto, stringendo fra le dita il segnalibro. «Ma cosa diavolo può essere il *bastun de Jacobus*? Manca ancora un indizio».

«E se si trattasse di un riferimento a *Jacobus maior*, l'apostolo Giacomo?», disse Asclepio, mentre ascoltava al barbaglio di una bugia.

«Il patrono dei pellegrini?», aggiunse Willalme, osservando i lineamenti del vecchio divorati da una trama di chiaroscuri.

Ignazio ebbe un'intuizione: «San Giacomo... *Sant-Yago*... Certo! La sua immagine più venerata si trova qui a Compostela, in cima al parteluz del Pórtico de la Gloria!».

Il francese dilatò gli occhi. «Ha un bastone per caso?»

«Sì, ma non è questo il punto. Il san Giacomo del Pórtico de la Gloria è vestito come un pellegrino... Simboleggia le migliaia di uomini che si recano a Santiago ogni anno. Capisci? Jacobus dell'indovinello si riferisce a qualsiasi viandante accompagni il suo cammino con un *bastun*, cioè con un bordone».

Così dicendo, Ignazio prese il segnalibro dall'estremità che pendeva dal codice. Lo avvolse intorno al suo bordone, curandosi a ogni giro di non sovrapporre le spirali, ma di tenerle affiancate. «Ecco», spiegò alla fine del procedimento. «La coda di Amezarak si è avvolta al bastone di san Giacomo».

Le lettere sul segnalibro, accostate fra loro, formarono una combinazione di sigle.

cub. vl
arm. l
plu. ll

«Affascinante!», ammise Asclepio. «Finché il nastro non viene riavvolto, il messaggio risulta illeggibile. Si tratta di un antico espediente cartaginese».

«Sembrerebbe riportare un siglario», osservò il mercante. «Ma non capisco a cosa possa alludere. Forse abbiamo sbagliato il procedimento».

«Niente affatto...». Il vecchio gli si appressò. «Fammi guardare meglio. Quelle sigle mi ricordano qualcosa».

cub. VI
arm. I
plu. II

«È come pensavo!», proseguì, battendo il pugno sul palmo della mano. «Si tratta della collocazione di un libro».

«Vorresti essere così gentile da renderci partecipi della scoperta?», domandò Ignazio, irritato per essere stato superato nel ragionamento.

«È semplice. Si tratta di abbreviazioni. Stanno a indicare *cubiculum* VI, *armarium* I, *pluteum* II. Cioè: stanza VI, armadio I, scaffale II. Da molti anni adotto questo sistema per collocare i libri della mia biblioteca. A ciascuno di essi corrisponde una posizione fissa: una stanza, un armadio e uno scaffale ben preciso. Ho annotato ogni collocazione in un grosso registro, in modo da poter rintracciare facilmente qualsiasi volume».

«Capisco... Vivïen ha sfruttato il tuo stesso metodo per nascondere il suo segreto».

«Dev'essere andata in questo modo. Venite!», incitò Asclepio, incamminandosi attraverso il labirinto della biblioteca.

I due compagni lo seguirono.

Sbirciando fra le scansie, Ignazio notò come la biblioteca non annoverasse solo libri di medicina, ma anche opere di filosofia, di matematica e di letteratura. In tanti anni di ricerca, il vecchio berbero aveva messo insieme un inestimabile patrimonio, una ragnatela di inchiostro intessuta del pensiero orientale e di quello occidentale.

Asclepio incedeva lentamente, illuminando il percorso con il mozzicone di una candela. Contò in modo meticoloso le stanze e i mobili abbozzando gesti secchi con le dita, quindi, varcata la soglia di un breve corridoio, annunciò: «Ecco. Siamo entrati nel sesto cubiculum». Si fermò davanti a un ingombrante armadio, lo aprì e rischiarò l'interno con il lume.

Ignazio gli si appressò, febbrile e impaziente. «È questo il primo armarium?»

«Sì».

«Allora dobbiamo cercare sul secondo scaffale».

Il vecchio rovistò sul ripiano. «Qui non c'è nulla», mugugnò deluso. «Qualche palinsesto... Un libro sul sufismo persiano... Un trattato medico di Rhazes di Baghdad... Null'altro».

«Aspetta», intervenne il mercante. «Cosa c'è lì in fondo, appoggiato in quell'angolo?».

Asclepio avvicinò la candela, illuminando un piccolo contenitore di terracotta. Sembrava un'ampolla o un vasetto di profumi. Ignazio allungò la mano e afferrò l'oggetto con delicatezza. «È un encolpio», disse. «Una fiala utilizzata per custodire le reliquie dei santi. Guardiamo cosa contiene».

Il mercante sfilò il tappo che sigillava l'imboccatura, capovolse l'encolpio e ne versò il contenuto sul palmo. Ne fuoriuscirono un minuscolo rotolo di papiro e una quantità di semi e radici essiccate. A prima vista potevano facilmente ingannare un occhio inesperto, ricordando un mucchietto di reliquie e un foglietto di preghiere. Ma si trattava di ben altro.

Ignazio annusò i vegetali, poi sciolse il laccetto di pelle che chiudeva il rotolo. Lesse avidamente, riavvolse in fretta il papiro e lo inserì nell'encolpio assieme al resto del contenuto.

«Cos'hai trovato?», domandò Asclepio. «È la quarta parte del libro? Il segreto dell'angelo Amezarak?»

«Sì», rispose vittorioso il mercante. «Si tratta della ricetta della *haoma*, un'antica pozione usata dai magi. Veniva impiegata nei rituali più importanti, perché ritenuta in grado di elevare l'anima dal corpo e di avvicinarla alle sfere celesti».

«L'haoma?». Il vecchio si stropicciò la barbetta grigia. «Ero convinto che la ricetta originale fosse andata persa. Si dice che Zoroastro ne proibì l'uso».

«Infatti. E poi credevo che alcuni ingredienti fossero irreperibili. Invece Viviën ha rintracciato i principali e li ha rinchiusi in questo encolpio, allegandoli alla ricetta».

«Dicono che i vichinghi facessero uso di simili sostanze per accrescere la loro forza: certe erbe inducono l'uomo al superamento dei suoi vincoli fisici e mentali. Mi chiedo se sia un procedimento lecito».

Il mercante non replicò, ma la curiosità che gli brillava negli occhi parlava con eloquenza della sua disposizione d'animo. Fece scomparire l'encolpio nella bisaccia e si rivolse a Willalme. «Andiamo», disse. «Non possiamo stare qui a lungo».

Il francese annuì. Lanciò un sorriso di commiato in direzione di Asclepio e si incamminò verso l'uscita.

Prima di andarsene, Ignazio abbracciò il vecchio. Sorpreso, il bibliotecario grugnì, poi contraccambiò il gesto.

«Pensaci bene, Alvarez», raccomandò Asclepio. «Non cedere all'orgoglio e alla brama di sapere oltre il dovuto. È un uomo di scienza che te lo dice. Siamo nati per stare con i piedi per terra. Bestie fatte di carne, ecco cosa siamo! Non creature immortali. Certe porte devono restare chiuse... E poi stai attento. Ho letto da qualche parte che l'haoma, se assunta in dose eccessiva, può rivelarsi letale».

«Caro amico, dietro i tuoi continui brontolii nascondi una premura quasi paterna». Il mercante gli si avvicinò all'orecchio e bisbigliò: «Ho ancora bisogno del tuo aiuto. Devi farmi un ultimo favore».

Il vecchio lo guardò seccato. «Scordatelo! Non ci penso neanche!».

78

Ignazio e Willalme si diressero verso l'uscita della torre, precipitandosi a rotta di collo lungo una gradinata ripida e angolosa. Una volta raggiunto il pianterreno, trovarono una porticina nascosta che permetteva di uscire dal retro dell'edificio.

«Non credevo che in questo rudere vi fossero passaggi segreti», confessò il francese, assaporando l'aria della notte. Finalmente era libero dall'odore malsano che ristagnava dentro la torre.

«È naturale che vi siano. La biblioteca di Asclepio fa parte delle antiche difese di Compostela», disse il mercante, allungando il passo. «Svelto ora. Dobbiamo sparire in fretta».

Si incamminarono scivolando rasenti ai muri per confondersi alle ombre. Ma quando erano ancora nelle vicinanze dell'edificio, incapparono nell'imponente figura di un armigero a cavallo. Willalme lo riconobbe all'istante: era il gigante boemo. Questa volta non indossava la maschera, ma incedeva al trotto, con sguardo deciso.

Slawnik strattonò le redini e smontò da sella. Avanzò minaccioso verso i due uomini, la mano destra sull'elsa della spada. «Consegnatemi il libro, Ignazio da Toledo, e non vi sarà fatto alcun male», dichiarò risoluto.

«Spiacente, messere. Non potrei soddisfare la vostra richiesta neppure se lo volessi». Il mercante arretrò d'un passo. Si rivolse al compagno. «Rientriamo nella torre! Siamo ancora in tempo. Lì staremo al sicuro».

«No!», sbottò Willalme. «Ce lo troveremo comunque alle calcagna in un modo o nell'altro! Non voglio passare il resto della vita a guardarmi alle spalle. Questa storia deve finire!».

«Tu non sai quel che dici. Seguimi!», gli ordinò Ignazio.

Ma il francese non udiva più nessun richiamo. I suoi occhi percepivano ormai la realtà alterata dalle sfumature della rabbia. Sfoderò in fretta la scimitarra e si scagliò contro il nemico.

Con consumata abilità, il boemo sguainò la spada e parò un fendente diretto al fianco sinistro.

Le lame si incrociarono.

«Ho visto come combatti, francese», proferì Slawnik, mentre cercava di piegare l'avversario in ginocchio. «Ti conviene arrenderti!».

Il giovane si inchinò sotto la pressione del boemo. La potenza di quelle braccia era immane! Cercò di resistere alla torchiatura, stringendo le mascelle per lo sforzo, ma tutto fu inutile: dopo una strenua resistenza, fu respinto a terra. Si raccolse subito in posizione di difesa, preparandosi a rispondere all'attacco. Ma il nemico gli concesse una tregua inaspettata.

Il boemo lanciò un'occhiata compassionevole all'avversario e si diresse verso la sua cavalcatura, sguainando una seconda spada fissata all'arcione anteriore della sella. Roteò insieme le due lame, fendendo l'aria, e restò immobile, in attesa.

Rialzatosi da terra, Willalme inspirò profondamente e avanzò con coraggio, mentre Ignazio osservava sempre più fremente la prosecuzione del duello. Il francese era veloce, volteggiava su se stesso portando colpi diretti a fianchi, spalle e ginocchia; sembrava impegnato in una danza guerresca, elegante e letale. Slawnik, più pesante, armeggiava le sue spade calando colpi doppi dall'alto verso il basso, come una mantide inferocita. Le stoccate e i fendenti erano così rapidi da martellare senza sosta il rivale.

Ma a un certo punto la scimitarra di Willalme fece breccia nelle difese avversarie, ferendo il nemico sopra l'anca destra. Il boemo si limitò a grugnire, sprezzante del dolore, e continuò a battersi, calando un potente colpo verso il basso. Il francese fu rapido a pararlo, ma si ritrovò lo stesso in ginocchio. Cercò di rialzarsi, ma le due lame lo tennero impegnato.

Sfruttando lo stallo dell'avversario, Slawnik si preparò a portare a segno l'attacco decisivo. Con la spada che teneva a sinistra bloccò le difese del nemico, mentre con la destra sferrò un colpo diretto al costato.

Willalme chiuse gli occhi, rassegnato alla morte. Sentì la carezza della spuma del mare e lo sciabordio legnoso di una chiglia, e si ritrovò a bordo di una nave crociata, sopraffatto da un drappello di soldati cristiani. Poi il ricordo svanì, lasciando la mente intorpidita. Non riuscì ad accorgersi di ciò che era appena accaduto: Ignazio, che fino ad allora era rimasto in disparte, aveva bloccato il braccio del boemo, prima che sferrasse il colpo.

Slawnik si dimenò per liberarsi dell'impiccio, respinse Ignazio e gli si avventò contro. «Che tu sia maledetto!», ruggì, stravolto dalla rabbia. «È tutta colpa tua! Ammazzerò te e poi brucerò quel libro infernale, in modo che nessuno possa più uccidere per averlo!». Alzò le spade verso l'alto, preparandosi a colpire.

Ignazio oppose il bordone in un disperato gesto di difesa e chiuse gli occhi per non vedere i ferri calare implacabili su di lui, ma quando ormai si credeva spacciato li udì stridere all'impatto contro una lama metallica. Allora riaprì gli occhi, non riuscendo a credere di essere incolume, e fissando il volto del gigante incontrò la sua stessa meraviglia. Non capì cosa fosse accaduto finché, voltandosi, non scoprì al proprio fianco il conte Dodiko. Era giunto appena in tempo per salvarlo, parando con il suo brando il colpo diretto sul mercante. Ignazio non era morto per un soffio.

La situazione si era ribaltata.

Slawnik aveva perso il suo vantaggio e per di più era stato colpito da Willalme al fianco destro. La ferita pulsava, riversando fiotti di sangue sull'anca. Senza abbattersi, il boemo ritirò le spade e le dispose in posizione di attacco, quindi si rivolse al nuovo arrivato. «Non provate a intralciarmi!», gli ringhiò contro, fremendo di rabbia ma anche di stupore. «Non mi fermerò davanti a nessuno. Nemmeno davanti a *voi*!».

«Come osi, maledetto pazzo?». Dodiko avanzò puntandogli contro la spada. «Vattene finché sei in tempo!».

«No, non vi obbedirò più!». Slawnik lo squadrò con disprezzo e sputò a terra. «La vostra parola non ha più valore per me. Rompo il mio giuramento».

«Taci idiota!», gridò il conte, gettandosi all'assalto.

Ignazio, che aveva ascoltato incredulo, notò con sorpresa che il conte riusciva a tenere testa al gigante. Il boemo rispondeva agli attacchi con energici colpi, ma a ogni mossa peggiorava la situazione. Dodiko penetrava nelle sue difese, lo costringeva a indietreggiare senza sosta, fino al momento in cui Slawnik perse l'equilibrio. Irritato per lo svantaggio, cercò di ribaltare le sorti del duello gettandosi in avanti, ma il conte non aspettava altro: attese che si avvicinasse e lo colpì senza esitare.

Slawnik sentì la lama del rivale perforare la giubba, penetrare nella carne e scivolare dentro le viscere senza trovare impedimento. Come l'ago di una sarta che trapassi un tessuto.

Il Franco-Giudice lasciò cadere le spade e allungò le mani verso il conte. Gli strinse le dita intorno al viso, fissandolo con gli occhi increduli di un fanciullo. Poi, come se d'un tratto si fosse ricordato di qualcosa, si rivolse di scatto verso Ignazio. «Guardatevi da lui...», farfugliò con un filo di voce, «perché il suo...».

Dodiko lo agguantò per la gola e con la mano destra girò la lama dentro la ferita, strappando un lamento sprezzante al gigante morente. Lo lasciò scivolare a terra, e solo quando fu certo che fosse spirato gli sfilò la spada dal ventre e la ripulì passandola sopra le sue vesti.

Nel frattempo Ignazio aveva soccorso Willalme e lo aveva aiutato a rimettersi in piedi. Il francese era spossato, ma illeso.

All'improvviso, voltandosi di spalle, si rese conto della presenza di una quarta persona. «Uberto!», esclamò meravigliato.

79

Quando Uberto concluse il racconto delle sue disavventure, Ignazio gli posò le mani sulle spalle. «Sembra proprio che siamo destinati a procedere insieme, tu e io».

Mentre il ragazzo sorrideva rasserenato, nella mente del mercante si andavano accavallando nuovi quesiti. Come avevano fatto i Veggenti a trovare la sua casa? Solo una persona sapeva dove si trovasse! Quell'intuizione emerse cristallina, ma il mercante la rifiutò.

Dodiko rinfoderò la spada poi si rivolse ai compagni: «Dite, mastro Ignazio, avete già trovato la quarta parte del libro?»

«Sì», rispose il mercante. «Ma non l'ho portata con me».

Il nobiluomo apparve molto sorpreso. «E dove l'avete messa?»

«L'ho lasciata nella biblioteca di Asclepio, dentro la mia bisaccia, assieme alle altre parti dell'Uter Ventorum che possedevo. Ho agito così per ragioni di sicurezza: non potevo sapere cosa mi sarebbe accaduto una volta uscito dalla torre. E come potete vedere, conte, ho avuto ragione a usare prudenza». Indicò il corpo di Slawnik steso sul selciato.

«Siete scaltro. Ora però è necessario recuperare la vostra bisaccia», puntualizzò Dodiko.

«Al contrario, ho deciso di lasciarla lassù, fra quelle mura». Il mercante indicò con disinteresse la sommità della torre. «È la cosa più giusta da fare. Voglio dimenticarmi dell'Uter Ventorum. Se Vivïen ha preferito disfarsene, l'avrà pur fatto per un valido motivo. Non credete?».

Uberto scrutò incredulo il volto di Ignazio. Non avrebbe mai immaginato di sentirlo parlare in quel modo. Lanciò un'occhiata interrogativa in direzione di Willalme, che si limitò ad alzare le spalle con indifferenza.

«Siete uscito di senno?». Dodiko si inalberò. «Non potete agire in questo modo!».

«Mi rincresce deludervi. Il libro non è più affar mio», ribadì il mercante, gli occhi sfuggenti.

Il nobiluomo ammutolì, mantenendo un'espressione di sdegnoso disappunto. Fissò Ignazio, quasi per cercare la prova della sua sincerità, poi girò i tacchi e si diresse senza indugio verso la torre.

Il mercante lo seguì con lo sguardo finché non lo vide scomparire dentro l'edificio diroccato. Solo allora si concesse un ghigno sornione. «Bene, andiamocene», disse rivolto ai compagni.

Prima di obbedire al mercante, Uberto si avvicinò al cadavere di Slawnik. Osservò la ferita che gli lacerava il ventre, le grosse mani strette intorno a essa, quasi nel tentativo di richiuderla. Nonostante la morte, il viso conservava un'espressione severa, le mascelle contratte e la fronte aggrottata.

Per quanto grande fosse lo sforzo di interpretare il succedersi di tutti quegli eventi, il giovane non riusciva a comprendere se il boemo fosse stato un uomo buono o cattivo. Si chinò per osservare meglio quei lineamenti arcigni, chiedendosi perché gli avesse risparmiato la vita, perché avesse disobbedito agli ordini ricevuti. Fu allora che il volto di Slawnik ebbe un'improvvisa contrazione, i suoi occhi si spalancarono, le iridi erano vitree, offuscate dalla morte. Il ragazzo sussultò per la paura e fece per ritrarsi, terrorizzato, ma il boemo lo afferrò per il bavero e lo trasse a sé. Respirando a fatica, balbettò qualcosa, poi richiuse gli occhi e spirò.

Uberto scattò in piedi, sconvolto. I suoi compagni avevano assistito alla scena ed erano accorsi subito. «Cos'è successo?», chiese Ignazio.

«Quell'uomo...». Uberto represse un fremito. «Mi ha appena rivelato l'identità di Dominus!».

80

Incurante della decisione di Ignazio, il conte Dodiko si avventurò nella torre di Asclepio. Il mercante era pazzo se credeva che lui potesse rinunciare all'Uter Ventorum! D'altronde quel miserabile ispanico non immaginava le sue vere intenzioni...

Salì le scale fino a raggiungere il portone di accesso ai piani della biblioteca. Stranamente non lo trovò chiuso, ma solo accostato. Scostò il battente, avanzò nel buio e attraversò diversi vani fino a trovare gli ambienti in cui erano custoditi i libri. Si aggirò fra i cubicoli deserti, rovistando ovunque, gettando alla rinfusa qualsiasi cosa lo intralciasse nella ricerca.

A un certo punto distinse il barlume di una candela su un tavolo, e avvicinandosi trovò sopra quel ripiano una vecchia bisaccia di pelle: non poteva che essere quella di Ignazio!

Finalmente! Dopo tante ricerche era riuscito a impossessarsi di tre parti dell'Uter Ventorum! Senza perdere tempo, il conte aprì la bisaccia. Vuota! La controllò meglio, tastandola in ogni punto in cerca di tasche nascoste o doppie cuciture. Non trovò nulla e allora, preso dall'ira, la scagliò lontano da sé. Era stato ingannato!

In quel momento accusò uno strano malessere, quasi un capogiro, che presto si mutò in vertigine. Quasi senza accorgersene, il conte stramazzò a terra. Cercò di rialzarsi ma non riuscì a mantenere l'equilibrio. Si aggrappò al tavolo, ma l'odore emanato dalla candela lo raggiunse alle narici e la vertigine aumentò.

Era un odore acre, non certo il solito olezzo di cera fusa. Ricordava piuttosto l'aroma di estratti vegetali. Solo allora il conte capì qual era la causa del suo malessere. Si sporse sul tavolo con la bava alla bocca, afferrò il candeliere e lo smorzò goffamente. Poi si accasciò a terra, aspettando che l'effetto dall'intossicazione svanisse.

L'attesa fu snervante e insidiata dalle allucinazioni.

D'un tratto echeggiò nella biblioteca un rumore di passi e una figura incappucciata uscì dalle tenebre. Attraversò la stanza, si chinò davanti al conte, poi gli sollevò il capo, reggendolo per il mento. «Finalmente ci si rivede, Dodiko. O forse sarebbe più appropriato chiamarvi Dominus?».

Dodiko sobbalzò. Chi era quell'uomo? Come faceva a conoscere la sua identità? Cercò di ritrarsi, ma si accorse di non riuscire a governare il proprio corpo. Gli arti erano diventati leggeri e insensibili. Solamente la faccia, la lingua e i polpastrelli avevano conservato il senso del tatto, ma percepivano la realtà in modo distorto. Per di più, lo stomaco era pervaso dalla nausea.

«Non cercate di muovervi, sarebbe fatica sprecata», disse l'ombra. «State accusando gli stessi sintomi dell'avvelenamento da belladonna, ma non temete, la sostanza che avete inalato non è letale. Non intendevo uccidervi, solo stordirvi».

Dominus cercò di riconoscere il figuro che stava parlando. Roteò le pupille dilatate intorno alla stanza, opponendosi alla vertigine, e le puntò sul suo volto. «Scipio Lazarus...», cantilenò con un sorriso ebete.

«Mi avete riconosciuto nonostante l'effetto della droga, ammirevole. Dopotutto voi siete il grande Dominus, il martello della Saint-Vehme, dico bene? Vedo però che Ignazio da Toledo vi ha ingannato facilmente, sottraendovi le parti del libro con un puerile gioco di prestigio». L'incappucciato raccolse da terra la bisaccia vuota. «Farsi raggirare da un ispanico! Mi avete davvero deluso».

«Come avete fatto... a capire chi sono?», balbettò Dominus. «Sono stato accorto... avveduto nel nascondermi...».

«Non abbastanza. Vi tenevo sotto controllo da molto tempo, da prima che ci incontrassimo a Tolosa». Scipio Lazarus non riuscì a trattenere un risolino sarcastico. «Ma ditemi... Mi ha incuriosito il vostro modo di agire: perché non avete ucciso Ignazio da Toledo? Vi si è presentata più di un'occasione per farlo».

«Perché egli possiede solo tre parti del libro», grugnì Dominus. «Gli manca quella nascosta a Tolosa... E solo lui sa esattamente dov'è custodita».

«Volevate servirvi di lui», commentò l'incappucciato. «Non eravate in grado, da solo, di sciogliere l'enigma».

«Perché siete venuto a tormentarmi? Cosa volete da me?», domandò il Franco-Conte, scrutando insistentemente il volto di Scipio Lazarus. Gli risvegliava ricordi lontani, sepolti nella memoria... Dove l'aveva già visto?

«Non avete ancora compreso? Io sono venuto a prendere il vostro posto». Lo sfregiato sfilò un pugnale cruciforme dalla tonaca e lo accostò alla gola dell'interlocutore. «*Mors tua, vita mea*».

«Aspettate!», sbraitò Dominus, che poco alla volta riprendeva il controllo del suo corpo. Il torpore iniziava a svanire. Ancora un attimo e avrebbe potuto sbarazzarsi facilmente di quello storpio. «Adesso ricordo! Vi ho riconosciuto! Possiamo accordarci! Voi siete...».

Le parole di Dominus terminarono con un osceno gorgoglio, recise dalla lama dell'incappucciato. Il Franco-Conte fremette in un raptus spasmodico, poi morì, lasciando cadere la testa di lato. Quando fu certo che fosse morto, Scipio Lazarus gli frugò addosso ed estrasse un oggetto di ceramica da sotto il mantello: la Maschera Rossa. La ammirò a lungo, poi la ripose compiaciuto in una tasca interna della sua cappa.

«L'inferno vi attende, conte Dodiko».

Tutto procedeva secondo i suoi piani.

Ora doveva braccare Ignazio da Toledo e recuperare l'Uter Ventorum.

«Sospettavo che il conte Dodiko fosse Dominus, ma ne sono stato certo solo quando il suo servo ci ha aggrediti stanotte», ammise Ignazio, quando si fermarono davanti alla scuderia di una locanda. «Ci ha mentito sin dall'inizio, quella serpe. Dopotutto, se Viviën non è stato sincero con me, figurarsi se poteva fidarsi di un improbabile disertore della Saint-Vehme».

«Ma allora», dedusse Willalme, «il guerriero che il conte ha ucciso stanotte aveva tradito la causa dei Veggenti».

«Ecco perché Dodiko l'ha afferrato alla gola prima che morisse», proseguì Uberto. «Gli ha impedito di metterci in guardia e di rivelare la sua identità».

«Dev'essere andata proprio così», confermò Ignazio. «Forse quel boemo, eliminando me, intendeva porre fine alle brame di Dominus e alla sua ricerca del libro. Ma è evidente che Dominus non era della stessa opinione».

Uberto annuì, pensando a quante volte si era trovato in compagnia del conte Dodiko senza mai sospettare di lui. Rabbrividì, guardandosi intorno per capire in quale punto della città fossero giunti. In quella borgata avrebbero recuperato cavalli e carri lasciati in custodia. L'intenzione era di abbandonare Santiago al più presto.

I tre compagni penetrarono nella scuderia, avanzando fra l'odore di paglia e di sterco, quando all'improvviso si imbatterono in un uomo dal viso coperto. Senza mostrare stupore, Ignazio gli andò incontro battendogli la mano sulla spalla. «Vecchio Asclepio, ce l'hai fatta a raggiungerci», disse compiaciuto.

«Raggiungervi un accidente!». Il broncio dell'anziano berbero affiorò da sotto il cappuccio. «È da molto che ti aspetto! Non sai quanti delinquenti si aggirano di notte in questi vicoli! Volevi forse attentare alla mia vita?».

«Com'è riuscito ad arrivare fin qui prima di noi?». Willalme scrutò il vecchio come se si trovasse di fronte a un fantasma. «Come ha fatto a uscire dalla torre senza farsi vedere?»

«Te l'avevo detto che quella torre nasconde molti passaggi segreti», gli confidò il mercante.

«Devi esserti cacciato proprio in un bel guaio, Alvarez», mormorò Asclepio, porgendo a Ignazio un fagotto. «Prendi. Ecco il contenuto della tua bisaccia. Come mi hai chiesto».

«Il tuo aiuto è stato prezioso, vecchio mio». Il mercante afferrò l'involto. «Ora però dovrai fuggire anche tu. Mi dispiace, ma non saresti più al sicuro fra le mura della tua torre. Noi siamo diretti a…».

«Aspetta Alvarez, prima di prendere decisioni affrettate», l'interruppe il vecchio. «Devo ancora comunicarti una notizia importante».

«Di che si tratta?»

«Un messaggio. Me l'ha affidato Vivïen due giorni fa, quando è venuto a farmi visita. Mi ha pregato di consegnartelo nel momento in cui avresti deciso di lasciare Compostela». Così dicendo, Asclepio estrasse un biglietto da una tasca del suo abito e lo porse all'interlocutore.

Il mercante lesse il breve messaggio:

Caro amico,
immagino tu sia in possesso degli angeli Temel, Kobabel e Amezarak. Ti attendo la mezzanotte prima della diciassettesima di Pentecoste alla basilica di Venezia. Sarò in compagnia di Armaros, il primo dei quattro, in modo che finalmente possiamo riunirli tutti insieme.

Vivïen

«La mezzanotte prima della diciassettesima domenica di Pentecoste», sussurrò Ignazio. «Cade il 29 settembre, per la festa di San Michele arcangelo… È fra meno di due mesi».

«Cosa intendi fare?», gli chiese il vecchio.

«Andrò all'appuntamento, naturalmente. Mi imbarcherò per l'Italia assieme a Uberto e Willalme, è il modo più veloce e sicuro per giungere a destinazione», spiegò il mercante. «Tu invece, Asclepio, prenderai il mio carro e ti dirigerai a oriente, verso Mansilla de las Mulas, poi piegherai a nord. Superata la chiesa di San Miguel de Escalada, troverai una piccola valle. Là, in una villa rustica, abita Sibilla, la mia sposa. Mettila al corrente della situazione. Dille che Uberto è salvo e prenditi cura di lei. E ricordale che io la raggiungerò… non appena sarà possibile».

PARTE SESTA
IL CANTO DI ARMAROS

I magi sono quegli individui comunemente detti "stregoni" per via della malvagità delle loro azioni. Essi infatti sconvolgono gli elementi, turbano le menti e tolgono la vita con la sola forza degli incantesimi, senza fare uso di alcun veleno.

ISIDORO DI SIVIGLIA, *Etymologiarum libri*, VIII, 9

81

La cocca a vela quadra scivolava spedita, fendendo le onde in direzione dello stretto di Gibilterra. Ignazio, affacciato a tribordo, osservava il filo impalpabile dell'orizzonte.

«Sai dirmi cosa c'è al di là di queste acque?», domandò una giovane voce alle sue spalle.

«No». L'uomo si volse in direzione di Uberto. «Penso che nessuno sappia cosa si nasconda oltre l'orizzonte».

Il ragazzo sorrise teneramente. Per la prima volta, Ignazio non sapeva rispondere a un suo quesito. Scrutò verso dritta, rapito dal beccheggiare dei flutti. «Dove siamo diretti?»

«Abbiamo appena oltrepassato Lisbona. La nave proseguirà tenendosi sotto costa fino a Gibilterra, farà scalo a Marsiglia, poi attraccherà a Genova. Da lì proseguiremo via terra fino a raggiungere Venezia». L'uomo esaminò la fronte del giovane. «Fammi vedere quella ferita. Ti fa male?»

«No», rispose Uberto. «Me la sono procurata a Compostela. Sono caduto mentre cercavo di fuggire… È solo un graffio».

«Sembra che si stia cicatrizzando. Però ti lascerà il segno…», disse il mercante, scostando una ciocca dalla fronte del ragazzo. Le parole d'affetto che seguirono si persero nello stormire di gabbiani.

Dopo giorni di marcia Asclepio da Malabata giunse a destinazione. Frenò i cavalli e stiracchiò la schiena, mentre osservava la villa rustica che sorgeva nel mezzo di una tenuta di campagna. Gli era spiaciuto abbandonare la sua biblioteca e più di una volta, durante il viaggio, avrebbe preferito girare il carro e fare ritorno alla torre diroccata. Ma in quel momento, trovandosi davanti a tanta quiete, si sentì invitato a proseguire.

Giunto davanti all'abitazione, si guardò intorno, il volto indorato dal barbaglio mattutino. Vide una vecchia gitana intenta a stendere il bucato al sole. «Scusatemi. È questa la casa di donna Sibilla?», le chiese docilmente.

«Dipende», rispose la serva con diffidenza. «Chi la desidera?»

«Sono un amico di Ignazio da Toledo».

A quelle parole, la donna si imbrunì e scrutò con sospetto lo straniero, poi, facendogli cenno di attendere, si avviò verso l'interno della villa chiamando la padrona a gran voce. Poco dopo uscì al fianco di una bella signora. Nonostante la grazia degna di una dama d'alto lignaggio, sembrava celare l'amarezza per un lutto o una perdita molto recente.

Sibilla guardò il forestiero, ma si rivolse alla massaia: «Nina, hai chiesto il nome a quest'uomo?»

«Sono Asclepio da Malabata, un medico», intervenne il vecchio, senza attendere che la gitana parlasse. «Porto notizie di vostro marito, Ignazio Alvarez».

Detto ciò, l'uomo fece per prostrarsi, ma la dama intervenne: «Alzatevi pure, Asclepio da Malabata. Perdonate l'imbarazzo, ma non sono abituata a ricevere messaggeri inviati da mio marito. Egli preferisce nascondersi al mondo intero».

«Questo è vero, mia signora. Ma io porto speranza», rispose il berbero, fissando il volto incredulo di Sibilla.

82

La calura di fine agosto languiva dopo il tramonto. Una foschia soffocante aleggiava fra le vie di Tolosa, posandosi sui volti impassibili dei dodici apostoli scolpiti all'entrata di Saint-Sernin.

Viviën de Narbonne si fermò davanti all'imponente cattedrale a osservare la guglia della torre ottagonale e il rosone della facciata, rivolta a ponente.

La croce era il simbolo del sole e del *Camino* per Compostela. Ecco perché aveva scelto le due chiese gemelle – San Saturnino di Tolosa e San Giacomo di Santiago – per nascondere la parte iniziale e finale dell'Uter Ventorum.

Attese pazientemente che terminasse la messa vespertina, poi entrò nella chiesa. Percorse la navata centrale a mani giunte e capo chino. Si inginocchiò dinanzi all'altare e con il volto bagnato di lacrime ruminò un *Pater noster*, ringraziando il Signore per averlo liberato dalla persecuzione dei Veggenti. L'emissario più crudele della Saint-Vehme era morto! Viviën rammentò con un fremito il giorno in cui era stato braccato da quell'uomo terribile vicino a San Michele della Chiusa, e l'incidente lungo il crinale del monte Pirchiriano... La Maschera Rossa non l'avrebbe più minacciato! Era libero di incontrare Ignazio da Toledo senza che nessuno potesse ostacolarlo.

E tutto grazie a Scipio Lazarus...

Mettendo da parte i ricordi, riportò alla memoria le prime righe dell'enigma dei quattro angeli, da lui stesso ideato. Armaros dorme sotto gli occhi di Saint-Sernin. Saturnino cela le parole nell'altare maggiore a Tolosa.

Sapeva esattamente dove cercare. Fingendo di pregare, estrasse un piccolo coltello da una manica della tonaca e tenendo la lama fra il medio e l'indice, iniziò a passarla intorno a una mattonella ai piedi dell'altare. La malta si sgretolò facilmente, sbriciolandosi.

Restando inginocchiato in posizione di preghiera, smosse con cautela la mattonella scoprendo una piccola cavità nel pavimento, e dopo essersi assicurato che nessuno osservasse i suoi gesti, infilò la mano nel buco ed estrasse un rotolo di pergamena. Poi ripose la mattonella al suo posto, fece il segno della croce e si rialzò in piedi, rendendo grazie al Signore.

Mentre raggiungeva l'uscita, scrutò verso il colonnato delle navate laterali. All'ombra delle arcate, nessuno lo stava spiando. Uscì dalla cattedrale e oltrepassò una ronda di soldati, poi sfilò il rotolo da una tasca della tonaca e sbirciò quel che vi era scritto. Sorrise. La prima parte dell'Uter Ventorum era ritornata finalmente nelle sue mani. Non gli restava che recarsi a Venezia e prepararsi all'incontro con Ignazio da Toledo.

83

Tutto taceva intorno alla basilica di San Marco. Sulle mura dell'attiguo castello del doge le fiaccole danzavano fatue. Un'aria pesante, gravida di salsedine, spirava sulla piazza.

Ignazio indugiò dinanzi alla facciata della basilica. Là, dove la vicenda era iniziata, si sarebbe anche conclusa. Avrebbe dovuto aspettarselo, si disse. Viv͏ïen era sempre stato affascinato dall'ordine simmetrico di certi eventi cruciali.

«Voi aspetterete qui fuori», disse ai compagni.

Uberto fece un passo in avanti, contrariato.

Il mercante gli pose la mano sulla spalla. «Non discutere, farete così e basta. E se succede qualcosa non esitate a fuggire».

A quelle parole, il giovane si rassegnò.

Ignazio avrebbe voluto parlargli di molte cose, ma controllò i sentimenti e si rivolse a Willalme: «Se qualcosa dovesse andare storto, prenditi cura di lui».

Il francese acconsentì, avviluppandosi nella cappa verde. Faceva freddo.

Ormai non c'era più tempo per riflettere. In preda a un turbine di emozioni, il mercante si diresse verso l'entrata della basilica. I battenti erano socchiusi, bastò spingerli per trovarsi all'interno. Attraversò la navata maggiore, completamente deserta. Era probabile che Viv͏ïen lo stesse attendendo nella cripta, perciò si incamminò verso l'abside e scese ai piani inferiori. Proseguì al buio, avanzando adagio lungo le pareti.

Raggiunta la navata centrale della cripta, vide una sagoma incappucciata in piedi davanti all'altare. Era appena illuminata dal barbaglio delle candele. Sembrava officiare una messa silenziosa per un invisibile uditorio.

Ignazio si avvicinò incredulo. «Viv͏ïen, sei proprio tu?».

L'individuo si mosse. «Ignazio, finalmente...».

Il mercante riconobbe subito quella voce, ma frenò l'entusiasmo. Ben altri sentimenti gli rodevano nel petto. Tese l'indice contro di lui, gli occhi severi. «Anch'io ero impaziente di rivederti. Impaziente e bramoso di spiegazioni, soprattutto! Perché in tutti questi anni mi hai taciuto il segreto dell'Uter Ventorum? La Saint-Vehme mi ha braccato a causa tua, nonostante fossi all'oscuro di quel maledetto libro! Sei consapevole del danno che mi hai arrecato?»

«È così che saluti un vecchio amico?». L'incappucciato alzò le spalle e scoprì il viso con un gesto compassato. «Non temere, ti spiegherò ogni cosa».

Ignazio scrutò il vecchio compagno d'avventure ed ebbe una raccapricciante sorpresa: Viv͏ïen non possedeva più i suoi lineamenti, ma un grifo sfigurato. Profonde cicatrici gli deturpavano la faccia, insieme a un naso deforme e un labbro leporino.

Il mercante lo osservò incredulo. «Viv͏ïen, ti riconosco a stento... Cos'è successo al tuo viso?».

Appena furono rimasti soli, Uberto e Willalme cercarono un'apertura che consentisse di osservare all'interno della basilica. Dopo avere ispezionato il perimetro dell'edificio, il francese si fermò dinanzi a una finestrella della cripta. Sbirciò, poi fece cenno al compagno di fare altrettanto.

All'interno si vedevano due uomini intenti a discutere.

Uberto guardò attraverso la finestra e sbarrò gli occhi. «Quel monaco l'ho già visto», bisbigliò. «L'ho incontrato in Spagna, a Sahagún. Mi ha parlato!».

Uberto richiamò alla memoria quella fugace conversazione. "Chiedi pure al tuo mentore. Chiedigli *chi* è veramente", gli aveva detto. Ma allora, se lo sfregiato era Viviën de Narbonne, perché a Sahagún non aveva rivelato la sua identità? Perché non aveva chiesto di Ignazio, invece di fomentare sospetti alle sue spalle?

«Forse Ignazio è in pericolo», disse intimorito al compagno.

«Il mio viso?». Il monaco si passò le dita sulle cicatrici. «Se sono sopravvissuto finora, lo devo proprio a questa orrida maschera».

Ignazio non commentò. Il tono di Viviën era insolito, rivelava una nota stridente, quasi una venatura di follia.

«Vuoi sapere com'è successo?», continuò lo sfregiato. «Accadde tre anni dopo l'incidente che abbiamo avuto a Colonia. Ti trovavi già in Oriente, all'epoca. Io invece mi nascondevo sulle Alpi, presso San Michele della Chiusa, e mi illudevo di poter sfuggire alla Saint-Vehme. Invece Dominus mi ritrovò! Feci appena in tempo a montare in sella e a uscire dal monastero, ma lui mi inseguì... Voleva il libro, quel maledetto». Ebbe un singulto. Asciugò il viso con le maniche della tonaca, poi si lasciò sfuggire un risolino isterico. «Fu allora che precipitai... Oh, fu terribile! Caddi sul crinale del monte, rotolando fino a valle. Ricordo una a una, tutte le volte che andai a sbattere contro le rocce. Il dolore fu straziante. Il mattino seguente mi trovò un pastore. Ero agonizzante, ma ancora vivo. Lui mi curò e riuscì a salvarmi, anche se il mio corpo rimase malconcio... Ma almeno fu facile inscenare la mia morte. Secondo i monaci di San Michele, il mio decesso avvenne il mercoledì delle Ceneri del 1205. Io lo lasciai credere, e da allora fui libero da tutti, persino Dominus... Hai visto la mia tomba?», ghignò. «Oh... certo che l'hai vista, altrimenti non saresti qui».

«E poi cosa facesti? Anche se irriconoscibile agli occhi dei Veggenti, non potevi certo portare in giro il tuo nome».

«Diventai una persona nuova, un uomo nuovo. Fuggii a Roma, conobbi fra' Domenico di Guzman e mi accodai al suo movimento religioso, diventando un domenicano. Mi insediai presso lo studium bolognese, poi fui trasferito a Tolosa, nel convento di Saint-Romain. Nessuno conosceva il mio vero nome, ero noto a tutti come Scipio Lazarus».

«Fu allora che iniziasti a cercarmi...», dedusse Ignazio.

«Infatti». Vivïen torse il labbro leporino. «Tu ti trovavi ancora in Oriente, ma durante la mia permanenza a Bologna scoprii un luogo dove eri passato di sfuggita, il monastero di Santa Maria del Mare. Venni a sapere che là avevi nascosto un prezioso segreto, e che quindi prima o poi vi avresti fatto ritorno». Rise. «Non avresti mai rinunciato a riprendere il *tuo tesoro*. Sappiamo entrambi di cosa si tratta, vero? Ma non divaghiamo... Conquistai la fiducia di un monaco ambizioso, Rainerio da San Donnino, perfetto per il mio piano. Lo feci nominare abate di Santa Maria del Mare, a patto che svolgesse indagini su di te».

Il mercante aggrottò la fronte, inquisitorio.

Vivïen lo sfidò con un ghigno malvagio. «Il vecchio Maynulfo da Silvacandida, tuo amico e confidente, era d'intralcio ai miei piani. Non è morto per il gelo invernale, come ti hanno raccontato. L'ho ucciso io, perché quel vigliacco di Rainerio non ne era capace. Poi ho appoggiato la nomina abbaziale dello stesso Rainerio. È stato facile farlo eleggere abate, perché l'ordine domenicano a cui appartenevo è sostenuto dal papa e da molti nobili. Mi bastò spedire qualche lettera di supplica alle persone giuste. E in cambio del favore, Rainerio ti ha tenuto d'occhio per tutto questo tempo, riferendomi ogni informazione che carpiva sul tuo conto».

«Assassino!». Ignazio dominò a stento la rabbia. «E poi, dieci anni dopo, hai ammaliato il conte Scalò con la promessa del libro. L'hai fatto per attirarmi a Venezia, per coinvolgermi in questa sporca faccenda! È andata così, vero?»

«Oh, Ignazio... la situazione è più complessa di quanto immagini».

«Traditore!», inveì il mercante. «Mi hai usato come una marionetta! Mi hai tenuto all'oscuro dell'Uter Ventorum, hai messo a repentaglio la mia vita e quella della mia famiglia!».

«Mi servivi. Eri l'esca perfetta. Grazie a te mi sono finalmente liberato di Dominus!».

«Cosa intendi?»

«Dopo aver inscenato la mia morte, ho indagato su Dominus e sono riuscito a scoprire la sua identità. Era il conte Dodiko, un nobile sassone giunto in Linguadoca al seguito dei crociati. Ma per toglierlo di mezzo dovevo farlo uscire allo scoperto. Mi sono servito dell'Uter Ventorum per convincere lo Scalò a richiamarti dall'Oriente. Nel frattempo, usando il nome di Scipio Lazarus, ho scritto a Dodiko rivelandogli che presto saresti sbarcato a Venezia per recuperare il libro. Dominus non ha perso tempo e ha riempito le calli veneziane di spie. D'altronde era prevedibile: credendomi morto, tu restavi l'unico collegamento con l'Uter Ventorum. All'inizio ti ha messo alle calcagna un vassallo boemo, Slawnik, poi ti ha raggiunto di persona in Spagna, spacciandosi per amico. Intanto io vi spiavo entrambi. Eravate troppo impegnati nella ricerca del libro per accorgervi di me. Così Dodiko è caduto nella mia trappola. Povero stolto! L'ho incontrato a Tolosa e non è riuscito a riconoscermi. Per guadagnarmi la sua fiducia, gli ho persino rivelato dove si trova la tua casa... Poi ho atteso il momento giusto e l'ho ucciso!».

Il mercante lo fulminò con gli occhi. Ecco come avevano fatto i Veggenti a rintracciare la sua casa e a rapire Uberto. Il suo sospetto si era rivelato esatto, era Vivïen l'informatore di Dominus!

«Tu, maledetto!», esclamò Ignazio. «Sei la causa della mia sciagura. Non sai cos'ho sofferto in questi anni per sfuggire a Dominus e alla Saint-Vehme! Ora capisco! Hai organizzato una delirante caccia al tesoro per disfarti di Dominus, senza curarti del danno che mi hai arrecato!». E mentre pronunciava quelle parole, colpì al viso lo sfregiato mandandolo a sbattere contro l'altare della cripta.

Vivïen accusò il colpo e finì a terra. Il mercante, in preda all'ira, balzò su di lui e lo afferrò per il collo. Strinse la presa, osservando quel volto deforme contrarsi per il soffocamento. «La mia vita... la mia famiglia è in frantumi per colpa tua!».

«Aspetta...», farfugliò lo sfregiato. «Ho portato la prima parte del libro... L'angelo Armaros...».

«Povero pazzo». Ignazio allentò la stretta prima di ucciderlo. «La caduta da quel monte non ti ha reso solo storpio, ma anche folle! L'Uter Ventorum non esiste... non è mai esistito. Solo ora me ne rendo conto!».

«Invece no», rispose Vivïen tossendo. «Ti avevo detto che la situazione era più complessa di quanto sembrasse...». Inspirò con affanno. «Il libro esiste. Esiste! Altrimenti per quale ragione Dominus ci avrebbe dato la caccia per tutti questi anni?»

«E allora perché non ne hai fatto uso?», domandò il mercante, come se la risposta ormai non avesse più importanza.

Vivïen si rialzò in piedi. «Perché non ne sono capace, dannazione! Ecco il motivo per cui ti ho attirato fin qui: ho bisogno del tuo aiuto. Le quattro parti dell'Uter Ventorum devono essere combinate in un ordine preciso per risultare efficaci. Le ho studiate per anni, ma il loro significato continua a sfuggirmi. Tu sei la sola persona in grado di decifrare il segreto del libro».

«Sei fuori di senno, Vivïen ». Ignazio fissò l'uomo con un sorriso amaro. «Come pretendi che ti aiuti? Hai tradito la mia amicizia, sei diventato un malvagio calcolatore. Un tempo eri diverso...».

«Quindici anni vissuti nel terrore possono cambiare una persona. La paura mi ha trasformato nell'uomo che sono», replicò lo sfregiato, afferrando un candelabro acceso e incamminandosi verso l'uscita della cripta.

«Menzogne! Io ho vissuto nello stesso terrore, ma non ho tradito i miei amici. La verità è che sei sempre stato privo di scrupoli. Ma molto abile nel nascondere la tua vera natura», ringhiò il mercante, seguendolo istintivamente attraverso le navate sotterranee. «Ti rendi conto di quante vite hai sacrificato per la tua salvezza?»

«Insomma, non intendi aiutarmi?», chiese Vivïen spazientito. Sembrava stesse lanciando un ultimatum.

«No», rispose Ignazio, imboccando il passaggio che portava al piano superiore della basilica.

«Pensaci bene, potresti pentirtene», sibilò Vivïen, quando ormai erano giunti al centro della navata maggiore.

Ignazio si fermò, guardandosi intorno. D'un tratto le arcate di San Marco sembravano vibrare. Si sentì in trappola.

«Vedi, caro amico», la voce acuta di Vivïen fendette il silenzio, «io non ho solo ucciso il conte Dodiko. Ho anche preso il suo posto... In questo momento non stai più parlando con Vivïen de Narbonne e neppure con Scipio Lazarus... ma con Dominus in persona!».

Il mercante gli rivolse un'occhiata carica di astio e di sorpresa. Vivïen aveva indossato la Maschera Rossa!

Atterrito da quella visione, Ignazio arretrò.

Un vociare confuso iniziava a echeggiare dalle logge superiori delle navate. Il mercante guardò verso l'alto, nel buio, e vide accendersi una torcia, poi un'altra e un'altra ancora, e così via, finché tutto l'interno della basilica fu illuminato a giorno.

I mosaici dorati del soffitto, illuminati dal fuoco, sfavillavano in tutta la loro magnificenza. Poco più in basso, assisi sulle tribune, stavano decine di figuri mascherati. Il mercante girò su se stesso, facendo scorrere lo sguardo lungo le arcate, fissando una a una quelle sagome spaventose. Erano uomini e donne di ogni età. Ciascuno di essi, oltre alla maschera, indossava un lungo mantello nero.

Vivïen alzò le braccia.

La massa fremette, vociando all'unisono: «*Ave Dominus!*».

Ignazio fu sommerso dal fragore e cadde in ginocchio esterrefatto, mentre la folla ammantata di nero scendeva dalle logge e iniziava a circondarlo, accalcandosi intorno a lui sempre più stretta. Per un attimo intravide la figura di Vivïen, il suo antico compagno di viaggio, con l'abominevole maschera rossa sul volto. Le sue parole gli penetrarono nella mente come una rasoiata: «Ora mi aiuterai, che tu lo voglia o no! Dominus te lo comanda!».

Il mercante fu messo in catene e trascinato via.

Il pingue Henricus Teotonicus fu uno degli ultimi a scendere dalle tribune della basilica. Si fece largo tra la folla, oppresso dall'obesità, puntando verso l'uomo con la maschera rossa. Doveva parlargli con urgenza. Gli si avvicinò scrutandolo attraverso i fori della sua maschera dorata, in cerca delle parole adatte. Quando gli fu al fianco, disse: «Mio signore, che si farà del prigioniero?».

La Maschera Rossa rispose scostante: «Non è affar vostro. Solo io so quali domande porgli». Lo squadrò con attenzione. «Voi curatevi di essermi fedele, come avete fatto finora. Abbiate fiducia. Rispetterò i patti».

Henricus Teotonicus fece un passo in avanti, chinando umilmente il capo. Pativa nel mostrare riverenza. «Portate con voi almeno una commissione di Franchi-Giudici, in modo che assistano all'interrogatorio e ne rechino testimonianza. In caso di rifiuto, potrebbe diffondersi del malcontento...».

La Maschera Rossa sbraitò con nervosismo: «Alludete forse a una cospirazione?»

«Mio signore, per carità, non assumete un tono ostile», si affrettò a rispondere Henricus Teotonicus. «Sto solo esprimendo i desideri dei vostri seguaci». In realtà avrebbe voluto usare altre parole con quel piccolo monaco presuntuoso. Se ora si trovava lì, con indosso la Maschera Rossa, era solo grazie a lui.

«Come ho già stabilito», ribadì con voce grave la Maschera Rossa, «il libro è un *mio* onere. Me ne occuperò da solo, in un luogo isolato. Non accetterò altre condizioni. Se mi succederà qualcosa, nessuno sarà più in grado di evocare le entità angeliche, statene certo. Tuttavia manterrò la promessa, non temete. Trarremo vantaggio reciproco da questa faccenda. Quanto a voi, tenete a freno l'inquietudine dei vostri sodali».

Henricus Teotonicus acconsentì, disegnando sotto la maschera una smorfia di disagio. Non aveva altra scelta che obbedire, per il momento.

Vivïen sapeva di dovere molto a quell'uomo.

Henricus era influente e rispettato. Prima ancora di uccidere Dodiko, si era accordato proprio con lui per prendere il posto della Maschera Rossa. Era stato facile convincerlo, facendo leva sulla sua ambizione repressa e sull'odio che nutriva per Dodiko. Ma ora se lo trovava davanti con ben altre pretese, ad avanzare minacce velate di cortesia.

Viviën rimuginò sui suoi progetti. La Saint-Vehme a Venezia era debole e priva di una guida carismatica. Lui era riuscito a guadagnarsene la fiducia grazie alla promessa del potere derivato dal libro. Ma sarebbe stato facile perderla se non avesse ottenuto risultati concreti.

Immerso in queste riflessioni, si avvicinò a tre Franchi-Giudici che lo attendevano in disparte. «Prendete il prigioniero e tenetevi lontani dagli altri. Ce ne andiamo».

84

Mezzanotte era trascorsa da molto e la piazza di San Marco era immersa in una nebbia lattiginosa. Senza preavviso, le porte della basilica si spalancarono. Uberto e Willalme fecero appena in tempo a nascondersi a fianco dell'edificio senza essere visti.

Dall'interno fuoriuscì una moltitudine di uomini vestiti di nero, tutti mascherati. Sfilarono in silenzio davanti alla facciata della basilica e iniziarono a disperdersi nella notte, chi fra le calli, chi su gondole attraccate ai canali.

«Chi è tutta quella gente? E dov'è Ignazio?», bisbigliò inquieto Uberto.

«Eccolo». Willalme indicò un piccolo gruppo di uomini che si stava dirigendo verso il molo. Faceva strada un figuro mascherato di rosso, seguìto da tre armigeri con un prigioniero in catene.

Uberto fece per uscire allo scoperto. «Facciamo qualcosa, aiutiamolo!».

«Non adesso». Il francese lo trattenne per un braccio. «Al minimo segno d'allarme, molti tra quelli che si stanno disperdendo potrebbero tornare indietro e sopraffarci. Dobbiamo pazientare. Guarda, il gruppo di Ignazio si sta isolando dagli altri. Aspettiamo».

Il drappello che conduceva il mercante raggiunse la banchina. Attenti a non farsi scoprire, Uberto e Willalme si misero all'inseguimento. Ignazio fu spinto a bordo di una piccola imbarcazione, sulla quale uno a uno salirono gli altri quattro uomini. Sciolti gli ormeggi, si allontanarono fra le nebbie delle laguna.

A quel punto Willalme si precipitò verso il molo, corse lungo un pontile e slegò un battello assicurato a un palo di legno marcio. «Non dobbiamo perderli di vista», disse, porgendo un remo al compagno.

La nebbia inghiottiva ogni cosa nel suo grigiore. Lo sciabordio dei remi rompeva il silenzio della laguna, accentuandone il senso di desolazione.

Uberto e Willalme vogarono tutta la notte senza lasciarsi sfuggire il natante su cui si trovavano Ignazio e i suoi rapitori. La visibilità era scarsa e tenerlo d'occhio non era facile. Per fortuna il lume che quella barca aveva a poppa era un riferimento sicuro, anche se molto fioco. Uberto lo fissava di continuo, pregando che non sparisse nella nebbia.

D'un tratto il lume si fermò ai margini di una lingua di terra, presso la sagoma cinerea di una torre.

Mentre l'alba iniziava a fendere il grigiore della caligine, Willalme accostò la barca a un attiguo isolotto di canneti. Da quel nascondiglio, i due compagni osservarono i rapitori scendere a terra e trascinare Ignazio dentro l'edificio. Quella torre doveva essere un faro abbandonato, di quelli usati per guidare i naviganti nella nebbia.

Quando furono certi che nessuno li vedesse, Willalme e Uberto remarono verso quel luogo. Nascosero la barca fra un groviglio di frasche e, acquattati come gatti, iniziarono ad avvicinarsi.

Ignazio aprì gli occhi. Giaceva in una stanza umida. Il pavimento era freddo, coperto da mattonelle di argilla. Le pareti erano scrostate e chiazzate di muffa. L'unica fonte di luce proveniva da una finestra ad arco affacciata a oriente, grande abbastanza perché un uomo vi si potesse sporgere fino a mezzo busto. Sulla parete opposta invece c'era una porta di legno. Il mercante cercò di alzarsi in piedi per raggiungerla, ma si rese conto d'avere i polsi incatenati al muro.

Vivïen stava in piedi davanti a lui. Aveva sostituito la tonaca con un lungo abito nero mentre il suo viso restava nascosto dietro la Maschera Rossa.

Il mercante lo guardò con disgusto. «Potevo aspettarmi tutto, ma non che diventassi uno di loro».

«È stata una scelta necessaria, per sopravvivere», confessò Vivïen. «Non c'era nascondiglio in cui non mi scovassero. Anche vivendo sotto falso nome, ero certo che prima o poi mi avrebbero riconosciuto. L'unico modo per smettere di fuggire era unirmi a loro. Perciò mi sono introdotto con l'inganno fra i Veggenti...».

Il prigioniero spostò lo sguardo verso il centro della stanza, dove si trovava un calderone pieno di braci adagiato su un trespolo. Lo indicò. «È con quello che intendi ottenere la mia collaborazione? Vuoi torturarmi?»

«Solo se sarà necessario».

«Non parlerò nemmeno sotto tortura». Ignazio si ritrasse contro il muro. Le catene emisero uno strascichio metallico. «Dopo avere saputo, mi uccideresti comunque».

«Però eviteresti di soffrire». Vivïen raggiunse un tavolo di fronte al mercante e raccolse un quaderno di pergamena. «Mi sono preso la libertà di controllare i tuoi appunti», continuò, scartabellando il manoscritto. «Vedo che hai trascritto diligentemente tutte le parti dell'Uter Ventorum… Tutte meno quella dell'angelo Armaros». Ripose il quaderno e mostrò al prigioniero un piccolo rotolo. «Armaros svelò agli uomini l'arte degli incantesimi. Ebbene, questo rotolo di pergamena contiene sette incantesimi: sono stati ricavati dagli antichi cerimoniali dei sabei, e servono per evocare le sette entità che dominano i pianeti. Capisci? Si tratta dei sette angeli che risiedono nelle sfere celesti. Ma sarà possibile evocarne uno solo. Come farò a scegliere l'invocazione giusta, senza rischiare di compiere un terribile errore? Sai bene, immagino, che in questo genere di cose gli sbagli si pagano molto cari…».

Le labbra di Ignazio si schiusero in un mezzo sorriso. «Sei patetico».

Vivïen invece aprì le braccia in gesto paterno. «Aiutami a capire, amico mio».

«E per quale ragione? Per vederti diventare il nuovo Gran Maestro della Saint-Vehme? È questo che hai promesso in cambio agli uomini riuniti a San Marco la notte scorsa? Vuoi soddisfare la loro sete di potere attraverso il libro?»

«E se così fosse?»

«Povero folle! Dopo averti usato, i Franchi-Giudici ti toglieranno di mezzo senza pensarci due volte».

Vivïen ammutolì. Non poteva certo dargli torto. Aveva radunato un gran numero di seguaci, era vero, ma non si fidava di nessuno di loro. La maggior parte di quegli uomini aveva parteggiato per il conte Dodiko. Per di più Henricus Teotonicus tramava qualcosa, ne era certo.

Era per il timore di ritorsioni che aveva scelto di allontanarsi con il mercante e di segregarlo in quella torre, lontano da tutti. Aveva portato con sé solo un pugno di fidati: tre armigeri di basso rango, ignari del potere del libro. La sua autorità era acerba, instabile, ma una volta sciolto il mistero dell'Uter Ventorum gli sarebbe stato più facile ridurre all'obbedienza i Franchi-Conti insediati a Venezia. Tutto dipendeva dalla collaborazione di Ignazio.

«Te lo chiedo per l'ultima volta», dichiarò Vivïen spazientito. «Aiutami di tua spontanea volontà o lo farai comunque, soffrendo».

«Meglio la morte», rispose il mercante.

«E sia!», proferì Vivïen, battendo le mani.

La porta si spalancò ed entrò un uomo con il viso coperto da una cuffia nera. Senza perdere tempo, l'individuo estrasse un ferro rovente dal braciere e si avvicinò al prigioniero.

«Non smettere finché non si sarà persuaso a collaborare», ordinò la Maschera Rossa.

L'ingresso alla torre era un portale coronato da un arco di mattoni sbiaditi. Non c'erano battenti o inferriate a bloccare il passaggio, solo un uomo di guardia.

Willalme e Uberto erano molto vicini, nascosti tra i canneti.

«Lascia andare avanti me», bisbigliò il francese.

Il giovane annuì.

Strisciando fuori dal suo nascondiglio, Willalme avanzò verso l'edificio. Si muoveva silenzioso come un grosso felino. A pochi passi da lui, la guardia camminava avanti e indietro con occhi annoiati. Il francese attese il momento propizio, poi agì fulmineo.

La guardia non si accorse quasi di nulla. Una mano si posò sulla sua fronte e una lama di pugnale le scivolò sotto la gola. Cadde a terra gorgogliando.

Un attimo dopo Willalme fece cenno a Uberto di raggiungerlo.

Dopo essersi assicurati che non vi fossero altri uomini di guardia, i due salirono verso i piani superiori.

L'aguzzino ripose il ferro rovente, affondandolo fra i tizzoni del braciere. Ignazio, inebetito dal dolore, lasciò ricadere il viso in avanti e sprofondò nell'incoscienza.

«Non vuol parlare», dichiarò seccamente lo sgherro.

«Prima o poi parlerà, vedrai», proferì la Maschera Rossa. «Quando si sarà risvegliato, troverò il modo di sciogliergli la lingua. Potrei minacciarlo di uccidere qualcuno a lui molto caro».

La porta si aprì di colpo, ed entrò un uomo vestito di nero dall'aria molto inquieta. Lanciò un'occhiata alla sagoma esanime del mercante, poi disse: «Intrusi nei piani inferiori!».

Vivïen trattenne un grido di nervosismo. Non aveva previsto un'intromissione. Chi poteva essere? I Veggenti guidati da Henricus Teotonicus? I compari di Ignazio? «Vai a controllare», esclamò autoritario. Poi si rivolse all'aguzzino: «Tu vai con lui. Uccidete chiunque troviate!».

Uberto e Willalme erano saliti quasi fino alla sommità della torre, ma ancora nessuna traccia di Ignazio. Senza perdersi d'animo, continuarono a divorare gradini di pietra finché non raggiunsero una stanza molto ampia, una sorta di sala da banchetto arredata con un vecchio tavolone a ferro di cavallo circondato da scranni. Botti vuote e ceramiche annerite dal fuoco giacevano accatastate lungo le pareti, paglia secca e chiazze scure tappezzavano il pavimento.

All'improvviso, da un ingresso laterale sbucò una coppia di sgherri vestiti di nero, uno a viso scoperto, l'altro con un cappuccio da boia. Sfoderarono subito le spade e si diressero minacciosi verso i due intrusi.

Agendo d'istinto, Willalme prese uno scranno ai bordi del tavolo e lo scagliò contro il più vicino degli aggressori, poi sospinse Uberto di lato. «Scappa!», lo esortò. «Trova Ignazio!», e sguainò la scimitarra con un sibilo metallico.

Il giovane si precipitò di corsa verso l'accesso al piano superiore, ma prima di abbandonare la stanza lanciò un'ultima occhiata in direzione del compagno. Lo vide balzare in piedi sul tavolo, in mezzo ai due sgherri, e vibrare fendenti in perfetta sincronia per tenerli entrambi occupati.

Uberto ebbe una vampata di vergogna: stava abbandonando un amico di fronte al pericolo. Poi ripensò al mercante e si inerpicò come un cerbiatto lungo la gradinata diretta alla sommità della torre fino a raggiungere un atrio dove trovò una porta sbarrata. La liberò in fretta dalla spranga ed entrò.

Quel che vide lo lasciò senza fiato. Ignazio era prostrato nell'angolo di una stanza, la testa piegata in avanti, madido di sudore e incosciente. Le vesti lacere lasciavano trasparire il torace ricoperto di ustioni. Il giovane indugiò con gli occhi puntati su quelle ferite, che attraversavano il busto seguendo l'inclinazione delle costole come graffi provocati da mostruosi artigli.

Liberatosi dalla morsa del panico, si avvicinò a Ignazio cercando di risvegliarlo. Lo chiamò per nome, lo scosse per le spalle, ma non ci fu verso di farlo rinvenire. Allora decise di provare a liberarlo dalle catene. Si guardò intorno, ma nella stanza non scorse nulla che potesse aiutarlo. Poi ebbe un'intuizione. Frugò nella bisaccia ed estrasse l'ampolla di vetro che aveva preso a Puente la Reina, nel laboratorio di Gothus Ruber. Ignazio gli aveva detto che l'*Aqua regina* era un acido in grado di sciogliere tutti i metalli.

Sfilò il turacciolo e versò il contenuto dell'ampolla sulle catene, cercando di concentrarlo su un unico punto. Un'esalazione mefitica gli investì le narici, mentre un filo di vapore rossastro si levava dal metallo.

Gli anelli della catena assunsero una colorazione giallastra e lentamente si corrosero, intaccati dall'*Aqua regina*, ma non si consumarono del tutto. Allora Uberto si bendò le mani con uno straccio, afferrò l'asta di ferro infilata nel braciere e premette con l'estremità rovente sulle catene, nel punto in cui aveva versato l'acido. Dopo poco, con grande soddisfazione, Ignazio era libero.

Il giovane gettò l'asta e cercò di trascinare via il prigioniero, ma senza che se ne accorgesse, due mani spuntarono dal nulla e lo ghermirono per i capelli.

Intanto Willalme, in preda alla furia, si batteva contro i due armigeri.

Disimpegnandosi da un attacco simultaneo, riuscì a concentrarsi su un unico rivale, parò i suoi colpi, lo respinse con un calcio e lo passò da parte a parte. Ma non fece in tempo a girarsi verso il secondo aggressore che una sciabolata lo colse in pieno petto.

Il francese indietreggiò di un passo, senza manifestare danni apparenti. Lo sgherro, sorpreso, lo scrutava indispettito cercandogli addosso i segni della ferita. Il tessuto della giubba era stato squarciato, ma sotto riluceva un'insospettata cotta di metallo. In Europa non se ne trovavano di eguali, Willalme la possedeva perché proveniva dall'equipaggiamento dei guerrieri saraceni.

Quando il nemico si gettò di nuovo all'attacco, il francese aveva già pianificato la contromossa. Lo colpì a destra con un basso fendente, che l'altro parò calando la spada. Allora Willalme roteò su se stesso vibrando un terribile colpo a sinistra, portando il filo della lama alla base del collo. La testa dello sgherro si staccò di netto, andando a ruzzolare sul pavimento.

Il corpo decapitato stramazzò come un'armatura vuota. Willalme ripose la scimitarra nel fodero e si precipitò alla ricerca dei compagni.

86

Uberto scalciava come un capriolo in trappola, ignaro di chi l'avesse sorpreso alle spalle. L'aggressore non sembrava molto forte, ma tenendolo per i capelli gli impediva qualsiasi movimento. Tormentato dal dolore alla nuca, il giovane riuscì ad afferrarlo per i polsi e ad allentare la presa.

«Cosa pensi di fare, moccioso?», sibilò l'individuo.

Uberto riconobbe quella voce, apparteneva allo sfregiato! Ignorando la sofferenza, piegò in avanti il capo e riuscì a liberarsi con uno strattone, poi si voltò di scatto. Davanti a sé c'era la Maschera Rossa.

L'aggressore non perse tempo e avanzò furibondo ma il ragazzo tese le mani in avanti con tutta la forza che aveva in corpo, tentando di difendersi, e senza neppure accorgersene spinse l'uomo e lo fece cadere all'indietro.

Viviën scivolò gambe all'aria e urtò il braciere, che si rovesciò, facendo schizzare i tizzoni su tutto il pavimento. Con un grido rabbioso, finì con la schiena su quel tappeto ardente e iniziò a dibattersi come un pesce sulla battigia. Le braci attraversarono le vesti sfrigolando, e una puzza di carne bruciata si diffuse nella stanza.

Viviën si rialzò, si frugò addosso per liberarsi dalle braci rimaste attaccate e sopraffatto dalla collera brandì il ferro dell'aguzzino inveendo contro Uberto. Il ragazzo, preso dal panico, indietreggiò tremante e inciampò.

Ignazio intanto aveva ripreso coscienza. Inizialmente non gli fu chiaro cosa stesse accadendo. Era frastornato dal dolore, come se miriadi di lingue spinose scavassero sotto la sua pelle. Quando riaprì gli occhi, attratto dai rumori della colluttazione, percepì solo immagini confuse, poi la vista si acuì e la scena gli fu chiara. Riconobbe Uberto steso a terra e Viviën pronto a colpirlo. Inorridito, temette di dover assistere impotente, poi si accorse con stupore che le catene erano state spezzate!

Ignorando l'agonia, avanzò a fatica, riacquistando a ogni passo maggior controllo di sé. Senza che nessuno se ne accorgesse, si avvicinò a Viviën nel momento stesso in cui stava per colpire il ragazzo. Lo afferrò per le vesti e cercò di trascinarlo via, ma per la debolezza finì per perdere l'equilibrio e gli cadde addosso. Colto di sorpresa, il monaco lo respinse, poi lo percosse con il ferro ancora caldo. «Se il libro non sarà mio, non sarà di nessun altro!», esclamò furibondo e fuori di sé.

Uberto osservava la scena impietrito.

Il mercante indietreggiò goffamente e in breve si trovò spalle al muro, Viviën pronto a scagliarsi su di lui. «Sappi che io conosco la soluzione dell'Uter Ventorum!». A quelle parole il monaco si arrestò di colpo, la spranga alzata e il respiro ansante. Lanciò una rapida occhiata alle spalle, per assicurarsi di non essere attaccato, poi scrutò Ignazio. «Allora che aspetti a parlare?», lo minacciò. «Vuoi che ti ammazzi? O che prima faccia fuori il moccioso?».

Il mercante fece un cenno di resa. Fu allora che notò un oggetto metallico spuntare da sotto il mantello di Viviën all'altezza del costato, un pugnale cruciforme. «Il segreto risiede nel quadrato magico», disse, cercando di distrarlo. «Bisogna comprendere a quale sfera celeste faccia riferimento».

«Spiegati meglio», incalzò Vivïen, che nel frattempo si era voltato in direzione del tavolo, dove si trovava il quaderno di Ignazio ancora spalancato.

Il mercante era allo stremo delle forze, ma raccolse le poche energie rimaste per sfruttare quell'occasione. Con un guizzo improvviso infilò la mano sotto il mantello del rivale, estrasse il suo pugnale e in un lampo glielo conficcò alla base del collo. La lama affondò veloce, penetrando nella carne fino all'elsa.

Vivïen emise un gemito di sorpresa, poi fu scosso da un tremore. Lasciò cadere la spranga, portò la mano alla ferita e sfilò il pugnale con un gesto secco. Un fiotto di sangue fuoriuscì dal taglio. L'uomo si trascinò indietro oscillando e si tolse la Maschera Rossa, scoprendo il volto sfregiato e contratto nel tentativo di respirare. Fissò aspramente Ignazio, preparandosi a maledirlo. Ma la sua voce si spezzò, i lineamenti deformi si piegarono in una smorfia stupita. Non era uno sguardo d'odio quello che aveva di fronte. Era pietà, non rancore, quella che traspariva dagli occhi di Ignazio.

Per un attimo Vivïen si concesse un sorriso benevolo, poi si rese conto che il suo cuore stava per cedere. Sbarrò gli occhi, terrorizzato dall'idea della morte, arrancò all'indietro e si avvicinò alla finestra, lasciando sul pavimento una scia irregolare di sangue. Sembrava fuggisse, ma per lui non c'erano più luoghi dove nascondersi o nomi dietro cui occultarsi.

Le labbra leporine si schiusero. Dapprima ne uscì un gorgoglio, poi un filo di voce: «Ora sei libero…».

Ignazio accorse verso di lui tendendogli le mani, ma Vivïen, ormai sconvolto, interpretò quel gesto come una minaccia. Arretrò intimorito, incespicò sul parapetto e precipitò. Il mercante cercò di raggiungerlo, ma era troppo tardi per afferrarlo. Vivïen sparì sotto l'arco della finestra. Quel mattino, fu l'ultimo lembo di tenebra assorbito dal sole.

Willalme, entrato appena in tempo per assistere alla scena, era pietrificato dallo stupore.

Ignazio, affacciato alla finestra, guardava alla base della torre, dove giacevano i resti di quello che un tempo era stato il suo più caro amico. Poi si rivolse verso l'interno della stanza e avanzò vacillando in direzione dei compagni. Si sentiva debolissimo. «State bene?», chiese, scrutandoli con il volto livido.

Entrambi annuirono.

Indicò il quaderno e il rotolo posati sul tavolo. «Raccoglieteli...».

Subito dopo sentì che le forze lo stavano abbandonando. Alzò gli occhi al cielo e svenne.

87

«Maledetti! Guarda come lo hanno ridotto!», esclamò il francese, notando le ustioni sul petto. «Ha assolutamente bisogno di cure».

Il volto del mercante era pallidissimo, gli occhi cerchiati di nero. Vedendolo tanto vulnerabile, Uberto ebbe una stretta al cuore. Avrebbe fatto di tutto pur di salvarlo. «So dove portarlo», affermò risoluto. «Al mio monastero, Santa Maria del Mare. È il luogo più vicino che conosco. Siamo già a metà strada, questa torre è molto a sud rispetto Venezia. Se ci affrettiamo, lo raggiungeremo in meno di un giorno di navigazione».

Willalme meditò sul da farsi, poi acconsentì e prese fra le braccia il corpo esanime di Ignazio. «Scendiamo da questa torre. Aiutami a trasportarlo».

«Aspetta». Il giovane raccolse tutto quel che si trovava sul tavolo e lo ripose nella sua bisaccia. «Sono le parti dell'Uter Ventorum», spiegò. Poi raggiunse il compagno e insieme abbandonarono il vecchio edificio.

Usciti all'aperto, raggiunsero la barca nascosta tra le frasche, salirono a bordo e presero il largo.

Stava calando la notte, ma Uberto e Willalme non accennavano a fermarsi. Remavano in silenzio senza perdere di vista il mercante, sdraiato a poppa sotto una coperta. Fortunatamente la nebbia non si era alzata, e la luna e le stelle scintillavano nel cielo.

Uberto non poté fare a meno di cogliere l'espressione preoccupata del francese e per la prima volta lesse la paura nei suoi occhi. «Gli vuoi molto bene», osservò con una punta di invidia. «Sembrate quasi padre e figlio».

«Non ci conosciamo da molto tempo. Poco più di un anno», spiegò il compagno. «Tuttavia gli devo la vita e per questa ragione rimango al suo fianco».

«Com'è successo?», domandò il ragazzo, senza smettere di remare. «Raccontami».

«Come sai, ho vissuto su una nave di pirati islamici», disse Willalme. «Ero diventato uno di loro, e avevo imparato a uccidere... Un giorno, mentre ci trovavamo al largo di San Giovanni d'Acri, un veliero crociato ci abbordò e il nostro equipaggio fu sterminato. Non piango la morte dei miei compagni: erano assassini senza scrupoli, in fondo, ebbero ciò che si meritavano... E lo stesso valse per me».

«I crociati ti catturarono?», chiese Uberto.

«Sì», rispose il compagno, mentre rievocava quella battaglia. Dopo un lungo scontro era rimasto solo nella mischia. I guerrieri cristiani l'avevano circondato, quasi incuriositi: non capitava tutti i giorni di scovare un guerriero dai capelli biondi tra le fila musulmane. Nonostante la sconfitta, Willalme non si era arreso e aveva continuato a menare fendenti, accecato dalla rabbia. Alla fine i nemici l'avevano accerchiato, disarmato e sopraffatto con interminabili percosse, poi l'avevano trascinato esanime nella stiva del loro veliero, dove l'avevano appeso a una corda come un trofeo di caccia. Willalme rammentò quell'orrenda sensazione, penzolava come un animale in attesa di essere scuoiato, abbandonato alla fame e alla sete. Dopo molti giorni di patimento, quando ormai stava per cedere alla morte, gli era comparso di fronte un uomo.

«Aiutami...», aveva ansimato il francese.

Lo sconosciuto gli si era avvicinato e gli aveva dato da bere. «Non cedere al dolore», erano state le sue parole. «Mi occuperò io di te».

E così fu. Da quel momento il mercante di Toledo si era preso cura di Willalme.

«Per puro caso, Ignazio si era imbarcato a San Giovanni d'Acri proprio a bordo di quella nave», spiegò il francese, mentre Uberto ascoltava affascinato. «Dopo avermi trovato in fin di vita, ebbe pietà e pagò un riscatto ai soldati affinché mi lasciassero libero. Da allora la mia vita si unì alla sua».

Terminato il racconto, Willalme sprofondò nel silenzio. Lanciò un'occhiata in direzione del mercante, che non accennava a risvegliarsi. «Non cedere al dolore, amico mio», sussurrò. «Non ora, che hai portato a termine la tua ricerca».

Se solo si fosse ricordato una qualche preghiera, cristiana o musulmana, quello sarebbe stato il momento opportuno per recitarla.

88

Alle prime luci dell'alba, la barca accostò nei pressi del monastero di Santa Maria del Mare.

Non appena lo scafo toccò le sponde, Uberto balzò a terra e si precipitò in direzione della corte e degli edifici circostanti in cerca di qualcuno a cui rivolgersi. Era stato via pochi mesi da quel luogo, eppure gli pareva fosse trascorso un secolo.

In un attimo gli si radunò intorno un capannello di monaci, rallegrati dalla sua improvvisa comparsa. Lo frastornarono con abbracci e domande, ma Uberto impose a tutti il silenzio con un cenno e invitò la piccola folla a seguirlo fino alla barca.

Quando raggiunsero le sponde del canale si trovarono dinanzi a un uomo dai capelli biondi che reggeva il corpo esanime di un moribondo. I monaci lo riconobbero subito.

«Aiutatelo, vi prego!», esclamò Uberto. «È ferito. Ha la febbre molto alta».

A quelle parole, due robusti novizi si fecero avanti e aiutarono Willalme a sorreggere il mercante, poi lo condussero alla svelta verso il monastero.

Grazie alle cure dei monaci il mercante si ristabilì nel giro di una settimana. Per tutto quel tempo Uberto lo assistette, accudendolo con premura. Un mattino, a guarigione ormai completa, gli si accostò al capezzale con l'aria di chi ha qualcosa di importante da dire. Ignazio si era svegliato da poco. Sedette sul bordo del paglericcio e lo osservò incuriosito.

Il giovane gli porse due oggetti: un quaderno di pergamena e un piccolo rotolo. «Ho recuperato le parti dell'Uter Ventorum. Le ho trovate nella torre in cui eri stato rinchiuso».

L'uomo controllò il materiale. «Il mio quaderno», disse. «E questo invece è il rotolo dei sette incantesimi posseduto da Viviën, il segreto di Armaros. Ben fatto. Finalmente abbiamo messo insieme il libro».

Uberto annuì. «Sei ancora debole. Le ferite devono rimarginarsi del tutto», disse, cercando di frenare l'entusiasmo del mercante. Sapeva che non appena si fosse rimesso, avrebbe abbandonato quel luogo sperduto.

«Non ce l'avrei mai fatta senza di te», confessò Ignazio. Esitò un attimo, poi disse: «Ho una proposta da farti».

«Parla».

«Fra qualche giorno ripartirò. Probabilmente non tornerò più a Santa Maria del Mare», spiegò, cercando di mantenere un certo distacco. «La scelta spetta a te: puoi decidere di restare o unirti a me. Sei libero di agire come credi, senza che nessuno ti obblighi». Detto ciò, si alzò in piedi.

«Che fai? Sei ancora debole per alzarti dal letto», obiettò Uberto, sorpreso da quella proposta.

«Devo parlare con una persona». Ignazio si appoggiò allo stipite dell'uscio, lo sguardo ombroso. «Tu intanto decidi cosa fare. Non ci metterò molto».

Sebbene pochi ne facessero parola, da settimane l'abate Rainerio da San Donnino era gravemente malato. Durante la stagione estiva aveva contratto la malaria e le sue condizioni fisiche peggioravano di giorno in giorno. Le febbri alte lo costringevano al capezzale e ormai persino gli uffici meno impegnativi gli venivano preclusi. Praticamente infermo, si arrovellava nel giaciglio pervaso dai tremiti e madido di sudore. Per quanto i monaci abbondassero in fumigazioni e in abluzioni, il suo giaciglio esalava il tanfo della morte.

Destandosi dal dormiveglia, l'abate guardò verso l'uscio della sua stanza. Aveva udito dei passi. Aprendo gli occhi, vide un uomo entrare e avvicinarsi al suo capezzale. Alzò lo sguardo per capire chi fosse, e a quel punto emise un rantolo e si ritrasse fra le coltri.

«Non abbiate paura, venerabile Rainerio. Non sono venuto per uccidervi», disse Ignazio da Toledo. «D'altronde, a quanto vedo, siete già con un piede nella fossa».

«Che cosa volete da me?», mormorò l'abate. Una zaffata di alito pestifero fuoriuscì dalla sua bocca.

«Sono venuto ad annunciarvi la morte di Scipio Lazarus, il vostro benefattore. Vi sta attendendo all'inferno».

«Tu, maledetto… come fai a…», ansimò Rainerio.

«A sapere che eravate in combutta con lui? Semplice, è stato lui stesso a confessarmelo. Sappiate che non frequentava persone, come dire… dabbene. E non vi teneva neppure in grande considerazione: eravate il suo burattino, come tanti altri».

«Adoratore del diavolo… Assassino! *Necromanticus*!», inveì l'ammorbato.

Ignazio sedette sul bordo del letto, degnandolo di uno sguardo pietoso. «Perché mi odiate così tanto? Cosa c'è nella mia sciagurata vita, che detestate a tal punto?».

L'abate gli piantò addosso un grugno inferocito, sputando le parole: «Il vostro segreto…».

«Il mio segreto? Ma non avete ancora capito cos'è? L'avete sempre avuto davanti agli occhi. L'ho lasciato in questo monastero per quindici anni per concessione di Maynulfo da Silvacandida, il vostro venerabile predecessore. L'ho portato via quattro mesi fa, quando sono partito per Venezia».

Rainerio ebbe un tremito. Il suo volto livido, quasi verdastro, si trasfigurò per lo stupore. Finalmente aveva capito.

Ignazio disegnò un rispettoso inchino di congedo e si diresse verso la porta.

Uberto passeggiava in mezzo alla corte, lo sguardo basso e le braccia conserte. Aveva meditato sull'offerta del mercante ed era impaziente di comunicargli la risposta. D'un tratto lo vide uscire dalle stanze dell'abate e farglisi incontro.

L'uomo gli pose la mano sulla spalla, fissandolo serioso. «Hai deciso?»

«Sì», rispose il giovane. «Voglio venire con te».

«Bene». Ignazio si lasciò sfuggire un sorriso. «Allora vai a cercare Willalme. Digli che partiremo fra due giorni. Mi manca un'ultima cosa da fare».

EPILOGO

Sapere. Potere. Udire. Tacere.

ZOROASTRO

Dopo molti giorni di viaggio, oltrepassate le mura di Torino, Ignazio raggiunse il monte Musinè. Lasciò Uberto e Willalme ad attenderlo ai piedi della salita e si incamminò da solo fra le rocce magmatiche. Portò con sé poche cose. La sua bisaccia conteneva il quaderno di pergamena e il rotolo delle sette invocazioni, un sacchetto di erbe, un vaso da cottura e un mortaio.

Nei giorni precedenti una nevicata aveva imbiancato le pendici montuose, nascondendo il loro aspetto brullo. Avviluppato in una pelliccia di lupo, il mercante si aggirò fra i massi, imprimendo le orme sul manto nevoso. Era diretto verso la cima. Il monte Musinè era un luogo avvolto dal mistero, e si diceva che là lo spirito di Erode si aggirasse su un carro infuocato. Fra quelle rocce, inoltre, le streghe si radunavano per celebrare i loro riti.

Quando calò la notte e il vento iniziò a ululare, Ignazio rischiarò il cammino con una torcia finché trovò una radura idonea ai suoi propositi. Si sedette su una sporgenza rocciosa e accese un fuoco.

Estrasse il mortaio dalla bisaccia e versò al suo interno gli ingredienti dell'haoma trovati a Santiago. Li amalgamò con il pestello e arricchì la mistura con altri estratti vegetali, poi continuò a incorporarli finché l'intruglio non acquisì una consistenza omogenea. Infine versò il preparato nel vaso da cottura, aggiunse dell'acqua e lo mise sul fuoco.

Nell'attesa che la pozione fosse pronta, si alzò in piedi e tracciò sulla neve una serie di figure geometriche. La scarsa illuminazione non gli rese facile l'impresa. Quando ebbe delineato correttamente l'immagine, prese una manciata di cenere dai bordi del focolare e riempì i solchi tracciati sulla neve per renderli più visibili. Compiuta l'operazione, tornò a sedersi sulla roccia e rimase immobile a contemplare il disegno.

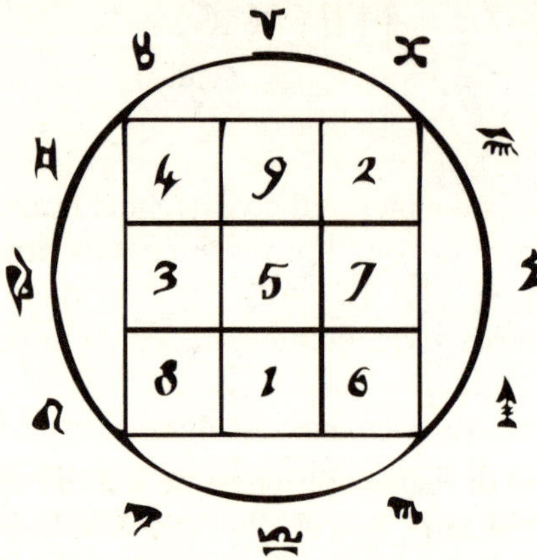

Aveva ricavato quel talismano dalle due figure geometriche presenti nell'Uter Ventorum, il tatuaggio di Gothus Ruber e il quadrato magico. Temel e Kobabel. Aveva faticato a lungo per comprendere il modo in cui utilizzarle, ma si era andato convincendo che il segreto fosse combinarle insieme. Ma come? All'inizio non era stato affatto sicuro sul modo in cui procedere, finché non aveva intuito che il cerchio dello zodiaco doveva collocarsi per forza ai margini della figura, in modo da accogliere al suo interno il quadrato, simbolo della Terra, che a sua volta conteneva le sfere celesti simboleggiate da nove numeri. A quel punto tutto era stato chiaro e la sovrapposizione dei disegni si era rivelata più semplice del previsto.

Per arrivare a svelare l'enigma occorreva solo comprendere a quale sfera celeste alludesse ogni numero. Probabilmente, si disse Ignazio, quello era il passaggio che Vivïen non era riuscito a risolvere. Ecco perché era stato incapace di compiere l'evocazione.

Nonostante la tortura il mercante aveva taciuto, ma già allora immaginava la soluzione. Il segreto doveva risiedere nel sistema cosmologico dei caldei, che associavano il culto dei pianeti a quello di esseri soprannaturali simili agli angeli. Se il ragionamento era corretto, dalla più piccola alla più grande, le sfere celesti avrebbero dovuto corrispondere ai seguenti numeri:

1 = Terra
2 = Luna
3 = Mercurio
4 = Venere
5 = Sole

6 = Marte
7 = Giove
8 = Saturno
9 = Stelle Fisse

Ignazio non poté fare a meno di notare che il numero 5, cioè il Sole, si trovava al centro del quadrato magico. Gli altri corpi celesti lo circondavano come sudditi. Di certo, quella non era una coincidenza. L'ordine geometrico e quello matematico gli indicavano la medesima direzione!

Il Sole doveva essere la chiave del dilemma... Ma in che modo avrebbe consentito di accedere all'ultimo segreto dell'Uter Ventorum? Ignazio sospettò che la soluzione del mistero dipendesse dalla parte del libro nascosta a Tolosa, quindi sfilò dalla bisaccia il rotolo contenente le sette invocazioni e lo esaminò alla luce del fuoco. Su quel documento trovò sette formule rituali, ognuna dedicata a una differente creatura celeste: Syliāel, Haraqiel, Bitael, Šams, Rūbīyāel, Rūfīyāel, Išbāl.

Erano i nomi delle divinità dei sabei, somiglianti in tutto agli arcangeli della Bibbia e agli Amerta Spenta dei magi persiani. Ignazio fu persuaso una volta per tutte che l'Uter Ventorum non era affatto solo un libro di evocazione, ma l'ultimo testimone di una tradizione esoterica che assimilava gli angeli ebraici e cristiani alle creature celesti degli antichi popoli d'Oriente. E d'un tratto fu colto dal timore, non per la creatura celeste che si apprestava a evocare, ma per le conseguenze in cui sarebbe incorso se quel libro fosse caduto in mano alle autorità ecclesiastiche.

Ma la curiosità era troppa, la catena di deduzioni non poteva essere interrotta! Si chiese quale fosse, tra i sette nomi contenuti nel rotolo, quello da invocare. Ciascuno faceva riferimento a un'essenza angelica che risiedeva in una sfera planetaria, ne regolava il movimento e gli influssi magici. E ciò secondo un ordine che Ignazio ricordava con precisione:

Luna	= *Syliāel*
Mercurio	= *Haraqiel*
Venere	= *Bitael*
Sole	= *Šambās*
Marte	= *Rūbīyāel*
Giove	= *Rūfiyāel*
Saturno	= *Išbāl*

Ancora una volta, fu il quadrato magico a guidarlo. Cercò il nome relativo al numero 5, cioè al Sole, e individuò la corrispondenza con Šams, la dea angelica che muoveva l'astro più luminoso di tutti. Šams era anche la divinità a cui i sabei consacravano templi a pianta quadrata. Ecco chi si doveva invocare! Ignazio identificò nel rotolo l'invocazione che portava il suo nome. Era scritta in arabo, con caratteri minuscoli ma leggibili.

Si avvicinò al focolare per controllare il recipiente sulla fiamma. Dall'imboccatura esalava un effluvio aromatico. Durante la bollitura, le erbe avevano trasmesso le loro proprietà magiche all'acqua: l'haoma era pronta.

Ignazio scostò il recipiente dal fuoco e, nell'attesa che il liquido si intiepidisse, tracciò intorno a sé un cerchio di protezione.

Bevve il primo sorso della pozione e lasciò cadere a terra la pelliccia che lo riparava dal freddo. Quindi si volse a oriente e infilò un anello d'oro all'indice destro, come si addice a chi vuole evocare Šams.

Senza uscire dal cerchio, si posizionò davanti al talismano aprendo le braccia e iniziò a recitare il testo dell'evocazione:

> Salute a te, Šams, regina beata dell'hayākil risplendente
> tu che concentri in te tutta la bellezza
> tu che eserciti la signoria sui sei pianeti
> ed essi ti seguono come una guida
> e da te si fanno comandare…

Le parole si mescevano all'aria notturna, volteggiando come falene davanti al focolare. E mentre l'haoma iniziava a fare effetto, la cantilena risuonava alle orecchie risvegliando sensazioni sopite. Le frasi si sbriciolarono in sillabe e di colpo cambiarono significato.

Ignazio bevve un secondo sorso della pozione e i suoi sensi si affinarono. Iniziò a scorgere, prima che sorgesse, la luce dell'alba oltre i monti. La luna acquisì la forma di una cavità d'avorio rivolta verso la Terra, ed entro le sue spire veniva assorbita l'oscurità.

L'uomo, disorientato, non riuscì a comprendere se fosse preda di allucinazioni o della follia. La sua mente vacillò, e il paesaggio roccioso cambiò d'aspetto, assumendo il profilo di colline verdeggianti attraversate da un fiume argentato. Il primo pensiero del mercante fu di trovarsi al cospetto di *Xvarnah*, il luogo sublime vagheggiato dai sacerdoti persiani, la dimensione dello Spirito e del Divino. Il *mundus imaginalis*. Ignazio scrutò quei dolci crinali, intuendo che proprio là, sotto il cielo ambrato, si dovessero trovare il Paradiso Terrestre e la Caverna dei Tesori, dove erano stati seppelliti Adamo ed Eva, e più tardi i Magi.

Al terzo sorso della pozione, fu sopraffatto da un'improvvisa convulsione, finché cadde in ginocchio. Il contatto con la neve non lo infastidì, ma le sue membra iniziarono a tremare come rami scossi dalla tempesta.

Asclepio da Malabata aveva ragione! Ecco perché Zoroastro aveva proibito l'uso dell'haoma! Quella sostanza era velenosa!

Fissando i primi raggi del sole che arrossavano i crinali, Ignazio si rassegnò alla morte. Le forze lo abbandonavano. Aveva potuto ammirare il paesaggio mistico di Xvarnah, ma non era riuscito a evocare nessun essere soprannaturale. Mentre si sentiva oppresso dal senso di sconfitta, fu attraversato da un forte tremito. Cercò di resistere agli spasmi, digrignando i denti per il dolore, poi precipitò nel deliquio.

Un battere d'ali, forse, nel buio.

Ignazio riaprì gli occhi. Era sdraiato sul manto nevoso, le membra insensibili. Davanti a lui riconobbe Uberto.

«Ti abbiamo aspettato per ore». Il viso del ragazzo rivelava una nota di sollievo. «Poi abbiamo deciso di venire a cercarti».

«Per mia fortuna...», sussurrò l'uomo. Willalme comparve al suo fianco e lo aiutò a rialzarsi, facendolo sedere vicino a un fuoco. Il calore della fiamma lo confortò.

«Cos'è successo?», chiese Uberto. «Sei riuscito a evocare l'angelo?»

«Non lo so», rispose il mercante, tendendo i palmi verso il fuoco. «Non so cosa sia successo. Forse non sono abbastanza puro, come lo erano i magi, o semplicemente non era ciò che desideravo davvero. Almeno, non quanto desideri di vivere insieme alla mia famiglia. A mia moglie e mio figlio».

«Tuo figlio?». Il ragazzo fece un passo indietro. «Hai un figlio?»

«Sì. Credevo di averlo perso, ma lo ho ritrovato».

Willalme si fece in disparte, mentre Uberto scrutò Ignazio, titubante.

Il mercante si avviluppò nella pelliccia e cominciò a parlare: «Devi sapere che quindici anni fa, quando mi recai a Colonia con Vivïen, con me c'era anche Sibilla. Il viaggio fu molto lungo, ma necessario. Dopo aver portato a termine la consegna per l'arcivescovo Adolfo, intendevo ritirarmi dagli affari. Volevamo iniziare una nuova vita, più tranquilla».

«E invece cosa accadde?», chiese il giovane.

«A causa di Vivïen e dell'Uter Ventorum, che lui già possedeva a mia insaputa, ci imbattemmo nella Saint-Vehme». Il mercante si ricordò di quella terribile notte a Colonia, quando Vivïen era entrato nella stanza della locanda in cui Ignazio riposava con Sibilla, letteralmente in preda al panico. «Svelti, fuggite!», aveva esclamato con gli occhi fuori dalle orbite. «Verranno qui! Prendete il bambino e andatevene!».

Ignazio abbassò lo sguardo e continuò: «All'epoca non capii perché Dominus e i Veggenti si fossero accaniti contro di noi. Ma di fronte al pericolo non ebbi tempo di riflettere. Pensai prima di ogni altra cosa a mettere in salvo la mia famiglia, così ci lasciammo alle spalle la Germania e fuggimmo verso l'Italia. Ma insorse un problema».

«Quale?», incalzò Uberto.

«I Veggenti non ci davano tregua e così, raggiunte le Alpi, compresi che la soluzione migliore era separarci. Viviën si incamminò per la Francia, e io dovetti prendere la decisione più sofferta: dividermi da Sibilla». Nella mente di Ignazio si delineò un volto di donna segnato dalla tristezza. «Ci eravamo sposati da poco... La convinsi a rientrare in Spagna. Avrebbe potuto salvarsi facilmente se si fosse allontanata da me. Fu come strapparle il cuore dal petto, ma non c'erano alternative... Ma le decisioni terribili non erano finite. Di lì a poco fui costretto ad abbandonare anche mio figlio...».

Uberto lo fissò attonito, un nodo salato alla gola. Non aveva fiato per replicare. Le parole di quell'uomo gli si stringevano addosso come edera rampicante.

«Nostro figlio era molto piccolo». Il mercante addolcì l'espressione del viso. «Iniziava a muovere i primi passi... Durante la fuga dalla Germania si ammalò. Fu colpito dalla bronchite e non accennava a migliorare. Non potevo affidarlo a Sibilla, non sarebbe mai sopravvissuto a un lungo viaggio. Perciò lo tenni con me, nella speranza di trovare al più presto un luogo sicuro dove venisse accudito. E cercando riparo fra le lagune a sud di Venezia, giunsi per caso al monastero di Santa Maria del Mare...».

«No, non può essere!», esclamò il ragazzo con una vampata di rossore. «Non voglio più ascoltare!». Come poteva quell'uomo, dopo tanti anni di silenzio, spuntare dal nulla e arrogarsi il diritto di posare su di lui il suo sguardo malinconico?

«Invece devi ascoltarmi». Ignazio si alzò a fatica e lo abbracciò. La sua maschera impassibile si era infranta, lasciando trasparire amore e commozione. «In quell'occasione conobbi l'abate Maynulfo da Silvacandida... Ero un uomo disperato, capisci? Braccato come un bandito, con una creaturina malata fra le braccia! Maynulfo mi accolse ed ebbe pietà di me. Si offrì di aiutarmi... Riposi in lui la mia fiducia e gli affidai il bambino. Mi sembrò la cosa più giusta da fare... Lo pregai di mantenere il segreto sulle sue origini e di non rivelargli per alcuna ragione l'identità del padre, giacché conoscere il mio nome gli avrebbe arrecato soltanto danni. Promisi inoltre che, appena possibile, sarei tornato a riprenderlo. Maynulfo si fece carico dell'impegno. Mentì ai confratelli, nascondendo l'identità dei tuoi genitori e ti tenne sotto la sua protezione, custodendo il mio più prezioso segreto».

«Io... il bambino! Come hai potuto abbandonarlo...». Uberto si liberò dall'abbraccio. «Non immagini quanto abbia odiato i suoi genitori. Non sai cosa significa pensare d'essere stato abbandonato come un rifiuto. O passare notti intere a immaginare quale volto possa avere il proprio padre. Dovevi portarmi con te!».

L'uomo abbassò lo sguardo. «Perdonami Uberto. Volevo proteggerti, non farti del male. Non è stato facile vivere tutti questi anni senza mai vederti, con il terrore che i Veggenti potessero rapirti per ricattarmi».

«Dove sei stato per tutto questo tempo, lontano da me?», chiese il ragazzo con voce rotta. Non voleva ammettere a se stesso di averlo già perdonato, e si aggrappava a una rabbia ostinata.

«Fuggii in Oriente, ma ebbi pace per poco. Con il pretesto delle crociate, la Saint-Vehme si stava espandendo anche in Terrasanta». Il mercante si avvicinò a Uberto, senza sfiorarlo. «Come potevo esporti a un rischio tanto grande? Mi limitai a tenere un rapporto di corrispondenza con Maynulfo, informandomi sul tuo stato. Inviai periodicamente del denaro affinché non ti mancasse nulla... Non potevo fare altro... Non immagini quanta felicità mi hai regalato in questi mesi, nonostante i pericoli condivisi. Ho faticato a reprimere le mie emozioni, e a imporre persino a Sibilla il silenzio... Ma la morte di Dominus e di Vivïen mi ha liberato da ogni pericolo. Ora tutto è finito! Possiamo tornare da lei, se vuoi. Non sai quanto Sibilla desideri abbracciarti. Nessuno minaccerà più la nostra quiete, te lo prometto».

«Sibilla, mia madre...», sussurrò il ragazzo. Ogni residuo di collera fu spazzato via dal volto di quella donna. Comprese il suo silenzioso tormento e desiderò intensamente abbracciarla e vederla sorridere. «Dobbiamo andare subito da lei», disse, rischiarandosi in volto.

«Lo faremo», lo rassicurò Ignazio. «Ci sta aspettando».

Uberto ebbe un attimo di esitazione, poi annuì. «Non sarà facile, chiamarti "padre"». Le lacrime iniziarono a scendergli sulle gote.

«Se questo è il prezzo che devo pagare, lo accetterò», rispose Ignazio. «Pretendo solo la tua felicità».

Il ragazzo si asciugò le lacrime. «Forse imparerò, con il tempo».

I tre compagni si incamminarono verso ponente, allungando lo sguardo fra le balze alpine e i crepacci incrinati sulle vallate, in direzione di un luogo lontano chiamato casa.

RINGRAZIAMENTI

Scrivere un romanzo è un lavoro solitario che richiede pazienza e raccoglimento. Desidero tuttavia ringraziare le persone che mi hanno aiutato nelle varie fasi di stesura e di pubblicazione de *Il mercante di libri maledetti*: l'amica bibliotecaria Stefania Calzolari, per la lettura preliminare delle mie bozze e per le lunghe chiacchierate sul Medioevo; lo staff della Newton Compton al completo e in special modo Alessandra Penna, per aver creduto da subito nel mio romanzo; Roberta Oliva, la mia agente, e Silvia Arienti, per il loro impegno tenace e costante. Un ringraziamento speciale va poi all'amico scrittore Alfredo Colitto, per i preziosi consigli e per la sua disponibilità. Un enorme grazie va infine alla mia famiglia, che sa starmi vicina anche quando, nei momenti di scrittura, tendo a isolarmi dal mondo reale. E ancora grazie, con amore, a Giorgia.

LA BIBLIOTECA PERDUTA DELL'ALCHIMISTA

A Leo Simoni,
alchimista della forma e del colore

PROLOGO

Anno del Signore 1227. Diocesi di Narbonne.

Nel suo punto più alto, la facciata della vecchia pieve era dominata da un'apertura circolare da cui non entrava mai la luce, nemmeno nei giorni più assolati. Sarebbe stato pretenzioso definirla un oculo, si trattava piuttosto di una cavità sagomata dalle intemperie, l'orbita di un grande teschio dove gli spifferi del vento si intrufolavano per giocare.

Affacciata a quell'apertura, una monaca solitaria faceva scivolare lo sguardo sulla vallata, fra le distese di verde e il biancheggiare delle greggi. Muoveva le pupille quasi con inerzia, indifferente ai segni di una primavera precoce. Era ben altro a rapire la sua attenzione. Contemplava il profilo di un'epoca funesta, ed era talmente assorta da udire i rintocchi delle campane di Saint-Denis che mesi prima avevano annunciato il rientro di Luigi VIII a Parigi.

Il re crociato era tornato cadavere, avvolto in una pelle di bue.

Ma la monaca non condivideva il pensare comune, si rifiutava di scorgere in quella disgrazia l'incombere della Grande Mietitura. Non erano i Cavalieri dell'Apocalisse a mettere a ferro e fuoco la sua terra, a fomentare la paura dell'eresia, a dare voce ai falsi profeti. Tutto ciò non dipendeva da Dio, ma dal genere umano. In parte anche da lei.

Batté le palpebre, nel tentativo di spezzare la catena dei suoi ragionamenti, ma il susseguirsi incessante dei pensieri, come una risacca, riportò alla memoria le visioni di un inferno sotterraneo dove a trovare sofferenza non erano i morti ma i vivi. E per un attimo si sentì avvolgere dalle tenebre di *Airagne*...

Una voce femminile la fece tornare alla realtà, ma non ne afferrò subito le parole. Abbassò lo sguardo verso la corte sottostante e rivolse un sorriso di gratitudine alla giovane consorella che l'aveva chiamata. «Cosa succede?», le chiese, quasi fosse sgusciata da un sogno.

«Scendete, *bona mater*», vociò la ragazza. Si sforzava di apparire calma, ma dal volto trapelava l'allarme. «Ne abbiamo trovato un altro».

"Bona mater", ripeté a se stessa la donna affacciata all'oculo. Sebbene non amasse vantarsene, non era una monaca qualsiasi. Era stata lei a infondere nuova vita in quella vecchia pieve, trasformandola in un rifugio per donne pie, un *béguinage*. Una ventata di sollievo in una terra dilaniata dalla guerra, e un modo per riparare in parte al male fatto.

Si scostò lievemente dall'oculo, preparandosi a scendere. «Sei sicura?», volle sincerarsi.

«È un ossesso, proprio come gli altri». Mettendo da parte il contegno, la consorella aveva preso a sbraitare. «L'abbiamo trovato mentre si abbeverava al nostro pozzo».

La monaca si portò la mano al petto, nel volto la durezza di un soldato. «Ha i *segni*?»

«Sì, i segni di Airagne».

La donna non esitò oltre e si affrettò a raggiungere la compagna mentre una nuova ridda di pensieri si affollava nella sua mente. Forse le voci del popolo avevano ragione, era vicina l'Apocalisse. E mentre scendeva le scale, non si rendeva conto di essere sfuggita da un incubo per finire dentro un altro ancora peggiore. L'incubo della realtà.

PARTE PRIMA
IL CONTE DI NIGREDO

Sappiate voi tutti, indagatori della sapienza, che il principio di quest'Arte – per cui molti perirono – è uno solo, ed è stimato dai filosofi il più potente e sublime tra gli elementi. Gli stolti invece lo tengono in spregio, come se fosse la cosa più vile del mondo. Ebbene, ciò noi veneriamo.

Turba philosophorum, XV

Nel ricercare la bella filosofia l'abbiamo trovata composta di quattro parti, e così abbiamo scoperto la natura di ciascuna di esse. La prima parte è caratterizzata dal nero, la seconda dal bianco, la terza dal giallo e la quarta dal porpora.

Libro di Comario e Cleopatra, V

1

Soldati in marcia lungo le sponde del Guadalquivir. Ignazio da Toledo li osservava da un'altura, tra i chiaroscuri del tramonto, cercando di scorgere i colori delle loro insegne.

Scese dal carro e abbassò il cappuccio che l'aveva protetto dal sole durante le ore più calde, scoprendo occhi scaltri e una barba da filosofo, e prese a passeggiare per il declivio senza perdere di vista le manovre dell'armata. L'unica destinazione possibile era una cittadella fortificata a poca distanza da Córdoba. Là avrebbe trovato quel che cercava, ne era certo, ma una simile intuizione lo inquietò, sebbene egli non cedesse facilmente alla suggestione. Era, al contrario, un uomo razionale, abituato a credere in ciò che poteva comprendere e a diffidare del resto. Strana attitudine per un mercante di reliquie.

Una voce lo distolse da quei pensieri. «Ti vedo preoccupato».

Guardò in direzione del carro. Aveva parlato suo figlio Uberto, seduto alla serpa con le redini strette nei pugni. Non più di venticinque anni, lunghi capelli neri e sottili occhi ambrati.

«Tutto bene». Ignazio scrutò di nuovo a valle. «Quei soldati recano le insegne di Castiglia, staranno senz'altro facendo ritorno al presidio di re Ferdinando III. Dobbiamo seguirli, voglio conferire con sua maestà prima che faccia notte».

«Stento a crederci. Non avrei mai immaginato di dover incontrare il sovrano».

«Abituati all'idea. Da due generazioni la nostra famiglia serve la casata reale di Castiglia». Ignazio abbozzò un sorriso amaro e non poté fare a meno di pensare a suo padre, che era stato *notarius* di re Alfonso IX. Veniva sfiorato di rado dal suo ricordo, e quando accadeva rivolgeva subito la mente altrove, per allontanare l'immagine di quell'uomo pallido e nervoso che aveva trascorso l'età adulta e la vecchiaia nel buio di una torre, a scribacchiare su pile di scartoffie. «Ti accorgerai ben presto come tale "privilegio" comporti più oneri che onori», disse sospirando.

Uberto si stiracchiò. «Ho udito molte voci su Ferdinando III. Dicono sia un fanatico religioso, motivo per cui viene chiamato "il Santo"».

«E in nome della crociata contro i mori espande i suoi feudi verso mezzogiorno, portando guerra all'emiro di Córdoba...».

Ignazio tacque, attratto all'improvviso da un rumore di zoccoli al galoppo. Si voltò a oriente e vide un cavaliere che si stava avvicinando a spron battuto. «Willalme è tornato», e accennò un saluto nella sua direzione.

Il cavaliere li raggiunse, si arrestò davanti al carro e scese con un balzo da sella. «Ho perlustrato la strada principale e buona parte delle biforcazioni secondarie», esordì, pulendosi il viso e i lunghi capelli biondi dalla polvere. Dopo anni passati a vivere in Castiglia, il suo accento francese era quasi del tutto svanito. «Nessuno ci ha seguiti».

«Bene, amico mio». Ignazio gli pose la mano sulla spalla. «Assicura il cavallo al carro e sali. Ci rimettiamo in marcia».

Il francese obbedì. «Hai scoperto dove si trova l'accampamento del re?»

«Credo di sì», rispose l'uomo, accomodandosi vicino a Uberto. «Ci basterà seguire quella truppa». Indicò la fila di armati diretta verso il piccolo abitato. «Dobbiamo raggiungerlo al più presto. Quando farà buio, queste terre traboccheranno di predoni».

Ripresero il tragitto. Il carro scivolò lungo il declivio, traballando a ogni buca della carrareccia, e si inoltrò in una vegetazione sempre più fitta e ricca di palmizi, man mano che si avvicinava al fiume. Benché si fosse nei primi giorni di estate, una leggera foschia attutiva i colori di vigneti lontani.

I tre compagni seguirono l'itinerario battuto dai soldati e oltrepassarono il fiume attraverso un vecchio ponte di pietra sorretto da quindici arcate, appena in tempo per vedere gli armati scomparire dietro le fortificazioni dell'abitato. Prima che anche loro potessero entrare, la cancellata d'ingresso si richiuse.

Uberto frenò i cavalli e si guardò intorno. La vallata taceva. L'abitato sorgeva su una collina delimitata da un anello di cinta. In cima al rilievo svettava un *castillo* turrito, fra le merlature garrivano i vessilli reali.

In quel mentre un drappello di soldati sbucò dalla boscaglia e circondò il carro. Erano tutti vestiti alla stessa maniera, con usberghi di metallo, elmi muniti di nasale e sopravvesti rosse. Il più grosso e irsuto del gruppo si appressò alla vettura, armeggiando con una lancia. «Fermatevi *señores*! Questo è un presidio del re di Castiglia».

Ignazio, che aveva previsto una simile evenienza, fece cenno ai compagni di stare calmi, poi alzò le mani e scese dal carro. «Il mio nome è Ignazio Alvarez da Toledo. Sono un mercante di reliquie e mi trovo qui per espresso ordine di sua maestà, re Ferdinando III».

Si fece avanti un secondo soldato. «Non mi fido di questi ribaldi!». Sputò per terra e sguainò la spada. «Per me sono spie dell'emiro».

«Se così fosse, farebbero la fine di quelli», ghignò un terzo, indicando quattro cadaveri che pendevano dagli spalti.

Per nulla intimidito, Ignazio si rivolse al soldato irsuto, che a dispetto delle sembianze aveva l'aria di essere il più ragionevole. «Possiedo una missiva con tanto di sigillo regio a dimostrazione di quanto affermo». Indicò la propria bisaccia. «Se desiderate ve ne farò mostra».

L'armigero acconsentì, intimando il silenzio ai commilitoni.

Il mercante di Toledo gli porse un rotolo di pergamena, ma sicuro che nessuno fra loro sapesse leggere, soggiunse: «Controllate il sigillo, lo riconoscerete senz'altro».

Il soldato prese l'incartamento, sorvolò sulle righe d'inchiostro e fissò lo sguardo sul marchio impresso sulla cera. «Sì, è il sigillo regio». Restituì il documento e accennò un inchino. «Lorsignori perdonino la rude accoglienza, ma le truppe maomettane sono accampate a poca distanza e di tanto in tanto cercano di infiltrare le loro spie nel nostro presidio. Tranquillizzatevi, ora do segno di farvi entrare». Si voltò verso le mura e gesticolò in direzione di una torretta di legno situata presso l'entrata. Da quella postazione, una sentinella rispose agitando una fiaccola.

«Proseguite fino all'ingresso», grufolò il soldato, mentre scrutava per l'ultima volta i viandanti. «Quando sarete in prossimità, alzeranno il cancello e vi lasceranno passare. Benvenuti ad Andújar, l'antica città di Iliturgis».

Ignazio risalì sul carro e Uberto incitò i cavalli a proseguire.

Si lasciarono alle spalle la cinta esterna e proseguirono attraverso quello che fino a poco tempo prima era stato un fiorente centro agricolo e artigianale. Ai bordi delle strade sorgevano fabbricati di ogni tipo, tutti abbandonati e anneriti dal fuoco. Gli unici edifici che continuavano a dare segni di vita erano le taverne, davanti alle quali confabulavano crocchi di soldati ubriachi.

La *plaza del mercado* ospitava i bivacchi delle truppe tra cui alcuni soldati berberi, acquartierati distanti dalle milizie regolari. Uberto li osservò con curiosità. Indossavano un'uniforme leggera, ricoperta da un mantello con cappuccio, il *burnus*. Per quanto apparisse strano, quegli uomini appartenevano ai reparti cammellieri del Nord Africa.

«Non stupirti della presenza di guerrieri mori», Ignazio disse al figlio. «Il califfo del Maghreb si è alleato con Ferdinando III, perciò ha inviato rinforzi».

«Ma Ferdinando sta combattendo contro l'emirato di Córdoba. Perché un califfo maomettano dovrebbe aiutarlo?».

Ignazio si strinse nelle spalle. «Questa non è una guerra di religione, ma di interessi».

«Come ogni altra», commentò Willalme.

Quando erano ormai nelle vicinanze del castello, andò loro incontro un cavaliere in arnese con uno scudo decorato da uno stemma a croce fiorata. «Señores, non potete proseguire», ammonì, senza manifestare scortesia. «A meno che non abbiate un permesso».

«Ce l'abbiamo, mio signore», assicurò Ignazio. «Siamo attesi da sua maestà».

«Sarà mia cura accertarmene, quindi scortarvi al suo cospetto».

Il mercante di Toledo porse la missiva contrassegnata dal sigillo regio. Il cavaliere la afferrò con la mano inguantata di ferro, lesse attentamente e la restituì. «Siete in regola a quanto pare». Abbassò la cuffia dell'usbergo, scoprendo un giovane volto abbronzato. «Io sono Martin Ruiz de Alarcòn. Seguitemi, vi indicherò gli stallaggi».

Il cavaliere fece strada, invitò i tre viaggiatori ad affidare carro e cavalli a uno stalliere, poi proseguirono a piedi verso il centro del castello, dove sorgeva il mastio.

Nel frattempo era calata la notte, le sentinelle provvedevano ad accendere fuochi intorno al perimetro delle mura.

«Sua maestà alloggia in cima al mastio», spiegò l'Alarcòn. «A quest'ora si starà intrattenendo con i dignitari e il consiglio di guerra».

Salirono le scale verso la sommità del torrione. L'ambiente era cupo; le pareti di pietra, prive di abbellimenti, sfoggiavano solo le macchie di fumo lasciate dalle torce.

«Non stupitevi della trascuratezza del luogo», precisò il cavaliere, notando gli sguardi interdetti dei tre visitatori. «Sua maestà vi si reca di rado, per scopi prettamente militari. Ma queste mura hanno una grande storia, risalgono ai tempi di Carlo Magno».

«Dopotutto», intervenne Uberto, scambiando un'occhiata d'intesa con Willalme, «questo castello non è che una testa di ponte protesa verso Córdoba. È risaputo che Ferdinando il Santo stia pianificando l'attacco decisivo contro l'emirato».

«I propositi di *reconquista* di sua maestà sono più che leciti». L'Alarcòn gli rivolse una smorfia tollerante. «Ma fossi in voi eviterei di chiamarlo "il Santo" in sua presenza. Ferdinando di Castiglia è piuttosto suscettibile in merito a certi epiteti, sebbene innocui».

«Scusate l'impudenza di mio figlio», sospirò Ignazio, nascondendo sotto la barba un risolino compiaciuto. Con il passare del tempo Uberto manifestava tratti sempre più comuni ai suoi, primi fra tutti l'insofferenza per le forme di autorità e il gusto di stuzzicare chiunque vi si assoggettasse con cieca dedizione. Ma per altri versi gli era dissimile, il suo sguardo e i suoi propositi erano sempre trasparenti come acqua di fonte, mentre Ignazio era sfuggente e pieno di segreti. L'esperienza gli aveva insegnato a tacere su certi argomenti, specie sugli aspetti proibiti del sapere. L'essere frainteso, in passato, gli era quasi costato l'accusa di negromanzia.

Dopo la seconda rampa di scale, raggiunsero un'anticamera drappeggiata da arazzi e guardata da un assembramento di soldati e valletti.

«Attendete che vi faccia annunciare, poi entrate uno per volta, senza fretta». L'Alarcòn lanciò un'ultima occhiata a Uberto, questa volta di monito. «E aprite bocca solo se interpellati».

Dopo una breve attesa, la compagnia fu lasciata passare.

Il mercante si mosse per primo, e superando l'anticamera attraversò con passi misurati un ambiente spazioso. Alle pareti risaltavano molte icone sacre, in quantità eccessiva rispetto alla norma, quasi dessero sfogo a una devozione maniacale.

Assiso al centro della sala stava Ferdinando III di Castiglia, un uomo di circa trent'anni con indosso un mantello di velluto azzurro e una tunica quadrettata. Aveva lunghi capelli castani che cadevano sulla fronte a mo' di frangia, un accenno di barba che metteva in risalto un mento sfuggente e occhi celesti persi nel vuoto. Varie personalità gli facevano da ala, consiglieri, religiosi e aristocratici. L'Alarcòn aveva trovato posto fra quelli ed era intento a confabulare con un individuo armato di tutto punto ma piuttosto singolare, poiché aveva il viso nascosto da un camaglio che lasciava liberi solo due pertugi per gli occhi.

Dopo aver notato tutto ciò, il mercante di Toledo si prostrò davanti al re e gli rese omaggio con il rito del baciamano. Uberto e Willalme lo raggiunsero e si inginocchiarono ai suoi fianchi.

Ferdinando III schiuse le labbra, preannunciando di voler parlare, e tutti nella sala cessarono di emettere il benché minimo bisbiglio.

«Voi sareste dunque Ignazio Alvarez». La voce del monarca era bassa, quasi flemmatica. «La vostra reputazione ha del sensazionale. Si dice che in gioventù abbiate rifiutato di diventare *clericus* e persino *magister*, preferendo la vita raminga. Non neghiamo d'essere incuriositi».

«Non ho nulla da nascondere, sire». Ignazio soppesò le parole. «Chiedete nondimeno e vi sarà risposto. Sappiate però che sono un uomo semplice, non ho talenti particolari».

«Questo saremo noi a giudicarlo, mastro Ignazio». Ferdinando III acuì lo sguardo, quasi per saggiare la sincerità dell'interlocutore. «Siamo al corrente delle vostre imprese. Si vocifera tra l'altro di come nel 1204 abbiate raggiunto Costantinopoli e vi siate messo al servizio del doge di Venezia, sebbene fulminato da scomunica. Sappiate che non tolleriamo una simile condotta. Una famiglia legata al nostro nome non deve appoggiare i perseguitati dalla Santa Sede, pur trattandosi di blasonati o di condottieri», sospirò. «Ma saremo magnanimi. Sorvoleremo sui vostri trascorsi se accetterete le nostre richieste».

«Perché vi rivolgete a me?».

Ferdinando III fece un cenno infastidito. «Vostro padre, un uomo di rara intelligenza, ha servito questa casata fino alla morte, comportandosi sempre in maniera impeccabile. Esigiamo da voi la stessa obbedienza».

Uberto prestava attenzione a ogni sfumatura del discorso, dal *pluralis maiestatis* del monarca al tono sfuggente del padre, e tuttavia non riusciva a distogliere lo sguardo da un particolare bizzarro. Ferdinando teneva in mano una statuetta bianca a forma di donna e di tanto in tanto la accarezzava con gesti smaniosi, quasi infantili. Rammentò d'aver sentito parlare di quell'oggetto: era la famosa Madonna d'avorio da cui il re non si separava mai, neppure in campo di battaglia.

Il monarca, nel frattempo, continuava a parlare: «Soprattutto, mastro Ignazio, giudicheremo la vostra obbedienza in base all'operato che svolgerete. Vi attende un'importante missione, ecco perché siete stato convocato».

Il mercante alzò lo sguardo, incrociando quello del re per cercarvi anticipazioni di quanto l'aspettava, ma vide soltanto due occhi inespressivi, lucidi come porcellana. Spesso si era trovato in situazioni del genere. Non era insolito che i suoi servigi venissero richiesti alle corti dei grandi signori interessati al recupero di reliquie di santi o di oggetti bizzarri nascosti in luoghi lontani e inaccessibili. E tuttavia non immaginava cosa stesse per chiedergli il re. D'altro canto, a infastidirlo, era il ricorrere nel discorso della parola *obbedienza*.

«Alzatevi, mastro Ignazio». Una venatura di malanimo colorì il tono di Ferdinando III. «Dite, avete saputo qualcosa sul rapimento di nostra zia, la regina Bianca di Castiglia?».

Ignazio non seppe cosa rispondere. Negli ultimi anni le manovre dei regni di Castiglia e di Francia erano espressione più o meno esplicita della volontà di due sorelle, figlie legittime del defunto re Alfonso VIII di Castiglia. La prima, Berenguela, era la madre di Ferdinando il Santo e, sebbene non esercitasse direttamente il potere, aveva inculcato al figlio rigidi principi religiosi che lo spingevano all'espansione del regno e alla crociata contro i mori di Spagna. La seconda, Bianca, era andata in sposa al re francese Luigi VIII, detto "il Leone", ed essendo da poco rimasta vedova, aveva preso di persona il controllo della Francia, data l'età prematura del delfino.

Bianca si era rivelata una regnante di polso, non solo tenendo testa a una schiera di baroni restii a servire una donna di sangue castigliano, ma anche continuando a promuovere la crociata contro l'eresia catara avviata dal marito nelle terre di Linguadoca. Tale comportamento era stato cagione di molte inimicizie, ma le aveva anche garantito l'appoggio della Santa Sede e soprattutto del cardinale Romano Frangipane, legato pontificio.

Ignazio pensò che il rapimento della regina Bianca si incasellasse alla perfezione in quel groviglio politico. Ma lui non ne sapeva nulla, quindi abbassò lo sguardo e fece un cenno di diniego. «Sono costernato, sire. Sebbene intrattenga rapporti con diversi commercianti e viaggiatori della Francia, non sono stato informato di nulla al riguardo».

«Dunque è vero, la notizia non è ancora trapelata». Ferdinando III appoggiò la statuetta su un bracciolo e lanciò un'occhiata verso l'armigero con il camaglio, poi si rivolse nuovamente al mercante: «È necessario agire alla svelta e con la massima circospezione».

«Dobbiamo soccorrere la regina Bianca di Castiglia?». La voce non era di Ignazio, bensì di Uberto, incapace di trattenere lo stupore. Tutti gli sguardi della stanza conversero in un attimo su di lui.

Il mercante di Toledo fu attraversato da una vampata di imbarazzo. Odiava dare spettacolo di sé. «Scusate l'impertinenza di mio figlio, maestà». Dardeggiò un'occhiata severa in direzione del costernato Uberto, poi prese a fissare l'intreccio del tappeto persiano che aveva ai piedi. «Scusate davvero».

«Non ne vediamo il motivo», affermò il monarca. «Ha perfettamente ragione».

«Ma come? Di grazia...». Ignazio rialzò lo sguardo, la fronte aggrottata. «Siamo una semplice famiglia di mercanti...».

«Sapete bene come ciò non sia del tutto vero. Comunque il vostro ruolo nella missione resterà marginale, l'azione vera e propria sarà affidata a chi di dovere».

Il monarca scrutò di nuovo tra la piccola folla e a un suo cenno si fece avanti l'uomo con il camaglio. Passò al fianco dell'attonito Ignazio, disegnò un elaborato inchino davanti al reggente e si mise alla sua sinistra.

Con un secondo cenno, Ferdinando III fece cessare il brusio che risuonava nella stanza. «Capite, mastro Ignazio? Quest'uomo dirigerà l'aspetto strategico e, se necessario, le azioni belliche che porteranno alla liberazione di nostra zia Bianca di Castiglia». Invitò poi il misterioso armigero a rivelarsi: «Prego, messer Filippo, mostrate il volto».

A tale richiesta l'uomo portò le mani al capo e sfilò la maglia d'acciaio che lo ricopriva. Rivelò un volto rude, simile a una maschera di rame. Ma a renderlo temibile erano gli occhi, animati da un'intelligenza non comune.

Senza manifestare stupore, Ignazio si rammentò d'aver incontrato quell'uomo molti anni addietro. Uno scambio di sussurri alle sue spalle gli confermò che Willalme e Uberto stavano consultandosi sulla medesima questione. «Messer Filippo di Lusignano», disse, «sono felice di ritrovarvi in salute dopo tanto tempo».

«Sono altrettanto lieto che vi ricordiate di me, mastro Ignazio», rispose l'armigero, arricciando le labbra in un sorriso.

«Come potrei dimenticare? Beneficiai della vostra scorta mentre ero in viaggio per Burgos. Sono passati quasi dieci anni da allora, e sono ancora in debito con voi».

«Vi prego, non sentitevi in obbligo di riconoscenza. Non mi costò alcun sacrificio aiutarvi. Comunque, se proprio ci tenete, in futuro avrete forse occasione di sdebitarvi».

«Non c'è tempo per i convenevoli», li interruppe Ferdinando III. «Urgono questioni impellenti. Messer Filippo, abbiate la cortesia di spiegare la situazione».

Filippo posò il camaglio e i guanti ferrati su un trespolo, poi iniziò a parlare: «Durante la Quaresima appena trascorsa si è riunito a Narbonne un concilio, per stabilire il da farsi sulla crociata contro i catari di Linguadoca. In tale occasione è stato scagliato l'anatema sui conti di Tolosa e di Foix, coalizzati con gli eretici contro Bianca di Castiglia». Fece una pausa per consentire agli astanti di memorizzare le notizie. «La regina ha ritenuto opportuno presenziare a tale concilio, ma da allora non abbiamo più avuto sue notizie. Ecco il punto, Bianca sembra essersi dileguata nel nulla». Puntò lo sguardo sul mercante di Toledo. «Alcune voci confermano che sia stata rapita e che si trovi prigioniera nel Sud della Francia, in balìa di un certo Conte di Nigredo. Non sappiamo altro».

Ignazio si accarezzò la barba, pensoso. «Da dove provengono queste notizie?»

«Dal venerabile Folco, vescovo di Tolosa», rispose Filippo. «Ne è venuto a conoscenza durante l'esorcismo di un ossesso».

«Un esorcismo?».

Il Lusignano aprì le braccia con fare evasivo. «Non ci è stato riferito nulla di preciso al riguardo. Monsignor Folco attende una nostra delegazione per ulteriori ragguagli». Dopo una pausa, seguitò con maggior persuasione: «Comprendo il vostro sconcerto, mastro Ignazio, e in parte lo condivido. Le parole di un ossesso sono un indizio vago, ma la scomparsa della regina Bianca resta un fatto concreto. Su questo non c'è dubbio. Per lo meno sappiamo da dove iniziare le indagini».

«Convengo con voi, tuttavia non capisco a cosa potrei servire io». Il mercante si rivolse a Ferdinando III, ma il suo sguardo si infranse nell'espressione vitrea del monarca. «Si tratta di cavilli diplomatici di cui non ho esperienza...».

A tali parole, una voce nascosta risuonò dal fondo della stanza: «Ignazio Alvarez, cosa vai dicendo? Rifuggi gli impegni come eri solito fare da fanciullo?».

Ignazio fu attraversato da un brivido. Conosceva quella voce ma non la udiva da moltissimo tempo. Vide la sagoma di un uomo uscire dai tendaggi alle spalle del trono, un vecchio segaligno con i capelli bianchi e la pelle scura come buccia di dattero. Indossava una sorta di tonaca monacale, ma più elegante.

Quando fu alla luce delle fiaccole, il vegliardo accennò un inchino in direzione del monarca. «Ho ascoltato fin troppo, sire. Lasciate che partecipi alla conversazione».

Ferdinando III annuì. «Parlate pure, magister».

Ignazio, che aveva assistito alla scena con crescente stupore, si avvicinò a quel vecchio e, senza staccargli gli occhi di dosso, lo prese per mano e gli si prostrò dinanzi. «Maestro Galib, siete proprio voi?».

Il vegliardo sorrise, inarcando le sopracciglia bianchissime. «Sì, figliolo, sono proprio io».

Mentre lo fissava con meraviglia, il mercante rievocò il loro primo incontro. Correva l'anno 1180 e, sebbene ancora fanciullo, Ignazio era stato ammesso alla Scuola di Toledo. Per suo padre era stato motivo di grande orgoglio, poiché in quel luogo si svolgeva la monumentale opera di traduzione dei manoscritti provenienti dall'Oriente. Il maestro Galib era all'epoca un brillante venticinquenne, provvedeva all'istruzione dei discepoli e aiutava il dotto Gherardo da Cremona, che si era insediato a Toledo appositamente per tradurre in latino i trattati dei filosofi arabi e greci.

Era stato proprio Galib a occuparsi del giovane Ignazio e a insistere perché fosse iniziato allo studio del latino, riconoscendo in lui un'intelligenza non comune. In quel periodo Gherardo da Cremona era troppo impegnato per notare il fanciullo, ma tempo dopo l'aveva voluto al suo fianco facendone uno dei discepoli prediletti. Ciò era potuto avvenire solo grazie alla mediazione di Galib.

«Vi credevo morto», ammise Ignazio, sovrastato dai ricordi. «Nessuno sapeva più dove foste finito».

«Mi sono semplicemente allontanato da Toledo», rispose il magister. «Ho continuato a insegnare per qualche tempo dopo la morte di Gherardo da Cremona, poi ho deciso di mettermi al servizio di re Ferdinando». Il suo sorriso si incrinò, rivelando una stanchezza profonda, tutta interiore. «Il Signore ha voluto prendersi gioco di questo povero vecchio, facendogli dono di un'inconsueta longevità...».

Ignazio aveva un'infinità di domande da porgli, ma Galib lo anticipò: «Non puoi rifiutare questa missione, figliolo. La tua partecipazione è di importanza vitale».

«Spiegatevi, magister».

«Non alludo alle informazioni che il vescovo Folco sostiene d'aver carpito durante un esorcismo». Il vegliardo alzò l'indice ossuto. «Ho già sentito parlare del Conte di Nigredo e sono al corrente della nomea che lo circonda. È un avversario temibile, un alchimista. Per questo motivo è necessario che tu accompagni messer Filippo fino alla contea di Tolosa e che indaghi al suo fianco sulla scomparsa della regina Bianca. So bene quel che dico. Sei stato di gran lunga il discepolo migliore di Gherardo da Cremona, versato soprattutto nelle scienze ermetiche e nell'esplorazione dell'occulto. Sono anche al corrente di come tu abbia scelto di intraprendere il mestiere del mercante per approfondire simili conoscenze durante i tuoi viaggi, non negarlo».

«Un alchimista...». Ignazio aveva riacquistato la solita tetragona impassibilità. «Dunque siete stato voi a proporre il mio nome per questo incarico».

«Sì». Il vecchio intrecciò le braccia, il suo corpo minuto parve restringersi tra le pieghe dell'abito. «Re Ferdinando mi ha chiesto di indicargli l'uomo più idoneo e io ho pensato subito a te. Avrei volentieri preso il tuo posto, ma sono troppo vecchio per affrontare una simile impresa. Allora, cosa intendi fare?».

Il mercante si volse in direzione di Uberto e Willalme, lesse nei loro volti perplessi, infine rispose: «Accetto l'incarico». Abbozzò un mezzo sorriso. «Dopotutto, non mi sembra di avere diritto di replica a un ordine del re».

«Infatti», insinuò il Lusignano, che aveva ascoltato con vivo interesse. «Partiremo domani stesso. Stanotte riposerete nel castello, in una stanza ai piedi del mastio».

«Molto bene». I lineamenti di Ferdinando III si erano distesi. «Ora che la questione è risolta, possiamo apprestarci per la cena», e così dicendo batté le mani. «Naturalmente, mastro Ignazio, siete invitato a prendervi parte insieme al vostro seguito».

Dopo aver parlato, il monarca si alzò in piedi e attraversò la stanza in direzione dell'uscita mentre un codazzo di nobili iniziava a seguirlo spintonando. Invece di aggregarsi a quella gente, Ignazio si scostò ai margini della sala. Non era avvezzo a mettersi al seguito di chicchessia. Fu allora che una mano ossuta gli strinse il braccio.

«Seguimi figliolo», disse Galib. «Conosco una scorciatoia per raggiungere la sala da pranzo».

2

La cena si tenne al piano superiore del mastio, in un salone dominato al centro da un camino cilindrico intorno al quale si apriva un lungo tavolo a ferro di cavallo. Ignazio fece scorrere lo sguardo sui volti dei commensali per soffermare l'attenzione su Galib, che gli sedeva di fronte con aria inquieta. Uberto e Willalme avevano preso posto accanto a loro.

Nella speranza che il magister fosse in vena di rivelazioni, il mercante aveva occupato l'estremità sinistra del tavolo, dove sedevano nobilucci distratti e cavalieri di bassa lega. Lì le sue parole sarebbero rimaste coperte dal chiacchiericcio di sottofondo mentre re Ferdinando, seduto al centro del ferro di cavallo, era intento a parlare con Filippo di Lusignano e con un ombroso frate domenicano.

«Magister, qualcosa vi cruccia?», chiese il mercante.

«Ti spiegherò più tardi», rispose Galib, sforzandosi di apparire sereno. «Ora pensiamo a svagarci. Dimmi di te e dei tuoi compagni...».

Ignazio gli narrò dei viaggi che aveva compiuto in Oriente, lungo le coste dell'Africa e in svariati Paesi europei. Poi descrisse il rocambolesco pellegrinaggio che aveva intrapreso lungo il *Camino de Santiago* nell'estate del 1218. Proprio in tale frangente aveva conosciuto Filippo di Lusignano, che nei suoi confronti era stato tanto cortese quanto misterioso.

In quel mentre entrò nella sala un drappello di valletti sovraccarichi di caraffe e vassoi, sciamò con ordine ai fianchi della tavolata e distribuì il primo servizio di credenza, frutta e pietanze fredde.

Ignazio si preparò ad affrontare uno dei più elaborati cerimoniali della corte castigliana, la cena, scandita, secondo usanza, da oltre una decina di portate. Avrebbe preferito spartire un pasto frugale con pochi commensali, magari nella penombra di una taverna. Poi fu colto dalla nostalgia per il focolare domestico e soprattutto per la moglie Sibilla. Non la vedeva da mesi, e al pensiero di averla lasciata di nuovo sola gli rimordeva la coscienza.

"Sono il peggiore dei mariti", si disse, e per un attimo cercò di immaginare cosa provasse lei, nella solitudine di una casa vuota, senza l'uomo che aveva giurato di amarla. Si sentì oppresso da un dispiacere intenso e da un'incontenibile urgenza di correre da lei. Ma quel senso di colpa fu tanto veloce a sconvolgerlo quanto a svanire, e un attimo dopo il volto del mercante era tornato impassibile. La sua razionalità lo rendeva capace di amare solo a momenti alterni e di accantonare in fretta i sentimenti. Si era allontanato da casa per l'ennesima volta, era vero, ma non gli era stata lasciata scelta. E per scacciare del tutto la malinconia si versò un calice di vino speziato.

Galib nel frattempo aveva interrogato Willalme sulla sua città d'origine, Béziers, messa a ferro e fuoco dai crociati perché ospitava eretici catari. Il francese precisò che in seguito a quell'evento era fuggito, salvandosi per puro miracolo.

«E i tuoi familiari?», chiese istintivamente il vecchio.

Willalme si oscurò. «Morti». Con un moto di stizza, prese una mela e la affettò con gesti secchi. «Mio padre, mia madre, mia sorella... Tutti uccisi dai crociati durante la presa di Béziers».

Non volendo metterlo a disagio, Galib approfittò di un nuovo cambio di portate per troncare il discorso.

Si passò dai sapori della frutta e della pasta di mandorle al salato dei formaggi e delle olive. La tavolata appariva allegra, eppure sotto quella parvenza di rilassatezza aleggiava una tensione trattenuta, visibile sulle facce tirate di alcuni commensali. Il mercante di Toledo se ne avvide ma non ne fece parola con nessuno. «Permettete una domanda, magister?», chiese d'un tratto. «Cosa c'entra Filippo di Lusignano in questa faccenda? Quando lo conobbi non apparteneva alla corte di Castiglia, indossava l'uniforme dei Templari e aveva rinunziato al titolo nobiliare».

«Il Lusignano è uno degli ambasciatori più preziosi di Ferdinando III per la Francia», spiegò Galib, scostando con disgusto un vassoio di carne intinta nell'agresto. «Si è presentato a questa corte circa sette anni fa e da allora si è sempre comportato in maniera impeccabile, al punto che sua maestà ne ha agevolato l'ingresso nell'Ordine militare di Calatrava e ha fatto in modo che ottenesse una commenda».

«E dite, chi è il domenicano che siede alla destra del re?».

A quelle parole il vecchio ebbe un sobbalzo, ma il mercante non se ne stupì. Aveva notato le frequenti occhiate che lanciava verso quel figuro.

«È Pedro Gonzalez de Palencia, confessore personale di sua maestà», rispose Galib. «Ferdinando III non muove un passo senza averlo prima consultato».

«Ho sentito parlare di lui, ha fama di essere un profondo conoscitore delle Sacre Scritture». Ignazio lasciò trapelare un sorrisetto malizioso. «Volete dirmi perché lo guardate con tanto malanimo?»

«Padre Gonzalez non è una persona schietta. Troppo compassato, troppo calcolatore. Inoltre credo sia al corrente di notizie riservate sul rapimento di Bianca di Castiglia. Deve sapere più di quanto vuol far credere, dal momento che è stato lui a convincere sua maestà a imbarcarsi in questa faccenda».

Ignazio corrugò la fronte. In effetti, dopo il colloquio intrattenuto con Ferdinando III, aveva iniziato a nutrire dei dubbi. Perché mai il re di Castiglia, sebbene consanguineo della reggente di Francia, avrebbe dovuto provvedere a soccorrerla? Una simile mossa poteva passare per un'intromissione politica nelle fin troppo contese terre di Linguadoca. Possibile che dopo la morte di Luigi VIII la corte parigina non riuscisse a prendere in mano la situazione? Non c'erano cavalieri, in Francia, in grado di soccorrere la regina? E quali vantaggi poteva ricavare padre Gonzalez nell'esercitare la propria influenza sulle terre occitane? Cosa significava esattamente la spedizione contro il Conte di Nigredo?

Evitò di mostrarsi preoccupato e iniziò a piluccare il cibo che gli veniva servito davanti, una *pastilla* di piccione avvolta in una crosta profumata di cannella. Galib invece si fece portare una semplice zuppa di segale e piselli.

Ma Ignazio aveva troppi pensieri per riuscire a tacere. «Magister, parlateci dell'ossesso che Folco di Tolosa sostiene d'aver interrogato».

«Ne so quanto te, figliolo». Galib si pulì le labbra con l'orlo della manica. «Non immagino dove il vescovo Folco abbia raccattato quell'ossesso e neppure so di cosa l'abbia messo al corrente. Dovrai indagare tu. Domattina partirai con Filippo di Lusignano alla volta di Tolosa, ma la missione dovrà svolgersi nell'assoluto anonimato. Vi sarà rilasciato un salvacondotto vergato da padre Gonzalez, che consegnerete soltanto a Folco». Il suo tono si fece grave. «Tuttavia ho un altro incarico da affidarti, oltre a quello già stabilito dal re».

«Mi cogliete di sorpresa».

Le sopracciglia di Galib si aggrottarono. «La faccenda è complessa. Come ti dissi, ho già sentito parlare del Conte di Nigredo. Il mio ricordo risale a diversi anni fa, quando incontrai un castellano del Sud della Francia, un certo Raymond de Péreille, della casata di Mirepoix. Fu lui ad accennarmi per la prima volta del Conte di Nigredo, descrivendolo come un alchimista, ma io non gli diedi troppa importanza, credendola una leggenda. Soltanto in seguito scoprii che il conte esisteva davvero».

«Ci sarebbe utile incontrare questo Raymond de Péreille», azzardò Uberto.

Galib annuì. «Infatti è quanto vi chiedo, ma la faccenda dovrà restare segreta. Non possiamo fidarci neppure del Lusignano, poiché riferirebbe ogni cosa a padre Gonzalez. E io non mi fido di quel domenicano». Esitò un attimo, guardandosi intorno. «Il signor de Péreille protegge gli eretici, parteggia per i catari. Capite la ragione di tanta riservatezza?».

Uberto esaminò il volto perplesso del padre, poi chiese: «Come possiamo incontrare Raymond de Péreille senza venire scoperti?»

«Semplice», rispose Galib. «Uno di voi tre, invece di raggiungere Tolosa assieme al Lusignano, partirà stanotte stessa e terrà un incontro segreto con il de Péreille. Tu, Uberto, credo saresti il più idoneo per l'impresa».

«Non se ne parla», grugnì il mercante. «Mio figlio resta con me».

Il vecchio non cedette: «Comprendo la tua apprensione, Ignazio. Ma se farete come dico, eviterete di lasciarvi manipolare da fra' Gonzalez e dal vescovo Folco».

«E se questo signor de Péreille fosse in combutta con il Conte di Nigredo?», obiettò il mercante, ormai palesemente innervosito. «Se fosse stato proprio lui a rapire Bianca di Castiglia? Dopotutto togliere di mezzo la regina di Francia giocherebbe a favore dei catari».

Galib scosse il capo. «Raymond de Péreille non è interessato a inimicarsi i crociati francesi, tanto meno la corte parigina», spiegò. «Dispone di così pochi soldati da aver bisogno della protezione del conte di Foix. Non ha le risorse per organizzare il rapimento di una regina. Inoltre, da quando lo conosco cerca di restare nell'ombra, lontano dal teatro della guerra».

Uberto piantò i gomiti sul tavolo e scrutò il padre. «Il maestro Galib ha ragione», disse, stringendo gli occhi come un gatto selvatico. «Il suo incarico è importante. E poi posso cavarmela benissimo, non sono più il ragazzino ingenuo di una volta. Incontrerò Raymond de Péreille, carpirò da lui le informazioni necessarie sul Conte di Nigredo, poi ti raggiungerò a Tolosa».

«Non sono del tutto convinto», ribatté Ignazio. Sapeva bene che Uberto moriva dalla voglia di mettersi alla prova, ma doveva tenere a freno la sua irruenza. «Dove si trova attualmente il de Péreille? Dove dovrebbe recarsi mio figlio?».

La voce di Galib si addolcì: «Sui Pirenei, presso un noto rifugio dei catari: la rocca di Montségur».

Il mercante parve rinfrancato. «Quel luogo è a sud di Tolosa, poco distante dal castello di Foix. Dunque Uberto dovrebbe semplicemente precedermi...».

«Non sarà rischioso», ribadì il magister, iniziando a gesticolare concitato. Sembrava entusiasta per i nuovi risvolti della vicenda e per poco non rischiò di rovesciare la zuppa di segale. «Così facendo otterrete informazioni sicure. Altro che le farneticazioni di un ossesso!».

Galib pronunciò l'ultima parola con tono un po' troppo alto, tanto che un brusio inquieto risuonò per la tavolata.

Un cavaliere di bassa lega, che stava attingendo a piene mani da un intingolo giallastro, scoppiò in una risata grassa. «Lasciatelo a me, quell'ossesso! Vedrete come farò presto a farlo rinsavire». Alcune risate di sottofondo lo incitarono a proseguire, e dopo essersi guardato intorno dichiarò: «Ma guarda che roba! Ai margini della tavolata si bisbiglia di alchimia, di ossessi e di altre sciocchezze del genere. Come se un re avesse bisogno di simili cialtroni per governare». Strappò un pezzo di arrosto e lo intinse nella salsa, incurante di immergervi le dita fino alle nocche. «Altro che chiacchiere e libri polverosi! Bastano una spada e un buon cavallo per sconfiggere Satana. E invece a chi ci affidiamo? A un vecchio bavoso e a un losco mozarabo. Sì, signori miei, non l'avete riconosciuto? Un mozarabo, ecco chi è quell'Ignazio da Toledo, uno sciacallo venuto a incantarci con i suoi sotterfugi».

«Ignorate quell'animale», consigliò Galib, mozarabo pure lui. «Dev'essere ubriaco fradicio».

Ma il cavaliere continuò la sua arringa: «Guardate come mangia a sbafo il nostro mozarabo! A chi importano le sue fanfaluche da negromante? Mi bastano queste mani per sconfiggere qualsiasi alchimista».

Ignazio non restò indifferente a quelle parole, benché pronunciate da un *guerrejador* del re di Castiglia. Il nervosismo per il nuovo incarico di Uberto turbava il suo sangue freddo, e poi intravedeva la possibilità di sfruttare la situazione a suo vantaggio, quindi batté la mano sul tavolo e parlò a gran voce. «Questo grazioso signore sembrerebbe ferrato nelle scienze occulte», esordì faceto, e subito l'attenzione generale si riversò su di lui.

Il guerrejador rigettò nell'intingolo il pezzo di arrosto, soffocò un rutto e scattò in piedi. «Di cosa blateri, mezz'arabo? Un cavaliere cristiano sa sempre distinguere il bene dal male».

Il mercante aprì le braccia, simulando stupore. «Perbacco, mi trovo al cospetto di un grande magister!». Attese che qualche risatina echeggiasse per la sala, poi proseguì la pantomima: «Egli di certo conosce i culti degli eretici o i segreti dell'alchimia».

«In vita mia non ho mai avuto bisogno di conoscere nulla!», esclamò il cavaliere, sbraitando con le mani grondanti di sugo. «Non mi serve la sapienza di un domenicano per riconoscere un eretico o un negromante, quando me ne trovo uno di fronte. E questo vale anche per il tuo caso, mezzosangue saraceno!». Dovette accorgersi di aver sragionato, poiché ripiegò sulla prima frase che gli parve opportuna: «In caso di incertezza potrei comunque chiedere consiglio a un buon frate».

«E siete in grado di distinguere un frate da un eretico? O un filosofo da un alchimista?». Con un ghigno furbesco, Ignazio alzò l'indice. «Attento, mio signore. Se ragionate in questo modo, prima o poi potreste finire in ginocchio persino davanti a un somaro».

A quella battuta un fragore di risate attraversò la tavolata. Gli stessi commensali che avevano incitato il guerrejador pendevano ora dalle labbra del mercante.

Il cavaliere di bassa lega sputò un insulto e senza pensarci due volte sguainò la sua daga e si diresse verso Ignazio. «Vediamo se avrai ancora voglia di scherzare, miserabile, quando ti avrò mozzato il naso e le orecchie!».

Il mercante, impassibile alla minaccia, lanciò un'occhiata in direzione di Ferdinando III e dei suoi commensali più prossimi. Willalme invece strinse il manico del pugnale arabo assicurato alla sua cintura, pronto ad agire, ma non ce ne fu bisogno. Tutto si interruppe al suono di una voce autoritaria.

«Cavaliere, riponete subito quell'arma e tornate a sedere!». Padre

Gonzalez de Palencia si era alzato di scatto dal seggio, lo sdegno dipinto sul volto. «Avete dato abbastanza spettacolo di villania».

«Costui mi ha insultato!», abbaiò l'armigero, puntando la daga verso Ignazio.

«Egli si è difeso dalle vostre ingiurie dicendo il vero. Siete un bruto capace soltanto di dimenare un'arma. Qualsiasi bifolco in salute potrebbe imparare a farlo con eguale maestria». Il Gonzalez accentuò la smorfia sprezzante. «Obbedite, se non volete che si provveda a farvi mettere ai ferri».

A tale minaccia, il cavaliere si ammansì e tornò a sedere mugugnando a testa china. Il domenicano lo seguì con occhi imperiosi, poi si rivolse a Ignazio: «*Señor*, a nome di sua maestà e di questa corte, lasciate che esprima risentimento per l'accaduto. In caso vi sentiate offeso, quel cavaliere sconsiderato non esiterà a porgervi le sue scuse».

«Non è necessario, padre Gonzalez», rispose Ignazio, serafico. «Rendo grazie a voi per avermi difeso, e a sua maestà per avervi permesso di farlo».

Il frate predicatore abbozzò un sorrisetto incuriosito. «Ah, vedo che conoscete il mio nome...».

«Credo sia preciso dovere di un convitato informarsi sull'identità di chi siede alla destra del padrone di casa».

«Ammiro la vostra sottigliezza, mastro Ignazio». Padre Gonzalez lo scrutò con un'occhiata tanto profonda quanto discreta. «Apprezzo gli uomini di pensiero, quale io stesso mi ritengo. Quando anni fa rimasi zoppo, cadendo da cavallo, mi resi conto della troppa importanza che davo al corpo e alla vita materiale. È nella mente che risiede la vera possanza e spero sappiate usarla al momento opportuno, poiché il Maligno sta infliggendo un grave colpo alla cristianità». Afferrò i bordi del tavolo, quasi volesse spezzarlo. «L'Occidente è insidiato da molti flagelli: le orde saracene, l'eresia catara e le epidemie. Cosa accadrebbe se venisse a mancare Bianca di Castiglia, spada del Signore e persecutrice degli eretici? Chi si occuperebbe del regno di Francia? Non certo il giovane delfino, troppo inesperto. Il regno cederebbe alla tracotanza dei conti occitani e dei loro protetti, i catari, che non esiterebbero a diffondersi come scarafaggi e a dilagare a sud delle Alpi e oltre i Pirenei, nei regni di Aragona e di Castiglia».

«Come suggerite di rimediare, reverendo padre?».

Le mani del domenicano si aprirono come le ali di una colomba, poi si giunsero con fermezza. «Recatevi in fretta a Tolosa e chiedete consiglio al vescovo Folco. Egli, che attraverso un esorcismo ha saputo intravedere la verità dei fatti, vi indirizzerà verso la giusta strada. Gli presenterete una mia lettera, che ho già affidato a messer Filippo, nella quale confermo la vostra buona fede e il vostro legame con la corte castigliana. Inoltre, quando sarete giunti a destinazione, beneficerete della scorta dei cavalieri di Calatrava. Dieci di loro sono partiti da due giorni e si uniranno a voi nei pressi di Tolosa».

«Ora mi sento più tranquillo», disse Ignazio, innervosito in realtà da quell'ultima rivelazione. "Troppa gente fra i piedi", pensò.

«Sarete ricompensato a dovere per questo servigio», concluse il Gonzalez. «Senza contare che la vostra anima ne trarrà grande beneficio. Il paradiso è assicurato ai servitori del Cristo».

Il mercante chinò il capo, fingendosi profondamente onorato. La sua piccola messinscena aveva funzionato alla perfezione. Provocando l'ira dell'ottuso guerrejador, era riuscito a far intervenire il domenicano, così da poter saggiare il suo pensiero e la sua influenza a corte. Ed entrambi gli parvero elementi non trascurabili.

Il Gonzalez attese un gesto di Ferdinando III, poi tornò a sedersi.

La cena volse al termine culminando in una sfilata di portate di credenza, dopodiché gli inservienti sistemarono ai bordi del tavolo una serie di catini pieni d'acqua, in modo che i commensali potessero detergersi le mani.

Galib concluse il pasto sorseggiando una bevanda al ribes, poi informò il mercante che lui e i suoi compagni sarebbero stati ospitati in una stanza alla base del mastio, dove avrebbero trascorso la notte. Per ultima cosa si rivolse a Uberto: «Spero tu non sia molto stanco, ragazzo. Ti verrò a chiamare prima dell'alba».

Così dicendo, il magister allargò il viso in un ghigno inquieto, vagamente somigliante a una maschera di cera.

3

Sul castello di Andújar era calata la notte. La maggior parte degli abitanti era già sprofondata nel sonno, avvolta in un silenzio turbato a tratti dai passi delle guardie e dai versi atoni di animali lontani.

Il mercante di Toledo si trovava assieme a Uberto e Willalme in una stanza ai piedi del mastio. Erano coricati tutti e tre su giacigli di paglia, ma incapaci di dormire per il pensiero di ciò che li attendeva.

D'un tratto si udì bussare.

Uberto aprì un occhio e scrutò nel buio, quel segnale era per lui. Si levò in piedi, già vestito di tutto punto, e, senza urtare i compagni distesi ai suoi fianchi, raggiunse l'uscio.

Dall'altro lato della porta, Galib emerse dall'ombra sollevando una lucerna accesa. «Presto, figliolo, prima che qualcuno mi veda», bisbigliò trafelato.

Uberto lo lasciò entrare, notando subito il suo passo incerto. Non appariva più arzillo come poche ore prima, ma spossato e barcollante.

Galib diresse il lume lungo le pareti della stanza, rischiarando un arredo spartano limitato a uno scranno, una cassapanca e tre paglericci. Il raggio del lume si posò infine sul volto di Ignazio, segnato dal sonno.

Il mercante accennò un saluto. «Magister, è tutto pronto?»

«Naturalmente». Uno scintillio attraversò gli occhi del vecchio. «Tuo figlio deve seguirmi agli stallaggi».

Willalme scattò in piedi. «Vi accompagno, è più sicuro».

«No», intimò Galib. «Daremmo troppo nell'occhio. Le spie del Gonzalez...». Non fece in tempo a concludere che si accasciò, come se fosse stato colto da vertigine.

«Voi non state bene, magister», intervenne Ignazio, sospettoso, e scrutando nella semioscurità vide che il vecchio era arrossato e madido di sudore. «Le chiazze sul vostro viso... Il respiro irregolare... Cosa avete?»

«Nulla di grave», lo rassicurò Galib, appoggiandosi a una parete. «Soffro di una leggera indisposizione. Alla mia età...». Cercò di sorridere.

Quando il vecchio si fu ripreso, Willalme si avvicinò a Uberto e gli strinse la mano. «Fai buon viaggio, amico mio». Con un gesto inatteso e piuttosto impacciato gli porse il suo pugnale arabo. «Potrebbe servirti».

Il giovane osservò l'oggetto inguainato nel fodero d'avorio. «Ma è la tua *jambiya*. Non potrei mai accettare un simile dono...».

Il francese gli lasciò cadere l'arma tra le mani, in modo che la afferrasse. «Non insistere, odio le lungaggini. Me la restituirai al nostro prossimo incontro».

Il mercante lanciò un ultimo sguardo al vacillante Galib, poi si accostò al figlio per stringerlo a sé. Quel semplice gesto, pur dettato da sentimenti sinceri, gli riuscì difficile. Manifestare affetto gli costava ogni volta sforzo e impaccio.

Uberto si divincolò. «Padre, smettila, avevo quindici anni l'ultima volta che mi hai abbracciato».

«Stai attento, figlio mio», si raccomandò Ignazio. «Se ti accadesse qualcosa, non me lo perdonerei mai».

«Non temere, sarò veloce e accorto. Ci rivedremo a Tolosa. È probabile che mi trovi già là al momento del tuo arrivo. Se così non fosse, attendimi o lascia indicazioni su dove ti possa raggiungere».

Il mercante annuì. «In caso di contrattempi, ti lascerò un messaggio alla foresteria della cattedrale».

«Me ne ricorderò».

La voce di Galib si insinuò cupa: «È ora di andare».

Dopo un ultimo saluto, Uberto si mise a tracolla la bisaccia e uscì dalla stanza al seguito del magister.

Il vecchio e il ragazzo uscirono dal mastio e aggirarono con cautela gli appostamenti delle guardie, finché non raggiunsero il cortile, dove poterono procedere al sicuro tra le ombre della vegetazione. Galib incedeva con affanno crescente e più di una volta Uberto fu sul punto di sorreggerlo, ma vedendo che il vecchio rifiutava il suo aiuto si decise a seguirlo senza indugio, restando guardingo. Nell'arco di poche ore aveva cambiato più di una volta idea su di lui. Come spesso gli capitava quando si trovava di fronte a eruditi o a uomini di corte, non era stato semplice comprenderlo subito. Inizialmente l'aveva giudicato una persona ambiziosa volta a ingraziarsi il re e a fomentare sospetti, poi, a tavola, gli era parso timoroso e inquieto, infine aveva apprezzato la sua intelligenza e l'affetto sincero per Ignazio. Solo ora credeva di essersi fatto un'idea abbastanza precisa: Galib era cocciuto e orgoglioso, non pavido ma previdente, e soprattutto persuaso di agire per il bene comune. Ma Uberto era anche convinto che gli nascondesse qualcosa.

La sagoma del vecchio continuava ad avanzare sull'erba, trascinandosi sulle gambe con l'accanimento di un soldato ferito. La sua non era una messinscena o il capriccio di un sapiente annoiato, ma una missione che andava svolta a tutti i costi. Proprio per quel motivo, e per la dignità di quel portamento, il giovane si era fidato di lui e aveva scelto di assecondarlo senza chiedere troppe spiegazioni.

Dopo un breve cammino raggiunsero un piccolo edificio di pietra e argilla. Il magister si appoggiò allo stipite dell'ingresso, guardandosi intorno. «Entra, presto», disse.

Uberto varcò l'ingresso e si trovò immerso nell'odore di fieno e sterco animale. La luce lunare penetrava dalle fessure dei muri rischiarando le pareti, dove pendevano attrezzi da stalliere e finimenti equestri da caccia, da guerra e da parata.

Il vecchio attraversò la stanza. «Seguimi».

Superata una sorta di anticamera, giunsero all'interno di una scuderia. E per la prima volta da quando erano usciti dal mastio, Galib rivolse al giovane uno sguardo complice. «Ti piacciono i cavalli?»

«Be', sì», rispose Uberto.

Il magister si avvicinò a un magnifico stallone nero già sellato, accarezzò la criniera dell'animale, poi si assicurò che le redini fossero ben fissate e la sella allacciata a dovere. «Con lui viaggerai veloce».

Era un cavallo di razza. Non si trattava di uno di quei grossi destrieri turcomanni importati in Spagna, idonei a sorreggere il peso di guerrieri corazzati. Ricordava piuttosto i corsieri arabi, sebbene avesse stazza più imponente e zampe più robuste.

«È uno splendido esemplare», ammise Uberto.

Galib sorrise con orgoglio. «Il suo nome è Jaloque, che deriva dall'arabo *šaláwq*, "vento del mare". Mi è stato donato dal califfo Abū al-Alâ' Idrīs al-Ma'mūn, signore del Maghreb, in cambio di alcuni trattati astrologici. Gli arcieri berberi cavalcano su bestie della stessa razza... Ora è tuo».

Il giovane accennò un inchino di riconoscenza e si accostò al cavallo. Gli accarezzò il muso e il collo, infine notò un arco da caccia fissato all'arcione posteriore.

«Si tratta di una precauzione», spiegò Galib, porgendogli una faretra da cintura. «Potrebbe servirti».

Uberto annuì. Allacciò la faretra al fianco destro, infilò un piede nella staffa e salì in groppa con un volteggio. Il corsiero zampettò per qualche istante, poi scrollò il capo ed emise uno sbuffo.

«Con te non serviranno sproni, vero Jaloque?», sussurrò il giovane all'orecchio dell'animale, accarezzandogli la criniera. «Sembri proprio impaziente di lanciarti al galoppo».

Galib, fattosi nuovamente serio, estrasse un incartamento dalla svasatura della manica sinistra e glielo porse con una certa urgenza. «Consegnerai questa lettera a Raymond de Péreille quando sarai giunto alla rocca di Montségur. Gli ho scritto di metterti al corrente delle informazioni di cui dispone sul Conte di Nigredo, e gli chiedo anche di cederti copia di un raro manoscritto alchemico in suo possesso: il *Turba philosophorum*. Penso potrebbe rivelarsi molto utile, a te e a tuo padre, per comprendere le mosse del nemico. E stai tranquillo, il signor de Péreille mi conosce da tempo e non esiterà ad aiutarti».

«Farò come dite, magister».

«Bene, figliolo. Ora ascoltami: quando ti troverai fuori da questo castello, non dirigerti verso l'uscita principale della cinta, ma verso il lato opposto. Segui le mura fino a una piccola cancellata. Lì ti attende una coppia di sentinelle d'accordo con me». Gli porse una scarsella piena di monete. «Da' loro questa e ti lasceranno passare senza esitazioni».

Uberto prese la scarsella e dopo averla soppesata la assicurò alla cintura, vicino alla jambiya. «Dite a mio padre di attendermi a Tolosa». Spronò il cavallo e uscì al trotto dalla scuderia.

Il vecchio lo guardò allontanarsi mentre un improvviso dolore al petto lo costrinse a inginocchiarsi a terra. «Ricorda!», gridò, stringendo rabbiosamente un ciuffo di paglia tra le dita. «Ricordati del *Turba philosophorum*!».

Uberto, già lontano, fece cenno d'aver capito, senza voltarsi.

La sagoma del giovane cavaliere, sempre più distante, svanì nella notte.

Mentre cercava di fare ritorno alle sue stanze, Galib si rese conto di non avere più molto tempo da vivere. Un veleno misterioso gli stava devastando il corpo. Forse l'aveva ingerito a cena, miscelato nella zuppa di segale o nella bevanda al ribes. O magari gli era stato propinato dopo, durante il sonno, prima dell'incontro segreto con Uberto. In ogni caso, la maledetta sostanza iniziava a pregiudicare la sua percezione della realtà.

Le luci delle fiaccole emergevano dalle ombre con abbacinante intensità, allungandosi come bave di lumaca. Gli odori di resina e salnitro gli giungevano alle narici amplificati e rivoltanti, le vertigini gli impedivano di farsi strada, mentre il senso di soffocamento peggiorava a ogni passo.

Ecco perché aveva messo tanta fretta a Uberto, a costo di apparire brusco e perfino sospetto. Da circa un'ora avvertiva i sintomi dell'intossicazione e la sua esperienza in materia l'aveva subito indotto ad attribuirli a un avvelenamento. Era stato costretto ad agire finché era ancora lucido. E ce l'aveva fatta. Era riuscito a indirizzare il ragazzo sulla buona strada.

Ora non gli restava che raggiungere il suo alloggio e consultare qualche libro alla ricerca di un antidoto appropriato, sebbene lo ritenesse uno sforzo quasi vano. Ma prima ancora doveva trovare un modo per informare Ignazio dei suoi sospetti.

La strada che riconduceva al mastio sembrava interminabile e un caldo opprimente al viso e al petto lo costringeva a fermarsi di continuo per riprendere fiato. All'improvviso, durante l'ennesima sosta, si trovò di fronte a una figura avvolta in una cappa nera.

L'incontro fu talmente inaspettato che il vecchio arretrò d'un passo, rischiando di inciampare. «Chi siete?», domandò di primo acchito, ma subito si ravvide: «Ah, vi conosco...».

«Bene», ribatté l'incappucciato. «Così userete maggior confidenza nel rivelarmi dove avete inviato il ragazzo con tanta premura».

«Voi... Maledetto». Il vecchio si portò la mano al petto. «Dunque siete stato voi ad avvelenarmi...».

«Siete perspicace, magister. Leggete bene dentro le persone quasi quanto dentro i libri». La figura avanzò lentamente. «A proposito di libri, immagino sappiate cosa sto cercando. Suvvia, ditemi dov'è il *Turba philosophorum*».

Galib indietreggiò per la seconda volta. «Non vi dirò nulla».

«Pazienza», sospirò l'incappucciato. «Volete sapere una cosa? La dose di veleno che vi ho propinato non sarebbe letale per un uomo in salute, ma voi siete decrepito. Sarà forse questione di attimi... A quanto pare respirate già a fatica».

Il magister ebbe un mancamento ma resistette, e con uno sforzo di autocontrollo si appoggiò a una parete. Fu allora che, in un ultimo barlume di lucidità, vide qualcosa scintillare al collo dell'uomo avvolto nella cappa: un ciondolo dorato che riproduceva la forma di un insetto a otto zampe. «Il simbolo di *Airagne*!», esclamò atterrito. «Quel luogo maledetto...».

«Sì, il castello di Airagne», disse l'ombra, incedendo minacciosa.

«Airagne, la dimora del Conte di Nigredo... Ma certo! Allora voi...».

«Sapete molte cose, magister. Anzi, *troppe* cose». E l'incappucciato gli si avventò contro.

Il vecchio, ormai in preda al delirio, non vide una figura umana avanzare verso di sé, ma otto zampe lunghe e sottili guidate da occhi bulbosi che luccicavano nel buio. «Airagne!», tentò di gridare, sfidando la sensazione di soffocamento, ma il raccapriccio gli serrò la gola. Quando si sentì addosso quella creatura mostruosa, il terrore lo pervase e il suo cuore cessò di battere.

4

Castello di Airagne

Lettera prima – Nigredo

Mater luminosa, scrivo queste carte in laude a te, che fosti mia buona nutrice et magistra. La tua fabula sul jardino dell'alchimia non fu mendace. Io trovai quel jardino nell'ombra del claustro, oltre il tetro portale di Nigredo. *Così nomino la prima fatica dell'Opera, sicché la materia da forgiare si trova in uno stato ancora nigro et imperfecto. Questa nerezza mi rammenta la lana grezza, che è ancora manchevole di forma et di grazia. Nessuno le darebbe maggior valore di un'oncia di gromma, sebbene essa nasconda doti mirabili. Un grande segreto si cela in* Nigredo, *il bruno ventre de la terra.*

Il cardinale Romano Frangipane fece una smorfia dubbiosa e ripose la lettera nel cofanetto in cui l'aveva trovata, insieme alle altre non ancora lette. Chi poteva avere scritto un simile delirio? Certamente una suora impazzita durante la clausura o forse una beghina.

Il pulsare della palpebra sinistra preannunciò l'incombere di un mal di capo. Il prelato emise un sospiro e si rassegnò ad accogliere il dolore, inevitabile conseguenza dei suoi mutamenti d'animo. Benché soffrisse di quegli attacchi fin dalla giovinezza, ultimamente si erano acuiti, costringendolo a cercare rifugio nel buio e nel silenzio più assoluti.

Dopotutto, si disse, l'aggravarsi dei disturbi nervosi era normale in certe situazioni, specie in stato di prigionia. Erano settimane che marciva in quella torre, o forse mesi. Difficile stabilirlo. Le bifore si affacciavano su un cielo plumbeo coperto da nebbia e da fumi oscuri che non lasciavano percepire il succedersi del giorno e della notte. Era già un miracolo conservare lucidità e raziocinio.

Un risuonare di passi leggeri anticipò la comparsa di una dama dai capelli rossi raccolti in una crocchia. Il Frangipane le rivolse un saluto ossequioso, poi irrigidì il suo corpo massiccio e intrecciò le dita sul ventre, sfoggiando sei anelli d'oro.

«Sua maestà sembra preoccupata», osservò il prelato.

«Come potrei non esserlo, eminenza?».

Il cardinale avvertì una fitta alla tempia sinistra, seguita da un ramificarsi di pulsazioni sulla fronte. «Non abbattetevi, mia regina. Siete Bianca di Castiglia, la regina di Francia. Verranno presto a soccorrervi».

La dama gli scoccò un'occhiata di biasimo. «Cardinale di Sant'Angelo, per carità, risparmiatemi le solite chiacchiere».

A quelle parole il mal di capo si acuì, suscitando nel Frangipane il desiderio di afferrare quella donna per il collo e di strangolarla. Fu un impulso violento, come violenta era l'avversione che nutriva per lei, per il suo alone di sensualità e di superbia. Non a caso, in ambiente di corte, le era stato affibbiato il nomignolo di "*Dame Hersent*", la lupa del *fabliau* della volpe Renard. E lui in quel momento la vedeva proprio così, una femmina insolente e lussuriosa.

Man mano che quel groviglio di emozioni andava districandosi, il cardinal legato contemplò l'eventualità di schiaffeggiare la Dame Hersent come una sgualdrina da quattro soldi, poi, imponendosi la calma, strinse i denti e abbozzò un sorriso paterno. «Sua maestà deve pazientare ed essere forte. Vedrete che presto il vostro esercito cingerà d'assedio questo castello, e allora il Conte di Nigredo sarà costretto a liberarvi».

«Non è così semplice». Bianca avanzò verso il prelato ancheggiando nel suo abito azzurro. Non aveva ancora compiuto quarant'anni e, benché avesse da poco dato alla luce l'undicesimo figlio, appariva fresca come una rosa. «Fingete di non capire? Il nostro esercito si è sfaldato e vaga per la Linguadoca senza controllo. Il luogotenente Humbert de Beaujeu, che ne è al comando, è stato murato insieme a noi in questa torre».

Il cardinale di Sant'Angelo si ritrovò ad annuire, incapace di staccarle gli occhi di dosso. Il mal di capo gli provocava una lieve vertigine che assopiva la brutalità provata un attimo prima. Ora si concedeva ben altre fantasie. Immaginava di sfiorarle il collo con tocchi leggeri per poi scendere più in basso, sotto le vesti... Premette l'indice e il pollice sui lobi frontali, quasi per impedire alla testa di spaccarsi a metà. Perché era tormentato da desideri che non aveva mai provato? Se solo avesse potuto sciacquarsi la faccia nell'acqua gelida! Combatté quelle malsane pulsioni e si sforzò di parlare con distacco: «Qualcun altro provvederà di certo a sostituire Humbert de Beaujeu, il nostro *lieutenant*, e riprenderà le redini delle milizie».

«Forse avete ragione», disse Bianca, che non sembrava notare i suoi travagli interiori. «Ma dite, nessuna notizia del nostro carceriere?»

«Non si è ancora visto».

«Non capisco», sospirò Bianca.

Il cardinale di Sant'Angelo annuì. «La situazione è strana, il Conte di Nigredo non ha ancora manifestato le sue intenzioni. Si limita a tenerci prigionieri. Probabilmente ciò gli basta a conseguire i suoi scopi».

«Cosa intendete?».

Il Frangipane aprì le braccia, lo sguardo opaco. «Tenendo prigioniera la regina, il cardinale legato che la consiglia e il luogotenente dell'esercito regio, il Conte di Nigredo conta di mettere in stallo la corte di Francia». Lasciò ricadere le mani sulle cosce robuste. Da qualche istante il dolore alla testa cominciava ad attenuarsi, e si rendeva conto di aver ripreso padronanza di sé. «Dopotutto, in seguito alla morte di vostro marito, la lealtà dei baroni del regno si è incrinata. Molti di loro sono diventati inaffidabili e corrotti».

«Lo erano già prima, eminenza. La mia volontà di proseguire la crociata in Linguadoca era finalizzata per l'appunto a vincolarli alla corona». Bianca abbozzò una smorfia sconsolata. «Voi stesso mi consigliaste al riguardo, non ricordate? Grazie alla crociata avrei asservito la nobiltà e beneficiato del favore della Santa Sede».

«Così è stato, infatti», rispose il cardinale. «D'altro canto sono persuaso che dietro il nome del Conte di Nigredo si nasconda un esponente della nobiltà a voi ostile».

«Che sia per questo che non ci è stata fatta alcuna richiesta di riscatto?»

«Probabile, mia regina». Il Frangipane si guardò intorno, cercando fra le ombre della stanza. «Ma si può sapere dove si è cacciato Humbert de Beaujeu? Non lo vedo da ore».

Prima di rispondere Bianca di Castiglia si portò a una bifora, in cerca di un raggio di sole. Ma vide solo nebbia. Il prelato la guardò con autentica devozione. Ora la vedeva lieve, quasi eterea come un angelo. La ferina Dame Hersent era scomparsa, cedendo il posto a una creatura indifesa.

«Il signor de Beaujeu è sceso alle radici della torre, in cerca di una via di fuga», rivelò Bianca. «Spero non si faccia sorprendere dalle sentinelle».

«Quell'uomo è pazzo!», esclamò il cardinale di Sant'Angelo, che non amava le iniziative dettate dall'istinto. «Spero che la sua ansia di compiere prodezze non ci metta tutti in pericolo».

Humbert de Beaujeu era sceso alla base del torrione dove era tenuto prigioniero. Non era stato facile, ma aveva eluso la vigilanza delle guardie strisciando lungo le pareti e sfruttando le rientranze dei muri. L'ingresso principale era troppo sorvegliato per tentare di attraversarlo, perciò aveva proseguito verso i piani sotterranei, che trovò inaspettatamente vasti e intricati. In quei luoghi ristagnava un'aria calda e mefitica.

Seguì un corridoio diretto verso il basso, mentre le torce infisse alle pareti iniziavano a farsi sempre più rade, lasciando spazio a un'oscurità quasi totale. A un certo punto fu costretto ad avanzare a tentoni, appoggiandosi alle murature, finché non si accorse che le pareti di pietra squadrata lasciavano posto a una superficie irregolare scavata nella roccia. Il corridoio era diventato una galleria.

Il lieutenant proseguì, ben intenzionato a trovare una via di fuga per raggiungere il suo esercito e organizzare una controffensiva. Era necessario agire, se voleva salvare la regina.

La galleria lo portò davanti a un grande portale dai contorni abbozzati a colpi di piccone. Humbert ravvisò nella sua forma qualcosa di atavico che lo turbò nel profondo. Ciò nondimeno lo oltrepassò, ma una zaffata di vapore acre lo costrinse subito a indietreggiare. Quelle esalazioni odoravano di fucina, ma erano molto più intense e quasi irrespirabili. Dominò lo sconcerto e proteggendosi il volto con le mani avanzò a occhi socchiusi finché, con sua grande sorpresa, non si trovò davanti a un parapetto. Lasciandosi sfuggire un'esclamazione esterrefatta, capì di trovarsi in cima a un tornante. Sotto i suoi occhi si apriva una discesa a forma di imbuto. Le pareti erano curve, percorse da scale scolpite nel granito che scendevano verso il basso lungo rampe sempre più strette.

Humbert non aveva idea di dove si trovasse, ma gonfiò il petto di coraggio e iniziò la discesa.

Le scale erano ripide e senza corrimani, un passo falso e sarebbe precitato nel vuoto. Inoltre, più si avvicinava al fondo, più percepiva il calore aumentare. Tuttavia un fioco lucore proveniente dal basso rischiarava il cammino, rassicurandolo. Procedette rasente alle pareti, aggrappandosi alle sporgenze della roccia, senza smettere di domandarsi dove l'avrebbero condotto quelle scale. L'ultimo tratto della rampa terminò in un ambiente disseminato di calderoni e vasche di pietra da cui si sprigionavano i vapori che l'avevano investito in cima al tornante. Humbert percepì un rimbombo cadenzato, come un respiro molto profondo, che ricordava il sibilare dei venti fra le cavità dei monti.

Il lieutenant non fece in tempo a orientarsi che si imbatté in un uomo ricoperto di stracci. Camminava verso di lui con le braccia tese e la bocca spalancata in una smorfia di allarme. Humbert riuscì a scansarlo, ma subito dopo si accorse che altri individui si accalcavano alle sue spalle. Era una massa di derelitti, per buona parte segnati da ustioni e da menomazioni. In molti brandivano catene, ganci o altri attrezzi metallici.

«State lontani, miserabili!», esclamò il lieutenant, ripiegando verso la salita.

La folla si ammassò verso di lui iniziando a mormorare una cantilena sempre riconducibile alla medesima frase: «*Miscete, coquite, abluite et coagulate!*».

«State lontani!», gridò ancora Humbert de Beaujeu.

Ma la massa dei derelitti continuava ad appressarsi.

«*Miscete, coquite, abluite et coagulate!*».

«State lontani!».

5

Le fiamme si erano levate alte sulle case di Béziers, oscurando il cielo con una coltre di fumo nero. Era trascorso molto tempo da allora, ma Willalme sentiva ancora le vampe del fuoco sul viso mentre rivedeva le immagini di una folla in preda al panico.

Erano tutti dentro la chiesa di Sainte Marie-Madeleine. C'era anche lui, bambino, premuto da decine di corpi, quasi incapace di respirare. Stringeva la mano di sua madre guardandosi intorno con la faccia annerita dal fumo. Vicino a lui, una bambina stava piangendo.

«Non aver paura, sorellina, ti proteggerò io», e l'aveva accarezzata.

La bimba si era strofinata il viso, guardandolo con gli occhi umidi. Un sorriso.

Poi un rimbombo. Il portone della chiesa aveva iniziato a tremare, percosso dai colpi di un ariete. Gemeva a ogni impatto come un animale ferito, finché non si era spezzato con uno schianto. Willalme ricordò l'irrompere della luce del sole, un chiarore accecante che quasi l'aveva fatto vergognare di essersi rifugiato nel buio. I soldati della croce erano entrati e i rifugiati avevano iniziato a urlare, a spingere come una mandria impazzita.

Willalme aveva stretto i piccoli pugni, pronto a difendere la madre e la sorella. Non voleva che i soldati le uccidessero, come avevano fatto con suo padre. Ma quando si era voltato di spalle non le aveva più viste.

Non c'era più nessuno dentro la chiesa di Sainte Marie-Madeleine.

C'era soltanto lui, nel buio, in un mondo di cenere.

E d'un tratto il rimbombo dell'ariete ricominciava a riempirgli le orecchie. Malvagio. Funesto.

"I miei ricordi sono fatti di cenere".

Rimbombo.

Willalme si destò di soprassalto mentre la porta della camera veniva abbattuta. Agendo d'istinto, brandì la sua scimitarra che aveva riposto vicino al giaciglio, ma la voce di Ignazio lo fermò: «Riponi l'arma! Vuoi farci condannare?».

Senza comprendere cosa stesse accadendo, vide il mercante alzarsi di scatto e andare incontro agli armati che stavano facendo irruzione. Erano le guardie del castello. Avevano sfondato la porta senza alcun preavviso. Doveva essere accaduto qualcosa di grave.

Il mercante si avvicinò al capo della guardia, rivolgendogli una smorfia di indignato stupore. «Cosa significa questa intrusione? Esigo una spiegazione».

«Dovrete essere voi, señor, a fornirci parecchie spiegazioni», dichiarò il soldato facendo la voce grossa. Guardò nella stanza aggrottando le sopracciglia, tanto folte da spuntare come spazzole dalla celata. «Dov'è vostro figlio?».

Sul momento, il mercante preferì non mentire: «È partito stanotte, su espresso ordine del maestro Galib».

Il capo della guardia non manifestò emozioni, limitandosi ad accarezzare il pomo della spada. «Quel che dite è assurdo. Venite. Seguiteci senza opporre resistenza».

Ignazio e Willalme si scambiarono uno sguardo attonito, dopodiché acconsentirono a lasciarsi scortare all'esterno del mastio.

Le tonalità ambrate dell'alba non scalfivano minimamente i volti rudi dei soldati. Più di tutti, il capo della guardia ostentava un'ostica durezza. Non lasciava trapelare alcuna avvisaglia, tranne un esplicito sentore di gravità.

Raggiunsero in breve un capannello di persone radunato intorno a qualcosa che doveva trovarsi a terra, a giudicare dalla direzione degli sguardi. Prima che Ignazio e Willalme potessero capire di cosa si trattasse, spuntò fra i presenti il cavaliere coinvolto nell'alterco della serata precedente.

«Ma guarda che faccia cupa, il nostro mezz'arabo. Non ha tanta voglia di scherzare stamane», ghignò il guerrejador. «E fa bene, perché tra poco lo guarderemo pendere da una forca».

«Vedo che avete mani e bocca ancora lorde dalla cena di ieri sera, messere», disse il mercante, senza degnarlo di un'occhiata. Il suo sguardo era puntato verso il centro del crocchio, dove i soldati della guardia sembravano intenzionati a condurlo.

Al loro passaggio tutti i presenti si fecero da parte e Ignazio poté finalmente scorgere l'oggetto di tanta attenzione: il corpo di un vecchio sdraiato sull'acciottolato.

«Magister!», gridò, correndo verso il cadavere. «Chi ha osato! Cosa vi hanno fatto...».

Si inchinò davanti al corpo mentre un nodo di emozioni gli stringeva il cuore, ma l'incertezza della situazione gli impose di mantenere il sangue freddo. Doveva capire in fretta se non voleva fare una brutta fine. A giudicare dall'espressione di Galib, qualcosa doveva averlo terrorizzato prima della morte. I suoi muscoli apparivano contratti, quasi pietrificati, mentre il collo e il viso erano completamente ricoperti di chiazze rosse ben più estese di quelle notate la notte precedente. Segni di una congestione, forse. Ma a destare i sospetti del mercante fu una sbavatura verdastra colata dall'orecchio sinistro.

Ignazio toccò quella strana sostanza, trovandola viscida come linfa vegetale, e dopo averla annusata non ebbe più dubbi. «*Herba diaboli*», mormorò.

Il capo della guardia lo afferrò per un braccio. «Cos'avete detto?».

Il soldato non ebbe il tempo di aggiungere altro poiché Willalme gli fu subito addosso. «Lascialo stare!», sibilò il francese, allontanandolo dal mercante con uno strattone.

«Fermati!», ordinò Ignazio. «Vuoi peggiorare la nostra situazione?».

A tali parole, Willalme alzò le mani in segno di resa e abbozzò un cenno costernato. Il capo della guardia lo degnò di uno sbuffo, sistemò usbergo e sopravveste, poi lanciò un'occhiata rapace in direzione del mercante. «Ripetete, señor. Cos'avete mormorato?».

Ignazio osservò per un'ultima volta il cadavere di Galib, quasi prendendo congedo da lui, poi si levò in tutta la sua statura, ben superiore rispetto a quella del soldato. «Herba diaboli», ripeté, scandendo le sillabe affinché tutti capissero. «Si tratta di un'erba che provoca allucinazioni e confondimento, velenosa se usata in dose eccessiva. È anche nota con il nome arabo di *Tatorha*».

Il soldato si passò le dita sulle folte sopracciglia, quasi volesse ricacciarle dentro la celata. «E cosa c'entra con la morte di quest'uomo?».

Il mercante indicò la salma. «Vedete le macchie verdi sul collo e sul lobo sinistro del magister? È quanto resta di un distillato di Herba diaboli che gli è stato versato dentro l'orecchio, probabilmente durante il sonno. Se non avete ancora capito, il maestro Galib è stato avvelenato».

«Questo lo comprendo». Un lampo attraversò gli occhi del capo della guardia. «Quello che mi domando è perché vostro figlio l'abbia fatto».

«Mio figlio? Non capisco».

«È stato visto allontanarsi stanotte dalle scuderie, poco distante da qui». L'armigero indicò il vicino edificio degli stallaggi. «Dev'essere stato lui a uccidere il magister. Poi ha rubato un cavallo ed è fuggito. Ma non credo che abbia varcato la cancellata principale delle fortificazioni, nessuno l'ha visto passare».

«Uberto non aveva alcun interesse a commettere un simile delitto», replicò il mercante, mentre osservava il volto di Willalme incupirsi di preoccupazione.

A quel punto il guerrejador si fece largo tra la calca e puntò l'indice contro Ignazio. «Forse avevate voi interesse a ucciderlo, e avete incaricato vostro figlio di farlo».

«Io amavo il maestro Galib». Il mercante lo fulminò con un'occhiata, quasi volesse incenerirlo con lo sguardo. «Perché mai avrei dovuto avvelenarlo con l'Herba diaboli?»

«Ah, nominate ancora quella pianta maledetta». Il cavaliere piegò i suoi lineamenti volgari in un'espressione tronfia. «Questo prova la vostra colpevolezza. A parte voi, nessuno qui ha mai sentito parlare del maleficio con cui è stato compiuto il delitto...».

«Invece sì, cavaliere», lo interruppe una voce poco distante. Apparteneva a padre Gonzalez de Palencia, che stava avvicinandosi con passo claudicante insieme a Filippo di Lusignano. «Ma la conoscete con un altro nome, molto diffuso da queste parti: "erba delle streghe". Ha foglie larghe e bacche spinose, i suoi fiori sono bianchi o violacei, simili a piccoli imbuti. Dicono venga impiegata dalle *brujas*, le adoratrici di Diana, per compiere incantesimi e per volare».

«Per *immaginare* di volare», lo corresse Ignazio, rilassando lo sguardo. La comparsa dei nuovi arrivati lo rassicurava. «I preparati di Herba diaboli provocano delle visioni, permettendo di sognare a occhi aperti con estrema vividezza, al punto da non distinguere la fantasia dalla realtà».

«A giudicare dalla faccia del povero magister, nei suoi ultimi istanti di vita non deve aver beneficiato di visioni piacevoli», constatò Filippo, avvicinandosi alla salma.

«Solo un emissario di Satana può aver commesso un simile delitto», sentenziò padre Gonzalez, mentre un refolo di vento tiepido gli stropicciava la cappa nera. La luce mattutina si posò sul suo volto, rivelando i lineamenti di un uomo che non arrivava ai quarant'anni, portati tuttavia molto male. Quella senilità precoce sembrava nascergli da dentro, come se il fisico si fosse adattato a una disposizione naturale dell'animo.

«Si tratta di stregoneria, dunque», annunciò il guerrejador a gran voce. «Non se ne parli più. Alla forca! Impicchiamo il mozarabo».

Il Gonzalez gli si parò dinanzi e, non trovandosi al cospetto del re come la sera precedente, si guardò bene dal trattenersi. «Taci, idiota!». L'intimidazione risuonò tanto dura da far calare il silenzio tra i presenti. Il frate scoccò un'occhiata autoritaria in direzione del capo della guardia. «Comandante, prendete questo sconsiderato e rinchiudetelo nelle segrete. Già una volta, ieri sera, ha sfidato la mia pazienza».

Il soldato portò la mano sull'elmo, come se non sapesse interpretare gli ordini. «Intendete il mercante di Toledo o...».

«No, incapace! Alludo a quel cavaliere», sbraitò il Gonzalez. «Allontanatelo dalla mia vista».

Questa volta l'ordine era inequivocabile e le guardie agirono di conseguenza. Afferrarono il guerrejador per le braccia e lo trascinarono via, mentre il malcapitato scalciava come un mulo e imprecava. «Frate, non potete farmi questo! Sono un membro di questa corte! Io sono più utile di...».

«Cosa andate blaterando?». Il tono del domenicano manifestò un disprezzo viscerale. «Voi e gli sgherri della vostra risma siete soltanto utili a ricoprire i campi di battaglia con sangue e carne mozza, vostra o altrui. Questo è il ruolo che vi compete nella storia. Sarebbe meglio se si potesse stabilire il succedersi degli eventi in base all'intelligenza e alla misura, anziché servirsi di una masnada di fanatici privi di cervello. Non temete, cavaliere, non siete più utile di qualsiasi altro soldato. Uno in più o uno in meno... Ne resta comunque un'infinità».

Conclusa l'arringa, il religioso si chetò e rivolse lo sguardo verso Ignazio.

«Devo assolutamente interloquire con sua maestà», gli disse il mercante. «Dove si trova in questo momento? Perché non è qui, a interrogarsi di persona sull'omicidio?»

«Re Ferdinando non verrà». Il Gonzalez alzò le spalle, a intendere che la sua autorità era più che sufficiente a gestire la situazione. «In questo momento sta partecipando a un consiglio di guerra. Pare che un'armata dell'emiro di Córdoba si stia avvicinando da occidente. Occorrerà decidere come respingerla».

«Non abbiate timore, mastro Ignazio», intervenne Filippo di Lusignano. «Sia io che padre Gonzalez siamo persuasi della vostra innocenza. Resta però da stabilire quale fine abbia fatto vostro figlio».

«Come stavo spiegando al capo della guardia», ribadì il mercante, «Uberto è partito prima dell'alba per una missione affidatagli dal maestro Galib».

«Dunque il magister è stato ucciso dopo averlo incontrato», arguì Filippo.

«Dev'essere andata per forza così».

«Forse l'assassino nutriva interesse per la missione affidata da Galib a vostro figlio», dedusse padre Gonzalez. «Dite, mastro Ignazio, di quale compito si tratta?».

Emesso un sospiro stoico, il mercante mentì spudoratamente: «Purtroppo non ne ho la minima idea. Galib ha mantenuto un velo di segretezza, dicendo che me ne avrebbe parlato stamane. E come potete vedere, ora non sarà più in grado di rivelare dove ha inviato mio figlio».

«Capisco», mormorò il Gonzalez. «In ogni caso non si può attendere oltre, dovete assolutamente partire con messer Filippo alla volta di Tolosa. Il vescovo Folco vi aspetta. La salvezza di Bianca di Castiglia dipende da voi».

Il mercante disegnò un inchino. «Come voi ordinate, reverendissimo».

«Vi attendo fra un'ora agli stallaggi», decretò il Lusignano. «Così avrete tutto il tempo per rifocillarvi e fare provviste per il viaggio».

«Io invece predisporrò gli onori funebri per il povero maestro Galib e darò ordine di indagare sul suo omicidio», soggiunse il Gonzalez. «L'assassino non resterà impunito».

A un cenno del domenicano, i soldati della guardia sollevarono il cadavere del magister e lo deposero su una portantina di legno.

Il volto di Galib, ricadendo di lato, sembrò per un attimo riprendere vita. Ma fu solo parvenza. Dopo averlo issato, gli uomini si incamminarono verso il mastio, in direzione di una chiesetta in mattoni, sbiaditi dal sole. In quel luogo la salma del vegliardo avrebbe atteso il momento del funerale.

Ignazio si accodò alla processione senza fiatare. Willalme, sempre al suo fianco, assistette a uno dei rari momenti in cui i suoi occhi rivelavano sentimenti umani. Sapeva bene che presto non ve ne sarebbe più rimasta traccia visibile.

Dense folate di scirocco avevano sostituito il tepore dell'alba mentre il sole, ormai alto, ravvivava i colori degli altopiani. Ignazio seguì con lo sguardo uno stormo di fenicotteri levarsi dalle sponde del Guadalquivir. Gli uccelli, volteggiando nell'aria, disegnarono un arco nel cielo azzurro e si diressero verso l'ormai lontano castillo di Andújar.

Al suo fianco, Willalme sedeva alla serpa con le redini strette nei pugni.

Filippo di Lusignano faceva strada in groppa a un cavallo bianco, lo sguardo puntato a levante.

Il viaggio era iniziato.

PARTE SECONDA
L'OSSESSO DI PROUILLE

Chi dubita dell'esistenza dei demoni osservi gli indemoniati, poiché il diavolo, parlando attraverso le loro bocche e infuriando tanto crudelmente nei loro corpi, dà una prova concreta della sua esistenza.

CESARIO DI HEISTERBACH, *Dialogus miraculorum*, V, 12

6

Ignazio riaprì gli occhi con uno sbattere di ciglia, ferito dal barbaglio del tardo mattino.

«Ti sei addormentato?», gli chiese Willalme, che conduceva il carro per una strada polverosa.

«Per poco». Il mercante puntò lo sguardo sull'itinerario, una striscia di terra rossa disseminata di sterpaglie. Il sole picchiava con abbacinante intensità, arroventando le pietre sulla sabbia. Lontani come miraggi, spuntavano frutteti e campi coltivati.

Da qualche giorno si erano lasciati alle spalle le terre di Castiglia e stavano attraversando gli altopiani aragonesi, in direzione di un abitato che sorgeva su un colle vicino. L'avrebbero raggiunto nel primo pomeriggio.

Il Lusignano rallentò l'andatura del cavallo, portandosi a fianco del carro. «Siamo quasi giunti a Teruel. Propongo di accamparci là fino a domattina».

«Buona idea», disse Ignazio. «Così potremo riposarci. Le bestie sono esauste».

«La strada per la Linguadoca è ancora lunga», soggiunse Willalme, osservando uno stormo di uccelli neri che volteggiava con aria poco rassicurante sopra le loro teste. «Avremmo impiegato meno tempo muovendoci via mare, costeggiando Valencia e la Catalogna fino a Narbonne».

«È vero», ammise Filippo, «ma negli ultimi tempi i pirati islamici infestano quel tratto di mare. Le loro navi sono ormeggiate a Maiorca, a dispetto del re d'Aragona, perciò la navigazione sarebbe stata rischiosa».

Il francese fece per ribattere, ma abbassando lo sguardo scorse in lontananza una massa di persone che avanzava nella loro direzione. Schermò gli occhi dai raggi del sole per vedere meglio. A giudicare dagli abiti sembrava una processione di frati, ma quando fu più vicino dovette ricredersi. Comprendeva anche donne e bambini. «Avete visto quella gente?», chiese ai compagni.

«Sembrano venire verso di noi», disse Ignazio. «Ma non c'è da preoccuparsi, da come sono vestiti si direbbero begardi o penitenti».

«Penitenti?», ribatté Filippo con una nota di disprezzo. «Una congrega di miserabili, piuttosto. Non vedete come sono conciati?».

A poco a poco la massa di straccioni si avvicinò ai tre compagni. Alcuni di loro erano pallidi e magrissimi, imbruttiti dalla stanchezza e dalla dissenteria, altri avevano i volti rigati dalle lacrime o scavati dalla disperazione. Ignazio sapeva bene che le terre di Spagna erano battute da vagabondi e pellegrini diretti a Santiago, ma non si era mai imbattuto in una congrega così numerosa e malconcia. Chiese a Willalme di fermare il carro e rivolse un saluto a un vecchio segaligno che si trascinava con un bordone in testa alla moltitudine. «Chi siete?», gli domandò.

«*Bons chrétiens*», gracchiò il vecchio, il suo volto magro ricordava i grifoni dei deserti ispanici. «Non temete. Non intendiamo recarvi alcun danno, solo proseguire il nostro cammino».

Il Lusignano corrugò la fronte. «*Bons chrétiens*, avete detto? Per me assomigliate piuttosto ai cosiddetti "Poveri di Lione", i seguaci dell'eretico Pietro Valdo». Strattonò le redini del cavallo, che iniziava a manifestare inquietudine, e posò la mano sul pomo della spada. «Non sarete per caso in cerca di qualche ministro di Dio da depredare?».

Le pupille del vecchio si dilatarono per lo spavento. «No, *monsieur*, per carità! Non siamo valdesi».

Filippo allontanò la mano dalla spada, ma allargò il volto in un sogghigno minaccioso. «Allora chi siete?»

«*Bons chrétiens*, null'altro». Le mani del vegliardo si giunsero in segno di supplica. «Non siamo gente violenta, non infastidiamo nessuno...».

Ignazio, contrariato dalla piega che aveva preso la conversazione, si espresse in modo più affabile: «Da dove venite?».

A quelle parole il vecchio si rasserenò e indicò l'abitato che sorgeva sul monte vicino. «Siamo stati cacciati da Teruel, così ci stiamo spostando verso gli abitati più prossimi».

«Voi però non siete aragonese, parlate con accento provenzale».

«Infatti proveniamo dal Sud della Francia».

Ignazio lo scrutò incuriosito. «E perché vi trovate in queste terre?».

A quella domanda, le iridi del vecchio si accesero di terrore. «Fuggiamo dagli *Archontes*».

«Gli Archontes?»

«Sì, monsieur». Il vegliardo si aggrappò stancamente al bordone. «Sono i guerrieri che marciano sotto il vessillo del Sole Nero e battono i sentieri di Linguadoca e Provenza assalendo ogni *bon chrétien* che incontrano lungo il tragitto».

Il Lusignano si passò la mano sul mento, visibilmente dubbioso, tuttavia non si pronunciò. Trotterellò con apparente indifferenza intorno al carro del mercante, prendendo nota mentale di quella conversazione, di quel luogo e di quelle facce.

Ignazio, dal canto suo, non volle trattenersi oltre, e alzò la mano in segno di commiato. «Auguro buon viaggio a voi e ai vostri compagni. Che il Signore vi assista».

«Altrettanto a voi, monsieur», ricambiò il vecchio.

La calca di miserabili riprese il cammino e scomparve lentamente all'orizzonte.

Erano ormai giunti alla città di Teruel quando Filippo ruppe il silenzio: «Quegli straccioni erano eretici, senz'ombra di dubbio».

«Lo penso anch'io», affermò Ignazio. «Hanno detto di chiamarsi bons chrétiens, come usano designarsi i catari di Linguadoca. E a quanto abbiamo visto, se la passavano piuttosto male».

«Hanno però nominato gli Archontes», continuò il Lusignano. «Se non sbaglio, questo è il nome dei demoni a capo delle legioni infernali».

«Non solo. Parlando degli Arconti, gli eretici intendono gli esseri soprannaturali che imprigionarono la luce dello spirito dentro la materia, andando a formare il mondo in cui viviamo».

«Sapete molte cose, mastro Ignazio, e alcune di esse sono al limite della conoscenza consentita a un buon cattolico», disse il Lusignano, lasciandosi sfuggire un risolino poco lusinghiero. «Se non foste fedele alla corona castigliana e alla Santa Sede, credo sarei costretto a denunciarvi a un tribunale vescovile».

Il mercante liquidò la questione con un'alzata di sopracciglia. «Sarebbe vostro preciso dovere farlo. Ma continuiamo il discorso, stiamo tralasciando un dettaglio importante».

«Cosa intendete?»

«Il vecchio di prima, alludendo agli Archontes, non si è riferito a esseri soprannaturali ma a un esercito che marcia sotto il vessillo del Sole Nero».

«Ricordo bene, tuttavia mi pare strano. Che io sappia, non esiste nessuna armata contrassegnata da una simile insegna».

«Forse non un'armata, ma qualcos'altro sì».

«Spiegatevi».

«Il Sole Nero è il simbolo di Nigredo, la prima fase dell'opera alchemica. E il nostro nemico, guarda caso, è un alchimista chiamato Conte di Nigredo. Non vi suggerisce nulla?».

Il Lusignano annuì, visibilmente impressionato da quell'affermazione. «Avete ragione, non avevo colto... Credete che le milizie di cui parlava quel vecchio siano le armate del Conte di Nigredo?»

«Non posso escluderlo».

Filippo lo scrutò intensamente, quasi fosse sul punto di fare un'importante osservazione, ma la voce di Willalme interruppe la conversazione: «Guardate, si distinguono le mura della città».

Teruel si offrì ai loro occhi con la grazia pudica di una rosa del deserto. Le mura esterne apparivano della tonalità rosso-nocciola della terra, quasi contagiate dall'arsura dell'altopiano, ma oltre la cinta i tre uomini si trovarono ad ammirare l'eleganza degna di una città orientale, con viuzze sinuose e torri piastrellate di ceramica. Per la maggior parte i palazzi erano di stile *mudéjar*, commistione del gusto romanico con quello arabo. Numerosi musulmani, del resto, convivevano pacificamente insieme alla comunità cristiana.

La compagnia si fece strada tra una selva di edifici e tendoni, in cerca di un ospitale dove poter cenare e trascorrere la notte, e seguì un via vai di turbanti e cappucci fino a imboccare una borgata artigianale. Dietro le facciate delle botteghe si vedevano drappelli di garzoni sgambettare da una fornace all'altra e armeggiare con lunghe pale per estrarre e infornare vasellame dal colore terrigno.

«Quasi dimenticavo che Teruel è una città di ceramisti», disse Ignazio, osservando alcuni artigiani al lavoro.

Invece di ribattere, il Lusignano strattonò le briglie e distese il volto in un'espressione di contegno. Era appena sbucato dalla *plaza* un reparto di armati guidato da un frate a cavallo. Si trattava di un assembramento di fanteria irto di giavellotti, gli *almogavers* catalani agli ordini del re d'Aragona.

A tale vista la maggior parte dei passanti si scansò, stipandosi ai muri o scivolando nelle vie secondarie.

Il frate a cavallo avanzò con alterigia, puntando lo sguardo diffidente sui tre forestieri. Scrutò il loro vestiario, i finimenti del carro e della cavalcatura di Filippo, infine soffermò l'attenzione su Ignazio. «Non mi pare siate di queste parti, señor. Chi siete?»

«Proveniamo dalla Castiglia, venerabile padre», rispose con cordialità il mercante. «Siamo appena entrati in città, cerchiamo un ospitale o una locanda dove trascorrere la notte».

«Ce n'è una piuttosto accogliente qui vicino, presso la grande *catedral*», disse il religioso. «Ma non mi avete ancora risposto: chi siete?»

«Mi chiamo Ignazio Alvarez da Toledo, e costoro sono i miei compagni di viaggio. Siamo diretti in Francia».

Il frate annuì lentamente. «Non ho mai sentito parlare di voi, señor, tuttavia non somigliate alle persone che vado cercando». Piegò la bocca in una smorfia astuta. «Potreste però essermi lo stesso d'aiuto».

«Spiegatevi, ve ne prego».

Il religioso inspirò profondamente, quasi si preparasse a enunciare un bando pubblico, ma poi il suo tono risuonò calmo: «Mi chiamo Juan de Montalban e servo il tribunale vescovile di Saragozza in qualità di *testis synodalis*, indago cioè in nome del vescovo. Sono sulle tracce di un gruppo di eretici fuggiti dalla Provenza. Già una volta sono stati avvertiti di andarsene, ma continuano ad aggirarsi in queste terre. Ebbene, voi saprete che per legge non tolleriamo nelle nostre diocesi alcun tipo di eresia. Perciò se disponete di informazioni al riguardo siete tenuto a riferirle, pena la *diffamatio* o la scomunica, se non peggio».

Per tutta risposta, Ignazio assunse l'inespressività di una sfinge. «Di quale genere di eretici si tratta?»

«Catari, senz'ombra di dubbio. A molti però sono noti come "manichei", dal nome dei loro predecessori orientali, o "albigesi"», precisò il frate con una smorfia di spregio. «Somigliano a una massa di straccioni. Da quanto ho scoperto, sono stati cacciati da questa città nella serata di ieri».

A quel punto la voce di Filippo emerse cristallina: «Li abbiamo visti poche ore fa, padre».

Il religioso puntò lo sguardo verso il Lusignano. «Ne siete sicuro?»

«Sicurissimo», affermò il cavaliere, alzando il mento. «Stavano allontanandosi da Teruel. Erano diretti verso sud-est».

«Molto bene, ve ne sono grato».

Filippo rispose con uno sguardo fiero. «Ero tenuto a farlo, padre Juan. Spero le mie indicazioni vi siano utili».

«Lo saranno senz'altro».

Dopo un saluto sbrigativo, il frate impartì un gesto di comando e la compagnia si dispose in file ordinate, pronta a marciare.

Mostrando le spalle alla plaza, gli almogavers si incamminarono verso le porte della città. Al loro passaggio lasciarono un corteo di facce tirate e bocche semiaperte.

Ignazio, attento che nessuno lo udisse, si rivolse al Lusignano con tono di rimprovero: «Mi meraviglio di voi, messere. Avete appena condannato quella povera gente».

Il cavaliere alzò le spalle. «Era nostro dovere farlo. Un editto regio condanna all'esilio tutti gli eretici che si trovano in terra aragonese».

«Lo conosco bene, quell'editto». Il mercante si incupì, mentre osservava i pugni di Willalme stringersi con rabbia sulle redini. «È stato emanato anni fa da Pietro II d'Aragona, e prevede sanzioni spietate. Gli eretici che ne violano le prescrizioni vengono messi al rogo». Il tono della sua voce si fece grave. «Non vi rimorderà la coscienza il pianto di quei bambini, stanotte?».

Il Lusignano piegò il volto in una smorfia cinica. «Affatto. In qualità di templare, poi di cavaliere di Calatrava, ho spesso dovuto prendere decisioni ben più drastiche». Spronò il cavallo, manifestando un certo nervosismo nei movimenti. «Facciamola finita e troviamo un alloggio, devo inviare un dispaccio a padre Gonzalez de Palencia per comunicargli la nostra posizione».

Ignazio scrutò attentamente il volto di Filippo, scoprendo per la prima volta come la sua durezza non nascondesse bontà d'animo, ma una maschera di sadismo. Passasse pure se quel cavaliere manifestava di tanto in tanto un atteggiamento bigotto, ma il mercante non poteva certo restare indifferente a una simile cattiveria, e provò fastidio al pensiero di essere costretto a collaborare con quell'uomo. Willalme, dal canto suo, iniziò a nutrire per il Lusignano un odio istintivo, destinato a crescere a dismisura.

Verso sera, poco distante da Teruel, si levò una colonna di fumo nero alimentata da fiamme e grida strazianti.

7

In groppa al veloce Jaloque, Uberto aveva attraversato i pianori della Spagna in un soffio. Si era orientato senza problemi lungo il *camino aragonés* e aveva superato i Pirenei presso il valico di Somport, il *summus portus*, per giungere in territorio francese. Era la prima volta che viaggiava solo e ciò gli suscitava un'intensa euforia mista a un senso di libertà, inoltre si sentiva in competizione con il padre. Voleva portare a termine la missione e raggiungerlo a Tolosa in anticipo sui tempi, per dimostrargli il suo valore. Ma questa era solo una parte della verità. Prima di tutto aveva fatto una scommessa con se stesso. Per anni aveva seguito Ignazio alla ricerca di mercanzie sacre e profane, spostandosi dalle città marinare ai mercati del centro Europa, e il padre si era curato di fargli apprendere ogni cosa sui luoghi visitati e sui più vari aspetti del sapere, rendendolo sempre più capace e accorto. Tuttavia quei ricordi nascondevano anche risvolti spiacevoli, poiché Ignazio era un uomo avaro d'affetto. Uberto ne aveva sofferto l'assenza soprattutto durante l'infanzia, quando il padre aveva vissuto in esilio per oltre un decennio, senza mai dare notizie di sé, e costringendolo a trascorrere un interminabile isolamento in un monastero, separato dalla famiglia. Benché ne avesse compreso la ragione, Uberto non era mai riuscito a perdonarlo del tutto e anche in seguito, dopo essersi riunito a lui, non era stato capace di colmare il vuoto di quegli anni. "Ma ora che non mi trovo sotto la sua ala protettrice, sarà almeno costretto a preoccuparsi per me", aveva pensato accettando la missione di Galib.

Il viaggio era proseguito senza intoppi, ma in Guascogna una pioggia torrenziale l'aveva accompagnato per oltre una settimana. Il giovane non si era dato per vinto, e intabarrato in una cappa pluviale aveva cavalcato sotto lo scroscio tra distese di faggi e betulle, attento agli smottamenti del terreno, puntando sempre verso sud. Quando cessò di piovere l'aria divenne afosa, e Uberto si lasciò alle spalle promontori ammantati di verde superando la fortezza di Foix e il castello di Mirepoix.

Infine giunse in una radura deserta che attraversò in preda a un crescente disagio, finché non si imbatté in un villaggio carbonizzato. L'incendio era stato sicuramente doloso, di certo divampato in tempi recenti, inoltre le tracce sul terreno testimoniavano uno scontro avvenuto tra gli abitanti e un esercito invasore. L'unica stranezza era che non si vedessero cadaveri.

Il giovane non se la sentì di fermarsi tra quelle macerie e riprese la via del bosco. Seguì l'alveo di un ruscello, un'esile diramazione del fiume Ariège, e quando la canicola raggiunse l'apice sostò presso uno stagno all'ombra degli alberi.

Il viaggio l'aveva stremato, inoltre erano settimane che non si sbarbava, perciò assicurò il cavallo a un arbusto, concedendosi finalmente una pausa. Sfilò il farsetto chiazzato di sudore e immerse le mani nell'acqua gelida, poi tuffò il viso e sciacquò il petto. Si sentì rinascere.

Dopo un breve riposo riprese il viaggio, si lasciò alle spalle una deviazione per Tolosa e cavalcò con andatura sostenuta per tutto il pomeriggio. Iniziava già a temere di non trovare un bivacco per la notte, quando si accorse di essere giunto ai piedi di un monte. Alzò lo sguardo verso la cima e scorse un castello arrossato dal tramonto. La rocca di Montségur!

L'euforia di essere giunto a destinazione lo rinvigorì, e senza indugio spinse il cavallo lungo il sentiero diretto alla vetta, tra alberi che si diradavano in pascoli cespugliosi sempre più ripidi. Nell'ultimo tratto comparvero spuntoni di pietra nuda e terrazze affacciate sul vuoto, ma Jaloque non mostrò la minima esitazione.

Montségur sorgeva tra sterili protuberanze calcaree. Aveva una forma bizzarra, simile a un pentagono dominato a nord-ovest da un mastio a base rettangolare. L'elemento più curioso, di cui Uberto aveva già sentito parlare, erano i dodici pertugi praticati lungo il perimetro, che gli davano l'aria di un antico osservatorio astrale.

D'un tratto udì delle voci maschili risuonare nelle vicinanze, poi vide un gruppo di soldati sbucare tra i massi. Alcuni portavano scudi triangolari "ad aquilone", altri impugnavano lance e brocchieri. Il giovane indicò l'ingresso della rocca, ormai ben visibile in fondo al sentiero, e dichiarò di avere un messaggio per il castellano. A quelle parole, lo lasciarono passare.

Le mura di Montségur ospitavano una piazzola occupata da tendoni e stabili di legno. Nonostante l'ora tarda c'era ancora movimento di folla, per la maggior parte plebei abbigliati poveramente.

Uberto affidò Jaloque a un giovanissimo stalliere, poi allungò il passo verso il mastio, reputandolo il luogo più idoneo dove poter trovare Raymond de Péreille. Ma prima che potesse raggiungerlo fu attratto dal movimento dei passanti che si stavano raccogliendo al centro della borgata. Contagiato dall'entusiasmo generale li seguì, e quando giunse al centro del raduno vide un ragazzo vestito con un saio inginocchiato davanti a un vecchio dall'aria veneranda. Stava rivolgendo una supplica, «*Benedicite*», mentre il vecchio gli poneva una mano sul capo recitando il *Paternoster*.

Uberto riconobbe il rituale cataro del *consolamentum*, ma con una punta di delusione constatò che non avvenivano le oscenità descritte dai religiosi cattolici. Nessuno sgozzava bambini, adorava gatti o baciava il culo a Satana. Il rito consisteva in una semplice richiesta presentata da un ragazzo a un anziano di pregare per lui. Sapeva anche quanto fosse raro assistere a tali eventi in pubblico.

La recita del *Paternoster* terminò e il ragazzo al centro dello spiazzo levò gli occhi al cielo, spiritualmente rinato. Mentre la folla iniziava a disperdersi, Uberto riprese il cammino verso il mastio. Non impiegò molto per raggiungerlo.

Il torrione sorgeva a margine della piazzola, l'entrata era sorvegliata. Osservando la struttura il giovane si accorse che una donna lo stava osservando da una finestra. Gli parve molto bella, benché segnata da una certa preoccupazione, e non poté evitare di rivolgerle un cenno di saluto. Lei gli sorrise per un istante, poi scomparve.

La voce di una guardia lo riportò alla realtà: «Forestiero, non potete sostare qui davanti».

«Devo incontrare Raymond de Péreille, il castellano», fu la risposta di Uberto. «Ho un messaggio per lui».

Uberto fu scortato agli appartamenti del castellano, in cima al mastio. Le guardie lo fecero attendere davanti a un portone chiuso mentre il signor de Péreille veniva informato della sua presenza. Poco dopo gli fu dato il permesso di entrare.

La sala era illuminata da poche torce, con pareti tappezzate da arazzi e finestre ad arco affacciate sulla piazzola sottostante. Al centro vi era un tavolo rettangolare.

La luce delle fiamme lambì una figura maschile uscita dalla penombra. Era un ometto tarchiato, fulvo di pelo, tra i quaranta e i cinquant'anni, il capo rotondo segnato dalla calvizie e la barba ricciuta. Indossava un giustacuore azzurro e una tunica di velluto rosso, sulla fibbia della cintura esibiva lo stemma gentilizio di Mirepoix. Doveva trattarsi di Raymond de Péreille.

Camminò con andatura traballante verso il centro della sala e strinse gli occhi astuti, simili a quelli di un furetto, tenendoli puntati sul giovane. Come gesto di saluto, sollevò il calice e ne ingollò il contenuto in un sorso. «Dunque voi sareste Uberto Alvarez, nientemeno che dalla Castiglia...», disse con voce roca, poi si pulì con la manica una sbavatura colata dalla bocca. «Chi avete detto che vi manda?»

«Il venerabile Galib, che fu *socius* di Gherardo da Cremona», rispose Uberto, incapace di comprendere se la persona davanti a lui fosse davvero alticcia o stesse dissimulando. «Ho una lettera vergata di suo pugno a dimostrazione di quanto affermo. È indirizzata a voi».

«Mostratemela», disse bonariamente il de Péreille. «E mettetevi pure a vostro agio. Siete mio ospite».

Uberto frugò nella bisaccia ed estrasse il rotolo di pergamena consegnato da Galib, lo porse al nobiluomo, poi si guardò intorno in cerca di un punto dove sedere finché trovò un bel seggio dotato di braccioli e schienale.

Raymond lo osservò accomodarsi. «Sarete provato dal viaggio, immagino».

«Infatti», rispose il giovane.

Il castellano soffermò lo sguardo su di lui per un attimo ancora, quindi controllò la missiva con fare annoiato. «La lettera si direbbe autentica... Sì, sembra proprio scritta dal maestro Galib». Inarcò le sopracciglia. «A quanto pare il magister non insegna più allo Studium di Toledo...». Proseguì nella lettura. «La situazione è piuttosto seria, direi», concluse.

«Speravamo appunto in un vostro aiuto».

Raymond agitò la lettera come un ventaglio, poi lasciò cadere le braccia ciondoloni. «Cosa volete da me esattamente? Riassumete con parole vostre, la verbosità di questa missiva mi confonde... O forse ho bevuto troppo...».

Uberto puntellò i gomiti sui braccioli e si sporse in avanti, avvertiva nell'interlocutore una velata ostilità. «Come scritto dal maestro Galib, vorremmo ottenere informazioni sul Conte di Nigredo».

Il castellano sfoderò un risolino sarcastico. «Ah, cose da nulla insomma. Vi serve nient'altro?»

«Il magister ha accennato a un manoscritto alchemico in vostro possesso, il *Turba philosophorum*. Chiede se sia possibile ottenerne una copia».

«Per soccorrere Bianca di Castiglia?».

Il giovane aggrottò la fronte e fissò il nobiluomo dritto negli occhi. «Precisamente».

Il signor de Péreille distolse lo sguardo. «Spiacente, monsieur. Non posso accontentarvi».

«Ma come! Il magister mi ha assicurato...».

Raymond, assai incupito, cercò di giustificarsi: «È vero, tempo fa conobbi Galib e per anni ho nutrito una sorta di venerazione per lui. Mi sarebbe piaciuto introdurlo presso il mio seguito e beneficiare dei suoi consigli. Chi non lo desidererebbe, del resto? È un grande uomo, un sapiente». Sospirò. «Ciò nondimeno, le circostanze attuali mi impediscono di accondiscendere alle sue richieste».

«Quali circostanze? Spiegatevi».

Gli occhi che si posarono di nuovo su Uberto non erano affatto quelli di un ubriaco. «Mi sembrate un giovanotto sveglio, monsieur. Vi sarete senz'altro reso conto di cosa succede fra le mura di Montségur. Quale tipo di gente vi trovi rifugio, intendo dire».

«Catari, è ovvio». Il ragazzo si rizzò contro lo schienale, sentendosi minacciato. «Mi è bastato entrare nella rocca per assistere a un episodio raro da vedere in pubblico. Un uomo ha ricevuto il consolamentum sotto gli occhi di tutti».

Raymond annuì, un rossore ironico sul volto. «Spero non vi abbia turbato assistere a una pratica generalmente ritenuta... come dire... eretica».

«Figuratevi». Uberto aprì le mani con fare diplomatico. «Sono di altra natura le cose che hanno il potere di turbarmi».

«Del resto il consolamentum è l'unico sacramento che abbia valore per chi segue alla lettera il Vangelo di Giovanni. Perciò i catari amano definirsi bons chrétiens. Invece i *boni homines*, i loro maestri, vengono chiamati *perfecti*. Uno di loro è Bernard de Lamothe, il vecchio che avete visto nella piazza».

«Non capisco come ciò possa impedirvi di accondiscendere alle richieste di Galib. Né io né il magister osteggiamo le scelte di culto professate in questo luogo».

Raymond fece spallucce, e nel rispondere lasciò trapelare una nota burlesca: «All'inizio confesso di avervi scambiato per una spia del papa o qualcosa del genere, monsieur. Ma dopo molte traversie, posso dire d'aver imparato a riconoscere un bugiardo quando ne ho uno di fronte. La vostra sincerità è fuori discussione, credetemi. Però non posso affermare altrettanto del regno che rappresentate. Ferdinando il Santo è un sovrano cattolicissimo, proprio come sua zia Bianca... Mettetevi nei miei panni. Come posso fidarmi?».

Uberto cercò di nascondere il nervosismo, come gli aveva insegnato suo padre. «Io non rappresento Ferdinando III. Nessun componente della *curia regis* castigliana è al corrente di questo incontro».

«Illuso». L'interlocutore trattenne a stento una risata, posò sul tavolo la lettera di Galib e afferrò una fiasca di ceramica. «Questa sera sono tremendamente scortese, non vi ho ancora offerto da bere. Gradireste un sorso di quest'ottimo vino? Si chiama Aygue ardent. Proviene dall'alta Garonna».

«No, grazie».

«Come volete». Il castellano parve deluso dalla risposta. Riempì comunque il proprio calice e lo portò alla bocca con un'alzata di spalle. Dopo aver ingollato il vino, i suoi occhi brillarono più intensi. «Nulla si muove nella corte castigliana senza l'assenso di Ferdinando III e di padre Gonzalez de Palencia. Seguite un mio consiglio, non sottovalutate quel maledetto domenicano. Non è solito lasciare nulla al caso».

«Intendete che fra' Pedro Gonzalez sia coinvolto personalmente in questa vicenda?»

«Intendo che il Gonzalez è senz'altro in combutta con un prelato molto influente in queste terre e di cui certo avrete sentito parlare: il vescovo Folco di Tolosa». Raymond posò il calice vuoto sul tavolo. «All'apparenza curano gli interessi di regni differenti, ma obbediscono entrambi a un'unica persona...».

«Il papa», intuì Uberto.

«Infatti. Il vescovo Folco, in specie, fa riferimento all'inviato della Santa Sede in Francia: Romano Frangipane, cardinale di Sant'Angelo. A lui deve la massima obbedienza, più ancora che alla regina Bianca».

«A me non interessano questi intrighi», chiarì il giovane. «Voglio solo rintracciare il Conte di Nigredo».

«Siete un ingenuo, monsieur. Di cosa credete stiamo parlando? Il Conte di Nigredo è molto vicino a questi prelati, più di quanto immaginiate».

«Come fate a esserne certo?»

«Anche il Conte di Nigredo odia i catari», si limitò a rispondere il nobiluomo. «I suoi dannati mercenari battono palmo a palmo la Linguadoca, bruciando ogni villaggio che ospiti i bons chrétiens».

«Ora capisco...». Uberto strinse gli occhi felini. «Ma i suoi mercenari non uccidono gli abitanti. Li fanno prigionieri, giusto?».

Il signor de Péreille parve cadere dalle nuvole. «Come lo sapete?»

«Ho ragionato». Per un attimo il giovane credette di avere in pugno il suo interlocutore. «Oggi stesso, avvicinandomi a Montségur, mi sono imbattuto in un villaggio incendiato. È stata opera di un esercito, senz'ombra di dubbio, ma non ho visto nessun cadavere. Solo ora ho messo insieme i tasselli del mosaico: per un motivo che ancora ignoro, le truppe del Conte di Nigredo rapiscono gli abitanti dei villaggi catari. E voi esitate ad aiutarmi perché le temete».

«Presso Montségur, avete detto?». Raymond si lasciò cadere su uno scranno ai bordi del tavolo. «Gli Archontes si sono spostati più a occidente di quanto pensassi...».

Il giovane batté i palmi sui braccioli. «Dove vengono portati gli abitanti dei villaggi? E chi sono gli Archontes?»

«Voi sapete già troppo, monsieur», mormorò il nobiluomo.

Uberto scattò in piedi, i pugni stretti sui fianchi. «Tuttavia non abbastanza, mio signore. Aiutatemi, ve ne prego».

Raymond scosse il capo. «Sono spiacente. Il Conte di Nigredo, se osteggiato, può rivelarsi un nemico implacabile... E io non dispongo di milizie sufficienti a respingerlo».

«Ma beneficiate della protezione del conte di Foix!».

«Foix?». Il castellano sorrise beffardo. «Credetemi, al momento è più interessato a mettere le mani sul principato di Andorra».

«Cedetemi almeno una copia del *Turba philosophorum*», insistette Uberto. «Me ne andrò subito dopo e non sentirete più parlare di me, lo giuro».

Il volto del signor de Péreille si inasprì di colpo, manifestando un amalgama di astuzia e dispiacere. «Ma non avete ancora capito, ragazzo mio? Il *Turba philosophorum* non uscirà mai da qui. Resterà nascosto nell'ombra, sotto il segno del Leone... E neppure voi uscirete da questa rocca». Fissò l'uscio e chiamò imperioso: «Guardie, prendete quest'uomo!».

Il portone della sala si spalancò ed entrarono due soldati, che afferrarono Uberto per le braccia e lo trascinarono via senza usare troppo ritegno.

Il giovane si dibatté con furia, lanciando occhiate indignate in direzione di Raymond. «Non potete farlo! Non avete diritto di imprigionarmi! Comportatevi con onore!».

Il volto del castellano si deformò in una maschera di rabbia. «L'onore è un lusso che non posso concedermi, ragazzo». Indicò con un gesto secco una finestra affacciata all'esterno. «Guarda la gente laggiù, accampata nel borgo. Cosa patirebbe se queste mura venissero cinte d'assedio? E la mia famiglia? A quale destino andrebbe incontro? Come credi che possa permettermi di pensare all'onore in un momento come questo? Io ho un'unica missione, difendere Montségur». Con un guizzo inatteso ghermì la lettera del maestro Galib e la accostò a una torcia, così che le fiamme potessero divorarla. La sua bocca frattanto si storse in un ghigno spietato. «Per quel che mi riguarda, Bianca di Castiglia può marcire in eterno fra le spire di Airagne».

Uberto fece appena in tempo a udire quell'ultima parola, prima che la sagoma di Raymond de Péreille sparisse dietro il battente di una porta. Solo allora la disperazione si impossessò del suo cuore, mentre il buio iniziava a stringersi intorno a lui.

Non poteva immaginare che poco distante da quel luogo si stessero svolgendo eventi destinati a condizionare per sempre la sua vita.

8

Fra' Blasco da Tortosa attraversò la sala dell'interrogatorio con passetti nervosi, affacciandosi all'unica finestra per osservare le gibbosità del paesaggio al chiaro di luna. Quella notte c'era nell'aria una punta di salmastro. Forse il vento la portava dalle scogliere catalane o, più probabilmente, dalle coste di Linguadoca. Pensare al mare risvegliava sempre in lui ricordi di giovinezza.

Dopo aver inspirato a fondo, aggrottò lo sguardo e si rivolse all'interno della stanza, dove un giovane francescano seduto a uno scrittoio e un imponente saraceno dalla pelle nerissima attendevano i suoi ordini. Soprattutto il moro, di nome Kafir, gli era molto devoto. Fra' Blasco lo aveva conosciuto anni addietro, presso Barcellona, in un mercato di schiavi. Lo aveva liberato per convertirlo con pazienza al cristianesimo, e aveva trovato in lui un servo taciturno e fedele.

Fra' Blasco fece un gesto disinteressato. «Per ora basta, Kafir. Lascia che respiri».

A quelle parole il moro si avvicinò a un grosso bacile di legno posizionato al centro della sala, tanto alto da arrivargli al petto. Il recipiente era colmo d'acqua, dalla quale affioravano due piccoli piedi bianchi legati a una fune che pendeva da una carrucola fissata al soffitto.

Kafir agguantò la cima e fece forza con le sue braccia nerborute. Dall'acqua emerse un corpo di donna appeso a testa in giù.

Fra' Blasco osservò con distacco quell'immagine femminea. Le si accostò in cerca di un segno di vita, combattendo la seduzione di quel volto giovane e attraente, coronato da una matassa lucida di capelli neri.

Il petto della prigioniera ebbe una contrazione e il suo viso esplose in una crisi di tosse.

«È viva, grazie a Dio», squittì il francescano arroccato dietro lo scrittoio, e non potendo evitare di ammirare la nudità della donna, si schiarì la gola imbarazzato. «Sarebbe meglio riportarla in cella per aspettare che si riprenda».

«Prima deve decidersi a rispondere», sentenziò Blasco da Tortosa, poi notò che la prigioniera aveva iniziato a respirare con regolarità e ringhiò in sua direzione: «Ebbene, femmina, confermi di essere un'eretica?».

Un filo di voce le uscì dalle labbra: «No...».

«Bugiarda, poco fa hai confessato il contrario».

«Mi tenevate a digiuno da giorni...», disse lei, tossendo ancora. «Era l'unico modo perché mi deste almeno da bere...».

«Be', e non sei contenta? Ora hai tutta l'acqua che vuoi». Fra' Blasco si aggrappò all'orlo umido del bacile, trattenendo un brivido di piacere. «Dimmi, vipera, appartieni alla genia dei catari? O sei piuttosto una valdese?»

«No...».

«Forse allora idolatri le *foeminae sylvaticae* o le tre *fatae*. Molte villane coltivano in segreto queste superstizioni. È così pure nel tuo caso?»

«No...», mormorò di nuovo la ragazza.

«Menzogne! Tutte menzogne!», sbraitò il frate. «Sei stata catturata qui vicino, ai confini della Linguadoca. Vagavi senza meta, blaterando del Conte di Nigredo e degli Archontes. Vuoi spiegarmi da dove vieni? Non sei di questi luoghi, parli latino, ma con uno strano accento».

«Vengo dall'inferno... da un luogo di fuoco e di metallo fuso...».

«Continui a prenderti gioco di me! Ora vedrai». Fra' Blasco fendette l'aria con un gesto rabbioso. «Kafir, lascia andare la corda».

Il moro obbedì, e prima che l'appesa potesse inspirare ricadde dentro il bacile. Si dibatté nell'acqua mentre i capelli le avvolgevano il viso come un groviglio di alghe. Le mani, legate dietro la schiena, non potevano esserle d'aiuto, ingigantendo quel senso di impotenza che, più ancora del soffocamento e della paura, dominava il suo stato d'animo. Il fatto che altri potessero disporre a piacimento della sua persona, che la tenessero prigioniera e la sottoponessero a umiliazioni inaudite, fomentava in lei una rabbia silenziosa. Quel sentimento era l'unico appiglio per non cedere alla disperazione, e resistere a qualsiasi ingiuria. Era come se una parte sconosciuta del suo animo, più dura e coraggiosa, fosse emersa dall'ombra per governarla con polso.

Il francescano lasciò cadere lo stilo con cui stava scrivendo e scattò in piedi esasperato. «Non possiamo tormentarla in questo modo! Nessuno la accusa di alcunché. Quale diritto abbiamo...».

«Ce l'abbiamo, padre Gustave», lo rimbeccò fra' Blasco. «Il decreto papale *Ad abolendam* ci permette di interrogare i sospetti di eresia anche in assenza di testimoni. E se non bastasse, il quarto concilio lateranense ci sprona a scoraggiare ogni devianza religiosa».

«Ma la tortura non è consentita...».

«Sbagliate ancora, mio caro. In sede di interrogatorio, il *Decretum Gratiani* ammette tre eccezioni nelle quali poter applicare la tortura: dinanzi all'accusatore di un vescovo, a uno schiavo o a un villano sospetto. E questo è chiaramente il nostro caso». Fra' Blasco accentuò il cipiglio. «So quel che faccio. Limitatevi a stendere il verbale dell'interrogatorio e toglietevi dalla faccia quell'espressione spaventata».

Padre Gustave sprofondò tra le carte dello scrittoio, raccattò il calamo e fissò la superficie tremula dell'acqua. «Fatela issare, in nome di Dio. Non potrà reggere a lungo».

«Può resistere più di quanto immaginiate».

Immersa nel bacile, la ragazza percepiva suoni bassi e cacofonici provenire dall'esterno. Sapeva che stavano parlando di lei ma non vi prestava più attenzione, il torpore aveva preso il sopravvento. La mente si affollava di immagini confuse, finché d'un tratto si ritrovò a fissare un mare in burrasca. Le onde spumavano con roboante intensità, infrangendosi su scogli verdi di alghe, mentre al largo le acque si aprivano in un gorgo spaventoso...

Un improvviso scroscio e il riacquistato senso di pesantezza la strapparono dalla semicoscienza. Emise un colpo di tosse così violento da somigliare a un conato di vomito. Lo sterno parve spezzarsi per lo sforzo. Inspirò con affanno, a scatti, mentre il suo corpo magro oscillava nel vuoto.

Fra' Blasco, implacabile, le fu subito al fianco. «Parla ordunque! Dimmi chi è il Conte di Nigredo!».

«Non lo so... Non lo sa nessuno...».

«Non ci credo. Dimmi chi è o ti faccio immergere ancora».

L'intimidazione di tortura le si conficcò nella mente come un chiodo, generando una nuova ondata di rabbia che non riuscì a trattenere. E l'altra parte di sé, acquattata in un angolo della mente, si manifestò in una vampata d'istinto. «È il diavolo! Sei contento?», gridò. «Il diavolo! Il diavolo! Il diavolo! E ora lasciami andare, maledetto! Liberami! Voglio andarmene! Liberamiii!».

Padre Gustave scattò per la seconda volta in piedi, agitatissimo. «Sta delirando. Non può esserci di nessun aiuto in questo stato».

L'appesa continuò a gridare, schiumando dalla bocca come un ossesso, poi gettò gli occhi all'indietro e svenne.

«Maledetta strega», esclamò fra' Blasco. «Ha trovato il modo di sottrarsi all'interrogatorio». Riluttante a concedere una tregua, si rivolse al moro. «Slegala e portala alla sua cella, Kafir. Ma non creda d'averla vinta. Domattina la sottoporremo ai tratti di corda».

Le prigioni si trovavano nei sotterranei del convento. Per raggiungerle era necessario uscire dalla sala dell'interrogatorio, che aveva sede in un edificio isolato per non turbare la quiete dei religiosi, e poi attraversare un giardino confinante con l'aperta campagna.

Kafir issò in spalla la ragazza svenuta, ricoperta soltanto da una casacca di tela grezza, e si avviò verso l'uscita al seguito di fra' Blasco e di padre Gustave. Percorsero un breve corridoio che dava all'esterno, guidati dal bagliore di due fiaccole sistemate ai lati dell'uscio.

Quando furono a pochi passi dal portone, un indefinito raschiare risuonò dall'estremità opposta del battente.

Blasco da Tortosa tese le orecchie e controllò allo scuretto, ma fuori non vide nulla eccetto un'innocua distesa di erba. Forse era stato il vento o lo stormire delle fronde, si disse, e sbloccò il catenaccio con una sequela di mandate. Non era tipo da lasciarsi suggestionare, lui. Anni prima aveva sfidato i saraceni di Maiorca al fianco di Pietro Nolasco. Ciò nondimeno, dopo aver aperto la porta levò un grido.

Nel buio della notte luccicavano due occhi lupini. Un balzo felpato e fra' Blasco fu sopraffatto da un ringhio di zanne avvolte in una massa di pelo nero. Gridò ancora, più forte.

Kafir lasciò cadere la ragazza e sguainò la daga che portava appesa alla cintura. Era l'unico uomo armato nei dintorni, doveva intervenire. Superò padre Gustave e posò lo sguardo sulla belva riversa sul frate. Esitò un attimo, quella scena aveva un che di diabolico. Poi alzò la lama, pronto a colpire, ma qualcosa lo trattenne. Due braccia magre, ancora umide, lo cinsero al collo con sorprendente vigore. La ragazza! Il moro urlò, fuori di sé per la collera, cercando di scrollarsela di dosso.

Ma appena Kafir riuscì a liberarsi, fu aggredito dal cane nero. Cadde a terra, il morso della bestia stretto nell'avambraccio destro, mentre la ragazza approfittava della sua momentanea impotenza per strappargli la daga di mano. Brandì l'arma e minacciò di ucciderlo, gli occhi di giada dilatati dall'odio. Ma non lo colpì. E dopo una breve indecisione, gettò l'arma e fuggì via.

Vedendola allontanarsi, il cane lasciò la presa e la seguì.

Kafir si rialzò in piedi con il braccio destro pulsante di dolore, raggiunse il corpo accasciato di fra' Blasco e si chinò su di lui, in una pozza di sangue. La gola era stata squarciata dal morso del cane, il suo petto si alzava e abbassava con scatti irregolari, sempre più deboli.

Inaspettatamente il frate parlò: «Per me è finita... Vai... Uccidi quella *foemina sylvatica*... Uccidila per me...».

Il moro acconsentì con devozione, mentre quel volto arcigno, insolitamente pallido, si svuotava della vita. Obbedire, lui doveva solo obbedire. Questo aveva imparato, sin dall'infanzia. E così avrebbe fatto. Un attimo dopo raccolse la daga e si incamminò verso l'uscio, oltrepassando padre Gustave che si era inginocchiato a terra tremebondo.

Si affacciò all'esterno appena in tempo per scorgere due figure, la ragazza e il cane, prima che sparissero fra le ombre dell'aperta campagna, oltre la sagoma sghemba di una staccionata.

9

La prigione dove Uberto era stato rinchiuso appariva meno tetra del previsto. Le pareti erano di pietra calcarea e culminavano in un soffitto alto abbastanza da consentirgli di stare eretto, il pavimento era pulito e cosparso di paglia secca. Non mancava un giaciglio, ma dopo averlo esaminato il giovane evitò di coricarsi, trovandolo infestato dalle pulci. Preferì rannicchiarsi a terra, di fronte al battente sprangato dell'ingresso.

Passarono due giorni scanditi soltanto dalle variazioni della luce che filtrava da una stretta finestra, mentre il mondo esterno, con i suoi eventi lontani e impercettibili, sembrava prendersi gioco di lui.

Uberto, che non sopportava gli ambienti chiusi e ancor meno accettava di stare con le mani in mano, sprofondò nello sconforto. Nei giorni precedenti, mentre attraversava le distese dell'Aragona e della Linguadoca, si era sentito un grand'uomo e gli era parso di stringere il mondo in pugno. Persino quando si era trovato di fronte a Raymond de Péreille aveva creduto fino all'ultimo di poterlo convincere, superandolo in astuzia e in intelligenza. Invece era stato uno stupido. L'ansia di compiere la sua missione non l'aveva fatto riflettere abbastanza. Ecco la verità. Se si trovava in quella situazione lo doveva soprattutto a se stesso. Avrebbe dovuto agire con cautela, misurare le parole, intuire i propositi del castellano... Per di più lo infastidiva di aver fallito dove probabilmente Ignazio se la sarebbe cavata con disinvoltura. Gli parve quasi di udire le sue parole di rimprovero per essersi comportato con eccessiva avventatezza, e sorrise amaro. In quel momento avrebbe preferito udirle davvero, quelle parole, anziché trovarsi in una cella. Soprattutto al pensiero che forse l'avrebbero lasciato crepare là, senza che nessuno venisse mai a sapere della sua fine.

Ma la terza notte di prigionia accadde qualcosa. Sgusciò da un sonno agitato, accorgendosi che la porta della cella tremava, poi udì lo sferragliare del chiavistello e vide il battente aprirsi. Una figura minuta si fece avanti rischiarando l'ambiente con una lucerna. Una donna.

Non la riconobbe subito, poi ricordò di averla vista a una finestra del mastio prima di incontrare il de Péreille. Nel frattempo scattò in piedi, pronto a sfruttare l'occasione per tentare la fuga. «Chi siete?», le chiese.

Lei avanzò con passo lieve, lo sguardo fermo. Prima di parlare illuminò il prigioniero con la lucerna. «Sono Corba Hunaud de Lantar, moglie di Raymond de Péreille».

Uberto annuì guardingo, aveva già sentito parlare di Corba de Lantar. Era stata un buon partito per il signor de Péreille, dato che vantava legami di parentela con il conte di Tolosa, e tuttavia la casata da cui discendeva era nota anche per le sue inclinazioni ereticali influenzate dai perfecti del movimento cataro.

Malgrado la situazione, il giovane non sorvolò sulla bellezza della dama. Aveva lineamenti raffinati e lunghi capelli castani, e pur essendo di corporatura minuta emergeva slanciata fra le tenebre. Indossava un *bliaut* giallo che le scendeva fino ai piedi e uno scialle azzurro tenuto sulle spalle. Doveva essere di poco più grande di lui.

«Cosa ci fate in questa segreta?», le chiese, assicurandosi che non vi fossero terzi nascosti nell'ombra. Non sapeva ancora cosa pensare di quella visita inaspettata, ma non si sarebbe fatto sorprendere una seconda volta. «I sotterranei non si addicono certo a una nobildonna».

«Comprendo la vostra diffidenza, monsieur». La voce di Corba risuonò quasi carezzevole. «Sappiate comunque che sono qui per liberarvi».

«Non capisco... Vostro marito...», farfugliò il prigioniero.

«Non meravigliatevi. Per quanto stentiate a crederlo, agisco anche nel suo interesse».

«Ne siete convinta? Il castellano non è ben disposto nei miei confronti».

«Dovete scusare Raymond per il suo atteggiamento», sospirò lei. «Non è solito comportarsi in modo brusco, ma due giorni fa, quando vi ha dato udienza, era stravolto dal dispiacere. Aveva appena fatto ritorno da Labécède, dove si era recato sotto mentite spoglie per informarsi sulla cattura di alcuni suoi cari amici. Purtroppo è arrivato tardi. Sono stati giudicati eretici dal vescovo Folco e arsi sul rogo insieme ai familiari».

«Mi rincresce. Non potevo sapere».

Corba annuì. «So quanto sia difficile comprendere Raymond. Non è pavido, ma teme per chi gli sta accanto. D'altronde, cercate di capire, stiamo vivendo una situazione difficile... Da tempo Montségur è additato dalla Chiesa come un rifugio di eretici. E se dovessimo inimicarci anche il Conte di Nigredo...».

«Per voi sarebbe la fine», soggiunse Uberto. «Vostro marito me lo ha già spiegato. Ma ditemi, da quanto tempo il Conte di Nigredo rappresenta per voi una minaccia?»

«Non da molto, a dire il vero. Prima degli ultimi mesi, il Conte di Nigredo era soltanto una leggenda legata a eventi quasi dimenticati. Si favoleggiava su di lui, descrivendolo come un crudele alchimista. Quando abbiamo scoperto che dietro i recenti accadimenti si celava il suo nome, ne siamo rimasti sconvolti».

Uberto portò la mano al mento. «Secondo Raymond, il Conte di Nigredo è in combutta con certi alti prelati».

«Lo penso anch'io, monsieur. Però i suoi legami con la Chiesa sono misteriosi. Da quando imperversa in Linguadoca, il Conte di Nigredo ha manifestato un'indecifrabile doppiezza. Con il rapimento di Bianca di Castiglia sembrava volesse appoggiare il Sud della Francia contro la tirannia della corte parigina, ma poi i suoi mercenari hanno iniziato a devastare i villaggi di queste terre, prediligendo gli insediamenti dei bons chrétiens».

«Perseguita i catari... Rapisce gli abitanti di villaggi interi... Perché lo fa?».

La dama lo fissò con attenzione, e senza farsi vedere depose in una tasca dell'abito un piccolo pugnale dalla lama avvelenata. Fino ad allora l'aveva tenuto nascosto dietro il palmo della mano destra, per precauzione. Aveva capito di poterne fare a meno. «Ciò è quanto dovrete scoprire voi. Sarete utile alla nostra causa. Per questo motivo ho deciso di disobbedire a mio marito, liberandovi a sua insaputa».

«Voi rischiate molto, mia signora».

«Evitate di commentare e seguitemi». Corba lo invitò a uscire dalla cella. «Sappiate comunque che ogni rischio è lecito pur di proteggere Montségur. Voi forse non capirete, non conoscete la dottrina dei perfecti. Ci insegnano a rinnegare la materia e a sublimare lo spirito. I nostri corpi sono prigioni che ci relegano alla vita terrena, allontanandoci dalla purezza».

Il giovane alzò le spalle, era troppo razionale per cedere al fascino di qualsiasi forma di misticismo. «Io comprendo solo una cosa, mia signora, cioè che se la Chiesa perseguita i perfecti, lo fa perché li teme».

Corba accennò un sorriso. «Lasciate che vi conduca in salvo».

Uberto indugiò al ricordo della sua missione. «Aspettate, se davvero desiderate aiutarmi consegnatemi il *Turba philosophorum*. Quel libro è uno dei motivi per cui mi trovo qui».

La dama sobbalzò, la fiamma della lucerna guizzò come un pesciolino dorato. «Non sarà facile trovarlo. È nascosto in un *clusel*, un rifugio sotterraneo. Io sono in grado di raggiungerlo, ma soltanto mio marito conosce l'esatta collocazione del manoscritto che cercate».

«Se non avete nulla in contrario, mia signora, vorrei tentare ugualmente».

La donna acconsentì.

Abbandonarono l'ambiente delle prigioni, superando, non visti, gli appostamenti delle guardie. Corba si orientava con sicurezza nei sotterranei di Montségur. Scesero in un reticolo di piani sottostanti e imboccarono una lunga galleria priva di deviazioni.

«Il luogo dove siamo diretti si chiama "Pietra di Luce"», spiegò la dama.

«Ne ho già sentito parlare», disse Uberto, «ma credevo si trattasse di una sorta di reliquia, come il santo Graal».

Corba assunse un'espressione trasognata. «In un certo senso lo è, ma con precisione corrisponde a una stanza dove si custodisce il sapere dei perfecti. La sapienza racchiusa dentro la roccia, come la luce nell'oscurità».

«Permettetemi una domanda», continuò il giovane. «Perché un semplice manoscritto come il *Turba philosophorum* viene custodito tanto gelosamente?»

«Perché è opera dei seguaci di Pitagora e di Ermete Trismegisto».

«E per questo dovrebbe aiutarmi a sconfiggere il Conte di Nigredo?»

«Voi forse ignorate una cosa. La copia del *Turba philosophorum* qui custodita proviene dalla dimora del Conte di Nigredo, il castello di Airagne. Il manoscritto che cercate parla di alchimia ed è stato usato per costruire quel luogo, quindi ne custodisce i segreti».

«Airagne...», ripeté Uberto. «Dove si trova questo castello?»

«Da qualche parte in Linguadoca. Nessuno lo sa con precisione».

Possibile che non vi fosse spiegazione per nulla? Il giovane non si diede per vinto. «Chi ha portato qui il *Turba philosophorum*? Non sarà mica caduto dal cielo!».

Il percorso intanto era volto al termine. Corba si fermò davanti a un ingresso scavato nella roccia e delimitato da due colonnine calcaree. L'entrata della Pietra di Luce.

Prima di varcare la soglia, la dama si sentì in dovere di rispondere: «Il *Turba philosophorum* è stato portato qui da una donna fuggita da Airagne. Accadde anni fa, quando io non ero ancora stata data in sposa a Raymond». Strinse gli occhi, riportando alla memoria la vicenda. «Quando giunse a Montségur, quella donna parlò del Conte di Nigredo e di Airagne. Nomi che all'epoca nessuno conosceva ancora. Le leggende nate in seguito si fondano proprio sulle sue parole. Prima di ripartire, la donna consegnò a Raymond il *Turba philosophorum*, chiedendogli di nasconderlo nella Pietra di Luce. Il Conte di Nigredo non avrebbe mai più dovuto entrare in possesso di quel libro, poiché l'avrebbe usato per fini malvagi. Non raccontò molto altro, prima di andarsene. Alcuni dicono che si sia diretta verso la Spagna, altri sostengono di averla incontrata in Francia».

«Non rivelò nulla di preciso sul castello di Airagne?»

«Lo descrisse simile all'inferno, un torrido avello in cui la gente patisce atroci sofferenze». Corba sfilò una torcia da un portafiaccole vicino all'ingresso, la accese con la fiamma della lucerna e la porse al giovane. «Ma ora seguitemi, è tempo di entrare nella Pietra di Luce».

Dopo essere entrato, Uberto si lasciò sfuggire un'esclamazione di stupore. La Pietra di Luce era un'immensa sala circolare scavata nella roccia, occupata al centro da una tavola rotonda e lungo le pareti da una decina di armadi. Uno spazio vibrante che trasudava antichità, tanto maestoso da fare impallidire il chiostro di qualsiasi abbazia.

«La Pietra di Luce è il cuore segreto di Montségur», disse Corba, compiaciuta. «Da nessun'altra parte troverete tanta sacralità ricavata dalla nuda roccia».

In vita propria Uberto aveva visitato numerose biblioteche, alcune delle quali ricavate in stanze segrete di monasteri e castelli, ma mai una sotterranea. Se Ignazio si fosse trovato al suo posto, non sarebbe riuscito a contenere l'entusiasmo. Ma quella non era una visita di piacere, quindi passò a studiare gli armadi sforzandosi di comprendere se la loro disposizione rispondesse a un qualche criterio in grado di aiutarlo nella ricerca. Erano dodici, equidistanti tra loro, ben ordinati intorno al tavolo... E ognuno era collocato sotto un segno zodiacale scolpito sul soffitto. Quel particolare risvegliò in lui il ricordo di una frase udita di recente, e all'improvviso ebbe un'illuminazione. «Se avete detto il vero, in uno di questi armadi si nasconde il *Turba philosophorum*», disse, senza attendere conferma.

«È come dite, monsieur». Sul volto della donna apparve un'espressione di monito. «Tuttavia avete il permesso di portare via solo quel che cercate. Dovete promettermi di non toccare nient'altro. La sapienza dei boni homines deve restare fra queste mura, altrimenti rischierebbe di disperdersi nel mondo».

«Non metterò nulla a soqquadro», la rassicurò Uberto, e mentre osservava con attenzione i segni zodiacali scolpiti nel soffitto era sempre più certo di avere avuto l'intuizione giusta. «Sospetto che vostro marito, prima di farmi arrestare, mi abbia rivelato inconsapevolmente la collocazione del libro», disse, rievocando la conversazione avuta con Raymond. «"Resterà nascosto nell'ombra, sotto il segno del Leone", ha detto... Deve esserselo lasciato sfuggire perché non immaginava che potessi giungere fin qui, né che potessi comprendere il significato delle sue parole... Ma è certo un indizio prezioso, e credo di aver capito a cosa si riferisca!».

Così dicendo, raggiunse il mobile collocato sotto un graffito astrale simile a un omega. «Questo armadio è posizionato in corrispondenza del segno zodiacale del Leone». Spalancò le ante ed esaminò i libri contenuti. «Se ho ben inteso le parole di Raymond, il *Turba philosophorum* deve trovarsi qui dentro».

L'impresa non si rivelò facile. I manoscritti custoditi nell'armadio erano molti e dei formati più vari. Erano distribuiti su cinque ante stipate di tomi rilegati, fascicoli di pergamena cuciti alla bene e meglio e ingombranti rotoli sigillati con lacci di pelle. L'assenza di luce non agevolava l'operazione, senza contare che Uberto era ben lungi dall'essere sicuro di quanto ostentava. In realtà non voleva mostrarsi titubante agli occhi della dama che forse, di fronte a un comportamento restio, avrebbe potuto decidere di allontanarlo dalla Pietra di Luce. Inoltre aveva poco tempo a disposizione. Prima o poi la sua evasione sarebbe stata notata, quindi meglio per lui andarsene alla svelta dalla rocca... Ma i libri erano tanti e tra loro molto simili. Ci sarebbero voluti l'acume e il sangue freddo di Ignazio per uscire in fretta da quel ginepraio!

Uberto restò a spulciarli per un lasso di tempo che parve interminabile, finché non estrasse un piccolo codice finemente rilegato. «Dev'essere questo», affermò trionfante.

Mostrò a Corba il libro, tenendolo aperto sulla prima pagina. Il testo recitava: "*Arisleus genitus Pitagorae, discipulus ex discipulis Hermetis gratia triplicis, expositionem scientiae docens...*".

«Siete sicuro?», volle sincerarsi la dama.

«Sì», rispose lui. «Le parole iniziali di questo codice coincidono con quanto mi avete rivelato poc'anzi. Fanno riferimento sia a Ermete Trismegisto, sia a Pitagora. Il nome del primo viene citato nella maggior parte dei libri contenuti nell'armadio, ma quello di Pitagora invece compare soltanto in questo». Sfogliò di nuovo il manoscritto per trarre conferma di quanto diceva, e colse una quantità di frasi che descrivevano fasi di manipolazione della materia e di cottura di composti. «Sì, sono sicuro», disse ancora. «Questo libro è senz'altro il *Turba philosophorum*».

La dama gli si avvicinò, gli occhi impenetrabili. «Allora non ci resta che provvedere alla vostra fuga».

Illuminando il cammino con la torcia, Corba guidò Uberto attraverso un sotterraneo che conduceva all'esterno di Montségur. Il giovane la seguì senza mostrare titubanze, sapeva che la maggior parte dei castelli occitani era munita di passaggi segreti che garantivano la fuga anche in stato di assedio. Il vero mistero restava un altro. Non riusciva a comprendere appieno la signora de Lantar. La ammirava e se ne sentiva persino attratto, come sempre gli capitava quando si trovava di fronte a una donna bella e pericolosa, ma la sua avventatezza lo lasciava senza parole. Inoltre c'era qualcosa, in lei, che lo spingeva a non abbassare la guardia. Corba doveva esercitare senz'altro un grande ascendente su Raymond.

«Prima di farvi uscire di prigione, ho fatto condurre fuori dalla cinta la vostra cavalcatura», spiegò la dama, che camminava tranquilla come se passeggiasse in giardino.

Il giovane si limitò ad annuire, stringendo in pugno il manoscritto del *Turba philosophorum*. Ora che l'aveva trovato, le sue priorità erano cambiate. Doveva raggiungere Ignazio.

Un alito di vento annunciò l'imminente sbocco del cunicolo, e dopo pochi passi si intravidero infatti i primi raggi di luce insieme a ciuffi di vegetazione. Era l'alba, un trillo di passeri li accolse all'esterno.

Si trovavano nella pineta che ricopriva il fianco meridionale del monte, la postazione più idonea per la fuga. Sul versante occidentale la parete scendeva a strapiombo, mentre in cima la sagoma grigia di Montségur risplendeva al bagliore mattutino. Per la prima volta, Uberto notò che assomigliava a una gigantesca nave.

«Affrettatevi, non siete ancora al sicuro», lo esortò Corba, posando quel che restava della fiaccola all'ingresso del cunicolo. Le sarebbe servita più tardi, per il ritorno.

Si avviarono lungo un sentiero nascosto tra gli alberi finché non scorsero un cavallo nero assicurato a un arbusto. Vicino all'animale c'era un ragazzo vestito da stalliere, che vedendoli corse loro incontro. «*Madame*, *madame*, finalmente!», esclamò. «Temevo non arrivaste più!».

«Ben trovato, Isarn», rispose lei. «Ora puoi fare ritorno alle stalle. Ma mi raccomando, non raccontare a nessuno del favore che ti ho chiesto».

Il ragazzo fece un sorriso monello. «Sì, madame».

Uberto lo guardò scomparire come un leprotto fra la boscaglia, poi si avvicinò a Jaloque, che alla sua vista scrollò ripetutamente il muso.

«Siete libero di andare, monsieur». Corba gli porse un pugnale ricurvo. «Questo è vostro, l'ho recuperato dalle guardie che ve l'avevano sottratto prima di imprigionarvi».

Il giovane afferrò la jambiya, assicurandola alla cintura, poi notò che sulla sella del cavallo vi erano anche l'arco, la faretra e la bisaccia.

«Nulla vi è stato tolto», assicurò la dama.

Le fece un inchino e balzò in groppa al cavallo. «Senza di voi non ce l'avrei mai fatta, mia signora. Avete guadagnato il mio rispetto e la mia lealtà. Come posso ripagarvi?».

Corba de Lantar strinse gli occhi, saggia e spietata come un rapace notturno. «Impedite che venga fatta strage dei catari. Scoprite la verità sul Conte di Nigredo e riducetelo all'impotenza. Lo farete?»

«Ve lo giuro», rispose lui, e spronando il cavallo sparì nella macchia.

Gli zoccoli di Jaloque macinavano la strada con velocità prodigiosa. Già nel primo pomeriggio Uberto si trovava lontano da Montségur, attraversava un declivio tempestato di fiori selvatici con il *Turba philosophorum* al sicuro nella bisaccia. La prossima mossa sarebbe stata raggiungere Tolosa, ma doveva sbrigarsi. La prigionia gli aveva fatto perdere tre giorni, era probabile che suo padre l'avesse preceduto.

All'improvviso gli balenò davanti agli occhi una scena inattesa. Poco distante, dove il sentiero confinava con la fitta boscaglia, una ragazza spuntò dalla macchia e proseguì a correre. Un grosso cane nero le galoppava al fianco. Un attimo dopo comparve un cavaliere dai tratti moreschi in groppa a un destriero roano. Si guardò intorno, individuò la ragazza e si lanciò all'inseguimento con la daga sguainata.

La fuggitiva non aveva speranze.

Uberto agì d'istinto. Spronò Jaloque e scese velocemente dal declivio, poi tallonò il cavaliere sconosciuto e lo superò con uno scarto. Puntò verso la ragazza, ma prima di raggiungerla si sporse sul fianco destro del cavallo, i muscoli allo spasimo, e quando le fu appresso allungò il braccio e la agguantò senza fermarsi.

Lei si ribellò come un animale braccato e il giovane si ritrovò alle prese con un fascio di nervi tesi e un turbinio di capelli neri. Ma un attimo dopo la fuggitiva comprese d'essere stata tratta in salvo e si chetò, allora lui la issò in groppa e tornò a condurre Jaloque. Il cuore batteva all'impazzata.

«Non ce la faremo mai! Ci prenderà!», gridò lei, la paura negli occhi.

«Non con questo cavallo», rispose Uberto, stringendo le briglie di cuoio.

10

Castello di Airagne

Lettera seconda – Albedo

Mater luminosa, quando superai il primo portale di Nigredo *vidi la materia imperfetta che si purgava nel fuoco, e da quel momento il mio passo nel jardino dell'alchimia fu più celere et lieve, ma per esporre il mio intendimento userò parole semplici: lavorai come si fa nella filatura quando si ricava il filo dalla lana grezza avvolta nella conocchia. E il filo che io ricavai da* Nigredo *fu molto chiaro et bello. Questa è la seconda fatica dell'Opera,* Albedo, *il bianco portale che i filosofi nominano Lucifer a causa del suo splendore.*

La fiammella della bugia tremò, illuminando il volto pensoso del cardinal Frangipane. Una pulsazione selvaggia alla fronte preannunciava l'incombere dell'ennesimo mal di capo.

"*Lucifer*, il demonio", pensò, mentre riponeva la seconda lettera nel cofanetto. Altre due ne restavano da leggere.

Si alzò con lentezza dallo scranno mentre un malessere familiare gli intorpidiva la cervice e le spalle imponenti. Dov'erano i suoi compagni di prigionia? Humbert de Beaujeu aveva ripreso l'ispezione dei sotterranei, Bianca di Castiglia invece era sparita da ore. Pensandoci bene, non immaginava come quella donna impiegasse il tempo fra quelle mura.

La incontrava sempre più di rado e le conversazioni con lei si erano ridotte al minimo essenziale. Strano ammettere come ciò lo turbasse.

Vagò per la torre, la testa pulsante di dolore, finché all'improvviso udì un canto. Non proveniva da lontano, anzi, pareva risuonare da una stanza attigua. Tese l'orecchio. Era una composizione soave, intonata da una voce maschile.

Il cardinale, curioso, avanzò in punta di piedi e sforzandosi di muoversi furtivo assunse un portamento scomodo per la sua stazza corpulenta. Zampettando felpato giunse ai margini di una porticina coperta di tendaggi. Il canto proveniva dall'interno:

> *Celle que j'aime est de tel signeurie*
> *que sa biautez me fait outrecuider...*[1].

La voce maschile si interruppe di colpo e risuonò una risata di donna.

Romano Frangipane non resistette alla tentazione e scostò con cautela i tendaggi dell'ingresso per sbirciare. Ciò che vide lo lasciò senza fiato, e subito dopo gli provocò una fitta lancinante alle tempie.

Dietro i tendaggi c'era una camera da letto rischiarata da candelabri, due amanti riposavano fra le coltri. Il cardinale di Sant'Angelo sgranò gli occhi e osservò incredulo la donna che giaceva completamente nuda. Era Bianca di Castiglia. Per riconoscere il suo compagno dovette compiere un piccolo sforzo mnemonico. Si trattava del giovane Thibaut IV, conte di Champagne e vassallo della corona francese.

Cosa ci faceva il conte di Champagne dentro la torre? La questione, in quel momento, apparve secondaria. L'uomo dovette fare i conti con emozioni che non avrebbe mai immaginato di possedere, un intreccio di disgusto e gelosia.

Thibaut stava sgusciando dalle coltri, scoprendo il torso glabro e corpulento. «Aspettate madame», diceva, «lasciate che vi canti un'altra *chanson*...».

[1] Quella che io amo è di tal signoria / che la sua bellezza mi fa trasecolare.

Bianca ignorava le sue parole. «Conosco bene le vostre doti di trovatore, mio caro, ma il canto non è quanto pretendo da voi adesso».

Romano Frangipane sentì le vene del collo gonfiarsi per la rabbia. Eccola la Dame Hersent, lupa dissoluta e crudele! In quel momento avrebbe voluto prenderla per il collo, strozzarla e maltrattarla mentre la guardava soffocare, ma nulla sarebbe stato più appagante di trovarsi in quel letto, al posto del giovane conte. Femmina ambigua! Davanti a lui ostentava un'aria castigata, poi si concedeva ai compagni d'alcova come una sgualdrina dei bassifondi.

La voce di Thibaut risuonò nella stanza: «Aspettate, madame, lasciatemi parlare. Il Conte di Nigredo mi ha convocato per...».

Quelle parole sortirono su Bianca l'effetto di una staffilata.

«Soltanto ora ne fate parola!». La dama si rizzò sulle ginocchia e scostò una ciocca dal volto. «Credevate forse non mi importasse sapere che siete qui in nome di colui che mi tiene reclusa?».

Lui alzò le mani. «Mi è stato semplicemente consegnato un messaggio del conte in cui mi si accordava il permesso di incontrarvi, e poi...».

«E poi cosa?». Il petto di Bianca si gonfiò di rabbia. «Intendete mettervi a disposizione del Conte di Nigredo? Volete scendere a patti con lui?».

Thibaut si ritrasse fra le coltri, lungi dal voler sopportare passivamente la sfuriata dell'amante. «Cosa vi aspettavate? Che stessi buono come un cagnolino festoso mentre venivo spogliato dei miei feudi?». Aprì le braccia, scoprendo il torace possente. «Mi avevate promesso maggiori privilegi sulle mie terre, e invece non ho ottenuto nulla! A quanto pare bisogna fare la voce grossa con voi, alla stregua di quel Mauclerc».

Lei digrignò i denti e affondò gli artigli in un guanciale. «Ah, è così! Perciò dietro questa storia c'è lo zampino del duca Mauclerc, il signore di Bretagna!».

«Ma no, cosa dite... lui non c'entra nulla...».

Bianca scaraventò il guanciale di lato e si avventò sull'amante. «Chi altri trama contro di me?», inquisì battagliera. «Siete venuto a ricattarmi?»

«Nulla di tutto questo, madame». Thibaut afferrò la dama per i polsi. «Il Conte di Nigredo mi ha convocato per parlarmi di voi. Capite adesso?».

L'espressione della regina mutò velocemente dalla collera alla diffidenza. «Povero sciocco, ne ero già al corrente! Non vi accorgete che sto giocando con voi? Mi irrita soltanto che finora me lo abbiate tenuto nascosto». Ricoprì le sue nudità con un lenzuolo. «Uscite dal mio letto, Thibaut. Credevo mi foste leale. Dicevate di amarmi, e invece?»

«Ma io vi amo, ve ne diedi già prova». Thibaut la scrutò con i suoi occhi ambigui. «Avete già dimenticato? Uccisi vostro marito per voi».

Udendo tali parole il Frangipane cadde quasi in avanti, rischiando di rivelare la sua presenza. Allora era vero! Le voci udite a corte corrispondevano a verità, la regina aveva sedotto Thibaut per ottenerne la complicità. Luigi VIII non era morto per una malattia contratta in guerra, era stato avvelenato! D'altronde pochi avevano avuto il permesso di esaminare il suo cadavere, quando era tornato a Parigi cucito in una pelle di bue.

Sconvolto da quelle rivelazioni, il cardinale di Sant'Angelo proseguì a spiare. Si era perso qualcosa? No. Eccola lì, la Dame Hersent, mentre distoglieva lo sguardo con aria indignata.

«Non avete certo dato prova di cavalleria, uccidendolo», ribatté Bianca. «Chiunque è capace di avvelenare un uomo. Il veleno è l'arma dei vigliacchi». Sistemò una ciocca ribelle dietro un orecchio. «E se il Conte di Nigredo vi chiedesse di compiere altri delitti?».

Thibaut de Champagne si lasciò sfuggire un risolino. «Continuate a biasimare il Conte di Nigredo, madame, tuttavia voi non gli siete dissimile».

«Spiegatevi meglio».

«Anche voi nascondete oscuri progetti. So del denaro che avete sottratto dal tesoro della corona e inviato in Castiglia per appoggiare vostro nipote Ferdinando III». Thibaut le si avvicinò, strisciando sul giaciglio come un grosso rettile. «E certo non avete accondisceso con riluttanza all'omicidio di vostro marito. Bramavate il potere, lo stesso potere inseguito da noi tutti e soprattutto dal Conte di Nigredo, chiunque egli sia».

Bianca strinse gli occhi, melliflua, lasciando scivolare fra le cosce il tessuto che copriva le sue nudità. «Conte Thibaut, vi chiamano "il Principe trovatore" per le *chansons d'amour* che intonate, ma pochi sanno come la vostra lingua sia più affilata di un pugnale».

Lui accolse l'invito, si protese su di lei e la baciò sul collo. «E ciò vi eccita, non è forse vero madame?»

«Può darsi». La Dame Hersent sospirò di piacere. «Se assolverete una mia richiesta...».

E mentre le parole della regina si trasformavano in sussurri, Romano Frangipane si chiese se quella vipera dissoluta intrattenesse un rapporto segreto con il Conte di Nigredo. Forse era in combutta con lui, oppure ne subiva il ricatto.

Humbert de Beaujeu cercò di orientarsi nell'oscurità, le pupille dilatate e la fronte sudata. Se durante la prima ispezione dei sotterranei si era imbattuto in una torma di straccioni, ora doveva risolvere un altro problema. Si era smarrito.

Aveva esplorato le gallerie sotto il castello fino a giungere in un luogo attraversato da numerose canalette dove scorreva metallo fuso, poi aveva proseguito verso il basso, dove l'afrore e la temperatura dell'aria erano più tollerabili.

Intuiva di non trovarsi più sotto il torrione centrale del castello, doveva essersi spostato a sud, forse nei pressi di una delle otto torri edificate intorno alla cinta. Se aveva ragione, le possibilità di fuga aumentavano e prima o poi avrebbe trovato un passaggio diretto in superficie, fuori dal castello. Ma la galleria che stava percorrendo presentava molte biforcazioni, tanto che da un po' di tempo non riusciva a comprendere quale direzione avesse preso. Non era facile mantenere la mente salda. Il buio sembrava assorbire i pensieri.

Per farsi forza si aggrappò a un ricordo recente, il discorso che aveva intrattenuto con re Luigi VIII sul suo letto di morte.

«Venite, cugino mio, accostatevi al capezzale...», gli aveva detto il monarca con voce flebile.

«Sono qui, maestà. Ordinate», era stata la risposta di Humbert.

«In nome della parentela che ci lega e della lealtà che serbate per me, dovete prestarmi un giuramento».

«Tutto ciò che desiderate, sire».

Il re gli aveva rivolto uno sguardo febbrile. «Promettetemi di vegliare su mia moglie».

Humbert aveva fatto un passo indietro. «Ma sire, voi...».

Luigi si era agitato fra le coltri. «Io morrò stanotte, cugino mio, e a nessun altro affiderei questo incarico».

«Ma si vocifera che quella donna vi sia infida...».

«Come osate!». Il monarca era stato colpito da un accesso di tosse, poi aveva respirato con affanno. Ogni parola doveva costargli uno sforzo immenso. «Io l'amo... Cos'altro conta?»

«Null'altro, maestà. Avete ragione. In nome di san Michele arcangelo, giuro di proteggerla».

Luigi aveva sorriso, rasserenato. Sarebbe morto in pace.

Il frastuono di uno spostamento d'aria riportò Humbert alla realtà. Si trattava di un rumore già udito in precedenza, sebbene ora risuonasse più forte. Aveva una cadenza regolare e potente, simile al soffio del vento durante una tempesta.

Humbert si lasciò guidare da quel rimbombo, raggiunse una rampa di scale e si affacciò verso i piani sottostanti, non sapendo cosa aspettarsi.

Con sommo stupore intravide una moltitudine di uomini simili a quelli già incontrati in precedenza. Stavano manovrando enormi mantici rivolti verso la bocca di una grande fornace.

La visione aveva un che di bizzarro. Quegli ordigni si contraevano e allargavano come mostruosi polmoni di cuoio, imbrigliando ed espellendo l'aria con sibili acuti. Ecco la fonte del rumore! Alcuni degli operai addetti al loro funzionamento cadevano a terra sfiniti dal caldo e per lo sforzo, ma ai margini dell'ambiente c'erano guardie pronte a riportare la disciplina tra i ranghi, e per evitare che i moribondi si ammassassero a terra ordinavano che venissero trascinati via e sostituiti.

Il lieutenant fissò la scena a lungo, impressionato dagli sforzi di quegli uomini, mentre iniziava a farsi un'idea della situazione. I mantici servivano a regolare il calore della fornace, permettendo alle fiamme di raggiungere la temperatura adeguata per fondere il metallo che fluiva nelle canalette degli ambienti soprastanti.

Si trovava all'interno di una grande fucina, era chiaro, ma gli sfuggiva lo scopo di quell'opera. Cosa forgiava il Conte di Nigredo in quei sotterranei?

Osservò un'ultima volta i miserabili affollati intorno ai mantici. Sembravano mugugnare qualcosa, un lamento o forse una preghiera. Ma quando le parole gli giunsero alle orecchie, si rammentò di averle già udite: «*Miscete, coquite, abluite et coagulate!*».

11

Alle prime luci dell'alba Willalme si sedette su un masso in riva al fiume Garonna, sguainò la scimitarra e la pose sulle ginocchia. Ammirò la nervatura screziata di grigio, poi controllò il taglio passandolo tra il pollice e l'indice. Ogni tacca o dentellatura che gli scorreva tra le dita era legata a ricordi cruenti. Mentre li rievocava, affilava la lama con una pietruzza di cote.

Ignazio sedeva poco distante, ai margini di un focolare spento. Stava facendo il computo dei giorni di marcia. Erano trascorse più di tre settimane. Avevano superato i Pirenei e proseguito verso sud-est fino a incrociare il corso del Garonna, che avevano risalito per raggiungere i confini del Tolosano, ma non avendo trovato alcun riparo, la sera prima erano stati costretti a dormire sotto le stelle.

Nonostante il vescovo Folco fosse ormai vicino, il morale era basso. Da quando si trovavano in terra francese avevano notato molti segni di distruzione provocati da eserciti. I danni non erano sempre gli stessi e anzi sembravano dipendere da due volontà diverse. Fino a tre giorni prima avevano incontrato villaggi incendiati senza cadaveri né sopravvissuti, ma da quando viaggiavano nella contea di Tolosa la devastazione non riguardava gli abitati ma le coltivazioni e i granai. Nel primo caso sembrava che l'intento fosse stato quello di predare e forse di rapire gli abitanti; nel secondo, di ridurre alla fame i villani.

Il mercante si massaggiò le spalle e la cervice. Seppur di costituzione robusta, il suo fisico di cinquantenne non gli permetteva di superare indenne una nottata trascorsa all'aperto, ma il fastidio degli acciacchi in quel momento passava in secondo piano. Stava cercando di trovare un nesso tra la sua missione e l'avvelenamento di Galib. L'ipotesi più verosimile era che il magister avesse scoperto i segreti di qualche dotto dell'*entourage* di Ferdinando III, come lasciava sospettare la modalità stessa con cui era stato ucciso. L'assassino non poteva essere un comune armigero, ma un erudito capace di distillare l'Herba diaboli. E ciò dava molto da pensare a Ignazio. Forse anche lui correva simili pericoli. Ma anche un'altra faccenda lo preoccupava. Soltanto ora si rendeva conto di aver lasciato partire Uberto verso una terra martoriata dalla guerra, esponendolo a imprevisti e rischi di ogni genere. Era stata una pazzia obbedire a Galib.

Filippo di Lusignano aveva intanto finito di recitare le preghiere mattutine, ripiegò la *carpitte* di lana su cui aveva dormito e si avvicinò a Willalme per osservare la sua scimitarra. «Strana foggia per essere l'arma di un guerriero cristiano», disse. «Sarebbe più appropriato vederla in mano a un saraceno».

«Infatti fu un saraceno a donarmela», rispose il francese, senza smettere di affilare la lama. «Un pirata islamico, simile a quelli maiorchini che tanto temete».

«Io non temo nessuno», ribatté Filippo con una punta di irritazione. «Ma dite, perché un infedele vi omaggiò di un simile dono?».

Willalme alzò le spalle. «Quando restai orfano mi imbarcai per la Terrasanta, convinto di andare incontro a miglior fortuna... Invece fui venduto come schiavo ai mori». Fra le labbra gentili affiorò un sorriso amaro. «Il mio padrone si rivelò un pirata, però non era un selvaggio. Mi istruì nelle arti della navigazione e del combattimento, e prima di morire mi donò la sua scimitarra».

Stupore nel volto del cavaliere. «Combatteste al fianco di pirati saraceni?»

«Sì, e in quel periodo uccisi molti "ammazzamori" della vostra risma».

Filippo lo squadrò con disprezzo. «Credo non esistano assoluzioni in grado di lenire il vostro peccato».

Willalme alzò lo sguardo, lasciando trasparire una rabbia trattenuta a fatica. «Non mi curo delle vostre opinioni, messere. Siete così pieno di voi che avete persino scordato il motivo per cui lottate. "Amate i vostri nemici", dice il Vangelo. Voi invece, i *presunti* nemici, li condannate al rogo!».

«"Riversa su di loro il tuo sdegno, o Signore; la tua ira ardente li avvolga"», salmodiò il Lusignano, fronteggiando il francese con un'occhiata torva. «I nemici della Chiesa vanno domati. Così affermano Alain de Lille e Anselmo da Lucca!».

«Ditelo alla mia famiglia, sterminata senza ragione da fanatici come voi!», esclamò Willalme, facendo roteare la scimitarra nell'aria.

«Basta così! È ora di rimettersi in viaggio», vociò Ignazio alzandosi in piedi. Se avesse esitato a intervenire, quei due si sarebbero misurati a duello. Anche lui non smaniava per il Lusignano, ma era consapevole della sua influenza a corte e non cercava rogne.

Filippo, riluttante a lasciar perdere, puntò l'indice contro il francese. «Quest'uomo è pazzo!».

«Un buon motivo per lasciarlo in pace», rispose il mercante, sornione. Guardò in lontananza, dove si intravedevano le mura di una grande città. «Rimettiamoci in marcia invece di litigare. Tolosa è vicina, la raggiungeremo prima di sera».

Raccolsero le loro poche cose e ripresero il viaggio. Durante il tragitto Willalme condusse il carro senza proferire verbo, il capo chino e gli occhi socchiusi. Si rammentò della morte del padre, rivide la madre e la sorella inghiottite dalla ressa... E poi il ricordo più spaventoso, quando si era risvegliato tra i cadaveri prima che la chiesa venisse data alle fiamme.

Per accedere a Tolosa bisognava attraversare la borgata periferica di Saint-Cyprien, affacciata sulle rive sud-orientali del Garonna. Il flusso delle acque, descrivendo un grossolano angolo retto, teneva diviso quel suburbio dal resto della città.

Ignazio ricordò di essere passato nelle vicinanze dieci anni prima, quando Tolosa era sotto l'assedio dei crociati francesi, e, come se fossero trascorsi soltanto pochi giorni dalla battaglia, notò che Saint-Cyprien portava ancora i segni della devastazione e della miseria. Gli edifici erano cadenti, le carreggiate invase da liquami e cumuli di ciarpame. Militi invalidi, prostitute e accattoni si affacciavano agli usci, curiosi come ratti, ma ancor peggio erano i bambini, intenti a sbirciare tra le rovine con occhi grandi e famelici.

Giunti in riva al fiume la situazione andò migliorando. L'aria era più salubre, le strade più pulite, e al posto delle catapecchie comparivano officine e botteghe. Poco più in là, lungo le sponde, c'erano molti uomini intenti a stivare merci sulle navi alla fonda. Fu allora che da un capannello raccolto intorno a un falò si alzò un soldato sui trent'anni, robusto, di carnagione olivastra, con indosso una casacca di cuoio e gambali da cavaliere. «*Comendador!*», chiamò, correndo incontro ai tre forestieri.

Filippo strattonò le briglie. «Thiago de Olite!», esclamò. «Sei proprio tu?»

«Sì, comendador», rispose il soldato. «Vi attendo da due giorni. Mi sono appostato qui per notare il vostro passaggio».

Thiago parlava con accento navarro. Ignazio e Willalme lo fissarono incuriositi. Doveva far parte della scorta incaricata di precederli a Tolosa. Era un subalterno del Lusignano e, prima ancora, di Gonzalez de Palencia.

«Sono lieto di rivederti, Thiago». Filippo guardò verso il falò da cui proveniva il soldato e vide un gruppetto di perdigiorno, nessuna faccia nota. «Dove hai lasciato i tuoi commilitoni?».

Il navarro esitò, strinse i pugni intorno alla cintura, dov'era inguainato un lungo pugnale chiamato "basilarda", e rispose: «Non eravamo ancora entrati nella contea di Tolosa quando siamo stati assaliti. Solo io resto vivo, per puro miracolo».

«Eravate dieci cavalieri di Calatrava armati fino ai denti! Come hanno potuto sorprendervi?»

«Erano in molti, ben equipaggiati. Sono spuntati dalla boscaglia e ci hanno accerchiati. Prima di incrociare le spade, tre di noi erano già caduti sotto il getto delle balestre».

«A quale esercito appartenevano?»

«Non saprei, comendador. Le loro insegne recavano un sole nero su campo giallo».

Il Lusignano annuì, un cenno quasi solenne, poi scambiò uno sguardo di intesa con Ignazio. «Gli Archontes, le milizie del Conte di Nigredo».

Thiago spalancò gli occhi. «Alcuni di loro hanno gridato quel nome!».

«Evidentemente quei maledetti sono al corrente del nostro piano e intendono ostacolarci. Dobbiamo subito incontrare il vescovo Folco. Lui ci dirà come agire».

«Purtroppo non sarà tanto semplice», soggiunse il soldato. «Il vescovo non risiede in città».

«Ma cosa vai dicendo?».

Thiago fissò il Lusignano, poi Ignazio e Willalme, tutti e tre molto stupiti. «A quanto pare non sapete proprio nulla...», disse. «Quando sono scampato agli Archontes mi sono rifugiato a Tolosa per avvisare il vescovo Folco del vostro imminente arrivo, ma ho scoperto una triste verità. Il signore di questa città, il conte Raimondo VII, è un anticlericale ribelle alla corona, e l'ha cacciato dalla sua sede. Al momento Folco si nasconde in queste terre, sotto la protezione di un esercito di fedelissimi che si fanno chiamare "Confraternita bianca"».

«Conosco la Confraternita bianca». Filippo incrociò le braccia sul petto. «Ma resta da comprendere perché nessuno di noi fosse al corrente della situazione. Strano. È stato proprio Folco a chiedere il nostro aiuto per soccorrere la regina Bianca. Perché non ci ha fatto menzione del suo esilio?»

«I casi sono tre», dedusse Ignazio. «Forse Folco non voleva rischiare che l'ubicazione del suo nascondiglio venisse rivelata a terzi, qualora le sue lettere dirette in Castiglia fossero cadute in mani di spie. Una seconda ipotesi è che abbia evitato di descrivere una situazione critica, che avrebbe dissuaso re Ferdinando III dall'intervenire, oppure», disse aggrottando la fronte, «come ultima ipotesi, padre Gonzalez e sua maestà ne erano al corrente e ci hanno deliberatamente tenuti all'oscuro».

«L'ultima ipotesi è inaccettabile», sbottò Filippo. «Significherebbe che siamo stati traditi dal nostro sovrano e da un suo subalterno, che è tra l'altro un uomo di Chiesa».

Il mercante di Toledo alzò le spalle, chiedendosi se il Lusignano fosse davvero all'insaputa di quella faccenda. Non lo riteneva degno di fiducia. Era un uomo che aveva cambiato molte bandiere nel corso della vita, e ciò denotava un temperamento instabile e ombroso, e forse una propensione al tradimento. «In ogni caso dovremo far fronte all'inconveniente», disse. «Se intendiamo scoprire qualcosa sul rapimento di Bianca, è necessario trovare Folco». Poi si rivolse a Thiago. «C'è modo di rintracciarlo?»

«Credo di sì», rispose il navarro. «A Tolosa, presso la cattedrale di Saint-Etienne, vi sono uomini che gli restano fedeli, affiliati della Confraternita bianca. Sapranno di certo dove si nasconde. Ma se vogliamo incontrarli dovremo correre dei rischi. In città la nobiltà e l'esercito parteggiano per Raimondo VII e per i catari. Se scoprissero le nostre intenzioni, faremmo senz'altro una brutta fine».

Filippo alzò il mento con fierezza. «Ebbene, correremo il rischio».

Dal molo di Saint-Cyprien si staccavano due ponti protesi verso la sponda opposta del fiume, dove sorgeva il centro di Tolosa. La compagnia di Ignazio, insieme a Thiago, attraversò il più meridionale e raggiunse l'ingresso della città. C'erano soldati di ronda lungo il camminamento, ma apparivano troppo oppressi dalla calura serale per interessarsi a loro e li degnarono soltanto di un'occhiata fiacca, senza interrogarli.

Entrarono in città e seguirono una via larga, fino a raggiungere la cattedrale di Saint-Etienne, un edificio in mattoni rosati a navata unica, e sostarono nelle vicinanze alla ricerca della residenza vescovile. Poco distante, un gruppo di frati cordiglieri cercava refrigerio presso una fontana.

«Quei frati ci stanno spiando», bisbigliò Willalme in direzione di Ignazio.

Il mercante, che di solito non si lasciava sfuggire nulla, lo ignorò. La sua attenzione era rivolta altrove. Aveva appena individuato, oltre la cattedrale, la reggia vescovile, imponente quanto un bastione, e invitò i compagni a seguirlo in quella direzione. L'aspetto marziale del palazzo non lo stupì. Sembrava riassumere nella sua forma i dissidi che laceravano la comunità di Tolosa, al momento divisa in due fazioni contrapposte: la Confraternita bianca del vescovo Folco, fedele alla Chiesa e alla corte parigina, e la Confraternita nera, fautrice della dottrina catara e della corrente separatista dei nobili occitani.

Le guardie li fecero aspettare all'ingresso, e in quell'attesa Ignazio non poté fare a meno di pensare a suo figlio. Uberto, secondo gli accordi, avrebbe già dovuto trovarsi in quel luogo, e tuttavia temeva che gli fosse accaduto qualcosa. Ma dominò l'apprensione. Non era il momento, quello, di mostrarsi vulnerabile.

Poco dopo si presentò all'ingresso una schiera di religiosi capeggiata da un vecchio benedettino. «Benvenuti viandanti», disse costui, andando loro incontro, e dopo averli scrutati tese una mano in avanti. «Devo pregarvi di favorire le vostre lettere di accompagnamento, se ne siete in possesso».

Filippo gli porse una pergamena. «Viaggiamo in incognito», spiegò. «Abbiamo solo questo salvacondotto, firmato da padre Gonzalez de Palencia».

«Basterà». Il monaco esaminò il documento con una rapida scorsa, poi li invitò ad accedere nell'atrio.

L'ambiente aveva visto tempi migliori. Tendaggi lisi, affreschi sbiaditi e mobili divorati dai tarli confermavano quanto si diceva sulle scarse riserve del tesoro vescovile. Folco le aveva esaurite per finanziare le spedizioni contro i catari, senza contare l'usurpazione delle decime a cui lo sottoponevano i nobili locali. La curia tolosana, secondo voce di popolo, era letteralmente assediata dai creditori.

Mentre faceva strada, il benedettino gettava di tanto in tanto un'occhiata sulla lettera, rileggendo i passaggi più significativi, finché non la restituì al Lusignano. «Da quanto ho letto, siete giunti in aiuto al nostro vescovo».

«Dovreste esserne al corrente, suppongo», disse Filippo.

«Lo siamo. Il vescovo Folco vi sta aspettando». Il monaco si fermò nel bel mezzo di un corridoio e scrutò i forestieri con serietà. «Al momento si trova presso la *Sacra Praedicatio* di Prouille, a un giorno di cavallo da Tolosa, assieme al grosso delle sue milizie».

Il volto di Filippo si allargò in un sorriso compiaciuto.

«Vi consiglio di mettervi in viaggio domani stesso», continuò il religioso, riprendendo a camminare. «Fermatevi qui per la notte, se lo ritenete opportuno. Il resto della città non è sicuro, vi si annidano nemici della Chiesa e della corona francese».

Prima che il benedettino concludesse, Ignazio non poté trattenersi dall'intervenire: «Una parola, se posso».

Il monaco alzò un sopracciglio. «Dite pure».

«Oltre a noi, si sono presentati altri messaggeri dalla Castiglia?».

Il benedettino negò, un po' disorientato.

Il mercante schivò un'occhiata sospettosa del Lusignano e continuò a rivolgersi al vecchio. «Nessun altro si è presentato? Ne siete certo?»

«Assolutamente. Se così fosse, l'avremmo invitato ad alloggiare nella foresteria della cattedrale. Chiedete pure là, se desiderate. Questa è la prassi».

Il mercante aggrottò le lunghe sopracciglia. «Capisco».

Uberto non era ancora giunto a Tolosa.

Una coltre di nubi aveva appena oscurato la luna quando una figura incappucciata entrò nella foresteria della cattedrale di Saint-Etienne. Raggiunse con passi misurati una nicchia ai margini della sala di ingresso, dove sonnecchiava un portinaio attempato.

«Che la pace sia con voi».

«Chi è?», sobbalzò l'uomo.

«Non temete». L'incappucciato scoprì il viso. «Il mio nome è Ignazio Alvarez, sono venuto a chiedervi una cortesia».

«Dite pure, benedetto pellegrino. Come posso aiutarvi?»

«Voi controllate le entrate e le uscite dei forestieri da questo luogo, giusto?»

«Giusto, monsieur».

«Allora tenete». Ignazio frugò nella sua bisaccia ed estrasse un biglietto piegato in quattro, sigillato con la cera. «Lo dovrete consegnare a una persona, un giovane, qualora si presentasse in questo luogo».

Il portinaio prese il biglietto. «Nulla di rischioso, mi auguro».

«Tutt'altro», assicurò il mercante. «Però mi raccomando, consegnatelo unicamente alla persona che vi dirò e non leggetene il contenuto per alcun motivo... Spero comprendiate».

«Comprendo».

«Badate bene». Negli occhi di Ignazio balenò una minaccia. «Mi ricorderei di voi qualora il messaggio non venisse recapitato, o la fiducia tradita. Capite cosa intendo?»

«Alla perfezione, monsieur». Le labbra dell'uomo ebbero un fremito. «A chi dovrò consegnare il biglietto?».

Il mercante porse all'interlocutore uno scudo d'oro. «Il suo nome è Uberto Alvarez. Un giovane sui venticinque anni, moro, di bell'aspetto. Viaggia solo».

«Uberto Alvarez. Mi ricorderò di lui, non temete». Il portinaio raccolse la moneta, soppesandola con avidità. «Non avete da preoccuparvi».

Ignazio accennò col capo, poi scrutò intensamente l'interlocutore, come per saggiarne l'affidabilità.

L'uomo si sentì sovrastato da quello sguardo. «Contate pure su di me», assicurò.

A quelle parole il mercante ricoprì il volto con il cappuccio e prese congedo. «Che la pace sia con voi».

«E con voi...», rispose il portinaio, ma la figura era già svanita nell'oscurità.

La luna, scivolata fuori dai nembi, aveva ripreso a splendere nel cielo.

12

Kafir cavalcava su una bestia pesante, adatta forse a trascinare un aratro ma non certo a lanciarsi all'inseguimento per lunghi tratti di strada. Uberto e la ragazza l'avevano seminato con facilità e dopo una breve fuga si erano avventurati in un bosco al confine con le terre di Tolosa. Cavalcarono per molte ore e al calar della notte decisero di sostare in un capanno da caccia abbandonato.

Uberto si chinò davanti alla bocca di un camino e prese ad armeggiare con una pietra focaia, lanciando occhiate verso la sconosciuta. «Come ti chiami?», chiese, tra il curioso e l'imbarazzato.

Lei esitò a rispondere. Se ne stava rannicchiata in un cantuccio della stamberga, a fissare il suo salvatore. Non si sentiva inquisita, né minacciata. Era tentata di rispondere a quel volto gentile, ma non fece in tempo ad aprire bocca che ebbe un rigurgito di memoria e le balenò davanti agli occhi il ghigno di Blasco da Tortosa. La visione svanì subito, ma le lasciò il bruciore di una ferita. Fra' Blasco era morto, morto per sempre, e non l'avrebbe più tormentata, eppure la terrorizzava ancora. Forse l'avrebbe inseguita per sempre negli incubi. Accarezzò la pelliccia nera del suo cane, che ora le stava accucciato ai piedi, e si sentì al sicuro. «Moira», disse. «Mi chiamo Moira».

«Io sono Uberto», rispose, accendendo il fuoco. «Non avere paura di me».

Lei annuì con timidezza. Solo allora si rese conto di trovarsi raggomitolata, il capo chino e le ginocchia piegate, strette fra le braccia. Distese le gambe seminude, raccogliendole nella posizione più dignitosa possibile, e rivolse lo sguardo al camino. Con vibrazioni quasi tattili, il calore del fuoco le irradiò il viso.

«Hai un bel nome, Moira». Uberto pose la sua bisaccia su un tavolo sgangherato, non riusciva a stare fermo e indugiava a guardarla negli occhi. Bellissimi occhi. Per sfuggire dall'imbarazzo, indicò il cane sonnecchiante. «Lui invece come si chiama?»

«Non so... Voglio dire, non ha un nome. L'ho incontrato circa due mesi fa lungo il mio cammino e da allora mi ha sempre seguita».

«È un po' triste che quel cagnone non abbia un nome». Uberto osservò l'animale acquattato, le orecchie a punta piegate in avanti, poi rivolse di nuovo lo sguardo a Moira. «Hai fame? Con me ho un po' di... Vediamo cosa mi è rimasto». Frugò nella bisaccia. «Carne essiccata... Formaggio... Pane raffermo... Temo di non avere altro».

La ragazza non rispose. Non ricordava l'ultima volta che uno sconosciuto le avesse usato tanta gentilezza, a eccezione di un vecchio tessitore di Fanjeaux che l'aveva ospitata nella sua bottega. Erano passati molti mesi da allora. Abissi di terrore la separavano da quel ricordo.

Uberto continuò a guardarla, seducente e discreto, e Moira quasi non si accorse che le stava porgendo del cibo. Prese un trancio di carne essiccata e iniziò a sbocconcellarlo, dapprima esitante, poi sempre più avidamente. Fu allora che si rese conto di avere una fame terribile. Non mangiava da giorni.

Il giovane le sedette di fronte. Non c'erano sedie in quel luogo, perciò si limitò ad accomodarsi sul pavimento a gambe incrociate, e prese a studiarla. Era veramente incantevole con quegli occhi allungati, il volto ovale tra le ciocche color ebano. Il corpo longilineo, forse un po' spigoloso sulle spalle, era nel complesso aggraziato. Nonostante la casacca sdrucita che indossava, aveva un che di aristocratico... Ma a incuriosirlo era soprattutto il suo accento orientale. «Tu non sei di queste parti», concluse.

«No», rispose Moira. «Sono nata e cresciuta ad Acri, in Palestina. Mio padre è però di origini genovesi».

«E cosa ci fai qui?».

Lei manifestò riluttanza nel parlare. Le sarebbe piaciuto dirgli che, come sua madre, portava nelle vene sangue georgiano, o raccontargli della terra lontana in cui era nata, ma trattenne il fiato. I suoi occhi scomparvero dietro un velo di capelli. «*Lui* ci troverà», disse con tono neutro, come se nient'altro avesse importanza.

«Non temere», la rassicurò Uberto.

Un pigro scrollare di crine risuonò dall'esterno, ricordando a entrambi la presenza di Jaloque, che pasceva mansueto fuori dal capanno.

Uberto decise di non fidarsi di Moira, almeno per il momento. Troppo misteriosa. Troppo bella. Ma lo stesso impulso che l'aveva spinto a salvarla lo indusse a proseguire la conversazione: «Chi era quel cavaliere saraceno? Perché ti seguiva?»

«Non lo so», esitò lei. «Ma non si fermerà finché non mi avrà uccisa».

«Per quale motivo?».

Moira abbassò lo sguardo, le dita affondate nella pelliccia del cane. «È colpa dei suoi padroni, i frati di un villaggio al confine con l'Armagnac. Mi credevano una strega, un'eretica o qualcosa del genere... Si sbagliano. Ma ormai non conta più nulla».

Uberto si sentì di nuovo in dovere di rassicurarla: «Non disperare, ora sei in salvo».

«Era meglio se mi avessi lasciata al mio destino», disse lei, fissandolo con i suoi occhi di giada. «Quel maledetto se la prenderà anche con te».

«Che ci provi!». Lui scattò in piedi, inorgoglito, poi si diresse verso il camino per ravvivare la fiamma. «Se desideri che ti aiuti devi dirmi di più. Spiegarmi bene chi sei e da dove provieni».

«Sono fuggita da Airagne...», bisbigliò Moira, ma subito si morse le labbra.

«Ho udito bene?». Uberto lasciò cadere un ceppo nel focolare e le fu subito appresso. «Non posso crederci! Tu sai dove si trova Airagne? La dimora del Conte di Nigredo?».

All'udire quel nome, Moira si ritrasse di scatto e fissò l'interlocutore come se avesse minacciato di ferirla.

«Parlami di quel luogo», insistette Uberto. «Sapresti indicarmi la strada per raggiungerlo? Potresti guidarmi?».

La ragazza indietreggiò ancora, premendo la schiena contro una parete. «Consegnami al moro piuttosto, ma non ti condurrò mai in quel luogo. Preferisco morire!».

«Non capisci...», si giustificò lui. «Devo aiutare mio padre...».

Moira si coprì il volto. «Basta, ho detto!».

Il cane alzò le orecchie e iniziò a ringhiare, poi si rese conto che non c'era pericolo, abbassò il muso e si sciolse in un lamentoso uggiolio.

Quando la ragazza tolse le mani dal viso, aveva assunto un'espressione implorante. «Lasciami riposare, ti prego. Sono così... stanca».

«D'accordo, ne parleremo domani». Uberto alzò le sopracciglia, indulgente, e indicò un involto di panni che aveva posato sul tavolo, vicino alla bisaccia. «Indossa quei vestiti, non puoi andare in giro conciata così... Qui ci sono un paio di brache, un farsetto e un paio di calzari. Si tratta di miei abiti da viaggio e ti andranno larghi, ma sarà sempre meglio degli stracci che hai addosso».

Lei accennò un sorriso.

In attesa che Moira si cambiasse d'abito, Uberto uscì per prendersi cura di Jaloque. Il capanno non era dotato di stalla, perciò aveva dovuto rinchiuderlo entro il recinto di un vecchio stabbio. Lo dissellò, controllò che avesse da brucare e da abbeverarsi a sufficienza, e gli concesse una serie di carezze ben meritate. Quelle azioni gli consentirono di riacquistare padronanza di sé, permettendogli di ragionare con lucidità. Il fatto di essersi lasciato incantare con tanta facilità da una fanciulla lo infastidiva. Non era uno sciocco e le donne non l'avevano mai intimidito prima d'allora. Uno dei vantaggi della vita del girovago era di non essere costretti a maritarsi con la prima contadina che si mostrava disponibile. Uberto aveva avuto modo di intrattenersi in diverse schermaglie amorose e di apprendere molto sul gentil sesso, ma fino ad allora non aveva provato sensazioni così forti. E tuttavia Moira non gli ispirava fiducia.

Sospirò. Prima Corba de Lantar e adesso quella strana ragazza! Ultimamente, pensò, aveva a che fare soltanto con donne misteriose.

Quando rientrò nel capanno, Moira aveva indossato i suoi abiti. Le maniche troppo larghe e i risvolti alle brache la facevano assomigliare a un giullare. Entrambi risero.

L'ilarità si interruppe di colpo lasciando spazio all'imbarazzo, e quasi per sottrarsi da quella situazione lei si coricò di lato, vicino al fuoco. Prese sonno quasi subito.

Uberto invece aveva troppi pensieri per la testa per mettersi a dormire, e benché esausto sfilò dalla bisaccia il *Turba philosophorum* e iniziò a scartabellarlo alla luce del fuoco. Non sapeva con esattezza di cosa parlasse quel libro, ma secondo le parole di Galib e di Corba de Lantar gli avrebbe svelato i segreti del Conte di Nigredo.

Il codice era suddiviso in sermoni attribuiti a una moltitudine – una *turba* – di filosofi greci intenti a confrontarsi in una quantità di dibattiti sugli argomenti più disparati, dalla creazione della materia ai segreti dell'alchimia. Ci sarebbe voluto suo padre per interpretarli a dovere, tuttavia Uberto rimase a leggere qualche passo a caso, per distrarsi dagli altri pensieri che gli frullavano in testa, finché si soffermò su una frase: "*Iubeo posteros facere corpora non corpora, incorporea vero corpora*", che tradusse: "Ordino ai posteri di rendere corporeo il non-corporeo, invero incorporeo il corporeo". Doveva trattarsi di un accenno alla sublimazione della materia e al procedimento contrario. Ne trovò conferma poche righe più sotto: "Sappiate che l'arcano dell'Opera aurea deriva dal maschio e dalla femmina".

Non possedeva i rudimenti dell'arte alchemica, ma in più di un'occasione aveva udito il padre discorrere al riguardo con uomini dotti provenienti da diversi Paesi. Ma certe conoscenze gli derivavano anche dai ricordi di infanzia, quando si trovava relegato in un piccolo monastero affacciato sul mare Adriatico. All'epoca aveva conosciuto un monaco bibliotecario, Gualimberto da Prataglia, che era edotto nei fondamenti teorici dell'alchimia. Aveva udito da lui abbastanza per intuire che con "maschio" si alludeva al piombo allo stato solido e con "femmina" allo "spirito", cioè la sostanza volatile. E lesse ancora: "Il maschio riceve dalla femmina lo spirito tingente".

Richiuse il libro, frastornato, e quasi per aggrapparsi a qualcosa di concreto posò lo sguardo sul corpo addormentato di Moira. E senza smettere di fissarla, si addormentò a sua volta.

Poco distante, Moira sognava una distesa di rena battuta da onde gonfiate dal vento. Il cielo era grigio, le nubi scompigliate come la criniera di un cavallo. Lontano dalla riva le acque si erano spalancate in un enorme gorgo marino. Qualcosa veniva risucchiato al suo interno, negli abissi.

La ragazza tremò nel sonno mentre il fragore dell'acqua la assordava, rimbombandole nelle orecchie.

Quando Uberto si svegliò, la ragazza era fuggita.

13

A Ignazio era parso d'aver appena chiuso gli occhi quando la voce di Willalme lo strappò dal sonno. Impiegò un attimo per comprendere il suo parlottio, dapprima remoto, poi sempre più chiaro. Gli rivolgeva parole allarmate: «Svegliati... Dobbiamo fuggire...».

Con un gesto istintivo balzò giù dal letto e si guardò intorno. Non era ancora l'alba. Aprì una cassapanca in fondo al giaciglio, dove la sera precedente aveva riposto i suoi abiti, e dopo essersi infilato tunica e calzari diresse un'occhiata interrogativa al compagno.

«Siamo in pericolo», spiegò il francese. «I soldati del conte Raimondo VII stanno per entrare nella reggia vescovile. Sanno che siamo qui, ci stanno cercando».

Era logico, si disse Ignazio, che la presenza di forestieri presso la sede episcopale avesse allarmato il conte di Tolosa. Qualcosa però non quadrava. Tutto era accaduto troppo in fretta. Si trovavano in città solo da poche ore, com'era possibile che Raimondo VII fosse già stato informato della loro presenza?

Ignazio, sempre più accigliato, indossò la sua cappa e si affacciò alla finestra per dare un'occhiata alla strada sottostante. Davanti all'entrata del palazzo brillavano una decina di fiaccole. Un gruppo di armati premeva contro il portone d'ingresso. Erano i soldati di Tolosa.

In mezzo agli armati spuntavano quattro frati, i cordiglieri notati da Willalme il giorno prima.

Il francese li indicò. «Se ben ricordi, mi ero accorto che quei frati ci fissavano troppo, tu però non mi hai ascoltato».

«Hai ragione», disse Ignazio. «Quei frati devono essere spie di Raimondo VII. Sono stati senz'altro loro a segnalare la nostra presenza al conte di Tolosa».

«E per quale ragione lo avrebbero fatto?»

«Alcuni religiosi disapprovano la condotta della Chiesa e scelgono di favorire i catari e chi li protegge. Ciò deve valere anche per quei cordiglieri, e vedendoci accolti nella reggia vescovile ci hanno creduti emissari di Folco o della sua Congregazione bianca...».

«Ora basta parlare». Willalme fece cenno di seguirlo. «I monaci che ci hanno ospitato stanno trattenendo i soldati davanti all'ingresso principale. Fuggiremo dal retro del palazzo».

Mentre seguiva l'agile figura del compagno, Ignazio riportò alla memoria quanto udito sulle atrocità commesse dagli uomini di Raimondo VII. Ai sostenitori della Chiesa e della corona strappavano di regola gli occhi e la lingua. Piuttosto che finire in quel modo era preferibile morire tentando la fuga.

Uscirono all'aperto e percorsero un giardino delimitato da alte siepi, prestando attenzione a ogni rumore. Il mercante gettò un'occhiata speranzosa verso il campanile di Saint-Etienne, che si profilava nero contro il cielo stellato. Più in basso sorgeva la foresteria della cattedrale, dove poche ore prima aveva affidato un delicato incarico al portinaio. Pensò a Uberto e si augurò che fosse al sicuro.

Filippo e Thiago spuntarono fra le ombre del giardino. Avevano le facce tese e i muscoli frementi, pronti ad agire.

«Andiamocene», intimò il Lusignano. «Non ci tengo a sperimentare l'ospitalità del conte Raimondo». Allungò il passo verso un punto seminascosto fra le siepi, dove attendevano il suo destriero, il carro di Ignazio trainato da due cavalli e una cavalcatura per Thiago. In pochi istanti furono pronti per partire.

Le bestie nitrirono, lanciandosi con uno scalpitio di zoccoli fuori dai giardini, e prima ancora di giungere all'esterno travolsero una coppia di soldati del conte che tentava di irrompere dall'ingresso posteriore della reggia.

Fuggirono da Tolosa con il favore del buio.

Seguirono una carrareccia diretta verso sud attraverso un bosco cinto da alture. Si lasciarono alle spalle i centri di Lantar, Auriac, Roumens e Vaudreuille senza alcun intoppo, ma trovarono molti campi distrutti dal fuoco. Gli unici luoghi abitati sopravvissuti alla devastazione erano quelli meglio difesi, come le *sauvetés* raccolte intorno ai castelli e le *bastides* cinte da fortificazioni. Per i semplici villaggi di contadini non c'era stata speranza. Ma Ignazio aveva anche altro di cui preoccuparsi. Strada facendo Filippo e Thiago cavalcavano spesso distanti dal carro, confabulando tra loro, e il mercante iniziò a sospettare che conoscessero dettagli sulla missione, ignoti a lui e a Willalme.

Lungo il cammino fecero una sosta in una locanda di Labécède, un edificio piuttosto malmesso, ma era quanto di meglio offrisse l'itinerario. Lasciarono i cavalli e il carro in una stalla diroccata, dove l'animale di maggior pregio consisteva in un ronzino decrepito, e cenarono a base di focacce, lepre in salsa d'agresto e vino annacquato.

«Cos'è mai tale porcheria?», disse Filippo, dopo aver bevuto. «Non ci troviamo in una delle zone in cui si producono i migliori vini di Francia?»

«Lo era, monsieur», si lagnò l'oste. «Lo era, prima che la milizia del vescovo Folco distruggesse i nostri vitigni... Non avete notato la sciagura che si abbatte su questa contea?»

«È dunque la Confraternita bianca la responsabile della carestia del Tolosano?», domandò Ignazio, subito attento a quelle rivelazioni.

«Sì», confermò l'uomo. «Devastano i raccolti, disperdono il bestiame e rubano i nostri soldi. Da dove pensate che provengano i fondi usati da Folco per edificare la sua Sacra Praedicatio?»

«Non capisco perché il vescovo si accanisca tanto su queste terre».

«Per via dei *texerant*».

«E chi sarebbero?»

«I catari», spiegò l'oste. «Da queste parti li chiamano così perché per vivere si dedicano alla tessitura. Sono dei gran lavoratori e non infastidiscono nessuno... Ma Folco li vuole mandare tutti al rogo, soprattutto i perfecti. Il conte Raimondo non approva questa condotta e per questo ha cacciato via Folco e la sua Confraternita. Quei fanatici non si comportano certo meglio degli Archontes».

«Ancora gli Archontes!». Filippo batté il pugno sul tavolo. «Cosa sapete di loro?»

«Molto poco, monsieur. Sono diavoli, non uomini. Si aggirano nel Sud della Francia, incendiano i villaggi e rapiscono gli abitanti. L'avrete notato strada facendo, immagino. Non siete di queste parti e avrete di certo attraversato la Linguadoca».

«Avete ragione, ma non sapevamo che fosse opera degli Archontes», precisò Ignazio. «Perché rapiscono gli abitanti? Dove li portano?»

«All'inferno, o in un luogo molto peggiore, a quanto si dice, ma nessuno sa di preciso dove. La maledizione degli Archontes si abbatte su tutta la Linguadoca, tranne su questa contea. Forse il Conte di Nigredo non vuole mettere i bastoni tra le ruote alla confraternita di Folco».

«Oppure vuole lasciare Tolosa per ultima».

«Non saprei». L'oste distolse lo sguardo. «In ogni modo, mi rincresce per il vino... Perdonate la nostra miseria», e si dileguò fra i tavoli degli avventori.

Il giorno seguente, superate Castelnaudary e Laurac, i quattro raggiunsero Prouille, il rifugio di Folco. Il borgo era protetto da una palizzata, oltre la quale una cerchia di casupole si raccoglieva intorno alla chiesa di Sainte-Marie, la Sacra Praedicatio. Lo sguardo di Ignazio indugiò sulla facciata dell'edificio, non tanto per ammirare le proporzioni architettoniche quanto per i rampicanti color vinaccia che la ricoprivano per metà, e che gli diedero la sensazione di approdare in un'isola di pace. Poi, notata la presenza di molti soldati, cambiò subito idea.

Dinanzi alla chiesa furono ricevuti dalla badessa, una donna dall'aspetto florido con buffe sopracciglia simili a spighe di grano. Si accertò scrupolosamente della loro identità e delle loro intenzioni, poi confermò le informazioni che avevano ricevuto a Tolosa: Folco si nascondeva proprio in quel luogo.

Ma la badessa non permise che i quattro forestieri incontrassero subito il vescovo. Trovandoli sporchi e affaticati per il viaggio, dispose che prima si lavassero e venissero rifocillati.

14

Folco attendeva nella sala delle udienze e mentre passeggiava sul pavimento di cotto sfogliava la *Vita di Maria d'Oignies*, un libricino che Jacques de Vitry gli aveva dedicato. A dispetto della sua fama smisurata, era un ometto rinsecchito avvolto in una tonaca priva di fronzoli. La trama rugosa del volto ne testimoniava l'età avanzata, nonostante gli occhi ancora vivaci.

Quando i quattro forestieri entrarono nella sala, ripose il libro su un leggio che riceveva luce da una bifora e aprì le braccia in cenno di saluto. «Da quel che mi è stato annunciato, lorsignori recano notizie di padre Gonzalez de Palencia», esordì, e un'inconfondibile cadenza genovese tradì le sue origini italiche.

«Difatti, eccellenza, lasciate che vi porga omaggio». Filippo precedette il gruppo, giunse le mani in segno di preghiera e le ripose fra quelle del vescovo. Dopo che si furono scambiati un bacio simbolico, si presentò: «Io sono Filippo di Lusignano, cavaliere di Calatrava, al vostro servizio. Vengono al mio seguito Thiago de Olite, mio sottoposto, Ignazio Alvarez da Toledo e il suo accompagnatore Willalme». Mostrò il salvacondotto. «Questa è la nostra lettera di presentazione vergata da padre Gonzalez in persona, con beneplacito di Ferdinando III di Castiglia».

Mentre il vescovo esaminava il documento, il mercante lo osservò con curiosità. In gioventù aveva sentito parlare di lui, ma non in qualità di religioso. Folco era stato in passato un trovatore famoso per i suoi componimenti cavallereschi. In seguito era diventato abate, poi vescovo di Tolosa, stringendo rapporti di amicizia con sovrani del calibro di Riccardo Cuor di Leone e di Alfonso II d'Aragona. In sostanza, una leggenda vivente.

Il vescovo alzò lo sguardo dalla lettera. «Da quanto c'è scritto in siffatto documento, vedo che serbate un'idea piuttosto vaga del problema».

«Sappiamo soltanto della scomparsa di Bianca di Castiglia, eccellenza, e del coinvolgimento del Conte di Nigredo», sintetizzò Filippo.

«E dell'ossesso», soggiunse Ignazio con tono scettico.

«Ah, l'ossesso, per poco non me ne scordavo», disse il vescovo, quasi divertito, poi aggrottò la fronte rugosa. «Secondo le informazioni in mio possesso non è scomparsa la sola regina, ma anche il luogotenente Humbert de Beaujeu e soprattutto il legato pontificio Romano Frangipane. Proprio la sua assenza, più ancora di Bianca di Castiglia, ci rende vulnerabili».

Filippo lo fissò con interesse. «Cosa intendete?»

«Il Frangipane ha l'incarico della Santa Sede di stare al fianco della regina in qualità di primo ministro, e al momento è la spina dorsale della Francia. Humbert de Beaujeu detiene invece il controllo dell'esercito regio. L'assenza di questi due uomini rende la *curia regis* priva di cervello e di braccia».

«Non vi fidate di nessun altro in Francia?»

«Non esattamente». Il vescovo gesticolò con le mani nocchiute, quasi volesse plasmare nell'aria il corpo di un gigante. «Posso contare sulla mia milizia, il braccio armato della Confraternita bianca».

«Già lo sapevamo», commentò Ignazio, con una punta di sarcasmo. «Abbiamo notato i "segni" lasciati dai vostri soldati nel Tolosano. È un miracolo che nei dintorni cresca ancora qualche filo d'erba».

«Si chiama "missione terra bruciata", per l'appunto». Folco scrutò il mercante con la tipica superiorità dei chierici nei confronti dei laici. «Leggo nei vostri occhi una sfumatura di biasimo, ma vi assicuro che queste misure sono necessarie. Migliaia di catari si annidano a Tolosa e negli abitati circostanti, spingendo il volgo verso l'eresia. Sono costretto ad agire con la forza se voglio catturare le volpi nascoste nella vigna del Signore». Ammorbidendo di tono, si rivolse a Filippo. «Il problema non risiede nella fedeltà, ma nella qualità degli uomini di cui dispongo, soldati o valvassini privi di peso politico. È l'appoggio della nobiltà che mi manca».

«Possibile?». Il Lusignano aggrottò la fronte. «E la corte parigina?».

Folco mimò un gesto di impotenza. «Da quando la regina è stata rapita, ogni contatto con Parigi è decaduto. Pare che la corruzione dilaghi all'interno della curia regis».

Filippo portò la mano al mento massiccio. «Inizio a capire».

«Ebbene», soggiunse il mercante, «se vostra grazia lo ritiene opportuno, è il momento che ci riveli le informazioni di cui dispone sul Conte di Nigredo».

Il vescovo rimuginò, indeciso forse su come affrontare il discorso. «Sarà bene che vediate con i vostri occhi. Capirete meglio di fronte a cosa ci troviamo».

«A cosa alludete?».

Lo sguardo di Folco sprigionò una luce fino ad allora nascosta. E non esprimeva affatto sentimenti pietosi. «All'ossesso, naturalmente. Lo tengo prigioniero nelle segrete di Prouille».

I sotterranei della Sacra Praedicatio si rivelarono più estesi del previsto. Ignazio avanzava nell'ombra tra pareti chiazzate di muffa e salnitro, rivivendo uno spaventoso ricordo d'infanzia, quando si era perduto con il fratello Leandro in un luogo simile, ma molto più antico di quello. Una catacomba da cui lui soltanto era uscito vivo, per puro miracolo. Quella tragedia lo ossessionava ogni volta che scendeva nel sottosuolo. Nel frattempo Folco, accompagnato da un paffuto primicerio e da una coppia di armigeri, faceva strada verso le celle dove venivano tenuti rinchiusi coloro che erano sospettati di eresia. Una simile occupazione sarebbe spettata al conte di Tolosa, se non avesse parteggiato per i perseguitati dalla Chiesa. Secondo il mercante, quel luogo esprimeva alla perfezione il dualismo dell'istituto ecclesiastico, che nascondeva la sua natura repressiva dietro una maschera di pietà cristiana.

Folco proseguì per un cunicolo asfittico, poi si fermò davanti a un uscio sprangato e ordinò che venisse aperto. All'interno, in una cella angusta e maleodorante, una figura umana completamente nuda giaceva rannicchiata sul pavimento. Il riverbero delle torce ne rivelò l'estrema magrezza e la pelle ricoperta di segni violacei. Con un brivido feroce, Ignazio rammentò d'aver subìto egli stesso, anni addietro, il supplizio della tortura. «Quest'uomo è stato percosso con brutalità eccessiva», sentenziò con asprezza.

«Quando l'abbiamo trovato era già ridotto così», rispose Folco con finta innocenza.

Il mercante non ebbe il tempo di replicare, poiché ogni suo pensiero fu sopraffatto dallo sgomento. Il prigioniero si alzò in piedi e camminò verso l'uscio, lento e ingobbito, con il braccio destro sollevato e il sinistro penzoloni. Trascinò le catene fissate alle caviglie finché gli fu possibile, dopodiché inciampò, cadendo di nuovo a terra.

Il Lusignano disegnò una smorfia di disgusto. «Un tale obbrobrio può essere soltanto opera del diavolo».

Il vescovo confermò con un cenno del capo ed entrò nella cella, anticipato da un armigero con la torcia.

Alla vista del fuoco, il prigioniero emise una sorta di gracidio e si rintanò in un angolo.

«Visto?», ghignò Folco. «Rifugge la luce, come una creatura delle tenebre». Gli rivolse uno sguardo severo e tracciò una croce nell'aria. «Non lasciatevi ingannare dalla sua apparente idiozia. È più scaltro di quanto non sembri».

Ignazio osservò l'ometto compassato conosciuto poco prima che si tramutava in un giudice inflessibile del tribunale vescovile. Non era la prima volta che assisteva a simili metamorfosi, e come sempre non poté astenersi dal provare un fascino perverso. Dopotutto anche lui, suo malgrado, possedeva due nature inconciliabili, l'intelletto e la passione, come due corpi celesti che giocavano a eclissarsi l'un l'altro.

Folco sfiorò il recluso con la punta di un calzare. «Non hai nulla da dirmi oggi, Sébastien?», l'apostrofò, poi si rivolse ai visitatori: «I miei uomini l'hanno arrestato mentre perlustravano i dintorni di Labécède, dove al solito trovano rifugio molti catari. Interrogandolo ci siamo resi conto di quel che sapeva».

Il prigioniero affondò il capo tra le spalle ossute e si lasciò sfuggire un risolino isterico. Solo allora il mercante si avvide che doveva avere più o meno l'età di suo figlio.

«Sembra non voler parlare», constatò Filippo.

Il vescovo abbozzò un'espressione miserevole. «I demoni che lo possiedono distorcono la sua percezione della realtà. A volte lo rendono feroce e a volte invece, come adesso, lo istupidiscono. Ma conosco un esorcismo in grado di farlo rinsavire». Impose i palmi sulla fronte del prigioniero e recitò con voce insolitamente possente: «*Omne genus demoniorum cecorum, claudorum sive confusorum, attendite iussum meorum et vocationem verborum!*». Inspirò profondamente, poi seguitò: «*Vos attestor, vos contestor per mandatum Domini, ne zeletis, quem soletis vos vexare, homini, ut compareatis et post discedatis et cum desperatis chaos incolatis!*»[2].

Il corpo di Sébastien fu scosso da una convulsione, poi la sua bocca si storse, quasi a trattenere un conato di vomito, e si spalancò per urlare: «*Miscete, coquite, abluite et coagulate!*».

Ignazio sbarrò gli occhi. «Cosa sta dicendo?». Gli era abbastanza vicino da sentire l'odore pestilenziale, vagamente dolciastro, del suo alito.

«*Miscete, coquite, abluite et coagulate!*», gridò ancora il prigioniero. «*Miscete, coquite, abluite et coagulate!*».

«Dimmi da dove vieni, Sébastien», lo incitò il vescovo, sollevando i palmi sulla sua fronte. «Dimmi di quel luogo sperduto fra i monti».

L'invasato si chetò, sembrò quasi sorridere prima di parlare. «Airaaaagne... Vengo dalle spiiiire di Airaaaagne».

Folco distese i lineamenti grinzosi. «È là, nel posto che chiami Airagne, che gli spiriti maligni si sono impossessati di te?».

Uno scintillio d'intelligenza balenò negli occhi del prigioniero, mentre il suo corpo continuava a essere pervaso dai tremiti. «Sìììì...».

«E chi è l'artefice di tutto questo male?».

[2] Demoni di ogni genere, che accecano, che dannano, che sciancano e che turbano, obbedite ai miei ordini e alle mie parole. Vi censuro, vi scongiuro per mandato del Signore, di non molestare, come vi è solito fare, gli uomini, sicché compariate, e poi ve ne andiate e con disperate anime abitiate.

Lo sforzo mnemonico sembrò procurare a Sébastien una sofferenza quasi fisica. «Il Conte di Nigreeeedo...», mormorò. «Sììì, è cosììì... Il Conte di Nigreeeedo».

«Dimmi, figliolo, chi altri hai visto in quel luogo? Chi vi è tenuto prigioniero?»

«Taaaanta gente... Taaaanta gente nel fuoco e nel metallo roveeeente».

«Però giorni fa mi hai parlato di una persona in particolare, una dama molto bella trasportata da una carrozza. Ricordi?»

«Sììì». Il prigioniero divenne d'un tratto euforico. «L'ho viiiista prima di fuggiiiire. È la regina Biaaaanca...».

Folco rivolse uno sguardo significativo in direzione di Ignazio, poi riprese l'interrogatorio: «Sei sicuro? Come l'hai riconosciuta?»

«L'ho vista sceeeendere da una carrooozza con le insegne del re di Fraaaancia... E lei era beeeella, taaaanto beeeella... Aveva un vestito azzuuuurro coperto di gigli d'ooooro».

«E ricordi dove si trova il posto che chiami Airagne?»

«Fra i monti selvaaaaggi». L'orrore si dipinse sul volto del prigioniero. «Ma io sono fuggiiiito! Soooono fuggiiiito, fuggiiiito!».

«Molto bene, figliolo». Il tono di Folco si fece incalzante. «Vuoi parlare di quel maledetto luogo? A me ne hai già accennato, giorni fa. Vuoi ripeterlo a questi visitatori? Parlaci di Airagne».

Il prigioniero si guardò intorno come un animale spaventato, poi si coprì il viso con le mani.

«Perché ti ostini a tacere?», inquisì il vescovo. «Vuoi che ti faccia prendere ancora a frustate?».

A quelle parole, Sébastien deformò il volto in un ringhio feroce. «Soooono fuggiiiito! Fuggiiiito... *Miscete, coquite, abluite et coagulate!*».

Il Lusignano fece un passo in avanti, visibilmente irritato. «Parla dannato! Dicci di quel posto!».

«*Miscete, coquite, abluite et coagulate!*».

«Dove ti sei nascosto, Sébastien?». La voce tranquilla di Ignazio risuonò inaspettata. «Dove hai trovato asilo, una volta fuggito da Airagne?».

Il prigioniero sorrise di colpo. «All'*hospitium* di Saaaanta Lucina, vicino a Puiveeeert. Dalle braaaave sorelle dagli abiti biiiigi...».

«Brave sorelle un accidente! È risaputo che quelle beghine simpatizzino per i catari». Folco si chinò dinanzi al prigioniero, incurante del lezzo che emanava. «Ed è questo che sei anche tu, vero Sébastien? Un cataro, un adoratore del Gatto. Ecco perché Satana è entrato nel tuo corpo».

Il mercante si rivolse al vescovo, la fronte solcata dal dubbio: «Vostra grazia ne è proprio certo? A mio avviso costui non è posseduto da spiriti maligni. È solo malato. Forse ha subìto un avvelenamento».

Folco, che non ammetteva di essere contraddetto, sfogò la sua irritazione su Ignazio: «Si può sapere cosa farneticate? Non riconoscete forse l'opera di Lucifero, com'è palese a tutti qui dentro?».

Ignazio preferì non ribattere e con un veloce cenno invitò Willalme a nascondere la sua smorfia sprezzante.

Approfittando della distrazione generale, Sébastien spalancò le fauci e si avventò contro il vescovo per azzannarlo, ma Folco se ne accorse in tempo e lanciò un grido d'allarme. Un armigero intervenne in sua difesa, trattenne l'ossesso per le catene e iniziò a prenderlo a calci.

Nessuno proferì verbo. Ignazio, agghiacciato da tanta brutalità, ebbe il buonsenso di tenere fermo Willalme per un braccio, prima che si azzardasse a intervenire in difesa del prigioniero. Il grasso primicerio, rintanato alle spalle di Folco, assisteva invece alla scena con un risolino sadico stampato sul volto.

Tuttavia l'evento più raccapricciante doveva ancora verificarsi. Quando cessò il pestaggio, il prigioniero continuò a contorcersi come se accusasse dei violenti spasimi al basso ventre. Il dolore non sembrava provenire dai colpi appena ricevuti, ma da un male misterioso che nasceva dall'interno del suo corpo. «*Tres fatae celant crucem!*», gridò all'improvviso, dimenandosi come un serpente ferito. «*Tres fatae celant crucem! Tres fatae celant crucem!*».

«Guardate», vociò Thiago, allibito. «Sta pisciando sangue!».

Sébastien lacerò l'aria con un urlo straziante, poi vomitò grumi di sostanza nerastra e stramazzò al suolo, privo di vita.

E tutti stettero a fissarlo per un lasso di tempo che parve interminabile.

Nelle segrete di Prouille era calato un silenzio di tomba, regnava lo sbigottimento.

Ignazio era l'unico fra i presenti ad aver mantenuto il sangue freddo e approfittò dell'occasione per studiare il cadavere dell'ossesso. Il macabro su di lui non suscitava alcun effetto, era ben altro a turbarlo. In meno di un mese si trovava di fronte al secondo decesso avvenuto in circostanze misteriose, sebbene in quel caso non ravvisasse tracce di Herba diaboli. Il volto del cadavere era deformato dai segni di un male sconosciuto, ma a insospettirlo fu soprattutto il colorito giallastro della pelle e un insolito alone blu scuro sulle gengive. Non erano segni lasciati dalla scrofola, né dalla peste o dalla lebbra, ma neppure dai veleni più comuni. La soluzione del dilemma doveva risiedere altrove, e d'un tratto il mercante si ricordò di avere sentito parlare di qualcosa di simile durante i suoi viaggi in Oriente.

«Non possiamo assolverlo». Lo sguardo di Folco si posò sulla salma. «È morto nel peccato».

«Aspettate a dirlo, vostra grazia». Ignazio distolse lo sguardo dal cadavere, ormai sicuro delle proprie ragioni. «Quel recluso non era posseduto dal demonio. Sembrava sotto gli influssi di una strana febbre, forse cagionata da...».

«E cos'è la febbre, se non uno spirito maligno che entra dentro il corpo?», lo interruppe il vescovo.

«Molti filosofi trovano nelle malattie una spiegazione razionale».

«Lasciate perdere, per favore». Folco era palesemente irritato. «Le malattie sono causate dal peccato, che rende l'uomo debole e lo trasforma in un ricettacolo del male». Un'ombra di presagio gli appesantì le occhiaie. «E anche le spire di Airagne, senza dubbio, sono opera di Lucifero».

«A quanto pare in quel luogo accadono cose misteriose». Ignazio si accarezzò la barba, riflessivo. «La faccenda mi incuriosisce non poco...».

A tali parole il vescovo non poté più trattenere lo sdegno. «Frenate la vostra curiosità, mastro Ignazio! Come vi permettete? *Curiositas est scientia funesta!*».

«La curiosità esprime la libertà dell'intelletto», ribatté il mercante, punto nel vivo. «Anche sant'Agostino la esalta».

Folco gli rivolse un sorrisetto compassionevole. «Agostino ammette la curiosità, è vero, ma la subordina al timor di Dio». Gli puntò l'indice contro. «Voi invece la idolatrate».

Ignazio fece per ribattere, ma si trattenne. Si trovava di fronte a un ministro della Chiesa. Ancora una parola e non sarebbe uscito tanto facilmente da quelle segrete. Inoltre detestò ammettere che l'ammonimento di Folco lo aveva scosso nell'intimo. Era vero. Idolatrava la ragione e non resisteva alla curiosità di svelare la logica nascosta dietro ogni fenomeno, a costo di compiere bassezze e di ricorrere a sotterfugi.

La voce del Lusignano spezzò la tensione che si era creata tra il vescovo e il mercante: «Come intendiamo procedere con le indagini? L'ossesso è morto prima di rivelare dove si trova Airagne».

«Però ha fornito un indizio», ammise Folco. «Un indizio di cui voi non disponevate ancora».

«Alludete all'hospitium di Santa Lucina», affermò Ignazio, sgusciando dal suo doloroso esame di coscienza. «Sébastien ha asserito d'avere trovato ospitalità in quel luogo dopo essere fuggito da Airagne. È probabile che là vi siano indizi».

«Stavolta avete intuito giusto, mastro Ignazio». Il vescovo si guardò intorno irrequieto, forse iniziava a sentirsi a disagio in quella prigione. «Il cosiddetto hospitium di Santa Lucina si trova a est dello *château* di Puivert, nella viscontea di Narbonne. Per l'esattezza, sorge presso l'abbazia di Fontfroide».

«Siete piuttosto informato al riguardo», osservò il mercante.

«Non è stata la prima volta che l'ossesso ha menzionato quel luogo, ne parla da settimane. Ho avuto tutto il tempo di individuarlo e di fare infiltrare alcuni agenti della Confraternita bianca tra i conversi di Fontfroide, in segreto. Da là indagano sulle consorelle di Santa Lucina. Il fatto che quelle donne abbiano ospitato Sébastien non può essere casuale. Sospetto che siano legate ad Airagne, in un modo o nell'altro. Ma finora nessuno dei miei uomini ha scoperto nulla. Le consorelle sembrano condurre una vita pia, all'apparenza».

«All'apparenza?»

«Già», sospirò il vescovo. «Dovete sapere che la fondazione di Santa Lucina non è propriamente un hospitium, ma un autentico béguinage, cioè una comunità di donne pie chiamate "beghine". Si tratta di laiche votate al soccorso dei bisognosi, al lavoro e alla preghiera. Imitano le regole degli ordini religiosi ma non appartengono a nessuno di essi. Ecco dove risiede il male: trovandosi al di fuori dell'ordinamento ecclesiastico diventano terreno fertile per l'eresia».

«Perdonate, vostra grazia, ma mi sfugge una cosa», disse Ignazio. «Di quale utilità potremmo esservi noi, se i vostri uomini svolgono già queste indagini?».

Folco apparve spiazzato e rispondere gli costò un certo imbarazzo: «Non sono stato io a chiedere il vostro intervento, se è a ciò che alludete. È stato padre Gonzalez a voler prendere parte a questa missione a tutti i costi. Ed è sempre stato lui a insistere che accettassi il suo aiuto e che indirizzassi i suoi inviati verso la giusta strada. Io ho semplicemente accettato, ma, come mi sembra di aver dimostrato, non ho bisogno di voi».

Ignazio ammutolì. Non Folco, ma il Gonzalez teneva le fila del gioco! Lanciò un'occhiata interrogativa verso il Lusignano che, per tutta risposta, distolse lo sguardo. Un gesto eloquente. Di certo quell'infame conosceva la verità fin dall'inizio e l'aveva taciuta. Chissà cos'altro nascondeva!

«Bene». Filippo ruppe quel silenzio imbarazzato. «Partiremo per Santa Lucina domani stesso, non appena farà giorno».

Ignazio nascose il sospetto e si rivolse di nuovo al vescovo: «Un ultimo ragguaglio, vostra grazia. L'ossesso, prima di morire, ha ripetuto una frase: "*Tres fatae celant crucem*", cioè "Le tre *fatae* nascondono la croce". Sapete a cosa possa alludere? Chi o cosa sono le tre *fatae*?»

«Le *fatae* sono femmine diaboliche, come quelle descritte nel *Super Apocalypsim* di Godefroy d'Auxerre», rispose Folco. «Nelle campagne francesi e germaniche, dove vengono spesso menzionate, si dice appartengano alle tradizioni pagane... Ma se fossi in voi non mi curerei troppo degli enigmi biascicati da un indemoniato. Satana è ingannevole e si diverte a confonderci».

«Non è di Satana che dobbiamo preoccuparci», replicò il mercante, muovendo il passo verso l'uscita della prigione. Si rese conto di essersi espresso in modo brusco, ma la rivelazione sul Gonzalez l'aveva palesemente innervosito. Come aveva rivelato Galib poco prima di morire, il gioco era più grande ed esteso di quanto si potesse immaginare. Era un'enorme ragnatela. E lui vi si trovava invischiato, proprio nel mezzo.

PARTE TERZA
LE TRE FATE

Sublime Spirito, luce degli uomini,
purifica le orride tenebre della nostra mente.

NOTKER IL BALBO, *Hymnus in die Pentecostes*

15

La compagnia del mercante pernottò a Prouille e al mattino si congedò dal vescovo Folco per riprendere il viaggio. Ignazio era reduce da un dormiveglia pieno di ripensamenti. Dopo le ultime rivelazioni sentiva l'ombra del Gonzalez alle sue spalle. Non riusciva a comprendere le intenzioni di quel domenicano e nemmeno fino a che punto il Lusignano ne fosse al corrente. Aveva valutato l'alternativa di fuggire per andare alla ricerca di Uberto, che immaginava disperso fra i sentieri della Linguadoca, forse in pericolo. Ma agire in quel modo avrebbe significato trasgredire gli ordini di Ferdinando III, con le dovute conseguenze. Il mercante era quindi costretto a lasciarsi trasportare dalla marea degli eventi, in attesa del momento propizio per agire. Soffermandosi su simili pensieri, egli però tralasciava di proposito altre considerazioni. Di fatto il mistero di Airagne lo incuriosiva al punto da impedirgli di rinunciare alla spedizione. Voleva scoprire cosa si nascondesse in quel luogo di fuoco e di metallo fuso, e da dove nascesse la follia dell'ossesso di Prouille.

Superarono le terre del Lauragais, lasciandosi alle spalle l'abitato di Fanjeaux, e dopo una sosta dinanzi alle mura di Carcassonne proseguirono verso sud, lungo il corso dell'Aude. Oltrepassati Limoux ed Espéraza il paesaggio mutò, la vegetazione si fece più fitta e le vette dei monti Corbières spuntarono all'orizzonte.

Quando giunsero presso il castello di Quillan deviarono verso ovest in direzione di Puivert e seguirono un sentiero che si inoltrava in un bosco. Entro breve, stando alle indicazioni di Folco, avrebbero raggiunto il béguinage di Santa Lucina.

Durante il cammino Willalme sgusciò dalla sua cappa di silenzio per porre una domanda a Ignazio: «Cosa intendevi nelle segrete di Prouille, attribuendo il comportamento dell'ossesso a una sorta di febbre?».

L'espressione del mercante, che fino ad allora era stata assorta, mutò in un sorriso volpino. «Quell'uomo non era posseduto da nessuno spirito maligno. Potrei scommetterci».

«Ritieni fosse stato colpito da una malattia?»

«Non da una malattia, ma da una sostanza velenosa. Le esalazioni di un metallo».

Il Lusignano avvicinò il suo cavallo al carro. «Teoria interessante, mastro Ignazio. Spiegatevi meglio».

Il mercante gli rivolse uno sguardo ironico. Il sospetto e il disprezzo che nutriva per quell'uomo si stavano tramutando in autentica avversione. «Messer Filippo, pensavo condivideste l'opinione di Folco. Non vorrei compromettere le vostre convinzioni in merito».

«Non siate ingenuo. Semplicemente non ho ritenuto opportuno contraddire uno dei prelati più influenti del Sud della Francia. D'altro canto, confesso di sapere ben poco sulle possessioni demoniache. Il mio compito, finora, si è limitato a combattere i mori», si giustificò. «Ma Sébastien, quel miserabile, non recava traccia di malvagità nello sguardo. Tutto quel che ho notato in lui è stato lo squilibrio mentale e, come dire, una sorta di bizzarria fisica, uno scoordinamento nei movimenti».

«Infatti, ma vi sono altri elementi degni di nota». Ignazio prese a contare sulla punta delle dita. «L'odore dolciastro dell'alito. Il tremore diffuso per il corpo. La paralisi degli arti. Il colorito della pelle. Infine, una sorta di orlo bluastro sulle gengive». Pronunciò le ultime parole con una certa enfasi, in modo che la sua voce sovrastasse il ballonzolare del carro. «E poi le convulsioni, il sangue nell'urina, gli attacchi di vomito... Sono tutti sintomi di un disturbo molto raro. Ne so molto poco, ma ho sentito dire che a volte colpisce chi pratica l'alchimia».

Willalme lo fissò con curiosità. «A cosa alludi?»

«Parlo di un male identificato già dagli antichi. Viene chiamato "saturnismo" o, meglio, "male di Saturno"».

«Ancora non capisco», ammise il Lusignano. «Spiegatevi più in dettaglio».

«Il nome di Saturno designa il *plumbum nigrum*, volgarmente detto "piombo". Le persone che lo manipolano o ne respirano le polveri, a volte, vengono colte dalla pazzia. Come Sébastien. Il piombo entra nel loro sangue e le fa sragionare». Ignazio sottolineò un concetto: «Il plumbum nigrum viene impiegato nella prima fase dell'opera alchemica, Nigredo. Come vedete, ancora una volta gli indizi ci portano verso la solita direzione».

«Ma certo, il Conte di Nigredo... Il suo legame con l'alchimia...», disse il Lusignano. «Però mi sembra strano che quel mentecatto di Sébastien possa essere stato un alchimista. E se invece avesse semplicemente lavorato in una cava di galena, da cui si ricava il piombo?»

«Dimenticate la formula latina che ripeteva di continuo: "*Miscete, coquite, abluite et coagulate*". Non biascicava a vanvera. Elencava le operazioni necessarie per la trasmutazione alchemica dei metalli, che probabilmente aveva svolto di persona».

«La faccenda si fa interessante», proferì Willalme.

«Interessante e misteriosa», soggiunse Ignazio. «Ecco perché gli agenti inviati da Folco per indagare sul béguinage di Santa Lucina non hanno trovato indizi. Cercano sospetti di eresia. Noi invece dovremo prestare attenzione a particolari molto più insoliti, facili a essere confusi per qualcos'altro, come ad esempio gli effetti collaterali cagionati dall'opera di un alchimista».

Filippo annuì compiaciuto. «Comprendo il motivo per cui re Ferdinando vi tiene tanto in considerazione. Siete davvero una mente illuminata».

L'allusione al monarca provocò in Ignazio una sorta di agitazione interiore. Non un turbamento emotivo ma un sovrapporsi di pensieri che fece brillare le sue iridi di una luce più intensa. E senza rivolgersi a nessuno in particolare, enunciò: «Solo ora intuisco la vera ragione per cui ci è stata affidata questa missione».

Thiago non si lasciò sfuggire quelle parole. «Cosa intendete?».

Ignazio fissò il navarro, che doveva essere molto più intelligente di quanto lasciasse trapelare. Prima di rispondergli si chiese se quell'uomo serbasse maggior fedeltà verso il Lusignano o verso il Gonzalez. O se magari servisse una terza persona. «Intendo che Ferdinando III, padre Gonzalez e il vescovo Folco non sono interessati a soccorrere Bianca di Castiglia, ma a qualcos'altro».

Thiago storse il naso con fare dubbioso, ma fu Filippo a rompere il silenzio: «Suvvia, mastro Ignazio, non c'è motivo di esprimersi tanto aspramente nei confronti del nostro monarca...».

D'un tratto un grido di battaglia risuonò dal folto della macchia. Un attimo dopo si udirono passi affrettati tra i cespugli, poi sbucarono dalla boscaglia un cavaliere e cinque fanti muniti di lance e balestre.

I viandanti non ebbero il tempo di coordinarsi per rispondere all'assalto e gli aggressori ne approfittarono. Il cavaliere nemico avanzò a spada tratta e vibrò un fendente in pieno volto a Thiago, dopodiché incrociò la lama con quella del Lusignano mentre gli altri armigeri accerchiavano il carro.

Willalme balzò dalla serpa e si gettò nella mischia, sguainò la scimitarra, evitò la stoccata di un fante e con un gesto fluido gli amputò un braccio. Mentre metteva in difficoltà un secondo avversario, non si accorse di un balestriere che lo stava prendendo di mira. La balestra scoccò un verrettone che lo trafisse alla spalla sinistra. Il mercante vide l'amico cadere a terra e perdere la spada, fece per soccorrerlo, ma un armigero gli fu addosso e tentò di strappargli le redini di mano. Reagendo d'istinto, Ignazio strattonò le briglie. I cavalli, già spaventati, si impennarono con un nitrito e si lanciarono al galoppo.

Il carro schizzò senza controllo nella macchia e il mercante non poté fare altro che aggrapparsi alla serpa per evitare di essere sbalzato a terra. Tutto avvenne a una velocità vertiginosa. Si guardò alle spalle, verso i suoi compagni, e riuscì a distinguere la sagoma di Thiago riemergere dalla mischia, la spada e la faccia sporche di sangue.

Sprezzante del dolore, Willalme si rialzò sulle ginocchia per anticipare un nuovo assalto. Raccolse la lancia del fante che aveva abbattuto, la bilanciò sul palmo e la scagliò contro un balestriere acquattato fra i cespugli. L'uomo gettò l'arma a terra e sollevò a difesa un brocchiere, ma la punta della lancia scivolò sopra lo scudo e gli perforò la gola. Il francese lo osservò accasciarsi sull'erba.

Filippo nel frattempo disarcionò il cavaliere nemico e caricò in soccorso di Thiago. Il navarro, ferito al volto, armeggiava alla cieca contro due fanti.

Willalme lanciò un'occhiata ai compagni.

«Pensate a mastro Ignazio!», gridò il Lusignano, mentre vibrava un fendente sulla testa di un soldato.

Il francese non replicò, balzò in sella al corsiero del cavaliere disarcionato e con un colpo di briglia sparì fra gli arbusti. La spalla, trafitta dalla punta del verrettone, gli doleva terribilmente.

Quando Ignazio riuscì a frenare i cavalli, il carro era ormai giunto presso un rivo nascosto tra gli alberi. Sulla sponda opposta, il bosco si interrompeva lasciando spazio a una radura e in mezzo allo spiazzo compariva un accampamento militare circondato da palizzate, fra le quali stazionavano soldati con uniformi di varia foggia.

Il mercante reputò che si trattasse di un esercito di mercenari. Nelle terre di Linguadoca era frequente imbattersi in reparti di *soudadiers* a pagamento. Ma quando identificò i loro stendardi si ricredette e, colto dall'inquietudine, arretrò con cautela dove la macchia si infittiva.

Un rumore di zoccoli al galoppo lo fece trasalire, poi si voltò di scatto e si accorse che l'uomo a cavallo aveva un volto amico. Il sollievo durò solo un attimo, poiché Willalme ebbe un calo di forze e scivolò dalla sella.

Ignazio si precipitò in suo aiuto mentre il francese, per non stramazzare al suolo, si era aggrappato a una borsa fissata all'arcione, facendola cadere a terra insieme a lui. Un attimo dopo il mercante era al suo fianco. «Sei ferito».

«Nulla di grave...», minimizzò il francese, pallido in volto. «Tu piuttosto... Sei salvo!».

«Parla a voce bassa, per carità», lo esortò il mercante, indicando l'accampamento oltre il rivo.

«Chi sono quei soudadiers?». Poi Willalme osservò le insegne ed ebbe un sussulto. «Raffigurano un sole nero su campo giallo... Pensi che siano gli Archontes?»

«Sì». Il mercante esaminò la ferita del compagno. «Gli sgherri che ci hanno attaccato devono essere dei loro. Forse in esplorazione».

«O forse cercavano proprio noi...», insinuò il francese, portandosi la mano alla spalla. «Ma ora aiutami a togliere questo verrettone...».

Il mercante scosse il capo. «Se lo togliessi ora, lacererei la carne e ti farei perdere molto sangue. Dobbiamo trovare un luogo sicuro per medicarti a dovere. Fammi vedere come posso rimediare nel frattempo...». Strappò la casacca dell'amico per scoprire la ferita e tamponò il sangue con una pezza di stoffa, poi raffazzonò una fasciatura provvisoria. «Messer Filippo e Thiago?», chiese nel frattempo.

«Sono bravi guerrieri... Avranno già fatto piazza pulita».

«Raggiungiamoli». Ignazio diresse un'ultima occhiata verso l'accampamento e notò con sorpresa che alcuni soldati sfoggiavano uniformi crociate o addirittura dell'esercito regio. «Dobbiamo allontanarci da qui alla svelta».

«Aspetta...», obiettò Willalme. «Se quelli sono davvero gli Archontes, non sarebbe meglio seguirli?»

«Prima devo pensare a te, e poi non è detto che quei miliziani sappiano dove sia reclusa Bianca di Castiglia».

Il mercante aiutò il compagno a salire sul carro, ma prima che potesse sedersi accanto a lui uno strano luccichio attirò il suo sguardo e lo fece tornare dov'era caduta la borsa staccata dall'arcione. Parte del contenuto si era rovesciato a terra. Si chinò in mezzo all'erba e scoprì con meraviglia che conteneva monete d'oro. «Da dove proviene questo denaro?»

«Non ne ho idea», rispose il francese, altrettanto meravigliato. «Il cavallo apparteneva a uno dei soldati nemici... Forse l'oro proviene da una razzia».

Ignazio raccolse una moneta dall'erba e la osservò con crescente stupore, dopodiché la porse al compagno. Era stata marcata con l'effigie di un ragno dalle zampe ricurve.

Il francese sgranò gli occhi. «Cosa significa?».

Invece di rispondere, Ignazio gli mostrò l'iscrizione impressa sul rovescio della moneta: AIRAGNE. «Capisci ora? Questi scudi devono essere stati coniati ad Airagne». Soppesò con attenzione la moneta. «Strano però... C'è qualcosa di anomalo...».

«A me sembra normalissimo oro». Willalme si avvicinò per guardare meglio, cercando di ignorare il dolore della ferita. «Ma dato che siamo soli, fammi una confidenza... Spiegami a cosa alludevi dicendo che lo scopo della missione non è soccorrere Bianca di Castiglia».

«Devo prima accertarmi di alcune cose». Il mercante si guardò intorno con circospezione, racimolò il gruzzolo e lo nascose nel bancale del carro. «E mi raccomando, non fare parola con nessuno di quanto abbiamo scoperto, né dell'accampamento degli Archontes né dell'oro di Airagne».

Fecero appena in tempo a raggiungere i due compagni per vedere Filippo infilzare l'ultimo soldato caduto a terra, che ancora accennava a muoversi.

Thiago rinfoderò la spada e corse verso il mercante. «State bene?».

Ignazio, prima di rispondere, scrutò il volto del navarro. Il fendente del cavaliere nemico l'aveva sfigurato, aprendogli un taglio trasversale sulla faccia. Per fortuna era stato colpito di striscio. Se la sarebbe cavata con uno sfregio, ma aveva rischiato di perdere il naso e un occhio, se non peggio.

«Io sto bene», disse il mercante. «Ma abbiamo due feriti da curare».

«Nulla a cui non possa rimediare un bravo cerusico», sdrammatizzò Filippo con un gesto grossolano.

«E gli aggressori?», proseguì Ignazio. Contò sei cadaveri. «Li avete uccisi tutti? Avete idea di chi fossero?»

«Tutti morti», rispose Thiago. «Non portavano insegne... Al diavolo!». Con una smorfia di dolore, si portò la mano al volto. «Questo maledetto taglio non smette di sanguinare. La mia vista si annebbia... Cosa contate di fare?».

Il mercante indicò un punto poco distante, dove il sentiero scendeva verso una vallata. «Secondo le indicazioni di Folco, in quella direzione sorge il béguinage di Santa Lucina. Se ci muoviamo lo raggiungeremo prima del vespro, ne sono certo. Là riceveremo le cure necessarie e troveremo rifugio per la notte».

«E nel frattempo cercheremo indizi sul Conte di Nigredo», soggiunse il Lusignano, pulendo la spada su un cadavere.

16

Moira era fuggita durante la notte. Ecco cosa si guadagnava a fidarsi delle donne, pensò Uberto, al risveglio, dopo essersi accorto della sua assenza. L'aveva salvata, le aveva dato da mangiare, da vestirsi, e per giunta si era quasi infatuato di lei... Era chiaro che gli mancava quella capacità di valutare le persone tanto spiccata in suo padre.

Indispettito e umiliato, era stato tentato di lasciarla andare per la sua strada, poi ci ripensò. Non poteva permetterselo. Lei gli serviva, conosceva la strada per Airagne. Elaborò quindi un piano per rintracciarla e rimontò in sella. Se non altro, Moira era stata così gentile da non rubargli il cavallo...

Perlustrò per mezza giornata i sentieri circostanti finché non trovò alcune tracce fresche. Erano dirette verso est e lo condussero a una grande foresta di querce. Il sentiero piegava a sud, aggirando la macchia, ma le tracce proseguivano dentro la foresta e Uberto non poté fare altro che seguirle.

Le chiome degli alberi erano così fitte da impedire il passaggio dei raggi solari. Il giovane scese da sella per evitare i rami bassi e proseguì a piedi conducendo Jaloque per le redini. Si sentiva avvolto da un'atmosfera dal sapore antico, quasi sacrale. La foresta somigliava a una sconfinata cattedrale, con i tronchi al posto delle colonne e le chiome come intricati soffitti.

Ma a occupare i suoi pensieri era soprattutto Moira. Si interrogò sul vero motivo che lo spingeva a rincorrerla e si accorse che il suo interesse per lei era più forte di quanto pensasse. Ora non provava più risentimento, ma preoccupazione. Era impaziente di ritrovarla e sperava che non le fosse accaduto nulla di brutto. Ma d'un tratto si sentì uno sciocco e si impose di mantenersi lucido. Moira gli serviva anzitutto per l'adempimento della missione, il resto non contava.

E proseguì fra gli alberi.

Era difficile distinguere le tracce nell'oscurità del bosco. Le impronte diventavano incerte, oppure sparivano sotto uno strato di foglie secche, ciò nonostante Uberto era certo che quella fosse la direzione giusta.

Un rumore di passi lo fece trasalire, percepì un movimento alle spalle, ma prima che potesse voltarsi ricevette una bastonata alla testa. Cercò di reagire ma una seconda percossa, più violenta, lo colse alla bocca dello stomaco.

Si piegò in due per il dolore, e prima di svenire vide una sagoma cenciosa chinarsi su di lui.

Nel buio della foresta echeggiò una risata brutale.

Moira aveva superato indenne la spaventosa foresta di querce e stava attraversando un sentiero che l'avrebbe condotta a Tolosa, in compagnia dell'inseparabile cane nero. Spossata dal cammino e dalla calura, si avvicinò a un pozzo che sorgeva sul ciglio della strada. Si sedette sulla bocca di pietra grigia e calò un secchio sgangherato appeso al verricello. Trovarsi in uno spazio aperto le faceva apparire tutto più semplice, meno ostile, e senza neppure accorgersene ripensò al giovane che l'aveva aiutata, Uberto. Era dispiaciuta di essere fuggita da lui in quel modo, e più di una volta era stata sul punto di tornare indietro, verso quella voce e quel sorriso che l'avevano messa a suo agio. Forse, al suo fianco, avrebbe potuto tornare a essere la persona gentile che era stata un tempo. D'altro canto Uberto era diretto ad Airagne...

Il secchio risalì colmo d'acqua e Moira vi immerse le mani, si sciacquò il viso e bevve. Avrebbe dovuto sentirsi corroborata, invece il rumore delle gocce e le increspature dell'acqua la turbarono. Si ingigantirono nella sua mente, fino a risvegliare il ricordo di una nave scossa dalla tempesta. Il fragore del mar Tirreno non dava pace, squassando a suo capriccio la chiglia mentre un gemito legnoso preannunciava lo scardinarsi dell'albero maestro. La prua si impennava tra le onde come se volesse ribellarsi ai flutti.

Poi ricordò il gorgo che si era aperto nel mare, un vortice dalle pareti nere e lucenti come metallo. Finché la nave non era stata inghiottita nell'abisso...

Uberto riaprì gli occhi, la testa pulsava per il dolore, ma prima di muoversi cercò di capire cosa fosse accaduto. Due uomini erano in piedi accanto a lui, impegnati a discutere. Parlavano con accento tolosano, più stretto rispetto a quello della gente di città. Il loro era un borbottio vernacolare e agreste.

Il più robusto dei due faceva la voce grossa, cercando di spartire il bottino a proprio vantaggio. Voleva tenere per sé il cavallo. L'altro, un gobbo, non era d'accordo. A suo avviso il cavallo valeva molto di più del resto.

Uberto prese atto della situazione, allungò furtivamente la mano destra verso la cintura e strinse l'impugnatura della jambiya preparandosi ad agire. I due compari nel frattempo erano giunti a un accordo: prima di spartire il bottino si sarebbero accertati del contenuto della bisaccia a tracolla della loro vittima.

Il bandito più robusto si chinò sul giovane e credendolo svenuto iniziò a frugargli addosso. Ma un attimo dopo gridò di dolore e ritirò la mano, fulminato dalla sorpresa. Uberto si era voltato di scatto, la jambiya in pugno, tranciandogli di netto quattro dita.

L'uomo arretrò grufolando, premendo al petto l'arto ferito, mentre il compare lasciava cadere un fagotto già arraffato dalla sella, indeciso sul da farsi. Uberto approfittò della loro titubanza, si alzò in piedi minaccioso e puntò contro di loro il pugnale ricurvo. «Andate via!», gridò, incurante del dolore alla testa. «Via, bastardi, o vi uccido!».

I banditi esitarono, il gobbo raccolse un bastone da terra, ma il giovane avanzò, per nulla intimidito. Allora i due si scambiarono uno sguardo e sparirono a gambe levate fra le ombre del bosco.

Uberto rimase immobile, la jambiya puntata contro il vuoto. Tremava. Una strana sensazione si era impadronita di lui. Non aveva mai agito con tanta violenza. Cosa gli succedeva?

Era colpa di quel bosco, della sua oscurità.

Doveva uscirne al più presto.

Moira, ancora turbata dai ricordi, riprese il cammino. Il paesaggio davanti a lei spaziava vasto e solitario, un arazzo sconfinato. Valutò se fosse il caso di ritornare da Uberto. Forse, si disse, l'avrebbe potuto convincere ad abbandonare la ricerca di Airagne. Sarebbe stato bello passare altro tempo insieme a lui. Ma l'incanto si spezzò, un cavaliere uscì dalla boscaglia e puntò verso di lei.

Il moro l'aveva ritrovata.

La ragazza iniziò a correre d'istinto, senza pensare, mentre lo scalpitare degli zoccoli le rimbombava dentro il petto in un crescendo di terrore. Il panico la rendeva cieca e goffa. Inciampò e si ritrovò nell'erba, il sole negli occhi. Poi vide la daga del moro scintillare sopra di lei e portò le mani al volto in gesto di difesa. Remoto, come in un sogno, il ringhio impotente del suo cane.

L'aria fischiò e un fiotto di sangue le schizzò sui palmi.

Moira riaprì gli occhi, stupita di essere viva, e vide la faccia nera di Kafir. Il suo sguardo era vuoto, inchiodato dalla morte. Poco più in basso, il collo era stato trafitto da una freccia. Si scostò prima che le stramazzasse addosso.

Poi guardò in lontananza e vide ai margini del bosco un cavaliere con l'arco stretto in pugno. Era in groppa a uno splendido stallone nero.

Continuò a fissarlo, sempre più incredula, finché non la raggiunse.

Uberto assicurò l'arco all'arcione e spronò Jaloque verso la ragazza, incapace di liberarsi di una malsana eccitazione. Aveva appena ucciso un uomo senza il minimo ripensamento. Non era da lui. Non aveva mai fatto una cosa del genere. Tuttavia quei pensieri rimasero sospesi nel nulla, lasciando spazio a un'emozione più intensa. L'aveva ritrovata.

Ma quando fu vicino a Moira cancellò dal volto ogni segno di sollievo e le rivolse uno sguardo freddo. «Cos'altro dovrò fare per guadagnarmi la tua fiducia?».

La ragazza, ancora in preda allo spavento, spalancò gli occhi bellissimi. «Come... Come hai fatto a trovarmi?», fu tutto ciò che riuscì a dire.

«Mi sarebbe stato impossibile seguirti. Ti muovi leggera e io non sono certo un cacciatore esperto in grado di scorgere le orme di un leprotto nel sottobosco. Per fortuna il moro che ti braccava ha lasciato delle tracce vistose e inconfondibili. Mi è bastato seguire le impronte del suo cavallo per giungere a te».

Lo sguardo di Moira non faceva che alzarsi e abbassarsi, posandosi ora sul volto di Uberto, ora sul corpo di Kafir.

«Perché sei fuggita?», le chiese Uberto. «Non volevo farti del male».

Lei sussultò. «Tu sei diretto in un luogo da cui la gente non fa ritorno».

«Non dire sciocchezze. Solo dall'inferno non si fa ritorno».

«Di' quel che vuoi», sbottò Moira, recuperando un brandello di coraggio. «Ma io non ti guiderò ad Airagne, di questo puoi essere certo».

Uberto le rivolse un sorriso spietato. «Se la metti così, non mi dai altra scelta». Sguainò la jambiya e gliela puntò alla gola. «Ti consegnerò al primo tribunale vescovile che incontreremo per la strada. Così forse ti si scioglierà la lingua».

17

Proseguirono il cammino all'ombra dei monti senza incontrare anima viva, eccetto greggi di pecore che pascolavano libere lungo il sentiero, e d'un tratto credettero di essersi perduti. Ma le previsioni di Ignazio si rivelarono veritiere. Dopo un breve tragitto si trovarono di fronte a un pugno di stamberghe raccolte intorno a una vecchia pieve. Il béguinage di Santa Lucina.

Davanti alla chiesa, tre giovani donne dagli abiti bigi erano indaffarate a tosare una pecora. L'operazione sembrava più complicata del solito, poiché la bestia si ribellava al trattamento ed era necessario tenerla ferma. Le donne perseveravano con pazienza, quasi divertite, ma non appena videro i quattro forestieri interruppero ciò che stavano facendo e si rifugiarono di corsa nella chiesa, sprangando il battente. I viandanti, confusi da quell'atteggiamento, sostarono ai margini dell'edificio.

Ignazio scese dal carro e si avvicinò all'ingresso, scansando la pecora mezza tosata. «Cerchiamo rifugio per la notte», esordì a gran voce, ma dato che nessuno rispondeva bussò ripetutamente.

«In nome del Signore, andatevene», esortò una voce femminile dall'interno.

«Abbiamo due feriti», dichiarò il mercante. «Vanno curati al più presto».

Seguì una pausa, poi un rumore di catenacci. I battenti si schiusero in una fessura e dallo spiraglio spuntò una faccia di vecchia.

«Presteremo soccorso ai feriti. Lasciateli qui, ce ne occuperemo volentieri», annunciò la beghina. «Ma gli altri non potranno entrare: non diamo ospitalità agli sconosciuti».

«Pensavamo fosse un hospitium», replicò il mercante, simulando rammarico.

La vecchia indietreggiò verso l'interno come un gatto che misura il balzo prima di scattare. «Non lo è. La casa di Santa Lucina accoglie solo le donne. Non facciamo entrare uomini se non per curarli». Fece un sospiro, poi si ammansì. «Soprattutto dopo quanto è accaduto».

«Cos'è successo di tanto grave?».

Dallo sguardo della donna trapelò compassione. «Ieri l'altro è stata usata violenza a una nostra consorella, povera anima».

«Me ne rammarico, *soror*». Ignazio chinò il capo. «Ma noi non apparteniamo a quel genere di uomini, vi assicuro...».

«Non insistete, ve ne prego. Se dico che non si può, non si può e basta. Inoltre la badessa è assente. Solo lei potrebbe autorizzarvi ad alloggiare».

Il mercante indicò il carro, dove giaceva Willalme semicosciente. Thiago era sceso da cavallo e sedeva a terra, poco distante, con la faccia bendata. «Dovremmo quindi abbandonare qui i nostri compagni feriti e tornare a Puivert? La strada è alquanto lunga...».

La beghina scosse la testa. «Non sarà necessario, monsieur. Poco distante da qui sorge l'abbazia cistercense di Fontfroide. Si trova nel cuore del vallone, all'ombra dei monti. Se vi sbrigate la raggiungerete prima del crepuscolo. Là i monaci vi daranno ospitalità per la notte e domani potrete far ritorno qui, per visitare i vostri feriti».

«Va bene, ci avete persuaso», tagliò corto Ignazio, suscitando il tacito sconcerto del Lusignano. «Affideremo alle vostre cure i nostri compagni, dopodiché ce ne andremo. Permettetemi però una domanda».

«Se mi è consentito rispondere...».

«A quale ordine religioso appartenete?».

La vecchia emise un colpo di tosse nervosa. «Siamo figlie di santa Lucina. A lei consacriamo il nostro operato».

«Santa Lucina?»

«Sì. *Mater* Lucina, colei che dà alla luce».

Ignazio si astenne dal replicare. Distolse lo sguardo e si avvicinò al carro per aiutare Willalme a scendere. «Queste donne ti aiuteranno, amico mio», gli disse con premura, mentre un gruppetto di consorelle usciva dalla pieve per soccorrere i feriti. «Domani starai molto meglio, vedrai».

E dopo aver affidato Willalme e Thiago alle cure delle beghine, Ignazio e Filippo si allontanarono da quel luogo misterioso.

Ignazio e il Lusignano si misero in marcia seguendo le indicazioni della vecchia beghina. Il paesaggio era cupo, il suolo trasudava l'odore acre della terra di cimitero. Fu con vero sollievo che, all'imbrunire, si trovarono nelle vicinanze di una chiesa costruita con la pietra rosata dei monti vicini.

Il mercante si rizzò sulla serpa per vedere meglio. «Dev'essere l'abbazia di Fontfroide. *Fons frigidus*, il luogo dove si nascondono gli agenti di Folco».

Il Lusignano sbuffò con aria piccata. «Ho preferito non intromettermi nella conversazione di prima, ma mi siete parso un po' troppo avventato. Ritenete di esservi comportato bene affidando i nostri compagni a quelle donne?»

«Credevo mi aveste compreso», mentì Ignazio, che in realtà si era deliberatamente comportato in modo misterioso, divertendosi a lasciare Filippo nel dubbio. «Avremmo potuto portare Willalme e Thiago fin qui, dove i monaci di Fontfroide li avrebbero ugualmente medicati. Ma così facendo ci saremmo preclusi l'occasione di tornare al béguinage senza destare sospetti. Domani, con il pretesto di visitare i nostri compagni, indagheremo su quel luogo e cercheremo di capire cosa nasconde». Schioccò le redini per spronare i cavalli. «Inizio a sospettare anch'io, come il vescovo Folco, che esistano legami tra la comunità di Santa Lucina e il luogo chiamato Airagne».

Il Lusignano regolò l'andatura del suo destriero a quella del carro. «Sembrate piuttosto sicuro. Avete già notato qualcosa di sospetto?»

«Mi è saltata agli occhi una bizzarria».

«Riguardo cosa?»

«Riguardo santa Lucina. Nome insolito per una santa, ne converrete? Sono quasi certo che Lucina non venga citata neppure nel Martirologio geronimiano. Poco fa la vecchia beghina l'ha descritta come la portatrice di luce... Anzi, no, come "colei che dà alla luce". E poi, anziché definirla "santa", ha usato la parola "mater". Non vi suggerisce nulla?»

«Sinceramente no. "Mater" è un epiteto piuttosto consueto in ambito religioso».

«Eppure mi suona strano. Mi ricorda una divinità romana venerata dalle donne, soprattutto dalle levatrici e dalle partorienti. Veniva chiamata Mater Lucina, poiché favoriva la nascita dei bambini, accompagnandoli dall'oscurità del ventre materno alla luce del sole».

«Non ne sapevo nulla, ma se quanto dite è vero, l'omonimia con santa Lucina non può essere casuale», ammise Filippo. «Ritenete che dietro quel nome si nasconda un legame con Airagne?»

«Al momento sarebbe un'ipotesi azzardata, ma dobbiamo tenere presente che stiamo svolgendo un'indagine non comune. Siamo sulle tracce di un alchimista. E se ragionassimo in termini di alchimia, il passaggio dal buio alla luce potrebbe essere inteso come un'allusione al superamento della fase di Nigredo, per giungere a quella di Albedo».

«Dal nero al bianco... Cosa significherebbe in termini pratici?»

«Albedo, il bianco splendore, allude alla calcinazione. Il suo nome indica la purificazione della materia grezza».

«Dunque il nome di Mater Lucina potrebbe essere un riferimento ad Albedo...».

«Non lasciatevi entusiasmare». L'argomentazione di Ignazio si fece evasiva. «Si tratta soltanto di un'ipotesi, per adesso».

Erano ormai a pochi passi dall'abbazia quando assistettero a una scena singolare. Proprio in quel momento una donna in groppa a un mulo stava uscendo dall'edificio. Era in età avanzata, umilmente vestita, ma ostentava un portamento dignitoso. Un giovane monaco la inseguiva con foga, rischiando di inciampare nei lembi della tonaca. «Aspettate madre, aspettate! Non potete andarvene così!», gridava concitato. «Quella fanciulla va punita, è accusata di stregoneria».

«Come osate?», rispose la donna. «La mia consorella ha subìto violenza!».

Bastarono quelle parole per far comprendere a Ignazio chi fosse la signora. Doveva trattarsi della badessa di Santa Lucina, probabilmente a Fontfroide per difendere la reputazione di una sua protetta: la stessa sventurata di cui gli era stato accennato poco prima al béguinage. E ora, reduce da una discussione, stava facendo ritorno alla propria sede.

«Ma non capite?», continuava il monaco, rallentando il passo. «Il monaco che ha giaciuto con la vostra fanciulla è affetto da pustole... Ha subito un *maleficium*!».

La badessa gli rivolse uno sguardo inviperito. «Un vostro confratello ha abusato di una povera orfana e voi la accusate di stregoneria? Altro che maleficium, è stato il Signore a punirlo! E da quanto mi è stato detto, ha iniziato a marcire proprio in quella parte del corpo che gli uomini si vergognano di mostrare, o almeno dovrebbero!».

Il monaco piantò i talloni a terra. «È stata quella *fata* diabolica a farlo ammalare!».

La donna lo guardò con compatimento, senza rallentare l'andatura del mulo. «No, la causa è stata la sua dissolutezza. È risaputo che certi *fratres* frequentino i postriboli dei dintorni, travestiti da laici e con i capelli pettinati in avanti per nascondere la tonsura. Nulla in contrario, per quel che mi riguarda. Ma dite loro di lasciare in pace le mie consorelle».

«Taci, *fata*!». Il monaco arrossì in volto. «Ecco cosa siete voi tutte: *fatae* filatrici di inganni! E pure eretiche! Ma un giorno o l'altro sarete bruciate vive sul rogo!».

La badessa non lo degnò di uno sguardo e condusse il mulo lungo il sentiero. «Riferite al vostro abate che riceverà mie notizie».

«*Fata!*», continuava a gridare il monaco.

Quella parola fece ricordare a Ignazio la frase pronunciata dall'ossesso di Prouille prima di morire. "*Tres fatae celant crucem*". Gli sfuggiva ancora il significato, ma qualsiasi cosa fossero le *fatae* dovevano avere un legame con Airagne. Ora però aveva altro da pensare. Era ormai giunto presso la facciata del monastero, ma si ripromise di indagare al più presto sulla questione.

E tuttavia non poté evitare di rabbrividire quando d'un tratto si ricordò che Mater Lucina, secondo alcune leggende, rappresentava Ecate, la dea dei sogni cattivi.

Willalme riaprì gli occhi. Era coricato su un giaciglio, le membra deboli e madide di sudore. Gli erano stati sfilati i vestiti di dosso, scorgeva la luce di una lucerna sul petto. Il dolore del verrettone conficcato nella spalla non gli dava requie, si sentiva scottare per la febbre.

Si voltò di fianco e riconobbe Thiago sdraiato su un pagliericcio poco distante. Uno straccio macchiato di sangue gli copriva la faccia. Non si muoveva, pareva morto.

Per un attimo scivolò nell'incoscienza e si ritrovò a pensare a sua madre e a sua sorella. Vide i loro volti emergere dal buio, ma lui li ricacciò nei meandri del torpore, dove non potevano far male. Poi si rese conto di essere solo. Perché Ignazio l'aveva abbandonato a delle donne sconosciute? Stava forse morendo? E che razza di posto era quello? Chiuse gli occhi e d'un tratto percepì qualcosa di nuovo. Un rumore di ordigni in movimento che saliva dal basso...

Una porta si aprì e comparve una ragazza. Era bella, il suo sguardo era triste. Una rabbia segreta le covava dentro gli occhi.

Willalme cercò di dirle qualcosa, ma non ne ebbe la forza, poi vide la ragazza estrarre un coltello e avvicinarsi a lui. Si allarmò, cercò di reagire, ma lei gli sorrise e disse che non gli avrebbe fatto del male. Gli recise una ciocca di capelli, la lisciò fra le dita, poi la avvolse intorno a un sasso che teneva nell'altra mano.

«Ho legato la tua vita a questa pietra, così non fuggirà via», gli spiegò benevola. Infilò il sasso sotto il capezzale e recitò una breve preghiera, poi gli coprì gli occhi con una mano, ma lui la allontanò, scostando il capo. Allora la ragazza, con un sospiro, afferrò un paio di tenaglie e le strinse sull'estremità del verrettone che sporgeva dalla ferita.

E Willalme urlò di dolore.

18

Ignazio e Filippo furono accolti nell'abbazia di Fontfroide da un vecchio monaco che disse di chiamarsi Gilie de Grandselve. Era il *portarius hospitum*, addetto all'ospitalità dei forestieri. Dopo averli fatti entrare, li guidò nel complesso che sorgeva a fianco del monastero. Superarono i giardini del chiostro e percorsero un ambulacro collegato a numerosi cubicoli. Ma prima che giungessero alla foresteria, il mercante fermò il monaco e avanzò una strana richiesta. Disse di avere bisogno di una fucina.

Padre Gilie apparve piuttosto imbarazzato. «Sì», ammise infine, strizzando gli occhietti cerchiati di rosso, «l'abbazia possiede una piccola fucina... Ma forse ho capito male».

Ignazio sorrise. «Invece avete capito benissimo, padre. Chiedo il permesso di poterne usufruire stanotte», chiarì, incurante dell'espressione di biasimo del Lusignano. «Naturalmente pagherei per il disturbo».

«Non so cosa dire», indugiò il portarius hospitum. «La vostra richiesta è alquanto inconsueta, monsieur».

«Ne sono consapevole, ma mi è di necessità».

«Perché non attendete fino a domattina? Potreste rivolgervi al nostro maniscalco. Vi assicuro che è un maestro nella sua arte, qualsiasi cosa abbiate in mente di fare».

«Domani sarebbe già troppo tardi». Ignazio estrasse dalla bisaccia una scarsella gonfia di monete e la soppesò con movenze circolari, quasi ipnotiche.

Padre Gilie giunse le mani, sprofondando in un intaccabile e contegnoso silenzio. Di certo non intendeva scomodare l'abate, che a quell'ora si trovava nel bel mezzo della recita di compieta, per risolvere quella seccatura.

Il mercante approfittò della sua apparente indecisione: «Comprendo la vostra titubanza, padre, ma in cambio del favore elargirò una lauta offerta. Consentitemi inoltre di donarvi una reliquia». Estrasse dalla bisaccia un sacchettino odoroso d'incenso. «Un dente di san Vidano, soldato martire. È molto venerato da queste parti».

Il portarius hospitum tese le mani per ricevere sia il denaro che la reliquia. «Se la mettete così», ammiccò, «faremo uno strappo alla regola».

Senza farsi udire dal monaco, Filippo bisbigliò in direzione di Ignazio: «Vi ha dato di volta il cervello? A cosa vi serve una fucina a quest'ora?».

Ignazio, impassibile, finse di guardare il cielo oltre l'arcata di una bifora. «Devo verificare una cosa. Voi non preoccupatevi, dormite tranquillo». Lo rassicurò con una pacca sulla spalla. «Ci rivedremo domattina. Per allora forse avrò qualche rivelazione da farvi».

Le loro strade si divisero. Il Lusignano fu indirizzato ai giacigli della foresteria, mentre Ignazio veniva guidato da padre Gilie verso la bottega del fabbro.

La fucina si trovava presso gli stallaggi, e Ignazio ne approfittò per farsi aiutare da padre Gilie a trascinare nella bottega un pesante baule che aveva portato con sé a bordo del carro.

«Vi sono obbligato», lo ringraziò il mercante.

«Badate bene», lo avvertì il portarius hospitum, fissando con curiosità il baule. «Ho acconsentito alle vostre stranezze senza sollevare obiezioni, ma non crediate di spadroneggiare a vostro piacimento. Ci troviamo in un'abbazia, una casa del Signore. Verrò a farvi visita nottetempo per controllare cosa starete combinando».

«Giustissimo, padre. Ma prima di allontanarvi, abbiate la bontà di soddisfare un'ultima richiesta...».

«Che sia l'ultima davvero», sbuffò padre Gilie, fermamente convinto a non voler spostare altri oggetti pesanti.

Ignazio lo tranquillizzò con un gesto. «In realtà si tratta di una domanda. Poco fa ho udito un vostro confratello rivolgersi a una donna con una strana parola. L'ha chiamata *fata*, se non sbaglio. Cosa significa?».

La risposta fu recisa: «*Fatae sunt foeminae diabolicae*, le tre figlie di Satana».

«Intendete le streghe, che dalle mie parti vengono dette brujas?».

Padre Gilie annuì di sfuggita e si ritirò, doveva aver esaurito la sua scorta di pazienza.

Quando fu solo, il mercante riordinò i pensieri. La risposta del portarius hospitum non gli era stata di aiuto. Chi erano le *fatae*? Sébastien ne aveva parlato in riferimento alle beghine di Santa Lucina o a un mistero più intricato? Che legame avevano con il Conte di Nigredo? Troppi enigmi. Ignazio si impose di affrontarne uno alla volta, e al momento non aveva tempo per riflettere sulle *fatae*. Doveva togliersi un dubbio riguardante gli scudi di Airagne, ecco perché aveva bisogno della fucina.

Si accertò che nessuno lo spiasse, poi accese una lucerna e si avvicinò alla bocca del forno. Come sperava, le braci erano ancora calde, quindi allestì sopra di esse un sostegno per la cottura servendosi di un treppiede metallico. Gli avrebbe fatto comodo un forno da alchimista, ma ovviamente nella fucina di Fontfroide non c'era nulla del genere.

Dopo aver predisposto l'apparato per la cottura, aprì il baule ed estrasse dal fondo due *al-anbiq* simili a sottili bicchieri di vetro dalla forma panciuta. Dentro il primo versò vetriolo, nel secondo salnitro disciolto in una soluzione collosa, poi li sistemò entrambi sul treppiede e li collegò a dei lunghi beccucci di scarico collegati a una terza ampolla, dove sarebbero confluiti i vapori delle due sostanze esposte al calore.

Ravvivò le braci tramite un mantice ai piedi del forno e osservò i fluidi dentro i vasi finché non li vide bollire. I vapori si alzarono timidi, prima incanalandosi verso i beccucci di scarico, per poi confluire nella terza ampolla.

Rise tra sé. Nessuno poteva sospettare che un semplice mercante di reliquie fosse a conoscenza di certe cose, ma in passato Gherardo da Cremona l'aveva iniziato allo studio degli astri e dell'alchimia. Gli aveva fatto tradurre manoscritti arabi di filosofia occulta, di cosmologia e di altri argomenti, che a volte Gherardo aveva preferito non divulgare. Il magister aveva sempre temuto di essere accusato di negromanzia e Ignazio adesso intuiva il perché. Il sapere non poteva essere rivelato nella sua interezza a chicchessia, non si poteva sfidare il tradizionalismo della Chiesa. Ma quella notte avrebbe tralasciato anche il buonsenso pur di avvicinarsi alla verità. Troppe questioni restavano incerte. E lui non era solito accontentarsi delle mezze verità, né obbediva agli ammonimenti di prelati come Folco. Il valore di un uomo – era convinto – si misurava in base al coraggio impiegato per squarciare il velo dell'ignoranza.

Nell'attesa che il misterioso elisir fosse pronto, prese dal baule un tomo rilegato in pelle, lo accostò al lume e iniziò a scartabellare. Era il *De congelatione et conglutinatione lapidum* di Avicenna, un libro di alchimia. Voleva consultarlo riguardo certi dubbi che covava dal pomeriggio.

Lo scorse rapidamente e si soffermò su un passo latino: "Le specie dei metalli non si possono trasmutare, sebbene sia possibile realizzare cose simili ad altre. E nonostante gli alchimisti riescano a tingere il rame del colore che vogliono, facendolo somigliare all'oro, oppure tolgano le impurità del piombo, in modo che sembri argento, sempre si tratta di rame o di piombo a seconda della sostanza usata".

Ignazio ruminò più volte quelle parole, poi ripose il libro nel baule e passeggiò per la stanza come un animale in gabbia. La sua fronte si aggrottava e distendeva con moti inquieti, sfiorata dal riverbero delle braci. Avicenna si sbagliava? Era possibile che il piombo si tramutasse in oro? D'un tratto l'ambiente della fucina gli parve soffocante e fu costretto a uscire all'aperto. Si appoggiò allo stipite dell'ingresso per respirare a pieni polmoni l'aria della notte.

La luce lunare gli permise di scorgere qualcosa presso gli stallaggi. Uomini a cavallo erano sopraggiunti nell'abbazia. Si trattava di soldati, ma l'oscurità non permetteva di distinguere chi fossero. Padre Gilie era impegnato ad accoglierli.

"Meglio rientrare", pensò il mercante. Se il portarius hospitum l'avesse visto appostato sull'uscio si sarebbe potuto insospettire. Per fortuna l'avvento di quei cavalieri l'avrebbe tenuto lontano dalla fucina, impedendogli di curiosare.

Ritornando nell'ambiente caldo della bottega, attese che l'elisir fosse pronto.

I vapori del vetriolo e del salnitro si condensarono a poco a poco nella terza ampolla, miscelandosi in una sostanza che Ignazio conosceva con il nome di *aqua fortis*: un acido in grado di corrodere qualsiasi metallo tranne l'oro. Quando tutto fu pronto, separò il contenitore dai due al-anbiq e lo pose con cura su un ripiano sgombro, poi, dopo aver controllato la colorazione dell'acido ricavato, sfilò una moneta dorata da una tasca e ve la immerse. Era uno degli scudi con il marchio di Airagne.

Ignazio si era subito insospettito maneggiando quelle monete. Le aveva trovate strane al tatto e forse un po' troppo lucenti. Un'ipotesi gli ronzava per la testa e ora aveva l'occasione di verificarla. "Se questa moneta è fatta d'oro puro, l'aqua fortis non la corroderà", pensò. "Non potrà neppure intaccarla".

Si rannicchiò in un cantuccio, gli occhi pesanti fissi sull'ampolla; sbatté un paio di volte le palpebre e senza neppure accorgersene si addormentò. I suoi sogni furono popolati dai ricordi di Toledo, ai tempi della sua giovinezza, quando forse era più saggio e più sincero con se stesso.

Due ore prima dell'alba, poco distante da Fontfroide, un uomo sgusciò dal béguinage di Santa Lucina e schizzò via a cavallo in direzione di Puivert. Abbandonò il sentiero e galoppò verso occidente, lungo una direzione in cui non c'erano abitati, ma solo natura selvaggia. Superò la macchia e guadò un rivo, frenando il destriero a pochi passi da un accampamento militare.

Una luna inquieta schiariva il recinto di palizzate e i vessilli del Sole Nero.

Scese da sella, entrò nel campo e puntò con lunghi passi verso il tendone centrale, allestito a mo' di taverna. Salutò i presenti con un cenno frettoloso e si sedette di fronte a una faccia da tagliagole barricata dietro a una fila di fiasche vuote.

«Thiago de Olite, vecchio compagno d'arme. Finalmente ti fai vivo», mugugnò il ceffo. Aveva occhi chiari, quasi glauchi, e a guardarli bene la dicevano lunga su di lui. «Con quello sfregio alla faccia non ti ho quasi riconosciuto», ghignò. «Ti manda il templare?»

«Parli sempre a sproposito, Jean-Bevon», ribatté Thiago. «Sai bene che il maestro non è più un templare».

Jean-Bevon si piegò in avanti, lo sguardo torbido. «Oh sì, ora è un cavaliere di Calatrava. Un comendador!». Il suo alito avvinazzato indispose l'interlocutore. «Titolo d'effetto, senz'ombra di dubbio. Scommetto che fa colpo sulle donne». Gonfiò le guance e rigurgitò una risata volgare.

«Porta rispetto! Ricorda che sei un suo sottoposto, come tutti qui dentro».

«Non agitarti, amico mio». Il ceffo si lisciò i baffi, arricciando le labbra. «È colpa del vino, compatiscimi...», e indicò una fiasca mezza vuota. «A proposito, la scorta di cavalieri che hai portato qui dalla Castiglia si è integrata bene. Nove omaccioni prestanti».

«Che non si facciano vedere in giro con le insegne di Calatrava, mi raccomando. Secondo la versione data da me e dal maestro sono tutti morti durante un agguato. Nessuno deve sospettare che ce li siamo portati appresso per rifornire le milizie degli Archontes, neppure padre Gonzalez».

«Sono ottimi soldati, ci saranno utili». Jean-Bevon abbozzò un gesto vago. «Ma dimmi piuttosto, qual buon vento? Perché ci fai visita? Non eravamo d'accordo di ricongiungerci più tardi, per evitare di destare sospetti?»

«Ho una ragione più che valida per farlo». Thiago cercò di domare il nervosismo. «Oggi, nel pomeriggio, alcuni tuoi soldati ci hanno attaccato. Un cavaliere e cinque fanti. Per poco non ci ammazzavano».

«Ma che vai dicendo?».

Il navarro si sporse in avanti e con un gesto brusco scaraventò a terra le fiasche che occupavano il tavolo. «Guarda la mia faccia, sciagurato!». Indicò il taglio che gli attraversava il volto. Nonostante gli impacchi delle beghine, la pelle intorno si era gonfiata a dismisura. «Pensi abbia voglia di scherzare? Li ho riconosciuti benissimo i tuoi sgherri! Chi ha dato ordine di attaccarci?»

«Non ti capisco mica, sai? Di cosa ti lagni?». Con la rudezza degna di un orso, Jean-Bevon si grattò il ventre stropicciando la sopravveste sudicia. «Non si era forse detto di eliminare quell'Ignazio da Toledo?»

«Sì, dannato idiota», sbottò Thiago, incapace di trattenere l'irritazione. «Ma non in questo modo, e non ancora! Sai bene che il mozarabo ci può essere utile vivo, altrimenti sarebbe già stecchito da un pezzo. Come ti sei azzardato a mettere a repentaglio la vita del nostro maestro?».

Il ceffo si limitò ad alzare le spalle. «Evidentemente il tuo maestro non è più il mio. Ora sono al servizio di un altro, come tutti qui dentro». Gli puntò il dito contro. «Tutti tranne te».

«Tu... Traditore!». Thiago balzò indietro e fece per sguainare il pugnale, ma non ne ebbe il tempo. Due uomini lo sorpresero alle spalle, immobilizzandolo.

«Si è assentato troppo a lungo il tuo maestro», continuò Jean-Bevon. «E noi avevamo fame d'oro, l'oro di Airagne».

«Com'è possibile?», gridò il navarro, mentre veniva fatto sdraiare a forza sul tavolo. «L'oro! Chi produce l'oro?»

«L'oro? I texerant, naturalmente. Lo sai anche tu che la manovalanza non scarseggia da queste parti».

«Maledetto! Il maestro te la farà pagare...».

Thiago non poté dire altro. Jean-Bevon estrasse un coltellaccio dallo stivale e glielo conficcò in pieno addome. «Non mi sei mai piaciuto, navarro. Né tu, né il tuo maestro».

Era già terminata la funzione del mattutino quando Ignazio si ridestò ansando, immerso nel buio della fucina. Respirava a fatica, emettendo un sibilo asmatico, e un caldo opprimente gli infuocava il viso e il petto. Desiderò sciacquarsi con dell'acqua, ma non ne ebbe il tempo.

Si accorse di avere compagnia. Un uomo incappucciato con indosso una tonaca scura. Forse si trattava di padre Gilie che, come promesso, era venuto a controllare l'operato nella fucina prima dell'alba. Ma sembrava più alto e per giunta stava in silenzio, rivolto verso la bocca del forno. Il riflesso delle braci arrossava i contorni della sua figura.

Il mercante ignorò un insolito formicolio alle membra e lanciò un'occhiata all'ampolla dell'aqua fortis per verificare lo stato della moneta immersa all'interno. L'acido l'aveva intaccata, assottigliandola. Avicenna aveva ragione.

L'incappucciato parve indovinare l'oggetto del suo interesse e parlò senza voltarsi: «Potreste averne quanto ne volete di quell'oro. L'offerta vi alletta?».

Ignazio si sentiva molto intorpidito, ma riconobbe subito quella voce. «Non è oro, anche se gli somiglia», enunciò con enfasi. «Vedete? L'aqua fortis l'ha corroso. Si tratta di un metallo comune, forse piombo, sottoposto a un processo di *tinctura* da un alchimista».

L'uomo con la tonaca rispose con voce strozzata: «Temo di non capire».

«Capite benissimo invece, messer Filippo». Il mercante pronunciò quel nome allo stesso modo in cui si affonda una pugnalata, ma un forte capogiro lo costrinse a troncare la frase. Che succedeva? Aveva le vertigini. Una sensazione di viscosità all'orecchio sinistro lo fece trasalire. Portò la mano alla cavità del timpano e la trovò piena di una sostanza oleosa. Herba diaboli! Ricacciò la paura nel ventre. «Vi siete preso gioco di me fin dall'inizio. Voi praticate l'alchimia, non è forse vero?».

L'incappucciato, sempre rivolto alla bocca del forno, aprì le braccia. «Non vedo come una moneta corrosa dentro un'ampolla possa confermare ciò che dite».

Ignazio dominò la tensione. «Mi avete appena offerto quell'oro alchemico. Significa che potete disporne a piacimento, o forse sapete come produrlo. Siete coinvolto nel mistero di Airagne! Il fatto stesso che vi troviate qui lo dimostra». Una vampata di calore lo aggredì al petto e la sua percezione della realtà si incrinò. Vide le ombre del pavimento brulicare come vermi, ma cercò di mantenersi freddo.

«Voi non state bene, messere. Sragionate».

«Non mi ingannate, sospettavo già di voi. Le vostre continue domande sull'alchimia e sul saturnismo non scaturivano dalla curiosità, ma dall'intenzione di scoprire quanto io sapessi in merito. Volevate capire fino a che punto fossi in grado di intralciarvi o forse di esservi utile...».

«Arguto e testardo. Un degno discepolo di Gherardo da Cremona», disse infine il Lusignano, con una certa impazienza. «Ma forse non intuite ancora chi io sia veramente».

Le vertigini aumentarono, Ignazio strinse i denti. «Siete un assassino, tanto mi basta. Avete avvelenato il maestro Galib con l'Herba diaboli. Ucciderete anche me alla stessa maniera, immagino... Anzi, lo state già facendo».

Filippo continuò a fissare le braci. «Per ora tale eventualità si può scongiurare. La dose che vi ho propinato non è letale, serve solo a rendervi più... compiacente. La vostra vita dipende da cosa mi risponderete. Dov'è vostro figlio Uberto? Quale missione gli è stata affidata da Galib?»

«Dovete essere disperato se lo chiedete a me». Ignazio si sforzò di assumere un tono sarcastico, ma le allucinazioni lo tormentavano. I lumi della stanza si prolungavano come lance verso il soffitto. «Anche se lo sapessi non ve lo direi», soggiunse.

«Parlate più forte, messere. Stento a udirvi», lo schernì l'incappucciato, poi il suo tono si fece serio. «Permettete che vi spieghi come stanno le cose. Anni fa una donna mi rubò un libro molto prezioso, il *Turba philosophorum*. Non ho mai saputo che fine abbia fatto, ma sospetto che Galib ne fosse a conoscenza e ve lo abbia rivelato prima di morire. Questo è uno dei motivi per cui ho permesso che giungeste sano e salvo fin qui».

«Perché tenete così tanto a quel libro?»

«Non vi riguarda». Le parole del Lusignano si fecero sferzanti. «Rispondete. Dov'è vostro figlio? Dov'è il libro?»

«Perdete il vostro tempo. Non conosco le risposte».

«Allora morirete!».

Il figuro si voltò all'improvviso per avventarsi contro Ignazio.

Il mercante si aspettava di trovarsi faccia a faccia con Filippo, ma per effetto dell'Herba diaboli vide spuntare da sotto il cappuccio un groviglio di serpi, e in preda al disgusto arretrò.

«Dannato mozarabo, non mi sei di alcuna utilità!». Il Lusignano sguainò un pugnale. «Tanto vale ucciderti! Dirò a Ferdinando III che sei stato trucidato dagli Archontes. Anzi, dirò che eri uno di loro!».

Ignazio schivò un fendente e cadde davanti all'ampolla dell'aqua fortis, quindi afferrò il piccolo recipiente e lo scagliò contro l'aggressore.

Si udì un rumore di vetri rotti e subito dopo un grido di rabbia, poi di dolore. Il Lusignano portò le mani al volto, mentre uno sfrigolio annunciava che l'acido gli stava bruciando la pelle. In un ultimo barlume di lucidità, il mercante notò un ciondolo dorato appeso al suo collo. Aveva la forma di un ragno.

Ignazio approfittò del momentaneo vantaggio, si rialzò dal pavimento e, sebbene stremato dalla vertigine, brandì un attizzatoio e colpì il nemico con tutta la forza di cui disponeva. Filippo si difese come meglio poté e respinse l'avversario facendolo ricadere a terra.

«Che sta succedendo qui dentro?!».

Quella voce proveniva da dietro la porta, apparteneva al portarius hospitum. Alla fine era venuto a controllare, come promesso, o forse i rumori della colluttazione avevano attirato la sua attenzione.

«Vogliono uccidermi!», gridò il mercante. «Chiamate soccorso!».

«Zitto, maledetto!», ruggì l'aggressore.

«Chiamate gli arcieri dell'abbazia!», continuò a gridare Ignazio, sempre più debole.

Lanciando un'imprecazione rabbiosa, Filippo raggiunse l'ingresso della bottega e spalancò la porta con violenza, facendo cadere a terra il povero Gilie de Grandselve appostato dietro il battente. Il monaco non rappresentava certo una minaccia, ma forse qualcun altro aveva udito il richiamo di Ignazio. Filippo non attese un attimo di più e si diede di corsa alla fuga.

Il mercante arrancò verso di lui, ormai a un passo dal perdere i sensi, ma quando si affacciò all'esterno il Lusignano si stava già allontanando al galoppo. Sbarrò gli occhi, impietrito. L'Herba diaboli lo fece assistere a una spaventosa allucinazione, che si sarebbe ripresentata per anni nei suoi incubi peggiori. Filippo gli era apparso sotto le sembianze di un demone a cavallo di un grifone.

Dopo quella visione infernale calò il silenzio.

19

Castello di Airagne

Lettera terza – Citrinitas

Mater luminosa, laborare sine intellecto est grave delicto. Quando varcai il secondo portale, il bianco chiarore di Albedo *si fece algido et quasi smorto, dunque ricorsi all'arte della brace et della forgia. Lo scaldamento della materia produsse una mutazione di colore, ma saprei spiegare questo fenomeno soltanto usando parole figurate. Avvolsi il filo di lana intorno al fuso, ma il filo, scorrendomi tra le dita, perse il suo albore. Questa fatica è la terza dell'Opera:* Citrinitas, *il giallo che vira al rosso. Chi ha buon intendimento saprà che questo è il limite tra la scienza vera et quella mendace.*

Una voce di donna ruppe il silenzio: «Eminenza, ultimamente siete diventato più schivo di un eremita».

Il cardinal Frangipane, ancora assorto nella lettura, levò gli occhi dallo scrittoio e scrutò la Dame Hersent, apparsa al suo cospetto come un demone meridiano. Sembrava fissarlo divertita con quel visetto grazioso, che così volentieri lui avrebbe schiacciato come una noce.

Sorrise beffardo. «Date le circostanze, credo di potervi servire meglio restando solo, maestà».

Bianca lo scrutò perplessa. «Intendete dire che mi state evitando deliberatamente?»

«Tutt'altro, mia signora». Il prelato afferrò una brocca di metallo ai bordi dello scrittoio e si riempì una coppa d'acqua. «Siete voi, anzi, a prediligere altro genere di compagnie».

«A cosa vi riferite?».

Romano Frangipane bevve in poche sorsate il contenuto della coppa, indifferente all'espressione sorpresa della regina. Appariva scossa. Era forse turbata? Tanto meglio. «Vi incontrate con Thibaut de Champagne», ammise lapidario. «Ho visto quale genere di attenzioni pretendete dal vostro vassallo canterino».

«Il conte di Champagne? Ne siete certo?»

«Ve ne sono forse altri?». Il prelato la squadrò con sfrontatezza. «Quanti uomini accogliete nel vostro letto, mia signora?».

Bianca strinse i pugni. «Come osate?».

Il cardinale di Sant'Angelo ripose malamente la coppa, il volto arrossato, gli occhi quasi fuori dalle orbite. «Io... osare? Voi piuttosto!

Come vi permettete di disonorare la memoria di vostro marito? Vi siete gettata fra le braccia di un ragazzino!».

Nonostante la sua apparente fragilità, Bianca si espresse con voce ferma: «Non mi potete giudicare con tanta freddezza. Non sapete come stiano realmente le cose».

«Oh, ci vuole poco per immaginarle», ironizzò il Frangipane.

«Siete meschino».

L'esclamazione della dama spezzò il filo della tensione. Qualcosa di fisico aveva accompagnato le loro parole.

Il cardinale di Sant'Angelo camminò con passi nervosi per la stanza, il respiro cavernoso. Faticava a inquadrare la situazione. Le sue riflessioni erano intermittenti e si biforcavano per strade separate. Difficile seguirle entrambe con eguale lucidità. La regina gli nascondeva qualcosa ed egli intendeva forzarne la reticenza. Nel contempo non riusciva a smettere di pensare alla lettera che aveva appena letto, l'enigma della Madre luminosa. A quanto pareva, era l'unico a mostrare interesse per quegli scritti. Li aveva mostrati ai compagni di prigionia, ma sia Bianca che Humbert li avevano trovati inutili e puerili.

Tenersi occupato su due fronti era per lui un esercizio consueto, lo metteva in pratica ogni qualvolta era insidiato dal fascino della sua interlocutrice. Tentava di ignorarla, per non lasciarsi incantare. Se si fosse soffermato sulla sua bellezza, sulla visione di quella bocca vellutata, ogni costrutto logico sarebbe crollato e Bianca l'avrebbe sopraffatto.

Tuttavia c'era dell'altro. Il rompicapo della Madre luminosa lo assillava davvero. Tutte le missive custodite nel cofanetto dello scrittoio descrivevano astrusi arcani riferiti all'alchimia e alla filatura. Chi le aveva scritte? Alludevano a rituali segreti? Nascondevano un legame con il Conte di Nigredo? Leggendo la quarta lettera, l'ultima restante, si sarebbe fatto forse un'idea più precisa sull'argomento.

D'un tratto il prelato ruppe la tregua: «La condotta morale che seguite è affar vostro. A me premono altre questioni».

La dama socchiuse gli occhi e gli rivolse uno sguardo velenoso.

Lui accolse quella manifestazione di odio a viso aperto. Ne aveva affrontate di peggiori, da gente ben più temibile, eppure si ritrovò indifeso senza quasi avvedersene. Quello sguardo non esprimeva i soliti sentimenti degli accusati, ma bruciava di passione. Era stata quella passione a coglierlo impreparato, anche se ne serbava memoria: era quanto restava dell'ardore provato dalla regina mentre giaceva con l'amante. Ma ora sembrava rivolta a lui. Se la sentiva addosso come un vestito dismesso, un abito intriso dell'odore di un altro uomo. Sensazioni rubate, si disse, ma non gli ci volle molto per farle sue, e ingigantì quell'ardore fino ad appagare se stesso.

Quando capì di essere caduto in fallo era già troppo tardi. Strinse le labbra e si infiammò d'ira. Era stato contaminato dalla lussuria di una femmina! Aveva subìto un attacco senza neppure accorgersene! E sentendosi preda di un vespaio di emozioni, reagì nell'unico modo che ritenne adeguato. Inquisì. «È palese che voi nascondiate segreti sulla nostra prigionia. Chi ha consentito a Thibaut de Champagne di incontrarvi? È forse in combutta con il Conte di Nigredo? Com'è entrato in questa rocca? Da quale versante del castello ha trovato accesso?».

Bianca incrociò le braccia. «Risparmiatevi l'interrogatorio, non risponderò a nessuna domanda».

Il Frangipane avanzò contro di lei per intimidirla. "In fondo è solo una donna", pensò, mettendo a confronto la propria mole con l'esile figura della regina. Ma non osò fissarla negli occhi, non più. «Difendete dunque il Conte di Nigredo, a patto che vi permetta di soddisfare la vostra lussuria?»

«Voi non capite nulla». La regina sorrise acidamente. «Siete solo un uomo volgare».

«Da quanto mi risulta», rispose a tono il prelato, «l'unica ad aver commesso volgarità qui dentro è ora davanti a me».

«Volete forse che le commetta anche con voi?», si sentì rispondere.

L'uomo spalancò la bocca e scrutò sbigottito la regina, che sembrava non aver fiatato. Continuava a squadrarlo indignata, come se nulla fosse. Dannata femmina, certo che era stata lei a pronunciare quelle parole! Chi altri poteva essere stato?

Iniziarono a pulsargli le tempie. Dolore improvviso, feroce, incuneato tra le ossa e la carne. Dovette chiudere gli occhi e portare le mani al viso, mentre sentiva perdere il controllo della mimica facciale.

«Minacciano di fare del male ai miei figli», balbettò Bianca, quasi in un atto di resa. «Finché sarò prigioniera, sarò costretta a cedere a qualsiasi ricatto pur di difenderli. Thibaut può essere un valido alleato: sosterrà la mia causa a corte e dinanzi al Conte di Nigredo».

Il Frangipane tremò al suono di quella voce, il mal di capo la rendeva stridula e fastidiosa. Arretrò, stringendosi la testa fra le mani.

«Ma voi non mi ascoltate...», osservò Bianca. «Che vi prende? Non state bene?».

Il cardinale vacillava, aveva la vista annebbiata. Sentì le mani di Bianca su di lui e tentò di ritrarsi, ma si ritrovò a terra. La donna gli stava dicendo qualcosa, ma non capì. Una frase gli rullava nella mente coprendo tutto il resto: «Volete che le commetta anche con voi?».

La regina cercò di sorreggerlo, ma l'uomo si divincolò con uno strattone.

Impietrita da quell'atteggiamento, Bianca lo guardò rannicchiarsi a terra come un bambino terrorizzato. Nei suoi occhi c'era una luce sinistra, una malattia senza nome. Non osò muovere un passo verso di lui, anzi, pensò bene di fuggire.

Il cardinale invece la vide avanzare con un sorriso sguaiato, chinarsi e passargli gli artigli di lupa lungo la schiena.

E mentre gridava come un ossesso, la regina fuggì per i corridoi della torre rivolgendo i pensieri a Humbert de Beaujeu. Se fosse stato presente avrebbe preso le sue difese, ma doveva essere sceso ancora una volta a ispezionare i sotterranei del castello.

Il labirinto si faceva sempre più oscuro e intricato. Humbert avanzava nella speranza di scorgere un barlume che gli permettesse di vedere in quale luogo si trovasse.

Non fu però la luce a sorprenderlo, ma il risuonare di un picchiettio metallico, che crebbe a poco a poco fino a tramutarsi in centinaia di battiti sempre più nitidi. Sembravano attrezzi battuti contro la roccia.

Il lieutenant avanzò guardingo, finché non vide davanti a sé miriadi di puntini che luccicavano nelle tenebre. Poi le sue pupille misero a fuoco l'immagine e capì di trovarsi davanti a semplici lucerne appese alle pareti.

Quegli schizzi di luce erano appena sufficienti a diradare il buio. Fu necessario un ulteriore sforzo visivo per individuare gli uomini che si muovevano all'interno della cava.

Minatori.

Erano macilenti, le facce affondate in lunghe barbe e capelli arruffati. Alcuni brandivano picconi e scalpelli mentre altri raccoglievano i detriti, spalancando gli occhi di talpa per distinguere il materiale buono dagli scarti. Humbert ne contò una cinquantina, ma immaginò che ve ne fossero molti altri disseminati in quegli anfratti.

C'era un solo guardiano a vigilare, un soldato erculeo armato di un *bec de corbin*, un mazzapicchio a forma di martello dalle estremità uncinate. Bastava la sua stazza a spronare i minatori al lavoro. Le cicatrici sulle schiene di alcuni di loro la dicevano lunga su come il sorvegliante riuscisse a imporre la disciplina.

Il lieutenant non si lasciò impietosire dalle condizioni di quegli operai. Era un soldato, per giunta aristocratico, educato a disprezzare qualsiasi cosa apparisse impura e abietta. Malattia e miseria accomunavano la marmaglia di villani schiacciati dalla piramide sociale. Dio stesso voleva che fosse così. Esisteva una gerarchia celeste, perciò anche una terrestre. I *laboratores* dovevano sacrificarsi e ammazzarsi di fatica perché altri – la nobiltà e il clero – si ergessero al di sopra e trasformassero il loro sudore in magnificenza. Questo era l'ordine naturale delle cose, l'unico possibile.

Se quegli schiavi si trovavano in simili condizioni, un motivo doveva esserci. Ma i pensieri che pungolavano Humbert erano altri: chi aveva il potere di asservire tanta gente? E a quale scopo?

Innanzitutto doveva capire cosa si stesse estraendo da quella cava, e studiando il luccichio bluastro emanato dalle pietre intuì che si trattava di cristalli di galena.

20

La luce vibrò sotto le ciglia e Willalme riaprì gli occhi. La ragazza che l'aveva curato sedeva ai margini del suo capezzale.

«Sei stata tu a medicarmi?», le chiese.

Lei distolse lo sguardo.

«Ti devo la vita...».

La giovane continuava a tacere, perciò Willalme evitò di fissarla. Sapeva quanto potessero essere importuni gli occhi della gente, specie degli estranei. Non voleva aggravare ciò che credeva un atteggiamento suscitato dall'imbarazzo, quindi guardò altrove.

Si trovava in una piccola cella. Le pareti spoglie testimoniavano una vita condotta secondo le regole di una povertà dignitosa. Il francese cercò Thiago, ma non era più accanto a lui. Che fine aveva fatto?

La voce della ragazza lo distolse dai pensieri: «Chi sono Julienne ed Esclarmonde?».

Lui sobbalzò. «Come fai a conoscere quei nomi?»

«Le hai chiamate per tutta la notte, nel sonno», confessò lei. «Deliravi».

Willalme si sedette ai bordi del giaciglio ed esaminò la medicazione alla spalla. La ferita bruciava, ma confidò di rimettersi entro breve. Soffermò lo sguardo sulla ragazza. Non era timidezza, la sua. Sembrava covare una rabbia repressa, una misteriosa ritrosia.

«Sono i nomi di mia madre e di mia sorella», le rispose infine. «Le ho perdute anni fa, insieme a mio padre».

«Anch'io ho perduto i miei cari», confessò lei. Era sincera, ma restava guardinga.

«Mi dispiace. Chi si prende cura di te, adesso?»

«Le consorelle di Santa Lucina. Molte di loro sono vedove o trovatelle, come me», sospirò la ragazza. «La guerra, da queste parti, sradica la felicità di molte famiglie».

Gli fece cenno di aspettare e attraversò la stanza. Il francese non riusciva a staccarle gli occhi di dosso. Gli ricordava Esclarmonde, sua sorella. Avrebbe avuto più o meno la stessa età, se fosse stata ancora viva... Scacciò i ricordi e ritornò a fissare la ragazza. Doveva avere sofferto molto, di recente per giunta. Lei cercava di apparire naturale, si sforzava con tutta se stessa, eppure una tensione nervosa le irrigidiva il busto e le spalle, come un animale selvatico reduce da uno spavento.

Ma non era quello il momento per discorsi imbarazzanti, e Willalme divagò: «Che fine ha fatto il navarro ferito alla faccia che era sdraiato su quel giaciglio?».

La ragazza prese una ciotola di terracotta, la riempì con un tozzo di pane di segale e si avvicinò di nuovo a lui. «Se n'è andato stanotte, all'improvviso. Non ha voluto sentire ragioni». Gli porse il cibo.

Willalme le sorrise, allungò la mano per prendere la ciotola e così facendo le sfiorò un polso.

A quel gesto lei sobbalzò. «Non toccarmi!», gridò, mentre la ciotola finiva a terra in frantumi. «Nessuno mi deve toccare! Mai più!».

Il francese si sporse in avanti, cercando di rassicurarla, ma riuscì soltanto a peggiorare la situazione.

Dopo un istante la porta della cella si spalancò ed entrò una vecchia beghina, il volto allarmato. Alla sua vista, la ragazza si accasciò sul pavimento e scoppiò in lacrime.

La vecchia le fu subito appresso e la rassicurò con parole e carezze. «Non piangere, Juette», le disse. «Va tutto bene. Calmati». Poi alzò gli occhi verso l'attonito Willalme. «Non avertene figliolo, non è per causa tua che si comporta così», spiegò con amarezza. «Tu non sai cos'è successo a questa povera creatura...».

Il francese strinse le mascelle, turbato. Un bruciore violento gli pervase il petto, come ogni volta che assisteva a un sopruso.

La vecchia non riuscì a trattenere le parole: «È stato un uomo, un monaco di Fontfroide... Frenerius de Gignac è il suo nome...».

21

Fu un Ignazio alquanto provato dalle traversie notturne quello che smontò dal carro davanti al béguinage di Santa Lucina. Infastidito dal bagliore del tardo mattino, nascondeva sotto il cappuccio le occhiaie di una lunga insonnia.

Al sorgere dell'alba l'effetto dell'Herba diaboli era svanito quasi del tutto, lasciando come ricordo un cerchio alla testa e una lieve vertigine. Prima di partire da Fontfroide, il mercante era stato costretto a dare spiegazioni a padre Gilie de Grandselve sull'accaduto della notte precedente. Aveva mentito, dicendo di non conoscere il motivo dell'aggressione del Lusignano. Di certo l'intervento del monaco gli aveva salvato la vita, sebbene padre Gilie non avesse fatto in tempo ad allertare gli arcieri, preferendo soccorrerlo e verificare il suo stato di salute. «Meglio così», aveva sottolineato il mercante, «e non stiamo a scomodare l'abate o chicchessia per un banale incidente». Visto che il Lusignano si era allontanato da Fontfroide senza farsi notare, il monaco si era mostrato d'accordo nel tacere sull'accaduto. Poi, chiarita quella faccenda, aveva iniziato a fare domande sull'operato di Ignazio nella fucina. «Nulla di fatto. Ero più stanco del previsto e ho dormito finché non mi sono trovato di fronte messer Filippo che voleva uccidermi», era stata la sua risposta. Ma quella seconda menzogna non gli era stata sufficiente a zittire il portarius hospitum, perciò il mercante aveva dovuto comprare il suo silenzio, donandogli una sacca piena di monete. Una lauta offerta per l'abbazia, aveva sottolineato. Si trattava in realtà degli scudi di Airagne, tutti d'oro falso, ma Gilie de Grandselve non poteva certo immaginarlo e aveva liquidato la questione con un sorrisetto omertoso.

Ignazio camminò in direzione della pieve di Santa Lucina e, guardando la facciata, rimase colpito da un particolare che gli era sfuggito il giorno prima. Sulla lunetta sovrastante il portale, compariva un bassorilievo che rappresentava tre donne nude, con i seni a forma di serpe e il pube coperto da un rospo. Immagini mostruose, sebbene familiari. Ne esistevano di simili presso la chiesa di Moissac.

A pochi passi dalla facciata, una donna in abito bigio si godeva il sole su un seggio di vimini. Una beghina, senz'ombra di dubbio. Stava filando una matassa di lana intorno a un fuso di legno, accompagnando quei gesti con una litania simile alle filastrocche dei fanciulli. Ma in quel caso le parole erano latine:

Involvere filum tres fatae se tradunt
Vitas mortales sic fato ipsae obstringunt.
Et ut octo fusis Airagne texere possit
Auream suam telam nigredini infodit.

Appena la donna si accorse del forestiero, smise di cantare e accennò un saluto garbato.

“Questa non fugge via, per lo meno”, pensò Ignazio, e mascherò la stanchezza dietro un’espressione gioviale. «Buona giornata, soror. Cosa stavate intonando con tanta gaiezza?»

«È una filastrocca», rispose lei, posando il fuso in grembo. «La canta a volte la nostra badessa».

«Sembra piuttosto caratteristica». Il mercante fremeva per la curiosità, ma non lo diede a vedere. Aveva udito bene, quella litania parlava proprio delle *tres fatae* citate dall’ossesso di Prouille. «Sapete cosa significa il testo?»

«Non esattamente, monsieur. La melodia e le parole mi sono rimaste impresse nella mente, ma ne ignoro il significato. Non conosco il latino».

Ignazio le si avvicinò ammiccando, non poteva lasciarsi sfuggire quell’occasione. «Stringiamo un patto. Io tradurrò le parole e voi mi aiuterete a svelare il significato di alcune di esse, se lo conoscete».

La donna accettò, divertita, e mentre ripeteva la litania il mercante la tradusse d’un fiato:

Ad avvolgere il filo le tre Fate s’adoprano
Le vite mortali così al fato esse vincolano.
E affinché con gli otto fusi Airagne tessere possa
L’aurea sua tela nella nerezza ella infossa.

La beghina apparve delusa. «Non avrei mai immaginato che quelle parole avessero un tale significato. Ne capisco ancor meno di prima».

«La mia versione è corretta, soror. Non c’è dubbio». E per dimostrarlo Ignazio chiarì il senso delle strofe: «Le *fatae* filano e Airagne tesse... Abbiate pazienza e ricambiate il favore: cosa significa anzitutto la parola “*fatae*”?»

«Anche i bambini saprebbero rispondervi. Le *fatae* sono le tre sorelle filatrici che popolano le leggende. Si racconta che dopo il tramonto escano dai boschi e vaghino di casa in casa per portare visita ai mortali. Se non vengono ospitate come si deve, sono capaci di scagliare tremendi malefici».

«Non ho mai udito nulla del genere. È probabile tuttavia che confondiate le *fatae* con le Parche venerate dagli antichi romani. Il loro nome suona quasi uguale».

«Le Parche? Non saprei». La donna apparve un po’ confusa. «Ma a volte, da queste parti, la nostra Mater Lucina viene chiamata in modo simile. Partula».

Ignazio tenne per sé un'intuizione e formulò la seconda domanda: «E cosa sapreste dirmi di Airagne, citata nel terzo versetto della litania?»

«Airagne?». L'interlocutrice snocciolò le sillabe, poi riprese a filare la lana tenendo lo sguardo basso. «"Ariane" vorrete dire. È facile confondersi. Dalle nostre parti si pronuncia più o meno allo stesso modo. È a causa della "n" storpiata alla maniera degli ispanici».

«Ariane?». Il volto dell'uomo si illuminò. «Quindi secondo voi la filastrocca allude ad Arianna, che aiutò Teseo a orientarsi nel labirinto grazie a un filo avvolto in un fuso... Non capisco, perché nella litania si parla non di uno, ma di otto fusi?»

«Ariane è il ragno antico», si limitò a ribattere la beghina, sottovoce. La sua espressione si era indurita. Solo gli occhi continuavano a scintillare, non di intelligenza ma di scaltrezza.

Ignazio capì che non avrebbe ottenuto più nulla da lei, perciò cambiò tono e argomento: «Sono venuto a portare visita a due compagni feriti. Li ho accompagnati qui ieri sera. Sapreste dirmi in quali condizioni si trovano?»

«Uno è partito prima dell'alba», disse la donna con tono ormai distante. «È balzato in sella e si è allontanato al galoppo in fretta e in furia».

«Chi intendete dei due? Il giovane dai capelli biondi o...».

«No, l'altro. Il navarro dal volto sfregiato».

Il mercante si aspettava una simile rivelazione. Dopo il voltafaccia di Filippo, non lo stupiva più nulla. «E invece il biondo? L'occitano, intendo. Come sta?»

«Molto meglio». La beghina inarcò le estremità della bocca, mimando un sorriso spento. «È stato medicato a dovere. Non so se vi convenga disturbarlo: in questo momento starà riposando».

«Vuol dire che ne approfitterò per chiedere udienza alla vostra badessa».

La donna apparve contrariata: «Non potete...».

«Perché? È forse fuori sede?»

«No. In questo momento si trova nel giardino, dietro la pieve. Ma...».

Il mercante guardò verso l'edificio, come potesse vedere al di là dei muri e degli scuri serrati. «Allora non dubitate, sorella. Mi riceverà».

Quando il forestiero si fu allontanato, la donna riprese ad avvolgere la lana intorno al fuso. E ricominciò a cantare, intonando daccapo la litania:

«*Involvere filum tres fatae se tradunt*...».

Puntò lo sguardo verso la lunetta del portale, dove campeggiavano le tre donne mostruose.

«*Vitas mortales sic fato ipsae obstringunt...*».

Come un gregge sparso su un prato, una dozzina di beghine lavorava tra le siepi del giardino, le schiene curve intiepidite dal sole e i volti attenti, coperti dai veli. L'unica in piedi, la badessa, camminava adagio tra di loro, le osservava una a una mentre smuovevano il terriccio con piccole zappe o potavano i tralci con i falcetti, e ogni tanto si fermava per dare consigli. Allora le beghine alzavano il viso verso di lei, adoranti, rivolgendole sempre la medesima supplica: «*Benedicite, bona mater*». La badessa acconsentiva, accennava gesti benedicenti e riprendeva a camminare con andatura più serena.

La quiete fu turbata all'apparire nel giardino di uno sconosciuto. Le donne gli diressero occhiate furtive e bisbigliarono fra loro, ma continuarono imperterrite a lavorare tra le piante officinali, simulando indifferenza.

La badessa osservò il forestiero camminare in sua direzione, cercando di capire a quale razza d'uomo appartenesse. All'inizio pensò a un monaco, poi si ricredette. Quegli occhi smeraldini e il portamento svagato rivelavano un'insolita commistione tra il mondano e il filosofale. Era certa di non aver mai incontrato nessuno del genere, e fin dalla prima occhiata considerò che l'ispezione di un agente del vescovo l'avrebbe preoccupata molto meno.

«Voi dovete essere la madre badessa», esordì il forestiero disegnando un inchino. «I miei ossequi».

«Ricambio il saluto», rispose la donna. «Chi è giunto a onorarci con la sua presenza?»

«Ignazio Alvarez dalla Castiglia, per servirvi».

«Egli è un ispanico, dunque», osservò la badessa, rivolgendosi a lui con la terza persona per innalzare una barriera di formalità. «Cosa lo porta tanto distante da casa?»

«Un dilemma, reverenda madre».

«Ed egli conta di trovare risposte in questo luogo?».

Come da canovaccio, Ignazio fu lesto a cambiare registro: «Veramente sono qui solo di passaggio. Un mio amico, offeso da un colpo di balestra, ha ricevuto le cure delle vostre pie consorelle. Riposa fra queste mura».

«Ah, il giovane occitano, ne sono al corrente. È in buone mani, guarirà».

«Ciò mi allieta, ma nell'attesa di recargli visita desidererei scambiare due parole con voi».

«Non vedo proprio di cosa si potrebbe discorrere». Gli occhi della badessa fuggirono tra i cespugli di peonie. «Noi figlie di santa Lucina evitiamo argomenti mondani».

Il mercante accigliò lo sguardo, già appesantito per effetto dell'Herba diaboli. Era certo che in quel luogo si nascondessero segreti su Airagne, ma non poteva rivolgere domande dirette. Doveva coinvolgere l'interlocutrice poco per volta, convincerla con sottigliezza, e per riuscire nell'intento era necessario fare leva su argomenti di cui era a conoscenza, in modo da apparire più informato di quanto realmente fosse. Fece il primo passo: «Non siate precipitosa. È appunto della Mater Lucina che desidererei parlare. Il fatto è che mi intendo di reliquie e sono interessato a ogni forma di culto, soprattutto se sconosciuta».

La donna tentò di svicolare: «Santa Lucina non è sconosciuta. Viene festeggiata il 30 giugno ed è ricordata dai fedeli come discepola degli apostoli».

Una simile risposta aveva tenuto a bada per anni le domande dei curiosi. Ma il mercante non si lasciò sviare: «Io non mi riferisco alla Lucina "discepola degli apostoli" ma a quella definita "mater", che non compare in alcun *legendarium* cristiano. Ed è proprio lei, la dea Mater Lucina, a essere venerata in questo luogo».

La badessa si sentì soffocare. «Fate discorsi più grandi di voi, monsieur. Non potete capire».

Le consorelle, allarmate da quel mutamento di tono, alzarono i volti per comprendere di cosa si stesse parlando. Ignazio, che aveva notato il passaggio al "voi", si preparò ad affrontare un difficile discorso. «Capisco eccome, reverenda madre. La "vostra" Lucina viene chiamata Partula. Me l'ha confidato una consorella del béguinage e mi è bastato per vederci chiaro. La Partula è uno spirito femminile che soccorre le partorienti, proprio come Mater Lucina. Si tratta di una divinità pagana, non di una santa cristiana. Non potete mentirmi al riguardo».

«Non intendo mentirvi», dichiarò la donna, accusando il colpo. «Ma vi prego di smettere».

«Non posso. Come ho già detto vado cercando risposte e ho bisogno di alcune conferme. Il riferimento alla Partula riguarda le Parche? E queste ultime coincidono con le tre *fatae*?»

«E anche se fosse?»

«Non siate evasiva, madre», ammonì il mercante. «Ho udito la litania sulle tre *fatae*... La *vostra* litania. È zeppa di riferimenti pagani. Non so cosa succederebbe se la udissero gli agenti del vescovo Folco».

A quella intimidazione, la donna giunse la mani. Se non cadde in ginocchio, lo fece per evitare di spaventare le consorelle che la osservavano. «Se queste parole trapelassero, noi tutte saremmo condannate al rogo! Non siamo streghe. Il nostro béguinage ospita le vedove e le orfane sopravvissute alla crociata contro i catari. Perché volete farci del male?».

Ignazio addolcì lo sguardo, non intendeva umiliare la badessa. «Rassicuratevi, reverenda madre. Io vi stimo e vi rispetto. Il mio unico interesse verte sul legame occulto tra le *fatae* e Airagne. Ecco la ragione dei miei quesiti».

«Airagne?». La donna sbarrò gli occhi. «Conoscete quel luogo?»

«Non proprio, su di esso però formulo congetture». Ignazio non trattenne la curiosità. «Voi sapete dove si trova? Ci siete mai stata?»

«Io non sono mai stata prigioniera ad Airagne».

Il mercante si pentì: nonostante gli iniziali propositi, aveva posto domande troppo dirette. Fu costretto a fare un passo indietro: «E le *fatae*? Sospetto che nascondano un legame con Airagne. Potete confermarlo?».

La badessa accennò di voler parlare. Forse decise di farlo perché credeva di non avere scelta, o forse, più semplicemente, perché iniziava a fidarsi del forestiero. Il mercante optò per una terza ipotesi: in cambio delle sue rivelazioni, gli avrebbe chiesto qualcosa.

«Come avete intuito, la Partula si riferisce alle tre Parche. Nel tempo il loro nome è stato storpiato in "*fatae*", ma il significato non cambia», spiegò. «Le Parche avvolgono il filo del destino intorno a una colonna di luce, dentro la quale è sospeso il fuso della necessità...».

Ignazio corrugò la fronte. «State citando un passo del *Repubblica* di Platone...».

«Lasciatemi concludere», lo tacitò la donna. «Questa colonna di luce, per noi, rappresenta Mater Lucina, *Mère Lusine*, colei che libera dal buio della materia». Lo fissò dritto negli occhi. «Colei che dissipa l'oscurità di Nigredo».

«Lucina rappresenta quindi Arianna, il filo luminoso che aiuta a uscire dal labirinto. Il labirinto dell'Opera alchemica. Il labirinto di Airagne».

«Ariane è anche il ragno che resta intrappolato nella propria tela. L'anagramma corretto è però "Ariagne", che deriva dal greco». La donna fece una pausa. «Ma è altro ciò che volete sapere, giusto?».

Ignazio annuì. «Mi interessa svelare il significato di una frase: "*Tres fatae celant crucem*"».

La badessa apparve stupita. «Dove l'avete udita?»

«L'ha pronunciata giorni fa un uomo fuggito da Airagne, un supposto indemoniato di nome Sébastien che sosteneva d'aver trovato rifugio presso il vostro béguinage. Ecco perché sono giunto fin qui. La frase tradotta recita: "Le tre *fatae* celano la croce". Ora so delle *fatae*, e del loro legame con Airagne, ma ignoro il significato della parola "croce"».

«Per "croce" non si intende il simbolo religioso», chiarì la donna, «ma l'Opera alchemica. La croce è il crogiolo, dove la materia grezza subisce la cottura. I quattro bracci della croce indicano le fasi della trasmutazione metallica: Nigredo, Albedo, Citrinitas e Rubedo. Ma come saprete, il crogiolo allude anche alla sofferenza».

«La sofferenza del metallo che subisce la trasformazione...».

«Ma anche la sofferenza degli uomini che si espongono ai procedimenti alchemici: le alte temperature, le esalazioni degli acidi, dei vapori e dei materiali incandescenti».

«Parlate dei segreti di Airagne come se ne aveste fatto esperienza... Di certo, Sébastien non è stato l'unico a essersi rifugiato qui. Avete offerto ospitalità a molti altri uomini fuggiti da quel posto?».

La badessa aprì le braccia, non in segno di resa al nemico, bensì di chi ha agito secondo coscienza. «Come avrei potuto non farlo? Quando gli abitanti dei villaggi vicini li trovano a girovagare per i boschi e le campagne, non sapendo come curarli li portano fin qui. Altrove i monaci li brucerebbero vivi, scambiandoli per ossessi o per catari».

«E lo sono? Catari, intendo dire».

«Per la maggior parte sì».

«Lo immaginavo. Anche le consorelle di questo béguinage sono catare. E voi, in specie, siete una perfecta».

La badessa soppresse un fremito. «Come riuscite ad ammetterlo con tanta certezza?»

«L'ho intuito appena sono entrato in questo giardino. Le beghine vi chiamano "bona mater". Inoltre durante la nostra conversazione non avete mai cercato di mentire, ma solo di sviarmi, anche a costo di esporvi a dei rischi. Chiunque conosca i fondamenti del catarismo sa che i perfecti non mentono mai. Dopotutto "cataro" significa "puro"».

«Siete un uomo di indubbio acume, Ignazio Alvarez. L'ammetto».

Il mercante intrecciò le braccia al petto e chinò il capo, riordinando le idee. «Ora vi pregherei di confermare la mia ricostruzione dei fatti. Gli abitanti di queste terre vengono rapiti dagli Archontes e condotti nel luogo chiamato Airagne, dove vengono costretti a fabbricare oro applicando i procedimenti dell'alchimia. La produzione dev'essere ingente se necessita di tanta manodopera. Per la maggior parte, i rastrellamenti degli Archontes colpiscono gli insediamenti catari, dato che la scomparsa degli eretici non interessa a nessuno. Non certo alla Chiesa, né alla corte parigina. E in fondo non importa neppure ai nobili locali, che nel catarismo vedono soltanto un pretesto politico per opporsi alla monarchia cattolica. In questo modo gli Archontes si procurano schiavi agendo indisturbati, senza infastidire nessun uomo di potere. Ecco il motivo per cui tralasciano il Tolosano, dove già imperversa la Confraternita bianca di Folco».

«Avete intuito molto, monsieur, ma non tutto», ammise la badessa.

«Ne sono consapevole. Non so ad esempio chi sia l'artefice di tutto ciò, ovvero chi si nasconda dietro il nome del Conte di Nigredo. E ignoro l'ubicazione di Airagne».

«Potrei fornirvi indicazioni sull'itinerario da seguire, ma dovrete guadagnarvelo».

«Me l'aspettavo», disse il mercante, restando tuttavia un po' deluso. Per un attimo si era illuso di parlare con una persona che non agiva per il proprio tornaconto. «Nessuna informazione si cede a buon mercato», ribadì a se stesso. «Cosa devo fare?»

«Vi state facendo un'idea sbagliata», disse la donna intuendo i suoi pensieri. «Dovrete soltanto rispondere ad alcune domande. Innanzitutto confessate di quale natura siano i vostri interessi per la vicenda».

Ignazio era sul punto di replicare, ma delle grida d'allarme lo fecero sobbalzare. Una consorella sbucò da un casolare che faceva angolo con il retro della pieve e attraversò in fretta il giardino, correndo verso la badessa con il volto arrossato e le mani strette alle sottane.

«Bona mater! Bona mater!», vociava trafelata. «È successa una cosa terribile!».

«Calma figliola». La badessa si impettì battagliera. «Cos'è accaduto?»

«Il giovane occitano! Il giovane occitano!».

22

Il campanile di Fontfroide aveva appena battuto i rintocchi dell'ora nona, e i monaci cantavano i salmi dentro l'abbazia. All'improvviso i battenti dell'ingresso si spalancarono e la luce del pomeriggio irruppe dissipando la penombra delle navate. I confratelli smisero di cantare, voltandosi in direzione del vestibolo, e dopo una breve attesa videro la sagoma di un uomo dai capelli biondi emergere in controluce. Avanzava deciso, a pugni stretti, fendendo il silenzio con occhiate rabbiose. Neppure il saggio abate Guarin osò fiatare.

Lo straniero si piazzò in mezzo alla navata maggiore e si guardò intorno come un felino in agguato. Dopo aver fissato uno a uno i monaci assiepati tra le panche, esclamò a gran voce: «Frenerius de Gignac si faccia avanti!».

Un brivido attraversò la folla di religiosi. Nessuno rispose.

L'intruso attese pochi istanti, quindi spezzò di nuovo il silenzio: «Frenerius de Gignac abbia il coraggio delle proprie azioni. Si faccia avanti!».

Non appena l'eco di quelle parole svanì, emerse un suono ben più fioco. Un sussurro. Lo straniero, insieme a molti presenti, puntò lo sguardo in direzione di quel rumore e vide un monaco nell'atto di bisbigliare all'orecchio di un confratello. Con un balzo gli fu appresso e lo agguantò per la tonaca. «Siete voi Frenerius?», gli ringhiò in faccia.

«No, no...», barbugliò il malcapitato, tremebondo. «È lui, lui...». Indicò il suo compagno di panca.

L'uomo dai capelli biondi lasciò la presa e scoccò un'occhiata torva verso il monaco che gli era stato indicato. «Ebbene, siete voi Frenerius de Gignac».

L'interpellato era un ometto insignificante con il viso pallido e la tonsura monacale appena accennata, seminascosta da una zazzera castana. Contro ogni aspettativa, si alzò in piedi con aria di sfida. «Sì, sono io. Gradirei tuttavia mi si chiamasse "padre", giacché non sono un villano ma un religioso».

«Al mio cospetto siete solo un uomo, anzi ancor meno», sentenziò lo straniero, divorandolo con lo sguardo. «Dovete rispondere di un'azione molto grave».

Frenerius arrossì in volto, confermando di avere la coscienza sporca, ma contrastò l'imbarazzo con voce altisonante: «Voi non potete accusarmi di nulla. Il mio operato è interamente rivolto al Signore».

«Serpente bugiardo, avete abusato di una ragazza! E in nome di Dio o del Demonio, ora la pagherete!». Con un unico gesto, il biondo lo ghermì per i capelli e nonostante avesse la spalla ferita lo trascinò a terra.

I monaci che si erano raccolti intorno alla scena arretrarono in fretta, accalcandosi ai piedi delle colonne. Lo straniero non si curò di loro, sguainò la scimitarra che portava al fianco e posò la lama alla gola della sua preda.

«In nome del Signore...», squittì Frenerius.

«Ammettete la vostra colpa!», ruggì Willalme.

«È stata lei a sedurmi, con un maleficio», recitò il monaco. «*Diabolica mulier, magistra mendaciorum, homines seducit libidini carnis...*».

«Taci!». Il francese lo fece mettere in ginocchio e lo batté sul fondoschiena con il piatto della spada. «Di' la verità! L'hai convinta ad appartarsi con te per ricevere il sacramento della confessione, l'hai minacciata in seguito al suo rifiuto, poi l'hai costretta e percossa quando non hai più avuto altri espedienti per persuaderla!».

«È stata colpa sua! Della sua bellezza!».

Willalme lo scaraventò a terra e sollevò la scimitarra con ambo le mani. Le volte a botte del soffitto parvero tremare. «Viscidi omuncoli! Vi riempite la bocca di orazioni e di precetti, e intanto tiranneggiate il mondo!».

L'abate Guarin si precipitò dalle gradinate dell'altare e schiuse le labbra per ammonire l'intruso, ma non fu lui a scongiurare l'evento. Fu Ignazio.

«Non risolverai nulla uccidendolo», esclamò il mercante, varcando l'ingresso del monastero al seguito di due donne.

«Egli non merita di vivere», sentenziò Willalme di tutta risposta. Ignorò come il compagno fosse riuscito a trovarlo. «Deve espiare la sua colpa».

«Non è per mano tua che dovrà farlo». Ignazio si fermò a pochi passi da lui, il respiro sospeso. «Se lo ucciderai, pagherai il tuo gesto mille volte».

Ci fu un attimo di silenzio, la tensione era palpabile nell'aria.

Risuonò una voce femminile, una voce giovane che portava sofferenza: «Uccidere è peccato!». Era Juette, che in compagnia della badessa aveva seguito Ignazio fino in quel luogo.

Quelle parole, anziché ammansire la furia di Willalme, l'accesero di un risentimento ancora più grande: «Deve pagare! Chi compie il male deve pagare!».

Il mercante si avvicinò al francese, ma non osò toccarlo. Conosceva la burrasca che si agitava nel suo cuore. Nasceva da un dolore profondo, mai sopito, sempre pronto a esplodere in tempesta. «Condivido il tuo sdegno, amico mio. Ma non è necessario uccidere quell'uomo per punirlo».

«Se lo farai, sarai dannato in eterno», ammonì l'abate Guarin, che assisteva alla scena con apprensione.

Willalme fece una smorfia sprezzante e impugnò più saldamente la spada. «Io sono già dannato. La mia vita è maledetta».

A quelle parole, Ignazio lo schiaffeggiò.

La folla di religiosi levò un'esclamazione stupita.

Il francese restituì al compagno un'occhiata incredula, la faccia congestionata dall'ira e dallo stupore.

«La tua vita conta, stolto! E i tuoi gesti scatenano conseguenze su chi ti vuole bene», lo rimproverò il mercante. «Se pensi di dare libero sfogo alla tua rabbia uccidendo un uomo senza valore, fallo pure.

Ma non riparerai al male che ha commesso. Vuoi provvedere realmente?». Indicò Juette con un gesto brusco. «Pensa a lei, piuttosto. Lei ti chiede aiuto, non sangue».

Willalme guardò la giovane rannicchiata a terra, schiacciata dal peso del mondo. Avrebbe desiderato stringerla a sé e dirle che non doveva temere nulla. Le stesse promesse fatte a sua sorella poco prima che morisse... Ed emettendo un profondo sospiro, abbassò la lama e lasciò andare l'ostaggio.

Frenerius sgattaiolò dietro la tonaca dell'abate, ma questi lo allontanò da sé con un colpetto del piede. "È vero quanto affermano?", lo interrogavano i suoi occhi.

Ignazio strinse le mani sulle spalle di Willalme. L'avrebbe abbracciato se la sua ritrosia a esternare sentimenti gliel'avesse concesso. Ma quell'atto fugace manifestò a sufficienza ciò che provava, e il francese lo percepì molto bene.

Nessuno ebbe il tempo di aggiungere altro, poiché un assembramento di arcieri irruppe nel monastero e circondò gli intrusi.

Il mercante alzò le mani per placare ogni intenzione bellicosa. «Aspettate! Sono stato ospitato in questa abbazia la notte scorsa», chiarì. «Parlate con Gilie de Grandselve, il portarius hospitum del cenobio. Lui mi conosce, stamane gli ho elargito una ricca offerta».

«Gilie de Grandselve?», mormorò l'abate con sospetto. «Non mi rammento di nessun monaco, nel nostro cenobio, che si chiami così. E di certo questo non è il nome del nostro portarius hospitum».

Colto di sorpresa, Ignazio gli rivolse un'occhiata granitica. Com'era possibile? Chi era il monaco con cui aveva parlato la notte scorsa? Da dove proveniva Gilie de Grandselve, se non apparteneva all'abbazia di Fontfroide? Rievocò alla memoria il volto grifagno di quel vecchio e gli sovvennero alcuni suoi tratti d'espressione, per nulla piacevoli.

Filippo di Lusignano uscì dalla selva e frenò il suo cavallo bianco davanti all'accampamento degli Archontes. Come già Thiago prima di lui, non aveva dovuto faticare per trovarlo, nonostante quel luogo fosse distante dai centri abitati e dai sentieri del bosco più battuti.

Si era avvicinato guardingo. Un'ampia tonaca nera gli nascondeva la tenuta da cavaliere, rendendolo simile a un pellegrino. Pur di non farsi riconoscere, aveva persino rinunciato a portare con sé il proprio armamentario.

Smontò da sella e guidò il cavallo ai margini del bosco tenendolo per le briglie.

Incedette a passi nervosi, quasi bruschi, sotto gli arabeschi di luce che filtravano dalle chiome degli alberi. I suoi lineamenti non apparivano più spavaldi, ma assumevano una piega preoccupata. Le ustioni provocate dall'aqua fortis gli chiazzavano la fronte, il naso e le gote. Per fortuna era stato in grado di proteggersi gli occhi con le mani.

Lo scontro con Ignazio da Toledo si era concluso molto male. Non solo si era giocato la collaborazione del mozarabo, ma se l'era fatto nemico. Un nemico temibile, che conosceva il segreto dell'oro di Airagne e che nutriva pericolosi sospetti.

Assicurò il destriero sotto un albero dalle fronde spioventi e si calò il cappuccio sul volto tirandolo giù fino al naso, poi aggirò l'accampamento degli Archontes senza farsi notare. Si mosse con passi leggeri, la mano destra stretta al pugnale, seguendo un fossato che delimitava il perimetro del campo, dove la vegetazione era abbastanza alta e consentiva di strisciare non visti.

Voleva spiare.

All'ingresso della tendopoli, un gruppetto di soldati si era radunato intorno a un vecchio monaco. Lo riconobbe a prima vista: era il portarius hospitum di Fontfroide! Possibile? Cosa ci faceva lì? Sembrava stesse spiegando qualcosa o addirittura impartisse ordini, e i miliziani annuivano con rispetto. Chiaramente quel Gilie de Grandselve non era un semplice religioso, come aveva voluto dare a intendere. Cosa poteva significare la sua presenza all'accampamento degli Archontes?

Tra i presenti spiccava la faccia volgare di Jean-Bevon, una vecchia conoscenza del Lusignano. Vedendolo assieme a tutti quegli sgherri, Filippo si ricordò dei tempi andati, quando li aveva reclutati di persona uno a uno. Provenivano da luoghi ed esperienze di vita differenti, ex miliziani, mercenari, assassini, predoni. Anni addietro gli avevano giurato fedeltà. Si chiese cosa li avesse spinti al tradimento.

Nel tentativo di avvicinarsi maggiormente, per poter spiare meglio, percorse carponi un altro tratto del fosso fino a giungere nel punto in cui convergevano i liquami scaricati dall'accampamento. Procedette ai margini dei ristagni d'acqua fetida, attento a non affondarvi i calzari, ma d'un tratto dovette fermarsi. In mezzo alla melma galleggiava un cadavere.

La salma presentava uno squarcio all'addome e uno sfregio al volto. Avanzò smanioso, colto da un senso di familiarità, e quando gli fu appresso lo riconobbe. Era il cadavere di Thiago de Olite.

Un ronzio molesto si levò dalla carogna e Filippo fu investito da uno sciame di mosche. Per poco non scivolò tra i liquami, ma mantenne l'equilibrio aggrappandosi a un cespuglio. Riprese subito il controllo. Quei movimenti bruschi potevano aver allertato qualcuno. Si guardò intorno, acquattandosi. Una sentinella dall'aria distratta stava camminando verso di lui. Se fosse rimasto appostato in quel luogo l'avrebbe scoperto. Doveva andarsene.

Ma prima di allontanarsi lanciò un'occhiata di sdegno in direzione dell'accampamento. L'uccisione del fedele Thiago era l'ennesima conferma dei suoi sospetti. L'avevano tradito.

«Miserabili», ringhiò fra i denti. «Me la pagherete tutti».

Strisciò in mezzo all'erba, raggiunse il cavallo e fuggì nel bosco.

23

Una lieve pressione sul petto lo fece svegliare.

Uberto era coricato all'ombra di un olmo, il viaggio l'aveva spossato e si era resa necessaria una pausa. Ma aprendo gli occhi si accorse che era tardo pomeriggio. Aveva dormito più del dovuto.

Il torpore del risveglio durò solo un istante, poi vide davanti a sé due occhi verdi circondati da una cascata di capelli neri.

Moira si era piegata su di lui, gli premeva il petto con le mani e lo fissava così da vicino che Uberto poteva sentire il suo respiro. Il fatto che fosse stata lei ad avvicinarsi gli diede un'intensa sensazione di intimità, ma si sentì anche vulnerabile. Si rimproverò di aver provato entrambe le emozioni.

«Abbiamo superato Tolosa e non mi hai ancora consegnata a nessun tribunale», disse lei, quasi per sfida. «Perché non l'hai fatto?».

Non era facile rispondere. Sarebbe stato come cedere a una provocazione, perciò il giovane decise di non dargliela vinta: «E tu perché non hai più tentato di fuggire?».

Lei tacque, l'accenno di un sorriso.

Uberto scorse nel suo viso un'inaspettata risolutezza, come se Moira avesse preso una decisione importante. Poteva trattarsi di una svolta positiva, si disse, e tuttavia quel sorriso lo innervosiva. Cosa celava la ragazza dietro il suo silenzio? Perché gli si era avvicinata in quel modo? La prossimità del suo volto e la pressione del suo corpo lo inebriavano.

Non si trattava di semplice attrazione fisica... E lei doveva esserne consapevole. Si vedeva chiaramente. Giocava con lui lanciandogli occhiate fuggevoli, incatenandolo con legami invisibili. Uberto mascherò le emozioni come meglio poteva per resistere a quel sottile assedio, e si riscoprì ancora una volta incapace di ragionare. «Non rispondi?», la incalzò con voce ferma, più che altro per scuotere se stesso.

Le parole risuonarono più dure del previsto e Moira si ritrasse. Allora lui agì ancora una volta d'istinto, la afferrò con dolcezza e avvicinò il proprio viso al suo. La sfiorò con le labbra e la baciò. La baciò più volte, mentre lo stupore di entrambi veniva sommerso da qualcosa di più grande.

"Tu non sai nulla di me", lo mettevano in guardia quegli occhi marini socchiusi di piacere. "Tu non sai chi sia io, né da dove provenga".

Ma lui ormai aveva raggiunto una certezza. Pur di continuare a stringerla a sé, avrebbe affrontato qualsiasi dubbio.

Restarono abbracciati sotto la chioma dell'olmo, e Uberto si rese conto che Moira non era così misteriosa come credeva. Non aveva mai provato simili emozioni per una donna, e tuttavia non era tranquillo. La parte razionale di sé, quella ereditata dal padre, non cessava di pungolarlo con mille quesiti e gli impediva di abbandonarsi all'innamoramento. Quella però non era l'unica ragione della sua inquietudine. Non riusciva a mettere da parte il rimorso di avere ucciso un uomo. Il volto del moro lo perseguitava nei sogni e a volte anche durante la veglia. "Mi hai ammazzato come un cane", gli dicevano quegli occhi neri come l'inferno.

Moira, nella dolcezza dell'abbraccio, placò i suoi turbamenti e gli rivelò la sua storia. Era figlia di un mercante genovese insediatosi ad Acri, in Palestina, per cercare fortuna nel commercio con la Georgia. I rapporti stretti con gli intermediari del Mar Nero si erano fatti così intensi che aveva addirittura preso in moglie una georgiana di nobili origini. Al ricordo della madre, la ragazza sospese il racconto e versò lacrime amare.

Moira aveva vissuto un'infanzia felice ad Acri, amata e protetta dai genitori, crescendo nel borgo genovese, tra la Fonda e la chiesa di San Saba. Ma gli eventi avevano preso una brutta piega. La regina georgiana Russunda aveva deciso di partecipare alla quinta crociata per liberare Damietta dagli Ayyubidi, la pressione mongola spingeva genti asiatiche verso est e infine i cristiani subivano gli attacchi della cavalleria di Jalal al-Dīn proveniente dal Khwārizm. Molte delle carovane dirette verso il Mar Nero si perdevano nel deserto siriaco e tra gli altopiani turchi, senza fare più ritorno ad Acri, e chi sopravviveva diffondeva la voce dell'incombere dei Selgiuchidi d'Anatolia.

Il padre di Moira aveva temuto per la propria famiglia, e, poiché in molti anni d'affari aveva accumulato una fortuna sufficiente per garantirsi una vita agiata anche altrove, si era imbarcato con moglie e figlia su una galea diretta in Liguria. Il viaggio si era svolto senza inconvenienti e gli scali a Creta, nel Peloponneso e a Messina avevano assicurato rifornimenti di acqua e di vettovaglie, nonché l'acquisto di pregiate merci di scambio. Poi era accaduto l'imprevedibile: presso le coste liguri una tempesta aveva sconvolto la superficie del mare.

Era come se il diavolo si fosse impossessato dei venti e delle acque, rendendoli furiosi come belve. Sballottata dalla procella, la galea aveva lottato con tenacia, poi si era ribaltata tra i flutti come un guscio d'uovo.

Quando Moira aveva riaperto gli occhi si era ritrovata sola, sulle rive di un Paese sconosciuto, la Linguadoca. Il mare l'aveva trascinata lì come un relitto. La sua famiglia le era stata rubata, spazzata via da ciò che appariva un incubo confuso e intangibile. Aveva chiamato a lungo il padre e la madre scrutando fra le onde del mare. Ma nulla. Erano scomparsi per sempre, e il dolore per la perdita era stato tale che le era parso di impazzire.

Guidata da un istinto di sopravvivenza che non immaginava di possedere, aveva vagabondato per giorni mendicando aiuto e ospitalità fino a trovare rifugio presso un tessitore di Fanjeaux, ma poco tempo dopo si era abbattuta su di lei un'altra sciagura. Un contingente di soldati aveva assaltato quel villaggio. Archontes, si facevano chiamare. L'avevano catturata assieme a molte altre persone, compresi i vecchi e i bambini.

Dapprincipio Moira aveva creduto che gli Archontes volessero venderli come schiavi, poi si era resa conto che le cose sarebbero andate diversamente. Furono condotti sui monti, per un sentiero selvaggio, fino a raggiungere una rocca tremenda: il castello di Airagne. Mai avrebbe pensato che potesse esistere un luogo tanto terribile. Mai si era immaginata tanta sofferenza, neppure quando ad Acri le giungevano voci sulle stragi commesse dai soldati mongoli e saraceni.

Ma dopo pochi giorni di prigionia era riuscita a fuggire, e si era diretta verso occidente. Desiderava raggiungere la Catalogna, dove vivevano alcuni parenti di suo padre.

Strada facendo aveva incontrato un gruppo di religiosi, si era fidata di loro e aveva raccontato le sue disavventure. Aveva parlato del naufragio, degli Archontes e del Conte di Nigredo, sperando che quegli uomini pii la comprendessero e l'aiutassero. Per tutta risposta, era stata condotta al cospetto di Blasco da Tortosa.

«Quel buon frate ti aiuterà», le avevano assicurato...

Uberto notò come lo sguardo di Moira si fosse indurito. «Cerca di rilassarti», le disse, riportandola alla realtà. «Ora non hai più niente da temere».

L'occhiata che gli rivolse non fu per nulla conciliante. «Invece avrò da temere finché non la smetterai di parlare di Airagne. Tu non immagini cosa succede in quel luogo. Sei ancora convinto di voler andare fin là?».

Come a ribadire il quesito, il cane nero, accucciato vicino a loro, drizzò le orecchie.

Uberto si alzò in piedi, guardandosi intorno con aria perplessa. Moira aveva mutato espressione e tono di voce così rapidamente da apparirgli di nuovo un'estranea. Temeva molto quel luogo e forse anche lui avrebbe dovuto condividere tale sentimento, ma non ci riuscì. Ormai, come Ignazio, era ansioso di giungere ad Airagne, anche se per motivazioni diverse, e più Moira gli ribadiva di tenersi lontano da quel castello, più smaniava di trovarlo. Era la sua missione, si disse, e intendeva onorare la parola data a Galib e a Corba de Lantar. Se davvero si riteneva un uomo di principio, doveva fare il possibile per portare a termine l'incarico che gli era stato dato. E doveva farlo ancor più per se stesso che per gli altri, se voleva conservare stima di sé. Con simili pensieri nella testa, soffermò l'attenzione sui due cavalli che brucavano poco distanti. Uno era l'elegante Jaloque, l'altro il roano appartenuto prima a Kafir e ora a Moira. Con due cavalcature avevano potuto viaggiare veloci, senza affaticare un'unica bestia.

Inconsciamente posò la mano destra sulla bisaccia, dov'era custodito il *Turba philosophorum*, e preso com'era dai pensieri non si avvide delle occhiate curiose lanciate da Moira. Quel libro l'avrebbe aiutato nella missione. Ma come? Cosa lo aspettava ad Airagne?

C'era un'unica cosa da fare.

«Dobbiamo assolutamente trovare mio padre», disse infine, rilassando l'espressione del viso.

24

«Ve lo ripeto, nessuno in questo cenobio porta il nome di Gilie de Grandselve», disse l'abate Guarin, scrutando accigliato il mercante di Toledo. «La vostra menzogna è palese».

Dopo l'irruzione degli arcieri di Fontfroide, Ignazio non aveva più avuto modo di spiegarsi. Era stato scortato con i suoi compagni nella sala capitolare che sorgeva presso i giardini, lontano da sguardi indiscreti. Tale disposizione era stata decisa dall'abate affinché non si creasse ulteriore scompiglio nella comunità monastica. La quiete del cenobio, aveva affermato, era sacrosanta. Non era ammissibile che entro un'abbazia si assistesse a scene di brutalità e ad accuse infondate.

Il mercante ascoltò le dure parole rivoltegli da Guarin senza tradire emozioni. Il suo sguardo vagava tra le ogive del soffitto, imperturbabile, mentre Willalme, la badessa e Juette attendevano vicino alle panche di pietra addossate ai muri, scrutando ora le guardie appostate all'ingresso, ora l'immagine autoritaria dell'abate di Fontfroide.

«Il portarius hospitum che mi ha accolto ieri sera in questa abbazia rispondeva al nome di Gilie de Grandselve», insistette il mercante, pacato. Avrebbe voluto essere sicuro di sé come sembrava. «Posso provare quanto affermo».

L'abate Guarin non si scompose. «Abbiate la bontà di spiegarvi».

«La vostra foresteria ospita un gruppo di cavalieri giunti stanotte. Dico bene?»

«Sì, sono stato informato della loro presenza. Si tratta di crociati diretti a Narbonne. Intendono imbarcarsi al più presto per Sidone».

Ignazio parve soddisfatto dalla risposta. «Ebbene, li ho visti giungere agli stallaggi. Sono stati accolti dallo stesso monaco di cui vi parlo: Gilie de Grandselve. Fate convocare uno di loro. Confermerà senz'altro la mia versione».

L'abate diresse un cenno a una delle guardie appostate davanti all'ingresso; questa annuì, prese congedo e uscì dalla sala.

Guarin tornò a fissare l'interlocutore, serioso. «Non abbiate a compiacervi di siffatti espedienti, monsieur. La vostra condizione resta precaria. Quel Willalme, vostro protetto, ha aggredito un monaco a causa di una fanciulla tacciata di stregoneria. Comprendete l'enormità del delitto?». Puntò l'indice verso gli accusati. «Come già ieri spiegai alla badessa di Santa Lucina, la stregoneria è un crimine di lesa maestà e un abominio contro la fede».

Willalme si parò davanti a Juette e fece per ribattere a tono, ma Ignazio lo bloccò con lo sguardo. "Fidati di me", dicevano i suoi occhi.

Le iridi del mozarabo tornarono a fronteggiare l'abate, scintillanti d'astuzia. «Comprendo le vostre ragioni, reverendo padre, ma non potete trattenerci in questo luogo per un semplice incidente, seppure increscioso».

«Avete per caso intenzione di sfidare la mia autorità?»

«Non oserei». Il mercante chinò il capo per nascondere l'orgoglio, non voleva misurarsi con l'interlocutore, ma saggiarne la tempra. E lo fece con una menzogna: «Lasciatemi spiegare, mi trovo qui per ordine del vescovo Folco di Tolosa. Indago in sua vece».

«Ammesso che diciate il vero, la cosa non migliora la vostra posizione. Anzi, l'aggrava». Guarin si lasciò sfuggire un risolino nervoso. «L'abbazia di Fontfroide appartiene alla diocesi di Narbonne, quindi non è soggetta ai capricci dei prelati di Tolosa. Per giunta, a quanto mi risulta, Folco non riesce a farsi valere neppure in casa propria. È stato cacciato dalla sua sede dai protettori degli eretici. Uno smacco vergognoso per l'autorità ecclesiastica».

Ignazio era certo di poter sfruttare la conversazione a proprio vantaggio, ma doveva trovare un argomento valido su cui insistere. E si ricordò delle spie di Folco infiltrate tra i conversi nell'abbazia di Fontfroide, sicuramente all'insaputa di Guarin. Una simile informazione doveva avere un certo peso, ma per il momento si limitò a mettergli una pulce nell'orecchio: «Sebbene all'apparenza debole, il vescovo Folco esercita grande influenza in molte terre della Linguadoca, finanche in quest'abbazia. La sua ombra si estende sui vostri feudi».

Guarin si irrigidì. «Badate a quel che dite, monsieur. La vostra situazione potrebbe aggravarsi di molto».

«Non siete curioso di sapere come Folco riesca a controllarvi, reverendo padre?», lo stuzzicò Ignazio. «Egli si serve di spie. E io so dove si nascondono».

«Tradireste la fiducia del vostro signore?». L'espressione dell'abate assunse una smorfia curiosa. «Sareste veramente disposto a parlarne?».

"Scacco matto", pensò Ignazio. Forse Guarin sospettava già della presenza di spie tolosane presso la sua abbazia e magari ne aveva addirittura le prove, ma non sapeva come stanarle. Il mercante non doveva fare altro che compiacerlo, indicandogli ciò che stava cercando. «Data la mia posizione attuale, mi vedo costretto ad acconsentire», disse, fingendosi riluttante.

«Immagino che tali informazioni abbiano un prezzo. Cosa pretendete in cambio?»

«La libertà mia e dei miei compagni. E pure che cadano le accuse di stregoneria».

Prima che l'abate potesse pronunciarsi, risuonò dall'uscio la voce di un soldato: «Il cavaliere che avete fatto convocare è qui, reverendo padre».

«Fatelo entrare», ordinò Guarin, fregandosi le mani. Animato di nuova energia, si rivolse a Ignazio. «Ordunque avremo prova della vostra sincerità, monsieur. Vi tengo in pugno».

Il cavaliere entrò nella sala capitolare a testa alta. Aveva una lunga barba bionda che cadeva su una casacca di cuoio ricoperta da scaglie metalliche. Guardò di sfuggita i presenti e disegnò un inchino dinanzi all'abate. Rollant d'Auxerre era il suo nome.

Guarin accantonò le formalità e interrogò subito il cavaliere su quanto accaduto la notte precedente.

Rollant apparve spiaciuto di dover rinunciare a un cerimonioso ossequio. «Mi avete convocato per sapere chi ci abbia accolti stanotte all'abbazia? Tutto qui?»

«Per l'appunto».

Il cavaliere tentennò, poi rispose: «Un vecchio monaco piuttosto scorbutico. Grandselve... Gilie de Grandselve, mi pare si chiamasse. Non c'era nessun altro in giro al nostro arrivo, quindi ci siamo rivolti a lui».

L'abate annuì, indicando Ignazio con un gesto distratto. «Avete mai visto quest'uomo prima d'ora?»

«Mai, in vita mia», assicurò Rollant. «Quando vedo una faccia non la scordo più».

Guarin camminò meditabondo verso una finestra. «D'accordo, signor d'Auxerre. Potete andare».

«Ma come? Di già?», protestò il cavaliere.

Guarin l'apostrofò con fare sospettoso: «Ebbene, Rollant? Avete forse compiuto misfatti, atti di brigantaggio o altre scelleratezze da confessare?».

Il cavaliere indietreggiò. «Oddio, no. Per carità».

«Allora vi do la mia benedizione. Levatevi dai piedi».

Quando finalmente il d'Auxerre abbandonò la sala capitolare, lo sguardo dell'abate si posò di nuovo sul mercante. «Pare siate in buonafede, monsieur. Evidentemente lo sfuggente Gilie de Grandselve è una di quelle spie di cui mi accennavate: un agente di Tolosa che è riuscito a farsi passare per il portarius hospitum».

Ignazio confermò con un cenno del capo, per quanto non ne fosse convinto. L'identità di Gilie de Grandselve era l'ennesimo mistero che andava a infittire la vicenda. Si chiese se mai l'avrebbe incontrato ancora sul suo cammino, ma ora doveva completare l'opera di persuasione nei confronti dell'abate. Se voleva tornare libero, doveva dargli ciò che gli aveva promesso: gli uomini di Folco infiltrati nella sua abbazia. Guarin non poteva sapere che le spie cui alludeva Ignazio erano interessate al vicino béguinage di Santa Lucina, e non al cenobio di Fontfroide. Sarebbero quindi state sufficienti a soddisfare i suoi sospetti.

La voce dell'abate interruppe i suoi pensieri: «Dove si trovano queste spie?».

Il mercante indicò Juette: «E l'accusa di stregoneria?».

L'abate alzò le spalle. «Non esistono verbali in merito, ergo non sussiste».

«Siamo dunque tutti liberi d'andare?»

«Nessuno vi tratterrà».

Ignazio scambiò un'occhiata complice con Willalme. «Molto bene».

«Parlatemi ora delle spie di Folco», insistette Guarin.

«Ebbene, reverendo padre», disse il mercante con fare confidenziale, «di recente avete accolto nel vostro cenobio qualche nuovo converso?»

«Sì, alcuni».

«Cercate le spie fra di loro». Gli occhi di Ignazio si strinsero insinuanti. «Fra i conversi...».

Dopo aver congedato la compagnia di Ignazio, Guarin mandò a chiamare padre Frenerius de Gignac, che era stato accusato e aggredito da Willalme. Il religioso non fece attendere l'abate, attraversò i corridoi abbaziali con passetti rapidi, il petto in tumulto, mentre preparava il discorso da pronunciare al cospetto del suo superiore. In fin dei conti era lui, Frenerius, la vittima di tutta quella faccenda.

Di certo i colpevoli avevano già ricevuto il giusto castigo, pensò. Sarebbero stati senz'altro consegnati al braccio secolare, come si conveniva in quei casi. D'altro canto non era ammissibile che un monaco cistercense e l'abbazia stessa si prostrassero davanti alle sottane di un'orfanella! Sarebbe stato come se un feudatario avesse acconsentito di umiliarsi dinanzi a un servo della gleba.

Padre Frenerius gonfiò di fierezza il suo cuore superbo, alzò il mento e proseguì deciso... O almeno si illuse di farlo. Quando entrò nella sala capitolare, appariva ancora segnato dallo spavento provato un'ora prima, quando la scimitarra di Willalme gli aveva sfiorato la gola.

Guarin lo attendeva immobile in mezzo alla sala e non appena lo vide il suo sguardo lo colpì come una freccia.

Frenerius fu scosso da un tremito. Il silenzio dell'abate gli pesava addosso come il giogo di un bove. Si rese conto di non poter mantenere la posizione eretta, quindi si gettò ai suoi piedi.

Guarin si ritrasse con disgusto e anziché apostrofarlo giunse le mani sulla cintura della tonaca. I suoi pugni erano talmente stretti da imbiancare le nocche.

«È dunque vero?», gli chiese infine.

Frenerius mantenne lo sguardo basso. «Padre reverendissimo... io... quella donna...».

«Alzati in piedi, figliolo. Dillo guardandomi in faccia».

Il monaco obbedì, ma quel gesto gli costò un'immensa fatica. «È stata lei...».

Prima che potesse concludere la frase, l'abate lo colpì con uno schiaffo.

Frenerius cadde quasi a terra. Si portò la mano al volto, gli occhi sbarrati. «Ma padre...».

«Basta con le menzogne!», sentenziò Guarin. Benché conservasse un'apparenza di venerabilità, le sue pupille si erano ristrette per la rabbia fino a diventare due puntini di spillo. «Confessa il tuo peccato! Hai usato violenza a quella ragazza?».

Il monaco strinse il capo fra le mani e iniziò a singhiozzare come un bambino.

Se c'era una cosa che l'abate di Fons Frigidus non tollerava, era il pianto di un uomo malvagio.

Il carro del mercante si allontanò ballonzolando da Fontfroide.

Ignazio conduceva alla serpa e nonostante l'accaduto appariva sereno, quasi soddisfatto. La badessa, che gli sedeva accanto insieme a Juette, lo osservava perplessa, senza capire se doveva temere quell'uomo o provare riconoscenza. Le parole che gli erano uscite dalla bocca nella sala capitolare erano false o veritiere?

Willalme seguiva il carro a cavallo, impensierito. Dopo un silenzioso esame di coscienza, mugugnò in direzione del mercante: «Non intendevo metterti in pericolo con il mio gesto, tanto meno le donne».

Ignazio si limitò a rispondere con un'alzata di spalle.

Il francese aggrottò la fronte. «Dovevi restarne fuori, lasciarmelo uccidere».

«Sfogando la tua rabbia avresti semplicemente anticipato l'inevitabile, pagando per di più un caro prezzo». Il mercante gli strizzò un occhio. «Se può consolarti, Frenerius de Gignac avrà quel che si merita: è affetto da morbo gallico. Patirà per molto tempo prima di spirare. L'inferno può attenderlo ancora un po', non credi?»

«E tu come fai a conoscere il suo stato di salute?».

Fu la badessa a rispondere: «Quel monaco ha contratto il morbo a causa dei suoi vizi. Noi beghine conosciamo l'entità della sua corruzione. Frenerius si vergogna di farsi curare dai suoi confratelli e si rivolge da tempo al béguinage per procacciarsi medicamenti in grado di alleviare le sue sofferenze. Durante l'ultima visita, come ormai avrete intuito, ha aggredito la nostra povera Juette».

A quelle parole, la ragazza si strinse nel suo abito bigio.

«Credo che quel Frenerius non si farà più vivo», disse il mercante.

Willalme chinò il capo. «Vogliate perdonare la mia irruenza, reverenda madre. Ho rischiato di peggiorare la vostra situazione».

«In ogni caso non tutto il male vien per nuocere», l'interruppe Ignazio. «La nostra "chiacchierata" con l'abate ci è stata utile per diversi motivi».

Il francese rialzò lo sguardo in direzione del compagno. «Spiegati».

«Ho smascherato Gilie de Grandselve, il portarius hospitum che stanotte mi ha ospitato all'abbazia. Non conosco la sua identità, ma probabilmente è una spia incaricata da qualcuno di controllarci. Forse dallo stesso Conte di Nigredo». Il mercante aggrottò la fronte. «Tuttavia non è stato lui a tentare di uccidermi prima dell'alba...».

«Hanno tentato di ucciderti? Ma chi... Come...».

«Filippo di Lusignano non è l'uomo che credevamo», si limitò a rispondere Ignazio. «Ti racconterò più tardi, amico mio, in privato. Ora lasciami concludere il discorso. Fomentando i sospetti dell'abate Guarin, ho reso un servigio alla comunità di Santa Lucina».

«L'ho intuito», ammise la badessa, «seppure non abbia compreso del tutto».

Ignazio lasciò trapelare dalla sua impassibilità un sorriso sincero. In fin dei conti quella beghina gli era simpatica. «Sappiate, madre, che quanto ho riferito all'abate è vero solo per metà. Il vescovo Folco ha realmente infiltrato alcune spie tra i conversi di Fontfroide, ma con l'intenzione di indagare sul béguinage di Santa Lucina, non su Guarin». Le puntò l'indice contro, senza minaccia. «Folco sospetta, a giusta ragione, che voi consorelle possediate informazioni su Airagne, perciò vi tiene sotto controllo».

La donna sbiancò.

«Per fortuna», proseguì il mercante, «le spie di Folco non hanno ancora scoperto nulla di concreto. Ignorano il nesso tra Airagne e l'alchimia. Per di più, ora ci penserà l'abate Guarin a stanarle, credendosi lui l'indagato. Le rispedirà al mittente».

«Mi sfugge una cosa». La badessa non dava l'impressione di volersi rasserenare. «Se siete al corrente di tutte queste cose, significa che anche voi siete al servizio del vescovo Folco. Perché l'avete tradito?»

«Io non sono al servizio di Folco ma del sovrano di Castiglia», chiarì Ignazio. «In questa vicenda, il vescovo di Tolosa è un semplice intermediario e i suoi interessi non mi riguardano. Inoltre disapprovo i suoi metodi». Abbozzò un ghigno compiaciuto. «Sabotare quel fanatico, oltre a essersi rivelata una necessità del momento, è stato un piacere».

«Per un attimo ho creduto che fossero interessi personali ad avervi spinto in questa vicenda», ribatté la donna.

«In un certo senso avete ragione: non sono solito agire per conto di terzi senza ottenere il mio interesse. E non farò sconti neppure a re Ferdinando».

«Cosa intendete?»

«Intendo che eseguirò l'incarico a mio modo, soddisfacendo la mia curiosità».

«Si può sapere cosa vi incuriosisce tanto?»

«L'alchimia», rispose Ignazio. Le espressioni interrogative dei presenti erano un chiaro invito a spiegarsi meglio. «Secondo un'opinione diffusa esistono metodi grazie ai quali si può ricavare l'oro dai metalli "vili", come sostiene Teophilus Presbyter fra le pagine del suo *De diversis artibus*».

Willalme spalancò gli occhi, incredulo.

Il mercante continuò: «Tuttavia qualsiasi procedimento noto dà origine a volgari imitazioni dell'oro, trattandosi più che altro di derivati dell'ottone. Come afferma Avicenna, i metalli sembrano non potersi trasmutare». Sospirò, quasi dispiaciuto. «Ma l'oro di Airagne è diverso. Può ingannare un occhio esperto ed è necessario sottoporlo all'acido per smascherarlo. Evidentemente il Conte di Nigredo adotta un metodo perfezionato, forse di scuola orientale. Vorrei scoprirlo».

La badessa assunse un'aria di rimprovero. «Per quale motivo? Volete fabbricare oro alchemico anche voi?»

«A me non interessano le cose in sé, reverenda madre, ma capire il modo in cui esse avvengono». Ignazio le rivolse un'occhiata d'intesa. «E voi mi aiuterete, in cambio del servigio che vi ho reso».

«Lo farò, non dubitate. Quando avremo fatto ritorno al béguinage, vi farò parlare con un uomo sfuggito da Airagne. Ma vi avverto, la vostra vita non sarà più la stessa, poiché capirete quali siano gli orrori della croce nascosti dalle tre *fatae*».

25

La badessa fu di parola. Giunti che furono al béguinage di Santa Lucina, invitò Ignazio a seguirla dentro la vecchia pieve. Intendeva mostrargli qualcosa nei sotterranei dell'edificio: il segreto custodito in quel luogo.

Il mercante acconsentì di buon grado. Non era ancora il vespro, ma il cielo, già incupito, si adagiava sui monti come una tenda di velluto.

Willalme smontò da sella e si portò al fianco di Ignazio, che stava già dirigendosi verso il portale della chiesa. Gli tornò alla memoria il rumore misterioso udito la notte precedente. L'aveva sentito salire dal basso, legnoso e insistente. Cosa si nascondeva là sotto?

La badessa scrutò il francese e lo fermò con un cenno di diniego. «Voi no», gli disse perentoria. «Attenderete qui fuori».

Willalme, sebbene contrariato, non replicò. Aveva già causato abbastanza problemi a quella donna. Tornò sui propri passi e aiutò Juette a scendere dal carro, ma quando le fu di fronte si sentì goffo. Non trovava le parole adatte per entrare in quel pozzo di silenzio, tanto più profondo del suo. «Nessuno mi deve toccare!», gli aveva gridato poche ore prima. Forse, si disse il francese, con il suo atteggiamento la stava offendendo. Invece la ragazza gli afferrò le mani. Lui abbozzò un sorriso e la aiutò a spiccare un salto a terra, poi si ritrasse.

Nel frattempo la badessa guidò il mercante all'interno della pieve. Willalme li vide sparire sotto l'arcata del portale e li immaginò proseguire in direzione dell'abside, immersi in un silenzio di antiche preghiere.

Ignazio seguì la badessa attraverso la navata della pieve, ben misera cosa rispetto a quella di Fontfroide, e quando giunsero vicino al coro notò che sulla parete di mattoni, alla luce dei ceri, si stagliava un usciolo a malapena visibile.

La donna chinò il capo e fece per entrare, ma prima gli rivolse la parola: «Desidero precisare che non vi sto aiutando per il favore reso».

Ignazio la interrogò con lo sguardo e la badessa lo fissò dritto in faccia, come volesse leggergli dentro. «Vi aiuto perché sotto il mantello di cinismo che indossate scorgo il viso di un uomo buono. Qualunque sia la ragione che vi spinge, spero che al momento opportuno facciate la scelta giusta».

Il mercante alzò le spalle e si avviluppò nella cappa, in quel luogo l'aria era particolarmente fredda e umida. «Temo di non capire, madre».

«Quando avrete visto cosa si nasconde quaggiù, capirete».

L'usciolo dava accesso a una scala dai gradini angolosi.

Iniziarono la discesa. Per evitare di inciampare, fu necessario tenere le mani appoggiate alle pareti.

Incuriosito da strani rumori che salivano dal fondo, il mercante rivolse un'occhiata diffidente alla donna. Lei lo ignorò, continuando a precederlo silenziosa.

Giunti sul fondo, una porta si aprì e Ignazio sbarrò gli occhi, incredulo.

La discesa terminava in uno stanzone saturo di aria stantia e illuminato da poche candele. Forse si trattava di un'antica cripta, ma ogni cosa passava in secondo piano rispetto al rumore che rimbombava fra quelle pareti.

Prima di capire cosa provocasse il frastuono, Ignazio riconobbe una ventina di uomini curvi su strani ripiani di legno. Sembravano amanuensi seduti in uno *scriptorium*, ma il loro aspetto era grottesco. Erano tutti pelle e ossa, simili ai dannati dipinti negli affreschi infernali. Ripetevano di continuo gesti frenetici e tremanti.

Il mercante evitò di lasciarsi suggestionare. Dovette quasi gridare perché il baccano non coprisse la sua voce: «Sono questi i fuggiaschi di Airagne?»

«Solo una minima parte», spiegò la badessa, anche lei ad alta voce. «Si tratta dei sopravvissuti».

«Intendete che molti di loro sono...».

«Morti». L'accento della donna tradì amarezza, ma anche una certa rabbia. «A causa di un morbo sconosciuto contratto durante la prigionia ad Airagne».

«Lasciatemi indovinare: alito dolciastro, isteria, paralisi degli arti e una colorazione anomala delle gengive».

«Sì, avete elencato i sintomi principali». La badessa lo fissò di sottecchi. «Come fate a saperlo?»

«Saturnismo», si limitò a rispondere l'uomo. D'un tratto aveva perso la voglia di parlare. Il suo stato d'animo era al di là di ogni emozione esprimibile. Ribrezzo, pietà e stupore formavano un groviglio senza forma. Intanto continuava a scrutare nella penombra, cercando di indovinare a cosa lavorassero quei derelitti con tanta dedizione, o pazzia, e come facessero a produrre un simile baccano. «Si può sapere che stanno facendo?»

«Tessono».

Il mercante le rivolse un'occhiata incredula.

La donna si spiegò: «Li teniamo occupati. Le loro menti sono annebbiate dalla malattia che così bene avete descritto. Se venissero lasciati inattivi, manifesterebbero reazioni violente simili al comportamento degli ossessi».

«Dunque, facendoli lavorare, li mantenete tranquilli».

La badessa annuì. «Molti di questi uomini, prima di cadere nelle grinfie degli Archontes, svolgevano mestieri di artigianato, così abbiamo pensato di impiegare questa manualità in qualcosa che fosse loro congeniale. La tessitura meccanica».

Ignazio cercò la conferma visiva di quanto gli era stato detto. Era vero. La maggior parte dei reclusi armeggiava con telai meccanici. Ecco la fonte di tutto quel rumore.

Gli ordigni erano dotati di una coppia di subbi, e sul cilindro superiore scorrevano i fili dell'ordito e dall'inferiore usciva il tessuto ultimato. I fili di lana passavano attraverso aste di legno munite di occhielli che, azionate da appositi pedali, sollevavano l'ordito per consentire il passaggio della spola. A ogni movimento corrispondevano botte, scatti e cigolii.

Ignazio aveva già sentito parlare della tessitura meccanica, che gli apparve funzionale ma rumorosa al punto da risultare insopportabile. Sapeva inoltre che quell'arte veniva additata dal clero come attività vergognosa, a causa del rumore dei telai e dei luoghi sotterranei in cui veniva praticata. Ma il vero motivo della condanna era un altro. Quegli ambienti oscuri davano spesso rifugio ai catari.

Quando ritenne d'aver visto abbastanza, il mercante si rivolse di nuovo alla badessa: «Perché tenete questi uomini al buio?»

«Dopo aver trascorso molto tempo nelle tenebre di Airagne, i loro occhi non sopportano più la luce intensa del giorno. E poi non possiamo permetterci di lasciarli girare all'aperto. Qualcuno, prima o poi, noterebbe i loro comportamenti anomali».

Ignazio rammentò come Sébastien, l'ossesso di Prouille, rifuggisse la luce, e fu pervaso da una gran pena. «Devono aver vissuto un'esperienza orribile».

«Disumana. Questa è la parola giusta». La beghina lo scrutò per indovinare i suoi sentimenti, ma si trovò di fronte a uno scudo impenetrabile. «Non perdiamo tempo», sospirò. «Desideravate parlare con uno di loro, e credo non abbiate cambiato idea nel frattempo».

«Infatti».

«Aspettate qui», gli raccomandò, incamminandosi verso il centro della sala.

Ignazio la perse di vista per un istante, poi la individuò in un angolo, intenta a confabulare con qualcuno nascosto nell'ombra.

L'attesa fu breve. La badessa ritornò in compagnia di un uomo alto e nerboruto. Non aveva l'aria abulica della maggior parte dei reclusi, incedeva ritto, senza difetti di portamento, ma quando il mercante poté osservarlo da vicino si accorse che recava una terribile deformità. Indietreggiò d'istinto, abbozzando un saluto.

L'uomo lo squadrò senza troppe cerimonie, incurante di suscitare ribrezzo. Il lato sinistro del suo viso presentava un'ustione orribile. La pelle sembrava essersi sciolta e rimodellata come cera fusa. Anche il braccio sinistro, che spuntava dall'abito smanicato, era ridotto nelle stesse condizioni. «Salute, straniero. Mi chiamo Droün», esclamò. «La reverenda madre dice che volete parlare con me».

Ignazio annuì. «Sto cercando informazioni su Airagne».

«A quale scopo?»

«Voglio recarmi in quel luogo».

L'uomo strabuzzò l'occhio buono. «Voi siete pazzo».

«Può darsi, ma non vi riguarda. Sapreste condurmi fin là?»

«Piuttosto mi ucciderei». Droün si portò le mani al petto, quasi volesse offrirsi in sacrificio. «Sottoponetemi a tortura, se volete, ma la mia risposta resterà sempre la stessa».

«Perché Airagne vi spaventa tanto?»

«Perché rappresenta il *draco*, la dimora degli Arconti descritta nel libro di *Pistis Sophia*». L'uomo sembrava sicuro di quel che diceva. Evidentemente le sue conoscenze derivavano dalla frequentazione degli ambienti ereticali, e infatti citò a memoria: «Come disse Gesù a Maria, quando il sole tramonta e sprofonda sottoterra, il soffio del draco vela la luce e l'alito delle tenebre ricopre la terra assumendo l'aspetto di fumo notturno».

«Rispetto la vostra paura, non vi chiederò di accompagnarmi. Ma potreste indicarmi il tragitto da seguire».

Droün tacque a lungo, incerto su cosa rispondere. Il suo sguardo si posò a più riprese sulla badessa, poi superò l'indugio. «Se lo desiderate...».

«Molto bene. Ve la sentite di descrivere Airagne? Cosa avviene al suo interno?».

Droün sbuffò con nervosismo. «Non ne so molto, come tutti i qui presenti del resto, e c'è una ragione: quando i prigionieri giungono al castello di Airagne vengono divisi in gruppi e indirizzati in punti separati. Gran parte della manodopera è destinata alle cave sotterranee».

«E gli altri?»

«I restanti vengono distribuiti in ambienti di fusione e di sublimazione. Nessuno dei prigionieri sa a cosa serva l'intera struttura. Si lavora e basta, senza porre domande. Chi si ferma, viene ucciso dai guardiani. Molti, del resto, si sottomettono senza discutere. Quel luogo è talmente orribile che pensano di essere precipitati all'inferno».

Ignazio si avvicinò all'interlocutore, ormai insensibile al suo aspetto deforme. La curiosità dominava. «Voi a cosa eravate addetto? Quali mansioni svolgevate?».

Droün si grattò il lato destro della faccia. «Lavoravo insieme ad altri nel sottosuolo, dove un vapore sconosciuto veniva incanalato dentro un calderone di metallo. Non chiedetemene il significato, poiché non saprei rispondervi».

«Quel che avete descritto basta e avanza. Ma ditemi, come siete riuscito a fuggire?»

«La sorveglianza è rigida, eppure io sono rimasto prigioniero soltanto per pochi mesi. È stato possibile grazie a queste». Droün indicò con fierezza le ustioni al viso e al braccio sinistro. «Mentre lavoravo sono stato investito da una fuoriuscita di vapore bollente e sono svenuto. Le guardie devono avermi creduto spacciato e si sono sbarazzate di me. Cose del genere capitano di frequente ad Airagne... Quando ho ripreso conoscenza mi trovavo sulle sponde del fossato esterno del castello, dove si gettano le acque di scarico. Per fortuna le ferite non erano mortali, e sono fuggito».

«Acque di scarico?»

«Sì. Nel sottosuolo di Airagne abbondano due cose: cristalli di galena e sorgenti d'acqua. L'acqua viene usata per raffreddare i metalli e per altri processi, poi viene scaricata fuori, nel fossato».

Ignazio esaminò con attenzione l'interlocutore. «Pochi mesi di permanenza, avete detto... Ecco perché ragionate ancora lucidamente. Non avete contratto il male di Saturno. Vi siete sottratto in tempo all'avvelenamento del piombo».

«Non comprendo le vostre parole, straniero, ma è vero. Sono uno dei pochi, qui dentro, ad aver conservato l'uso della ragione».

«Bene». Il mercante parve soddisfatto. «Quindi non avrete difficoltà a indicarmi il cammino giusto da seguire».

«Voi siete pazzo», biascicò Droün. Tuttavia, anche se sconcertato, soddisfece la richiesta del suo interlocutore.

Poco distante dal béguinage di Santa Lucina, Filippo di Lusignano entrò in un villaggio rurale senza nome, percorse al trotto la strada polverosa e frenò il cavallo davanti a una taverna dall'aspetto non proprio rispettabile. Dopo essere smontato da sella, si aggiustò la tonaca e coprì il volto con il cappuccio, poi entrò nel locale.

Non fece in tempo a richiudere il battente che una donna gli finì tra le braccia, premendogli addosso il petto e la faccia. Era vecchia e scarmigliata, il suo alito puzzava di vino e di qualcos'altro di ributtante. Senza degnarla di uno sguardo, le artigliò i capelli con una mano e la allontanò da sé, facendola cadere a terra.

«Ehi, forestiero, lascia stare quella baldracca!», sghignazzò qualcuno annidato nella penombra.

Filippo non rispose. Attraversò l'ambiente con alterigia, sfilando tra afrori indefiniti e sguardi avvinazzati. Si fermò davanti a un tavolo di armigeri intenti a bere e a giocare a dadi.

«Siete mercenari?», domandò con aria altera.

Uno fra quelli alzò le iridi torbide dal bicchiere. «Vattene, prete», ringhiò. «Torna al monastero da dove provieni».

«Non sono un prete», rispose il Lusignano, «ma anche se lo fossi non prenderei ordini da un bestione ubriaco».

A tali parole lo sgherro emise una bestemmia irripetibile e portò la mano alla cintura, dove spuntava l'impugnatura di un coltellaccio. Filippo, più svelto di lui, sguainò da sotto l'abito un pugnale e lo conficcò sul tavolo, davanti al suo viso.

Il soudadier restò inchiodato al proprio posto, basito. I suoi commensali invece scattarono in piedi, come se i loro sgabelli fossero diventati improvvisamente roventi. Il rossore dell'ubriachezza svanì dalle loro facce.

«Si può sapere chi è costui?», sbottò uno di loro.

Il forestiero rinfoderò il pugnale e abbassò il cappuccio. Sul volto era scolpito un ghigno feroce. «Mi chiamo Filippo di Lusignano», disse.

Dato che nessuno tra quelli si azzardava a fiatare, seguitò: «Cerco mercenari disposti a seguirmi. Siete disponibili?».

I presenti si consultarono con un fugace gioco di sguardi.

Prese la parola il più anziano del gruppo: «Al momento siamo disoccupati. Pensavamo di accodarci a qualche esercito nei paraggi. Di questi tempi c'è solo l'imbarazzo della scelta. Ma se pagate bene, potremmo accordarci».

«Il denaro non è un problema». Il Lusignano fece cenno agli interlocutori di tornare a sedersi. Lui stesso si stravaccò su uno sgabello e iniziò a esaminare le fiasche di vino distribuite sul tavolo. «In quanti siete?». Si riempì un bicchiere e lo portò alla bocca con fare schizzinoso.

«Un pugno di cavalieri e una quarantina di fanti».

«Può bastare», continuò l'uomo, annusando con disgusto il contenuto del bicchiere.

«Quale missione intendete affidarci?».

Filippo bevve un sorso e deglutì a fatica, poi si fece serio. «Devo riprendermi qualcosa di molto prezioso. Qualcosa che mi è stato sottratto». Si concesse un sorriso malvagio. «Prima però devo sistemare una questione personale con un mozarabo, un certo Ignazio da Toledo».

«Uccidere, predare, menar battaglia... Per noi non fa differenza, signore. Sappiate però che i nostri servigi vi costeranno».

«Mi sembra d'aver chiarito che il denaro non rappresenta un problema. Vi pagherò in scudi d'oro», sottolineò Filippo. Intanto pensava: "Ben misera cosa è il vostro compenso rispetto al sacrificio che vi chiederò di offrire in cambio!".

26

Nel rifugio sottostante la pieve di Santa Lucina gli occhi di Ignazio, così come il suo stato d'animo, si erano completamente assuefatti all'ambiente. Il deforme Droün l'aveva messo al corrente sull'itinerario da seguire per raggiungere Airagne e, con frasi dirette, quasi brutali, gli aveva parlato di un cammino impervio fra i monti selvaggi delle Cévennes. Quelle zone erano note per l'inospitalità dei loro abitanti, pastori rudi e sprezzanti, discendenti dei popoli gallici e custodi di leggende tramandate da una memoria senza nome. Sebbene si dichiarassero cristiani, professavano ancora i culti pagani dei loro avi.

Il resoconto di Droün, anziché intimorire l'interlocutore, ne aveva stuzzicato la curiosità. Ormai Ignazio era convinto che l'oscurità di Airagne nascondesse i segreti dell'alchimia orientale: la filosofia dei metalli che l'Occidente cristiano aveva conosciuto soltanto in parte e in modo imperfetto. L'impiego di calderoni, di piombo e di vapori particolari doveva sottostare a un metodo preciso, a una scuola di cui si ignorava l'origine e il nome. Per di più non doveva trattarsi di una scienza teorica, ma empirica. E ciò rappresentava per il mercante un'attrattiva irresistibile. Fu così che, non appena fu uscito all'aria aperta, manifestò l'intenzione di voler riprendere il viaggio.

Ma ormai imbruniva e la badessa gli consigliò di attendere fino al mattino seguente. Offrì a lui e a Willalme un alloggio all'interno del béguinage, cosicché potessero trascorrere la notte sotto un tetto.

Il mercante guardò verso occidente, dove il tramonto iniziava a sciogliersi nella risacca delle ombre, e accettò l'invito con un sorriso amabile.

PARTE QUARTA
SPIRALI DI TENEBRA

Calò una tenebra spaventosa e al contempo odiosa che si diffuse a spirali come un serpente. Poi la tenebra si trasformò in qualcosa di umido e di turbolento oltre ogni dire, che emetteva fumo come da fuoco e produceva un suono lamentoso, inspiegabile. Infine uscì da essa un grido inarticolato, paragonabile a una voce di fuoco.

Corpus hermeticum I, 4

27

I due compagni partirono dal béguinage di Santa Lucina alle prime luci dell'alba. Salutarono le consorelle e si allontanarono verso oriente. Juette restò per lungo tempo alla finestra con gli occhi puntati sul loro carro, sempre più piccolo.

Willalme conduceva alla serpa mentre Ignazio rimuginava sull'accaduto. Nelle ultime ore erano cambiate molte cose. Il tradimento di Filippo aveva sbilanciato una situazione già di per sé incerta, ma il mercante non lo valutava con timore, bensì in modo oggettivo, quasi con distacco. La reazione del Lusignano rappresentava ai suoi occhi una variabile del gioco e anche un'opportunità che gli avrebbe permesso di agire finalmente libero, senza dover rendere conto a nessuno.

Quella notte aveva sognato Uberto, una visione nitida, quasi reale. Ma non essendo avvezzo ad attribuire ai sogni significati premonitori, gli parve una cosa naturale. La sera precedente, prima di prendere sonno, si era soffermato a pensare a suo figlio, per valutare se fosse conveniente tornare indietro a cercarlo o lasciarlo invece procedere per la sua strada. Il problema era che non immaginava dove si trovasse in quel momento, i feudi e gli itinerari circostanti erano troppo estesi per potersi illudere di rintracciarlo. L'unica soluzione era lasciargli indicazioni lungo la via, nella speranza che lo stesse seguendo. Proprio a tale scopo, prima di partire dal béguinage, Ignazio aveva affidato alla badessa un messaggio per lui, nel caso fosse giunto fin là. Aveva scritto poche righe, sufficienti per metterlo in guardia: "Troppo rischioso proseguire. Attendi qui il mio ritorno".

Il tragitto serpeggiava verso nord-est, in direzione delle Cévennes, e a un certo punto uscì dal bosco per attraversare un pascolo tagliato da un muretto di pietre sconnesse.

All'improvviso Willalme strattonò le redini, facendo arrestare bruscamente il carro. Ignazio, che aveva rischiato di finire sbalzato in avanti, si guardò intorno allarmato.

Un gruppo di armati bloccava il sentiero.

Il francese indicò al compagno un secondo drappello sbucato dalla macchia alle loro spalle. Stava serrando i ranghi per impedire la via del ritorno.

«Ce l'hanno con noi», esclamò Willalme.

Il mercante increspò la fronte e scrutò la soldataglia. Mercenari, senz'ombra di dubbio. L'istinto gli suggeriva che non avessero nulla a che fare con gli Archontes, ma evitò di trarre conclusioni affrettate.

La schiera di fanti si aprì, facendo passare un uomo in sella a un cavallo bianco. Portava la tonaca, ma il suo atteggiamento non aveva nulla di monacale. Willalme digrignò i denti. «Filippo di Lusignano!».

L'uomo abbassò il cappuccio rivelando i segni di ustione impressi sul volto. Al suo collo pendeva il ciondolo a forma di ragno.

Il mercante dominò la tensione. «Messer Filippo», esordì, «noto che l'aqua fortis ha giovato alla vostra espressione».

«Nulla di grave, mastro Ignazio. Una piccola escoriazione». Il Lusignano gli scoccò un'occhiata minacciosa. «Quando avrò finito con voi sarete ridotto molto peggio, siatene certo».

Il mercante si adombrò, i soldati stavano circondando il carro e in assenza di vie di fuga non gli restava che affidarsi all'improvvisazione. «Questa marmaglia non vi sarà sufficiente a prendere Airagne. Perché è là che siete diretto, non è forse vero?»

«Avete ragione, come al solito», rispose Filippo.

«State agendo per padre Gonzalez?»

«Continuate a sorprendermi». Il Lusignano aprì le braccia, quasi divertito. «Anche in una situazione del genere non riuscite a frenare la curiosità. Ma stavolta vi sbagliate. Sono stato io a convincere il Gonzalez a imbarcarsi in questa faccenda, non il contrario. Appena ho saputo del rapimento della regina Bianca, gli ho suggerito di avviare un'indagine sull'accaduto. Il Gonzalez ha intravisto nel mio piano l'occasione di espandere la sua influenza oltre i Pirenei e ha accettato. È stato facile, in seguito, ottenere il beneplacito di Ferdinando III».

«Altro che missione di soccorso! Questo è un impiccio diplomatico. Persino il vescovo Folco deve essersi insospettito. E scommetto che dell'incolumità di Bianca di Castiglia non vi importa nulla, né a voi né al Gonzalez».

«Non siate ipocrita», gli rinfacciò Filippo. «A voi la salute di Bianca importa ancor meno. Se avete scelto di intraprendere questo viaggio è stato per saziare la vostra eretica sete di conoscenza».

Il mercante lo sfidò con lo sguardo. «Le vostre motivazioni, invece?»

«Reclamare ciò che in principio era mio. Airagne».

«Intendete che...». Ignazio si interruppe, ritornando più volte sui propri pensieri. «Voi siete il Conte di Nigredo?»

«Sì». Filippo disegnò un sorriso gelido. «Anzi, *lo fui*. Qualcun altro si è impadronito di Airagne mentre risiedevo in Castiglia, ha usurpato il titolo di Conte di Nigredo e, come ho scoperto da poco, ha assunto il controllo degli Archontes».

«Quindi avete inscenato la missione in Linguadoca perché vi serviva un pretesto per correre fin qui. Nutrite sospetti su chi vi abbia spodestato?»

«Ne so quanto voi al riguardo. Ignoro l'identità dell'attuale Conte di Nigredo e il motivo che l'abbia spinto a rapire Bianca. Ma chiunque egli sia, presto assaggerà il taglio della mia spada».

«E tuttavia conoscete il mistero di Airagne». Ignazio non intravedeva vie d'uscita, se non quella di guadagnare tempo prolungando il discorso. Confidò sull'egocentrismo dell'interlocutore. «Ormai mi avete in pugno, potete rivelarmelo. Cosa nasconde quel luogo?».

Il cavallo bianco nitrì. Filippo scrutò verso ponente, come attendesse un segnale. Una sottile impazienza gli trapelava dal volto. Poi riprese a fissare il mercante e annuì. «Scoprii Airagne molto tempo fa, mentre attraversavo i sentieri deserti delle Cévennes. All'epoca ero un cavaliere errante, discendente da un ramo cadetto della nobile stirpe del Poitou. Per caso trovai quel luogo, abbandonato da secoli, forse un rifugio dei popoli galli, una catacomba o un tempio dedicato ai loro culti. In ogni modo era molto spazioso e ben difendibile, perciò decisi di farne il mio nascondiglio. Là, servendomi dell'alchimia, iniziai a produrre oro e vi radunai l'armata degli Archontes. Fu il primo passo verso ambizioni più grandi».

«I segreti dell'alchimia sono inaccessibili persino ai dotti. Come ne veniste a conoscenza voi, semplice cavaliere?»

«Fui erudito da una cerchia di sapienti provenienti da Chartres che incontrai durante i miei viaggi. Mi spiegarono che, secondo certe dottrine fondate sul platonismo e sull'alchimia, era possibile ricavare l'oro dal piombo».

«Filosofi chartriani...», mormorò Ignazio.

«Il loro sapere differiva da quello dei comuni filosofi, si basava sull'empirismo. Ma essi non disponevano dei mezzi per metterlo in pratica, perciò offrii una sede adeguata: il rifugio che avevo scoperto tra i monti. In cambio chiesi di ottenere l'oro filosofale. Essi accettarono e sfruttarono la conformazione di quel luogo e i suoi giacimenti di galena, trasformandolo in un'enorme officina sotterranea. Così nacque Airagne».

«Che fine ha fatto questa cerchia di sapienti?»

«Una volta acquisiti i loro segreti, me ne sbarazzai». Filippo fece un cenno infastidito. «Non accettavano i miei metodi per ricavare l'oro alchemico. Li giudicavano brutali».

«In altre parole», disse Ignazio con tono accusatorio, «si opposero al vostro intento di mettere in schiavitù degli esseri umani».

Filippo abbozzò una smorfia di disgusto. «Esseri umani? Proposi di utilizzare eretici! Nessun cattolico mi avrebbe biasimato. Ma quei sapienti, anziché disprezzarli, ne provavano addirittura simpatia».

«Perciò ve ne sbarazzaste», tagliò corto Ignazio. «Ma qualcosa andò storto».

«Sì». Il Lusignano inasprì l'espressione del volto. «Non appena l'Opera fu avviata, uno di quei sapienti riuscì a fuggire. Una donna. E si portò via un libro, il *Turba philosophorum*».

«Perché vi accanite tanto per quel libro?»

«Tra i libri utilizzati dai sapienti chartriani, il *Turba philosophorum* era il più importante. Nelle sue pagine si racchiudono i principi del funzionamento di Airagne, ma anche molti altri segreti che mi consentirebbero di migliorare la produzione dell'oro, e forse di renderlo autentico. Capite ora perché dovevo ritrovare quella donna? Affidai ai miei sottoposti il controllo di Airagne, mi finsi templare e inseguii quella maledetta fino in Spagna. Mi insediai a Toledo, dove indagai per anni guadagnando favore negli ambienti di corte... Ma quella strega sembrava svanita nel nulla. Poi, negli ultimi mesi, scoprii che il maestro Galib era venuto a conoscenza del *Turba philosophorum*...».

«E lo avete ucciso per farvi rivelare il nascondiglio del libro», soggiunse Ignazio. «Piuttosto maldestro da parte vostra».

«Dovevo forzare i tempi», spiegò Filippo. «Ero appena venuto a sapere che qualcuno aveva preso il controllo di Airagne e per di più aveva rapito la regina Bianca. Non potevo restare in Castiglia con le mani in mano, dovevo intervenire. Quindi, fingendo di voler soccorrere Bianca, ho ispirato il Gonzalez a compiere la missione in Linguadoca».

Ignazio aggrottò le sopracciglia. «Chi altri è al corrente di questa storia?»

«Cosa intendete?»

«Volete farmi credere che Ferdinando III e padre Gonzalez non ne sappiano nulla? E quella vecchia volpe di Folco? Non temete una sua intrusione?»

«Sono completamente all'oscuro. Neppure Folco, accecato dal suo odio per l'eresia, intuisce che dietro Airagne si nasconda il segreto dell'oro e dell'alchimia». Il Lusignano notò un moto inquieto tra la soldataglia. Era bastato pronunciare la parola "oro" per mettere in agitazione i mercenari. Fece cessare il parlottio con un gesto autoritario, poi lanciò un'occhiata rapace in direzione dell'interlocutore. «Ma quel che dite non è del tutto infondato. Forse è stato un bene che non vi abbia ancora ucciso, mi sarete più utile da vivo». Sorrise. «Inoltre, per dimostrarvi di non essere uno sprovveduto, posso accennare che, per quanto riguarda il vescovo Folco, sto già prendendo provvedimenti».

Ignazio stava per chiedere spiegazioni in merito, ma dovette tacere. Un rumore di zoccoli tambureggiò dal fondo della strada, preannunciando l'arrivo di un cavaliere.

Filippo puntò lo sguardo verso il sentiero, ormai disinteressato alla conversazione. Appariva di nuovo impaziente, doveva attendere notizie importanti.

Il cavaliere si avvicinò a spron battuto. Era un ragazzo in cotta di maglia in groppa a un corsiero baio. Salutò i mercenari, rallentò il trotto e smontò da sella.

Dall'alto del suo cavallo bianco, il Lusignano lo interrogò: «Ebbene?»

«Tutto eseguito secondo i vostri ordini, monsieur». Il messaggero sfilò la testa biondiccia dalla cuffia dell'usbergo. Era molto giovane, ma aveva lo sguardo di un carnefice. «Abbiamo rinchiuso le beghine dentro la pieve, poi è stato appiccato il fuoco».

«E la badessa?»

«Svanita nel nulla. La stanno ancora cercando».

«Dannata strega!», sbottò il Lusignano. «Torna indietro e di' ai tuoi compagni di continuare a cercarla. Dovete portarmela viva».

Ignazio sbarrò gli occhi, incredulo. «Parlate delle consorelle di Santa Lucina?», domandò con trepidazione.

«Proprio loro», rispose Filippo, osservandolo quasi divertito. «A quanto pare, esiste qualcosa in grado di incrinare la vostra impassibilità».

«Cosa c'entravano quelle povere donne? E cosa volete dalla badessa?»

«Secondo il vescovo Folco possedevano informazioni su Airagne, e forse anche su di me». Il cavaliere mimò un gesto disinteressato. «Non posso permettere che simili notizie trapelino. Nessuno deve sapere la verità. Quando riprenderò il controllo di Airagne, il Conte di Nigredo dovrà tornare a essere una leggenda».

Willalme, che aveva ascoltato in silenzio, sentì il petto gonfiarsi di un sentimento straziante e benché si trovasse lontano dal béguinage gli parve di assistere al rogo della pieve, e di udire le urla delle donne... Levando un grido furioso, balzò giù dal carro e sguainò la scimitarra. Avanzò con velocità fulminea aprendosi una breccia in mezzo alla schiera di fanti e puntò contro il Lusignano, un demone posseduto dall'ira contro una decina di armati. Roteò la spada con la potenza di un maglio, colpendo di taglio, di stocco e persino di piatto. I mercenari gli si disposero intorno, impressionati da quella manifestazione di furore, e cercarono di bloccarlo senza restare feriti.

«Fermatevi!», gridò Ignazio, temendo il peggio per il compagno. Fece per corrergli in soccorso, ma un paio di soldati glielo impedirono.

Il francese nel frattempo continuava a combattere, incurante delle percosse e degli insulti. Avanzò contro Filippo, intenzionato a ucciderlo, trascinando dietro di sé un grappolo di uomini che tentava di bloccarlo. Gridò ancora, minaccioso, e alcuni soldati lasciarono la presa. Ma i più restarono saldi.

Poi si sentì schiacciare per terra dalla moltitudine e fu tempestato da una pioggia di calci e pugni. Cercò di farsi valere, dimenandosi in furiosi tentativi di ribellione, ma i soldati sopra di lui erano troppi.

Sollevò dall'erba il viso arrossato, le mascelle contratte, un odio indicibile scolpito negli occhi. Tutta quella rabbia era rivolta a un solo uomo.

Il Lusignano smontò dalla sella e camminò nella sua direzione, consapevole di essere seguito dallo sguardo attonito di Ignazio. Un armigero raccolse da terra la scimitarra di Willalme e gliela porse.

Il francese digrignò i denti e cercò di rialzarsi, ma i mercenari lo tenevano immobilizzato. Filippo gli si fermò davanti, alzò un piede e pestò la sua spalla sinistra, nel punto in cui era stato trafitto dal verrettone.

Willalme deformò i lineamenti gentili, ma non volle dare spettacolo di sé mettendosi a gridare, sebbene la sofferenza fosse grande. Sentì la ferita riaprirsi e riprendere a sanguinare, mentre il piede del Lusignano continuava a calcare con forza. Sopportò le fitte tendendo i muscoli allo spasimo e riversò negli occhi tutto l'odio che aveva in corpo. Se fosse stato possibile, l'avrebbe ucciso con lo sguardo.

Senza allontanare il piede dalla spalla, Filippo brandì la scimitarra e minacciò di colpirlo. Ma prima di calare il colpo rivolse la parola a Ignazio, che osservava impotente: «Cosa sapete del *Turba philosophorum*? Galib vi ha rivelato qualcosa?»

«Nulla. È la verità!», disse il mercante.

«Sperate allora che vostro figlio ne sia venuto a conoscenza, e che io riesca a scovare lui o quel libro maledetto». Puntò la spada alla gola di Willalme. «Nel frattempo la vita di questo attaccabrighe dipende da voi, mastro Ignazio. O decidete di collaborare, o lo farò a pezzi davanti ai vostri occhi».

Il mozarabo strinse le mani ai bordi del carro. La sua presa fu così forte che alcune schegge di legno gli entrarono nella carne. «Farò ciò che volete», sibilò a denti stretti.

Lo stesso giorno, in ora molto tarda, un messaggero raggiunse l'abitato di Prouille. Scese da sella e guidò il cavallo sfinito a un abbeveratoio. La bestia scrollò il capo e affondò il muso nell'acqua, bevendo con avidità. Anche il cavaliere tuffò la testa nell'abbeveratoio e sciacquò ripetutamente la faccia, senza usare il minimo contegno. Non era in vena di finezze, aveva cavalcato per oltre un giorno ed era distrutto dalla fatica. Ma non poteva ancora riposarsi. Doveva portare a termine una missione importante.

Spostò i capelli dalla fronte e si guardò intorno per cercare qualcuno a cui rivolgersi. Vide un soldato di ronda appostato poco distante, si avviò con passo svelto verso di lui e gli chiese senza troppe cerimonie di essere condotto dal vescovo Folco.

La guardia lo scrutò con sospetto. «Frena la foga, forestiero», gli disse burbero. «Innanzitutto come fai a sapere che il vescovo si nasconde qui?»

«Lo so, lo so», rispose il messaggero con modi sbrigativi. «Portami da lui».

Il soldato storse la bocca, non riusciva a capire chi gli fosse capitato di fronte. In ogni caso si trattava di un uomo esausto. Doveva aver viaggiato molto ed era allo stremo delle forze. Se avesse causato problemi, non sarebbe stato difficile ridurlo all'impotenza. «In questo momento sua grazia sta riposando. Non può essere disturbato fino a domattina».

«Per me farà un'eccezione, vedrai». Con un gesto confidenziale, il messaggero gli pose una mano sulla spalla e lo guardò dritto negli occhi. «Ho una notizia molto importante per lui».

«Quale genere di notizia?»

«Oro, amico mio», gli sussurrò all'orecchio. «Un castello pieno d'oro».

A quel punto il soldato non esitò oltre e lo scortò all'interno della Sacra Praedicatio.

Dopo un'intensa conversazione, il vescovo Folco congedò il messaggero con un sorriso compiaciuto. Ordinò che venisse rifocillato e ospitato per la notte, quindi si lasciò cadere su uno scranno di legno, nell'angolo più buio del suo studio. "L'oro di Airagne", pensò frastornato, quasi ne percepisse il luccichio. Tanto oro da poter riprendere il controllo della diocesi di Tolosa.

Portò le dita ossute sul volto e massaggiò le palpebre prive di ciglia. Era vecchio, ma si sentiva ancora pieno di energie. Aveva forza sufficiente per rimontare in sella e combattere. E dopo mesi passati nell'impotenza, quella notte gli aveva portato un insolito dono. Un nuovo alleato. Un uomo imprevedibile e ambizioso gli chiedeva aiuto. Filippo di Lusignano. Poteva fidarsi di lui? La posta in gioco era alta. Ma in fondo, perché tentennare?

"Non ho scelta. Ecco perché messer Filippo si è rivolto a me", pensò con una punta di amarezza, ed era talmente assorto che quasi non notò un armigero appena entrato nella stanza.

«Sua grazia ha chiesto di me?», chiese il soldato, rompendo il silenzio.

Folco strinse gli occhi miopi nella sua direzione. «Sì».

«Ordini?»

«Fai preparare la cavalleria per la battaglia. Partiremo domani, all'alba».

Il soldato annuì senza tradire emozioni. «La destinazione?»

«Cavalcheremo verso il castello di Airagne. Il messaggero del Lusignano mi ha appena riferito dove si trova».

L'armigero scrutò il vescovo per un istante, senza ribattere, poi disegnò un inchino e si allontanò. Il buio della notte lo avvolse come una tenda.

Folco restò immobile, raggomitolato sullo scranno, inespressivo. Fissava qualcosa nell'oscurità. Un elmo cilindrico con una ventaglia appuntita sul mento e le strette feritoie della visiera. Era il suo elmo da battaglia. Un simbolo del potere che rappresentava. In tanti anni non l'aveva mai indossato.

Ma quella notte, per la prima volta, desiderò farlo.

28

Uberto raggiunse una vallata che si apriva come una gola fra i monti, guidò Jaloque lungo il corso di un fiume e si fermò in cima a un dosso, a pochi passi da un mulino ad acqua. Da quella postazione aveva una buona visuale del paesaggio.

Schermò gli occhi dalla luce solare e, nella speranza di scorgere un carro ben noto, scrutò la rete di sentieri che striava gli agri e le colline. Nulla da fare, di suo padre nessuna traccia. Allora smontò da sella e scese verso la riva del fiume. Nel frattempo Moira era comparsa dietro di lui. Cavalcava su una bestia più lenta, seguita dal fido cane nero. Faticava a tenere il ritmo di Jaloque, sebbene durante l'ultimo tratto di strada avessero proceduto con calma.

«Visto niente di interessante?», chiese la ragazza.

«Proprio nulla», rispose Uberto, affondando fino alle ginocchia nell'erba del dosso.

La calura andava aumentando. Benché il paesaggio suscitasse un certo fascino, Uberto non riusciva ad apprezzarne la vista. Era nervoso e demoralizzato. Aveva seguito le tracce di suo padre fin lì, attenendosi al messaggio che Ignazio gli aveva lasciato alla foresteria di Tolosa. Un'impresa tutt'altro che semplice. Il mercante, nella lettera, gli aveva consigliato di raggiungere il vescovo Folco a Prouille e chiedergli indicazioni sulla direzione da prendere. Uberto si sentì assalire da una vampata di indignazione al ricordo di come era stato trattato. Non solo Folco si era rifiutato di dargli udienza, ma c'era mancato poco che gli sguinzagliasse contro i suoi scagnozzi. Il giovane aveva dovuto allontanarsi in fretta senza capire il perché di quella reazione.

L'unica soluzione possibile era stata battere i sentieri circostanti alla ricerca di Ignazio. Un'impresa problematica, considerato il gran numero di pellegrini che attraversavano quelle terre, ma nei pressi di Carcassonne aveva avuto fortuna. Qualcuno aveva notato una piccola comitiva diretta verso l'abbazia di Fontfroide. Il gruppo comprendeva due cavalieri anziché uno, ma per il resto corrispondeva alla descrizione: un distinto mercante, un uomo taciturno dai capelli biondi e un armigero somigliante al Lusignano. Aveva buone probabilità di raggiungerli.

Il giovane tuffò le mani nell'acqua del fiume e le preoccupazioni parvero alleggerirsi. Cavalcava già da mezza giornata nei feudi di Fontfroide. Presto avrebbe ritrovato suo padre, si disse. Non doveva cedere allo sconforto.

Guardò davanti a sé, attratto dal rumore delle pale del mulino che battevano sull'acqua, e si chiese come mai non ci fosse gente nei dintorni. Regnava un'insolita quiete.

«Che fanno quegli uomini?», chiese all'improvviso Moira dalla sommità del dosso.

Uberto le rivolse un cenno interrogativo e la ragazza indicò una processione che avanzava per la valle, ai margini di un campo incolto. "Ecco dov'è finita tutta la gente", pensò lui, aguzzando lo sguardo. Si trattava di una fila di persone, forse gli abitanti di più villaggi riuniti insieme, comprese donne e bambini. Avanzavano al seguito di croci e stendardi, recitando preghiere. Davanti alla processione sfilava un fantoccio di paglia simile a un drago serpentiforme.

Uberto si affiancò a Moira. «È un rito per esorcizzare la miseria di queste terre», le spiegò. «Vedi il drago portato in testa alla processione?»

«Sì».

«Rappresenta il diavolo. La processione si ripeterà per due giorni allo stesso modo, poi il drago verrà svuotato della paglia e sfilerà dietro le croci, per simboleggiare la sconfitta del male».

«E i contadini continueranno a morire di fame...».

Lui sospirò. «Per porre fine alle loro sciagure, i contadini dovrebbero abbattere altri draghi. Quelli che ingrassano a loro spese dentro i castelli».

Dopo aver osservato la processione, fecero abbeverare i cavalli e rimontarono in sella.

«Proveremo a chiedere informazioni all'abbazia di Fontfroide», suggerì Uberto. «Dev'essere vicina. Magari mio padre vi ha alloggiato».

La ragazza acconsentì.

Imboccarono un sentiero che portava al cuore della vallata. La vegetazione si infittì e il cielo sparì dietro una trama di foglie lobate.

A un certo punto Uberto frenò Jaloque, facendo cenno a Moira di stare in silenzio. Poco distante un cinghiale scavava fra le radici di un ippocastano, in cerca di cibo. Aveva il muso affondato nel terriccio e pareva non averli notati.

Era passato molto tempo da quando Uberto aveva mangiato carne fresca. Tenendo gli occhi fissi sull'animale, impugnò l'arco e sfilò una freccia dalla faretra, ma mentre prendeva la mira gli venne in mente l'ultima volta in cui aveva usato l'arma... Gli balenò davanti agli occhi il volto del moro, e la presa divenne scivolosa.

Scoccò con eccessiva incuria. La freccia sibilò nell'aria e si conficcò per terra, a una spanna dalla coda del cinghiale. L'animale alzò il muso, grugnì spaventato, poi fuggì caricando sulle zampe tozze.

Uberto scosse la testa per liberarsi di quei pensieri, estrasse una seconda freccia e aggiustò la mira. La presa era tornata salda, lo sguardo deciso, ma il cinghiale si era ormai tuffato in un intreccio di rovi, scomparendo dalla sua vista.

«Ben fatto, complimenti», lo sbeffeggiò Moira, quasi contenta che l'animale si fosse salvato. «Come cacciatore non vali un granché, lo sai?», continuò canzonatoria. Anche in quel momento le appariva bello e solare, e il solo guardarlo le provocava un'intima euforia che la faceva arrossire. Ma d'un tratto si accorse che l'espressione di Uberto si era fatta seria. «Che succede?», gli chiese.

Lui indicò qualcosa in lontananza, nel cielo. Una colonna di fumo nero. «Un incendio vicino». Aggrottò le sopracciglia. «Andiamo a controllare».

«Sei certo di fare la cosa giusta?», obiettò la ragazza. «Non sarebbe meglio stare alla larga?».

Uberto non rispose. Aveva già spronato il cavallo in quella direzione. Con una punta di allarme, Moira notò che teneva l'arco ancora stretto in pugno.

La colonna di fumo si alzava da un insieme di baracche raccolte intorno a una pieve, di cui non restava quasi nulla eccetto una massa di travi carbonizzate, mattoni anneriti e terra bruciata. Tutta l'area circostante era segnata da impronte fresche di cavalli. Lo scempio era avvenuto da poco.

Uberto si aggirò fra le rovine, interrogandosi sulle ragioni che potevano aver portato la devastazione in quel posto. Non si trattava di un castello e neppure di un villaggio. Era un luogo romito senza ricchezza e importanza strategica. Nemmeno un saccheggio giustificava tanta efferatezza. Soffermò lo sguardo sullo scheletro della pieve. Il tetto era crollato e rovinando al suolo aveva provocato il cedimento di parte delle murature. La navata, all'interno, doveva essere sommersa dalle macerie. Soltanto la facciata restava intatta, e sebbene fosse annerita dalle fiamme si distingueva ancora la decorazione scolpita sopra il portale. Tre donne mostruose con i seni a forma di serpe.

Davanti alla pieve giacevano dei corpi ammonticchiati come stracci. Cadaveri di donne. Moira scese da sella e corse subito in loro direzione, preceduta dal cane che annusava l'aria.

«Stai lontana. Non guardare», le intimò Uberto.

Lei gli rivolse un sorriso freddo, quasi di sfida. «Cosa credi? Ad Airagne ho visto di peggio».

Ferito da quello sguardo, il giovane la lasciò fare e riprese a camminare tra le rovine. Aggirò l'edificio e trovò un giardino di erbe officinali che non era stato raggiunto dal fuoco, sebbene la maggior parte delle colture fosse stata calpestata dai cavalli. Ancora una volta, si chiese chi potesse essere l'artefice di quella distruzione. Soltanto degli uomini malvagi potevano massacrare delle monache.

"Io sono forse migliore?", chiese a se stesso con un certo fastidio. "Ho ucciso un uomo senza esitare, senza neppure guardarlo in faccia".

L'abbaiare del cane lo distolse da quei pensieri e lo guidò fino ai resti di una cappella colma di macerie. L'animale stava accucciato proprio nel mezzo, intento a raspare ai bordi di una grande lastra. Uberto lo tranquillizzò con una carezza e si chinò per esaminare quel blocco di marmo squadrato, più simile al coperchio di una botola che a un elemento pavimentale. Proprio quella considerazione lo spinse a bussare sopra la superficie per sentire se sotto fosse cava... E un attimo dopo delle grida risuonarono dal basso.

Quasi sconvolto dalla rivelazione, il giovane accostò l'orecchio e si mise in ascolto... Erano voci di donne! Non esitò oltre, afferrò i margini della lastra e provò a sollevarla, ma non riuscì a smuoverla, allora si voltò indietro per cercare la sua compagna. «Moira», vociò. «Ho bisogno d'aiuto!».

La ragazza sbucò dal lato anteriore della pieve e corse verso di lui. Capì al volo la situazione, gli si mise al fianco e l'aiutò. La lastra si alzò di un palmo, poi di un altro ancora, mentre il cane infilava il muso nella fessura che andava allargandosi, eccitatissimo. Con uno sforzo estremo riuscirono a sollevarla quanto bastava per trascinarla di lato.

Avevano liberato l'imboccatura di un sotterraneo.

Qualcosa si mosse nel buio, poi, timidamente, affiorò in superficie una donna abbigliata con una tunica bigia. Dopo di lei ne uscirono altre, tutte vestite allo stesso modo, il terrore scolpito sui volti. Erano sporche di cenere e avevano gli occhi gonfi di lacrime, le pupille dilatate per essere state a lungo nell'oscurità.

Per ultima uscì una signora dall'aria veneranda. Non era la più anziana, tuttavia sembrava senz'altro la più saggia. Dal suo volto non trapelava spavento, ma un profondo rammarico, come se sostenesse sulle spalle la sofferenza dell'intera comunità. Si guardò intorno spaesata, quasi non riconoscesse il luogo in cui si trovava. Poi vide la sagoma della pieve diroccata e allora si portò le mani alla bocca, per trattenere un grido.

Quando fu riuscita a dominare le emozioni, si rivolse a Uberto: «Vi dobbiamo la vita, monsieur. Non ho parole per esprimere la gratitudine».

«Sono felice che vi siate salvate, signora».

Dopo essersi spolverata sommariamente l'abito, la donna giunse le mani in grembo e assunse un certo contegno. «Come posso sdebitarmi?»

«Sdebitarvi?». Uberto la fissò incredulo. Era raro assistere a simili esempi di autocontrollo. Eccettuato suo padre, naturalmente. «Non mi dovete proprio nulla. L'unico mio rammarico è per quanto è accaduto alla vostra pieve». Si chiese se quella donna sarebbe riuscita a mantenere quel contegno anche davanti ai cadaveri ammonticchiati presso la facciata.

La signora cercò di abbozzare un sorriso, ma non ci riuscì. Il suo volto era una maschera di amarezza. «La pieve si ricostruirà. È solo un edificio inanimato. L'importante è che quanto risiede dentro di noi non venga smantellato».

«Siete molto saggia. Ma dite, cos'è accaduto a questo luogo?»

«Un gruppo di armigeri è giunto di primo mattino e ha appiccato il fuoco, poi ci hanno rinchiuse dentro la pieve e hanno bruciato ogni cosa». Sospirò. «Saremmo morte tutte se non ci fossimo rifugiate nei sotterranei. Il loro accesso principale risiede proprio all'interno della pieve, in un punto ben nascosto».

Il giovane si accorse che Moira, al suo fianco, era sbiancata. Le parole della signora dovevano aver risvegliato in lei ricordi terribili. La abbracciò per rassicurarla, accorgendosi che quel gesto faceva bene anche a lui. Dopodiché fissò la badessa. «Chi erano quegli armigeri? Quale motivo avevano di farvi del male?»

«La crudeltà e la violenza non hanno bisogno di ragioni», si limitò ad accennare la donna.

«E tuttavia il vostro non è un caso isolato. Provengo dalla Castiglia e da quando mi trovo in Linguadoca non faccio che imbattermi in simili efferatezze. Se non fosse per l'eccidio delle vostre consorelle, attribuirei questa devastazione alle milizie del Conte di Nigredo...».

«Non pronunciate quel nome con leggerezza, monsieur. Un forestiero non può sapere cosa significa esattamente».

«Invece so, reverenda madre. So del Conte di Nigredo, così come di Airagne».

La badessa mutò la sua espressione e si fece attenta. «Non abbastanza, a quanto pare, poiché non li menzionate con il dovuto timore».

La consapevolezza che balenò nello sguardo della donna spinse Uberto ad approfondire il discorso. «Sto cercando quel luogo, Airagne», disse reciso. «Potete aiutarmi?».

A tali parole la signora fu folgorata da un'intuizione. «Anche voi, dunque...». Tese la mano in sua direzione, quasi incredula, poi la ritirò e lo scrutò con sospetto. «Un altro uomo, giunto qui da poco, mi ha chiesto la stessa cosa... Un castigliano come voi. Non può essere un caso...».

Uberto spalancò gli occhi, illuminandosi di speranza. «Avete forse incontrato mio padre? Ignazio Alvarez da Toledo?»

«Sì, sì...», balbettò la donna, frastornata dalla scoperta. «Se n'è andato dal nostro béguinage poco prima che avvenisse questa sciagura».

«Forse è in pericolo». Il giovane strinse i pugni, guardandosi intorno. «Quale direzione ha preso? L'avete indirizzato verso Airagne?»

«Sì, l'ho fatto, ma si raccomanda che non lo seguiate», lo avvertì la badessa. «È troppo rischioso».

«Invece devo raggiungerlo al più presto», controbatté lui. Si rivolse a Moira. «Questa donna mi indicherà la strada da seguire. Tu resterai qui, è più sicuro. Non voglio esporti a ulteriori rischi».

«No». La ragazza gli si strinse al braccio, lo sguardo infiammato. «Voglio venire con te».

Lui la fissò stupito. «Sei impazzita? Finora hai sempre ammesso di temere quel posto».

«Lo temo, è vero, ma non voglio separarmi da te».

«Tornerò a prenderti, te lo prometto».

«Non sopporto l'idea di doverti aspettare», disse lei con gli occhi umidi. «Non voglio più restare sola. Non capisci? Dopo tanta solitudine, dopo tante sciagure, mi ero indurita come una pietra... Ma poi, con te, ho riscoperto di avere un cuore...».

Uberto chinò il capo, indeciso. Suo padre – ne era certo – non si sarebbe lasciato minimamente condizionare dai sentimenti. Ma lui era diverso, aveva imparato sulla propria pelle che seguire la fredda ragione non portava sempre alle scelte migliori. Solo Dio sapeva quanto avesse sofferto da piccolo a causa della mancanza di affetto.

La signora, intenerita da quello scambio di parole, si sentì in dovere di intervenire: «Restate qui entrambi». Diresse lo sguardo speranzoso verso Uberto. «Anche voi, figliolo. Perché volete mettere a repentaglio la vita? Di che utilità potreste essere a vostro padre?»

«Di un'utilità essenziale», rispose lui. «Possiedo il libro in grado di annientare il Conte di Nigredo. Voi non potete sapere, ma...».

La donna strabuzzò gli occhi e lo interruppe: «Avete ritrovato il *Turba philosophorum*?».

Uberto la fissò disorientato, poi con sospetto crescente. «Come fate voi a sapere? Chi siete?».

Per la prima volta, la signora manifestò un cedimento emotivo. Senza badare al contegno, chinò il capo e cadde sulle ginocchia. «Una stupida donna, ecco chi sono...». Le lacrime le rigarono il volto. «Una stupida donna che non ha raccontato a vostro padre tutta la verità... È colpa mia se hanno incendiato la pieve: i soldati cercavano me...».

Il giovane le si inginocchiò di fronte. Raddolcì l'espressione, ma parlò con tono deciso: «Raccontatela a me, questa verità».

La signora alzò lo sguardo. «Va bene, lo farò». Si asciugò il viso. «Ma prima tenete questo...».

Uberto la guardò cercare fra le pieghe dell'abito e sfilare un incartamento. «Cos'è?».

La donna glielo porse con un gesto solenne. «Fa parte della verità che non ho rivelato a vostro padre».

29

"Perché non mi ha ucciso?", rimuginava Ignazio senza darsi requie. Era trascorsa una settimana da quando gli uomini del Lusignano l'avevano fatto prigioniero e da allora il cavaliere non si era più degnato di rivolgergli la parola.

Filippo aveva risparmiato Willalme e si era raccomandato che venisse tenuto sotto rigido controllo insieme al mercante, poi aveva stabilito che i prigionieri lo seguissero con il reparto di mercenari fino ad Airagne. Non si era curato di motivare le sue scelte, tanto meno aveva spiegato la tattica che intendeva adottare una volta giunto a destinazione. Ciò innervosiva il già irrequieto Ignazio, timoroso soprattutto che il Lusignano potesse rintracciare Uberto e fargli del male.

Ai due compagni fu permesso di proseguire sul loro carro, scortati dai mercenari, ma Filippo dispose che nei momenti di sosta venissero legati ai piedi di un albero, per evitare che fuggissero.

Dopo l'umiliazione subita, il francese era sprofondato in un torvo mutismo. Il mercante percepiva le sue emozioni di sdegno e ferocia, anche se Willalme cercava di nasconderle. Prima o poi quelle nere sementi avrebbero dato i loro frutti.

Proseguirono verso est e, una volta raggiunti i monti, iniziarono la scalata delle Cévennes. Il paesaggio offriva alla vista imprevedibili scorci. Dirupi e massicci si alternavano a rilievi dal profilo morbido, buoni per i pascoli.

Durante il tragitto incontrarono un solo villaggio. Le case erano piccole, abbarbicate al declivio, con tetti e pareti fatti di pietre grigie. Gli abitanti erano di natura ostile, perciò proseguirono senza fermarsi attraverso un castagneto popolato da cervi e codirossi.

Il clima subiva repentine variazioni. Nei momenti caldi della giornata l'aria diventava densa, gravava come una cappa sugli uomini fomentando la stanchezza e il malumore, poi si faceva improvvisamente secca. Simili bizzarrie si dovevano ai venti che spiravano verso l'alto, portando a valle l'umidità che ristagnava.

Filippo guidò gli uomini per un anfratto di pietra calcarea, lungo un sentiero nascosto. I cavalieri dovettero smontare da sella e condurre le cavalcature tirandole per le redini così da evitare di farle azzoppare sul fondo ghiaioso. La visibilità nel frattempo si era fatta precaria, una nebbia improvvisa si era alzata furtiva tra le rocce.

L'anfratto era troppo stretto per consentire il passaggio dei carri, perciò Ignazio e Willalme dovettero abbandonare il loro mezzo e proseguire a piedi. Più che per il disagio, il mercante soffrì al pensiero di abbandonare il suo baule a bordo del carro. Vi custodiva strumenti e libri preziosi, troppo pesanti per portarli con sé.

Il capo della spedizione non accennò a fermarsi. Sempre avviluppato nella tonaca nera, continuò a marciare nella nebbia fino al calare delle tenebre, affiancato dal suo cavallo bianco. E quando superò l'anfratto, si arrestò ai margini di una scarpata.

Ignazio, spossato dal cammino, si appoggiò a un masso e osservò il paesaggio. La nebbia non consentiva una visione dettagliata, ma capì di essere giunto in una depressione montuosa. Da un lato si apriva la scarpata, dall'altro si ergeva un rilievo a forma di cupola, ammantato da una foresta. E tuttavia, oltre alla nebbia, incombeva una strana oscurità. Non si trattava dell'imbrunire, ma di nubi di fuliggine così spesse da offuscare il cielo.

Poi notò qualcosa di ancora più inquietante. In cima all'altura sorgeva un castello. Era enorme e circondato da torrioni perimetrali. Più che bastioni difensivi, sembravano grandi comignoli dalle cui sommità uscivano dense colonne di fumo nero. Ecco da dove proveniva la fuliggine!

Al pensiero che l'aria fosse satura di quelle misteriose esalazioni, Ignazio avvertì una sensazione di untuosità sulla pelle, ma la ignorò e concentrò l'attenzione sulle torri. Nonostante la scarsa visibilità, potevano essere identificate grazie alle nere colonne di fumo, ben distinguibili. Sul versante sud-occidentale ne contò quattro, quindi valutò che sul lato opposto ve ne fossero altrettante.

Otto. C'erano otto torri, edificate a eguale distanza l'una dall'altra...

E d'un tratto una concordanza lo fece vacillare. La forma del castello riproduceva il marchio del ragno impresso sulle monete d'oro alchemico. Le spirali delle zampe indicavano l'esatta posizione delle torri perimetrali. E il simbolo centrale del ragno doveva rappresentare il mastio...

Anche l'oscurità innaturale di quel luogo, a ben vedere, confermava le sue intuizioni. Qualcuno gliene aveva già parlato. *L'alito delle tenebre ricopre la terra assumendo l'aspetto di fumo notturno*. Così gli aveva detto il deforme Droün, nel sotterraneo di Santa Lucina. Possibile? Era quello, dunque, il luogo che aveva tanto cercato?

Quasi a conferma di tali sospetti, il Lusignano gli passò accanto, sussurrandogli all'orecchio: «Airagne».

Ignazio gli rivolse un'occhiata interrogativa, ma il cavaliere passò oltre e chiamò a raccolta i soudadiers per pianificare l'attacco. Difficile intuire i suoi piani. Filippo disponeva di un numero esiguo di uomini. Sfruttando la scarsa visibilità, avrebbe forse potuto procedere all'ombra della foresta fin sotto le mura. Ma a cosa sarebbe servito? Le difese di Airagne apparivano solide e di certo erano ben guarnite. I guastatori sarebbero stati crivellati dalle frecce prima di scavalcare i fossati, i sopravvissuti sarebbero stati falciati via dalla cavalleria che sicuramente stazionava all'interno delle mura.

Ignazio si accorse che anche Willalme stava studiando la situazione e di certo stava facendo le sue stesse considerazioni, ma c'era dell'altro. Il francese seguiva ogni movenza del Lusignano con uno sguardo così intenso che chiunque avrebbe percepito il suo odio. Eppure Filippo pareva non curarsene, mantenendosi imperturbabile. Era così determinato da infondere sicurezza negli uomini, che pendevano praticamente dalle sue labbra. Se fosse stato necessario, avrebbe guidato quei mercenari al massacro senza ricevere la minima replica. Dopotutto le circostanze la dicevano lunga su quale tipo d'uomo egli fosse. Astuto, battagliero e dotato di un'intelligenza da stratega.

Il Lusignano indicò ai soudadiers il versante occidentale del castello. Forse da quel punto era possibile infiltrarsi o aprire una breccia nelle difese di Airagne, ma Ignazio, per scoprirlo, avrebbe dovuto attendere fino al mattino seguente. Secondo le poche parole che riusciva ad afferrare, l'attacco sarebbe stato sferrato prima dell'alba, con il favore della nebbia.

Il mercante non poté assistere ad altro. Secondo le consuetudini serali, fu trascinato da un gruppo di mercenari a un tronco d'albero e legato a terra assieme a Willalme. Cercò di protestare, dicendo che quel giorno non era stato dato loro da mangiare né da bere.

«Mangerai domani, all'inferno», gli ghignò in faccia un armigero, stringendo i lacci che lo bloccavano al fusto.

Filippo dispose che i soldati si accampassero sotto gli alberi circostanti e raccomandò che non accendessero fuochi, né facessero baccano. Poi, stabiliti i turni di guardia, i soudadiers mangiarono cibo freddo e si coricarono all'aperto, esponendosi all'umidità della nebbia.

Dopo giorni di fatiche e di prigionia, Ignazio aveva la schiena a pezzi. Era un po' rinfrancato dal fatto che la ferita alla spalla di Willalme si fosse rimarginata, ma ormai contava poco. Presto si sarebbero decise le loro sorti e non avrebbero potuto fare nulla per evitarlo.

Se solo fosse riuscito a fuggire... Mosse le braccia per forzare la resistenza dei vincoli, ma li trovò stretti e impossibili da sciogliere. Dall'altro lato del tronco, il francese accennò col capo un mesto diniego, a intendere che era tutto inutile. Doveva aver fatto il medesimo tentativo.

Ignazio sospirò con amarezza e pensò alla moglie e al figlio, sperando che entrambi fossero al sicuro. Poi pensò alla sua casa dal tetto d'ardesia, avvolta in una quieta vallata castigliana, e a tutta la pace di cui avrebbe potuto godere, se solo non avesse desiderato sapere e vedere troppo.

Chiuse gli occhi, cercando di immaginare cosa sarebbe cambiato se in gioventù avesse scelto una vita diversa, o se magari fosse stato un uomo diverso... Ma in fondo lui non aveva mai potuto scegliere nulla. Il destino l'aveva trascinato come una foglia rapita dal vento, sbattendolo con forza e capriccio per i quattro cantoni del mondo. E al mercante non era restato altro che aggrapparsi ai pensieri, ai sentimenti, lasciandosi strapazzare dalla furia della bufera. E ciò sarebbe continuato fino al termine della vita, o all'oscurarsi della ragione...

Dopo molto tempo, spossato dalla fame e dalla stanchezza, si addormentò.

«Svegliati!», gridò un armigero.

Ignazio riaprì gli occhi e scrutò l'uomo che aveva di fronte, il volto scalmanato e le braccia tese. Si rese conto di essere stato appena schiaffeggiato. Alle spalle, un secondo uomo gli stava sciogliendo i vincoli e lo invitava ad alzarsi con modi più indulgenti.

Mormorò qualcosa per dare a intendere di avere capito e, non appena fu libero, si massaggiò le braccia e le mani. Sbatté le palpebre, ma per quanto si sforzasse non riuscì a scorgere alcunché. Vedeva opaco. La vista non era appannata dalla sonnolenza, ma dalla nebbia, che avvolgeva ogni cosa in una coltre cinerea. Scorse soltanto il bagliore dell'alba che occhieggiava a sud-est, ma era lontano e troppo debole.

Si appoggiò al tronco dell'albero, fece forza sulle ginocchia e si rimise in piedi. Le ossa della schiena scricchiolavano in più punti e la testa pulsava con ritmo martellante.

Il mercante indugiò ancora un attimo, restando appoggiato all'albero, ma l'armigero non gradì il suo temporeggiare e gli urlò di nuovo in faccia: «Muoviti mozarabo!», poi fece per schiaffeggiarlo. Ignazio però era pronto a reagire e lo afferrò per il polso prima che potesse colpirlo.

L'armigero articolò un gemito di dolore, sorpreso dalla velocità e dalla forza del prigioniero. Tirò indietro il braccio per liberarsi dalla presa, ma il mercante glielo torse, costringendolo a inginocchiarsi a terra. E subito dopo, senza farsi notare, gli sfilò il pugnale dalla cintura e lo nascose sotto l'abito.

«Vedo che vi siete egregiamente ripreso dalle fatiche del viaggio, messere».

Il mercante alzò lo sguardo, e si trovò di fronte a un sagoma nera. Il Lusignano. Non si era accorto di averlo vicino e si chiese se l'avesse visto mentre si nascondeva addosso il pugnale. Lo affrontò con tono deciso: «Se questo è il meglio dei soldati di cui disponete, vi conviene abbandonare l'impresa», ghignò, torcendo con un altro strattone il polso all'armigero, che grugnì di dolore e di vergogna.

Filippo fece tanto di spalle. «Nonostante la vostra condizione serbate una buona dose di orgoglio». Nell'aria si percepiva il nervosismo per l'imminente battaglia, ma lui appariva sereno e imperturbabile come la sera prima. «Lasciate stare questo pover'uomo e preparatevi, è giunta l'ora decisiva». Infine lanciò un'occhiata autoritaria verso due soldati nelle vicinanze. «Voi, venite qui. Non perdete mai di vista questo prigioniero. D'ora in poi assicuratevi che mi stia sempre al fianco».

Gli uomini annuirono e si apprestarono a condurre via l'ostaggio.

«Un attimo». Il mercante indicò Willalme, ancora legato ai piedi dell'albero. «E lui?».

In quel momento il francese aprì gli occhi e fissò con sprezzo il Lusignano. Lo stava sfidando.

«L'attaccabrighe?». Filippo sorrise con cattiveria. «Sarebbe solo d'impiccio. Lo lasceremo qui». Si avvicinò al francese e gli mostrò la scimitarra, quindi gliela gettò ai piedi. «Non mi serve neppure la sua arma da saraceno. Che se la tenga».

Willalme si dimenò per liberarsi. La scimitarra era proprio davanti a lui. Riusciva quasi a sfiorarla con la punta dei piedi, ma non poteva brandirla.

Il Lusignano gli si chinò dinanzi e lo afferrò per i capelli. «La pena più grande, per te, sarà quella di stare qui a fissare la tua spada senza poterla impugnare. Rassegnati, hai perso».

Le iridi azzurre di Willalme saettarono furenti. Neppure in quella situazione intendeva piegarsi.

Filippo parve compiacersi del suo odio. «Guardami pure con quegli occhi carichi di rabbia. Spero che i corvi te li strappino dalla faccia mentre sei ancora vivo».

Un gruppetto di mercenari che aveva assistito alla scena scoppiò in una grassa risata.

Il Lusignano lasciò la presa e si allontanò dal prigioniero, facendo cenno agli uomini di prepararsi.

In pochi minuti il campo fu sgombrato. Sellati i cavalli e imbracciate le armi, i soudadiers si rimisero in marcia verso il castello di Airagne. Ignazio fu trascinato al loro seguito. Ebbe appena il tempo di rivolgere uno sguardo di addio al compagno.

Willalme rimase solo, immerso nella nebbia, mentre strani pensieri gli sfilavano nella mente. Un'eco di fantasmagorie, volti e parole. Forse, una volta morto, sarebbe diventato come quelle immagini, un viso senza lineamenti, un corpo privo di tatto...

All'improvviso si ridestò. Aveva udito un rumore... Un rumore che non proveniva dalla sua mente, ma da *fuori*. Poi vide due ombre uscire dalla nebbia e incombere su di lui. Gli rivolsero la parola, ma non riuscì a capire. Avevano voci maschili, quasi brutali.

Sorrise. La morte era venuta a prenderlo.

I soudadiers attraversarono la nebbia come un branco di lupi, e muovendosi tra gli alberi raggiunsero il versante occidentale del castello. A quel punto il Lusignano ordinò che si fermassero e li divise in due gruppi, cavalleria e fanteria.

I cavalieri non erano numerosi, una ventina al massimo, ma Filippo li ritenne sufficienti ai suoi scopi. Ordinò che proseguissero lungo la cinta fino a raggiungere l'ingresso sbarrato. Avrebbero dovuto appostarsi nelle vicinanze, nascosti nella boscaglia, in attesa che il portale venisse aperto dall'interno.

I cavalieri, obbedienti, si disposero in formazione sparpagliata e sparirono nel grigiore.

A quel punto il Lusignano prese il comando della fanteria e la guidò verso un'altra direzione. «C'è un passaggio nascosto», spiegò a Ignazio, che procedeva crucciato vicino a lui.

Il mercante intuì la sua strategia. Non avrebbe preso parte a un assedio vero e proprio, ma a una penetrazione nel castello attraverso vie segrete. Forse l'unica attuabile, a rigor di logica. Tuttavia considerò che il Lusignano disponesse di pochi uomini da impiegare al momento inevitabile dello scontro. Possibile che non ci avesse pensato? Più rifletteva su quel dettaglio, più aveva la sensazione di tralasciare qualcosa di importante.

L'aria vicino al castello aveva un odore mefitico, a causa del fetore esalato dai fossati intorno alla cinta e, man mano che si avanzava, il tanfo diventava sempre più intenso. I soudadiers, disgustati, procedettero tappandosi naso e bocca.

«Silenzio», ammonì il Lusignano, indicando le merlature velate dalla caligine. Era quasi incredibile, ma là in cima erano senz'altro appostati arcieri e vedette.

Le mura del castello affioravano tra sbuffi di fumo e nebbia. Apparivano all'improvviso, come miraggi, per svanire un attimo dopo. I mercenari sembravano stregati da quelle visioni sfuggenti, quasi dimentichi dell'imminente battaglia.

"Tutto ciò fa parte delle malie di Airagne", pensò Ignazio, e proprio in quel momento si accorse di camminare vicino alle sponde del fossato. Si sporse per guardare all'interno e vide un ristagnare di liquami torbidi. Doveva trattarsi delle acque di scarico usate per raffreddare i metalli lavorati dentro il castello, e a giudicare dall'odore vi erano presenti anche gli acidi impiegati per purificare le sostanze grezze.

Filippo seguì per un po' il fossato, in cerca di riferimenti, poi guidò gli uomini di nuovo nella boscaglia. Non fu facile seguirlo, la vegetazione era fitta e priva di sentieri, i fanti dovettero armeggiare con le loro lance per non restare impigliati nell'intreccio di rami e cespugli.

Il Lusignano si addentrò per un buon tratto finché non si fermò davanti a una lastra di marmo adagiata a terra. Era simile al coperchio di un sarcofago. Chiamò quattro armigeri e ordinò di spostarla.

La lastra scivolò senza opporre resistenza e davanti allo stupore generale comparve sotto di essa una grata in ferro battuto che presentava al centro una serratura con un pertugio ottagonale. Filippo vi inserì il medaglione a forma di ragno facendo scattare un meccanismo interno, poi aprì l'accesso, rivelando l'ingresso a un sotterraneo. «Passeremo da qui».

«Nessuna sentinella sta di guardia?», chiese Ignazio.

«Feci scavare io questo passaggio segreto, anni fa», disse il Lusignano, entrando nel sottosuolo. «Probabilmente, chi occupa Airagne al momento non ne è a conoscenza».

Uno dopo l'altro, i soudadiers si calarono nel sotterraneo, preceduti da Filippo. Ignazio gli camminava vicino, sorvegliato di continuo da una coppia di armigeri. Si domandava a cosa sarebbe valsa la sua presenza. Di sicuro il Lusignano serbava qualcosa di particolare per lui.

Seguirono una galleria scavata nella pietra finché all'improvviso non udirono un gocciolio. Filippo fece cenno di prestare attenzione. Da un punto del soffitto grondava del liquido. «Infiltrazioni dall'alto», spiegò. «Significa che ci troviamo sotto il fossato». Strisciò con cautela lungo le pareti e passò oltre senza bagnarsi.

Ignazio, fra i primi a seguirlo, fece altrettanto. Raccolse i lembi del suo abito, schiacciandosi contro la parete. Se quel liquido proveniva dal fossato, era preferibile non entrarvi a contatto.

Proseguirono senza incappare in altri ostacoli fino a un punto in cui la galleria si biforcava, assumendo la forma di una Y. Allora il Lusignano ordinò che Ignazio e due armigeri proseguissero insieme a lui per l'imboccatura di sinistra, mentre il resto della fanteria sarebbe passato per quella di destra, che portava alla corte interna del castello. Una volta giunti all'aperto, i soudadiers sapevano cosa fare.

Uno dopo l'altro, strisciarono dentro l'imboccatura. Quando Ignazio rimase in compagnia del solo Lusignano e dei due armigeri, non fu più capace di tenere la bocca chiusa: «Perché ci siamo separati dagli altri?»

«Presto vedrete», rispose Filippo, imperscrutabile. «Camminate. Seguitemi senza fare storie».

L'imboccatura di sinistra li portò a una scala a chiocciola, salirono i gradini e raggiunsero una guardiola collocata all'interno delle mura. Le feritoie delle pareti offrivano la vista degli spazi interni del castello. Filippo si accostò a una di quelle aperture, invitando Ignazio a fare altrettanto.

Il mercante si affacciò e, nonostante la nebbia, vide una corte dominata da un mastio e circondata da torri perimetrali, lungo le quali si aprivano ampi portali contrassegnati dall'insegna del Sole Nero. Senza dubbio gli alloggi delle milizie.

Poi scorse qualcosa muoversi di soppiatto nella corte. Quattro uomini correvano rasenti ai muri verso l'ingresso principale del castello. Dovevano appartenere alla fanteria del Lusignano. Avrebbero cercato di aprire il portale del maniero per consentire l'irruzione della cavalleria appostata all'esterno, a cui sarebbe seguito l'attacco simultaneo dei due gruppi, fanti e cavalieri.

I quattro infiltrati scivolarono nella nebbia verso l'ingresso, un grande portale ad arco incastonato nelle murature. Era ostruito da una solida cancellata di ferro e, all'esterno, da un ponte levatoio sollevato. I quattro soudadiers avrebbero dovuto raggiungere due ruote di legno posizionate ai bordi opposti del portale. La prima avrebbe azionato gli argani collegati alla cancellata, la seconda serviva a calare il ponte levatoio.

Due sentinelle erano appostate nei paraggi, ma gli infiltrati non si fecero scoprire, aggirarono i guardiani e li sgozzarono senza emettere rumori. "Gente avvezza al mestiere", pensò Ignazio. Poi adagiarono i cadaveri a terra e iniziarono a manovrare la prima ruota.

Lo stridio degli argani turbò la quiete del castello.

Dopo aver sollevato la cancellata, i quattro soudadiers si raccolsero in fretta intorno alla seconda ruota per sbloccarla. Fu allora che si udirono fischiare nell'aria le prime frecce. Uno di loro cadde, trafitto alle reni, mentre un secondo, vedendo il compagno stramazzare a terra, lasciò la presa e si diede alla fuga.

Rimasero in due a manovrare la ruota. Non erano più coraggiosi, ma più avveduti. Anche fuggendo non avrebbero trovato scampo dagli arcieri. L'unica speranza era dare libero accesso alla cavalleria. Ignazio li osservava dalla sua postazione, aspettandosi che quei due uomini venissero trafitti dalle frecce da un momento all'altro. Se erano ancora vivi, lo dovevano soltanto alla nebbia che impediva agli arcieri di prendere bene la mira, costringendoli a tirare alla cieca verso la ruota.

Seguì il brusco rollare di macchinari, poi il ponte levatoio precipitò con un tonfo assordante. Batté contro la sponda e rimbalzò più volte, sollevando sbuffi di caligine, ma prima che il rimbombo si attenuasse fu sommerso dal crescere di un altro rumore, ancora più intenso. Un trepestio di cavalli da guerra proveniente dal bosco.

Ignazio si sporse dalla feritoia e vide la cavalleria dei soudadiers irrompere all'interno del castello e scorrazzare in formazione compatta intorno al perimetro della corte. Nel frattempo l'intera fanteria prese posizione in campo aperto, cercando riparo dalla pioggia di frecce.

Il piano d'assedio procedeva alla perfezione. Ma, come presagito dal mercante, il nemico non stette a guardare: le porte alla base delle otto torri si spalancarono e vomitarono una masnada di armati, sia a piedi che a cavallo.

«Gli Archontes rispondono all'attacco», confermò il Lusignano, che seguiva la scena a pochi passi da Ignazio. Il suo tono era pacato, quasi stesse confermando un'aspettativa. «Impiegheranno tutte le forze disponibili per respingere l'intrusione».

I mercenari del Lusignano furono accerchiati dalla moltitudine. La cavalleria degli Archontes premeva contro di loro, respingendoli verso il punto di ingresso. Ma il grosso del lavoro veniva svolto da un drappello di armigeri sopraggiunti a piedi: erano omoni erculei che si gettavano nella mischia roteando enormi martelli dalle estremità uncinate. I loro terribili mazzapicchi non lasciavano scampo, percuotendo e lacerando ovunque colpissero.

«I guerrieri con il bec de corbin sorvegliano le cave di galena», disse Filippo, indicando i colossi che brandivano i martelli uncinati. «Se sono usciti allo scoperto, significa che Airagne, al suo interno, non dispone di altri soldati».

Ignazio lo guardò di sbieco. «Ora capisco il vostro piano. Avete creato un diversivo per infiltrarvi nel castello senza essere notato né ostacolato».

«Per l'esattezza», rispose il Lusignano. «Ora dentro le torri non si trova più nessuno, eccetto il Conte di Nigredo».

«Il Conte di Nigredo e Bianca di Castiglia», lo corresse il mercante.

«Ovviamente. Di sicuro sono entrambi nel mastio».

«I vostri soudadiers non reggeranno abbastanza», osservò Ignazio. «Entro breve lo scontro sarà concluso e gli Archontes rientreranno nel castello. Non avrete il tempo necessario per agire».

«Aspettate a parlare. Ignorate un dettaglio importante». Filippo lo invitò a guardare da una feritoia affacciata a meridione, sul versante esterno delle mura.

Ignazio notò un ghigno trattenuto sui volti dei due armigeri che lo scortavano. Evidentemente sapevano a cosa alludesse il cavaliere. Si avvicinò quindi alla feritoia e guardò fuori. Vide, oltre il fossato esterno, un assembramento di cavalieri appena usciti dalla boscaglia che si dirigeva verso il ponte. Erano almeno una cinquantina. Non si trattava di mercenari, ma di un esercito regolare. I colori degli stendardi e delle uniformi gli suscitarono un presentimento che si tradusse in certezza non appena riconobbe l'individuo in testa alla formazione: un vescovo ammantato di bianco in groppa a un cavallo. Benché bardato di tutto punto, compresa la mitria e il pastorale, appariva vecchio decrepito. Ignazio sbarrò gli occhi incredulo. Era Folco di Tolosa.

Il vescovo sollevò il pastorale e lo scudiero al suo fianco suonò un corno, il segnale dell'attacco, cui seguirono le grida di battaglia, i nitriti e lo scalpitare degli zoccoli. La cavalleria della Congregazione bianca si gettò alla carica puntando compatta verso l'entrata del castello.

Frattanto, all'interno delle mura, i soudadiers del Lusignano annaspavano in seria difficoltà: ormai decimati, stavano ripiegando verso il grande portale, schiacciati dalla foga nemica. Tutto sembrava perduto quando dal ponte levatoio risuonò un frastuono agguerrito e comparve la carica dell'armata di Folco. A quella vista, i mercenari riacquistarono forza e coraggio. Cercarono di dilatare la loro formazione, aprendosi in due schieramenti per lasciar passare la carica alleata.

I cavalieri dei Bianchi attraversarono il corridoio umano dei soudadiers e penetrarono nel cuore dello scontro, abbattendosi contro le linee nemiche per sfondarle. L'impatto fu devastante. Colta di sorpresa, la formazione degli Archontes indietreggiò. La cavalleria di Folco aprì una breccia al suo centro e la spaccò in due parti, agitando lance e mazze a ogni tentativo di resistenza.

Filippo sorrise vittorioso, si scostò dalla feritoia e fece cenno ai due armigeri di prepararsi all'azione. Parlò a Ignazio con tono impaziente: «Basta guardare. Dobbiamo muoverci».

Trattenendo un fremito, il mercante annuì. Il suo stato d'animo era attraversato da sensazioni sfuggenti. Il momentaneo successo di Filippo gli provocava un senso di frustrazione, ciò nondimeno era ben conscio che la sua vita fosse legata a quell'uomo. Se il Lusignano fosse stato scoperto, lui sarebbe passato per suo complice e trattato di conseguenza. Tale consapevolezza non attenuava però un'intima euforia: comunque si fosse conclusa la vicenda, entro breve avrebbe scoperto i segreti di Airagne e l'identità del Conte di Nigredo.

Prima di seguire il Lusignano indugiò un attimo alla feritoia. Guardò per l'ultima volta all'esterno del castello: gli era parso di scorgere alcune sagome di cavalieri ai margini della boscaglia. Qualcuno non aveva preso parte al combattimento ed era rimasto in disparte fra gli alberi. Ignazio aguzzò lo sguardo verso l'uomo in testa alla formazione, protetto da una piccola scorta. La sua immagine, benché distante, aveva risvegliato in lui un senso di familiarità che lo indusse a sforzare la vista finché non riconobbe Folco.

Il vescovo fissava l'ingresso del castello, in attesa dell'esito dello scontro. E nonostante l'oscurità e la nebbia, il mercante percepì la sua febbrile brama di conquista.

Le due ombre uscirono dalla nebbia e Willalme, quasi deluso, constatò che non si trattava di spettri ma di una coppia di soldati male assortiti. Uno basso e corpulento, l'altro allampanato e con la testa simile a una capocchia di spillo.

«E questo chi è?», disse il primo.

«Per me è morto», soggiunse il secondo.

«Non è morto, muove gli occhi». Il grassone si chinò sulla scimitarra, la raccolse e sfiorò con la punta il volto del francese. «Vuoi parlare, villano? Chi ti ha legato a quest'albero?».

Prima di rispondere, Willalme studiò i due armigeri. Parlavano con accenti occitani ma non gli sembrava facessero parte delle milizie del Lusignano. Nondimeno, era impossibile stabilire a quale esercito appartenessero, quindi decise di mentire: «Sono stati i predoni...». Si accorse di avere la gola riarsa, deglutì a fatica. «Mi hanno rubato tutto e lasciato qui a morire».

«Menti», ribatté il soldato grasso, mostrandogli la spada ricurva. «Se dicessi il vero, avrebbero portato via anche questa».

«Me l'hanno lasciata perché è maledetta. Porta sciagura».

Lo spilungone sghignazzò divertito. «In effetti a te non ha portato un gran bene».

Willalme lo assecondò, ridendo a sua volta. «Se siete predoni anche voi, vi è andata male». Mimò un'espressione tra il comico e il rassegnato. «Non mi è rimasto più niente da darvi».

Un altro sghignazzo del soldato allampanato. «Non siamo predoni, ma soldati della Confraternita bianca».

«Facciamo parte della retroguardia», specificò il compare.

«Combattete per il vescovo Folco?», chiese Willalme.

«Proprio lui», rispose lo spilungone. «Stiamo cercando il castello dell'oro».

«Taci, ebete!», intervenne il soldato grasso. «Deve restare un segreto».

Il francese aveva udito abbastanza. «Io so dov'è il tesoro». I due lo guardarono di stucco. Lui si finse costernato e proseguì: «I predoni mi hanno legato qui apposta, perché mi si sciogliesse la lingua. Torneranno presto e se non parlerò mi uccideranno. Non ve l'ho rivelato subito perché temevo foste dei loro, ma poiché siete uomini del vescovo, le cose cambiano molto. Se mi liberate, vi condurrò nel luogo che cercate...».

Il soldato grasso gli sfiorò la gola con la lama ricurva. «Se menti ti sgozzo».

«Conosco un sentiero nascosto che porta direttamente all'oro», proseguì Willalme, cercando di apparire convincente. Era stanco di parlare, aveva una sete del diavolo. «Pensate alla riconoscenza di Folco, quando glielo mostrerete».

«Siamo in due, mentre lui è da solo. Tanto vale provare». Lo spilungone si chinò alle sue spalle e tagliò i vincoli con un pugnale. «Non corriamo alcun rischio».

«Ottima mossa, amico mio». Willalme si alzò in piedi, opponendosi al torpore delle membra. Batté i piedi per terra e si massaggiò le braccia, mentre i due armigeri gli si facevano appresso. «Posso avere dell'acqua?».

Il grassone scosse il capo. «Prima dovrai guadagnartela», e gli puntò contro la scimitarra per incitarlo a incamminarsi.

«D'accordo, seguitemi», disse il francese, avviandosi fra i cespugli. «È vicino».

Con la coda dell'occhio li guardò mentre lo seguivano, ignari.

Non appena ebbe riacquistato il pieno controllo dei movimenti, si voltò di scatto e strappò la scimitarra dalle mani del soldato grasso, poi sferrò un fendente diretto al ventre del suo compare. Lo spilungone levò un grido disperato e trattenne con le mani le viscere che gli fuoriuscivano dalla pancia, mentre l'armigero disarmato sguainava in fretta la sua spada. Ma era lento e goffo, Willalme parò con facilità il suo attacco e lo colpì d'affondo.

Quando fu certo che entrambi fossero morti, raccolse una fiasca d'acqua da uno dei due cadaveri e bevve a sazietà, poi inguainò la scimitarra al fianco. «Ve l'avevo detto che portava sciagura», mormorò, un sorriso freddo come l'acciaio.

Si orientò fra gli alberi, tornò al punto di partenza e allungò il passo verso la direzione presa dagli uomini del Lusignano. Non aveva idea di come avrebbe agito una volta ritrovato Ignazio. Avrebbe improvvisato, si disse. Prima di tutto era necessario recuperare il tempo perso.

Non si era rimesso in cammino da molto quando udì un rumore di passi alle sue spalle. Sguainò la spada e si nascose dietro un albero, temendo di imbattersi in altri soldati. Ma d'un tratto fu sorpreso da un ringhio proveniente dai cespugli. "Un lupo", pensò, pronto a difendersi, e, nell'attesa che la bestia balzasse fuori dai fogliami per aggredirlo, percepì in ritardo la presenza di un uomo alle spalle.

Si voltò con la velocità di un serpente, fendendo l'aria con la scimitarra, ma una mano gli si strinse con forza intorno al polso e bloccò il calare della lama.

Willalme digrignò i denti per lo sforzo e un attimo dopo si ritrovò faccia a faccia con quell'uomo. Quando incrociò il suo sguardo, non poté trattenere un'esclamazione di stupore.

30

Uberto allentò la presa e sorrise, poi cinse con un abbraccio l'amico.

«Come hai fatto a trovarmi?», gli chiese Willalme.

Uberto rispose descrivendo per sommi capi i suoi spostamenti: «Sono giunto a Tolosa e ho trovato il messaggio lasciato da mio padre alla foresteria della cattedrale. Diceva di raggiungere Prouille per chiedere udienza a Folco. Così ho fatto, ma il vescovo si è rifiutato di ricevermi, sembrava più indaffarato a organizzare una spedizione militare. Non sapendo quale direzione prendere, ho seguito le vostre tracce fino a incappare nel béguinage di Santa Lucina. È stata una vera fortuna perché, da lì, ho trovato le indicazioni per Airagne».

Willalme annuì, scrutando la ragazza che accompagnava l'amico.

Era molto bella, quasi ammaliante, ma con occhi ferini e diffidenti. Nonostante l'apparente ritrosia, sembrava fidarsi di Uberto.

«Strada facendo», continuò Uberto, «ho avvistato un contingente di mercenari. Mi sono tenuto alla larga, finché non ho riconosciuto il nostro carro. Allora mi sono insospettito, li ho spiati e mi sono accorto che eravate loro prigionieri, perciò vi ho seguiti in attesa del momento propizio».

Willalme lo interruppe, tormentato da un dubbio. «Hai fatto cenno al béguinage di Santa Lucina... Come è possibile che...».

Uberto gli pose una mano sulla spalla. «Alcune beghine si sono salvate».

«Juette, la ragazza che si è presa cura di te», intervenne Moira, «è viva e sta bene».

Tali parole, più di ogni altra cosa, sollevarono l'animo del francese. Persino l'oscurità di quella foresta sperduta gli sembrava meno minacciosa.

A quel punto Uberto gli porse la jambiya. «Te la rendo, amico mio. Mi ha portato fortuna, e in un'occasione mi ha persino salvato la vita».

Il francese sistemò il pugnale nella sua cintura e fissò i compagni con aria risoluta. «Dobbiamo affrettarci. Ignazio è in pericolo».

Uberto si adombrò. «Sai dov'è stato portato mio padre?».

Willalme rispose indicando il castello in cima al rilievo.

Il maniero si intravedeva appena nella nebbia, eppure dominava minaccioso sulla foresta. Sembrava un'enorme creatura di granito che sbuffava fumo dalla sommità. A tale vista, Moira fu sopraffatta dall'immagine spaventosa di uomini scarni e provati dalla fatica, distrutti dalla fame e dalla sofferenza. Sotto quelle mura, lo sapeva bene, correvano gomitoli di gallerie dentro le quali aveva strisciato a lungo prima di trovare una via di scampo. Fu pervasa da un tremito. Uberto se ne avvide e la strinse a sé per rassicurarla.

«Airagne!», esclamò la ragazza. «Quello è Airagne».

«Così ha detto pure il Lusignano», soggiunse Willalme. «Ignazio è là dentro».

Uberto fissò il castello. Qualsiasi cosa si nascondesse fra quelle mura, doveva cessare di nuocere. L'aveva promesso non solo a Corba de Lantar, ma anche alla badessa di Santa Lucina. Tuttavia, di fronte all'imponenza di Airagne, la sua sicurezza vacillò. Era stato facile da parte sua prendere impegni a parole, ignorando l'enormità della prova che avrebbe dovuto sostenere. Accettando, si era comportato in modo incauto e superficiale. Ma anche le persone che avevano riposto fiducia in lui non erano state da meno. Come potevano pensare che un giovane inesperto fosse in grado di adempiere a una simile missione? Se lui era stato un ingenuo, Galib e Corba avevano agito a dir poco da sconsiderati. Cosa avevano pensato di risolvere mandandolo davanti a quelle torri? Come poteva un uomo solo smantellare qualcosa di tanto grande?

Fu allora che Uberto, dopo aver superato ogni sorta di traversia per giungere fino a quel punto, dubitò per la prima volta della riuscita dell'impresa. Tanto per cominciare, non gli sarebbe stato facile infiltrarsi e muoversi indisturbato entro le mura di Airagne. E poi, non avrebbe mai trovato il modo di orientarsi all'interno di una struttura talmente vasta. Senza contare che avrebbe dovuto eludere la sorveglianza di molte guardie. Sarebbe stato un miracolo se fosse riuscito a salvare Ignazio e a fuggire senza farsi catturare.

Eppure doveva tentare. Sentiva il peso della responsabilità.

D'altra parte Uberto era ben consapevole di non potersi permettere errori. Se l'avessero catturato ad Airagne, nessuno sarebbe accorso per liberarlo com'era accaduto a Montségur. La fortuna l'aveva già assistito abbastanza. Era necessario riflettere bene su come agire e valutare attentamente la situazione. Ma se voleva farlo, doveva prima liberarsi del rimorso che lo perseguitava da giorni, facendolo dubitare della sua bontà d'animo. Prima di rimettersi in cammino, decise dunque di prendere in disparte Willalme e di confidarsi con lui. Era l'unico amico a cui poteva rivolgersi con sincerità. Al solo pensiero di parlarne con Moira, provava imbarazzo. Non era ancora pronto a mostrarle le proprie debolezze.

Non sapendo come iniziare il discorso, il giovane si limitò a mormorare in direzione di Willalme: «Ho ucciso un uomo».

Il francese indicò con discrezione la ragazza. «L'hai fatto per lei?».

Uberto annuì. Era vero, aveva agito per passione. All'amico era bastato uno sguardo per comprenderlo. Dopotutto lui e Willalme si conoscevano da anni ed erano legati da sentimenti fraterni. Il francese gli aveva insegnato a combattere, a tirare con l'arco e ad andare a cavallo. Il loro affiatamento era diverso da quello che Uberto aveva creato con il padre, con cui era difficile confidarsi.

«Sei pentito?», gli chiese il francese, battendogli una mano sulla spalla.

«No, ed è questo che non sopporto».

«Succede quando si agisce d'istinto. Quando non si ha il tempo di meditare sulle azioni perché immediate». Willalme gli rivolse un sorriso comprensivo. «Ma i mostri uccidono per brama, non per difendere le persone amate».

Uberto annuì. Il suo amico aveva ragione. La passione l'aveva portato ad agire con rapidità, non con leggerezza. Gli aveva fatto compiere ciò che era giusto senza dargli il tempo di riflettere. Era stato quello scarto emotivo a disorientarlo, quella momentanea perdita di controllo. Raggiungere una simile consapevolezza gli alleggerì di molto la coscienza.

Era tempo di muoversi.

Attraversarono a piedi la distesa di alberi. Willalme e Uberto procedevano fianco a fianco, uno con la mano stretta sull'impugnatura della spada, l'altro con una freccia incoccata nell'arco. Moira li seguiva conducendo i cavalli per le briglie.

A un certo punto il cane nero rizzò le orecchie ed emise un guaito. Uberto, ormai avvezzo a interpretare le reazioni di quell'animale, si guardò intorno con un tumulto nel petto. Forse si ingannava, ma gli era parso di udire un nitrito. Infatti, dopo poco, affiorò dalla nebbia un cavallo bianco legato a un tronco. Era stato dissellato e brucava l'erba con fare schizzinoso.

«È il destriero del Lusignano», disse Willalme, mentre i battiti del suo cuore aumentavano. Se quel cavallo si trovava lì, anche Filippo doveva essere nei paraggi. E questa volta nessuna corda gli avrebbe impedito di ucciderlo. Strinse più forte l'impugnatura della scimitarra e lo cercò fra gli alberi.

Ma quel luogo si rivelò deserto. Dov'erano Ignazio, il Lusignano e tutti i soudadiers? In cerca di risposte, il francese frugò tra i rami e i cespugli, in direzione del castello. La nebbia ne offuscava la visione, ma tendendo l'orecchio gli parve di udire dal suo interno grida e cozzare di armi. Dietro quelle mura si stava combattendo.

D'un tratto la voce di Uberto richiamò la sua attenzione. Aveva un tono euforico e sorpreso al tempo stesso: «Ho trovato l'imboccatura di una galleria!». Un attimo dopo il giovane sbucò dagli alberi, gli occhi sbarrati, e invitò i compagni a seguirlo. «Forse so da dove sono passati!».

Condusse Willalme e Moira verso una lastra di pietra, vicino alla quale si trovava una grata di ferro sollevata.

31

Il Lusignano aveva condotto Ignazio nuovamente nei sotterranei. Camminarono a lungo, illuminando il percorso con le torce. Le gallerie si snodavano in un labirinto senza fine dove ci si orientava a fatica. Il mercante si chiese quanto potessero essere estese e chi le avesse realizzate, ma intuiva che presto l'avrebbe scoperto.

Poco per volta la temperatura aumentò e l'aria fu impestata da un lezzo di sostanze acri.

Dopo aver percorso l'ultimo tratto di galleria, il Lusignano entrò per primo in un ambiente spazioso e invitò i compagni a seguirlo con un gesto sicuro, come rincasasse nella propria dimora. E tuttavia Ignazio e i due armigeri si guardarono intorno prima di raggiungerlo. Quella non era una grotta naturale, ma una sorta di cripta sovrastata da un soffitto a cupola, interamente scavata nel granito. Lungo le pareti comparivano invece otto imponenti ingressi a volta, sbozzati nella pietra, tutti eguali ed equidistanti.

«Le porte dell'inferno!», esclamò un armigero.

Il mercante si impose di ragionare con freddezza. Ciascuno di quei portali doveva condurre a una delle otto torri dislocate intorno alle mura. Ne erano di certo gli accessi. Al momento si trovava quindi nel ventre di Airagne, sotto il mastio.

Gli otto portali non erano gli unici passaggi presenti. Miriadi di usci più piccoli comparivano alle pareti, nascosti nell'ombra.

Obbedienti a Filippo, i due armigeri trovarono delle torce infisse ai muri e le accesero; le fiaccole diffusero subito un odore di resina bruciata, riverberando luce fumosa fino al soffitto. Il chiarore permise a Ignazio di scorgere al centro dell'ambiente un piccolo stagno formato da una polla d'acqua, in mezzo al quale affiorava una statua a grandezza d'uomo. Era una scultura in pietra nera venata di galena, piuttosto rozza ma molto espressiva. Rappresentava una donna.

«Questa statua simboleggia Airagne?», chiese il mercante d'impulso.

«Non saprei», rispose il Lusignano. «Dev'essere opera dei primi abitanti di questo luogo, come gran parte delle gallerie. Ma rappresenta alla perfezione il mistero di Airagne».

Ignazio notò una parola incisa alla base della statua: MELVSINE. Gli suonò familiare, ma in quel momento non ne afferrò il significato. «Immaginavo già che dietro Airagne si celasse un'entità femminile», soggiunse. «L'ho capito vedendo gli scudi d'oro alchemico. Il loro marchio, il ragno, si compone di simboli muliebri. Otto spirali e, al centro, uno specchio di Venere. Le spirali alludono alla filatura e al mito di Arianna, ma anche all'alchimia».

L'immagine che aveva in mente era chiara.

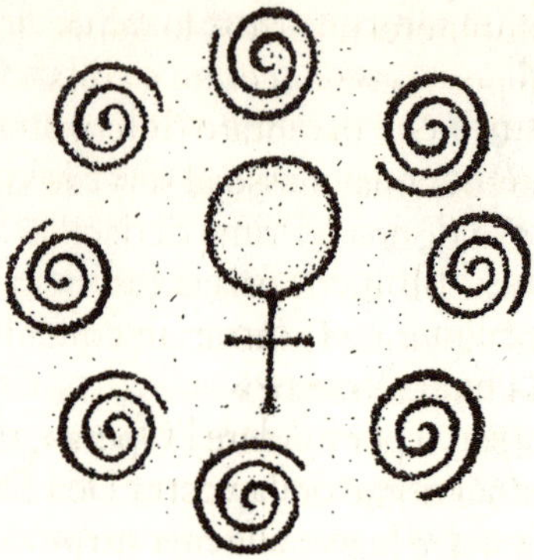

«Il marchio del ragno è una mappa simbolica del castello», continuò Ignazio. «Le torri sono gli otto fusi che Airagne usa per "tessere" l'oro».

«Non le torri, ma i sotterranei sottostanti», lo corresse Filippo. «Airagne è la signora del labirinto oscuro, la *Dea Draco*. Nel suo ventre palpita il segreto di Nigredo».

Il mercante annuì, poi ripensò all'iscrizione sotto la statua. Quel "Melusine" destava la sua attenzione. Il suono di quella parola, la pronuncia delle sillabe aveva un che di familiare che persisteva a sfuggirgli. La voce del Lusignano lo distolse dalle considerazioni: «Sembrate piuttosto riflessivo, mastro Ignazio. State forse cercando di capire perché vi abbia condotto fin qui?»

«Credo vogliate usarmi come ostaggio, ma non ne sono sicuro. Forse vi preoccupa cosa possa aver trovato mio figlio seguendo le indicazioni di Galib».

Il Lusignano apparve contrariato. «Mi occuperò di vostro figlio in un altro momento, dopo aver ripreso il controllo di Airagne. Del resto, non ho la minima idea di dove possa trovarsi. Quanto a voi, ho interessanti programmi».

«Spiegatevi».

«Ai piani superiori, in una stanza segreta del mastio, sono custoditi i libri dei sapienti che organizzarono l'Opera di Airagne. Alcuni manoscritti sono però in lingua araba, e voi avete fama di essere un ottimo traduttore, conoscete l'idioma moresco e le scienze ermetiche. Se tradurrete quei testi, potreste aiutarmi a migliorare la produzione dell'oro alchemico. Senza contare che apprendereste molto...». Sorrise mellifluo. «Credo che lo stesso Gherardo da Cremona sarebbe stato tentato da una simile proposta. Vi alletta?»

«Se dovessi rifiutare, mi uccidereste come i vostri filosofi chartriani?»

«A ogni rifiuto vi amputerei un arto», lo minacciò il Lusignano. «Sono certo che prima o poi vi convincerete a collaborare».

Il mercante temporeggiò. Era tentato di scoprire i segreti di quei libri, tuttavia non si sarebbe mai messo al servizio del subdolo Filippo. Si avvicinò alla statua di donna. «Prima di decidere, vorrei parlare ancora di questa scultura. Mi incuriosisce l'iscrizione alla base: Melusine». Indicò la parola incisa. «Contrariamente alla statua, il graffito sembra recente. Chi l'ha realizzato?»

«I sapienti di cui mi servii per fondare l'Opera», rispose il Lusignano.

«Melusine. È questo il nome della vostra Dea Draco?»

«Melusine, o Melusina, è legata alla mia stirpe da generazioni. Rappresenta la donna serpente che dà potere a chiunque abbia il coraggio di amarla. Pare che il suo nome derivi da Mère Lusine».

«Lusine deriva da "*lux*", la luce della sapienza...». Ignazio fu folgorato da un'intuizione. Melusine, Mère Lusine... Strinse i pugni. Come aveva fatto a non capirlo subito? Si trattava di Mater Lucina! Il béguinage! Tutto all'improvviso gli fu chiaro.

«Mère Lusine è molto di più», continuò il Lusignano. «Si riferisce a Lucifer, l'elemento divino che i platonici chiamano *anima mundi*, "l'anima del mondo". Gli alchimisti lo identificano invece con la purezza di Albedo».

Ignazio, ormai certo dei suoi ragionamenti, gli puntò il dito contro. «Questo è ciò che vi insegnò la badessa di Santa Lucina, quando ancora non aveva fondato il béguinage, non è forse vero? Lei faceva parte della vostra cerchia di sapienti! È lei la donna che anni fa vi sottrasse il *Turba philosophorum*, fuggendo incolume da questo luogo».

«Avete intuito giusto», disse Filippo, quasi divertito da una simile affermazione. «Dopo tanti anni di ricerche, me la sono ritrovata davanti all'improvviso. Potete immaginare il mio disappunto».

Ignazio continuò a ricostruire i fatti: «Dovete averla riconosciuta quando l'abbiamo vista uscire dall'abbazia di Fontfroide in groppa al mulo. Ma probabilmente vi aspettavate di incontrarla già prima, quando Folco ci ha parlato del béguinage di Santa Lucina... Lucina, sì, come la vostra Mère Lusine. La coincidenza dei nomi deve avervi insospettito, ecco perché avete tentato di uccidermi. Volevate impedirmi di incontrare quella donna. Temevate che potesse rivelarmi i segreti di Airagne. Poi avete ordinato ai vostri mercenari di incendiare il béguinage e di trovarla».

«E invece quella strega è riuscita di nuovo a sfuggirmi». Filippo si batté un pugno sul palmo. «Fu lei ad aizzarmi contro la cerchia di sapienti. Maledetta! Non ho mai capito perché l'avesse fatto».

La fronte di Ignazio si aggrottò severa. Sotto le sopracciglia, due occhi da sparviero. «Lo fece perché snaturaste la sua Mater Lucina, la sua benefica fata, trasformandola nella Dea Draco, un mostro capace di generare le sofferenze di Airagne e la devastazione degli Archontes».

«E voi siete davvero convinto che quei sapienti avessero concepito Airagne come un luogo destinato al bene? Cosa ve lo fa supporre?»

«In base al nome stesso di Airagne. Quando ne ho parlato con la badessa, l'ho paragonato ad Arianna. Lei ha annuito, ma ha anche accennato al suo anagramma corretto, Ariagne, in riferimento a una parola greca. Non l'ho capito, ma ora ci sono arrivato. La parola greca è *agnós*, che designa la castità e la purezza, proprio come Mater Lucina. Airagne, in origine, fu concepito per il progresso dell'uomo, non per la sua dannazione».

Il Lusignano serrò le labbra, reprimendo l'irritazione. Rimuginò sulle parole appena udite e scosse il capo più volte, come per rifiutarle, ma prima che potesse ribattere fu messo in allarme da qualcosa di inaspettato: un movimento nell'ombra.

Una freccia sibilò nell'aria. Uno dei due armigeri stramazzò per terra, trafitto.

Seguì un'attesa snervante, poi tre persone spuntarono dalla semioscurità. Erano Uberto, Willalme e Moira, seguiti dal cane nero. Filippo li guardò avvicinarsi con una smorfia di rabbioso stupore. "Inammissibile", pensò. Airagne era un labirinto! Anche ammesso che quei tre l'avessero seguito nel bosco fino all'imboccatura della galleria, come erano riusciti a raggiungerlo?

«Il fiuto del cane ci ha guidati fin qui», disse Uberto, offrendo una risposta alle occhiate interrogative del Lusignano. Il suo sguardo si posava ora su quest'ultimo, ora su Ignazio. «Lasciate andare mio padre, vi conviene!». Sembrava più maturo e deciso rispetto al giovane avventato partito dalla Castiglia un mese prima. Per dare maggior enfasi alle sue parole, si preparò a scoccare una seconda freccia.

L'unico armigero rimasto in piedi si sentì preso di mira. Sguainò una daga e trattenne Ignazio per farsi scudo con il suo corpo, ma il mercante estrasse il pugnale che aveva nascosto fra le pieghe dell'abito e con una mossa velocissima glielo infilzò sotto l'ascella, sfruttando una fessura del giaco. Il soudadier cadde sulle ginocchia, piegato in due per lo strazio, e prima di spirare emise un rantolo simile a un vagito.

Il Lusignano digrignò i denti e si scagliò contro Ignazio, ma prima di raggiungerlo si trovò faccia a faccia con l'indomito Willalme.

Filippo sguainò la spada. «Maledetto, come osi?», gli ruggì in faccia. «Dovevi restare legato a quell'albero, dove ti avevo lasciato. Ora ti farò a pezzi!», e gli si avventò contro.

Impugnando sia la scimitarra che la jambiya, il francese respinse una serie di colpi furiosi. Nell'oscurità sotterranea, le scintille generate dalle lame sprizzavano come lucciole. Il duello si preannunciava duro. Filippo era un formidabile guerriero e si destreggiava con un'abilità mai vista, sferrando rapidi fendenti che ostentavano un'esperienza affinata in anni di battaglie. Uberto lo seguiva con lo sguardo, tenendolo di mira con l'arco. Il rimorso era svanito, la sua presa era tornata salda.

«Non colpirlo!», gli gridò il francese. «Questo fellone è mio!».

Nella mente di Willalme balenavano i numerosi torti subiti da quell'uomo: l'inganno, l'umiliazione, la prigionia e il rogo della pieve. Sentimenti incontenibili lo rendevano furibondo. Parò con accanimento finché, spostandosi verso un angolo cieco dell'avversario, fu in grado di organizzare l'offesa. Mulinò la scimitarra nell'aria e vibrò un potente colpo trasversale, dal basso verso l'alto. Il Lusignano lo parò, ma il francese girò su se stesso e diresse un secondo fendente all'addome.

Filippo bloccò il colpo con la spada, torcendo il braccio in modo innaturale. Avvertì una fitta al polso e allora capì di aver sottovalutato il rivale. Indietreggiò per disimpegnarsi da uno scontro serrato. Willalme lo incalzava, alternando ai fendenti della scimitarra gli affondi della jambiya. Lo costrinse spalle al muro e gli fu addosso, pronto a colpire. Ma il Lusignano fu più svelto: con la mano sinistra afferrò una torcia infissa alla parete e gliela puntò contro il viso.

Willalme gridò di dolore e si portò la mano agli occhi, accecato da un lampo scarlatto. Arretrò goffamente, dimenando la spada. Quel maledetto l'aveva giocato! Le palpebre bruciavano e quando riuscì ad aprirle la vista era appannata. Eppure riusciva a distinguere la sagoma del nemico che correva lontano da lui, verso un'uscita, e si lanciò all'inseguimento in preda all'impeto.

Il Lusignano aprì in fretta una porta e la richiuse dietro di sé, bloccandola con una sbarra. Willalme picchiò con forza contro il battente, che tremò ma non cedette: era in legno borchiato, fasciato da listelli metallici. Solamente un ariete avrebbe potuto sfondarlo.

Il francese continuò a battere con rabbia. All'improvviso sentì una mano posarsi sulla sua spalla. Si voltò di scatto, trasfigurato dall'ira. Era Ignazio.

Emesso un profondo sospiro, Willalme si chetò.

«Calmati amico mio, lo riprenderemo», disse il mercante. «L'importante è che siamo tutti salvi». Si rivolse a Uberto, poi alla ragazza che lo accompagnava. «Tutti salvi».

«Padre, finalmente», esclamò Uberto, sorridendo. Per un attimo si sentì tornare fanciullo, e fu pervaso da tanto affetto per il genitore da scordarsi di tutti i difetti caratteriali che era solito imputargli. Indicò la giovane al suo fianco. «Lei è Moira. L'ho incontrata sul mio cammino, non distante da Montségur. Da allora siamo rimasti insieme. Mi ha aiutato a trovare la strada per Airagne».

Ignazio annuì, poi diresse un cenno di approvazione alla ragazza.

«La badessa di Santa Lucina ti manda i suoi saluti», proseguì il giovane.

Il mercante alzò un sopracciglio. «È viva?»

«È sopravvissuta all'incendio rifugiandosi nei sotterranei della pieve», spiegò brevemente Uberto. Poi soggiunse: «Ho visto cosa si nasconde là sotto. Quella donna mi ha mostrato i tessitori, e...».

«E poi ti ha detto d'aver fatto parte del gruppo di sapienti che fondò Airagne», lo anticipò suo padre.

Uberto spalancò gli occhi, basito. «Come fai a saperlo? La badessa mi ha assicurato di non avertene fatto parola!».

«Non guardarmi come se fossi un aruspice», ribatté Ignazio.

«Un attimo», intervenne Willalme rivolgendosi al mercante, «tu mi hai riferito che la badessa ti ha confessato di non essere mai stata ad Airagne».

«Infatti non ha mentito», rispose Ignazio. «Lei mi ha detto di non essere mai stata prigioniera ad Airagne, ed è stata sincera, poiché i sapienti che fondarono questo luogo seguirono spontaneamente il Lusignano, nessuno li obbligò. Ma in seguito messer Filippo iniziò ad agire di testa propria, fece rapire i catari per obbligarli a produrre ingenti quantità di oro alchemico, e così facendo diede origine alla leggenda del Conte di Nigredo. Leggenda a cui i sapienti si opposero, pagando tutti con la loro vita».

«Tutti eccetto la badessa», specificò Uberto. «Lei riuscì a fuggire da Airagne, portò con sé il *Turba philosophorum* e lo fece nascondere a Montségur. Poi si rifugiò per qualche tempo in Spagna, e quando decise di fare ritorno in Linguadoca fondò il béguinage di Santa Lucina. Non appena si imbatté nei primi fuggiaschi di Airagne, decise di soccorrerli e di proteggerli».

«Ora che ci siamo chiariti, parlami del *Turba philosophorum*», disse Ignazio. «Sempre che tu ne sappia qualcosa».

«Posso fare di meglio», rispose il giovane, frugando nella sua bisaccia. «Posso mostrartelo».

Il mercante lo fissò con incredulità mentre estraeva un piccolo codice e glielo porgeva con una certa urgenza. Se davvero si trattava del manoscritto di cui aveva sentito parlare, si trovava di fronte a uno dei testi più importanti non solo della cristianità ma dell'intera ecumene. Non appena l'ebbe tra le mani, inspirò profondamente per dominare un'intima euforia e iniziò a sfogliarlo, divorando con gli occhi le righe di inchiostro, per verificare che fosse l'autentico *Turba philosophorum*.

«L'ho sottratto dalla Pietra di Luce, nei sotterranei di Montségur». Uberto gli strizzò un occhio. «Il maestro Galib mi aveva incaricato di recuperarlo per te. Fra le sue pagine si celano i segreti dell'alchimia di Airagne».

«Il maestro Galib è morto per questo libro». Ignazio si oscurò. Aveva imparato quella lezione molti anni prima, a Toledo: il sapere più prezioso, quello rivelato a pochi, richiedeva spesso il sacrificio più alto. Forse anche lui, un giorno, avrebbe dovuto pagare un simile tributo. Ma ora doveva pensare ad altro. «Grazie a questo libro potremo comprendere il funzionamento di Airagne. Dato il poco tempo a disposizione, lo consulterò sommariamente. Spero che ciò ci dia qualche vantaggio sul Lusignano».

«Così potremo fermarlo», sentenziò Willalme. Le bruciature al viso gli conferivano un aspetto feroce. Fortunatamente non aveva riportato danni alla vista.

Il mercante fece un cenno di diniego. «Filippo di Lusignano non è l'unica persona da fermare, né la più pericolosa. Fra queste mura risiede il Conte di Nigredo, l'uomo che ha preso il suo posto e che tiene prigioniera Bianca di Castiglia. Non sarà facile elaborare un piano d'azione».

Moira si sentì in dovere di intervenire: «Dovremo anche occuparci della gente intrappolata nel sottosuolo. Gli schiavi di Airagne. Non possiamo permettere che restino a morire qui sotto».

Gli sguardi degli astanti conversero su di lei. Tutti acconsentirono.

Quando il Lusignano chiuse la porta dietro di sé, emise un profondo sospiro. C'era mancato poco che quel demonio scatenato avesse la meglio su di lui.

Uno spasmo al polso destro lo riportò alla realtà dei fatti. Un attimo prima, nella foga del duello, non aveva percepito un dolore tanto intenso. Ora invece le fitte si ramificavano fino a raggiungere il gomito, come accadeva sempre al termine degli scontri, quando il corpo si rilassava.

Si tastò l'avambraccio in più punti. Nulla di grave, ma gli avrebbe causato problemi se fosse stato necessario usare di nuovo la spada. Per fortuna non correva rischi immediati: il mozarabo e i suoi compagni non potevano raggiungerlo. Quei dannati avrebbero impiegato molto tempo per orientarsi nei cunicoli di Airagne. Quanto a lui, non aveva scelto un ingresso a caso. Di fronte ai suoi occhi partiva il corridoio più agevole e veloce per risalire fino al mastio.

Le cose non andavano così male...

Organizzò le idee. Innanzitutto doveva trovare il Conte di Nigredo e toglierlo di mezzo. Una volta ripreso il controllo di Airagne, avrebbe provveduto a disfarsi degli intrusi. Ignazio da Toledo, suo figlio Uberto e quel maledetto Willalme si erano presi gioco di lui, avevano osato sfidarlo. Tanto peggio per loro.

Non aveva un minuto da perdere.

Si incamminò di buon passo lungo il corridoio. Doveva accedere al mastio finché la sorveglianza era blanda. Una volta eliminato il suo misterioso usurpatore, sarebbe stato facile riportare all'obbedienza gli Archontes. Se volevano l'oro di Airagne, avrebbero dovuto sottomettersi a lui. In quanto a Folco e ai soudadiers, non rappresentavano una seria minaccia, ma un semplice diversivo.

"Povero Folco, mi fa quasi pena", ghignò il Lusignano. "I suoi cavalieri verranno spazzati via. È tanto interessato all'oro che non si è neppure reso conto di essere stato usato".

Superò un'arcata di pietra e giunse alle radici del mastio. Non si trovava più in una galleria, ma fra pareti perpendicolari e ben squadrate. Avanzava in un tale stato di euforia che quasi non si accorse di una sagoma ingobbita sbucata dall'ombra di fronte a lui.

Era un vecchio monaco.

Appena lo vide, l'ometto decrepito ebbe un sobbalzo, poi si diede alla fuga.

La memoria di Filippo fu attraversata da un lampo, aveva già visto quel vecchio. Era accaduto per ben due volte. Prima all'abbazia di Fontfroide, poi all'accampamento degli Archontes. Era Gilie de Grandselve! Ecco chi era in realtà! Si trattava di un emissario del Conte di Nigredo, mandato a Fontfroide per spiarlo. Non c'erano altre spiegazioni!

Il Lusignano si gettò all'inseguimento. Doveva acciuffare quel monaco.

Gilie de Grandselve si muoveva come un ratto spaventato, ansimava scalpicciando sulle sue gambette magre. Filippo era certo che l'avrebbe raggiunto in un baleno, e a quel punto si sarebbe fatto confessare da lui ogni cosa. Pregustando quel momento, attraversò di volata un corridoio sempre più largo.

Il Lusignano era a pochi passi dal monaco quando percepì un movimento alle sue spalle. Una porta laterale si apriva. Con la coda dell'occhio vide uscirne un energumeno che brandiva una mazza, e prima ancora che Filippo potesse reagire ricevette un colpo alla testa.

Vide una luce bianca, poi sprofondò nel buio. Ma ancora cosciente, scorse Gilie de Grandselve ritornare sui propri passi e ridere maligno sopra di lui.

32

Castello di Airagne

Lettera quarta – Rubedo

Mater luminosa, la virtù et l'intelletto mi furono bastevoli a concludere l'Opera. Le fatiche di Nigredo, *di* Albedo *et di* Citrinitas *mi fecero da guida nel jardino dell'alchimia, e fui capace di giungere al rossore di* Rubedo. *Ma il modo in cui ottenni questo miracolo è un mysterium che tengo segreto, et ne parlerò soltanto in modo simbolico. Lavorai il filo di lana come si fa nella texitura et ricavai un panno dorato simile al vello di Giasone. Ma ora che ammiro una simile meraviglia, mi coglie la nostalgia del mio antico claustro, il rifugio di preghiera et silenzio che mi portò alla pace dello spirito. Mater luminosa, mi chiedo se mai potrò farvi ritorno.*

Il Frangipane ripose la lettera nel cofanetto e si premette le palpebre con i pollici. Aveva gli occhi gonfi e accusava un nevrotico pulsare dentro le orbite.

A cosa alludevano quelle lettere? Chi mai poteva averle scritte? Inutile sforzarsi di capire, i pensieri sprofondavano nel nulla. La testa era buia e vuota come una buca scavata a colpi di vanga. Per di più provava un imbarazzante disagio, come se avesse commesso qualcosa di grave ma non ne serbasse memoria. Si trattava di un evento recente.

Si sforzò di rievocare l'accaduto e afferrò un ricordo. Dapprima non fu certo che fosse reale, ma presto dovette farsene una ragione. Quel ricordo era proprio suo!

Ricostruì i fatti. Si era comportato come un folle, aveva perso il controllo. E quel che era peggio, lo aveva fatto davanti a lei, la Dame Hersent. Si era reso ridicolo ai suoi occhi, aveva dato spettacolo di sé.

Cosa gli capitava? Da quando si trovava prigioniero era come se una volontà sconosciuta avesse preso il controllo della sua persona, facendogli compiere azioni incomprensibili. Si chiese se, oltre all'episodio appena rievocato, ve ne fossero stati altri di cui non serbava memoria. Quel pensiero lo spaventò. Si sentì impotente, incapace di comprendere se stesso. Era sempre stato un uomo inflessibile e morigerato, non aveva mai dato occasione a nessuno di compatirlo, tanto meno alle donne. Tutti temevano il suo carattere deciso e autoritario. Era il cardinale di Sant'Angelo, legato pontificio, un uomo di potere. Nessuno l'aveva mai visto inginocchiarsi se non per pregare.

Doveva essere colpa di Bianca, non c'era altra spiegazione. La regina l'aveva ammaliato, insinuandosi come un serpente nelle sue fantasie. L'aveva sfidato, spingendosi oltre il limite consentito dal loro rapporto. Mentre formulava quei pensieri, si scoprì a sorridere come un ebete e provò disgusto per se stesso.

Scattò dallo scranno e gironzolò per la stanza a grandi falcate, l'ansietà gli oscillava dentro come il battaglio di una campana. Non era la prigionia a esasperarlo, ma la prossimità di quella donna. La sua immagine lo inseguiva nei pensieri e persino nei sogni. La odiava. Sì, odiava Bianca di Castiglia! Si aggrappò con tutto se stesso a quel sentimento, perché se così non fosse stato, avrebbe dovuto ammettere cose che temeva a tal punto da non volere neppure pronunciare.

"L'odio è un sentimento puro e inflessibile", pensò, con temporaneo sollievo. "È un bastione solido. E se imbrigliato a dovere, può lasciarsi guidare dalla razionalità".

Si premette ancora una volta le palpebre, ma a dispetto di quel gesto il mal di capo crebbe. Era un dolore provocato dal nervosismo, ormai l'aveva capito, e più cercava di respingerlo, più si acuiva e affondava i tentacoli dentro la sua testa. Ma il cardinale preferiva soffrire anziché affrontare se stesso. Aveva deciso di punirsi in quel modo, per estirpare le proprie malie. Doveva liberarsi delle debolezze dell'infatuazione, bandirle dall'animo. Un conto era desiderare una donna, sfogare la propria virilità su di lei, bramare di sottometterla. Ciò era naturale, quasi plausibile, forse addirittura perdonabile.

«Io... non... la... amo...».

Per espellere il veleno dall'anima, aveva iniziato a parlare ad alta voce. Si morse la lingua prima che potessero udirlo. Ma proprio in quell'attimo, qualcuno era entrato.

La regina.

Il cardinal legato acquisì l'espressione di un bambino colto nell'atto di una marachella.

Bianca gli si avvicinò con passo lieve, come se camminasse sull'acqua. I suoi movimenti ricordavano un fluttuare di alghe. «Eminenza, finalmente vi siete ripreso. Iniziavo a temere per voi».

Sembrava sincera, addirittura premurosa.

Romano Frangipane non ebbe modo di ribattere, poiché ella gli passò al fianco, lo superò e si affacciò a una finestra. Solo allora udì risuonare dall'esterno i rumori di una battaglia, e assumendo una smorfia contrita si domandò come avesse potuto ignorare fino ad allora un simile frastuono.

«Eminenza, guardate cosa sta accadendo!». Bianca si sporse verso l'esterno in preda a un entusiasmo incontenibile e indicò lo scontro che si svolgeva ai piedi della torre. «Era ora che qualcuno giungesse a soccorrermi! Ah, che impeto! Quegli uomini si stanno battendo come leoni». Si voltò stupita. «Ma cosa fate lì impalato? Venite, venite a guardare. Avete forse paura di starmi accanto?».

Il cardinale avanzò riluttante e si affacciò, accostandosi alla regina. Lo spettacolo che si prospettò sotto il suo sguardo lo lasciò senza fiato. Aveva assistito a molte battaglie negli ultimi anni, ma ogni volta l'orrore e lo sconforto che provava erano identici. Davanti alla guerra, la vita gli appariva un concatenarsi di fenomeni grotteschi e privi di significato. Una burrasca che travolge ogni cosa, un'orgia di corpi e di emozioni priva di qualsiasi scopo, eccetto quello di trasformare gli uomini in belve.

Due eserciti si stavano fronteggiando entro la cerchia muraria. La nebbia non permetteva di scorgere i colori delle uniformi, ma la situazione appariva abbastanza chiara. Gli invasori si trovavano in netto svantaggio rispetto ai difensori del castello.

Il Frangipane si rese conto che Bianca, al suo fianco, fremeva in preda all'eccitazione. Il misurarsi dei due schieramenti, anziché turbarla, esercitava su di lei un fascino segreto. I suoi occhi brillavano di luce selvaggia. Per un attimo avvertì quasi il suo desiderio di partecipare di persona allo scontro. Fosse stata un uomo, pensò, sarebbe diventata un grande condottiero.

A un certo punto Bianca si scostò dalla finestra e si avvicinò a un tavolino di legno, dov'era riposta una brocca di terracotta. Riempì un calice e lo portò alle labbra. «Siete ancora pallido, eminenza», disse. «Un sorso di vino gioverebbe anche a voi. Assaggiate quest'Aygue ardent».

«Sua maestà dovrebbe sapere che non bevo vino. Peggiorerebbe il mio mal di capo». Il cardinale indicò una brocca metallica sullo scrittoio. «Preferisco l'acqua».

La regina fu sul punto di ribattere, ma si trattenne. Bevve un sorso di vino e deglutì lentamente, assaporandolo. Un tenue rossore affiorò sulle sue gote.

Senza quasi rendersene conto, Humbert de Beaujeu varcò un angusto passaggio e si ritrovò in superficie. Finalmente, dopo vani tentativi, era riuscito a trovare un'uscita dai sotterranei!

Non avrebbe saputo dire quale ora del giorno fosse, poiché il paesaggio era avvolto da una nebbia plumbea, ma capì di trovarsi ancora entro la cinta. E benché fosse pronto ad affrontare qualsiasi situazione, restò immobile a fissare una scena che aveva dell'incredibile. Mai si sarebbe aspettato di trovare lo spiazzo del castello invaso da una torma di soldati in combattimento. Le loro sagome si agitavano nel grigiore, più simili a ombre che a corpi tangibili, se non fosse stato per il clangore delle armi e per le loro grida di battaglia.

Humbert fece qualche passo in avanti. Tutto sommato, la situazione per lui non cambiava: doveva comunque uscire indenne dal castello e organizzare un piano per liberare la regina. Si guardò intorno. Se un esercito aveva fatto irruzione, significava che l'ingresso delle mura era aperto. Doveva trovarlo, e una volta fuori avrebbe valutato come sfruttare al meglio la situazione.

Il lieutenant era sul punto di mettersi in movimento, quando un cavallo da battaglia gli si piazzò di fronte emettendo un nitrito acutissimo. L'animale si impennò, dimenando gli zoccoli sporchi di fango sopra la sua testa.

Quando il corsiero atterrò sulle zampe anteriori, comparve il cavaliere che lo montava. I colori dell'uniforme erano inconfondibili: appartenevano al vescovo di Tolosa. Humbert invece recava sul petto le insegne del re di Francia, perciò si sentì al sicuro, stava davanti a un probabile alleato.

Ma al contrario di quanto previsto, il cavaliere sollevò la spada imbrattata di sangue e gli si avventò contro. «Eccone un altro!», gridò. «Maledetti Archontes, prima di morire ne manderò all'inferno quanti più posso!».

Humbert cercò d'istinto il pomo della sua spada ma, ricordandosi di essere disarmato, si gettò a terra per schivare una stoccata. Ruzzolò nella polvere e si rialzò in fretta mentre il cavaliere che l'aveva aggredito girava il destriero per predisporre un nuovo attacco, tuttavia non sembrava rappresentare una reale minaccia. Aveva l'aria di essere esausto, i suoi movimenti erano lenti e poco efficaci. Probabilmente combatteva da ore e forse era addirittura ferito. Il lieutenant lo aggirò con un'abile mossa e scivolò al suo fianco senza farsi colpire, poi lo afferrò per una gamba e lo fece cadere a terra. L'impatto al suolo dovette tramortirlo.

Senza più curarsi dell'aggressore, Humbert afferrò il cavallo per le briglie, balzò in sella e si lanciò al galoppo, attraversando il campo di battaglia a testa bassa. Doveva raggiungere il varco delle mura e uscire dal castello, ma nel frattempo non smetteva di chiedersi cosa stesse accadendo e perché quel cavaliere l'avesse attaccato.

Si portò verso l'uscita, dove il combattimento era serrato, e per poco non rischiò di lasciarsi coinvolgere nello scontro tra fanti e cavalieri, contrapposti in un fitto cozzare di scudi, spade e lance. Il cavallo era esausto, schiumava dalla bocca e mordeva il freno per la paura, ma lui lo spronò al massimo. Non poteva permettersi di rallentare.

L'ultimo tratto prima del varco fu il più difficile. La mischia era un autentico intreccio di corpi, impossibile da valicare senza rischiare di morire, perciò Humbert brandì un mazzapicchio fissato alla sella e si batté con audacia, facendosi largo a suon di colpi e atterrando quanti più uomini gli si paravano di fronte, senza badare a quale schieramento appartenessero. Avanzò a denti stretti, alzando e abbassando il mazzapicchio infinite volte, il braccio destro ormai dolorante per lo sforzo, e, quando si trovò sul ponte sopra il fossato, fece impennare il destriero per liberarsi dell'ultimo gruppo di fanti che gli impediva il passaggio. Quindi schizzò via al galoppo, finalmente libero.

Al limitare della foresta, un gruppo di uomini a cavallo emerse dalla nebbia e gli andò incontro.

«Io vi conosco», disse uno di quelli, un vecchio dai modi aristocratici.

«Anch'io», ribatté Humbert, osservandolo con attenzione. Sopra l'usbergo indossava una casula e un pallio, e sfoggiava un pastorale. Non poteva sbagliarsi. «Siete Folco, il vescovo cacciato da Tolosa».

«Voi invece siete il cugino del defunto re Luigi», soggiunse il prelato. «Ma come siete conciato? La vostra faccia e i vostri abiti sono sporchi di fuliggine. Sembrate appena uscito da una fucina».

«In un certo senso vostra grazia ha ragione». Il lieutenant indicò la rocca alle sue spalle. «Sono vostri i soldati che assediano il castello?»

«Per buona parte sì, coadiuvati da un gruppo di mercenari».

«Dovreste ordinare la ritirata. Entro breve non resterà molto di loro».

«Inaudito». Folco apparve sgradevolmente stupito. «Mi era stato assicurato che le difese del Conte di Nigredo fossero sguarnite».

«Tutt'altro eccellenza». Humbert capì che il prelato si era appena reso conto d'aver commesso un errore di valutazione. Probabilmente era vittima di un inganno. Chi poteva averlo giocato tanto abilmente?

Il vescovo tacque per un momento, poi mutò espressione: sul suo volto incartapecorito si accese una debole speranza. «Ebbene, signor de Beaujeu, come proponete di rimediare alla situazione?». Sguainò la spada d'arme fissata all'arcione posteriore: un simbolo, non un'arma destinata all'uso. Gliela porse con riguardo. «Luigi il Leone riponeva fiducia in voi, tanto da affidarvi le sue milizie in punto di morte. Ebbene, in tale circostanza io farò lo stesso».

Humbert trattenne un sorriso trionfale. Quelle erano proprio le parole che desiderava sentirsi dire. Ma non gli bastava. «Una possibilità ci sarebbe. Tuttavia, prima di entrare nei dettagli, vostra grazia dovrebbe spiegarmi cosa sta esattamente accadendo. Ho visto cose là dentro di cui non riesco a capacitarmi».

«Parlate dell'oro di Airagne?», chiese Folco, dopo un attimo di esitazione. Una sfumatura di avidità ravvivò il reticolo delle sue rughe.

«No, eccellenza. Parlo dei soldati che stanno difendendo il castello».

33

L'ombra sotterranea tremava al crepitio delle fiaccole. Dopo aver sfogliato a lungo, forse più del necessario, Ignazio soffermò lo sguardo su una pagina del *Turba philosophorum* e si trovò di fronte alla verità. Tutte le domande che si era posto nel corso della sua vita sulla natura delle cose e sulla trasmutazione della materia sembravano trovare risposta in quelle righe d'inchiostro. Avrebbe appreso segreti che solo a pochi eletti era concesso conoscere. Ma tutto ciò non gli arrecò alcun sollievo, anzi, accentuò in lui un senso di vuoto, come se nel suo animo si fosse aperto un baratro. Gli fu necessario uno sforzo di concentrazione per dominarsi, dopodiché fissò suo figlio, che dopo interminabili peripezie gli stava di nuovo accanto. Quel pensiero gli diede forza.

Fu così che iniziò a leggere ad alta voce, ponendo fine all'attesa dei compagni: «*Huius operis clavis est nummorum ars...*».

«Spiega con parole semplici», chiese Willalme.

Il mercante sollevò un occhio dall'incartamento e annuì. «Il contenuto del libro è suddiviso in una quantità di sermoni di difficile comprensione. Naturalmente non abbiamo il tempo di leggerli tutti, ma ne ho notato uno, uno soltanto, contrassegnato da appunti a margine. Qualcuno deve averlo studiato a fondo, quindi proporrei di partire da qui. Si tratta del decimo sermone e riguarda proprio la fabbricazione dell'oro. Non può trattarsi di una coincidenza. Se Galib aveva ragione, e se questo libro è davvero appartenuto al Conte di Nigredo, forse siamo a un passo dallo scoprire il mistero di Airagne». Ottenuto un unanime cenno di consenso, proseguì: «Il testo prescrive di fondere il piombo e di raffreddarlo con un vapore chiamato *ethelie*. In questo modo il piombo si trasmuterà nel "magnete", che è destinato ad attrarre la colorazione dell'oro nel momento della tinctura. Il procedimento viene descritto in questo modo: "Prendete l'argento vivo e coagulatelo nel corpo del magnete perché non bruci; otterrete la natura bianca, quindi aggiungete il bronzo, e diverrà bianco, e se lo farete diventare rosso, diverrà rosso, e poi, se lo cuocerete, diverrà oro"».

«Queste parole non ci saranno di alcuna utilità», obiettò Willalme, che aveva preso a fissare i cadaveri dei due soudadiers stramazzati al suolo.

«Ti sbagli», ribatté Moira, «comprendendole capiremo come funziona Airagne».

«E una volta scoperto il suo funzionamento», aggiunse Uberto, «potremo fermarlo».

«Infatti», confermò Ignazio. «E se riusciremo nell'intento, otterremo due vantaggi: creeremo un diversivo per consentire la fuga ai prigionieri e renderemo inservibile l'intera struttura. Il Conte di Nigredo, chiunque egli sia, si troverà in estrema difficoltà».

Uberto annuì. «Da come parli, sembra che tu sappia come agire».

«Ancora no». Il mercante tornò a consultare il *Turba philosophorum* nella speranza di trovare una soluzione pratica e veloce. Teorizzare un piano era ben altro dal concretizzarlo. Voltando pagina, esattamente alla fine del decimo sermone, notò un piccolo schema geometrico disegnato a margine del testo. All'inizio non gli diede importanza, scambiandolo per una miniatura realizzata dall'amanuense, poi, guardandolo con maggior attenzione, si accorse che era tutt'altra cosa.

A quel punto Ignazio venne folgorato da un'intuizione e fu finalmente certo di avere fra le mani il libro giusto. Richiamò di nuovo l'attenzione dei compagni e mostrò loro il disegno. «Guardate! Questo è senz'altro lo schema adottato dai filosofi del Conte di Nigredo per creare Airagne». La sua voce tremava per l'entusiasmo. «Se osservate bene, noterete che riproduce esattamente la pianta del castello, ma non solo: sovrappone a essa le otto fasi dell'Opera, quattro fondamentali – *ignis*, *aqua*, *aer*, *terra* – e quattro secondarie – *calidus*, *frigidus*, *siccus*, *humidus*. Ognuna è messa di fronte al proprio opposto, in modo da creare equilibrio. Al fuoco si contrappone l'acqua, alla terra l'aria, e così via. Questo principio deve stare alla base della trasmutazione dei metalli».

«Otto fasi, come le torri di Airagne», commentò Uberto.

«Non le torri, ma i sotterranei. Si tratta degli otto fusi di Arianna. Nel disegno, la signora del labirinto è rappresentata al centro dallo specchio di Venere, fra quattro settori intermedi: Nigredo, Albedo, Citrinitas e Rubedo. È nei sotterranei che si svolgono i procedimenti alchemici. Le torri servono soltanto ad agevolare la fuoriuscita dei fumi e a difendere il castello».

Willalme serbava un atteggiamento scettico. «Come possiamo sabotare una struttura tanto grande e complessa?».

Ormai certo di essere nel giusto, Ignazio rispose con prontezza: «Secondo il decimo sermone del *Turba philosophorum*, la trasformazione e il raffreddamento dei metalli dipendono in buona parte dall'ethelie. Questo vapore viene impiegato in molte fasi dell'Opera. Perciò, se troviamo i punti da cui viene emesso e li blocchiamo, possiamo fermare tutto».

«Non ci resta che provare», disse il francese, impaziente di entrare in azione.

«Un attimo». Uberto indicò uno a uno gli otto portali che circondavano l'ambiente. «Prima dovremo capire quale tra questi ingressi conduca a un punto di emissione di ethelie. Se ne scegliamo uno a caso, rischiamo di smarrirci nel sottosuolo di Airagne».

«Se il disegno è fedele alla struttura di Airagne, dovremmo trovare l'accesso del sotterraneo designato dalla parola "calidus", dove il fuoco incontra le sostanze volatili».

A udire quella parola, Moira ebbe un sussulto. «So dov'è», disse d'un tratto. «Conosco quel sotterraneo».

Ignazio la scrutò dubbioso. «Com'è possibile?»

«Sono già stata qui». La ragazza afferrò una torcia infissa a una cavità della parete e si incamminò risoluta verso uno degli otto ingressi. «La via giusta è questa».

Non ci furono obiezioni. I tre uomini la seguirono. Camminandole alle spalle, nessuno di loro riuscì a guardarla in viso. Nessuno vide le lacrime che Moira stava piangendo.

Erano lacrime di terrore.

Oltre l'ingresso trovarono una discesa che si avvitava in tornanti sempre più stretti. La forma di quel luogo rammentò a Ignazio un passo di Ermete Trismegisto in cui le tenebre venivano paragonate alle spire di un serpente. Le spire della Madre Terra e di Nigredo. Le spire di Melusina, la Dea Draco... Allontanò dalla mente ogni suggestione prima che i pensieri degenerassero in delirio. In fondo, si disse, quello era un semplice sotterraneo, e se per certi versi gli appariva singolare, per altri somigliava alla catacomba dove aveva perduto suo fratello Leandro. Forse anche Airagne in passato era stata una necropoli, o qualcosa del genere.

Percorsero rampe di scale scolpite nel granito mentre la luce delle fiaccole vivificava i riflessi bluastri delle vene di galena. Più scendevano, più l'aria diventava calda e irrespirabile.

Moira conduceva impassibile, l'angoscia era svanita dal suo volto. Ora appariva calma, quasi impaziente di giungere a destinazione. Era riuscita a isolare i ricordi orribili in un anfratto della memoria e per restare tranquilla aveva iniziato a pensare ai suoi genitori, alla fanciullezza e alla felicità prima del naufragio. Finché d'un tratto Uberto le aveva sfiorato un polso e l'aveva presa per mano. Una parte di lei era stata sul punto di maledirlo per averla riportata con quel semplice gesto nel mondo reale, ma allo stesso tempo trasse forza da quel contatto. In fondo era stato per lui che aveva scelto di ritornare in quel luogo.

«Attenzione!», li mise in guardia Ignazio.

Tutti si bloccarono. A pochi passi da loro levitava nell'aria un pulviscolo argentato, iridescente alla luce delle torce. Fuoriusciva da una crepa nella parete.

«Sembra caligine», osservò Uberto, «non ha un aspetto pericoloso».

«Non è caligine, ha una consistenza diversa», disse il mercante, esaminando un po' di quella sostanza sulla punta dei polpastrelli. Poi si coprì il viso con il cappuccio, per proteggere il naso e la bocca, e invitò gli altri a fare altrettanto. «Passate oltre senza respirare! Può essere velenosa».

La discesa proseguì senza altri inconvenienti. Mancavano ancora due rampe di scale quando finalmente comparve la struttura collocata sul fondo. Era un cilindro di metallo alto almeno quanto cinque uomini e sormontato da una cupola di pietra refrattaria. La base poggiava su una fornace, sbuffi di fumo e vapore fuoriuscivano da sfiatatoi praticati intorno al suo corpo.

Sul pavimento, presso la bocca della fornace, scorreva un rigagnolo di metallo fuso. Forse piombo. Usciva da una feritoia del muro e scivolava lucido in un alveo di pietra, defluendo in uno smaltitoio aperto in una parete.

Ignazio, affascinato, si chiese a cosa servisse un simile luogo, ma per la risposta dovette attendere. Stavano per scendere dall'ultimo tornante quando Moira fece cenno di fermarsi. Indicò verso il basso: uno sciame di uomini lavorava presso l'enorme cilindro. Alcuni controllavano la struttura in più punti, arrampicandosi verso la sommità tramite apposite scale a pioli, altri invece alimentavano la fornace.

Willalme osservò con attenzione quegli operai. Erano emaciati, ingobbiti e vestiti di stracci. Alcuni di loro gesticolavano come ebeti, altri camminavano sporgendo le mani in avanti o appoggiandosi agli altri. Sembravano muoversi in un tale stato di sottomissione da non accorgersi che nessuno stava più di guardia. Avrebbero potuto fuggire, ma l'assuefazione e la paura li tenevano vincolati alle fatiche di Airagne.

Gli sguardi dei quattro si spostarono alla fine verso la grande struttura cilindrica.

«È un *athanor*», disse Ignazio, «un forno alchemico».

Uberto lo guardò sorpreso. «Ne sei sicuro?»

«Un athanor», ripeté il mercante. «Molto più capiente rispetto alla norma, questo è certo, ma non credo di sbagliarmi. Il principio del suo funzionamento è semplice. Contiene un recipiente interno in cui viene depositato un composto da esporre al calore e alle sostanze volatili».

«Sostanze volatili... Ti riferisci al vapore di ethelie? Quello che stiamo cercando?»

«Credo di sì».

Proprio in quel momento un gruppo di operai si arrampicò in cima alla struttura e ne sollevò il coperchio emisferico, lasciando fuoriuscire un getto di vapore solforoso. L'emissione fu così violenta che gli uomini dovettero scostarsi e attendere che diminuisse d'intensità. Quando il getto ebbe trovato la sua via di fuga, si avvicinarono con cautela, estrassero dall'interno un recipiente colmo di pagliuzze metalliche e ne depositarono al suo posto un altro contenente metallo fuso. Fatto ciò, richiusero la calotta e scesero dal cilindro.

«Hai notato il vapore fuoriuscito dall'athanor?», disse il mercante in direzione del figlio. «Dovrebbe essere ethelie. Siamo nel posto giusto».

Uberto annuì, poi osservò il recipiente estratto da sotto la calotta. «Quello invece cos'è?»

«Credo sia il "magnete" ricavato dal piombo. Quelle pagliuzze, ben presto, verranno sottoposte alla tinctura e assumeranno il colore dell'oro».

«Bene. Adesso ne sappiamo abbastanza». Uberto sembrava determinato ad agire. «Dobbiamo liberare questa gente, poi manometteremo l'athanor».

«In assenza di guardie non sarà difficile». Ignazio indicò la sommità del cilindro. «Hai notato una cosa? Quando gli operai hanno sollevato la calotta, la fuoriuscita del vapore è stata dapprima violenta, poi è cessata quasi del tutto. In quel momento l'athanor non conteneva più ethelie. Era vuoto, quindi inservibile».

«Capisco cosa vuoi dire. Tenendo sollevata la calotta, l'ethelie continuerebbe a evaporare verso l'alto e il processo di trasformazione ne risentirebbe».

«Esatto. E per completare il lavoro, si dovrebbe smettere di alimentare la fornace».

«Basterà fare evacuare gli operai per ottenere questo risultato». Uberto ebbe un ripensamento, intrecciò le braccia e guardò suo padre di sottecchi. «Così facendo, però, non arrecheremo danni permanenti alla struttura. Chiunque, in un secondo momento, potrebbe riprendere il controllo di Airagne e servirsene di nuovo».

«Non accadrà se fermeremo il Conte di Nigredo», volle rassicurarlo il mercante.

Uberto non si lasciò convincere. Conosceva troppo bene suo padre da intuire che non avrebbe mai danneggiato uno strumento in grado di accrescere la sua conoscenza. Non prima di averlo studiato minuziosamente, almeno. Immaginò il dramma inespresso che Ignazio dovesse vivere in quel momento, diviso tra la necessità di distruggere Airagne e il desiderio di scoprirne i segreti. Benché ostentasse la solita maschera impassibile, da ogni sua piega d'espressione trapelava un'incontenibile smania di sapere.

Gli pose una mano sulla spalla. «Lascia fare a me, padre».

Il mercante apparve contrariato. «Cosa intendi?»

«Seguendo i tuoi consigli, bloccherò l'athanor e libererò i prigionieri». Con un gesto eloquente, il giovane indicò verso l'alto. «Tu nel frattempo avrai un altro compito da svolgere».

«Il Conte di Nigredo...», mormorò Ignazio, quasi se ne fosse dimenticato.

«Sì, il Conte di Nigredo. E non scordarti di Bianca di Castiglia. La situazione è propizia per liberarla».

«Sei sicuro di riuscire a cavartela da solo, qua sotto?»

«Non avrò problemi».

«D'accordo». Il mercante si rivolse a Moira per interrogarla. «Una volta risaliti i tornanti, sai per caso quale direzione debba prendere per raggiungere il mastio?»

«Se ricordo bene, c'è un piccolo ingresso di fronte alla statua della donna», disse Moira. «Conduce a una salita. È la via più veloce che conosco per raggiungere la base del torrione».

«Grazie». Facendosi molto serio, il mercante guardò suo figlio. «Grazie anche a te, per avermi salvato da me stesso». Poi si rivolse a Willalme e gli fece cenno di seguirlo verso la salita.

«Aspetta», lo trattenne Uberto. «Prima che tu vada, devo consegnarti una cosa».

«Di che si tratta?», chiese Ignazio, ritornando sui suoi passi.

«Una lettera». Il giovane sfilò una pergamena dalla bisaccia e gliela porse. «Me l'ha affidata la badessa di Santa Lucina, per te».

Il mercante prese la pergamena. Conteneva un breve testo vergato in bella grafia, dal titolo *Lettera quinta*.

«Non capisco...».

«E non capirai finché non avrai trovato le quattro lettere che la precedono», spiegò suo figlio, enigmatico. «Così almeno mi ha riferito la badessa».

«È lei l'autrice di questo messaggio?».

Uberto annuì. «L'ha definito il testamento di un'altra vita, quando era talmente accecata dalla sete di conoscenza da contribuire alla creazione di Airagne. Ha detto che ti servirà a comprendere molte cose... su te stesso».

Il mercante sorrise. La badessa di Santa Lucina non faceva che sorprenderlo. Con un profondo sospiro, ripose la pergamena nella bisaccia e si incamminò con Willalme per la salita tortuosa. «Ci rivediamo fuori», disse, «e state all'erta».

Mentre Uberto lo guardava allontanarsi sui tornanti di granito, Moira si ricordò all'improvviso di trovarsi ad Airagne e per un attimo si sentì pervasa da un ben noto orrore. «Che si fa ora?», chiese tentando di allontanare quella sensazione di paura.

«Smantelliamo tutto quello che possiamo».

«Ma tuo padre ha detto...».

«Se dipendesse da lui, questo luogo continuerebbe a esistere in eterno». Il giovane alzò le mani verso l'alto, infastidito dal dover parlare delle debolezze di Ignazio. Un conto era conoscerle e cercare di porvi rimedio, un altro era ammetterne l'esistenza davanti a una terza persona. Ma con Moira era diverso. «Non pensare male di lui. È troppo assetato di conoscenza per ragionare obiettivamente in una circostanza del genere. I segreti di Airagne e dell'alchimia lo ammaliano come un canto di sirene».

La ragazza parve comprendere. «Ecco perché hai voluto allontanarlo».

«Infatti».

«Dunque, come pensi di procedere?».

Uberto non poté trattenere un sorrisetto astuto. «Facendo l'esatto contrario di ciò che lui mi ha detto».

34

I due giovani scesero dall'ultimo tornante, discutendo su come manomettere l'athanor, ma nel preciso istante in cui giunsero al termine delle scale si trovarono di fronte a un uomo. Uberto, che precedeva Moira, arretrò di scatto, impressionato dall'aspetto di quell'individuo. Era magro fino all'osso, completamente calvo, e continuava ad avanzare, ingobbito, le mani luride protese in avanti.

Uberto lo spinse lontano da sé, nauseato dal fetore che emanava. «Vattene!», gli intimò, in preda a un misto di pietà e repulsione. «Dovete fuggire tutti!».

L'ometto lo fissò, articolò un singulto, poi si gettò ai suoi piedi. «*Benedicite, bone homme*», lo scongiurò con morbosa devozione. «*Benedicite, benedicite*».

In quel mentre sgusciò dall'ombra un secondo individuo. Era alto e muscoloso, con un'espressione apatica sul volto. A Uberto sembrò che le sue condizioni fossero migliori rispetto al primo, e fu a lui che si rivolse: «Non è da molto che siete prigioniero qui dentro, vero?»

«Da circa un mese», rispose l'uomo. Indicò l'ometto rachitico inginocchiato a terra. «Dopo un anno si diventa così, se non si muore prima».

«Dovete fuggire da qui. Andarvene tutti e subito». Il giovane lo fissò con uno sguardo gravoso. «Intendete le mie parole?».

L'uomo titubò. Si trovava ad Airagne da appena un mese e già mostrava difficoltà nell'organizzare pensieri elementari. «Le guardie...», balbettò guardandosi intorno. «Le guardie non...».

«Le guardie sono impegnate altrove, in superficie. Nessuno vi ostacolerà».

Ricevette come risposta uno sguardo incredulo.

Così non andava, pensò Uberto. Stava perdendo troppo tempo. Prese l'uomo per la spalla e lo condusse al centro del sotterraneo. Subito una folla di operai gli si radunò intorno.

All'approssimarsi della ressa, Moira fu colta dal panico. Uberto la tranquillizzò con lo sguardo. Aveva previsto la reazione della massa e contava di sfruttarla a proprio vantaggio. Alzò le mani per attirare maggiormente l'attenzione. Sentì il peso di decine di sguardi su di lui: era proprio quel che voleva. «Le guardie non ci sono più!», gridò. «Approfittatene! Dovete andarvene! Fuggite tutti!».

Tra la folla si levarono alcune voci ossessive: «*Miscete, coquite, abluite et coagulate! Miscete, coquite, abluite et coagulate!*».

Il giovane continuò a gridare: «L'Opera è terminata! Andatevene! Siete liberi!».

Gli operai iniziarono a parlare tra loro, a gesticolare concitati. Alcuni sembravano comprendere la situazione e agire di conseguenza. Chi serbava un minimo di buonsenso spronava alla fuga i compagni di sventura. La massa fremette eccitata, quindi si disperse poco alla volta. Sempre più numerosi, gli uomini si lanciarono verso la salita dei tornanti; altri invece imboccarono uscite situate a pianterreno, probabilmente comunicanti con i sotterranei attigui.

Un vecchio allampanato si fece largo tra la calca e afferrò Uberto per un braccio. Lo interrogò con occhi allarmati, ma lucidi: «E gli altri prigionieri? Non possiamo abbandonarli!», esclamò. «Vi sono altri sette ambienti simili a questo sotto il castello, comprese le miniere di galena. Dobbiamo pensare anche ai prigionieri che si trovano là».

«Qualcuno sa come raggiungerli?», gli chiese il giovane.

«Sì. Alcuni di noi sanno come muoversi in questi sotterranei».

«Bene. Allora dividetevi e raggiungete tutti gli ambienti possibili. Ma sbrigatevi, non c'è molto tempo».

Il vecchio annuì, si avviò verso un pugno di uomini che lo attendevano e spiegò loro la situazione. Molti, probabilmente i meno colpiti dal saturnismo, si scambiarono occhiate piene di urgenza, poi si affrettarono in direzione delle uscite.

Finalmente libero d'agire, Uberto si rivolse a Moira. «Vieni con me», le disse, «abbiamo un compito da portare a termine».

Il centro del sotterraneo era rimasto incustodito. I due giovani raggiunsero l'athanor e vi salirono in cima mediante una scala a pioli collegata alla sommità.

All'apice del grande cilindro si trovava la calotta di pietra. Sembrava la cupola di una moschea, ma molto più piccola. Sotto la sua superficie si udivano gli sbuffi di sostanze volatili. Ignazio si era raccomandato di sollevarla, affinché il vapore di ethelie fuoriuscisse. Uberto invece voleva fare l'esatto contrario, cioè sigillarla in modo da accumulare all'interno una pressione tale da danneggiarlo.

Ai margini della calotta oscillavano grosse catene che terminavano in uncini di ferro. Erano saldate alle pareti del cilindro tramite anelli metallici. Probabilmente servivano per tenere appesi gli attrezzi degli operai. Uberto si aggrappò a una catena e si arrampicò in cima alla cupola. La superficie di pietra bruciava oltre il previsto, il rischio di ustionarsi le mani e di scivolare era alto. Si mosse con cautela finché non riuscì a mettersi in piedi.

«Sei pazzo!», gli gridò Moira, appesa alla scala a pioli. «Cosa vuoi fare lassù? Scendi immediatamente».

«Scenderò, non preoccuparti», rispose lui, mantenendo un equilibrio precario. «Prima però passami le catene che penzolano ai bordi del cilindro».

«Quale uso intendi farne?».

Uberto le rivolse un risolino astuto. «Cosa succede se sigilli il coperchio di una pentola in ebollizione?»

«Esplode...», rispose lei, esitando.

«Esattamente».

Moira non fece più domande e iniziò a collaborare, ma l'operazione si rivelò tutt'altro che semplice. Le catene erano molto pesanti. Dovette dare fondo a tutte le sue energie per sollevarle fino a Uberto, che le afferrò una per volta e le agganciò in cima alla calotta servendosi degli uncini di ferro.

Dopo numerosi tentativi, il giovane riuscì a bloccare il coperchio dell'athanor. E dopo essersi assicurato che le catene fossero ben fissate tra loro, si decise a scendere mentre la struttura cominciava a sobbalzare. L'ethelie si stava già accumulando sotto la cupola e spingeva per uscire, le emissioni degli sfiatatoi fischiavano rabbiosamente.

Prima di andarsene, Uberto volle prendere un'ulteriore precauzione: deviare il flusso del metallo fuso che scorreva in una canaletta e finiva dentro uno smaltitoio regolato da una chiusa mobile collegata a una leva.

Sigillando lo smaltitoio, il metallo fuso sarebbe dilagato verso l'athanor, riversandosi in parte dentro la fornace. Ciò avrebbe aumentato spaventosamente l'emissione di vapore. Uberto ignorò le conseguenze e tirò la leva, desideroso di arrecare il maggior danno possibile a quel complesso. Non appena azionò il meccanismo, una lastra di pietra calò a ghigliottina sull'imboccatura dello smaltitoio, impedendo al metallo fuso di defluire e facendolo traboccare dal proprio letto. Il fluido incandescente invase il pavimento in direzione della fornace, dove il suolo formava una sorta di depressione.

«Il cane», vociò Moira in quel momento, guardandosi intorno. «Dov'è finito?»

«Sarà fuggito», rispose Uberto.

«Dobbiamo cercarlo».

«Non c'è tempo», insistette lui, afferrandola per un braccio. «Dobbiamo andare via!».

Improvvisamente l'athanor ruggì, come se dentro le sue pareti metalliche si fosse risvegliato uno spirito furioso. Le emissioni degli sfiatatoi divennero assordanti. I getti di vapore, dapprima plumbei, si fecero bianchi, poi gialli e infine rossi.

Uno degli ultimi fuggiaschi vide quel mutare di colori e gridò terrorizzato: «*Cauda pavonis!*».

«Cosa sarà mai la "Coda del pavone"?», chiese Moira, trafelata.

«Non lo so», disse Uberto. «Ma non promette nulla di buono».

La fuoriuscita di metallo fuso invase il pavimento, allargandosi a macchia d'olio fino all'accesso dei tornanti, perciò i giovani dovettero ripiegare verso l'unico ingresso collocato al pianterreno. Moira lo attraversò di corsa e Uberto, prima di seguirla, lanciò un'ultima occhiata in direzione dell'athanor. L'enorme cilindro vibrava, animato da un'energia incontenibile, mentre vampe di calore fuoriuscivano sibilando dai margini della calotta.

L'ingresso li portò a un bivio. Scelsero di proseguire verso l'alto e si ritrovarono a inerpicarsi per una salita claustrofobica, assordati dal rimbombo che echeggiava dal basso. Gli ululati emessi dall'athanor facevano tremare l'aria e le pareti.

Dopo un'ascesa estenuante, raggiunsero un varco. Uberto lo imboccò per primo, guardingo, mentre un refolo d'aria gli accarezzava la fronte sudata. Finalmente si trovava all'aperto.

«Dove siamo?», gli chiese Moira.

Lui scrutò verso il basso, attratto dai rumori di una battaglia. «Siamo finiti sulle mura del castello», rispose affacciandosi tra le merlature di granito.

Più in basso, nella corte, era in corso un tentativo di assedio, ma il giovane non poté riconoscere i combattenti. La visibilità era scarsa, la nebbia avvolgeva ogni cosa.

Uberto guardò davanti a sé e in mezzo al grigiore identificò il profilo del mastio. Sembrava che in cima vi fosse una pira sormontata da una pertica. Non vide altro, ma al pensiero che Ignazio dovesse ormai trovarsi in quella torre fu colto dallo sgomento.

Le mura della cinta non sembravano solide, anzi, apparivano in pessimo stato, quasi fossero state edificate in fretta o da manovali inesperti. A pochi passi da lui si ergeva una torre, dalla quale fuoriusciva un pennacchio di vapore. Il sotterraneo da cui era uscito si doveva trovare esattamente sotto di essa.

Ma non fece in tempo a pensare ad altro, che una scossa di terremoto squassò l'intera struttura. Uberto abbracciò Moira, consapevole di non poter fare altro per proteggerla, poi percepì un boato rumoreggiare dal fondo della torre vicina. Capì allora che quei sussulti non si dovevano a un terremoto... Quello era il ruggito dell'athanor!

Poi tutto si chetò.

Con il cuore in gola, Uberto fissò incredulo la torre: aveva smesso di tremare, almeno per il momento. Guardò ai suoi piedi e notò una scala di pietra che scendeva verso la corte sottostante. Senza indugiare, prese Moira per mano e si lanciò di corsa verso quei gradini.

«Andiamocene da qui!», la incitò. «Le mura non sono più sicure».

35

Filippo di Lusignano rinvenne con un desiderio quasi voluttuoso di assaporare un calice di vino. Un Malvasia speziato avrebbe fatto al caso suo. Lo immaginò scendere lungo la gola, brioso e ruffiano, e al solo pensarci quel desiderio crebbe.

Un sorso di vino l'avrebbe distolto dal dolore che gli pulsava alla nuca e agli arti, lo avrebbe forse inebriato anche un po', alleggerendo il suo stato d'animo.

Quando si rese conto delle condizioni in cui si trovava, capì che avrebbe dovuto rinunciare a quel calice, forse per sempre. Era legato a un palo, sopra una catasta di legno impregnata di pece. Doveva trovarsi sulla terrazza in cima al mastio. Quello era l'unico punto del castello da cui, nonostante la nebbia, si riuscissero a scorgere le otto torri perimetrali.

Ai piedi della catasta, due uomini attendevano taciturni che riprendesse i sensi. Il più alto era un giovane corpulento, sicuramente nobile, elegante nel vestiario. Impugnava ancora la mazza con cui l'aveva colpito alla testa. Il secondo individuo era invece Gilie de Grandselve.

«Cosa sta succedendo?», domandò il Lusignano, dopo essersi riavuto.

«Avete l'onore di trovarvi al cospetto di Thibaut IV, conte di Champagne», rispose il monaco, indicando il ragazzone che gli stava accanto.

«E voi invece? Chi siete?». Filippo lo scrutò rabbioso. «L'ultima volta che vi ho visto, se ben ricordo, avevate detto di chiamarvi Gilie de Grandselve. Vi siete fatto passare per monaco».

Il vecchio parve quasi divertito. La sua faccia sembrava diluirsi intorno agli occhietti malvagi, cerchiati di rosso. «Se è per questo, monaco lo sono davvero, ma negli ultimi anni ho cambiato parecchi nomi. Potete chiamarmi "alchimista"».

«Un alchimista». Il prigioniero pronunciò quella parola con disprezzo. «Tanti affermano di esserlo, pochi lo sono davvero». Poi alzò il tono della voce, dando sfogo alla sua collera: «Che ci faccio qui? Liberatemi».

«Ci mancherebbe!», esclamò quello. «Con tutta la fatica che abbiamo fatto per catturarvi e trascinarvi fin quassù...».

Ruminando imprecazioni, il Lusignano si accorse di essere in una posizione tanto elevata da poter estendere lo sguardo oltre i bordi del mastio. Poteva contemplare la battaglia sottostante. Per i soudadiers era finita e ciò che avanzava della cavalleria di Folco ripiegava in ritirata.

L'esito era scontato, ma tra le fila degli Archontes la situazione stava mutando: i soldati sembravano indecisi, abbandonavano il combattimento, scioglievano le formazioni. Molti di essi gettavano le insegne del Sole Nero e si radunavano intorno a un uomo a cavallo. Chi poteva essere quell'individuo?

Non sapendo cosa pensare, Filippo puntò lo sguardo verso i suoi interlocutori. Il conte Thibaut era sprofondato in un'espressione laconica. Il monaco invece sembrava impaziente di parlare. Era con lui che avrebbe dovuto vedersela. «Si può sapere quali intenzioni avete?»

«Eliminarvi, naturalmente», squittì il vecchio. «Dopo aver introdotto nel castello tutti quei soldati nemici, contavate di ricevere un trattamento migliore?».

Dall'alto della pira, il Lusignano gli ringhiò in faccia. «Voi non sapete con chi parlate. Questo castello è mio!».

«Lo sappiamo benissimo, messer Filippo. Sappiamo *tutto* di voi». Il monaco gli mostrò un ciondolo a forma di ragno. «Mentre eravate svenuto, vi ho trovato questo addosso». Gettò il pendente a terra, a pochi passi dalla pira, cosicché il prigioniero potesse averlo sott'occhio. «Solo un uomo può sfoggiare questo simbolo: il primo Conte di Nigredo, colui che diede inizio all'Opera di Airagne».

Filippo osservò per un istante il suo ciondolo, poi continuò a parlare: «Dato che siamo in vena di rivelazioni, alchimista, ditemi cosa ci facevate all'abbazia di Fontfroide».

«Ero giunto fin là appositamente per spiarvi. Sapevo del vostro imminente arrivo dalla Castiglia. Avevate preso contatti con alcuni degli Archontes che reputavate fedeli, come quel rozzo Jean-Bevon». Il vecchio si concesse una nota di biasimo: «Siete stato piuttosto incauto nel confidare in simili sgherri. È stato facile, *per noi*, conquistare il loro favore».

Quel "noi" era fin troppo eloquente. Alludeva a un'ombra che portava il nome di Conte di Nigredo. Il Lusignano però non era nelle condizioni di scoprirne l'identità, né di chiedere chi fosse. «La soldataglia è sempre facile al tradimento», commentò con amarezza. «Tuttavia mi sfugge una cosa: come siete riuscito a farvi scambiare per il portarius hospitum di Fontfroide? Eravate forse in combutta con l'abate?»

«Non è stato necessario. In quell'abbazia, come ovunque, i chierici odiano i catari, perciò vedono di buon occhio i rastrellamenti degli Archontes. Pur evitando di pronunciarsi in merito, alcuni di essi parteggiano per il mio signore: il Conte di Nigredo».

Filippo commentò con una smorfia dolente.

«Sì, sono stato aiutato», continuò il vecchio, scoprendo le gengive sdentate. «Una cosa che a voi, al contrario, non riesce bene...».

«Tutta colpa di Ignazio da Toledo!». Il Lusignano fu assalito da una collera feroce. «Quel dannato mozarabo mi è sgusciato via dalle mani come un'anguilla. È riuscito a farsi beffe di me».

«Non curatevi di lui, farà presto la vostra fine», lo rintuzzò il monaco. «Veniamo al dunque, piuttosto. Se siete ancora vivo, è perché desidero che mi sveliate i segreti di Airagne».

«Quali segreti? Da quanto ho potuto constatare, non ve ne servono».

Il monaco scosse la testa. «Sono in grado di far funzionare gli ordigni nascosti nelle gallerie, è vero, ma non ne comprendo i principi. Se si dovessero guastare, non saprei come ripararli». Impugnò una torcia accesa e la avvicinò alla base della pira. «Parlate, quindi, se non volete fare una brutta fine».

Filippo sudava freddo. I legacci lo soffocavano. Si sentiva umiliato e spaventato. Allo stesso tempo, provava il desiderio irrefrenabile di uccidere quel vecchio. «D'accordo, lo farò! A patto che mi lasciate libero». Porre simili condizioni era puerile, ne era consapevole, ma al momento rappresentava l'unica speranza di sopravvivenza.

«Dimostrate di essermi utile, allora».

Il prigioniero non sapeva cosa rispondere. Non era pratico dell'empirismo applicato dai suoi sapienti chartriani. Se solo avesse potuto chiedere consiglio alla badessa... Le parole gli rotolarono fuori dalla bocca: «L'oro di Airagne non è autentico, tanto per cominciare. Non è frutto di una reale trasmutazione, ma di una vile tinctura».

Udito ciò, Thibaut affondò una mano nella scarsella che portava alla cintura ed estrasse uno scudo di Airagne. Lo esaminò in silenzio, rigirandolo fra le dita.

«Fandonie». Il vecchio dimenò la torcia. «Certo che è oro autentico! Ha lo stesso peso, lo stesso colore e la stessa lucentezza dell'oro. Gli Archontes lo scambiano tranquillamente ai banchi di pegno. I banchieri lo rivendono alle zecche perché venga usato per battere moneta. A quanto pare, preferite mentire piuttosto che svelare i segreti di Airagne. Non vi preme la vostra salvezza? Vi concedo un'ultima possibilità».

Il Lusignano non riusciva a staccare gli occhi dalla fiamma. Bastava una scintilla perché la pira si trasformasse in un inferno ardente. «Non sono stato io a fondare l'Opera», disse infine. «Mi sono servito di una cerchia di sapienti. Volete apprendere sul serio come produrre l'oro? Trovate il *Turba philosophorum*!».

«Il *Turba philosophorum*?». Il monaco lo guardò con diffidenza. «Cos'è?»

«Un libro».

«Non ne ho mai sentito parlare. Dove si trova?».

Filippo digrignò i denti. «Chiedetelo al mozarabo. Lui lo sa».

«Lo farò, non dubitate». Il monaco allontanò la torcia, ma non di troppo. «Voi però sapete qualcosa... Vi ho spiato nel sottosuolo, mentre parlavate con Ignazio da Toledo vicino alla statua di Melusina. Parlavate di una cosa... Ho udito un nome... Lucifer. Sì, parlavate di Lucifer. Cos'è?»

«Lucifer è lo spirito imprigionato nella materia». Filippo aveva assunto un'espressione folle. Troppo odio, troppo terrore si erano impadroniti di lui. Ormai certo di non potersi salvare, invocava il delirio. «Lucifer si libera dalla corruzione di Nigredo, rivelandosi all'alchimista nella fase di Albedo».

«Non capisco. State parlando di alchimia, di platonismo oppure di eresia catara?»

«Perché?», sbavò il prigioniero. «Non si tratta forse della stessa cosa? Non sapete che i filosofi sono tutti eretici?».

A quel punto intervenne Thibaut: «Dobbiamo aspettare ancora molto? Sono stanco di ascoltare gli sproloqui di questo pazzo».

Il monaco gli rivolse uno sguardo supplichevole. «Vostra signoria, un po' di pazienza... Costui è stato il primo Conte di Nigredo... Il fondatore di Airagne... Possiamo apprendere molto da lui».

«Cos'altro ci serve?», sbottò Thibaut, agitando per aria la moneta che teneva fra le dita. «Quest'oro è autentico, si vede a colpo d'occhio! Il resto non mi interessa. Fatelo tacere una volta per tutte, che non se ne parli più!».

Il Lusignano gridò in preda all'orrore. Messo al rogo come un eretico! Non poteva essere vero. Doveva trattarsi di un incubo. Un incubo mostruoso.

La torcia fu gettata sulla pira. In un crescendo di orrore, Filippo sentì le fiamme sibilare verso l'alto e lambirgli i piedi. Urlò dimenandosi, mentre il fuoco penetrava la sua carne, straziandola. Ancora cosciente, allungò lo sguardo verso le mura del castello e vide una scena assurda: una delle otto torri perimetrali stava tremando. Sembrava squassata dal terremoto, ma quando parve imminente al crollo si fermò.

Il condannato sbarrò gli occhi, persuaso di essere stato vittima di un'allucinazione. Lo strazio cui veniva sottoposto, del resto, era inaudito.

Dopo breve la torre riprese a tremare, questa volta con maggior violenza. Non era un'allucinazione! Risuonò un boato, poi la torre rigurgitò dalla sommità una vampata di fumo purpureo. Uno spettacolo spaventoso.

Sebbene martoriato delle fiamme, il Lusignano comprese che l'athanor nascosto nel sottosuolo era appena stato distrutto.

La fuoriuscita di ethelie sibilò nel cielo squarciando il velo della nebbia, finché la torre si accasciò su se stessa, sgretolandosi in una pioggia di macerie. Le costruzioni più vicine furono travolte dallo sfacelo. Merlature, camminamenti e cinte murarie crollarono, pregiudicando la stabilità delle torri vicine.

Di Airagne sarebbe rimasto ben poco.

Accompagnato da quella certezza, Filippo di Lusignano sentì le fiamme avvolgergli il petto, il viso e i capelli.

Humbert de Beaujeu, dando prova di coraggio e lealtà, era rientrato nel castello. Con i talloni saldi alle staffe e la spada stretta in pugno, aveva attraversato la mischia e si era fermato ai piedi del mastio, presso la motta su cui poggiava il torrione. Da quella posizione poteva vedere ed essere visto. Tutt'intorno il combattimento si protraeva senza quartiere.

Seguendo il suo piano, catturò l'attenzione di alcuni armigeri che militavano tra le fila degli Archontes e li intimò ad ascoltarlo. Gli uomini si avvicinarono guardinghi.

«Combattete per la regina di Francia!», gridò il luogotenente, svuotando i polmoni. «Combattete per Bianca di Castiglia, la regina madre!».

I soldati lo guardarono stupiti mentre altri iniziavano a staccarsi dalle fila degli Archontes per ascoltare. «Il lieutenant!», vociarono alcuni fra quelli, indicandolo. «Il cugino di Luigi il Leone! Cosa ci fa qui?»

«Seguitemi!», perseverò Humbert, levando la spada al cielo. «In nome della regina! In nome della Francia!».

In breve, un terzo dell'armata degli Archontes abbandonò il combattimento e gli si radunò intorno. La presenza del de Beaujeu non passava inosservata e sembrava attrarre i soldati irresistibilmente. Gli uomini gettarono le insegne del Sole Nero, prestando attenzione alle sue parole. Ormai sembravano del tutto disinteressati alla difesa del castello.

«Servite la corona!», li spronò il lieutenant, sempre più ardito e paonazzo. «Servite la regina!».

La situazione era drammatica, ma Humbert era assolutamente certo che gli avrebbero obbedito. Sapeva come ottenere il rispetto di quella gente. Non aveva a che fare con una marmaglia di miliziani comuni: per la maggior parte si trattava di soldati appartenenti all'esercito regio. Non sapeva come fosse potuto capitare, ma era vero. Se n'era accorto appena uscito dai sotterranei, quando un cavaliere di Folco l'aveva scambiato per uno degli Archontes. Humbert, guardandosi intorno, si era reso conto che buona parte delle milizie di Airagne indossava, come lui, uniformi dell'esercito regio.

Quegli uomini erano stati distolti dalla loro obbedienza alla corona e indotti a servire il Conte di Nigredo. Ma chi poteva averli guidati fino ad Airagne? Quali diabolici stratagemmi erano stati impiegati per abbindolarli? E soprattutto, perché? Folco non gli aveva dato spiegazioni.

Humbert non era mai stato un uomo di grande acume. Era coraggioso, sempre pronto a battersi per lealtà, tuttavia, sebbene fosse dotato di grande carisma, non era portato per i ragionamenti ma solo per eseguire e impartire ordini. E con crescente sollievo notò che il suo carisma gli guadagnava il favore dei soldati. Gli erano fedeli! Ma allora perché avevano tradito la causa del re? Non riusciva a capirlo, sfuggiva al suo intendimento. Poco male, si disse, avrebbe cercato spiegazioni in seguito. Prima doveva agire.

Le sorti dello scontro, nel frattempo, si stavano ribaltando. Gli Archontes che ancora perseveravano a combattere, brancolavano spiazzati. Non comprendevano cosa stesse accadendo. La cavalleria di Folco, decimata ed esausta, ne approfittò per battere in ritirata.

Humbert si guardò intorno e rifletté su come sfruttare la situazione. Tuttavia non ne ebbe il tempo: dalle uscite alla base delle otto torri sbucò una fiumana di persone vestite di stracci, dalle lunghe barbe e dai capelli scarmigliati. Uomini, donne, vecchi, urlanti e stravolti. I prigionieri di Airagne fuggivano dal sottosuolo.

I fuggiaschi invasero la corte, sciamando ovunque in nugoli impazziti, correvano da ogni parte senza rendersi conto della battaglia in corso.

Humbert, attonito, non fu in grado di realizzare l'accaduto, poiché un secondo imprevisto lo pietrificò: la torre più orientale delle mura iniziò a tremare spaventosamente, senza cause apparenti. L'enorme struttura fu scossa dalla base fino alla sommità, minacciando di scardinarsi dalla cinta. Le vibrazioni attraversarono il suolo, facendolo tremare come una pelle di tamburo.

Tutti a quel punto interruppero ciò che stavano facendo, smisero di combattere o di fuggire, di colpire o di gridare. Molti caddero in ginocchio, altri gridarono di stupore. Si guardarono intorno allibiti, le armi in pugno, gli occhi sbarrati.

Il terremoto cessò per circa un minuto. I presenti rimasero inerti.

Poi un violento boato risuonò dalle profondità e le scosse ripresero più forti. Un getto di fumo del colore del sangue fuoriuscì dalla sommità della torre. Quel fenomeno, più ancora del terremoto, fomentò il panico generale.

Senza che nulla potesse trattenerli, i soldati ruppero i ranghi e se la diedero a gambe. Si mischiarono ai prigionieri fuggiaschi e corsero sotto una pioggia di detriti. Era impossibile trattenerli. Alcuni furono schiacciati dai massi; altri, sbalzati da sella, si accasciarono per terra, forse feriti o semplicemente incapaci di reggersi in piedi. La calca sommerse i caduti, calpestandoli.

Simile a una mandria impazzita, l'abnorme ressa fuggì verso l'uscita del castello. L'ingresso non poteva consentire il passaggio simultaneo di tutti, perciò i corpi si schiacciarono tra loro, spingendosi, sovrapponendosi in pose disperate. Alcuni morirono lì, stritolati, a un passo dalla salvezza.

La massa proseguì spintonando lungo il ponte, diretta verso la foresta. Molti scivolarono oltre i margini del camminamento o delle sponde, precipitando nelle acque del fossato. Le mura orientali, nel frattempo, si accartocciavano in uno spettacolare frastuono.

Humbert, rimasto ai piedi del mastio, si guardò intorno trattenendo il respiro. Airagne cadeva a pezzi. Il piano di conquista auspicato da Folco era ormai inattuabile. Ma in fondo che importava?

Trovatosi nuovamente solo, l'impavido lieutenant capì che c'era un'unica cosa da fare. Salvare la regina.

Ignazio si scostò da una bifora interna del mastio, molto inquieto. Aveva appena assistito al crollo della torre orientale e delle strutture a essa vicine. Accanto a lui, il trepidante Willalme cercava di decifrare le pieghe mutevoli del suo volto.

Il francese lo osservava in silenzio, chiedendosi chi fosse veramente il mercante di Toledo. Stava lì, a pochi passi da lui, eppure gli sembrava vago e inconsistente. Prima d'allora aveva già provato simili sensazioni, ma quella volta erano state più intense. Percepiva in Ignazio l'ossessione per il sapere, un rovello continuo dell'animo. Ma coglieva in lui anche un tormento più profondo, più umano: un istinto che lo spingeva a reprimere un'emotività temuta, smarrita o dimenticata.

«Dobbiamo proseguire», lo esortò il mercante.

«Entrare nel mastio è stato facile». Willalme si guardò intorno con circospezione. L'ambiente appariva deserto. «Credi che lo sarà altrettanto risalire fino in cima?».

Senza rispondere, il mercante si incamminò per una scala a chiocciola. La sommità del torrione appariva una gola nera senza fondo.

Mentre superava i gradini due alla volta, Ignazio ripensò ai soldati che aveva visto combattere nella corte. Osservandoli dalla bifora, aveva trovato le risposte che cercava. «Hai notato le uniformi degli Archontes?», chiese a Willalme, a conferma dei propri sospetti.

«Sì. Molte di esse somigliano alla tenuta dei soldati del re di Francia, come quelle indossate da alcuni dei miliziani che abbiamo visto giorni fa, prima di raggiungere il béguinage di Santa Lucina».

«Esatto. Ma non credo che si limitino a somigliare... Quelle uniformi per me sono autentiche».

«Intendi che quei soldati appartengono all'esercito regio?»

«Per l'appunto».

«Ma cosa ci fanno qui?».

Ignazio esitò un attimo, poi rispose: «È una delle cose che siamo in procinto di scoprire».

Terminarono le scale e raggiunsero una sala buia e piuttosto spaziosa. L'unica luce proveniva da una bugia posta su uno scrittoio, accanto a un cofanetto di legno intarsiato. Nella stanza aleggiava una quiete ostile.

Ignazio si avvicinò al ripiano, guidato dalla fiammella. Quella candela non doveva essere stata accesa da molto, la cera fusa aveva appena iniziato a colare dal moccolo. «Fino a poco fa, qui c'era qualcuno», dedusse. «Devono averci sentiti arrivare».

Allungò le mani verso il cofanetto, in cerca di indizi, e quando lo aprì trovò al suo interno quattro fogli di pergamena. Li lesse in silenzio. Willalme ebbe l'impressione che la vaghezza emanata dalla sua persona svanisse, riacquistando tangibilità.

«Sono lettere», spiegò Ignazio. «Si rivolgono a una certa Madre luminosa. Probabilmente un riferimento a Mater Lucina».

Oltre al contenuto delle carte, il mercante esaminò la calligrafia con cui erano state vergate. «Sono senza dubbio opera della badessa di Santa Lucina. Riconosco la grafia». Portò la mano alla bisaccia ed estrasse la pergamena che gli era stata consegnata poco prima da Uberto. La mostrò al compagno. «Questa è l'ultima lettera scritta dalla badessa: la quinta, in cui si svela il segreto dell'alchimia di Airagne».

Detto ciò, inarcò le lunghe sopracciglia e sprofondò nella lettura.

PARTE QUINTA
LA CODA DEL PAVONE

Questa pietra, da cui nasce l'Opera, racchiude in sé ogni colore.

KHALID IBN YAZĪD, *Liber trium verborum*, I

36

Castello di Airagne

Lettera quinta – Cauda Pavonis

Mater luminosa, l'ordito che ho tessuto con grande cura si disfece tra le mie mani, e soltanto quando non potei più ammirare la sua bellezza scoprii l'errore che avevo compiuto. Le quattro fatiche dell'alchimia non sono – come avevo creduto – i gradini di una scala, ma fanno parte di una ruota in moto eterno. Questa ruota è il fuso di Necessitas*, che si avvolge dinanzi alle Parche in perpetuo. Questo continuo mutare di colori, che io nomino* Cauda Pavonis*, è il principio et la fine dell'Opera. Tu, Mater bona, mi facesti da guida in questo labirinto. Tu che sei* Lux*, la Luce, e pure* Laus*, la Ricompensa. Tu, Mater Lucina, sei* Ariagne*, il filo della Sapienza.*

Ignazio ripose l'ultima lettera nel cofanetto, assieme alle altre quattro già lette. Quegli scritti non contenevano un'esposizione organica sull'alchimia, ma erano piuttosto una guida alla comprensione dei procedimenti descritti nel *Turba philosophorum*. Secondo le parole della badessa, il segreto non risiedeva tanto nel conseguimento del risultato quanto nel perpetuarsi delle fasi alchemiche, ovvero nella ciclicità detta "Cauda Pavonis"... E tuttavia le regole di Airagne non rappresentavano soltanto un metodo per trasmutare i metalli, ma erano soprattutto la chiave per comprendere la contingenza del mondo e il cuore degli uomini. Se si voleva sfuggire al baratro di Nigredo, bisognava liberarsi dall'ansia di perseguire un risultato e comprendere che ogni attimo della vita era una parte unica e irripetibile del Tutto.

Un rumore di passi interruppe i suoi pensieri. Qualcuno doveva essere entrato nella sala.

Ignazio sollevò la bugia e illuminò due sagome comparse sotto l'arcata di un ingresso. La prima apparteneva a un prelato di mezz'età, probabilmente un cardinale. Nonostante la mole imponente incedeva ingobbito, lo sguardo cupo. La seconda persona era una dama imperiosa, elegantemente vestita.

Mise da parte gli indugi e si rivolse alla dama, riconoscendo subito in lei la regina di Francia: «Maestà, finalmente». Disegnò un profondo inchino, intimando a Willalme di fare altrettanto. «Vi abbiamo cercata a lungo».

L'altezzosa Bianca lo scrutò con un'occhiata obliqua. «Chi vi manda?»

«Ferdinando III di Castiglia, vostro nipote. Ho l'ordine di trarvi in salvo».

La donna si limitò a portare una mano al petto. Era ancora turbata dalle recenti scosse di terremoto e dal frastuono del crollo. Cionondimeno appariva energica. Il suo sguardo aveva una luce vivida e combattiva.

Al suo posto rispose il prelato che le stava al fianco: «Non credo sia possibile. Il Conte di Nigredo lo impedirà».

Ignazio scrutò quell'individuo, che sembrava animato da un'aggressività flemmatica. Riconobbe in lui il cardinale di Sant'Angelo, l'italiano Frangipane. Si vociferava esercitasse una grande influenza sulla regina. Ma considerando il suo atteggiamento succube, ritenne più verosimile il contrario. «Il Conte di Nigredo?», lo assecondò. «Dove si trova in questo momento?».

Il prelato accartocciò i lineamenti in una smorfia brutale. Fece per replicare, ma una voce stridula risuonò nell'ombra, anticipandolo: «Il Conte di Nigredo vi sta più vicino di quanto immaginiate, monsieur».

Il mercante localizzò la provenienza di quelle parole e scorse un vecchio monaco sbucato da chissà dove. «Gilie de Grandselve», disse, per nulla sorpreso. «Giusto voi mancavate all'appello. Mi domandavo quando vi avrei rincontrato. Di certo non a Fontfroide. Tanto meglio qui, ad Airagne, dove mi sembrate più a vostro agio».

Il vecchio avanzò cauto, facendo strisciare a terra i calzari dalla punta affusolata. I suoi abiti emanavano odore di fumo. «Ho appena terminato un colloquio con una vostra conoscenza», ghignò. «Un certo cavaliere piuttosto orgoglioso, ma poco loquace».

«Vi riferite a Filippo di Lusignano? L'avete...».

«Eliminato. Bruciato vivo per l'esattezza». Gli occhietti del monaco brillarono malvagi. «La notizia, a quanto pare, non sembra turbarvi».

Ignazio mimò un cenno disinteressato, era ben altro a dargli da pensare. Quel vecchio non poteva essersi liberato da solo di un valente guerriero come il Lusignano. Qualcun altro doveva averlo aiutato: una persona forte e prestante, non certo il Frangipane e tanto meno la regina. Ciò significava che un quarto individuo si nascondeva nel mastio, magari proprio in quella stanza, e forse li stava spiando.

Il monaco aggrottò le sopracciglia. «Spero di non dover ricorrere agli stessi metodi anche con voi, monsieur».

Ignazio sorrise cinicamente, dominando l'ansietà nel petto. Willalme, al suo fianco, fremeva per l'impazienza, ma lui lo trattenne con un gesto autoritario: non era ancora il momento d'agire. Fissò l'interlocutore. «Si tratta di una minaccia?»

«Lo scoprirete presto, a meno che non mi parliate del *Turba philosophorum*. Secondo messer Filippo, voi siete preparato in materia».

Il mercante fece per porre la mano sulla bisaccia, dov'era celato il libro, ma si trattenne. Doveva stare in guardia. Ora che conosceva le mire del vecchio, doveva scoprire quale pericolo stesse correndo. «Se mi ponete questa domanda, significa che al momento voi siete l'alchimista che presiede all'Opera di Airagne».

«Infatti».

«Scommetto però che non siete il Conte di Nigredo, ma un suo servitore».

«Come fate a dirlo?»

«Mi credete uno sciocco?». Il mercante enfatizzò la battuta con un gesto teatrale. «Non basta l'oro per assicurarsi l'obbedienza di una grande armata. Occorrono autorità e carisma, doti di cui siete evidentemente privo».

«Stiamo divagando. Torniamo al quesito che vi ho posto. Il *Turba philosophorum*».

«Un argomento spinoso». Ignazio fingeva di riflettere, intanto scrutava fra le ombre. Avvertiva la presenza di un osservatore nascosto. Si chiese quanto avrebbe atteso prima di intervenire. Se voleva spingerlo allo scoperto, doveva provocare una reazione tra gli astanti. «Facciamo un patto. Io vi svelerò il mistero, ma voi mi lascerete portare via la regina».

Il vecchio si morse le labbra. Non ebbe il tempo di ribattere, poiché il Frangipane scattò come un cane da guardia: «Ve l'ho già detto», abbaiò. «Sua maestà non va da nessuna parte!».

Fremendo in tutta la sua corpulenza, il cardinale di Sant'Angelo sembrava in procinto di uscire di senno. Minacciò di avventarsi contro il mercante, ma Bianca lo trattenne per un braccio.

Il prelato digrignò i denti, scoprendo gengive chiazzate di scuro. «Chi siete? Chi siete voi tutti?», gridò forsennato. «Andatevene, maledetti! Lei è mia! Mia!».

«Non è in sé», spiegò la regina, tenendolo a bada con una forza che apparve sorprendente. «Da quando si trova ad Airagne, è affetto da allucinazioni. Tende a peggiorare».

Il mercante annuì. «Evidentemente è entrato a contatto con il plumbum nigrum o con la galena estratta nelle cave sottostanti».

«No. L'acqua di fonte...», disse Bianca. «Ha bevuto l'acqua che sgorga da sottoterra».

«Consiglio a vostra maestà di allontanarlo da qui finché è ancora recuperabile. Prima che si ammali seriamente di saturnismo, intendo». La voce di Ignazio si incupì. «Anche voi, mia signora, correte lo stesso pericolo. Senza contare che ormai le torri di Airagne stanno cadendo a pezzi».

Il vecchio monaco si parò davanti alla regina: «Nessuno se ne andrà da qui!», gracchiò. «Non finché non mi avrete rivelato il segreto di Airagne! Dov'è quel maledetto libro?»

«Taci!», esclamò Willalme, dopo aver ricevuto un segnale di via libera dal compagno. «Non ti trovi nella posizione di dettare regole. Fatti da parte o sarà peggio per te».

Il vecchio arretrò sconfitto, la testa stretta fra le mani. «Conte, conte!», piagnucolò, mentre i suoi occhietti non smettevano di saettare odio. «Venite in nostro soccorso! Questi intrusi ci minacciano!».

Esasperando la drammaticità della situazione, Ignazio lo afferrò per un braccio e lo spinse indietro, facendolo cadere a terra. Non riusciva a provare un briciolo di pietà per quell'ometto disgustoso. «Non c'è nessun Conte di Nigredo, giusto? Nessun Conte di Nigredo risiede in questa dannata torre». Il suo sguardo indagò fra i presenti. «Il responsabile si trova qui, in questa sala».

Nessuno osò contestarlo. Persino l'altezzosa Bianca sprofondò tra i veli del suo abito, meravigliata. Prima d'allora non aveva mai dimostrato riverenza a un plebeo. Ma quell'ispanico non era un uomo comune: era diverso, affascinante e carismatico. Disarmante, in un certo senso. Per un attimo credette quasi di temerlo.

«Venite maestà», la invitò il mercante. «Usciamo di qui. È tutto finito».

«Al contrario, i giochi si aprono adesso!», urlò qualcuno.

Lo sguardo di Ignazio corse dal Frangipane al vecchio Gilie, accasciato a terra, entrambi troppo malconci per rappresentare una minaccia. No, la voce appena udita era focosa e battagliera. L'uomo nascosto nell'ombra era in procinto di rivelarsi!

Qualcosa si mosse.

Pronto a reagire, Ignazio schivò un colpo di mazza vibrato alle sue spalle. Si voltò guardingo, provando una sensazione di sudore gelido lungo la schiena. Aveva rischiato molto.

Dietro di lui comparve un giovane imponente.

«Thibaut!», esclamò Bianca, atona. «Cosa ci fate voi qui?»

«Vi difendo, maestà», rispose il nuovo arrivato.

Il conte de Champagne si guardò intorno, fremente come un animale in procinto di attaccare. Tra Ignazio e Willalme, dovette sembrargli più minaccioso il secondo, poiché dopo un attimo di indecisione, gli si avventò contro con la mazza sollevata. Ma il francese fu veloce, lo afferrò per i polsi e lo trascinò a terra. Thibaut perse subito l'arma.

Approfittando della confusione, padre Gilie si rialzò in piedi e scattò contro Ignazio come una lucertola. Gli saltò sulle spalle, cercando di graffiargli la faccia e di piantargli le unghie negli occhi. «Dimmi il segreto di Airagne!», gridava. «Dimmi del *Turba philosophorum*! Dimmelo! Dimmelo!».

Il mercante si protesse il viso dalle sue mani grinzose, e dimenandosi bruscamente se lo scrollò di dosso.

Il vecchio cadde riverso, a bocca aperta, battendo la testa contro uno spigolo. Non si sarebbe più rialzato.

Di fronte a tale visione, la regina levò un grido strozzato. Si portò le mani alle tempie e la sua maschera superba si infranse. Ignazio non si lasciò sfuggire quella reazione: non sembrava generata dall'orrore, ma dallo smacco.

Nel frattempo Willalme e Thibaut avevano iniziato a prendersi a pugni e gomitate. Il francese ebbe facilmente la meglio, balzò sopra il rivale e lo percosse colpendolo al volto.

«Fermatevi!», gridò Bianca. «Basta! Basta ho detto!».

Ignazio accorse per dividerli. Il cardinale di Sant'Angelo, invece, si accomodò come se niente fosse allo scrittoio. Aveva lo sguardo ebete, gli occhi spenti.

Richiamato dal mercante, Willalme abbandonò lo scontro e si rialzò in piedi, contemplando il rivale accasciato a terra e ansimante. Era quello, dunque, il famigerato Conte di Nigredo? Era stato lui a sottrarre Airagne al controllo del Lusignano? A rapire Bianca di Castiglia? A sguinzagliare gli Archontes per il Sud della Francia? Thibaut lo scrutava adirato, la faccia gonfia e arrossata, praticamente irriconoscibile.

In quel preciso istante fece ingresso nella sala Humbert de Beaujeu, con la spada stretta in un pugno e una torcia nell'altro. Si guardò intorno disorientato, avvicinandosi alla regina e al cardinal legato.

«Voi siete il luogotenente regio?», gli domandò Ignazio, andandogli incontro a lunghi passi.

«Io... sì», rispose Humbert.

«Molto bene. Portate in salvo la regina. Nessuno vi ostacolerà».

L'urgenza della situazione non ammise repliche.

Ignazio diede le spalle a Humbert e si rivolse a Willalme: «Tu andrai con loro».

Il francese lo guardò perplesso. «E tu?»

«Vi seguirò al più presto. Prima di abbandonare il mastio voglio controllare una cosa».

«Ti aspetto».

«No». Ignazio lo condusse in disparte e gli sussurrò qualcosa all'orecchio: «Tieni d'occhio la regina».

«Ma ormai è fuori pericolo...», obiettò Willalme. «Il conte de Champagne non può più nuocerle».

«Non capisci?». Il mercante lanciò un'occhiata sospetta verso Bianca. «*È lei che rappresenta il vero pericolo*».

Colpito dalla gravità dell'affermazione, il francese lo fissò incredulo. «Spiegati meglio. Come fai a esserne sicuro?»

«Questo non è il momento per discutere. Ti spiegherò tutto più tardi, quando vi avrò raggiunti. Ora vai!». Ignazio gli pose le mani sulle spalle e lo allontanò da sé. «Scendi da questa torre maledetta e cerca mio figlio! Assicurati che sia sano e salvo».

«Ma tu...».

«Io devo sapere... Questa torre nasconde dei segreti, lo capisci?».

Willalme lo guardò con amarezza. «No, non capisco», sospirò. «Non ti capirò mai, amico mio».

Ignazio abbassò gli occhi, accigliato. Il suo sguardo era impenetrabile, quasi febbrile. Ancora una volta, il suo atteggiamento sfuggiva alla comprensione di tutti, persino di se stesso.

Non c'era nulla da aggiungere. Il francese si allontanò con lunghi passi, evitando di voltarsi. Seguì il quartetto che scendeva per le scale: la regina Bianca, il malconcio Thibaut e il vacillante cardinale di Sant'Angelo, prontamente sorretto da Humbert. Il Frangipane era il più provato dalla vicenda, il plumbum nigrum disciolto nell'acqua aveva annientato il suo intendimento.

Quando uscirono fuori dal mastio, Willalme si trovò di fronte a una situazione ben diversa da quanto si attendeva.

37

Quando Ignazio rimase solo si concesse un rapido esame di coscienza. La lotta interiore che credeva essersi sopita si era riaccesa con maggiore violenza. E non potendo più tenere a freno la curiosità, si lasciò sospingere come una nave nella tempesta. Ora che aveva provveduto alla regina, poteva sbrigare una faccenda che gli stava a cuore.

Scavalcò il cadavere di padre Gilie e si diresse in fretta verso i piani superiori. Salì una rampa di scale, ripensando a quanto gli aveva rivelato il Lusignano: nel mastio esisteva una stanza dove si custodivano libri rari di alchimia. Il mercante non poteva abbandonare quel luogo senza prima aver tentato di recuperarli.

Cercò in ogni dove, ma giunse fino alla cima senza aver notato nulla. Non si era imbattuto in nessun cubicolo adibito a biblioteca. A meno che i libri non fossero stati nascosti dietro un passaggio segreto! Doveva scendere da quella terrazza e cercare ancora.

Fece per tornare sui suoi passi, ma qualcosa lo trattenne. Un odore di bruciato gli impose di voltarsi. E ciò che vide gli strappò un grido soffocato.

Ai margini della terrazza vi era un cumulo di legna carbonizzata sopra il quale, legato a un palo, compariva un bozzolo nero e fumante: i resti di un essere umano. Gli arti inferiori erano ridotti a macabre appendici. Sul viso, in parte riconoscibile, risaltavano i fori degli occhi e della bocca scavati in un grido lamentoso.

Il cadavere non si era completamente deteriorato, e ciò lo rendeva ancora più raccapricciante. Ignazio aveva sentito parlare di fenomeni simili, che capitavano quando i condannati venivano arsi sotto la pioggia. In quei casi la loro sofferenza si prolungava all'indicibile e le membra subivano una combustione lenta e parziale. Stessa sorte doveva essere capitata al Lusignano. Probabilmente la nebbia e le misteriose esalazioni delle torri si erano depositate sul suo corpo, rallentandone la corruzione.

Il mercante, disgustato, abbassò lo sguardo. Fu allora che notò a terra un piccolo oggetto lucente, a pochi passi dalla pira: un ciondolo dall'aspetto familiare. Raffigurava un ragno dalle zampe ricurve. L'aveva già visto al collo del Lusignano. D'istinto si chinò e lo raccolse.

Guardò di nuovo il cadavere. Benché in vita propria avesse assistito a spettacoli peggiori, quella visione lo turbava. Anzi, lo terrorizzava. Perché temeva che prima o poi, se avesse continuato a seguire la curiosità, quella sarebbe stata la sua fine.

Soffocato dall'odore di bruciato, si aggrappò a un merlo della torre e respirò a pieni polmoni. La frescura della notte gli accarezzò il viso, rasserenandolo. Si accorse di poter vedere le stelle. L'oscurità di Airagne si stava diradando e offriva alla vista larghi squarci di sereno. In seguito al crollo, le emissioni delle torri erano cessate.

Le alture delle Cévennes affioravano al bagliore lunare, aspre e sinuose al tempo stesso. Una quiete profonda scivolava tra le rughe dei crepacci.

L'incanto durò solo un istante, poi il raziocinio riprese il sopravvento. Il mercante scrutò verso il basso, dove stava accadendo qualcosa di inatteso. La battaglia era cessata, la corte quasi deserta. Tutti i combattenti e la maggior parte dei prigionieri erano fuggiti. Ma alcuni, anziché darsela a gambe, si erano radunati ai piedi del mastio. Cosa stavano facendo? Impugnavano delle torce accese con le quali avevano appiccato il fuoco alla torre.

Ignazio ebbe una stretta al cuore. La reazione di quegli uomini era sacrosanta. Volevano distruggere il simbolo di ciò che aveva provocato tutte le loro sofferenze. Ma per lui, che si trovava in cima, la situazione si prospettava drammatica.

Per la maggior parte, le pareti del torrione erano edificate con blocchi di pietra. Le fiamme non avrebbero attecchito facilmente. Ma le travature, i pavimenti e i soffitti erano di legno. L'incendio sarebbe divampato all'interno, propagandosi velocemente verso l'alto. Una volta intaccati i sostegni, l'edificio sarebbe crollato.

Terrorizzato dall'idea di finire bruciato vivo, Ignazio fece per correre via. Prima però si affacciò un'ultima volta: in mezzo alla corte, distanti dal gruppo incendiario, aveva notato tre persone. Riconobbe Uberto, Moira e Willalme. Gli parve gridassero in sua direzione, probabilmente per intimargli di scendere. Improvvisamente vide Uberto lanciarsi di corsa verso la base del mastio, seguito dagli altri due. Intendevano soccorrerlo.

«Cosa state facendo?», gridò a squarciagola Ignazio. «Fermatevi!».

Ma non lo ascoltarono. Probabilmente non l'avevano neppure udito.

Stolti! Perché non fuggivano? Cosa pensavano di fare?

Con il volto congestionato, si precipitò verso i piani inferiori. Quella era l'unica mossa ragionevole. Non poteva fermare i suoi compagni. Raggiungendoli a metà strada, li avrebbe se non altro esposti a un minor rischio.

Scese a rotta di collo per le scale, mentre un fumo sempre più spesso saliva dal basso. Gli occhi iniziarono a bruciare, mentre un intenso crepitio rumoreggiava tutt'intorno. Ovunque si udiva lo scoppiettare del legno e il sibilare dell'incendio.

Quando si trovò a metà della discesa, comparvero le fiamme. Divoravano ogni cosa, ricoprendo i soffitti come festoni ululanti. Vi furono schianti e crolli ripetuti. Procedere verso il basso divenne arduo, ma non c'era altra via di uscita. Ignazio era sempre più convinto che

Airagne sarebbe diventata la sua tomba. Sperò almeno che Uberto e Willalme, accortisi dei rischi, avessero rinunciato a soccorrerlo.

Camminò rasente ai muri verso le rampe inferiori, finché riuscì a scorgere il pianterreno. Sembrava ancora molto distante, ma non c'erano alternative: doveva proseguire. Il fragore dell'incendio lo assordava, il calore era insopportabile.

Poi udì una voce in mezzo al frastuono. La riconobbe: era quella di Uberto che lo stava chiamando. Lo vide spuntare da una nuvola di fumo, a pochi passi da lui, appena più in basso.

Si affrettò per raggiungerlo, ma all'improvviso i gradini di legno tremarono, cedettero e la scala si squarciò.

Colto di sorpresa, Ignazio precipitò in una breccia che si era aperta sotto i suoi piedi. Batté più volte la testa, la schiena e le braccia. Riuscì ad aggrapparsi a una trave, salvandosi la vita, poi scivolò e stramazzò al suolo. Si rialzò lentamente, scoprendosi ammaccato ma illeso.

Era finito in un sottoscala: un ambiente che in precedenza non aveva notato. In quel punto l'incendio non si era propagato, ma il fumo si stava già insinuando fra le assi spezzate sopra la sua testa.

Si guardò intorno. Quel luogo era una specie di laboratorio, al centro del quale si trovava un tavolo circolare ricoperto di vasi e di tubi di vetro; lungo le pareti correvano scaffali stipati di libri.

Quelli dovevano essere i libri menzionati dal Lusignano! Si avvicinò alle scansie, scorrendo lo sguardo avido sui tomi. Ne sfilò alcuni, leggendo velocemente i titoli e i nomi sui frontespizi. Per la maggior parte erano scritti in latino, altri in arabo. Partì da questi ultimi, sfogliando con furia e meraviglia le opere del principe alchimista Khalid ibn Yazīd, le traduzioni dal greco di Hunain ibn Isha¯q, *I settanta libri* di Giabir ibn Hayya¯n, noto come Geber. Poi vide il *Libro dei segreti* e il *Libro degli allumi e dei sali* di Abu Bekr Muhammad ibn Zakariyya detto ar-Ra¯zi, *L'epistola del sole alla luna crescente* e la *Tabula chemica* di Muhammed ibn Umail Al-Tamini, anche conosciuto con il nome di Senior Zadith. Riconobbe *Il cammino del saggio* di Ma¯slama ibn Ahmad al-Magriti e *Le particelle dell'oro* di Ibn Arfa Ras. E ve ne erano molti altri. Si trovava di fronte a un tesoro inestimabile.

Incurante dei forti dolori in seguito alla caduta, cominciò a prendere dagli scaffali quanti più libri poteva, accumulandoli uno sopra l'altro nel disperato tentativo di sottrarli alle fiamme. Ormai carico di molti più volumi di quanti ne avrebbe potuti trasportare, sentì aprirsi una porta laterale. Era Uberto! L'aveva ritrovato.

«Padre, che fai?», gli domandò il giovane, fuori di sé per la preoccupazione. «Ti sembra il momento di pensare ai libri?»

«Arrivo», rispose Ignazio, sorreggendo una pila di tomi in equilibrio precario. «Ho quasi fatto...».

In quel momento entrarono anche Willalme e Moira.

«Presto, dobbiamo andarcene!», incitò il francese. «Fuori da questa stanza sta bruciando tutto!».

Il mercante annuì di nuovo, avviandosi pian piano per non rovesciare il suo prezioso bottino. Sembrava in preda a una malia, incapace di valutare la gravità della situazione. Uberto lo afferrò per un braccio e lo scosse con forza, facendo cadere alcuni libri. Allora Ignazio riemerse da quella sorta di sonnambulismo e si lasciò trascinare via, senza abbandonare con lo sguardo i tomi caduti a terra. Quando si trovò fuori dalla stanza, di nuovo tra le fiamme, riprese appieno il controllo di sé.

Giunsero sani e salvi al pianterreno. Sul pavimento, cumuli di macerie in fiamme ostruivano l'uscita. Uno stridere di travi annunciava che l'intera struttura sarebbe crollata. Era necessario trovare subito una via di fuga.

«Passiamo per i sotterranei!», suggerì Moira.

«Per di qua», disse il mercante, indicando una botola.

Entrarono in quel pertugio e scesero nel sottosuolo di Airagne. Percorsero a ritroso la galleria che in precedenza aveva portato Ignazio e Willalme all'interno del mastio, finché raggiunsero l'ambiente in cui si trovava la statua di Melusina. Lì, fortunatamente, la fuoriuscita di ethelie e il crollo delle torri non avevano ancora provocato danni, ma scricchiolii dall'alto preannunciavano un imminente cedimento.

Moira individuò la via d'uscita e dopo poco, finalmente, affiorarono alla superficie. Erano fuori dal castello, nella foresta.

Nelle vicinanze brucavano tre cavalli: Jaloque, il roano e lo stallone bianco di Filippo.

Senza proferire verbo, osservarono in lontananza la sagoma del mastio divorata dalle fiamme. L'oscurità della notte la avvolgeva, profonda e spietata. Il segreto di Airagne sarebbe andato perduto per sempre.

«Allontaniamoci da qui», disse Ignazio con una punta di delusione.

38

Uscirono dalla foresta e si avviarono a piedi lungo il sentiero accidentato finché non fu possibile proseguire a cavallo. Ignazio montò in sella al roano, caricandovi un sacco contenente i libri che era riuscito a salvare. Uberto prese con sé Moira in groppa a Jaloque, mentre Willalme salì sul cavallo bianco di Filippo, ormai rimasto senza padrone. Prima di mettersi al galoppo, sentirono abbaiare in lontananza. Un grosso cane nero, coperto di fuliggine, spuntò dai cespugli e corse verso di loro con la lingua al vento. Moira si lasciò sfuggire un'esclamazione di gioia, smontò da sella e lo accarezzò. L'animale guaì, poi trottò festoso intorno a Uberto.

Il giovane sorrise. «Va bene, va bene. Ti riprendiamo con noi, cagnone».

Proseguirono verso ponente. Erano stanchi, affamati e provati dalle traversie, desideravano trovare al più presto un alloggio dove ristorarsi.

Alle prime luci dell'alba, mentre il declivio iniziava ad addolcirsi, avvistarono una colonna di soldati al seguito di una carrozza. A fianco della vettura cavalcava Humbert de Beaujeu.

Seguito dai suoi compagni, Ignazio spronò il cavallo in direzione di quell'uomo. Il lieutenant gli rivolse un cenno di saluto. «Mi domandavo proprio dove foste finito, monsieur», gli disse.

«I sentieri di questi monti sono intricati», si giustificò il mercante. «Dobbiamo essere scesi a valle seguendo strade diverse».

«Mi fa piacere rivedervi». Dal volto di Humbert trapelò un sorriso amichevole. «Non so ancora capacitarmi di alcuni avvenimenti, ma credo che noi tutti vi siamo debitori, in un modo o nell'altro».

«Troppo buono, mio signore. Esattamente cosa vi sfugge dell'accaduto?».

Il signor de Beaujeu esitò un attimo, poi si decise a rispondere: «Sono tormentato da un dubbio atroce. Non capisco perché parte dell'esercito regio abbia scelto di servire il Conte di Nigredo».

«Un mistero facilmente risolvibile, direi. Vi basterà interrogare i soldati». Il mercante lo fissò in tralice, con un pizzico di malizia. «Voi non avete idea di chi sia in realtà il Conte di Nigredo, giusto?»

«Assolutamente», rispose Humbert, aggrottandosi. «Del resto, neppure il vescovo Folco lo sapeva».

«Il vescovo Folco...», mormorò Ignazio. «Mi ero quasi scordato di lui. Che fine ha fatto sua grazia?».

Il lieutenant mimò un gesto disinteressato. «Dopo il crollo delle torri è battuto in ritirata con la coda fra le gambe, assieme alla sua cavalleria decimata. Mi sono sbagliato su di lui. Credevo fosse venuto in soccorso della regina, invece nutriva un morboso interesse per Airagne. Ha accennato a certi scudi d'oro, nulla di più».

«Sapete come sono fatti i prelati, non svelano mai gli scopi delle loro macchinazioni...».

«Mi trovate d'accordo. Ma voi non siete meno sfuggente, monsieur.

Tanto per cominciare, ignoro il vostro nome. Mi avete rivolto la parola tralasciando di presentarvi».

Ignazio sorrise. «Veramente siete stato voi a iniziare la conversazione».

«Vedete? Continuate a essere sfuggente. Non ho ancora capito se il vostro atteggiamento mi diletti o mi irriti... Suvvia, ditemi il vostro nome e raccontate cosa ci facevate ad Airagne».

Ignazio era sul punto di rispondere quando una voce di donna risuonò dall'interno della carrozza: «Humbert, con chi state parlando?». Le tende dell'abitacolo si scostarono, lasciando comparire il volto della regina. «Ah, quell'ispanico», soggiunse la dama, per nulla entusiasta.

«Stavamo discorrendo sull'accaduto, maestà», spiegò il lieutenant.

«Fate entrare quell'uomo nella mia carrozza», ordinò Bianca. «Ho delle domande da porgli».

«Come sua maestà desidera». Humbert fece cenno al mercante di accostarsi alla vettura.

Ignazio smontò da sella ed entrò nella carrozza. La regina riposava su un sedile foderato di velluto rosso, ma non era sola. Il cardinale di Sant'Angelo stava rannicchiato in un angolo dell'abitacolo come un bambino sonnecchiante. A giudicare dall'espressione, era sereno.

«Contavo di trovarvi in compagnia del conte de Champagne, maestà», esordì il mercante, senza temere di apparire sfrontato.

«Si è defilato appena ha potuto», sospirò Bianca.

Ignazio si accigliò. Aveva un'espressione cupa, accentuata dalle escoriazioni riportate al volto durante la fuga dal mastio.

Bianca lo scrutò con freddezza. «So bene chi siete, Ignazio Alvarez», disse infine. «Ero informata sul vostro conto ancor prima che raggiungeste Airagne».

Il mercante si finse lusingato. «E io so chi siete voi, mia signora».

Per la seconda volta, nell'arco di poche ore, Bianca provò un timore reverenziale verso quell'uomo. «Cosa intendete?».

La conversazione si interruppe quando la carrozza sobbalzò sul sentiero accidentato. Gli occupanti dell'abitacolo sussultarono. Il Frangipane emise un borbottio, minacciando di volersi svegliare, poi si girò di lato e sprofondò di nuovo nell'incoscienza.

Appena la situazione tornò alla normalità, Ignazio rispose: «Ho iniziato a nutrire i primi sospetti circa due settimane fa, dopo essermi imbattuto in un accampamento degli Archontes. Fra le loro milizie ho notato la presenza di soldati appartenenti all'esercito regio. Indossavano le loro uniformi regolari ed erano troppo numerosi perché fossero tutti disertori». Socchiuse gli occhi, preparandosi alla battuta finale. «I soldati del re di Francia non sono comuni mercenari e non è facile corromperli: obbediscono solo al monarca, ai suoi diretti sottoposti e naturalmente... alla regina».

Il petto di Bianca ebbe un fremito. «Insinuate cose assurde. Ma anche se fossero vere, non ci sono prove né testimoni in grado di confermarle».

«C'è una spiegazione per tutto. I villaggi assediati dagli Archontes venivano spazzati via, gli abitanti rapiti o uccisi. I pochi sopravvissuti hanno scelto il silenzio per paura. Altri ancora, invece, hanno taciuto perché le cose sarebbero andate comunque a loro vantaggio. L'estinzione dei catari gioca a favore di molti, a partire dai religiosi cattolici».

«E come spiegate la defezione dei soldati del re?», gli chiese la regina con un inquieto battere di ciglia.

Ignazio trattenne un sorriso sornione. Sotto quel sembiante di rigidità, Bianca tremava. Non certo di paura, ma di rabbia. La tela dei suoi inganni si stava sfilacciando e non riusciva a mantenerne intatto l'ordito.

«Non c'è stata alcuna defezione, maestà», rivelò il mercante. «Quei soldati hanno continuato a servire la corona, rappresentata da voi stessa. Li avete indotti a marciare sotto i vessilli del Sole Nero e a difendere il castello di Airagne. L'hanno fatto senza indugi perché questa era la vostra volontà. A chi altri avrebbero potuto obbedire?». Incrociò le braccia, assorto. «In definitiva, si è svolto tutto in maniera "indolore". La storia del rapimento è una farsa e i vostri soldati hanno creduto di proseguire la crociata contro gli eretici intrapresa al fianco del vostro defunto marito. Si è trattato semplicemente di cambiare la sede del loro presidio e di farli collaborare con altri miliziani».

Bianca acuì lo sguardo serpentino. «Mi avevano detto che eravate un uomo accorto, Ignazio Alvarez. Avrei dovuto farvi uccidere».

Il mercante si strinse nelle spalle. «Oh, ma ci hanno provato, maestà. E più di una volta».

«Solo questo, dunque, vi è bastato per svelare l'inganno?»

«Mi hanno portato sulla buona strada alcuni dettagli. Primo fra tutti, la presenza del vecchio monaco, Gilie de Grandselve. Dovete esservi servita di lui in molti modi. Come messaggero e come spia, ma soprattutto come alchimista. Quando è morto, ho notato il dispiacere sul vostro volto, ma anche una punta d'ira. Era chiaro che avevate perso l'appoggio di un valido servitore. Ciò ha dato conferma ai miei sospetti: il vecchio non era un vostro carceriere, ma un vostro complice. Proprio come Thibaut de Champagne».

«Thibaut all'inizio non sapeva nulla», chiarì Bianca. «L'ho fatto convocare io stessa, quando mi trovavo già ad Airagne. Solo dopo essermi sincerata di potermi servire di lui, l'ho messo al corrente della situazione. Era meglio ottenere la sua complicità, anziché lasciarlo cospirare insieme ai baroni ribelli alla corona».

«Invece avete lasciato all'oscuro il cardinale di Sant'Angelo».

«Povero Romano Frangipane...». La regina accennò un risolino pietoso. «Ho dovuto farlo. La sua fedeltà va a Roma, non a me. Sua eminenza credeva davvero che fossimo stati rapiti dal Conte di Nigredo. Come Humbert de Beaujeu, del resto».

«Già, Humbert de Beaujeu. Ne era convinto al punto da pianificare un'evasione per potervi liberare».

«Molto cavalleresco da parte sua, ma poco intelligente», osservò Bianca. «Romano e Humbert non sanno nulla del mio piano. Mi sono messa in viaggio con loro, fingendomi interessata a partecipare al concilio di Narbonne, e durante il percorso li ho fatti addormentare con un potente sonnifero. Poi ho ordinato una variazione dell'itinerario e ho inviato dei messi affinché il grosso delle mie truppe mi raggiungesse presso le Cévennes, in un luogo stabilito. Da lì ho guidato l'esercito ad Airagne. Al loro risveglio, i miei due accompagnatori si trovavano già rinchiusi nel castello, ignari di tutto. Ho detto loro che eravamo stati rapiti dal Conte di Nigredo e che ci trovavamo prigionieri in un luogo sconosciuto. Naturalmente, mi hanno creduta sulla parola».

«Non ho nulla da aggiungere, maestà», concluse Ignazio. «Siete senz'altro un ottimo stratega. Serbate la forza di vostro padre, Alfonso VIII di Castiglia, e la tortuosità dei Plantageneti, da cui proveniva vostra madre. Rendete onore a entrambe le vostre famiglie di origine, se così si può dire». La fissò negli occhi. «Se mi è concesso, vorrei porvi una domanda».

«Dopo una simile dimostrazione di acume, credo vi sia dovuta».

«Ebbene, perché l'avete fatto?».

Il quesito gettò un'ombra sul volto della regina. «Credete sia facile, per me sola, mantenere unito il regno di Francia? Appoggiando gli eretici, i conti del Sud si sono coalizzati in una lega religiosa contro la corona. Come se ciò non bastasse, dopo la morte del mio sposo i baroni di Francia si sono ribellati contro di me, raccogliendosi intorno al duca Mauclerc. Non immaginate i miei sforzi per mantenere la neutralità dell'Inghilterra in questa faccenda».

«Così siete ricorsa ad Airagne per cercare di risolvere i vostri problemi. Ma come ne siete venuta a conoscenza?»

«Mi tengo sempre informata sui miei nemici, o presunti tali. Tra questi rientra la stirpe dei Lusignano. Indagando sui componenti della loro famiglia, ho scoperto il segreto di messer Filippo: Airagne. E approfittando della sua assenza, me ne sono servita. Grazie agli Archontes avrei domato la Linguadoca e con l'oro alchemico avrei corrotto le armate dei baroni ribelli. In più, simulando il mio rapimento, avrei disorientato tutti i miei nemici».

«Perché avete agito da sola?»

«Non posso fidarmi di nessuno, neppure del prode Humbert de Beaujeu», sospirò la dama. «Egli mi difende solo per una questione di dovere, ma mi ha sempre tenuta in spregio. E nemmeno potevo lasciarlo libero: la sua prigionia mi ha consentito di assumere il diretto controllo dell'esercito».

Ignazio capì di trovarsi di fronte a un'impareggiabile manipolatrice, tanto abile quanto spietata. Si ricordò di un episodio accaduto dieci anni addietro, quando Bianca e suo marito Luigi non erano ancora i reggenti. All'epoca Luigi era delfino di Francia e si trovava al di là della Manica, in lotta contro gli inglesi per recuperare l'eredità negata a sua moglie. In seguito a un pesante svantaggio riportato in battaglia, Bianca si era rivolta al padre di lui, il re Filippo Augusto, affinché inviasse in Inghilterra milizie di soccorso. Ricevuto un rifiuto, ella aveva minacciato di dare in pegno i suoi figli a chiunque potesse finanziare una spedizione di rinforzi oltremare. La determinazione della nuora, alla fine, aveva smosso Filippo Augusto.

«Il castello di Airagne rappresentava per voi un'ottima risorsa, non è vero?», disse il mercante, cercando di concludere.

«E mio nipote Ferdinando lo sapeva fin troppo bene, ve l'assicuro. Lui e quel suo confessore, quel Gonzalez de Palencia, hanno occhi e orecchie ovunque», confermò Bianca, mordendosi il labbro inferiore. «Il re di Castiglia non vi ha inviato fin qui per salvarmi, ma per recarmi danno. Cosa credete? Il suo apparente disinteresse per la questione francese è in realtà un tacito ricatto: per anni sono stata costretta a comprare la sua neutralità dando fondo alle casse reali, impedendogli di allearsi con l'Aragona ed espandersi oltre i Pirenei, nel mio regno».

«Buon sangue non mente», commentò Ignazio. «Dopotutto voi, assumendo il controllo di Airagne, avete portato miseria e distruzione a migliaia di famiglie».

«Fossi in voi mi toglierei quell'espressione compiaciuta dalla faccia». La regina lo fissò minacciosa. Era tornata indomabile e battagliera. «Se pensate che vi lasci libero per rivelare ogni cosa ai quattro venti, vi sbagliate di grosso».

«Io sono l'ultimo dei vostri problemi, maestà», minimizzò lui, senza scomporsi.

Lei parve cadere dalle nuvole. «Chi altri potrebbe scoprire la verità?»

«Il vostro luogotenente, tanto per iniziare». Usando un tono confidenziale, Ignazio si sporse verso l'interlocutrice. «Proprio in questo momento Humbert de Beaujeu si sta accingendo a interrogare i soldati. È curioso di sapere chi li comandava durante la vostra supposta prigionia. Immaginate il suo sconcerto quando si sentirà rispondere dagli uomini che non hanno mai smesso di prendere ordini da voi: gli riveleranno che dopo il concilio di Narbonne avete ordinato all'esercito regio di scortarvi fino alle Cévennes, con l'intento di insediarvi nel castello di Airagne. Lì, in seguito ad accordi precedenti, avete reclutato altri miliziani, gli ex seguaci del Lusignano, comprando il loro favore con gli scudi d'oro alchemico. Così facendo, grazie alla complicità di Gilie de Grandselve, avete "riesumato" gli Archontes e li avete uniti al vostro esercito».

«Sarebbe imbarazzante se Humbert venisse a scoprirlo. Perderei il suo appoggio». Bianca si rannuvolò di colpo, preoccupata. «Come suggerite di risolvere la faccenda?», chiese, sorprendendo se stessa per aver chiesto consiglio a un estraneo.

«Semplice», esordì il mercante, compiaciuto da quel mutare d'atteggiamento. In fin dei conti, era stato lui a indurre la regina a simili considerazioni. Aveva pianificato ogni cosa ancor prima di salire sulla carrozza, per tutelare la propria incolumità. «Ditegli che siete stata ricattata dal Conte di Nigredo, e che non potevate agire altrimenti. Dite che siete stata obbligata a dare ordini al vostro esercito secondo quanto vi veniva imposto».

«Ciò in effetti risolverebbe la questione», disse lei. «Ma entrambi sappiamo come ciò non corrisponda alla verità: ero io a controllare Airagne. Per di più, Humbert non si è imbattuto in nessun Conte di Nigredo. Dovrei accusare qualcuno al mio posto, ma chi? Non certo Thibaut, tanto meno il cardinal Frangipane».

Beandosi dell'angustia della regina, Ignazio alzò le sopracciglia con aria complice. «Per quel che mi riguarda, il Conte di Nigredo è sempre stato Filippo di Lusignano. Nessuno ha mai occupato il suo posto. Vi basterà dire che siete stata rapita dai suoi sgherri. Dopotutto, siete stata voi a ordinare il suo rogo».

«Infatti. Sono solita eliminare le persone che mi ostacolano, e quell'uomo rappresentava una minaccia. Voleva riprendersi Airagne».

Andava tutto come previsto. Al mercante non restava che spingere la regina verso la soluzione più ovvia. «Posso testimoniare d'aver visto i resti del Conte di Nigredo, cioè del Lusignano. Sosterremo che i suoi uomini l'hanno tradito, bruciandolo vivo poco prima che Humbert giungesse a salvarvi. Per sviare i sospetti sulla vostra persona, vi basterà confermare questa versione».

«Humbert però non ha assistito a nessun rogo», obiettò ragionevolmente Bianca. «Servono prove concrete, se vogliamo fugare qualsiasi dubbio».

«L'avevo previsto». Ignazio frugò nella bisaccia. «Prendete questo». Le porse un ciondolo dorato. «Era appeso al collo di messer Filippo. L'ho trovato vicino ai suoi resti carbonizzati».

«Sembrerebbe un amuleto pagano...». La regina esaminò il monile, poi sbarrò gli occhi. «Rappresenta un ragno dalle zampe ricurve. È identico a quello impresso sugli scudi di Airagne».

«È l'emblema del Conte di Nigredo. Tutti i soldati lo riconosceranno. Pensate che sia sufficiente come prova?».

Gli occhi di Bianca scintillarono soddisfatti. «Basterà senz'altro».

Così facendo, Ignazio si era assicurato un lasciapassare per la salvezza. «Quel ciondolo ha un prezzo, mia signora», insinuò, prima che fosse troppo tardi. Era impaziente di liberarsi dalla presa di quella terribile mantide.

«Quale, di grazia?»

«La mia libertà incondizionata».

«Sta bene», concordò la regina. «Recate i miei saluti al caro nipote Ferdinando».

«Contateci».

Il mercante di Toledo si congedò con ossequio. Uscito dalla carrozza, fornì una sintetica spiegazione a Humbert de Beaujeu sugli avvenimenti riguardanti Airagne. La sua ricostruzione dei fatti, tanto convincente quanto menzognera, combaciò alla perfezione con la versione data in seguito da Bianca.

Finalmente libero d'andarsene, Ignazio chiamò a sé i compagni e prese le distanze dalla processione regia, che puntava di certo verso Parigi.

39

Non appena il mercante e i suoi compagni si furono allontanati dalla comitiva della regina, il cielo si oscurò e scoppiò un violento temporale. Trovarono riparo in una locanda che sorgeva ai margini della vallata.

Sotto la veranda stava appostato un uomo. Era un tipo dall'aria rustica, con le sopracciglia unite e una barba cespugliosa fin sotto gli occhi. Passandosi un filo di paglia tra i denti, osservava annoiato il cadere della pioggia. Quando notò i quattro forestieri, gettò la pagliuzza e ridacchiò in modo burbero. «E voi da dove sbucate?», domandò. «Non è certo una giornata adatta per viaggiare, questa». Indicò il cielo con un gesto maledicente. «Se non smette di diluviare, anche quest'anno marcirà gran parte del raccolto».

«Cerchiamo alloggio», disse Ignazio, togliendosi il cappuccio fradicio.

«Accomodatevi pure», rispose l'uomo, senza degnarlo di ulteriori occhiate. Il suo sguardo era già perso altrove, nella pioggia.

Una donnina grassoccia sbucò dalla cucina e li guidò su per una scala cigolante, lasciandosi dietro una scia di odori speziati. Raggiunse uno stanzone al piano superiore e indicò una fila di paglericci separati da tende e tramezzi di legno.

Nel frattempo, Willalme condusse i cavalli alle stalle per dissellarli. Fu proprio allora che da una tasca della sella appartenuta al Lusignano caddero due lettere. Benché il francese, in quegli anni, avesse imparato a leggere e scrivere su insistenti pretese di Ignazio, non possedeva padronanza del latino. Perciò il contenuto integrale dei testi gli sfuggì, ma il significato di alcune parole destò la sua preoccupazione. Si avviò quindi all'interno della locanda per rivelare la scoperta all'amico.

Il mercante prese le lettere mostrate da Willalme e le esaminò alla luce di un caminetto, accigliandosi sempre più a ogni riga che leggeva. Di fronte a quelle parole fu quasi colto da un capogiro e combatté per non lasciarsi sopraffare da un'ondata di disperazione. Si trattava di due dispacci scritti da Filippo e destinati rispettivamente al vescovo Folco e a padre Gonzalez: messaggi della massima segretezza. Entrambi riportavano il medesimo testo. Si soffermò su alcune righe:

...Poiché considerato uomo infido e incline alle dottrine ereticali, nonché irrispettoso dell'autorità ecclesiastica e dei precetti della Santa Romana Chiesa, consiglio vostra grazia di prendere atto di tali parole e considerare l'eventualità di adottare severi provvedimenti contro mastro Ignazio Alvarez da Toledo, estirpando l'influenza nefasta che egli potrebbe esercitare presso la corte di re Ferdinando...

«Serpe schifosa». Ignazio accartocciò entrambe le lettere, gettandole con rabbia nel caminetto. Le fiamme le avvolsero, divorandole in pochi istanti. «Per fortuna è morto prima di poter inviare questi messaggi».

Accostandosi di malumore alla mensa della locanda, dove l'attendevano un pasto caldo e una fiasca di vino rosso, il mercante cercò di reprimere i cattivi pensieri, ma non ci riuscì. Si chiese perché il Lusignano avesse scritto quelle lettere e se l'avesse fatto su richiesta di qualcuno. Padre Gonzalez e il vescovo Folco erano due prelati temibili e, al pensiero che uno dei due – o addirittura entrambi – avesse chiesto a Filippo di indagare sul suo conto, iniziava a provare angoscia.

Ripensò alla pira carbonizzata in cima al mastio. Ora l'immagine gli si profilava vivida davanti agli occhi, reale e spaventosa. Sul palo annerito poteva vedere chiaramente se stesso, ritratto in un grido ossessivo.

Non sarebbe mai dovuto accadere! In futuro sarebbe stato più attento, avrebbe evitato gli ambienti di corte e le sedi prelatizie, si sarebbe ritirato a vita tranquilla con la sua famiglia. In fondo possedeva ricchezze sufficienti per vivere nell'agiatezza.

"Basta con le avventure e le ricerche forsennate", si disse. "Basta con i rischi insensati".

Doveva fermarsi. Sua moglie Sibilla l'aspettava.

L'aspettava da sempre.

Mise da parte l'ansia e si accostò con rinnovata speranza al desco. Di fronte a lui, i suoi compagni di viaggio gli sorrisero rassicuranti.

Nei giorni a venire proseguirono verso nord, costeggiando i feudi del Tolosano. In cerca di una strada sicura diretta verso la Spagna, trovarono un cammino pietroso battuto dai pellegrini diretti a Santiago de Compostela. Seguirono quella via fino a raggiungere l'abitato di Conques, dove sostarono per una tappa breve ma decisiva. In quel luogo sorgeva un'abbazia dove si custodivano le reliquie di santa Foy, martire taumaturga. Il sole, che aveva ripreso a splendere, illuminava gli eleganti bassorilievi scolpiti sulla facciata dell'edificio sacro.

Mentre Ignazio e Willalme si appartarono per discutere, Uberto si sedette con Moira all'ombra di un faggio. Il giovane non riusciva a darsi pace.

Ripensava al volto di Galib, alla prigione di Montségur, alla promessa fatta a Corba de Lantar, all'uccisione di Kafir e all'incontro con la misteriosa badessa di Santa Lucina. L'ombra di Airagne, che fino ad allora aveva oscurato quel concatenarsi di avvenimenti, era finalmente svanita. Eppure un senso di ansia continuava a tormentarlo. Sapeva bene di cosa si trattava.

Mentre Uberto rimuginava, la ragazza lo interrogava con lo sguardo. Lui si beava di quella visione ma intanto avvertiva un rovello. I sentimenti che provava lo facevano sentire vulnerabile.

«Non appena superati i Pirenei, ti accompagnerò in Catalogna, dove mi hai detto che abitano certi tuoi parenti», le disse, scuro in volto. Avrebbe voluto usare parole ben diverse, ma non sapeva esprimersi, né spiegarsi. Benché fosse dotato di sicurezza e di fin troppa razionalità, non era capace di affrontare certi discorsi. Voleva Moira, la voleva con tutto se stesso, ma si sentiva incapace di manifestare i suoi sentimenti. Avrebbe potuto semplicemente obbligarla a seguirlo e costringerla a sposarlo, come molti uomini erano soliti fare, e lui lo sapeva bene. Nessuno avrebbe avuto nulla da ridire. Ma lei era una creatura libera. Non l'avrebbe costretta a fare nulla di simile.

Moira gli si aggrappò al braccio, senza rispondere. Un gesto fin troppo eloquente.

«A meno che...», accennò Uberto.

Lei ebbe un piccolo sobbalzo. «A meno che?»

«A meno che tu non voglia stare con me», disse lui, pronunciando la frase tutta d'un fiato.

La ragazza restò a fissarlo, i lunghi capelli sfiorati dal vento. In silenzio gli accarezzò il viso, infine, piena di gioia, acconsentì.

Poco distante, Willalme si era avvicinato a Ignazio con fare serioso. Sembrava determinato, ma anche molto triste. «Amico mio», aveva esordito, «è giunto per me il momento di andare».

Piegando lo sguardo in un'espressione di dolcezza, il mercante l'aveva scrutato a lungo. Già da tempo aveva previsto una simile decisione. «Sei sicuro di quel che dici?». Il dispiacere trapelava da ogni sillaba.

«Ho bisogno di trovare pace», aveva risposto il francese, fissando il compagno con i suoi occhi azzurri. «La mia pace, dentro di me».

Il mercante si era limitato ad annuire. Sentiva una stretta allo stomaco e ciò in un certo senso gli procurava gioia. Era la prova dell'affetto che nutriva per Willalme. Si ricordò di quando l'aveva incontrato, molti anni prima, salvandogli la vita. Da allora l'aveva avuto sempre al fianco come un'ombra, un amico saggio e silenzioso. «Sai almeno dove andare?»

«Sì».

«Allora vai, non ti tratterrò». Ignazio lo abbracciò, come si abbraccia un figlio quando si teme di non rivederlo più. Lo strinse a sé, nascondendo la tristezza. «Trova la tua pace, amico mio. Trovala anche per me».

«La tua pace è facile da raggiungere», sussurrò il francese. «È davanti a te, e non te ne sei mai accorto».

Willalme se ne andò quel giorno d'estate, incamminandosi lungo sentieri pietrosi inondati di luce meridiana.

Per quanto si sforzasse, non riusciva a ricordare l'ultima volta che aveva pianto.

EPILOGO

Ferdinando III di Castiglia si agitò sullo scranno del suo studio per trovare maggior conforto possibile. Si sentiva a disagio. Il suo volto, sfiorato dal tremolio di una lucerna, appariva eccessivamente pallido. Teneva gli occhi fissi su una missiva compilata da Ignazio Alvarez. L'aveva ricevuta quel giorno stesso da un messaggero proveniente da Mansilla de las Mulas, dove si trovava la dimora del mercante.

Nel testo, l'Alvarez forniva un sunto piuttosto astruso su quanto aveva scoperto in Francia durante i mesi estivi. Le parole, vaghe solo in apparenza, alludevano implicitamente alla realtà degli eventi, senza tuttavia farne diretta menzione. Il mercante di Toledo, in sostanza, non voleva riportare affermazioni scandalose sul conto di chicchessia, dato che in seguito quelle stesse affermazioni avrebbero potuto essere impugnate contro di lui. Non poteva biasimarlo.

Ferdinando III terminò la lettura e gettò la missiva davanti a sé, sullo scrittoio ingombro. Pile di documenti, penne d'oca e boccette d'inchiostro affollavano il ripiano, esasperando il suo sfaccettato stato d'animo. Non sapeva davvero cosa pensare.

La voce di un frate domenicano che gli sedeva di fronte spezzò il silenzio, offrendogli uno spunto di riflessione: «Indubbiamente l'Alvarez ha svolto un egregio servigio. È andato al di là della semplice indagine ed è riuscito a liberare Bianca di Castiglia. Ci ha tolti proprio da un bell'impiccio».

Il monarca annuì, inespressivo.

«Nella sua lettera tuttavia», continuò il domenicano, «sostiene che l'oro di Airagne non era autentico».

Con una contrazione della mascella, il volto di Ferdinando III si rianimò. «E con ciò? Sosteneva lo stesso anche il maestro Galib, se ben ricordo».

«Io invece nutro forti dubbi al riguardo, maestà». Padre Gonzalez si aggrappò ai bordi dello scrittoio, emergendo lentamente dalla penombra. «Quel mozarabo la sa lunga, non fidatevi di lui». Strinse gli occhi. «Se solo si potesse interrogarlo a fondo... Sapete cosa intendo».

«Non credo sia opportuno procedere in questa direzione». Nella voce del re vibrò una nota di incertezza. «Suggerirei anzi di lasciar perdere. In fondo, l'Alvarez può esserci ancora utile».

Il domenicano sospirò deluso, come un gatto che si vede sfuggire la preda stretta fra le zampe. Osservò le mani del monarca allungarsi verso uno scaffale laterale, dov'era riposta la sua Madonna d'avorio. Seguendo quei gesti smaniosi, parlò quasi tra sé: «Avevo affidato a messer Filippo il delicato compito di indagare sull'Alvarez, nella speranza che trovasse qualche appiglio per formulare un'accusa di eresia, così da avere un pretesto per interrogarlo». Alzò le spalle. «Disgraziatamente, il Lusignano non ha fatto ritorno dalla missione».

Ferdinando III ripose la statuetta bianca e indicò la missiva sullo scrittoio. «Secondo il resoconto dell'Alvarez, Filippo di Lusignano è deceduto in seguito al crollo del mastio di Airagne».

«Un'altra menzogna, suppongo», insinuò malignamente il Gonzalez.

«In ogni caso, neppure voi siete completamente sincero. Ci avete tenuto all'oscuro sull'accordo che avevate preso con il Lusignano, e forse anche con altre persone». Lo sguardo del monarca si fece penetrante. «Sappiamo per altro che siete in contatto con il vescovo Folco di Tolosa per certi interessi di cui evitate accuratamente di parlare. Ciò è irritante: desideriamo ci si tenga informati su tutto, padre. Lo sapete bene».

Il domenicano si ritrasse nell'ombra. «Naturalmente, sire. Quell'Alvarez, tuttavia...».

«Lasciate perdere quell'uomo. In fin dei conti, la faccenda di Bianca di Castiglia può considerarsi risolta. Nostra zia non riuscirà a consolidare il suo dominio in Francia. E tanto basta». Il monarca fendette l'aria con un gesto secco, quasi volesse cancellare il discorso. «Dimentichiamoci dell'oro di Airagne. Vi sono questioni più urgenti a cui pensare». Srotolò alcune pergamene sopra lo scrittoio. «Concentriamoci sulla strategia da adottare contro l'emiro di Córdoba, tanto per cominciare...».

Teso in volto, il Gonzalez seguì con lo sguardo l'indice del monarca che scivolava su una grande carta topografica.

Per un attimo lo odiò intensamente. Desiderò afferrare la sua cara Madonna d'avorio e ridurla in mille pezzi.

A un mese esatto dal ritorno in Castiglia, Uberto e Moira si sposarono nel monastero mozarabico di San Miguel de Escalada, presso Mansilla de las Mulas. Era una splendida mattinata estiva. Ignazio e sua moglie Sibilla, in compagnia di pochi amici, assistettero alla cerimonia come si trovassero di fronte a un nuovo capitolo della loro esistenza.

Gli sposi si trovavano in fondo all'atrio, entrambi vestiti di rosso e coperti da un velo bianco. Il sacerdote, di fronte a loro, celebrava il rito con gioiosa solennità.

Il mercante ammirava suo figlio, esultante. Era bello, forte, di un'intelligenza sottile, e stava sposando la donna che amava. La gioia lo pervadeva. Sua moglie, accanto a lui, era in preda a una tenera commozione. Ignazio si voltò verso di lei. Sibilla era passionale e radiosa come la terra di Spagna. Così l'aveva sempre vista, da quando si erano conosciuti. Il passare degli anni aveva lasciato su di lei i segni di un'attesa ostinata e incrollabile. Era ben cosciente di esserne il responsabile e si ripromise, ancora una volta, di non lasciarla mai più sola.

Conclusa la cerimonia con lo scambio degli anelli, il sacerdote prese per mano gli sposi e li accompagnò all'esterno del monastero. L'aria era calda, addolcita dal suono di una ribeca.

Si ripararono dal sole di agosto sotto il colonnato del complesso.

Nel suo abito da sposa, Moira era raggiante. Secondo le usanze nuziali, portava i lunghi capelli neri sciolti, coperti da un velo bianco. Uberto la contemplò a lungo, pervaso da un'intima sensazione di familiarità. Solo allora si rese conto che gli sembrava di conoscerla da sempre. Negli occhi di lei lesse la medesima sensazione. E fu felice.

Oltre i Pirenei, in un vallone ombroso della Linguadoca, Willalme si fermò ad ammirare il paesaggio. Davanti ai suoi occhi, fra morbide sfumature silvestri, scorse i resti di una pieve distrutta dalle fiamme.

Un gruppo di beghine lavorava intorno all'edificio con l'aiuto di pochi volontari. Intendevano riedificarlo.

Un'immagine semplice, una visione di pace. Al suo cospetto, Willalme sentì l'anima diventare leggera. La fronte crucciata si distese.

Aveva trovato quel che cercava.

Senza indugio, proseguì in quella direzione.

NOTA DELL'AUTORE

Sebbene fondato su una trama di pura invenzione, questo romanzo è intessuto di riferimenti politici, culturali e leggendari riguardanti il XIII secolo, ma soprattutto si nutre delle suggestioni che ho provato documentandomi sull'alchimia medievale, sui suoi aspetti simbolici e sulle sue ripercussioni sul fronte della religione, della filosofia e del folklore. Qualsiasi citazione bibliografica presente nell'opera, compreso il *Turba philosophorum*, corrisponde pertanto a verità storica. Anche la terminologia pseudo-scientifica (o meglio, pre-scientifica) menzionata in vari punti della narrazione proviene dalla *traditio* manoscritta, poiché ritenuta funzionale alla trama e coerente alla *forma mentis* medievale. In simili elementi risiede la genuina storicità del romanzo, qualora il lettore volesse rintracciarla tra pagine di *fiction*. A tale riguardo, la suddivisione quadripartita delle fasi alchemiche (*Nigredo*, *Albedo*, *Citrinitas*, *Rubedo*) che offro nel romanzo si discosta consapevolmente da quella ben più diffusa nel Medioevo, basata soltanto su tre colori base (nero, bianco e rosso). Il riferimento deriva dal cosiddetto *Libro di Comario e Cleopatra* appartenente al *corpus* alchemico greco-egizio di età ellenistica e forse interpolato da un monaco bizantino (si veda al riguardo la *Collection des anciens alchimistes grecs* edita a Parigi nel 1888 a cura di Marcellin Berthelot). Mia, invece, è l'idea di accostare i processi dell'alchimia alla filatura.

Le tematiche di alchimia, filosofia e antropologia culturale affidate alla trama si intrecciano nella struttura simbolica di Airagne, che diventa metasemia. Altrettanto si intenda per l'armata degli Archontes, il cui nome richiama le dottrine gnostiche di *Pistis Sophia* ed evoca il binomio Oscurità-Materia rintracciabile sia nella tradizione ermetica sia in quella manichea, formando una coralità insieme ai concetti di Demiurgo e di Nigredo.

Per quanto riguarda i personaggi storici citati nel romanzo, sono autentiche le notizie biografiche riguardanti Ferdinando III di Castiglia, Pedro Gonzalez de Palencia, Folco di Tolosa, Raymond de Péreille e Corba Hunaud de Lantar.

Le ricostruzioni urbanistico-architettoniche di Teruel, di Tolosa e di Acri rispettano la verosimiglianza storica, come pure le descrizioni dei seguenti edifici: il ponte e il castillo di Andújar, la rocca di Montségur e la Sacra Praedicatio di Prouille (ma non i loro sotterranei), l'abbazia di Fontfroide e quella di Conques.

Ho invece liberamente utilizzato il nome di Galib (Galippus), personaggio storico di cui si sa pochissimo, tranne che figurò tra i collaboratori mozarabi di Gherardo da Cremona.

Tutti gli eventi storici citati sono autentici e documentati, compresi gli accenni alla Georgia e alla regina Russunda.

Il concilio di Narbonne del 1227 si tenne realmente e in tale occasione fu scagliato l'anatema contro i signori della Linguadoca che appoggiavano i catari. Del resto, sulle inclinazioni separatiste – di natura politico-religiosa – dei conti di Tolosa e di Foix si era già discusso nel 1215, in occasione del concilio Laterano IV. Altrettanto reale fu la spedizione punitiva nota come "Terra bruciata" e bandita dal vescovo Folco, cacciato da Tolosa dal movimento filo-ereticale capeggiato dal conte Raimondo VII. È attestata pure l'esistenza delle confraternite "dei Bianchi" e "dei Neri".

I comportamenti di monaci indisciplinati sono descritti in documenti dell'epoca.

L'esorcismo pronunciato dal vescovo Folco è stato tratto dal carme 54 dei *Carmina Burana*.

In seguito alla morte di Luigi VIII il Leone, la regina Bianca di Castiglia si ritrovò sola sul trono di Francia e attraversò un momento di crisi politica, poiché osteggiata da una nutrita schiera di baroni ribelli alleati al duca di Bretagna, Pierre de Dreux detto "Mauclerc". Romano Frangipane, legato pontificio, lavorò strenuamente al fianco della reggente per scongiurare il tracollo della monarchia; altrettanto si prodigò Humbert de Beaujeu.

Non è dato sapere se Bianca di Castiglia sia stata mai rapita, ma a rischi del genere fu certo esposto il delfino, suo figlio, il futuro san Luigi. Sempre riguardo la regina di Francia, sono ben note le testimonianze riguardanti il suo soprannome (Dame Hersent), il suo carattere combattivo e la sua osannata bellezza, cui certo non dovette restare indifferente lo stesso Frangipane. Incerti sono invece i rapporti intrattenuti da Bianca con Thibaut IV de Champagne, "il Principe trovatore", sebbene il monaco cronista Matteo di Parigi (*Historia maior*, anno 1226) non esitò a tramandare che Luigi VIII fu avvelenato a morte dall'amante di Bianca, il conte di Champagne, che però negli annali porta il nome di Henricus, anziché di Thibaut.

I riferimenti all'Herba diaboli e i suoi effetti allucinogeni in relazione alla stregoneria sono autentici, come pure le manifestazioni patologiche attribuite al saturnismo (intossicazione da piombo).

Riferimenti duecenteschi alla fata Melusina, la donna-serpente, si trovano nella leggenda di *Henno dai grandi denti* riportata da Walter Map (*De nugis curialium*, IX, 2). Interessante al riguardo è il racconto perduto di Hélinand de Froidmont, cui si rifà Vincent de Beauvais (*Speculum naturale*, II, 27). Al secolo successivo appartiene l'opera di Jean d'Arras tramandata con diversi titoli, tra cui *La noble histoire de Lusignan* o *Le roman de Melusine en prose*, ove si accenna alla discendenza della casata di Lusignano da questa creatura fantastica, a metà strada fra la strega e la sirena.

Si è cercato di ricostruire nei limiti del verosimile i rituali dei catari (in Linguadoca detti texerant, oltre che *albigenses*) e pure la vita comunitaria delle beghine, che proprio nella prima metà del XIII secolo iniziarono ad attecchire timidamente nel Sud della Francia.

È difficile stabilire cosa si nascondesse all'interno di Montségur, che fu assediata e travolta tra il 1243 e il 1244 dalla violenza dei crociati francesi: un esercito di almeno seimila uomini capeggiati da Hugues d'Arcis, comandante di Carcassonne, e da Pierre Amiel, arcivescovo di Narbonne. Si trattò di un evento drammatico, in cui gli ideali religiosi divennero un pretesto per dare sfogo all'intolleranza e alla brutalità umana. All'epoca la rocca ospitava una comunità di circa cinquecento persone, alcune delle quali insediate presso le grotte localizzate vicino alle fondamenta del castello.

Prima che gli abitanti di Montségur venissero catturati e arsi sul rogo (compreso Raymond de Péreille, il castellano, e la sua famiglia), si narra che grazie all'aiuto di Pierre-Roger de Mirepoix un gruppo di catari fuggiaschi riuscì a eludere la sorveglianza dei crociati e a portare via dalla rocca un prezioso quanto misterioso tesoro, sottraendolo dalle grinfie dell'arcivescovo Amiel ma facendolo anche sparire per sempre dalla storia. Ecco perché i catari sono stati spesso considerati, tra l'altro, gli ultimi depositari del Graal. La leggenda della Pietra di Luce è quindi autentica, sebbene allo stato attuale degli studi medievistici sia impossibile stabilire cosa fosse esattamente. E forse non si saprà mai.

RINGRAZIAMENTI

Il mio primo ringraziamento va a Ignazio da Toledo. L'ho incontrato una volta sola, di sfuggita, tra le pagine di un saggio storico o forse tra quelle di un romanzo d'avventura. Imbattersi in questo genere di personaggi comporta sempre conseguenze imprevedibili. Un grazie particolare va poi a Leo Simoni, senza i cui consigli, probabilmente, avrei perso la forza e l'entusiasmo di scrivere prima di compiere vent'anni. Nel ringraziarlo, gli chiedo perdono per non averlo mai capito fino in fondo. Del resto, ho spesso la sensazione di ricevere dalle persone care molto più di quello che sono disposto a dare. Ciò vale soprattutto per i miei genitori, che si sono sempre sforzati di indicarmi una via da seguire. Non sono sicuro di avere imboccato la direzione giusta, o quella che si aspettavano da me, ma spero apprezzino comunque i miei sforzi. E naturalmente un ringraziamento speciale è per Giorgia, che sa starmi vicino, consigliarmi e a volte sopportarmi con pazienza nei momenti in cui la fantasia mi porta altrove, facendomi dimenticare il mondo reale.

Ci sono altri ringraziamenti importanti da fare. Prima di tutto a Roberta Oliva e a Silvia Arienti, grandi professioniste e amiche fidate, e poi a Newton Compton. Trovare l'editore giusto non è soltanto una questione di contratti e di copie vendute, prima ancora significa instaurare un feeling con qualcuno che capisca e apprezzi la tua creatività. Perciò sarò sempre grato a Raffaello Avanzini e alla mia editor Alessandra Penna, nei quali riconosco la passione e l'entusiasmo di chi si batte ogni giorno per dare il meglio di sé. E non posso dimenticare Fiammetta Biancatelli, Maria Galeano, Carmen Prestia, Giovanna Iuliano e tutti gli altri componenti di questa fantastica squadra.

IL LABIRINTO
AI CONFINI DEL MONDO

A Celeste e Alfredo
che guardano dalle stelle

PROLOGO

Anno del Signore 1229, 15 gennaio
Basilica minor *di Seligenstadt*

L'alba indugiava, soffocata da una notte impenetrabile. Una notte che forse sarebbe durata in eterno. Nella basilica carolingia, in una stanza lontana dal dormitorio, Konrad von Marburg era affacciato alla finestra. Osservava il paesaggio ammantato di buio, immobile come un cane da punta che ha fiutato la preda. Era in attesa di qualcosa, un segno, una visione, e in cuor suo non sapeva se si sarebbe manifestato davanti ai suoi occhi o nel profondo dell'anima. Aveva già intuito, tuttavia, di cosa si trattasse. Dopo trent'anni di roghi ed esorcismi, era certo di non sbagliarsi. L'aveva percepito come un suono uscito dalle tenebre, il nitrito di un destriero. Ed era pronto a combattere.

Socchiuse le palpebre, sprezzante dell'aria gelida che gli sferzava il viso. Il vento del nord sibilava per i campi e lungo le strade come una furia. Carezze di una natura matrigna, doni di un inverno che stringeva la Turingia e la Renania in una morsa ghiacciata. Vi coglieva quasi un avvertimento, un anticipo di quanto l'aspettava. Perché lui, Konrad von Marburg, era riuscito a scorgere la trama del Maligno negli eventi umani.

«*Fiat voluntas tua*», ruminò, chinando lievemente il capo.

Chiuse gli scuri e si rivolse alla stanza in penombra. Sopra uno scrittoio l'attendevano due lettere, una vergata in tedesco, l'altra in latino. Le aveva scritte entrambe nel corso della notte, quasi di getto, e lasciate sul ripiano in attesa che l'inchiostro si fosse asciugato. La situazione era assai grave. Entro poche ore una staffetta sarebbe partita per consegnarle.

La prima era destinata al langravio di Turingia, il signore di quelle terre; la seconda invece a Sua Santità in persona, papa Gregorio IX. Avevano più o meno lo stesso contenuto, con lievi variazioni riguardo le formule di omaggio e di encomio.

Konrad sedette allo scrittoio e prese la missiva vergata in latino, per rileggerla alla luce di una bugia. Era consapevole di aver viziato il testo con qualche germanismo, ma sapeva anche di non doversene preoccupare. Quando ancora non era papa e rispondeva al nome di Ugolino di Anagni, Gregorio IX aveva viaggiato come legato apostolico in Germania ed era perfettamente in grado di comprendere la lingua tedesca.

Il testo diceva:

In nomine Domini Jesus Christi. A Sua Santità papa Gregorio, episcopo della Chiesa Cattolica e servo dei servi di Dio, il sottoscritto Konradus de Marburc, predicator verbi Dei, riporta i risultati delle sue indagini sulla corruzione eretica che infetta la Germania.

Nel mese di gennaio dell'anno corrente mi recai nella diocesi di Magonza per visitare la casa di un chierico di nome Wilfridus, già sospettato di eresia, e in quel luogo ravvisai le tracce inequivocabili dell'evocazione del Maligno. Presi atto dei molti segni necromantici che potei identificare, feci arrestare il chierico e infine lo sottoposi a interrogatorio. Nonostante mi trovassi di fronte a un religioso e non a un semplice laico, ottemperai con fermezza al mio ufficio.

L'interrogato provò a mentire, com'è solito fare chi intende nascondere la propria colpevolezza, poi confessò di venerare una trinità eretica più antica di quella cristiana, che io sospetto essere Lucifero nell'atto di anteporsi alla Santissima Trinità. A riprova di tali sospetti, Wilfridus recava sulla mano destra il segno del patto con il Maligno, che per decenza e timor di Dio ometto di descrivere alla Santità Vostra.

Cosa ancor più grave, l'interrogato confessò di essere stato iniziato a questo culto blasfemo da un *magister* di Toledo. Lo descrisse come un uomo alto, magro, vestito di scuro, e giurò di non conoscerne il nome. Io però, in base a precedenti indagini, so bene di chi si tratti. È l'*Homo Niger*, l'Uomo Nero che sovente si manifesta agli eretici durante i loro turpi conciliaboli.

Di fronte a simili evidenze, chiedo licenza di estendere l'indagine a sud della corona alpina, dove, a detta dell'interrogato, si nasconderebbe la setta più importante fondata dal magister di Toledo. E poiché i gregari di codesta setta si abbandonano alla più aberrante delle eresie, ovvero il culto di Lucifero, auspico che questi Luciferiani siano fulminati da anatema e puniti dal vincastro della Santa Romana Chiesa.

Risuonò un rumore, uno scalpiccio di sandali proveniente dal corridoio attiguo. Konrad sollevò lo sguardo dall'incartamento e rimase in ascolto finché non vide un uomo presentarsi all'uscio. Era un francescano con un'ampia tonsura cinta da una raggiera di capelli ispidi, il volto illuminato da due occhi d'asceta.

«Gerhard von Lützelkolb, amico mio». Von Marburg si alzò in piedi, allargando le braccia. «Stavo proprio interrogandomi sul vostro indugiare».

Il frate fece un breve inchino e inspirò profondamente, a più riprese. Doveva aver corso. «Sono stato trattenuto, magister. Perdonatemi».

Magister. Konrad veniva chiamato in quel modo da circa due anni, da quando il Santo Padre gli aveva affidato un compito di grande importanza, un indubbio segno di predilezione ma anche un immane fardello. A nessuno, prima di allora, era mai stato conferito l'incarico di indagare sull'eresia con lo scopo preciso di estirparla, a ogni costo. Un simile potere lo metteva al di sopra di qualsiasi vescovo, priore o abate, e suscitava in chiunque un reverenziale timore.

Gerhard von Lützelkolb si guardò intorno, stringendosi nella guarnacca di lana che indossava sopra il saio. Dava l'impressione di cercare una fonte di calore, che però non trovò. «In questa stanza si gela».

«Il gelo purifica», ribatté il religioso, con una nota di rimprovero.

Il frate si morse la lingua. Il rigore di von Marburg era ben noto. «Ebbene, magister. Cosa ordinate?».

Konrad gli fece cenno di attendere. Diede un'ultima scorsa alle lettere, poi le sigillò con la cera e gliele porse. «Vanno inviate subito, mi raccomando».

«Le staffette sono già pronte a partire». Gerhard soppesò i due rotoli con titubanza. Le mani gli tremavano, una strana luce trapelava dal suo sguardo.

Konrad lo scrutò con attenzione. Era solito non lasciarsi sfuggire nulla, nemmeno il minimo particolare. «Qualcosa vi turba?».

Prima di rispondere, il francescano emise una sorta di rantolo. «È accaduta una cosa terribile, magister».

«Spiegatevi».

«Riguarda il clerico Wilfridus, l'eretico che avete appena interrogato».

«Ebbene? L'ho fatto segregare in cella, in attesa che venga impiccato».

«Non ce ne sarà bisogno». La bocca di Gerhard si storse. «È già morto».

Konrad serrò i pugni contro il petto. «Ma come...».

«Le guardie l'hanno trovato coperto di ustioni, ecco il motivo del mio ritardo. Ustioni terribili, a causa di... *qualcosa* che si è conficcato nel suo costato». Il frate indugiò. «La sua cella è pregna del tanfo dello zolfo».

«Nessuno ha visto nulla?»

«No, ma... Come può essere accaduto? Era impossibile entrare in quella cella. La finestra che dà all'esterno è troppo angusta perché vi possa passare un...».

«Un *uomo*?». Konrad gli batté le mani sulle spalle, un sorriso cupo sul volto. Ecco, pensò, il segno che stava aspettando. Prima di parlare pregustò il sapore delle parole. «Non abbiate tema di dar voce ai vostri pensieri, amico mio. Stanotte, il Maligno cavalca su queste terre».

Gerhard si fece il segno della croce, quasi per proteggersi da una maledizione.

«Suvvia, fate consegnare quelle lettere», lo spronò Konrad. «E pregate il Signore di darci la forza».

Poi, nonostante il freddo intenso, si portò di nuovo alla finestra e spalancò gli scuri. Aveva bisogno di guardare fuori, di cercare nel buio. Il vento entrò con un sibilo nella stanza, smorzando la fiammella della bugia. E l'oscurità della notte, densa come il catrame, sommerse ogni cosa.

PARTE PRIMA
IL SEGNO DEL SAGITTARIO

Non si dovrà temere neppure il diavolo. Egli in verità è il Sagittario armato di frecce infuocate, che in ogni momento infonde il terrore nei cuori del genere umano.

ZENONE DI VERONA, *De duodecim signis ad neophytos*

1

Parigi, notte del 26 febbraio

Suger si guardò ancora alle spalle. Qualcuno lo stava seguendo. Era una figura imponente, avvolta in un mantello cencioso. L'aveva notata pochi minuti prima, mentre scendeva dalla collina di Sainte-Geneviève in direzione della Cité, e temendo un'aggressione aveva deciso di allungare il passo. Oltre a quella presenza, lungo la strada non aveva scorto anima viva, soltanto guizzi di ratti e cumuli di ciarpame. Sporcizia ovunque, per buona parte vestigia dei bagordi di Carnevale.

Alzò il cappuccio della cappa per proteggersi dal freddo e dopo una svolta controllò di nuovo dietro di sé. L'uomo con il mantello era sempre più vicino... Se solo l'abate di Saint-Victor non l'avesse fatto chiamare! Suger insegnava allo *Studium* come *magister medicinae* ma non era abbastanza ricco da poter rifiutare una visita dopo il tramonto, specie se i pazienti pagavano bene. Oltre a un infuso di santoreggia e a un cataplasma per i piedi gonfi, l'anziano abate aveva richiesto una buona dose di pazienza. Suger detestava le lagnanze dei vecchi e, ogni volta che si imbatteva in persone del genere, rimpiangeva di non aver scelto il mestiere del padre, che aveva costruito vetrate di cattedrali per oltre quarant'anni.

L'uomo con il mantello non demordeva, continuava a trascinarsi con tenacia sulla gamba destra. Il medico suppose che fosse ferito, poi si accorse che gli stava facendo cenno di fermarsi e temette il peggio. In preda allo spavento, svoltò a sinistra e percorse un vicolo fangoso fino a raggiungere un vigneto.

Proseguì di soppiatto tra i filari finché non si convinse di aver fatto perdere le proprie tracce, allora uscì allo scoperto per lanciarsi di corsa verso la Grande Rue. Conosceva bene quelle borgate. I teologi del convento di Saint-Jacques l'avrebbero aiutato, alla bisogna. Ma non appena fu nelle vicinanze di quell'edificio, si accorse di essere fuori pericolo.

L'uomo con il mantello era scomparso.

Rallentò il passo e si appoggiò a un muro, respirando a grandi boccate. Aveva la fronte sudata e le ginocchia indolenzite, erano secoli che non correva. Guardò ripetutamente dietro di sé, timoroso di essersi ingannato. Invece no, l'aveva davvero seminato. Poteva proseguire con calma verso casa propria.

Tirò un sospiro e percorse la Grande Rue verso le rive della Senna, scivolando tra i bagliori delle fiaccole infisse ai muri, mentre la via diventava sempre più larga e pulita. L'ansia però continuava ad assediarlo. Chi era quell'individuo? Cosa voleva da lui? Tentò di distrarsi pensando agli impegni del giorno successivo. L'indomani sarebbe stato martedì grasso, ma lui avrebbe comunque dovuto tenere lezione e incontrare il suo allievo prediletto, Bernard, che aspirava alla carica di baccelliere.

Immerso in simili pensieri, raggiunse la *rive gauche*. La Senna scorreva poco più in là, dietro una schiera di casupole erette su un ponte di pietra, il Petit-Pont. Suger lo percorse fino a metà, ascoltando il cupo fluire delle acque, poi si fermò davanti a una porta consumata dall'umidità. Finalmente era a casa.

Prima di entrare puntò lo sguardo verso l'Île de la Cité, che si stagliava come una grande nave in mezzo al fiume. Il cuore di Parigi. Là sorgevano la cattedrale di Notre-Dame e la scuola del Capitolo. Là si dava udienza a uomini dai nomi altisonanti come quel Rolando da Cremona, il teologo domenicano venuto dall'Italia. Cattedratici illustri, che per mantenersi non dovevano di sicuro ricorrere a miseri espedienti...

Eppure anche lui era magister! Non era certo da meno perché aveva rifiutato di farsi prete, o perché insegnava una materia malvista dai teologi. Che quei baciapile lo ammettessero o meno, la salvezza dell'umanità dipendeva dallo studio di Avicenna, non di sant'Agostino. E mandandoli tutti al diavolo con un gesto sprezzante, varcò l'uscio. Era stanco e desiderava soltanto mettersi a dormire, ma mentre si tirava dietro la porta fu scosso da un improvviso trasalimento.

La punta di un calzare si era insinuata tra lo stipite e il battente.

Suger agì d'istinto e tentò di schiacciarla contro la porta, ma prima che potesse rendersi conto di cosa stesse accadendo, vide una grossa mano infilarsi nello spiraglio e fare resistenza. Continuò a premere, sfruttando tutto il suo peso, però l'intruso era più forte e riuscì a farsi abbastanza largo da entrare. Fu allora che lo riconobbe. Era l'uomo con il mantello!

Incapace di trattenerlo, lo guardò varcare la soglia. «Cosa volete da me?», gli chiese tra l'adirato e lo sgomento.

«Non è mia intenzione farvi del male», rassicurò lo sconosciuto, con un marcato accento tedesco. Era alto e ben piantato, ma sembrava allo stremo delle forze. Con la mano destra reggeva un sacco sulla spalla. La sinistra invece era alzata in segno di resa. «Ho bisogno di voi».

«Di me o dei miei denari?», ribatté Suger, indietreggiando. Alle sue spalle, in un ambiente piuttosto sacrificato, c'erano un letto, un tavolo e una cassapanca, il tutto circondato da scansie di libri. Frugò tra i ripiani in cerca di qualcosa da usare come arma e trovò un pestello da mortaio, che brandì con fare minaccioso. Quasi rise di sé.

L'uomo con il mantello avanzò circospetto. «Non sono un ladro».

Suger notò il pugnale che portava alla cintura e, più in basso, le macchie di sangue sulle brache, in corrispondenza della gamba sinistra. La ferita doveva trovarsi più in alto, e gli stava causando una grave emorragia.

«Mi serve un medico...», spiegò l'uomo, in risposta ai suoi sguardi. «Stavo per chiedere aiuto a Saint-Victor, quando vi ho visto uscire dall'abbazia. Il monaco guardiano mi ha detto chi eravate e ho deciso di seguirvi». Senza domandare licenza, scostò una sedia dal tavolo e vi si accomodò, mettendo il sacco in grembo. «Mi rincresce avervi spaventato...».

Non sapendo cosa ribattere, Suger esaminò il suo volto. Le linee di espressione potevano rivelare molto sullo stato di salute, sul temperamento e persino sul destino delle persone. Aveva appreso quell'arte da ragazzino, frequentando un guaritore giudeo, e da allora era diventata una sua piccola ossessione. Lo straniero aveva tratti nordici e aristocratici, quasi mansueti. Le rughe della fronte denotavano una tempra robusta, da soldato, ma convergevano sopra l'occhio sinistro formando una sorta di croce. Brutto segno, pensò. Preannunciava una morte violenta.

L'uomo gli rivolse un mezzo sorriso. «Mi guardate come fossi già cadavere».

«Il modo in cui vi osservo non è affar vostro», ribatté il medico, ostile. «Mi avete seguito e siete entrato di prepotenza nella mia dimora. Aggredire un magister dell'*Universitas* è reato grave, punito severamente!».

L'individuo si strinse nelle spalle, quasi in risposta alla minaccia di un fanciullo. «Non temo la morte, ma l'eventualità che la mia impresa fallisca», rivelò. «Se dovessi perire, è mio desiderio che qualcun altro la prosegua».

«In tal caso, sarebbe stato meglio se vi foste rivolto ai monaci di Saint-Victor». Suger gli indicò la porta. «Siete ancora in tempo».

«No, siete voi la persona adatta». L'uomo si portò la mano alla fronte, sforzandosi di mantenersi lucido. «Un laico, per giunta dotto… Ecco perché non ho esitato a seguirvi».

«Credevo voleste farvi medicare».

«Non solo. Sono un pellegrino in terra straniera… Ho bisogno di…». Si piegò di scatto, scoppiando in un accesso di tosse.

Suger ripose il pestello e lo aiutò a rimettersi dritto. «State vaneggiando, messere. Ve ne rendete conto?».

Quell'uomo era allo stremo, diventava sempre più pallido e scottava per la febbre. Doveva aver esaurito le forze durante l'inseguimento. «No… La mia missione…». Scosse il capo e sollevò il sacco che teneva in grembo. «È necessario consegnare questo a un mio sodale che si trova nella città di Milano…», e tossì ancora.

Il medico si lasciò sfuggire una risatina nervosa. «Fino a Milano? Siete pazzo! Portateglielo voi, quel sacco cencioso».

«Farei di tutto per riuscirci, potete giurarci… Ma temo di non vivere abbastanza a lungo…».

Suger troncò il discorso con un gesto spazientito. Quell'uomo doveva soffrire di confusione mentale, probabilmente a causa del dolore e della perdita di sangue. Ma era anche disperato. «Non abbiate tema», lo tranquillizzò, seguendo l'etica a discapito della prudenza, «e sdraiatevi sul pavimento affinché possa visitarvi». In verità avrebbe dovuto farlo coricare sul proprio letto, ma quell'uomo era lercio, e lui odiava la sporcizia.

«Se non sarà questa ferita a uccidermi», gemette lo sconosciuto, stendendosi al suolo, «lo farà il cavaliere… Come già fece con il buon Wilfridus…».

«Affari vostri», lo zittì il medico. Si chinò su di lui e scostò il mantello, scoprendo una tunica insanguinata e bruciata in più punti. Slacciò la cintura, allontanò il pugnale e scoprì il torace. Come previsto, la ferita si trovava sul fianco sinistro, sotto il costato. Era una lacerazione larga quasi tre pollici e assai profonda. La carne intorno emanava tanfo di zolfo. «A quanto pare, hanno cercato di farvi allo spiedo».

«Sono vivo per miracolo», sospirò l'uomo.

«Tranquillizzatevi, sopravvivrete». Suger si rialzò in piedi, prese dal tavolo una fiasca di ceramica e tornò a chinarsi sul paziente. Stappò il turacciolo con i denti e gli versò un liquido rosso sulla ferita, poi vi passò sopra un panno.

«Brucia… Cos'è?»

«Vino. Lo uso per mondare la ferita». Ora che l'aveva pulita, poteva scorgerne i contorni. Non gli parve difficile da curare, tuttavia aveva un aspetto insolito. Intorno alla perforazione, l'epidermide era lacerata e ustionata; anche i tessuti interni versavano nello stesso stato.

La voce dello sconosciuto lo distolse dalle riflessioni: «Se farete ciò che vi ho chiesto, sarete ricompensato a dovere...».

«Ricompensato?». Per un attimo Suger mise da parte l'ipotesi della confusione mentale e si chiese se quell'uomo non fosse più lucido di quanto sembrasse. Lo fissò in volto, ma si accorse che stava per perdere i sensi, quindi allontanò ogni pensiero e impugnò ago e filo, concentrandosi.

Non appena sentì forare la carne, lo sconosciuto si inarcò di scatto e torse la bocca in un'espressione di spasimo.

«Abbiate pazienza», lo invitò il medico, cercando di mantenerlo fermo, «sto cucendo la ferita».

«Mi rammendate come un vecchio abito? Non cauterizzate?»

«Il cauterio può andar bene per marchiare una vacca, non certo per curare un essere umano». Suger teneva le labbra serrate e gli occhi fissi sul proprio lavoro, usando una destrezza che avrebbe suscitato l'invidia di una sarta. Terminata la sutura, si rese conto che il paziente era tornato vigile e ne approfittò per riprendere l'argomento: «Parlavate di una ricompensa. Dicevate sul serio?».

L'uomo era una maschera di sofferenza, ma ebbe comunque la forza di piegarsi in avanti per controllare la medicazione. Poi annuì. «Se consegnerete l'oggetto contenuto in questo sacco... riceverete una pietra preziosa». La sua voce era flebile, però distinguibile.

«Una pietra preziosa?»

«Così ho detto...». Lo sconosciuto tentò di mettersi seduto sul pavimento, ma il dolore lo costrinse a restare sdraiato. «Una pietra di draconite».

Suger ripeté quella parola a fior di labbra. Draconite. Non la si udiva di frequente, e capitava soltanto in ambienti eruditi. Bisognava aver studiato il *Naturalis historia* di Plinio il Vecchio o viaggiato in Paesi lontani, per conoscere l'esistenza di quella pietra.

Il suo sconcerto non dovette passare inosservato, poiché l'uomo lo fissò con insistenza e rincarò la dose: «Avete idea di cosa si tratti?»

«Esistono pietre ricavate dalle interiora degli animali, pietre speciali dalle proprietà curative», disse allora Suger, facendosi serio. «La draconite, o *draconitide*, è la più rara. Si dice provenga dalla testa del *draco*, un mostruoso serpente». Puntò il dito contro l'interlocutore. «Ma soltanto un ingenuo presterebbe fede alle vostre parole».

Lo sconosciuto lo fissò con sdegno. «Affermo il vero, lo giuro... E come prova della mia franchezza, vi ricompenserò con qualcosa del genere per avermi medicato». Aprì un sacchetto di pelle che teneva appeso al collo e gli consegnò uno strano oggetto. «Tenete... e osservate».

In principio Suger credette di avere tra le mani un animaletto morto, poi capì che era ben altra cosa. Si trattava di una pietra simile alla radice della mandragora, ma rivestita da una sorta di pelliccia. Ne percepì l'aroma di muffa, senza riuscire a capire di quale materiale fosse composta. Tuttavia, la riconobbe. «Questa è una pietra curativa detta *caprius*», rivelò. «Proviene dalle viscere di una capra».

«Siete al corrente del suo valore?»

«Come ogni bravo medico, benché prima d'ora non ne abbia mai vista una. Cura le secrezioni oculari, le ulcere di stomaco e le febbri acute».

Lo straniero annuì. «La pietra di draconite è mille volte più preziosa. Possiede proprietà miracolose».

«Ciò nondimeno, sprecate il vostro fiato». Suger era incuriosito, ma non fino a quel punto. Aveva ben altro a cui pensare, l'ultimo dei suoi problemi era prestare ascolto a quello strano individuo. «Guarirete dalla ferita, ve lo garantisco. E per il resto, ve la caverete da solo».

«Probabilmente avete ragione, ma non è detto… Il cavaliere! Il cavaliere mi ha già trovato una volta, anche se mi ero nascosto a Parigi. Lo farà di nuovo…».

«Di qualunque cosa si tratti, sono affari vostri».

«Non capite, la missione è di vitale importanza…».

«Siete voi a non capire, messere. Chiedete l'impossibile», lo interruppe Suger. Poi si accorse che lo sconosciuto non dava segni di volersi assopire e decise di assecondarlo quel tanto che bastava perché la spossatezza prendesse il sopravvento. «E poi», disse con finto interesse, solo per farlo parlare, «come potrei riconoscere il vostro sodale, in una città tanto grande?»

«Si chiama Gebeard von Querfurt… Un teutone… Cercatelo alla basilica di Santo Stefano Maggiore… Traffica reliquie e… reca gli stessi miei segni».

Detto ciò, l'uomo gli mostrò il dorso della mano destra. Era ricoperto di tatuaggi che fino ad allora Suger non aveva notato. Sotto le nocche dell'indice e del medio era raffigurato un cavaliere armato di arco. Un serpente si arrampicava sul suo dito mignolo puntando il muso verso una piccola coppa tatuata sull'ultima falange dell'anulare.

Dopo avergli mostrato quei segni, l'uomo chiuse la mano in un gesto benedicente, come se volesse indicare il numero tre. Allora Suger vide sul suo palmo l'immagine di una Madonna con Bambino sovrastata da una colomba ad ali spiegate.

Simboli cristiani insieme a simboli pagani. Il medico ebbe un moto di ripulsa. Sapeva dell'esistenza di amuleti dotati di simili raffigurazioni, di fattura ebraica o frigia, e non li temeva. Ma anche un semplice feticcio, se scorto da un uomo di chiesa, avrebbe scatenato conseguenze terribili. «Attento!», sbottò. «Non so chi voi siate, ma se un domenicano qualsiasi vedesse questi segni fareste una brutta fine. E la farei anch'io, avendovi dato asilo».

«Lasciatemi spiegare…», lo scongiurò il ferito, ormai sull'orlo del delirio.

«Ho già i miei problemi», ringhiò il medico. «Tacete, se non volete che vi cacci».

Lo sconosciuto restò sdraiato a terra, fissandolo con lo sguardo implorante. «Presto il cavaliere mi troverà… E questa volta…».

Suger lo ignorò. Aveva già fatto abbastanza per lui. Gli aveva curato la ferita e l'aveva messo al riparo in casa propria. Continuare a sopportare i suoi sproloqui era davvero troppo. Non l'aveva ancora messo alla porta perché il discorso sulla draconite l'aveva affascinato. Ma Milano era lontana, e lasciare Parigi gli sarebbe costato la carriera.

Si sdraiò sul letto ed esaminò a lungo la strana pietra pelosa, mentre lo straniero iniziava finalmente a prendere sonno.

Infine, anche lui si assopì. Quando chiuse gli occhi, sognò se stesso circondato dal collegio della scuola di Notre-Dame, mentre mostrava con fierezza una pietra di draconite a una moltitudine di interessati.

E tutti i *magistri* gli si stringevano intorno sbalorditi.

2

Al sorgere dell'alba, lo scorrere della Senna aveva una tonalità cristallina. Le acque zampillavano lungo le sponde, intonando una laude alla fioca luce solare. Nella penombra della sua dimora, Suger non era in vena di abbandonarsi a simili amenità. Aveva dormito pochissimo ed era di pessimo umore. L'ospite indesiderato aveva iniziato a delirare come un ossesso ai primi rintocchi del mattutino. Il medico era stato costretto a scendere dal letto per accertarsi delle sue condizioni, senza astenersi dal maledirlo a denti stretti. Niente di grave, tuttavia. La febbre era salita ma la ferita sembrava reagire bene alla medicazione.

Si sedette ai bordi del giaciglio, sfregandosi gli occhi. L'estraneo giaceva a terra, sprofondato in una tormentosa incoscienza. Lo svevo. Così l'aveva soprannominato, ignorando come si chiamasse. A giudicare dall'accento, doveva provenire dall'Alemannia. Non che a Suger importasse granché. Non provava nulla per lui, né compassione né simpatia. Nutriva ancora curiosità per la questione della draconite, questo sì, ma dal punto di vista personale lo svevo non era affar suo. Del resto, non poteva certo definirsi un uomo pietoso. Pensieri di carità e altruismo sfioravano di rado il suo cuore, senza lasciare traccia del loro passaggio.

In gioventù era stato una persona diversa, ma dopo la morte del padre non gli era importato più di nessuno fuorché se stesso. E non aveva più guardato le vetrate di una cattedrale allo stesso modo.

Il fitto vociare proveniente dall'esterno lo distolse dai pensieri. Ormai era tempo di andare, gli impegni della giornata reclamavano la sua presenza.

Indossò l'abito rosso e il copricapo di magister medicinae, prese sottobraccio un paio di tomi che gli sarebbero serviti per la lezione e si accostò all'uscio. Dopo una breve esitazione, decise di lasciare lo svevo lì dov'era. Secondo le sue previsioni, sarebbe rimasto in stato di incoscienza fino al pomeriggio e non avrebbe causato problemi. La tentazione di sbatterlo fuori di casa era ancora fortissima, ma il timore che quei tatuaggi necromantici potessero richiamare l'attenzione di qualcuno lo persuase ad agire con cautela.

Non appena fu in strada, si trovò immerso nel rutilare del martedì grasso. Una turba di giovani correva per le vie fra grida e risate, alla ricerca di vittime per i loro scherzi. Infastidito da tanta frenesia, camminò rasente i muri per evitare di essere coinvolto in qualche schiamazzo. Aveva fretta, e l'idea di attraversare mezza città per tenere lezione inaspriva il suo malumore.

In seguito ai recenti dissapori tra il vescovo di Parigi e l'*Universitas magistrorum*, la maggior parte dei docenti si era allontanata dalla Cité, eleggendo l'abbazia di Sainte-Geneviève a sede provvisoria dello Studium. Gli unici maestri che ancora insegnavano presso Notre-Dame erano i religiosi.

Camminando a testa bassa sotto un sole insolitamente tiepido, Suger si sforzò di stemperare il malumore pensando a qualcosa di piacevole. Suo malgrado, l'unica cosa che gli venne in mente fu la pietra di draconite. Come poteva ignorarla? Al pari di ogni medico e cerusico, conosceva bene le proprietà terapeutiche delle pietre. Aveva letto diversi libri al riguardo, tra cui il lapidario di Michele Psello e quello di Marbodo de Rennes. Tempo addietro, un benedettino di Oxford gli aveva addirittura mostrato la propria collezione di pietre curative, per la maggior parte provenienti da interiora animali: la *chelidonia*, cavata dalla testa della rondine e idonea a placare le infiammazioni degli occhi; la *liguriena*, estratta dalla vescica urinaria della lince, ottimo rimedio per i dolori di stomaco e per l'itterizia; la *heyena*, proveniente dai bulbi oculari della iena, in grado di arrecare beneficio se tenuta sotto la lingua; infine la *margarita*, nascosta nelle conchiglie, e il *panthero*, ricavato dalle viscere dei grossi felini.

Ma nessuna di quelle pietre poteva essere paragonata alla draconite. Se Suger ne fosse entrato in possesso e avesse scritto un trattato medico sulle sue virtù curative, si sarebbe senz'altro guadagnato una posizione di prestigio presso la scuola del Capitolo.

Allontanò in fretta simili fantasticherie, scansò con malgarbo un gruppo di pellegrini e si addentrò nel quartiere latino. Lì i festeggiamenti del Carnevale avevano assunto proporzioni surreali. Spuntavano ovunque giovani travestiti da femmine, orsi e selvaggi. Alcuni danzavano, altri scorrazzavano in groppa a muli o su grotteschi carri del malgoverno, bersagliando i passanti con verdura marcia.

C'era da aspettarselo. In quelle borgate alloggiava la maggior parte degli studenti giunti a Parigi per frequentare lo Studium. Il fatto di trovarsi sotto l'ala tutelare del Capitolo, quindi immuni alle sanzioni civili, li rendeva ancora più audaci nel trasgredire le regole.

Il medico superò il baccano senza essere infastidito, l'abito da magister lo proteggeva dall'esser fatto oggetto di scherzi. Anzi, ricevette diversi inchini e saluti rispettosi, finché non scorse un capannello di ragazzi raccolto intorno a un giovane alto e di bell'aspetto. Era Bernard, il suo migliore allievo. Fiutando odore di guai, allungò il passo verso di lui.

Lo studente abbozzò un saluto impacciato, mentre i suoi compagni si dileguavano in fretta.

Non appena gli fu vicino, Suger notò che aveva un occhio pesto e un labbro rotto. «Ragazzo mio, si può sapere cosa ti è capitato?».

Il giovane si scompigliò i capelli. Capelli nerissimi e molto folti. Bernard era uno dei pochi studenti a non portare la tonsura. Al contrario dei suoi coetanei, che la sfoggiavano come segno di protezione del Capitolo, la riteneva un'umiliazione. «Niente di grave, magister».

«Niente di grave, dici?», rimbrottò il medico. «La Quaresima incombe e con essa la *determinatio*. Te ne rammenti? È l'esame che dovrai sostenere per diventare baccelliere. Farai proprio una bella figura, presentandoti con questa faccia! E lo stesso sarà per me, visto che sono il tuo magister».

«Perdonatemi, ve ne prego», disse il giovane. «Non intendevo arrecarvi problemi».

«Invece l'hai fatto. Ogni tua azione si riflette su di me, capisci?». Suger l'avrebbe preso a schiaffi, tanto si era innervosito. Bernard era uno studente assai dotato e applicandosi nello studio avrebbe sanz'altro fatto strada, ma non riusciva a frenare il temperamento focoso che lo spingeva ad attaccar briga e a rincorrere ragazze.

In quel mentre un giovanotto gracile e rossiccio si fece largo tra i passanti e si mise al fianco di Bernard, quasi volesse prenderne le difese. Suger lo squadrò di sfuggita, per non incoraggiarlo. Lo conosceva di vista. Si chiamava Ramón, gli occhi da faina e le labbra sporgenti gli conferivano la tipica espressione del piantagrane.

Il rosso si schiarì la gola e fronteggiò il magister con un sorrisetto sfacciato. «Stanotte il nostro Bernard le ha prese da un oste di Saint-Marcel». Benché fosse aragonese si esprimeva in latino, come tutti gli studenti stranieri a Parigi.

«E per quale motivo?», volle sapere il medico.

«Colpa di quel taccagno!». Ramón allargò le braccia con fare drammatico. «Voleva farci pagare il vino a peso d'oro! E noi...».

Suger lo tacitò con un gesto e si rivolse al suo allievo. «Bernard, la domanda era rivolta a te. Vuoi spiegarmi?».

Il giovane annuì con imbarazzo. «Ramón ha protestato con l'oste per il prezzo del vino. Si è rifiutato di pagare, e quello ha iniziato a picchiarlo...».

«Otto denari!», continuava Ramón, battendosi la fronte con aria da martire. «Otto denari per quattro fogliette di vino! Un latrocinio!».

«L'oste era più grosso di lui», spiegò Bernard. «Così l'ho difeso».

Il suo compagno prese a sbraitare: «Vedeste, magister! Vedeste che rissa!».

Sempre più scuro in volto, il medico rimproverò Bernard: «Ti ho detto mille volte di stare alla larga dalla periferia, soprattutto dal borgo di Saint-Marcel. Là puoi trovare soltanto guai».

Ramón scoppiò a ridere. «Se per "guai" intendete vino e baldracche...».

Suger ne aveva abbastanza di quell'impertinente. Se avesse continuato a tollerarlo, il suo buon garbo sarebbe andato definitivamente a farsi benedire. Quindi lo prese per la collottola e lo spinse dentro un carro che stava passando per strada proprio in quel momento.

Ramón si accomodò sul bancale, allontanandosi basito come un re deposto.

«In quanto a te», il medico trascinò Bernard per il braccio, «mi seguirai a lezione».

3

Bernard camminava imbronciato al fianco del magister, prendendo a calci i sassi sul selciato. Ora i rumori del Carnevale erano attenuati e distanti. La strada, quasi deserta, tagliava per un declivio erboso fiancheggiando antiche rovine, le terme romane e l'arena di Lutezia. Il giovane le degnò di un'occhiata oziosa. Rughe di vecchiaia sul volto di Parigi.

L'abbazia di Sainte-Geneviève era vicina, ma Suger aveva rallentato il passo di proposito. I ricordi della notte precedente erano ormai lontani. L'ansia e la paura provate durante l'inseguimento sembravano echi di un sogno sbiadito. Il pensiero dello svevo, abbandonato esanime nel suo alloggio, non suscitava in lui la benché minima apprensione. Tutto ciò che gli importava, al momento, era far rinsavire il ragazzo che gli stava accanto. «Non diventerai baccelliere facendo soltanto sfoggio di sapienza», lo esortò. «Dovrai correggere il tuo atteggiamento».

Bernard lo fissò contrariato. «Pensavo fosse una prerogativa dei preti».

«Lascia perdere i preti. Se vorrai ottenere rispetto, dovrai comportarti con dignità. E la dignità poggia su tre regole fondamentali: la gravità, la pudicizia e la maturità». Elencandole, Suger non poté evitare di rammentare quante volte lui stesso le avesse infrante. Ma ora non si trattava di sé. Lui sapeva come nascondere le proprie meschinità dietro un'aria rispettabile. Bernard, al contrario, era sincero e leale, ma si lasciava traviare dall'esuberanza.

Il giovane annuì, calciando l'ennesimo sasso lungo la strada.

«Tu non mi ascolti!», si irritò Suger. «Vuoi stare attento?».

Per tutta risposta, Bernard gli rivolse uno sguardo tanto profondo da spiazzarlo. «Devo farvi una confessione, magister».

Il medico lo squadrò incuriosito. «A quale riguardo?»

«Vi rammentate dei ragazzi con cui stavo parlando quando mi avete incontrato?»

«Sì, erano in molti. Ebbene?»

«Sono venuti a sapere di quel che mi è successo stanotte. Intendono vendicarsi dell'oste di Saint-Marcel, sono diretti alla sua locanda».

«La cosa non ti riguarda».

«Ma magister!», insistette Bernard. «Temo facciano del male a quel taccagno. Mi sentirei responsabile».

Con un gesto esasperato, Suger gli si piazzò di fronte. «Una volta per tutte, Bernard. Devi imparare a non immischiarti in simili faccende». Gli batté l'indice sulla fronte. «Sei un ragazzo intelligente, hai altro a cui pensare. Dopo Quaresima, a Dio piacendo, sarai baccelliere. Se lavori sodo, nel giro di pochi anni diventerai magister. Lo capisci? Basta con le zuffe! Basta con i colpi di testa!».

«Ma io…».

«E basta con i "ma"! Non ti preme il titolo di baccelliere?».

Gli occhi di Bernard scintillarono di ambizione. «Certo che mi interessa, magister. Mi interessa eccome».

«Allora farai come dico io».

Due ore dopo Suger stava tenendo lezione nel chiostro di Sainte-Geneviève. Un folto numero di studenti lo ascoltava senza fiatare, prendendo appunti su dittici di cera. Per la maggior parte erano ragazzi sprovvisti di libri propri, perciò costretti ad affidarsi alla memoria e alla speranza che il magister elargisse qualche nota scritta a fine lezione. Bernard assisteva in prima fila.

Avrebbe potuto trattarsi di una mattinata qualsiasi, se non fosse stato per due frati domenicani infiltrati tra gli allievi. Si erano appostati sotto le arcate del chiostro come due corvi e ascoltavano la lezione con aria di dissenso, quasi che le parole del magister celassero riferimenti sacrileghi.

Suger li ignorò per tutto il tempo e, com'era solito fare, a fine lezione coinvolse gli allievi in una disputa perché prendessero confidenza con gli argomenti appena trattati. Il dibattito verteva sull'asserto che la malattia fosse conseguenza di una causa scatenante, senza la quale il male fisico non avrebbe potuto manifestarsi. Dopo un iniziale scambio di opinioni, uno studente obiettò che se a Dio fosse piaciuto, la malattia si sarebbe manifestata a prescindere da qualsiasi causa. Suger negò, spiegando che neppure Dio poteva sovvertire le leggi della natura, poiché Egli le aveva create. Un principio divino, specificò, non poteva contraddire se stesso.

Quelle parole bastarono a scatenare il putiferio.

Uno dei due domenicani si alzò di scatto e attraversò il chiostro a lunghe falcate, diretto verso il magister. Gli allievi fecero largo al suo passaggio, osservandolo basiti. Raramente qualcuno si prendeva la licenza di interrompere una lezione.

Innervosito da simile affronto, Suger si preparò a inveire contro quel frate impertinente. Aveva già pronti un paio di insulti che gli avrebbero fatto rizzare i capelli come i peli di un gatto, ma non appena lo riconobbe si morse le labbra. Non era un religioso qualunque. Era Rolando da Cremona, il teologo italiano!

Fra Rolando si fermò a pochi passi da lui. Lineamenti affilati e occhi color metallo, venati di una rabbia calcolata. Con la foga di un cavaliere che getta il guanto di sfida, pronunciò un'unica parola: «Aristotele!».

Tanto bastò a sprofondare gli astanti nel mutismo.

In mezzo a quel timorato silenzio, si levò una voce dalle prime file: «Frate, come vi permettete?».

Tutti si voltarono verso Bernard, il volto paonazzo, gli occhi fissi sul domenicano.

«Andatevene!», continuò il ragazzo. «La scienza medica non compete agli uomini di chiesa».

Suger gli ordinò di tacere, ma fra Rolando lo sovrastò con la voce e con il carisma.

«È vero», confermò il domenicano, senza rivolgersi a nessuno in particolare. «Noi uomini di chiesa ci asteniamo dal praticare la scienza medica. Ci è proibito versare sangue umano, finanche per scopi curativi». La sua voce aveva un che di legnoso, come il soffio del vento in un albero cavo. «Però è nostro dovere fugare dalle menti l'ombra del dubbio».

Disobbedendo per la seconda volta al suo magister, Bernard continuò a polemizzare: «Quale ombra? Quale dubbio? Anche i teologi studiano Aristotele».

Fra Rolando sembrava attendere proprio quella domanda. «Aristotele ha scritto cose mirevoli, e tuttavia la sua mente pagana l'ha indotto a commettere errori». Puntò lo sguardo verso Suger. «Errori che il vostro magister spaccia come verità assolute. Errori che escono dalla sua bocca come bestemmie».

Suger strinse i pugni in cerca di un qualsiasi argomento di difesa. L'accusa che gli veniva mossa era assai grave, insegnare l'aristotelismo era proibito dalla Chiesa. E sotto la sferza dialettica di quell'abile domenicano, ogni tentativo di discolparsi gli si sarebbe senz'altro ritorto contro.

«Ebbene, magister, non dite nulla?», lo sfidò fra Rolando. «Preferite continuare a farvi difendere dai vostri discepoli?».

Suger aprì le braccia, fingendo arrendevolezza. «Reverendo padre, se dovessimo misurarci in materia teologica voi avreste senz'altro la meglio. Io però non sono teologo, sono medico. Se intendete muovere accuse contro la mia docenza, lo si farà al cospetto di un'autorità competente: la corporazione degli insegnanti di Parigi».

«Corporazione?». Fra Rolando scosse la testa. «Io non riconosco l'autorità di alcuna corporazione, ma soltanto quella di padre Philippus de Noyon, il cancelliere del Capitolo. Egli è l'unico e vero tutore dello Studium».

Suger non poteva più tirarsi indietro. «Sta bene», disse con tono altezzoso.

«Allora affrettiamoci», ghignò il domenicano, rivolgendo lo sguardo al suo confratello. «Ci presenteremo subito al cospetto di Philippus Cancellarius. Siamo ancora in tempo per ricevere udienza».

Suger attraversò Parigi al seguito dei due domenicani, come un condannato al patibolo. Sapeva di avere la coscienza sporca, e sapeva pure che sarebbe stato arduo tenerlo nascosto. A turbarlo però era un'altra cosa, cioè il sospetto che Rolando da Cremona avesse agito con premeditazione. Più ci pensava, più ne era certo. Quel domenicano doveva essere giunto a Sainte-Geneviève apposta per provocarlo, e pronunciando il nome del cancelliere l'aveva messo con le spalle al muro. Philippus Cancellarius nutriva antipatia verso qualsiasi magister laico, figurarsi se accusato da un frate!

Sempre più avvilito, Suger avanzava un passo davanti all'altro senza riuscire a farsi un'idea precisa della situazione. Per un attimo ebbe l'impulso di fuggire, di correre via come aveva fatto la notte precedente. Ma non poteva infischiarsene delle conseguenze. Inoltre, di quale esempio sarebbe stato per Bernard? Quel testardo si era scagliato in sua difesa come un toro infuriato, senza logica né prudenza. Il magister disapprovava, pur avendo apprezzato il suo gesto. Bernard viveva a Parigi solo, senza parenti né amici stretti. Suger rappresentava per lui l'unico punto di riferimento e l'unica fonte di consiglio. Non si vergognava di ammettere che quel ragazzo fosse riuscito ad aprire una breccia nel suo animo cinico.

Il cammino verso il Capitolo li portò attraverso il quartiere latino, dove i festeggiamenti del martedì grasso stavano toccando l'apice. Fra Rolando e il suo confratello si guardarono intorno con disgusto, i loro occhi lanciavano muti anatemi contro ogni passante.

«Solo l'altro giorno il Carro dei Folli sfilava per queste vie, ed eccoci di nuovo tra schiamazzi e gozzoviglie», pontificò fra Rolando, scuro in volto. «Possibile che non si possa fare a meno del riso?».

Suger non replicò. Anche lui detestava la confusione, inoltre percepiva qualcosa di preoccupante tra la folla. C'era troppa agitazione. La presenza delle guardie cittadine si faceva pressante. Berrovieri e birri a ogni angolo... Doveva essere accaduto qualcosa.

I tre si allontanarono dal trambusto e raggiunsero l'Île de la Cité, dove si festeggiava con maggior moderazione. Nella cornice degli edifici gentilizi, l'andirivieni del Marché-Palu era animato da musica e cortei, mentre nella piazza di Notre-Dame un gruppo di uomini giocava alla *soule*, prendendo a calci una palla.

La sede del cancelliere era vicina.

Si portarono lungo il fianco meridionale della cattedrale, non ancora ultimata dopo sessant'anni di lavori, ed entrarono nel palazzo del Capitolo. Proseguirono fino a raggiungere l'ingresso di un ambiente spazioso, circondato da bifore e *armaria*. La sala della cancelleria.

Due religiosi stavano confabulando all'interno, uno di fronte all'altro. Suger riconobbe il corpulento Philippus Cancellarius e il parroco del borgo di Saint-Marcel. Quest'ultimo, un pretino basso e smunto, gli era noto perché si recava spesso allo Studium per lagnarsi delle scorribande degli studenti nella sua parrocchia. Il cancelliere invece, attempato e adiposo, non incuteva l'osannata soggezione per cui era tanto temuto. Con quell'espressione assente e il gozzo floscio, non si poteva credere che anni addietro fosse stato *magister theologiae* e avesse scritto trattati di un certo spessore.

La conversazione tra i due religiosi sembrava volgere al termine.

«Sono solo ragazzi», insisteva il parroco di Saint-Marcel. «L'intervento delle guardie è eccessivo. Un'esagerazione».

«È quanto sostengo anch'io», gli faceva eco il cancelliere. «Ma la Corona non vuole sentire ragioni. Ha già sguinzagliato i berrovieri del preposito».

«Ah, il preposito! Tutti conoscono la sua brutalità».

«Non so cosa dire, padre», sospirò il cancelliere. «Questa volta gli studenti sembrano averla combinata davvero grossa».

Il dialogo si protrasse per un altro po', infine il parroco di Saint-Marcel si allontanò amareggiato. Non appena rimase solo, Philippus Cancellarius invitò i tre uomini sulla soglia a farsi avanti.

Fra Rolando entrò per primo, salutandolo con un inchino. «Scusate, vostra paternità, ma non ho potuto fare a meno di ascoltare», esordì. «Problemi gravi?»

«Problemi enormi», ribatté il cancelliere, avvicinandosi a uno spazioso scrittoio. «Pare che stamane una compagnia di studenti abbia distrutto un'osteria di Saint-Marcel. Non contenti, quei disgraziati si sono riversati in città creando scompiglio».

A tali parole, Suger rammentò quanto udito da Bernard e non poté astenersi dall'intervenire: «Sbaglio o accennavate all'intromissione dei birri?»

«Non sbagliate», disse il cancelliere. «La Corona ha disposto di mobilitare il preposito».

«Ma non si sta parlando di comuni cittadini», obiettò il medico. «La punizione degli studenti è affare del Capitolo della cattedrale, non della Corona. Questa è la legge».

Annuendo con aria mesta, Philippus girò intorno allo scrittoio e si accomodò su un seggio dall'alto schienale. «È da più di un'ora che un legato pontificio tenta di spiegarlo a sua maestà la regina Bianca», commentò, sempre rivolto a Suger. «Se credete di poter fare meglio, accomodatevi».

Il medico arretrò leggermente. Aveva già abbastanza problemi per conto proprio, e non era affatto solito battersi per cause altrui. In quel mentre si avvide che gli astanti stavano consultandosi con un gioco di sguardi. Non poté evitare di sentirsi a disagio.

Poi il cancelliere ruppe il silenzio, interpellando fra Rolando: «Ebbene, padre, cosa vi ha spinto ad abbandonare il chiostro di Saint-Jacques in una giornata tanto movimentata?»

«Una questione da sottoporvi», rispose il frate.

«Non altre grane, mi auguro».

«Purtroppo sì». Il domenicano indicò Suger. «Costui è magister medicinae presso lo Studium...».

«Lo conosco, come chiunque occupi una cattedra a Parigi», tagliò corto Philippus. «Perché l'avete portato al mio cospetto?»

«Ha trasgredito i divieti riguardanti Aristotele. Insegna filosofia naturale[1]».

Il cancelliere si rivolse all'accusato. «Vi si attribuisce un reato assai grave, magister. Intendete pronunciarvi in vostra discolpa?»

«Si tratta di un malinteso, reverendo padre», minimizzò Suger. «Io insegno medicina, non filosofia naturale. Fra Rolando dev'essersi confuso».

«Menzogna!», strepitò Rolando da Cremona. «Io e il mio confratello abbiamo udito benissimo. Costui ha ammesso che Dio non può modificare le leggi della natura, mettendo così in discussione la Sua onnipotenza. Com'è noto, si tratta di un asserto aristotelico».

«Era un espediente per far ragionare i miei alunni», si giustificò il medico, per calmare le acque. «Ogni fenomeno dipende da una causa, ecco in sintesi cosa stavo spiegando». Una difesa blanda, pensò tra sé. Tuttavia c'era ben poco da fare. Non potendo negare le accuse, si appellava alla clemenza del cancelliere. Che, di tutta risposta, scosse la testa.

«State divagando, magister». Un crescendo di irritazione trapelò dallo sguardo di Philippus. Ora sì che incuteva soggezione. «Fra Rolando sta sporgendo accuse precise. Siete forse lento di comprendonio?».

Parole pesanti, quasi offensive. Suger si sentì punto nell'orgoglio e accantonò la moderazione. «Fra Rolando non capisce nulla di scienza medica», esclamò, mandando al diavolo ogni possibilità di compromesso. «Come osa mettere becco nel mio operato?»

«Abbassate la voce, magister, non siamo al mercato». L'uomo sul seggio lo portò all'attenzione con un cenno autoritario. «E lasciate che vi rinfreschi la memoria. Il sinodo di Sens del 1210 ha vietato la lettura e il commento di Aristotele. Tale divieto è stato rinnovato dagli Statuti del 1215, e più di recente espresso apertamente dal nostro pontefice...».

Mentre il cancelliere sciorinava quel ventaglio di divieti, Suger si sentiva cuocere a fuoco lento. Un principio di nausea iniziò a tormentargli lo stomaco mentre le pareti della stanza parevano farsi sempre più strette. La situazione non prometteva nulla di buono. Fino a qualche anno

[1] L'insegnamento medievale della "filosofia naturale" si basava in buona parte sui testi aristotelici, nei quali si spiegavano i principi e il funzionamento dell'universo.

prima, si tollerava che i maestri insegnassero la filosofia naturale e facessero ricorso ad Aristotele. A Tolosa lo si permetteva ancora. Ma non a Parigi, dove il tradizionalismo imperante continuava a vedere nella filosofia l'ancella della teologia, da sacrificare quando risultava scomoda.

«In ottemperanza alla carica che ricopro», concluse Philippus, «non posso consentire per nessuna ragione che un docente di Parigi divulghi l'aristotelismo. Voi capirete, se giungesse all'orecchio del papa...».

«Reverendo padre, comprendo benissimo», si schermì il medico. «In tutta franchezza, però, credo si stia facendo la cosa più grave di quello che è».

Rolando da Cremona lo aggredì come una furia. «Anteporre Aristotele alla Bibbia sarebbe per voi una piccolezza? Mi stupisce che vi sia stata concessa la *facultas docendi*».

«Ma voi non potete certo revocarmela, frate», si difese Suger, che bruciava dalla voglia di torcergli il collo.

«Io sì, però», lo mise in guardia il cancelliere. «Se mi dimostrassi clemente nei vostri riguardi, darei l'impressione di parteggiare per chi divulga la filosofia naturale. Troppe volte ho lasciato correre. Troppe volte ho fatto finta di nulla!».

Il medico rimase interdetto. Non si era mai sentito tanto umiliato. Il suo titolo e le sue competenze venivano spogliati di ogni valore, la sua opinione messa in ridicolo. Pensò a suo padre e ai sacrifici che aveva fatto per farlo studiare. Pensò alle difficoltà superate in tutti quegli anni... No, si disse. Non poteva accettare quelle accuse senza almeno provare a battersi. E premendosi l'addome per contenere l'indisposizione, puntò un dito contro il cancelliere. «Sfidereste la corporazione dei maestri sulla base di una calunnia?»

«Una calunnia?», ripeté Philippus in tono sarcastico. «Non dite sciocchezze, magister. I vostri riferimenti ad Aristotele non si limitano all'episodio di oggi, lo sappiamo bene. Inoltre sappiamo che possedete libri di filosofia naturale. *Libri proibiti*».

Suger avvampò di rabbia e di vergogna. Non aveva più dubbi, gli era stata tesa una trappola. «Esattamente, per quale ragione mi trovo qui? Volete umiliarmi? Volete confermare il primato della teologia sulla scienza medica?»

«No, questa è soltanto la premessa». Il cancelliere si concesse un mezzo sorriso, lasciando trapelare un aspetto della sua vera personalità. Rolando da Cremona, al confronto, era un gattino indifeso. «Il motivo è informarvi che le vostre infrazioni potrebbero costarvi la scomunica».

«Vostra paternità, è inaudito!», protestò Suger. «Mi pare una misura eccessiva».

«Eccessiva non direi, però evitabile». Philippus oscillò sul seggio, quasi una manovra diversiva. «Ci sarebbe una soluzione indolore».

«L'esilio», puntualizzò fra Rolando, rapido come una stilettata.

Suger si sentì mancare. «Non potete chiedermi di lasciare lo Studium di Parigi...», disse con voce strozzata. Al solo pensiero ebbe l'impressione di precipitare in un pozzo senza fondo, e per poco non cadde in ginocchio. «La scienza medica è la mia vita! È tutto per me! Non capite? Se lasciassi questa città...».

«Lagnarvi non vi servirà a nulla», lo ammonì Philippus, quasi impassibile.

«Avete ragione, ma se giurassi di non divulgare mai più la filosofia naturale...».

«L'avevate già fatto una volta, quando vi fu affidata la cattedra. A quanto pare, non è servito a nulla».

«E tuttavia, come potete pretendere che me ne vada senza un ragionevole preavviso, dopo anni di duro lavoro...».

«Pensateci bene», lo interruppe il cancelliere. «Gravato da scomunica, non trovereste mai più un impiego degno delle vostre maestranze, né a Parigi né altrove».

Era vero, ragionò Suger. Nessuna scuola avrebbe accolto un magister fulminato da anatema. Nemmeno il più geniale. Era sconvolto, ma insistere serviva soltanto a peggiorare le cose. Perché l'accusa era fondata. Come ben sapeva, i decreti ecclesiastici vietavano categoricamente che i libri di filosofia naturale venissero letti e commentati in pubblico o in segreto, pena la scomunica. Molti altri maestri, prima di lui, erano stati costretti a migrare a Tolosa per poter continuare a insegnare Aristotele senza essere perseguitati. Eppure non sopportava l'idea di darla vinta a Philippus Cancellarius e ai suoi leccapiedi. La frustrazione gli mordeva lo stomaco e alimentava una rabbia sdegnosa, ma era soprattutto la disperazione a stringergli il cuore. Cos'avrebbe fatto di lì in poi? Dove sarebbe andato? In preda a un tumulto di sentimenti, avanzò di scatto e batté il pugno sullo scrittoio. «Non pensiate che finisca qui!», sibilò. Poi si morse le labbra, rammentandosi d'un tratto di un'altra questione. «Inoltre», esclamò, «non vi illudiate che smetta di esercitare prima di aver preparato un mio discepolo per il baccellierato».

«Non se ne parla», disse tra i denti fra Rolando. «Il vostro discepolo sarà affidato a maestri ben più competenti. Dovrete andarvene subito».

«Suvvia padre, siate caritatevole», lo rabbonì il cancelliere, con la sua finta calma. «Lasciamo al nostro magister questa magra consolazione. Dopotutto, entro breve, a Parigi non ci sarà più posto per chi insegna le menzogne di Aristotele». Un sorriso si fece spazio tra le sue grosse guance. «Suger de Petit-Pont non è che il primo di una lunga lista».

Al limite della sopportazione, il medico si trattenne a stento dal lanciarsi contro i suoi accusatori. Poi si accorse di due guardie alle sue spalle.

Lo trascinarono fuori, umiliandolo ancora.

4

Le strade del quartiere latino erano diventate un fiume in piena. In bilico tra l'euforia e la violenza, la calca spintonava come una mandria spaventata. Nei punti di maggior confusione, drappelli di birri interrogavano i passanti e trattenevano quanti più ragazzi possibili. Inquisivano, gridavano, picchiavano. Ovunque si parlava del borgo di Saint-Marcel e di un'aggressione da parte di alcuni studenti. Un'osteria era andata distrutta. Diversi locandieri sostenevano di aver ricevuto maltrattamenti e minacce. Erano stati gli studenti, si diceva ovunque. Difficile reperire notizie certe. Difficile discernere la verità dalla menzogna.

I birri del preposito cercavano i responsabili nelle borgate studentesche. La loro brutalità, aizzata dal temperamento riottoso dei giovani, trasformò un tentativo di ristabilire l'ordine in una piccola sommossa. Fu così che si venne alle offese e alle botte. E alle spade.

In fondo a una traversa della rive gauche, Bernard sfidava con lo sguardo tre berrovieri. Dietro di lui si nascondeva Ramón, spaventato e tremante.

«Allora, canaglie», grugnì uno dei birri, «dicono che siete stati voi a provocare il disastro a Saint-Marcel!».

Bernard cercò di spiegare: «Abbiamo avuto un alterco ieri notte, è vero, ma non abbiamo causato danni. Non siamo le persone che state cercando».

«Per me invece sei stato proprio tu», sentenziò uno del gruppo. «Quell'occhio nero parla da solo. Come te lo sei procurato?»

«Non è affar vostro», ribatté il ragazzo. «Spiegherò tutto al cancelliere».

«Senti senti, il saputello», ghignò l'armigero in direzione dei compagni. «Vuole andare a piangere dal cancelliere».

Si fece avanti un altro birro. Ventre prominente, occhi bovini. «Ti conviene abbassare la cresta, ragazzo. Se non sei il colpevole, dimostralo. Dicci chi è stato».

Bernard conosceva i nomi dei responsabili, o almeno si era fatto un'idea di chi potesse essere stato. Erano suoi compagni di studio. Una combriccola di scalmanati, certo, ma non gente cattiva. Avevano sogni e progetti per il futuro, proprio come lui. Non li avrebbe mai denunciati agli sgherri del preposito come delinquenti comuni, però non intendeva neppure lasciare correre. Appena uscito da quell'impiccio, ne avrebbe parlato con il magister Suger. Lui avrebbe saputo cosa fare.

Forte di quella decisione, il giovane si ostinò a farla valere. «Non parlo con i birri!». Alzò la voce, scandendo le parole: «Sono uno studente dello Studium, non un comune cittadino. Farò i nomi dei responsabili a chi di dovere».

«Non tiriamola per le lunghe. Il colpevole sei tu! Tu e il tuo compare!». Il birro dal ventre prominente strinse i pugni, facendo crocchiare le nocche. «Chiederemo conferma al tuo amichetto. Ha l'aria più remissiva. Parlerà».

L'uomo scattò in avanti verso Ramón, ma Bernard si parò in difesa del compagno. «Stai lontano!», e spinse l'aggressore, facendolo cadere nel fango.

L'armigero si rialzò con goffaggine e mostrò i pugni. «Perché, altrimenti cosa fai?»

«Vigliacco!». Il giovane lo fulminò con lo sguardo. «Siete soltanto dei vigliacchi!».

Furono le ultime parole che gli uscirono dalla bocca. I birri lo aggredirono tutti insieme. E mentre Bernard veniva schiacciato dalle botte, dagli insulti, dalle armature di cuoio e metallo, continuava a pensare che sarebbe diventato baccelliere. E poi medico. E poi magister.

Proprio come Suger, l'unica persona per cui avesse mai provato stima.

5

Cacciato da Parigi!

Suger si allontanò dal Capitolo con la coda tra le gambe. Più di una volta fu sul punto di tornare indietro, pronto a invocare, se necessario, la clemenza del vescovo. Poi aveva rinunciato. Benché fosse di temperamento orgoglioso, non era un cuor di leone. Philippus Cancellarius godeva di un enorme potere e di un'influenza ancora maggiore. Di fronte a una nuova protesta, l'avrebbe fatto di certo mettere ai ceppi.

Era così abbattuto che invece di rivolgersi alla corporazione degli insegnanti, andò in cerca di un'osteria. Strada facendo, però, si rese conto che imbruniva e si rammentò dello svevo. Ormai doveva essersi riavuto, meglio rincasare.

C'era silenzio per le strade. L'agitazione di poco prima era cessata.

Giunto alla rive gauche, scansò un gruppo di ragazzini e, prima che le loro risate svanissero, si sentì trattenere per un braccio.

Reduce da troppe disavventure, si voltò di scatto con le peggiori intenzioni, ma con grande sorpresa vide Ramón. «Be', cosa vuoi?», gli chiese sgarbatamente.

Il ragazzo stava piangendo. «Magister… Magister… È accaduta una cosa terribile…».

«Una cosa terribile?», ripeté l'uomo, prendendo le distanze.

«Bernard…».

Suger ebbe un sobbalzo. Afferrò Ramón per le spalle e lo scosse ripetutamente. «Cosa gli è capitato?»

«È morto», singhiozzò il ragazzo. «Morto ammazzato!».

Il medico lo respinse. «Non è vero».

«Invece sì!». Ramón cadde sulle ginocchia, disperato. «È morto per difendermi… E io sono scappato, come un vigliacco…». Batté i pugni per terra. «Sono fuggito mentre lo pestavano!».

Suger credette per un attimo di vivere in un brutto sogno. «Ma come… Chi…».

«I birri… Sono stati i birri».

«I birri del preposito…», intuì Suger, ricordandosi delle parole del cancelliere.

«Sì, loro».

Colto da un senso di vertigine, il medico pose la mano sulla testa di Ramón. Trovò riccioli rossi e crespi. Li strinse, quasi per non perdere il contatto con la realtà. «Sei sicuro che…».

Il ragazzo annuì. Non aveva più voce.

Suger lo lasciò lì, in ginocchio, in preda ai conati di vomito. Camminò come un sonnambulo, cercando di comprendere cosa gli stesse accadendo. Non provava dolore, come gli era accaduto alla morte del padre, ma qualcosa di inesprimibile. Si accorse di avere il volto rigato di lacrime e cercò di pulirsi con le mani, ma senza riuscire a smettere di piangere. Si sentiva svuotato. Prima gli erano state tolte le ambizioni, ora gli affetti. E con Bernard se ne andava anche una parte di sé. Il se stesso che avrebbe voluto essere. Perché a ben pensarci, Suger aveva appreso da Bernard molto più di quanto non fosse riuscito a insegnargli.

Mentre veniva schiacciato dal cordoglio, una rete di pensieri iniziava a dipanarsi nella sua mente. Era l'egoismo che bisbigliava nell'ombra, spingendolo a valutare se in qualche modo potesse restare coinvolto nella vicenda. La morte di uno studente non sarebbe passata inosservata. Di certo avrebbero cercato il suo magister. La corporazione avrebbe sollevato un polverone, la notizia si sarebbe diffusa in tutta Parigi…

Doveva provvedere a se stesso, si disse. E si sentì un verme. La cosa giusta da fare sarebbe stata fare ritorno al Capitolo, denunciare l'accaduto e ricercare i responsabili. Inoltre sentiva un bisogno quasi fisico di inginocchiarsi dinanzi al corpo di Bernard per dargli l'estremo saluto e ringraziarlo di avergli fatto provare, almeno una volta, la gioia di riporre le proprie speranze in qualcun altro. Perché nei rari momenti in cui pensava alla vecchiaia, Suger si vedeva abbandonato da tutti tranne da quel ragazzo… Bernard sarebbe potuto diventare un magister più brillante di quanto lui sarebbe mai stato, e l'avrebbe potuto rendere orgoglioso come un figlio.

Il mio Bernard, pensò un'ultima volta. Fu così che lo lasciò andare, immaginandolo scivolare tra i flutti della Senna, sempre più lontano.

Quando raggiunse la propria dimora, un torpore malsano si era impadronito di lui. Persino i sensi del tatto e della vista parevano essersi attenuati, l'udito pervaso da un cupo ronzio.

La porta d'ingresso non era chiusa, ma soltanto accostata. Suger sbirciò all'interno, intuendo che lo svevo se ne fosse andato. Non che avesse importanza, ormai. La sua vita era finita, almeno per come la conosceva. L'onta dell'esilio e il dolore per Bernard l'avevano sprofondato in un gorgo tenebroso. La salute di un povero diavolo non avrebbe certo potuto fare la differenza. Eppure, la draconite… Seppur flebile, si riaccese in lui la fiamma dell'ambizione. La speranza di fronte al nulla. Mosse qualche passo per la strada, guardandosi intorno. Con quella ferita, lo svevo non poteva essere andato lontano.

Proprio allora vide un ragazzino avvicinarsi. Era il figlio del macellaio che abitava accanto a lui.

«Messere, cercate l'uomo che è uscito da casa vostra?», gli chiese il giovinetto, sfregandosi il naso.

Suger annuì.

«Vedeste che roba. È saltato giù dal ponte come un gatto!».

Il medico si limitò a interrogarlo con lo sguardo.

«Si è gettato su una delle barche che portano la legna al Porto dei Ceppi», spiegò il ragazzino. «È successo poco prima che voi arrivaste».

Il Porto dei Ceppi non era distante. Suger si incamminò in quella direzione e continuò a muoversi senza pensare, temendo che se l'avesse fatto sarebbe scoppiato in una crisi di pianto. Al momento, si disse, voleva soltanto ritrovare lo svevo. Aveva bisogno che almeno quell'impresa, nell'arco della giornata, andasse a buon fine.

Il Porto dei Ceppi era un grande deposito di legna. Navigli di varie dimensioni erano attraccati alla sponda, una dozzina di uomini stava caricando fasciami di legno e tronchi d'albero.

L'oscurità conferiva alle acque il colore dell'ebano, mentre una lieve foschia velava i dossi. Suger si avvicinò agli operai per chiedere se qualcuno di loro avesse notato un individuo sospetto, ma prima che potesse aprire bocca lo vide lui stesso. Stava sulla sponda opposta del fiume. Fece per chiamarlo, ma si bloccò. Capì immediatamente che stava fuggendo da qualcuno.

Lo svevo ruzzolò giù dal dosso, poi riprese a muoversi lungo una banchina seguendo il corso del fiume. Era lento, arrancava per via della ferita. Forse intendeva salire su una delle barche attraccate a poca distanza, ma Suger non riuscì a comprenderne il motivo. Poi vide il cavaliere che gli stava alle calcagna. Non poté distinguerlo bene, a causa della foschia. Vide soltanto che indossava un elmo e un usbergo coperto da una pelliccia.

Il cavaliere si fermò in cima al dosso, senza curarsi di raggiungere l'inseguito. Brandì una lancia non molto lunga e gliela puntò contro, come per ammonirlo o minacciarlo. Il medico seguì la scena senza capire, poi udì uno scoppio. Una vampata di fuoco uscì dalla lancia. Lo svevo gridò di dolore, poi cadde a terra con la schiena in fiamme.

Il cavaliere osservò per un istante la vittima, mentre sbuffi di fumo nero uscivano dalla sua lancia, trasformandolo in una sorta di miraggio.

Suger era impietrito, il rossore del fuoco ancora negli occhi. Non aveva mai visto nulla di simile.

Infine, facendo impennare il cavallo, il cavaliere sparì oltre il dosso.

Cercando di riprendere il controllo dei suoi nervi, il medico chiese di essere traghettato al di là del fiume per soccorrere il malcapitato, ma quando lo raggiunse capì di non poter fare più niente per lui. La schiena dello svevo era squarciata, come se qualcosa di rovente fosse esploso all'interno, lasciando frammenti solidi anneriti dal fuoco.

Suger rincasò con l'immagine del cavaliere impressa nella mente. Quella era stata di gran lunga la giornata più tragica della sua vita. Si lasciò cadere sul letto, incapace di pensare, troppo esausto per prendere sonno. Lo strazio e l'umiliazione non gli davano requie, al punto che scoppiò di nuovo in lacrime e pregò il Signore di liberarlo dal tormento. Rimase sdraiato a lungo, in mezzo a un'oscurità che sembrava nascergli dall'anima, finché, come già gli era capitato qualche ora prima, si sentì pervadere dal desiderio di fuggire. Fu più intenso della volta precedente, quasi un bisogno. Fuggire dal dolore. Fuggire dal fallimento... Si rammentò della notte precedente, quando aveva corso verso la Cité, inseguito dallo sconosciuto. Aveva provato paura, sì, ma anche una sensazione di euforia. La verità era che si era sentito vivo come non gli accadeva da anni. E soprattutto libero.

Forse lasciare Parigi non era una cattiva idea, si disse. Perché chiedere aiuto alla corporazione dei docenti e coltivare false speranze, quando avrebbe potuto ricominciare tutto da capo? Opporsi al cancelliere gli sarebbe costato altre umiliazioni, senza contare le conseguenze della morte di Bernard... Ma andarsene non sarebbe stata impresa facile. Non si illudeva. Fuori da Parigi non conosceva nessuno e ignorava persino le difficoltà di viaggiare per giorni e giorni, verso un destino ignoto.

Tuttavia da giovane aveva coltivato un sogno. Ormai lo aveva abbandonato, ma c'era stato un tempo in cui non passava giorno senza che lo rincorresse con la fantasia. Raggiungere la città di Salerno, sede della scuola medica più rinomata del mondo. Era ancora bambino quando aveva sentito parlare della leggenda di Costantino l'Africano, il sapiente fondatore dello Studium salernitano, e da allora non se ne era più scordato. Dunque, quale momento migliore per tentare di raggiungere quel luogo? Forse a Salerno avrebbe riscosso maggior apprezzamento per le proprie qualità. Forse avrebbe potuto persino conquistare la fama e il rispetto che tanto desiderava. Senza contare i benefici di esercitare la scienza medica lontano dal tradizionalismo parigino...

Però Suger non era un ingenuo. Salerno era lontana, sarebbe servito denaro. Molto denaro. Il viaggio avrebbe prosciugato tutte le sue sostanze...

Fu allora che lo vide.

Il sacco dello svevo.

Stava ancora sul pavimento, vicino al tavolo.

Seguendo una scia di pensieri troppo seducenti per essere ignorati, il medico scese dal letto e lo aprì.

Con sua grande sorpresa, scoprì che conteneva un solo oggetto. L'oggetto che avrebbe dovuto trasportare fino a Milano. Un mantello simile a quelli indossati dagli imperatori. Sulla stoffa blu scuro, forse sciamito, riluceva una serie di ricami dorati che rappresentavano simboli di forma geometrica. Al centro campeggiava un cavaliere armato di arco simile a quello tatuato sulla mano dello svevo, ma raffigurato nell'atto di portarsi l'indice alla bocca.

Un monito a restare in silenzio.

6

Suger se ne andò da Parigi senza salutare nessuno, in groppa a un mulo dalle zampe robuste. L'unico addio lo diede alla tomba del padre, che aveva sempre visitato di rado e malvolentieri. Giunto a Troyes, imboccò la deviazione per la via Francigena e proseguì per i centri di Barsur-Aube, Besançon e Lausanne. Prima di allora non aveva mai viaggiato, e la convinzione di non essere adatto alla vita di strada si rafforzò in lui di giorno in giorno. Tuttavia, la fatica del tragitto era il male minore. I momenti più brutti li viveva nel sonno, quando rivedeva i volti di Bernard, dello svevo, del cancelliere e di fra Rolando, che gli compariva puntualmente nelle sembianze di un diavolo grottesco. Peggio ancora era quando sognava il cavaliere con la lancia fiammeggiante. A dire il vero, quell'uomo teneva occupati i suoi pensieri anche nelle ore di veglia. Non era escluso che, dopo aver ucciso lo svevo, potesse essersi messo sulle sue tracce. Il suo timore era che fosse interessato proprio all'oggetto misterioso che stava trasportando.

Nei momenti di sosta, apriva la sacca e sfilava il mantello per studiare le raffigurazioni dei suoi ricami. In principio non ne era stato molto attratto, ma poco per volta si era reso conto di essere interessato tanto alla ricompensa quanto al significato di quel bizzarro indumento. L'abilità di un artigiano non sarebbe bastata a realizzarlo. Immagini del genere dovevano essere nate dalla sapienza di un astrologo, o forse di un cabalista, ma Suger ne ignorava il senso. Erano troppo dettagliate, troppo minuziose per corrispondere a semplici decorazioni. Ed erano inquietanti. Sembravano fondere insieme costellazioni celesti, simboli occulti e formule matematiche, ma tracciavano geometrie talmente astruse da non poter provenire dall'ingegno di un comune essere umano. Sempre che fossero davvero opera di un essere umano…

Ben presto si accorse anche che viaggiare in solitudine era rischioso, quindi si mise in cerca di compagnia. Coprì buona parte del tragitto insieme a un monaco girovago di nome Heudo, un robusto normanno che si appoggiava a un bordone su cui teneva appeso un gambuccio di maiale. Era diretto in Sicilia, verso il duomo di Monreale, e al momento di congedarsi gli spiegò l'itinerario da seguire fino a Salerno. Valicarono le Alpi e si separarono alle rive del Ticino. Mentre Heudo andava in cerca di un imbarco per Piacenza, Suger spronò il mulo verso est, lungo la strada per Milano.

Proseguì in solitudine per tre giorni, durante i quali temette di essersi smarrito. Fu il momento peggiore, poiché cadde in preda alla paura e allo sconforto. Il ricordo di Bernard lo tormentava con insistenza, quasi che lo spirito del ragazzo fosse impossibilitato a trovare pace e si accanisse contro di lui in una sorta di vendetta. Dopotutto, Suger si sentiva responsabile della sua morte. Se avesse saputo farlo ragionare e consigliarlo meglio, forse… Il senso di colpa divenne un pensiero costante, così come il timore di imbattersi nell'assassino dello svevo. Gli parve addirittura di scorgerlo, in una notte di bruma, al valico di un monte.

Ma la strada non era smarrita e quando Suger giunse a Milano si sentì rinfrancato. Superò il terrapieno che cingeva l'abitato e varcò le porte cittadine, oltre le quali c'era un grande fossato alimentato da canali provenienti da ogni dove. Lo scorrere delle acque e la presenza di piccole imbarcazioni gli diedero l'impressione di essere tornato sul Petit-Pont. Turbato da quella sensazione, andò in cerca di dettagli che lo facessero sentire lontano dal teatro delle proprie sconfitte.

Benché avesse udito soltanto una volta le indicazioni dello svevo, le ricordava bene. Doveva rivolgersi a un tale Gebeard von Querfurt, presso la basilica di Santo Stefano Maggiore. In cambio del mantello avrebbe ricevuto una pietra di draconite, dopodiché si sarebbe lasciato alle spalle quell'assurda vicenda e avrebbe ripreso il cammino per Salerno. Ragion per cui andò subito in cerca di indicazioni per la basilica. Ma al risuonare della sua favella, la gente lo squadrava in malo modo e gli rispondeva in un volgare incomprensibile.

Finalmente si imbatté in un barcaiolo in grado di capirlo. «*Kella ke te disî ill'è la ggesa 'd Sancti Steven in Brolo*», cantilenò l'uomo, mentre attraccava un burchio alle sponde del fossato. «*'Lla se ste' appressu la basilega 'd Sancte Marie*».

Il medico fece cenno di aver inteso. La chiesa che cercava veniva detta Santo Stefano in Brolo, quindi proseguì per Santa Maria fra grovigli di vicoli e rogge dalle acque verdastre. Si fermò al banco di un pannaiolo per chiedere altre informazioni e gli fu detto di seguire un vecchio muro di mattoni, finché non si fosse imbattuto in una *pusterla*, un ingresso aperto nelle mura stesse, al di là della quale si trovava il Brolo, un campo di alberi da frutto. Là sorgeva la basilica di Santo Stefano.

Quando giunse a destinazione era ormai il vespro. Chiese subito di Gebeard von Querfurt e ricevette il consiglio di rivolgersi a padre Landolfo. Il custode dell'ossario.

L'ossario sorgeva ai margini del Brolo, di fronte alla basilica di Santo Stefano. Un ambiente tetro, circondato da un fitto di alberi di fichi. Suger fece un segno della croce e salì i gradini del portale, ma prima di varcare l'ingresso notò un uomo che stava uscendo dall'ombra degli alberi. Era alto e magro, occhi intelligenti, senz'altro un religioso. Si stava pulendo le labbra, probabilmente dopo una scorpacciata di fichi.

«Padre Landolfo, suppongo», disse in latino.

«In persona. Abbisognate del cimitero o dell'ossario?»

«Nessuno dei due. Sto cercando Gebeard von Querfurt».

Lo sguardo di Landolfo si fece più attento. «Cosa volete da lui?»

«Devo consegnargli una cosa. Una questione assai importante».

«Potrebbe esserlo, in effetti». Il monaco lo squadrò dalla testa ai piedi, poi assunse un tono più confidenziale. «E tuttavia Gebeard non alloggia più qui».

Suger ci rimase di sasso. «Ma mi era stato detto che...».

«E comunque», lo interruppe, «attendeva un germanico, non un francese».

«Il germanico è morto. Agisco in sua vece».

Landolfo fece cenno di comprendere. «Il mantello. Posso vederlo?».

Il medico non riuscì a nascondere lo stupore. «Come fate a sapere che devo consegnargli un mantello?»

«Non vi riguarda, mostratemelo e basta».

Suger non amava essere trattato con sufficienza, ma era impaziente di risolvere quella faccenda. Slacciò la sacca in sella al mulo e la aprì.

Landolfo sbirciò con interesse. «Sì, non c'è dubbio», e osservò di nuovo il medico. «È proprio il mantello del Sagittario».

«Il mantello del Sagittario?»

«Gebeard lo chiamava così».

«Posso consegnarlo a voi?»

«Neanche per sogno». Il religioso gli fece segno di chiudere la sacca, poi si guardò intorno con circospezione. «È già molto se mi trattengo a parlare con voi di simili argomenti».

«Devo aver inteso male, perdonatemi...». Suger tentò di ammorbidire quell'improvvisa ritrosia. «Siete amico dell'uomo che vado cercando?»

«Le persone come Gebeard von Querfurt non hanno amici. Diciamo pure che eravamo in affari. Gli interessava l'ossario, anzi il suo contenuto. Ecco perché è entrato in confidenza con me».

Dapprima Suger non comprese, poi si rammentò di quanto gli era stato accennato dallo svevo riguardo l'attività di Gebeard. Commerciava reliquie. E a giudicare dalle parole di Landolfo, ricorreva a metodi alquanto discutibili per procacciarsi la merce.

«Se prima di andarsene mi ha fatto menzione del mantello, è stato per una sola ragione», proseguì il religioso. «Sapeva che l'avrebbero cercato qui e gli serviva qualcuno che potesse recapitare un suo messaggio. Il mantello deve assolutamente tornare nelle sue mani. Così mi ha detto».

«Se gli premeva a tal punto, perché se n'è andato?».

Landolfo esitò a rispondere. «Aveva paura».

Il medico ripensò alla morte dello svevo, e si chiese se von Querfurt temesse di fare la stessa fine. «Spiegatevi meglio», disse.

«Non so altro, credetemi. Posso soltanto organizzarvi un incontro con i suoi sodali che risiedono in questa città. Gente assai riservata, non so se intendete...».

«Credo siate voi a non capire», insistette Suger, facendoglisi appresso. «Io mi sono già esposto oltre il dovuto. Sono qui soltanto per la ricompensa…».

«Non dite sciocchezze», lo tacitò Landolfo. «Ormai siete coinvolto, proprio come me. Recatevi domani a mezzogiorno al campo della Vetra, dietro la chiesa di San Lorenzo. Verrete avvicinato da qualcuno che prenderà in consegna il mantello».

«Non potreste andarci voi in mia vece?».

Il religioso alzò un sopracciglio. «In tal caso, la ricompensa spetterebbe a me».

Suger fece un passo indietro. Si era cacciato in una situazione più intricata del previsto. Lo svevo e Gebeard von Querfurt dovevano appartenere a una congrega più estesa di quanto supponesse. Inoltre non riusciva a immaginare di cosa si trattasse. Eretici? Negromanti? No, doveva esserci dell'altro. Il mantello del Sagittario doveva essere legato a misteri più impenetrabili, per questo desiderava scoprire il significato dei suoi simboli. D'altra parte, non intendeva rinunciare nemmeno alla pietra di draconite. «Sta bene», sospirò. «Incontrerò queste persone. Ma come potrò fidarmi?»

«Vi mostreranno i segni che già dovreste conoscere», rispose Landolfo, sollevando allusivamente la mano destra.

«Domani a mezzogiorno?»

«Sì. Alla Vetra, dietro San Lorenzo». Il religioso alzò l'indice con fare perentorio. «E badate di non riportare ad anima viva gli argomenti di questa conversazione, nemmeno ai miei confratelli. Nessuno deve sapere del mantello e, agli occhi di tutti, Gebeard von Querfurt deve restare un comune mercante di reliquie».

Il giorno dopo, mentre le campane di Milano scandivano i rintocchi di mezzogiorno, Suger si aggirava per il campo della Vetra all'ombra della chiesa di San Lorenzo. Una volta capito come orientarsi, aveva raggiunto quel luogo senza difficoltà. Non era stato altrettanto facile, la sera precedente, ottenere un giaciglio all'ospitale di Santo Stefano in Brolo. In principio i preti della basilica si erano rifiutati di accoglierlo, ma scoprendo di essere al cospetto di un magister medicinae, gli avevano subito offerto un letto in cambio di mezza giornata da dedicare alla cura dei loro infermi. Anche se di umore non particolarmente caritatevole, Suger aveva accettato.

A un certo punto un uomo con indosso un saio uscì dalla basilica e camminò a braccia conserte verso di lui. Non appena gli fu appresso, sollevò la mano per impartirgli una benedizione. «Sono qui su richiesta di padre Landolfo della chiesa di Santo Stefano», disse in perfetto francese. «Avete il mantello?»

«Prima dovreste mostrarmi dei segni», puntualizzò Suger con diffidenza.

«Li vedrete presto», ribatté lo sconosciuto. «Ora siate sincero, avete davvero il mantello?»

«Sì». Il medico fece per aprire la sacca di tela. «Eccolo...».

«Non qui».

Suger lo interrogò con lo sguardo, ma l'individuo gli aveva già voltato le spalle invitandolo a seguirlo.

«Dove mi conducete?»

«In un luogo sicuro».

Entrarono nella basilica attraverso un colonnato di marmo che le conferiva l'aspetto di un tempio antico, quindi proseguirono lungo il sagrato e l'aula. Suger ammirò di sfuggita la vastità dell'ambiente e soprattutto la cupola che lo ricopriva. Quando abbassò lo sguardo, vide lo sconosciuto svoltare a destra in una cappella laterale e si affrettò a raggiungerlo, prima che varcasse un minuscolo ingresso nascosto dietro la statua di un santo. Oltre quel passaggio, si ritrovò a percorrere una discesa alquanto scomoda.

La luce si diradò sempre di più, fino a rendergli impossibile proseguire. Poi scorse la scintilla di un acciarino, da cui scaturì una lingua di fuoco. L'uomo con il saio riemerse dal buio con una torcia in mano, e riprese a fare strada.

Suger lo seguì. In principio credette di trovarsi in una cripta, ma presto si rese conto che quel sotterraneo si estendeva ben oltre le fondamenta della chiesa. Le pareti erano basse e strette, coperte da vecchi mosaici e da loculi scavati nella roccia. La torcia dissipava le ombre, illuminando file di scheletri avvolti in stracci.

Poco per volta la catacomba si allargò in un corridoio di mattoni coperto da arcate a tutto sesto, quindi sboccò in una sorta di anticamera, dove l'unico elemento degno di nota erano due sedili di pietra collocati sotto una nicchia. Sopra uno di essi sedeva un uomo. Per un attimo Suger lo scambiò per una salma, poi si accorse che muoveva gli occhi. Era un vecchio dalla barba lunga e bianca, vestito da frate domenicano.

Il vegliardo gli fece cenno di avvicinarsi e, dopo averlo osservato con attenzione, gli mostrò la mano destra. Era completamente avvolta da pezze di lana, che una volta tolte scoprirono i tatuaggi che nascondevano.

Ecco i segni, si disse Suger. Gli stessi sulla mano dello svevo. Riconobbe la Madonna con Bambino e la colomba sul palmo, il serpente sul mignolo e il calice sull'anulare. E per la prima volta notò, sotto la rappresentazione del cavaliere, una breve iscrizione. Tentò di leggerla, ma era tracciata in caratteri a lui ignoti.

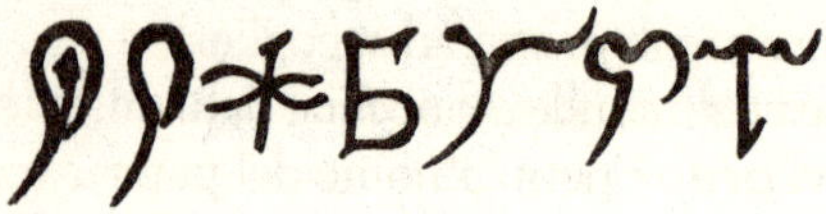

Il vegliardo dovette cogliere la sua curiosità, poiché disse: «In molti credono sia il nome di Satana. Ebbene si sbagliano, poveri stolti. Questa parola nasconde il segreto della potenza divina».

«Non ne conosco il significato», mormorò Suger, ansioso di sapere.

«*Eritis sicut Deus, scientes bonum et malum*», citò il vecchio, nascondendo lo sguardo sotto le folte sopracciglia. «E ora, messere, mostratemi il mantello del Sagittario».

Il medico obbedì. Posò a terra la sacca e sfilò l'oggetto che conteneva. Nel frattempo, l'uomo con la torcia restava di guardia. Suger era quasi certo che non fosse un monaco, e che sotto quel saio celasse una lama affilata.

Il vecchio si mise in grembo il mantello e lo controllò con perizia, studiando ogni figura del ricamo. A volte si soffermava su una di esse e annuiva ripetutamente, come se si trovasse dinanzi a una grande verità. In attesa del suo responso, Suger ripensò alle parole che gli aveva rivolto poc'anzi. Aveva citato Satana, poi la frase pronunciata dal Serpente davanti all'albero del bene e del male. Le parole che avevano portato al peccato originale e alla dannazione eterna. Inquietato da simili pensieri, non sentì più così forte l'impazienza di conoscere i segreti di quel mantello. Al momento provava un solo desiderio, uscire da quel sotterraneo.

«È il mantello autentico, ne sono certo», disse all'improvviso il vecchio. Poi, con voce incupita: «Ora vi rivelerò dove portarlo».

«Dev'esserci un equivoco», obiettò Suger. «Credevo di essere qui soltanto per consegnarlo».

«In verità, sarebbe dovuta andare così», chiarì il vecchio. «Ma è accaduto un imprevisto. Le circostanze richiedono di agire altrimenti».

«Un imprevisto?»

«Pare che un uomo del nord sia giunto a Milano per indagare su di me e sui miei sodali. Ecco perché Gebeard von Querfurt si è dato alla macchia».

«Un uomo del nord?», trasalì il medico. «Non sarà per caso un cavaliere con una strana lancia?».

Il vegliardo lo osservò con curiosità. «No, messere, mi riferisco a un uomo di chiesa. Proviene dalla diocesi di Magonza».

Suger rimase senza parole e, assecondando i propri istinti, si guardò intorno in cerca di vie di fuga. L'uomo con la torcia gli scoccò un'occhiata intimidatoria, a intendere che in quel luogo non c'erano scappatoie. Solo gallerie e loculi pronti ad accoglierlo.

Il vecchio batté i palmi sulle ginocchia, richiamando la sua attenzione. «L'uomo di cui vi parlo opera in nome del papa, capite? Se il mantello restasse a Milano, entro la nostra congrega, sarebbe in pericolo. Voi invece siete un forestiero, uno sconosciuto, e non avete nessun legame con questa loggia. Non sapete nemmeno chi siamo veramente. Ecco perché sarete proprio voi a consegnarlo a Gebeard von Querfurt».

Il medico scosse il capo. «Non sono la persona adatta».

«Il fatto che l'abbiate portato fin qui dimostra il contrario», ribatté il vecchio, con un sorrisetto complice. «E come immaginerete, noi non siamo irriconoscenti verso chi ci aiuta». Così dicendo, estrasse da una tasca dell'abito una grossa gemma e gliela offrì.

Dopo averla soppesata, Suger la osservò con avidità alla luce della torcia e ne riconobbe i riflessi verdi screziati di vermiglio. Era un'*eliotròpia*, una pietra curativa di grande pregio proveniente dall'Africa o forse da Cipro. Si diceva avesse le proprietà di ridurre le emorragie e di annullare l'effetto dei veleni. Il *Libro delle gemme* di Marbodo le attribuiva anche doti straordinarie, come quella di accedere alla conoscenza del futuro e – usando le formule giuste – di rendere invisibile chiunque la possedesse.

Intascò la gemma come se nulla fosse. «Mi è stata promessa anche una pietra di draconite», ebbe il coraggio di aggiungere.

Irritato da tanta sfrontatezza, l'uomo con la torcia portò la mano libera sotto la tonaca e minacciò di sguainare un'arma. Il vecchio lo trattenne con un gesto frettoloso. «Ve la consegnerà Gebeard von Querfurt in persona», disse. «Lo troverete a Montecassino, nella rocca di San Germano. È là che vi chiedo di recarvi».

A quel punto, Suger non poté più rifiutare.

Presi gli accordi con Suger de Petit-Pont, il vecchio con la barba bianca si raccomandò di nuovo per la missione e lo congedò con un abbraccio. Una volta che fu solo, abbandonò il luogo dell'appuntamento e imboccò una galleria che lo riportò al chiostro di Sant'Eustorgio, poi proseguì per un ambulacro frequentato da frati domenicani che camminavano con breviari alla mano, meditando e ruminando preghiere. Un gregge inconsapevole di quanto accadeva nelle catacombe sottostanti. Pochi conoscevano il passaggio segreto che collegava quella chiesa alla basilica di San Lorenzo.

Da molti anni il vecchio non usciva da Sant'Eustorgio, eppure aveva potuto tenere decine di incontri nella riservatezza di quei sotterranei affinché il culto della Vera Trinità potesse diffondersi nel mondo al tempo stabilito. Mancava ormai poco, e l'Antico Cacciatore sarebbe stato venerato da tutti come il più grande degli dèi. Questa era la volontà del magister di Toledo, l'unico a conoscere il segreto più profondo del mantello del Sagittario. L'unico ad aver scoperto, dopo secoli di ignoranza, lo splendore della verità.

Ma il magister di Toledo aveva un unico referente, Gebeard von Querfurt. Perciò era necessario che Suger de Petit-Pont lo raggiungesse al più presto.

«Fra Beniamino», si sentì chiamare.

Voltandosi di soprassalto, il vecchio si trovò a fissare un estraneo. «Sì, sono io», disse. «Con chi ho la compiacenza di parlare?».

Lo sconosciuto era senz'altro un religioso. Il petto in fuori e le spalle squadrate gli conferivano l'aspetto dei veterani di fanteria, ma lo sguardo affabile e il viso perfettamente rasato contraddicevano quella prima impressione.

«Il mio nome è Konrad von Marburg». Disegnò un mezzo inchino, cordiale ma distaccato. «E vorrei chiedere il vostro consiglio in merito a una certa questione».

«Il mio consiglio?». Il vecchio si finse perplesso. Dopo anni trascorsi a condurre una doppia vita, era in grado di riconoscere un'insidia al primo sguardo. Quello doveva essere il nemico tanto temuto, l'uomo venuto dal nord su ordine del papa. «Sono solo un povero frate, non saprei come servirvi».

«Nulla di complicato, reverendo padre», insistette Konrad, mentre i suoi occhi rapaci si abbassavano all'improvviso, attratti da qualcosa. «Forse però sono inopportuno, vedo che avete una mano fasciata. Siete ferito?»

«I dolori alle ossa mi costringono ad applicare questi bendaggi», mentì il vecchio, il cuore in tumulto. «È un male da poco».

Konrad reagì come se avesse ricevuto un oltraggio. «Invece il vostro male è assai grave, padre Beniamino». Con un gesto repentino gli afferrò il polso, disfò il bendaggio e portò alla luce i segni nascosti sotto di esso. «Tanto grave da aver infettato la vostra anima!».

Mentre la mano dell'inquisitore si stringeva come l'artiglio di un'aquila, il vecchio si sentì obbligato a raccontare la verità. Non per timore dell'accusa di eresia, né per evitare lo strazio della tortura, ma per sottrarsi il prima possibile dalla presa di quel terribile germanico, che lo sovrastava come un'enorme cappa di oscurità, bramosa di avvolgerlo e di divorarlo. Fra Beniamino accolse quasi con sollievo l'idea del sacrificio. Morire per nascondere il segreto del Cacciatore. Sì, l'avrebbe fatto... Avrebbe trovato il modo... Ma prima non poté evitare di parlare del mantello del Sagittario e del magister di Toledo.

E di Suger de Petit-Pont.

7

Rocca di San Germano, 17 marzo

Come locuste, i soldati del papa sono giunti alle porte di Montecassino. Clavigeri è il loro nome, poiché recano in vessillo le chiavi di san Pietro. Nulla però hanno da spartire con il primo apostolo. Sono mercenari al soldo di un pontefice ambizioso e crudele che ha portato sciagura sulle terre di san Benedetto. E io, che tutto osservo da questa rocca, prego il Signore Iddio che l'imperatore Federico II non sia perito tra i saraceni come molti sostengono. Invoco il suo ritorno, restando egli l'ultima speranza contro gli invasori. Dopo una strenua resistenza, le nostre milizie sono capitolate. Il Gran Giustiziere, il conte Raone di Balbano e Adenulfo d'Aquino, figlio del signore d'Acerra, hanno trovato scampo entro queste stesse mura. Neppure guerrieri di tal fatta hanno saputo opporsi ai Clavigeri...

Riccardo di San Germano allontanò il calamo dalla pergamena e scosse la testa, insoddisfatto di quanto appena scritto. Si era ripromesso di compilare un resoconto fedele degli avvenimenti, e invece aveva dato libero sfogo alle emozioni. Il problema risiedeva nel suo buon cuore. Non riusciva a mostrarsi imparziale di fronte a eventi che lo coinvolgevano in prima persona, ma se aspirava a comporre una cronaca doveva sforzarsi di cambiare atteggiamento. Avrebbe dovuto raschiare via quelle righe di inchiostro e scriverle daccapo, usando un tono più distaccato. Via la citazione delle locuste, per cominciare. Via anche le parole di speranza riposte sull'imperatore e, soprattutto, quelle di biasimo nei riguardi del papa. Il giudizio spettava soltanto a Dio. A Dio e a chiunque altro, un giorno, avesse studiato la vicenda con rigore storico.

Mentre si accingeva a riformulare i pensieri, udì degli strepiti che lo fecero correre alla finestra. Guardò verso le mura di San Germano, nell'accampamento sottostante, e si accorse che era stato catturato un uomo. Un'altra spia dei Clavigeri, probabilmente. I soldati lo stavano conducendo verso la rocca Janula, il fulcro difensivo dell'abitato, dove l'avrebbero interrogato e sottoposto a tortura.

Tuttavia, si disse, quel prigioniero non aveva l'aria della spia. Non era il solito miliziano camuffato da capraio, ma un uomo vestito di scuro in groppa a un mulo. E benché di aspetto inoffensivo, serbava un portamento indignato. L'atteggiamento tipico dei dotti sottomessi dagli inetti.

Assai incuriosito, decise di scendere per controllare di persona.

Suger aveva una gran voglia di mettersi a piangere, ma dubitava che sarebbe servito a impietosire qualcuno dei soldati. Perciò continuò ad avanzare a mento alto, con dignitoso riserbo, maledicendo la sfortuna che continuava a perseguitarlo. Nei giorni precedenti si era spostato da Milano a Roma senza troppi intoppi, poi aveva proseguito insieme a una compagnia di attori girovaghi lungo la costa campana e infine sui colli latini, alla volta di Montecassino. Strada facendo aveva appreso che l'abitato di San Germano sorgeva a valle della celebre abbazia, presso le rive del fiume Rapido. Ma quando ormai si trovava a un passo dalla meta, era stato fatto prigioniero da un drappello di soldati.

Per ironia della sorte, era stato scortato proprio nel luogo in cui avrebbe dovuto cercare Gebeard von Querfurt, ma quei villici in armatura non avevano voluto ascoltare alcuna spiegazione. Inoltre, l'avevano accusato di essere una spia.

Varcate le porte di San Germano, si ritrovò in una rocca dominata da una torre a base pentagonale e da due di dimensioni più ridotte. Era un accampamento militare in pieno subbuglio. I soldati correvano per la corte, indaffaratissimi, con le uniformi macchiate di sangue e fango. Sembravano reduci da un feroce scontro.

Suger fu condotto al cospetto di un uomo altissimo dai lunghi capelli biondi e la barba raccolta in treccine. Come avrebbe appreso più tardi, si chiamava Raone di Balbano ed era di sangue normanno, della schiatta dei Dragoni. Aveva ereditato dal padre la contea di Conza e la signoria d'Apice, insieme alla ferocia dei guerrieri barbari. Armato di tutto punto, si appoggiava a uno scudo a mandorla tenendolo piantato a terra.

«Questa volta i porci Clavigeri ci hanno mandato un prete», commentò faceto, quasi si trovasse di fronte a un bel dono.

«Non sono un prete, mio signore», disse Suger, che viaggiando si era impratichito dei volgari italici. «Ma un magister medicinae».

«Peggio ancora», ribatté Raone, suscitando l'ilarità dei commilitoni.

«Ho udito le accuse mosse dai vostri uomini», proseguì il medico. «Io non sono una spia. Non parteggio per i Clavigeri, qualsiasi cosa essi siano. Non so neppure quale battaglia stiate combattendo. Provengo dallo Studium di Parigi e...».

«Un *frosch* francese non ce lo avevano mai mandato». L'armigero si accarezzò le treccine della barba, bionde anch'esse sotto strati di untume. «E ditemi, magister medicinae, cosa ci fate qui?»

«Cerco un uomo».

Raone alzò un sopracciglio con finta malizia. «Il vostro promesso sposo?». I soldati alle sue spalle sghignazzarono ancora, ma lui li zittì con un cenno.

«Devo consegnargli un mantello», puntualizzò l'interpellato, madido di sudore.

«Decidetevi». Benché il Balbano usasse un tono burlesco, pareva sull'orlo di un accesso di collera. «Siete un medico, un sarto… o una spia del papa? Parlate, sto per spazientirmi!».

«È una situazione astrusa, mio signore. Se mi lasciaste spiegare…».

«Non ho tempo per i giochetti». Raone lasciò cadere lo scudo e sguainò un pugnale. «Voglio la verità, per Satana! E subito!».

Suger fece per tirarsi indietro, ma fu trattenuto da due soldati. Era spacciato, si disse, sentendo il pugnale premergli sull'addome. *Zac!*, gli sussurrò qualcuno alle orecchie.

Poi tutto cessò.

Raone ritrasse l'arma e soffocò un'imprecazione, mentre veniva richiamato all'ordine. Da un monaco, un semplice monaco uscito da una torre della rocca Janula. I soldati lo lasciarono passare, producendosi in una serie di inchini.

«Padre Riccardo, cosa ci fate qui?». Le parole del Balbano risuonarono come una protesta, benché piene di rispetto.

Il religioso poteva avere sessant'anni, passo svelto e sguardo accorto. «Faccio il mio dovere, conte. Proprio come voi», rispose, fronteggiandolo a viso aperto. «Frenate la vostra foga. Se costui è davvero un medico come afferma, ci viene mandato dal Signore», e si rivolse al prigioniero: «Un nostro uomo è stato ferito a un braccio. È il nobile Adenulfo d'Aquino, figlio del signore d'Acerra. L'unico rimedio sembrerebbe l'amputazione, ma forse voi potreste evitarla».

«Portatemi da lui», disse Suger, provando un immediato sollievo, «e vi dimostrerò di essere chi affermo».

«Non fidatevi, padre», protestò Raone, agitando il pugnale. «Non sappiamo in quale rapporto sia questo gallo con i Clavigeri».

«Calmatevi, conte», lo chetò il monaco. «Voi ci seguirete, così potrete controllarlo di persona», e tornando a fissare il prigioniero, si presentò: «Io sono Riccardo di San Germano, *notarius* dell'imperatore Federico II. Venite con me, magister, prima che sia troppo tardi».

Adenulfo d'Aquino, un giovane vigoroso di circa vent'anni, era stato trasportato entro una torre della rocca Janula, in un cubicolo del pianterreno. Giaceva su un pagliericcio lordo di sangue e combatteva contro il dolore, stringendo al petto il braccio destro. La ferita si apriva sotto il gomito, dove un colpo d'azza aveva squarciato la carne e spezzato l'osso.

Non appena fu al suo cospetto, Suger si sentì stringere il cuore. A meno che la spossatezza e la paura non gli avessero giocato un brutto scherzo, gli parve di riconoscere nel volto di Adenulfo i lineamenti di Bernard. E preso dall'impeto, allontanò il cerusico in malo modo prima che praticasse l'amputazione, poi iniziò a visitare il ferito sotto gli occhi attenti di padre Riccardo e del conte Raone.

Nascondere le emozioni gli costò un enorme sforzo, ma non volle fare mostra delle proprie debolezze. Non sapeva più cosa stesse provando, se rimpianto o gratitudine, nel potersi prendere cura di un giovane dell'aspetto del suo Bernard.

Mentre tastava il braccio chiese a un servitore di procurargli della *consolida*, una pianta officinale dalle foglie lunghe come orecchie d'asino, e nell'attesa che gli venisse portata spiegò come avrebbe operato. C'era un osso rotto da steccare e una lacerazione da ricucire, prima però bisognava pulire la ferita e sistemare la frattura. Il paziente avrebbe sofferto molto, perciò consigliò di farlo ubriacare. Fu così che Adenulfo trangugiò mezza fiasca di vino d'un fiato, e l'altra metà a piccoli sorsi.

Non appena poté disporre della consolida, Suger ne sminuzzò le radici in un mortaio, poi dispose che venissero cotte e allungate con l'acqua. Sistemò la pietra di eliotròpia vicino alla ferita, sperando che potesse risultare di qualche beneficio, infine ordinò ad alcuni uomini di immobilizzare Adenulfo e ad altri di tenere in trazione l'arto fratturato. A quel punto, il giovane emise un urlo straziante.

«Dovete sopportare il dolore, messere», lo pregò Suger, quindi allargò i lembi della ferita per esaminare la frattura e ripulì l'interno dai coaguli con un panno imbevuto di aceto. Così facendo, poté notare che le ossa rotte erano uscite dal loro assetto. Le risistemò con uno strattone, facendole combaciare. Adenulfo urlava tanto forte da sembrare sottoposto a tortura, e nel tentativo di divincolarsi imprecò contro i presenti.

In quel mentre un valletto portò una ciotola con la pozione ricavata dalla consolida. Il medico ne raccolse una piccola quantità in un cucchiaio di legno e la spalmò prima sopra poi all'interno della frattura, sulla carne viva, spiegando che quella sostanza avrebbe favorito la cicatrizzazione dei tessuti e, soprattutto, il rinsaldarsi delle ossa rotte. A quel punto, gli restava soltanto da cucire e da steccare l'arto.

Stava per concludere la medicazione quando vide Riccardo di San Germano avvicinarsi a lui. Le altre persone si erano allontanate. Adenulfo d'Aquino invece aveva perduto i sensi, sopraffatto dal dolore.

Suger rivolse al monaco un cenno rispettoso. Gli piacevano i suoi modi sbrigativi ma gentili. E ne apprezzava soprattutto il carisma. «Grazie per la fiducia, reverendo».

«Grazie a voi per esserne stato all'altezza», gli rispose Riccardo. «Oltre alla vostra bravura, ho scorto la grande umanità che trapelava dal vostro volto. Siete una persona buona».

«Non equivocate, padre. Ero semplicemente tormentato dai ricordi».

Il monaco si strinse nelle spalle e, portandosi a una bifora, cambiò discorso: «Vi sarete senz'altro chiesto cosa stia accadendo in questo luogo».

Suger annuì.

«Anche se venite da lontano», spiegò Riccardo, «immagino sappiate dei dissidi tra il papa e l'imperatore. Federico II è partito per le crociate e invece di fare strage di saraceni ha firmato un armistizio con il sultano d'Egitto. Un'ottima mossa, a mio avviso, ma non secondo la Sede Apostolica. Il pontefice lo accusa di parteggiare per i maomettani e di essere l'incarnazione del Male, l'Anticristo… Vi rendete conto? Parliamo dello stesso uomo che i bizantini chiamano *Soter*, il Salvatore». Rise tra sé. «Comunque sia, il papa ha approfittato della sua assenza per invadere i territori a lui soggetti. I castelli di Pastena e di San Giovanni di Incarico sono già passati dalla parte dei Clavigeri. Ora è la volta di Montecassino e di San Germano. Attendiamo l'assedio».

Suger si limitò ad annuire, poi finì di stringere i bendaggi e si sciacquò le mani in un catino. Un assedio. Non riusciva nemmeno a immaginare la devastazione che avrebbe potuto portare in termini di morti e feriti.

«I soldati imperiali si sono opposti ai mercenari del papa», continuò il monaco, «ma hanno avuto la peggio. Perciò si sono ritirati qui, a San Germano». Accorgendosi che il medico si asteneva dal replicare, gli si avvicinò con la scusa di controllare la medicazione al braccio di Adenulfo. «Eccellente lavoro. Si rimetterà?»

«Completamente», rispose Suger con una punta di malanimo. «Io invece non faccio che passare da una sciagura all'altra».

Riccardo lo osservò con curiosità. «Non mi è ancora noto perché vi troviate a San Germano».

«Come tentavo di spiegare prima di finire quasi accoltellato, sto cercando un uomo. Il suo nome è Gebeard von Querfurt».

Il volto del religioso si accese di stupore. «Lo conosco». Suger lo scrutò speranzoso, ma il monaco scosse subito la testa. «Non è più qui, mi rincresce. Se n'è andato pochi giorni fa, temendo l'avanzata dei Clavigeri. È diretto a Napoli».

Il medico batté un pugno sul palmo. Gebeard von Querfurt continuava a sfuggirgli, quasi si facesse beffe di lui. «Come fate a conoscerlo?»

«Abbiamo avuto modo di parlare durante il suo soggiorno a San Germano. È un tipo singolare, ma intelligente. Mi ha venduto una reliquia».

«Ossa da Milano, suppongo», disse Suger.

«Come fate a saperlo? Le ho pagate una fortuna, cinquanta tarì...».

Il medico non rispose. Iniziava a farsi una vaga idea di Gebeard von Querfurt. Un uomo spregiudicato che probabilmente mercanteggiava reliquie per mantenersi nei suoi spostamenti. Abile a conquistare la fiducia degli estranei e altrettanto rapido a tagliare la corda. Quasi lo invidiava.

La voce di Riccardo lo riportò alla conversazione: «Immagino vi prema raggiungerlo».

«Lo farei, se potessi. Tra l'altro Napoli è di strada per Salerno, la mia destinazione finale. Ma se come voi dite, l'assedio dei Clavigeri è imminente, uscire da queste mura sarebbe da pazzi».

«Ve lo concedo. Tuttavia, pur restando, non avreste la certezza della vostra incolumità».

«Ho forse alternative?».

Riccardo annuì, e dopo avergli posto una mano sulla spalla, abbassò il tono della voce e disse: «Potreste andarvene stanotte, insieme ad alcuni soldati intenzionati a lasciare San Germano prima dell'assedio. Si tratta di uomini fidati, che non vogliono cadere nelle mani del nemico. Fuggiranno per una via segreta, con il favore del buio. Se lo desiderate, potete unirvi a loro».

Suger fu colto da un brivido di eccitazione. «Verrete anche voi?»

«No, io resterò. Voglio essere testimone degli eventi».

«Non capisco. Perché mi aiutate?»

«Come ricompensa per il vostro operato». Il monaco indicò Adenulfo sdraiato sul giaciglio, ancora incosciente. «E perché, in tutta franchezza, mi serve un vostro favore in cambio. Vorrei che accompagnaste a Napoli un bambino».

«Un bambino?»

«Il suo nome è Tommaso d'Aquino. È figlio del signore di Roccasecca, anch'egli nemico dei Clavigeri. Il padre l'ha affidato ai monaci di Montecassino perché lo istruissero e lo iniziassero alla vita monastica. Ma date le circostanze, preferirei saperlo a Napoli, presso i suoi parenti. Sarei più tranquillo se fino ad allora rimanesse sotto la vostra tutela, piuttosto che sotto quella di un comune soldato».

«Se addirittura mi affidate questo fanciullo, significa che mi state proponendo una fuga sicura».

«Senz'ombra di dubbio. Sarete nelle mani di uomini valorosi».

«Allora accetto».

Quando Suger seppe che sarebbe fuggito al seguito di Raone di Balbano, fu sul punto di rifiutare l'offerta. Quell'uomo lo spaventava, benché la sua tempra di barbaro gli infondesse sicurezza. Tommaso d'Aquino, invece, di appena cinque anni, non stava mai zitto ed era così intelligente da risultargli odioso.

Lasciarono San Germano con il favore del buio, una compagnia di circa venti uomini. Raone li guidò oltre un'uscita segreta delle mura, conducendoli lungo un sentiero nascosto tra la vegetazione. Avanzava sicuro tra i cespugli, guidando per le redini un destriero carico di armi e dei pezzi dell'armatura.

Elusero più volte la sorveglianza dei Clavigeri finché non scesero a valle, verso la chiesa delle Cinque Torri, in un territorio infestato da acquitrini e paludi. Zona ideale per nascondersi.

Suger avanzava in coda alla compagnia, sobbalzando a ogni stormire di fronda, con il piccolo Tommaso che gli camminava al fianco come se niente fosse. Il medico detestava quella tranquillità al limite dell'ascetismo, ma non poteva negare che ne ricevesse un po' di conforto. Quel tanto che bastava per dedicarsi ad altri pensieri, per lo meno.

Prima di congedarsi da Riccardo, aveva ottenuto informazioni precise su come rintracciare Gebeard von Querfurt, una volta giunto a destinazione. Il monaco gli aveva accennato di un affare piuttosto importante riguardante una reliquia. Il sangue di un santo. L'interessato all'acquisto era il canonico della cattedrale di Napoli. Gebeard doveva svolgere per lui la funzione di mediatore, agevolando la trattativa con chi disponeva della reliquia: un mercante di Toledo dalla fama di negromante.

PARTE SECONDA
IL CERCHIO DEL MALIGNO

Se sporgerai una parte qualsiasi delle tue membra oltre questo cerchio morirai, poiché i demoni ti trascineranno subito fuori da esso, e per te sarà la fine.

CESARIO DI HEISTERBACH, *De daemonibus*, II

8

Napoli, 13 aprile

Ignazio da Toledo espose l'ampolla alla luce del fuoco. La tenne stretta in mano, sfregandola appena, mentre le concrezioni rossastre contenute al suo interno iniziavano a sciogliersi, diventando sempre più fluide. Benché si aspettasse quel tipo di reazione, non poté trattenere un fremito di entusiasmo.

«Sangue», disse il canonico Alfano Imperato, quasi annunciasse un miracolo.

La parola echeggiò nell'oscurità della catacomba, mentre la fiamma dell'unica torcia conferiva tonalità luciferine ai volti dei tre presenti. In superficie, sul crinale di Capodimonte, una moltitudine di fedeli si stipava sotto il sole davanti alla basilica dei Santi Gennaro e Agrippino, ma lì, nel sotterraneo, dominava un silenzio di oltretomba. Della luce e della vita, quelle pareti di tufo non serbavano il benché minimo ricordo.

«Non è sangue, anche se gli somiglia». Lo sguardo di Ignazio, razionale ma sfuggente, parlava di un uomo avvezzo a sciogliere enigmi esclusivamente per crearne altri. «È uno speciale composto. Se stimolato con moderato calore, passa dallo stato solido a quello liquido».

«Un composto? Spiegatevi meglio, di grazia».

La domanda proveniva dal terzo individuo, l'unico fino ad allora rimasto in silenzio. Era un teutone dall'aria vissuta, un prete girovago di nome Gebeard von Querfurt. Si trovava a Napoli di passaggio e per l'occasione accompagnava il canonico Alfano, ponendo domande in sua vece. Ignazio lo degnò di un'occhiata fugace. Conosceva bene gli uomini di tal fatta, supposti intenditori di reliquie, avvezzi a guadagnare credito a suon di chiacchiere. Quei professionisti del sacro avevano come patrono un leggendario capostipite, Deusdona, profanatore di catacombe al soldo dei prelati carolingi.

Ed eccolo lì, Ignazio da Toledo, lui stesso dentro una catacomba, non troppo fiero di mercanteggiare su un oggetto che chiamava in causa la peggiore aberrazione della fede: la superstizione. Ma in fondo non se ne curava granché, era indifferente alle opinioni dei suoi committenti quanto degli uomini in generale. Pur essendo lui stesso un mercante di reliquie, aveva imparato a tenere la bocca chiusa per salvare la pelle. Anche se troppo tardi per evitare di essere tacciato di negromanzia e di suscitare il sospetto dei prelati di mezzo mondo.

Non era certo avveduto quanto sostenevano i suoi nemici, considerò fra sé.

Fu sulla scia di quella riflessione che rispose alla domanda con voce un po' cavernosa: «Un composto, secondo l'alchimia, è un miscuglio di vari elementi». Scosse l'ampolla. «Nel nostro caso, il principale ingrediente è un minerale estratto dal Vesuvio sottoposto a calcinazione».

«Siete vago», commentò Gebeard von Querfurt.

«Quanto il prezzo che intendete pagarmi», ribatté l'ispanico, senza scortesia. «Se solo lasciaste trattare il canonico Alfano al vostro posto…».

«Voi approfittereste della sua generosità». Il teutone gli girò intorno con passi misurati. «Sareste così gentile da rivelare come siete entrato in possesso di questa… sostanza?»

«Me ne fece dono un alchimista, credendola inutile».

«Inutile? Al contrario», intervenne Alfano Imperato. «Questo gingillo servirà a rafforzare la devozione del popolo verso san Gennaro, il nostro patrono. Lo si potrebbe far passare per il suo sangue miracoloso».

«Ben detto, reverendo», accondiscese Gebeard. «I prodigi del sangue riscuotono un gran clamore di questi tempi. E considerato che fra tre giorni sarà Pasqua…».

«L'impiego che intendete farne non è affar mio», precisò Ignazio. Ancor prima di prendere parte a quell'incontro, aveva intuito le mire di Alfano Imperato e di von Querfurt. Erano in cerca di false reliquie, soprattutto se in grado di compiere prodigi. Ecco perché gli avevano imposto di scendere da solo in quel sotterraneo. Persino a suo figlio Uberto era stato intimato di non intromettersi e di attendere all'esterno la conclusione della trattativa. E il mercante di Toledo non vedeva l'ora di raggiungerlo, poiché i cunicoli erano tra le poche cose in grado di turbarlo. L'idea di trovarsi al chiuso, sovrastato da strati di terra e roccia, gli toglieva quasi il respiro. D'altro canto i sotterranei gli portavano sfortuna, non aveva dubbi. Undici anni prima era stato fatto prigioniero nella cripta della basilica di Venezia, e tremava al solo ricordo. Più di recente, nel 1227, aveva esplorato i labirinti sotterranei di un castello delle Cévennes, rischiando di non uscirne vivo.

Quella paura risaliva a un momento preciso della sua infanzia, quando aveva perduto il fratello maggiore, Leandro, in una tomba ipogea. Era accaduto in un pomeriggio d'estate, alle radici dei Pirenei. Rincorrendosi tra gli alberi, erano giunti insieme ai piedi di un monte e avevano trovato l'ingresso di quella tomba antica. Spinti da curiosità erano entrati per giocare, e Leandro si era smarrito. Ignazio l'aveva cercato per un lasso di tempo interminabile, seguendo nei cunicoli sotterranei il richiamo delle sue grida, senza trovarlo. Lui stesso si era perso ed era rimasto intrappolato nel sottosuolo per quasi due giorni, finché il padre non l'aveva ritrovato, traendolo in salvo. Di Leandro, però, nessuna traccia. Dopo quella sciagura, Ignazio era rimasto in stato di incoscienza per oltre una settimana, sognando le grida atterrite del fratello.

A volte gli pareva ancora di udirle, quelle grida, e si svegliava nel cuore della notte piangendo disperato. Erano quei rari momenti in cui il mercante di Toledo non riusciva a occultare le sue emozioni dietro una maschera impassibile.

«Cento tarì». L'offerta di Gebeard von Querfurt lo distolse dai pensieri.

«Vorrete scherzare», ribatté Ignazio, fingendosi indispettito. «Vale almeno il doppio».

«Centocinquanta», intervenne il canonico.

Il mercante di Toledo rivolse ad Alfano un sorrisetto compiaciuto. «Potrei accontentarmi, reverendo. Se aggiungeste le spese per un imbarco diretto in Spagna, l'affare si potrebbe considerare concluso».

Il canonico annuì e tese la mano per ricevere l'ampolla. Nel porgergliela, Ignazio lo fissò negli occhi e si rese conto che non era affatto ottuso. Sotto quella maschera di avidità, Alfano doveva essere accorto. Forse addirittura sapiente. Ma il mercante non ebbe il tempo di comprenderlo appieno.

Echeggiò un crepitio, poi un lampo scarlatto guizzò dal fondo della catacomba e colpì Gebeard alle spalle. Ignazio rivolse immediatamente lo sguardo verso di lui e si accorse che qualcosa di rovente gli aveva perforato la nuca, riempiendogli la bocca di lapilli e liquidi sfrigolanti.

Seguì un altro rumore, più acuto e prolungato: le grida del canonico. Alfano Imperato stringeva al petto l'ampolla del falso sangue, come se quell'oggetto avesse il potere di proteggerlo. Nel frattempo indicava l'ingresso della catacomba, sul quale si stagliava in controluce la sagoma di un uomo con indosso un elmo e una pelliccia.

Mentre il corpo di Gebeard von Querfurt stramazzava al suolo, Ignazio scorse l'intruso in controluce voltarsi di scatto e correre verso l'uscita. Ma prima di vederlo sparire, notò la sua lancia. Aveva una forma tozza e dalla sommità uscivano scintille e sbuffi di fumo.

Uberto non staccava gli occhi da un ciondolo di agata esposto in una bancarella del mercato. Pensava a Moira, sua moglie, che l'attendeva in Castiglia, nella loro casa a Mansilla de las Mulas. E soprattutto pensava a Sancha, la loro figlioletta nata da pochi mesi, da cui aveva già dovuto separarsi per imbarcarsi alla volta di Napoli con il padre. Gli mancavano entrambe in modo indicibile, e quando pensava di aver messo da parte la malinconia, s'imbatteva in qualcosa in grado di farla riaffiorare. Era il caso di quel ciondolo di agata. L'aveva scorto di sfuggita, passeggiando per il mercato davanti alla basilica dei Santi Gennaro e Agrippino, e aveva subito pensato a un dono perfetto per Moira. Si intonava con il colore dei suoi occhi e della sua pelle. Anche se nulla, secondo Uberto, l'avrebbe resa più bella di quanto già non fosse. Prima di conoscerla non avrebbe mai immaginato di poter provare sentimenti tanto intensi, eppure l'amava ogni giorno di più. Quando poi era nata Sancha, aveva sentito il cuore allargarsi. Non perdeva occasione per stare vicino alla piccola, per tenerla fra le braccia, per giocare con lei. Si era ripromesso, non appena fosse stata grandicella, di regalarle uno di quei cavallini dei monti Baschi, minuti e robusti, per insegnarle a cavalcare. A costo di viziarla troppo e di farla diventare un maschiaccio.

«Vi piace quel ciondolo, mio signore?», chiese la vecchia dall'altro lato della bancarella.

Uberto tornò alla realtà. Quella donna gli si era rivolta con rispetto eccessivo, quasi fosse al cospetto di un aristocratico. D'altro canto non poteva certo dirsi un uomo comune. Grazie al mestiere del padre aveva ricevuto un'istruzione, insieme all'opportunità di conoscere uomini dotti e di conversare con nobili e prelati senza dover abbassare lo sguardo. Non aveva padroni né obblighi verso nessuno, ed era più ricco della maggior parte della gente che conosceva. E ora, davanti a quella bancarella, si accorgeva che il suo mantello di velluto, i calzari nuovi di zecca e il cappello che scendeva a punta sul viso venivano interpretati come segni di alto lignaggio. Per di più Uberto era bello, e i suoi occhi ambrati, i capelli neri e le spalle larghe stavano suscitando l'interesse di alcune donne sedute sotto un porticato.

Provò fastidio per quella situazione e desiderò scambiare i propri abiti con una semplice tenuta da pellegrino, per passare inosservato. Se suo padre l'avesse saputo, gli avrebbe dato dello sciocco. Ignazio era un tipo fatto a suo modo, e possedeva talenti per cui Uberto non sapeva se provare ammirazione o biasimo. Proprio come era accaduto poco prima, quando il padre aveva accettato di seguire Alfano Imperato e Gebeard von Querfurt nelle catacombe di San Gennaro. Benché quei due fossero uomini di chiesa non c'era da fidarsi, eppure Ignazio non aveva esitato a compiacerli. Uberto si era opposto a gran voce, avrebbe preferito accompagnarlo, ma non c'era stato modo di farsi ascoltare. Suo padre aveva alzato le spalle, incamminandosi con noncuranza al seguito dei due compratori.

«Il ciondolo, mio signore?», ripeté l'anziana donna, con un sorriso servile.

Ma lo sguardo di Uberto era già rivolto altrove. In mezzo allo spiazzo stava entrando un carro che trasportava la statua di un santo, seguito da un codazzo di fedeli. Canti e preghiere venivano sovrastati dalle invocazioni di alcune donne coperte da scialli neri, urlavano come fossero in preda a visioni mistiche.

La processione, di certo legata alla celebrazione del Venerdì Santo, sfilò lungo il porticato di Capodimonte, superò la facciata di un monastero e proseguì verso la basilica. A quel punto, la gente iniziò a manifestare inquietudine e si staccò dal corteo, riversandosi nella piazza.

Il disordine sembrava nascere proprio dinanzi all'accesso delle catacombe.

Temendo che fosse accaduto qualcosa al padre, Uberto corse verso il fulcro della confusione e si fece largo in mezzo alla calca finché non si sentì respingere. Allora vide emergere da quella marea di corpi un cavaliere in groppa a un grande destriero. L'animale si impennò, facendo arretrare una decina di persone. Uberto scivolò a terra, travolto dal panico, e per poco non finì sotto gli zoccoli della bestia. Dovette rotolare su un fianco, e rialzarsi a fatica tra la gente in fuga.

In un attimo, quella placida giornata di aprile si era trasformata in un putiferio.

Uscendo come una furia dal pandemonio che aveva creato, il cavaliere diede di sprone e schizzò via al galoppo.

Senza curarsi di lasciare il canonico Alfano da solo e al buio, Ignazio da Toledo prese l'unica torcia a disposizione e si lanciò verso l'uscita della catacomba. La vista dell'assassino aveva risvegliato in lui un'emozione violenta e incontrollata. Non era paura e nemmeno sgomento, ma desiderio di sapere. Intuiva di aver assistito a qualcosa di eccezionale, e mentre la fiamma della torcia fugava le ombre del sotterraneo, lui avanzava il più in fretta possibile per raggiungere il responsabile della morte di von Querfurt. Non gli era d'aiuto l'ampio mantello e nemmeno la tunica lunga fino al ginocchio, ma a intralciarlo nei movimenti erano soprattutto i calzari dalle punte affusolate. Li avrebbe sfilati, se così facendo non avesse perduto altro tempo.

Proseguì il più veloce possibile, mentre l'ansia di conoscere aveva la meglio sul buonsenso. Non c'era da temere, si disse. In caso contrario, l'assassino l'avrebbe già ucciso insieme ad Alfano Imperato, facendo affidamento sulla sua prodigiosa lancia. Il mercante di Toledo era certo che la luce, il rumore e il proietto incandescente fossero usciti proprio da quella strana arma.

Ma prima di giungere all'uscita della catacomba, andò quasi a sbattere contro due figure spuntate all'improvviso da un accesso laterale. Indietreggiò. Erano un uomo e un bambino.

«Forse potete aiutarmi, messere», disse l'uomo con accento francese. «Sto cercando padre Gebeard von Querfurt».

Ignazio stava già chinandosi per raccogliere una pietra con cui difendersi, quando comprese di trovarsi di fronte a una persona inoffensiva. «Giungete tardi», e si rialzò con diffidenza. «È morto».

Il francese si portò la mano alla bocca, nascondendo un'espressione incredula. Aveva un aspetto distinto, ma provato. Magro e con la barba incolta, sembrava reduce da un lungo viaggio.

Il mercante guardò verso l'uscita e manifestò l'intenzione di voler proseguire.

«Aspettate», lo trattenne lo sconosciuto.

«Non capite, sto inseguendo un uomo!», esclamò Ignazio, poi si rese conto che non c'era motivo per affrettarsi. Oramai l'assassino doveva essere fuggito... Maledisse i suoi calzari e l'età avanzata. «Un uomo in arme», mormorò rassegnato, «con una lancia che sputa dardi infuocati».

L'espressione del francese mutò dall'incredulo allo stupito. «So di chi parlate».

«L'avete visto uscire dalla catacomba?»

«No. Il mio ricordo risale a più di un mese fa, a Parigi».

Ignazio inarcò un sopracciglio. «Ma voi... Si può sapere chi siete?»

«Mi chiamo Suger de Petit-Pont e sono un magister medicinae. Dovevo incontrare Gebeard von Querfurt per consegnargli un oggetto. Mi aggiro fra queste catacombe da più di un'ora. Credevo ormai di essermi smarrito, quando mi sono imbattuto in voi...».

«Come facevate a sapere che von Querfurt si trovava qui?»

«Così mi è stato detto alla chiesa di San Gennarello *ad spolia morti*, dove alloggiava».

«E ci hanno pure detto che non era una persona dabbene...», precisò il bambino, perplesso.

«Zitto Tommaso», lo rimproverò Suger. «Parli sempre a sproposito».

«Lasciate stare il bambino e seguitemi», gli intimò Ignazio, incamminandosi verso l'uscita.

Suger lo guardò di sottecchi. «Seguirvi? E perché mai?»

«Perché vi conviene, a meno che non vogliate essere accusato di omicidio», ribatté l'ispanico. «Presto i birri di Napoli saranno qui, e quando si imbatteranno nel corpo di Gebeard von Querfurt andranno in cerca del responsabile. Sarà bene non farci trovare».

9

Benché Uberto fosse abituato alle stranezze del padre, a volte non riusciva a comprendere i suoi modi di agire. Fu con una certa rassegnazione, quindi, che lo vide uscire dalle catacombe di San Gennaro insieme a due perfetti sconosciuti, un uomo e un bambino. Nessuna traccia di Alfano Imperato e di Gebeard von Querfurt. Qualcosa doveva essere andato storto, pensò, e si chiese se fosse dipeso dalla comparsa del misterioso cavaliere. D'altra parte, Uberto era ancora scosso da quella apparizione e faticava a mettere in fila i pensieri. Non l'aiutava la confusione generale. Ovunque scorgeva persone allarmate, matrone sul punto di svenire e birri in stato d'allerta. Persino i buoi del carro processionale erano stati contagiati dal panico e scorrazzavano per Capodimonte con la statua del patrono, fomentando scompiglio.

Senza mostrare indecisione, Ignazio attraversò quel putiferio e raggiunse suo figlio. «Andiamocene», disse, prendendolo per il braccio.

Uberto aveva almeno una decina di domande da porgli, ma quando aprì bocca si rese conto di non riuscire a formularne nessuna. Si limitò a opporre resistenza, rifiutando di muoversi prima di ricevere spiegazioni.

Il padre lo fissò con aria grave. «Hai visto un uomo con una strana lancia?»

«Un cavaliere», precisò Suger.

«*Tutti* l'hanno visto», rispose Uberto, riacquistando il controllo di sé. «È sbucato dalle catacombe un attimo fa ed è fuggito al galoppo. Non prima di aver creato questo parapiglia».

«Ha fatto anche di peggio», commentò il mercante.

Uberto indicò con un cenno del mento i due sconosciuti. «E costoro chi sarebbero?»

«Vengono con noi», disse Ignazio. «Mi devono delle spiegazioni».

Abbandonarono Capodimonte e oltrepassarono le mura cittadine attraverso la Porta di San Gennaro, inoltrandosi nei vichi di Napoli tra case addossate e ingiallite dal sole. La luce del pomeriggio avvolgeva ogni cosa in una sonnolenza malsana. Napoli era una risacca di suoni, facce e movimenti senza fretta. Ogni cosa si svolgeva con una estrema lentezza, dando l'impressione di appartenere a un ciclo eterno. La città dell'attesa, pensò tra sé Uberto. La città del tedio.

Dopo aver superato il vico della Giudaica, incrociarono un gruppo di meretrici. Fu questione di un attimo, e una di loro lanciò un'occhiata interessata in direzione di Ignazio. Mora e procace, non più nel fiore degli anni ma di una bellezza assai voluttuosa, parve sul punto di accennare un saluto. Uberto ebbe l'impressione che suo padre ricambiasse quello sguardo e non riuscì a trattenere lo sdegno. Ma la scena si svolse in maniera troppo rapida perché potesse pronunciarsi.

Si ritirarono in una taverna del Borgo delle Vergini, dove si sedettero in disparte, ma in modo da poter avere una buona vista della strada, poi ordinarono da mangiare per non essere interrotti in seguito. L'oste servì al tavolo un fiasco di vino bianco e una zuppa di pesce a base di aceto, che Tommaso iniziò subito a sorbire, aiutandosi con una fetta di pane.

Suger invece si mostrò indifferente al cibo. Appariva nervoso e abbattuto, ma anche impaziente di parlare. Uberto lo interruppe mentre stava per aprire bocca e chiese al padre di essere messo al corrente di quanto era accaduto. Venne così a sapere delle catacombe, del sangue falso, della vampata di luce e dell'assassinio di Gebeard von Querfurt. «Incredibile», commentò alla fine. «E il canonico Alfano che fine ha fatto?»

«Chi lo sa», rispose Ignazio con un'alzata di spalle.

Il figlio lo guardò con rimprovero. «Non vorrai dire che l'hai lasciato indietro senza farti pagare!».

«Terrorizzato com'era, non mi pareva il momento opportuno per chiedergli i soldi», ironizzò il mercante di Toledo, mentre esaminava con aria schizzinosa la zuppa di pesce.

«E l'ampolla con il composto?»

«Era l'unica cosa in grado di tranquillizzarlo un po'. Povero diavolo, sarebbe stata una crudeltà strappargliela di mano».

«Lor signori mi scusino», si intromise Suger, troncando il battibecco.

Uberto gli rivolse uno sguardo scontroso. «Si può sapere cosa vuole costui?», domandò, battendo il pugno sul desco.

Il medico ebbe un moto di stizza, e forse anche di timore. «Pretendo soltanto qualche indicazione, poi toglierei il disturbo», scandì acidamente. «Molto volentieri, per giunta».

«Non prima di aver spiegato la questione della lancia del cavaliere», mise in chiaro Ignazio.

«So ben poco al riguardo».

«Eppure, più del sottoscritto».

Seguì una breve pausa. Gli occhi di Tommaso vagarono da un lato all'altro del tavolo, scrutando i volti dei commensali. Uberto si rese conto di provare per lui una naturale simpatia. Benché chino sulla scodella e con il capo spettinato, quel fanciullo aveva l'aria di essere assai più sveglio della norma e sembrava desideroso di prendere parte alla conversazione, ma si ostinava a restare zitto. Uberto conosceva bene quel senso di disagio, l'aveva provato lui stesso, trascorrendo l'infanzia in un monastero isolato tra le lagune. Intuiva lo stato d'animo del bambino che gli sedeva di fronte. Tuttavia c'era dell'altro. Tommaso gli dava l'idea di un piccolo monaco dai modi composti, pareva emanare una forza d'animo quasi palpabile, inconsueta per la sua età.

Invece Suger non gli piaceva affatto. Orgoglioso e scostante, palesemente irritato dalla presenza del fanciullo, non si lasciava sfuggire occasione per dimostrarlo. Lo rimproverava di continuo, al pari di quei ricchi signori che umiliano i loro servi per sfogare le proprie frustrazioni.

Fu proprio il medico a riprendere il discorso, dopo aver bevuto un sorso di vino. «Ho già visto quel cavaliere in azione, se dello stesso si tratta, ma non credo di saperne più di voi». Riempì di nuovo il bicchiere e lo mise davanti a sé. «Ha ucciso un uomo usando la sua lancia. Ho visto uscire da quell'arma una vampa infuocata che ha squarciato la schiena della vittima».

«Da quella lancia non esce soltanto fuoco», disse Ignazio. «Nel corpo di von Querfurt c'erano i resti di un proietto conficcato dentro la carne. Ma era troppo buio, e nella fretta non ho potuto controllare meglio».

«Anche nel caso a cui ho assistito c'erano i frammenti di un proietto», confermò Suger. «Ma al contrario di voi, ho avuto modo di esaminarli. Parevano i resti di un oggetto ovale, interamente in ceramica».

«Uova di ceramica», sbuffò Uberto, intrigato suo malgrado. Poi si rivolse al padre: «Si può sapere cosa vai cercando? Questa storia non ci riguarda».

«Non sei curioso?», gli chiese il mercante.

«Curioso?». Sul volto di Uberto si dipinse una smorfia contrariata. «Lo sarei, forse, se non fossi adirato per aver perduto il guadagno. E impaziente di tornare a casa, da mia moglie e mia figlia».

Ignazio gli chiese un attimo di pazienza e si rivolse di nuovo a Suger: «Per quale ragione uccide? Il cavaliere, intendo».

Il medico si fece scuro in volto e imprecò a bassa voce, lasciando trasparire una grande stanchezza emotiva insieme a una frustrazione ancor più opprimente. Qualsiasi cosa gravasse sul suo capo, Suger era chiaramente allo stremo delle forze e pareva impaziente di liberarsi di un fardello. Impaziente e spaventato. Uberto percepì in lui anche dell'altro – una punta di risentimento, forse rimorso – e comprese di averlo giudicato troppo in fretta. Lo vide annuire tra sé, come se avesse preso una decisione importante, e aprire la bisaccia che portava a tracolla. Sfilò un mantello ben piegato e coperto di ricami dorati, senz'altro un oggetto di grande pregio.

«Temo voglia questo», disse il francese. «Il mantello del Sagittario».

Ignazio osservò l'immagine ricamata al centro del mantello con crescente interesse. Un uomo a cavallo che portava l'indice alle labbra. Silenzio, diceva quella figura, silenzio o sei morto. Con l'altra mano impugnava un arco, tenuto basso e tuttavia minaccioso. Non era un guerriero, ma un cacciatore. Lo si intuiva dai finimenti leggeri, dall'assenza dell'elmo e dello scudo, dall'incedere leggero del corsiero. La barba e i capelli, raccolti in lunghe ciocche, gli conferivano un che di regale. Ma che andava ben oltre l'idea della comune maestà. Una signoria primordiale, quasi atavica, come doveva essere stata quella dei sovrani assiri.

«Il ricamo è di recente fattura, ma riproduce un disegno antico», concluse il mercante. «Molto antico».

Suger si strinse nelle spalle.

«Un mantello non comune, questo è certo», insistette Ignazio. «A chi era destinato?»

«Non ne ho idea», rispose il medico. «Io dovevo soltanto consegnarlo a Gebeard von Querfurt, in vece di un uomo morto ammazzato».

«Intendete l'uomo ucciso a Parigi dal cavaliere?».

Suger annuì. «Colui che aveva in custodia il mantello prima di me».

«Non escludo che anche von Querfurt fosse un semplice intermediario, dubito fosse abbastanza ricco da permettersi un oggetto del genere. D'altronde un simile cimelio ha di certo uno scopo preciso, altrimenti non si sarebbe lasciato dietro una scia di cadaveri».

«Sempre ammesso», obiettò Uberto, «che sia la causa dei decessi».

Il medico sorrise con indifferenza. «Comunque sia, Gebeard von Querfurt è morto. Il resto poco importa, dato che non saprei a chi altri rivolgermi».

Ignazio lo scrutò. Non conosceva la natura del suo attaccamento al mantello, ma Suger pareva averne abbastanza di quella storia. Anche se tentava di dissimulare, era spaventato. In condizioni normali, un uomo del genere non si sarebbe mai aperto con degli estranei, e invece l'aveva appena fatto di sua spontanea volontà.

Per ottenere conferma delle proprie intuizioni, il mercante provò a offrirgli una soluzione: «Fossi in voi chiederei al canonico Alfano», disse. «Lui conosceva bene Gebeard von Querfurt. Forse potrà esservi di qualche aiuto».

La fronte di Suger si distese. «Vi sono grato del consiglio, messere. Dove posso incontrarlo?».

Ignazio sorrise. «Abita vicino alla cattedrale. Se è uscito indenne dalle catacombe – come mi auguro – lo troveremo là». E alzandosi di scatto, batté la mano sulla spalla di Uberto. «Io e mio figlio vi accompagneremo. Il reverendo Alfano ci deve del denaro per un servigio resogli».

Suger non avrebbe saputo dire perché si era fidato proprio di quei due ispanici, ma dopo tanto viaggiare aveva sentito il bisogno di confidarsi con qualcuno. Del resto, non si era ancora ripreso dalle due settimane trascorse al seguito di Raone di Balbano, che per eludere la sorveglianza dei Clavigeri si era inoltrato nei boschi appenninici. Un'impresa estenuante condivisa con soldati rozzi e violenti, senza contare l'irritante presenza di Tommaso. Una breve sosta presso la rocca di Mondragone l'aveva corroborato, ma ora, nel cuore di Napoli, veniva coinvolto nell'ennesima tragedia. Ciò nondimeno, la morte di von Querfurt non era stata l'unico evento a sconvolgerlo. Benché troppo tardi, aveva infatti compreso di essersi imbattuto in un uomo molto pericoloso.

Quell'Ignazio da Toledo doveva essere il mercante di reliquie da cui Riccardo di San Germano l'aveva messo in guardia. Un negromante, a detta del monaco, o sospetto tale. Purtroppo Suger se ne era reso conto troppo tardi e aveva dovuto fare buon viso a cattiva sorte, sforzandosi di nascondere la sorpresa insieme a quante più informazioni possibili, benché qualcosa avesse dovuto dire. Del resto, se non avesse trovato una soluzione al più presto, rischiava di fare la stessa fine dello svevo e di von Querfurt. E il mercante di Toledo pareva abbastanza accorto da saperlo consigliare.

Ma non poteva fidarsi di lui. Negromante o meno, quell'ispanico aveva un che di torbido. E mentre gli camminava accanto, diretto verso la dimora del canonico Alfano Imperato, Suger si rese conto di non provare alcuna simpatia nei suoi confronti. Aveva cercato di "leggere" il suo volto, imbattendosi però in lineamenti singolari. Le pieghe della fronte in continuo movimento parlavano di lunghi viaggi e di pensieri ondivaghi, mentre quegli occhi color smeraldo scrutavano sempre di sbieco, come astuti guardiani. Non c'era da meravigliarsi, concluse. Suo padre gli aveva insegnato a diffidare degli ispanici, specie di quelli che somigliavano ai mori. E i tratti di Ignazio da Toledo erano schiettamente moreschi. Persino la voce tradiva un accento esotico, per non parlare di quel sorriso sornione, più insidioso della lama di un pugnale.

Al contrario, Uberto pareva persona più equilibrata. Esprimeva le proprie opinioni in maniera esplicita, quasi impulsiva, ma pur essendo prevedibile restava comunque un osso duro. Era troppo intelligente e troppo sospettoso perché Suger potesse sperare di portarlo dalla sua parte. Inoltre avrebbe giurato di non suscitargli particolare simpatia.

Pensandoci bene, temette di aver agito da stupido. Cosa sperava di ottenere da quei due individui? Morto Gebeard von Querfurt, ogni probabilità di ottenere la draconite svaniva nel nulla. Forse sarebbe stato meglio mandare al diavolo l'intera faccenda, finché era ancora in tempo per farlo.

Doveva fuggire a Salerno, si disse. Il suo futuro era là, non fra i sobborghi di Napoli. Non a portata della lancia del cavaliere. Inoltre c'era un'altra questione con cui non aveva ancora fatto i conti. Il mantello. Inutile mentire a se stesso. L'aveva trasportato per miglia e miglia, giungendo a ogni passo sempre più vicino alla verità. E dopo le parole dello svevo, dopo l'avventura di Milano, Suger ne era ossessionato. Non era escluso che potesse ancora ottenere qualche vantaggio dalla vicenda...

Quindi, benché ansioso di togliersi dai piedi quell'Ignazio da Toledo, si impose di sopportarne la presenza. Ancora per poco, promise a se stesso.

La casa di Alfano Imperato sorgeva al centro della città, presso la basilica di Santa Restituita. Era a un piano unico, con pareti in legno e pietra di tufo al pari della maggior parte degli edifici circostanti. Non molto lontano, davanti alla cattedrale, un gigantesco cavallo di bronzo si impennava su un piedistallo di marmo attirando gli sguardi dei passanti.

Giunti a destinazione, Ignazio e i suoi compagni furono accolti da una donna dal petto procace e i modi da matrona. Il mercante le si presentò con un inchino e chiese del canonico, sottolineando la gravità delle circostanze. In verità era soltanto interessato a conoscere altri risvolti della vicenda, per scoprire la parte della verità che gli era stata taciuta da Suger de Petit-Pont. Perché era evidente che quel medico francese conoscesse molto più di quanto aveva raccontato.

La donna lo fissò tenendo i pugni premuti sui fianchi, poi lo fece entrare insieme ai compagni. Comunicò che il canonico era rincasato da poco e fece strada per gli ambienti interni, sporchi e disordinatissimi.

Raggiunsero un cubicolo privo di finestre con le pareti stipate di libri, icone sacre e statuette. Alfano sedeva su un seggio di legno con un panno sulla fronte e i piedi a mollo in un bacile. Appariva assai provato, le mani penzoloni sui braccioli come fosse privo di energie.

«*Monsignó*, altre visite», annunciò la matrona, entrando nella stanza.

Il prelato posò lentamente lo sguardo sugli ospiti. Un moribondo, si sarebbe detto. Ma alla vista di Ignazio fu pervaso da una scossa di rabbia. Gettò il panno a terra e scattò in piedi, puntandogli l'indice contro. «Voi... Voi!», sibilò. «Come osate presentarvi di nuovo al mio cospetto?».

Il mercante aprì le braccia, fingendo di non capire.

«Delinquente!», inveì Alfano. «Mi avete abbandonato al buio, da solo!».

«Reverendissimo, avete frainteso. L'ho fatto per difendervi», mentì Ignazio. «Ho inseguito l'omicida per sincerarmi che non vi facesse del male».

«Omicida un accidente! Sono quasi morto per lo spavento!». Alfano tornò a sedere e attese che la serva gli asciugasse i piedi, poi calzò un paio di pantofole e ciabattò agguerrito verso il mercante. «Se non fosse stato per i birri, sarei ancora là, nelle catacombe! Lo sapevate che senza luce è praticamente impossibile uscire dai sotterranei di Napoli?»

«A maggior ragione, sono lieto che non vi sia capitato nulla di grave», disse Ignazio, cercando di rabbonirlo.

«Cosa sono le catacombe?», domandò Tommaso, attirando su di sé l'attenzione. Uberto gli accarezzò il capo e gli bisbigliò la risposta all'orecchio, continuando a seguire il discorso.

Il canonico proseguì nelle sue accuse, ma sempre con minor slancio. Doveva essere uno di quegli uomini incapaci di serbare rancore, non perché d'animo gentile, ma perché troppo pigri per perseverare nell'ira. Fu così che, dopo poco, si oscurò. «Povero Gebeard...», disse, battendosi la fronte. «Quanto mi rincresce per lui! Era così affidabile... Così onesto...».

Il mercante si limitò ad alzare un sopracciglio.

Alfano dovette cogliere in quel gesto una sfumatura di biasimo, poiché lo squadrò con rimprovero. «Ebbene, si può sapere cosa volete da me?»

«Concludere l'affare», chiarì l'ispanico. «Vostra paternità non avrà certo scordato di avere trattenuto con sé il... composto».

«Intendete il sangue». Il canonico indicò l'ampolla, già esposta in bella vista su una mensola. «Il sangue miracoloso».

«Chiamatelo come vi aggrada. Comunque sia, avete *scordato* di pagarlo».

«Dite davvero? Mi pareva...».

«Nello scompiglio vi sarete confuso», tagliò corto Ignazio. «Sta di fatto che non ho ricevuto il compenso pattuito».

«Ora me ne rammento, avete ragione». Alfano si avvicinò a un tavolo sommerso di pergamene. «Se non sbaglio, si parlava di cento tarì», e portò alla luce un piccolo scrigno colmo di monete.

«Centocinquanta», precisò il mercante, prestando attenzione agli scudi d'oro che venivano disposti davanti a lui. Commerciare nella penisola italica era assai complicato, per via dei conii di diversa provenienza che circolavano nelle varie città. Tarì, denari, mancusi, grossi veneziani... Bisognava saper tenere a mente valute diverse per non incorrere in imbrogli. «Inoltre, dicevamo, l'equivalente per un imbarco diretto in Spagna».

Alfano terminò di suddividere i tarì in pile da dieci. «Siete già di partenza? Così in fretta?».

Insolita domanda, pensò Ignazio. «Non è raccomandabile, di questi tempi, fermarsi nel *Regnum Siciliae*», rispose, intascando la somma.

«Comprendo la vostra posizione», disse il canonico. «I disordini dovuti ai Clavigeri, le voci sulla morte dell'imperatore...».

A quel punto Suger fece un passo avanti, schiarendosi la gola. «Se vostra paternità permette, avrei alcune domande da porre».

Alfano lo scrutò con curiosità, come se fino ad allora non avesse notato neppure la sua presenza. «A quale riguardo, messere?»

«Gebeard von Querfurt».

«E chi sareste, voi, per serbarne interesse?»

«Un magister medicinae. Provengo dallo Studium di Parigi».

«Ammirevole. Parlate pure».

«Ve ne rendo grazie», disse Suger, poi lanciò un'occhiata diffidente verso Ignazio e Uberto. «Ma gradirei farlo in privato».

10

Ulfus proveniva da Tikili Taš, la Foresta Paurosa. Aveva trascorso l'infanzia presso le sponde del Danubio, in una terra di confine tra la lingua latina, greca e slava, senza mai comprendere da quale delle tre derivasse quella che parlava. Pensandoci bene, non avrebbe neppure saputo dire a quale dio rivolgeva le proprie preghiere. A quello della Chiesa di Roma, composto da un padre, da un figlio e da uno spirito di un'unica sostanza, o forse a quello di Bisanzio, che predominava in quanto padre sul figlio e sullo spirito. Un problema da poco, tutto sommato, poiché Ulfus riusciva a figurarsi nella mente soltanto un dio: il cacciatore con tre teste che attraversa a cavallo il cielo stellato. Ne parlavano le leggende degli avi, i traci, e le antiche lapidi dimenticate al limitare dei boschi e delle necropoli. Ulfus si era sempre chiesto a cosa servissero tre teste, e perché un dio dovesse dar prova della propria superiorità attraverso un aspetto mostruoso. Poi aveva compreso. La mostruosità era tale soltanto per i mortali, che non riuscivano a contenere nelle loro menti il concetto del potere divino o infernale. Proprio come in quel canto slavo che attribuiva all'eroe Mussa tre cuori e tre costati. *Vide in Mussa tre cuori d'eroe. Vide tre costole, l'una sull'altra.*

Quella di Mussa non era deformità, ma grandezza. Una grandezza che superava di tre volte quella umana. Una grandezza a cui Ulfus aspirava, e che avrebbe potuto raggiungere soltanto portando a termine la propria missione. Doveva recuperare il mantello del Sagittario, uccidendo chiunque volesse impedirglielo. Aveva già eliminato tre uomini. Per la terza esecuzione aveva dovuto scendere da cavallo e spingersi addirittura nelle catacombe di San Gennaro. Non gli piaceva uccidere in quel modo, anche quando le circostanze lo richiedevano. In ogni caso, lo sforzo non era valso a nulla. Del mantello ancora nessuna traccia. Aveva ancora poco tempo per portare a termine la propria missione, e iniziava a temere di non essere all'altezza del compito. Se avesse fallito, il Mago non gliel'avrebbe mai perdonato.

Il Mago. Ulfus l'aveva visto fare cose al di fuori di ogni comprensione. L'aveva udito pronunciare oracoli che poi si erano avverati. L'aveva visto curare malattie spaventose e tenaci. L'aveva sentito svelare i segreti del cielo e del sottosuolo. E aveva ricevuto da lui, in dono, la Lancia del Fuoco.

Se gliel'avesse ordinato, sarebbe sceso all'inferno pur di compiacerlo.

In caso di rifiuto, il Mago l'avrebbe punito con pene che non riusciva nemmeno a immaginare.

11

«Carogna!», grugnì Ignazio, lasciandosi alle spalle la casa del canonico Alfano.

«Di cosa ti lamenti?», gli chiese Uberto. «Siamo stati pagati profumatamente, senza restare coinvolti nell'omicidio di Gebeard von Querfurt».

Nessuna risposta. Nessun commento. La fronte del mercante si aggrottava a ogni passo. Uberto lo spiava con rapide occhiate, in attesa di una frase, una parola, che sapeva benissimo non sarebbe giunta. Non ancora, per lo meno. Ignazio era solito torturare le persone con i propri silenzi.

Tacesse pure, pensò poi. Conosceva il motivo di tanta irritazione. Il proietto di ceramica, il cavaliere ricamato sul mantello e quello in carne e ossa uscito dalle catacombe… Quel succedersi di eventi aveva irretito suo padre, facendogli scordare tutto fuorché il canto delle sirene. E la carogna in questione era Suger de Petit-Pont, quel medicastro con la faccia da schiaffi che aveva preferito sviscerare la questione in privato con Alfano Imperato, senza terzi incomodi. Un diritto sacrosanto, del resto. Affari suoi, anche se Ignazio non pareva della stessa opinione.

Ma Uberto voleva tornare dalla propria famiglia e se ne infischiava di tutto il resto. Anzi, *quasi* di tutto. A onore del vero, gli dispiaceva lasciare il piccolo Tommaso nelle mani di Suger. L'avrebbe portato volentieri con sé per prendersene cura, se il bambino non gli avesse confidato di avere parenti a Napoli con i quali si sarebbe presto ricongiunto.

Ignazio, però, era diverso da lui. Con il pretesto di mercanteggiare reliquie, aveva trascorso buona parte della vita a svelare misteri. La sua *curiositas* lo guidava come l'istinto di un lupo per i sentieri del sapere e dell'avventura, spingendolo a viaggiare di continuo. Uberto non condivideva una simile condotta. Fosse dipeso da lui, non avrebbe mai trascurato i propri affetti per rincorrere chimere.

All'imbocco della Summa Plaza con vico Gurgite, il crepuscolo scivolava tra ragnatele di bucato steso all'aria. Uberto si sistemò il cappello e guardò verso l'alto, attratto da alcune sagome di uccelli marini che gridavano nel cielo. E quando non ne scorse più la forma, il silenzio gli parve insostenibile. «Suger de Petit-Pont non ci riguarda», mormorò, gettando l'amo.

Il padre gli rivolse un'occhiata distratta. «Forse hai ragione. Però...».

«Immaginavo ci fosse un "però"».

Ignazio raccolse quell'invito a spiegare: «Quale motivo è tanto forte da indurre un medico di Parigi a viaggiare fino a Napoli per consegnare un mantello?»

«È un fatto assai strano, te lo concedo».

«E cosa spinge un cavaliere a uccidere chiunque sia al corrente dell'esistenza del suddetto mantello?»

«Mi pare di avertelo già detto. Non puoi dimostrare che la morte di von Querfurt sia collegata al mantello».

«Eppure è un'ipotesi verosimile. Tieni presente che Suger sta agendo per sua stessa ammissione in luogo di un uomo morto... Un uomo che custodiva il mantello prima di lui. Due decessi collegati alla stessa persona fanno sorgere qualche dubbio, non credi?»

«Immagino tu abbia ragione. Ma conoscere le risposte potrebbe mandarci dritti a far compagnia a quei cadaveri, e io lo eviterei volentieri. Neppure il francese, a dire il vero, mi è parso troppo propenso a sacrificarsi».

«Forse sei più vicino alla verità di quanto pensi».

«Cosa intendi?», chiese Uberto, e subito si pentì di quella domanda. Suo padre era riuscito a incuriosirlo.

«Suger ha l'aria di non agire per ideali propri. Dev'essere stato coinvolto in una faccenda più grande di lui, e sta cercando di uscirne in fretta per non finire ammazzato».

«In questo caso, peggio per lui».

«Non lo diresti con eguale convincimento se avessi assistito alla morte di Gebeard von Querfurt. Uno spettacolo davvero raccapricciante. In tutta sincerità, non so come andrebbe a finire se Suger si imbattesse in quel cavaliere. E se qualcun altro fosse tanto sfortunato da trovarsi insieme a lui...».

«Giochi sporco», lo interruppe Uberto.

«Perché mai?»

«Stai insinuando che anche Tommaso possa correre dei rischi. Ti conosco, e so bene come ragioni. Hai notato che mi sta a cuore quel ragazzino e speri di indurmi a seguire lui e il suo tutore per accertarmi che il cavaliere non li aggredisca. E poi ti prodigheresti ad aiutarmi per soddisfare la tua curiosità».

«Mi compiaccio», sorrise Ignazio. «Stai diventando più contorto di me».

«Anche se fosse, non intendo lasciarmi coinvolgere. Tommaso ha parenti a Napoli, presto sarà al sicuro».

Il mercante alzò le mani con arrendevolezza. «Tutto risolto, quindi».

«Lo sarà quando ce ne saremo andati», disse Uberto, allungando il passo. «Non è saggio intrattenersi fra queste mura, non solo per la faccenda del mantello. Si dice che i Clavigeri siano alle porte della città, per non parlare delle spie del papa già infiltrate all'interno. Ti ricordo che non siamo ben visti da quella gente. E quant'è vero Iddio, domattina prenderò il largo per la Spagna, che tu ci sia oppure...».

Lasciò la frase in sospeso. Una donna uscita da una viuzza si era fermata davanti a loro. Uberto la riconobbe subito, era la meretrice che aveva rivolto lo sguardo a suo padre poco prima. Non fece in tempo a chiedersi il perché della sua presenza, che fu pervaso da uno sgradevole stupore.

Vide Ignazio avvicinarsi a lei con un'espressione di sconcerto.

«Ermelina, siete proprio voi», disse il mercante. «Quest'oggi, per strada, avevo creduto di essermi ingannato».

La donna fece un passo indietro. «Ho esitato a salutarvi, messere», spiegò. «Mi vergognavo, non volevo che mi vedeste in questo stato... Poi ci ho ripensato, il desiderio di parlarvi era troppo».

Uberto tacque, diviso tra l'irritazione e la curiosità.

«È trascorso molto tempo», continuò Ignazio, abbassando il tono della voce. «Cosa vi è successo?»

«Cosa mi è successo?». Un sorriso amaro affiorò sul volto della donna. Un volto sciupato e disilluso, che in gioventù doveva aver ammaliato molti uomini. E tuttavia Ermelina disse di aver sposato quello sbagliato. Un soldato di Napoli amante del gioco e dei bagordi, per giunta violento. Confessò di aver sopportato botte e umiliazioni per anni, incapace di dare una svolta alla propria vita. «Voi non sapete cosa significhi, messere», concluse. «Un uomo buono come voi non può saperlo».

Io non sono un uomo buono, parvero rispondere gli occhi del mercante. Sono un egoista che trascura la moglie, un bugiardo avvezzo alle ingiustizie del mondo. Infine quegli stessi occhi si posarono sul figlio, come a voler dare spiegazioni. Ma Uberto si rifiutò di comprendere, poiché quella donna non era sua madre. Tanto risentimento, pensò, non aveva ragione di esistere.

Ermelina sembrò non cogliere la tensione fra i due uomini e seguitò a raccontare. Non era trascorso molto tempo dalle nozze che il marito aveva sperperato tutte le loro sostanze, e per far fronte all'inconveniente l'aveva costretta a prostituirsi con i suoi commilitoni, nella stessa rocca in cui trovava quartiere. «Fu allora che persi l'orgoglio», disse. «Mi aveva trasformata in una cosa priva di volontà e di amor proprio». Poi tutto era finito con una pugnalata allo stomaco. Lo stomaco di suo marito, ucciso in una rissa tra soldati. E d'un tratto si era ritrovata libera, ma anche costretta a provvedere a se stessa. Non vedendo alternative, aveva continuato a vendere il proprio corpo.

«Permettetemi di aiutarvi», si offrì il mercante.

Ermelina fece un cenno di diniego. «Avete già fatto abbastanza, Ignazio da Toledo. In un altro tempo, in un'altra vita. Ma adesso è tardi, non potete salvarmi da ciò che sono diventata». Gli pose una mano sulla spalla e lo guardò un'ultima volta, con intensità. «È stato bello rivedervi».

Poi se ne andò.

Un attimo prima che si voltasse, Uberto avrebbe giurato di vederla piangere.

Ignazio la guardò allontanarsi, avvolto nel suo mantello e nel più completo silenzio, finché non scosse la testa come se volesse fugare un brutto sogno. «Dicevi di andarcene a dormire», disse al figlio, tornando di nuovo impassibile. «Ebbene, mi pare un'ottima idea».

Uberto non commentò. La scena a cui aveva assistito dimostrava quanto poco sapesse ancora di suo padre. C'erano fatti di cui ignorava l'esistenza, coni di oscurità talmente impenetrabili da farglielo risultare un perfetto sconosciuto. E mentre si sentiva pervaso da una sorta di sfinimento emotivo, la discussione su Suger de Petit-Pont diventava sempre più lontana, ormai priva di importanza.

Si ritirarono in una locanda a ridosso delle mura meridionali, in una borgata prossima alla zona portuale. L'intenzione era attendere il primo imbarco per la Spagna. Benché fossero stati consigliati di recarsi in quel luogo proprio dal canonico Alfano, fu loro assegnata una stanza già occupata da sette persone, con giacigli di paglia tenuti separati soltanto da tende. Impossibile trovare asilo migliore, disse il locandiere. L'avanzata dei Clavigeri aveva spinto centinaia di fuggiaschi verso Napoli, rendendo affollata ogni foresteria e ospitale. Furono quindi costretti ad accontentarsi e si prepararono a trascorrere la notte.

Per Uberto era sempre difficile prendere sonno in ambienti del genere. Il più delle volte scivolava in tediosi dormiveglia che lo accompagnavano fino alle prime luci dell'alba, rendendolo incapace di distinguere i sogni dalla realtà. Ecco perché, mentre giaceva sotto coperte che odoravano di altre persone, non comprese subito da dove provenisse – e a chi appartenesse – la voce che lo chiamava per nome.

Aprì gli occhi e si trovò di fronte alla sagoma di un bambino avvolta nell'ombra. Si mise seduto e gli pose le mani sulle spalle, per sincerarsi che non fosse una visione. No, si disse. Era Tommaso, sudato e spaventatissimo.

«Cos'è successo?», gli chiese, accorgendosi che era ancora notte fonda. «Come hai fatto a trovarci?»

«Messer Uberto, grazie al Cielo siete sano e salvo!», disse il fanciullo, ignorando le domande. «Hanno arrestato Suger!».

«Per quale ragione?».

La tenda a fianco del giaciglio si scostò, rivelando il volto di Ignazio. Il bambino si ritrasse, ma Uberto lo invitò a proseguire con un cenno.

«È stato un prete germanico», disse Tommaso. «Si è presentato a casa del canonico poco dopo che ve ne eravate andati, mentre Suger stava parlando con Alfano Imperato».

«E poi?», domandò il mercante.

«Ha interrogato tutti e due, ha chiesto se conoscevano una setta... Non ne ricordo il nome».

Uberto annuì, per fargli capire che si fidava. «Continua».

«In principio quel prete sembrava buono e gentile, poi ha accusato Alfano e Suger di negromanzia, ha fatto entrare i birri e li ha arrestati. Tutti e due. Grazie al Cielo nessuno ha badato a me, e sono fuggito».

Uberto era impressionato da tanta lucidità. D'altronde, fin dal primo incontro si era accorto che Tommaso non era un fanciullo comune. Eppure qualcosa gli sfuggiva. «Avresti dovuto rifugiarti dai tuoi parenti, invece di venire qui. Non hai detto che abitano a Napoli?»

«Conosco i loro nomi, ma non so dove vivono. Al contrario di voi, mi è stato facile raggiungere la zona del porto...».

«Ma come facevi a sapere?», gli chiese il mercante. «Soltanto Alfano era al corrente di dove eravamo alloggiati».

«L'ho sentito dire proprio da lui, infatti», rispose Tommaso, facendoli trasalire, «quando il prete germanico gli ha chiesto di voi».

Ignazio scattò in piedi. «Ha chiesto di noi?»

«Sì, e sta venendo a prendervi. Con i birri».

Fecero fagotto e uscirono dalla locanda in fretta e furia. La soluzione migliore sarebbe stata dirigersi verso il molo e salire a bordo della prima galea in procinto di salpare, ma Ignazio sapeva che nessuna nave avrebbe preso il largo prima dell'alba. Propose quindi di cercare un nascondiglio in attesa del mattino, per poi imbarcarsi senza dare nell'occhio. Il timore di finire sotto le grinfie del misterioso prete germanico andava ben oltre la curiosità di scoprire la verità sul mantello del Sagittario. E il mercante era quasi deluso di se stesso. Prima d'allora non gli era mai capitato di posporre la paura alla sua sete di sapere. Forse stava diventando vecchio, si disse, ma sentiva che non era così. Non del tutto, per lo meno. Era in preda a una sensazione di pericolo intimamente diversa da quanto sperimentato in passato. In tanti anni di pellegrinaggio era sempre riuscito a sfuggire a ogni genere di insidia, eppure quella notte non era stato abbastanza accorto da avvertire il fiato del Cacciatore sul proprio collo. Se non fosse stato per Tommaso, avrebbe fatto la fine di Suger e di Alfano. Non osava nemmeno immaginare a quale destino sarebbero andati incontro quei due sventurati... E mentre avanzava spedito fra le tenebre, continuò a interrogare il bambino sull'accaduto.

Fu così che Tommaso gli rivelò di aver ascoltato la conversazione avvenuta tra Suger e il canonico della cattedrale, prima che venisse interrotta dal prete germanico. I due avevano parlato di Gebeard von Querfurt e del mantello del Sagittario, sul quale Alfano era parso alquanto informato. Dopo aver appreso che Suger ne era il custode, il prelato gli aveva addirittura chiesto di mostrarglielo, menzionando un certo magister di Toledo di cui il medico non sapeva nulla.

Con sua grande sorpresa, Ignazio intuì che anche il canonico doveva essere coinvolto nella vicenda del mantello, anche se non poteva dimostrarlo.

Poi il bambino descrisse l'accaduto in seguito all'irruzione del prete germanico. Si chiamava Konrad von Marburg ed era interessato all'omicidio delle catacombe. Sosteneva di aver visto il cadavere di Gebeard von Querfurt e riconosciuto sulla sua mano dei *segni*. Segni uguali a quelli già trovati su altre vittime. Sì, ripeté Tommaso. Konrad aveva detto *altre vittime*, senza specificare di chi si trattasse. Ma furono le sue parole successive a turbare il mercante.

Konrad aveva preteso di conoscere l'identità del terzo uomo presente nelle catacombe di Capodimonte, e i due inquisiti avevano subito fatto il nome di Ignazio da Toledo, descrivendolo per filo e per segno. Aspetto, provenienza, reputazione, compagni al seguito... Il prete germanico aveva voluto sapere tutto, infine aveva fatto arrestare Suger e Alfano, rivelando di agire sotto mandato papale.

«Ha detto proprio così?», lo interruppe Uberto, adombrandosi. «Per mandato del papa?»

«Sì», rispose il bambino.

«E il mantello del Sagittario?», chiese il mercante. «Ha preso anche quello?»

«Né Suger né Alfano ne hanno fatto menzione», rivelò Tommaso. «Dev'essere rimasto nella casa del canonico».

«Invece tu sei scappato», seguitò Ignazio, cercando di ricostruire i fatti. «Ma se quel Konrad von Marburg si è davvero messo sulle nostre tracce, come hai fatto a precederlo? Avrai senz'altro impiegato molto tempo per orientarti».

«Avete ragione, messere», confermò Tommaso. «Sono riuscito ad anticiparlo perché quel prete voleva recarsi prima in un altro posto».

«Dove?»

«Non lo so, Konrad von Marburg non l'ha detto. Da come ne parlava, tuttavia, aveva premura di andarci».

Erano ormai usciti dal vico in cui sorgeva la loro locanda. Ignazio aveva intenzione di dirigersi verso il molo, per cercare rifugio tra le catapecchie dei marinai e dei pescatori. Non faceva che fissare ora il volto di Tommaso, ora la strada, mentre sentiva la preoccupazione crescere al ritmo dei battiti del suo cuore. Perché quel von Marburg aveva fatto arrestare Suger e Alfano? E cosa voleva da lui?

D'un tratto mise da parte ogni quesito.

In fondo alla via c'erano quattro soldati.

«Il bambino!», esclamò uno di loro, indicando Tommaso. «Lo riconosco».

«Devono essere loro!», gridò un altro. «Prendiamoli!».

E si lanciarono di corsa verso i tre compagni.

Uberto afferrò il bambino per il braccio e iniziò a correre via, Ignazio al seguito. Svoltarono in una strettoia stipata di casse di legno e anfore, pozzanghere sotto i piedi. Gli inseguitori gridavano alle loro spalle.

La strettoia si incanalò in un dedalo di porte sprangate, selciato malmesso e scivoloso. Ignazio inciampò e cadde. Uberto tornò sui propri passi, lo agguantò per le vesti e lo rimise in piedi con uno strattone. Il padre riprese a correre con il fiato corto, ma fu bloccato da uno sgherro. Tentò di opporsi, ma fu sopraffatto. Uberto fece per soccorrerlo, quando scorse un secondo armato uscire dall'ombra. Schivò la sua presa e fuggì, ma non poté evitare una spinta. Cadde di schiena, accorgendosi di aver perduto Tommaso. Un terzo soldato avanzava imprecando, dietro di lui un quarto.

Si rialzò da terra e riprese a correre. Prima con le ginocchia e con le mani, poi con i piedi. Veloce, nel buio, i segugi alle spalle. D'un tratto la via si chiuse davanti ai suoi occhi, rivelandogli soltanto una porta di legno marcio. La sfondò con una spallata e cadde riverso dentro un magazzino. Fu avvolto dall'odore di cose vecchie, reti da pesca, cocci d'anfora e... scale dirette verso il basso! Si lanciò d'istinto in quella direzione. Dieci, venti gradini di pietra divorati in equilibrio precario. Eco di voci alle spalle. Scese a rotta di collo fino a giungere in una sorta di cripta.

Per un attimo si sentì in trappola, poi un ingresso ad arco si stagliò fra le tenebre.

Entrò, attraversò un cunicolo e altre scale in discesa, avventurandosi nel buio mentre si tormentava al pensiero di cosa stesse accadendo al padre e al bambino. Ma non aveva scelta, non poteva fermarsi. Avanzò con le mani protese in avanti, incontrando pareti scrostate e ragnatele. Non fermarti, si ripeteva, imboccando l'ennesimo passaggio. Non fermarti o prenderanno anche te. E se dovesse accadere, non le rivedrai mai più.

Era già alla seconda svolta, o forse alla terza, l'orecchio teso a cogliere ogni rumore. Nessun suono, tranne un remoto scorrere d'acqua. Forse gli inseguitori avevano rinunciato, forse era salvo. Ma non poteva rischiare. Avrebbe atteso per sincerarsi di essere al sicuro, per poi pensare a come salvare Ignazio e Tommaso.

All'improvviso si rese conto di dover risolvere prima un altro problema. Si era smarrito.

12

Il Maligno era stato in quella stanza. Se ne percepiva ancora la presenza, il malefico afflato. Anche gli oggetti – la geometria in cui erano stati disposti – rivelavano un che di sinistro, per non parlare dei *simboli*...

Ma Konrad von Marburg lo avvertiva soprattutto dentro di sé. Gli era ben familiare la sensazione che lo coglieva alle narici e al basso ventre, per poi salire alle tempie in un acuirsi di eccitazione.

Era nato con quel dono. Riusciva a percepire il sentore del peccato fin da bambino, e con il passare del tempo aveva appreso a riconoscerlo non solo nelle persone ma anche negli ambienti, come una scia di olezzo lasciata da parole e atti impuri. Lo studio della teologia l'aveva aiutato a comprendere che non possedeva un semplice talento, bensì una *vocazione*. Così si era fatto prete e l'aveva coltivato, imparando a discernere la verità dalla menzogna fra grida di spasimo e rantoli morenti. La persuasione di adempiere a un divino ufficio – una missione – l'aveva spronato a perfezionarsi.

Ed era diventato un cacciatore.

La sua preda favorita era l'eresia. Il più subdolo dei mali dello spirito, capace di insinuarsi nella mente umana di soppiatto, senza dare segno della propria presenza, e di corrompere poco per volta la vera fede fino a ridurla a una carcassa putrescente. Quando diveniva manifesta era già troppo tardi, e la si poteva estinguere soltanto con la purezza del fuoco. Ma esisteva anche un altro tipo di eresia, ancor più detestabile e spaventoso poiché derivava da una scelta volontaria. In quel caso gli eretici erano perfettamente consapevoli di contravvenire alle regole del cattolicesimo, e perseveravano nell'offenderle, insozzandole con le loro bestemmie fino alla fine, dall'alto delle pire infuocate. Ad accecarli era l'orgoglio. Lo stesso orgoglio di Eva. Quello dei Luciferiani.

Non esisteva peccato più grave. L'orgoglio istigava alla disobbedienza, a credersi più saggi degli altri e a rifiutare le leggi divine per crearne di proprie. E benché alcuni scambiassero tutto ciò per libertà, Konrad von Marburg vi scorgeva soltanto i tranelli del Serpente. Non si faceva illusioni al riguardo, sapeva che in molti la pensavano diversamente da lui. Ma la vera libertà era una soltanto, e consisteva nel lasciarsi guidare dal Pastore. Non c'era alternativa, poiché chi non segue il Cristo segue Satana. *Extra Ecclesiam nulla salus*, amava spesso ripetere. E se qualcuno avesse osato separarsi dal gregge per avventurarsi lungo il sentiero tracciato dal proprio sguardo, lui gli avrebbe strappato gli occhi dalle orbite piuttosto che abbandonarlo alle trame del Maligno. Per pietà cristiana. E con puro godimento.

«Reverendo padre», disse una voce, e Konrad si ricordò di trovarsi in una stanza, nel cuore della notte, con una missione da compiere.

Si voltò verso l'uomo che aveva parlato. Galvano Pungilupo, un miliziano dei reparti clavigeri finito al suo servizio per concessione del papa. Nulla da eccepire sul fatto che fosse una carogna mercenaria vomitata da una cloaca del Nord Italia. Non era nemmeno un gran combattente, a quanto si diceva, ma possedeva spiccate doti da segugio. Era abituato ad annusare nel fango fin da ragazzino. Lui stesso lo aveva rivelato sin dal loro primo incontro. Se Konrad cercava qualcosa, o qualcuno, Pungilupo non l'avrebbe deluso. Correvano voci sul fatto che fosse stato proprio lui a trovare il tesoro nascosto di Montecassino, grazie al quale il legato apostolico Pelagio aveva pagato il soldo ai Clavigeri. Ed era stato sempre lui a scovare Suger de Petit-Pont, dopo che von Marburg gli aveva ordinato di seguirne le tracce da Milano. Un ottimo servigio.

Ora si trattava di stringere il pugno di ferro, per schiacciare i nemici.

Konrad si aggirò per la stanza, ripassando mentalmente i segni del Maligno ravvisati fra quelle mura. Li controllò uno a uno al bagliore della lucerna, affinché non ne perdesse memoria. Ben presto avrebbe dovuto misurarsi con un uomo assai avveduto, e non voleva lasciare nulla al caso. Soltanto quando fu certo di aver inquadrato ogni cosa nel modo giusto, si rivolse al clavigero: «Ditemi Galvano, avete trovato l'ispanico che stavamo cercando?»

«Sì, magister», rispose il soldato. «Ma il figlio è scappato».

«Scappato?»

«Si è ficcato in un sotterraneo. Gli uomini hanno avuto paura di seguirlo».

Il religioso storse il naso. «Quattro soldati hanno avuto paura di braccare un fuggitivo?»

«Sono superstiziosi». Pungilupo esponeva i fatti senza tradire emozioni, torcendo la smorfia da vecchio predatore. «Nei sotterranei di Napoli riposano i morti antichi».

Konrad incrociò le dita dietro la schiena e gli si mise di fronte. Era più alto e massiccio di lui. Sull'abito nero, il crocifisso metallico riluceva come un'arma pronta a colpire. «E voi, Galvano? Temete anche voi i defunti?»

«Ci sono cose che mi spaventano di più», confessò il soldato.

«Bene». Il prete sorrise. «Bisognerà acciuffarlo. Il figlio, intendo».

«Lasciate fare a me, reverendo». Pungilupo si batté il pugno sul petto. «Chiedo licenza di muovermi da solo, sarà più facile».

«Permesso accordato», disse Konrad. «Ma prima di andare, fate entrare l'ispanico».

Ignazio fu scortato dai soldati verso ponente, sempre restando entro le mura di Napoli. In principio aveva temuto per se stesso e per Uberto, ma strada facendo era riuscito a mettere da parte la preoccupazione per il figlio e si era curato di tranquillizzare Tommaso, che camminava al suo fianco sempre più spaventato. Fu così che, giunto nei pressi della chiesa di San Gennarello ad spolia morti, notò in lui un cambiamento di stato d'animo, come se quel luogo gli fosse familiare. Allora si rammentò delle parole di Suger: Gebeard von Querfurt aveva alloggiato nell'ospitale di quella chiesa. Forse il fanciullo la riconosceva, dato che vi si era recato il giorno prima al seguito del medico francese. E con grande sorpresa del mercante, i soldati li scortarono proprio all'interno di quell'edificio.

Ignazio ignorava quale prova avrebbe dovuto sostenere. Si aspettava un confronto con l'uomo che aveva ordinato l'arresto di Alfano e Suger, questo era certo, ma dubitava dell'ufficialità della faccenda. Non stava certo per essere condotto dinanzi a un tribunale spirituale, e non era stato nemmeno informato sui suoi capi d'accusa.

L'ospitale di San Gennarello non sembrava una foresteria qualunque, ma un *dormitorium* per religiosi, con stanze predisposte per accogliere pellegrini per lunghe permanenze. Dopo essere entrati, percorsero un corridoio fino a raggiungere una porta guardata da un soldato con un ghigno da lupo famelico.

«Il clavigero», sussurrò Tommaso in direzione di Ignazio.

Il mercante ne ebbe subito conferma, scorgendo sulla fibbia dello sgherro lo stemma di due chiavi in fusto. L'insegna della milizia di San Pietro.

«Fate entrare l'ispanico», disse una voce dall'interno.

Il lupo famelico annuì e ordinò a un soldato di accompagnare il prigioniero all'interno della stanza. Ignazio si ritrovò in un piccolo studio arredato con una madia e uno scrittoio, e si diresse d'istinto verso l'unica fonte di luce presente, una lucerna sorretta da un uomo con le spalle larghe, forse più alto di lui. Il suo nemico, suppose.

L'uomo con la lucerna stava al centro dell'ambiente, il volto atteggiato in un sorriso affabile e insieme minaccioso. Gli occhi erano due buchi neri, inespressivi come quelli di un pesce. «Ebbene, voi sareste Ignazio Alvarez», disse con gentilezza eccessiva, quasi grottesca. «Ignazio da Toledo».

«Chi pretende di saperlo?»

«Padre Konrad von Marburg, da Magonza». Gli occhi neri si strinsero appena. «E la mia non era una domanda».

Il mercante annuì, attento a non tradire emozioni. «Ebbene, reverendo, perché sono stato portato al vostro cospetto?».

Invece di una risposta, giunse un quesito: «Sapete che posto è questo?»

«Non ne ho idea», mentì Ignazio, fingendosi rammaricato.

«Siamo nel luogo in cui alloggiava Gebeard von Querfurt», spiegò il religioso, «finché non è stato ucciso».

Il mercante allargò le braccia. Un altro gesto costernato, un'altra menzogna. «Chiedo venia, ma ciò non mi aiuta a comprendere la situazione in cui mi trovo».

«Siete sulla difensiva», osservò Konrad. «Forse i miei uomini sono stati troppo brutali? L'arresto vi ha scosso?»

«Questo non è un arresto, ma un sequestro», protestò l'ispanico con una certa dose di sarcasmo. Fu ripagato con la stessa moneta.

«Abbiate pazienza, il borgomastro mi ha concesso piena libertà d'azione».

Ignazio non aveva mai provato nulla del genere. Era come se l'uomo di fronte a lui emanasse una sorta di fluido venefico in grado di inibire le sue difese. Era quello sguardo, si disse. Gli specchi neri di quelle iridi maledette. Gli rendevano difficile ragionare, mettendolo quasi a disagio. E tuttavia il suo nemico si atteggiava in maniera cordiale, quasi amichevole. Bastava la sua presenza a incutere soggezione, poiché tanta quiete non era altro che un'illusione creata ad arte per nascondere una terribile minaccia.

Per liberarsi da quella morsa invisibile, il mercante si guardò intorno. Si trovava in una stanza chiusa da pareti buie. Oltre alla porta d'ingresso ne individuò una seconda, probabilmente l'entrata della camera da letto. Le uniche persone presenti erano lui, il prete e il soldato che l'aveva accompagnato. I conti non tornavano. «Dove sono il medico francese e il canonico?»

«Tutto a suo tempo, mastro Ignazio». Konrad affondò la mano in una tasca dell'abito ed estrasse un piccolo contenitore di vetro. Lo espose al riverbero della lucerna. «Sapete cos'è questo?».

Il mercante osservò con attenzione, sforzandosi di ricordare. Una commedia a unico beneficio dell'interlocutore. Aveva riconosciuto quell'oggetto al primo sguardo. «Un'ampolla contenente materiale indefinito», disse poi. «L'avete mai vista prima?»

«È di proprietà di monsignor Alfano Imperato, il canonico della cattedrale». Inutile continuare a dissimulare, pensò Ignazio. Von Marburg sapeva, era evidente. «L'ha acquistata da me oggi stesso».

Konrad si lasciò sfuggire un sospiro di contrizione. «Vendita di false reliquie», ammonì.

«Io non ho mai affermato che quell'ampolla contenesse una reliquia. Se Alfano ha ammesso il contrario…».

«Mettete in dubbio la parola del canonico Alfano? Un uomo di chiesa?». Il prete si accigliò. «Non sapete che il quarto concilio Laterano vieta la compravendita di false reliquie? Esiste un canone specifico al riguardo».

Benché avesse fiutato la trappola, Ignazio non era riuscito a evitarla. Non aveva previsto un simile colloquio. Credeva di essere stato catturato perché coinvolto nell'omicidio di Gebeard von Querfurt, e d'altra parte ne era ancora persuaso. Forse Konrad intendeva fiaccare le sue difese con capi d'accusa secondari, prima di arrivare al dunque. Era una prova di resistenza, quella che veniva chiamato a sostenere. «Non era mia intenzione vendere quell'oggetto in qualità di reliquia», riformulò, con una fermezza che tradì una punta d'orgoglio. «Se il canonico ha frainteso, non è colpa mia».

Von Marburg lo assecondò con un cenno del capo. «Ciò nondimeno, il materiale contenuto in questa ampolla possiede proprietà singolari. Ne convenite?»

«Nulla di sensazionale. Si tratta di un ricavato della pietra vulcanica. Contiene il principio del fuoco. Se stimolato con il giusto calore, passa allo stato fluido».

«Non avete risposto. Ritenete siffatte proprietà singolari?»

«Sono fuori dall'ordinario, questo è indubbio».

«Sarete quindi d'accordo che qualsiasi cosa fuori dall'ordinario sia... come dire, un'aberrazione».

«Quando l'intelletto la comprende, un'aberrazione smette di essere tale».

«Opinione affascinante». Qualcosa brillò negli occhi di Konrad. «E dite, mastro Ignazio, come reputate l'omicidio di Gebeard von Querfurt? Un altro fenomeno fuori dall'ordinario?»

«Decisamente».

La voce del prete divenne un bisbiglio: «Attribuireste anche a quello il principio del fuoco, come per le false reliquie contenute nell'ampolla?»

«È un'ipotesi da non scartare». Nel timore di essere frainteso, il mercante si espresse nel modo più preciso possibile: «Forse si tratta di una reazione spiegabile secondo il principio della *sympátheia* aristotelica».

Konrad si portò la mano al mento, l'ipotesi di un sorriso. «Conoscete la filosofia di Aristotele?»

«Solo i fondamenti».

«E l'alchimia? Conoscete anche quella?».

Ignazio negò.

Konrad apparve deluso. «Il canonico Alfano sostiene il contrario. Mi ha detto che in sua presenza vi siete espresso con parole specifiche, come *composto* e *calcinazione*». Il mercante tentò di spiegarsi, ma il religioso glielo impedì. «No, vi prego, non ritrattate. Sarebbe imbarazzante. E in ogni modo, conoscere l'alchimia non è proibito dalla Chiesa... per ora. Ma non abbiate tema, la mia è banale curiosità. Cercavo semplicemente di capire da dove provenisse la vostra cultura».

«Nessun segreto. In gioventù studiai presso la Scuola di Toledo, al fianco del magister Gherardo da Cremona. Una scuola cattolica, sorta in seno alla cattedrale».

«Una scuola di traduttori», completò il religioso.

Ignazio annuì.

«Una scuola in cui circolano traduzioni dal greco, dall'ebraico, dall'arabo». Konrad contò sulle dita, poi chiuse il pugno. «Traduzioni di testi che in alcuni casi si sono rivelati sovversivi. Eretici. Negromantici».

Il mercante fece per obiettare, sicuro di scegliere con cura le parole. «Molti di quei trattati si sono rivelati illuminanti per la medicina, per la matematica e persino per la conoscenza degli astri. Hanno giovato non solo al mondo dei laici, ma pure all'Ecclesia».

«Siete un abile conversatore, sapete mantenere in equilibrio l'ago della bilancia», riconobbe il prete. «D'altronde non mi aspettavo niente di meno da voi», e posò la lucerna sullo scrittoio.

Fu allora che Ignazio notò l'oggetto che era riposto sopra il ripiano. Un fagotto oblungo.

«Ebbene», Konrad pose la mano sul fagotto, «nei trattati di cui state parlando, avete mai visto simboli come questi?». E così dicendo, disfece l'involto per rivelarne il contenuto.

Non appena lo vide, Ignazio si sentì pervadere dal raccapriccio e fece per arretrare, ma fu trattenuto dal soldato che aveva alle spalle.

Il fagotto conteneva un arto umano. Di preciso, un avambraccio amputato di netto. La mano era interamente coperta da tatuaggi. *Simboli.*

«Vogliate scusarmi». Il volto di Konrad von Marburg si distorse in un ghigno spietato. «Non ho potuto portare fin qui l'intero cadavere di Gebeard von Querfurt, quindi ne ho prelevato la parte di maggior interesse».

13

Suor Chiara di Grottaferrata si rigirò nel giaciglio, cullata dalla frescura delle prime ore dell'alba. Il sonno in quei momenti era più dolce, specie nella consapevolezza di poter poltrire ancora un po' prima della recita del mattutino. Benché sorgesse nel cuore di Napoli, il monastero di San Gregorio Armeno era un'isola di quiete e conciliava il riposo delle monache che ospitava fra le sue mura. Ma la quiete non era destinata a durare in eterno, e quella notte suor Chiara fu costretta a prenderne atto. La voce di Patrizia, la sua ancella, risuonò dai piani bassi facendola sobbalzare.

La monaca si alzò dal giaciglio, accese un lume e ciondolò verso la scala che conduceva al pianoterra. Scarmigliata e intorpidita, restò ferma sul primo gradino e attese sbadigliando, mentre un rumore di passi saliva verso di lei.

Il giovane volto dell'ancella emerse dall'ombra con un'esclamazione spaventata. «Oddio, oddio... Il pozzo dei morti!».

Suor Chiara la fissò negli occhi, due guizzi di turchese davanti alla fiamma del lume. Gli stessi occhi di sua nonna. Ogni volta che li vedeva ritornava bambina e ripensava a quella donna anziana che l'aveva cresciuta, opponendosi fino all'ultimo alla sua vocazione al claustro. Perché tu sei bella, le ripeteva di continuo, e le belle fanciulle si sposano, non finiscono nei monasteri.

Ma Chiara, dopo aver visto la madre maltrattata dal marito e morire di parto, aveva preferito servire il Signore anziché un uomo qualsiasi. «Il pozzo dei morti?», chiese, fugando i ricordi. «Di cosa stai parlando?»

«Il coperchio si muove! Sembra che qualcuno voglia uscire da là sotto!».

«Avrai sognato. Ti lasci trasportare troppo dalla fantasia, come faceva tuo padre».

Non si trattava di un rimprovero. Patrizia non era una semplice serva, ma la figlia dell'unico fratello di Chiara, morto di febbri insieme alla moglie due estati prima. E siccome ogni monaca di San Gregorio Armeno aveva diritto di vivere con un'ancella, Chiara aveva preso la nipote al proprio servizio per toglierla dalla strada.

«Non è una fantasia», insistette la ragazza. «Venite a vedere, zia, e fate presto!».

La monaca si ritrovò ad annuire.

Scesero insieme, tenendosi per mano, fino alla cella di Patrizia. Chiara si portò alla finestra e guardò il giardino confinante con le abitazioni delle altre monache. Proprio al centro c'era un vecchio pozzo. A onore del vero non era proprio un pozzo, dato che a memoria d'uomo non aveva mai contenuto acqua. Veniva chiamato "pozzo dei morti" perché si sospettava fosse collegato alle catacombe o – nella peggiore delle ipotesi – alle rovine di un tempio pagano. Perciò era tenuto sigillato con un coperchio di assi di legno.

Chiara uscì all'aperto.

«State attenta zia!», la mise in guardia la nipote, seguendola con apprensione.

Facendole cenno di restare indietro, la monaca si avvicinò al pozzo, costretta ad ammettere che sì, pareva proprio che un rumore provenisse dall'interno. In principio pensò al sibilare di una corrente d'aria o a qualche altro fenomeno naturale, ma avvicinandosi si rese conto che qualcuno stava forzando la copertura di legno, per cercare di uscire.

Chiara indietreggiò, rabbrividendo. In un istante ripensò alle molte leggende in cui il diavolo attirava uomini e donne dentro pozzi, grotte o fossati, facendoli scomparire per sempre, e già immaginava cosa si sarebbe detto della disavventura di suor Chiara caduta nel pozzo dei morti o della monacella rapita dal demonio. Forse l'avrebbero fatta pure santa...

Tutte sciocchezze, cercò di convincersi.

Ma dal pozzo continuavano a provenire rumori.

La monaca si fece coraggio, accostandosi alle assi che lo ricoprivano. «C'è qualcuno là sotto?», domandò a gran voce.

Dapprima i rumori cessarono, e lei si sentì quasi sollevata. Poi udì la risposta di una voce maschile. Chiedeva aiuto.

Chiara restò pietrificata. Non sei il diavolo, vero?, avrebbe voluto chiedere la bambina dentro di lei, poi vinse la paura e allungò le mani verso le assi che ricoprivano la cavità, ma esitò a toccarle finché non udì di nuovo la voce. E ne colse la disperazione.

Si rivolse a Patrizia: «Aiutami ad aprire!».

«Ma zia, non sappiamo chi sia...».

«C'è una persona in difficoltà qui sotto», insistette la monaca, afferrando i bordi del coperchio. «Vuoi darmi una mano o devo fare tutto da sola?».

La copertura di legno era fissata con delle semplici corde e grazie all'aiuto della nipote non fu difficile sbloccarla. Dopo che l'ebbero rimossa, le due donne si tirarono indietro per permettere al prigioniero del pozzo di uscire all'aperto. Fu così che videro emergere dalla cavità un uomo completamente ricoperto di polvere e fango, allo stremo delle forze. Chiara si sporse dal ciglio del pozzo per capire come potesse essere arrivato fin lì e scorse una scala a chiocciola che scendeva nelle profondità, scomparendo nel buio. Poi si diede un contegno e rivolse un'occhiata interrogativa allo sconosciuto.

«Il mio nome è Uberto...», disse lui, sdraiandosi esausto sull'erba. «E in nome di Dio, vi sarò eternamente grato».

14

Il braccio amputato si stagliava al bagliore della lucerna come un animale morto. I tatuaggi che decoravano la mano, dita comprese, lo rendevano più simile a una scultura, pensò Ignazio. L'opera di uno scalpellino consacrato a un intreccio tra il sacro e il blasfemo, a simboli remoti quanto la storia dell'uomo. Il cavaliere, il serpente e la coppa. Sul palmo erano però visibili anche una Madonna con Bambino e una colomba, che lasciavano spazio a un'unica interpretazione: magia talismanica, ibrido nato da un sovrapporsi di lingue, religioni e filosofie. Ma la bizzarria principale consisteva nel trovarsi al cospetto non di un amuleto o di una pergamena, bensì di una mano. Una mano destinata a chiudersi in un saluto benedicente. Un *signum*, come nei rituali orgiastici dell'antica Frigia.

Un accavallarsi di enigmi, avrebbe detto il mercante. Ma nello sguardo di Konrad von Marburg lesse una parola ben differente. *Aberrazione.*

«Prima d'ora non avevo mai visto nulla di simile», ammise con franchezza. Il soldato al suo fianco, muto come una tomba, continuava a trattenerlo per la spalla. Un atteggiamento soltanto intimidatorio, dato che non sarebbe potuto scappare da nessuna parte.

Il volto di von Marburg era un mosaico di chiaroscuri. «Io invece mi ci imbatto per la terza volta», rivelò. «Tre uomini diversi, in luoghi lontanissimi tra loro».

«Non avrete tagliato il braccio a tutti», ironizzò il mercante senza allegria.

Konrad non raccolse. «Avete notato l'iscrizione sotto il tatuaggio del cavaliere?».

Ignazio osservò l'arto con maggiore attenzione, e scorse sul dorso della mano sette geroglifici.

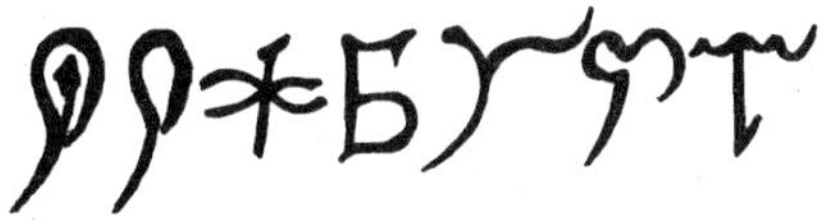

«A prima vista si direbbero rune, ma non lo sono. Sapete cosa significano?».

Il religioso lo fissò con freddezza. «Non ha importanza».

Il mercante non aveva dubbi al riguardo. L'unica cosa davvero importante per von Marburg era conoscere il suo grado di coinvolgimento nella vicenda, e tenerlo segregato in un pozzo per il resto della vita. Certi uomini sembravano nati apposta per infliggere tormenti in certi gironi infernali, e per schiacciare ogni forma di volontà e di pensiero. «Mi rincresce deludervi», disse, fingendo di non aver udito. «Non ho idea di cosa significhi quell'iscrizione».

Konrad non si scompose. «Può darsi che di *altri simboli*, però, abbiate esperienza». C'era tedio nella sua voce, o forse impazienza. Raccolse la lucerna dallo scrittoio e varcò la soglia che portava all'ambiente attiguo. «Permettete che ve li mostri».

Ignazio lo seguì, sempre scortato dal soldato, e come previsto si ritrovò in una camera da letto.

Gli altri simboli erano ben riconoscibili, e di una semplicità sorprendente.

Al centro del pavimento c'era un cerchio grande abbastanza da contenere un uomo, tracciato con del carbone. Al suo interno due lettere greche, un'alfa e un'omega. All'esterno, invece, erano stati disposti tre seggi di legno con sopra una colomba sgozzata, un pesce e una candela fusa.

«Qui si è tentato di compiere una...». Ignazio frenò la lingua. Non voleva pronunciare quella parola, non davanti all'uomo che gli stava di fronte.

«Un'invocazione?», suggerì Konrad, compiaciuto. «Sono d'accordo con voi, mastro Ignazio, con una riserva. Qui non si è semplicemente *tentato*. Qui il Maligno ha manifestato per davvero il proprio potere».

«Ne avete le prove?»

«Prove? Ne ho fin troppe! Ho trovato simboli identici anche a Magonza, nella casa di un eretico che ha fatto la stessa fine di Gebeard von Querfurt, e marchiato con gli stessi tatuaggi sulla mano destra».

«Sono eventi sconcertanti, ve ne do atto. Ciò nondimeno, credo si possano spiegare anche senza chiamare in causa il soprannaturale».

«Escludereste quindi la presenza di un *mediatore*? L'intervento di qualcuno che abbia favorito il verificarsi di simili fenomeni?»

«Intendete un *magus*?», azzardò Ignazio, incuriosito suo malgrado. Non credeva nella magia, ma era sua opinione che certi rituali avessero il potere di sprigionare forze sconosciute dagli effetti prodigiosi, a prima vista inspiegabili.

«Non un magus, ma un magister», precisò il religioso. «È conosciuto come Homo Niger e prende parte ai conciliaboli degli eretici. Deve aver viaggiato in Germania, in Francia, in Italia, e chissà dove altro ancora, raccogliendo intorno a sé una cerchia di discepoli che perpetrasse i suoi insegnamenti. Corre voce che provenga da Toledo e che abbia l'aspetto di un uomo alto e magro, sempre vestito di scuro. In altre parole, un ispanico edotto nelle filosofie occulte, quale voi siete».

Il mercante trasalì. «Non starete per caso insinuando che io...».

«Non insinuo proprio nulla, mastro Ignazio. Io *deduco*. Poc'anzi vi siete vantato di aver studiato a Toledo e di conoscere i libri negromantici che là vengono tradotti».

«Distorcete le mie parole! Non mi sono mai fatto vanto di nulla, e non ho neppure confermato quanto affermavate riguardo la negromanzia».

Konrad sorrise con astuzia. «Non l'avete neppure negato».

Ignazio si sentì sull'orlo di un baratro. Ora finalmente capiva! Fin da subito aveva intuito di essere caduto in trappola, ma non poteva certo immaginare che von Marburg avesse intenzione di accusarlo dell'omicidio delle catacombe. E tuttavia non poté reprimere lo sdegno, le parole che gli erano state rivolte sfioravano la calunnia. «In molti, a Toledo, hanno compiuto gli stessi miei studi», si difese.

«Voi tuttavia vi trovate in questa casa, implicato in questi eventi. Non eravate forse presente alla morte di Gebeard von Querfurt?»

«Non significa nulla».

«Davvero? Cosa siete andato a fare nelle catacombe?»

«Ve l'ho spiegato poc'anzi. Concludevo una trattativa con il canonico della cattedrale».

«Menzogna!». Nulla nel sembiante di von Marburg tradì la rabbia. Nulla eccetto la voce, che divenne cavernosa e intimidatoria: «Stavate corrompendo un uomo di chiesa offrendogli delle false reliquie! Poi l'avete fatto assistere allo scempio delle carni di von Querfurt. Uno scempio avvenuto per opera del Maligno, con il fuoco degli inferi!». Il suo indice si sollevò in segno di accusa. «Si è trattato del sacrificio di un vostro stesso discepolo, non è vero? Ammettetelo!».

Ignazio frenò le emozioni. La paura e il nervosismo sarebbero valsi soltanto a peggiorare le cose. «Non avete prove», ribadì, mentre la mano del soldato gli stringeva la spalla come una morsa di ferro. «Prima di ieri non avevo mai incontrato Gebeard von Querfurt. E non esistono precedenti che possano collegarmi a un simile delitto».

Konrad parve sul punto di avere una reazione violenta, ma dominò la furia che lo divorava, sfogandosi solo con alcune parole. «Sostenete di non avere precedenti?», sibilò, passeggiando intorno al cerchio senza staccargli gli occhi di dosso. «A Colonia si ricordano benissimo di voi, e anche altrove. Si dice abbiate viaggiato molto in questi anni. Siete stato persino in Oriente, fra i saraceni, e c'è chi parla di voi come di un negromante».

Storie vecchie, si disse il mercante, eppure capaci di tornare sempre a galla. «La vicenda di Colonia risale a quasi trent'anni fa. E per quanto riguarda la mia presenza in altri luoghi, ho sempre agito in buona fede». Adesso era la sua voce a esprimere tedio. «Le vostre non sono accuse, ma calunnie basate su dicerie senza fondamento. Come osate impugnarle contro di me?».

Per un attimo Konrad apparve impressionato da quel comportamento. Ma quando fu il suo turno di ribattere, si espresse con fermezza: «Oltre a essere un espediente inutile, negare le accuse di fronte all'evidenza è sinonimo di sfacciataggine. Mastro Ignazio, siete tanto orgoglioso da credere di potermi ingannare? Ebbene, sappiate che la vostra fama di negromante proviene da fonti assai più recenti e attendibili».

Il mercante lo fissò incredulo. «Quali fonti?»

«Suger de Petit-Pont». Il prete snocciolò le sillabe con puro piacere. Il piacere del ragno che avvolge la preda ancora viva nella tela. «Capirete quindi perché sia persuaso del fatto che voi siate l'Homo Niger, il magister di Toledo che ha dato avvio a questa torbida vicenda. Il gran maestro dei Luciferiani».

«E chi sarebbero mai i Luciferiani?», domandò Ignazio, incapace di credere alle proprie orecchie. Ma il soldato che aveva al fianco lo sorprese con un pugno all'addome. Il colpo fu tanto violento da costringerlo a piegarsi in avanti.

Quello doveva essere soltanto l'inizio, pensò con terrore.

E nella sua mente si profilò l'immagine di un rogo.

15

Galvano Pungilupo amava camminare di notte. Il fetore dei bassifondi non lo disturbava. Anzi, acuiva i suoi sensi di segugio. L'odore delle strade gli era di ispirazione, quasi potesse suggerirgli dove andare, cosa cercare. Trovava più stimolante cacciare tra i borghi infestati dai miasmi, piuttosto che per le selve e gli spazi aperti. Perché se la preda favorita da von Marburg era l'eresia, la sua era l'uomo.

Soprattutto, Pungilupo aveva una predilezione per la fauna notturna delle città. Ladri, putte, mendicanti, lenoni. Spiava con avidità i loro movimenti, le loro vite segrete, e non disdegnava di intrattenersi in compagnia della peggior feccia. In quelle creature umbratili coglieva una vitalità più schietta rispetto alle cosiddette persone dabbene. Una vitalità primitiva, brusca quanto un frutto acerbo, eppure tanto intensa da lasciare storditi. Per questo accettava sempre i doni della notte, qualsiasi essi fossero, sicuro di non restare mai deluso. Più il fetore era intenso, maggiore il godimento che ne ricavava.

Ed era intenso il fetore che si levava dai sotterranei in cui era sgattaiolato il figlio del mercante di Toledo. Ancora più intensa era la tenebra. Pungilupo controllò la discesa e il condotto principale, penetrando in quella che pareva una rete di catacombe dimenticate da secoli. Avanzò con cautela, dirigendo la luce della torcia verso nicchie, rigagnoli di fango, lacerti di affreschi dimenticati da Dio e dagli uomini. Ci sarebbero volute settimane per perlustrare quel labirinto.

Temendo di perdersi, ritornò in superficie.

Forse l'ispanico si stava ancora aggirando là dentro. O forse era bell'e morto, precipitato in qualche anfratto o aggredito dai topi. Si diceva che nelle cloache di Napoli ve ne fossero di enormi, e che aggredissero qualsiasi forma di vita capitasse loro a tiro, esseri umani compresi. Tuttavia l'ordine era di ritrovare il fuggiasco, perciò Pungilupo non si diede per vinto e continuò a perlustrare i vicoli circostanti nel caso fosse uscito da quel buco.

Se era tornato in superficie, l'ispanico poteva aver lasciato qualche traccia. Forse qualcuno l'aveva notato, o magari gli aveva addirittura rivolto la parola. Era difficile sparire nel nulla, specie per un forestiero, per quanto accorto. Il clavigero continuò quindi a cercare finché non gli giunsero all'orecchio delle voci femminili. Ne seguì il richiamo, curioso di verificare a chi appartenessero, e allontanandosi dall'ingresso della catacomba si imbatté in un gruppo di meretrici. Quattro o cinque, risalivano i bassifondi in cerca di clientela.

Si avvicinò guardingo. Se provocate, quelle donne potevano rivelarsi più pericolose di un sicario. Tanto abili nel dare piacere quanto a usare lame e veleni, non si poteva mai sapere cosa nascondessero sotto le loro vesti.

«I miei omaggi, signore», esordì. «Qualcuna ha per caso visto un ispanico aggirarsi nei dintorni?»

«Sono mesi che non mi faccio un ispanico», sospirò una biondina, suscitando le risate delle compagne.

«Si chiama Uberto Alvarez», proseguì il clavigero. Forse perdeva tempo, ma valeva la pena tentare. Di solito le puttane erano ottime osservatrici e più di una volta gli erano state d'aiuto. «Oggi è passato nei paraggi con il padre. Non è un comune plebeo, spicca in mezzo alla gente per gli abiti che indossa, ed è pure di bell'aspetto».

«E cos'avrebbe mai fatto questo tizio?», chiese la biondina.

«Vorrei aiutarlo», mentì Pungilupo. «Hanno arrestato il padre».

A tali parole si fece avanti la più matura del gruppo. Capelli neri e seni procaci, un volto da incantatrice. «Il nostro tempo costa, messere», disse con malizia. «Siete qui soltanto per parlare, o intendete passare ai fatti?».

Il clavigero allargò un sorriso da lupo famelico. «Entrambe le cose, s'intende».

«Allora dimostratelo», lo provocò la mora, prendendogli le mani per portarle al petto. «Siete un soldato, vero? So cosa piace ai soldati».

Pungilupo tastò la carne di Ermelina, poi la rigettò indietro con una smorfia delusa. «Non con te, vecchia troia», e scrutando in mezzo al gruppo, fece cenno alla biondina di farsi avanti. Non doveva arrivare ai quindici anni, ma aveva nello sguardo la spudoratezza di una donna navigata. Le abbassò la scollatura del vestito per scoprire i seni. Erano sodi, con piccoli capezzoli. Il clavigero li prese tra le mani, stringendoli senza curarsi di farle male. Carne fresca nel fondo di una cloaca, si disse. Infine le passò le dita sulle labbra e la fece inginocchiare davanti a sé.

E mentre sentiva crescere l'eccitazione, Galvano Pungilupo ebbe un'illuminazione. Si ricordò di un oggetto. Un oggetto che aveva visto nella casa di Alfano Imperato la notte addietro, quando aveva fatto irruzione al seguito di von Marburg. Un oggetto che era rimasto nelle mani del medico francese, finché non era stato posato in un angolo, senza che nessuno se ne curasse più...

Forse quell'oggetto avrebbe potuto offrirgli degli indizi.

E forse, il figlio del mercante sarebbe andato a cercarlo.

16

Patrizia l'aveva lasciato andare a malincuore, il bel messer Uberto.

Uscito dal pozzo dei morti, l'aveva visto stramazzare sull'erba. Zia Chiara le aveva ordinato di portarlo al coperto prima che le altre monache potessero accorgersi dell'accaduto. Era proibito intrattenersi con uomini presso il monastero di San Gregorio Armeno, specie di notte, e se qualcuna avesse fatto la spia, sarebbe stato un guaio. Per il momento non era nemmeno il caso di scomodare la badessa, solita a pretendere un mare di spiegazioni per un nonnulla. Figurarsi per una situazione del genere! Tanto meglio ricoprire in fretta l'imboccatura del pozzo e ritirarsi al chiuso, senza farsi notare da nessuno.

Disteso su un giaciglio al pianoterra, Uberto si era addormentato mormorando un ultimo "grazie". Scottava per la febbre. Era esausto, spaventato, e respirava a fatica. Laggiù, nei sotterranei, non ci doveva essere aria pulita, almeno a giudicare dai miasmi che fuoriuscivano dal pozzo nei giorni di pioggia.

«Occupati di lui», le aveva ordinato zia Chiara. «E non raccontare niente ad anima viva finché non te lo dico io».

Patrizia non se lo era fatto ripetere. In un convento di clausura erano rare le occasioni per stare in compagnia di uomini, specie belli come quel giovane. Per prima cosa l'aveva spogliato. Gli abiti erano laceri e sozzi, ormai inservibili. Poi l'aveva ripulito dalla testa ai piedi passandogli sulla pelle un panno bagnato. E man mano che rimuoveva lo sporco, se l'era mangiato con gli occhi. Com'era bello! Era stata sul punto di cedere alla tentazione di baciarlo, se la zia non si fosse presentata per controllare. Chissà da dove veniva, e soprattutto se era maritato.

Uberto si era svegliato poco prima dell'alba. Un rapido sbattere di palpebre, un sussulto, poi aveva chiesto dell'acqua. E portandogli da bere, la ragazza era rimasta incantata dai suoi occhi ambrati.

Poi lui era di nuovo sprofondato nel sonno.

Il mattino seguente si era destato di soprassalto e, senza perdersi in chiacchiere, aveva chiesto dov'era e da quanto tempo dormiva. Patrizia l'aveva pregato di riposarsi un altro po', ma lui sembrava intenzionato ad andarsene al più presto. Era gentile, ben educato e aveva addirittura detto di voler pagare per il disturbo arrecato. Figurarsi, aveva pensato Patrizia, nessun disturbo. D'altro canto zia Chiara aveva rifiutato l'offerta, dicendo che la carità non andava risarcita. A quel punto Uberto aveva fatto un'ultima richiesta: degli abiti di ricambio, qualcosa di semplice che non desse nell'occhio.

Si era congedato senza dare spiegazioni sul perché e sul come fosse capitato dentro al pozzo dei morti. E nel vederlo andar via, Patrizia si era quasi messa a piangere.

Che il Signore lo avesse benedetto, il suo bel messer Uberto.

Carri in movimento, gruppi di passanti. Massaie, mercanti, bambini a piedi scalzi. Alle prime luci del mattino, le strade di Napoli erano un intreccio di figure e rumori. Uberto uscì dal cavalcavia tra il monastero di San Gregorio Armeno e quello di San Pantaleone per proseguire sotto un loggiato che correva parallelo alla Summa Plaza. Si sforzò di comportarsi con naturalezza, senza esporsi al sole, pur essendo abbastanza certo di passare inosservato. In cambio degli abiti rovinati, suor Chiara da Grottaferrata gli aveva procurato un saio da francescano, rattoppato in più punti ma pulito. Uberto ne aveva apprezzato soprattutto il cappuccio, ampio abbastanza da nascondere il volto. Del precedente vestiario conservava i calzari, la bisaccia e la scarsella, assicurata al cordone. Inoltre, nascosto sotto il saio, portava un coltello appeso al collo con un laccio di pelle.

La notte precedente aveva temuto di non farcela. Addio a Moira e alla piccola Sancha, si era detto. Addio ai suoi genitori. Aveva proceduto a tentoni tra liquami e pareti scrostate, posando le mani su cose talmente repellenti da provarne disgusto al solo ricordo. Incapace di ritrovare il punto da cui era entrato, aveva dovuto avanzare nel buio, soffocato dai miasmi, e quando ormai aveva creduto di non farcela si era accorto di uno spiffero d'aria che l'aveva guidato fino a una cisterna collegata alla superficie. Non fosse stato per quel colpo di fortuna, avrebbe continuato a vagare nelle profondità fino alla morte.

Adesso però doveva provvedere a suo padre. Al momento si trovava probabilmente in compagnia di Alfano e Suger, che secondo il resoconto di Tommaso erano stati arrestati con l'accusa di negromanzia. Anche nel caso si fosse trattato dell'azione di un tribunale vescovile o di un religioso investito di poteri speciali, dovevano essere stati rinchiusi in un carcere gestito dalle autorità civili, come da prassi. Tuttavia, non aveva idea di dove iniziare a cercare.

Uberto era solo a Napoli. Non sapeva a chi rivolgersi e temeva che facendo domande nei posti sbagliati avrebbe soltanto destato sospetti. Inoltre era probabile che gli sgherri di von Marburg lo stessero ancora cercando, quindi doveva usare la massima discrezione. Del resto, la pista da seguire era una sola.

Si incamminò con passo svelto verso la casa di Alfano Imperato e quando la raggiunse si appostò dall'altra parte della strada, presso una vecchia colonna di marmo. Aveva un piano, ma doveva attendere. Trascorsero due ore prima che accadesse qualcosa. Nel frattempo assistette a una lite fra monelli, all'esibizione di un guitto e persino a una grida che annunciava l'espulsione dei francescani da Spoleto, perché colpevoli di parteggiare per i Clavigeri.

Infine l'attesa fu premiata. La porta della casa si aprì e ne uscì la serva del canonico con due secchi in mano. Uberto la lasciò procedere, e quando fu certo di non essere stato notato, la seguì.

La serva avanzò per la Summa Plaza evitando di proposito gli sguardi dei passanti. Ciò nonostante, fu costretta a fermarsi un paio di volte per rispondere alle domande di alcune comari. Domande riguardanti senz'altro l'arresto di Alfano, a giudicare dal suo atteggiamento evasivo e al tempo stesso imbarazzato. Infine riprese il cammino e raggiunse un pozzo al centro di uno slargo, riempì i secchi e si diresse di nuovo verso casa. Il carico doveva pesarle, poiché fu costretta a fermarsi sotto un porticato, appartandosi dal viavai.

Uberto non si lasciò sfuggire quell'occasione. Attese che la donna riprendesse fiato e le si avvicinò di soppiatto, poi la prese per un braccio e la trascinò all'ombra di un vico deserto, senza farsi notare da nessuno. Non poté evitare che i secchi d'acqua cadessero a terra, ma impedì alla serva di gridare, chiudendole la bocca. Immobilizzarla fu un'operazione più difficile del previsto. La donna era abbastanza tarchiata da fare invidia a certi tangheri da bassifondi, e richiese le maniere forti. Uberto se ne dispiacque, ma non aveva alternative.

«Zitta!», le bisbigliò, scoprendosi il volto. «Mi riconoscete?».

La serva, congestionata dallo spavento, annuì.

«Ora vi tolgo la mano dalla bocca, ma state attenta a non gridare...». Le mostrò il coltello. «Intesi?».

Un altro cenno affermativo.

Uberto non avrebbe mai creduto di essere capace di una condotta tanto ignobile, e nell'accorgersi che gli riusciva facile provò disgusto per se stesso. D'altronde, pensò, era finito in una situazione disperata. «Ieri hanno arrestato il vostro padrone», disse. «Dove l'hanno portato?».

La donna scosse il capo. «Non lo so...».

«Mentite!». Uberto le avvicinò il coltello alla gola. «Dovete saperlo per forza. Siete la sua domestica. Eravate presente all'arresto!».

Avvertì il timore della serva ma, anziché impietosirsi, aumentò la pressione della lama. «Non costringetemi a fare ciò che non voglio», la minacciò, trasfigurato più dalla disperazione che dalla rabbia. «Ditemi dove l'hanno portato».

La donna cedette. «All'isola del Salvatore», confessò, afflosciandosi come un otre sgonfio. «Insieme al medico francese».

«Un'isola?»

«Sì. L'isola del Castello Marino».

La pressione del coltello si allentò. «Ebbene, indicatemi dove si trova quel luogo e smetterò di importunarvi».

Dopo aver lasciato andare la donna, Uberto proseguì per il vico deserto. Ora sapeva dov'era rinchiuso suo padre. Quel progresso gli infuse un po' di speranza, ma non si fece illusioni. L'informazione non sarebbe valsa a nulla se non avesse scoperto il motivo della cattura di Ignazio. Era necessario avvicinare quel Konrad von Marburg, capire le sue ragioni e dissuaderlo. Uberto, tuttavia, era consapevole di non potersi rivolgere direttamente a quell'uomo senza rischiare di finire in gattabuia. Serviva un intermediario, una persona inserita negli ambienti ecclesiali che fosse disposta a parlare in sua vece. L'unico nome a venirgli in mente fu quello di suor Chiara da Grottaferrata, ma dubitò che una semplice monaca godesse di autorità sufficiente per farsi ascoltare da von Marburg.

Sentì un rumore di passi. Troppo lenti, troppo cauti.

Si voltò di scatto e incrociò lo sguardo di un uomo. Corporatura media, sopravveste militare, pugnale inguainato alla cintura.

Il soldato si fermò in mezzo al vico deserto e lo scrutò con attenzione, con un ghigno compiaciuto. Un ghigno da lupo famelico. Ti conosco, sembrò volergli dire. Invece posò a terra la bisaccia di tela che portava a tracolla e gli andò incontro a lunghe falcate.

Uberto capì di essere in pericolo e iniziò a correre, ma non poté evitare che l'inseguitore gli piombasse alle spalle. Ricevette una spinta, cadde sulle ginocchia e si sentì afferrare per le vesti.

«Stai fermo e fammi vedere la faccia!», abbaiò lo sgherro, tirandogli indietro il cappuccio. «Sei proprio tu, non è vero? Sei il figlio del...».

Il giovane lo colpì con una gomitata in faccia, si divincolò e cercò di fuggire. Ma il soldato gli sbarrò la strada, sfoderando il pugnale in un lampo di luce. Il colpo andò a vuoto. «Ispanico di merda!», ringhiò, la bocca e il naso lordi di sangue.

Evitando un secondo fendente, Uberto si chinò a terra e raccolse un grosso ciottolo per difendersi, ma prima di poterlo usare ricevette una ginocchiata all'inguine e un pugno alla mascella. Crollò bocconi, mentre una percossa in mezzo alle scapole gli mozzava il respiro.

«Sapevo che ti saresti fatto vivo a casa del canonico». Il soldato si sfregò il mento sporco di sangue e raccolse la bisaccia che aveva posato a terra. «Cercavi *questa*, non è vero?»

«No...», tossì Uberto, senza comprendere il significato di quelle parole. Allungò la mano per raccogliere il ciottolo, ma si accorse che era ruzzolato troppo lontano.

Irritato da quel gesto, lo sgherro sollevò un piede per sferrargli un calcio in testa, ma prima che potesse farlo lanciò un grido di dolore. Qualcuno l'aveva preso a sassate. Si voltò di scatto, feroce, e vide una donna dai capelli neri uscire dalla semioscurità. «Io ti conosco», latrò, puntandole contro il pugnale. «Vecchia troia».

Uberto era stordito e ammaccato, ma accorgendosi che il nemico gli voltava le spalle raccolse le forze per reagire. Si rialzò in piedi, impugnò il coltello che portava appeso al collo e lo colpì a tradimento.

Con un urlo straziante, lo sgherro lasciò cadere la bisaccia e il pugnale, poi si portò le mani al lato destro della faccia. L'orecchio era stato amputato di netto, il sangue colava a fiotti sulla guancia. Tenendosi premuta la ferita, rivolse all'aggressore un'occhiata talmente rabbiosa da tracimare nella follia, ma subito dopo arretrò. Uberto aveva raccolto il suo pugnale e glielo stava puntando contro.

Il soldato era una maschera di sangue e dolore. «Me la pagherai!», lo minacciò, schiumando dalla bocca. «Me la pagherete tutti e due!».

Uberto non sapeva cosa fare. Era diviso tra l'istinto di uccidere e il rimorso per aver inflitto a quell'uomo un dolore tanto grande. Fissava la sua figura ingobbita e tremante d'ira, incapace di prevedere la sua reazione.

Il clavigero approfittò della sua titubanza, spinse la donna a terra e fuggì gridando verso la Summa Plaza.

«Chiamate i birri! Chiamate i birri!», urlava Galvano Pungilupo, correndo tra la gente con la faccia grondante sangue.

«Seguitemi, messere», disse Ermelina, rialzandosi da terra. «O ve la vedrete con i birri».

Uberto l'aveva subito riconosciuta. Era la putta che il giorno prima si era intrattenuta a parlare con suo padre. Anziché ribattere, raccolse la bisaccia caduta allo sgherro e ne controllò il contenuto. Con sua grande sorpresa, trovò all'interno il mantello del Sagittario. Il soldato doveva essere tornato indietro, nella casa di Alfano, per riprenderlo, supponendo che lui e suo padre avrebbero fatto altrettanto. Quanto si sbagliava! Fino al giorno prima Uberto non avrebbe esitato a disfarsi di quell'oggetto senza alcuna remora, ma ora non gli era possibile. Poteva rivelarsi utile. Quindi mise la bisaccia a tracolla e, suo malgrado, seguì la donna.

Ermelina lo condusse lontano dalla Summa Plaza, facendogli strada in un intrico di viuzze, svolte e porticati, muovendosi in un mondo appartato che serpeggiava intorno alle vie principali. Dopo un lungo cammino, imboccò un androne che sfociò in un cortile cinto da catapecchie.

«Ora siamo al sicuro», disse, fermandosi.

Uberto fece per ribattere ma lei lo zittì con un cenno. «Ieri vi ho visto con Ignazio da Toledo, gli somigliate molto... Siete suo figlio, non è vero?»

«Lo sono».

«Ebbene, mi è giunta notizia di vostro padre. L'uomo che vi ha aggredito, be', sapevo che era sulle vostre tracce. Stanotte è venuto a cercarvi in queste borgate. Ha fatto domande a me e alle mie compagne, ha parlato di Ignazio... Sono qui per aiutarvi».

Uberto incrociò le braccia al petto. «E perché mai?»

«Affari miei». Ermelina sfidò il suo sguardo, fissandolo con severità. «Non vi fidate di me?»

«Siete intervenuta in mia difesa e ve ne sono grato», confessò lui. «Ma non mi piacete».

«Non ho bisogno di piacervi, dacché vi sono necessaria». La donna parlava con foga, ma senza lasciar trapelare emozioni. «Il mio aiuto vi sarà indispensabile se vorrete liberare Ignazio».

«Non è detto». Uberto mostrò la bisaccia raccolta da terra. «Qui dentro c'è un oggetto che proverà l'innocenza mia e di mio padre. Consegnandolo, darò prova di buona fede».

«Non so di cosa stiate parlando, ma se vi farete riconoscere verrete subito arrestato e non vi sarà data alcuna possibilità di spiegarvi, né di liberare vostro padre».

«Potrei rivolgermi a...».

«Nessuno vi ascolterà». Parole dure, quelle di Ermelina. «Non capite? Chi viene imprigionato nell'isola del Salvatore è spacciato».

«Conoscete quel posto? Conoscete il Castello Marino?»

«Conosco i soldati che vi trovano quartiere».

Uberto fece cenno di comprendere. «Me ne rammento», disse con dispiacere. «Vostro marito...».

«Sì, mio marito», confermò lei, con sprezzo. «E molti altri».

«Credete che qualcuno dei guardiani possa liberare mio padre?»

«Le grazie di una putta non bastano a guadagnarsi la complicità di un soldato. Sarà necessario agire in altro modo. Si dovrà entrare in segreto nel castello, trovare Ignazio e portarlo fuori».

«Preferirei metodi più discreti e meno rischiosi».

Ermelina scosse il capo. «Se vi preme per vostro padre, non avete alternative. Dovrete strapparlo dalle mani dei carcerieri e fuggire da Napoli».

«E tuttavia il vostro piano ha dell'impossibile». Uberto si accigliò. «Come si può entrare in una rocca inespugnabile e fuggirne illesi?»

«C'è un uomo che l'ha già fatto», rispose Ermelina, allargando un sorrisetto complice. «È a lui che dovrete rivolgervi».

Uberto non poté evitare di essere contagiato da quel sorriso. «Iniziate a incuriosirmi. Parlatemi di questo individuo».

«Vive nella zona del Mandracchio. Si chiama Nicola di Bari, ma è noto a tutti come Cola Pesce».

PARTE TERZA
IL CASTELLO SUL MARE

Sono nato sotto la stella di Nicola di Bar
che se fosse vissuto a lungo, saggio sarebbe stato
e invece trascorse molto tempo fra i pesci, nel mar
e pur sapendo che prima o poi sarebbe spirato
mai più sulla terra andò a dimorar
o se lo fece, a morir là fu poi tornato
nel grande mar da cui non poté più uscire
e dove senz'altro finì per perire.

RAIMON JORDAN, *Aital astr' ai com Nicola de Bar*

17

La preghiera non bastava. Non in quel luogo. Non sotto un sole tanto caldo, mediterraneo, con un vento che portava gli odori di un mondo così diverso dal suo. Nella Turingia, il sole aveva l'aspetto di un astro pallido e lenticolare che al massimo, nel meriggiare estivo, emanava un discreto tepore. E il vento… il vento delle regioni germaniche non era certo uno zefiro profumato, ma una sferza rigida e sibilante.

La preghiera non bastava proprio a fargli raggiungere il raccoglimento.

Konrad von Marburg stava scendendo da una delle torri più antiche del Castello Marino, eretta durante la dominazione normanna. L'aveva preferita alle altre perché più spartana e compatta. Al contrario, la torre di Colleville, quella maestra e quella di mezzo possedevano abbellimenti che ricordavano lo stile arabo, suscitando in lui un istintivo disgusto. Per motivi analoghi aveva evitato la chiesa di San Salvatore entro le mura. Era un edificio vetusto e, come ogni monumento risalente all'età romana, tradiva una sgradevole somiglianza con i templi pagani.

Ma anche nella più sobria torre normanna, Konrad non era riuscito a trovare né silenzio né refrigerio. Salito in cima, era rimasto affacciato a un'angusta finestra che guardava verso il mare, finché la luce intensa e l'aria salmastra non l'avevano messo a disagio.

Fu quasi con urgenza, quindi, che scese le scale tenendo stretto il suo crocifisso di metallo. Il contatto con quella superficie fredda lo fece sentire un po' meglio, ma non abbastanza. Allora socchiuse gli occhi, cercando di richiamare alla memoria lande oscure spazzate dalla bufera, superfici brulle e foreste scheletriche, villaggi raccolti intorno a chiese aggrappate alla terra come alberi secolari. E finalmente sentì rinvigorire nello spirito il timor di Dio, quel sentimento puro e inflessibile che per un attimo aveva smarrito.

Il cedimento era avvenuto un'ora prima, nel trovarsi faccia a faccia con Tommaso. Quel bambino l'aveva scosso, infondendogli un calore tanto intenso da sconvolgerlo. Non si era trattato di una semplice esternazione di umanità, e nemmeno di dolcezza infantile. Tommaso aveva un che di speciale, gli era bastato pronunciare poche parole perché Konrad riconoscesse in lui il dono della grazia. La luce sublime dello Spirito Santo.

Ma la fede di Tommaso era diversa dalla sua. In principio von Marburg aveva temuto che fosse stata infettata dal seme dell'eresia, infine si era ricreduto e per un attimo aveva desiderato essere come quel fanciullo, per dare sfogo a un'interiorità trattenuta da anni, sin dall'infanzia. Poi aveva ricordato la sua natura di cacciatore e si era affrettato a reprimere quei sentimenti, per non soccombere a essi. Farlo sarebbe stato uno sbaglio, si disse. La luce divina, in lui, doveva rifrangersi su cristalli di brina invernale. Cristalli lucidi e taglienti come lame.

Grazie a quel rigore, Konrad era riuscito a mettere il negromante ispanico alle strette, anche se solo in un confronto preliminare. Per un autentico processo si sarebbe dovuto attendere. Prima doveva interrogare a fondo gli altri prigionieri, per non permettere a Ignazio da Toledo di scagionarsi a causa di qualche vizio d'indagine.

A tal riguardo, l'incontro con Tommaso si era rivelato infruttuoso. Il bambino era coinvolto nella vicenda soltanto a livello marginale. Per ingenuità, aveva creduto all'innocenza del mercante. Per altruismo, l'aveva avvertito del pericolo. Non si poteva certo fargliene una colpa. Aveva dato prova di bontà d'animo, esponendosi per difendere coloro che reputava innocenti.

Ancor meno interessante era stato il suo resoconto su Suger. Ma Konrad disponeva di altre informazioni. Informazioni indipendenti da quelle ottenute da Tommaso, e che collegavano il magister medicinae non solo all'omicidio di Gebeard von Querfurt ma anche alla setta dei Luciferiani.

Ancora pochi elementi e li avrebbe messi tutti in ginocchio.

Sceso dalla torre normanna, superò un camminamento che passava sotto un arco e proseguì all'ombra di un loggiato di legno, incrociando un gruppo di monaci basiliani diretti alla chiesa isolana. D'un tratto mise da parte ogni ritrosia e fu tentato di seguirli. Nonostante l'architettura paganeggiante, San Salvatore restava comunque un luogo di preghiera. Avrebbe fatto bene a visitarla, ma non in quel momento. La sua presenza era richiesta altrove.

Schermandosi gli occhi dal riverbero del sole, uscì dal loggiato e camminò verso un'ampia terrazza affacciata sul mare, dove un gruppo di persone attendeva il suo arrivo. Fra tutti spiccava il corpulento borgomastro della Summa Plaza. Accanto a lui, segaligno e ritto come una verga, il baiulo cittadino si aggiustava l'allacciatura del mantello con palese disagio. Konrad gli si avvicinò con fare cordiale. In assenza di funzionari di corte, quell'uomo rappresentava la volontà dei *majores cives*, quindi l'autorità civile di Napoli.

«Reverendo padre», il baiulo disegnò un rigido inchino, «auspico che il soggiorno al Castello Marino vi sia gradito».

«Nessun soggiorno». Il religioso fece un cenno di sprezzo, irritato al solo pensiero di vedersi circondato dagli agi. «La mia necessità riguarda esclusivamente l'utilizzo delle carceri».

«Il castello è proprietà imperiale», puntualizzò il nobiluomo con malcelato dissenso. «Ma date le circostanze, e considerata la patente papale di cui siete provvisto, non possiamo impedirvi di utilizzarlo».

Von Marburg annuì per manifestare gratitudine, sentimento che in realtà non provava. A suo avviso, chiunque agisse per conto della Santa Sede aveva il diritto di disporre di qualsiasi cosa e persona. «Dopotutto, l'imperatore Federico II si è sempre pronunciato a favore della caccia dell'eresia». Con simili parole, sfidava l'interlocutore a mettere a nudo la propria ostilità. E sorridendo, aggiunse: «Nonostante i recenti dissidi con il papa, s'intende».

Il baiulo avvampò, ma si guardò bene dal replicare.

«Reverendissimo», intervenne il borgomastro, indicando un uomo e una donna rimasti in disparte. «Come da voi richiesto, ho fatto condurre qui i parenti più prossimi del fanciullo. Desiderate interrogarli?».

Konrad mantenne lo sguardo fisso sul borgomastro, grasso come un bove ma di natura mansueta. Gli era stato utile per l'operazione di polizia – il sequestro – della notte passata. «Niente affatto», rispose, spostando l'attenzione verso la coppia. Entrambi giovani, la donna aveva lineamenti marcati, quasi moreschi; l'uomo recava sul volto i tratti longobardi dei nobili d'Aquino. «Li ho fatti condurre fin qui all'unico fine di portare via il bambino. Tommaso è libero, lo affido alle cure della famiglia». E ignorando le manifestazioni di gratitudine, tornò a rivolgersi al baiulo: «Sbrigate voi le formalità della scarcerazione. Io ho ben altro a cui pensare».

Nel vedersi trattato come un misero subalterno, il funzionario si indignò al punto da manifestare il desiderio di ribattere. Konrad lo zittì impartendogli una benedizione sommaria, dopodiché girò i tacchi e si allontanò, disinteressato a qualsiasi cerimoniale di congedo avvenisse alle sue spalle.

A infastidirlo non era più il clima, bensì la circostanza. Era finito in un nido di vipere ostili al papa, tenute a freno soltanto dalla paura che l'imperatore fosse morto e che Gregorio IX volesse estendere il proprio dominio su Napoli. In quanto emissario della Sede Apostolica, von Marburg sapeva bene di essere odiato e temuto. Tuttavia non se ne curava granché. Lo attendeva un interrogatorio da eseguire prima del vespro. Il giorno dopo sarebbe stata la Domenica di Pasqua, non voleva che l'opera del Maligno potesse oscurare in qualche modo quella santa ricorrenza.

Ripiegò verso la torre normanna e scese nelle prigioni, poi ordinò al mastro di chiavi di aprirgli una cella. Il soldato eseguì, offrendosi di accompagnarlo all'interno.

Il religioso rifiutò. In quel caso, disse, non ce n'era bisogno.

All'interno di un cubicolo che poteva ospitare al massimo tre persone, Alfano Imperato attendeva seduto in un angolo. Il suo corpo era pervaso da un tremore diffuso, accentuato da piccoli scatti delle mani.

Konrad varcò l'ingresso, rivolgendogli un rispettoso saluto. «Reverendo padre, mi rincresce vedervi in questo stato».

«Allora liberatemi, di grazia», ribatté Alfano, ritrovando una punta di orgoglio.

Il prete scosse il capo. «Il mio rincrescimento non determina a priori la vostra innocenza».

«Vi ho già riferito tutto quel che sapevo», protestò il prigioniero. «Non ho nulla a che fare con i vostri Luciferiani. Non mi sono macchiato di alcuna colpa!».

«Tutti sono colpevoli». Le parole di Konrad andarono oltre il rimprovero. «In quanto uomo di chiesa, voi dovreste saperlo meglio di chiunque altro».

Il canonico si adombrò. «Scusate la mia presunzione, magister».

«Superbia», precisò il germanico.

«Cosa?»

«Anteponendo il vostro giudizio a quello divino, avete peccato di superbia». L'indice di Konrad si protese in avanti. «O credete forse che la vostra coscienza sia infallibile quanto la bilancia di Michele arcangelo?»

«Avete ragione, chiedo venia».

Von Marburg si fece dubbioso. «O forse peccate di menzogna?»

«Perché mai dovrei?»

«Perché temete una punizione», disse il prete. «A tale proposito, non ho potuto fare a meno di notare alcune discrepanze tra la vostra versione e quella del piccolo Tommaso. Rammentate quanto mi avete raccontato sul magister di Toledo? Diceste di non averne saputo nulla finché Suger ve ne fece cenno. Il bambino afferma invece che siete stato voi il primo a menzionarlo».

«Dev'essersi confuso, non c'è altra spiegazione...».

«Ne siete certo?»

«Ricordo di aver visto quel fanciullo alquanto distratto durante la conversazione. Vagava per il mio studio, ammirando le immagini sacre. Forse ha mal inteso...».

Konrad lo fissò a braccia conserte, marziale e impenetrabile. «Siate accorto, reverendo Alfano», gli intimò. «Se dovessi accorgermi che mi mentite, sarei indotto a credere che nascondete qualcosa. Magari che i vostri rapporti con Gebeard von Querfurt fossero più stretti di quanto avete sostenuto...».

«Mi insultate!», avvampò il canonico. «Io sono sincero, aborro l'eresia in ogni sua forma!».

«In tal caso», affermò il prete, conciliante, «apritevi a me».

«Intendete confessarmi?»

«La confessione lava i peccati, buon padre. Io invece intendo portarli alla luce».

Alfano si ritrasse. «Ma senza assoluzione, questo diventerebbe un...».

«Interrogatorio?». Von Marburg si portò la mano alla bocca, quasi avesse pronunciato un'oscenità. Quando la scostò, le sue labbra erano atteggiate in un sorriso complice. «L'interrogatorio si applica a chi nasconde la verità. Con voi, invece, vorrei instaurare un colloquio confidenziale».

«Ve ne rendo grazie, ma non saprei proprio da dove cominciare... La scorsa notte vi ho già raccontato tutto su Ignazio da Toledo e sulla faccenda della falsa reliquia...».

«Qualcosa sfugge sempre». Von Marburg fece un gesto vago. «Ai miei occhi, voi siete stato vittima di un complotto ordito da una setta eretica. Vi pregherei quindi di riesaminare l'accaduto sotto questa luce. Tanto per cominciare, chi vi ha adescato?»

«Gebeard von Querfurt».

«Morto ammazzato».

«Ucciso da una vampata di fuoco», precisò Alfano, con sempre maggior prontezza. «Una vampata uscita da... No, non uscita. *Emanata* da un uomo sbucato dal nulla».

«Sapete chi fosse?»

«C'era buio, ed ero troppo spaventato per guardare... Come già vi dissi, Ignazio da Toledo l'ha scorto senz'altro meglio di me, e l'ha inseguito. Per difendermi, a suo dire».

«A suo dire», sottolineò Konrad. I suoi occhi suggerivano qualcosa che andava oltre il semplice dubbio. L'ipotesi di un reato.

Il canonico se ne avvide e abbracciò quell'ipotesi senza pensarci due volte: «In effetti, credo che mastro Ignazio mi abbia abbandonato di proposito».

«E perché mai avrebbe dovuto farlo, se non fosse stato coinvolto nell'omicidio?»

«Ora capisco!». L'interrogato si batté un palmo sulla fronte. «L'ispanico è fuggito dalla catacomba per non farsi catturare dai birri!».

«Ed è ricomparso poco più tardi, per introdurvi alla conoscenza di Suger de Petit-Pont», completò von Marburg. «Credete davvero sia stato casuale?»

«Sono stato un ingenuo...».

«Proseguite, a costo di ripetere quanto già detto».

Il canonico annuì. «Il medico francese mi ha fatto domande proprio su Gebeard von Querfurt... Sì, ora vedo chiaro... Quel Suger dev'essere in combutta con il mercante di Toledo. Deve aver agito per suo conto...».

«Non saltate a conclusioni affrettate», lo ammonì il prete, «e ditemi cos'ha voluto sapere di preciso il *medicus*».

«La destinazione di Gebeard, qualora fosse partito da Napoli».

Konrad si fece sospettoso. «Di questo, stanotte, non avevate fatto cenno».

«Perdonate, ero assai confuso per via dello spavento...».

«Ebbene, ora mi sembrate alquanto lucido».

Infatti Alfano non si stava più comportando da inquisito, sembrava quasi passato dalla parte dell'accusa. Il tremore l'aveva abbandonato e le mani si erano chiuse a pugno, in una posa aggressiva. «Gebeard me ne aveva parlato nel caso una certa persona avesse chiesto di lui dopo la sua partenza. Una persona che si fosse identificata come il "portatore del mantello"».

«Il portatore del mantello?», ripeté Konrad.

«Suger de Petit-Pont».

«Spiegatemi meglio di cosa si tratta».

«Presto detto. Il magister medicinae aveva con sé un mantello da recapitare a von Querfurt. Me l'ha mostrato di sfuggita, soltanto una volta. È un manto regale ricamato con cura, con strani simboli».

«Simboli?». L'inquisitore gli si avvicinò di scatto, facendolo trasalire. «Cerchi? Colombe? Cavalieri?».

A quell'ultima parola, il canonico annuì. «Al centro era ricamato un cavaliere con l'arco. Tuttavia ho poca memoria per questo genere di cose, non rammento nulla di preciso… E non immagino neppure a cosa potesse servire un simile mantello».

«Però avete detto di conoscere la prossima tappa segnalata da Gebeard», ribatté Konrad, «ovvero la destinazione del mantello. Dico bene?»

«Sì, è la città di Salerno».

«E a chi si sarebbe dovuto rivolgere Suger de Petit-Pont?»

«A una guaritrice». Per la prima volta, Alfano manifestò un pizzico di esitazione. «Una donna che guarisce con le lacrime».

18

Budello. Così veniva chiamata la strada diretta al Mandracchio, il lembo di spiaggia che si affacciava sul molo piccolo. Inutile chiedere la direzione per l'*arcina*, il vecchio arsenale. Le indicazioni che Uberto riceveva dai passanti erano sempre le stesse: seguire il Budello fuori dalle mura e scendere verso sud fino al Mandracchio. Ma quella non era una strada e nemmeno un vico. Era uno scolo miasmatico incuneato tra due alture, il *de illu aquarum*, dove le uniche acque presenti uscivano dagli scarichi di fogne e concerie, ruscellando verso il mare. Uberto fu costretto a farsi largo lì in mezzo. Non esistevano camminamenti nel Budello, soltanto strettoie scavate nel tufo.

Finalmente raggiunse uno spiazzo circondato da catapecchie, un piccolo insediamento sorto a ridosso di un crinale. Sul lato opposto, oltre un dedalo di banchine portuali, oscillava la superficie del mare.

Superò l'ultimo tratto di discesa che lo separava dal Mandracchio e si aggirò per lo spiazzo con circospezione. Indossava ancora il saio ricevuto da suor Chiara di Grottaferrata, benché Ermelina si fosse offerta di procurargli vestiti nuovi. Quella tenuta gli garantiva l'anonimato e la deferenza dei passanti, che lo scambiavano per un religioso.

Camminò con il cappuccio calato sul capo e le mani giunte, mentre i lembi dell'abito strisciavano nel fango. Secondo le indicazioni della putta, avrebbe trovato Cola Pesce nell'unica locanda presente, che non tardò a identificare in una bettola sita in fondo alla strada.

Non appena entrato, fu avvolto da una spessa cortina di fumo che gli fece pensare a un'ostruzione della cappa del focolare, finché non si accorse che le esalazioni provenivano da piccoli bracieri di terracotta disposti sui tavoli. Sostanze inebrianti, suppose, a giudicare dall'espressione sognante di chi le respirava.

Per il resto, lo scenario era dei più consueti. Uomini ubriachi sonnecchiavano su sgabelli o per terra mentre altri confabulavano e giocavano ai dadi. L'ambiente risuonava di insulti e di frasi sboccate, colorite da una babele di accenti incomprensibili.

Uberto avanzò in quella bolgia nebbiosa e catturò l'attenzione dell'oste, attirandolo a sé con un gesto discreto. Quando l'ebbe di fronte, gli mise in mano una moneta e bisbigliò un nome. L'uomo annuì più volte finché indicò un avventore seduto in disparte.

«Vado a tenergli compagnia», disse Uberto. «Portatemi da bere».

L'oste lo squadrò con un misto di venerazione e stupore. Evidentemente non aveva mai visto religiosi nel suo locale, figurarsi servir loro beveraggi. «Cosa gradite, padre?»

«Quello che gradisce *lui*», rispose l'ispanico, incamminandosi verso l'uomo che gli era stato indicato. Era, costui, un tipo di media statura, capelli cortissimi e occhi velati dal fumo di un piccolo braciere. Scalzo, e con un paio di brache strette alla vita con dello spago, poteva dirsi fra i meglio vestiti del locale.

Uberto gli sedette di fronte. «Siete voi Cola Pesce?».

L'uomo fece un gesto vago, tra il cordiale e l'annoiato. La fronte bassa e le labbra carnose gli conferivano un'aria scimmiesca. «Dipende da chi lo vuole sapere».

«Una persona interessata alle prigioni del Castello Marino».

L'uomo inspirò il *fomentum* del braciere e lo fissò con le pupille dilatate.

Uberto lo interpretò come un invito a proseguire. «Corre voce che le conosciate assai bene».

«Perbacco! Potrei raccontare come ci sono entrato», esclamò Cola Pesce, «oppure come ne sono uscito».

Uberto non immaginava perché quell'uomo fosse stato imprigionato nel Castello Marino, e dubitava che l'avrebbe mai saputo. D'altra parte gli era bastato uno sguardo per farsi un'idea di cosa si nascondesse dietro quella faccia bruciata dal sole. Vi colse i segni di una profonda delusione, le ferite di chi si era scontrato con le regole del mondo per finire travolto dalla risacca. Come suo padre.

L'oste riemerse dalla cortina di fumo per posare sul tavolo un fiasco di vino, poi sparì con un inchino. Cola Pesce si servì senza fare complimenti e bevve direttamente dalla bottiglia, tenendo d'occhio il visitatore. «Siete vestito da frate, ma non ne avete il contegno», disse, dimostrando di non essere uno sprovveduto.

Uberto si accorse che stava portando la mano alla cintura, verso uno di quei coltellacci usati dai marinai per tagliare reti e sartiame, e all'occorrenza per farsi valere nelle risse. «Non dovete temermi», lo tranquillizzò. «Sono qui perché ho bisogno di voi».

«Bisogno di me? Vorreste far uscire un qualche vostro compare dal castello?»

«Non un compare. Mio padre».

Il marinaio si strinse nelle spalle. «Fosse anche l'imperatore, non me ne importerebbe un fico».

«Pensateci bene. Non sono uso a chiedere favori senza offrire nulla in cambio».

«Da come siete conciato, dubito possiate permettervi i miei servigi».

«Le apparenze a volte ingannano», ribatté Uberto, rivolgendogli un sorriso pieno di allusioni. «Fate voi il prezzo, buon uomo».

Cola Pesce lo squadrò di sottecchi, poi ingollò un'altra sorsata di vino. «Settanta tarì».

«Ve lo concedo, non siete certo a buon mercato...».

«Rammentate, messere, che mi esporrei a dei rischi. E se venissi catturato...».

«D'accordo». L'ispanico fece un cenno sbrigativo. «Sta bene».

«Aspettate a dirvi d'accordo. Dovrete pagarmi anche nel caso qualcosa andasse storto».

«So bene come vanno certe cose. Anzi, vi dirò di più. Dovesse concludersi tutto per il meglio, ve ne donerò altri trenta. Purché sappiate mantenere il segreto».

«Disponete sul serio di cento tarì?».

Uberto annuì.

«Mi compiaccio, messere». Il marinaio si fece di buon umore. «Ma sia ben inteso, prima di muovere un dito pretenderò di vedere il denaro».

«Mi pare giusto», commentò Uberto, pensando che il denaro era l'ultimo dei suoi problemi. Poteva disporre della somma elargita da Alfano. Il padre gliel'aveva affidata in custodia poco prima della sua cattura. Al momento l'aveva sotterrata ai piedi di un albero, fuori dalle mura cittadine, per evitare di essere rapinato.

«Ora sta a voi», disse il marinaio. «Come intendete procedere?»

«Prima di tutto, vorrei sapere se l'impresa è davvero possibile».

«Ci saranno dei rischi da correre, è ovvio, ma vi siete rivolto alla persona giusta. Finora, io sono il solo a essere entrato e uscito da quel castello».

«E come avreste fatto?»

«Che domande!». Cola Pesce aprì le braccia, quasi stesse per dire un'ovvietà. «Sono nato sotto la stella di san Nicola».

Uberto lo guardò basito, indeciso se assecondarlo. Ben presto, tuttavia, si rese conto che il marinaio non scherzava. Era fermamente convinto di quanto affermava.

«San Nicola di Bari è il patrono della mia città natale», spiegò Cola

Pesce. «Protegge tutti i suoi concittadini e specialmente me, che porto il suo nome».

Il figlio del mercante conosceva il culto di quel santo e la storia delle sue reliquie, traslate dalla Caldea fino alla cattedrale di Bari, facendola assurgere a famosa meta di pellegrinaggio. «E san Nicola aiuta soltanto voi», volle sapere, «o anche chi vi accingete a liberare di prigione?».

Cola Pesce gli rivolse un sorrisetto complice. «Voi pensate a pagarmi, che con san Nicola mi accordo io».

Uberto ricambiò il sorriso, e in cuor suo iniziò a pentirsi di essersi fidato di Ermelina. Mi sto mettendo nelle mani di un pazzo, si disse, fissando l'espressione esaltata dell'uomo di mare. Se mai dovessi accettare la sua proposta, significherebbe che sono pazzo quanto lui.

Il disagio maggiore, tuttavia, lo provò nell'accorgersi di nutrire una remota speranza. Non seppe se imputare quella sensazione al proprio intuito, o ai fumi emanati dal braciere davanti a sé.

19

Dita strette intorno a un crocifisso di metallo.

Suger non riusciva a staccare gli occhi da quell'immagine, come una falena attratta dalla fiamma. D'altro canto, allargare lo sguardo sulla visione d'insieme avrebbe richiesto una dose di coraggio che lui non possedeva. Konrad von Marburg gli stava di fronte con statuaria immobilità, coprendo con la sagoma del corpo l'ingresso della cella. L'abito scuro metteva in risalto il candore di un volto quasi mansueto, ma le iridi erano due gorghi neri più bui della notte. E in quel momento, stavano fissando proprio Suger.

«Non ho nulla a che fare con quell'ispanico», ribadì il medico, ostentando una sicurezza che non possedeva. «Tutto ciò che sapevo sul suo conto, ve l'ho riferito la notte scorsa».

In verità aveva riferito ben più di quello, inventando alcuni dettagli appositamente per mettere in cattiva luce Ignazio da Toledo. Una reazione dettata dall'istinto di scagionarsi, che non l'aveva certo reso fiero di sé. Ciò nondimeno, Suger era riuscito a mettersi il cuore in pace aggrappandosi alla probabilità che, in parte, quelle calunnie corrispondessero al vero.

«Pur ammettendo la vostra buona fede, non avete ancora risposto al mio quesito». Konrad lasciò trapelare una punta di impazienza. «Vi ho appena chiesto se conoscete il motivo della morte di Gebeard von Querfurt».

«E come potrei? State parlando di un uomo che non ho mai incontrato di persona».

«Eppure», obiettò il prete, «siete sceso nelle catacombe per cercarlo».

Suger fece spallucce. «Supposizioni vostre».

«Non supposizioni, ma fatti», obiettò von Marburg, piccato. «Il padre guardiano di San Gennarello ad spolia morti si ricorda di voi, e rammenta pure di avervi indirizzato in quel luogo dopo che gli avete chiesto di von Querfurt. Versione confermata da Tommaso d'Aquino, tra l'altro».

«Anche se fosse?». Suger era abbastanza certo che von Marburg non sapesse nulla riguardo il mantello del Sagittario. Se Alfano aveva continuato a mantenere il segreto – com'era logico supporre – c'era una buona possibilità che la missione dello svevo e la storia della draconite fossero rimaste segrete. Tuttavia il medico stava in guardia, sforzandosi di comprendere per quale motivo fosse stato accusato di negromanzia e cosa c'entrasse in quella storia Ignazio da Toledo. «Cercavo von Querfurt soltanto per acquistare da lui una reliquia», si difese.

«Fatemi capire». Il religioso lasciò il crocifisso con un gesto spazientito. «Mi state dicendo che siete partito da Parigi per comprare una reliquia da quell'uomo?».

Suger ebbe l'istinto di ritrarsi, ma si trattenne. Era pur sempre un magister, benché tanti giorni di viaggio gliene avessero quasi fatto perdere la memoria. E dopo l'umiliazione subita da Philippus Cancellarius, si era ripromesso di non chinarsi più dinanzi a un prete. Nemmeno al più temibile che avesse mai incontrato. «Affatto», rispose con alterigia. «È mia intenzione raggiungere lo Studium di Salerno per perfezionarmi nella scienza medica».

«Nulla a che vedere con i disordini dell'Universitas di Notre-Dame, mi auguro».

«Assolutamente no», mentì il francese, attanagliato da un'improvvisa morsa di panico. Non si aspettava che Konrad fosse al corrente di simili questioni, e apprenderlo in quel frangente lo sconvolse. Cercò di mantenersi impassibile.

«So di certi docenti allontanati dalle cattedre perché dediti alla filosofia naturale», continuò il religioso, iniziando a scrutarlo con sospetto. «Si dice che in molti abbiano ripiegato verso Tolosa. Ma voi, addirittura Salerno...».

«Il mio viaggio non riguarda siffatte ragioni, ve lo garantisco».

«Sarà mia cura accertarmene». Von Marburg si accarezzò il mento con fare meditativo, poi annuì tra sé. «Sì», disse, «chiederò informazioni al cancelliere di Notre-Dame. Ha fama di essere alquanto collaborativo in situazioni del genere».

«Non è necessario», improvvisò Suger, mentre il nervosismo si traduceva in un violento attacco di nausea. Se la verità fosse venuta a galla, sarebbe andato incontro a conseguenze ben peggiori del vedersi revocato il titolo di magister. «Anche a cavallo, un messo impiegherebbe un'eternità ad attraversare una simile distanza».

«Per nostra fortuna esistono i colombi viaggiatori», ribatté Konrad, con tono perentorio. «Mi rivolgerò al Capitolo della cattedrale di Napoli, sicuramente dotato di una colombaia», e mimò con le mani uno sbattere d'ali. «Otterrò risposta da Parigi quanto prima».

Suger si sentì sprofondare in un gorgo nero.

«Nel frattempo», von Marburg non gli diede requie, «vi chiederei la cortesia di descrivere il vostro viaggio lungo la via Francigena. Serbate memoria di qualche incontro o sosta in particolare?»

«Non saprei». Parole uscite dal nulla, l'inquisito era troppo impegnato a dominare le emozioni.

«Lasciate dunque che vi aiuti a fare chiarezza. Tra i vostri averi, ho notato la presenza di denari milanesi».

La voce di Konrad sembrava giungere da lontano. Suger non riusciva a fugare dalla mente l'immagine di un colombo che trasportava un messaggio di dimensioni infime, eppure sufficienti a rovinarlo. D'un tratto si accorse che gli era stata rivolta una domanda, afferrò le parole "denari milanesi" e cercò di vincere la soggezione. «Ho fatto tappa a Milano», rispose. «Ebbene?»

«Ebbene, mi sconcerta. Milano è decisamente fuori dal tracciato della via Francigena».

«Mi ero smarrito», si giustificò il medico, «finché dei buoni samaritani non mi hanno rimesso sulla strada maestra».

«Indirizzandovi verso Montecassino, suppongo».

«Infatti».

Konrad stirò le labbra in un sorrisetto compiaciuto. «E fra questi buoni samaritani, vi era per caso un domenicano della chiesa di Sant'Eustorgio? Un certo fra Beniamino?»

«Pretendete troppo. Non rammento».

«Lui però si rammentava di voi».

«Dev'esserci un errore».

«E si rammentava pure di Gebeard von Querfurt».

«Un equivoco...».

Konrad scosse il capo. «Perseverare nella menzogna vi renderà soltanto ridicolo», lo rimproverò, oscurandosi. «La gemma che ho trovato nella vostra scarsella è la prova dei servigi che avete reso a fra Beniamino. Me lo ha confessato lui stesso. Il buon frate, tuttavia, doveva nascondere ben altro, poiché ha deciso di suicidarsi davanti ai miei occhi», e con uno slancio repentino afferrò Suger per un polso, facendolo sobbalzare. «Si è gettato da una balconata del suo convento, non prima di rivelarmi che dovevate rintracciare von Querfurt. Adesso comprendete, magister? So perché siete giunto fino a Montecassino! Qualcosa però dev'essere andato storto, poiché avete proseguito il viaggio fino a Napoli. E poi, von Querfurt è stato ucciso».

Il medico si sottrasse alla presa e fece per ribattere, ma capì di non avere via d'uscita. Come Bernard, pensò. Era di fronte a un nemico di gran lunga superiore alle sue forze. Ma mentre il suo sfortunato discepolo si era battuto con coraggio, lui continuava ad aggrapparsi a ginepraì di congetture in cerca di una scappatoia. E più lo faceva, più restava invischiato nella tragica realtà dei fatti. Comprese allora quale pista avesse portato von Marburg fino alla casa di Alfano Imperato. Non gli spostamenti del mercante, ma i suoi! E non appena l'ebbe ben chiaro, fu colto da una fitta allo stomaco così violenta che dovette mettersi in ginocchio, umiliato, per vomitare.

«Come volevasi dimostrare», commentò il prete, scostandosi per non insozzarsi. «Capirete quindi i miei sospetti. Benché non abbiate conosciuto di persona Gebeard von Querfurt, dovete *per forza* conoscere i suoi segreti. Segreti che riguardano l'Homo Niger».

L'interrogato restò piegato a terra, tormentato dagli spasimi. «Ve l'ho già detto... Ignazio da Toledo... È lui il magister che andate cercando...».

«Da chi l'avete saputo?»

«Me l'ha confidato un monaco di Montecassino».

Von Marburg sospirò. «Siate più preciso, mi servono prove».

«Chiedete ad Alfano Imperato... Riguardo il magister di Toledo, il canonico ne sa ben più di me».

«Ne siete certo?». Per un attimo il volto di Konrad tradì curiosità, poi si contrasse in una smorfia di irritazione. «Il reverendo afferma il contrario».

Suger comprendeva le ragioni di Alfano e non si meravigliava che avesse mentito. Il canonico gli aveva rivelato di intrattenere con von Querfurt legami assai più stretti di un semplice rapporto di interesse, era un suo *sodale*! E se l'avesse reso noto anche al prete germanico, le conseguenze sarebbero state terribili... Anche per lui! Ma in quel momento, il magister medicinae desiderava soltanto liberarsi della presenza di von Marburg, e raggomitolarsi nel buio e nella vergogna. «È stato lui a farne parola per primo...», ribadì. «Si è addirittura fatto vanto di averlo incontrato, una volta».

«Dunque il canonico ha cercato di ingannarmi!», esclamò il religioso, avvampando di rabbia.

«Non io, però... Io non merito questo trattamento...».

«Lo pensate davvero?». Konrad addolcì la voce, scrutandolo con compatimento. «In tal caso, dovrete rivelarmi altre cose».

«Purché promettiate di farmi uscire di qui...».

«Vedremo, magister. Ora, però, parlatemi del mantello. E anche della guaritrice delle lacrime».

E allora Suger riferì tutto ciò che sapeva.

Galvano Pungilupo attendeva davanti all'ingresso alle carceri. Aveva la testa fasciata alla bell'e meglio, un dolore lancinante diffuso per tutta la regione destra del capo. Insieme al dolore, il gonfiore si era propagato intorno alla ferita, estendendosi sulla tempia, sulla mascella e persino sul collo. Il cerusico aveva agito per tempo, cauterizzando l'amputazione prima che perdesse troppo sangue, lasciando a Galvano il ricordo straziante del ferro rovente sulla carne. Quel dannato sfrigolare gli risuonava ancora dentro la testa. Era stata una sensazione tanto violenta da farlo svenire sul colpo, precipitandolo in un'incoscienza tormentata dall'immagine di Uberto che gli mozzava l'orecchio.

Al risveglio aveva faticato a rimettersi in piedi, e ancora adesso scottava per la febbre, e traballava come se fosse sulla prua di una galea. Ma ancora più fastidioso era il senso di ottundimento. Il timpano destro percepiva i suoni sotto forma di ronzii cacofonici che gli procuravano un effetto di disorientamento.

Ciò nondimeno, Galvano era stato costretto ad alzarsi per conferire con von Marburg. In realtà non aveva nulla di particolare da riferire. Il prete era già al corrente di ogni cosa, ma quella carogna pretendeva di conoscere i fatti dalla bocca dei diretti interessati, alla perenne ricerca di indizi.

C'era un che di distorto in quel religioso. Pungilupo aveva vissuto a contatto con soldati e sgherri della peggior risma, tuttavia non aveva mai fatto esperienza di un sadismo tanto sottile. Era come se la perfidia di von Marburg seguisse le regole di una diabolica estetica.

«Ebbene, pare abbia sbagliato a lasciarvi agire da solo». Parole atone, uscite dal corridoio delle prigioni.

Il clavigero si portò la mano al bendaggio, nella puerile speranza di impietosire l'interlocutore.

«Galvano, levatevi dalla faccia quell'aria da martire», lo ammonì von Marburg, affiorando dall'ombra. «Non vi si addice».

Lo sgherro si diede un contegno. «Non ho scusanti, magister. Mi sono messo sulle tracce del figlio del negromante, e l'ho trovato... L'avrei anche acciuffato, se non fosse stato aiutato».

«È stato aiutato?». Konrad si fece attento. «Raccontatemi tutto, con precisione».

Il rapporto di Galvano fu lungo e dettagliato, ricco di particolari che il religioso parve apprezzare. Quando però il prete chiese del mantello del Sagittario, Pungilupo fu costretto ad ammettere di aver trovato un oggetto che corrispondeva alla descrizione, ma anche di averlo perduto. Con ogni probabilità, doveva essere finito nelle mani di Uberto Alvarez.

«Avete davvero trovato quel mantello nella casa di Alfano?», volle sincerarsi Konrad.

«Sì».

«Dunque Suger ha ragione, il canonico ha mentito…».

«Intendete condannare Alfano Imperato, magister?»

«Al contrario». Von Marburg scosse il capo con un sorrisetto astuto. «Lo lascerò libero, per spiare le sue mosse».

«E il negromante?», indagò il soldato, tradendo un morboso interesse. «L'avete già interrogato?»

«Non ancora. Lo farò a tempo debito, quando avrò prove certe sulla sua colpevolezza», rispose Konrad. «Per ora, lasciamolo cuocere nel suo brodo».

«Capisco».

«Se qualcuno mi cerca, sono alla chiesa di San Salvatore», disse il religioso, incamminandosi verso una rampa di scale. «Ho bisogno di raccoglimento».

Pungilupo restò solo.

Nel silenzio delle prigioni, il dolore all'orecchio pareva accrescersi. Ora si dilatava con soffuse pulsazioni, ora lo trafiggeva in punti ben localizzati, costringendolo a stringere i denti. Ma ciò che il clavigero non poteva ignorare erano i volti delle persone che gli avevano procurato un simile tormento, Uberto e la meretrice. Forse la sua vendetta non sarebbe stata elaborata quanto i piani di Konrad von Marburg, ma giurò a se stesso che entrambi l'avrebbero pagata cara.

Benché il figlio del negromante fosse al momento irreperibile, c'era qualcosa, nell'immediato, che gli avrebbe consentito di avere soddisfazione. E di placare la rabbia.

Pregustando l'imminente vendetta, percorse il corridoio delle prigioni e si fermò davanti all'ingresso della cella dov'era recluso il mercante di Toledo.

Con un ghigno ferino si apprestò ad aprire la porta.

20

Da quando era stato rinchiuso, Ignazio aveva riflettuto sull'accaduto alla ricerca di prove della propria innocenza, o almeno di un appiglio abbastanza concreto da dimostrare la sua estraneità alle accuse di von Marburg. Impegnato in simili ragionamenti, si era astenuto dal fare previsioni su quanto lo attendeva. Conosceva fin troppo il destino degli accusati di eresia e di negromanzia per farsi vane illusioni. Storie di patiboli, roghi e torture gli erano abbastanza familiari da togliergli la speranza di uscire incolume di prigione. Quel pensiero lo terrorizzava. Inoltre non sapeva cosa fosse accaduto a Uberto. In cuor suo si augurava che almeno lui fosse riuscito a fuggire, ma il dubbio che potesse essergli accaduto qualcosa gli faceva maledire la decisione di averlo portato con sé a Napoli.

Aveva dunque cercato di ricordare l'intera vicenda di quella notte, soffermandosi su alcuni particolari notati al dormitorio di San Gennarello ad spolia morti. Sebbene impegnato a difendersi dall'interrogatorio di von Marburg, serbava un buon ricordo delle cose che aveva visto e udito. Nell'isolamento della cella poté riesaminarle, sforzandosi di capire in quale sorta di intrigo si fosse imbattuto. Se voleva trovare una via d'uscita, non aveva altra scelta.

A suo avviso, il primo enigma da risolvere erano i simboli tatuati sulla mano di Gebeard von Querfurt. Se ne rammentava abbastanza da poterli identificare come segni di affiliazione a una setta segreta. Ma non solo. La presenza del caduceo di Mercurio era prova evidente di un culto ermetico, e consentiva di interpretare il serpente e la coppa come raffigurazioni della saggezza e della sapienza. In principio il mercante li aveva creduti un riferimento agli Ofiti, devoti al Serpente – Òphis – che aveva iniziato Adamo ed Eva alla gnosi. Ripensandoci, però, non gli era sembrato plausibile che Gebeard von Querfurt fosse appartenuto a una setta estinta da secoli. Inoltre la presenza di altre immagini, tra cui la Madonna con il Bambino, giocava a sfavore di quella prima ipotesi.

La chiave del mistero doveva risiedere nel tatuaggio del cavaliere. Somigliava troppo al ricamo centrale del mantello del Sagittario perché si trattasse di una coincidenza. Però Ignazio non serbava un ricordo preciso dei geroglifici, quindi non si illudeva di poterne indovinare il significato, tantomeno di scoprire cosa lo legasse al cerchio tracciato col carbone nella camera da letto di Gebeard von Querfurt.

Era quindi passato a esaminare un altro aspetto del problema: l'ossessione di von Marburg per il magister di Toledo, il cosiddetto Homo

Niger. A detta di Konrad, quell'uomo comandava una setta di "Luciferiani" a cui era appartenuto lo stesso von Querfurt. Non c'era ragione di dubitarne.

L'intervento del Maligno, tuttavia, era discutibile. Il mercante credeva ciecamente nell'esistenza degli angeli e dei demoni, e nella loro capacità di influire sulla vita dei mortali. Credeva anche che fosse possibile evocarli, dato che lui stesso, anni prima, aveva tentato di farlo, mettendo a frutto gli insegnamenti dell'*Uter ventorum*. Ciò nondimeno, gli eventi a cui aveva assistito nelle catacombe di Capodimonte erano di natura assai diversa. Il soprannaturale c'entrava ben poco e il cavaliere che scagliava dardi infuocati non era certo uno spirito proveniente dagli inferi. Ma chi fosse e per quali scopi agisse, restava un mistero.

Se avesse potuto indagare sui tatuaggi, sul mantello e sui cerchi magici, il mercante era persuaso che sarebbe riuscito a far luce sulla vicenda e a dimostrare di non essere il tanto ricercato magister di Toledo. Tuttavia riteneva alquanto improbabile che von Marburg fosse disposto a rilasciarlo sulla base di un ragionevole dubbio, soprattutto se convinto di avere già in pugno il colpevole.

Un rumore lo fece sobbalzare.

Ignazio si rese conto di avere dormito. Era talmente provato che doveva essere sprofondato nel sonno senza neppure accorgersene. Si domandò quanto tempo fosse trascorso, ma ricordò soltanto di aver sognato Leandro. Anzi, le sue grida. Le grida di un bambino divorato dall'oscurità. Un'oscurità ben diversa da quella che stava inghiottendo lui, eppure altrettanto spietata.

Vinse l'angoscia che ogni volta gli suscitava quel sogno e si concentrò sul rumore appena udito. Era reale, la porta della cella si stava aprendo.

Accecato dal bagliore di una fiaccola, vide entrare un'alta figura e fu pervaso dallo sconcerto. Si era aspettato Konrad von Marburg, l'uomo dell'anatema. Invece riconobbe il clavigero.

Senza dare alcuna spiegazione, Galvano Pungilupo si avventò su di lui con fare minaccioso. «Sporco ispanico!», sibilò, strappandolo dal torpore del risveglio. «Me la pagherete!».

«Perché…?», balbettò il mercante, sentendosi afferrare per la gola. «Per… cosa?».

Un lampo di rivalsa attraversò gli occhi del soldato. «Per quello che mi ha fatto vostro figlio!». L'uomo gli mostrò la fasciatura alla testa, e in un accesso di rabbia lo colpì con un pugno allo stomaco.

Ignazio si accasciò, sopraffatto dal dolore, e non appena si riprese vide che il clavigero stava per sferrargli un calcio. Non si fece cogliere impreparato una seconda volta. Afferrò la punta del calzare prima dell'impatto e la respinse con forza, facendo perdere l'equilibrio all'aggressore.

Pungilupo cadde di schiena, lanciò un grido incollerito e batté la nuca. Nel timore che potesse rialzarsi, il mercante scattò in piedi, raccolse la fiaccola e diresse lo sguardo verso la porta... Era rimasta aperta! Esitò un istante, poi si riprese dallo sgomento e uscì dalla cella, trovandosi a percorrere un corridoio oscuro. Respinse sul nascere la tentazione di salire verso la luce, valutando il rischio di imbattersi in guardie, e scelse di perlustrare il piano delle prigioni in cerca di una via d'uscita più sicura.

Proseguì per una rete di corridoi più estesa del previsto, senza immaginare dove l'avrebbe condotto. Nutriva poche speranze, ma forse poteva avere fortuna. Forse, ripeté a se stesso.

Poi sentì l'eco di voci d'allarme, il clavigero chiamava rinforzi.

Il mercante affrettò il passo e, al termine del corridoio, scese per una gradinata di pietra. L'ombra si fece sempre più rada, l'aria pungente, infine il soffitto e la parete di destra scomparvero, lasciando spazio alla vista del cielo. Un sole abbacinante illuminava una parete di mattoni e, oltre quella, un dirupo scosceso. Ignazio guardò in basso e si schermò il volto, sferzato dal vento. Una lingua di roccia serpeggiava fino alla scogliera.

Con il ruggito di una belva, il mare spumava contro di essa.

Colse in ritardo un movimento alle spalle e sentì un braccio stringersi intorno al suo collo. Una presa forte, nodosa. Non si arrese a quella, bensì alle parole di scherno che gli furono rivolte: «Dove credevate di andare, messere? Siamo su un'isola! Qui non esiste via di fuga!».

«Ho parlato con Cola Pesce», disse Uberto.

Dal lato opposto del tavolo, Ermelina annuì con l'aria di chi la sapeva lunga.

Si trovavano in un seminterrato ai margini della platea di San Biagio, non distante dalla Porta Nolana, un rifugio a cui la donna ricorreva nei momenti di bisogno, per nascondersi o trascorrere la notte. Il piano superiore ospitava una locanda gestita da un oste uso ad accogliere clienti che non disdegnavano compagnia femminile.

La luce pomeridiana filtrava a stento da una feritoia tra il soffitto e il piano di camminamento esterno. A Uberto non dispiaceva quella semioscurità, poiché nascondeva i lineamenti della donna e lo toglieva dall'imbarazzo di dover guardare in faccia quella che credeva una vecchia amante del padre. Una vecchia amante ancora innamorata, per giunta. Altrimenti perché darsi tanta pena per liberare Ignazio dalla prigionia?

Prima che potesse esprimersi, Ermelina lo interruppe: «Anch'io ho delle novità».

«Cos'avete scoperto?»

«Il bambino e il canonico sono stati rilasciati».

«Ne siete sicura?»

«Corre voce che Alfano Imperato celebrerà messa oggi stesso, nella basilica di Santa Restituita, per la vigilia della Pasqua». La donna fece una smorfia di sprezzo. «E soprattutto, per dare prova della propria innocenza».

«E Tommaso? Sta bene?»

«Non gli hanno torto un capello. È stato affidato ai suoi familiari».

Uberto rimuginò in silenzio. «Quando si terrà la messa?», chiese poi.

«Ai vespri». Ermelina dovette intuire i suoi propositi, poiché si aggrottò. «È una follia, non potete andarci!».

Lui la fissò risoluto. «E invece ci andrò. Voglio incontrare Alfano».

«A che pro?»

«Forse possiede informazioni utili sul conto di mio padre. Magari, posso addirittura convincerlo a intercedere per lui».

«Siete un illuso, messere. Finirete per farvi catturare».

«A proposito di rischi», ribatté Uberto, «stavo giusto per dirvi che il vostro piano non mi convince. Quel Cola Pesce vive in un mondo tutto suo, non è affidabile».

«Lo è assai di più di certi presbiteri, potete scommetterci». Poi Ermelina si sporse per stringergli una mano. «Vi scongiuro, non andate da Alfano».

Uberto si ritrasse, infastidito da quel contatto. Ormai aveva deciso, e la putta non era certo nelle condizioni di fargli cambiare idea. Se esisteva una possibilità di scagionare Ignazio senza infrangere la legge, non poteva lasciarsela sfuggire.

«Devo provare», concluse, battendo il pugno sul tavolo.

La cattedrale di Santa Restituita era vetusta, con i suoi oltre cinque secoli di età, e benché riproducesse le forme di una basilica bizantina, recava all'interno scarsi accenni di luce e di colore. Uberto ne sentì la mancanza. Amava le grandi vetrate e le pitture a fresco, soprattutto se impreziosite da squarci di blu, che tanto gli ricordavano la maestà della Vergine. Tuttavia, in quel momento non avrebbe potuto dirsi più distante dallo stato di contemplazione. L'edificio era gremito, pervaso da un tale brusio da riempirgli le orecchie. Le voci sull'arresto del canonico dovevano aver fatto il giro della città, a giudicare dalla quantità di persone giunta ad assistere alla messa vespertina.

Avanzò tra i corpi stipati nella navata maggiore, con l'intenzione di avvicinarsi all'altare e attendere la conclusione della funzione per chiedere udienza ad Alfano. Sapeva già cosa dirgli. Si sarebbe appellato al principio della carità cristiana e alla necessità di aiutare i deboli e gli incompresi. I ministri della chiesa, prima di castigare i sospetti, avevano l'obbligo morale di accertare la loro colpevolezza. Poi Uberto avrebbe dimostrato l'innocenza del padre. Poteva dare spiegazioni, produrre prove. Intendeva sostenere che la cattura di Ignazio si fosse basata su un enorme malinteso. Del resto, non era forse accaduta la stessa cosa al canonico? Chi meglio di lui avrebbe potuto comprendere!

Persuaso delle proprie ragioni, continuò a farsi largo fino alla seconda fila e si fermò dietro un gruppo di fedeli, in modo da poter studiare la situazione senza rendere manifesta la propria presenza.

Alfano Imperato stava in cima al pulpito. Ormai al termine della predica, teneva lo sguardo puntato sulle panche occupate dal clero. Pareva inquietato dalla presenza di un prete alto e massiccio, vestito in abiti scuri. Uberto si domandò se fosse Konrad von Marburg e iniziò a guardarsi intorno, in cerca di armigeri. Non ne scorse alcuno.

Conclusa la messa, il canonico scese dal pulpito e impartì una rapida benedizione ai fedeli. Sembrava impaziente di andarsene, infatti si allontanò in fretta dalla zona dell'abside, congedò in modo sbrigativo un gruppo di postulanti e sgattaiolò verso la navata di destra, scomparendo dietro una porticina in penombra.

Uberto aveva previsto quella mossa. Ermelina gli aveva parlato dell'angusto passaggio che dava accesso a un edificio attiguo alla cattedrale, il battistero di San Giovanni in Fonte. Era un'uscita di comodo, usata dai sacerdoti per allontanarsi, non visti, al termine delle funzioni.

Fu così che, quando Alfano raggiunse il battistero, si trovò alle calcagna un figuro incappucciato.

Uberto scoprì il volto per farsi riconoscere, quindi gli rivolse un saluto rispettoso.

Il canonico si allarmò. «Voi... Cosa ci fate voi qui?»

«Reverendo, chiedo udienza».

«Giammai!». Nella voce del religioso vibrò un tremito. «Non parlo con i sospettati di negromanzia».

Uberto non aveva certo sperato di suscitare simpatia a prima vista, però mai si sarebbe aspettato una reazione tanto ostile. Pensò di spiegarsi nel modo più pacato possibile, ma Alfano non gliene diede il tempo e si affrettò verso l'uscita.

L'ispanico lo rincorse. «Non è come dite», vociò. «Vi prego di concedermi udienza!».

Il canonico continuò a fuggire tra le colonne, ombra tra le ombre. «Andatevene, o chiederò aiuto!».

Anziché dargli ascolto, Uberto lo superò per impedirgli di varcare il portale. «Perdonate l'audacia», disse, inginocchiandosi in segno di supplica. «Confido nel vostro buon cuore...».

Invece di ottenere risposta, sentì il calzare del canonico posarsi sulla sua spalla sinistra e spingerlo indietro con forza. L'ispanico cadde sul pavimento senza capacitarsi dell'accaduto, poi intravide il religioso fuggire all'esterno e fu pervaso dall'ira. Non aveva mai subìto un'umiliazione del genere. Si rimise in piedi in un crescendo di collera, con il desiderio di punire quel prete insolente. Il tempo delle buone maniere era finito, si disse, lanciandosi all'inseguimento.

Giunto in strada, scorse Alfano che correva goffamente con i lembi dell'abito sollevati. Ridusse in poche falcate la distanza che li separava e gli piombò alle spalle con l'intenzione di fargliela pagare. «Mio padre è innocente!», sibilò.

Il religioso fu sul punto di ribattere, ma ricevette una spinta che lo fece ruzzolare sul selciato. Sputò un'esclamazione sgomenta insieme alla polvere della strada, poi si mise carponi, cercando di rialzarsi. La vista di un piccolo oggetto luccicante gli fece cambiare immediatamente idea.

«Vi chiedo la cortesia di ascoltarmi, reverendo», sibilò Uberto, stringendo il coltello che portava appeso al collo. «Mi fareste la grazia?»

«Non posso aiutarvi», squittì Alfano. «Konrad von Marburg ha già preso la sua decisione...».

«Suvvia». Il figlio del mercante lo afferrò per i capelli con la mano sinistra, aiutandolo a sollevarsi da terra. «Siete così bravo a recitar sermoni che conoscerete senz'altro un modo per dissuaderlo».

«Credetemi, non posso!».

«Vi conviene compiacermi», lo mise in guardia Uberto, e puntandogli il coltello alla pancia si accorse di non provare alcuna titubanza. La situazione era assai diversa da quando si era visto costretto a minacciare la serva presso la Summa Plaza. Ora non stava dinanzi a una femmina, bensì a un fellone che gli aveva mancato di rispetto. Un uomo di chiesa, per giunta. Il ricordo di come l'aveva trattato gli fece brandire l'arma con maggior persuasione.

«Non osate», disse Alfano, temendo il peggio, «o griderò...».

«A vostro rischio e pericolo».

«Von Marburg mi aveva messo in guardia», piagnucolò il canonico, «siete insidioso quanto vostro padre...».

«Se mi aiuterete, non avrete da temere. Voglio liberarlo».

«Impresa ardua».

«Al contrario, basterebbe la vostra testimonianza sulla sua innocenza».

«Con la conseguenza di attirare su di me i sospetti?»

«E perché mai dovreste temere una cosa simile!». Uberto stava per affondare il coltello nello strato adiposo, ma d'un tratto ebbe una folgorazione e si fermò. «Cosa intendete insinuare? Siete forse coinvolto?».

Il canonico si adombrò. «No! Io non…».

L'ispanico lo schiaffeggiò con violenza, spaccandogli un labbro. «Sarà meglio che diciate la verità, e alla svelta!». Poiché non riceveva risposta, lo strattonò per i capelli.

Alfano emise un gridolino, flettendo la schiena per sottrarsi al dolore. «È stato Gebeard von Querfurt! Mi ha raccontato delle cose sul suo magister… E io ero curioso di sapere, di imparare…».

Uberto lo tenne ben saldo, impedendogli di muoversi. «A quanto pare, con le maniere giuste diventate loquace», osservò, iniziando a provare un certo disagio. La collera era svanita, lasciandolo di fronte a un uomo sofferente. Un uomo, però, che sapeva troppe cose. «Confessate».

«Non posso! Non posso!».

«Confessate, vi dico, o quant'è vero Iddio…».

Sentendo la punta del coltello affondare nella carne, il religioso alzò le mani in segno di resa. Era paonazzo, il volto lucido di sudore e lacrime. «Gli insegnamenti del magister di Toledo sono molteplici», bisbigliò, lanciando un'occhiata per la via deserta. «Non posso certo rendervene edotto qui, nel tempo di un amen…».

«Tenetevi pure i vostri precetti», ribatté Uberto, deciso a non lasciarsi manipolare. «Mi preme conoscere quel tanto che basta per convincere von Marburg dell'innocenza di mio padre».

«Allora dovrete *dimostrare* di avere ragione. Portargli delle prove».

«Quali prove?».

Il canonico lo invitò con un gesto ad allentare la presa. «Se ve lo dirò, dovrete tacere il mio nome».

L'ispanico minacciò di colpirlo con un altro schiaffo. «E se invece consegnassi voi, accusandovi di aver mentito?»

«Non siete nella posizione di farlo», disse il religioso, proteggendosi il viso con le mani. «Negherei ogni cosa, e voi finireste in cella con vostro padre».

Uberto meditò su quelle parole, poi ritrasse l'arma e lo fissò con sprezzo. «Ebbene, vi siete appena guadagnato il mio silenzio. Cosa dovrei portare a von Marburg, per fargli cambiare idea?».

Prima di rispondere, Alfano si sistemò l'abito e massaggiò il ventre, laddove la punta del coltello aveva creato dei piccoli fori. «La guaritrice», disse poi.

«Quale guaritrice?»

«La femmina a cui andrebbe consegnato il mantello del Sagittario. La femmina di cui mi parlò Gebeard von Querfurt, e che io menzionai a Suger de Petit-Pont».

«Ebbene, rivelatemi dove posso trovarla».

«Vive a Salerno. Cura i malati con le lacrime».

«Cosa assai strana, ma non disponete di riferimenti più precisi?», lo incitò Uberto, e cogliendo una certa ritrosia, spinse Alfano contro il muro, fomentando il suo timore. «Badate a non sfidare la mia pazienza!».

«Voi non avete idea di quel che mi state chiedendo... Se von Marburg venisse a sapere...».

«Vi ho già promesso di non riferire nulla sul vostro conto. Ma ora parlate, o vi spedirò al Creatore!».

Di fronte a quell'ultima minaccia, il canonico gli fece cenno di avvicinarsi e sussurrò due parole.

Il figlio del mercante lo fissò incredulo. «Parlate per enigmi. Cosa mai significa?»

«Non lo so, ve lo giuro. Ma suppongo che...».

La voce del canonico fu interrotta da un tambureggiare di zoccoli. Temendo un agguato, Uberto si guardò intorno per prepararsi alla fuga e soltanto allora si avvide che era calata l'oscurità. Il tramonto trasformava la Summa Plaza in un mosaico di ombre e riflessi scarlatti. Fu da quel mosaico che uscì un cavaliere.

Ma non un cavaliere qualsiasi. *Il* cavaliere. Lo stesso comparso il giorno prima a Capodimonte. Lo stesso che aveva ucciso Gebeard von Querfurt. Imponente e minaccioso, indossava un elmo e una pelliccia bruna. Uberto si sentì pietrificato, quasi stesse assistendo al manifestarsi di un'entità soprannaturale.

Ancor più stravolto era Alfano, che pareva caduto in preda a un terrore mistico. «*Et vidi, et ecce equus pallidus*», balbettò. «*Et qui sedebat desuper nomen illi Mors, et Inferus sequebatur eum*»[2].

Anziché lanciarsi alla carica, il cavaliere frenò il destriero e puntò contro il canonico la lancia. Più simile a una mazza o a uno scettro, era un'arma tozza e con una punta a forma di melagrana culminante in un rostro. All'improvviso sprigionò dalla sommità una luce intensa, a cui seguì una deflagrazione.

Uberto aprì la bocca per lo stupore, gli occhi feriti da una scia sfolgorante. Poi udì un grido disarticolato e, voltandosi, vide Alfano cadere a terra.

Il religioso si contorceva come un'anguilla, con un oggetto infuoca-

[2] Ed ecco, mi apparve un cavallo pallido. Colui che lo cavalcava si chiamava Morte e gli veniva dietro l'Inferno (*Apocalisse di Giovanni*, 6, 8).

to conficcato nel petto. Era la punta della lancia! Uberto si chinò su di lui per estrarla, ma dovette ritrarre le mani per non restare ustionato. Quell'ordigno diffondeva un suono sinistro, un fischio che ricordava il sibilare di un serpente. Infine emise un'intensa fiammata.

Uberto intuì il pericolo e si scostò appena in tempo per vederlo deflagrare con un rumore assordante.

E così com'era divampato, il fuoco si estinse in un pennacchio sulfureo. Sul selciato restava il corpo di Alfano Imperato, un cratere sfrigolante aperto in mezzo al torace.

Uberto sollevò lo sguardo alla ricerca del cavaliere, ma non lo vide più. Si era già dileguato. Al suo posto, era sopraggiunta un'altra presenza: un uomo vestito di nero, uscito in quell'attimo dal battistero. Konrad von Marburg.

Il prete sbarrò gli occhi, una maschera in bilico tra la collera e l'incredulità, poi intrecciò lo sguardo con quello di Uberto, mentre le sue emozioni parevano sul punto di tracimare in un impeto bellicoso. Portò la mano destra al crocifisso appeso al petto e con la sinistra puntò l'indice verso il figlio del mercante, in segno di accusa.

«Non sono stato io!», esclamò il giovane, pur sapendo che le circostanze parevano dimostrare il contrario.

Von Marburg restava immobile, mentre una marea di passi risuonava alle sue spalle. Le grida di Alfano e il rumore della deflagrazione dovevano aver attirato molti curiosi.

Uberto esitò a staccare gli occhi da quel volto. Non voleva che il suo sembrasse un atto di resa, né un segno di debolezza. Poteva reggere quello sguardo! Poteva affrontare quell'uomo! E per un attimo fu tentato di camminare verso di lui, per difendersi dalla sua silenziosa accusa. Ma dopo un rapido calcolo, capì di non avere scelta. Non poteva permettersi di essere catturato. Troppe cose dipendevano da lui.

Allora fuggì via.

Konrad von Marburg restò a osservarlo, indifferente alla calca che si raccoglieva intorno al corpo di Alfano Imperato.

21

Ulfus manteneva lo sguardo sul fuoco mentre i pensieri fluivano via senza lasciare traccia. Non era mai stato capace di soffermarsi a lungo su un ricordo, su un pensiero in particolare. Nella sua mente ogni cosa fuggiva, trascinata via da una corrente scura e impetuosa come quella del Danubio. Detriti strappati alla terra. Facce, parole, riflessi di vita propria o altrui. Scorrevano veloci, confondendosi, per sprofondare nella gola del maelstrom.

Da tempo, Ulfus era giunto alla conclusione che la sua mente non fosse fatta per ricordare, ma per dimenticare. Forse era quello il motivo per cui il Mago l'aveva scelto fra tanti. Guardandogli dentro, doveva aver scorto un ramificarsi di fiumi sotterranei diretti verso l'oblio.

Fu così che Ulfus ripensò per l'ultima volta al canonico, prima che un alveo melmoso lo trascinasse verso profondità remote e senza ritorno. Iniziava già a scordarsi dei lineamenti di quell'uomo, del suo aspetto, persino del modo in cui era morto. Presto Alfano Imperato sarebbe diventato un tutt'uno con gli altri. Avrebbe riposato in un ossario senza nomi, in una sedimentazione senza strati.

In un primo momento Ulfus non aveva pensato che fosse necessario ucciderlo. La morte di Gebeard von Querfurt gli era parsa sufficiente a placare la ricerca del mantello. La pista sembrava interrotta, troncata per sempre. Poi era uscito dal nulla il prete germanico, e la vicenda aveva assunto risvolti inaspettati. Meglio dunque eliminare *chiunque* sapesse, anche se inconsapevolmente. E Alfano sapeva fin troppo per restare in vita. Quindi aveva atteso che il canonico uscisse dal castello sul mare, troppo ben sorvegliato e impossibile da violare.

Ma più gente eliminava, più la situazione si complicava. Per fortuna, tutto avrebbe potuto risolversi con la morte di un'ultima persona. Una donna. Ulfus avrebbe preferito non farlo. Non gli piaceva uccidere le donne, faticava a scordarsene. I loro sguardi e i loro volti diventavano scogli che si opponevano al fluire sotterraneo della sua coscienza. Seppure, con il tempo, l'acqua sgretolasse anche le pietre più ostinate.

La donna non era certo il problema più grave. Il mantello del Sagittario sembrava sparito nel nulla, ed era necessario recuperarlo prima che qualcuno ne scoprisse il segreto.

Anche il mantello doveva finire nel maelström.

Soprattutto il mantello.

Nessuno doveva risalire al suo legame con il Mago. E nessuno doveva scoprire il nome del Cacciatore ricamato al suo centro.

Il nome dell'Etiope.

Il nome del re maledetto.

22

Nonostante i rigidi controlli su chi entrava e usciva dall'isola del Salvatore, le donne di facili costumi godevano di libero accesso al Castello

Marino, specie dopo il tramonto, quando vi si recavano per procurare sollazzo ai soldati. Fu quindi facile, per Ermelina, organizzare una spedizione notturna in quel luogo. Dopo aver radunato alcune compagne di mestiere, attese i rintocchi di compieta e si mise in cammino.

L'unico modo per raggiungere il castello a piedi era un ponte di pietra che poggiava su un istmo delimitato da scogli, un cordone ombelicale proteso tra l'isola e la terraferma. Seguita dal gruppo di meretrici, Ermelina lo imboccò senza esitare. L'aveva percorso così tante volte da conoscerne ogni dettaglio. Era lungo all'incirca duecento passi, il tempo necessario per ripensare al piano, o per rinunciare all'impresa. Uberto aveva fatto ritorno dalla cattedrale sconvolto e frustrato. Dopo il suo fallimento, la sola possibilità di liberare Ignazio era scoprire dove fosse tenuto prigioniero e aiutarlo a fuggire via mare, come aveva proposto Cola Pesce. Ermelina era lì per fare la sua parte.

Aveva già percorso un centinaio di passi quando, nel bel mezzo del camminamento, fu costretta a coprire la scollatura dell'abito con uno scialle. Dal mare spirava un'aria fredda come la lama di un coltello, ma era l'idea di quanto si accingeva a fare a darle i brividi. Sembrava una farsa, si disse. Proprio lei, che non era mai stata avvezza a sacrificarsi per chicchessia, si esponeva al pericolo senza pensarci due volte. Ignazio era stato l'uomo più importante della sua vita. L'unico per il quale lei avesse provato dei sentimenti veri. Ancora adesso, il solo pensiero di rivederlo la faceva fremere come una ragazzina. Quelle emozioni, tuttavia, avevano un sapore amaro. Ermelina non nutriva alcun dubbio: una volta libero, il mercante di Toledo se ne sarebbe andato per sempre.

A quel pensiero si sentì persa, su una striscia di pietra circondata da acque nere, mentre la sagoma della torre di Colleville si stagliava sempre più tetra di fronte a lei, sotto un cielo stellato.

Si impose di restare calma. Presto sarebbe entrata nel castello e, se si fosse tradita, i soldati l'avrebbero uccisa senza pensarci due volte. Pur avendo sopportato di tutto nella vita, Ermelina era terrorizzata dalla morte. Aveva paura di finire all'inferno, quello descritto dai preti, dove le donne come lei venivano gettate tra le fiamme, costrette a subire tormenti indescrivibili. Ma ancor più, temeva l'idea di trascorrere l'eternità senza potersi riscattare da ciò che era diventata. Agli occhi della luce divina, sarebbe sempre stata una puttana senza redenzione.

Meglio precipitare nell'oblio, si disse. Meglio il buio assoluto.

Poi la sua attenzione ricadde su due punti luminosi che palpitavano in fondo al camminamento, davanti alla Porta Magna. Sembravano gli occhi di una fiera acquattata all'ingresso del castello. Passo dopo passo, si ingrandirono fino a diventare fiaccole sorrette da due guardie.

Il più alto dei soldati le andò incontro, esibendosi in un inchino burlesco.

Ermelina si fermò, mettendo in mostra la scollatura generosa, a dispetto del freddo. «Ci fate passare, bel signore?».

Il sorriso dell'uomo lasciò trapelare torbidi appetiti. «Non prima di pagare pedaggio».

La donna si mostrò perplessa. «Qui? E se qualcuno ci vede?»

«Chi volete che ci veda, con questo buio?»

«Vince', la baldracca ha ragione», intervenne il commilitone, a disagio. «Se passa il prete germanico, quello nuovo, siamo nei guai», e fece un gesto di via libera. «Spicciatevi, signore. Passate».

«Le lasci andare sole?», obiettò il soldato alto.

«Non abbiate pensiero, non ci perderemo», lo tranquillizzò Ermelina, impaziente di lasciarsi le guardie alle spalle. «Conosciamo la strada».

«Immagino di sì, ma vi accompagno comunque», insistette l'uomo. «Voglio la mia parte».

Ermelina non poté opporsi alla presenza del soldato, nonostante fosse consapevole del rischio di mandare all'aria i suoi piani. Avrebbe dovuto trovare il modo di toglierselo dai piedi. E mentre varcava l'ingresso, lanciò un ultimo sguardo verso il mare, alla ricerca di un naviglio che in quel momento doveva già veleggiare al largo dell'isola di San Salvatore.

La tenebra, però, non le permise di scorgere nulla.

L'imbarcazione solcava le acque buie con il favore del vento. Lunga e sottile, con una vela a tarchia, era detta *menaica* come la maggior parte dei natanti campani impiegati nella pesca delle sarde. Quella su cui si trovava Uberto era di dimensioni ridotte, priva di coperta e di remi, al punto che Cola Pesce riusciva a governarla da solo.

Il marinaio aveva appena spento il lume di poppa per evitare di farsi notare dalle vedette del Castello Marino. Nel golfo di Napoli, disse, avrebbe saputo orientarsi anche bendato.

Uberto non si curò di rispondergli. Nutriva forti dubbi sulla riuscita del piano e cercava di ingannare l'attesa tenendo lo sguardo puntato sul mare. Ma non appena vide i contorni neri del castello stagliarsi contro il cielo stellato si inquietò, impressionato dalla quantità delle torri a guardia di una cinta dall'aspetto inespugnabile. Se Federico II aveva scelto di nascondere il tesoro imperiale proprio in quel luogo, non era stato un caso.

C'era ben altro, tuttavia, che lo preoccupava. Non riusciva a smettere di pensare alla morte di Alfano Imperato e alla comparsa dell'uomo con la lancia infuocata. Prima di spirare, il canonico aveva balbettato uno dei passi più spaventosi dell'*Apocalisse*, l'avvento del cavaliere del terzo sigillo. Cosa poteva averlo spinto ad accostarsi a un mistero che lo terrorizzava a tal punto? Uberto non sapeva darsi una risposta e non riusciva nemmeno a reprimere il fascino provato dinanzi alla lancia del cavaliere, proprio com'era accaduto a suo padre. E proprio come lui, aveva rischiato di farsi catturare.

Ermelina aveva avuto ragione, e ciò lo feriva nell'orgoglio. Non era da lui agire in maniera tanto avventata. La verità era che desiderava risolvere il problema il più velocemente possibile e tornarsene a casa. Il timore di non rivedere più la moglie e la figlia era un rovello intollerabile, non gli dava requie. Per questo, alla fine, aveva scelto di fidarsi della putta, che rispetto a lui pareva conservare maggior sangue freddo.

La menaica virò dolcemente, scivolando verso sud sempre più lenta. Cola Pesce bloccò il timone e ammainò la vela. «Qui va bene», disse.

«Siamo troppo distanti dal castello», obiettò Uberto.

Il marinaio indicò la sagoma della torre maestra affacciata sul mare. «Se ci avviciniamo oltre, le scolte appostate in cima ci vedranno».

«Dunque, come proseguiamo?»

«Voi aspetterete qui». Il barese gettò l'àncora. «Andrò io da solo».

«Intendete nuotare fino al castello? Ma è una follia! Anche ncl caso riusciste a giungere fin sotto le mura, sarete un bersaglio facile per gli arcieri».

Il marinaio si sfilò la casacca e le calzebrache, restando completamente nudo. «Non accadrà se mi muoverò sott'acqua».

Uberto lo scrutò basito. «Nessuno può trattenere il fiato tanto a lungo».

Cola Pesce gli rivolse un sorrisetto e sollevò da prua una botte assai capiente. Ai bordi della parte scoperchiata erano assicurati pesi di vario genere, pietre, mattoni e addirittura la testa di una vecchia statua. Uberto non riuscì a immaginare a cosa potesse servire.

Senza attendere commenti, il barese gettò in acqua la botte badando a farla immergere con l'apertura rivolta verso il basso. «Respirerò là dentro», disse, poi riempì i polmoni e si tuffò.

Assai stupito, Uberto osservò a lungo la superficie del mare, ma non lo vide più riemergere.

Ermelina superò la Porta Magna e una rampa d'accesso, dopodiché si ritrovò con le compagne all'interno del Castello Marino. Il soldato, un omone biondiccio di nome Vincenzo, le precedeva di qualche passo, voltandosi di tanto in tanto per vedere se fra le donne ve ne fosse qualcuna di suo gusto.

Percorsero una gradinata fin sotto l'arco ai piedi della torre normanna e proseguirono in salita, svoltando per una via che fiancheggiava le mura. Fosse stato giorno, da quel punto si sarebbe goduta un'ampia vista sul mare e sull'abitato sottostante. Ora invece regnava un'oscurità puntellata dai bagliori di fiaccole che parevano rispecchiare il firmamento.

Erano diretti ai casermaggi, come di consueto le prostitute destinate ai soldati. Ermelina si attenne al gioco, pur sapendo che, per raggiungere le prigioni, sarebbe dovuta tornare indietro fino al bastione di ingresso e imboccare l'accesso ai sotterranei. Aveva escluso di controllare le zone di reclusione collocate in cima alle torri, quelle destinate ai prigionieri di alto lignaggio. Era assai più probabile che Ignazio fosse stato portato ai piani bassi, riservati ai detenuti comuni.

Avrebbe dovuto separarsi dagli altri senza farsi notare. Si portò con cautela in fondo alla comitiva e, approfittando del fatto che Vincenzo aveva attaccato discorso con la più carina del gruppo, restò indietro. Attese immobile, pronta a fingere un'improvvisa indisposizione nel caso il soldato si fosse accorto del suo attardarsi. Ma ciò non accadde, e la donna fu libera di tornare in fretta sui propri passi.

Per buona parte del percorso non incontrò anima viva. Da quando l'imperatore era partito per le crociate, gli abitanti del fortilizio erano diminuiti notevolmente. Fra le mura trovavano alloggio soltanto armigeri e monaci basiliani, buona parte dei quali, oramai, doveva dormire profondamente. Ciò nondimeno, in diversi punti del castello si aggiravano delle guardie. Cercò in ogni modo di tenersene alla larga, restando nascosta nell'ombra e, non appena trovò un ingresso diretto agli ambienti interni, entrò. Percorse un ambulacro intervallato da finestrine quadrate, infine scese una gradinata di pietra. La via era deserta.

Conosceva bene quei luoghi. Suo marito l'aveva portata là molte volte per farle compiere azioni tutt'altro che dignitose. Grata all'inquietudine, che le impedì di ritornare con la mente a quegli orribili ricordi, si orientò alla svelta e raggiunse un corridoio dal soffitto ad arco con una decina di porte disposte lungo le pareti. Erano gli ingressi delle carceri.

Non restava che scoprire in quale cella fosse rinchiuso Ignazio, liberarlo e infine condurlo verso il luogo concordato con Uberto e Cola Pesce.

Il più era fatto, pensò.

Fu troppo tardi quando si accorse di avere qualcuno alle spalle. Avvertì uno spostamento d'aria, poi un respiro sul collo. Prima di poter reagire, sentì il tocco di due grosse mani che le afferravano le braccia.

Vincenzo guidò la comitiva di baldracche fino ai casermaggi. I soldati riposavano in un ambiente comune scavato nella roccia, ampio e sorretto da colonne di granito. Si diceva fossero i resti di un antico *castrum* che poggiava, secondo una leggenda, su un uovo incantato nascosto dal mago Virgilio più di mille anni prima.

Alla vista delle donne, i soldati uscirono dai loro giacigli e si prepararono ad accoglierle con caloroso entusiasmo. Vincenzo trattenne per sé una biondina su cui aveva già messo gli occhi e lasciò passare le altre.

Fu allora che notò l'assenza di Ermelina. Fosse stata un'altra non ci avrebbe fatto caso, ma lei sì, e non solo perché le aveva parlato. Si era ben guardato da renderglielo noto, ma l'aveva riconosciuta. Era la vedova di un suo commilitone morto, tempo addietro in una rissa.

Guardò quindi dietro di sé, ma nulla. Nulla da nessuna parte.

«Cosa cerchi, soldato?», gli chiese una voce maschile.

Vincenzo si voltò, incrociando lo sguardo di un miliziano. Non era dei suoi ma aveva una faccia nota. Era il clavigero giunto al seguito del prete germanico. Rispetto al giorno prima gli parve più pallido, con la testa avvolta da bendaggi. Una ferita all'orecchio, forse, che doveva causargli un gran dolore.

«Cerco una baldracca», gli rispose. «Era insieme alle altre. Adesso, però, non la scorgo più».

Il clavigero scrutò con interesse Vincenzo, poi la biondina al suo fianco. Parve riconoscerla. «Mora e procace?»

«Sì».

«Ebbene, cerchiamola insieme», disse Pungilupo, con un ghigno da far spavento.

23

Anziché opporsi, Ermelina emise un sospiro lascivo e si strusciò contro il soldato che la tratteneva. Aveva previsto una situazione del genere. Anzi, se l'era augurata. Quell'uomo non doveva essere un armigero qualsiasi, bensì il guardiano delle prigioni.

«Scrofa, cosa ci fai qui?», biascicò il soldato.

«Mi mandano i vostri compagni d'arme», sussurrò lei, «per tenervi compagnia».

Il guardiano emise un grugnito compiaciuto, poi allentò la presa.

Non appena fu libera di muoversi, Ermelina lo spinse con dolcezza contro una parete e lo scrutò con una rapida occhiata. Era alto, sulla cinquantina, corpulento, ma ad attirare il suo interesse fu soprattutto il grosso anello di chiavi che portava appeso alla cintura. Non riuscì a trattenere un sorriso soddisfatto. Una di quelle chiavi avrebbe aperto la cella di Ignazio. Ma doveva guadagnarsela. Senza vergogna, fece scivolare le mani in basso, e a quel gesto il soldato si slacciò docilmente le brache, calandole fino ai polpacci.

La putta prese confidenza con lui, accarezzandogli il sesso e facendolo subito eccitare. Agì lentamente, disinvolta e rilassata. Quella era la parte più rischiosa del piano. Il mastro di chiavi era più grosso e più forte di lei, senza contare che se avesse sospettato qualcosa, avrebbe chiamato rinforzi. A conti fatti, l'unica possibilità di successo risiedeva nello stiletto che nascondeva fra le pieghe dell'abito. Ma per usarlo, doveva attendere il momento propizio.

D'un tratto il guardiano le afferrò i fianchi e la fece stendere bruscamente a terra. Ermelina colse la sua voglia e sollevò la gonna in segno di invito.

Fu allora che ebbe un ripensamento. Non aveva mai ucciso nessuno, si disse, e dubitò di esserne in grado. L'insicurezza dovette trapelare dalla sua espressione, ma il mastro di chiavi equivocò. «Scrofa, ti è passata la voglia?», ridacchiò, gettandosi su di lei con maggior urgenza.

Ermelina allora estrasse lo stiletto e si limitò a tenerlo sollevato. Lo sentì affondare nella carne del soldato in un intrecciarsi di disgusto ed euforia, che cancellò qualsiasi incertezza, culminando in un piacere selvaggio. Come se quell'atto le avesse reso soddisfazione di ogni torto subìto. All'improvviso la redenzione e il riscatto non le importavano più. Le premeva soltanto la vendetta. La vendetta contro chiunque l'avesse posseduta senza riguardo, se non addirittura con brutalità e con violenza. Non sono una puttana, gridò dentro di sé, mandando al diavolo suo marito, i preti e le loro idee sui castighi divini. E fra tutti i significati che poteva racchiudere quel momento, lei scelse di viverlo come una liturgia. La liturgia di un cambiamento. Fosse durato anche un istante, ne sarebbe stata paga in eterno.

Gli spasimi del corpo sopra di lei la riportarono alla realtà. Vide il mastro di chiavi torcere la bocca in una smorfia agonizzante e inarcarsi come fosse sottoposto alla tensione di tiranti. Zuppa del suo sangue, Ermelina cercò di divincolarsi. In quel mentre l'uomo si girò su un fianco con uno scatto inconsulto e si strappò lo stiletto dal costato. Fece per rialzarsi, ma le brache raggrumate alle caviglie glielo impedirono. Allora si mise ventre a terra e tentò di allontanarsi, strisciando come un grosso verme che lascia dietro di sé la traccia del suo sangue.

Ancora in preda all'esaltazione, Ermelina raccolse lo stiletto e gli salì a cavalcioni, per bloccarlo. In principio aveva creduto di agire per Ignazio, ora invece sapeva di farlo per se stessa. Il guardiano opponeva una blanda resistenza, ma aveva l'aria di potersi mettere a gridare da un momento all'altro. La putta provò una fitta di terrore al solo pensiero di trovarsi di fronte ad altre guardie, quindi lo prese per i capelli, gli sollevò il capo e lo sgozzò.

Restò immobile sul cadavere per un lasso di tempo indefinito, mentre un amalgama di sensazioni violente le bruciava nel petto. Godette di quel calore feroce finché, al suo estinguersi, percepì di nuovo il freddo delle prigioni. E si rialzò.

Lasciare la propria vittima con le brache calate le parve denigrante. Rivestirla le fece riacquistare un po' di dignità. Poi rammentò di cosa fosse andata a fare in quel luogo.

Raccolse rapida l'anello delle chiavi e percorse il corridoio, passando in rassegna gli usci sprangati. Sentiva i muscoli indolenziti, come se li avesse sforzati per ore. Indecisa su come procedere, chiamò Ignazio per nome finché non le giunse risposta. Riconobbe subito la sua voce, incredula e allarmata. La seguì con trepidazione, finché trovò dov'era rinchiuso. Armeggiò con la serratura, provò quasi tutte le chiavi a sua disposizione, timorosa di non avere quella giusta.

Invece la porta si aprì.

E dal buio della cella uscì una sagoma. L'uomo che amava. Non era come l'aveva visto il giorno prima, fiero e in abiti eleganti. Ora indossava una tunica cenciosa e un paio di calzebrache logore. Il volto era una maschera congestionata dalla paura e dalla reclusione. Per un attimo le parve fragile e senza difese, poi Ignazio da Toledo le si avvicinò con passo fermo e la fissò con le sue iridi verdi, una fiamma che all'improvviso si ravvivava. Fu allora che Ermelina si sentì sopraffare dalle emozioni, e colta da un lieve capogiro gli cadde tra le braccia.

Il mercante la sorresse, continuando a fissarla. E lei cercò qualcosa nei suoi occhi. Qualcosa che non trovò. Allora si sentì stupida, la più stupida delle donne. Aveva fantasticato per ore su quel momento. Aveva coltivato la folle speranza di suscitare in lui qualcosa di più della gratitudine. Qualcosa di più dell'affetto. Ma quello sguardo non mentiva. Non era come aveva sognato. Non quella notte. Né per il resto dei suoi giorni. «Dobbiamo andare», gli disse, vincendo l'amarezza.

Un attimo prima che si incamminassero, una voce li richiamò. Proveniva da una cella. Ignazio si accostò alla feritoia del battente e vide il volto di Suger de Petit-Pont.

«Non lasciatemi qui!», implorò il medico. «Portatemi con voi».

«Perché dovrei farlo?», ribatté il mercante, indignato. «È solo a causa vostra se sono sospettato di crimini che non ho commesso».

«Pietà!», implorò Suger.

«Stolto, non meritate alcuna pietà».

E senza il minimo ripensamento, Ignazio gli diede le spalle e seguì Ermelina verso l'uscita. Non prima di aver scorto con la coda dell'occhio il cadavere del mastro di chiavi. Il pensiero del gesto commesso dalla sua salvatrice gli provocò un lieve turbamento.

Quello, però, non era il momento di fare domande.

Una figura raccolta in preghiera, sul pavimento freddo.

La luce di poche candele le palpitava intorno, posandosi sulle membrature di una cappella in stile bizantino. Tutt'intorno, lo spazio si diluiva in un'oscurità intervallata da archi, colonne e capitelli che affioravano ai guizzi delle fiamme, per svanire subito dopo nel buio. Konrad von Marburg non avrebbe mai immaginato di ravvisare dentro la chiesa di San Salvatore simili forme. Forme appartenenti a una cristianità primitiva, meticolosamente epurate da ogni residuo di paganesimo. Ne era stato felicemente sorpreso. In quel paradiso di silenzio si sentì a suo agio, lontano dal chiasso e dai colori sgargianti di Napoli. Là aveva potuto coltivare la preghiera e rinvigorire lo spirito, per prepararsi al confronto finale con Ignazio da Toledo.

Fino a qualche ora prima aveva esitato a incontrarlo una seconda volta, riteneva di non possedere prove concrete a suo carico. L'accusa era basata soltanto sulle testimonianze di Alfano e di Suger e, in fin dei conti, si riduceva a ben poco. Non era sufficiente per condannare un uomo al rogo. Ma ora von Marburg era certo di avere avuto la conferma dei propri sospetti. Quando si era imbattuto nel figlio del mercante riverso sul cadavere del canonico, l'aveva visto procurare ad Alfano le stesse ustioni rinvenute sul corpo di Gebeard von Querfurt e su quello di Wilfridus, l'eretico di Magonza rinchiuso nella Basilica minor di Seligenstadt. A dire il vero, non l'aveva sorpreso nell'atto di compiere il delitto, tuttavia Uberto Alvarez era l'unico presente al cospetto del cadavere. Con ogni probabilità, quell'uomo stava perpetrando l'opera del padre, mettendone in pratica gli insegnamenti negromantici.

Konrad avrebbe provveduto anche a lui. Se ne sarebbe occupato subito dopo aver ridotto Ignazio da Toledo a un pugno di cenere. Avrebbe seguito Uberto in capo al mondo, se fosse stato necessario.

Sentì entrare qualcuno e ne fu irritato. Aveva espressamente chiesto ai monaci di san Basilio di non disturbarlo per tutta la notte. Ma a giudicare dal rumore dei passi, non sembrava un religioso. Si fece il segno della croce e rivolse lo sguardo al nuovo arrivato. Vide un soldato.

«Cos'è successo?», lo interrogò, trovandolo corrucciato.

«Perdonate l'intrusione, magister. L'ispanico è fuggito».

Come un colpo di maglio, quelle poche parole frantumarono la quiete raggiunta dopo un lungo raccoglimento. Pervaso da una furia incontenibile, Konrad von Marburg avanzò a lunghi passi verso il messaggero e lo afferrò per la gola. «Com'è potuto accadere?!», gli sibilò in faccia.

Benché il soldato fosse di stazza taurina, con braccia e spalle coperte da fasci di muscoli, riuscì soltanto a emettere un gorgoglio implorante, incapace di ribellarsi. Il prete continuò a stringere la presa, costringendolo a inginocchiarsi. Al suo cospetto non vedeva che un nemico da abbattere. Ignazio da Toledo, l'adoratore del diavolo.

Infine un'intuizione fece breccia nella sua mente, inducendolo a lasciare la presa. «Che le campane suonino l'allarme!», ordinò, ritrovando la sua compostezza marziale. «Non può essere andato lontano!».

I corridoi scavati nel tufo si estendevano sotto l'isola del Salvatore come un labirinto. Ignazio ebbe l'impressione di girare intorno a un ambiente centrale, senza tuttavia scorgerne l'ingresso. Forse si trattava della camera segreta del Castello Marino, di cui tanto aveva sentito parlare. Continuò a guardare Ermelina intenta a fargli da guida, i capelli scarmigliati e l'abito macchiato di sangue. Una presenza a tratti confortevole, a tratti inquietante. Dopo un'ultima svolta, la seguì per un passaggio in linea retta che li portò in superficie.

Raggiunsero una sorta di magazzino colmo di anfore e granaglie. Ermelina si diresse verso l'uscita e, schiuso il battente, spiò all'esterno. «Venite a guardare», disse poi.

Il mercante le fu subito accanto e scrutò attraverso lo spiraglio. Fuori era notte fonda, ma i suoi occhi abituati all'oscurità non lo tradirono. Vide uno spiazzo dominato da un grande arco di pietra, al di là del quale le fortificazioni del castello parevano interrompersi. Il passaggio era sorvegliato da due sentinelle armate di lance.

«Oltre l'arco, c'è una zona aperta sul mare», gli spiegò la donna. «Dovrete attraversarla».

«Prima bisognerà distrarre le guardie».

«A quello penserò io».

«Ma voi...».

Ermelina lo tacitò, accarezzandogli il viso. «Qualcuno vi aspetta già dall'altra parte». Esitò a ritrarre la mano. «Mentre terrò occupati i soldati, uscite di qui e correte verso il mare. Fate soltanto questo, senza pensare a me».

La donna appariva fin troppo risoluta perché la si potesse dissuadere. Si sistemò l'abito alla bene e meglio, coprendo le macchie di sangue sotto lo scialle, infine si apprestò a uscire.

Ignazio seguì quei preparativi con disappunto. Non voleva che la sua salvatrice si esponesse oltre. Nutriva un pungente senso di colpa e riusciva a fiutare la sua paura. «Ci deve pur essere un'altra via di fuga», disse. «Una via sicura per entrambi».

«Non c'è», rispose Ermelina, decisa.

«Non consentirò che vi esponiate al pericolo per causa mia», insistette lui. «Non voglio che lo facciate».

«Tanti anni fa, voi lo faceste per me».

«Ora però è tutto diverso».

Lei gli lanciò un'occhiata dura, quasi di rimprovero. «Dovete tornare da vostro figlio, dalla vostra famiglia».

Il mercante fece per ribattere, poi si trattenne. Le lacrime scendevano sul volto di Ermelina. Lacrime che non riuscì a comprendere, ma che si sentì in dovere di consolare. Dovette limitarsi a seguirla con lo sguardo e sperare per il meglio. La vide dirigersi verso il centro del piazzale. Come previsto, le guardie la notarono e corsero subito verso di lei, lasciando incustodito il percorso diretto all'arco.

Ignazio mise da parte le emozioni e ne approfittò. La donna era furba, si disse, doveva aver studiato un modo per allontanarsi sana e salva. E infatti, mentre correva a testa bassa verso la via di fuga, la vide intrattenere i soldati con fare civettuolo.

Superò l'arco senza problemi, tenendosi nascosto nell'ombra, ma non appena imboccò la discesa verso il mare udì le campane di una chiesa. Rintocchi d'allarme! Dovevano aver scoperto la sua fuga.

I soldati ebbero una reazione immediata e, dimentichi di Ermelina, si guardarono intorno come sparvieri. Uno di loro scrutò oltre l'arco e lo vide. «Chi va là!», urlò, facendogli cenno di fermarsi. Nel frattempo l'altro si preparava a scagliare la lancia contro il fuggitivo. Ma Ermelina fu più veloce: sfilò lo stiletto nascosto tra gli abiti e lo infilzò al braccio sinistro.

Già pronto a lanciarsi in suo soccorso, Ignazio vide la sua liberatrice voltarsi verso di lui, la bocca spalancata in un grido. «Scappateeeee!».

La fissò con trasalimento, e per un istante si trovò di fronte non a una donna comune, bensì a una guerriera uscita dalla più esaltante delle *chansons de geste*. Angosciata, forte, senza speranza. Ebbe ancora l'impulso di tornare indietro per aiutarla, quando si accorse che qualcosa stava piovendo dagli spalti. Sassi. In cima alle fortificazioni, un gruppo di frombolieri aveva iniziato a prenderlo di mira.

Fece appena in tempo a scorgerli, che un colpo alla spalla destra lo fece girare su se stesso, atterrandolo.

Si rialzò in fretta, più stordito che dolorante. Sputò due colpi di tosse, guardandosi intorno, e si accorse che la seconda guardia stava per raggiungerlo con la lancia spianata. Doveva fuggire.

Corse per la discesa mentre l'inseguitore guadagnava terreno. Non appena giunse sulla scogliera affacciata sul mare, si sporse sul ciglio e osservò i navigli alla fonda senza sapere cosa aspettarsi. Correte verso il mare, gli aveva detto Ermelina. Forse qualcuno lo stava aspettando, nascosto da qualche parte.

Indugiò troppo. La guardia lo sorprese alle spalle, premendogli l'asta della lancia contro il petto per immobilizzarlo. Ignazio oppose resistenza tentando un balzo in avanti, ma quando si accorse di essersi proteso più del dovuto era già tardi. Folgorato da un brivido, precipitò giù per la scogliera insieme all'aggressore.

Avvertì lo schianto e sentì il gelo dell'acqua, un sapore salmastro in bocca e nel naso. Riemerse tra la spuma delle onde e si aggrappò a una sporgenza coperta di alghe. Il soldato era poco più in là, la testa sfracellata contro uno scoglio.

«Se lo mangeranno le murene», sibilò una voce uscita dalla tenebra.

Ignazio si voltò e vide un uomo tra i flutti. Stava a galla senza muovere braccia e gambe, immobile come una medusa. L'assenza di moto lo rendeva quasi invisibile.

«Siete voi Ignazio da Toledo?», gli chiese il nuotatore.

Il mercante annuì.

«Vi porto in salvo».

«Aspettate». Il fuggiasco ripensò a Ermelina. «Prima devo soccorrere una persona».

«Troppo tardi. Non sentite le voci?».

Ignazio ascoltò i suoni portati dal vento, e al di là della scogliera percepì la presenza di molti soldati. Stavano accorrendo per riacciuffarlo.

«Andiamocene», lo spronò Cola Pesce. «Tra pochi secondi, gli arcieri delle torri inizieranno a prenderci di mira». Sollevò dall'acqua una grossa botte. «Dovete entrare qui dentro... Ma prima, toglietevi i vestiti».

Le voci d'allarme erano sempre più vicine. Ermelina le percepiva appena. Aveva lo sguardo fisso sullo stiletto rimasto conficcato nel braccio della guardia. Era un'arma piccola, insignificante, ma brandirla l'avrebbe fatta sentire meno indifesa. Il soldato parve leggerle nel pensiero, impugnò lo stiletto e lo sfilò dalla ferita, gettandolo a terra. Con uno slancio disperato, lei si protese per raccoglierlo ma l'uomo le afferrò le vesti e la respinse con furia.

Nel cadere all'indietro, Ermelina avvertì qualcosa di freddo e affilato squarciarle la schiena. Dapprima non capì. Poi, straziata da un dolore lancinante, vide la punta di una spada uscirle dall'addome e si sentì ancora una volta stupida. La più stupida delle donne.

Colui che l'aveva infilzata le artigliò i capelli, sussurrandole qualcosa di malvagio all'orecchio: «Te l'avevo detto, vecchia troia! Te l'avevo detto che avresti pagato».

La donna si voltò a fatica, e incrociò uno sguardo di lupo famelico. «Avete me...», strinse i denti, trasformando una smorfia di agonia in un sorriso di sfida. «*Lui*, però, non lo avrete mai...».

Sentì il clavigero ribattere acidamente, ma non se ne curò. Erano soltanto parole. Non avevano più importanza, oramai.

Chiuse gli occhi, assaporando quel poco di vita che le restava. E prima di spirare, pregò il Signore di farla rinascere in un mondo dove Ignazio l'avesse potuta amare. Un mondo dove lei sarebbe stata la più virtuosa delle mogli.

Oppure, che la lasciasse sprofondare nel buio. Per sempre. Senza memoria.

24

Rapito da un silenzioso fluttuare, Ignazio sentiva il gelo delle correnti sottomarine avvolgergli le gambe e il bacino, ma dalle spalle in su stava all'asciutto, dentro la botte. Quel recipiente lo isolava dagli strati d'acqua sovrastanti, garantendogli una scorta d'aria sufficiente a respirare. Temendo di andare a fondo, si teneva ben saldo a una presa di legno fissata alla sommità del contenitore.

Una fuga alquanto bizzarra, considerò tra sé, anche se molto ben congegnata. Grazie a quello stratagemma si sarebbe allontanato non visto dall'isola del Salvatore, senza essere preso di mira dagli arcieri del castello.

Trovarsi in uno spazio angusto e oscuro non lo inquietava, meravigliato com'era dall'assenza di peso. Dimenava i piedi negli spazi fluidi con lo stupore di un bambino che sperimenta una cosa nuova, quasi dimentico della drammaticità degli eventi lasciati alle spalle. Lo affascinava la possibilità di respirare all'interno di un barile, senza dover riemergere per riprendere fiato. Quella situazione gli ricordava un'impresa di Alessandro Magno, che si diceva avesse esplorato le profondità degli abissi a bordo di un natante fatto di vetro.

Cola Pesce nuotava all'esterno della botte, alla quale era legato con una corda, e la trascinava a forza di bracciate verso il mare aperto, emergendo di tanto in tanto per respirare. Ignazio non poteva vederlo, ma a giudicare dai movimenti a cui veniva sottoposto, intuiva la sua capacità di trattenere il fiato per lunghi lassi di tempo.

All'improvviso qualcosa cambiò.

Il mercante si rese conto che la botte – con lui dentro – veniva sollevata verso l'alto. Provò una fastidiosa sensazione alle orecchie, ma non ebbe il tempo di abituarsi. Qualcuno bussava contro la superficie della botte. Intuendo cosa stesse accadendo, lasciò la presa a cui si teneva aggrappato, quindi percepì un risucchio e in un batter d'occhio si ritrovò allo scoperto.

Era riemerso al largo di Napoli, in mare aperto.

Vide davanti a sé una piccola imbarcazione oscillare al chiaro di luna e cercò di raggiungere gli ormeggi appesi allo scafo, ma braccia e gambe erano intorpidite dal freddo. Un'onda lo accecò mentre un senso di ritrovata pesantezza iniziava a trascinarlo a fondo. Fu attanagliato dalla paura di affogare, e per un attimo sentì i suoi sensi ottenebrarsi.

Un guizzo nell'acqua e Cola Pesce comparve al suo fianco per aiutarlo a rimanere a galla. Nel frattempo un uomo si sporse dal natante, lo afferrò per le braccia e lo aiutò a salire.

Quando fu a bordo, Ignazio tirò un sospiro e rivolse un cenno di gratitudine a colui che l'aveva ripescato dal mare. Lo colse un piacevole stupore. Era suo figlio.

«Padre, come stai?», chiese Uberto.

Ignazio gli sedeva di fronte, avvolto in una coperta di tela grezza. Si era asciugato ma non riusciva a scaldarsi, il freddo del mare gli era entrato nelle ossa. Provò ad aprire bocca, ma si rese conto di battere i denti.

«Sta bene», rispose per lui Cola Pesce. Il barese trafficava tra l'albero e la poppa, grondante d'acqua. Pareva insensibile al gelo notturno. «Ha soltanto bisogno di riposare».

«Abiti nuovi», spiegò Uberto al padre, porgendogli un involto. «Spero ti vadano bene, non ho avuto molta scelta». C'era una nota stridente nella sua voce, forse un'eccessiva durezza.

Ignazio si vestì in fretta, indossando un paio di calzebrache nere, un abito scuro e uno scapolare con cappuccio. Nell'infilarli, avvertì il trauma subìto alla spalla destra, colpita dalla sassata ricevuta durante la fuga. Un prezzo esiguo per la salvezza, pensò. Poi si sfregò le braccia per vincere il freddo e si mise a esaminare la menaica. Sedeva nella zona di prua, l'unica sgombra. Altrove scorgeva di tutto, da grovigli di reti ad attrezzi di varia foggia. Infine si accorse che l'àncora era stata levata e le vele spiegate. Cola Pesce si dava da fare senza attendere direttive, manovrando il timone con lo sguardo puntato alle stelle.

«Dove siamo diretti?», gli chiese, riacquistando un graduale controllo della parola.

Il marinaio fece un gesto vago. «Se facessimo rotta verso nord, rischieremmo di approdare in un presidio dei Clavigeri. E date le dimensioni della barca, dovremo mantenerci sotto costa».

«Quindi siamo diretti a mezzogiorno», concluse Ignazio, e si rivolse con discrezione al figlio. «Costui è fidato?», bisbigliò.

Uberto si strinse nelle spalle. «Me l'ha raccomandato Ermelina».

Al sentir nominare la donna, il mercante rivisse la fuga e fu pervaso dal rimorso. L'aveva abbandonata là, al Castello Marino, senza via di scampo. L'aveva lasciata sola nel pericolo, pensando unicamente a se stesso. Scappate!, l'aveva spronato lei, mentre si batteva per dargli tempo. Quell'imperativo gli risuonava ora nelle orecchie con tono ben diverso, quasi di sprezzo, facendolo sentire un essere infimo che lasciava morire le donne al proprio posto. Non merito il suo sacrificio, pensò.

«Quella donna...», disse Uberto, strappandolo dal tormento.

«Non ora», lo interruppe Ignazio. Pensare a Ermelina gli faceva male, parlarne avrebbe soltanto peggiorato il suo stato d'animo. «Dobbiamo prima decidere sul da farsi».

«Non possiamo certo tornare a casa».

Il mercante scrutò il figlio, ben conscio di quanto gli costasse una simile ammissione. La lontananza della madre e della moglie lo faceva soffrire. E ora che era diventato padre, la nostalgia doveva essere insopportabile. «Hai ragione», confermò, celando le emozioni. «Von Marburg ci seguirebbe fino in Castiglia, mettendo in pericolo i nostri cari».

«L'unico modo di uscirne è provare la tua... Anzi, la nostra innocenza».

«Perché dici *nostra*?»

«Sospetto che von Marburg mi creda colpevole dell'omicidio di Alfano», e cogliendo il disappunto del padre, lo aggiornò su quanto accaduto durante la sua prigionia. Poi toccò a Ignazio metterlo al corrente del colloquio avuto con il prete germanico.

«Quel Konrad è un fanatico», commentò Uberto, adombrandosi.

«E tuttavia», ribatté il mercante, «non dispone di prove schiaccianti, altrimenti non si sarebbe limitato a rinchiudermi».

«Ora una prova ce l'ha. O almeno crede di averla. Mi riferisco alla morte di Alfano. Penserà che io l'abbia ucciso per impedirgli di accusarti».

«L'ennesimo equivoco. Non abbiamo altra scelta, dobbiamo trovare il vero assassino».

«A nostro rischio, padre».

«Non possiamo fare altrimenti. Sarà necessario seguire la pista degli indizi che portano al vero magister di Toledo».

«L'Homo Niger... Ti rendi conto che potrebbe essere soltanto una leggenda?»

«Il mantello. I tatuaggi. I cerchi magici. Gli omicidi». Lo sguardo del mercante si acuì. «Tutti questi elementi devono *per forza* avere un comune denominatore, e la cosa più ovvia è che dietro la faccenda si nasconda davvero un magister».

«Il ragionamento fila, ma non mi piace affatto».

Prima di ribattere, il mercante raccolse i pensieri. C'era qualcosa nel resoconto di Uberto che l'aveva colpito. «Poco fa mi hai detto che Alfano ti ha confidato qualcosa sul mantello del Sagittario. Te ne rammenti?»

«L'ha fatto un attimo prima di morire, ma è stato alquanto vago. Mi ha parlato della persona a cui andrebbe consegnato il mantello, una donna che guarisce con le lacrime. Così si è espresso. Vive a Salerno».

«Nient'altro?»

«Mi ha sussurrato soltanto due parole. Temo però non abbiano senso. O se ce l'hanno, io non l'ho compreso».

«E quali sarebbero?»

«*Aqua nigra*».

«Acqua nera». Ignazio aggrottò la fronte. Forse suo figlio aveva ragione, quelle parole non dicevano nulla. Doveva trattarsi dell'ennesimo tassello di un enorme mosaico. Tuttavia, la parte dell'informazione riguardante la destinazione da prendere era chiara. Si voltò verso il golfo di Napoli, osservando la sagoma del Vesuvio sotto le stelle, poi attirò l'attenzione di Cola Pesce. «Sapreste condurci a Salerno?», gli chiese. «Vi pagheremo bene».

Il barese inclinò il capo, quasi ascoltasse il vento, infine annuì. «Domani, a tarda notte, saremo là».

Il mercante non aveva deciso se fidarsi o meno di quell'individuo, ma al momento era l'ultimo dei suoi problemi. Non che potesse fare molto di più, a dire il vero. Aveva un'unica mossa a disposizione, cercare di scoprire cosa fosse l'enigmatica acqua nera prima di farsi catturare da Konrad von Marburg. Il prete non avrebbe mai smesso di dargli la caccia. Aveva interrogato Alfano e Suger, quindi disponeva delle medesime informazioni.

Mai prima d'allora aveva temuto un uomo di chiesa a quel modo. Intravedeva in lui qualcosa di nuovo, il germe di un'istituzione votata a epurare la cristianità da ogni ombra o sospetto di peccato. Al contrario degli ecclesiastici che presiedevano i tribunali spirituali una tantum, Konrad von Marburg agiva in modo mirato, per investitura papale e in assoluta autonomia. Ciò lo rendeva oltremodo insidioso. Ignazio si chiese cosa sarebbe accaduto, negli anni futuri, se individui di tal fatta avessero fondato un ordine, e non poté reprimere un brivido. Ebrei, presunte streghe e sospetti di eresia non avrebbero avuto scampo. Ma anche gli uomini come lui, dediti alla ricerca della verità, sarebbero stati accusati di guardare cose che non dovevano essere guardate, di pronunciare parole che non dovevano essere pronunciate, di leggere libri che non dovevano essere letti. E sarebbero stati accecati, ammutoliti e bruciati insieme a quei libri. *In nomine Patri et Filii et Spiritus Sancti.*

La voce di Uberto lo distolse da quell'incubo a occhi aperti. «Cosa ne è stato di Ermelina?».

Il mercante fu pugnalato dal rimorso. «Non ce l'ha fatta», mormorò.

Non fu un'esclamazione di dispiacere, tuttavia, che seguì a quelle parole. Bensì una domanda. «Mia madre sa di lei?».

Colto alla sprovvista, Ignazio si ritrovò a fissare l'espressione del figlio. La durezza, in principio percepita soltanto nella sua voce, trapelava ora dallo sguardo e nella posa contratta delle mascelle.

Il mercante comprese e si sentì ferito. Suo figlio stava mettendo in discussione una delle poche certezze della sua vita, l'amore che provava per Sibilla e la fedeltà che le aveva sempre portato. «Non è come pensi», ribatté, volgendo lo sguardo verso Cola Pesce. Lo imbarazzava mettere a nudo i suoi sentimenti, specie in presenza di estranei. Il marinaio, d'altronde, sembrava perso nei propri pensieri.

«So trarre le mie conclusioni», continuò Uberto, intenzionato a proseguire il discorso. «Devi averla conosciuta quando eri già sposato. Quando ero già nato».

«Su questo hai ragione. Ma non sul resto».

«Eppure quella donna ti amava, era evidente. Quasi al limite della devozione».

Il mercante emise un sospiro, non se la sarebbe cavata con una risposta secca. «La conobbi circa vent'anni fa», disse, «a Catania».

«Ho sempre creduto che in quel periodo ti trovassi in Nordafrica, non in Sicilia».

«Stavo a Tunisi, per l'esattezza, quando venni a sapere di un libro di grande valore custodito in un'abbazia cistercense di Catania. Un innario dedicato a sant'Agata, decorato con splendide miniature. Pensai di recarmi in quel luogo per acquistarne una copia, con l'intenzione di venderla in seguito al miglior offerente».

«Mi rammento di quel libro. Me ne accennasti più di una volta... Omettendomi tuttavia il resto».

«Pensavo non avesse importanza, fino a ora», spiegò Ignazio, irritato da quel tono d'accusa. «Quando giunsi all'abbazia di Catania, un amanuense dello *scriptorium* accettò di copiare il libro e promise di ultimare l'opera nel giro di qualche mese. Quindi mi ritirai a Tunisi e al mio ritorno a Catania feci uno strano incontro. Entrai nell'abbazia per raggiungere lo scriptorium, ma mi smarrii e finii per sbaglio in una zona di clausura. Prima di ritrovare la strada, scoprii che proprio lì era tenuta prigioniera una giovane donna».

«Ermelina», intuì Uberto.

Il mercante confermò con un cenno del capo. «Provai pietà per lei e le chiesi il motivo della sua reclusione». Osservò il mare, combattuto tra il dispiacere e il senso di colpa. «Ermelina era orfana, lavorava come serva per una ricca famiglia di Catania. Il padrone di casa era un orafo assai rinomato, ma a dettare legge era la moglie, una matriarca morbosamente attaccata all'unico figlio maschio. Ebbene, proprio il figlio si era invaghito di Ermelina al punto da volerla sposare nonostante la madre rifiutasse l'idea di avere una nuora di umili origini. E a pochi giorni dalle nozze, la megera aveva accusato Ermelina di aver tradito il suo promesso giacendo con uno degli schiavi mori che vivevano sotto il tetto padronale. La ragazza si era professata innocente, ma la matriarca aveva esercitato la sua influenza per farla imprigionare in attesa dell'ordalia del fuoco».

«Ed Ermelina fu rinchiusa proprio nell'abbazia dove si custodiva l'innario di sant'Agata», concluse Uberto. «Dove tu la incontrasti, giusto?»

«Proprio così. Ermelina mi confessò di non essere innamorata del figlio dell'orafo, ma di non averlo mai tradito. Ambiva troppo a riscattarsi dalla sua condizione di serva per compiere una simile bassezza. Non saprei dirti se fosse sincera, ma io pensai che non meritasse certo la pena del fuoco. Conosci bene le conseguenze di chi si sottopone a quella prova. Nessuno ne esce senza procurarsi terribili ustioni».

«È un supplizio atroce, te ne do atto, e il clero ne è ben consapevole. Infatti, nel caso si debba dimostrare l'innocenza dei religiosi, non si ricorre all'ordalia del fuoco ma all'ordalia del pane, che non provoca alcuna sofferenza».

«Capirai quindi perché decisi di far evadere Ermelina. Prima di lasciare la Sicilia con la copia dell'innario di sant'Agata, entrai nottetempo nell'abbazia, la liberai e la portai con me. Giunti a Napoli, la affidai a un convento di suore». Durante il viaggio in mare, Ignazio aveva dovuto respingere gli approcci di Ermelina che, riavutasi dallo spavento, pareva essersi invaghita di lui. Ma tenne per sé quella parte della storia, e ripensando ai recenti eventi, si chiese se la donna non avesse provato, fin da allora, qualcosa di più di una mera infatuazione. «Prima di ripartire da Napoli», concluse, «donai l'innario di sant'Agata alla priora del convento, come dote per il noviziato di Ermelina».

«Da allora non l'hai più incontrata?»

«Mai più, fino all'altro giorno. Figurati la mia sorpresa nel vederla condurre un'esistenza ben diversa da quanto mi aspettavo».

«Non importa cosa facesse per vivere», concluse Uberto, riappacificato. «Ci ha aiutati. Era una persona buona».

O innamorata, pensò Ignazio.

E sorrise al figlio.

25

Suger detestava Ignazio da Toledo. Più di Philippus Cancellarius, più di chiunque altro avesse mai intralciato i suoi piani. Al pensiero che fosse riuscito a evadere, mentre lui marciva in cella, sentiva crescere dentro di sé la bile gialla. Ma soprattutto, si sentiva usurpato. Il mercante gli aveva tolto il primato dell'astuzia, arrogandosi il privilegio dell'ultima parola. Non meritate alcuna pietà, gli aveva detto. Dopo quello schiaffo morale, Suger era rimasto rannicchiato in un cantuccio a commiserarsi, la bocca amara e le dita intrecciate sul ventre. Temeva che von Marburg mantenesse la promessa di inviare un colombo viaggiatore in Francia, e di fronte a quella eventualità sentiva risvegliarsi tutte le sue paure.

Non poteva permettere che quel prete scoprisse la verità sulla sua partenza da Parigi. Se fosse accaduto, sarebbe stata la fine. Proprio quando mancava poco per raggiungere Salerno! Ancora qualche giorno di viaggio e avrebbe potuto costruirsi una nuova vita e una nuova professione, senza ombre né fraintendimenti. Invece si era lasciato coinvolgere nella faccenda del mantello del Sagittario e della draconite…

Di lì in avanti, pensò amareggiato, le uniche pietre su cui avrebbe posato lo sguardo sarebbero stati i massi di tufo che circondavano le pareti della sua cella.

Rimuginò fino all'alba. La reclusione non giovava certo al suo umore, tuttavia gli risultava meno opprimente del previsto. Un uomo comune, abituato a vivere e a lavorare all'aria aperta, sarebbe impazzito dopo poche ore. Suger invece era avvezzo a trascorrere intere giornate in ambienti bui, nel silenzio e nell'isolamento dello studio. Ciò lo aiutò a mantenere una relativa lucidità. Per ingannare il tempo, ripensò alle traversie che aveva affrontato negli ultimi tempi. Le minacce di Philippus Cancellarius e di Rolando da Cremona. L'omicidio al Porto dei Ceppi. E Bernard.

Se solo avesse ascoltato quel ragazzo con minore superficialità, se solo gli avesse parlato con convinzione…

Sbuffò. In fondo, si disse, a che pro? La gente non cambiava mai, sceglieva la strada che preferiva, diventando l'unico artefice delle proprie sciagure. E Suger non poteva certo farsi carico di tutti i mali del mondo! Ne aveva già abbastanza, per concedersi il lusso di sentirsi colpevole per qualcun altro. Sul ricordo di Bernard doveva mettere una croce.

Al momento, il suo vero problema era von Marburg. Inutile ignorarlo. Dietro ogni congettura, ogni reminiscenza sembrava celarsi l'ombra di quel prete. Al solo pensiero, Suger si sentiva opprimere dall'inquietudine. Perché, di fatto, Konrad era una belva. Il suo sguardo rievocava quello dei predatori notturni, le mascelle il morso degli animali carnivori. Von Marburg, tuttavia, riversava la propria aggressività in una manipolazione verbale tanto sottile quanto insidiosa. Ogni sua parola era un agguato. Ogni gesto un colpo d'artigli. Circuiva le sue vittime in quel modo, prima di affondare le zanne nelle loro gole.

E quando la porta si aprì, Suger non poté evitare di portarsi la mano al collo.

Konrad von Marburg entrò nel cubicolo. Sempre vestito di nero, l'enorme crocifisso metallico al centro del petto. Reggeva con la mano sinistra una lucerna e con la destra una ciotola di terracotta. «Vi ho portato da mangiare», disse compassato.

Suger si stupì di quella premura. «Siete gentile, non dovevate scomodarvi».

«Non si tratta di gentilezza», il religioso gli porse il cibo, «ma di carità».

Il medico osservò il contenuto della ciotola, tozzi di pane raffermo galleggiavano in una brodaglia untuosa. Schifato, posò il contenitore a terra.

Konrad lo osservò deluso. «Non è di vostro gradimento?»

«Non ho molto appetito».

Il prete liquidò la questione con un gesto noncurante. «Ebbene, sappiate che sono assai indeciso sul vostro conto».

«Cosa significa?»

«Che potrei farvi uscire di qui, se solo vi mostraste collaborativo».

«Non lo sono già stato abbastanza? Vi ho detto tutto quello che sapevo!».

«Da voi non pretendo parole, ma fatti».

«Continuo a non capire».

«Capirete», assicurò von Marburg, illuminandogli il volto con la lucerna. «Avrete certo notato cos'è successo stanotte».

«Vi riferite all'evasione di Ignazio da Toledo?».

Il religioso annuì.

«Ho sbirciato dallo spioncino del battente», rivelò Suger. «L'ho visto fuggire insieme a una donna».

«Vi ha rivolto parola?»

«No», mentì il medico. Ammettere il contrario avrebbe potuto peggiorare la sua situazione. «Perché mai avrebbe dovuto?».

Konrad non commentò. «L'avete udito fare discorsi?», chiese poi.

«Nulla di rilevante».

«E a vostro giudizio, quale sarà la sua prossima mossa?».

Suger esitò a rispondere, poi interpretò quella domanda come una sorta di prova. Forse Konrad intendeva testare la sua affidabilità. «Non è escluso che si diriga a Salerno, dalla guaritrice. Alla ricerca dell'acqua nera». A dire il vero, non ne era affatto persuaso. Soltanto lui aveva appreso quell'informazione da Alfano. Fare scena muta, tuttavia, sarebbe stato rischioso.

L'inquisitore mimò uno sbadiglio. «Ditemi qualcosa che non so».

«A quale scopo?»

«Se proprio ci tenete a saperlo, dopo questo colloquio mi imbarcherò alla ricerca dell'ispanico. In base a quanto mi risponderete, deciderò se lasciarvi marcire in prigione o portarvi con me».

«Ma avevate promesso di liberarmi!».

«Mai detta una cosa simile. Ho semplicemente ventilato l'ipotesi di farvi uscire da qui... restando al mio fianco».

«E perché mai?»

«A Salerno, i soldati al mio seguito darebbero troppo nell'occhio. Un medico invece, anche se forestiero, passerebbe inosservato nella città ippocratica. Mi sareste utile in qualità di infiltrato. Prima, tuttavia, dovrete dimostrare di essere degno della mia fiducia».

Suger valutò la situazione e concluse al volo che avrebbe ottenuto maggior vantaggio collaborando. Forse, alla fine, avrebbe persino guadagnato la libertà. «Ebbene, sappiate che ho avuto modo di riflettere sulle indicazioni di Alfano», disse.

«Avete dunque compreso cosa sia l'acqua nera?»

«Molto meglio. Credo di sapere dove poterla trovare».

Konrad gli si avvicinò di scatto, un grosso felino in agguato.

Suger si ritrasse, chiudendo istintivamente gli occhi. Quando li riaprì, le iridi nere di von Marburg erano a meno di una spanna dalle sue.

«Ve lo chiederò una sola volta», intimò il germanico. «Mi state mentendo?»

«Giammai, reverendo. Vi sono leale».

Il religioso si placò. «Allora verrete con me. Ma prima...». Raccolse la ciotola, pescò un tozzo bisunto dalla brodaglia e lo portò alla bocca di Suger. «Prima dovrete mangiare».

Il medico fu costretto a inghiottire. Nauseato dal sapore untuoso, si sforzò comunque di compiere quel sacrificio. Deglutì e aprì bocca per dire qualcosa, ma Konrad aveva già pronto per lui un secondo boccone.

Soffocando un conato, Suger fece cenno di essere sazio.

Il religioso sorrise serafico. «Non vorrete rendere vano il mio atto di carità», disse, imboccandolo a forza. Infliggere quel piccolo tormento sembrava metterlo di buon umore.

E Suger, alla fine, ne fu quasi rinfrancato.

PARTE QUARTA
LACRIME DI CRISTALLO

E i dannati, straziati dai tormenti, dissero: «Abbi pietà di noi, arcangelo Michele. E anche tu, Paolo, dilettissimo a Dio! Intercedete per noi presso il Signore».

L'angelo disse loro: «Piangete. Io piangerò con voi e anche Paolo piangerà. Preghiamo Dio misericordioso, affinché voglia mostrarsi compassionevole e concedervi un po' di refrigerio».

Visio sancti Pauli

26

Gettarono l'àncora a Salerno prima dell'alba.

La navigazione era durata tutta la domenica di Pasqua, compresa la notte. Il tratto più impegnativo li aveva visti costeggiare la penisola sorrentina, resa magnifica da promontori, selve ed enormi scogli affioranti dalle acque. Ignazio non si era lasciato sfuggire un attimo della ritrovata libertà, scorrendo lo sguardo fra i tratti litoranei e il bianco veleggiare degli uccelli marini. La prigionia era stata un'esperienza breve eppure logorante. Non erano state quattro mura a provarlo, ma la brutalità di un giudizio che puniva le idee anziché i misfatti. E la tragica fine di Ermelina continuava a turbarlo.

Presto, però, c'era stato ben altro per cui inquietarsi. Ormai al largo di Napoli, Cola Pesce aveva scorto da poppa la vela di una galea che navigava sotto costa seguendo la loro stessa rotta. L'aveva persa di vista per mezza giornata, doppiando la penisola di Sorrento, per scorgerla di nuovo nelle acque di Amalfi. Benché di proporzioni imponenti, quel naviglio procedeva di gran carriera.

«Una galea templare», aveva osservato il barese, indicandone le insegne con la croce rossa su campo bianco.

Ignazio si era rivolto a lui, allertato da quel tono burbero. «Problemi?».

Il marinaio aveva scosso il capo. «Ieri l'ho vista attraccata al *Vulpulum*, il molo grande di Napoli. Dev'essere salpata nella notte, come noi».

«Ebbene?»

«Ebbene è strano, messere, dato che l'imperatore non vede di buon occhio i templari. Li ha banditi dal Regno di Sicilia e gira voce che abbia sottratto i loro beni per farne dono ai cavalieri teutonici».

A quel punto Ignazio non si era più pronunciato. L'avanzata dei Clavigeri e la presunta morte di Federico II erano pretesti sufficienti a incoraggiare l'Ordine del Tempio a riprendere possesso dei propri feudi. Ciò nondimeno, il mercante avvertiva l'incombere di una minaccia personale. Più la vedeva avvicinarsi, più temeva che a bordo di quella nave ci fosse qualcuno interessato proprio a lui. Un religioso salpato da Napoli nel cuore della notte solo per seguirlo. Forse era suggestione, si disse, ma non riusciva a fugare il pensiero che su quella galea di monaci bianchi vi fosse Konrad von Marburg.

Attraccarono a Salerno e trascorsero il resto della notte in una bettola del rione portuale, anche se Ignazio avrebbe preferito dormire sotto le stelle, cullato dalla menaica e da un incontenibile senso di libertà. Alle prime luci dell'alba pagò Cola Pesce, lo ringraziò per l'aiuto reso e gli chiese se fosse disposto ad attenderlo per un paio di giorni. Nel malaugurato caso fosse stato costretto a lasciare in fretta la città, i servigi del barese avrebbero potuto fargli comodo. Il marinaio accettò di buon grado.

Stretto l'accordo, abbandonò il porto incamminandosi con Uberto per il sentiero litoraneo che conduceva all'ingresso di Salerno. La via correva lungo la spiaggia, fra rocce e cespugli, attraverso boschetti di mirti e ginestre. A destra era sempre presente il mare, mentre a sinistra sorgeva una cinta muraria, oltre la quale si intravedeva un'altura dominata da un castello. A suscitare maggior interesse erano i condotti sopraelevati dell'acquedotto, le cui grandi arcate torreggiavano sopra alberi e edifici.

Uberto disponeva di denaro sufficiente per entrambi, inoltre portava con sé il mantello del Sagittario, sempre riposto nella bisaccia appartenuta a Suger. «Perché tanta premura?», domandò al padre, vedendolo affrettarsi lungo il sentiero.

«Meglio non attardarsi», rispose il mercante, «con quel germanico alle calcagna».

«Trovare la guaritrice delle lacrime richiederà senz'altro del tempo».

«Non se sapremo dove cercare», disse Ignazio, ripensando all'enigma dell'acqua nera. Due parole soltanto, ben misera traccia.

«Sono dell'opinione», ribatté Uberto, «che la Scuola medica o un convento di monache siano un buon punto di inizio per le indagini».

«Giusta osservazione, anche se in quei luoghi rischieremmo di imbatterci in von Marburg. È un abile cacciatore, non sottovalutarlo mai».

«E dunque?»

«Dunque, seguiremo una pista diversa».

Giunsero a un portale ad arco affacciato sul mare, al di là del quale si apriva una via gremita che ospitava il mercato del pesce. Si confusero nel viavai e proseguirono verso il centro, mentre il tessuto urbano diventava sempre più fitto, suddividendosi in rioni articolati in *plateae*[3], piazze e giardini. C'erano poi vicoli strettissimi, gli anditi, che serpeggiavano tra gli edifici per perdersi in zone ombrose. Le strade più larghe non consentivano tuttavia maggior libertà di movimento. Erano affollate da passanti di varie etnie, tra cui molte donne vestite alla maniera araba, con abiti di seta damascata e tinture di henné sulle mani.

Procedettero fino alla piazza del rione dei Barbuti, in cerca delle botteghe più rinomate della città. Il mercante chiese indicazioni per la ruga degli speziali, poi si inoltrò con Uberto in una viuzza stipata di bancarelle cariche di sementi, radici e ossa animali. «Ogni medico che si rispetti fa uso di erbe e di prodotti naturali», spiegò, in riferimento alla precedente conversazione. «Se alcuni di questi prodotti sono reperibili negli orti cittadini o nei boschi dell'entroterra, altri sono assai rari. Li si può trovare soltanto qui, tra gli speziali».

Uberto annuì. «Ora capisco a cosa ti riferivi. È probabile che questo luogo sia una frequentazione abituale della nostra guaritrice».

«Chiedendo in giro, troveremo senz'altro qualcuno che la conosce», disse Ignazio, individuando un gruppo di anziane donne raccolte intorno a un banco di sciroppi. Senza esitare, si incamminò verso di loro. «Forse», aggiunse, «è proprio una di loro».

27

Suger stentava a credere che quel sontuoso giardino cinto da portici fosse l'atrio del duomo di San Matteo. Per accedervi, aveva superato una scalinata a gradoni e un portale affiancato da due leoni di pietra degni di un palazzo. E ora, mentre osservava le sculture del portico e gli archetti policromi del campanile, prendeva confidenza con quell'arte arabo-normanna tanto diffusa nella città. Là trovava sede la Scuola medica di Salerno. I giovani che occupavano il giardino non erano monaci novizi, bensì studenti, intenti a conversare vicino a una fontana. Altri sedevano all'ombra del porticato, presso antichi sarcofagi esposti lungo le colonne.

Per un attimo si dimenticò delle circostanze che l'avevano portato fin là. Era nel tempio della scienza ippocratica, dove si diceva avesse stu-

[3] Così a Salerno venivano chiamate le vie più larghe dei rioni.

diato persino il grande Pierre-Gilles de Corbeil, medico personale di re Filippo Augusto. Poco importava che Suger vi fosse giunto per conto di Konrad von Marburg e che fuori dall'atrio lo attendesse Galvano Pungilupo. Trovarsi in quel luogo lo ripagava di ogni sforzo.

Il suo umore era andato migliorando dopo essersi imbarcato su una galea templare attraccata al porto di Napoli per consentire al proprio equipaggio di celebrare degnamente la Pasqua. La nave proveniva dalla Linguadoca ed era diretta in Calabria senza prevedere scali. Ciò nonostante, il prete germanico aveva ottenuto di salirvi a bordo insieme a Suger, Pungilupo e due armigeri reclutati al Castello Marino, con l'intento di farsi traghettare fino a Salerno. Davanti alla sua patente papale, i templari non avevano sollevato obiezioni. Ad alimentare l'ottimismo del francese era stata l'ultima promessa del religioso. Se l'avesse aiutato a catturare Ignazio da Toledo, sarebbe stato libero di restare presso la Scuola medica.

Mettersi sulle tracce dell'ispanico, però, non era un compito facile. Suger dubitava di trovarlo a Salerno e, ammesso che si sbagliasse, non disponeva di indizi sufficienti a intuire i suoi movimenti. Scoprire l'identità della guaritrice delle lacrime avrebbe forse potuto essergli di aiuto, ma se voleva riuscirci doveva comprendere il significato delle misteriose parole che gli aveva rivelato Alfano Imperato.

Prima dell'imbarco, ne aveva parlato con von Marburg. Era sua opinione che l'espressione "acqua nera" venisse usata dai medici salernitani per designare uno dei quattro fluidi racchiusi nel corpo umano. Insieme al flegma del cervello, al sangue e alla bile gialla, esisteva infatti la bile nera secreta dalla milza. Se la sua ipotesi si fosse rivelata giusta, le "lacrime" della misteriosa guaritrice potevano essere una sostanza in grado di curare gli eccessi di bile nera, cagione della cosiddetta flemma melanconica. E tutto avrebbe acquisito un senso.

Per verificare le proprie supposizioni, il francese aveva chiesto e ricevuto il permesso di consultare un magister della Scuola salernitana. Von Marburg avrebbe atteso in una chiesetta cittadina.

Senza perdere tempo, Suger si rivolse quindi a uno degli studenti del giardino per sapere dove poter incontrare i maggiorenti dello Studium.

«Vi consiglio di rivolgervi al magister Urso», suggerì il giovane. «È entrato da poco nelle aule, per operare», e indicò uno stabile eretto ai margini dell'atrio.

Ancor prima di avviarsi, Suger sentì delle grida provenire dall'interno, ma senza scomporsi decise di seguirle. In tanti anni di pratica medica, aveva udito urla ben peggiori. Attraversò un *armamentarium pigmen-*

tariorum[4] e varcò un altro ingresso, oltre il quale le grida diventarono più acute.

Giunse in una stanza dalle pareti tappezzate di illustrazioni di interiora umane. Al centro, un gruppo di studenti stava costringendo un uomo su un tavolaccio di legno. L'operazione fu più difficile del previsto, poiché il malcapitato continuava a dimenarsi dando calci e pugni, finché non fu immobilizzato con delle cinghie di cuoio.

Un individuo basso e corpulento dirigeva ogni azione, mantenendosi in disparte. Non appena vide il paziente ridotto all'impotenza, gli si avvicinò e lo tastò con attenzione nella regione inguinale, strappandogli un lamento strozzato. Meditò per un attimo, quindi intinse una *spongia somnifera*[5] in un catino e gliela infilò in bocca per farlo addormentare. Nell'attesa, impartì ordini ai discepoli. Suger lo sentì pronunciare le parole "incidere", "rimuovere" e "ricucire". Notò l'aria attenta, quasi devozionale con cui veniva ascoltato, e fu colto da un misto di ammirazione e invidia.

Infine l'ometto invitò gli studenti a riprendere il lavoro.

Ormai certo della sua identità, Suger gli si avvicinò. «Ho il privilegio di parlare con il magister Urso?»

«L'avete», rispose l'interpellato, lo sguardo fisso sui giovani che iniziavano a radere l'inguine del paziente.

«Mi chiamo Suger de Petit-Pont e provengo da Parigi. Anch'io, come voi, sono un magister medicinae».

Urso lo degnò di un'occhiata.

«Non vi ruberò molto tempo», lo tranquillizzò il francese. «Sono qui per porvi una domanda. Ma prima...». Benché avesse una missione da compiere, non poté trattenere la curiosità. «Perché mai quell'uomo si stava ribellando?»

«Soffre di ernia inguinale e va curato. Bisognerà incidere e asportarla». Il magister tirò un sospiro. «Quando ha saputo che non sarei stato io a operarlo, ha avuto da ridire».

Suger lo fissò allibito. «Lo farete operare dai vostri discepoli?»

«Sotto la mia direzione, s'intende», chiarì Urso, irritato. «Come potrebbero acquisire esperienza, i miei ragazzi, senza far pratica? Non possono certo limitarsi a sezionare porci!».

A tali parole, Suger si rese conto che i disegni appesi alle pareti non rappresentavano le interiora dell'uomo, bensì quelle del maiale. A quan-

[4] Luogo dove venivano riposte e conservate le piante officinali essiccate.
[5] "Spugna sonnifera", imbevuta di oppio, mandragora e altre sostanze per anestetizzare i pazienti.

to pareva, anche a Salerno era proibito sezionare cadaveri umani al fine di studiarne le interiora. Un ridicolo paradosso, pensò, dato che ogni giorno venivano mutilati criminali e salme di santi per farne reliquie. Ma la Chiesa fingeva di non vedere, riservando i suoi anatemi all'investigazione anatomica.

Conclusa la rasatura, gli studenti fecero spazio al più anziano del gruppo che, bisturi alla mano, si preparava a incidere. Il magister fece cenno di procedere. «Non mi avete ancora detto perché mi cercavate», disse nel frattempo, rivolto al visitatore.

«Vorrei sapere...». Suger esitò, non voleva passare per ingenuo e nemmeno per stupido. Optò per la soluzione più diretta. «Desidero avere chiarimenti sull'acqua nera», disse. Non ottenne risposta. Attese quindi che il bisturi affondasse nella carne, poi precisò: «Suppongo si tratti della bile nera».

«Soffrite di flemma melanconica?», indagò Urso, mentre segnalava allo studente di usare maggior cautela nell'incidere.

«No, non si tratta di questo... Cerco una donna. Una guaritrice in grado di contrastare gli effetti della bile nera con delle lacrime. O almeno credo...».

«Quali sciocchezze mi tocca udire!», sbottò il salernitano. «E voi avreste l'ardire di professarvi magister medicinae?».

Suger arrossì per la vergogna e si affrettò a dare spiegazioni. Non prima, però, che Urso avesse controllato l'incisione, ormai ultimata. Alcuni studenti tamponavano la ferita per bloccare l'emorragia, mentre altri si sporgevano sul paziente per osservarne le interiora.

«La guaritrice...», proseguì, non appena gli fu possibile, ma il magister, spazientito, indicò l'ambiente con un ampio gesto delle braccia. «Vedete per caso femmine?», e gli batté l'indice sul petto. «Qui non troverete né guaritrici né ostetriche, soltanto *veri medici*».

Di fronte a quella reazione, Suger fu colto da un sospetto. Urso doveva aver capito benissimo di cosa si stesse parlando, ma non era disposto ad ammetterlo. Come gran parte dei medici di cattedra, disprezzava l'impudenza delle donne che si accostavano alle arti curative. «Non sono qui per mettere in dubbio le vostre competenze», lo rassicurò, giocando d'astuzia, «ma per catturare quella mezza strega».

Lo sguardo del magister mutò dall'irritato al sorpreso.

«Ebbene», insistette il francese, «dove posso cercare?»

«Potevate dirlo subito», grugnì Urso. «"Acqua nera" non è il nome di un fluido corporeo, ma di una persona», spiegò, torcendo la bocca in una smorfia indignata. «Rivolgetevi alle benedettine del monastero di San Giorgio. Loro la conoscono fin troppo bene».

Gli occhi di Suger si illuminarono di gratitudine. «Vi ringrazio», e fece un inchino. Prima di andarsene, chiosò speranzoso: «Ci rivedremo presto».

«Se lo riterrete opportuno, ma ora toglietevi dai piedi», lo liquidò il salernitano, incamminandosi con urgenza verso il tavolo operatorio. Strappò il bisturi dalla mano dello studente che aveva praticato l'incisione. «Disgraziato!», lo rimproverò. «Per poco non lo sventravi!».

28

Le donne ferme alla bancarella di medicinali non furono loro di alcun aiuto. Sostennero di non aver mai sentito parlare di una guaritrice delle lacrime e nemmeno dell'acqua nera. Rivelarono poi di essere loro stesse delle guaritrici e offrirono le proprie maestranze a un modico prezzo. Ignazio scosse il capo, chiedendosi se fossero sincere o mentissero per non perdere un potenziale cliente. Dopo averle congedate, rivolse le stesse domande al commerciante seduto dietro il banco, che pareva aver seguito la conversazione con interesse. Costui era un *confectionarius* dall'aspetto losco. Oltre a preparare sciroppi, rimedi e *pocula*[6] costosissimi, esponeva droghe di vario tipo. Al mercante di Toledo era bastato uno sguardo per annoverarlo nella schiera di impostori che, anziché consigliare medicamenti, riducevano i malati alla dipendenza di sostanze che lenivano il dolore senza guarire il male.

«Non avete bisogno della guaritrice delle lacrime», rispose il confectionarius con un sorrisetto mellifluo. «Se necessitate di cure, posso fornirvi io stesso i giusti rimedi».

«Dunque la conoscete», dedusse Ignazio, restando sull'argomento.

«Certo che la conosco, e ve la sconsiglio. Si dice sia una strega».

«Giudicheremo noi stessi». Uberto gettò una moneta sul bancone. «Pertanto, se foste tanto cortese da parlarci della guaritrice e dell'acqua nera…».

«Acquanegra», lo corresse il venditore di sciroppi, intascando la moneta. «Così si chiama quella donna, Remigarda di Acquanegra».

Uberto fissò il padre, incapace di nascondere lo stupore. «Ecco cosa ha voluto confidarmi Alfano Imperato! Mi ha rivelato il nome della guaritrice, e io sono stato tanto sciocco da non capire».

«Come avresti potuto?», lo giustificò Ignazio. «È probabile che lo stes-

[6] Pozioni medicamentose.

so Alfano ignorasse il significato di quelle parole», e si rivolse al confectionarius. «Remigarda di Acquanegra, avete detto. Sapete dove vive?»

«No», rispose l'uomo. Ma nel vedere Uberto elargirgli una seconda moneta, diventò subito più loquace: «Conosco però qualcuno che le fa spesso visita. Un oculista. Il suo nome è Benvenuto Grafeo».

Ignazio lo squadrò con sospetto. «Perché mai un oculista dovrebbe frequentare una guaritrice?»

«Per curare la figlia di Remigarda», specificò l'uomo, allungando la mano verso la moneta. «Dicono sia affetta da una strana malattia agli occhi. Una maledizione, o forse un miracolo. Dipende dai gusti».

«E dove possiamo trovare questo Grafeo?».

Il venditore di sciroppi indicò una via che dipartiva dal rione dei Barbuti. «Abita là, nella Giudaica, vicino alla chiesa di Santa Maria de Domno». Benvenuto Grafeo, chiarì infine, era un giudeo.

La Giudaica non era un ghetto ma un quartiere aperto, sede di una comunità florida e integrata nella vita cittadina. Si diceva vi abitassero non meno di cinquecento ebrei. La cosa non stupì Ignazio, che da quando era sbarcato a Salerno non faceva che camminare tra turbanti e zucchetti. D'altro canto, persino la Scuola medica era stata fondata, secondo la leggenda, da quattro medici di culture diverse, un latino, un greco, un arabo e un giudeo.

Non fu difficile trovare la dimora di Benvenuto Grafeo. Sorgeva a pochi passi dalla chiesa di Santa Maria de Domno, vicino all'imbocco della Giudaica. Era una casa a due piani, interamente in pietra e dotata di un porticato sorretto da archi e colonnine. Ignazio e Uberto furono accolti da un giovane servo che li guidò attraverso il vestibolo e una sala arredata con tappeti, cuscini e mobili preziosi. Proseguirono fino al giardino sul retro, un *viridarium* ricco di piante di ogni sorta, e lì furono invitati dal servo a sedere su dei seggi di vimini all'ombra di un sicomoro.

Poco dopo, Benvenuto Grafeo fece ingresso in giardino. Anziano e basso di statura, aveva un'aria umile e autorevole al tempo stesso. Indossava una tunica rossa, su cui ricadeva una barba bianca e ricciuta. La fronte era contratta da pieghe che andavano via via attenuandosi, lasciando immaginare che stesse trattenendo le ultime riflessioni dopo uno studio impegnativo. «Lor signori siano i benvenuti nella mia dimora», esordì, squadrandoli con discrezione. «Non mi pare di avervi mai incontrati prima d'ora».

«Infatti no». Il mercante si alzò e ricambiò il saluto con un inchino. «Il mio nome è Ignazio Alvarez, e provengo da Toledo», si presentò, imitato da Uberto.

Grafeo li invitò a tornare seduti, restando tuttavia in piedi. «Vestite come persone modeste, benché i vostri modi affermino il contrario».

«Siamo soltanto di passaggio», disse Ignazio, eludendo l'implicita domanda.

Il giudeo aggrottò la fronte. «Ebbene, come posso servirvi? Spero sappiate che non sono un comune medicus, mi occupo soltanto delle malattie che colpiscono gli occhi».

«Non ci servono cure, ma informazioni». Prima di proseguire, il mercante scambiò un'occhiata di intesa con Uberto. «Vorremmo sapere di una vostra paziente. Si chiama Remigarda di Acquanegra, una guaritrice».

«Per quale motivo, di grazia?»

«Per interrogarla su una certa questione».

L'oculista incrociò le braccia, enfatizzando il suo disappunto. «Spero nulla di spiacevole».

«Siete alquanto protettivo», commentò Uberto.

«Remigarda è una buona persona, come ce ne sono poche», ribatté Grafeo, educato ma combattivo. «Gradirei non venisse molestata».

Lungi dal voler aizzare quella velata ostilità, il mercante alzò le mani. «Non intendo recare alcun disagio, ve lo giuro. So bene cosa significa temere per qualcuno».

«Allora saprete fino a che punto si è disposti a difendere una persona cara».

«Purtroppo sì. E tuttavia, non è da noi che dovrete nasconderla».

«Cosa intendete?»

«Che presto si presenterà al vostro cospetto un altro uomo. Un chierico germanico incaricato di indagare su una setta eretica».

«Non posso immaginare cosa voglia costui da Remigarda».

«Non è tanto ciò che vuole a dovervi preoccupare», Ignazio gli fece cenno di sedersi accanto a lui, «ma quanto è disposto a fare per ottenerlo».

Grafeo fu sul punto di rifiutare l'invito, poi vinse la titubanza e si accomodò di fronte a lui. «Non temo per Remigarda, quanto per sua figlia», precisò. «La piccola Adelisia».

«È lei la vostra paziente?», chiese Uberto.

L'oculista annuì con amarezza. «Quella bambina è afflitta da un male assai raro. Raro e incurabile».

«Di cosa si tratta?».

Prima di rispondere, Grafeo infilò le dita nel risvolto di stoffa che gli fasciava l'addome a mo' di cintura ed estrasse alcune pietruzze simili a madreperla, ma trasparenti. Le pose nell'incavo della mano per mostrarle agli ospiti. «Queste», disse, «sono le lacrime di Adelisia».

«Non era nostra intenzione mettervi tanta fretta», disse Ignazio a Benvenuto Grafeo. In verità non avrebbe potuto chiedere di meglio.

Erano usciti dalla Giudaica e stavano attraversando di buon passo le strade di Salerno, verso la casa di Remigarda di Acquanegra. Dopo la breve conversazione, l'oculista si era mostrato disponibile a condurli di persona dalla guaritrice. Prima di uscire di casa, aveva indossato i sandali e un ampio mantello verde, senza dimenticare di appendere al collo la rondella gialla obbligatoria agli appartenenti alla razza giudea. Portava inoltre sottobraccio un astuccio di legno, dov'erano riposti i ferri del mestiere.

«Nessuna fretta», ribadì Grafeo. «Ho preso l'abitudine di visitare Adelisia quasi ogni giorno. Appena mi libero dagli impegni, corro da lei per verificare le sue condizioni. Voi siete un ottimo pretesto per farlo».

«Parlateci ancora della sua malattia», lo invitò Uberto.

L'oculista si strinse nelle spalle. «Esclusa la perdita di cristalli, non c'è molto altro da dire. La sua vista è estremamente debole, gli occhi sono sempre irritati e insofferenti alla luce del sole. Ho provato di tutto, ma nessuna cura si è rivelata efficace. Posso soltanto alleviarle il dolore con uno speciale collirio».

«Avete consultato altri medici?», volle sapere Ignazio.

«Oltre a quelli della città di Salerno, ho inviato lettere ai migliori magistri di Costantinopoli e di Montpellier, dove studiai in gioventù. Nessuno di loro, tuttavia, ha saputo sciogliere il dilemma».

Il mercante annuì. «La fama di Remigarda come "guaritrice delle lacrime" è legata per caso a questo fatto?»

«Precisamente», sospirò Grafeo. «E in ciò risiede il *secondo* problema».

«Spiegatevi meglio».

«Il volgo attribuisce ai cristalli di Adelisia poteri miracolosi. Gli infermi pagano Remigarda per farsi curare e pregano la figlia di guarirli con le lacrime. Come se fosse possibile...».

«Siate più chiaro».

«È una vecchia superstizione», spiegò l'oculista di malavoglia. «Si crede che le fattucchiere possano alleviare i dolori altrui versando lacrime. Figurarsi se queste lacrime sono di cristallo! Per la maggior parte, il popolo è tanto ingenuo da illudersi che simili scempiaggini funzionino per davvero».

«E ciò quali disagi comporterebbe per Adelisia?»

«Molti la venerano come una santa. Altri, però, la credono maledetta».

29

In attesa che Suger uscisse dalla Scuola medica, Galvano Pungilupo sedeva ai margini di un canale, il Labinario, che scorreva a fianco della via del duomo. Di tanto in tanto distoglieva lo sguardo dall'ingresso di San Matteo e dal viavai dei passanti, per osservare i rivoli d'acqua e i movimenti di grossi topi acquattati sulla sponda opposta. Il dolore all'orecchio destro – dove l'orecchio non c'era più – continuava a tormentarlo, ma in modo divenuto quasi sopportabile. Le vertigini erano ormai svanite, e aveva riacquistato la libertà dei movimenti. Presto avrebbe potuto disfare le bende e nascondere la ferita dietro un ciuffo di capelli, come aveva visto fare un anziano veterano.

La principale ragione del suo malumore, quel mattino, non era però la ferita, bensì Suger. Non lo riteneva affatto utile alla missione e ciò nondimeno doveva fargli da balia anziché condurre l'indagine di persona. Gli ordini di von Marburg erano stati categorici. Doveva tollerarlo e addirittura incoraggiarlo nella ricerca, senza mai perderlo di vista. Perciò il clavigero era stato costretto a frenare i propri istinti, che l'avrebbero indotto a passare al setaccio il rione portuale, e ad accompagnare quel medicastro impertinente fino all'ingresso di San Matteo.

Strada facendo gli aveva rivolto la parola una sola volta, per chiedergli come intendesse agire. E con il suo accento gracidante, Suger gli aveva risposto farfugliando qualcosa sulla Scuola medica e sugli umori del corpo umano, senza curarsi di approfondire l'argomento. I suoi modi da cattedratico e da saccente rendevano quasi impossibile immaginare che soltanto due giorni prima piagnucolasse in un sotterraneo del Castello Marino.

Galvano aveva ingoiato una bestemmia e l'aveva assecondato, lasciandogli percorrere da solo l'ultimo tratto di strada. Nel vederlo darsi un contegno prima di entrare nell'atrio, non era riuscito a trattenere un sorriso spietato. Galletto francese, si era detto, prima o poi ti sistemo io. E si era chiesto cosa avrebbe provato a pugnalarlo allo stomaco, un affondo di punta con uscita di taglio. Allora sì che Suger avrebbe imparato qualcosa sugli umori del fegato, della milza e compagnia bella!

Dopo mezz'ora, quando ormai ne aveva abbastanza dei propri pensieri, dello scorrere dell'acqua e persino dei topi, lo vide uscire dalla basilica. Sembrava appagato, e ciò lo rendeva ancor più detestabile.

Il clavigero lo seguì senza farsi vedere, gli si accodò di soppiatto e lo agguantò per un braccio, strappandogli un gridolino sorpreso. Una piccola soddisfazione, in attesa di una più grande. «Dove andate, bella ocarina?», gli ringhiò all'orecchio.

Nel riconoscerlo, il medico tirò un sospiro e si ricompose. «Forse ho trovato la guaritrice delle lacrime», disse, con un tono più odioso del solito. «Ma avrò bisogno del vostro aiuto».

Mentre camminava a fianco del clavigero, Suger metteva in fila i pensieri. Seguendo le indicazioni di Urso, era giunto alla conclusione che la guaritrice delle lacrime vivesse presso il convento salernitano di San Giorgio, come monaca o conversa. Non negava di aver provato un certo rammarico nell'apprendere di essersi sbagliato riguardo l'acqua nera, nonostante l'intuizione di recarsi alla Scuola medica fosse stata giusta. In vista di nuove scoperte, decise di presentarsi a von Marburg soltanto quando avesse concretizzato qualcosa, al fine di trattare con maggior certezza le condizioni del suo rilascio.

Il convento femminile di San Giorgio era un edificio maestoso, attorniato da stabili costruiti per soddisfare le necessità del cenobio, tra cui una rinomata infermeria. Suger non poteva esserne certo, ma aveva la sensazione che ben presto si sarebbe trovato di fronte alla guaritrice delle lacrime. A quel pensiero si sentì pervadere da un'ondata di euforia che non aveva nulla a che vedere con la ricerca di Ignazio da Toledo. Lui non era come Pungilupo, né come von Marburg. Il gusto della caccia lo lasciava indifferente. L'intensa emozione che stava provando nasceva dalla curiosità, e messo da parte il sogno della draconite, si riscopriva impaziente di conoscere il segreto del mantello del Sagittario. C'erano buone probabilità che la donna di Acquanegra potesse rivelarglielo.

Additò l'edificio. «In base alle indicazioni che ho ricevuto alla Scuola medica, è possibile che la guaritrice delle lacrime abiti nel convento di San Giorgio», rivelò al suo accompagnatore. «Dobbiamo accertarcene».

«Le monache non accoglieranno mai due uomini nel loro convento», obiettò il clavigero.

Il medico gli fece cenno di non preoccuparsi.

«Spiegatevi», lo incitò Pungilupo.

Anziché rispondere, Suger coprì la breve distanza che lo separava dal convento e bussò al portale. «State al mio gioco», disse al soldato.

Dietro il battente risuonarono dei passi, poi lo spioncino dell'ingresso si aprì.

«Chi postula?», chiese una monaca dall'interno.

«Siamo forestieri», disse il medico, fingendosi allarmato. «Abbiamo bisogno di cure».

«A me sembrate in salute», commentò la donna, rasentando la scortesia.

«Ma il mio compare ha perso un orecchio!».

Gli occhi della monaca si soffermarono sui bendaggi di Pungilupo. Per tutta risposta, il clavigero fece una smorfia dolente.

Lo spioncino si richiuse e un attimo dopo i serramenti scattarono. Il battente si aprì.

Compiaciuto del proprio stratagemma, Suger entrò nel vestibolo insieme al compagno. «Abbiamo saputo che qui vive una guaritrice...», azzardò.

La monaca gli fece cenno di tacere, in osservanza alla regola del silenzio, mentre due giovani consorelle affioravano dall'ombra di un corridoio per controllare la ferita di Pungilupo. «La cauterizzazione è fresca, ma suppura poco», commentò una di loro, a voce bassa.

«Non è meglio che la ferita sia secca?», domandò il clavigero, timoroso per la propria salute.

«Al contrario, *pus est bonum et laudabile*», lo corresse l'altra monaca. «Ma non temete, messere», lo rassicurò, «rimedieremo». Così dicendo, lo accompagnò all'interno.

Suger fece per seguirlo, ma la portinaia lo trattenne. «Voi siete in salute. Aspetterete fuori», gli ordinò.

Prima di sparire nei meandri del convento, il clavigero gli rivolse un sorrisetto per nulla amichevole.

Il portale si richiuse con un tonfo secco e Suger si ritrovò per strada come un bambino in punizione. Adesso toccava a lui aspettare, alla stregua di un subalterno. Senza contare che se Pungilupo avesse riconosciuto la donna di Acquanegra, si sarebbe preso tutto il merito per quella scoperta, e lui non avrebbe più potuto accordarsi con von Marburg per il proprio rilascio, né interrogare in privato la guaritrice sul mantello. Rischiava di diventare un prigioniero scomodo e inutile, quindi sacrificabile. In preda allo sconforto, osservò la platea assolata e d'un tratto fu colto da una pericolosa intuizione. Quasi non riusciva a crederci. Da quando era uscito dal Castello Marino, si trovava solo per la prima volta. Libero di andarsene per una via affollata, in un brivido di vertigine. Già immaginava di allungare il passo tra la gente e attraversare i rioni, alla ricerca di un nascondiglio o di una via di fuga. Era ben oltre lo spiraglio di salvezza che aveva chiesto al Signore nelle sue preghiere. Eppure non riuscì a muovere un passo. Si ritrovò impotente, i piedi pesanti come macigni. Incapace di agire. Incapace di pensare. Gli era già capitato di sentirsi così da adolescente, quando aveva giaciuto per la prima volta con una donna. L'imbarazzo per l'improvviso scemare del desiderio era stato enorme, la frustrazione anche maggiore. All'epoca si era giustificato tirando in ballo gli effetti della tensione e del pudore, tuttavia sapeva di aver mentito alla donna e a se stesso. In verità temeva di abbandonarsi agli istinti.

In quel frangente era in preda al medesimo timore.

Era come se una cavezza invisibile lo tenesse legato a Konrad von Marburg. Una cavezza che non era capace di sciogliere.

Al diavolo, si disse. Non bastava l'assenza di Pungilupo a renderlo libero. Senza denaro né conoscenza del luogo, non sarebbe andato molto lontano. Inoltre gli armigeri del germanico l'avrebbero certamente riacciuffato in un batter d'occhio, facendogli pagare salato lo sgarro. Del resto, il sorrisetto con cui il clavigero si era accomiatato, entrando nel convento, era stato assai eloquente. Serbava una minaccia e un monito, e pure una malcelata impazienza di coglierlo in fallo. Non ci voleva un cervello fino per capire che Pungilupo smaniasse dalla voglia di percuoterlo. E Suger non aveva alcuna intenzione di offrirgli il pretesto per farlo.

Inoltre aveva colto ben altro in quel sorriso, come se il clavigero *sapesse* che Suger sarebbe rimasto ad attenderlo come un cane obbediente. Galvano Pungilupo, che tutto sembrava fuorché intelligente, doveva averlo studiato e trovato privo di coraggio. Il medico fu a tal punto irritato da quel pensiero che tentò di ingannare la paura, iniziando a camminare in tondo davanti alla facciata di San Giorgio.

Poi, all'improvviso, si sentì in pericolo. I suoi occhi dovevano aver colto qualcosa nel movimento della strada, una minaccia, prima che la mente potesse avvedersene. Si nascose all'imbocco di un andito e si guardò intorno, con il cuore in gola, sforzandosi di ricordare cosa avesse visto. In principio scorse soltanto una massa di passanti, nessuna faccia nota. Poi ricordò e si sentì raggelare. Non aveva ancora la cognizione del punto esatto in cui l'avesse notato, ma ora *sapeva*. Sapeva che era lì, da qualche parte. E dopo un istante lo individuò nello spazio fra due caseggiati, sul lato opposto della strada.

Il cavaliere.

Era smontato dalla sella, intento ad abbeverare il cavallo presso un guazzatoio. Prima di allora, Suger l'aveva visto un'altra volta soltanto, sugli argini della Senna, eppure fu certo di non sbagliarsi. La pelliccia bruna, la strana lancia fissata alla sella, i movimenti rudi...

Sì, era lui. L'assassino dello svevo.

Konrad von Marburg si era espresso più volte su di lui. Era persuaso che quel cavaliere non fosse un uomo, bensì uno spirito invocato dal magister di Toledo. Una suppurazione dell'inferno, aveva detto. Uno di quei demoni notturni dalle sembianze umane che si lanciavano al galoppo con le fiaccole in pugno, per dedicarsi al rito della caccia selvaggia. Tuttavia, quello di fronte a Suger era senz'altro un uomo. Un uomo ben più spaventoso di qualsiasi spirito o demone, poiché tangibile e minaccioso sotto la luce del sole. La sua presenza non era vaga come un'ombra, ma consistente. Nessuna preghiera o esorcismo l'avrebbe fermato.

Il medico restò a osservarlo, pervaso dal terrore. Il cavaliere tuttavia non si accorse di lui, montò in sella e si allontanò al trotto verso sud.

Quando Pungilupo uscì dal convento di San Giorgio, si guardò intorno finché non trovò Suger al margine della strada, pallido e immobile come una salma. Gli si avvicinò di buon passo e, sconcertato, lo scosse per una spalla. Il medico lo scrutò con un battito di ciglia, mostrandosi quasi felice di vederlo.

«Sembra abbiate appena visto il diavolo», commentò il clavigero, scordando per un attimo l'antipatia che provava nei suoi confronti.

Dalla bocca di Suger uscì una risatina isterica.

Galvano non era dell'umore adatto per replicare. Le monache gli avevano versato dell'olio bollente sulla cauterizzazione per sanargli la ferita. Avrebbe volentieri ricambiato il favore al francese, se grazie a lui non fosse riuscito a scoprire una cosa assai importante. «Avevate ragione, le monache conoscono la guaritrice delle lacrime», disse. «Non abita con loro, ma mi hanno indicato dove sorge la sua casa».

30

Anche quella notte Adelisia aveva sognato i cavalli. Li aveva visti scendere da un declivio di pietre nere, un'intera mandria, tutti schiumanti e imbizzarriti. E come ogni volta, li aveva visti perdere sangue dalle orecchie. Fiotti di un rosso lucente colavano dai loro colli maestosi, striando i manti, le zampe e le criniere. La bambina era troppo spaventata per capire cosa stesse accadendo. Udiva i nitriti, il trepestio frenetico degli zoccoli, mentre ogni cosa veniva travolta.

Poi, un lancinante dolore agli occhi.

Si svegliò con la tentazione di toccarsi le palpebre, ma resistette. Non fu l'istinto a fermarla, ma la memoria del dolore. Il dolore di una maledizione destinata a svanire, diceva spesso sua madre. Ogni volta che udiva quelle parole, Adelisia sorrideva. Non perché vi prestasse fede, ma perché venivano pronunciate con amore. E quell'amore, per lei, era tutto.

«Mamma!», chiamò, agitandosi nel buio.

Strisciò carponi fino all'uscio, mentre una scheggia uscita dal nulla le trafiggeva la pupilla destra. Il sogno dei cavalli era già lontano. Voleva soltanto far cessare quello strazio.

Attraversò la sala d'ingresso invasa dalla semioscurità e udì delle voci provenire dall'esterno, sulla veranda. Sua madre stava parlando con qualcuno. Si mosse per raggiungerla, ma non appena varcò la soglia levò un grido, offesa dal bagliore accecante del sole. Si coprì il volto con le mani e, con estrema cautela, aprì uno spiraglio tra le dita in cerca della madre. La vide, in piedi, di fronte a tre uomini in controluce.

«Mamma!», chiamò.

La donna fece cenno agli interlocutori di attendere e si voltò verso di lei, scrutandola dapprima con sorpresa, poi con allarme. Stava già per controllarle l'occhio, quando una voce maschile la fermò: «State quieta, madonna. Provvedo io».

La bambina conosceva quella voce. Apparteneva a un vecchio amico, Benvenuto Grafeo. L'oculista la raggiunse, la prese per mano e la condusse dentro casa, all'ombra. «Piccola mia, come vi sentite?», le chiese poi, facendola sedere su uno sgabello.

«L'occhio...», si lamentò Adelisia.

«Fatemi controllare».

Usando delicatezza, Grafeo le dilatò le palpebre finché non scorse un piccolo cristallo incuneato nel bordo inferiore della pupilla. Era minuscolo e biancastro, liscio in alcune parti, tagliente in altre. Era scivolato sotto la ghiandola lacrimaria senza causare danni. «Lo vedo», disse. «Quando è spuntato?»

«Mentre dormivo». La bambina trattenne il dolore con una smorfia. «Fa male».

«Non temete», la rassicurò l'ebreo. «Ora lo tolgo».

Adelisia mormorò un grazie, implorandolo di fare in fretta. Era il più prezioso tra gli amici. Lo conosceva da due anni, da quando erano comparsi i cristalli. Al loro manifestarsi, sua madre non era stata in grado di curarla e aveva chiesto aiuto al sapiente Grafeo. La bambina si era subito fidata di lui. Il suo aspetto rassicurante, la barba riccia, il naso lungo e gli occhi circondati da rughe ricordavano uno di quei santi raffigurati nelle chiese.

L'oculista aprì il suo astuccio di legno, rovistò all'interno ed estrasse una pinzetta di metallo. Si accertò che fosse pulita, poi la avvicinò all'occhio dolente. Agganciò la palpebra inferiore e la tirò con gentilezza verso il basso, in modo da avere una visione completa del punto in cui intervenire. Prese quindi con la mano destra una seconda pinzetta, ancora più piccola, e la accostò con cautela al cristallo.

La prima volta che aveva visto quegli arnesi, Adelisia si era spaventata. Ma Grafeo le aveva spiegato che i suoi *ferramenta* erano strumenti utili a fare del bene alla gente e glieli aveva mostrati uno per uno, presentandoli come piccoli amici dai nomi latini. C'erano le pinzette *ad evellendos pillos* e *ad retinendum palpebras*, l'ago *ad catiractas* e una minuscola spatola *ad coquendum fistolam*...

Con gesti esperti, l'oculista afferrò il cristallo con la pinzetta e lo estrasse. «Vi ho fatto male?», chiese poi.

«No», rispose Adelisia.

«Bene», sorrise lui. «Ancora un attimo di pazienza e abbiamo finito». Sempre tenendole la palpebra abbassata, estrasse dal suo astuccio una boccetta di vetro con la base panciuta e il collo oblungo e versò qualche goccia del suo contenuto sulla pupilla.

La bambina provò un immediato sollievo e finalmente fu libera di aprire e chiudere le palpebre senza accusare dolore. Abbracciò Grafeo e lo baciò sulla guancia.

Fu allora che vide un secondo individuo fermo sull'uscio. Aveva i capelli neri e il volto gentile. Indossava un abito da frate ma sembrava un principe, nobile e bello. Benché la guardasse con dolcezza, pareva gravato da un profondo dispiacere.

Accennò un saluto e si allontanò senza proferire verbo.

Non era giusto.

Uberto distolse lo sguardo dall'uscio, incapace di fugare l'immagine di quella fanciulla piccola e pallida, i capelli quasi bianchi, le pupille arrossate. Ne era rimasto sconvolto, non gli era mai capitato di assistere a una simile manifestazione di dolore. Un dolore tanto perverso da infondere la disperazione nel cuore di qualsiasi uomo adulto. Un dolore che la figlia di Remigarda di Acquanegra pareva sopportare con stoico coraggio.

Non c'era speranza in quel musetto di scricciolo. Uberto l'aveva osservato con attenzione, cogliendovi un alternarsi di espressioni quasi ferine. Sofferenza, paura, infine conforto. Accompagnati da una rabbia amara e inespressa. La rabbia di chi soffre senza capire il perché.

Non poteva che condividerla, quella rabbia. La sentiva montare nel petto insieme a uno sdegno che avrebbe infiammato l'animo di qualsiasi persona di buon cuore. Si chiedeva come fosse possibile che una bambina di nemmeno sette anni patisse a causa di un male tanto atroce. Se davvero il Signore fosse stato misericordioso e caritatevole, se davvero avesse amato i propri figlioli, non avrebbe mai permesso una cosa del genere. Invece ne era addirittura l'artefice, essendo il creatore di ogni cosa. Ma perché infierire su una innocente?

Uberto si poneva quelle domande ogni volta che si imbatteva in disgrazie che riguardavano i bambini. E allora si indignava al punto da dubitare dell'esistenza di una bontà divina, di un ordine che garantisse un'equa distribuzione del bene e del male.

Opponendosi a un moto d'ira, si allontanò dall'uscio e attraversò una distesa di terra battuta che correva lungo la facciata della casa. Poco distante, suo padre stava conversando con la donna di Acquanegra.

Finalmente l'avevano trovata.

Remigarda abitava nel suburbio vicino alla spiaggia, detto "Dogana Regia". La sua dimora – un modesto edificio di legno costruito su un unico piano – sorgeva tra il monastero di San Benedetto e un torrione somigliante a un faro. La facciata guardava una schiera di casupole raccolte intorno a un ampio giardino, una sorta di orto comune, al centro del quale spuntava un pozzo. Ai margini di quell'area si estendeva uno specchio di acqua limacciosa definito "lago".

La donna viveva lì con la figlia, senza marito né familiari. Provvedeva a entrambe grazie al mestiere di guaritrice, che le permetteva appena di sopravvivere.

Uberto era rimasto colpito dalla sua bellezza. Una bellezza che spiccava nonostante Remigarda vestisse in modo sobrio, con una tonaca grigia stretta in vita da una cintura e il capo fasciato da un turbante. Non sfoggiava gioielli né fronzoli, eppure il suo volto olivastro e gli occhi a mandorla avevano il potere di ammaliare. Era alta, con un fisico flessuoso e ben proporzionato. Doveva essere più giovane di lui di qualche anno, benché il cipiglio della fronte la facesse apparire più vecchia di quanto non fosse. Non si trattava però di un'espressione malvagia, ma di sfida.

Nel vederli arrivare, si era subito insospettita e aveva accettato di parlare con Ignazio soltanto perché si fidava dell'oculista. Facendo ritorno, Uberto si accorse che il padre le stava già mostrando il mantello del Sagittario.

La donna osservava quell'oggetto con attenzione. Pareva restia a toccarlo, ma aveva l'aria di conoscerlo bene.

In attesa che Remigarda si esprimesse, Ignazio si sforzò di mostrarsi impassibile. Era in grado di tenere a freno la curiosità per settimane, a volte addirittura per mesi, ma quando giungeva a un passo dalla scoperta sentiva l'anima sobbalzare come una nave nella procella. Con l'avanzare dell'età si diventa più pazienti, recitava il detto, ma a lui accadeva l'esatto contrario. Più invecchiava, più si lasciava pervadere dalle passioni che l'avevano infiammato durante la giovinezza, incapace di misurare il contegno, le parole e persino il tono della voce.

D'un tratto si accorse che Remigarda gli stava restituendo il mantello del Sagittario. «Dove l'avete trovato?»

«A Napoli», le rispose, «ma ritengo provenga da più lontano. Da nord».

«E perché, di grazia, vi siete scomodato per sottoporlo al mio giudizio?»

«Perché ho ragione di credere che dovesse essere consegnato a voi, madonna. Due uomini, e forse più, sono morti nell'intento».

Il volto della guaritrice fu attraversato da un lampo di spavento, poi si contrasse in quella che pareva una smorfia di amara consapevolezza. Il mercante cercò di leggere tra quelle pieghe, ma poté scorgervi soltanto tracce di un profondo rammarico. Sentimenti remoti, a cui non seppe dare un nome.

«E voi non temete di andare incontro alla medesima sorte?», chiese Remigarda, interrompendo i suoi pensieri.

«O morte o salvezza», disse Ignazio, stringendosi nelle spalle. «Non ho alternative. Tutto dipende da quanto siete disposta a rivelare».

La donna lo fissò a lungo, poi scosse il capo. «Il fatto che possediate il mantello autentico non vi dà alcun diritto di conoscere la verità».

«Cosa intendete per "autentico"?»

«Dipende da quanto siete edotto sui mantelli zodiacali, messere».

«Non ne so nulla, a dire il vero, eccetto che ne esistono di assai pregiati. Quelli di Ottone III e di Enrico II, per esempio, sono noti per essere vesti non comuni».

«Probabilmente», si intromise Uberto, «si rifanno a un antico rituale».

«Nessun rituale», lo zittì la guaritrice. «Semplice vanto di mortali che si attribuiscono il potere degli astri».

«Il mantello del Sagittario, tuttavia, deve nascondere ben altro», insistette il mercante. «Perché è tanto insidioso?».

Remigarda fece cenno di voler interrompere la conversazione. «L'insidia non proviene dal mantello», disse poi, quasi per accomiatarsi, «bensì da colui che lo ideò».

Ignazio avanzò d'un passo, afferrandola per un polso. «Alludete al magister di Toledo?».

La donna ebbe un sobbalzo. «Lo conoscete?». Si sottrasse alla presa mentre la sua fronte si aggrottava, facendola apparire molto più vecchia. Era rancore quello che le trapelava dagli occhi.

Il mercante sollevò le mani, pentito di aver agito d'impulso. Ma c'era troppo in gioco per badare al contegno. Inoltre sospettava che non fosse stato il suo gesto ad aver sconvolto la donna, bensì il nome appena pronunciato. Fece per rispondere, ma fu preceduto dal figlio.

«Fino a pochi giorni fa non sapevamo neppure che esistesse». Uberto usò un tono persuasivo. «Tuttavia avremmo necessità di incontrarlo».

Remigarda vinse la collera e si avvicinò all'uscio. «Ve lo sconsiglio, abbandonate l'impresa».

«Non capite, madonna», insistette il giovane. «Se non lo faremo, io e mio padre saremo costretti a fuggire senza mai più rivedere i nostri cari. Se poteste dirci di più...».

«No», lo interruppe Ignazio, «voi *dovete* dirci di più». Detestava imporre la propria volontà, eppure all'occorrenza sapeva suscitare un'istintiva soggezione negli interlocutori, persino in quelli più combattivi e orgogliosi.

Ma anziché intimidirsi, Remigarda tornò sui propri passi e lo affrontò. «Non vi aspettiate che basti presentarvi insieme a un uomo che stimo per alzare la voce al mio cospetto», e gli puntò l'indice sul petto. «Perché mai dovrei aiutarvi?»

«A causa dei tatuaggi sulla vostra mano», rivelò il mercante, indicandole la destra. Vi erano rappresentati gli stessi simboli trovati addosso a Gebeard von Querfurt. Ignazio era certo di non sbagliarsi, aveva l'immagine di quel braccio amputato impressa a fuoco nella memoria. «Chi li possiede rischia di incorrere in gravi pericoli. Pericoli assai imminenti, a mio giudizio. Forse potremmo aiutarci a vicenda».

La donna guardò la propria mano con la rassegnazione di chi si riconosce addosso i segni della lebbra, e annuì. «Ditemi, mastro Ignazio, se foste il custode delle porte dell'inferno, permettereste a qualcuno di sbirciare dietro di esse?». Sospirò con amarezza. «Immagino di no».

Il mercante le sorrise, ironico. Se avesse davvero posseduto le chiavi dell'inferno, le avrebbe usate lui stesso per curiosare. A costo di bruciarsi. «Ditemi voi, piuttosto. Se dovessi entrare in casa vostra, troverei tre sedie disposte davanti a un cerchio magico?»

«Fino a qualche anno fa le avreste trovate». La schiettezza di Remigarda lo spiazzò. «Ma non ora. Non più».

«Vi fu insegnato dal magister di Toledo?».

La donna esitò, ancora una volta irritata da quel nome. Prima che potesse decidersi a parlare, fu interrotta dal comparire di Grafeo e di Adelisia.

Ora che la luce si era fatta meno intensa, l'oculista aveva deciso di portare la bambina all'aperto. Remigarda si inginocchiò davanti a lei per prenderle il viso tra le mani, poi sorrise, riacquistando all'improvviso un aspetto ammaliante. «Come stanno gli occhi, tesoro mio?»

«Bene», rispose Adelisia. «Grafeo mi ha guarita».

«E il dolore ai fianchi?»

«Passato».

«Quale dolore ai fianchi?», indagò l'oculista, accigliandosi.

«Da un paio di giorni soffre ai reni», spiegò la madre, preoccupata.

Grafeo scosse il capo, a intendere che non riusciva a darsene spiegazioni. «In ogni caso», soggiunse, «gli occhi sono ancora infiammati. Suggerirei una lavanda di betonica».

La donna annuì. «Possiedo qualche fiore essiccato».

«Sarà sufficiente».

«Sono stanca di impacchi!», protestò Adelisia.

«È per il tuo bene», le spiegò la madre.

La bambina sbuffò. Poi, senza preavviso, puntò gli occhietti arrossati verso Uberto. «Messere, perché eravate arrabbiato?», gli chiese.

Colto di sorpresa, il figlio del mercante le fece cenno di non capire.

«Prima, mentre mi guardavate», spiegò la bambina, «eravate risentito».

«Non ero risentito», mentì Uberto. «Ero malinconico».

«Perché?»

«Perché ho una figlia piccola, più piccola di voi, e non la vedo da tempo».

Adelisia rifletté. «Io non ho un padre», disse infine.

«Ora basta», intervenne Remigarda. «Non disturbare questi signori».

Ma la guaritrice non osservava più la figlia. Ancora accigliata, stava fissando tre anziane donne che si stavano avvicinando alla casa. Camminavano lente e malferme, tenendosi a braccetto per sorreggersi l'una con l'altra. Dopo essersi fatte strada per la corte, si fermarono dinanzi ai presenti e si prostrarono con le mani giunte, quasi volessero adorare la reliquia di un santo.

In quel luogo però non vi era alcuna reliquia. Soltanto Adelisia.

Fissando la bambina, iniziarono a intonare una cantilena:

Duie uocchie t'hanne affise, tre domne te vonno aiutà
Sanct'Anna, sanct'Elena et sancta Maria Magdalena.[7]

Remigarda reagì in modo tanto inaspettato quanto brusco. «Andatevene!», gridò, minacciando di colpirle con un sasso raccolto da terra. Ma le tre megere continuarono a intonare la loro nenia con le mani protese verso Adelisia. La guaritrice scagliò il sasso ai loro piedi, poi le respinse con un gesto esasperato. «Andatevene, scimunite! Non possiamo fare niente per voi!».

Le vecchie tuttavia sembravano intenzionate a restare. Allora Remigarda prese la figlia in braccio e si diresse verso casa. Prima di chiudere

[7] Due occhi ti hanno fissato, tre donne ti vogliono aiutare / Sant'Anna, sant'Elena e santa Maria Maddalena.

il battente, si rivolse a Grafeo. «Entrate», disse, con una punta di rimprovero. «L'invito è esteso anche ai due impiccioni che vi siete portato appresso».

Ignazio si sentiva a un passo dal risolvere il mistero, ma prima di seguire Benvenuto Grafeo dentro casa fu colto da un dubbio e lo trattenne per parlargli in disparte. «Non mi è chiaro», gli disse a bassa voce, «come una donna in condizioni tanto precarie possa permettersi i servigi di un sapiente della vostra levatura».

«Remigarda di Acquanegra non è certo una miserabile», obiettò l'oculista, impaziente di allontanarsi dalle tre megere.

«Eppure», intervenne Uberto, «il collirio che avete usato per la bambina dev'essere alquanto costoso».

«Cosa volete insinuare, messeri?»

«Non equivocate, ve ne prego», lo tranquillizzò Ignazio. «Intendevo soltanto farmi un'idea più precisa su quella donna».

«Se proprio desiderate saperlo, mi ha ampiamente ripagato. Con dei libri. Molti libri».

Il mercante alzò un sopracciglio, assai incuriosito. «Libri di che genere?»

«Testi di medicina e di filosofia, codici di grande pregio», rispose Grafeo. «Ne ho fatto fare copia, poi ho donato gli originali alla chiesa di Santa Maria de Domno in cambio del permesso di abitare nella Giudaica. Come saprete, quella zona è di proprietà del vescovo e gli ebrei non possono acquistarne i terreni, a meno che non si riesca a ingraziarsi qualche prelato».

«Me ne compiaccio. Mi chiedo tuttavia da dove provengano quei libri».

«Dovrete chiederlo a Remigarda», rispose il vecchio, varcando l'ingresso. «Fanno parte del suo passato».

31

La strettoia tra la via dei Canapari e il rione del duomo conduceva a una chiesetta nascosta tra vecchi anditi. Al suo interno, Konrad von Marburg attendeva il ritorno di Pungilupo e Suger. Aveva cercato di ingannare il tempo raccogliendosi in preghiera, ma non gli era stato possibile a causa del presbitero che amministrava il culto in quel luogo. Vedendolo entrare, gli si era fatto appresso e aveva iniziato a lagnarsi di come il suo amato tempio venisse frequentato da un numero sempre più esiguo di fedeli. Il germanico si era limitato ad annuire, sperando di toglierselo di torno, ma il seccatore aveva interpretato quel silenzio come un invito a proseguire e si era messo a parlare della chiesa, delle sue origini e delle antiche famiglie patrizie che avevano finanziato la sua costruzione.

Infastidito da tanta petulanza, Konrad si era diretto verso l'altare e inginocchiato a mani giunte, per rendere manifesta la sua esigenza di quiete assoluta. Il tedioso omiciattolo, tuttavia, aveva continuato a molestarlo.

Ripensando all'accaduto, Konrad si era persuaso di non essersi macchiato di alcuna colpa nell'aver zittito l'impertinente con uno schiaffo a man rovescia. Gli aveva anzi elargito un dono, dandogli occasione di meditare sulla propria impudenza. Ma nell'osservare il presbitero che sgattaiolava verso la sacrestia, aveva anche provato quella punta di godimento che accompagnava sempre una reazione violenta.

Inutile negarlo, stava perdendo il controllo. Più restava lontano dalla Germania e dal rigore di una vita disciplinata, più il suo atteggiamento si inselvatichiva. Dare la caccia al nemico lo riportava all'indomita aggressività dei suoi antenati, alla *magistra barbaritas* dei guerrieri teutonici.

In altre circostanze quell'indole brutale sarebbe stata un intralcio. Ma ora Konrad l'avrebbe scatenata su Ignazio da Toledo, per schiacciarlo una volta per tutte. E dopo averlo visto bruciare, sarebbe tornato con gaudio alla mansuetudine del claustro.

D'un tratto ritornò vigile. Due figure erano appena entrate in chiesa. Erano Pungilupo e Suger.

«Ebbene?», li interrogò, distendendo l'espressione del volto.

«L'abbiamo trovata, magister», vociò il clavigero, incurante di trovarsi in un luogo sacro. «Sappiamo dove vive la donna di Acquanegra».

«Quindi l'Homo Niger non è lontano», disse Konrad, battagliero. «Non perdiamo tempo, allertate i miei due armigeri all'ingresso e conducetemi da lei!».

32

L'interno della casa era oscuro come un antro. A dissipare l'ombra, qualche lume di candela e alcuni spiragli di luce sfuggiti alle tende di pergamena. Il mercante avanzò per l'ambiente angusto, lasciando scorrere lo sguardo sul tavolo e fra scansie colme di oggetti. Di fronte all'ingresso, vide due uscioli aperti su cubicoli ancor più bui.

«Perdonate l'assenza di luce», si scusò Remigarda. «Mia figlia non la tollera».

Ignazio scambiò un'occhiata complice con Uberto. Nonostante l'invito a entrare, intuiva che non sarebbe stato facile far parlare quella donna. Da quando aveva nominato il magister di Toledo, si era accorto di aver risvegliato in lei un'indole aggressiva. Remigarda non gli avrebbe raccontato la verità per timore né tantomeno per compiacerlo, ma soltanto se si fosse decisa a sciogliere il grumo di sentimenti che nascondeva dentro di sé. Il mercante però non sapeva come spingerla verso quella direzione. Non ancora, per lo meno. Si mise quindi a fissare Grafeo, che aveva preso a muoversi con disinvoltura fra le mura domestiche.

«Madonna», chiese il vecchio, frugando tra gli scaffali, «dove tenete la betonica?».

La guaritrice indicò un vaso di bronzo in cima a un ripiano. Era un antico canopo dal coperchio a forma di testa femminile e con due mani in luogo delle anse. L'oculista lo scoperchiò, estrasse una manciata di stigmi essiccati e li porse a Remigarda perché li bollisse. Il suo cipiglio non accennava ad attenuarsi.

«Chi erano quelle tre vecchie?», le chiese Ignazio, rompendo gli indugi.

La guaritrice gli rivolse un'occhiata vaga, a intendere che ne avrebbe parlato più tardi, in assenza della figlia. «Uno di voi potrebbe passarmi dell'acqua, messeri?», domandò invece.

Uberto fu lieto di aiutarla, raccolse una brocca vicino al focolare e riempì per metà il pentolino. Lei lo ringraziò, poi iniziò ad amalgamare la mistura con un cucchiaio di legno.

Il mercante intanto si sentiva a disagio. Era ancora incerto su quali discorsi fare leva e temeva che la donna l'avesse fatto entrare soltanto per semplice cortesia, o perché imbarazzata dalla comparsa delle tre megere. Eppure presagiva di trovarsi a un passo dallo svelare il mistero. Si sedette al tavolo per meditare la mossa successiva quando fu improvvisamente attratto da un grosso tomo. Pareva l'unico libro presente nella casa, per giunta di gran pregio. L'ultimo rimasto dei molti donati a Grafeo? Accostò una candela e lo aprì, notando subito delle miniature realizzate con estrema finezza. Riguardavano le piante officinali, di cui il testo latino spiegava le virtù medicamentose. «Sono ammirato», disse, intuendo di cosa si trattasse. «Non è da tutti possedere il *Causae et curae* di Ildegarda di Bingen».

«Sono altrettanto ammirata», ribatté Remigarda, deponendo il pentolino sul fuoco. «In pochi sanno riconoscere gli studi di quella venerabile monaca».

Incoraggiato dal suo tono accondiscendente, il mercante continuò a sfogliare in cerca di dettagli che avrebbero potuto aiutarlo a proseguire la conversazione, ma d'un tratto notò qualcosa che risvegliò il suo interesse. A margine di alcune pagine c'erano delle postille vergate con strani caratteri. Un codice indecifrabile, eppure a lui familiare. Avvicinò la candela per osservare meglio, fino a persuadersi di non essersi ingannato. Non solo aveva già visto quei caratteri ma ricordava pure dove, anche se non riusciva a spiegarsi la loro presenza in quel trattato di medicina… Mentre si sforzava di capire, pensò di mostrare a Uberto la scoperta, ma non appena sollevò lo sguardo dalle pagine vide Remigarda di fronte a sé.

«Avete letto abbastanza, messere». La donna posò le mani sul tomo e lo richiuse con un gesto brusco, facendo sollevare una densa nuvola di polvere. Era tornata aggressiva, quasi collerica.

Anziché scusarsi, il mercante la fissò con sospetto. «Da dove proviene questo libro, madonna?».

La guaritrice si strinse nelle spalle. «Mi fu donato anni fa, quando frequentavo l'Università di Bologna. Come si evince dalla legatura e dalla calligrafia, proviene dalla Germania».

«Dalla Germania», ripeté Ignazio. «Come almeno due dei seguaci del magister di Toledo».

Remigarda gli diede le spalle ed evitò commenti. Ritornò al focolare per controllare l'infuso, tolse il pentolino dal fuoco e lo posò su uno sgabello, mentre un intenso aroma dolciastro si diffondeva per l'ambiente. Grafeo le fu subito accanto. Attese che il preparato si raffreddasse, poi vi immerse i bendaggi e dopo poco li estrasse per applicarli sopra le palpebre di Adelisia. «Dovrà tenerli per un po'», si raccomandò.

«Meglio farla coricare». La madre prese la bimba in braccio e imboccò uno dei vani secondari della casa. Adelisia protestò debolmente, poi si rassegnò.

Quando la donna ricomparve, il suo volto era diventato impenetrabile come la faccia del canopo. Ignazio la guardò camminare fino all'ingresso, sbirciare all'esterno e infine rasserenarsi. «Pare che le tre vecchie abbiano tolto il disturbo», disse.

Remigarda richiuse la porta. «Villane superstiziose», commentò a bassa voce, per non farsi udire dalla figlia. «Attribuiscono ai cristalli di Adelisia poteri miracolosi. Poteri capaci di guarirle dagli acciacchi».

«Ve ne avevo fatto cenno, rammentate?», intervenne Grafeo.

Il mercante annuì, invitando la guaritrice a proseguire.

«Non sono certo le uniche a presentarsi al mio uscio, capite?». Remigarda lasciò trapelare un misto di sprezzo e compatimento. «Tutti vogliono sempre la stessa cosa… Lacrime di cristallo! Sono disposti a implorare, persino a pagare per averle… Ma non si curano di spaventare Adelisia, tantomeno che possa soffrire o diventare cieca. E nel frattempo, diffondono ai quattro venti la leggenda della "guaritrice delle lacrime"». Abbassò lo sguardo e d'un tratto parve la donna più fragile del mondo, una figura sul baratro della disperazione. «Se solo la mia bambina potesse star bene...».

Seduto su uno sgabello, le mani strette sulle ginocchia, Uberto pareva combattuto tra il desiderio di alzarsi e il ritegno uso a chi si trova in casa altrui. «Chi è il padre?», chiese, in preda a un'indignata compassione.

Remigarda si asciugò le lacrime con un gesto rabbioso, procurandosi delle chiazze rosse sulle gote. «Il magister di Toledo», disse, lasciando trapelare l'astio di chi ha odiato a lungo, fino allo spasimo. Fino all'annientamento di ogni altra emozione.

Ignazio dominò lo sbigottimento. Aveva il sentore che la barriera che lo separava dalla verità fosse sul punto di crollare, ma rispettò il dolore della donna e tacque. Il magister di Toledo cessava di essere un'entità astratta. Non era più il fantasma generato dalle ossessioni di Konrad von Marburg, ma un uomo in carne e ossa che aveva lasciato tracce della propria esistenza. Una donna e una bambina.

Fu riportato alla realtà dalla guaritrice, che ora lo scrutava con durezza. «Se ben ricordo, messere, alludevate a pericoli imminenti», disse Remigarda, sforzandosi di mascherare le emozioni. «Ebbene, sciogliete la lingua e parlate chiaro, poiché vi ho permesso di entrare in casa mia soltanto per questa ragione».

Spiazzato da tanta schiettezza, il mercante poté finalmente riprendere il discorso dove l'aveva lasciato. «Un prete della Germania», disse, «è sulle tracce del magister di Toledo e dei suoi gregari. Sa dei tatuaggi, dei cerchi magici e forse anche del mantello del Sagittario. L'insidia maggiore tuttavia è rappresentata da un altro uomo, un misterioso cavaliere che pare voglia uccidere chiunque sia coinvolto nella vicenda».

«Un prete e un cavaliere», rimuginò la donna, sfiorandosi il mento.

Grafeo annuì, a intendere che ne era già stato messo al corrente.

«Dovrete guardarvi da entrambi, madonna», ribadì Ignazio, «dato che almeno il primo verrà di certo fin qui. Statene certa».

«Come fate a esserne tanto persuaso?»

«Perché è sulle mie tracce. Mi crede il magister di Toledo e non si darà requie finché non mi avrà visto su una pira infuocata».

«Voi il magister di Toledo?», disse Remigarda, incredula. «Ma come...».

«È insorto un equivoco», spiegò il mercante. «E per porvi rimedio, non vedo altra soluzione se non quella di conoscere la verità su quell'uomo».

Lei quasi sorrise. «La verità...».

«Se non vi è di eccessivo turbamento, s'intende».

La guaritrice si fermò a riflettere, poi si sedette ai bordi del tavolo e, con un gesto che denotava un'immensa stanchezza interiore, si sciolse il turbante liberando una chioma di capelli castani. «Lo farò per ripagarvi di avermi messa in guardia, benché il rischio a cui sono esposta sia colpa vostra», sottolineò, e con una punta di rassegnazione, iniziò a raccontare: «Incontrai il magister per la prima volta nove anni fa, nell'autunno del 1220. All'epoca vivevo a Bologna, dove lavoravo come ostetrica e frequentavo l'Universitas. Fu lì che lo conobbi. Aveva fama di essere uno dei cattedratici più celebri d'Occidente e di provenire da Toledo. Ma come appresi più tardi, quella città fu per lui soltanto sede di studi giovanili. Era invece nativo del nord dell'Inghilterra, un figlio di Scozia, e aveva viaggiato molto fin dall'infanzia. Oltre a insegnare, si dedicava alla traduzione di testi arabi e greci e all'occorrenza esercitava l'attività di medico. Inutile dire che me ne innamorai subito, perdutamente. Come una sciocca. D'altronde non avevo mai conosciuto un uomo di tale levatura e tuttora dubito ne esistano di eguali. Era uno studioso acuto, interessato a ogni scienza, dalla matematica all'astrologia, dalla medicina all'alchimia. Inoltre lo scoprii capace di una tale profondità di sentimenti da restarne avvinta...». Fece una pausa, suo malgrado intenerita.

«E dite», la interrogò il mercante, «fu lui a donarvi il tomo di Ildegarda di Bingen?».

Remigarda lo osservò in tralice, quasi fiutasse un tranello, poi annuì. «Quello, e tutti gli altri che possedevo». Fissò per un istante il taciturno Grafeo, poi riprese il racconto: «Quando seppi che lui ricambiava il mio amore, mi sentii la donna più felice del mondo, ma ben presto scoprii che conduceva una vita segreta. Usciva spesso di notte e io, temendo avesse un'altra, lo seguii. Appresi invece che frequentava le contrade del Mercato e della Mascarella per incontrare gli eretici patarini. Il più delle volte, tuttavia, si spingeva fino ai sotterranei di San Procolo, per riunirsi con degli sconosciuti che, in seguito, scoprii essere studenti ultramontani. Coltivavano in gran segreto una religione occulta di cui il magister era l'ispiratore e il gran sacerdote. Andò a finire che venni scoperta, ma invece di essere punita fui iniziata a quel sodalizio».

Ignazio aggrottò la fronte. «Di quale sodalizio state parlando? Se non mi inganno, l'avete definito una religione...».

«Una religione fondata su simboli astrali». Senza più esitare, Remigarda gli mostrò i tatuaggi che portava sul dorso della mano. «Questi simboli. Tutti legati al Cacciatore Etiope».

Il mercante osservò con attenzione i sette geroglifici sotto l'immagine del cavaliere, affinché ne potesse serbare memoria, e ripeté mentalmente quel nome. Non l'aveva mai sentito pronunciare. «Suppongo vi riferiate al cacciatore con arco raffigurato sul mantello del Sagittario».

«Sul mantello, sui tatuaggi...», mormorò la donna. «È sempre lui. Il maledetto tra i maledetti. Il Sagittario è soltanto una maschera dietro cui si cela qualcosa di ben più terrificante».

«Quindi il cerchio magico e le tre sedie... Gli oggetti trovati accanto... Servono per evocarlo?».

Remigarda scosse il capo. «Le mie conoscenze sono ben limitate, messere. Il magister di Toledo insegnava i suoi rituali ma non era avvezzo a svelarne i segreti. Neppure a me». Emise un sospiro. «E io, accecata com'ero dalla felicità di stargli accanto, non me ne curavo di certo. Ciò nondimeno, tutto cambiò con l'arrivo a Bologna dell'imperatore Federico II. Era l'anno 1222. Il magister lo incontrò per la prima volta in veste di docente dell'Universitas, dopodiché prese l'abitudine di frequentarlo con assiduità. Il sovrano era rimasto invaghito della sua sapienza e a ogni nuovo incontro si mostrava sempre più curioso al punto che, prima di partire per il Regno di Sicilia, gli chiese di seguirlo. Non era la prima volta che il magister riceveva un'offerta del genere. Tempo prima, il papa l'aveva voluto al suo fianco in cambio di doni e benefici... Però non fu per le ricchezze che decise di accontentare Federico. Lo fece per una donna, una cortigiana al seguito dell'imperatore. Ne rimase conquistato a tal punto da decidere di abbandonare me e i suoi seguaci da un giorno all'altro». Indurì l'espressione, per evitare di piangere. «Poco dopo la sua partenza, mi resi conto di essere incinta».

«Mi rincresce». Ignazio ebbe la fugace impressione che il volto di Remigarda diventasse uno specchio che rifletteva l'immagine di Ermelina, e poi di sua moglie Sibilla. Per un attimo le vide tutte e tre insieme. La donna tradita, quella ignorata e quella trascurata. In fondo, si disse, non era migliore del magister di Toledo. Era altrettanto egoista. Ma mentre soppesava le proprie meschinità, sentiva una parte di sé, la più fredda e razionale, emergere dal buio come un rettile per prendere il sopravvento. «Nondimeno», aggiunse con cautela, «sono costretto a sottoporvi altre gravi questioni, madonna. Mi dispiace, ma è necessario».

La guaritrice scosse il capo con fredda ironia. «Seppur mi dispiacesse, non ve ne curereste più di tanto. Non fate il commediante, dunque, e chiedete».

Piccato da quella critica, il mercante si finse impassibile e proseguì: «Ho bisogno di sapere quale ruolo gioca in questa vicenda il mantello del Sagittario».

«Racchiude i segreti del Cacciatore Etiope. È la *summa* del suo culto, per così dire, ma soltanto il magister di Toledo ne saprebbe decifrare l'enigma, dato che fu lui a ideare i simboli che vi sono ricamati sopra.

Il mantello fu realizzato a Bologna per suo ordine, ma completato soltanto dopo la sua partenza».

«Gli artefici del mantello furono quindi i discepoli del magister», disse Uberto, che fino ad allora aveva ascoltato in silenzio.

Remigarda annuì. «Dopo che furono abbandonati dal magister, continuarono a portare avanti i suoi progetti. Intendevano diffondere la dottrina del Cacciatore Etiope e celebrarne lo splendore grazie al mantello».

«Un arduo proposito», disse il mercante. «Come speravano di metterlo in pratica?»

«Non lo so, messere. All'epoca ero troppo impegnata a prendermi cura di mia figlia per seguire simili questioni».

«Eppure è a voi che va consegnato il mantello».

«Non a me, ma al magister di Toledo. Si tratta di un dono dei suoi discepoli, capite? Il loro estremo atto di obbedienza. Va portato in Sicilia, al castello imperiale di Palermo, dove lui risiede da anni».

«A Palermo», ripeté Uberto.

«Quindi», dedusse il mercante, «voi eravate l'ultima risorsa di Gebeard von Querfurt... L'ultima persona sopravvissuta che sapeva dove trovare il magister».

«Gebeard, quel folle». Remigarda lasciò trasparire un certo fastidio. «Giunse a Bologna per studiare giurisprudenza e invece rimase stregato dal culto del Cacciatore Etiope, al punto da prendere le veci del magister di Toledo una volta partito. Il mantello non era ancora ultimato quando gli rivelai che intendevo raggiungere Salerno, nella speranza di trovare una cura per Adelisia. Lui invece disse di voler tornare in Germania per diffondere gli insegnamenti del magister. È sempre stato il più fedele alla causa. Non poteva certo immaginare che io, al contrario, me ne sarei allontanata».

«Perché l'avete fatto?»

«Perché il Cacciatore Etiope porta con sé una maledizione. Una maledizione che ha colpito le pupille di mia figlia!». Gli occhi di Remigarda si strinsero in due fessure nere. «Capite, ora, da dove nasce il mio odio verso il magister di Toledo? Non dal suo tradimento, ma dal fatto che mi iniziò a quel culto satanico!».

«Perché non mi hai mai parlato di mio padre?», proferì una vocina uscita dall'ombra.

Tutti si voltarono. Adelisia era davanti all'ingresso della sua camera, le bende strette nelle manine, gli occhi ridotti a due piaghe arrossate. E in fondo a quelle piaghe, lo sdegno di chi aveva imparato a sopportare il dolore, sia fisico che emotivo, fino a spingerlo nel buio più profondo.

«Perché è un uomo malvagio», le rispose con dolcezza Remigarda, lanciando un'occhiata rapace in direzione di Ignazio. «Un uomo a cui importa soltanto di se stesso».

Il mercante fece un cenno costernato. «Mi rincresce, non potevo immaginare che la bambina udisse...».

«Vi rincresce?». La guaritrice raggiunse Adelisia, inginocchiandosi al suo cospetto come una lupa pronta a difendere il cucciolo. «Siate sincero, messere, a voi non dispiace affatto», sibilò. «Vi preme soltanto sapere del magister di Toledo, a costo di interrogarmi su cose che aborro rammentare. Lo scrupolo di mettermi in guardia e persino la questione della vostra salvezza... Sono soltanto scuse! Pensavate non l'avessi capito? Siete come lui! Siete tutti come lui! Tanto presi dalle vostre mire da dannare chiunque vi stia accanto! Ma io punirò il vostro egoismo, non pronuncerò mai il suo nome, e neppure quello del Cacciatore Etiope». Indicò l'uscita. «Trovatelo da voi, se ne possedete l'arte!».

Ferito e umiliato, Ignazio sentì una fitta di dolore. Remigarda di Acquanegra aveva ragione. Si era permesso di entrare nella sua vita senza curarsi delle conseguenze. E a quel punto avrebbe desiderato scusarsi, dirle mille cose, ma per la prima volta in vita propria gli mancarono le parole. Osservò con un nodo in gola il muto dolore di Adelisia, e si lasciò pervadere da un costernato rammarico. Uberto gli passò a fianco con aria mesta, e toccandogli una spalla lo precedette verso l'uscio. Andiamocene, diceva quel gesto, non creiamo altri problemi.

Il mercante non si sentì di contraddirlo. Prima di congedarsi, però, ebbe un ultimo scrupolo. Prese in disparte Benvenuto Grafeo e gli sussurrò all'orecchio: «Chi verrà dopo di me non sarà altrettanto comprensivo. Curatevi della donna e della bambina. Assicuratevi che restino nascoste».

L'oculista fu attraversato da un fremito, ma annuì senza aprire bocca.

Dopodiché Ignazio da Toledo lasciò quella casa piena di dolore, portandone con sé una parte. Fuori, il cielo si stava coprendo di nuvole, sagome frastagliate dai colori metallici.

«E ora?», chiese Uberto, muovendo passi pesanti lungo la via che si allontanava dalla Dogana Regia. «Sappiamo abbastanza per poter proseguire le ricerche a Palermo, ma non conosciamo ancora il nome del magister di Toledo».

Prima di rispondere, il mercante dovette riemergere dallo stato di abbattimento in cui era sprofondato. Aveva sempre vissuto soltanto per se stesso. Non era certo la prima volta che gli venivano rivolte accuse del genere, ma si sentiva ancora scosso dalle parole di Remigarda. Se riuscì a riprendersi, fu soltanto per suo figlio. Aveva un debito verso di lui, pensò. L'aveva coinvolto in una vicenda assai rischiosa e doveva trovare il modo di riportarlo a casa sano e salvo. «Non conosciamo neppure il vero nome del Cacciatore Etiope», disse d'un tratto.

«Ha importanza?», chiese Uberto.

«Sì», rispose Ignazio, «se vogliamo sapere cosa dovremo affrontare».

«E come vorresti scoprirlo?»

«Credo di averlo avuto davanti agli occhi, ma non sono riuscito a decifrarlo».

«Cosa intendi?»

«Ricordi i tatuaggi sulle mani dei seguaci del magister di Toledo? Non recano soltanto simboli, ma anche un'iscrizione di sette caratteri posizionata sotto l'immagine del cavaliere. Sospetto si tratti di un nome del Cacciatore Etiope. Anche Remigarda ce l'ha, ho avuto modo di osservarla con molta attenzione».

«Non possiamo certo bussare di nuovo all'uscio della guaritrice per chiederle spiegazioni...».

«No, non possiamo. Forse però ho trovato un indizio sul suo libro».

«Intendi il tomo di Ildegarda di Bingen?»

«Sì». Man mano che parlava, Ignazio riacquistava maggior padronanza di sé. L'amarezza si dissolveva come fango sotto la pioggia. «Il libro che le fu donato dal magister di Toledo».

«Ebbene?»

«Ebbene, ho notato fra le sue pagine alcune postille vergate in uno strano codice».

Uberto fece cenno di non comprendere.

«Forse mi sbaglio», proseguì il mercante, «ma credo sia lo stesso codice usato per le iscrizioni dei tatuaggi».

«Com'è possibile?»

«Non è così improbabile, se ci pensi. Forse il magister di Toledo ha nascosto i propri segreti utilizzando un codice già esistente. Un codice trovato in un libro che possedeva».

«E questa volta sei riuscito a decifrarlo?»

«No, però credo di aver intuito di cosa si tratti. Hai mai sentito parlare del *Lingua ignota*?»

«Certo», rispose Uberto. «È un trattato che descrive un linguaggio cifrato inventato da Ildegarda di Bingen, circa un secolo fa. Si dice che in alcune comunità monastiche se ne faccia ancora uso... E dunque, pensi che il codice in cui ti sei imbattuto sia il *Lingua ignota*?»

«Vale la pena verificare, non credi?»

«Credo proprio di sì. Ma per trovare qualcuno in grado di decodificarlo dovremo bussare alla porta di ogni monastero, in cerca di un benedettino abbastanza edotto e disposto ad aiutarci...».

Ignazio annuì, poi si fermò all'improvviso, come se un'idea lo avesse illuminato. «Forse esiste un metodo più veloce», mormorò, non ancora certo della propria intuizione, ma desideroso di lasciarsene sedurre. «Ricordi quanto ci ha confidato Benvenuto Grafeo sui libri posseduti da Remigarda?»

«Sì, me ne rammento. Sono tutti finiti nella chiesa di Santa Maria de Domno...».

Con un sorrisetto speranzoso, il mercante svoltò a sinistra. «Se tra quei libri ve ne fossero altri di Ildegarda di Bingen, potremmo forse trovare il *Lingua ignota*».

«Ipotesi da non scartare», disse Uberto, seguendolo. «E dato che non ci verrà mai accordato il permesso di controllare di persona quei libri, immagino che tu intenda...».

«Introdurmi nella chiesa di Santa Maria de Domno, stanotte stessa».

33

Il nome di Ulfus non aveva origini traci. Non proveniva da Tikili Taš e nemmeno dalle genti del Danubio, ma da più lontano. Suo padre l'aveva udito in gioventù dal canto di uno scaldo islandese, restando affascinato dalle gesta di Ulf il Notturno, un gigantesco guerriero nordico che di notte, in battaglia, cadeva in preda a un furore tanto indomabile da tramutarlo in bestia. Ulfus era sempre stato orgoglioso di quel nome, che con il tempo aveva iniziato a rispecchiare la sua passione per la notte e per la violenza. Amava la lotta, il combattimento furioso e la prossimità del nemico. Chi usciva dagli scontri più duri guadagnava a suo avviso qualcosa di più dell'onore, sviluppava un istinto primordiale che lo accomunava alla belva.

Tuttavia, nulla di tutto ciò era di alcuna utilità per la missione affidata dal Mago. In quella serialità geometrica di omicidi, Ulfus aveva dovuto mettere da parte il *bersekir*, il licantropo, per vestire i panni del sicario che uccide a sangue freddo. Non era nella sua natura, però obbediva. D'altro canto non gli era stato difficile sterminare uomini di cui aveva già scordato i nomi e i volti, consegnandoli al fiume melmoso che scorreva dentro di sé.

Uccidere una donna, però, poteva rappresentare un problema. Per giunta non si trattava di una muliercola qualunque. Il Mago gli aveva impartito ordini particolari al riguardo. Ordini precisi, seppur discordanti.

Ciò gli dava da riflettere. Portare a termine un omicidio non era semplice come troncare vite nella mischia, mulinando la spada senza fare i conti con la coscienza. L'assassinio a sangue freddo non aveva nulla a che fare con l'ardore ferino di Ulf il Notturno.

Giunto ormai alla casa di Remigarda di Acquanegra, esitò a smontare da cavallo. Aveva l'impressione che la notte lo stesse osservando, giudicandolo come una madre giudica un figlio. Persino il vento aveva iniziato a ululare con voce cupa, portando odore di pioggia.

Ciò nondimeno scese, brandì la Lancia del Fuoco e si avviò verso l'ingresso, mettendo da parte ogni scrupolo. Non poteva fare altrimenti. Il Mago rifiutava il fallimento. All'ultimo servitore che si era arrischiato a disobbedire aveva offerto del vino miscelato con dell'acido che, scendendo nello stomaco, aveva corroso i tessuti interni fino a bucare la pelle.

Deciso a evitare quella fine, Ulfus sfondò la porta con un calcio. Udì un tonfo secco e il rumore di un corpo che stramazzava sul pavimento, quindi varcò l'ingresso. Un vecchio giudeo era stato respinto a terra dal battente, l'urto improvviso gli aveva fatto perdere i sensi.

Lo scavalcò con noncuranza, avanzando verso l'interno.

Poi si fermò, pervaso dallo sconcerto. Al centro della stanza c'era una bambina pallida con qualcosa di strano negli occhi. Ulfus si ritrovò a fissarla, ma gli bastò un istante per capire che non si sarebbe mai dimenticato di lei. No, si disse. Quegli specchi di dolore non sarebbero sprofondati nel maelström. Ne rimase scosso, quasi atterrito, e per liberarsi da quella visione si rivolse alla donna che le stava accanto. Anch'ella, a suo modo, lo colpì. Era assai bella e altrettanto indignata, quasi imperiosa, nonostante lo spavento. La vide pararsi davanti alla bambina e si riscoprì a scrutarla con cupidigia, ma si trattenne. Aveva il permesso di ucciderla, non di violarla.

«Siete voi Remigarda di Acquanegra?», le chiese, provando disagio nell'udire la propria voce. Era rozza e gutturale. Da settimane non articolava suoni.

Lei si limitò a sfidarlo con lo sguardo.

«Il Mago vi rivuole con sé». Le tese la mano. «Dovete seguirmi, altrimenti...».

Ci fu un rapido susseguirsi di emozioni sul volto della donna. Ancor più rapidi dovettero essere i suoi pensieri, poiché ogni emozione scivolò come un'ombra dietro una maschera di consapevolezza, infine di puro odio.

«Io non tornerò insieme a *lui*», sibilò Remigarda, avanzando d'un passo. «Mai più!».

Ulfus provò una fitta di delusione, poi la sua mente ritornò agli ordini e le sue dita si strinsero intorno alla Lancia del Fuoco. Gliela puntò al ventre.

Remigarda lo fissò stravolta, senza comprendere. Ebbe appena il tempo di rivolgere un ultimo sguardo alla figlia.

Dalle finestre della casa sfolgorò una vampa rossastra, poi un grido squarciò la notte.

34

Quella stessa notte i due soldati reclutati al Castello Marino irruppero nella casa di Remigarda di Acquanegra, ma mentre varcavano l'ingresso sfondato si resero conto di essere stati preceduti. Konrad von Marburg li raggiunse all'interno un attimo dopo, chiedendosi perché si fossero fermati all'improvviso. Poi fiutò odore di zolfo e carne bruciata.

Al centro della stanza c'era il cadavere di una donna, il ventre ancora fumante. Una bambina era rannicchiata al suo cospetto con il capo chino. Pareva ignorare la presenza degli intrusi. Aveva le mani annerite e bruciacchiate, come se avesse tentato di estinguere il fuoco che aveva dilaniato il corpo della sventurata.

Konrad decise di ignorarla per dedicarsi al vecchio che si trovava sdraiato a terra, accanto all'uscio. All'inizio lo credette morto, poi comprese che era privo di sensi. Si chinò su di lui ma quando notò la rondella gialla che gli pendeva dal collo, ebbe un moto di ripulsa. Obbedendo a un suo cenno, uno dei due soldati lo agguantò per il bavero e gli fece riprendere conoscenza a suon di schiaffi.

Benvenuto Grafeo emise un lamento e appena si riebbe tentò di ribellarsi, ma alla vista del corpo di Remigarda ammutolì.

Indifferente alle sue reazioni, Konrad si guardò intorno con nervosismo. «Galvano, dove siete finito?».

Il clavigero varcò l'ingresso con una fiaccola in pugno. «Ho trovato delle impronte fuori casa. Le più recenti appartengono a un cavallo di notevole stazza e all'uomo che lo montava». Indicò il cadavere della guaritrice. «Il responsabile di questo scempio, suppongo».

«È stato quel maledetto cavaliere!», annunciò Suger, entrando al seguito di Pungilupo. Aveva l'aria stanca e frustrata. «Solo lui provoca ferite del genere».

«So io chi è il responsabile», li tacitò il germanico, per poi rivolgersi a Grafeo. «Dimmi, giudeo, cos'è accaduto qui dentro?».

L'oculista esitò a rispondere, ma il soldato che lo tratteneva lo strapazzò per fargli sciogliere la lingua.

«Non ho visto nulla…», squittì l'interrogato. «Ero privo di sensi…».

«Cane bugiardo», lo rimproverò Konrad von Marburg, osservando il cadavere. «Qui c'è una femmina con il ventre bruciato. Una femmina che reca i segni del Maligno sulla mano destra... E tu, miserabile, ti dichiari all'oscuro?»

«Non ho visto nulla, lo giuro!», insistette Grafeo. «Ho soltanto udito qualcuno appressarsi alla porta... Il nitrito di un cavallo... Sono corso a controllare ma il battente mi ha colpito in faccia... È accaduto poco dopo che l'ispanico se ne era andato, e...».

«L'ispanico?». Il prete lo trapassò con lo sguardo. «Quale ispanico?»

«Ignazio da Toledo».

«Ah, lui!». Konrad si guardò intorno con occhiate che pietrificavano. «Dove si trova? Dimmelo!».

Ma prima che Grafeo potesse rispondere, l'attenzione generale fu richiamata da un grido acutissimo proveniente dal centro della stanza. Adelisia era uscita dalla catatonia e, portandosi le manine agli occhi, stava urlando come un'ossessa. Si gettò sul corpo della madre in preda a uno strazio che si tradusse all'improvviso in dolore fisico.

Grafeo capì cosa stava accadendo. Approfittò dello sbigottimento generale per liberarsi della presa del soldato e correre verso la piccola. Le allontanò le mani dal viso, scoprendo le pupille arrossate. Non poteva ricorrere ai suoi ferri, non gli avrebbero consentito di usarli. Troppe stranezze da spiegare, troppi impicci. Pensò soltanto a estirpare la causa del male nel minor tempo possibile. Individuò il punto su cui intervenire, infilò le dita nell'occhio destro della bambina ed estrasse un grosso cristallo macchiato di sangue...

Konrad glielo strappò di mano con un gesto marziale, e con l'aberrazione nel volto e l'anatema sulle labbra lo mostrò ai presenti. «Ecco la prova del male che promana da Ignazio da Toledo!», pontificò, in preda a un furore mistico. «Ed ecco», indicò l'oculista con un gesto sprezzante, «ecco il suo nuovo discepolo!».

Grafeo gli si aggrappò alle vesti e implorò che lo lasciasse spiegare, ma Galvano Pungilupo lo atterrò con un pugno.

«Lasciatelo stare!», strillò Adelisia, balzando in piedi.

Il clavigero la fulminò con lo sguardo. «Piccola strega, osi sfidarmi?», e avanzò verso di lei minacciando di colpirla con un calcio. Fu con vera sorpresa che vide Suger intervenire e mettersi di fronte alla bambina per proteggerla.

Il lupo famelico ghignò compiaciuto, non avrebbe potuto chiedere di meglio. Finalmente aveva l'occasione di dare una lezione a quel francese, e senza esitare gli sferrò una violenta ginocchiata alle reni, mandandolo ruzzoloni a terra.

Suger sputò sangue sul pavimento, la sensazione di un picchetto di legno piantato nelle costole. Cercò di rialzarsi, ma fu colpito da un calcio, sempre nello stesso punto. Senza dargli requie, il clavigero gli fu addosso per pestarlo a suon di pugni.

«Ora basta», intervenne Konrad von Marburg, nient'affatto interessato all'incolumità di Suger, quanto piuttosto a concludere la faccenda. Il suo volto era una maschera di ferro. Agguantò per il polso Adelisia e si incamminò verso l'uscita. «Prendete anche l'ebreo», ordinò. «Che vengano tutti con noi!».

Trascinò la bambina fuori di casa, sotto nuvole color inchiostro che iniziavano a vomitare pioggia.

Sotto lo scroscio, il volto di Adelisia parve bagnarsi di lacrime vere.

Ignazio attendeva sotto un loggiato per ripararsi dalla pioggia, lo sguardo fisso sulla facciata di Santa Maria de Domno. Uberto aveva insistito per entrare solo, si sarebbe mosso con maggior rapidità e senza correre il pericolo di essere scoperto. Il mercante non aveva potuto contraddirlo. Lo sapeva abbastanza agile e accorto da riuscire nell'impresa e tuttavia si sentiva in colpa per non essere nella condizione di aiutarlo. Lui avrebbe riconosciuto molto più velocemente il libro che cercavano, ma non c'era stata scelta. Per introdursi nella chiesa, Uberto aveva dovuto scalare parte della facciata e intrufolarsi in una delle bifore aperte sul lato destro dell'edificio. Un'impresa non facile e assai rischiosa.

Era già trascorso molto tempo e Ignazio iniziava a inquietarsi, nonostante quel ritardo fosse del tutto plausibile. Suo figlio si sarebbe dovuto orientare al buio, in cerca di un archivio o di una biblioteca, controllare la maggior parte dei libri nella speranza di trovare quello giusto. Una raccolta ben fornita conservava mediamente un centinaio di volumi, quindi l'attesa si sarebbe forse protratta fino all'alba.

All'improvviso gli parve di scorgere del movimento sul fianco destro della facciata. Una sagoma scura si calò dalla bifora più alta, si aggrappò con cautela a un doccione sottostante e rimase lì appesa, rischiando di scivolare per via della pioggia. Poi riacquistò stabilità, fece oscillare le gambe e spiccò il balzo verso un archetto, che le consentì di proseguire rannicchiata lungo un cornicione, fino al capitello di una colonna all'angolo della facciata. Infine Uberto si lasciò scivolare a terra.

Ignazio attirò la sua attenzione con un gesto della mano e lo guardò avvicinarsi di corsa. «L'hai trovato?», gli chiese, dopo essersi sincerato che stesse bene.

«Nel deposito della chiesa c'erano almeno dieci libri di Ildegarda di

Bingen», rispose il figlio, «ma nessuno portava il titolo di *Lingua ignota*... Tuttavia», aggiunse, vedendo il mercante accigliarsi per lo sconforto, «dentro l'ultimo ho trovato questo», ed estrasse da sotto gli abiti un foglio di papiro.

Ignazio lo esaminò con impazienza e notò che conteneva due colonne, una di geroglifici e un'altra di lettere dell'alfabeto latino, affiancate in rapporto di perfetta corrispondenza. Lesse più volte, quasi incredulo, mentre un crescendo di entusiasmo iniziava a impadronirsi di lui.

«Allora?», volle sapere Uberto.

«È lo stesso codice», disse il mercante. «Grazie a questa chiave di lettura, potrò decifrare l'iscrizione dei tatuaggi».

«Non perdiamo tempo, dunque. Lasciamo Salerno».

35

Trovarono Cola Pesce addormentato sulla sua barca, sdraiato in mezzo a un groviglio di reti da pesca. Doveva essersi rigirato nel sonno, poiché era rimasto intrappolato in quel giaciglio di fortuna. Accanto a lui, era abbandonata la scarsella vuota.

«Deve aver sperperato i soldi in donne e in vino», osservò Uberto, scostandosi disgustato, dopo avergli annusato il fiato.

Ignazio evitò commenti e lo scosse con un piede.

«Arrivo...», grugnì Cola Pesce, girandosi sul fianco. Fu un problema non da poco, mezzo intorpidito com'era, liberarlo dall'intrico in cui era rimasto impigliato.

Salparono per la Sicilia quella notte stessa, nonostante la pioggia e il mare grosso. L'assenza di ripari li espose all'acqua e al vento, mentre una corrente veloce e impetuosa trascinava la barca verso sud. Le onde d'un tratto divennero altissime e la costa si perse nel buio, così come le stelle e la luna. I fulmini illuminarono a intermittenza la superficie dei flutti, ora lucida come metallo, ora nera come la morte. In lontananza, tra un bagliore e l'altro, Ignazio credette di scorgere il biancheggiare di una vela templare tra le onde. Il suo incubo.

La menaica era inadatta a fronteggiare il mare tempestoso e fu più volte sul punto di ribaltarsi, ma Cola Pesce, nonostante fosse ancora mezzo ubriaco, riuscì a governarla con audace maestria. Nel frattempo gridava a squarciagola il nome di san Nicola, supplicandolo di aiutarlo.

La lotta con il mare durò l'intera notte. Con le prime luci dell'alba le acque si quietarono e la navigazione proseguì senza intoppi.

Ignazio riuscì persino a concedersi qualche ora di sonno, dopodiché si dedicò a sciogliere l'enigma che lo aspettava. «Prestami il tuo coltello», chiese al figlio.

Uberto frugò sotto il saio e glielo porse.

Il mercante lo usò per incidere sulla falcetta di prua l'iscrizione che aveva visto tatuata sulla mano di Remigarda.

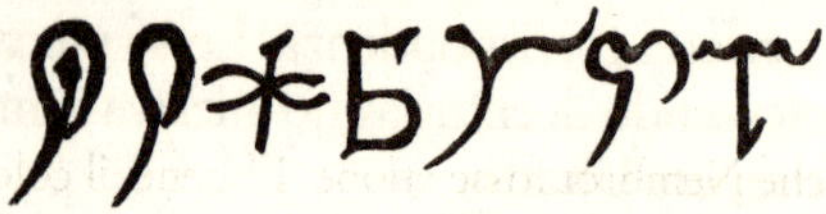

La esaminò con attenzione, assicurandosi che corrispondesse proprio a quella che ricordava. Poi estrasse il foglietto del *Lingua ignota*. Identificò con facilità le corrispondenze tra i geroglifici e le lettere latine, infine trascrisse:

N E M B R O T

Represse un fremito.

«Nembrot». Uberto aggrottò la fronte. «Credi sia proprio *quel* Nembrot?».

Ignazio non gli rispose, era incapace di staccare gli occhi dai geroglifici incisi sul legno di prua. Il nome di Lucifero gli avrebbe instillato minor timore.

PARTE QUINTA
NEMBROT L'ASTRONOMO

Si dice che Nembrot fosse etiope. Ebbene, il colore dell'etiope simboleggia le tenebre e lo squallore dell'anima, poiché si contrappone alla luce. Privo di chiarezza e avvolto dall'oscurità, appare più simile alla notte che al giorno. Nembrot era pure uso a cacciare nelle selve e a stare in compagnia delle bestie feroci.

AMBROGIO DI MILANO, *Liber de Noe et arca*, I, 34

Si dice che il gigante Nembrot sia stato sommo astrologo e che si sia pure accostato all'astronomia.

UGO DI SAN VITTORE, *Didascalicon*, III, 2

36

Subire un pestaggio per proteggere qualcuno – fosse anche una bambina – andava contro ogni suo principio, ma Suger non era pentito delle proprie azioni. Non aveva avuto alcun ripensamento, nemmeno mentre crollava a terra, umiliato sotto i colpi di Pungilupo. Vedere Adelisia china sul corpo della madre aveva risvegliato in lui il ricordo di se stesso, poco più che ventenne, davanti al capezzale del padre. Era stato stroncato da un male respiratorio andato incattivendosi fino a degenerare in un'infiammazione dei bronchi. Suger aveva dato fondo alle sue conoscenze per salvarlo, trascorrendo notti intere sui libri di medicina e preparando pozioni costosissime al fine di dargli almeno sollievo, poi si era rassegnato. Neppure il miglior medicus di Parigi sarebbe stato in grado di guarirlo. Tuttavia il padre sembrava non aver apprezzato i suoi tentativi e prima di morire gli si era rivolto con una smorfia delusa. Nessuna parola, soltanto quella smorfia, quasi fosse stato lasciato crepare come un cane. Suger aveva cercato di tenere sepolto quel ricordo, ma dopo la sciagura di Bernard e le disavventure degli ultimi mesi lo sentiva riaffiorare con prepotenza, al punto da smarrire il proprio cinismo.

Un improvviso oscillare lo riportò alla realtà, nella stiva di una nave.

Era contuso e dolorante, ma evitò di lamentarsi. Accanto a lui c'era chi soffriva di più.

Il giudeo e la bambina gli sedevano di fronte, raccolti in un abbraccio di silenziosa disperazione. Grafeo aveva la faccia gonfia di lividi, conseguenza di uno scrupoloso interrogatorio a cura di von Marburg, ma ancora una volta fu Adelisia ad attirare la sua attenzione. Aveva le mani coperte di piaghe. Doveva aver cercato di estrarre il proietto incandescente dal ventre della madre, sopportando il dolore fino a ustionarsi. Un tentativo vano. Era già un miracolo che l'ordigno non le fosse esploso tra le dita.

Adelisia, tuttavia, lo incuriosiva anche per altri motivi. Suger aveva visto con chiarezza la pietruzza che le era uscita dall'occhio. In un misto di orrore e meraviglia, aveva seguito l'intervento di Grafeo e ora non smetteva di farsi domande sulla natura di quelle lacrime. Se la draconite estratta dalla testa di un serpente vantava proprietà miracolose, di cosa potevano essere capaci dei cristalli usciti dagli occhi di un essere umano?

Tuttavia c'erano anche altri pensieri a fomentare la sua inquietudine. Sapeva di aver perduto la fiducia di von Marburg: pur tenendolo al proprio seguito, il germanico l'aveva fatto rinchiudere negli spazi destinati ai prigionieri. Inoltre, allontanandosi da Salerno, temeva di non essere più al sicuro.

Se voleva sperare di sopravvivere, doveva fuggire.

Sfiorato dal vento di bonaccia, Konrad von Marburg si aggrappava alla balaustra del castello di poppa maledicendo la lentezza dei rematori. Era dovuto ricorrere a un'azione di fortuna per salpare il prima possibile da Salerno e ora eccolo su quella cocca genovese, un legno con un solo albero e uno scafo tozzo simile al guscio di un uovo. Era così impaziente di giungere a destinazione da invidiare il volo rapido degli uccelli marini, che gli volteggiavano intorno come per farsi beffe di lui. Il suo nervosismo aveva contagiato ogni membro dell'equipaggio, spingendo persino il patron ad abbandonare il castello di poppa per stargli alla larga. Condivideva quello spazio soltanto con Galvano Pungilupo e i due soldati reclutati a Napoli.

La smania di raggiungere la preda lo rodeva più del consueto, poiché sapeva dove cercare. Dopo un'iniziale ritrosia, Benvenuto Grafeo gli aveva riferito il discorso tra Ignazio da Toledo e Remigarda di Acquanegra. Un discorso in parte oscuro e a tratti contrastante con l'evidenza dei fatti. Konrad giustificava tali incongruenze con la natura ingannevole della razza giudea, supponendo che il vecchio avesse confuso le acque per difendere l'ispanico. Quel che più importava, tuttavia, era conoscere la destinazione precisa. La corte di Palermo.

Se poi Benvenuto Grafeo avesse osato mentire, Konrad l'avrebbe verificato con i propri occhi.

Come se un demone dell'aria avesse indovinato i suoi propositi, il religioso vide d'un tratto i colori del cielo, del mare e della costa svanire in una caligine densa e lattiginosa che avviluppò l'imbarcazione, dandogli l'impressione di galleggiare nel nulla. La cocca rallentò di colpo, quasi fermandosi, per non correre il rischio di arenarsi contro gli scogli.

E in quella cieca impotenza, l'ira di von Marburg aumentò a dismisura.

37

«Nembrot fu un antico sovrano etiope», spiegò Ignazio, lo sguardo puntato verso le coste sicule ormai prossime. «Gli si attribuisce la fondazione del regno di Babilonia, dopo il grande diluvio».

«Se non sbaglio», disse Uberto, «innalzò pure la torre di Babele».

«Sì, ma la Bibbia lo descrive soprattutto come un abile cacciatore».

«Un re cacciatore...».

«Un re cacciatore, proprio come quello al centro del ricamo». Il mercante estrasse il mantello del Sagittario per esporlo alla luce del sole e osservò il cavaliere in mezzo alla ruota astrale, con l'indice premuto sulle labbra. Ora quel gesto assumeva un significato preciso, l'ammonimento a non pronunciare mai il suo nome.

«Perché rappresentare Nembrot al centro dello zodiaco?», chiese il figlio, passando l'indice intorno al ricamo. «Per quale ragione fondare una setta in suo onore?»

«Lo capiremo soltanto scoprendo il legame tra il re etiope e il magister di Toledo», rispose Ignazio. «E non ti nego che ciò mi inquieta».

Uberto lo guardò basito. Raramente gli era capitato di vedere il padre a disagio di fronte a un mistero.

«Da secoli, Nembrot viene nominato con timore dai sapienti», spiegò il mercante. «È un essere tenebroso quanto l'insondabile oceano della notte».

«Non sai altro di lui?»

«Nulla, se non che prese in moglie sua madre, una donna lussuriosa e crudele di nome Semiramide. Da lei ebbe un figlio di nome Tammuz». Sollevò lo sguardo dal mantello e d'un tratto si rese conto di non riuscire a scorgere più nulla. Una nebbia spettrale si era levata sulle acque, offuscando persino la luce del sole. «Da dove proviene questa caligine?», domandò, rivolgendosi d'istinto a Cola Pesce.

La voce del marinaio uscì dal velo biancastro: «Non è caligine, è Fata Morgana».

«Superstizioni», commentò Uberto.

«Fata Morgana», insistette il marinaio, contrariato, «è uno degli spiriti che infestano queste acque. Perché vi stupite? Siamo diretti all'isola dell'Etna, la porta dell'inferno, dove da più di cent'anni riposa re Artù».

Nessuno fece in tempo a ribattere che il vento si rianimò all'improvviso, spazzando via la nebbia. Fu allora che i naviganti assistettero a un prodigio inspiegabile. Videro all'orizzonte un paesaggio fantastico levitare sull'aria, come se un castello evanescente fosse sorto dalle acque.

Ignazio e Uberto restarono esterrefatti, ma ad avere la reazione più inconsulta fu Cola Pesce. Abbandonò il timone, si inginocchiò sulla punta di prua e, con le mani giunte, rivolse una preghiera alla Madonna e a san Nicola. Rimase in quella posizione finché i miraggi non furono svaniti nel nulla, come prima la nebbia. Soltanto allora, senza dare spiegazioni, tornò al timone per governare la menaica.

Veleggiarono lungo le coste settentrionali della Sicilia, effettuando rapidi scali nei centri litoranei per rifornirsi di acqua e vettovaglie. Quei luoghi erano un'autentica Babele di razze e culture, animata da un fermento che affascinava e spaventava al tempo stesso. Correvano molte voci sulle rivolte dei sudditi saraceni, sui ribelli deportati a Lucera e sull'aumentare dei disordini con l'assenza di Federico II. A impensierire Ignazio, tuttavia, non furono le notizie sui saraceni, bensì quelle sulle milizie clavigere e sugli agenti di papa Gregorio IX sbarcati sull'isola.

Una volta a Palermo, il mercante strinse con Cola Pesce gli stessi accordi presi a Salerno. Lo pagò per i suoi servigi e gli chiese di tenersi a disposizione per qualche giorno, nell'eventualità di una rapida fuga. Il barese intascò il denaro con un sorrisetto cupido, mentre Uberto già immaginava che l'indomani non sarebbe avanzata neppure una moneta.

Prima ancora di varcare le mura di Palermo, Ignazio chiese al figlio di attenderlo alle porte della città e si avvicinò a un gruppo di perdigiorno per informarsi se tra di loro vi fosse qualcuno disposto a fare da guida. Si fece avanti un africano dal fisico alto e asciutto, in netto contrasto con il voluminoso turbante che gli fasciava la testa. Disse di chiamarsi Muhammad ad-Idrisi e offrì i suoi servigi per un quarto di dīnār. Parlava in una lingua nasale e cantilenante, a metà tra l'arabo e i dialetti siculi.

Uberto scrutò il padre con disapprovazione. Non capiva perché sperperare denaro, visto che erano perfettamente in grado di orientarsi da soli. Ma quando si trovò a camminare per le vie interne di Palermo comprese che Muhammad era utile non tanto come guida, bensì a disperdere l'impressionante calca che impediva di avanzare per la strada. I viavai di Napoli e di Salerno non erano nulla al confronto. E anche con l'aiuto dell'africano, dovette procedere a spallate per non restare indietro.

«Non mi hai ancora detto come intendi agire», chiese al padre, alzando la voce per farsi udire nella confusione.

«Prima di tutto dovremo procurarci degli abiti nuovi», rispose Ignazio, senza voltarsi.

«Ti sembra il momento di fare acquisti?»

«Vuoi forse presentarti alla corte siciliana con questi stracci?», ribatté il mercante.

«Quindi vuoi andare dritto all'obiettivo... Non intendi raccogliere altre informazioni, prima di esporti a tal punto?»

«Perderemmo soltanto del tempo prezioso. Sappiamo che il magister di Toledo si nasconde nella cerchia dell'imperatore, tanto basta. Dovremo costringerlo a uscire allo scoperto».

«E come intendi fare?», chiese Uberto. Immaginava che nonostante l'assenza di Federico II, la *curia regis* fosse un ambiente alquanto frequentato. Trovare la persona giusta non sarebbe stato semplice.

Ma il mercante aveva l'aria di chi sa il fatto suo. «Non appena si sarà sparsa la voce che portiamo il mantello del Sagittario, sarà lui stesso a rivelarsi. Vedrai! Scommetto che non tarderà ad avvicinarci». Quindi chiese a Muhammad di condurli nella via dei sarti.

In breve si cambiarono d'abito. Ignazio scelse per sé una tunica rossa lunga fino al ginocchio, che cadeva sopra un paio di calzebrache dello stesso colore, con l'aggiunta di calzari in pelle e di un mantello nero che accentuava il suo aspetto slanciato. Uberto, dai gusti meno pretenziosi, si accontentò di un abito verde con un paio di brache gialle e nere. Evitò di indossare mantelli per non ritrovarsi intralciato nei movimenti.

Così abbigliati, interrogarono la guida su dove risiedesse al momento la corte siciliana.

«Al Castello della Fawwarah, in contrada Cassarorum», rispose Muhammad, alludendo a una zona esterna alle mura. Per poterla raggiungere nel minor tempo possibile, l'africano li condusse in un deposito di carri sito ai margini meridionali della città. Li pregò di attendere, entrò in una capanna e ne uscì in compagnia di un omone dalla pelle scura e la barba a punta. L'uomo squadrò i due forestieri, poi fece loro strada verso un carro legato a una coppia di buoi, dando a intendere di volersi mettere subito in viaggio.

Il mercante, sospettoso, prese in disparte l'africano e gli indicò il padrone del carro. «E lui, perché andrebbe fin là?»

«Per l'acqua», rispose la guida. Calogero – così si chiamava il carrettiere – si guadagnava da vivere rifornendo d'acqua l'entroterra e spesso si recava in quella zona per farne scorta. Ecco il motivo per cui trasportava sul bancale del carro un'enorme botte di legno.

L'omone li invitò a salire sulla cassetta e spronò i buoi lungo una carrareccia che scendeva verso sudest, seguendo un canale per una distesa di latifondi costellati di castelli e *qasr*[8]. A oriente, la strada offriva ampi scorci del golfo palermitano.

Dopo un tragitto molto poco agevole, Calogero indicò un sistema montuoso ormai vicino, dominato da un'altura ammantata di verde. «Il monte Grifone», disse, invitando i passeggeri ad ammirare il diramarsi di torrenti che scendevano dalle pendici fino a valle. «La Favara».

«Fawwarah», lo corresse Muhammad.

«La sorgente», tradusse il mercante, che conosceva la lingua araba. «E dite», si informò, «su quel monte vi sono soltanto boschi e torrenti?»

«Anche allevamenti di cavalli», rispose il carrettiere. «Bestie irrequiete, per calmarle le salassano».

Uberto gli rivolse un'occhiata incredula.

«I loro allevatori praticano dei tagli sotto le orecchie», spiegò Calogero, con un ghigno, poi tacque finché non giunse abbastanza vicino da poter indicare con precisione il palazzo che sorgeva ai piedi del monte. Era circondato quasi per intero da un grande lago alimentato dalle acque dei torrenti. «Il Castello della Favara», annunciò, facendo un gesto ampio per comprendere il territorio circostante delimitato da un fossato. «La tenuta regia».

«È qui che risiede la corte siciliana?», chiese il mercante.

«In questo periodo dell'anno sì», rispose Muhammad. «Anche se la maggior parte ha seguito l'imperatore in Oriente».

Molto meglio, pensò Ignazio. Se davvero si trovava nel Castello della Favara, il magister di Toledo non avrebbe potuto nascondersi fra le schiere della curia regis. Questa era la sua speranza, ma anche il suo timore più grande.

[8] In lingua araba anche *ksar.* Castello o insediamento fortificato.

38

La tenuta regia era cinta da un fossato e da un'alta palizzata oltre la quale spuntavano le chiome di un bosco rigoglioso. Ignazio e Uberto congedarono Calogero e Muhammad per incamminarsi verso l'unico punto di accesso, quando all'improvviso videro un animale dal collo lunghissimo sporgersi oltre le recinzioni per fissarli incuriosito. Giallo e maculato, aveva corna simili a bitorzoli e ruminava come una vacca. Ne furono talmente sorpresi che quasi non si accorsero delle sentinelle appostate al varco.

Ignazio si ricompose in fretta, rivolgendo un saluto ossequioso agli armigeri. Strada facendo, aveva avuto modo di mettere a punto un preciso piano d'azione. «Sono un mercante di reliquie della Spagna», esordì. «Reco un dono formidabile in omaggio a sua maestà».

«Quale dono?», indagò il capo della ronda, andandogli incontro.

«Un mantello fatato, ricamato con una tale finezza da non trovare eguali».

La guardia lo squadrò di sottecchi. «Fatemi dare un'occhiata».

«Vi farò mostra soltanto di un lembo», dichiarò il mercante, aprendo con riluttanza la bisaccia. «Non vorrei che esponendolo al sole perdesse il suo potere», e abbassò il tono della voce con fare complice. «Si dice possa compiere *mirabilia*, se indossato da un sovrano».

Nell'attesa che la commedia avesse termine, Uberto osservò la giraffa ancora sporta oltre le recinzioni. Ignazio era talmente loquace da saper incantare il più burbero degli energumeni. Ben presto, infatti, fu attorniato da soldati curiosi.

Poco più tardi stavano attraversando la tenuta scortati da due guardie, mentre un uomo a cavallo li anticipava per annunciare il loro arrivo a corte. Per giungere al palazzo era necessario superare un vasto giardino adornato di alberi e serragli abbelliti da piante rampicanti, dentro i quali erano rinchiuse bestie di ogni tipo. Alcune guardie, per la maggior parte perfettamente acclimatate e sedute all'ombra dei palmizi, erano intente a mangiare frutti.

«È mio dovere avvertirvi, messeri», disse uno degli accompagnatori, per giustificare la rilassatezza dei commilitoni. «L'imperatore è al momento assente».

«Dovremo accontentarci di incontrare i maggiorenti del suo seguito», ribatté Ignazio, fingendosi deluso.

Giunsero infine a destinazione.

Il Castello della Favara aveva la forma di un palazzo arabo a base rettangolare, una struttura massiccia eretta in blocchi di tufo e ingentilita da sottili finestre ad arco acuto. Il grande lago che lo separava dal monte Grifone lo lambiva su ogni lato eccetto la facciata, lasciando libero accesso a quattro portali sormontati da archi a ferro di cavallo. Ignazio rivolse subito l'attenzione al ballatoio del piano superiore, dove si trovava un uomo vestito di nero. Pareva in attesa, e per qualche oscura ragione teneva la testa protetta da un elmo.

«Ebbene, chi siete?», vociò l'uomo, esprimendosi in latino. «Un cavaliere mi ha poc'anzi allertato, annunciando il vostro arrivo».

Il mercante rispose nella stessa lingua. «Il mio nome è Ignazio da Toledo e vendo reliquie», si presentò facendo un inchino. «Porto un dono per sua maestà».

«Ho saputo», disse l'uomo sul ballatoio. «E il vostro accompagnatore? Ha un nome anche lui?»

«Mio figlio Uberto», rispose Ignazio, incapace di interpretare l'atteggiamento dell'individuo. I suoi modi trasmettevano un'indubbia finezza, ma anche un'indole guardinga.

«Per servirvi», soggiunse Uberto, piegandosi in ginocchio.

L'uomo annuì. «Io sono Michele Scoto, astrologo e filosofo di corte», e aprì le braccia per dare maggior enfasi alle proprie parole. «Insieme a pochi membri della curia regis, custodisco questa dimora in attesa che Federico II vi faccia ritorno. Ma prima che mi dilunghi, cosa recate in dono? Mi è stato fatto accenno a un mantello».

«Un mantello zodiacale con l'immagine di un cavaliere. Desiderate vederlo?»

«Non qui». Lo Scoto raggiunse una scala diretta verso il basso. «Non ora», e quando fu sceso a terra ordinò alle guardie di andarsene. Una pura ostentazione di autorità, che tradì superbia e nervosismo. D'altronde l'astrologo non aveva certo bisogno di scorte, dal momento che ogni punto del palazzo doveva essere ben sorvegliato. Il mercante scorse persino una coppia di arcieri appostata su una torretta seminascosta tra i palmizi.

Anziché andare incontro agli ospiti, lo Scoto li invitò a seguirlo attraverso il secondo portale a sinistra della facciata. «Vi presterò la giusta attenzione nel mio studio», disse.

Prima di andargli al seguito, Ignazio consigliò il figlio di stare all'erta.

Non appena fu all'interno del palazzo, lo Scoto osservò con cautela le volte a botte del soffitto, poi si sfilò l'elmo e scoprì una folta chioma di capelli neri e lisci. Proseguì a camminare davanti agli ospiti, tenendo il volto nascosto ai loro sguardi. Uberto giunse a supporre che celasse una qualche deformità, tuttavia gli bastò voltarsi verso il padre per porsi quesiti ben più gravi. Ignazio scrutava l'astrologo con un'intensità che metteva i brividi. Stai attento, gli aveva bisbigliato un attimo prima. Interrogandosi su quelle parole, il giovane fu spinto a chiedersi se l'insidia paventata dal genitore riguardasse qualcosa in astratto o derivasse proprio da quell'individuo. Erano forse al cospetto dell'Homo Niger? Impossibile dirlo, eppure d'un tratto fu colto dal dubbio che l'astrologo si ostinasse a camminare davanti a loro per nascondere non le fattezze del volto, bensì la sua espressione. E si sentì pervadere da un brivido.

Proprio in quel momento, udì il padre porre una domanda: «Consentitemi una parola, messere. Il vostro secondo nome, Scoto, è distintivo di qualche provenienza?»

«Avete ben inteso», rispose l'interpellato, senza voltarsi. «In quanto *scotus*, provengo dalla Scozia. In quel luogo barbaro, tuttavia, vissi soltanto da infante. Ne serbo pochi ricordi».

«E vi sono altri *scoti* al servizio dell'imperatore?», chiese il mercante.

«Non che io sappia».

Così dicendo, l'astrologo imboccò un corridoio a gomito e proseguì sotto un porticato che costeggiava un cortile interno. Uberto continuò a seguirlo, cercando di ignorare l'improvviso turbamento. Un figlio di Scozia! Così aveva detto Remigarda, riferendosi al magister di Toledo. Fu sul punto di fermarsi per riprendere il discorso, ma sentì la mano di Ignazio posarsi sulla sua spalla. Non era il momento propizio, parve suggerirgli.

Mentre camminavano, passarono a fianco di un capannello di dame raccolto al centro del cortile. Non appena lo vide, lo Scoto emise un'esclamazione contrariata e, senza preavviso, deviò il percorso in quella direzione. Prima di uscire all'aperto, rivolse un'occhiata fugace al cielo. I due visitatori restarono in attesa sotto il porticato e lo guardarono allungare il passo verso la più bella delle dame. Bionda e dal bianco incarnato, era intenta a disporre dei tarocchi sulle ginocchia per formulare predizioni, suscitando il riso e lo stupore delle compagne. Vedendo l'uomo avvicinarsi, raccolse in fretta le carte e lo scrutò con occhi azzurri e glaciali.

L'astrologo le strappò il mazzo di mano. «Madonna Brunhilde, quante volte vi ho detto di non frugare tra le mie cose?», la rimproverò.

«Michael, non adiratevi», disse lei, con tono complice. «Stasera ve le avrei restituite».

«I decani non sono un sollazzo per signore». Lo Scoto fece sparire i tarocchi in una tasca dell'abito. «E poi sapete bene che non dovete chiamarmi a quel modo».

«Ma Michael...», lo canzonò Brunhilde. «È il vostro nome...».

«Il mio nome va pronunciato in lingua italica», la zittì lui, e si voltò per andarsene.

«Attento alla testa!», gridò lei.

L'astrologo sobbalzò per lo spavento, poi si rese conto di essere stato giocato e rivolse uno sguardo irritato alla donna, che era scoppiata a ridere.

Sempre più a disagio, lo Scoto girò i tacchi e allungò il passo verso una porta che si apriva in fondo al loggiato. Prima di seguirlo insieme al padre, Uberto rivolse un'ultima occhiata verso Brunhilde, che non accennava a smettere di ridere.

La donna, anziché dare segni di imbarazzo, gli indirizzò un sorriso carico di malizia.

39

Lo studio di Michele Scoto aveva sede nell'ala meridionale del palazzo, era ampio e disseminato di strani oggetti. Ignazio contò almeno cinque leggii e riconobbe vari testi in lingua araba, greca e latina. In fondo alla stanza c'erano uno scrittoio, un grande astrolabio d'oro e un singolare marchingegno alto quanto un uomo, che l'astrologo disse provenire da Damasco e capace di misurare il tempo. Finalmente non nascondeva più il volto. Aveva lineamenti affilati e occhi celesti, una pelle bianchissima velata da lentiggini messe in risalto dal pizzetto tagliato alla maniera araba. Nessuno sfregio, nessuna deformità a giustificare l'uso dell'elmo. Al contrario, lo Scoto era di aspetto addirittura piacente.

Anche Uberto pareva aver abbassato la guardia. Contagiato dalla curiosità del padre, si aggirò fra le bizzarrie di quella stanza fino a imbattersi in un abnorme cranio appeso al muro. Aveva proporzioni doppie rispetto alla norma, con un'unica cavità oculare localizzata sotto la fronte. Lo Scoto lo indicò con orgoglio. «Il teschio di un ciclope», spiegò, riponendo l'elmo su una cassapanca. «L'hanno rinvenuto dei villani in una grotta qui accanto».

Ignazio si portò con interesse di fronte al reperto. «Un ciclope?», disse con aria scettica. «Siete certo non sia appartenuto ad altro genere di creatura?»

«Ne conoscete altre con un occhio solo?», ribatté l'astrologo, appoggiandosi allo scrittoio. Poi cambiò espressione, fugando dal volto ogni traccia di ilarità. «Ora lor signori mi scusino, ma ho pazientato fin troppo. È tempo che mi si faccia mostra del tanto osannato mantello». Indicò un manichino dalle sembianze umane, su cui erano stati dipinti i segni dello zodiaco in corrispondenza degli organi principali. «Potete sistemarlo là sopra».

Ignazio non attendeva altro. Annuì con un mezzo inchino, estrasse il mantello del Sagittario e poi, con un gesto misurato, lo spiegò all'aria per appenderlo sulle spalle del manichino. Lo Scoto si avvicinò, accarezzandosi il pizzetto.

«Non lo ritenete degno di un sovrano?», chiese il mercante, prestando attenzione a ogni suo gesto.

L'astrologo non tradì alcuna emozione. «Notevole», disse. «Dove l'avete trovato?»

«È una storia assai lunga e intricata. Prima di raccontarla, sarebbe opportuno convocare la cerchia del sovrano».

Lo Scoto gli rivolse un sorrisetto sarcastico. «La mia persona basta e avanza».

Ignazio si finse confuso. «Non vi sono dunque altri sapienti nel castello?»

«Fra queste mura risiedono fior di poeti, matematici e filosofi... Io però sono il migliore, il più grande fra tutti».

Tanta superbia non nasceva dalla spacconeria di un bruto, ma pareva ergersi a baluardo di un animo sensibile. Tuttavia, il mercante vi colse anche un sottile timore. «Siffatta grandezza deve poggiare su una mirabile sapienza», ribatté, per assecondarlo. «Da dove proviene?».

L'astrologo si stizzì. «Fate troppe domande, messere, quando invece dovrei essere io a porle».

«Abbiate pazienza. Non so contenere l'interessamento per chi, come me, deve aver frequentato lo Studium di Toledo».

«Voi un sapiente di Toledo?». Lo Scoto lo squadrò con fare derisorio. «Figurarsi!».

«Ammettete quindi di aver studiato in quel luogo?»

«Io sì, ma voi no di certo. Se foste stato edotto alla Scuola di Toledo, non sareste certo costretto a girovagare per il mondo in cerca di reliquie e cimeli. Avreste invece una cattedra a Parigi, Bologna o Napoli».

Lanciandogli un'occhiata di sfida, Ignazio si avvicinò a un leggio con sopra dei fogli di pergamena e un codice aperto a metà. «Qui», disse, raccogliendo una carta, «riconosco il *De animalibus* di Avicenna, che a quanto pare state traducendo dall'arabo. Si tratta di un commento agli scritti di Aristotele ancora ignoto alla cristianità. Può provenire soltanto da Toledo... E ciò vale anche per l'apocalisse mozarabica riposta accanto». Indicò il codice. «Un *Commentarius in Apocalypsin* del monaco Beatus de Liébana, nientemeno. Copia pregiatissima».

L'astrologo lo fissò impressionato. Tuttavia il mercante, non ancora pago, gli si avvicinò con fare autorevole e allungò lo sguardo sugli incartamenti affastellati sullo scrittoio. «Qui invece scorgo disegni di figure astrologiche. Mirevole! Suppongo li abbiate tratti dalle opere di Al-Bitrûgi, vissuto in Spagna. Accanto però ve ne sono di assai atipiche, forse di ispirazione persiana».

«Mi avete persuaso», si arrese lo Scoto, esprimendosi d'un tratto in castigliano. «Non mi capita sovente di incontrare qualcuno capace di intendere il mio operato». Aggrottò la fronte. «E ora, tra l'altro, mi pare addirittura di rammentarmi... Ma certo! Mi accennò di voi Gherardo da Cremona, ben più di una volta».

Ignazio annuì con orgoglio. «Conobbi Gherardo alla Scuola di Toledo. Fu mio magister».

«E anche il mio. Ricordo di averlo udito maledirvi perché abbandonaste lo Studium prima di esser nominato magister. Non ve l'ha mai perdonato, sappiatelo».

Il mercante sorrise al pensiero di quel vecchio scorbutico che andava su tutte le furie. «Il prezzo sarebbe stato farmi monaco», spiegò, «e sottostare a troppe... regole».

L'astrologo emise un sospiro, lasciando intendere che condivideva il suo punto di vista. «In altri momenti l'ho udito elogiarvi come il migliore dei discepoli», aggiunse. «Quindi meritate il mio rispetto».

Approfittando di quell'improvvisa complicità, il mercante si sporse sullo scrittoio e pescò una pergamena. Raffigurava delle illustrazioni zodiacali di forma antropomorfa, tra cui la figura di un cavaliere. «Questa costellazione rappresenta un guerriero a cavallo...», disse, indicando il ricamo centrale del mantello astrologico. «La somiglianza è troppa perché sia un caso».

Tornando subito guardingo, lo Scoto scattò verso di lui e gli strappò la pergamena di mano. «Siate più esplicito».

«Presto detto, messere». Il mercante sapeva che con le prossime parole si sarebbe giocato la sua vita e quella di Uberto. D'altronde il passo l'aveva già fatto entrando nel Castello della Favara, pertanto era inutile indugiare. «Sono del parere che un riscontro tra i vostri schizzi e i ricami del mantello rivelerebbe ulteriori affinità».

«Allo scopo di dimostrare cosa?»

«Che siete implicato in una catena di omicidi e in un culto di sospetta eresia».

L'astrologo gettò la pergamena sullo scrittoio, più incuriosito che irritato. «Si può sapere cosa vi porta fin qui?»

«La necessità di scagionarmi da un'accusa ingiusta».

«E se vi dicessi che vi siete rivolto alla persona sbagliata?»

«Ribatterei che mentite». Nessuna esitazione nella voce del mercante. Ora che era passato al confronto diretto, non poteva permettersi di titubare. «Vi siete scoperto venendo ad accogliermi di persona, forse allarmato dall'annuncio di due viandanti che recavano in dono un mantello zodiacale. Non avete potuto evitarlo e sospetto di sapere il perché. Non volevate che altri sapienti del palazzo vi posassero sopra il loro sguardo».

«Quindi avreste agito sin dall'inizio per farmi uscire allo scoperto».

«Un piccolo stratagemma basato solo su delle supposizioni», rispose Ignazio. «Ma ora sono ben più che congetture. Il vostro legame con la Scuola di Toledo, le vostre conoscenze astrologiche e i vostri disegni zodiacali confermano appieno i miei sospetti. Messere, ho dissipato ogni dubbio! Voi siete il magister di Toledo, l'uomo che in molti vanno cercando. A voi va consegnato il mantello del Sagittario».

«Attenzione, Ignazio da Toledo». L'astrologo lo fulminò con lo sguardo. «State sfidando la mia pazienza».

«Lungi da me il volervi sfidare», si affrettò a ribattere il mercante. Non aveva certo l'ardire di fronteggiare un nemico tanto più potente di lui, bensì l'intento di ottenere *qualcosa*. «Se mi trovo al vostro cospetto, non è per formulare accuse ma per comprendere».

A tali parole, lo Scoto parve rilassarsi. «Il vostro arrivo mi ha messo in allarme, l'ammetto», disse arrendevole. «Non potevo lasciarvi scorrazzare per il palazzo mostrando a chicchessia il mantello zodiacale, anche se non ero certo che fosse quello autentico... Sono dovuto intervenire di persona per contenere il danno».

Uberto lo scrutò allibito. «Non provate nemmeno a mentire?»

«A che pro?», ribatté l'astrologo. «Non sto parlando con dei villani ignoranti. La verità vi è già manifesta. Negarla sarebbe un'inutile fatica, oltre che un'ammissione di stupidità».

«Mi sfugge una cosa soltanto», disse Ignazio, pungolato da un terribile dubbio. «Se già sospettavate, perché non ci avete fatti uccidere?».

Lo Scoto distolse lo sguardo, avvicinandosi all'astrolabio. «Perché presto giungerà un uomo interessato a voi. Un prete sbarcato a Palermo poco prima del vostro arrivo. Foste giunto con un'ora di anticipo, avreste incrociato il suo messo, un bizzarro miliziano privo di un orecchio».

Il mercante ebbe un sobbalzo. «Konrad von Marburg!».

L'astrologo annuì. «Perché eliminarvi», spiegò, «quando mi basterà semplicemente consegnarvi a lui?».

Ignazio non si era certo illuso di entrare nella tana del leone senza subire danni, però non aveva previsto il manifestarsi nella stessa tana di un secondo leone. Ora tutto dipendeva dall'intelligenza dell'uomo che aveva di fronte. «Non temete che possa raccontargli la verità?»

«È costume di ogni condannato accusare qualcun altro delle proprie colpe». Lo Scoto, sempre impassibile, accarezzò le superfici dorate dell'astrolabio. «Inoltre non disponete di alcuna prova. Ora che mi avete consegnato il mantello, cosa resta a supporto delle vostre deduzioni?». Gli mostrò la mano destra. «Come vedete, io non reco alcun tatuaggio in grado di collegarmi alla congrega che von Marburg, assai fantasiosamente, definisce Luciferiani».

Il mercante percepì l'irrequietezza di Uberto, che forse si preparava a un gesto estremo, e gli fece cenno di controllarsi. C'era ancora una via di salvezza, si disse. E scoppiò a ridere. «Le prove esistono, eccome! Le custodisce una persona fidata e ben nascosta». Rivolse il suo pensiero a Remigarda di Acquanegra, che credeva in salvo insieme alla figlia e a Benvenuto Grafeo.

L'astrologo si strinse nelle spalle. «Mentite».

«Voi dite? Quella persona sa tutto delle vostre riunioni segrete a Bologna. Sa degli studenti ultramontani riuniti nei sotterranei di San Procolo per ascoltare i vostri insegnamenti. Insegnamenti che furono messi in pratica dopo il vostro allontanamento, quando partiste al seguito dell'imperatore».

Quelle parole dovettero far breccia nell'animo dello Scoto, poiché i suoi occhi si staccarono dall'astrolabio per fissare con minaccia il mercante. «Nutro stima per il vostro acume, messere. Ma vi conviene confessarmi ogni cosa», intimò. «Godo di autorità sufficiente da far sottoporre voi e vostro figlio a tormenti che neppure immaginate».

Il volto di Ignazio era una maschera di freddezza. «Se von Marburg scorgesse segni di tortura sulle nostre carni, si insospettirebbe. È un uomo astuto, pretenderà senz'altro di sapere perché sono giunto fin qui».

«Non esagerate, in fin dei conti è soltanto un prete».

Il mercante scosse la testa. «Un prete dotato di una licenza inquisitoria che reca il sigillo di Sua Santità, papa Gregorio IX in persona», precisò, «immagino possieda un'autorità maggiore della vostra».

Per la prima volta, lo Scoto mostrò segni di preoccupazione. Si allontanò dall'astrolabio e camminò per lo studio, finché non decise di sedersi allo scrittoio. «A quanto pare, bisognerà sbrigare l'impiccio», sbuffò, quasi fosse in procinto di stringere un accordo. «Le vostre condizioni?».

Ignazio lanciò uno sguardo speranzoso verso Uberto. «Vi chiedo innanzitutto di lasciare libero mio figlio. E per quel che riguarda la mia persona, vi prego di rimandare almeno di un giorno il mio incontro con Konrad von Marburg».

L'astrologo alzò le mani al cielo. «E come dovrei fare, secondo voi?»

«Vi reputo abbastanza accorto da saper gestire la situazione».

Uberto scrutò entrambi, esterrefatto. Non comprendeva se fossero giunti a un accordo o a una dichiarazione di guerra. In ogni caso, ebbe l'impressione che la schermaglia fosse conclusa. Fece per intervenire, ma lo Scoto lo zittì con un gesto.

«Non scambiate il mio atteggiamento per ingenuità o benevolenza», precisò l'astrologo. «Non sono incline alla pietà, e se deciderò di compiacervi sarà soltanto per il rispetto che nutro per voi. Ma badate, messere, dovrete rivelarmi dove si trovano le prove di cui parlate».

Ignazio gli rivolse uno sguardo imperscrutabile. «Avete la mia parola, messere».

Uberto aveva un nodo al cuore. Dopo quell'estenuante conversazione, non poté fare altro che restare in attesa, mentre lo Scoto affidava Ignazio alle guardie affinché lo scortassero in un cubicolo dove avrebbe trascorso la notte. Più che di ospitalità si trattava di prigionia. Il giovane ottenne il permesso di seguire il padre per un breve saluto, dopodiché le guardie l'avrebbero condotto fuori dal palazzo.

«Sei un folle!», sbottò non appena solo con il genitore. «Perché non mi hai messo al corrente del tuo piano?»

«Perché non avresti acconsentito», rispose Ignazio, slacciandosi il mantello e gettandolo sul giaciglio. Il cubicolo aveva un aspetto tutto sommato accogliente, con uno scrittoio, una cassapanca e addirittura un candeliere. Ciò nondimeno, restava un luogo di reclusione.

«Potevi almeno dirmi che sospettavi dell'astrologo».

«Perché, tu no?»

«Quasi da subito, a dire il vero, anche se poi mi è parso un uomo dabbene… Finché non ho trovato *questo*». Così dicendo, Uberto estrasse dalla bisaccia una sfera di ceramica dotata di un rostro simile alla punta di una lancia. Sul lato opposto recava un foro simile a un punto di innesto. «Ti ricorda qualcosa?».

Ignazio prese l'oggetto e lo esaminò con attenzione, poi scosse il capo.

«È uno dei proietti sputati dalla lancia del misterioso cavaliere».

Il mercante rigirò la sfera tra le mani. «Non ne sono certo…».

«Questo perché non hai mai avuto modo di vederli ancora integri. Io invece sì», ribatté Uberto, convinto di aver ragione. «Quando Alfano Imperato è stato ucciso, l'ordigno che aveva conficcato nel petto non è esploso subito… e ti assicuro che era identico a questo».

«Ebbene, dove l'hai trovato?»

«Nello studio dello Scoto. L'astrologo era troppo impegnato a parlare con te per badare a me. E ti assicuro che questa sfera non era l'unica, ve ne erano molte altre accatastate in un angolo…».

Ignazio spalancò gli occhi. «Incredibile...», mormorò. «Ti rendi conto di cosa significa?».

Suo figlio annuì. «Michele Scoto è il mandante del cavaliere che uccide i suoi stessi discepoli».

«Quell'uomo è una continua sorpresa», disse il mercante, aggrottandosi. «Mi chiedo cosa lo spinga... Di cosa abbia paura...». Poi riprese a esaminare la sfera di ceramica, rigirandola tra le mani. «Davvero singolare. Dal foro posteriore esce un odore di zolfo e salnitro».

«Come credi che funzioni?»

«Difficile dirlo. Non ho potuto distinguere con sufficiente chiarezza il modo in cui il cavaliere ne ha fatto uso. Ho visto soltanto che è fuggito con la lancia fumante».

Lo sguardo di Uberto si fece profondo. «Io invece ho visto una scintilla».

«Spiegati».

«Prima che Alfano venisse colpito, dalla lancia è uscita una scintilla. Sono sicuro di non sbagliarmi».

«Una scintilla... Come quella prodotta da una pietra focaia?»

«Sì».

«Affascinante». Dopo aver osservato un'ultima volta la sfera di ceramica, Ignazio la nascose sotto il giaciglio. «Ora devi andartene».

Uberto intrecciò le braccia al petto. «Non voglio lasciarti solo».

«Ma lo farai». Il mercante lo fissò con un sorriso amaro. «Se non ne uscirò vivo, almeno tu farai ritorno a casa».

«Parlami con sincerità. Pensi di potertela cavare?»

«Intravedo una possibilità». Ignazio prese a passeggiare per il cubicolo. «Lo Scoto pensa di avere il coltello dalla parte del manico, ma si sbaglia. Ho notato qualcosa di assai interessante nel suo studio, anche se ho preferito non farne menzione al suo cospetto... Mi riferisco a un libro. Un libro rilegato che reca sul dorso il nome di Nembrot. Capisci? Se riesco a impossessarmene, potrei dimostrare il legame fra quell'uomo, il mantello zodiacale e il culto del Cacciatore Etiope».

«E tu pensi di poter convincere un fanatico come Konrad von Marburg mostrandogli soltanto un libro?»

«Quel prete è un fanatico, concordo, ma è tutt'altro che stupido».

«Non si accontenterà di così poco».

«Hai ragione», gli concesse Ignazio. «Dovrò cercare altre prove a mia discolpa, e qui entra in gioco lo Scoto. È necessario capire perché l'astrologo teme il mantello al punto da aver ordinato il massacro di coloro che ne erano a conoscenza... Se riuscirò nell'intento, e se troverò il modo di dimostrarlo, avrò la possibilità di scagionarmi».

Uberto annuì, cercando di nascondere la preoccupazione. Con poche parole, suo padre gli aveva prospettato una missione quasi impossibile. E lui non poteva fare niente per aiutarlo.

Il mercante parve leggere i suoi pensieri, e si adombrò. «D'altronde, questo sarà anche un tuo problema».

«A cosa alludi?»

«Se Michele Scoto è furbo la metà di quanto immagino, non appena sarai fuori dal palazzo manderà qualcuno a ucciderti».

40

«Non voglio diventare un prete!», gridava Michael, tentando di sfuggire allo zio Daniel. Era soltanto un bambino, ma a costo di inciampare continuava a distogliere lo sguardo dal sentiero per fissare due croci conficcate nella terra.

«Ti salvo dalla miseria!», ribadiva lo zio, trascinandolo a forza sotto un cielo plumbeo. «Un giorno me ne sarai grato».

«Voglio restare qui!», protestava Michael, mentre cadeva sulle ginocchia per l'ennesima volta. Aveva provato ad aggrapparsi all'erba umida, ma lo zio l'aveva strappato dagli appigli e condotto giù per la collina, verso un servo che tratteneva due cavalli.

Le lande di Tife erano appannate da un velo di lacrime.

Michele Scoto riaprì gli occhi. Non era stato un rumore a svegliarlo, ma il crescere dell'attesa. Aveva l'impressione di trovarsi in uno spazio vuoto tra due momenti cruciali, la venuta del mercante e quella del prete germanico. Si aspettava la visita di Konrad von Marburg da un istante all'altro e non immaginava quale tipo d'uomo si sarebbe trovato di fronte. Le parole di Ignazio da Toledo non erano preludio a nulla di buono.

Un respiro sommesso gli ricordò la presenza di Brunhilde, distesa fra le coltri nella più assoluta tranquillità. Le passò le dita fra i capelli, poi sul collo e sui seni procaci, covando il dubbio che sotto quell'aspetto gentile albergasse un cuore di pietra. Brunhilde era la donna più bella e più insensibile che avesse mai conosciuto. Suo malgrado ne era rimasto abbagliato e l'aveva subìta, così come si subisce la tirannia degli astri. Impossibile evitare di sottomettersi a quegli occhi, a quel corpo, a quella lussuria… E anche adesso, benché l'attrazione iniziasse a scemare, Michele non riusciva a resisterle e si lasciava strapazzare come un balocco pur di vivere nell'illusione di possederla. Tuttavia qualcosa stava cambiando. Iniziava a sentire la mancanza di una donna conosciuta anni prima, una donna che si pentiva di avere abbandonato. Non si trattava di un capriccio, né della voglia di un attimo, ma della necessità pura e semplice di riabbracciare Remigarda. L'unica di cui non avesse soltanto amato il corpo, ma anche il temperamento. Una delle poche donne che potevano ambire a qualcosa di più dell'essere bella e desiderabile. Non che Brunhilde fosse una comune muliercola. Sapeva fare della sua avvenenza uno strumento di conquista al pari di un abile stratega, e tuttavia i suoi desideri non andavano oltre le frivolezze delle popolane. Remigarda invece era dotata di una tale profondità di intelletto che le permetteva di torreggiare non solo su una qualsiasi femmina, ma anche sulla maggior parte degli uomini.

Ciò nondimeno, quel ritorno di fiamma nasceva dal bisogno di abbandonarsi a una compagna che sapesse apprezzare il proprio uomo, senza limitarsi, come faceva Brunhilde, a concedergli qualche tiepido piacere nell'intimità dell'alcova. Aveva bisogno di una donna che comprendesse la sua grandezza e l'entità dell'impegno profuso per mantenerla. Le insidie della curia regis erano molteplici e lo Scoto rischiava ogni giorno di essere soppiantato da sapienti più geniali e brillanti di lui. Non era facile restare il migliore nella cosiddetta "Corte dei Miracoli", dove confluiva il fior fiore delle menti d'Oriente e d'Occidente. Senza contare la costante incombenza di sollazzare Federico II con nuove invenzioni e nuovi prodigi. Erano già in molti ad ambire alla sua posizione: Leonardo Fibonacci, quel presuntuoso matematico che fingeva di essergli amico; Pier delle Vigne, che aveva l'ardire di proclamarsi filosofo dell'amore; e poi quell'Elia da Cortona, che pur essendo frate si proclamava esperto di esoterismo arabo.

E Michele, benché fosse di gran lunga il migliore, temendo di finire soverchiato da quella ridda di postulanti, era costretto a eccellere in ogni campo della sapienza, pur di mantenere il primato. Non poteva limitarsi a essere astrologo, medico, alchimista e magus. Doveva cogliere l'essenza del sapere in ogni sua forma.

Ne aveva fatta di strada, quell'orfanello disperso nella contea di Tife! Dopo aver trascorso la giovinezza negli *scriptoria* monastici di mezza Europa, era riuscito a riscattarsi dalla condizione di *clericus* per diventare magister. Oxford, Parigi, Bologna, Toledo... Erano soltanto le principali tra le innumerevoli tappe di un percorso che l'aveva portato a una sapienza ma anche a un'autorità sempre maggiori. Tuttavia negli ultimi tempi ogni progresso gli costava sempre più fatica, ogni apprendimento più sforzo. Forse perché era ormai giunto a conoscere quanto ci fosse di umanamente possibile. E tuttavia, non riusciva a compiacersi del proprio successo.

Perché da tempo aveva predetto la propria sconfitta.

Non gli era dato sapere il momento preciso, né come sarebbe accaduto, però era certo che la sciagura l'avrebbe sorpreso dall'alto. Anche per un maestro della divinazione della sua levatura, non era facile interpretare un simile vaticinio. Poteva trattarsi di una roccia franata da un monte, di un fulmine della tempesta o di un enorme chicco di grandine piovuto dal cielo. O forse si trattava degli astri, che prima o poi gli si sarebbero rivoltati contro. Forse proprio la costellazione del Cacciatore. Michele si era adoperato in ogni modo per scongiurare la sciagura. Al punto da farli uccidere tutti. Tutti coloro che un tempo l'avevano amato.

Del resto, se soltanto uno di loro fosse sopravvissuto e avesse rivelato il suo segreto, lo Scoto sarebbe stato accusato della più abominevole delle eresie. Il mercante di Toledo sapeva o forse aveva soltanto intuito, ciò nondimeno si era espresso con cognizione di causa. Se Konrad von Marburg avesse posato lo sguardo sul posto giusto, sarebbe stata la fine.

Un frusciare di coltri annunciò il risveglio di Brunhilde. L'astrologo sentì i suoi occhi fissarlo alle spalle, poi una pigra carezza. Si sottrasse a quel tocco, quasi infastidito.

«Michael, come siete scostante», bisbigliò la donna. «Non mi desiderate più?»

«Vi ho detto mille volte di non chiamarmi così».

Lei sorrise. «Perché non dovrei, Michael?».

Perché così l'avevano chiamato i suoi genitori, con una pronuncia ben differente da quella di Brunhilde. Ma la dama si divertiva a distorcere quel ricordo d'infanzia, a punzecchiarlo.

«Usate le parole come artigli», sibilò lui, incapace di trattenersi, «quasi godreste nel vedermi sanguinare!». E con un gesto improvviso scostò le coltri, lasciandola completamente nuda. «Se non siete capace di fare altro, potete sparire dalla mia vista».

Vide Brunhilde scrutarlo intimorita.

Poi udì la voce di una guardia risuonare dall'ingresso. «Mio signore, mio signore! Un prete giunto da Magonza chiede udienza!».

Si rivestì in fretta e uscì dallo studio senza scordarsi di prendere l'elmo. Aveva creduto di aver dormito fino ai vespri, invece era solo il primo pomeriggio. Konrad von Marburg non si era fatto attendere. Lo trovò nella cappella interna del palazzo, in mezzo a un gruppo di curiosi raccolti sotto la cupola che decorava il soffitto. Lo riconobbe al primo sguardo. Alto e massiccio, quasi monolitico, con spalle tanto robuste da sembrare l'opera di un mastro d'ascia. Aveva al seguito cinque persone: due armigeri, un uomo scarno e scarmigliato, un vecchio e una bambina alla quale era stato curiosamente coperto il viso con un sacco.

Con un lieve trasalimento, lo Scoto si accorse che il prete stava già parlando con qualcuno. Allungò il passo verso i nuovi arrivati e afferrò a una spalla l'impertinente che aveva rivolto loro la parola.

«Magister Fibonacci, mi scuserete», disse senza ombra di cordialità, «questi signori non vanno molestati, si trovano qui per una faccenda assai delicata».

L'interpellato gli rivolse uno sguardo indifeso. L'astrologo conosceva quell'espressione e la detestava, consapevole dell'indole ruffiana di Leonardo Fibonacci, degno figlio di un mercante pisano. «Mi ero recato qui per pregare e mi sono imbattuto in costoro», si giustificò.

«Pregherete un'altra volta», lo liquidò lo Scoto, puntando lo sguardo verso il chierico germanico. «Voi dovete essere il reverendo Konrad von Marburg, i miei ossequi».

«Immagino di essere al cospetto del magister Michele Scoto», disse il religioso, «l'uomo di fiducia dell'imperatore».

L'astrologo colse nella sua voce una nota di fastidio, ma intuì che quella disposizione d'animo non dipendesse dalla sua presenza, bensì da una vaga disapprovazione per le architetture che abbellivano la cappella. Non ebbe tempo di pensare ad altro, poiché von Marburg gli presentò una pergamena. A Michele bastò guardarla per sentire le preoccupazioni ingigantirsi. Il mercante di Toledo non aveva esagerato. Quell'uomo aveva in mano un documento mai visto fino ad allora. Non presbitero e neppure vescovo, Konrad von Marburg era un magister investito dal papa in persona della licenza di indagare ovunque e avrebbe preteso la collaborazione di chicchessia per estirpare l'eresia e la negromanzia.

Si morse un labbro, per frenarne il tremore sul nascere. «So del vostro interessamento per un fuggitivo...».

«È già qui?», chiese von Marburg.

«Non ancora», mentì Michele. Si chiese se le indagini di Konrad fossero espressamente mirate alla cattura del mercante di Toledo, o se l'avessero condotto ad altri sospettati. «Siete certo che sia diretto proprio qui?»

«Sì, sto seguendo una pista».

«Non capisco perché un eretico debba recarsi nella nostra residenza imperiale».

«Forse per cercare proseliti», ipotizzò il prete germanico. «Dopotutto, questo luogo non brilla per dedizione alla fede cattolica».

Lo Scoto dissentì. «L'imperatore ha giurato fedeltà al papa e gli è leale al punto di aver preso la croce per lui».

«E avete il coraggio di chiamare "prendere la croce" la sua ridicola spedizione?», obiettò Konrad. «A me è parso un pretesto per stringere alleanze con gli infedeli. E anche questa corte, a quanto si dice, pullula di maomettani, di ebrei e di turpitudini varie».

«Dite quel che volete, magister. In ogni caso l'imperatore ha giurato di combattere l'eresia e gli infedeli. Al contrario, il papa mostra la propria riconoscenza inviando miliziani a occupare le sue terre».

Von Marburg gli rivolse un sorriso dolente, come se si preparasse a infrangere i sogni di un bambino. «L'imperatore è morto».

«Menzogne», ribatté l'astrologo. «A quanto mi risulta, le sue galee stanno veleggiando alla volta del Regno di Sicilia. Federico II torna alla sua terra dopo essere stato incoronato re di Gerusalemme».

Konrad parve assorbire il colpo senza la minima ripercussione. «Ciò nonostante, la volontà della chiesa non va messa in discussione».

«Su questo siamo d'accordo, reverendo». Lo Scoto aprì le braccia, quasi gli offrisse in dono il palazzo. «E infatti sono qui per collaborare con voi».

«Eccellente. Vuol dire che nell'attesa di Ignazio da Toledo, sarò vostro ospite a palazzo».

41

Brunhilde desiderava un vestito nuovo. Girava voce che fosse giunto al mercato di Palermo un carico di stoffe orientali ricamate con immagini di tigri, draghi e demoni con ali di pipistrello. Smaniava dalla voglia di recarsi in città per scegliere un tessuto pregiato e costosissimo adatto per l'abito che aveva in mente, ma doveva sbrigarsi se non voleva perdere le pezze migliori. Non che le servissero vestiti nuovi. Ne possedeva a bizzeffe, ma aveva bisogno di distrarsi dal cattivo umore che le aveva suscitato la reazione di Michael. Come si era permesso di rivolgerle quelle parole? Ancora non si scordava i suoi occhi… In un modo o nell'altro gliel'avrebbe fatta pagare! Quello sciocco pensava forse di essere l'unico uomo sulla faccia della Terra? L'avrebbe rimpiazzato in un baleno – sapeva già con chi – e l'avrebbe fatto ingelosire, per poi riprenderselo soltanto dopo che si fosse umiliato di fronte a tutti. Si sarebbe divertita a dargli una lezione. Michael non avrebbe più osato rivolgerle simili improperi, né fissarla con occhi tanto furenti. Ma quella era soltanto una parte della verità. A farle bramare la vendetta non era quell'evento in particolare, bensì le parole di biasimo che gli aveva letto in faccia mille altre volte. Sapeva benissimo che Michael la reputava una donnetta insulsa e priva di cervello. Più di una volta lo aveva visto lanciarle occhiate di compatimento, quasi stesse giudicando una servetta qualunque. Per questo, dopo tanti anni, non l'aveva ancora presa in sposa.

Brunhilde non si reputava invece affatto stupida. Non aveva mai imparato né a leggere né a scrivere, era vero, ma soltanto perché non ne aveva mai compreso l'utilità. Se desiderava qualcosa, sapeva sempre come ottenerla. Perché consumarsi gli occhi sui libri quando c'era comunque chi poteva farlo al suo posto?

«Ecco il fiore più delicato del nostro giardino», disse qualcuno alle sue spalle.

La dama si voltò lentamente, rispondendo al complimento con un timido sorriso. «Magister Fibonacci, voi sì che sapete parlare a una signora».

L'uomo fece un inchino. «Troppo buona, madonna», ribatté con aria modesta. «Io so parlare soltanto di numeri. Lo Scoto sarà senz'altro un adulatore migliore».

Brunhilde si imbronciò. «Oh, non nominatemi quello screanzato».

«Non siate dura con lui». Il pisano spalancò gli occhi da fanciullino, tanto furbi da insinuare l'esatto contrario di quanto affermava. «È un uomo soverchiato da parecchie incombenze».

«E voi chiamate incombenze quelle quattro scartoffie?», si sfogò la donna. «Come se qualcuno si curasse delle fanfaluche che scribacchia!».

Fibonacci annuì, porgendole il braccio. «Sono scortese, ho interrotto la vostra passeggiata». Attese che la dama accettasse l'invito, quindi proseguì: «Io mi riferivo ad altro, madonna. Secondo certe voci, lo Scoto intrattiene nel palazzo ospiti misteriosi che nessuno ha visto, tranne qualche guardia».

Brunhilde gli rivolse un sorrisetto complice. «Io li ho visti», confessò. Non era solita rivelare i segreti di Michael, ma si sentiva infiammata dal desiderio di rivalsa.

Gli occhi del matematico si spalancarono. «Allora è vero!».

«E so anche dove li tiene nascosti», proseguì lei.

«Potreste confidarmelo, madonna?». La voce di Fibonacci si tramutò in un bisbiglio. «Ve ne sarei oltremodo grato».

«Oltremodo... in quale misura?»

«In quella che più vi aggrada».

«Ebbene», Brunhilde gli si strinse al braccio con maggior veemenza, «stavo giusto pensando a un vestito nuovo...».

42

Ignazio rivolse lo sguardo alla finestra, attratto da uno stormo di grifoni in volo fra i crinali del monte. Seguì il veleggiare di quelle ali maestose mentre il cielo si incupiva, poi tornò alle pedine d'avorio disposte di fronte a sé. Michele Scoto si era appena sporto sul lato opposto della scacchiera per far avanzare un pedone. La mossa serviva a intimidire, ma non voleva essere offensiva. Il mercante ne fu quasi stupito. L'astrologo dava l'impressione di usare maggior riguardo per le pedine che per le vite umane. Sembrava intenzionato a conservare fino all'ultimo ogni pezzo sulla scacchiera, i propri e quelli altrui, quasi mirasse non a un'elisione reciproca, bensì al raggiungimento di un equilibrio perfetto.

Lo Scoto concluse la mossa e spiò l'espressione del rivale. «Avevate ragione», disse d'un tratto. «Konrad von Marburg è un nemico temibile».

«Perché non lo fate uccidere?», suggerì il mercante, mangiandogli il pedone in avanzamento.

L'astrologo fece una smorfia contrariata. «Non è quel tipo d'uomo che si possa uccidere senza temere conseguenze», ribatté, analizzando la scacchiera in cerca della contromossa. «Avrà senz'altro informato il papa. Se morisse, qualcun altro verrebbe subito a prendere il suo posto».

«Dunque come intendete rimediare?»

«Troverò un pretesto per allontanarlo».

Ignazio fece cenno di condividere la strategia. «È per parlarmi di questo che mi avete convocato nel vostro studio?». Aveva accolto l'invito con entusiasmo, credendo di poterlo sfruttare per rubare il libro che parlava di Nembrot, ma quando era entrato si era accorto che i leggii erano tutti vuoti. Per evitare altre sorprese, l'astrologo doveva aver nascosto i suoi codici e le sue pergamene nell'unico grande armadio collocato contro una parete, protetti da ogni sguardo.

«Vi ho convocato per questo e per altri motivi», rispose lo Scoto, ricompattando le difese con uno spostamento orizzontale della torre.

Il mercante trovò in quella mossa la conferma delle sue supposizioni. La vocazione ad arroccarsi costituiva un aspetto dominante nel carattere del rivale. Come aveva già notato al loro primo incontro, un simile atteggiamento rivelava l'istinto di proteggere una debolezza interiore. Ma anche lo sforzo di contenere un'aggressività latente. «Conservate troppe pedine», osservò.

«I pezzi vanno sacrificati al momento opportuno».

Il pensiero del mercante andò alle vittime assassinate dal cavaliere. «E quelli che avete già sacrificato?»

«Semplici pedoni, come quello che mi avete appena mangiato».

Ignazio tornò a concentrarsi sulla scacchiera. Intuendo la minaccia della torre, spostò il suo re a sinistra. «Ne deduco che non mi considerate un pezzo di poco conto».

L'astrologo sorrise, un lampo di smania infantile. Doveva aver scorto qualcosa di allettante nella disposizione delle pedine. «Voi siete uno di quei pezzi che si desidera togliere di mezzo fin dall'inizio, ma spesso risulta più utile lasciarli sulla scacchiera fino alla fine».

«Quindi per il momento non rischio la vita».

«Per il momento no», lo rassicurò l'astrologo, senza cancellare dal volto quell'espressione di sottile godimento. «Ho deciso che resterete mio prigioniero finché non avrò chiarito la situazione. Del resto, von Marburg non sa della vostra presenza nel castello. Crede dobbiate ancora giungere».

«Prima o poi scoprirà l'inganno».

Lo Scoto si strinse nelle spalle. «Non mi servirà molto tempo», e con una mossa imprevista scagliò il suo cavallo contro la regina nemica. Un'azione di puro annientamento, calcolata con largo anticipo e portata a termine con sommo piacere. Ignazio non poté fare a meno di ritrarsi, scorgendo il bambino esultante celato dietro l'uomo che gli sedeva davanti.

«Ci avete mai fatto caso?», chiese l'astrologo, sollevando la regina rivale dalla scacchiera. «In questo gioco, la potenza virile risiede nell'unica figura femminile».

Ignazio lo fissò con sarcasmo. «Ebbene, ora che avete evirato il mio re, cosa intendete fare?»

«Temporeggio», rispose lo Scoto, non certo in relazione alla partita. «Quando sarò sicuro di non correre rischi, vi farò trasportare altrove in gran segreto, sotto la custodia dei miei uomini. Farò in modo che la vostra cattura appaia un fatto casuale, e soprattutto lontano da qui. Poi informerò Konrad von Marburg, che vi raggiungerà come un falco sulla preda. Non tornerà più in questo castello».

Il mercante trattenne un fremito. «Dove contate di farmi "ritrovare"?»

«Presso una sede di autorità competenti a giudicarvi, per velocizzare la procedura. Forse a Monreale o nella stessa Palermo, non ho ancora deciso».

«Ammirevole», disse Ignazio a denti stretti. Aveva sempre meno tempo a disposizione e non era ancora riuscito a scoprire il segreto di Nembrot, né il motivo per cui l'astrologo temesse tanto la presenza di Konrad von Marburg. Ma non tutto era perduto, si disse, e d'un tratto si appigliò all'unica speranza che gli restava. «Tuttavia prevedete dei rischi», ribatté, «altrimenti non mi avreste messo al corrente dei vostri piani».

Leonardo Fibonacci aveva trovato il resoconto di Brunhilde assai interessante. Non era curioso di conoscere l'identità dei due uomini che lo Scoto aveva accolto negli ambienti di pianoterra, né voleva sapere per quale ragione ne avesse occultato la presenza all'intera corte. A intrigarlo era la menzogna. Lo incuriosiva inoltre come avrebbe reagito l'eminente ospite germanico, il prete venuto da Magonza, nell'apprendere un simile fatto. Da scaltro pisano quale era, Leonardo non aveva impiegato molto tempo a mettere insieme i pezzi del mosaico. Ignorava cosa complottasse lo Scoto, ma aveva intuito la gravità della situazione, e forse, si era detto, valeva la pena mettergli i bastoni fra le ruote. Di certo, se Konrad von Marburg fosse stato informato della presenza dei due uomini che cercava avrebbe sollevato un polverone. E l'accaduto sarebbe giunto alle orecchie dell'imperatore. Federico II non avrebbe tollerato ulteriori motivi di contrasto con la Chiesa e forse avrebbe deciso di mettere da parte quel burbero scozzese per fare posto a qualcun altro, ben più meritevole.

Tuttavia Leonardo doveva agire con discrezione, non poteva presentarsi di persona a von Marburg per raccontargli la verità. Doveva escogitare qualcos'altro. Si diresse dunque verso il piano superiore del palazzo, dove risiedevano gli ospiti di rilievo, in attesa del valletto che era stato incaricato di servire la cena al prete germanico.

Ben presto, il servo fece la sua comparsa. Era un ragazzo sui quindici anni, piuttosto tardo e timoroso persino della propria ombra. Stava portando all'ospite una scodella di *lasagum*[9]. Leonardo gli ordinò di fermarsi e, con fare confidenziale, gli pose un bigliettino sul vassoio. Il giovane fece cenno di non comprendere, poi, dopo un breve scambio di occhiate, accettò di nascondere il messaggio sotto la scodella.

Dopo un gesto di raccomandazione, il matematico lo congedò con un sorrisetto complice, avviandosi soddisfatto verso le sue stanze.

La partita era giunta a metà. Ignazio restava in svantaggio, ma il sacrificio della regina non era stato vano. Finalmente iniziava a comprendere il pensiero dell'avversario, che dopo una lunga difesa aveva rivelato una predilezione per l'uso del cavallo. Il mercante trovava i movimenti di quel pezzo subdoli e sgraziati, un astratto balzare secondo traiettorie angolari. D'altronde l'astrologo ragionava proprio in quel modo, dimostrando un indiscusso talento nel saper ribaltare la situazione con mosse improvvise. Ignazio preferiva di gran lunga i contrattacchi obliqui degli

[9] Si tratta di sottili sfoglie di pasta servite all'epoca nell'acqua di cottura.

alfieri, che in quella splendida scacchiera non avevano il classico aspetto da elefante, bensì le forme affusolate di temibili prelati. Prelati assai diversi da Konrad von Marburg, ben più assimilabile all'incedere pesante e inesorabile delle torri.

«Vedete, mastro Ignazio», lo Scoto sorrideva ancora per la sua temporanea vittoria, «io sono nato sotto l'influsso di Mercurio, e come tale sono versato nell'arte e nello studio degli astri, ma anche perseguitato dall'ansia e dalla sfortuna. Ciò mi porta a comportarmi con cautela e a essere previdente».

«Tuttavia», obiettò il mercante, «non potete prevedere le mosse di von Marburg».

«E voi perseverate nel mettermi in guardia per indurmi a tutelarvi».

«Vi ho raccontato soltanto verità. Konrad mi crede il magister di Toledo, l'Homo Niger responsabile di una catena di omicidi e implicato in un culto luciferino».

«Problemi vostri», lo tacitò l'astrologo. «Sa del mantello zodiacale?»

«Non posso escluderlo».

«E i tatuaggi? Ha scoperto il loro significato?»

«Non saprei».

Lo Scoto batté i palmi sui braccioli dello scranno, indeciso se alzarsi o meno. «Ho l'impressione che mi abbiate spaventato per nulla», disse d'un tratto. «Con la vostra messinscena siete riuscito a smascherarmi, ve lo concedo, nondimeno credo di non correre alcun rischio. Credo che von Marburg vi abbia seguito fin qui perché non è stato in grado di svelare gli arcani del mantello e dei tatuaggi... E voi neppure».

Ignazio trovò il coraggio di controbattere: «Invece mi è stato rivelato il segreto del Cacciatore Etiope».

Lo Scoto scattò in piedi, lanciandogli un'occhiata che scorticava. «Opera del testimone di cui mi accennavate, suppongo...».

«Opera delle mie congetture».

«Non ce l'avreste mai fatta da solo!», esclamò l'astrologo, camminandogli intorno. «Ma chi può avervi aiutato... Chi, se sono tutti morti...», mormorava tra sé, guardando in ogni angolo come se temesse un agguato. Poi si fermò alle sue spalle. «È stata *lei*, non è vero?», sibilò, aggrappandosi allo schienale della sedia. «È stata *lei* a guidarvi fin qui!».

Sì, avrebbe voluto dirgli il mercante. Remigarda di Acquanegra, la donna che amavate, la madre di vostra figlia. La donna abbandonata, vissuta nell'odio e nel sacrificio. Avrebbe voluto sputargli tutta la verità in faccia, parola dopo parola, ma si mantenne impassibile. «Non so a cosa stiate alludendo, messere».

«Solo *lei* avrebbe avuto il coraggio di parlare!», continuò l'astrologo, quasi sconvolto.

Ignazio fece per ribattere, ma si trattenne al risuonare di passi pesanti provenienti dagli ambienti attigui.

Un soldato si palesò all'uscio. «Magister, il prete germanico vi vuole assolutamente vedere».

«Si può sapere cosa vuole a quest'ora?». Lo Scoto era inviperito. «È ormai notte».

«È furioso, magister. Dice di essere stato ingannato ed esige spiegazioni».

«Dove si trova in questo momento?»

«Vi attende nella cappella del palazzo».

L'astrologo rimase fermo a riflettere, poi indicò il mercante. «Qualcuno tenga a bada costui», e si avviò verso l'uscita. «Io andrò a incontrare quel maledetto prete».

Ignazio comprese che la ragnatela di menzogne tessuta dallo Scoto si stava spezzando. E forse, per lui, significava la fine.

43

«Dirigiti verso Palermo e imbarcati per la Spagna», erano state le ultime parole di suo padre.

Uberto raggiunse la città mentre la luce del tramonto moriva sul mare, sempre guardingo e fiutando l'aria come un animale da preda. Lo stalliere del castello gli aveva affidato una vecchia cavalla incapace di reggere al galoppo. Con una bestia del genere gli sarebbe stato impossibile sfuggire a un agguato e quella consapevolezza aveva accresciuto la sua apprensione. Lo Scoto non era uomo da prendere alla leggera. Non ci sarebbe stato da meravigliarsi se avesse inviato un sicario alle sue calcagna, forse addirittura il cavaliere con la lancia dai proietti infuocati. Perciò Uberto aveva scelto di procedere per i campi, lontano dalla strada principale, con la conseguenza di allungare il cammino e di sfinire la povera cavalla, fin quasi a ucciderla.

Soltanto quando entrò in città iniziò a sentirsi al sicuro, ma non si diresse al porto. Benché l'avesse promesso al padre, intuì che quello sarebbe stato il luogo più indicato per fare brutti incontri. Vi si annidavano fin troppi uomini disposti a guadagnarsi qualche soldo con un lavoro di coltello. Tuttavia c'era dell'altro. Uberto non aveva il coraggio di abbandonare Ignazio, salendo a bordo della prima nave per la Spagna. Doveva pur esistere un modo per potergli essere d'aiuto.

La cosa migliore era trascorrere la notte in un posto tranquillo, si disse. Aveva bisogno di dormire, recuperare le forze. Perciò vendette la cavalla e con il ricavato si pagò il letto in un'osteria.

Ma il sonno non gli portò consiglio. Tutto ciò che gli riservò la notte fu un alternarsi di incubi in cui il padre veniva bruciato sul rogo, la moglie e la figlia tendevano le mani verso di lui. Quelle immagini si intrecciavano in scenari angoscianti, in cui tutte le persone a cui voleva bene venivano avvolte dalle fiamme vomitate da una creatura dalle proporzioni terrificanti, ma con le sembianze di Konrad von Marburg.

44

«Vi attendo nel vostro studio?», si era arrischiato il mercante.

«Neanche per sogno», aveva risposto lo Scoto.

E mentre l'astrologo si apprestava a raggiungere von Marburg, Ignazio venne preso sottobraccio da una guardia per essere ricondotto ai suoi alloggi. Poco dopo si ritrovava segregato nel cubicolo, di fronte a una situazione sempre più drammatica. Per quanto non ne avesse piena certezza, poteva spiegare quella convocazione a un'ora così tarda soltanto in un modo. Konrad von Marburg doveva aver scoperto la sua presenza nel palazzo! Troppo presto, si disse. Il libro di Nembrot si trovava di certo nello studio, solo entrandone in possesso il mercante avrebbe potuto costruire una difesa credibile, o almeno insinuare il dubbio nella mente del germanico. Ma senza quel libro, l'unica prova di cui disponeva era la sfera di ceramica trovata da Uberto. Ben misero appiglio! Quell'ordigno non sarebbe bastato a scagionarlo. Tuttavia, rifletté all'improvviso, poteva rivelarsi di una qualche utilità.

Fu colto da un'idea tanto folle che quasi si pentì di averla concepita. In fondo, pensò, non aveva nulla da perdere. Nella migliore delle ipotesi, se non avesse tentato la fuga, sarebbe stato catturato dagli sgherri di von Marburg per essere trascinato davanti a un tribunale spirituale, poi al rogo.

Doveva agire subito.

Origliò alla porta e, non appena fu sicuro che non vi fossero sorveglianti dietro il battente, recuperò dal nascondiglio la sfera di ceramica e ne conficcò l'estremità appuntita nella serratura dell'ingresso, poi afferrò il candeliere e ve lo accostò. Esitò un attimo, ricordandosi l'effetto devastante dell'esplosione. Se non avesse usato sufficiente accortezza, avrebbe rischiato di perire nel tentativo. Posò quindi il candeliere e trascinò lo scrittoio verso la porta, posizionandolo tra la sua persona e l'ingresso, a mo' di barricata, poi decise di avvolgersi con le coperte del giaciglio per proteggersi da eventuali schizzi incandescenti. Così bardato, riprese il candeliere e accostò la fiamma alla sfera.

Per alcuni secondi non accadde nulla, e Ignazio si sentì un perfetto idiota. Poi vide una scintilla e infine il vampeggiare di una fiamma rossa. Seguirono un sibilo intenso e un'emissione solforosa. Il mercante si accucciò dietro lo scrittoio, sperando che il rumore non attirasse nessuno. Ma quello sfrigolio non era nulla rispetto a quanto seguì. Un rombo violentissimo squarciò l'aria, invadendo ogni angolo della stanza. Ignazio rimase immobile, per precauzione, poi alzò lo sguardo, respirando l'aria secca e mefitica. Aveva fatto bene a cercare riparo! La parte dello scrittoio rivolta verso l'ingresso stava andando a fuoco. Le fiamme avevano invaso anche il battente della porta e stavano propagandosi sulle travi del soffitto. Della serratura non restavano tracce.

Non esitò oltre. Si liberò delle coperte, scavalcò lo scrittoio e spalancò la porta con un calcio. Nessuna guardia in vista. Prima di lanciarsi verso lo studio dello Scoto, tornò nella stanza e prese con sé il candeliere. Poi si avventurò nei corridoi del palazzo, invasi dal buio della notte.

Voci allarmate si avvicinavano in fretta.

Benché fosse ormai notte, l'aria restava calda e immota. All'esterno non spirava nemmeno un alito di vento e la terra continuava a rilasciare l'arsura del giorno. Konrad von Marburg detestava quel clima già torrido e soffocante a primavera inoltrata. Il caldo spingeva gli uomini all'indolenza e le femmine all'impudicizia. Meglio il freddo, più idoneo a conservare la mente e le membra in uno stato di algido decoro. E come se ciò non bastasse, si trovava in una chiesa cristiana deturpata da architetture arabe. L'intero Castello della Favara, del resto, era stato edificato secondo i canoni musulmani. La servitù gli aveva rivelato che quel luogo, prima di diventare presidio normanno, era stato sede dell'emiro Gia'far e da allora non aveva subìto sostanziali modifiche. Il pensiero che tra quelle mura vi fossero addirittura una sauna e un luogo appartato, dove si erano esibite danzatrici, lo riempiva di disgusto, tanto da desiderare di vederlo demolito fino all'ultima pietra.

Una figura alta e magra penetrò nella cappella con passi inquieti, quasi sdegnosi. Konrad disegnò un rispettoso inchino, ma nell'accorgersi che non veniva ricambiato si rizzò in tutta la sua statura, fronteggiando il nuovo arrivato. «Mi avete mentito, magister».

Lo Scoto parve in procinto di scagliare un'ingiuria. «Non avevo scelta», ribatté glaciale.

«Cosa vi porta a difendere quel cane eretico?»

«Ha minacciato di colpirmi con un *maleficium* qualora avessi rivelato la sua presenza».

Von Marburg lo fissò incredulo. «E ciò è bastato a intimorirvi?».

L'astrologo non rispose. Si limitò a restituirgli lo sguardo senza indugio, ostile e schivo. Prendi ciò che vuoi e vattene, parve sottintendere.

Konrad addolcì l'espressione del viso. Provava godimento nello spiazzare gli interlocutori prima di azzannarli alla gola. Era un modo efficace per far abbassare la guardia, specie al cospetto di un bugiardo. «Ho già sentito parlare di voi, *astrologus*, e non sempre con toni lusinghieri», confessò, compiacendosi della smorfia piccata che affiorava sulle labbra dell'uomo. «Alcuni addirittura vi proclamano sostenitore delle idee di Averroè. Idee contrarie alla dottrina della Chiesa».

«Se in passato ho divulgato certi aspetti dell'averroismo», si difese lo Scoto, «non si tratta certo di quelli contrari alla fede cristiana».

«Vale anche per quella singolare teoria sulla trasmigrazione delle anime, che voi dite spostarsi attraverso il fuoco e l'acqua da un corpo all'altro?»

«Siete ben informato, a quanto vedo». L'astrologo non si scompose. «Ebbene, sappiate che dopo averne esaminato gli aspetti salienti l'ho rigettata, ritenendola blasfema».

Konrad lasciò trapelare un velato dissenso, chiedendosi perché l'interlocutore alzasse di tanto in tanto lo sguardo verso le volte del soffitto, quasi temesse un crollo improvviso. Eppure le strutture apparivano solide.

Lo Scoto proseguì con tono mellifluo: «Reverendo padre, capita sovente che mi si attribuiscano teorie di pensatori da me tradotti, benché non le condivida». Abbassò lo sguardo, poi, all'apparenza irritato dal dover assumere un atteggiamento remissivo, alzò la voce con fare altero. «In ogni caso le vostre insinuazioni non mi toccano. Godo della stima del Santo Padre come del suo predecessore, nonché dell'amicizia di una quantità di prelati. Non c'è motivo per cui debba giustificarmi al vostro cospetto».

Konrad era informato della strabiliante ascesa di Michele Scoto nelle sfere del potere, sia spirituale che temporale, e dei rapporti di stima, se non addirittura di simpatia, che l'avevano legato a Onorio III e a Gregorio IX, al punto da fargli meritare diversi benefici ecclesiastici, tra cui un possedimento nell'Anglia. Benefici a cui si diceva che lo Scoto avesse rinunciato pur di seguire Federico II, in cambio di autorità e di ricchezze ancora maggiori. E tuttavia Konrad sapeva di doverlo piegare. «Perdonate lo zelo», insistette, «ma gli ultimi sviluppi della mia indagine mi portano a sospettare di chiunque abiti in questo castello».

«Ultimi sviluppi? A cosa vi riferite?»

«Al resoconto del giudeo venuto al mio seguito».

Lo Scoto gli rivolse un ghigno sprezzante. «Non mi direte che prestate fede alle dicerie di un giudeo».

«È comunque un testimone».

«Non avete considerato che potrebbe essere in combutta con l'uomo a cui date la caccia?»

«È una possibilità, ne sono consapevole. Ma non posso trascurare l'ipotesi che racconti il vero».

«Al punto da mettere in discussione la mia parola e la buona fede della curia regis?».

Lo Scoto si mostrava indignato, ma continuava a restare sulla difensiva. Dopo centinaia di interrogatori, Konrad aveva imparato a fiutare la paura dietro le smorfie dei più abili mentitori. «Ogni storia, seppur menzognera, possiede un fondo di verità», disse, quasi con rammarico. «E dunque scuserete il mio eccesso di zelo, magister, se intendo prolungare la mia permanenza in questo castello per interrogare chiunque vi trovi dimora. Potrei addirittura attendere l'arrivo di Federico II, che contro ogni previsione mi dite in procinto di fare ritorno».

«Credetemi, reverendo, non ne avete bisogno». L'astrologo, livido in volto, disegnò un inchino. «Già ora posso condurvi dall'uomo che state cercando».

Konrad torreggiò su di lui, compiaciuto. «Allora esigo che lo facciate subito».

Ignazio entrò nello studio dell'astrologo con tanta foga che quasi rischiò di inciampare. Prima di varcare la soglia si era voltato un'ultima volta, per sincerarsi di non essere seguito. L'esplosione della sfera di ceramica e il divampare del fuoco dovevano aver certo allertato le guardie. Del resto, la sua speranza era proprio quella di farsi sorprendere mentre trovava la prova capace di incriminare lo Scoto. L'effetto scenico era fondamentale per la riuscita del piano. Sapeva bene che un libro non sarebbe bastato a fare luce sui fatti. Serviva l'astrologo. Ignazio lo conosceva abbastanza da sperare di poterlo attirare insieme alle guardie, innescando una reazione emotiva che lo spingesse a confessare. E se Konrad von Marburg, che in quel momento era in sua compagnia, l'avesse seguito fin lì...

In un crescendo di tensione, mosse il candeliere nel buio in cerca dell'armadio dove immaginava fossero custoditi i libri. Lo vide, si avvicinò, lo spalancò... e soffocò un'imprecazione. Era vuoto!

Cadde in ginocchio, abbandonato di colpo dalle forze. Com'era possibile? Poco prima aveva verificato con i propri occhi che nello studio non c'erano più libri. Lo Scoto doveva averli di sicuro chiusi da qualche parte, per occultare ogni prova del culto astrale di Nembrot. E per quanto fosse un nascondiglio banale, doveva *per forza* averli riposti in quel maledetto armadio! La stanza non offriva altri ripari. Eppure, gli scaffali del mobile erano vuoti! Ignazio era sconfitto. Non scorgeva altre vie di uscita. Ogni speranza moriva in quel luogo. Le guardie sarebbero piombate su di lui da un momento all'altro. Poi sarebbe giunto von Marburg. A quel punto non gli sarebbe rimasto più nulla, a parte la disperazione e il castigo.

Una rapida variazione della luce bloccò il grido che gli stava nascendo in gola. Alzò lo sguardo, accorgendosi che uno spiffero d'aria faceva vibrare la fiamma del candeliere. Dapprima non vi fece caso, quasi rise tra sé, ma il ripetersi del fenomeno destò la sua attenzione al punto da spingerlo a cercare l'origine di quella corrente d'aria. Non proveniva certo dalla finestra, troppo lontana, né dall'uscio. Benché improbabile, restava soltanto una spiegazione. Prega di non sbagliarti, si disse, poi avvicinò il candeliere all'armadio e lo mosse in verticale e in orizzontale finché non vide accentuarsi il tremolio della fiamma. Allora si persuase di avere ragione. Fece scorrere le dita sul punto interessato e trovò una fessura dove il mobile poggiava contro il muro. Sempre più incuriosito, si rialzò in piedi e bussò contro la parete interna dell'armadio finché non ebbe conferma dei propri sospetti.

Dall'altra parte c'era il vuoto.

Incoraggiato dalla scoperta, continuò l'esame finché non si accorse che i tre scaffali del mobile erano fissati con un gioco di incastri in grado di farli slittare verso l'alto. Una volta che li ebbe sollevati, udì lo scatto di un meccanismo nascosto e vide il fondo dell'armadio oscillare leggermente, come se non avesse più sostegni. Lo spinse, facendolo ruotare come il battente di una porta.

Davanti ai suoi occhi si aprì un cunicolo diretto verso il basso. Ancora una volta nelle tenebre, pensò.

E senza esitare, imboccò l'oscuro passaggio.

Adelisia si svegliò urlando.

Mentre Benvenuto Grafeo verificava il suo stato, Suger continuò a tenere l'orecchio premuto all'uscio per capire cosa stesse accadendo fuori dalla stanza. Si era visto rinchiudere in quel cubicolo insieme al vecchio e alla bambina subito dopo l'incontro tra von Marburg e lo Scoto. E ora, messi da parte i piani di fuga, attendeva impotente il concludersi della vicenda. Da qualche minuto, però, era incuriosito dalle grida d'allarme e dai passi affrettati che risuonavano per i corridoi del palazzo.

«Nulla di grave, piccola mia», diceva Grafeo. «I vostri occhi stanno bene».

Ma Adelisia continuava ad agitarsi. «Ancora quel sogno!», strillava. «Il sogno dei cavalli!».

«Fate tacere la bambina», intimò Suger, interessato a quanto accadeva dall'altro lato della porta. D'un tratto udì un avvicinarsi precipitoso di passi e fece appena in tempo a scostarsi per evitare il battente che si spalancava.

Entrò uno degli sgherri di von Marburg. «Dobbiamo uscire», disse trafelato, «è scoppiato un incendio ai piani bassi».

Il medico lo interrogò con lo sguardo.

«Pare che una stanza abbia preso fuoco», spiegò l'uomo, invitando i tre reclusi a seguirlo.

Un attimo dopo stavano correndo per corridoi invasi da una cortina di fumo sempre più spessa, tra decine di persone. Per la maggior parte erano servi, ma tra loro c'erano anche soldati e gente altolocata. Si diressero in massa verso il lato posteriore del palazzo, presso le sponde del lago.

45

Una volta entrato nel cunicolo, Ignazio non poté più tornare indietro. L'ingresso gli si richiuse alle spalle, bloccandosi con uno scatto. Da qualche parte doveva celarsi un congegno in grado di riaprirlo, ma al momento era ben altro a importargli.

La luce del candeliere rivelò la presenza di una galleria, forse scavata già ai tempi dei normanni per garantire la fuga dal palazzo. Ignazio avanzò guardingo, sperando di non incappare in qualche trabocchetto. Stava per scoprire i segreti di un uomo dotato di un tale acume da suscitare ammirazione. Era sconcertante. Per quanto si sforzasse, non riusciva a considerarlo un nemico. Lo riteneva una sorta di confratello che osservava il mondo dalla sua stessa prospettiva. Un confratello che non avrebbe esitato a ucciderlo per tutelare se stesso. Proprio come lui.

D'un tratto individuò l'uscita, e affrettandosi in quella direzione sbucò da una cavità fra le rocce, occultata da una cascata di rampicanti. Tutt'intorno, la macchia sotto il cielo stellato. Si guardò attorno. Doveva trovarsi sul monte Grifone o su un rilievo vicino, ma non riuscì a scorgere le luci del Castello della Favara, né di altri edifici. Proseguì dunque per un sentiero che serpeggiava in salita, ignorando dove lo avrebbe condotto.

Non stava camminando da molto, quando udì dei rumori fra gli alberi. Temendo di avere qualcuno alle calcagna, spense la candela e si nascose dietro un tronco, puntando lo sguardo verso una luce sempre più vicina. Dopo poco scorse un cavaliere con una torcia. La forma dell'elmo e la pelliccia sopra l'usbergo avevano un che di familiare, ma fu la bizzarra lancia appesa alla sella a togliergli ogni dubbio. Lo lasciò passare oltre, poi uscì dal nascondiglio in preda allo sbigottimento. Quel cavaliere era l'assassino di Gebeard von Querfurt, di Alfano Imperato e di tutti coloro che erano venuti a conoscenza del culto di Nembrot. Non avrebbe esitato a sopprimere anche lui, se l'avesse sorpreso in quel luogo.

Ma la paura non era l'unica emozione a bruciargli nel petto. Per certi versi avrebbe potuto quasi dirsi euforico. La presenza del cavaliere provava contro ogni ragionevole dubbio il coinvolgimento dello Scoto in quella efferata vicenda.

La meta doveva essere prossima.

Seguì il sentiero fino a raggiungere l'imbocco di una caverna, ma si accorse ben presto che quello non era l'ingresso di una cavità naturale, bensì un'apertura ad arco intagliata nella pietra. Dall'interno, seppur fioco, proveniva un lucore. Si addentrò con cautela, ben conscio di non poter più usufruire dei nascondigli offerti dalla vegetazione e dalla notte. Stava violando uno spazio chiuso, forse sorvegliato. La luce proveniva da un ambiente a forma di cupola, interamente scolpito nella roccia e con due torce infisse alle pareti. Il soffitto era decorato da una serie di pittogrammi che rappresentavano la volta stellata. Molto antichi, suppose il mercante, e forse realizzati da maestranze orientali.

La sua attenzione fu subito attratta dagli scaffali colmi di libri che ricoprivano le pareti, infine da qualcosa al centro dell'ambiente. Procedette in quella direzione, ormai dimentico del pericolo. Sotto la cupola c'erano un leggio e un treppiede alto quanto un uomo, su cui poggiava un sottile cilindro metallico.

Sul leggio c'era un solo libro. Ignazio lo aprì alla prima pagina e in un crescendo di entusiasmo riconobbe il manoscritto già scorto nello studio dello Scoto. Il testo si apriva con una formula oscura: *Mercurii Trismegisti liber de motu spherae coeli inclinati, qui intitulatur Nembrot ad Ioanton*. Se aveva ben inteso, quelle parole assimilavano Nembrot a Mercurio Trismegisto, il dio Ermete, e promettevano di divulgare i suoi insegnamenti sul moto delle sfere celesti trasmessi a un discepolo di nome Ioanton.

A margine del testo compariva un'annotazione in caratteri minuscoli, forse un appunto dello stesso Scoto.

Come insegna Abu Masar, il sommo Nembrot giunse in Persia dopo la dispersione delle settantadue lingue e apprese dagli spiriti il culto del fuoco. Secondo alcuni però fu il pronipote, anch'egli chiamato Nembrot, a vergare codesto libro, in cui si raccolgono i segreti dell'astronomia.

L'annotazione si concludeva con un disegno che rappresentava un uomo intento a scrutare il firmamento con l'ausilio di un ordigno simile a quello vicino al leggio.

Impaziente di sapere, Ignazio si mise a studiare quell'oggetto e notò che era puntato verso una fenditura della cupola, oltre la quale si scorgeva uno squarcio di cielo stellato. Sbirciò in una delle estremità del cilindro, imitando l'uomo del disegno, ed emise un'esclamazione di stupore. Era come se la sua vista si fosse acuita all'inverosimile, permettendogli di ammirare il firmamento ingrandito a dismisura. In principio ebbe l'impulso di allungare le mani per toccare gli astri, tradito dall'illusione che fossero vicinissimi, poi si abituò a quel portentoso accrescimento dei sensi e restò a osservare in preda all'incanto, come un bambino. Dovevano essere i vetri incastonati all'interno del cilindro, pensò nel frattempo, a favorire una simile visione, tuttavia non scartò l'ipotesi di assistere a un miraggio. La meraviglia fu tale da impadronirsi di lui fin quasi alla commozione.

«È impossibile distogliersi da un simile spettacolo, non credete?».

Ignazio si voltò di scatto e vide Michele Scoto in piedi davanti all'ingresso. Gli parve compiaciuto, per nulla ostile. «Sono splendide», ammise.

«Un labirinto di luce perpetua», l'astrologo indicò la volta stellata, «ai confini del *mundus*[10]. Là dov'è scritto il nostro destino».

«Il destino dell'uomo non dipende dagli astri», obiettò il mercante, «ma dalle sue scelte. E queste sono determinate dalla sapienza».

«Convengo con voi, messere. Badate però che esistono due distinte forme di sapienza, *mathesis* e *matesis*, la conoscenza e la divinazione. Io soltanto possiedo la seconda, l'unica davvero in grado di rendere padroni del proprio destino. E non temo certo le invettive della Chiesa! Dio stesso creò gli astri come segni degli eventi futuri, pertanto la disciplina che li interroga non è soltanto lecita, ma la più nobile fra tutte. Persino della teologia».

Ignazio colse in quelle parole i principi di un'arte che andava ben oltre l'astrologia superstiziosa disdegnata da Isidoro di Siviglia e da Ugo di San Vittore. Lo Scoto alludeva a una scienza capace di scorgere il disegno divino al di là dei rapporti tra causa ed effetto. Il balzo del cavallo, pensò, guardandosi intorno. «Suppongo che questo sia il vostro vero studio».

«Ebbene sì». L'astrologo sorrise con orgoglio. «Avete violato il luogo in cui mi ritiro per meditare e osservare gli astri, lontano dalle distrazioni del palazzo. Risale ai tempi dell'emiro Gia'far, ma soltanto io ne sono a conoscenza». Il sorriso si incrinò in una smorfia severa. «Dopo aver saputo della vostra fuga, ho controllato il mio *armarium* e mi è stato facile prevedere dove sareste giunto».

Il mercante alzò un sopracciglio. «Avete portato con voi anche von Marburg?»

«Moderate le battute di spirito, messere. Mi è costata fatica lasciare indietro quell'uomo. E non crediate di aver guadagnato qualche vantaggio. Domani, prima dell'alba, il cunicolo dietro l'armarium sarà già murato. Non potrete dimostrare l'esistenza di questo luogo e state pur certo che giungervi per altra via è impossibile».

«Non ho dunque speranza di sfuggire al germanico?»

«Potete tentare la fuga, se credete. Ma io ve lo sconsiglio. Risultereste ancor più colpevole di quanto già vi si creda, senza contare che prima o poi verreste catturato».

«Ve lo concedo, sono sotto scacco», disse Ignazio, fingendosi rassegnato. Non biasimava l'atteggiamento dello Scoto, ma era convinto che la partita fosse ancora tutta da giocare. D'altro canto, tanto meglio che l'avversario lo credesse sconfitto. Non gli avrebbe negato delle ri-

[10] La parola latina *mundus* comprende in questo caso l'intero universo, ovvero l'insieme dei corpi celesti.

sposte. «Perché il culto di Nembrot?», chiese pertanto, indicando il manoscritto sul leggio. «Cosa c'entra con tutto questo?».

L'astrologo parve stupito. «Dunque sapete...».

«Abbastanza da sciogliere l'enigma dei tatuaggi», rivelò il mercante, avanzando d'un passo. «Ho scoperto il nome dell'antico gigante dietro un codice, il *Lingua ignota* di Ildegarda di Bingen. Ebbene sì, il nome del Cacciatore Etiope ricamato anche sul mantello. E quando l'ho scorto di nuovo nel vostro studio, su quel libro...».

«Davvero eccellente». L'astrologo batté le mani, in tono canzonatorio. «Tuttavia, se aveste letto il *Liber Nembrot* riposto sul leggio, sapreste che il Cacciatore non era etiope, bensì caldeo. E non fu neppure un gigante. Lo si afferma sulla falsariga di sant'Agostino, che tradusse i testi sacri usando la parola sbagliata, *gigans* anziché *potens*».

«A quanto pare, avete dedicato molto studio all'argomento».

«Studio mirato a riscattare una grande figura», ribatté lo Scoto. «Nembrot fu un uomo potente presso il regno di Babilonia, un autentico sovrano. E fu anche il primo a praticare la magia attraverso la conoscenza delle stelle».

Ignazio era sempre più curioso. «Un idolatra».

«Il padre degli idolatri».

«È questa la dottrina che nascondete a Konrad von Marburg?».

L'astrologo alzò le mani con sprezzo. «Se quel germanico ne venisse a conoscenza, citerebbe senz'altro i *Commentarii in Genesim* di Rabano Mauro, dove Nembrot viene equiparato al diavolo per la sua smania di penetrare i segreti del cielo... Ciò gli basterebbe per infangare la mia reputazione! Ma questo è nulla, rispetto al suo operato se scoprisse la verità sulla *Triade*».

Ignazio seguì il suo sguardo verso terra e, ancora una volta, rimase sorpreso. Non si era reso conto di stare al centro di un cerchio tracciato sul pavimento, tra un'alfa e un'omega. Colto da un'intuizione, si voltò e scorse nella penombra tre sedie rivolte verso il leggio. «La Triade...», ripeté, ignaro di cosa potesse significare. Scoprire quel mistero non l'avrebbe aiutato a scagionarsi dalle accuse, ma a capire perché tanta gente fosse morta.

«Forse vi è sfuggito un particolare», disse lo Scoto, quasi per incoraggiarlo. «I cerchi magici sono sempre tracciati vicino a una finestra o a un pertugio che consenta di scrutare il firmamento».

Il mercante meditò su quelle parole, poi alzò lo sguardo verso lo squarcio della cupola e, chiesta licenza, si accostò di nuovo al cilindro metallico puntato verso il cielo. Fu allora che lo notò, il gigante cacciatore, maestoso nella sua luminescente figura. E si sentì uno sciocco, poiché per tutto il tempo l'aveva sempre avuto davanti agli occhi. «Certo!», esclamò, rievocando i precetti dei sapienti orientali. «Nembrot è uno dei nomi della costellazione di Orione». Distolse lo sguardo dal firmamento, perso in un labirinto di pensieri. «Tuttavia, non sono a conoscenza di alcuna triade divina».

«Perché fu venerata in tempi remoti, dai babilonesi». Lo Scoto lasciò trasparire ancora una volta il suo compiacimento. Non dovevano essere molte le occasioni in cui poteva confrontarsi con uomini all'altezza del suo intelletto e sfoggiare tanta erudizione. «Nembrot ne era a capo, rappresentato dal simbolo del pesce o del serpente. La seconda entità della Triade, invece, era femmina».

Ignazio rammentò d'un tratto la conversazione tenuta con Uberto mentre navigava per la Sicilia. «Alludete per caso a Semiramide?».

Lo Scoto annuì. «Proprio lei, la regina rappresentata dalla colomba».

A quel punto il mercante fu in grado di mettere insieme i tasselli del mosaico. Benché conoscesse la storia di Nembrot e Semiramide, fino ad allora si era lasciato fuorviare da un caotico succedersi di eventi. «Il pesce e la colomba lasciati presso i cerchi magici… E i simboli sui tatuaggi… Sì, sono sempre loro due…», mormorò tra sé. «Dunque l'immagine della donna con l'infante non riproduce la Madonna, bensì Semiramide. E quell'infante è…».

«Il terzo componente della Triade», confermò l'astrologo. «Tammuz, il figlio di Nembrot e di Semiramide. Il suo simbolo è la fiaccola».

«Ovvero la candela disposta vicino ai cerchi magici, insieme alla colomba e al pesce». Ignazio non aveva più dubbi, ogni bizzarria di quella vicenda trovava senso nelle parole di Michele Scoto. Eppure gli sfuggiva ancora il senso del tutto. «Non nego di essere affascinato dalla figura di Nembrot», ammise. «Ma perché affidarsi a un culto tanto remoto?»

«Il mio vuole essere un omaggio», spiegò l'astrologo, con un piglio di esaltazione. «Non soltanto a Nembrot, il primo ribelle che interrogò i cieli. La mia devozione va innanzitutto al Cacciatore cosmico, simbolo dell'*impetus* che spinge i corpi celesti a descrivere le loro orbite come tanti cavalieri di fuoco. Il suo legame con la colomba e con la fiaccola perdura dalla notte dei tempi, influenzando le religioni ed eccitando le menti dei sapienti. Simboli eterni, capite messere? Simboli della scienza più antica, l'unica in cui ripongo la mia vera fede. E finora, la devozione a Nembrot, Semiramide e Tammuz mi ha sempre protetto».

«Non si può dire altrettanto dei vostri discepoli», ribatté Ignazio, giocando d'un tratto una mossa a sorpresa.

Lo Scoto impallidì. «Quegli sciagurati…», disse volgendosi altrove.

Il mercante era ben lungi dal volergli concedere requie. Le informazioni appena acquisite non erano sufficienti a dimostrare la propria innocenza. Ma se fosse riuscito a comprendere la causa di quelle morti, allora sì, avrebbe forse potuto salvarsi. «È rimorso quello che scorgo nei vostri occhi?», disse, afferrandolo per un braccio.

«Cosa intendete?»

«So del vostro cavaliere! Il misterioso assassino che uccide con proietti incendiari».

L'astrologo si sottrasse alla presa, alterato in volto. «Dunque avete compreso anche questo!». Gli girò intorno finché non riuscì a vincere l'ira, poi si appoggiò al leggio. Aveva un'aria esausta e costernata. «Ho dovuto farli uccidere».

Ignazio si rese conto di aver finalmente scosso i sentimenti di quell'uomo. «A causa di un mantello?»

«Quel mantello è la *chiave*, capite?», disse lo Scoto, quasi a propria discolpa. «Le sue raffigurazioni celebrano il mistero della Triade, una liturgia di simboli astrali che ruota intorno al Cacciatore». Pose la mano sul libro, accarezzandone le pagine. Ormai non guardava più il mercante, parlava a se stesso. «In origine doveva essere un dono. Pensai di iniziare Federico II al culto di Nembrot quando giunse a Bologna, e a tale scopo ordinai ai miei discepoli di realizzarlo. Ma da un giorno all'altro l'imperatore mi ordinò di partire con lui e con il tempo mi scordai del mantello, finché non ricevetti un messaggio dalla Renania. Un mio vecchio discepolo, pieno d'orgoglio, mi annunciava che il lavoro era ultimato e presto mi sarebbe stato consegnato... I tempi però erano cambiati! Federico II era entrato in conflitto con il papa, attirando su di sé la nomea di anticristo. La sua simpatia per la cultura araba e i patti che ha stretto in Oriente non lo aiutano certo a ingraziarsi i vertici della Chiesa. Figurarsi se per qualche ragione venisse pure associato al culto astrologico di Nembrot! Sarebbe la sua fine, e anche la mia. I sapienti, oggigiorno, finiscono sul rogo per molto meno».

«Perciò», concluse Ignazio, «avete rintracciato i vostri discepoli e li avete fatti uccidere a uno a uno, per sventare la minaccia che stava per abbattersi su di voi. Non sarebbe bastato distruggere il mantello e indurli al silenzio?»

«Lo sarebbe stato, se non fossi venuto a conoscenza di un'indagine già in corso su di loro».

«Dunque sapevate già di von Marburg!».

«Poche cose sfuggono a un uomo della mia levatura». L'astrologo batté un pugno sul leggio. «Tuttavia, all'epoca, non conoscevo il nome di quel maledetto! Ecco perché ho dovuto estirpare il problema alla radice, eliminando ogni testimone».

Per la prima volta, il mercante lo fissò con sguardo compassionevole. «Indegno magister! Tutta la sapienza del mondo non vi è valsa a nulla, se per tutelare voi stesso avete dovuto uccidere i vostri stessi seguaci».

«Ebbene?», ribatté l'astrologo, incollerito. «Avreste dovuto morire anche voi, e da tempo! Ma non ora. Non subito, per lo meno. Credevate forse di avermi giocato? Nulla di tutto ciò che vi ho rivelato servirà a scagionarvi. Konrad von Marburg non presterà mai fede alle vostre parole, e tantomeno sarà disposto a credere che sia io l'uomo a cui dà la caccia! Gli serve soltanto carne da gettare sul rogo, e io lo accontenterò. Scacco matto, messere».

Allora, con uno scatto improvviso, Ignazio spinse indietro l'avversario e afferrò il *Liber Nembrot*, preparandosi a fuggire. Non era finita, si disse. Ma prima che potesse farlo, avvertì uno spostamento d'aria alle sue spalle. Si voltò, e scorse un armigero che usciva da un ingresso nascosto tra gli scaffali. Non fu la sua imponenza a paralizzargli le gambe, bensì l'arma prodigiosa che gli stava puntando contro.

«Fermo Ulfus!», ordinò lo Scoto, deciso. «Costui deve vivere!».

L'armigero abbassò docilmente l'arma.

«Hai concluso la tua missione?», volle sapere l'astrologo.

Ulfus annuì.

«E *lei*?».

Dopo un attimo di esitazione, quell'uomo enorme chinò il capo. «Non è voluta venire, signore».

Ignazio capì di chi si stesse parlando. «E la bambina?», si lasciò sfuggire, colto da una stretta al cuore.

Michele Scoto si voltò verso di lui, incredulo. «Quale bambina?».

In quel preciso istante Ulfus scattò in piedi con l'arma in pugno. Partì un colpo. Il mercante e l'astrologo furono abbagliati da un'improvvisa vampata di luce. Il proietto sfrecciò nell'aria, sfiorandoli con la sua scia rovente, e andò a colpire un uomo seminascosto all'imboccatura della grotta.

Il malcapitato cadde a terra, trafitto alla spalla.

Ignazio lo riconobbe. Era Galvano Pungilupo.

«Non deve uscire vivo di qui!», ordinò lo Scoto.

Ulfus gettò lo scettro fumante e si scagliò all'attacco a mani nude. Con un grido di dolore, il clavigero si strappò il proietto dalla carne e glielo gettò contro. L'armigero evitò la deflagrazione, chinandosi sotto una pioggia di fiamme, poi scattò in avanti e attraversò la cortina di fumo sulfureo, seguito a distanza da Ignazio e dallo Scoto.

Pungilupo fuggì all'aperto, inciampò fra i cespugli e ruzzolò per un breve tratto, finendo ai margini di un torrente. Fece per rialzarsi, ma era troppo tardi. Ulfus torreggiava già su di lui.

L'enorme trace lo afferrò per il collo e per la cintura, sollevandolo senza sforzo apparente. La sua sagoma nera si stagliò per un attimo contro la luna piena, mentre scuoteva in aria la preda. Infine, emettendo un urlo bestiale, scaraventò il clavigero contro le pietre aguzze che affioravano dal torrente. Nella notte risuonò uno schianto raccapricciante, poi il corpo di Pungilupo scivolò a valle nel ribollire dell'acqua.

Ignazio aveva ancora la morte davanti agli occhi quando sentì la mano dello Scoto posarsi sulla sua spalla.

«Ora vi farò riportare da Ulfus al Castello della Favara, in attesa del giudizio di von Marburg», disse l'astrologo, quasi impassibile. «A meno che non vogliate fare la fine della sua spia». Richiamò l'attenzione dell'armigero con un gesto autoritario, quindi si rivolse di nuovo al mercante. «Ma prima, messere, mi parlerete di quella bambina».

46

Gli abitanti del palazzo si erano radunati nel lato meridionale dell'edificio, dove una maestosa arcata di tufo separava la sala del banchetto dal grande lago che si estendeva fino ai piedi del monte Grifone. Correva voce che l'incendio fosse stato domato, ma le guardie invitavano alla cautela. Perciò se ne stavano tutti ancora là, cortigiani, soldati e servitori, davanti alle acque buie che lambivano il Castello della Favara.

Konrad von Marburg si trovava fra loro, furente e piuttosto a disagio. Poco prima stava intrattenendo una delicatissima conversazione con lo Scoto, quando due guardie si erano presentate al loro cospetto per avvertirli di un incendio. L'astrologo aveva reagito all'istante, ordinando che Konrad venisse scortato alle sponde del lago, lontano dalle fiamme, poi si era eclissato, dileguandosi nel fuggi fuggi generale. A far infuriare von Marburg era stata però la seconda notizia riportata dalle guardie, ovvero che l'incendio doveva essere divampato proprio dove era recluso l'ispanico, che per giunta sembrava svanito nel nulla. Lo stesso era accaduto a Pungilupo. Von Marburg l'aveva mandato alla ricerca di qualche indizio compromettente sul conto dello Scoto, per ammorbidirlo in caso di interrogatorio, ma dal pomeriggio non riceveva più sue notizie.

Inutile abbandonarsi all'ira. Si sforzò invece di meditare sui benefici della pazienza esaltati da san Cipriano, per estinguere l'incendio che pareva aver attecchito anche dentro di sé. Tuttavia quello sforzo sarebbe stato vano, se Konrad avesse scorto una barca staccarsi dalle sponde del lago e allontanarsi furtiva verso occidente, fino a sparire alla vista.

Su quel piccolo natante, infatti, sedevano tre persone a lui ben note.

Ogni volta che scrutava la notte, Suger veniva pervaso dall'angoscia, ma remare lo aiutava a mantenere i nervi saldi. Non si sarebbe mai sognato di eludere tanto facilmente la sorveglianza. Grazie alla confusione dell'incendio era riuscito ad allontanarsi dai soldati e a sgattaiolare, non visto, fino alle sponde del lago. Aveva pure consentito a Grafeo e Adelisia di seguirlo, a patto che non gli fossero d'intralcio. In fondo la loro presenza lo rassicurava. Non sapeva bene come agire, né cosa avrebbe fatto nel caso fosse davvero riuscito a sfuggire a Konrad von Marburg. L'impulso di allontanarsi alla prima occasione era stato una necessità a cui non aveva saputo resistere.

Dopo la fuga dal palazzo si era subito diretto verso un punto incustodito della riva del lago, strisciando tra folti cespugli, e d'un tratto aveva scorto una barca attraccata a un palo. L'idea gli era balenata all'improvviso, spingendolo a sciogliere gli ormeggi e a salire a bordo. Poi aveva invitato i compagni a seguirlo, intenzionato a prendere il largo.

Tutto sarebbe andato a gonfie vele se quel lago non si fosse rivelato tanto esteso. Suger era l'unico abbastanza in forze per remare, ma non potendo scegliere una destinazione per via dell'oscurità, era costretto a vagare senza meta. Non aveva la minima idea di dove sarebbe approdato, e ciò lo terrorizzava.

L'unica a non dar segni di paura era Adelisia. Sembrava insensibile a tutto.

Sforzandosi di non pensare a nulla, Suger continuò a remare fino allo sfinimento.

Finché gli occhi non si chiusero.

47

Quando Uberto si destò non era ancora l'alba. Si ritrovò in un bagno di sudore, la mente sconvolta dagli incubi, a chiedersi cosa l'avesse strappato dal sonno. Si massaggiò il volto e non appena ebbe il pieno controllo dei sensi capì di essere stato svegliato dall'intenso vociare che proveniva dalla strada. Insospettito, si portò alla finestra e si accorse che le vie erano gremite. Gli abitanti di Palermo sembravano usciti di comune accordo dalle loro case per festeggiare una misteriosa ricorrenza prima del sorgere del sole. Per la maggior parte avanzavano al lume di fiaccole, dirigendosi a frotte verso la zona portuale. Ignaro di cosa stesse accadendo, il giovane si vestì in fretta, scese le scale e non appena fu in strada fermò il primo passante che gli capitò a tiro. «Cosa succede?», gli chiese.

«Ancora non lo sapete?», rispose l'uomo, entusiasta. «L'imperatore sta sbarcando a Palermo!».

Uberto lo lasciò correre via mentre un'idea folle prendeva forma nella sua mente. Federico II era dunque vivo, di ritorno dall'Oriente, e si trovava proprio nel porto di quella città.

Si mescolò in fretta alla gente e allungò il passo verso il mare, avanzando a spintoni e improperi pur di giungere il prima possibile. Aveva udito molte cose su Federico II. Forse non era tra i reggenti più magnanimi, ma veniva descritto come saggio e affascinato dagli uomini di intelletto. Se quell'ultima affermazione corrispondeva al vero, forse Uberto poteva chiedere clemenza per il padre. Il problema era raggiungerlo in tempo e trovare il modo di presentarsi al suo cospetto. Le possibilità di riuscita erano scarsissime, ma doveva continuare a sperare.

Riuscì a farsi strada fino alla banchina principale, nel porto affollato. Al largo vi era una nave di enormi dimensioni. Le facevano da ventaglio una decina di uscieri e galee di proporzioni più ridotte, con le vele ammainate. Le fasi dello sbarco si preannunciavano lunghe e complicate, poiché quei legni non imbarcavano soltanto uomini, ma anche merci e cavalli.

Uberto osservò meglio la grande nave, la più idonea a trasportare l'imperatore, e scorse nelle sue vicinanze una scialuppa che oscillava tra i flutti. A bordo c'era un gruppo di cavalieri, tra cui un personaggio alto e distinto, probabilmente lo stesso Federico. Teneva lo sguardo rivolto verso il mare, in un punto ben preciso, dove mezza dozzina di uomini continuava a immergersi e ad affiorare in superficie.

«Cosa succede?», chiese a un anziano pescatore che aveva a fianco.

«L'imperatore ha perso un anello mentre saliva sulla scialuppa», gli rispose il vecchio. «Un gingillo assai pregiato, si dice. Gli è caduto in mare, e ora paga cento tarì a chiunque glielo ripeschi».

Uberto osservò i nuotatori. Seguitavano a calarsi in acqua, ma non facevano in tempo a toccare il fondo che risalivano per riprendere fiato. L'impresa si preannunciava più difficoltosa del previsto, eppure quegli uomini non demordevano, correndo il rischio di morire affogati. Non era soltanto la promessa del denaro a spingerli. Il figlio del mercante conosceva la natura umana ed era ben consapevole che per molti non vi era premio più grande se non quello di potersi inchinare al cospetto di un sovrano. I meno sciocchi nutrivano più interesse nei cento tarì.

A quel punto fu folgorato da un'altra idea. Forse aveva trovato il modo per parlare a sua maestà! Sperando di essere ancora in tempo, uscì dalla calca e non appena gli fu possibile iniziò a correre per le banchine. Gli serviva l'aiuto di Cola Pesce. Non si era scordato della sua abilità a immergersi e a restare sott'acqua per un lasso di tempo ben superiore rispetto alla norma.

Giunto presso la menaica, ancora attraccata dov'era sbarcato con il padre, iniziò a guardarsi intorno in cerca del barese. Lo trovò seduto su uno scoglio, intento a mangiarsi un polpo ancora vivo.

«Vi interessa guadagnare cento tarì?», gli chiese Uberto.

Il marinaio strappò con i denti un tentacolo del mollusco. «Chi devo ammazzare?», chiese.

«Nessuno. Dovrete soltanto immergervi in mare e recuperare un oggetto, un anello dell'imperatore. Credete di farcela?»

«Roba da ridere». Cola Pesce si pulì la bocca con il dorso della mano. «E voi, bel signorino, cosa ci guadagnate?»

«Se riuscirete nell'impresa, dovrete farmi un piacere».

«Un piacere?».

Uberto annuì. «Quando vi troverete davanti all'imperatore, dovrete supplicarlo di concedermi udienza».

48

Suger riaprì gli occhi e vide un uccellino appollaiato sulla falcetta della barca. Si sforzò di ricordare, ma la presenza del piccolo volatile lo distraeva. Con quella livrea variopinta doveva trattarsi di un esemplare esotico, forse fuggito da una gabbia del palazzo. Non cinguettava. Si limitava a osservarlo incuriosito, muovendo la testolina di un verde tanto intenso da disturbare lo sguardo. Il medico ebbe l'istinto di acchiapparlo, ma non ci riuscì, e mentre veniva sfiorato da un frullo d'ali si ricordò della notte precedente. Rivisse il brivido della fuga, la spossatezza del manovrare i remi, poi l'angoscia di essersi perso nel buio. Stiracchiò la schiena e le braccia indolenzite, accorgendosi che la barca si era arenata lungo le sponde del lago. Non immaginava quanto fosse distante dal Castello della Favara, ma l'idea di aver raggiunto la terraferma lo riempiva di sollievo.

Ringraziò il Signore e, usando cautela, sbarcò. Davanti ai suoi occhi si estendeva un prato, ai piedi di un monte, in cui si riverberavano le luci dell'alba. Si sciacquò il viso e inspirò l'aria fresca, nel silenzio assoluto. Fu allora che si accorse di essere solo. Dov'erano il vecchio e la bambina? Si chiese se non fossero caduti in acqua durante la notte, ma respinse quel pensiero. Il movimento della barca, gli schiamazzi e il rumore l'avrebbero svegliato. Era più probabile che si fossero allontanati mentre dormiva. Notò infatti delle orme fresche sull'erba, dirette verso il monte.

Non sapendo quale altra direzione prendere, decise di seguirle.

I cavalli avevano gli occhi dolci e il manto lucente. Le loro ferite non erano le stesse che Adelisia aveva visto in sogno, sanguinavano appena. Grafeo le spiegò che si trattava di piccoli tagli praticati sotto le orecchie perché le bestie attenuassero il loro temperamento. Nondimeno i cavalli erano là, ai piedi dello stesso monte sognato dalla bambina decine di volte, in un pascolo dominato da un grande abete. Benché la terra non fosse brulla e annerita dal fuoco, trasudava un sentore di sciagura imminente.

L'oculista si avvicinò al più mansueto della mandria. «Volete accarezzarne uno, piccola mia?», le chiese.

«No», rispose Adelisia. «Non voglio». Accorgendosi che il vecchio non le prestava più attenzione, lo strattonò per la manica. «Torniamo al lago, vi prego».

Grafeo continuò a ignorarla.

Assai contrariata, la bambina lo scrutò in volto e lo trovò pallido, con gli occhi sbarrati puntati a valle. Teneva le ginocchia piegate e le spalle alzate, come pietrificato nell'atto di fuggire. Incapace di comprendere, Adelisia guardò nella sua stessa direzione… E vide un cavaliere a venti passi da loro. Imponente come un gigante, la tozza lancia rivolta contro Grafeo.

Lo riconobbe al primo sguardo.

Ricordò la vampata scarlatta e le urla della madre, insieme al bruciore del fuoco sulle mani. Avrebbe voluto tramutarsi in una belva per avventarsi su di lui, ma fu pervasa da uno spavento così feroce da non riuscire a muovere nemmeno un dito. Quel terrore era troppo grande, troppo doloroso perché potesse trattenerlo. Proruppe sotto forma di un grido capace di farle tremare le tempie. Lei lo assecondò, liberando tutto il fiato che aveva in corpo. E per un attimo fu quasi felice. Ma quando il grido cessò, sentì la gola riempirsi di una tenebra densa e amara. Una tenebra che le nasceva da dentro. Allora capì che non sarebbe mai riuscita a liberarsi del terrore. Ormai faceva parte di lei, come le lacrime di cristallo.

Gridò di nuovo, ma questa volta per allertare l'amico.

Grafeo non accennava a muoversi. Teneva gli occhi fissi sulla punta della lancia, che già iniziava a sfolgorare minacciosa… Prima che il colpo partisse, un uomo sbucò dal nulla e afferrò le briglie del destriero, facendo perdere la mira al cavaliere. Il proietto schizzò con un sibilo acutissimo e andò a esplodere contro l'abete, mandandolo in fiamme.

La bambina osservò attonita l'inaspettato salvatore. Era Suger de Petit-Pont. Lo vide cadere a terra, tramortito da un calcio del cavaliere.

Poi udì il tambureggiare degli zoccoli e si voltò in preda a un istintivo terrore. La mandria di cavalli, spaventata dalle fiamme, stava puntando verso di lei, imbizzarrita, in una folle carica. Come nel suo sogno.

Sarebbe stata travolta.

Fu allora che un dolore lancinante le colpì gli occhi. Un dolore improvviso e violento. Si ritrovò cieca e terrorizzata di fronte alla morte. Poi sentì qualcuno spingerla a terra e sovrapporsi a lei per coprirla, mentre il frastuono dei cavalli la sommergeva. E per un lasso di tempo che parve infinito, fu sovrastata da un oceano roboante.

Non appena il rumore cessò, provò a liberarsi dal corpo che l'aveva protetta, ma non ci riuscì. Era troppo pesante e la soffocava al punto da impedirle persino di gridare. Nel frattempo il dolore agli occhi le lacerava la carne, impedendole di pensare. Desiderò l'oblio, poter scivolare nel buio, poi la pressione svanì e sentì i raggi del sole sulla pelle.

Udì la voce tremula di Suger: «Il giudeo non ce l'ha fatta».

«E la bambina?», chiese una voce cavernosa. «I suoi occhi sanguinano».

«La curerò io, ho visto come si fa», disse il medico, quasi servile. «Ma dovrete risparmiarmi la vita».

Infine Adelisia sentì due braccia nerborute sollevarla da terra.

49

Cola Pesce stava sott'acqua da così tanto che Uberto cominciò a sospettare che fosse affogato. A quel pensiero si intristì per il marinaio, ma non abbastanza da perdonargli di aver mandato all'aria la sua unica speranza di incontrare l'imperatore. La scialuppa di Federico II continuava a galleggiare tra i flutti, in attesa, mentre il popolo assisteva all'evento formulando le ipotesi più bizzarre. Alcuni sostenevano che l'anello caduto in mare fosse un dono dell'imperatrice, altri un monile dai poteri miracolosi. Uberto si rammentò di aver sentito parlare di anelli dotati di pietre che cambiavano colore se messe a contatto con i veleni. Anelli molto ambiti dai sovrani.

Interruppe i pensieri nel momento in cui vide la botte di Cola Pesce tornare a galla. Del barese, tuttavia, nessuna traccia. Poi si accorse che era riemerso a una certa distanza e stava raggiungendo a bracciate la scialuppa regia. Tornò a sperare.

Cola Pesce si aggrappò all'imbarcazione e, senza salire a bordo, porse qualcosa all'imperatore. Uberto immaginò l'espressione di meraviglia sul volto di Federico II, che dopo un'iniziale titubanza batté le mani in segno di ammirazione. Gli uomini al suo seguito lo imitarono, e il popolo si mise a esultare.

Cola Pesce si era guadagnato i cento tarì e lui, forse, l'occasione di riscattare suo padre.

Giunta al molo, la delegazione regia sbarcò per ritirarsi sotto un tendone che era stato approntato per accogliere sua maestà. Cola Pesce tornò a riva e raggiunse di corsa quel luogo, per uscirne con una grossa scarsella e un sorriso soddisfatto. Una guardia lo scortò per un tratto di strada, affinché nessuno tentasse di derubarlo.

Quando la guardia fu sul punto di congedarsi, il barese la pregò di attendere e cercò tra la folla il volto di Uberto, che aveva fatto di tutto per avanzare tra la calca di curiosi. Cola Pesce lo vide e gli fece cenno di avvicinarsi.

«Sua maestà acconsente a darvi udienza», disse la guardia, intimando alla folla di lasciarlo passare.

Uberto non se lo fece ripetere, ma prima di seguire l'armigero si avvicinò al marinaio e lo strinse in un abbraccio. «Vi sono debitore!», gli disse, quasi commosso.

Cola Pesce ricambiò il gesto battendogli una mano sulla schiena.

Poi ognuno andò per la propria strada.

Federico II era attorniato da serve e valletti impegnati a sfilargli la cotta di maglia interamente d'oro. L'unica personalità di spicco al suo cospetto era un notabile basso e grassoccio che gli stava esponendo una serie di questioni. Uberto scrutò entrambi con ossequio, e si prostrò in attesa che gli venisse data licenza di esprimersi. Benché impacciato nel togliersi l'armatura, l'imperatore trasmetteva un forte senso di autorità, ma anche una naturalezza – *umanità* sarebbe stata la parola adatta – spesso estranea a nobili e prelati. Sotto una criniera di capelli biondi rivelava uno sguardo attento e vivace, più comune da incrociare nelle piazze e nei mercati che in una sala gentilizia.

Il notabile esaurì i propri argomenti e si rivolse a Uberto, facendogli cenno di alzarsi. «Ebbene messere, sua maestà è stato tanto magnanimo da concedervi udienza», lo informò. «Io sono Taddeo da Sessa, giurista ai suoi comandi. Parlate in fretta e senza troppi fronzoli, poiché si ha ben altro a cui pensare».

Uberto si rialzò con eleganza e ringraziò il Cielo di indossare abiti decenti che non lo facessero passare per un comune villano. «Chiedo venia per l'ardire dimostrato nel presentarmi al vostro cospetto», disse, «ma ho dovuto fare di necessità virtù. Sono qui per una supplica, non per me ma per mio padre».

Il sovrano lo osservò incuriosito. «Un accento straniero», e si rivolse al notabile. «C'è quasi da dubitare sia nostro suddito».

«Infatti non lo sono, maestà», disse il figlio del mercante. «Il mio nome è Uberto Alvarez e provengo dalla Castiglia, tuttavia mio padre è tenuto prigioniero a Palermo, in un vostro castello presso il monte Grifone».

«Per volere di chi?», chiese Taddeo da Sessa, scrutandolo con maggior attenzione.

«Di un prete germanico di nome Konrad von Marburg, agli ordini di Sua Santità».

«Mai sentito nominare». Il monarca respinse una serva che gli stava slacciando la cuffia dell'usbergo e afferrò il giurista per il bavero. «Con quale autorità, di grazia, un prete oserebbe dare ordini in casa nostra?».

Il notabile mostrò carattere e lo fissò dritto in faccia, manifestando disappunto. «Be', se costui opera davvero in nome di Sua Santità…».

«Sua Santità un accidente!», sbottò Federico II, lasciando la presa. «Papa Gregorio sguinzaglia i suoi Clavigeri nel Regnum Siciliae in nostra assenza e noi dovremmo far finta di niente? Non avete idea di quante milizie si dovranno mobilitare per ricacciare quegli sciacalli da dove sono venuti! E ora, ecco un ispanico che ci racconta di un altro emissario del pontefice giunto addirittura alla Favara…». Scrutò Uberto con crescente interesse. «Ebbene, messere», disse rabbonito, «cos'ha fatto vostro padre per meritarsi il castigo di un prete?»

«Nulla, maestà, ve lo giuro. È vittima di un malinteso».

«Chi non lo è?». Federico II sorrise. «Spiegatevi meglio, e non provate a mentire».

«È stato accusato di eresia senza alcuna ragione», disse il giovane, sperando di dare la giusta enfasi alle parole. «Lo si crede addirittura un adoratore del diavolo, ma non è vero, ve l'assicuro. Si è soltanto trovato nel posto sbagliato…».

Taddeo da Sessa lo zittì con un cenno.

Il monarca si indispettì. «Ebbene, Taddeo, perché lo fate tacere?»

«Inutile ascoltarlo ora, maestà», spiegò il notabile. «La questione non va risolta qui, in assenza di testimoni, e certo non prima di aver ascoltato le ragioni di quel prete… quel von Marburg. Inoltre, se mi è concesso parlare con franchezza, vi so fin troppo incline a simpatizzare per certe stranezze. È mio dovere rammentarvi i vostri obblighi verso Sua Santità riguardo i crimini di eresia…».

«Mio padre non è un eretico!», lo interruppe Uberto, carico di sdegno.

«Chiudete il becco, impertinente», lo rimproverò il giurista, fulminandolo con lo sguardo. «Come osate interrompermi?»

«Siete facile a rammentare doveri, Taddeo». Federico II si espresse con un tono irritato che lo rese ben più temibile di quando aveva reagito con rabbia. «Il papa non merita la nostra lealtà».

«La situazione è fin troppo delicata per coltivare livori», lo consigliò il notaio, imperturbabile.

L'imperatore scosse il capo. «Dimenticate che abbiamo preso la croce *per lui*!». Le ultime parole furono un sibilo. «E lui... lui... Come ci ripaga?»

«Avete ragione», lo calmò Taddeo, «ma dovete essere lungimirante, maestà, se aspirate a un compromesso con Santa Romana Chiesa. Sapete che non potete permettervi di sbilanciare i contrappesi del potere...».

Il sovrano lo fissò a lungo, accarezzandosi la barba bionda, e nel frattempo cercava di ritrovare la quiete. «Avete ragione», disse infine, accomodandosi su un seggio.

«Quindi i vostri ordini, maestà?»

«Andiamo al castello per parlare con questo... prete». Poi ebbe un ripensamento e indicò Uberto con fare annoiato. «E costui?»

«Lasciarlo qui non si può», rispose il notaio con un ghigno molesto. «Consiglierei a sua maestà di farlo mettere ai ferri e di condurlo con noi al palazzo».

50

Ulfus temeva quella bambina. Per un attimo aveva addirittura sperato che finisse schiacciata dalla mandria di cavalli imbizzarriti, ma l'anziano giudeo si era sacrificato per lei, facendole scudo con il proprio corpo pur di proteggerla. Persino il medico francese, ben lungi dal sembrare un cuor di leone, era intervenuto in sua difesa credendo che la folgore dello Scettro del Fuoco fosse destinata a lei. Ma il Mago aveva sentenziato una morte soltanto. Benvenuto Grafeo conosceva fin troppi segreti, aveva detto, senza chiarire quali. Ulfus si era limitato a obbedire, incapace di comprendere. L'ipotesi di una minaccia era per lui qualcosa di talmente impalpabile da lasciarlo indifferente. Il Mago, invece, teneva sempre lo sguardo rivolto verso le nebbie degli eventi futuri, per scongiurare l'incombere di pericoli che non aveva neppure la certezza si sarebbero concretizzati. E con quel continuo manipolare, forse, contribuiva a crearli.

Tuttavia il Mago sembrava aver ignorato l'insidia più grande. Ulfus non riusciva a capacitarsene. Pareva che tutti fossero disposti a difendere Adelisia, a costo della loro stessa incolumità. C'era da chiedersi se portasse con sé una maledizione.

Non era certo una bambina comune, i suoi occhi la dicevano lunga al riguardo. Era proprio per quegli occhi che Ulfus la temeva, pur essendo costretto a prendersene cura. Il Mago gliel'aveva ordinato, dopo un lungo colloquio con il mercante ispanico, raccomandandosi di rapirla dal palazzo per portarla subito da lui. Giunto al Castello della Favara, Ulfus era venuto a sapere della fuga di Suger, Grafeo e Adelisia, e aveva dovuto ritrovarli prima delle guardie.

Il Mago temeva per la sorte della bambina come non aveva mai fatto per nessun altro. Del resto, da quando era stato messo al corrente della morte di Remigarda non sembrava più lo stesso. Nell'apprendere la notizia, i suoi occhi si erano inumiditi e le sue labbra avevano tremato. Come una persona qualunque. Ma dietro quella maschera di dolore, Ulfus aveva scorto il balenio di una rabbia diabolica. La stessa che trapelava a volte dallo sguardo di Adelisia.

E benché fosse un uomo dai pensieri semplici, Ulfus era ben consapevole di una cosa. Persino il Mago, l'individuo più temibile che avesse mai conosciuto, sarebbe stato disposto a tutto pur di difendere il sangue del proprio sangue.

51

L'astrologo e la bambina sedevano l'uno di fronte all'altra.

Per la prima volta da molto tempo, lo Scoto non sapeva cosa dire né come comportarsi. Era impreparato, quasi spaventato dal risvolto degli eventi. Tutta colpa di Ignazio da Toledo, che l'aveva coinvolto in una magistrale partita a scacchi per poi sottoporlo a uno stallo tra padre e figlia. Impossibile capire se quella mossa fosse strategia, improvvisazione o semplice casualità. Di fatto, si era rivelata di un'efficacia devastante. L'astrologo aveva dovuto sacrificare molte pedine per difendersi. E ora, mentre vedeva le ombre del vespro insinuarsi fra spicchi di luce, prendeva coscienza di quanto il suo studio somigliasse a una scacchiera. Una scacchiera dilatata nello spazio e nel tempo come un mantello zodiacale ove si disponevano idee, ricordi e corpi celesti. In mezzo a quell'universo chiaroscurale c'era lui, di fronte a una figlia della quale fino al giorno prima non aveva neppure immaginato l'esistenza.

«Come vi chiamate?», chiese la bambina. Portava ancora nel viso i segni dello spavento e del dolore, ma anche di una lenta ripresa.

«Michael», rispose lui, pronunciando d'istinto il nome proibito, reliquia di un'infanzia sacrificata alla *damnatio memoriae*.

«Michael... Come l'arcangelo?».

L'astrologo le sorrise e annuì. Qualcosa, in lei, gli ricordava Remigarda. Forse la sua voce schietta. O forse i lineamenti gentili, che lasciavano trasparire l'orgoglio e il temperamento già appartenuti alla madre. D'un tratto gli parve addirittura di rivederla, così come gli si era presentata quell'ultima notte. La notte in cui l'aveva schiaffeggiato.

Allungò la mano per accarezzare Adelisia, alla ricerca di altri particolari che potessero ricordargli l'unica donna mai amata, ma si fermò prima di toccarla. Un uomo attendeva sulla porta d'ingresso, Suger de Petit-Pont.

Lo Scoto si irrigidì all'istante e accennò un saluto. Il medico era trattenuto per un braccio da Ulfus, seminascosto dietro lo stipite. Un gesto superfluo, dato che Suger non aveva certo l'aria di volersi ribellare.

L'astrologo si alzò in piedi, invitando Adelisia a fare altrettanto. «Dovete scusarmi, mia cara, ma ho un'incombenza da sbrigare».

La bambina si ritrasse. «Non lasciatemi sola con lui!», protestò, vedendo Ulfus avanzare verso di lei.

«Non vi farà del male», la tranquillizzò lo Scoto, sussurrandole all'orecchio. «Al contrario, vi terrà al sicuro in un luogo nascosto, fino al mio ritorno».

Lei annuì debolmente. L'armigero la prese per mano e si congedò con un breve cenno. Prima di andarsene, incontrò lo sguardo dell'astrologo. Lo fissò con aria complice, poi varcò l'uscita insieme alla piccola.

Adelisia indugiò un attimo, opponendo resistenza. «Avete promesso», lo ammonì, come era usa fare sua madre. «Avete promesso, Michael».

Lui le sorrise di nuovo, infine indurì l'espressione e si rivolse al medico che attendeva sull'uscio. «Messere, accomodatevi».

Suger entrò con circospezione, le mani intrecciate sul ventre. Nonostante l'aspetto modesto, incedeva con passo orgoglioso, quasi irritato.

Lo Scoto era persuaso che il modo di camminare rivelasse il carattere delle persone. Il portamento, lo slancio e il ritmo della falcata rendevano manifesti fin da subito la disinvoltura o l'impaccio, la sicurezza o il timore. In specie, l'uomo che aveva di fronte pareva in bilico tra l'arroganza e la codardia, ma soprattutto era assai provato. «Non intendo punirvi per il vostro tentativo di fuga», volle rassicurarlo, avvicinandosi con discrezione alla porta per chiuderla a chiave. «Tuttavia, abbiamo più di una questione da discutere».

Il medico gli rivolse una smorfia perplessa. «In tutta onestà, messere, non capisco la ragione di questo incontro. Vi ho già visto, ma ignoro quale ruolo ricopriate a corte».

«Lo saprete presto, non abbiate fretta».

«Saprò pure cosa vi lega al misterioso armigero che mi ha catturato e condotto fin qui?». Il francese si fece scuro in volto. «Immagino uccida ai vostri comandi».

«Una cosa per volta». L'astrologo si fece guardingo. «Tanto per cominciare, raccontatemi come siete finito in questa spiacevole vicenda».

«Un equivoco, è palese».

«Sminuite l'entità delle vostre sciagure. Da Parigi fin qui dev'essere stato un inferno, specie al seguito di un uomo di ferro come von Marburg».

«Non è stato piacevole, lo ammetto».

Lo Scoto si lisciò il pizzetto, riordinando i pensieri. Aveva voluto quell'incontro per due ragioni precise. Ora che Ignazio da Toledo era fuori gioco, l'individuo al suo cospetto restava l'ultimo in grado di collegarlo ai delitti, quindi di attirare su di lui i sospetti di von Marburg. «Ignazio da Toledo mi ha parlato di voi», disse, per metterlo alla prova. «Pare non godiate della sua stima».

Suger si limitò a fare un gesto di stizza.

«Sostiene di aver ricevuto il mantello del Sagittario da voi». L'astrologo attese commenti. Non ricevendone, lo incalzò: «C'è da chiedersi quale interesse riponevate in siffatto cimelio, e dove l'abbiate preso».

Le mani del medico, ancora intrecciate sul ventre, parvero trattenere un conato. «Non vedo come ciò possa interessarvi».

Lo Scoto detestava quell'atteggiamento sfuggente e si innervosì al pensiero di disporre di pochissimo tempo. «Vi ho fatto condurre fin qui per determinare il vostro grado di coinvolgimento, non per dare spiegazioni». Gli girò intorno con passi da predatore. «Vi consiglio di non fare l'ottuso, messere».

A quelle parole, Suger ebbe un repentino sbalzo di umore. «Non capisco perché mi inquisiate», replicò combattivo, puntandogli l'indice sotto il naso, «ma siate certo che Konrad von Marburg verrà informato di questa conversazione!».

L'astrologo non si lasciò intimidire. Riconosceva in Suger de Petit-Pont lo stesso comportamento dei cani di piccola taglia, inclini ad azzannare al minimo accenno di pericolo. Tuttavia quell'uomo non era un sempliciotto, era intelligente e orgoglioso. Forse addirittura ambizioso, quindi corruttibile. Valeva la pena tentare. «Ribadisco che non vi sono ostile», lo quietò. «Anzi, se voleste spiegarmi come siete entrato in possesso del mantello, non è escluso che potreste ottenere da me ciò che vi è stato promesso».

Il medico titubò e, per un istante, sembrò voler fare una rivelazione. Poi il suo sguardo acquisì un'intensità che tracimava nello spavento. «Giunto a questo punto, messere, sono pago di aver salva la vita».

Il sorriso che si profilò sulle labbra dello Scoto fu un autentico capolavoro, un connubio fra omertà e accondiscendenza. Il francese doveva aver tratto una qualche morale dalle proprie disavventure. Oppure, cosa ben più grave, conosceva l'entità del rischio che correva. L'astrologo soppesò la questione, poi decise di dedicarsi alla seconda questione che gli stava a cuore. «Mi scuso di tanta insistenza. Soltanto ora comprendo fino a che punto simili eventi vi abbiano turbato... Dunque, se vi aggrada potremmo passare ad altro. Parlatemi della bambina, per esempio».

Il nuovo argomento giovò alla loquacità del medico. «Ben poco», rispose infatti, già più rilassato, «e tuttavia una cosa importante la so. Soffre di un grave disturbo».

«Spiegatevi».

«Avrete notato i suoi occhi, immagino».

«L'ho avuta di fronte soltanto per poco tempo... Sì, ho visto le pupille infiammate. Ebbene?»

«Ebbene, perde lacrime di cristallo».

Lo Scoto si portò la mano alla bocca, nascondendo lo sconcerto. In principio pensò a una menzogna, poi si ricredette. «Piuttosto insolito», commentò. «Per dirla tutta, ha del miracoloso».

«Lasciamo i miracoli ai preti e agli sciocchi. Voi siete medicus, suppongo vi sarete fatto un'opinione al riguardo».

Suger parve apprezzare quelle parole. «Per quanto possa sembrare assurdo, i sintomi di Adelisia mi rammentano il mal della pietra. Ho avuto modo di parlarne con Benvenuto Grafeo, l'oculista, ma a suo dire non esistono rimedi».

L'astrologo si sforzò di dissimulare le emozioni, ma faticò a mantenere il controllo. Era davvero sconvolto, perché gli era affiorato alla memoria un ricordo d'infanzia, una cugina morta giovanissima a causa di una misteriosa malattia agli occhi. Non l'aveva mai vista, i genitori l'avevano sempre tenuta nascosta poiché nata deforme. Michael ne aveva sentito parlare più di una volta. Il sospetto che la malattia di Adelisia scorresse nel sangue della sua famiglia gli provocò un improvviso senso di colpa.

La voce di Suger lo riportò alla realtà. «L'unico modo di intervenire è proteggerla dalla luce solare, tenerla tranquilla ed estrarre i cristalli al manifestarsi delle crisi».

La situazione era grave. Il turbamento dello Scoto, però, nasceva anche da altre ragioni. «Immagino che von Marburg ne sia al corrente. Cosa ne pensa?».

Un sorriso amaro sul volto del medico. «Che sia opera del demonio».

L'astrologo colse nella sua espressione una sfumatura di dispiacere. «Avete a cuore quella bambina», constatò.

«Anche voi, e non poco», ribatté Suger, «benché la ragione sfugga al mio intendimento. Ho notato il modo in cui la guardate e mi sono posto delle domande. Vedete, il fatto è che io ho avuto occasione di conoscerla, di starle accanto e di provare pena per le sue sciagure. Ma voi, perché mai dovreste interessarvi a lei?».

Lo Scoto colse l'allusione, e il pericolo che ne poteva derivare. Non sapeva dire se il medico nutrisse dei semplici sospetti o fosse a conoscenza dell'intera vicenda, ma non gli importava. Non più. Quell'uomo non avrebbe dovuto parlarne con anima viva, men che meno con von Marburg. Prendendo licenza, raggiunse quindi uno scaffale dov'era riposto un servizio da vino e scelse una caraffa di vetro che conteneva del liquido rosso. «Mio caro messere», disse, «non abbiate fretta di giudicarmi». Poi riempì un secondo calice e glielo porse, tenendo il primo per sé. «L'amore e l'autoconservazione sono forze che muovono l'intero universo, non solo le vite degli uomini. E noi non possiamo che sottostare alla loro tirannia, o soccombere».

Il francese fece segno di non comprendere, poi avvicinò il calice alle labbra e sorseggiò. Michele Scoto invece non bevve. Accostò il proprio calice a una candela e studiò il liquido contenuto all'interno, infine si voltò di spalle.

Non voleva che Suger vedesse il suo sguardo.

Fu come se il vino, scendendo nello stomaco, lasciasse una scia rovente. Suger portò una mano alla gola e l'altra al ventre, piegandosi sulle ginocchia in un inferno di dolore. Provò a urlare ma dalla sua bocca uscì soltanto un rantolo strozzato. Allora iniziò a strisciare sul pavimento verso l'uomo che gli aveva negato lo sguardo, afferrandogli le vesti per trascinarlo a terra. Ma l'astrologo si voltò di scatto e lo respinse con un calcio. Il medico cadde sulla schiena mentre una zaffata acida risaliva per l'esofago, provocandogli un conato.

«Mi rincresce debba finire così», sentenziò lo Scoto, glaciale, «ma potevate causarmi troppo danno».

Suger non poté vederlo in faccia, accecato dalle lacrime e dall'agonia. Era come se un fuoco liquido gli mordesse le viscere e cercasse di farsi strada verso l'esterno. Prese a rotolarsi sul pavimento, in preda a un dolore sempre più atroce. Gli spasimi erano tanto violenti da non concedergli di provare paura.

C'era spazio soltanto per la rabbia, una rabbia disperata che nasceva dalla consapevolezza dell'inganno e dal senso di impotenza. Ancora una volta qualcun altro aveva deciso per lui, lo aveva usato come una pedina e si era arrogato il diritto di prendersi la sua vita, privandolo della possibilità di realizzare le proprie ambizioni, i propri sogni.

Fu così che si rifugiò dentro un miraggio, quattro pareti raccolte intorno a un letto dov'era coricato un moribondo. Suger lo accarezzava, rassicurandolo con parole gentili. Era suo padre. Doveva avere solo un po' di pazienza e l'avrebbe guarito. Una bambina pallidissima uscì dall'ombra e si offrì di aiutarli con le sue lacrime di cristallo, Suger disse che non ce ne sarebbe stato bisogno. Finalmente sapeva come agire. Serviva coraggio. Soltanto coraggio. Il coraggio che gli era mancato per tutta la vita.

Qualcosa turbò la visione, un rumore di unghie che graffiavano il pavimento, una contrazione di viscere allo spasimo. Poi tutto si quietò, diluendosi intorno al sorriso grato di suo padre.

Lo Scoto restò a guardare il corpo del medico finché non udì bussare alla porta. Allora rinvenne da una sorta di dormiveglia e dovette respingere un'ondata di disgusto. Fece scattare la serratura e lasciò entrare Ulfus, indicandogli il cadavere. L'armigero lo afferrò per le caviglie e lo trascinò sul tappeto più vicino, lasciando una scia di sangue misto ad altri liquidi. Nel frattempo l'astrologo raggiunse l'armadio e sbloccò il meccanismo che dava accesso al passaggio segreto.

Ulfus avvolse nel tappeto ciò che restava di Suger de Petit-Pont, lo caricò sulle spalle senza sforzo e si avviò verso il cunicolo, sparendo nell'ombra.

Lo Scoto richiuse l'ingresso e rammentò a se stesso di farlo murare al più presto, come promesso a Ignazio da Toledo. Poi osservò la macchia di sangue fresco sul pavimento e pensò che avrebbe dovuto chiamare un servo per farla ripulire, prima che Ulfus, sotterrato il cadavere, tornasse indietro con la bambina.

Nell'attesa, si sedette di fronte al camino, dove sotto un alito di fumo grigio rosseggiavano ancora le ceneri del mantello.

Il nome del Cacciatore sarebbe stato avvolto dal silenzio. Per sempre.

52

Ignazio non l'aveva ancora vista, ma sapeva che la pira per il rogo era già pronta. I servi l'avevano eretta sul lato anteriore del castello, ai margini dell'ampio spiazzo che serviva al transito di carri e cavalli. Scoprire la verità sul culto di Nembrot non gli era servito a scagionarsi dalle accuse, tantomeno a portare lo Scoto dalla sua parte. Era stato riconsegnato alle guardie del palazzo e rinchiuso su ordine di von Marburg *intra arctos muros*, in una prigione ben più angusta e scomoda della precedente. Inutile gridare la propria innocenza. L'ineluttabilità della sconfitta era stata una presa di coscienza graduale, maturata nel corso degli ultimi giorni. Del resto, aveva presagito fin da subito che si sarebbe battuto contro qualcosa al limite delle sue possibilità, e si diceva contento di aver salvato almeno Uberto. Ciò che non riusciva a tollerare era l'idea di morire tra le fiamme, nella sofferenza e nell'umiliazione. Il terrore era troppo per essere represso, ma non offuscò il suo discernimento. Il mercante conosceva quel sentimento fin da bambino. Si limitò ad accoglierlo dentro di sé come un fiele nero. Per l'ultima volta.

Quando la porta della cella si aprì, fu incatenato e scortato alla commissione di giudizio. Non si ribellò. Era stanco di battersi, stanco di cercare scappatoie. Ormai vedeva i limiti della scacchiera delinearsi con chiarezza, confini invalicabili da cui sapeva di non poter uscire. Seguì le guardie attraverso una rete di passaggi sempre più ariosi e illuminati, finché non si trovò in una grande aula dominata da un lungo tavolo rettangolare dietro cui prendevano posto varie personalità. Konrad von Marburg sedeva al centro, Michele Scoto al margine sinistro. Altri cinque uomini, tutti religiosi, occupavano i rimanenti seggi.

Ignazio li osservava in piedi, a circa dieci passi dal tavolo, le braccia lungo i fianchi e il peso delle catene che pendevano dai polsi. Non aveva l'aria dello sconfitto. Consapevole dell'interesse che suscitava, si mantenne ritto con una smorfia di fierezza sul volto. Che gli togliessero pure la vita, si disse, ma non l'orgoglio di affrontare a viso aperto i propri nemici.

Konrad von Marburg lo scrutò con noncuranza, infine fece un cenno allo scrivano seduto a sinistra del tavolo, perché iniziasse a stendere il verbale. «In nome di Sua Santità papa Gregorio IX, episcopo della Chiesa Cattolica e servo dei servi di Dio, il sottoscritto Konradus de Marburc, *predicator verbi Dei*, gravato del compito di indagare sull'errore eretico, si accinge con l'aiuto di Dio a interrogare il principale sospetto di una serie di delitti perpetrati a causa di un culto blasfemo e necromantico rivolto a una trinità luciferina». Attese che la formula venisse trascritta, poi proseguì. «Giunto fin qui, a Palermo, limite estremo del Sacro Romano Impero, il soprascritto condurrà la *quaestio* con ogni mezzo consentito, al solo beneficio di verità e giustizia. A scanso di negligenze e vizi di procedura, simile ufficio verrà svolto alla presenza dei testimoni Michele Scoto, consigliere imperiale, e Berardo di Castagna, arcivescovo di Palermo», rivolse un cenno di ossequio all'anziano prelato che gli sedeva accanto, «insieme a quattro monaci del duomo di Monreale, i cui nomi figureranno in calce al verbale».

Il mercante ascoltò senza tradire emozioni, e mentre deglutiva seguì l'annotare frenetico dello scrivano. Per un attimo, l'unico rumore ad attraversare l'aula fu il graffiare della penna sulla pergamena.

Dopo una breve pausa, il prete germanico scrutò uno a uno i presenti. «Prima di iniziare, è bene che riassuma alle vostre graziose signorie i fatti, affinché tutti siano informati della vicenda. Così facendo, si eviterà di incorrere in fraintendimenti durante l'interrogatorio», e soffermò lo sguardo sullo Scoto, quasi per ottenere licenza.

«Vi prego, reverendo», l'astrologo era impassibile, «continuate».

C'era un lampo di inquietudine negli occhi di Ulfus. Adelisia l'aveva scorto per un attimo, prima di vederlo scomparire dietro le sue iridi opache. Non riusciva a immaginare cosa potesse spaventare un uomo tanto imponente, ma se fosse stata capace, avrebbe trasformato quell'inquietudine in un veleno mortale. Non le importava che l'armigero si fosse preso cura di lei, tenendola nascosta in una grotta e portandole del cibo. Era l'assassino di sua madre. Lo odiava e lo temeva al punto di provare repulsione nello stargli accanto. Nello studio dell'astrologo, zeppo di oggetti misteriosi, la bambina poteva per fortuna tenerlo a distanza. Ogni cosa, lì dentro, le parlava di Michael, facendola sentire al sicuro e rilassata. Non sapeva perché, ma si era subito trovata a suo agio con lui, come se lo conoscesse da sempre. Tuttavia qualcosa la turbava. L'uomo schivo e premuroso che portava il nome dell'arcangelo era legato al carnefice di sua madre. Al solo pensiero, provava il desiderio di fuggire via, lontano da tutto.

«Perché l'avete uccisa?», chiese d'un tratto, incapace di reprimere lo sdegno.

Ulfus era affacciato a una finestra. La guardò in tralice, ben attento a non fissarla negli occhi. «Un ordine», rispose con la sua voce cavernosa.

«Un ordine di chi?».

L'armigero indicò il tavolo con la scacchiera. Il tavolo da cui poco prima si era alzato Michael.

«Non è vero!», ribatté Adelisia, sconvolta.

Ulfus riprese a fissare la finestra.

«Non è vero!», gridò ancora la bambina.

Ulfus non la ascoltava più, lo sguardo già perso in altri regni. La sua faccia era una maschera inespressiva, il suo corpo una massa inerte. Ma a un risuonare di cardini, quella fissità si spezzò.

L'armigero si voltò di scatto, puntando gli occhi verso l'ingresso. Il battente socchiuso... Adelisia era scomparsa!

Imprecando contro se stesso, si lanciò all'inseguimento.

Konrad von Marburg aveva concluso l'esposizione dei fatti, elencando i delitti di Seligenstadt, Parigi, Napoli e Salerno avvenuti negli ultimi quattro mesi. Aveva inoltre descritto per sommi capi i riti del culto innominabile associato all'Homo Niger, meglio noto come magister di Toledo, di cui era venuto a conoscenza durante le proprie indagini. Michele Scoto spiava la sua espressione venata di sacro furore, sforzandosi di nascondere l'irritazione e il disprezzo. Quel dannato prete aveva davanti agli occhi quasi tutti gli elementi, eppure non riusciva a cogliere la bellezza del culto di Nembrot. Il Cacciatore rappresentava l'eredità mistica dell'era dei giganti, un retaggio che nasceva dall'antica Caldea e si era arricchito del sapere ermetico egizio, greco e orientale. Secondo quegli insegnamenti, gli astri non erano soltanto dei corpi inanimati intenti a gravitare nei cieli, bensì un intricato sistema di simboli e forze primordiali che definiva i rapporti tra l'uomo, la natura e Dio. Non vi era verità più originaria, né culto più arcano. E Nembrot ne era stato il primo grande sacerdote.

Soltanto Ignazio da Toledo pareva aver compreso quel segreto, mostrandosene interessato ben oltre il desiderio di trovare salvezza. Lo Scoto aveva ancora presente la sua espressione rapita mentre scrutava gli astri. Finalmente un uomo che sa dove rivolgere lo sguardo, si era detto in uno slancio di compiacimento. Il mercante era un suo pari, ne era certo. Ecco perché non gli aveva negato alcuna spiegazione. Ma era anche un nemico. Emise un sospiro e lo guardò ergersi con coraggio di fronte al germanico, in orgoglioso silenzio. Era un peccato che un simile individuo dovesse soccombere a causa dell'ottusità di un esaltato.

All'improvviso, Konrad von Marburg riprese a parlare. «Se nessuno tra i presenti ha obiezioni», disse, «passerei all'interrogatorio».

Nessuno accennò a voler ribattere. Il resoconto era stato esauriente e cristallino. Ma prima che il germanico potesse riprendere la parola, per rivolgersi finalmente all'accusato, fu interrotto da un concitato bussare all'ingresso. I monaci di Monreale sobbalzarono per la sorpresa. Lo Scoto invece si alzò di scatto e fece cenno a due guardie di aprire.

Entrò un valletto trasfigurato da uno strano entusiasmo.

«Ebbene?», lo interrogò l'astrologo, troncando con un gesto le proteste di von Marburg.

«Sua maestà!», disse il valletto, riprendendo fiato. «Sua maestà è giunto alla Favara!».

Adelisia correva come una forsennata per i corridoi del palazzo, incurante della direzione da prendere. Non era vero!, gridava dentro di sé. Non poteva credere che Michael avesse ordinato la morte di sua madre. Perché mai avrebbe dovuto farlo? Lui era un uomo buono, desiderava proteggerla.

D'un tratto si sentì inseguita e scoprì di avere Ulfus alle calcagna. Non si sarebbe lasciata prendere. Si mosse ancora più rapida, sconvolta da un tumulto di emozioni. Voleva andarsene, dimenticarsi di ogni cosa. Attraversò in fretta un'arcata di tufo e deviò a sinistra, la testa bassa e i pugni chiusi. Sentiva soltanto il rumore del suo respiro, in testa un turbinio di pensieri sempre più frenetico e confuso. All'improvviso urtò qualcosa. Cadde riversa, battendo la schiena sul pavimento.

Confusa e intorpidita, si rialzò subito sulle ginocchia per riprendere la fuga. Ma di fronte a lei c'era un soldato.

Ignazio aveva i muscoli contratti fino allo spasimo, il petto e lo stomaco pervasi da ondate di emozioni. Si chiedeva se l'annuncio dell'arrivo di sua maestà avrebbe potuto mutare la sua situazione, ma non immaginava se in meglio o in peggio. Nel tavolo di fronte a sé, tutti avevano perso la loro algida compostezza. Lo Scoto sembrava il più inquieto. Il mercante lo vide rivolgere a von Marburg la richiesta di sospendere la quaestio e precipitarsi fuori dall'aula insieme al valletto.

Ne seguì una lunga attesa, durante la quale Ignazio restò in piedi a misurarsi con le occhiate rapaci del germanico. Nell'atteggiamento di Konrad, tutto era specchio di un'impeccabile disciplina marziale. Rigido e assolutamente immobile, von Marburg pareva attendere paziente di riprendere l'esercizio del proprio ufficio, quasi l'interruzione fosse dovuta a una semplice formalità. Soltanto le sue iridi nere tradivano una collera trattenuta a stento, la brama ferina di annientare la preda. Ignazio finse di ignorarlo, covando la speranza che l'avvento di Federico II potesse per lo meno rimandare il giudizio. Ma non si illudeva. A desiderare la sua morte non era soltanto von Marburg, ma anche lo Scoto. L'astrologo avrebbe fatto di tutto pur di accelerare l'esecuzione, in modo da liberarsi dell'unico uomo in grado di smascherarlo e della presenza a corte dell'inviato del papa.

D'un tratto la porta si riaprì, lasciando rientrare lo Scoto.

«Ebbene», annunciò l'astrologo, imperscrutabile, «con sommo giubilo annuncio l'arrivo di sua maestà. Federico II ha raggiunto Palermo dopo un approdo a Brindisi e ora è qui, nel Castello della Favara. L'ho appena incontrato per informarlo del giudizio in corso, ma a quanto pare sua maestà ne era già al corrente e ha insistito per prendervi parte insieme al notabile Taddeo da Sessa».

Konrad von Marburg sussultò. «Come può essere che ne sia già al corrente? Da quali fonti ha saputo?»

«Durante lo sbarco, pare si sia imbattuto in un sospettato», spiegò lo Scoto, lanciando uno sguardo allusivo al mercante.

Ignazio si sentì raggelare mentre udiva il germanico dare voce al suo stesso interrogativo: «Quale sospettato?»

«Uberto Alvarez».

Fu trascinato in catene a fianco del padre. Osservò il lungo tavolo che dominava l'aula e le personalità sedute dietro di esso, soffermandosi su Konrad von Marburg. Non lo vedeva da Napoli, dopo la morte di Alfano Imperato, ma fu subito pervaso dall'astio e dal senso di sfida, come se da quella terribile notte fosse trascorso soltanto un giorno. Non appena si rese conto di avere attirato i suoi sguardi, Uberto lo fissò con un tale sdegno da sfiorare l'impudenza. Non osate!, pensò. Non osate scrutarmi a quel modo, poiché sono uomo dabbene. Fu quasi sul punto di pronunciarlo ad alta voce, ma si trattenne per rivolgersi al padre. «Volevo riscattarti», mormorò costernato.

«Stolto», lo rimproverò Ignazio. Non staccava gli occhi dal germanico, quasi si aspettasse un agguato improvviso. La fronte era madida di sudore, contratta in solchi di rabbia e paura.

Rabbia e paura ingigantite a causa sua, pensò Uberto. Il padre aveva fatto di tutto per salvarlo, mentre lui, con la sua avventatezza, ne aveva vanificato il sacrificio.

«A quanto pare», l'accento ironico di von Marburg spezzò le sue riflessioni, «si dovrà erigere una seconda pira».

«Non è detto, magister», intervenne il vescovo di Palermo, senza cogliere il motteggio. «Se ben legati, due uomini si possono ardere allo stesso palo».

I monaci di Monreale si scambiarono dei commenti sottovoce, ma all'udire un rumore di passi zittirono all'istante.

Il rumore aumentò finché Federico II fece ingresso nella sala, attorniato da un ventaglio di cavalieri. Indossava abiti eleganti ma semplici, che tradivano nei particolari un'attenzione per la moda araba. Al suo fianco, Taddeo da Sessa.

I cavalieri intimarono ai presenti di alzarsi dai loro seggi per porre omaggio. Von Marburg fu l'unico a opporsi. «Inammissibile!», commentò, con gli occhi che parevano schizzare fuori dalle orbite.

Taddeo da Sessa lo scrutò con sdegno. «Inginocchiatevi, *frater*!», sibilò per riportarlo all'ordine. «Siete al cospetto di Federico II Hohenstaufen, *Imperator Romanorum*».

«E io sono un inviato di Sua Santità, rappresentante di Cristo in terra». Konrad scattò in piedi con aria di sfida. «Essere al mio cospetto equivale a trovarsi di fronte alla sua persona, pertanto…».

Federico II passò oltre senza degnarlo della minima attenzione. «Papa Gregorio dev'essere uscito di senno se invia persino i suoi presbiteri a molestarci», e rabbonì i cavalieri con un gesto. «Che il prete torni pure a sedersi, non sapremmo cosa farcene dei suoi ossequi». Attese che il vescovo gli porgesse omaggio, quindi occupò il centro del tavolo con il giurista alla sua destra e l'astrologo alla sua sinistra.

Soffocando l'umiliazione, Konrad prese posto insieme al vecchio Berardo di Castagna, mentre i monaci di Monreale furono costretti a restare in piedi.

Sua maestà osservò i due accusati, infine von Marburg. «Reverendo», lo apostrofò, «auspichiamo abbiate solide ragioni per giustificare questa intrusione. Sarete pure estensione della mano del papa, ma siffatto palazzo non è sede indicata per ospitare un tribunale spirituale».

«Sono stato costretto a fare di necessità virtù, maestà». Riacquistando padronanza di sé, Konrad indicò Ignazio con un gesto rapace. «Già una volta costui mi sfuggì, non gli offrirò certo una seconda occasione».

«Avventato e poco accorto, dunque», lo derise l'imperatore. «Sua Santità sceglie i propri mastini con sempre minor oculatezza».

Il germanico scosse il capo. «La fuga di quel losco individuo non è da imputarsi alla mia scarsa virtù. Egli è dotato di una furbizia diabolica, in grado di ingannare persino il più zelante indagatore».

Federico II era scettico. «Voi dite? A noi pare un uomo qualunque».

«Non lo è, sire», intervenne lo Scoto. «Il reverendo Konrad von Marburg è persuaso di quanto afferma e di poterlo dimostrare senz'ombra di dubbio».

«Non prima di aver interrogato l'imputato», puntualizzò il germanico. «È la prassi. Pertanto, con licenza di sua maestà…».

«E sia, ma siate breve», disse il sovrano. «Per accondiscendere ai vostri capricci abbiamo dovuto rimandare urgenti incombenze. A tal proposito, ringraziate Taddeo da Sessa. Non fosse stato per il suo consiglio, saremmo stati tentati di rispedirvi a Roma in groppa a un somaro».

Konrad chinò il capo in segno di riconoscenza, ma Uberto scorse distintamente il sorriso di cattiveria che iniziava a deformargli il volto.

Von Marburg si levò in tutta la sua statura e, aggirando il tavolo, si mise di fronte agli imputati. «Siete voi Ignazio Alvarez da Toledo, mercante di reliquie?», chiese con voce metallica.

«Sono io».

«E costui è vostro figlio, Uberto Alvarez?»

«Lo è».

«Confermate di esservi trovato a Napoli nella giornata del venerdì 13 aprile dell'anno corrente e di aver venduto false reliquie a un uomo di chiesa, il canonico Alfano Imperato, pur conoscendo le proibizioni vigenti in merito?».

Prima che il mercante potesse rispondere, Federico II batté un pugno sul tavolo, facendo schizzare via la penna dello scrivano. «Reverendo! Non avrete sollevato un polverone per un semplice caso di mercimonio di false reliquie!».

«Questo è soltanto l'inizio, maestà», lo rassicurò il germanico, altero. «L'accusa nei confronti di costoro è duplice, eresia e necromanzia». Poi si rivolse all'interrogato. «Attendo la vostra risposta, messere».

Ignazio si mantenne impassibile. «Confermo di essermi trovato a Napoli e di aver incontrato il reverendo Alfano nella data da voi resa nota», disse, soppesando ogni parola. «Ma come già ebbi modo di spiegarvi, la questione non riguardò la vendita di alcuna reliquia. Si trattò piuttosto di un...».

«So bene di cosa si trattò», lo zittì Konrad. «Me ne parlò lo stesso Alfano, pace all'anima sua, prima che cadesse vittima di un vostro agguato. Non è forse vero?»

«La memoria vi inganna, reverendo», ribatté il mercante. «Mentre il canonico Alfano veniva trucidato a pochi passi dalla cattedrale di Santa Restituita, ero ancora segregato nel Castello Marino per vostro ordine. Non posso certo essere stato io a commettere quell'omicidio».

Von Marburg parve quasi grato della precisazione. «Infatti l'ha commesso vostro figlio, per voi». Incrociò le braccia al petto. «L'ho visto con i miei occhi».

Nel sentirsi chiamato in causa, Uberto avanzò d'un passo. «Tutto ciò che avete visto», vociò indignato, «è stato il mio tentativo di salvare la vita ad Alfano. Purtroppo non ho fatto in tempo, e me ne rammarico, ma non sono stato io a ucciderlo. Se foste sopraggiunto un attimo prima, avreste scorto il vero omicida fuggire via...».

«Tacete, voi!», sibilò il germanico. «Non siete stato ancora interpellato».

«E tuttavia», intervenne Taddeo da Sessa, «non possiamo ignorare una simile obiezione. A onore del vero, inviterei il figlio dell'Alvarez a continuare».

Uberto diresse un cenno di gratitudine al giurista, quindi parlò a tutti i presenti. «Era mia intenzione scongiurare il canonico Alfano di intercedere per mio padre, trattenuto ingiustamente da von Marburg. Mi recai con simile intento alla cattedrale di Santa Restituita e gli parlai dopo la messa dei vespri, fuori dall'edificio. Fu allora che comparve il vero responsabile dell'omicidio. Un cavaliere». Scrutò rapidamente l'espressione di Ignazio e soprattutto quella dello Scoto, che d'un tratto era diventato pallido. Si chiese se il patto con l'astrologo fosse ancora valido e, nel dubbio, decise di non coinvolgerlo. «Un cavaliere di cui ignoro il nome e la provenienza, come pure le ragioni del suo agire», specificò. «Ciò nondimeno, si tratta dello stesso uomo che uccise Gebeard von Querfurt nelle catacombe di Napoli, davanti agli occhi di mio padre e dello stesso Alfano».

«Pur ammettendo che siate sincero», perseverò Taddeo, «potreste chiamare in causa qualcun altro in grado di confermare l'esistenza di questo cavaliere?»

«Suger de Petit-Pont», disse il giovane, speranzoso. «Mi ha confidato di averlo visto a Parigi».

«Suger de Petit-Pont è scomparso», si affrettò a intervenire lo Scoto, «in seguito all'incendio del palazzo». Fissò con aria dispiaciuta il giurista e il prete germanico. «Ci sono buone probabilità che sia perito tra le fiamme, tentando la fuga».

«Insieme all'altro testimone», soggiunse Konrad, irritato.

«L'oculista giudeo», precisò l'astrologo, in risposta alle occhiate interrogative di Federico II. Il monarca annuì, sempre più confuso.

«Una vera ecatombe», commentò il vescovo di Palermo, inarcando le bianche sopracciglia.

«Non certo avvenuta per caso», commentò Konrad, riprendendo la parola. «L'incendio è stato appiccato proprio nel luogo di detenzione di quell'uomo». E indicando Ignazio, gli chiese: «Non siete forse stato voi l'artefice di tutto questo?»

«Ho tentato la fuga, l'ammetto», rispose il mercante, «ma non era mia intenzione arrecare danno a chicchessia».

«Eppure sono morte delle persone», insistette von Marburg. «E per uno strano caso, proprio le uniche in grado di testimoniare contro di voi».

«Congetture vostre».

«Lo vedremo», replicò il germanico, e si rivolse ai presenti con voce squillante: «Cosa avevano in comune Alfano Imperato, Suger de Petit-Pont e Benvenuto Grafeo con ogni altro sventurato perito in questa vicenda? Ve lo dirò io, signori miei! Avevano tutti a che fare con il magister di Toledo, meglio noto come Homo Niger! E costui è...».

«Non potete dimostrarlo!», intervenne Uberto, impedendogli di completare la frase. «Nessuna delle tre persone da voi menzionate aveva i tatuaggi!».

Konrad dominò una reazione ferina, allargando un sorriso da sciacallo. «Oh, bene! I tatuaggi! Quasi me ne scordavo». E con maggior veemenza, parlò ancora all'uditorio: «Le vostre graziose signorie forse ignorano che i seguaci del magister di Toledo recano come segno di riconoscimento dei tatuaggi impressi sulla loro mano destra, al pari dei frigi devoti a Sabazio. Badate bene! Non faccio riferimento a una congrega qualsiasi, bensì a una *Luciferianorum secta* che sta infettando ogni angolo del Sacro Romano Impero. Il suo culto è di un tale abominio da non ammettere nessun perdono. E tutto nasce dai precetti di un solo uomo. Un magister che io, senza ombra di dubbio, riconosco nel mercante ispanico al nostro cospetto!».

Ignazio evitò di controbattere, si limitò solo a fissare Federico II con aria indignata. «Congetture, vostra maestà». Ma non poté sottrarsi alla sferza dialettica del germanico, che avanzò di scatto verso di lui.

«Non avete forse riconosciuto i segni necromantici rinvenuti nell'alloggio di Gebeard von Querfurt?», inquisì von Marburg.

«Ho formulato delle supposizioni su di essi», disse il mercante, «ma...».

«E in tale frangente non mi avete forse parlato di magia, evocazioni e filosofie occulte?»

«Avevate chiesto una mia opinione in merito, e io ve l'ho data».

Konrad digrignò i denti, quasi si preparasse ad azzannarlo. «Cercavate di corrompere anche me, non è vero? Volevate iniziarmi alle vostre turpi dottrine!». Senza attendere risposta aprì le braccia, trasformando il proprio corpo in un crocifisso vibrante di ossessioni. «Ma io ho saputo scorgere la turpitudine laddove si annidava! Ora dite, mastro Ignazio, o forse dovrei chiamarvi magister... Dite! Volete rivelarci l'autentica natura del tenebroso cavaliere comparso in questi mesi a Napoli, a Salerno e persino a Parigi?».

Il volto del mercante era teso e lucido di sudore. Il suo sguardo andò per un attimo allo Scoto, infine ritornò sull'accusatore. Sperava ancora di poter salvare Uberto, e a tal fine cercò di guadagnarsi la complicità dell'astrologo. «Né io né mio figlio abbiamo mai avuto a che fare con quel cavaliere, chiunque egli sia. Tanto basta, dato che voi non siete in grado di provare il contrario».

«Ne siete persuaso?». Il tono di von Marburg si era fatto beffardo. «Io invece ho la certezza che voi e vostro figlio abbiate assistito alla morte di almeno tre adepti dell'Homo Niger. Gebeard von Querfurt, Alfano Imperato e Remigarda di Acquanegra. Tutti e tre stroncati da una fiammata che consumò le loro carni... Osate contraddirmi?». Si voltò di scatto verso l'imperatore. «Quale sfacciataggine, maestà!», poi ancora verso Ignazio, che si ostinava a tacere. «Non ho bisogno che mi rispondiate! Tenetevi pure le vostre menzogne e parlateci piuttosto di quelle fiamme assassine. Non sono certo di natura terrena, dico bene? Suppongo provengano da un cacciatore infernale o da un qualsiasi altro spirito maligno. L'avrete certo evocato grazie a uno di quei cerchi magici di cui vi siete mostrato tanto esperto conoscitore!».

Il mercante scosse il capo, pervaso dal disprezzo per quell'assurdo sproloquio. «Reverendo padre», disse, «se anteponeste l'intelletto al fanatismo, capireste che quelle morti non furono causate da alcun genere di sortilegio, bensì da proietti infuocati. Ordigni alquanto ingegnosi, l'ammetto, ma pur sempre opera di un uomo in carne e ossa». Subito dopo aver parlato, si rese conto di essere caduto nell'ennesima trappola.

«Ancora una volta vi mostrate più informato di chiunque altro», ribatté Konrad, per poi voltarsi verso Taddeo da Sessa. «Non è già questa un'ammissione di colpa?».

Sentendosi chiamato in causa, il giurista si strinse nelle spalle. «Non saprei dire, padre. Il coinvolgimento degli imputati è palese, come pure la scarsità di prove a loro carico. Chiedo venia, pertanto, se in materia di eresia mi rimetto al parere di sua eccellenza il vescovo».

Tirato in ballo, Berardo di Castagna fece un gesto vago. L'età avanzata pareva affievolire il suo grado di attenzione, eppure non gli impedì di prendere parola: «Non mi è consentito esprimermi *in spiritualibus*, poiché fino a ora non si è specificato quasi nulla su questa setta di Luciferiani. Il suo nome giunge nuovo alle mie orecchie e la sola menzione dell'Homo Niger non basta a comprendere di cosa si stia esattamente parlando».

«Per vostra informazione, eccellenza», disse Konrad, «sappiate che questa setta è devota a una trinità blasfema che si antepone a quella della vera fede. Una trinità che si dice più antica, gettando fango sul mistero del Padre, del Figlio e dello Spirito Santo! Non mi è dato conoscere altro, a parte simboli misteriosi tracciati sul pavimento e il culto di uno strano mantello, di cui venni a conoscenza in sede di interrogatorio».

Il vescovo di Palermo fece cenno di aver compreso, pur mostrandosi scettico. «Ma avete mai sorpreso uno degli inquisiti in flagranza di reato, ovvero nell'adempimento dei rituali da voi descritti?»

«No, vostra grazia».

Berardo di Castagna si rivolse al mercante. «E voi, messere, siete forse in possesso del mantello di cui il reverendo von Marburg fa menzione?».

Ignazio gli rivolse un sorrisetto confuso. «Non ho altri mantelli a parte quello che indosso», e ne sollevò i lembi con un gesto teatrale, strappando alcune risate a chi gli sedeva di fronte.

«Però», Konrad era sempre più combattivo, «non si può ignorare che quest'uomo sia giunto fin qui... Nel cuore della curia regis». Guardò il mercante. «Confessate! Volevate diffondere in questo luogo il seme dell'eresia?»

«Assolutamente no», rispose candidamente l'ispanico, fomentando ancora l'ilarità generale. «Sono giunto a Palermo per implorare la clemenza dell'imperatore, e tentare di porre fine a questo grottesco equivoco».

«Come si suol dire», intervenne Federico II, quasi soddisfatto, «non si è cavato un ragno dal buco».

Ma von Marburg non aveva certo l'aria dello sconfitto. «È presto per dirlo, maestà». Scrutò il mercante in un misto di rabbia ed eccitazione. «Non si è ancora ricorsi alla tortura», e mentre si rivolgeva alle guardie appostate all'ingresso in cerca del boia, vide un uomo intento a sbracciarsi per attirare la sua attenzione. Era uno dei soldati che aveva portato al proprio seguito dal Castello Marino. Konrad scorse *qualcosa* alle sue spalle, e riconoscendola ebbe un'improvvisa folgorazione. Agitò le mani in avanti, come per cancellare le ultime parole dette, poi le giunse in segno di supplica. «Chiedo una breve interruzione», annunciò, pregustando il momento della prossima offensiva. «Vorrei meditare in solitudine, per chiedere consiglio al Signore».

E senza attendere alcun permesso, uscì dall'aula per intrattenersi con quel soldato.

Al ripresentarsi di von Marburg, Ignazio si trovò di fronte a una scena del tutto inaspettata. Il germanico era rientrato in compagnia di una bambina. La tenne per mano, strattonandola come un mulo testardo finché non giunse dinanzi alla commissione di giudizio.

«Ma è Adelisia...», mormorò Uberto, preoccupato. «Sai cosa ci fa qui?».

Il padre scosse il capo, altrettanto stupito. Quella notte, prima di essere riconsegnato alle guardie del palazzo, aveva parlato della bambina allo Scoto, mettendolo a parte del triste segreto di Remigarda. Nell'apprendere di avere una figlia, l'astrologo si era quasi commosso, lasciando trasparire una gran pena per le sue sciagure. Mi prenderò cura di lei, erano state infine le sue parole. Ignazio non ne aveva dubitato, poiché d'un tratto si era trovato di fronte a un uomo assai diverso dall'astuto avversario che aveva imparato a temere. Michele Scoto, nato sotto l'influsso di Mercurio, sapeva essere tanto spietato quanto protettivo. Ecco perché il mercante aveva creduto fino ad allora che Adelisia fosse al sicuro, sotto la custodia di Ulfus... Cosa ci faceva tra le grinfie di von Marburg?

L'astrologo sembrava porsi la stessa, inquietante domanda. Sempre più pallido, stringeva i braccioli del seggio con nervosismo, combattendo contro l'istinto di scattare in piedi. «Reverendo padre, perché portate una bambina al nostro cospetto?», chiese con tono indignato. Benché tentasse di nasconderlo, doveva essere fuori di sé per la rabbia e per lo spavento. Il germanico l'aveva giocato. Aveva giocato tutti quanti.

Konrad alzò le sopracciglia con noncuranza. «Un mio soldato l'ha trovata che correva tra i corridoi del palazzo».

«E dunque?», continuò l'astrologo. «Non è luogo indicato per bambini, questo».

Adelisia gli rivolse un'occhiata implorante. Pareva troppo spaventata per riuscire a parlare, ma lo fissava come se fosse la sua unica fonte di salvezza.

«Vi ingannate, messere, non è una comune bambina», spiegò il germanico a gran voce. «È figlia di una seguace di Ignazio da Toledo, la fattucchiera Remigarda di Acquanegra, che fu trucidata la stessa notte in cui l'ispanico fuggì da Salerno». Poi scrutò il mercante con aria di sfida. «Mastro Alvarez, è anche questo un equivoco?»

«Remigarda di Acquanegra non era una fattucchiera, ma una guaritrice», disse Ignazio, immaginando le vere intenzioni del prete. «Non l'avevo mai vista prima di qualche giorno fa e mi recai da lei soltanto per avvertirla di un imminente pericolo, ma i miei sforzi non valsero a nulla. È stata uccisa dallo stesso cavaliere...».

«Ancora quel cavaliere!», sbottò il germanico. «Vi nascondete dietro argomenti privi di sostanza, menzogne e chiacchiere da taverna... Invece io posso finalmente esibire una prova concreta del vostro potere demoniaco!». Strattonò in avanti Adelisia con una tale brutalità da strapparle un grido. «Questa fanciulla, seppur di tenera età, è già stata infettata dal vostro male», e con la mano libera mostrò ai presenti un piccolo oggetto dai riflessi biancastri. «Vedete questa pietruzza, graziose signorie? La vedete tutti? Ebbene, non ha un'origine comune alle altre pietre! Fu prodotta per *stregamentum*, uscendo dagli occhi di questa sciagurata bambina!».

«Bontà divina!», esclamò il vescovo di Palermo, fissando d'un tratto l'interrogato con malcelata ostilità. «Mastro Ignazio, come spiegate questa... aberrazione?»

«Una semplice malattia, eccellenza», rispose il mercante, consapevole di sprecare fiato. Lui stesso stentava a credere che il disturbo di Adelisia fosse dovuto a cause naturali, figurarsi uomini che vedevano il diavolo in ogni dove. «Una malattia rara e terribile», ripeté.

L'anziano prelato si sporse in avanti. «Sapreste essere meno vago?».

Incapace di trovare parole più esaustive, Ignazio dovette rassegnarsi al silenzio. Non era medicus, e benché dotto, non sapeva nulla in fatto di malattie oculari. Se soltanto Benvenuto Grafeo fosse stato tra i presenti...

«Un disturbo simile al mal della pietra, suppongo», spiegò lo Scoto, togliendolo dall'imbarazzo. Temeva per Adelisia, a ragion veduta, e con quell'intervento sperava di scagionarla dai sospetti. Se la schermaglia tra il mercante e il prete germanico non avesse assorbito l'attenzione comune, chiunque si sarebbe accorto del suo sforzo di nascondere le emozioni.

«Magister!», strepitò von Marburg. «Negate l'opera del Maligno benché sia a tal punto manifesta?».

L'astrologo si coprì il volto con fare riflessivo, osservando la bambina che cercava ancora di ribellarsi, lo sguardo fisso su di lui.

«Michael...», piagnucolò a quel punto Adelisia, attirando un'occhiata sospettosa del suo costrittore.

Ignazio temette che il germanico potesse intuire il loro legame. «Dite, reverendo», esclamò di slancio, per evitargli di trarre conclusioni. «A vostro giudizio, quale sorte spetterebbe alla bambina?»

«L'esorcismo», rispose Konrad, «per liberarla dalla corruzione».

«E se poi continuasse a piangere cristalli?»

«Il fuoco».

Il mercante annuì, lanciando un'occhiata significativa in direzione dello Scoto. Il dado era tratto, pensò. Se fosse stato un uomo cinico e indifferente alle sofferenze altrui, avrebbe potuto ribaltare la propria situazione con poche parole. Sarebbe bastato rivelare il legame tra l'astrologo e Adelisia, tirando in ballo il coinvolgimento sentimentale di Remigarda e l'obbedienza di Ulfus, per riuscire a scagionare se stesso e Uberto. Konrad era un fanatico, ma il suo istinto di segugio non avrebbe tardato a scorgere la trama stretta intorno allo Scoto. E l'astrologo era fin troppo scosso per protrarre ancora a lungo la sua commedia. Sarebbe stato facile farlo confessare... Ma in tal caso, cosa sarebbe accaduto a Adelisia? Al pensiero di una creatura tanto fragile nelle mani di un carnefice, Ignazio fu pervaso dall'orrore. «La bambina è innocente», disse d'istinto. «Lasciatela andare, confesserò ogni cosa».

Uberto gli rivolse uno sguardo commosso. Doveva aver compreso, e approvava.

Konrad von Marburg fu attraversato da un tale fremito di vittoria che liberò di colpo Adelisia, facendola cadere a terra. «Confermate dunque le mie accuse?»

«Il responsabile sono soltanto io», esclamò il mercante, pervaso da una spossatezza fisica e morale.

«Sia messo a verbale!», ordinò subito, senza staccargli gli occhi di dosso. «Dunque, messere, ammettete di essere voi il magister di Toledo?»

«Non mi riconosco in tale nome», rispose Ignazio, «ma a onore del vero, so bene di rappresentare ciò che voi odiate sopra ogni altra cosa».

Von Marburg avanzò con lunghe falcate verso di lui, avvicinandosi al punto da fargli respirare il suo alito amaro. «E vostro figlio?».

L'inquisito sostenne il suo sguardo. «Fu costretto a obbedirmi contro la sua volontà. È privo di colpa, come la bambina».

«Ma è vostro figlio...», rimarcò il prete, diffidente.

«Soltanto io!», gridò Ignazio, costringendolo a indietreggiare. «Questa faccenda è tra voi e me, dico bene? Siate maledetto, soltanto io sono colpevole!».

«Non posso permetterlo». Konrad digrignò i denti in uno spasimo di emozioni violente. «Uberto Alvarez non scamperà al giusto supplizio».

«Invece sì, se gli ordinerete di prostrarsi e di baciare la croce!». Il mercante non demordeva, benché con ogni fibra del suo essere desiderasse ritrattare e accusare lo Scoto. Ma non poteva abbandonare Adelisia a un destino tanto crudele. Come avrebbe convissuto con la colpa di aver mandato al rogo una bambina? Si lasciò cadere in ginocchio, pervaso dal terrore più grande che aveva mai provato. Ciò nondimeno, trovò la forza di implorare il suo accusatore. «Vi supplico, reverendo! Mio figlio è un cristiano fervente. Se gliene darete la possibilità, invocherà il perdono del Cristo Salvatore e della Santa Romana Chiesa... e sarà salvo!».

Von Marburg torreggiava su di lui, una figura nera e implacabile. «E voi non sareste disposto a farlo?»

«No, non lo farò». Ignazio alzò il viso, un'espressione intagliata nel dolore. «Perché voi bramate una vittima, e non sarete soddisfatto finché non ne avrete trovata una. Sono io il vostro uomo. Io il colpevole».

«A quanto pare», disse il vescovo, arroccato dietro il tavolo, «l'imputato rifiuta l'ultima possibilità di redenzione».

«Così sia», sentenziò Konrad. «Sia portato alla pira».

«Non tanto in fretta». La voce di Michele Scoto li costrinse improvvisamente a voltarsi. «Se lor signori lo consentono, l'etica imporrebbe un ulteriore scrupolo». Scambiò un'occhiata con Federico II e Taddeo da Sessa. «Data la quasi totale assenza di prove, non si può escludere che Ignazio da Toledo si stia sacrificando per tutelare le vite di due innocenti, il giovane e la bambina. In tal caso il suo comportamento non sarebbe da intendersi quello di un negromante recidivo, bensì di un uomo di grande nobiltà d'animo».

«Ha confessato!», sbraitò von Marburg, nel timore di vedersi sottratta la preda. «Ha ammesso la propria colpa!».

«Ha pure ammesso di non riconoscersi nel magister di Toledo», chiosò il giurista, invitandolo a calmarsi.

«Ordunque?». Gli occhi del germanico interrogarono ogni personalità assisa al tavolo. «Cosa vale più di un'ammissione di colpa?».

I monaci di Monreale si consultarono tra loro mentre la maggior parte dei presenti teneva lo sguardo puntato sull'astrologo. Fu proprio lui, infatti, a trovare la risposta. «Propongo che Ignazio da Toledo sia sottoposto all'ordalia del fuoco», disse con tono quasi ingenuo. «Siano le fiamme a decidere la sua salvezza o la sua condanna, in ottemperanza al volere divino».

Nessuno ebbe da obiettare.

Il braciere di pietra somigliava allo scudo di una divinità remota nata dalle profondità di un vulcano. Era percorso ai bordi da strani bassorilievi e poggiava su un elegante treppiede di metallo. Proveniva dallo studio di Michele Scoto. Ignazio pensò che l'astrologo dovesse essersi divertito assai nel pensare di aggiungere il danno alla beffa. Nessuno si aspettava certo che la Grazia divina l'avrebbe protetto dalle fiamme, come voleva l'usanza per i giusti, ma il mercante non poteva tirarsi indietro. E mentre sentiva il terrore mordergli le viscere, scoprì il braccio destro per avvicinarlo al braciere.

«Non farlo!», lo scongiurò Uberto. «Ritratta». Il suo volto era un intreccio di lacrime e rabbia, ma Ignazio poté scorgervi soltanto un immenso amore. L'amore di un figlio che non aveva mai conosciuto fino in fondo e che gli era sempre stato accanto, pur non condividendo le sue scelte. Uberto era ciò di cui, nella sua vita, andava più fiero, benché non esistesse uomo più dissimile a lui. Un uomo di buona volontà. Un uomo retto. Un uomo che sarebbe stato un padre migliore di lui.

Cercò di rivolgergli un sorriso rassicurante, poi lanciò un'occhiata astiosa allo Scoto. Strinse il pugno e lo accostò alla fiamma sotto gli occhi dei testimoni.

Le lingue di fuoco avvolsero le dita, le nocche e il dorso della mano.

Il mercante non capì. Pervaso da un folgorante stupore, spinse il braccio in avanti, esponendo il polso, poi l'intero arto fino al gomito.

Continuò a non capire.

Riconobbe la sua stessa meraviglia nei volti di tutti coloro che stavano assistendo alla scena.

Avvertiva un lieve bruciore e vedeva i peli del braccio arricciarsi sull'epidermide, fino a consumarsi pian piano... Ma non provava dolore.

La sua pelle non stava bruciando!

Restò immobile e incredulo di fronte allo sbigottimento generale, finché sua maestà Federico II si levò dal seggio e batté le mani, affascinato dal prodigio. «La volontà divina ha parlato attraverso il fuoco», esclamò concitato. «Costui è innocente!».

Konrad von Marburg fissava a bocca aperta il braccio di Ignazio da

Toledo, avviluppato dalle fiamme e ancora intatto. «Non è possibile...», balbettò in preda allo sgomento. «Dio mio, non è possibile...».

Il suo stato di ebetudine si spezzò al risuonare della voce dell'astrologo: «Potete scostarvi dal braciere, messere».

Il mercante ritrasse il braccio tenendo gli occhi puntati su quella fiamma che ardeva ma non bruciava. Possibile fosse davvero opera della volontà divina? Ancora una volta si sentì esausto e vacillante. Un attimo prima di stramazzare a terra, due forti braccia lo sorressero. Era Uberto.

Si accorse che una folla di persone gli si stava stringendo intorno. Parevano molti di più dei dieci assisi che lo avevano giudicato. Poi udì la voce di von Marburg. Lo vide farsi largo finché non gli fu di fronte, lo sguardo benevolo. Pareva aver riposto ogni traccia di ostilità.

«Perché l'accusa venga completamente ritirata», spiegò il prete germanico, «l'imputato dovrà baciare la croce». E così dicendo, si tolse il crocifisso di metallo che portava appeso al collo e lo avvicinò al suo volto.

Mentre Ignazio stava per accontentarlo, colse un improvviso balenare di luce e capì che quello non era un comune crocifisso... Nascondeva una lama! Si ritrasse di scatto per evitare un affondo alla gola.

Konrad avanzò con un balzo, continuando a brandire il pugnale cruciforme. «Sarete mio!», gridò con una rabbia venata di follia, e sferrò una gomitata a un monaco che tentava di trattenerlo. «Sarete mio, dannato!».

Un fendente sibilò nell'aria.

Un attimo prima che il colpo andasse a segno, il prete venuto dal freddo e dal buio fu afferrato dai soldati di guardia, e trascinato a viva forza fuori dall'aula.

Le sue urla rabbiose echeggiarono per le sale del palazzo.

EPILOGO

La nave stava ormai per togliere gli ormeggi, ma Uberto indugiava a salire a bordo. C'era qualcosa di inespresso nel suo volto. Qualcosa che soltanto in parte trovò sfogo nelle parole. «Non riesco ancora a capacitarmi», sospirò, in preda alla commozione, «come sia stato possibile che quelle fiamme...».

Ignazio gli rivolse un sorriso indecifrabile. Delle molte cose che avrebbe voluto dirgli, le meno difficoltose riguardavano la spiegazione dei prodigi a cui avevano assistito. Nascondere la tristezza era un grave fardello. «Non si è trattato di un miracolo, ma del genio di Michele Scoto», rivelò. «Nel corso dei suoi viaggi, quell'uomo ha approfondito gli studi nei campi più oscuri della conoscenza. La lancia di Ulfus, per esempio, è frutto di esperimenti sulla polvere pirica. Mi ha confessato di averla costruita dopo essere stato informato sull'impiego di simili ordigni in estremo Oriente... Ma questo non è nulla paragonato al suo braciere!». Alzò le mani per dare maggiore enfasi alle parole. «Hai mai sentito parlare del leggendario "Fuoco Sacro" di Gerusalemme? Corre voce che presso il Santo Sepolcro vi siano fiaccole e lanterne in grado di sprigionare fiamme fredde. Fiamme che non bruciano! Ne parlano da secoli i padri della Chiesa e persino i crociati... Ebbene, lo Scoto ne ha scoperto il segreto ed è riuscito a riprodurlo».

Uberto annuì, quasi incredulo. «L'astrologo ti ha anche rivelato perché ha deciso di aiutarti?»

«No», rispose il mercante. «Suppongo abbia agito nell'interesse di Adelisia. Forse temeva che Konrad non si sarebbe accontentato di giustiziare soltanto me... Tuttavia non escludo che dubitasse della mia buona fede. Forse ha pensato che, di fronte al rogo, avrei ritrattato e accusato lui per salvare me stesso. Credo che in fondo non fosse tanto sicuro di uscirne indenne. La sua situazione era assai più precaria di quanto desse a intendere».

«Sono della stessa opinione. Altrimenti non si spiegherebbe un gesto tanto estremo come far massacrare i propri vecchi discepoli, uno a uno, compresa Remigarda».

Ignazio non era del tutto d'accordo. Aveva nascosto al figlio le sue supposizioni sulla scomparsa di Suger e di Grafeo, non potendole dimostrare, e tuttavia era persuaso che la spietatezza dell'astrologo superasse addirittura quella di Konrad von Marburg. «Lo Scoto non è certo estraneo al dover ritrattare tesi condannate dalla Chiesa, ma sa bene che le sue opinioni sull'astrologia gli costerebbero assai più care. Senza contare il coinvolgimento dell'imperatore… Però», disse, invitando il figlio a incamminarsi verso il punto d'imbarco, «sospetto che il culto di Nembrot sia più esteso di quanto immaginiamo. Lo Scoto deve averne lasciato ben più di una traccia durante i suoi viaggi. È possibile che il mantello del Cacciatore non sia l'unica, né forse la più insidiosa».

Uberto osservò per un attimo le increspature del mare oltre le banchine, poi, amareggiato, il padre. «Come potrai vivere in balia di un individuo del genere?».

Il mercante si strinse nelle spalle. «Non ho scelta, te l'ho detto. Non ci avrebbe mai lasciati andare via entrambi», e indicò con un gesto eloquente il monolitico Ulfus che attendeva a una ventina di passi da loro.

«In altre parole, ti terrà in ostaggio per assicurarsi che io non parli ad anima viva dei suoi segreti».

Il mercante scosse il capo, poi la sua voce si fece rassicurante. «Non darti pena, figliolo! Michele Scoto non ha alcun interesse a uccidermi. Al contrario, ha bisogno di un uomo di intelligenza pari alla sua, in grado sia di aiutarlo a far progredire i suoi studi, sia di dargli manforte nei complicati giochi di palazzo. La curia regis può essere un luogo periglioso senza validi alleati, e la forza di Ulfus non è certo garanzia sufficiente di sicurezza».

«Quindi ti vuole come *socius*», esclamò Uberto, visibilmente colpito. Meditò un attimo, poi annuì. «A pensarci bene, ricordo come ti osservava durante il nostro primo colloquio… E ora, forse, comprendo anche la vera ragione per cui ha deciso di salvarti da von Marburg. Ti ha sempre stimato!».

Al sentir nominare Konrad, il mercante fu scosso da un brivido. «Quel germanico! Non ha rinunciato fino all'ultimo, neppure di fronte all'ordalia!», esclamò. «La vista del suo pugnale, per un attimo, mi ha riportato indietro a tanti anni fa…».

«Il pugnale cruciforme». Uberto colse l'allusione. «Come quello usato dai sicari della Saint-Vehme! Credi che Konrad appartenga a quel tribunale segreto?»

«La Saint-Vehme è una congrega di matrice germanica, quindi non lo escludo», rispose Ignazio, adombrandosi al ricordo di quanto aveva patito anni prima a causa del Tribunale Segreto. «Ma non ho prove del coinvolgimento di von Marburg… Quel maledetto, tuttavia, è già ripartito con la coda fra le gambe per Magonza».

«Dopo lo smacco della sconfitta, immagino farà tappa a Roma per protestare dinanzi al pontefice», disse Uberto, guardando la nave che l'avrebbe riportato in Spagna. Al pensiero di Moira e Sancha, l'espressione del suo viso si addolcì. «E tu invece… Tu tornerai a fare ciò per cui eri destinato fin dai tempi della Scuola di Toledo. I tempi di Gherardo da Cremona. Sarai uno dei sapienti della Corte dei Miracoli!».

Il padre gli prese le mani, poi vinse ogni ritrosia e lo abbracciò. «Ma Toledo sarà lontana… *Voi* sarete lontani!».

A quelle parole, il giovane ebbe una stretta al cuore. «Mia madre… Cosa le dirò? Come potrà mai accettare un tuo nuovo esilio?».

Ignazio abbassò il capo per nascondere le lacrime e gli affidò un piccolo rotolo di pergamena. Uberto lo soppesò tra le mani, quasi volesse immaginare cosa ci fosse scritto.

Il mercante intuì i suoi pensieri e gli sorrise. «Una promessa», disse a bassa voce.

Lo accompagnò lungo la banchina finché gli fu concesso, lo abbracciò un'ultima volta e lo salutò mentre lo guardava salire a bordo della grande galea.

Poi osservò la nave prendere il largo e la seguì veleggiare finché non sparì all'orizzonte, dove le onde del mare sfioravano il cielo terso. E per un attimo ingannò il dolore immaginando di essere sospeso sotto quella volta blu lucente, che si estendeva ben oltre i confini del mondo.

NOTA DELL'AUTORE
(LA STORIA, IL ROMANZO, IL LABIRINTO)

Nel riordinare gli appunti che mi hanno aiutato nella stesura di questo romanzo, ho avvertito la necessità di chiarire gli elementi salienti del *Labirinto ai confini del mondo*. E di un labirinto in effetti si tratta, almeno sul piano documentario, dal momento che fra queste pagine compaiono molte nozioni singolari, anche se perfettamente spiegabili. A partire dal titolo. La parola latina *mundus*, con il suo significato di "universo", si rifà a un asserto di sant'Agostino, *firmamentum unde corporeus incipit mundus* (*De Genesi ad litteram*, V, 14), secondo cui il firmamento è l'inizio – ovvero il confine – del mondo materiale. L'antica astronomia, infatti, interpreta il firmamento come una sfera di cristallo ai limiti estremi del sistema cosmologico, sede immobile delle stelle fisse. Lo zodiaco.

Se si sposta l'attenzione dai corpi celesti alla *ville lumière*, non si può ignorare il tragico conflitto tra l'aristotelismo e la teologia avvenuto presso lo Studium di Parigi nel XIII secolo. Già nel 1210, quando ormai circolavano in traduzione latina negli ambienti colti, le opere di Aristotele furono condannate dal sinodo provinciale di Sens insieme alla filosofia naturale e a tutti i relativi commenti. Suger de Petit-Pont non è che l'esempio dei molti docenti che dovettero abbandonare l'insegnamento a causa di questa censura. D'altro canto, egli incarna lo spirito dei magistri provenienti dalla famosa scuola di Petit-Pont che, secondo certi studiosi, si spostarono verso Salerno alla ricerca di nuovi testi da tradurre e commentare. Ma come sovente accade, i personaggi della *fiction* sono assai più preparati dei loro creatori. Oltre a rivelarsi medico capace, Suger vanta infatti la conoscenza dei principi di *physiognomica* di Aristotele, che consentono di "leggere" i tratti somatici delle persone, e di buona parte del *corpus* dei lapidari medievali, da cui provengono i nomi e le proprietà curative delle pietre citate nel romanzo.

Per quanto riguarda i tragici accadimenti di Parigi avvenuti il martedì grasso del 1229, l'unica fonte a nostra disposizione è invece l'*Historia Maior* di Matteo di Parigi, in cui si fa menzione dell'incidente all'osteria del borgo di Saint-Marcel fuori le mura. Si parla a tal riguardo di una discussione sorta tra un gruppo di studenti e l'oste per il pagamento del conto, seguita il giorno successivo da disordini (tra cui il danneggiamento del locale) che interessarono il centro cittadino. Il parroco del borgo di Saint-Marcel ne informò il vescovo, che a sua volta si rivolse al legato papale presente in quei giorni a Parigi, finché la notizia giunse alle orecchie della regina Bianca di Castiglia. Fu per suo ordine che si attuò la repressione armata destinata a provocare l'uccisione di alcuni studenti estranei agli episodi sopra citati.

In quei tempi, Philippus de Noyon deteneva il titolo di cancelliere del Capitolo e fra Rolando da Cremona si trovava già presso lo Studium di Notre-Dame. Altro personaggio realmente vissuto è il monaco Riccardo di San Germano. Grazie alla sua *Chronica*, ho potuto ricostruire gli eventi dell'anno 1229 riguardanti la calata dei Clavigeri (o *Clavesignati*, soldati del papa) nel Regnum Siciliae e le imprese del Gran Giustiziere, di Raone di Balbano e di Adenulfo d'Aquino. E a proposito della schiatta aquinate, non è escluso che il giovane Tommaso d'Aquino, destinato a diventare santo e dottore della Chiesa, si trovasse nel Cassinate già in quel periodo. Egli nacque in data imprecisata, tra il 1220 e il 1227, e all'età di cinque anni fu presentato dal padre come oblato all'abbazia di Montecassino.

Vorrei poi spendere qualche parola su Konrad von Marburg. Membro del clero secolare di Magonza e *iudex sine misericordia* responsabile di molti roghi, fu certo uno dei primi a ricoprire la carica di *inquisitor haereticae pravitatis*, ottenendo già nel 1227 da papa Gregorio IX la facoltà di adunare compagni e ricercare eretici. Resta tuttavia un mistero la sua ossessione per il movimento dei Luciferiani (da non confondersi con i seguaci del vescovo scismatico Lucifero di Cagliari, vissuto nel IV secolo). A tal riguardo, il monaco Alberico delle Tre Fontane parla nel suo *Chronicon* di una *secta Luciferianorum* sterminata in Alemannia nel 1233. *Facta est tanta hereticorum conbustio*, scrive. Il 25 luglio dello stesso anno si riunì a Magonza un grande concilio per fissare la procedura da seguire contro l'eresia. Vi partecipò anche Konrad von Marburg, che dopo tre giorni fu assassinato per rappresaglia insieme a due frati minori suoi compagni, tra cui Gerhard von Lützelkolb.

Si possono evincere altre notizie sulla lotta contro i Luciferiani dalle lettere indirizzate da Gregorio IX allo stesso Konrad il 10 e 13 giugno 1231. Attraverso tali documenti, il papa lo autorizzò – al pari dei prelati di Magonza e di Hildesheim – a punire e correggere gli eretici con l'aiuto dei suffraganei della provincia di Renania e dell'imperatore Federico II. Dopo la morte di questo indomito inquisitore, il pontefice fece compilare un testo che descriveva i Luciferiani come una setta pericolosissima, poiché persuasa che Lucifero fosse il vero fondatore dell'universo.

Ritorniamo ora ad Alberico delle Tre Fontane, che sempre per il 1233 accenna di una *villa* detta Maestricht, tra Brabantia e Colonia, dove un certo magister di Toledo, *nigromanticus totus dyabolo deditus*, convinse con l'inganno alcuni chierici ad assistere a un rito evocativo. Quell'uomo misterioso *fecit maximum circulum cum caracteribus suis* e dispose tre sedie ai lati dello stesso circolo, dando a intendere che si sarebbero seduti sopra di esse i tre magi del Vangelo. Impossibile stabilire se egli fosse il tanto temuto Homo Niger, ma quando giunse la mezzanotte rivolse le proprie preghiere non ai magi bensì a tre demoni. Il caso è emblematico, dato che proprio in quegli anni va definendosi il concetto di *crimen magiae*, inteso dalla Chiesa come peccato contro l'unicità di Dio, poiché basato sul culto dei demoni.

Troppo spesso, tuttavia, si chiama in causa il diavolo quando ci si trova di fronte a fenomeni che, semplicemente, non riusciamo a spiegare. La malattia di Adelisia, per esempio, non è dovuta ad alcun sortilegio. Si tratta di una patologia cronica nota come cistinosi, che colpisce ancora oggi circa duemila persone in tutto il mondo, soprattutto bambini. Ben poco avrebbe potuto fare per guarirla Benvenuto Grafeo, oculista ebreo realmente vissuto, autore di un *Liber sanitate oculorum* e forse addirittura inventore delle lenti da vista. Altrettanto documentata è la figura di Urso, insigne magister della Scuola salernitana a cui si attribuiscono diverse opere scritte, tra cui un trattato sulle urine e un altro sull'anatomia del porco. Cola Pesce, al contrario, è nato dall'incrocio tra una fiaba, una leggenda e i versi di Raimon Jordan. Ma il Castello Marino al largo di Napoli esiste davvero, al pari di tutti gli edifici descritti in questo romanzo. Si tratta di Castel dell'Ovo, nome probabilmente ancora ignoto all'epoca.

Prima di passare alla figura forse di maggior fascino del romanzo, Michele Scoto, è necessario precisare che la bibliografia pubblicata su di lui è sconfinata. Ho consultato numerosi testi sull'argomento, prima fra tutti la biografia di Lynn Thorndike, *Michael Scot* (London 1965), che traccia un profilo sfaccettato e alquanto carismatico di questo formidabile studioso. Non è mia intenzione dilungarmi in un saggio sull'astrologia alla corte di Federico II, ma è opportuno precisare che lo Scoto conosceva di certo il *Liber Nembrot*, che ancora oggi sopravvive in pochi esemplari, tra cui uno custodito nella Biblioteca Marciana di Venezia e un altro nella Bibliothèque Nationale de France. Nel suo *Liber introductorius* (opera astronomica fondata sulla somiglianza fra anima e natura, quindi potenzialmente blasfema), lo Scoto fa cenno del gigante Nembrot (o Nimrod) che «giunse in Persia dopo la dispersione delle settantadue lingue e apprese dagli spiriti ad adorare il fuoco». Poi cita un secondo Nembrot, pronipote del primo, che «scrisse un libro su tutta l'astronomia». Altrettanto nota è la passione di Michele Scoto per le immagini dello zodiaco, al punto da trovarci di fronte a schemi figurativi capaci di innovare la tradizione iconografica. Ma a dir poco rivoluzionario è altro genere di immagine! Mi riferisco al disegno dell'uomo intento a scrutare il cielo grazie a un ordigno capace di contemplare le stelle. Quel disegno esiste davvero in alcuni documenti medievali, tra cui uno custodito nella Biblioteca Vaticana (il codice Vat. Lat. 644, compilato nel monastero di San Gallo nel X secolo) e un altro nella Marciana di Venezia (Marc. Lat. VIII.22, corrispondente proprio al *Liber Nembrot*), a testimonianza che il primo prototipo di telescopio fu concepito almeno cinque secoli prima di Galileo.

Ritornando a Michele Scoto, si narra che riuscì a predire la propria morte. Ne fa menzione il cronista domenicano Francesco Pipino da Bologna (XIII-XIV secolo), rivelando che la morte sarebbe avvenuta a seguito della caduta di una pietra e che, per evitarla, l'astrologo prese l'abitudine di indossare un elmo di acciaio. Secondo un'antica tradizione scozzese, invece, lo Scoto perì a causa della malvagità di una donna. Una donna di cui non sappiamo nulla, al contrario di Ulfus.

Si narra che l'astrologo avesse ai propri ordini un cavaliere che si chiamava in quel modo, benché è probabile che non avesse preso il nome dalla figura di Ulf il Notturno (Kveld-Ulf), il "guerriero licantropo" evocato nella saga dello scaldo Egill Skalla-Grimsson (X secolo). È anche assai probabile che Ulfus non provenisse da Tikili Taš, la Foresta Paurosa presso Ruse (Bulgaria), sulla sponda destra del Danubio. In quel luogo, nel 1931, fu scoperta su una parete rupestre la prima rappresentazione del "Cavaliere trace", figura divina venerata dalle genti antiche di quella terra. Non ho resistito ad assimilarla a Orione e a Nembrot, ma anche al tema di Hellequin e della caccia infernale. Dopotutto la storia, come la *fiction*, è fatta di sovrapposizioni e di labirinti.

Allo Scoto è attribuita inoltre l'invenzione della polvere pirica. Da qui, l'idea di dotare Ulfus di una "Lancia del Fuoco" simile a quella – più rudimentale – ricamata in uno striscione di seta del X secolo proveniente da Dunhuang (Cina). Si tratta di una sorta di picca innestata a un tubo che andava riempito con della polvere nera, e dove poi si inseriva il proietto. Esperimenti del genere non furono certo ignoti neppure in terra di conquista crociata.

Anche il grande teschio con un'orbita sola trova spiegazione. Pare che le leggende dei ciclopi, in Sicilia, siano legate al rinvenimento di teschi fossilizzati alti più di un metro, ma non per questo appartenuti a esseri mitologici. Sono da attribuirsi invece a una specie di mammut nano (*Deinotherium Gigantisium*) vissuta nelle isole del Mediterraneo circa sette milioni di anni fa. Il buco che recano al centro fu frainteso in passato come orbita di un unico occhio, quando invece si tratta del pertugio della cavità nasale.

Giunti alla fine, resta da spiegare il perché della scelta di un mantello come oggetto a cui affidare la chiave di un terribile segreto. Semplicemente, ero in cerca di qualcosa che potesse somigliare a una scacchiera fatta di simboli e di corpi celesti... E l'ho trovata! D'altro canto, la fantasia corre spesso a fianco della realtà storica, e lo dimostra il fatto che i mantelli zodiacali sono davvero esistiti. Basti pensare a quelli posseduti dagli imperatori Ottone III ed Enrico II per rendersi conto che gli uomini, da sempre, hanno voluto legare il loro destino e la loro dimensione mortale a un labirinto di figure grandiose e irraggiungibili. Un labirinto in cui ognuno di noi, almeno una volta nella propria vita, ha amato perdersi.

RINGRAZIAMENTI

Scrivere romanzi è un modo come un altro – ma quello che preferisco – per parlare di se stessi. È anche un modo per nascondersi dietro un gioco di specchi, poiché credo che nessuno sia in grado di accettarsi completamente per quello che è. E tuttavia, quel lato di noi stessi che maggiormente ci lascia insoddisfatti, o addirittura ci delude, non passa certo inosservato a chi sceglie ogni giorno di starci accanto. A quelle persone va la mia gratitudine. Grazie quindi a Giorgia, la mia compagna, e a Luigi e Rosaura, i miei genitori, per non aver mai smesso di credere nei miei sogni e nei miei progetti. Grazie alle mie agenti, Roberta Oliva e Silvia Arienti, per la loro costante presenza. Grazie infine a Raffaello Avanzini, il mio editore, e ad Alessandra Penna, la mia editor, che insieme allo staff Newton Compton condividono con me il piacere di lavorare duro e con passione.

INDICE

I Superinsuperabili

Federica Bosco, *Cercasi amore disperatamente - S.O.S. amore - 101 modi per riconoscere il tuo principe azzurro*
Massimo Lugli, *Crimini imperfetti. Tutte le indagini di Marco Corvino*
Indigo Bloome, *Incontri proibiti. La trilogia completa*
Lisa Jane Smith, *Il diario del vampiro. 10 romanzi in 1*
Giulio Castelli, *Il romanzo dell'impero romano*
Tiffany Reisz, *Peccato originale. La trilogia*
Simon Scarrow, *L'aquila di Roma*
Stuart MacBride, *Le indagini del sergente McRae*
Sara Shepard, *Giovani carine e bugiarde - 4 romanzi in 1*
David Gibbins, *Le indagini archeologiche del professor Howard*
Federica Bosco, *Il mio angelo segreto Trilogy*
Lisa Jane Smith, *Il diario del vampiro - 6 romanzi in 1*
Jefferson Bass, *Le indagini della Fabbrica dei Corpi*
Harry Sidebottom, *Il guerriero di Roma - 4 romanzi in 1*
Dana Stabenow, *CSI Alaska. Le indagini di Kate Shugak*
Javier Negrete, *La regina del Nilo. La trilogia*
Portia Da Costa, *La promessa Trilogy*
Lisa Jane Smith, *I diari delle streghe. 4 romanzi in 1*
Adam Jay Epstein – Andrew Jacobson, *The Familiars. 3 romanzi in 1*
Stella Knightley, *Le città della perversione. 3 romanzi in 1*

Marcello Simoni

L'abbazia dei cento peccati

Volume rilegato di 336 pagine. € 9,90

È l'agosto del 1346, quando il valoroso Maynard de Rocheblanche, sopravvissuto a una disfatta militare, entra in possesso di una pergamena con un enigma vergato. Quell'oscuro testo fa riferimento a una reliquia preziosa, avvolta nel mistero, il Lapis exilii. Sono molti coloro che hanno interesse a impossessarsene, primi fra tutti un ambizioso cardinale di Avignone e il principe Karel di Lussemburgo, desideroso di farsi incoronare imperatore. Per non far cadere l'inestimabile documento in mani sbagliate, Maynard sarà costretto a fuggire. Si recherà prima a Reims, presso la sorella Eudeline, badessa del convento di Sainte-Balsamie, poi nell'abbazia di Pomposa. Proprio lì avverrà il fortunato incontro con l'abate Andrea e il giovane pittore Gualtiero de' Bruni, insieme ai quali proverà a scoprire la verità sulla reliquia. L'unico a conoscerla, tuttavia, è un monaco dall'aspetto deforme, che ha carpito il segreto del Lapis exilii da un luogo irraggiungibile, il monastero di Mont-Fleur... Torna il maestro del thriller storico italiano, osannato dalla critica e bestseller internazionale.

For Bonnie

This work is a work of fiction. Names, characters, places and incidents are either the product of the author's imagination or are used fictitiously. Any resemblance to actual people, living or dead, localities or events is entirely coincidental.

Cover illustrated by Katheirne Blower

ISBN: 978-1-7385793-4-1

One for sorrow
Two for mirth
Three for a funeral
Four for a birth
Five for your first thought
Six for your last
Seven for a story, told from your past

25th August 1975

It's the end of the day at the aquadrome. Families are packing up their picnic bags, and children are chasing each other around on scooters. It's just a normal Bank Holiday. Only it isn't.

I am sitting on a bench that's inscribed *In Loving memory of Phyllis Perrin, who loved this view*. In front of me is a lake, and behind me is the canal. In my pocket are 32 paracetamol. Out of the corner of my eye, I can see a single magpie hopping around on the grass. One for sorrow. I almost start the ritual: bow three times, spit three times, hello Mr Magpie. But I don't need my luck to change. Not anymore. The magpie skips in front of me, looking for insects in the grasses that surround the lake. He looks at me, and I stare at him. Magpies are so intelligent that they even recognise themselves in a mirror. I hardly recognise myself these days. At least not the girl I used to be. That girl disappeared years ago, the day I betrayed my best friend.

2

Alison

She hears the impact before she feels it, like a cheese grater over metal. 'Fuck,' she says under her breath and then 'FUCK'. Warmth rises to her chest and spreads to her neck, an acid reflux of anger and guilt. She checks the mirror, half expecting a crowd to have accumulated, phones pointing, cameras at the ready. But no one is there. She's parked in the far corner of the Tesco Express today, her usual space taken by a dirty red car with an obscured number plate and a hopeful Clean Me scrawled on the boot. She's angry. She thinks of that space as hers. Hands shaking, she reverses, peeling herself away from the car beside her and accelerating through the barrier as it raises its arm in a half-hearted salute. The momentary thrill she feels at escaping rapidly dissolves into fear and remorse. At the first layby, she pulls over and inspects the damage. A deep graze is oozing across the passenger side. The green paint stripped away, revealing a dirty metal seam. It will be hard to explain to Tom with his unblemished driving record. No speed awareness courses for him. No parking tickets.

She walks behind the car, balancing on the tip toes of her court shoes to avoid them becoming caked in mud. She blames the shoes for today. If she'd been wearing her driving flats, she'd have been OK. She took more time getting ready this morning because she has a meeting before school with her head of department, a supercilious clown just out of university. What does he know about keeping a class of ill-disciplined teenagers in line? There have been a couple of complaints from Year 9 parents, he said in his email. I'm sure it's nothing, but it would be great to get your perspective. Her perspective is that Year 9 are a bunch of lazy, entitled brats who have no chance of passing any GCSEs unless they bother to pay attention in class. And why should she adapt her "learning style" as an Ofsted inspector had so kindly pointed out, just because they all seem to have developed ADHD, or some other trendy syndrome? She blames the parents. Just switch their devices off and make them go to bed by ten. It isn't that hard.

Shaken, she gets back into the car and grips the steering wheel. Pulling out into the slow lane, she misjudges the speed, and a car hoots, long and loud, as it swerves to avoid her. She needs to calm down before she causes an accident. She switches on Radio 2 and tries to slow her breathing. Ten minutes later, she turns into the school car park. Her head of department's car is already here. He's probably already run a 5k and got himself a latte. She reverses into the parking space next to the wall. The last thing she wants is for any of her colleagues to notice the scrape. They already think she is too old to be teaching. She doesn't need to give them any more ammunition.

Without the clutter of children and teachers to disguise it, the school is showing its age. There are scuffed skirting boards and doors thick with the dark patina of a thousand teenage handprints. In the seventies, this school would have been nearly new, a resplendent Comprehensive, the pinnacle of Labour's education policy. A chance for poor children to have the same educational opportunities as the rich. Well, that worked out well. It's the school she would have attended if she'd failed her 11+. GCEs rather than O levels. Domestic Science rather than Latin. There had been an incident in her final year at primary school that kept her at home, and the next thing she knew, she was sitting in assembly, in a hall lined with crested wooden boards listing the names of Sporting Alumni and Head Girls.

She arrives at the headmaster's office, but before she has a chance to knock, the door opens.

'Hi Ali,' her head of department says enthusiastically.

'Alison,' she mutters, following him into the room.

'I hope you don't mind; I asked Cara to join us today. It's always good to have another colleague in the room to take notes.'

Alison feels blindsided. She thought this was an informal chat, and yet there were notes to be taken and colleagues to be considered. Cara smiles, her head tilted slightly to one side. She is trying to give a look that says, "I'm no threat. I'm on your side."

'Hope you don't mind, Ali. Ben thought my pastoral skills might come in useful.' Cara announces this with an embarrassed smile and an irritating tone that Alison recognises as her Special Educational Needs voice. There are rumours that Ben and Cara are sleeping together. Perhaps she uses the same voice during foreplay.

'No, that's fine. I don't mind,' Alison replies, regaining her composure. It will do no good to ask her to leave. Ben will report back anyway.

'So, the thing is, Ali, we've had a couple of complaints from the Year 9 parents.' He stops, waiting for Alison to respond. She isn't going to make it easy for him. The silence lies between them like a game of dare. Ben blinks first.

'One of them thinks you have it in for their child,' Alison holds his gaze. 'On their most recent test, you wrote, Your attendance is so bad I'm surprised you got any right.' In the corner of her eye, Alison thinks she sees a slight smile on Cara's face.

'And another complained that you had moved her daughter away from her friend and made her sit at the front of the class, even though she has anxiety about sitting with people behind her. Apparently, her mother mentioned this disability to you at a Parents' Evening?' Ben looks up from his notes and raises his eyebrows at her quizzically.

'Is any of this true?'

'Yes,' Alison replies.

'And?' Ben prompts, willing her to respond.

'And I'm interested to know what you said to these parents about the poor attendance records and bad behaviour of their children. Perhaps, Cara, you could write that down as a note. Now, if you've finished Ben, I need to prepare for my first class.' Alison leaves the room with as much righteous indignation as she can manage.

The rest of the day is tolerable. In some classes, she can even see why she took up teaching in the first place. Not that there was ever an option. Back then, even from grammar school, few of her peers went on to university. For them, the pinnacle was teaching or nursing, and, as she hated the sight of blood, teaching it was.

Back in the wounded car on her drive home, she practices her lies. Tom, who never remarks if she changes her hair or wears a new dress, will notice the car immediately. She decides to keep the lie close to the truth. Her car had been scratched in the supermarket car park. She only popped in for a moment, but when she came out, the car was damaged and the space next to her was empty. She asked about CCTV, but unfortunately, it wasn't working. A cost-cutting exercise, apparently.

It is only when she turns into her drive that she realises the lack of shopping to back up her story. Cursing, she returns to the scene of the crime and buys milk, bread, and a bottle of Malbec. After the day she's had, she doubts one bottle will be enough. By the time Tom gets back from work, she's got her story straight.

'Hi, love!' he shouts from the doorway. She hears him placing the keys carefully in the bowl by the front door. She counts to five. 'What's happened to the car?'

Even in the twilight, he's noticed. She'd hoped to have time to drop the incident into the conversation tonight. Tell the story the way she'd rehearsed it. Now she'll be interrogated.

'A bit of a situation in Tesco's car park,' she shouts from the bedroom, 'Someone pranged me whilst I was shopping. Give me a minute, I'm just getting changed.'

She looks in the mirror and inspects herself. She's been lucky to inherit her mother's good skin. At sixty-three, she could still pass for mid-fifties if you ignored the grey. Her hair is thick and unruly; her six-weekly cut and colour a vain attempt to take back control. She decides to have a shower to buy herself a little more time. She turns the shower to the hottest setting, enjoying the way the heat floods through her, obliterating the detritus of her day. She works the shampoo roughly into her scalp, watching the suds as they form a snake between her breasts that slithers to her thigh, before dropping to the floor and gathering greedily at the plug hole. Two more years, maybe sooner, and she can retire. Everyone says she will miss teaching, but she knows she won't. The problem will be filling her time. When they were younger, she and Tom had talked about travelling the world in a campervan. These days, they avoid talking at all, unless it is to agree whose turn it is to take the bins out.

In the distance, she can hear a phone ringing. She turns off the shower, pulls on a towelling dressing gown, and wraps her hair in a turban. Throwing on her PJs and a fleece, she makes her way downstairs and goes into the kitchen to prepare dinner. In the front room, she can hear Tom on the phone, picking his words carefully. Had he said "sir"? That was very unlike him. She pours a large glass of Malbec and presses the garlic, enjoying the sensation of the creamy white paste emerging through the holes of the press. A few moments later, Tom walks into the kitchen.

'Who was that on the phone?' she asks, stirring a tin of tomatoes into the pan.

‘The police,’ Tom replies, reaching for the bottle. ‘Apparently, somebody witnessed the accident in the car park and reported your registration number.’

Alison stares at him, unsure of what to do. Her story is disintegrating in front of her like the paper-thin garlic skins she’s crinkled into the caddy. Calmly, she places the knife down on the chopping board, picks up her wine and goes into the downstairs toilet, locking the door behind her.

‘What are you doing, Alison? I thought you said someone hit you. I don’t understand.’

‘I can’t talk right now. I need to think,’ she manages, a wave of nausea rising in her throat. She swallows hard and breathes slowly.

‘Think? What’s there to think about? You hit another car and then left the scene of the crime. The police know it was you. You can’t just lock yourself in and hope it goes away.’

There is something about his voice that reminds Alison of Basil Fawlty. She wonders if he’ll start bashing his head against the wall in a minute. She giggles nervously.

‘It’s no laughing matter. You need to phone the other driver tonight and apologise. You need to pay for the damage …’

Tom’s voice continues to drone on in the background. Alison kneels on the floor and puts her head backwards against the cool tiles. It occurs to her that she’s never seen the downstairs toilet from this angle; there is dust accumulating around the U-bend.

After what seems like ages, Tom stops trying to talk her out. She hears muffled conversations on the phone. She would like to open the door and pour another glass of wine, but she is paralysed by the fear that if she opens it an inch, her problems will flood in and drown her. It takes her back to a different room in a different house. If she hadn't opened the door, it wouldn't have happened. If she didn't open the door, she wouldn't hear her parents crying as they clung to each other like stranded children. She doesn't want to go back to that moment, so she keeps the door firmly locked.

She must have fallen asleep, as the next thing she knows, she is shivering, and her back is aching. Outside the narrow window, it is pitch black. Unlocking the door, she tiptoes silently into the kitchen. A plate is on the worktop, covered by a saucepan lid, and Tom has left a note.

> I've spoken to the car owner, and they've agreed we can pay for the repair. The police won't get involved. I don't know what's happened to you – you used to be so responsible. Please eat something and come to bed.

Scraping the food into the bin, she strokes the cat who threads through her legs, surprised at the late-night company. Upstairs, she closes the door to her and Tom's room and gets under the covers in the spare bed. Perhaps things will be better in the morning.

Alison

Alison isn't sure if it's the cat making biscuits on the duvet that wakes her or the early morning light flooding through the edges of the blinds. She looks blearily at where the alarm should be before realising she is in the spare room. She stretches her legs to their full extent, enjoying the thrill of the cold linen and the joy of having the whole bed to herself. The cat, excited by the movement under the duvet, leaps kitten-like at her toes only to misjudge the slope of the mattress and slide to the floor. Unphased, it disappears through the slither of the open door as if that had been its original intention. If only we could all disguise our mistakes as easily, thinks Alison as she gets out of bed and follows the cat downstairs.

Opening a tin of sardines, she gags momentarily at the smell, makes herself a coffee and goes into the garden. When they bought the house, she worried that the garden would be too small. Charlie was a boisterous four-year-old, and she was three months pregnant with Hugo. "Children need space and fresh air," she argued, but they had gone ahead anyway, persuaded by the good local schools and the boys having their own rooms. They managed, of course. The boys were always out – either at the park or at friends with bigger homes and larger gardens, and the little south-facing garden had become her sanctuary.

The morning is so still. Alison loves sitting quietly like this and watching the sun come up, the red glow promising another warm day. With retirement looming, Tom is keen to sell up and move closer to the boys. When she hears him enthusiastically telling friends about the idea, she thinks she must have missed something. He speaks as if they have been discussing it for years.

"We'll be on hand to help with the grandchildren. We will release so much equity from the house. It's always been our dream to move to the West Country."

It has never been her dream. When Charlie decided to stay in Bristol after university, and later when Hugo fell for a girl whose family lived in Bath, she breathed a huge sigh of relief. She'd done her bit. She'd got them to a point where they were fully functioning adults with their own lives. She could stop washing laundry-loads of gym kit and stop coming home to find that the dinner she was looking forward to had been demolished as a snack by her teenage sons. She could turn her phone off at night and not lie awake worrying that they'd been involved in some terrible accident before hearing the key in the door as they arrived home drunk at three in the morning. Since they left, she's felt able to breathe for the first time in years. She's started to reclaim her life and taken tentative steps towards new friendships. That Tom feels so differently is an anathema. It's as if they've morphed into two different people. Alison, having put her life on hold, now wants to reclaim her past identity and make plans for the future. Tom, who had no interest in the boys as they grew up, now seems delighted by the prospect of sitting in front of Bluey with the grandchildren for the next thirty years.

As if she's conjured him with her thoughts, she hears Tom before she sees him. He is skulking around the kitchen. Opening the fridge, finding the porridge at the back of the larder. It is thrilling to observe him going about his daily routine without him knowing that she is there. He yawns and scratches just below the line of his pyjama bottoms, where he has started to develop a paunch. He lazily ruffles his messy hair. Still good-looking, she thinks. Still glimpses of the boy-man she'd met in the student union. Her first boyfriend. Her first and only lover. He looks up then, surprised by the cat mewing at the door. He seems disconcerted to see them both outside. Alison stands, stretches, and walks back into the kitchen.

'Hi, love,' she starts apologetically. 'Sorry about last night. I thought it would disturb you less if I slept in the spare room.'

He takes the milk from the fridge and walks the long way around the island to avoid her.

'Are we OK?' she tries.

'Not really,' he grunts.

'I don't know why I didn't tell you about the car,' she says, trying to remain calm. They both need to get to work, and the last thing she wants is for this to blow up into a huge row. 'I didn't think I had done any damage to the other car. I was embarrassed, I suppose …I don't know why I drove off.'

'But you did.' Tom looks at her with such disdain that she wants to punch him.

'It's just so unlike you, Ali, although, to be honest, this last year you have seemed a bit off. Even the boys have mentioned it.'

She can feel the anger rising. How dare they discuss her behind her back? She stifles the urge to scream and instead turns away, digging her nails into her palms.

'I suppose I've found it hard since Mum died. Sorting out her house. It's brought a lot of stuff to the surface.'

'I know love,' his voice softens. 'But it wasn't as if it was unexpected. She had a good innings.'

How she hates that phrase. And the idea that there was some generally accepted formula for grief. It was true that she'd been lucky to have her mum in her life for so long, but her death had hit Alison hard. Her mum was the first person she turned to whenever there was a problem, her anchor. Without her, she could be buffeted by every setback she encountered.

'I suppose you're right,' she concedes, knowing that agreeing with Tom is the fastest way to defuse the tension that still hangs in the air from last night.

'Listen, give me a chance to shower, and I'll drop you at school if you like.,' Tom rallies. 'I'll ask the garage to look at your car at lunchtime. The sooner we sort this mess out, the better. We don't want the neighbours speculating about your driving ability!' Tom squeezes her arm to show she is forgiven. The pressure is light, but as he bounds upstairs, she glances at the imprint his fingers have left on her skin and shudders.

The metal railings that imprison the school loom into view as they turn the corner. Teenagers hover in front of the angry **Kill your speed not a child** sign. Girls with their skirts rolled up lean against the wall, surveying their mobile phones. Boys stand nearby with their pimples and untucked shirts, nonchalantly hiding cigarettes behind their backs. She notices Sean, the boy with a poor attendance record, who has probably been hanging around for a couple of hours already. When the school bell rings, he will be off down the park with his mates, using lunch money to buy weed. When she was young, they were called latch-key kids; nowadays, it is just the way some children live. They have an existence their parents neither know nor care about, until you mention it at parents' evening, at which point the full weight of their fury is directed at you, like lionesses defending their cubs, only with foul language and poor grammar.

'Will you be OK getting a lift home tonight?' Tom asks, his new electric car noiselessly slowing to a stop just before the double yellows.

'I'll see if anyone is going my way,' she answers. 'Or I could always get the bus.'

Most of the younger staff head to the pub after school on Friday. She wonders how they'll feel if she turns up and cramps their style.

'OK then, love.' Tom pats her knee, a gesture designed to hurry her out of the car before the idiot behind hoots at them. Alison climbs out obediently, wondering when Tom turned into the sort of person who pats her on the knee. As she straightens her skirt, she catches Sean's eye. He blows a ring of smoke out of his mouth. If she cared more, she would confiscate his cigarettes. As she walks into the staff room, a hand taps her shoulder, interrupting her thoughts.

'Are you OK to do playground duty with me at lunchtime? Colin's got a meeting about the ski trip,' Cara asks.

'Isn't there anybody else?' Alison hates patrolling the playground. It's a thankless task intended to protect the Year 7s from bullying, but really focused on confiscating the cigarettes, weed and phones of middle-class children who think they are gangsters.

'Nobody else offered. I thought we could have a chat. You seemed a bit upset yesterday.'

So that's what it's all about. Her head of department wants the lowdown on her state of mind.

'I'm fine. But I'll do today if someone does mine next week.'

'I'm sure Colin won't mind swapping. See you at twelve,' Cara says sweetly.

The rest of the morning is spent trying to teach Year 9 about cell biology. It's a thankless task, with most of the class picking their fingernails or whispering to friends. The girl whose parents complained about their daughter sitting at the front of class was doing the latter.

'Maddison, as you clearly know more about the permeability of cell membranes than I do, perhaps you would like to come to the front and give the lesson.'

'I'd rather not, Miss. And my mum says one more complaint, and they're going to get rid of you anyway,' the girl answers sneeringly.

Alison feels her neck getting warm. She clenches her fist into a tight ball and breathes deeply. She will not let these little shits rattle her.

'Well, until they do, I'm responsible for giving detentions – and Maddison, I will expect the pleasure of your company at lunchtime on Monday.'

The class laughs, and Maddison looks deflated. It is a small victory, and Alison expects it to lead to yet another complaint, but, for now, she has regained control, and that is all that matters.

When the bell rings, Alison breathes a sigh of relief and makes her way to the staff room to meet Cara. Like the school, the outside space has changed over the years, and most of the area is now tarmacked. The lines for football, netball and basketball are painted over each other, competing with each other like a monochrome Mondrian. The playing fields were reduced in the nineteen-eighties when the sports hall was built, and the car park expanded when the school started to admit sixth formers. Nowadays, the students can afford better cars than the teachers.

'So, how are you?' Cara asks. She reminds Alison of the snake in The Jungle Book, trying to hypnotise her with concern.

'Yes, I'm OK. Sorry about yesterday – I was probably a bit dismissive.' Alison is navigating a fine line between apologising and telling Cara it is none of her business.

'No, not at all. Some of these parents make complaints at the drop of a hat. It's hard to know what to do.'

Not that hard, thinks Alison, you just back your teaching staff.

‘It’s just when you walked off … Ben, I mean Mr Stevens, didn’t know what to write down on his report.’

They walk past the shed where the caretaker keeps the lawnmower and the cones he uses to block off the headmaster's parking space. As Alison turns to look at Cara, she catches a movement in the corner of her eye.

‘Did you see that?’ she asks.

‘Not really. It’s probably just Year 7’s going to get their football.’ Cara replies, looking around nervously. Generally, the advice was to ignore anything unless you have evidence that it is illegal or likely to bring the school into disrepute.

‘I think we should check,’ Alison offers, ignoring Cara’s reluctance, and striding towards the portacabin.

As she turns the corner, she sees a group pushed up against the railings. One of them is Sean, the boy from this morning. They haven’t seen her, but as Alison gets closer, she notices that the two boys are pinning a girl against the fence. The girl is struggling, pushing the boys away. One of the boys has a hand on her breast. The next thing, a high-pitched howl, pierces the dull lunchtime air. It startles a parliament of magpies gathered menacingly on the nearby pylon, and they swoop down, their iridescent plumage cutting through the sky. Immediately, Sean jumps away from the girl, and they all turn and stare. Everything stops. Moments pass, a frozen tableau, like a game of grandmother's footsteps. Alison is pinned to the spot, her hands clasped to her ears like headphones. Then Cara runs past, followed by the caretaker and a group of sixth formers. The sudden rush breaks the seal, releasing Alison and creating a maelstrom of activity around her.

She is aware of an arm around her shoulder, of Cara hurrying the students back towards the school. There is a hum of embarrassment mixed with a trickle of excitement as the children imagine passing on this titbit of gossip to their friends. "*Yeah, she proper lost it - like something from a horror movie.*"

She can see Cara filling Ben in and Ben shaking his head. Someone leads her gently but firmly back into the building and towards the staff room. She is offered a glass of water and then a cup of sugary tea. She can't remember anyone at school making her a cup of anything before, and her eyes prick with tears.

'You had us worried there, Alison,' the school matron has been called and is sitting beside her, plumped up by the importance of her role. 'Are you all right. You really frightened the pupils.' The words that are supposed to be comforting sound tight and accusatory.

'I thought Sean Biggs was assaulting the girl. I felt I needed to intervene,' Alison stumbles. 'The other boys were holding her. It seemed… inappropriate,' she manages, grasping for the right terminology.

'I think you were mistaken.' The headmaster slowly shakes his head, reminding Alison of a tortoise. 'I've spoken to them, and they were just mucking around. Tiffany had taken the boys' cigarettes, and Sean was retrieving them from her shirt pocket.'

'It didn't look like that to me,' Alison manages. There's a stillness in the room.

'Would you like us to call your husband. It looks like you've had a bit of a shock.'

Alison glances up from her mug at the circle of eyes trained on her. She can see fear there. Her temporary madness has scared them, or they are frightened by the potential of reputational damage to the school. She instantly understands that they want her gone, and that gives her back some power, some control.

'No, don't call him. I'm feeling much better now.' She smiles reassuringly.

'I insist,' the headmaster intones with greater force, his neck protruding from its shell. 'We have a duty of care.' He looks to the others, inviting support. 'It's Friday afternoon, why don't you take the afternoon off and recover over the weekend. I'm sure Ben won't mind covering your class.'

She sees a flicker of annoyance pass over her head of department's face before a false smile meets his lips.

'Of course not,' he manages.

'Perhaps I could drive you home,' offers Cara. 'I'm free next period.'

Before Alison can say anything, it's all been agreed, as if she is incapable of making her own decisions.

'Thanks, Cara, but I'm happy to take the bus.'

But Cara has already collected her handbag from the floor and has her keys in hand.

'I insist,' she implores. 'You gave me quite a scare.'

The drive home reminds Alison of the times her mother collected her from school when period pains, or the prospect of double games, deposited her in the sick bay. She'd be cocooned on the little bed, a bowl next to her on the floor, a hot water bottle on her tummy, and a glass of water by her side. The muted tones of her mother speaking to the matron would drift through the door, and then they would walk to her mum's 2CV. Her mum would ruffle her hair and say something like, "No wonder they call it the curse." At home, she'd make Alison some chicken soup.

'How are you feeling now?' Cara's too-bright voice cuts through the memory.

'Yes, OK. I'm sorry about earlier. I don't know what got into me. I was sure something wasn't right …,' her voice trails off.

'He's a right toe rag that Sean,' Cara adds. 'If he wasn't up to anything, then I'm sure he would have been if we'd given him a few more minutes.'

Alison wonders why Cara hadn't said something earlier. She can't understand how people can change their story depending on who they are talking to. It isn't in Alison's nature.

This burst of discussion is followed by silence. Alison looks out of the window at everyday life carrying on regardless. People are popping into the charity shops that inundate the high street, and a bus is collecting a meagre haul of customers from outside the supermarket.

Everything seems so ordinary, and yet Alison can see disaster at every turn. The mother with the pram stepping onto the zebra crossing and a speeding van crashing into them, the baby thrown into the air and somersaulting in slow motion before landing bang, on the bonnet. The cyclist hitting a pothole and being catapulted in front of the bus, a line of blood emerging from his helmet, dribbling past his lifeless eyes. The youth in the hoodie pulling a knife out and going on a killing spree, randomly targeting elderly shoppers who are unable to get out of his way. She grips the car seat tightly and closes her eyes. She has had these intrusive thoughts before, after Charlie was born and when her dad died, but in the past year, they have intensified. Some days it's hard to know what is real. She hasn't told Tom. He'd try to reassure her that it's all in her head, but that's what worries her. And he'd put it down to grief or stress. He needs there to be a rational explanation, because otherwise it's just madness. And what can anyone do about that? So instead, she hugs it close. Hello darkness, my old friend. Hoping that one day she will wake up and find it gone.

'… can you believe that he said that to her - even as a joke?'

Cara is waiting for some sort of response. She has been talking nonstop, seemingly unaware of the potential horrors around every corner, or that Alison's eyes are tightly closed.

'Sorry, I was miles away,' Alison offers lamely.

'Don't mind me. Ben says I could talk for Britain. How are you feeling? Any better?'

'Not really. I'm sure I'll be fine after a good night's sleep.'

'Has it happened before? I had a friend who used to have panic attacks all the time. Do you think that's what it was? Apparently, they can feel like a heart attack …'

'Yes, maybe.'

'My friend, the one having the panic attacks, ended up having therapy, and it really helped. Perhaps that's something to look into?

Alison feels ambushed. Has this been part of a plan between the headmaster, her head of department and Cara? She stays silent.

'I know lots of people are a bit scared of it. But it's really just a chance to talk things through with someone who isn't going to judge you and who wants the best for you.'

Alison says nothing. She isn't scared of therapy; she just thinks it's something that people who wear sandals and believe in crystals are into. It isn't for her.

'It's right here, and then you take the second left,' Alison says, hoping to distract her. 'It's very kind of you to drive me home. I do feel a bit better; it's all been a bit of an overreaction.'

'But will you at least consider seeing somebody?' Cara probes as she pulls up outside Alison's house.

'I'll think about it.' Alison knows she needs to make some concessions, or Cara will never let it go. She has no intention of seeing anybody. She wonders if Cara is angling for a coffee. All Alison wants is to get through her door and shut everything out. She says a brief thank you and rushes up the path, front door key in hand, before Cara can add anything more. She raises one hand, but the car is already accelerating away. Closing the front door, she finally feels safe.

Alison

She can hear the annoying jingle of her mobile, ringing downstairs. Alison is sure that in the old days, you never phoned anyone before eleven, now people compete to ring you earlier and earlier. She is happy to let it ring out and get half an hour more me-time before the glare and clamour of the day claims her.

'It's for you,' Tom shouts up the stairs. She can hear him mumbling grumpily to himself as he walks up the stairs. 'The estate agent,' he mouths before thrusting the phone at her.

'Hello, is that Mrs McKenzie?' The nasal tones of the estate agent enquire.

'Yes, speaking,' she answers frostily.

The estate agent begins his usual attempt at small talk.

'Was it something important?' she interrupts.

'I just wanted to check when your mother's house might be empty. The buyers want to bring their architect over on Monday.'

'We're going round this weekend,' Alison answers, wondering what on earth the new buyers are going to do to the three-bedroom ex-Council house that had been her childhood home. 'I'll drop the keys in on Sunday afternoon.' She ends the call quickly before her irritation takes over.

She had procrastinated about clearing the house when her mother died. Her parents had lived all their lives in her childhood home, so it was full of memories that she didn't feel ready to move on from. Her parents had talked about downsizing to a bungalow at the coast but always found reasons not to. After her mother retired and they'd run out of excuses, her father was diagnosed with cancer. He was a lovely man, but like many of his generation, he avoided going to the doctor and seemed happier burying his head in the sand than getting the early diagnosis that might have saved him. Three years later, her mother found herself a widow and any plans for long walks and sea air were swept aside. Instead, she got a dog, joined the Women's Institute, and started volunteering at the charity shop in town. Throughout her long and happy marriage, she devoted herself to Alison's father, keeping the house spotless and having dinner on the table at six-thirty every night. But after he died, she became this outgoing, independent woman who took holidays on her own and single-handedly redecorated the house. This metamorphosis coincided with Alison returning to work and juggling housework, childcare, after-school clubs, parents' evenings, and mountains of marking. She couldn't have managed without her mum. Whenever one of the boys was poorly, her mum would rearrange her shift at Marie Curie and rush to the rescue. The boys called her Granny Poppins because, whatever the emergency, she was always happy to pop in. She'd read

Swallows and Amazons or do jigsaws with them. In the school holidays, she would take them swimming or make dens in the park. Sometimes, Alison looked at her and could hardly recognise the traditional, conservative mother who had brought her up; the transformation was so great. And the depression that had mired her mum's twenties and thirties had subsided with age.

Over the next twenty years, her mum was always there for her. She'd seen her through three job changes, stood in the pouring rain watching Charlie play football, sat with her in A&E when Hugo broke his wrist and talked her down from leaving Tom when he forgot her birthday one year. She'd been her rock, her sounding board, her anchor, and Alison felt bereft without her.

Her phone pings. **Be with you in 30 mins**

Charlie and Hugo are coming to help clear out the last few items. No one wants the pine furniture that was the in-thing in the 1980s. The boys claim they don't have the space, and there was no interest when she tried to give it away on Facebook. She will set them to work on the furniture that needs to go to the dump, and she will finally tackle her mum's clothes. It's the hardest part. They still carry her mum's unique perfume and trigger such clear memories that Alison feels overwhelmed by sadness every time she opens the wardrobe door. She messages back and finally gets out of bed.

The drive to her mum's house takes about half an hour. She's taken the back roads and assumes that Tom and the boys have chosen the M25 because there is no sign of them when she pulls up outside. She doesn't want to go in alone, fearing the ghosts of her past and the trauma of recent memories. The last time she went to see her mum, she sensed something was wrong as soon as she got out of the car. The shape of her mother's head wasn't visible through the window, and there was no friendly response when she turned her key in the front door. She can still remember the panic that took hold, the rising feeling of nausea. Her mother was lying on the kitchen floor by the patio doors. Alison rang 999 on her mobile phone and then went into shock. She couldn't tell if her mother was still breathing. She didn't know if she could feel a pulse; her own heartbeat was reverberating so loudly. The paramedics were kind. They put her mother gently onto the trolley, tucking the blankets around her for her final sleep. One of them took Alison's phone and rang Tom. They made her a cup of tea and only took her mother away after Tom had arrived. It had been a massive stroke. She would have felt nothing at all. A blessing, everyone said.

Alison glances into the mirror and sees Tom's car pulling onto the driveway.

'We thought you'd have put the kettle on,' Charlie says in greeting.

'Unless the kettle's already been packed,' Hugo adds.

'Don't worry. I can make you a cup of coffee.' Alison smiles. Her boys are always either hungry or thirsty. She's brought sandwiches for lunch, keen not to lose them to the local pub before all the work is done. Hugo takes the keys from her and piles into the house, laughing and joking with his brother. Tom follows with suitcases and boxes in hand. The house feels hollow and echoey.

‘If you take the bookcase to the dump, I’ll start in the bedroom,’ she shouts, walking up the stairs. ‘We can have a coffee when you get back.’

Despite her reservations, once she gets over the hurdle of opening the wardrobe, she makes quick work of sorting the clothes into piles. The vast majority will go to the charity shop, a few she will keep for herself, and the rest will be thrown into a bin liner for the boys to take to the dump. She stands on a chair to reach the far corners of the higher shelf. There are some old shoe boxes where her mother kept seasonal shoes, and one with masking tape around it that says Alison’s Mementoes in her mother’s familiar loopy handwriting. She brings it down and sits on the floor, her back against the wall. Blowing the dust from the top, she carefully peels away the old masking tape. It must have been up there since she left home – a time capsule of childhood memories. The box is lined with fading tissue paper. There is a gonk with purple hair, a Blue Peter badge and a postcard signed by Valerie Singleton, congratulating her on collecting so many stamps for their appeal. Wrapped separately are a collection of Brownie and Guide badges, which her mother must have removed, painstakingly unpicking them when her dress got too small. There's a tiny velvet sack full of all her baby teeth, and, resting at the bottom of the box, is a diary. As a child, she wrote a diary every year. It was a regular in her Christmas stocking where she religiously recorded the trivia of her life - what had happened at school, what she’d watched on telly and eaten for tea. She usually threw them out the following year, so it was strange that her mother had kept this one. The first page stated in neat childish handwriting: This diary belongs to **Alison Nicola Walker** and the date, **1971**. She randomly flicks through some of the entries.

Tuesday 5th January

Woke early. Felt a bit sick, but Mum said I had to go to school. Nina said hello. Not sure if she likes me again. Had maths and English. School dinner was DISGUSTING. Dad home late. He's worried about work. Watched Animal Magic and Magpie. V Good.

Saturday 23rd January.

Woke late with a headache. Ended up going to Saturday Morning Cinema. Nina was there with three other girls, even though she said she wasn't going. Arsenal drew 1-1 with Portsmouth in the FA Cup. Dad was happy. We had fish and chips for tea.

Monday 8th February

School was OK. Nina let me sit with her at lunchtime. I gave her my pudding because I didn't like it. She asked me over to play, but I have Brownies tonight. Nina said Brownies is babyish. Went to Brownies and then home to bed.

Thursday 11th February

Had games. I've been asked to play in the netball tournament next week. Went to Nina's house after school. They have a colour television. Played in Nina's room. She showed me how to do a Chinese burn. It really hurt. Went home and straight to bed.

Wednesday 17th February

Woke early and packed my games kit. Left school at 2.30pm in the minibus. The girls all sang funny songs that I didn't know. I played in two games and was a reserve in one. We came second overall. Sally wanted to sit next to me on the way back, but Nina said it was her seat and made Sally sit on her own at the front.

Alison feels uneasy reading the diary entries as if she is a Peeping Tom, intruding on another's life. However hard she tries, she can't recall the events. And the name Nina means nothing to her. Was it odd that she couldn't remember anyone from primary school, or did more recent memories and friendships push others out of the way? She can hear the boys downstairs in the hall laughing. She pops the diary into her pocket and goes to meet them.

'Anyone for sandwiches?' she asks, her voice sounding unnaturally light.

'Hi Mum,' Charlie turns as if he'd forgotten she was in the house. 'Lunch would be great – we're starving.'

Over the tuna and sweetcorn sandwiches, they swap stories about their morning adventures.

'I can't believe how officious they've become at the dump,' Hugo starts.

'I think you mean the Recycling and Reuse Centre,' corrects Charlie.

'I even had to produce my driving license,' adds Tom.

They are so alike, the three men in her life. Alison wonders what it would have been like to have daughters. Would she have felt more connected, more comfortable around them? She loves her boys, but they are like aliens to her with their love of rugby and computers. She wonders how their girlfriends cope.

‘How much longer do you think we’ll need here?’ Tom asks. She can see Charlie checking his watch and calculating how long it will take to get back to Bristol.

‘Maybe a couple more hours. We just need to hoover and dust the place. I thought you were staying over tonight. I hoped we could go out for a meal…’ Her voice trails off, leaving the emotional blackmail hanging in the air between them. Hugo and Charlie look at each other awkwardly.

‘It’s fine. Don’t worry if you have other plans.’ Her voice quavers, and she feels tears prick her eyes.

‘Of course they’ll stay.’ Tom interrupts quickly, embarrassed by her unexpected show of emotion. ‘Won’t you boys?’

Alison thinks she sees something flicker between them - an acknowledgement of an earlier discussion, perhaps.

‘I need to take these clothes to the charity shop,’ she says hastily before they change their minds. ‘If you finish up, we can go straight out for food, and you’ll still get back to Bristol tonight.’

She’s always trying to make things work for them. She always has. Hugo helps her carry the bags of clothes to the car.

‘Are you OK, Mum? Dad was saying that you’ve been a bit low recently.’

‘I’m fine. Just not enjoying work at the moment, and I miss Mum.’

‘He mentioned the car. What happened there?’

Alison slams the car boot down with more force than necessary. Honestly, wasn’t anything private anymore?

‘It was nothing, love. You know what your dad’s like. Anyway, I must get to the charity shop before they close.’

The Marie Curie is busy. She recognises one of the elderly ladies in the shop as an occasional colleague of her mums. All she really wants to do is leave the bags at the back and disappear, but the lady spots her and comes over.

‘I was so sorry to hear about your mother,’ she starts, grasping Alison’s hands. ‘Such a wonderful person. I’m so sorry for your loss.’ For the second time that day, Alison tries to hold back the tears. She hasn’t cried in years, and now she feels she’ll never stop.

‘Let me help you with those bags, and then I’ll put the kettle on,’ the lady insists.

There is nothing Alison can do but give in to the outpouring of care and compassion. It seems that absorbing her grief is a far more interesting way to spend the afternoon than sorting through bags or haggling over the price of an already ridiculously cheap cardigan. She is a curiosity, and the volunteers fuss around her like a chick abandoned by her mother. When she finally escapes, she’s managed to get a parking ticket for her troubles. She snatches it angrily from under the windscreen wiper, glancing around guiltily. She would feel picked on and paranoid, but the red Corsa behind her has got one too. It's her own stupid fault. She intends to return to the house and help them finish off, but instead, she drives to the local park and sits in the café. It’s the same building where she had ballet lessons, all those years ago. It fell into disrepair and then closed in the nineties, when a local association saved it from demolition, and now it is thriving – the café full of yummy mummies and children with pretentious names. Her mother had attended local history meetings in the community space above. She even suggested it to Alison for her wedding reception. It has a nice view of the park and the lake beyond.

Alison orders herself a latte and finds a seat in the corner where she is less likely to be knocked into by an Aloysius or Hermione. She pulls out her diary and continues reading. The entries follow a familiar pattern. School days, the transition from Brownies to Guides, and a growing obsession with whether she is Nina's best friend. It reads like a tug of love between spending time with her parents and fitting in with her peers. Throughout the Easter holidays, she appears to be with Nina most days. The details become vaguer. One day, she is made to visit Hampton Court with her mother. Even the maze hasn't interested her. The next day, she is back with Nina at The Dingles, with boys from the local estate. There are references to hanging around outside Woolworths, bags of Bazooka Joes and Baby Doll makeup. Had they been shoplifting? She finds it hard to reconcile this version with the innocent child she was only a few months earlier. And she has no recollection of either. It's as if there's a black hole in her memory that is sucking everything out of reach.

She flicks ahead, keen to see how this story ends, but the pages at the back are blank. All the entries end on the 15th of May. She retraces her steps, speed-reading through April, and then carefully studies the days leading up to the 15th for clues.

Monday 10th May

School was boring. N away again. Sat next to Sally – she is so lame. N met me at the gates. She's been playing truant – not ill at all! Went to The Dingles and met J+D. Home late. Dad cross.

Tuesday 11th May

Woke up and told Mum I felt sick. She had to go shopping, so she left me on my own. N came over, and we did our makeup. N nearly got caught when Mum came back! She went out of the bedroom window. N said I'm her best friend now.

Wednesday 12th May

Mum and Dad got called in to see the headmaster. They are worried about me, even though I've passed the 11+. N didn't pass, which means we will go to different schools. Mum says it's a good thing because she's a bad influence.

Thursday 13th May

After school, we went to the shops and met J+D. They offered me a ciggie, but I said no. N had one and started coughing. V funny. I think J fancies me. N says D is her boyfriend.

Friday 14th May

N says we are on for tomorrow. She's babysitting her sister, but she can stay in the park while we meet J + D. We can go to her house after because her parents won't be back until later.

Alison imagines the shame her mother would have felt being called in to see the headmaster. These days, a little truancy and shoplifting would hardly raise an eyebrow, but people had a respect for authority then. She can't believe she put her parents through that. Whatever had got into her? It embarrasses her that she's been so easily led, so desperate for attention from this girl. She thinks of the kids at her school now and how irritated she feels when the clever ones pretend to be thick to fit in. Was that what she was doing – pretending to be the sort of child who wore makeup and went shoplifting? And why can't she remember a thing about it?

'Is this seat taken?' A petite woman with a shock of auburn hair held back by a fuchsia pink scarf is standing beside her, holding a cup of coffee in one hand and a slice of cake in the other.

'Yes, I mean no. It's free,' Alison manages, laughing slightly, embarrassed by her mix-up.

'It's so full in here today,' the woman continues, repositioning the chair so she isn't sitting directly next to Alison. She gets her phone out of her bag and starts scrolling. Alison is aware of the odd ping from a message. She feels ambushed as if she now needs to drink up and vacate the table.

'Are you local?' the woman enquires of Alison, looking up from her phone.

'Not really. Not anymore. I used to come here for ballet lessons.' She isn't sure why she's provided such a personal memory. It must be to do with the diary. It has made her nostalgic.

'Snap. Well, I never did ballet, but I went to school around the corner.' She names one of the local primary schools.

'It's changed a bit,' Alison offers in return.

‘I think they call it gentrification,’ the auburn-haired woman laughs. ‘It was all fish and chips and wimpy bars in my day, now it’s red velvet cake and smashed avocado on toast.’ She waves in the direction of the handwritten menu on the blackboard.

‘What brings you here today?’ the woman asks, taking a bite of her cake.

'I was dropping off my mother’s clothes at the charity shop. She died a while ago, and the house has been sold …’ Alison feels a lump in her throat.

‘I’m sorry. I know how tough that is.’ She hands Alison her serviette and waits for her to compose herself. ‘If you ever want to speak to someone,’ she says hesitantly, ‘It’s just, well, I’m a counsellor. I specialise in grief… I promise I don’t usually tout for business in local cafes,’ she laughs. ‘But seriously, if you think it might help, I’d be happy to have a chat. There’s no charge for an initial consultation.’ She reaches into her handbag and pulls out a business card that she places on the table.

Alison’s phone pings with a WhatsApp from Charlie:

Are you coming back? We’re done here, and we’re starving.

She sighs theatrically and stands up, reaching for her bag. ‘That’s my boys. You wouldn’t think they were grown men.’ She raises her eyes and shakes her head in acknowledgement of the general uselessness of the opposite sex. ‘And thanks for this,’ she says, picking up the card from the table, ‘You never know when I’ll reach the end of my tether. She glances at the card. It says ***Faith Firelli, Seven Magpies Counselling.***

‘I’d be happy to help. You don’t even need to be at the end of your tether.’

‘Thanks, Faith,’ she replies, glancing at the card for confirmation.

On the way home, Alison takes a detour to pass her old primary school. It still looks much the same, with more buildings and less playing field, and a shiny board at the front stating that it is rated Outstanding by Ofsted. As she drives off along the once-familiar roads, she feels strangely vulnerable. She tries to tell herself it’s ridiculous. It is the middle of the day, the sun is shining, and the driveways she’s passing are home to off-roaders, SUVs, and the odd Tesla. Still, however hard she tries, she can’t shake the feeling that she’s being followed.

Alison. Spring 1970

Her new school uniform hangs from the top of the wardrobe, away from the cat and his claws and fur. Twice this week, Alison woke up in the night, convinced that the bodiless clothes were inhabited by the Autons. Daddy has only just let her watch Dr Who, and she can't admit how scared she is in case he changes his mind. A few weeks ago, she and Mummy walked down to town to buy the new clothes - a grey skirt, white blouse, tie and a green V-neck sweater with the school crest embroidered on the left-hand side. For the summer term, there is a pretty green and white gingham dress, but as Alison is joining in the spring, it is the winter uniform for now, with its unflattering grey socks and shiny black shoes that make her feet hurt.

Mummy is downstairs in the kitchen, and any second now, she will shout up to Alison and tell her to get dressed. She looks around her room and remembers the day they moved in. Her room had a fusty smell and ugly brown wallpaper, so Daddy promised to decorate it with any wallpaper she wanted. Alison isn't sure why they had to move house. She thinks it has something to do with

Mummy. At the old house, there were many days when Mummy stayed in bed all day, and Aunty Janet picked her up from school. Aunty Janet wasn't a real aunty, just a friend of her mum's. She knew the special hiding place for the spare key, and if Mum wasn't up, she would open the door and get Alison settled in the front room with a plate of toast and jam. Then, she would take a cup of tea upstairs to her mother. At night, through her bedroom wall, Alison heard her mum crying and Daddy telling her it "didn't matter" and there was "still plenty of time."

'Alison, breakfast's on the table. We can't be late on your first day.' Her mother's voice floats up the stairs, past the toilet and the bathroom. It skirts her parents' bedroom and the airing cupboard where Daddy stores the home-brew cider, before finding its way to Alison. She jumps out of bed, gathers her school uniform from the hanger, grabs pants and a vest from the chest of drawers and takes them all downstairs to get dressed in front of the electric fire in the living room.

Alison's house is one of about fifty in a close. A close is a road that twists round at the top and goes back down to the bottom in a sort of horseshoe shape. Her house is at the top of the horseshoe, by an alleyway that leads down to another road. There are metal bars that stop bikes from being able to cycle through. Last night, when she looked out of her bedroom window, Alison saw a girl doing somersaults on those bars. Her new school is at the bottom of the road, and Alison will be able to walk there on her own in the future, but today, because it's her first day, Mummy is taking her.

Have you got everything?' her mum asks as she shuts the door behind them. In front, the girl from last night is walking with a friend. They look older than Alison. They both look at her and then turn away, laughing. She carefully wriggles her hand free from Mum's.

'How are you feeling, darling?'

Alison can see her mother looking towards the bigger girls, and she worries that she might call out to them. She doesn't, but she doesn't re-take Alison's hand either.

'I'm all right,' Alison replies because she knows it's what her mother wants to hear.

'First days are always a bit frightening. But once you know how everything works and where the classroom and the playground are, you'll be fine. I'm sure you'll make lots of friends soon.'

Alison isn't so sure. It took her ages at her last school. She can still remember the lunchtimes spent hovering next to the girls with their skipping ropes, desperate to be asked to join in.

At the school gates, they walk straight through, passing all the other children and the mums with the pushchairs. Alison feels thousands of eyes upon her. She is the new girl, and, for a moment, she is the centre of attention. She wishes she could run home, climb back into bed, pull the blanket over her head and take off these too-bright, too-tight shoes.

'Hello, you must be Alison.' A lady with curly hair and a welcoming smile greets them outside the headmaster's office. 'If you want to wait here, I'll take you along to meet your teacher once registration is over. You're welcome to go now, Mrs Walker. Alison will be fine with me.'

Her mother kisses her forehead and adjusts her tie, although Alison is sure it's already straight. 'Bye, darling. Have a nice day. I'll see you later. Remember to wait by the tree if I'm not there.' She kisses her again, and Alison spots tears in her mum's eyes. After a few minutes, the headmaster's door opens and a tall, kind-looking man appears.

'Welcome, Alison,' he says, stooping slightly and looking at her over the top of his glasses, 'I hope you will be happy here. I hear good things about you from your old school.'

Alison isn't sure if she is meant to say anything, so she smiles.

'Now, Mrs Lavender will take you to meet your new teacher.' He turns and walks back into the office, and Alison follows the lady down the corridor, around a few turns to her new classroom. Mrs Lavender knocks on the door, and Alison feels all eyes turn towards her. There are about thirty children in the room, all sitting in rows facing the blackboard. Amongst the sea of faces, Alison is drawn to one. The girl she saw on the bars last night, showing her knickers without a care in the world, is staring straight at her. She has short dark hair and green eyes, so different to her mousy-haired classmates with their ponytails and plaits. As Alison waits, the girl marches towards her. She exudes confidence, with legs up to her waist and bumps under her jumper. Alison feels the scratchy vest tucked into her pants. The girl leads her back to the empty desk beside her. Through the drumming in her ears, Alison hears the teacher say, "Class, this is Alison. She's joining us today from another school, and I hope you will all make her feel welcome." The teacher walks over to the desk and addresses Alison directly. 'I thought you might like someone to show you where everything is. I'm sure you'll be in safe hands.' She smiles reassuringly.

As soon as the teacher turns her back, the girl stares at Alison. For a moment, Alison feels as if the girl can see right through her, like she has a superpower and can see just how scared she is. And then it's gone, and the girl is smiling a broad, goofy smile.

'Hi, I'm Nina. I'm sure we're going to be the best friends ever.'

Alison's tummy turns a somersault, and her mouth goes dry. It's how she feels when she watches Dr Who from behind the sofa. A little bit excited. A little bit scared.

Alison

Monday

Alison can sleep in for the first time in ages, but her internal alarm wakes her. When she was at teacher training college, her housemate insisted that if you banged your head on the pillow six times, you would wake up at six in the morning. That was in the days before mobile phones or the menopause. Now, she regularly wakes at four, desperate to read or get a cup of tea. With Tom sleeping beside her, she stays obediently pinned to the bed with only her thoughts for company.

Today is day one of her enforced leave. It’s been three weeks since the incident in the playground, and only a couple of weeks to the end of term. The Headmaster dressed it up in a cloud of concern for her mental health, but she knows they are determined to keep her away from parents' evening. It's much easier to tell the parents what they want to hear. Let them think their little darlings will ace their GCSEs right until the results drop on the doormat.

The meeting took place last Friday. This time, the Headmaster, her head of department and the union rep were all in attendance. Cara was outside, ready to mop up any tears or whisk Alison away if she threatened to make a scene. She didn't, of course. There had been a formal complaint. They needed time to investigate. They didn't believe the allegations, but you had to take "these things" seriously. She just let the words float around the room like moths around a candle, darting in and out of her field of vision. Towards the end, the union rep summarised where they stood, emphasising their desire to help and reinforcing the belief she was an excellent teacher who just needed a little help. They looked forward to her return in September, provided she sought professional help.

Tom stirs, and Alison looks at him fondly. He's been unexpectedly supportive, taking her away for the weekend to a spa hotel in the Cotswolds, where he listened to her rant on a long walk in the countryside. They even had sex for the first time in ages. It was familiar and comforting, like putting on your pyjamas after a long day at work. She lightly strokes his hair, and he snores and turns over. The prospect of "seeking professional help" is haunting every waking hour. Just the idea of phoning somebody, of asking for help. She's not sure she can do it. She thinks of the lady at the café with the red hair and the odd name – Faith. She seemed nice. Perhaps she was right, maybe it is grief. But if she's honest, she knows there's something more. Something dirty, dark and shameful is wrapped around her heart. It's been there for as long as she can remember, and now it's so tangled up with who she is that she can't separate the two. She shivers, and Tom turns over, placing his arms around her. He always makes her feel safe, even when he's at his most annoying and hectoring, his ordinariness is reassuring. It's what attracted her in the first place. But deep down, she's afraid she doesn't deserve him. And that's the fear. What if, after the therapy, the person she becomes doesn't deserve to be loved?

Tuesday

The coffee shop Cara chooses for lunch is a new one. Alison has lived in the area long enough to have seen a succession of cafés, milk bars and pizza places open and close within a couple of years. The Bean Counter is the latest iteration, selling the usual range of overpriced coffees and Instagram-ready salads. Alison sits uncomfortably, her eyes fixed on the door, willing Cara to arrive. She hadn't wanted to come, and she doesn't want to sit here feeling awkward and out of place amongst the thirty-something clientele with their bugaboos and kombucha. The door swings open, and Cara piles in, waving at the barista and apologising to Alison at the same time.

'I'm *so* sorry. My last class overran, and I couldn't find anywhere to park.'

'It's fine, I haven't got anywhere else to be,' Alison starts, but Cara is up already, jumping the queue to order an oat caramel latte.

'Are you enjoying your time off? It must be amazing not to have to get up early every morning. And all that daytime TV!'

‘It’s only been two days,’ Alison replies. When Cara texted, she intended to make an excuse, but the last thing she wanted was more gossip about her in the staffroom. Better to turn up and try to control the conversation. Now she’s realising exactly how difficult that is. What follows is a thirty-minute stream of consciousness, which Cara delivers with barely a pause. Her poor students, thinks Alison as she forces down a nutty quinoa salad. Finally, Cara asks a question that requires more than a nod or shake of the head.

‘So, where are you with the counselling? Have you found anyone yet?’

‘No, not yet. I’m just not sure it’s for me. I think I just let everything get on top of me last term. And perhaps I came back too soon after Mum’s funeral...’

Cara is busy scrolling through her phone, and Alison wonders if she is listening to her at all. She looks up, surprised that Alison has stopped. The scientist in Alison wonders if this is evolution or just bad manners. She’s half expecting Cara to WhatsApp her reply.

‘Sorry, Alison. I wasn’t listening properly. Mum sent me the name of a therapist my Aunty used when her husband had an affair with that slut from the office. She was lovely, apparently. Really easy to talk to. A good listener. The therapist that is, not the slut.’

‘I’d have thought that was a prerequisite,’ Alison starts, but Cara is furiously tapping into her phone. Alison hears a ping from her bag, and Cara is already on her feet. The audience is over.

‘I’ve pinged her number over to you. She’s lovely. Ring her.' In a flurry, Cara air kisses her, acknowledges a couple of women sitting at another table and rushes out the door. Alison unzips her bag and takes out her phone.

Thursday

The Estate Agent is meeting her at lunchtime to pick up the keys to her mum's house, but she needs one last look around. After today, there'll be no reason to drive up this road again or pull onto the driveway. She feels nostalgic for the girl she was. That awkward child who never really fitted in. Too clever to be popular, but never clever enough to be interesting. Perhaps if she had a sibling. She knows now why they moved house when she was little. Her poor mum. Too many miscarriages, too much hope and disappointment staining the fabric of the family home. The move had been a fresh start for her parents, an attempt to lift the depression that had hung over her mother throughout her thirties; a school that Alison could walk to on her own, and a new neighbourhood where no one knew her sadness.

The house has been cleaned, top to bottom, by a local company recommended by the estate agent. Alison wants to make sure that nothing has been overlooked. She wanders through the hollowness, checking for smears on the windows or dust trapped in crevices. The house smells different without her mother living in it. She ends up in her old bedroom and closes her eyes, searching for something – a memory that's just out of reach. Her brain skips between recollections. A week in bed with chickenpox, sustained by Lucozade; a party on her 15th birthday where a friend was sick on the carpet. So many memories, but none of the mysterious Nina who was such a big part of her childhood. She touches the orange and black wallpaper, all rainbows and flowers. It was her choice as a ten-year-old, and her parents never got around to redecorating. She wonders if the new owners have laughed about it; she can't believe they'll keep it. She closes her eyes and feels a cold draft behind her. Then something - a hand? - tightens around her wrist. There's a buzzing in her ears and then a voice whispering loudly, *If you tell anyone, anyone at all, your life won't be worth living.* She jumps backwards, forcing her eyes open, fully expecting to see an intruder beside her. Her body is on high alert, her heartbeat reverberating in her ears so loudly that she almost misses the doorbell ringing. It rings again almost immediately. She runs from the bedroom, pulling the door closed behind her and rushes down the stairs. Through the glass blocks that frame the front door, she can see the distorted image of the estate agent. She has been worrying about saying goodbye to the house, but suddenly, she can't wait to leave.

If the estate agent notices her sweaty palm, he is too professional to say so. By the time she finally pulls off the driveway, she's calmed down a little. On impulse, she turns right at the bottom of the road and then right again, past the old council estate where houses now go for over half a million, before doubling back and parking on the road that used to be connected with her own. The earlier shock has displaced something in her, and she is driven by an instinct outside her control. She stands in the alleyway with the metal bars behind her and tries to remember. The bars feel solid against her back. She closes her eyes again and tries to use her body as a divining stick. Her instincts tell her to go left, so she slowly walks past the first four houses before stopping at the fifth. Today, the house has a side extension and solar panels, where others still have garages, but there's something familiar about it. If only she could remember what.

'Hello, dear. Can I help you?'

Alison is so lost in her thoughts that she doesn't see the older lady until she's right beside her.

'Are you delivering something? I saw you on the Ring camera. My daughter says I need to be careful with people watching the house.'

'Mmm…no, sorry,' Alison answers, flustered by the sudden intrusion into her thoughts. The woman is waiting for something more.

'I think this might have been a friend's house, back in the day,' she manages. 'I used to live up the alleyway.'

'Well, we moved here in 1971, in the August, I think. Yes, it was August because we wanted our son to start at the school just down the road in September. What was your friend's name, dear?'

Alison searches her brain for the name in the diary.

'Nina, her name was Nina.'

'Oh yes, that was the name of one of the girls who lived here. I remember now, Nina and Fiona. They didn't move far, and we kept in touch for a couple of years as we kept getting post for them. It was a terrible tragedy, what happened.' The woman shakes her head reverentially.

'Did something happen to the family?' Alison prompts, feeling uneasy. The woman is holding the story close and breaking little fragments off one at a time.

‘Yes, it was terribly sad. You never know what is really going on, do you? It split the parents up for a time, I heard. And her poor sister. They seemed like such a nice family. Although one of the neighbours said he had a temper on him.’

‘Do you remember what happened to Nina?’ Alison asks a little more urgently. The woman is crestfallen that she will have to cut her story short.

‘It’s probably not my place to say. But I suppose it was such a long time ago.’ She looks around, checking that no one is within earshot. ‘The poor girl. She killed herself, didn’t she? She hanged herself from the bridge on the canal. A terrible thing. She was only fifteen. Had her whole life ahead of her…’

Something snaps, and Alison bends forward, dry retching. She can hear the woman in the background asking if she wants a glass of water, apologising for being the bearer of bad news. Alison waves her away and runs back to her car, grasping for her keys, desperate to be anywhere but here. She slams the door shut behind her and puts her head down on the steering wheel, the car spinning around her. After a while, the dizziness has abated enough that Alison can sit back and secure her seatbelt. And that’s when she hears it. Another whisper, but this time, the voice is inside her head - *It was all your fault, you know. You made me do it.*

Saturday

The coffee sits next to her on the grey mesh table. The sun streams through the little holes, creating a lattice of light on her foot. Her mobile phone is open on the WhatsApp message that Cara sent. Before he left for a day at the cricket, Tom made her a coffee and kissed the top of her head as if she were a child.

'Phone her,' he pleaded. She knows that he is worried about her. They all are. She heard him last night on the phone debating whether he should go today. When she finishes the coffee, she will phone Faith. Alison doesn't believe in fate but finding that the therapist that Cara recommended was the same lady that she had randomly met at the café, felt like more than a coincidence. And she had warmed to the woman. It must have been a sign. She practices her opening words, Hi Faith, it's Alison – we met in the café. I think maybe I have reached the end of my tether. She will keep it light and try to stop her voice from breaking.

When she can put it off no longer, she dials the number. After four rings, voicemail kicks in, and she listens to Faith's bright, empathetic tone. Of course she won't answer her work phone on a Saturday. Alison stops the call without leaving a message, relieved she can tell Tom she tried. She spent yesterday in a state of shock. Her body was going through the motions while her brain skittered around, trying to make sense of what she had heard. Why had Nina killed herself? Why didn't she know this? Had her mother known? Had she kept it from her? Alison hasn't thought about Nina once in all these years, but finding the diary has triggered something. It's opened a hatch in her brain, and now, half-remembered feelings and emotions from fifty years ago are spilling out.

A while later, the phone ringing makes her jump. She leaves it to ring, trying to compose herself.

'Hello?'

'Oh hi, this is Faith. I had a missed call from this number.'

All the carefully scripted words disappear, and Alison's mouth goes dry. She contemplates hanging up and burying her head in the sand. Perhaps she could pretend to go to therapy each week, like a shamed husband in a 1980s sitcom.

'Hello, is anyone there?' Faith prompts.

'Yes. It's me. Alison. We met in a café. I need to talk to someone.' She is shaking all over, and tears have reached her top lip. She relishes the saltiness.

'Hi Alison. I remember you. Are you OK? You sound upset.'

'Yes, no, I'm fine. I was in the garden. Sorry, I'm OK, but I think I might need to speak to someone in a professional capacity. I've been struggling with things, and I promised people I would see somebody. But I shouldn't have phoned at the weekend …' Alison knows she is rambling.

'It's OK. Saturday is my admin day. I'm happy to take calls. Why don't you give me some background? When we bumped into each other in the café, did you mention that your Mum had recently died?'

'Yes, she had. A few months ago, now. You've got a good memory. And I think I'm still struggling with that, and also some things at school. Actually, don't worry. I'm fine, really. I don't want to waste your time.'

'Honestly, you're not Alison. It takes a lot to make the first move. You've done the hardest part. Listen, it's a lovely day and I don't have anything on today. We could meet up if you like. I'll tell you what I do and how it works, and if you feel comfortable, you can tell me a bit about how you are feeling.'

'Wouldn't that be putting you out? I mean ... it's the weekend.'

'Honestly, it's fine? We could go for a walk at the Aquadrome.'

It all sounds so reasonable. A walk around a lake, not therapy on a couch. Faith sounds lovely. Perhaps everything will be OK after all.

'Well, if you really don't mind…'

'No, I really don't.' Faith's voice is calm and reassuring, 'What time works for you?'

Give me an hour, and I'll see you by the café,' Alison answers. She can feel the relief flooding through her. Perhaps Faith will help her to find some answers.

ONE FOR SORROW

Faith

Faith wakes to find the guy from last night rubbing himself against her like a dog, his breath rasping and needy. She doesn't usually let them stay over, but he fell asleep straight after, and it felt like too much effort to insist he go. She pushes him away, claiming she has to get to work, hoping he will take the hint. Instead, he swaggers into the bathroom and starts singing *Paradise City* at the top of his voice.

Her phone vibrates on the floor next to her, and she lets it go through to voicemail. It was a mistake picking someone up at the pub. And what was she thinking, bringing him back to hers? She prefers the anonymity of an online hook-up. You can be anyone you want to be online.

'Any chance of a coffee?' he shouts from the shower. He's misread the signals. He'll be asking her out on a date next. Finally, he emerges.

'There's a great café on the corner,' she says, handing him his sweatshirt.

'Would you like to …' he starts.

'Sorry, it's not really my thing.'

For a second, he looks disappointed, and then he picks up his wallet and walks out the door.

Faith looks at the last number on her phone and redials. 'Oh hi, this is Faith. I had a missed call from this number.'

Forty minutes later, and she's showered and dressed. She's chosen her clothes carefully. In the mirror by the door, she glances at her reflection. Friendly. Empathetic. Slightly Bohemian. The perfect therapist.

She deadlocks her door, hoping not to disturb her busy-body neighbour and walks down the metal steps and past the sacks of rubbish which have been bitten into and strewn across the gravel walkway. Her flat is above a launderette; the rubbish is from the Chinese takeaway two doors down. She is accustomed to the stale smell of sweet and sour sauce; some days, it even makes her hungry, but she will never get used to the rats that pull the polystyrene cups apart, scuttling under her feet as she makes her way home in the dark. There's meant to be a motion-sensitive security light at the back. It's always vandalised, so most evenings she picks her way as carefully as she can, carrying a thin plastic bag from the corner shop containing a couple of bottles of something to help her forget.

The Aquadrome is a short drive away, so she parks at the far end of the lake and walks back along the canal, perfecting her story while searching for the tone she used with Alison at the café. She is channelling a therapist she saw in her thirties. She'd cheated on her husband several times by then. During one of their more ferocious rows, he screamed, "What is wrong with you?" with his face so close to hers that his spittle landed below her eye and glistened like a tear. At the therapist's, Faith sank into the soft brown leather chair and told stories that bore little resemblance to the truth. She cried crocodile tears and recast her dull finance manager husband as a serial abuser. The therapist lapped it up and softly and gently helped her understand that there was nothing wrong with Faith and everything wrong with her controlling, misogynistic husband. Faith left him shortly afterwards and pasted the counsellor's empathy into her reinvention scrapbook.

The houses on the far side of the canal have lawns that stretch down to the water, with decking to sit and watch the sunset. She's stalked them on Rightmove and even viewed one last year, conjuring a husband who was something in the city and two boys who needed to be in the catchment area for the local private school. "We wouldn't want them to board," she'd gushed. "Why have children if you only want them home in the holidays?" She imagines herself walking barefoot on the sprinkler-green grass, her toes sinking into its plushness. It's a life she deserves. A nice man. A nice house.

She reaches the bridge and places the flowers upright by the lock. There's only her left to remember. Her father died two years ago, and her mother barely remembers she has one daughter, let alone a time when she had two.

She walks down the path that connects the canal to the Aquadrome, past the sailing club and on towards the café where they had agreed to meet. She's scanning the horizon for Alison's face and practising her greeting. She needs to appear uncertain; they've only met once. "So glad you rang. I know how hard it is to ask for help." She can see her in the distance. The face so familiar from her Facebook profile. Faith knows so much about her already, but not the part that matters most. Not for certain. She positions herself between Alison and the café. She's wearing the same scarf in her hair that she wore when they met before, hoping it will trigger some recognition.

'Hello …' Alison says haltingly. 'It's Faith, isn't it?'

'Yes, it's me,' Faith's face breaks into a broad, welcoming smile. I'm so glad you rang. I know it's hard to ask for help. Shall we walk and talk? Or would you rather grab a coffee?

A gang of screaming children are running around on the grass by the café.

'Let's walk,' Alison suggests, and they stroll in silence until they are away from the commotion.

'I can tell you a little about myself and my approach, if you'd like.' Faith says, hoping to put Alison at her ease.

'Yes, please. I'm feeling ridiculously nervous about this. You wouldn't think I stand up in front of a class of children every day.'

'Yes, but you're not telling them about your feelings, are you? At least, hopefully not!' Alison laughs, and Faith can feel Alison relax beside her.

'No, and I'm not used to talking about my feelings. I've always just got on with things. But the last few months I haven't felt like myself at all.'

'Is that since your mother died?' They turn onto a quieter path that is lined with grasses and wildflowers.

'Yes, but to be honest, things haven't been right for longer than that.'

Faith nods in acknowledgement. 'I had counselling myself when my marriage broke down, so I know how hard it can be to open up to another person. I found therapy difficult because everything felt so unstructured. I'm not the sort of person who can just talk about how I feel and find the answers for myself. After trying a few different therapists and feeling like I was getting nowhere, I started to use a diary to record my life stories, and that's when I had the breakthrough. I thought, if this approach can help me, then perhaps it can help other people.' Faith pauses and glances to her right, to check Alison's reaction. She's nodding. 'I find that, by telling stories, most people can create the separation needed to be honest about themselves. I don't know if you've ever felt as if you were watching yourself in a situation, rather than experiencing it first-hand …'

'I feel like that a lot of the time these days. As if I'm separate from my actions. I've been so angry. And I do things that are out of character. The other day, I scraped someone's car in the Tesco car park and drove away without saying anything. But later, I felt as if it was someone else who had done it. Not me.'

'That's very common,' Faith says, lightly touching Alison's arm. 'It's about protecting yourself. It's actually quite a healthy thing psychologically.'

A dog appears out of nowhere, chasing a squirrel, and Alison jumps. 'Sorry, I'm scared of dogs. Stupid really. There was an incident when I was a child,'

'It's fine,' says Faith, reassuringly, 'Childhood is the time from which most of our fears and neuroses stem. It can be a very scary time.' Beside her, Alison shivers imperceptibly. 'As I say, by telling stories it releases something in you as the storyteller, and it enables me as the counsellor to connect to your problems, through the stories you choose to tell.'

'But how do I know which stories are the important ones? Which ones will help…?'

'They are all important, Alison. Because you choose them. From the thousands of stories you have locked inside you, you select the ones that mean something. But to help, I do have prompts for you and some very simple rules. That's where the Seven Magpies approach comes in. It's a way for me to frame the seven stories I want you to tell, and it's based on that old rhyme about magpies.'

'I loved that programme, I had a huge crush on Mick Robertson,' Alison laughs, 'It's one for sorrow, two for joy, isn't it?'

'Yes, that's the modern version. The original version is slightly different - one for sorrow, two for mirth, three for a funeral, four for a birth, five for your first thought, six for your last, seven for a story told from your past.'

'Oh, OK, and that's the version you use?'

'Yes, seven sessions, seven stories – although I often combine five for your first thought and six for your last, and cover these in one session.'

'And what sort of stories work best?' Alison asks.

'I'm not looking for anything too literal. For example, with three for a funeral, I'm after a story about something that has come to an end - perhaps you've given up something or someone. And with four for a birth, this would be a story about a new beginning or a new friendship.'

'That's good. I think my childbirth stories are best left in the maternity ward,' laughs Alison.

'For the final session, we will delve the furthest back in your memory. In my experience, these stories are often quite pivotal to any trauma you may have experienced.'

'Like my fear of dogs?'

'Exactly.'

So that would be six sessions in total?' Alison asks, giving herself time to think.

'Yes, I usually find that it's enough. I'll ask you to do some homework before each session, where you think about the story you want to tell. Then, when we meet, you'll tell me the story, and I'll ask questions and challenge some of your responses.'

'And how much does each session cost?'

'It's £60 per hourly session, or £300 if you commit to all six.'

They reach the top of the largest lake, where the trees part, creating a vista to the countryside beyond. A bench invites them to pause. Despite the dried-on guano, they sit down.

'And do you think it will work?' Alison asks hesitantly.

'I suppose it depends on what you want to achieve.' Faith is careful not to pressurise or to appear too eager. 'Have you thought about what it is you want, Alison?' There is a long pause where Alison stares at her hands. Faith waits to see whether she is going to trust her. She's done all she can. Finally, Alison looks up.

'I just want to stop feeling like this. I'm usually such a practical, no-nonsense person. But now I feel out of control and jittery.' Alison stops, and Faith leaves a space for her to fill. 'And I found something really strange when I was clearing out my mother's house. Weirdly, it was on the day I saw you at the café.'

'That is strange. What did you find?' Faith can feel her heart fluttering against her ribs. She's holding her breath.

'My mum kept a box of things from my childhood, and there was this diary from 1971. I mean, I wrote them every year, but this was the only one she'd kept. And when I read it, it was as if the diary hadn't belonged to me. The girl on the pages was nothing like the me I remember.'

'That's not unusual,' Faith starts, but Alison hasn't finished.

'... And there was a friend mentioned, a girl called Nina, who I have no recollection of. You'd think we were the best of friends, partners in crime. But I don't remember her at all. And then the diary just stops. Halfway through the year, it just stops.'

Faith pauses, clears her throat to give herself time to recover. 'Well, lots of people get fed up with writing diaries. Perhaps you got bored or went on holiday and didn't take it with you,' she suggests.

'Maybe. It didn't feel that way.' Alison is staring at her hands again. 'It felt as if ...'

'As if?' prompts Faith. The wind blows through the bullrushes that line the lake, creating a mournful whistle.

'It felt as if I died,' whispers Alison.

The dog from earlier reappears and chases a bank of swans into the water. They hiss threateningly, and a woman runs panting up the path shouting, “Come here, Barney. Bad boy, Barney. Bad boy.”

Half an hour later, they sit in the café sharing a slice of lemon drizzle. Alison is much calmer now that she has agreed to the six sessions, and Faith is just about keeping her excitement in check.

‘Before our first session, it would be great if you could give me a bit of background. I have a short questionnaire I ask all of my clients to complete.’ Faith passes over the stapled A4 sheets, and Alison takes a pen from her bag. For fifteen minutes, she carefully works her way through the questions. It gives Faith time to study her. She would love to do a sketch. Capture the vulnerability. The neck bowed; her head rolled forward, her necklace leaving an indent in the flesh. She shivers, and Alison looks up.

‘Perhaps I could finish this at home and bring it with me to the first session.’

‘Yes, of course. I hadn’t realised the time. Can I send you the address for our session at the weekend? My clinic had a water leak and is being redecorated at the moment, but I have a friend who said I could use her garden room.’

‘No problem, so I’ll see you next Thursday?’

‘Yes, at three o'clock, if that’s good for you. And Alison, would you feel comfortable with me seeing the diary you mentioned? I think it might be an important part of your recovery.’ Faith is holding her breath, willing Alison to say yes.

‘I don’t see why not. If you think it might help. Do you want me to bring it to the session?’

‘Yes, that would be great. Or actually, I could pop round and pick it up one day if you're OK with that. It might make our first session more focused.’

‘Yes, of course. No problem.’

They stand up and half-hug, half-shake hands. Faith places her second hand on top of Alison’s and squeezes it for just a second.

‘I’m just going to sit here and catch up on my admin,’ Faith says, and Alison walks purposely towards the door. A few seconds later, she’s back.

‘I’m sorry, Faith, I forgot to give you my address. For the diary …’

Alison scribbles her address and mobile number on a napkin. ‘Just text me before you pop over.’

Faith gives it five minutes to make sure she’s properly gone before taking her phone out and texting.

Thanks for all your help. Are we still on for the house sit next week?

Within seconds, her phone pings.

Yes, all sorted. Pop over this weekend and I can give you the keys

There’s a feeling of anticlimax as Faith walks back along the canal. She’d been so alert, learnt her lines so well, and now the adrenaline is waning and she’s starting to feel flat and hungover. Sweat is accumulating under her bra, and she feels disgusting.

The flowers she left are no longer propped up and have already started to wilt. She kneels down next to them, her head bent low. She scratches the earth with her fingernails, trying to fashion a divot to help the flowers stand tall. She is muttering an incantation under her breath, Justice for Nina, Justice for Nina. Justice for Nina. The lady with the dog is walking past, and the dog sniffles inquisitively around her.

'Are you OK, dear?' the woman asks, and Faith nods. It is only when she starts to stand up that she notices her knuckles are scraped raw, and her fingernails are bleeding.

Faith

The smell of boiled cabbage is overwhelming as Faith presses the code into the box and pushes through the surgically sealed fire door. On the other side, an elderly man stands in ill-fitting pyjama bottoms and tartan slippers. He looks at her hopefully.

'Sorry, Richard, I'd love to set you free, but the staff here already hate me,' Faith says apologetically. She smiles at him, but he is staring at the door and barely seems to notice. Glancing into her mother's room, she notices the empty bed. The side table is pulled back, and a beaker of cold tea is yet to be cleared. Walking towards the lounge, she hears Mary with her broad Irish accent, asking for the time. One of the carers jokes, "It's four in the morning, Mary." Ten minutes later, she'll be asking again.

The lounge is filled with chairs that dwarf the tiny humans who inhabit them. Her mother is sitting in her usual spot. The staff say the residents like the familiarity. Faith fantasises about coming in one morning and moving them around in a game of geriatric musical chairs.

‘Hi, Mum.’ She kisses her mum’s cheek and waits for a response to indicate how this visit will go.

‘Hello, love.’ Her mother’s neck turns slowly towards her. She always calls her love and never uses her name. But she smiles at Faith with the slightest glimmer of recognition. Faith pulls up a chair covered in garish orange plastic. She wonders why they don’t put the old people on these and let the visitors sit comfortably. It’s hard enough to come as it is.

‘How have you been, Mum?’

‘Oh, you know. Mustn’t grumble.’

Her mother talks in cliches now. Perhaps it’s all she remembers.

‘Have you been out at all?’

The home has a list of events handwritten in loopy writing on a chalkboard. Monday – Bingo; Tuesday – Armchair Pilates; Wednesday – Tea in the garden.

‘Yesterday, I drove over to Brenda’s, and we went to the garden centre.’ Her mother lives in a fantasy world, populated by friends she would no longer recognise.

‘That’s nice. Did you buy any plants?’

The dementia nurses advise going along with whatever they say. Never confront them with the truth because, frankly, the life they think they are leading has got to be better than sitting in a lounge that stinks of cabbage, constantly being asked what the time is.

They sit silently, Faith holding her mum’s hand with its wormlike veins and age spots.

‘I wanted to ask you about Nina.’

Faith pauses, hoping for some acknowledgement. 'What was she like as a little girl, Mum. Did we have fun together?'

She has left it too late for this conversation, but in the years when she could have asked, she wasn't welcome in the house.

'You remember Nina, Mum. My sister. Your daughter.'

'My lovely girls,' her mother says, and a toothless smile lights up her face. Faith beckons a carer over and asks them to locate her mother's dentures. She fishes a photograph out of her bag of the two of them, crabbing nets in hand. She must be about three, which would make Nina eight.

'Do you remember, Mum? Look, this was on a holiday in Southend, I think.' Her mother slowly lifts the photo to her face.

'Who are those pretty girls?' she asks.

'That's me and Nina Mum. We're at the seaside with you and Dad.

'That's nice, dear. Will you bring them over one day? We could go to the garden centre.'

The nurse brings over the dentures and offers a cup of tea and a bourbon biscuit. Her mum sits, biscuit in hand, as if she'd forgotten it's even there. Faith goes to the front office to see the day manager. She taps on the glass window.

'Hi, I just wondered how Mum is doing. Is she settling in OK?'

'Hello, Faith. I was hoping you'd drop in. I think she's doing all right. Obviously, she's still very confused, but not as agitated as she was.’ She pauses and steps out of the office into the corridor. Her voice drops. ‘There was something I wanted to mention. I’m sure it’s an oversight, but we don't seem to have received your monthly top-up payment.’

Faith barely misses a beat. ‘That’s odd. I’m sure I set it up properly. I’ve just changed bank accounts, so maybe I need to approve something. These apps are too clever for their own good.’

‘I thought it would be something like that. Just let me know when it’s sorted. I’ll let the central office know and hopefully, you won’t get lots of phone calls chasing late payment,’ the manager says, smiling at Faith. If she doesn’t believe her, it doesn’t show.

Faith hurries back to her mum, who has dozed off, biscuit in hand. She shakes her gently.

‘Hello, love. I haven’t seen you in ages,’ her mother says, eyes full of tears. ‘Your sister always comes to see me. Why can’t you be more like her?’

Faith fights the irritation she is feeling.

‘I promise to see you more often, now that we live closer. I’ll try to be just like Nina.’

‘She was a lovely baby. So easy. Not like you with your temper tantrums. Maybe it was because she was my second. You were never satisfied. And you were so nasty to her – pulling her hair, throwing toys at her. I couldn’t leave you alone in the room together.’

Faith decides not to correct her. ‘I’m sorry I did that,’ she says, assuming the persona of the naughty sister. ‘Maybe I was jealous. We got along well when we were older, didn’t we?’

Her mother is drifting off again, any moments of lucidity disappearing with her. As Faith bends over to kiss her cheek, her mother's gnarled, rheumatic hand grabs hers, and there's a look of terror in her eyes. 'Don't leave me here, Fiona. Take me home. Take me home.'

'It's OK, Mum. It's OK.' Faith gently strokes her mother's hair, reassuring her that everything will be alright. Moments later, her eyes are closed. Faith walks out of the home and sits trembling in her car. Despite all the confusion, it's the first time her mother has called her by her name. And the first time in many years, Faith has been called Fiona. In the rear-view mirror, she inspects her face for signs of the dull, mousy, scared little girl she thought she'd left behind for good. Instead, she's confronted by another face staring back at her. *You know you'll never escape. You always were a scaredy cat.* When she looks again, the mirage has gone, and she can't recall if it was Alison's face she saw or Nina's.

She drives the few minutes it takes to get to Alison's, parks further down the road and watches. The houses are a mix of ugly 1950s semis with pebble dash rendering, bungalows and Victorian cottages. Most of the semis have paved-over front gardens to give them off-street parking. The cottages have clung on to their little patches of green and added hanging baskets to fool the occupants that they are living in a rural idyll, rather than being under a mile from the M25. There are a few mums with pushchairs going to and from playgroup and delivery drivers dropping off parcels.

She opens her bank app. She really meant to ring-fence her mum's care home money, but she's not picked up as many cleaning jobs lately, and her dickhead landlord has just put up the rent on her shitty flat. She transfers this month's top-up payment reluctantly. No money problems for Alison. Her mum's house sold for £575,000. Over half a million quid for an ex-council house. Just because it's in a nice area, near a good school. Her mum could have still been living down the alleyway in a much nicer house if they hadn't had to move. Angrily, she texts Alison.

Any chance I could pop in and pick up that diary?

No problem. What time will you be here?

Ten minutes

Alison replies with a thumbs up emoji. Faith plays Candy Crush for ten minutes and then pulls up outside Alison's Victorian terrace. Alison opens the door before she's even rung the bell.

'Hi, the diary is in the kitchen – have you got time for a coffee?'

Faith is unprepared for a performance. She's still feeling off balance from her mother calling her Fiona, but she follows Alison to the back of the house.

'I was looking at it again this morning. I'm not sure what you'll find - other than a girl who seems to be testing the boundaries.'

They sit on either side of the breakfast bar, and Alison makes a cafetiere while Faith flicks through the entries.

'And you can't remember anything that happened?' Faith probes.

'No, none of it. I mean, I recognise the places – the cinema, the park, but I can't remember being the person doing those things. You'd think I'd remember shoplifting, wouldn't you? I thought I was a bit of a swot.'

'And what about the date the diary stops. Is that significant?'

'Not really. I've looked it up. It was Cup Final day, Arsenal vs Liverpool. Dad was a big Arsenal supporter. It was the year they did the double. You'd think I'd remember that, but there's nothing up here.' Alison taps the side of her head.

'Well, hopefully we will get to the bottom of all that.' Faith is ready to leave. 'Do you mind if I use your loo before I go?'

'Of course, it's just by the front door.'

The room smells freshly decorated, and there's a small bookcase built into the wall that houses photograph albums organised by decade. Faith picks one at random and flicks through it. It's full of pictures of Alison's two boys. There are hundreds of photos of the older boy and far fewer of the younger one. It sucks to be a second child. She slips one of the photos out of its plastic wallet to study more carefully. It's at a go-kart track, and the boys are holding up medals, while a man, who must be Alison's husband, looks on proudly. She puts it in her bag. Sensing an opportunity, she reaches for the 1970s album. At the front is a photo of Alison on her first day at secondary school. It's an awkward photo of an awkward child. How come you got to go to Grammar school, while my smart, lovely sister had to slum it with the thickos? She slips it into her bag with the other one and flushes the toilet.

In the kitchen, Alison is re-reading her diary, frowning. 'It's odd, but I think I might have a vague memory of this day,' she says, pointing to one of the entries, 'It's not clear, more a flicker of recognition.'

'That's good. It shows you are feeling a bit more receptive to past memories,' Faith replies. Then she takes the diary and reads the date.

Alison. 14th April 1971

On the Wednesday of the Easter holidays, Alison is finally allowed out of the house. The last few days have been so boring. On Good Friday, she drove to Birmingham with her mum to pick up Granny, and it took hours in the car. She tried to read a book, but that made her feel sick, so she just stared out of the car window and thought about Nina.

Nina had been cross with her since they got their 11+ results. When they discovered they were off to different schools in September, Nina announced they couldn't be friends anymore because Alison was a swot. Before the Easter holidays, Alison put a note in Nina's satchel, begging her to stay friends and promising to do anything to make it right between them. She then spent the holidays plaiting a Scoubidou bracelet for Nina in her favourite colours. Later, when Nina cycled past her house with another girl, Alison ran out and gave it to her. Nina was still cross with her, but she told Alison that if she wanted to be her best friend again, she could come over on Wednesday and prove it.

Running down the alleyway, Alison still has that nervous feeling in her tummy she felt when she first set eyes on Nina. Before they met, she'd been shy of making friends and never wanted to try anything new. But Nina doesn't care what anyone thinks, and Alison feels brave when she's with her. On her own, the aura of invincibility soon fades. She knows her parents are worried about her. Last night, she heard her mum tell Granny how difficult she'd become. How rude and impertinent. She looked the word up in her dictionary - it means "disrespectful, especially towards someone in a higher position or who is older." Later, she used it in her diary entry.

13th April 1971

Today, Nina was impertinent when her dad asked her to buy him cigarettes. We used the money to buy Wham sticks and golf ball bubble gum and then knelt on the back seat of the bus and blew enormous bubbles at people in the cars behind. Nina put her two fingers into a V and waved them at some men in a van. That was probably impertinent too.

Alison is pleased that there isn't a car in Nina's driveway, which probably means that her dad is at work. Alison is scared of him and the way he gets angry at the smallest thing. He couldn't be more different to her own dad, who does silly voices when he reads to her and still gives her a goodnight kiss every night. Nina says that Alison's dad treats her like a baby, and that her dad is OK sometimes. You just need to keep out of his way when he's on the war path. Nina's mum opens the door, a load of washing in her arms, the little sister hiding behind her legs.

'Come in, Alison, Nina's still in bed, sulking. Perhaps you can get through to her,' she says wearily, disappearing towards the kitchen. The sister stares at Alison through her pudding basin fringe and then runs after her mother. Alison walks up the stairs, holding onto the white banister rail. Off the landing are a bathroom, a toilet and three bedrooms. Nina's door is pulled shut, so Alison knocks and, when there is no reply, opens the door a fraction.

'Get out. Leave me alone.' A pillow comes flying towards the door. Alison shuts the door hurriedly and waits outside.

'It's me, Alison. Are you alright?' She hears Nina sniffing and hiccupping. Was she crying? She's never heard Nina cry before.

'Can I come in?'

'Did Mum send you?' Nina's voice sounds weird.

'No one sent me. You said to come over today.'

With no reply, she tries again. 'Should I go?'

Eventually, Nina answers.

'No. But don't come in either.'

'Alright.'

Alison sits down on the carpet outside Nina's room.

'What's wrong? What's happened?'

'I hate him. I wish he were dead?'

'Who? Dean?' Nina has a crush on a boy at school, but it's unlikely that all this anger is directed at him.

'My Dad. I hate him. And my Mum and Fiona. I wish I could run away. I hate it here.'

Feeling braver, Alison opens the door and walks across to Nina's bed. The curtains are drawn, but the room is light enough for her to see a mess of clothes all over the floor and a tray with a half-drunk glass of milk and toast crusts sticky with Marmite. Alison sits at the end of the bed, her eyes growing accustomed to the half-light. Nina is lying with her face buried in the pillow.

'Do you want to tell me what happened?' Alison knows that Nina has a temper. She's seen her in the playground screaming at the younger children when they get in the way of her game, and she knows to keep out of the way and agree with anything she says, however mean.

'They just expect me to keep an eye on Fiona all the time. Like I'm an unpaid babysitter. I wish she'd never been born.'

'It must be such a pain,' Alison agrees readily, although she's always wished for a sister.

'It is.' Nina turns over and sits up, her eyes flashing, 'And she's such a cry-baby. I hardly touched her, and she's straight downstairs telling tales to Mummy. And then I get the slipper from Dad, and she gets ice cream for tea. If he hits me again, I'll hit him right back.' The threat hangs between them before there's a knock on the door, and Nina's mum walks in. She pulls the curtain and picks the tray off the floor.

'So have you learned your lesson?' she asks, standing by the door. Alison thinks she sees a look of fury flash across Nina's face, but the next second it's gone.

'I have. I'm sorry about Fiona's fingers, but it was an accident. The bathroom door blew shut in the wind. Is she better now?'

‘Perhaps you could go and see for yourself. And an apology wouldn’t hurt.’

‘But it was an accident.’

‘So, you say.’

Nina’s mum is about to walk out the door when she stops. ‘Can you be trusted to look after Fiona for half an hour today? I need to pop into town for a few bits.’

‘Of course, Mum. You know I can.’ Nina seems like a different child from the one Alison walked in on. ‘I’ll just get dressed, and then Alison and I will come and play with her.’

As soon as her mum leaves the room, Nina turns on Alison. ‘And don’t think I’ve forgiven you for being such a stupid swot. Did you do it on purpose to make me look bad?’ She snarls at Alison, her mouth tight and angry. It is such a rapid change from the repentant Nina she witnessed only a moment ago that Alison can only gawp back.

Nina turns her back on Alison and starts to get dressed. Just below her pants, at the top of her thighs, Alison notices two finger-shaped bruises dappling the skin in shades of yellow and purple.

‘I didn’t mean to pass. I don’t even remember taking the test …’ Alison speaks softly, hoping to calm the fury in the room.

‘But you did. You let me down and now you’ll have to make it up to me.’ Nina turns, grabbing Alison’s arm and pulling her out of the bedroom and down the stairs. In the front room, Fiona sits playing with her Sindy doll.

‘Do you want to play a big girl's game with us?’ Nina asks sweetly. Fiona looks up and nods. Her mum’s head appears around the door.

‘OK, I’ll pop out now. Don’t open the door to anyone. I’ll only be half an hour.’

Fifteen minutes later, Nina leads them into the kitchen. ‘The game we’re going to play is called Spoons. One of us is blindfolded, and then we take turns giving each other a spoonful of something nice to taste. If you guess what it is, you get a treat. I’ll be blindfolded first, and Alison, you can choose what to feed me.’

She gets a striped washing-up cloth from the drawer and ties it loosely around her head. Alison picks up the teaspoon and searches the pantry until she finds the honey. Nina opens her mouth wide.

‘Honey,’ she declares. ‘That was too easy. Do another one.’

Alison looks around and spots a Milky Bar, left over from Easter. She snaps off a square and balances it on the spoon.

‘That’s easy too.’ Nina rips off her blindfold and gives it to Alison.

‘Now it's your turn. You can choose, Fiona,’ Nina says, lifting her sister to look at the jars in the pantry. Fiona chooses Strawberry Jam and brown sugar. Alison guesses both correctly.

‘Can I have a go now?’ Fiona asks.

‘Of course,’ Nina replies, gently tying the tea towel for her.

As soon as the blindfold is secure, Nina pulls Alison to one side and whispers in her ear. 'We're going to have some fun now. She deserves it for telling on me earlier.'

First, Nina empties out a Sherbet Dab and passes it to Alison. Fiona's mouth opens hungrily like a baby bird. She sucks the sherbet into her mouth and winces as the sharpness finds her taste buds. It takes her a few seconds to recover.

'It's sherbet!' she shouts, excited that she has identified it correctly. 'Another. Another.' The next spoon that Nina hands Alison is piled with bright yellow powder. Behind her on the Formica worktop, Alison spies the distinctive yellow and red of the Colman's mustard tin. She shakes her head and mouths *no*. Nina grabs her arm, digs her fingernails into the skin and whispers, 'If you want to be my friend again, you HAVE to do it.' Alison considers putting the spoon down and running out of the house, but there is something hypnotic about Nina. In that instant, she knows she will always do whatever Nina asks of her.

She hears Nina say, 'It's better if you pinch your nose, Fiona. It makes it a better surprise.' Obediently, Fiona holds her nose, her tiny fingers sealing off her senses, her little wrist held high in the air. Alison closes her eyes, hoping she might spill the fiery sacrament on its short journey. The scream and splutter say otherwise. She opens them to see Fiona, mouth gaping, struggling to breathe. Tears and snot merge above her upper lip as she tries desperately to spit out the contents of her mouth. The tea towel has slipped down her neck like a kerchief, and Fiona is staring at Alison, blinking back the tears.

Beneath the shock, Alison can see something else. *I trusted you.* A peeling back of innocence. *How could you?* A mixture of hurt and hate. And in the background, Nina is laughing.

A key in the door breaks the atmosphere, and Nina hurriedly puts the mustard away. She picks Fiona up, cradling her on her hip like her mother would, using the tea towel to wipe the snotty mess from her face.

'I can't believe you did that to Fiona, Alison,' Nina accuses loudly, gently rubbing Fiona's back.

'Did what?' Nina's mum calls from the hall.

'If you say a word, you're dead,' she hisses, and Alison isn't sure if this is directed at Fiona or her.

'Have you been playing nicely?' Nina's mum asks, opening the speckled glass door into the kitchen. 'Has Nina been looking after you, Fiona?'

Nina lowers Fiona to the floor.

'Yes, Mummy,' Fiona manages. Only Alison can see the angry red of a pinch mark emerging on her baby-pink thigh.

Faith

The bundle of keys is pressing uncomfortably against Faith's leg as she reverses onto the drive. She's spent the morning in bed before picking up the keys from the agency at lunchtime. Sitting through a briefing about the burglar alarm, which pots need watering, and the precise dietary requirement of a Russian Blue has all been accomplished while nursing a vague feeling of nausea and a dull headache from last night's binge. The house is pretending to be something it's not. Its white clapperboard fascia would be more at home in Maine or Cape Cod than on the outskirts of Watford. She walks up the steps, through the picket fence and opens the front door concealed by a porch. Immediately, the cat shimmers around her legs, demanding food. 'Not yet, Bluebell,' Faith says, pushing her out of the way. She wants the gig to go well. Thursday – Sunday with only cleaning and cat duties, and the promise of five more weeks if this stay goes well. The divorcee who lives here has been hired by a spa retreat to run their cosmetic tweakments masterclasses through thc summer. It's highly lucrative work, but she'd only accept if she knew Bluebell was being well looked after, according to Faith's friend, Lynne, who runs the cleaning and housesitting agency.

Faith quickly walks around the house, dumping her bag in a spare bedroom and putting a couple of bottles into the wine cooler. She looks around for any obvious nanny cams hidden in photo frames. She's been caught out like that before. Satisfied, she opens the patio doors and searches out the garden room. It's well hidden from the house, at the end of a long path. The cedar cladding and anthracite grey windows shout new money. The owner uses it as a yoga studio, so it's sparsely furnished. Faith moves two of the modern cane chairs from the conservatory and a small metal table from the garden. In the corner, she positions an occasional table and a vase. She returns to the kitchen, fills a jug with ice-cold water from the American fridge and grabs a couple of glasses. On her way back, she picks sweet peas from the metal obelisks that frame the entrance to the studio and then carefully arranges them in the vase.

The end result is the perfect therapy space - a private sanctuary to unburden yourself of your stress, trauma and secrets. In the long mirror, Faith examines herself. The mid-length patterned skirt, low sandals, and contrasting T-shirt with a modest neckline scream respectability. The St Christopher hints at a strong moral compass. She could be a social worker or bookkeeper. Only the flash of her fiery red hair, restrained under her signature headscarf, provides any sense of the real Faith. The Faith that left home at seventeen with nothing but the money she stole from her mother's purse and promptly spent, turning her hair a deep shade of ginger. Over the years, Faith has been a babysitter, a dental receptionist, a shop assistant, and a cleaner. Her mother would say it was a waste of a life, a waste of her talents. But what does she know? From every job and every person, she's taken something. The tilt of her head when pretending to listen, the headscarf that makes her appear quirky and approachable, and the soft, empathetic voice. Like a magpie, she's collected only the sparkliest characteristics and bit by bit, shaped a new persona to replace the dull, mousy, scared little girl she was for the first seventeen years of her life.

At just before three, the doorbell rings and Faith pushes Bluebell into the kitchen before opening the front door.

'Hi Alison, you found me OK?'

'Yes, no problem. I often use this road as a cut-through.'

'My friend's gone to London for the day,' Faith explains away the empty house. 'The studio is in the garden, let's walk round the back way.'

Faith leads her down past the garage, through a side gate, into the back garden. Once inside the studio, Faith settles Alison into one of the chairs and pours her a glass of water.

'How are you feeling?' she asks, walking over to the table to get a notebook, giving Alison a chance to get comfortable.

'Yes, OK. A bit nervous, I suppose.' Her voice is cut with anxiety

'There is nothing to worry about. It's just a chance to talk about whatever is bothering you. There's no pressure, we can go at your pace,' Faith uses her most reassuring voice, 'And it is completely confidential. If I take notes, they are entirely for my benefit, to help me remember our discussion.' Faith waits a moment to give Alison time to process and then asks, 'Did you have a chance to think about your one for sorrow story, about a time that made you sad?'

Forty-five minutes later, Faith's headache is back in earnest. The constant nodding of reassurance has given her a crick in the neck, and if she hears one more thing about Alison's perfect mother and how grief-stricken she is without her, she will have to go into the garden and vomit into one of the pots. She knew that these early sessions would be a waste of time, an unsatisfying amuse-bouche when she is hungry for something more substantial. There were a couple of missed opportunities for Faith to unearth more about Alison's childhood friends. Alison had spoken about her mother's miscarriages and the loneliness she felt growing up. But once Alison got talking, she was difficult to redirect.

Out of the bifold doors, Faith can see Bluebell stalking prey. Hiding in the borders and nonchalantly but nimbly moving to the back of the wooden tool shed. She waits, still as a statue and then pounces. Unsuccessful, she wanders on, head in the air, whiskers alert. A slight setback. It won't deter her.

Alison has drawn breath, so Faith jumps in.

'I can tell you had a special relationship with your mother in her later years, but I'm interested in how it was when you were a child. You said she had several miscarriages?'

'Yes, we never really talked about it. I think Mum was protecting me. She didn't want me to feel I wasn't enough.'

'And did you ever feel that way, Alison?'

'I suppose. Maybe.' Alison stops. Faith waits.

'Not that I wasn't enough for them, more that I wasn't good enough. Not confident enough. Not sociable enough. Not quite academic enough…' Her voice peters out.

'And is that how you felt about yourself?'

'I suppose so. I mean, I never had any close friends, apart from the Nina in the diary, and I hardly remember her. I wasn't a popular child.'

'And do you blame yourself for that? For losing Nina as a friend? For not forming any other close friendships. Do you think there's something inside you that's broken?'

Alison looks up at her. Even after all these years, Faith can still picture her holding that spoon, Nina behind her, horrified at what Alison had done.

The alarm on Faith's phone breaks the silence between them.

'Is that an hour already? Alison reaches for her handbag, seemingly unwilling to answer the question.

'Yes, it goes quicker than you expect. How did you find things?'

'A bit easier than I thought it would be. What did you think?'

What does Alison expect? The truth? Pretty hopeless in all honesty, but today was about building up trust, not discovering why my sister killed herself. 'We made useful progress. Maybe tonight you can reflect on how it made you feel, while it's still fresh. And next week, we'll focus on your two-for-mirth story.'

'Thanks, Faith. I think I'm going to find that difficult. Most of the time, I barely tolerate things. Will we be here again next week?'

'I'll let you know at the weekend. I just need to check with my friend.'

Faith walks Alison to her car and waves her off. In the house, she makes for the fridge and pours herself a large glass of wine. Beside her, Bluebell is weaving between her legs, agitating for attention. As she looks towards Bluebell's water bowl, she sees a dead dormouse curled foetus-like on the mat. 'Who's a clever girl?' she says, stroking Bluebell affectionately around the ears.

That evening, Faith stretches out on the couch, sinking into the cushions, imprinting herself onto this lifestyle. A glass of red on the Scandi-style table, Bluebell reclining above her on the pillow back. She's careful with the wine. One spill on the light-coloured carpet and she'll be looking for another job. When the owner returns on Sunday, the place will be spotless with her bed stripped and the linen freshly laundered. Faith will offer to make a cup of tea and tell her how good Bluebell has been. The owner will smile and say, *"How about a glass of wine?"* Faith has a way of making people warm to her. Before she leaves, she'll have secured the next five weeks. Even after today's slow start with Alison, it should be enough time.

She flicks through her messages and emails. There's a reminder about the next care home payment. At this rate, she'll have to move her mother somewhere cheaper. It would serve her right. What mother abandons her own daughter? Let's her walk away. Never takes her calls. Nina would have understood. She would have believed her. Sediment stews at the bottom of the glass, and Faith collects another bottle from the kitchen. She thinks back to the last visit to the care home when her mum had called her Fiona. What had she meant about Nina being unkind to her? Even with dementia, her mother is still able to hurt her. How dare she destroy the few memories she has of her sister? She stands at the patio doors and looks out into the garden. It's a balmy evening, and she can hear voices coming from the neighbour's houses. Families eating outside. The odd dog barking.

It was a night like this when Nina went out and never came home. At first, her parents thought nothing of it. It wasn't unusual for Nina to be out late. The whole weekend had been horrible. Nina had been invited to a party on Saturday, and there was a terrible argument when she got home. Dad had taken the belt to her, and Faith could hear her mum screaming at him to stop. Then Nina had been grounded for the rest of the Bank Holiday weekend. On Monday morning, she seemed different. When Fiona woke, Nina was in her bed, their legs intertwined. One of Nina's arms was tucked so close to hers that it felt, for a moment, as if they were the same person. Above her sister's elbow, Fiona could see four angry purple prints. She touched them gently, and Nina stirred. They had eaten breakfast together, and even now, Faith is unable to look at a box of Rice Crispies without feeling a tightness in her chest. Dad had gone fishing, and Mum, keen to have some time to herself, had relented and cancelled the grounding. Nina had hugged her mum tightly, apologised for causing so much trouble, and promised to be home by five. In the hall, she embraced Fiona. *"Sisters forever,"* she whispered, her voice sounding funny, lumpy. And that was the last time Fiona ever saw her. When Dad got back from the pub, she could hear angry words downstairs. Doors were slammed. Her mum was crying. Fiona curled up in bed and imagined Nina next to her.

The police arrived at seven in the morning. Mum opened the door to them in a BHS dressing gown. Her dad was upstairs, grumbling about the time. Fiona was woken by a noise that rumbled deep and low like distant thunder before shattering into an explosion of such high-pitched pain that it felt to Fiona that a firework had exploded in her head. Downstairs, her mother was slumped on the settee, mute and distraught, her chest heaving. When he spotted Fiona, her dad shouted at her to go upstairs and put some clothes on, as if it were her fault that there were police in the house. In the front room, careful words were spoken in muted tones, and from the top of the stairs, Fiona pieced it together. Nina was dead. A dog walker had found her. He'd thought it was something caught on the bridge. But it wasn't. It was her sister, and she was never coming home.

The police came back every day that week, quickly absorbed into the routine of grief. Fiona didn't go to school. Instead, she sat in her room and imagined how unbearable the future would be without her sister. *How could you do this to me?* She welcomed her time with the kind-eyed, soft-voiced policewoman, gently probing for anything to explain why Nina had done it. It made her feel important. As if she knew her sister better than her parents. That she might know her innermost secrets. She kept that last morning in bed to herself. Pressed tightly into her memory like a forget-me-not.

What Fiona told the police:

- That Nina seemed her usual self that morning
- That she didn't think her sister had a boyfriend
- That everything was OK at home
- That Nina might have got the bruises falling off her bike
- That Nina had never told her she was sad
- That their dad never hurt their mum

Even at ten, Faith knew how to lie.

She shivers, lights a joint and stands at the bifold doors to smoke it. For many years, she's blocked out the pain of that night with drugs, alcohol and unhealthy relationships. Every risk she survived proved she was still alive. Every man she fucked proved that someone still loved her. Until it didn't. She calls Bluebell and watches her progress from the top of the garden. A dark shape, eyes glinting in the moonlight.

The police never found out why Nina killed herself. She hadn't left a note, and no obvious explanation was ever found. Some people suggested it was exam stress or boyfriend trouble, but Faith didn't buy that. She takes the photo of Alison from her bag and inspects it for clues. Why did you get to live, "Little Miss, I'm so much better than you?" Since she could remember, her dad was adamant that it was all Alison's fault. That Alison had led

Nina on and then ditched her for her new grammar school friends. He had blamed Alison for everything, and his anger and bitterness had destroyed their family. She lights the bottom corner of the photo and watches the flame curl and distort the image as bit-by-bit Alison disappears.

Alison

Alison drives home feeling as if she has come through an ordeal, like root canal work or minor surgery. Talking about herself for so long felt self-indulgent, but also the opposite. She hardly recognises the person she spent the last hour speaking about. It’s as if she’s invented a character just for the occasion. Tom will ask about the therapy when she gets home, so she decides to keep driving. Before she realises it, she is back at Nina’s old house.

Parking a little way down the road, she pushes back her seat and closes her eyes. The counselling has exhausted her, and she feels strangely tearful. She is puzzled by the question Faith asked at the end. Does she blame herself for losing Nina as a friend? She wonders whether she would remember Nina at all if she didn't have the diary to prompt her. A headache is forming. She can feel the tell-tale tightness in her temple, so she gets out of the car and walks to the top of the road and through the familiar alleyway. She passes her old house, noticing the new curtains and the strange car in the drive. And then on, down to the bottom of the road, until she’s opposite the school gates. If she closes her eyes, she can imagine her mother beside her and picture the uniform she is wearing. She knows she walked to school with Nina. They probably lay beside each other on the playing field, staring at the sky, searching for animals in the cloud formations. She can vaguely remember a sports day with sweets being handed out at the end.

The caretaker walks through the gates. 'Are you OK? Are you waiting for your grandchild? All the children have gone now, even the ones at the after-school club.'

'No, sorry. No, I was just looking. I went to this school. Years ago, now.'

'Bet it's changed a bit since then,' he says, laughing, 'They have open days – if you want to look around. You've just missed this year's tour.'

'No, thank you. Sorry.'

Alison moves on, walks around the corner and turns onto the main road. On her right is the chapel where she attended Sunday School and rows of low-rise council flats. Without thinking, she turns onto a side road that leads to an overgrown alleyway between two houses. She stands at the end and peers into the distance, half remembering this as a way down to the park. There are too many brambles and nettles to make it passable now. Out of nowhere, two teenagers cycle past, swerving dangerously close to her and creating a rush of wind and testosterone. The shock makes her jump backwards, and a thorn scratches her ankle, leaving an angry red line.

'Alright?' A man filling his car boot with garden rubbish checks up on her. 'Bloody kids, they think they rule this estate. In my day, we all wanted to be footballers. These days it's drug dealers.'

Alison smiles. 'I know. I'm a teacher!'

'Good luck with that,' he says. He points in the direction of the footpath. 'I wouldn't walk down there if I were you. If the nettles don't get you, the syringes will.'

'I wasn't going to attempt it. I thought it used to be a cut-through to the park,' Alison replies.

'Yeah, back in the day it was. Took you through the Dingles, past the stream, to the top end of the park. The stream's all dried up now, though.'

Something registers in Alison's memory. Walking with Nina. Some boys. Was there a dog? And then running. Her skirt caught in the brambles. Tripping and falling. A dog barks loudly, and Alison's chest tightens. She can smell cigarette smoke and taste tar in her mouth. She can't breathe.

'Are you alright, love?'

She knows she's on the verge of a panic attack. She's talked enough pupils through them. *Calm your breathing; count to three with each breath; focus on something solid.* Gradually, the feeling of dread starts to dissipate. The man is looking at her. He's asked her a question, but her ears are buzzing.

'I'll be fine.' She gulps at her words. 'Delayed shock.'

He disappears and comes back with a glass of water, and she takes a few sips. She thanks him again and slowly walks back to her car.

That evening, Alison sits at the desk in the dining room and opens her laptop. She's convinced Tom to go and meet a friend at the pub, and finally, she has a couple of hours to herself. When she arrived home, Tom was beside himself with worry. In her post-therapy daze, she had left her phone on silent and failed to notice the myriad of missed WhatsApp messages. She apologised for frightening him and explained the delay getting home as the need for fresh air and time to think. She chose not to mention where she ended up or the panic attack she suffered.

They had a glass of wine in the garden, and she briefly explained how the therapy had been. "Really helpful. Got a lot off my chest. I feel so much better." It's not true, but she knows how desperate he is to have the old Alison back. But what if the 'old' Alison isn't the 'real' Alison – the one she's forgotten for more than half a century? What if *that* Alison isn't a considerate partner, a strict but fair teacher, or a loving mother? What if *that* Alison did something so bad that her best friend shunned her for years and then killed herself? What if everything was her fault?

She opens up a browser and types in Nina Harris, suicide. An article pops up from September 1975: School saddened by student's death. Hands shaking, she clicks on the link to the local paper report.

School saddened by student's death

A school in South Oxhey has been shocked and saddened by the sudden death of one of its students. Nina Harris, 15, was found dead on a footbridge near Stocker's Lock on Tuesday morning.

Police were called to the scene around 5.30 am, following a call from a member of the public reporting they had found the body of a female while walking their dog. She has since been identified as Miss Harris of Carpenders Park. Headteacher Marian Slater (51) said that Nina had been a promising student who had hoped to be the first student from the school to go to Oxford. Neighbours said the family kept to themselves, but that Nina and her sister were always friendly and polite. Police are not treating the death as suspicious. An inquest into the circumstances of her death was opened and adjourned on Tuesday.

The article is accompanied by a grainy black-and-white photo of Nina and her sister sitting on a sofa. Alison gently brushes Nina's cheek with her finger. It's so long since she's seen her, but there's something familiar about the eyes. They are looking straight through her. *Why did you do it? What was so bad in your life? Was it my fault?* Alison re-reads the article for clues. They had moved to Carpenders Park, and she was at school in South Oxhey. Alison searches her memory for anyone she knows who attended that school and draws a blank. Seconds later, she joins a Facebook group for old pupils. She posts a message.

Hi. I'm Alison, and I'm searching for anyone who remembers Nina Harris, who was at the school from 1971 to 1975. Tragically, she took her own life. I'm researching a book about how the pressures have changed on young girls from 1960 to today. If anyone has any memories of Nina and what she went through, please private message me.

She would like to post anonymously or set up an account with a false name, but it's beyond her. She refills her wine glass and gives the cat her late-night milk. By the time she's back at the desk, there are already comments on her post.

Are you a journalist? Will you pay?

Ghouls like you should kill yourselves

Why don't you research the pressures on young boys? They are the ones that really suffer from all the little prick-teasers out there.

She slams the laptop shut. What is wrong with people? Shaking, she picks up her phone and sees a message from Faith. It's confirming the next session for Thursday at the same place. Now that she's opened the door into her past, she's desperate to carry on, and a week seems a long way away. She writes and deletes a few replies. She doesn't want to sound needy but today has scared her. In the end, she messages: **Are you awake? Can I ring?**
Instantly, her phone rings.

'Hi Alison. Are you OK?' Faith's voice sounds raspy, unfamiliar.

'Oh, Faith, I'm so sorry. Did I wake you?'

'No, I was still up. How are you feeling? Some people can find their first session overwhelming.'

'I don't know what the right word is. It made me feel desperate to know everything straight away. I couldn't go home. I didn't want to have to explain everything to Tom. So, I drove over to Nina's old house. I went for a walk, and then …' The words are pouring out of her. She only meant to see if they could meet sooner than next Thursday, and now she's telling Faith everything.

'…And then I had a bit of a panic attack.'

Faith is silent, and Alison is worried that she's crossed a line. 'Sorry. I know I shouldn't be contacting you like this.'

'It's OK. Usually, it's helpful to maintain professional boundaries, but I can hear how upset you are. I think tonight the best thing you can do is try to sleep. Perhaps have a bath and a hot drink. Something to relax you. Then, if you think it would help, I could come over to yours at the weekend for a chat.'

'I'd really like that. If you're sure you don't mind. I find it so easy to talk to you. I feel like, in a different life, we might have been friends. And I'll pay, of course …'

'Would Saturday afternoon be OK? About 3pm? We could revisit your memories of Nina. Perhaps use the diary to help. I think understanding what you did to her will help you unlock a lot of the anxiety you are feeling.'

'I'm not sure *I did* anything to Nina.'

'No, sorry. I meant getting to the root of what happened between you might help you move on. There's clearly something unresolved there.'

'Yes, maybe …' There's something about Faith's tone that stops Alison from continuing.

'Anyway, we can talk more on Saturday. Try and get some sleep now.'

Alison runs herself a bath and adds some lavender oil that one of the Year 7s bought her as an end-of-term gift. Since she started teaching, she's noticed a change in the number and type of presents she's received. Twenty years ago, it wasn't even a thing. Now parents compete to outdo each other. It peters out in Year 8, as parents realise that no amount of chocolate will make you like their children any better.

Her body feels weightless, and she lets the warmth of the water flood over her. She tries to use the meditation techniques she heard about on Radio 4. In for four. One, two, three, four. Hold for seven. One, two …why were those people so nasty on her Facebook post? Bugger. She's ruined it now. Start again. Breathe in. Hold. One, two, three, four, five, six, seven. Exhale slowly. Breathe in. One, two, three, four. She's starting to relax. She can feel her body sighing as it lets go of all the tension. She tries to imagine her lungs expanding and relaxing, the cilia moving in waves. The bath water laps across her breasts. And then out of nowhere, an image invades her subconscious. The tub overflowing with bright red water. A wrist hanging limply over the side of the bath. Go away. Stop. She shakes her head, trying to clear the vision and instead dislodges a voice. *What if you just slipped under the water and never woke up?* She has to get out. Now. Why aren't her arms working? How is it so difficult? Her body feels ungainly. One leg in, one blindly searching for the floor. Desperately, she grasps for the nearest towel and slips on the tiles, bashing her knee on the towel rail. Shit. Shit. Shit. She hauls herself up and hobbles to the bedroom, pulling on her oldest, comfiest pyjamas. With no energy to dry her hair, she wraps it in a turban and burrows under the duvet, desperate to feel safe.

Later, she hears Tom downstairs and reaches for her phone. It's gone ten, her shoulders are aching, and the towel around her head has come off, leaving her hair messy and the pillow wet.

‘Hi, love,’ Tom calls up the stairs, ‘Are you awake?’ She looks around the familiar room. The round gold-edged mirror on the wall, the grey shade of the bedside light, the Laura Ashley wallpaper. Is this her bedroom? Is she awake or stuck in a type of sleep paralysis? She stays prone on the bed, waiting for someone to tell her what to do next. *You didn’t do it then?* Tom walks in, turns the light on, and Alison finally lifts her head from the pillow. Everything feels heavy. She knows it’s her turn to speak.

‘Did you have a good time? Is Andy OK?’

‘Yes, all good. Look, I didn’t mean to wake you. You go back to sleep; I’m just going to watch some telly downstairs.’

He kisses her head like a father might. She turns over, throwing the towel on the floor. Her hair will need washing again in the morning. She’s desperate to sleep. The vision has upset her, but it’s the voice in her head that’s frightening. It is a voice she hasn’t heard for over fifty years, but she recognised it immediately. And now that she’s let Nina in, she’s terrified that she won’t ever leave.

TWO FOR MIRTH

Alison

It's eleven in the morning, and Alison is still in her pyjamas. It seems like a lifetime ago when she was up and dressed by six-thirty with lesson plans prepared and make-up applied. It's as if she's collapsing in on herself, and everything she thought she was, is up for question. She slept fitfully, and Tom hadn't woken her before he went to play golf. Only the frantic bell ringing of a delivery driver had roused her. She's got three hours before Faith arrives. Three hours to reconstruct the version of herself that Faith is expecting to meet. She reaches for her laptop, opens up Facebook and clicks on a private message that was sent this morning.

Hi Alison. You don't know me, but I saw your post on the school's Facebook page. I remember Nina well. We were in the same class and did a few of the same subjects. It was a shock to us all when she died. It affected the whole school. You always feel as if you should have been able to do more to help. My own children were bullied, and I fear for my grandchildren with all the social media trolling that goes on, so I think what you're doing is wonderful. I'm happy to

chat on the phone or meet in person if that's easier. I live in Bushey.
Best wishes, Caroline.

Alison clicks back and reads her original post. She'd forgotten that she was pretending to write an article about the pressures on teenage girls. There are a few more comments under the post. Some said how sad it was that Nina had died. A few offered specific memories of classroom antics. Nothing helped bring Nina to life. She replies to the message.

Thanks so much for reaching out, Caroline. Meeting up would be great if you're sure you don't mind. I'm a teacher, and it's the school holidays at the moment, so I could come to you. Perhaps we could meet at the café in Cassiobury Park?

Moments later, it's all arranged for Tuesday. Hopefully, Caroline isn't just a lonely person who wants to reminisce about the old days. At the very least, she can fill her in on what Nina was like back then. Alison deletes the original post, closes the laptop, makes a black coffee, and goes to the garden to drink it. She is now regretting calling Faith. The panic attack and mean messages had rattled her, but what if the conversations with Faith are part of the problem? It sometimes feels like Faith is a psychic medium rather than a therapist, putting her in touch with dead memories that are walking over the grave of her childhood. She'll be expecting another story from Alison today, two for mirth – a time when she was happy. The garden makes her happy, but all she can see are the jobs that still need to be done. They had rain a couple of weeks ago, and now sunshine, so the weeds have taken over the borders, and the grass needs cutting. Her sweet peas have been left unpicked, and last night's winds blew over the support, so all their potential is now spilt over the path. Beside her, the dahlias she had such hopes for have been decimated by slugs.

Closing her eyes, she tries to conjure up a happy memory. Childhood holidays should be fertile ground. Hard to believe there was a time before cheap flights to Spain when holidays were to the English coast. Shingly beaches and rickety piers marched confidently towards foreign shores before stopping abruptly, like a child frightened by a vast expanse of nothingness. Most years, they visited her dad's mother at Hearne Bay. "Seaside Granny" had been widowed young and opened her house to paying guests through the summer. They were always given the smallest room and expected to be out for the day, like her other customers. At least she didn't give them a bill at the end. One year, they went to Cornwall instead. They stayed in a pub in Boscastle. Alison slept on a Z-bed in her parents' room, and her father's snoring had kept her awake all night. She tried putting her fingers in her ears to muffle the sound, but they always came out just as she was about to fall asleep. The pub had bar billiards. She can still remember the excitement when the mushroom fell into the hole. The pub didn't serve food, so they ate at the café across the road. She chose scampi and chips, and apple crumble every night. Was this a happy memory? Probably, although Mummy had food poisoning on their last day, and they'd stopped every two hours for her to heave at the roadside or find a garage that was prepared to find a key and unlock the toilet. Her mother, ashen faced, was determined to make light of it. *I'm fine, really I am*. It had taken them eight hours to get home.

The cat joins her. She is sitting under her chair, luxuriating in the warmth. Alison considers the birth of her children. People often say it's the happiest day of their lives. Men, usually. She'd been unprepared for the savagery of contractions. The ridiculous NCT teacher who talked about welcoming every single one, breathing through the crest and then releasing your energy in preparation for the next. The pethidine had helped. She'd been refused an epidural because she was too dilated, though it was two hours more before Charlie had finally found his way out. How many times had they said, "*last big push*"? Then it was stirrups and stitches for her, while Tom cut the cord and sat in a chair holding their washed and blanketed firstborn, tears running down his cheeks. It might have been the best day of Tom's life, but he didn't have to wear paper pants and sit on a rubber ring for weeks. And afterwards things had gone badly wrong. Better not to think about that now.

None of this will do for Faith. When Alison was five, Granny Sheffield had come to stay. She was a fastidious dresser and had bought a new tweed coat in soft pinks and greens just for the occasion. "Do you like my new coat, Alison?" she asked, doing a little twirl as if she were Anthea Redfern. "It's quite nice but fairly horrible," Alison had managed, proud of her critique and vocabulary. That's how she feels now, sifting through her memories, desperate to find a moment of pure, unadulterated joy, and instead finding that in every single one, she is quite happy, but fairly miserable.

Bored by all this inactivity, the cat stretches and prowls off to inspect the buddleia in the far corner. The once purple heads are now brown and ugly. She really should find a pair of secateurs. Stop thinking about what needs to be done and focus, Alison. She slaps the side of her face with her hand. You must have been happy at least once in your life. The sun breaks free of the clouds and finds its way from behind the shed, casting a beam that ends at her feet. Suddenly, it comes to her. It was nineteen seventy-nine. She was at the end of the first year of her B.Ed., and everyone was in the Student Union celebrating the end of exams and making plans for the long holidays. Some were off home to become children again, and others were taking part-time jobs to boost their grants. Neither appealed to Alison. The table they had claimed in the corner of the bar gradually emptied of roommates, friends and hangers-on until just four remained. "I've always ff-fancied interrailing around Europe," a guy called Tom proffered to no one in particular. Alison didn't know him very well. He was taking English Literature, so she assumed he was gay.

"That sounds like fun," Alison replied, noting his shy stutter and kind eyes. And so, a plan was hatched, passes bought, and the Thomas Cook book borrowed from a friend. They had taken the ferry to Ostend and then made their way through Belgium, Germany and Austria into Italy. They'd survived on bread, cheese and tomatoes, the odd sausage. They stayed in youth hostels or saved their money for cigarettes and alcohol by booking sleeper trains. In St Mark's Square, they shared an outrageously expensive coffee and their first kiss. Not gay, then. By the time they reached the French Riviera, she had fallen for his quiet determination. Where she approached every new experience as an adventure, he planned everything in meticulous detail. Routes, trains, budgets. He had pocket dictionaries for all major European languages. It was reassuring. She felt safe.

They forked out for a hotel in St Raphael, a small double on the 4th floor with no lift. The sheets were sharp and tucked in so tightly that when Tom moved on top of her, his foot got caught in the covers, leaving him trapped and mummified, with a cramp developing in his calf. Alison manoeuvred herself from under him, stripped all the sheets away, pushed him back onto the bed and jumped on top. She feels herself blushing at the memory. How confident she was, how easy in her body. She can remember his fingers gently brushing her back, his mouth sucking her nipple. Afterwards, she sat by the Juliet balcony with only a towel wrapped around her and drank cheap red wine from the bathroom beaker. The sun found its way between the buildings of the narrow old town streets, and a thin shaft of sunshine sliced through the rooftops, anointing her with its warmth. She'd been happy then. It was the life she wanted. Carefree, sun-kissed, a little bit drunk, and so in love. He was lying on the bed reading *The Hitchhiker's Guide to the Galaxy*. She knew the answer to life, the universe, and everything was right there in that room.

By the time Faith arrives, Alison has showered, dressed and stacked all the dishes in the dishwasher. She sees the red Corsa pull up outside. Alison expected Faith to drive something more unorthodox, an Alfa Romeo or a soft-top classic car. While Faith parks and gets out of the car, Alison boils the kettle and fills the cafetière with the "special" coffee that she only uses when people come around. She checks that it's still in date.

'Thanks so much for coming. I feel a bit of a fraud now. I was in a bit of a panic when I called.' Alison is gabbling, embarrassed that she has called Faith unnecessarily.

'Don't apologise. It's fine. Let's get a cup of coffee, and you can tell me how you felt and why you think it unsettled you so much.'

Alison shows Faith into the front room and goes to the kitchen to collect the coffee and some biscuits. When she returns, Faith is inspecting the family photos on the wall.

'They both look like you,' Faith turns and smiles.

'Really? I can only see Tom in them.'

Faith studies the only picture of Tom and Alison in the room. 'They have Tom's bone structure, but I can see your vulnerability.'

No one else would consider her vulnerable. She comes across as overly direct, the sort of person who says it as it is. But that's just her armour. When they were young, she'd taken the boys to Warwick Castle. They'd got to dress up as knights and fight with swords. They'd been instructed to aim for the weak points – the armpits, the back of the knees or the visor. Faith is staring straight at her now, stabbing at her insecurities.

'Milk and sugar?' Alison asks.

For the next hour, Alison tries to explain how she is feeling. She tells Faith about driving back to Nina's house, revisiting the school, and the panic she felt at the entrance to the park, but she stops short of revealing the news about Nina's suicide or the meeting she's arranged for Tuesday. She wants to keep some things in her control. Perhaps she's already said too much. Faith says little in response before reaching into her bag and bringing out the diary. She's marked some of the pages with index flags.

'I thought it might be helpful to revisit some of the diary entries and see if they bring back any memories. Your relationship with Nina could be a key part of the jigsaw. The fact that you went to her old house last week suggests that, subconsciously, you need to resolve this before you can move on.'

Is that true? It seems unlikely that something that she is unable to remember, that happened over fifty years ago, can be causing her to feel so rattled. Isn't it more likely to be work-related stress or empty-nest syndrome? She wishes she hadn't mentioned the bloody diary.

'Alison!' The sharpness in Faith's voice startles her. 'You were miles away. It's important during therapy that you stay present.' Faith smiles and then more softly. 'I know it's a lot, and you're clearly not sleeping.'

'I thought we were going to talk about my two-for-mirth story.' Alison says. She knows she sounds like a petulant child.

'Best to keep that for our regular sessions. I was worried when you phoned me. Therapy is a bit like peeling back the layers of an onion. Sometimes we inadvertently take too many layers off at once …'

They are interrupted by the front door opening and Tom's voice in the hall. 'Hi. I'm back. Paul managed to put his foot down a rabbit hole, looking for his ball on the 12th, so we finished early. Probably just an excuse. He's such a bad loser.'

'In here, Tom. Faith's here.'

'Oh yes, sorry. I'd forgotten you had company.' He strides over and shakes Faith's hand. 'How's the patient doing?'

'We don't refer to our clients as patients, just clients, and it's all confidential.' Faith seems rattled, so Alison jumps up.

'Let me get you a coffee, Tom,' she says, expecting him to follow her, but he sits down next to Faith. She doesn't want them to meet. It was a mistake to invite Faith to her house like this. Her home is a place where she can shut out the noise and cling to the remnants of who she is. *You shouldn't have let her in. You shouldn't have invited her over the threshold.* She pours the water into the cafetière and finds more biscuits. Worried that she's left them alone for too long, she wanders back and hears Faith laughing loudly. Was she laughing at something Tom said? It seems unlikely. Tom is never funny. Standing at the door, she sees Faith place her hand lightly on Tom's arm. Is she flirting with him?

'Would you like another cup, Faith?' There's a steeliness in Alison's voice.

'That would be lovely. Thanks, Alison.'

She returns to the kitchen and plunges the coffee with some force. While they drink their coffee, Tom chats to Faith. He asks her where she grew up (around here), whether she has children (no), and what got her into psychotherapy (going to therapy herself). Alison feels irritated. She wants Faith to herself. Finally, Tom makes his excuses.

'It's great that Tom's so supportive,' Faith says. 'Many men of our age are pretty dismissive of counselling.'

'I think he just wants the old me back,' Alison replies.

Faith looks at her watch and reaches for her bag. 'I'm sorry, Alison. I'm out of time. I have a date tonight.'

'I thought we were going to talk about the diary?'

'I know. I'm sorry. I've marked some of the entries which worried me with the red Post-It notes. Red flags if you like. Perhaps as part of your homework, you could re-read them. See whether any of them mean anything to you.'

Alison sees her out and watches her drive away. She takes the tray back into the kitchen and washes the delicate China mugs by hand. Even after several rinses, the rim of Faith's cup is still smeared with her bright red lipstick.

Alison

The drive to Cassiobury Park takes Alison about twenty minutes, and she uses the time to think about the questions she will ask Caroline. It felt like a good idea at the time, as if she were a private detective inventing a research project to gather information. Now she feels sick with anxiety. She's not used to lying. Tom can always tell; he says her ears go red. She leaves the car in an avenue on the east side of the park and walks through the entrance path that scythes through two of the mock Tudor-fronted houses. She holds her bag tightly to her chest as a teenager swerves past her on his bike, performing a wheelie to impress or intimidate her. The café is directly across the park, but she's early, so she takes the time to walk down to the river first. Hugo had run the half marathon here one year. She and Tom had come to support him, standing in their inadequate jackets, rain dripping off their poorly fitted hoods. She was relieved when the boys left home, satisfied with the job she had done as a mother. Now she misses having them around, their loss amplified by the death of her mother. Who does she have to look after now?

She quickens her step and heads towards the café, where she spots a woman of a similar age to her, hovering outside. She recognises the indecision. They should have arranged a signal – come carrying a copy of the Times, but who reads newspapers anymore?

'Hi, are you Caroline?' Alison is breathless from her fast walk. 'I'm sorry I'm a few minutes late. I couldn't resist walking down to the river.'

'No problem, I've only just got here myself.'

They stand for a moment, unsure of the etiquette, and then both speak at the same time. Alison laughs.

'Sorry, do you want a coffee or are you happy to walk and talk?'

'Let's walk and talk. We can do a lap and end with a coffee.' Caroline suggests. 'So, you're writing an article about the stresses on teenage girls?'

'Yes,' Alison feels her ears start to glow. 'As a teacher, you see so much anxiety, and Covid made it worse. People seem to think that social media is to blame, and I suppose I wanted to compare it to when we were teenagers. It's easy to forget that we faced pressures too.'

'I know. You'd think the youth of today invented anxiety,' Caroline laughs, 'I can remember feeling petrified of walking home alone after school. There were always people waiting to beat you up if you so much as looked at them funnily.'

They zig-zag across the park, taking in the bandstand, and walking past the tennis courts where a group of children are enjoying a summer camp.

'So, how did you know Nina?' Caroline asks. Alison hesitates before deciding to tell her everything.

‘It’s complicated. Until a few weeks ago, I wouldn’t say I knew her at all. I found my old diary while I was clearing out my mum’s house, and it was full of entries about Nina. We were at primary school together, and she lived down the road from me. In the diary, I seemed obsessed with her, but I can't remember anything about that time.’

‘That is strange,’ Caroline agrees. ‘So, when did you find out that she’d, you know, killed herself?’

‘I couldn’t stop thinking about her after I read the diary. I found myself outside her old house, and a neighbour saw me loitering. She told me they had moved, but she’d kept in touch, and how tragic it was that the eldest girl had committed suicide.’

They have reached the end of the park and arrived at the river. There’s a section where dogs are allowed and a spaniel is chasing its ball into the shallows, splashing about and shaking vigorously, before doing it all over again.

‘You can walk all the way to the Aquadrome from here,’ Caroline says, shaking her head. ‘It was so sad. I suppose these days she would have been diagnosed with some form of depression. But no one understood that sort of stuff in the seventies.’

‘What was she like at school? You mentioned you were friends.’

‘I was in her class, 1B. I had quite a few friends from primary school. We’d all failed the 11+, you see. We were written off before we were even teenagers. Labelled as thickos. I run my own business now, but it took me a long time to believe in myself.’ Caroline pauses. ‘Anyway,

Nina didn't have any friends because she'd only just moved into the area. We ended up sitting together in a couple of classes. There was something about her. I think it must have been her confidence. I was such a shy thing, and I was drawn to it. She was quite spikey – she'd answer back to the teachers, got into trouble, kept getting detentions.'

Alison thinks about the diary entries. The shoplifting, the boys. It sounded like the Nina on those pages.

'But then in the second year, she was different. It was as if she'd had all the stuffing knocked out of her. She started hanging around with me and my group of friends at lunchtime. We didn't mind, we always included her, but she never really fitted in.'

'And did you ever find out what had happened to her? Why she had changed?'

'Not really. We were just kids. There was one time I remember as odd, though. We were all getting ready for games. You know what it's like at that age, everyone wants to go into the toilets to change, because half of you are still in vests. Well, I was one of those. No tits at all until after I had my first baby! We had a couple of shower cubicles in the changing room, so I took my games kit with me to get some privacy. The door wasn't locked, so I pushed the door and Nina was standing there. Now she was a bra girl – she even had big boobs in the first year. As the door swung open she wrapped her arms over her boobs and screamed "GET OUT!" like I was some sort of pervert. I did get out, but not before I saw the bruises. She was covered in them.'

‘Did you say anything? Ask her how she got them,’ Alison probes. These days, she’s sure a teacher would notice. It would be raised as a safeguarding issue.

‘No, I was too scared at the time. But later that day, she found me in the playground. Said she was sorry to have shouted, and that she’d got the bruises playing hockey last week.’

‘So, do you think there were problems at home? Her dad, perhaps?’

‘Yes, her dad or a boyfriend? She was mature for her age and attractive. All the boys were interested.’

A flashback. She’s there in a different park. Trees and a clearing, twigs underfoot. A river clogged up with old tyres. An old, dirty sleeping bag. A dog barking. Boys leering. Nina leaning against a tree provocatively. Alison stops, rooted in time. Caroline walks on, unaware.

‘Are you OK?’ Within a few moments, Caroline is beside her, her face anxious.

‘Yes. Yes. Sorry. I just remembered something.’

‘About Nina?’

‘Yes, I had a sort of flashback. I remembered being in a park with her.’ Alison shivers.

‘It looks like you’ve had a bit of a shock. Shall we get that coffee now?’

Ten minutes later, they are sitting in the garden of the café. Caroline has bought a slice of coffee cake.

‘Thanks for this. I don’t know what came over me. It was as if I saw a ghost!’

‘I’m sorry it seems to be dredging up all these unhappy memories for you,’ Caroline says, kindly. ‘Are you sure you want me to go on?’

‘Yes, please do. My therapist says it will be cathartic in the long run.’

Caroline smiles. Perhaps she realises that the article was a rouse. ‘So, what happened later, when she killed herself? Were you still friends then?’

‘Sort of. I’m not sure that she had any good friends. Certainly not a best friend. She spent a lot of break time in the library. But we still sat together in history and science. We were both in the top set. Other people thought she was odd, so I didn’t want to appear too friendly with her in case people thought I was odd too.’ Caroline paused. ‘I’m ashamed of that now.’

Alison cuts the cake in half with a fork and moves the smaller half onto her saucer.

‘It was at the end of the summer holidays. We were going into the fifth form and the prospect of O-levels. Mum and Dad said I could have a party. I think I sold it to them as a few girlfriends coming over, but when I realised they were going out for the evening, I invited some boys. Nina was a late addition. One of the boys said he fancied her, so I rang her up. I couldn’t tell if she wanted to come, but she said she would.’

Alison says nothing, keen to get to the point of the story.

‘Anyway, it was all a bit tame. I’d recorded the Top Ten, and we listened to that. I remember that Barbados song was in the charts, and we all put on West Indian accents and mucked around saying beer can to each other.

I mean, it makes me shudder now, but we didn't know any better then.'

Alison can see this descending into a nostalgia fest. She'll be quoting Alf Garnett next.

'And did Nina join in? Can you remember if she stayed?'

'She mainly sat in the corner, I think. After a bit, we played spin the bottle. Do you remember that game? We always seemed to make it land on the boy we fancied. It was all heterosexual in those days, of course. We re-span it if it ended up with two girls or two boys. Anyway, when it landed on the boy who fancied Nina, I made sure it pointed to her. The idea was that the couple went upstairs and had a snog, and the rest of us sat and gossiped until they came down. It was usually only a minute or so, but Nina and this boy were gone for ages. The next thing we knew, the boy walked back in, and we heard the front door slam shut. He laughed and called her a prick-tease. I went to the door and looked down the street, but she was running and didn't hear me shout.' Caroline stops and picks up her coffee.

'And that was the last time you saw her?'

'Yes, the party was on the Saturday night, and it was the Bank Holiday Monday when she did it. The police came to our house during the week, trying to see if anything had happened that might explain things. There wasn't a note, you see. I never mentioned the boy, just said she'd left early. They wanted to know about school, whether she might be worried about O-levels, but she was a bright girl, and I don't think it would have been that.'

They finish their coffee, and Alison notices that Caroline hasn't touched her half of the cake.

'Would you like another?' Alison asks, breaking the silence.

'No, I'm fine. I probably need to get back anyway.'

They walk back across the park, struggling for things to say to each other, the intimacy of the previous revelations the only common ground between them. Finding the silence awkward, Alison returns to the safety of nostalgia.

'Have you always lived around here?' she asks.

'Yes, born in Oxhey and moved to Bushey.' Caroline replies. 'And you?'

'We moved to Pinner from South Harrow when I was nine. That's when I met Nina.'

'I loved Pinner Fair. We went every year – always came home with a goldfish and a coconut,' Caroline confided. 'The coconut usually lasted longer!'

'I suppose I must have gone when I was younger, but I can only remember it from my late teens. I'd go with a group of friends from school in the evening, eat hot dogs and candy floss and then throw it all up on the waltzer.' Alison laughs at the memory.

'I wasn't allowed to go in the evening. My older brother went one year and said there was a striptease tent at the top by the Police Station. You paid your shilling and got to gawp at a couple of women, completely starkers. It was a different time then, of course.' They reach the park entrance and exchange mobile numbers.

'Do let me know if you find out any more about Nina,' Caroline gives her a light hug. 'If you ever want to meet up…' she lets the words hang between them.

‘Yes, absolutely. I’d love to.’ Alison replies, knowing full well that she doesn't have the stamina to invest in a new friendship, especially one that will remind her of all that she’s lost.

Alison. 26th May 1971

Alison is sitting at the bottom of the stairs in her new jeans, waiting to go to Pinner Fair. It's been ten days since it happened. Ten days since she shouted goodbye to Mum and Dad, grabbed her bag from the hook by the telephone seat and bounded out the door. Ten days since she ran down the alleyway and did a celebratory somersault on the bars at the end. Ten days since she knocked on Nina's front door and said, "Hello, Mr Harris. Is Nina there?" in her most polite voice because she is scared of this thick-set man with his angry red face. Ten days since she and Nina stopped at the end of the road and took out the lipstick they'd stolen from Woolworths, applying it to each other's lips like a kiss.

When she returned home two hours later, with her top covered in mud and her knees grazed, she couldn't speak. She was gulping for breath, tears and snot running down her face. She shrank into herself as her mum and dad fired questions at her, *"What's happened? Are you OK? Did you fall over? Who were you with?"* And, while they rushed around getting new clothes and the first aid kit, she hid in the cupboard under the stairs. She liked being there, surrounded by dusters and cloths that still held the sweet smell of beeswax. It reminded her of helping Mummy polish the nest of tables in the front room. She liked to see the half crescent imprint of a glass or cup, disappearing as she rubbed it away. It was comforting to think that anything could be restored, however damaged. As her eyes grew accustomed to the lack of light, she made out the Hoover, a collection of Wellington boots and some sad umbrellas in the corner. She sat with her back to the wall, knees pulled up to her chest like she might have done at school assembly before they were warned the girls about having their pants on show. Her knickers felt sticky, and she wondered if she had wet herself running home. She cried silently so that her parents wouldn't hear her.

Eventually, they coaxed her out, like a new kitten from a box. She had a bath, the Christmas stocking bath salts crumbled into the stinging hot water, and then climbed into bed, shivering even though it was a warm May day. Her mum treated her like an invalid, bringing her Bovril and a hot water bottle. Alison let the heat burn her tummy. It felt good to hurt.

As the days passed, her mum tried everything to get her to open up, but Alison said nothing. At first, she felt scared and ashamed of what had happened. But later, everything got twisted in her head, and she couldn't remember what was real and what was a nightmare. Little by little, she started to doubt herself. *Had it been her or Nina? Had she been pleased that the boys were there? Had she led them on? Why hadn't Nina said something? Why hadn't she stopped them?* All Alison knew was that she mustn't tell anyone. On Monday, she stayed home from school because she felt poorly, and all week the secret sat in her tummy, eating away at her.

She knows her parents are worried. Yesterday afternoon, her dad sat on the bed and took her hand in his. She was embarrassed to see tears forming in his eyes. She had never seen her dad cry, not even when their cat got run over. Instead of asking what had happened, he told a story about how her mum had been at their old house, how she had stayed in bed all the time. He said that Mummy had a type of depression, and seeing Alison in bed and never leaving her room made him scared that it was happening to her. Alison felt odd hearing her dad talk like this, and something shifted inside.

Afterwards, Alison put on her dressing gown and went downstairs. She asked for a bowl of cereal and ate it in the front room, sitting on the sofa. Her mum sat beside her, rhythmically stroking her leg. That night, she was allowed to watch Top of the Pops, even though Mum and Dad hated it. Her dad pretended everything was normal. Only his finger tapping the arm of the sofa told her otherwise.

When she woke this morning, her mum asked if she wanted to go to Pinner Fair with the twins from down the road. She hesitated for a moment, and Alison saw a cloud of sadness pass across her mum’s face. 'Yes, thank you. That would be lovely.' The lie snaked up from her stomach. She bit a strand of loose skin on her dry lips and enjoyed the way it hurt.

Now, she was sitting at the bottom of the stairs, waiting for the knock on the door, picking the skin around her nails. If she could, she would never leave this house again. It was solid and safe - the door shut tight against the wolf outside, trying to blow it down.

'Are you ready to go, Ali?' Mum shouts from the kitchen, but before she can reply, the girls are knocking. Mum rushes past her and opens the door. 'It's very kind of you to do this. I hope you don't mind.' As Alison suspected, they had been persuaded to take her in the mistaken belief that she wanted to go. The twins are older and deemed responsible enough to keep an eye on her after her "funny turn", as her mum refers to it.

'No problem, Mrs Walker,' they chirp as one.

As they walk down the main road towards the Fair, the twins chat about which rides they will go on. From Pinner Green, the crowds grow larger, and Alison sees little children clutching candy floss and clear plastic bags filled with a lonely orange occupant. One dad gives a shoulder ride to an oversized teddy bear.

'We've promised to meet up with some of our friends from school,' one of the twins starts. 'You'll be OK on your own, won't you?' the other finishes. 'We can meet by the Police Station at six to walk home.'

What would she do with herself for three hours? The town, usually so familiar, is lined with uncertainty. The once-wide roads and pavements squeeze in on her; groups of teenagers jostle past, knocking her off balance. The garish decorations on the side stalls loom into view, a reminder of her nightmares. All the shops are closed, so she hides in a doorway and lets the world sweep by. She has enough money for twelve rides. It isn't much fun on her own, but she sees it as a test, and she is good at tests. In the first hour, she rides the dodgems, the rotor (twice) and the waltzer. As she is whipped across the floor and spun in every direction, she thinks she sees Nina in the distance.

Alison hasn't even mentioned Nina's name, but somehow her parents know. She heard them whispering one evening, her father's anger bubbling to the surface, desperate to confront Nina's parents. Her mother begging him not to.

"What would be the point, John. We don't even know that Nina was there."

"Don't be so stupid, Margaret. She's never been anything but trouble since we moved here. She's a nasty little cow, that one."

The words were shocking. Her dad slammed the door as he left, and Alison watched from her window as he strode towards the alleyway, his shoulders tight with tension, his fists furled. She didn't hear when he returned because she was under her bed sheets, her fingers stuffed in her ears, her eyes tight shut.

After the waltzer, Alison wastes her money on the side stalls, hooking ducks and throwing darts, and then she waits in the queue for the Crazy Maze. She hands over her money and makes her way up the steps. The maze has a mix of moving walkways and mirrors designed to disorientate you. She starts off turning right, only to find her way blocked. A child running behind her screeches to a stop and shrieks with laughter at her enormous head and tiny legs. In a different mirror, Alison's body is matchstick thin. When she opens her mouth, it gapes like a cavern. She feels panic building and turns quickly to find an exit. Everywhere, people are laughing. She pushes through groups of teenagers and hears their voices taunting her. She meets another dead end, turns abruptly and comes face to face with Nina.

'Did you tell?' Nina is standing still, blocking her way. 'Did you tell? Her voice is louder, meaner.

'N-n-no. I didn't tell anyone.'

'So, how come your dad was hammering on our door then?' Nina's eyes flash, her chin set hard.

'I don't know. I really don't know. I think Dad guessed we were together. I didn't say anything. I swear.' Why doesn't someone come around the corner? How come there's no one else in this part of the maze?

Nina takes Alison's arms and turns her to face the mirror. 'You better not have. Because if anyone finds out, we're both in trouble.' She runs her index finger across Alison's neck. Nina's long body looms over Alison's. Both have tiny heads. Nina smiles, and her cheeks become enormous. 'It was only a little bit of fun. It just got out of hand,' she says, squeezing Alison's shoulders. It was as if she were trying to convince herself. 'See you at school next week, then,' Nina says as if everything is normal between them.

Nina turns, and Alison follows her back to the main part of the maze. Fiona is blocking the entrance to the offshoot corridor, pointing everyone the other way. 'Thanks, sis,' Nina says, ruffling her hair.

Outside, Alison watches Nina and Fiona disappear towards the helter-skelter. Slowly, she walks up to the top of the high street and sits down on the bench by the Police Station. It's only five o'clock, and she wants to leave, but she'll get the twins in trouble if she doesn't wait for them.

She feels invisible, a bystander witnessing the world going by.

Had it just been a bit of fun, like Nina said? It started out that way. They were meeting up with a couple of boys from the council estate, but an older boy was with them when they got to the Dingles. They said he was a mate of one of their brothers who had asked to come along. The boys seemed scared of him. After a while, the older boy lost interest and disappeared on his bike. But a little while later, he was back with his dog. It barked at the girls, so he hit it with a rope, and the dog cowered. After a while, he produced some dice and suggested they play strip poker. Alison didn't know what strip poker was. But Nina said yes. She probably didn't know what it meant either, but she didn't want to look babyish. She and Nina kept losing. At first, when they had to remove their socks, it didn't matter. They were laughing. It was funny to be barefoot in the woods. By the time Nina took her top off and was down to her trainer bra, it didn't feel like fun anymore. The older boy had his shirt off. With the next throw, he removed his belt, his jeans dropping down on his hips. Alison couldn't help staring. When she next threw a one, she just sat there. She had nothing on under her top, not even a vest. "Come on then," the older boy said. "Don't be shy." One of the other boys suggested they stop. "I don't think so," he said, a leer on his face. She was frozen to the spot. "If you don't want to take anything else off, you'll have to do a forfeit." She could see Nina in the corner of her eye, nodding in agreement. How bad could a forfeit be?

‘Got you.’ The hand on Alison’s shoulder makes her start. ‘We’re arresting you for having no fun at the fair,’ the other twin adds, laughing.

‘Can we go now?’ Alison asks, desperate to be back in the safety of her bedroom.

‘Just one more thing left,’ one of the girls says. ‘We’ve saved our money to see Madame Crystal. We want to see if there’s a tall, dark, handsome boyfriend in our future.’

The fortune teller caravan is across the road from the police station, next to the cinema where Alison used to go to Saturday morning cinema. Romany Rosa, the sign reads, Granddaughter of Gipsy Rose Lee. As seen on TV. An old lady, dressed in a long skirt with a fringed scarf over her head, is sitting on the steps, smoking a cigarette. As they approach, she stubs it out with her boot.

‘Hello, my dears. Want to hear what the future holds,’ she half cackles, half coughs.

Both twins go in together, giggling and holding hands. They come out ten minutes later, full of excitement.

‘She was brilliant, Alison. You should have a go. She said I was going to be a famous actress.’

‘And I was going to marry a boy called Billy.’

‘Fancy, a go, lovey?’ The gipsy has followed them out.

The twins answer for her, and before she can back out, she’s up the steps and sitting across from Rosa in a blacked-out room lit by a single table lamp.

‘Now, what would you like to know? ‘Who will you marry? How many children you’re going to have?’ the gypsy probes.

Alison can't think of a single question to ask. The darkness is claustrophobic, and she thinks she is going to cry.

'Don't worry, lovey, I'll do a reading. See what I can see.' She shuffles the tarot cards and then asks Alison to choose three and place them in front of her. The first is The Moon. 'You like to keep things hidden, don't you, lovey? I think you have been deceived recently by someone you trusted. Or perhaps you deceived them?' She pauses for some reaction, but Alison stares at her hands. The next card is The Star.

'This shows me that you will overcome your problems. You have inner strength. This is a hopeful card. However bad you feel at the moment, you will be alright.' There is a kindness in Rosa's voice. She turns over the final card, and Alison gasps. The Death card. She stands up, almost knocking the table flying, and stumbles out of the room. Romany Rosa is shouting behind her, 'It's just about one part of your life-changing … it's not what it seems …' but Alison is already running up the road, the twins trying to keep up.

Faith

Faith sits in her car drinking a flat white until she sees Alison's car back out of the driveway. If psychotherapy doesn't work out, perhaps she can get a job as a private investigator. She waits another fifteen minutes to make sure Alison doesn't return and then knocks on the door. Tom answers. He looks surprised to see her. 'Hi, Tom. Is Alison in? I had something I wanted to talk to her about.'

'She just went out. I thought you might be her,' Tom stumbles. 'Did you have an appointment? She doesn't usually forget.'

'No, it was on the off chance. I was just passing.' She hesitates. 'Actually, do you have a minute? There was something I wanted to ask you.'

'Mmm … I have a call in half an hour.'

Faith can see how awkward he feels, so she takes control, 'It won't take long; it's just something I felt I couldn't mention when I saw you on Saturday.'

'Yes, well, yes. Come in then.'

He opens the door, and Faith makes her way to the kitchen. She sits at the island and smiles at Tom. 'Any chance of a coffee?' As he fills up the cafetière, she looks around. It’s neat and she can see Alison’s influence in the design choices – the simple shaker-style units and the tasteful tiles.

‘So, what was it you wanted to ask?’ Tom starts, getting the milk from the fridge.

‘I was wondering if Alison ever mentioned that she has no memory of her early teenage years?’

‘I don’t think she knew she couldn't remember anything until she found the diary,’ Tom falters. ‘Sorry, should you be talking to me about this?’

‘Would you rather I didn’t? I just think it might help if you could work with her to unblock the memories. She's not said anything directly, but I sense she feels you’re not really interested in her getting better.’ Before Tom can respond, she pushes on. ‘It happens quite often in therapy. The person having the counselling is desperate to change, and their partner is scared of what that might mean.’

‘I don’t think that’s the case at all,’ Tom splutters. She can see she’s upset him, good! Next, she starts a charm offensive.

‘No, I know. Not in your case, obviously. But sometimes people respond best to a bit of challenge. She’s obviously got some deep-seated issues that have been buried for over fifty years,’ Faith pauses to let that sink in. ‘It must have been very hard for you,’ she lays the empathy on thick.

‘So, you don’t think it’s grief or workplace stress?’

‘Well, I’m sure those have played their part. But from our first few sessions, I do feel there is something deeper. That’s why I’m interested in whether you noticed anything when you first met.’

‘I don’t think so …’ Tom hesitates. Faith can see him accessing his memory banks. ‘It was such a long time ago.’

‘Do you have any photos? Sometimes, they can trigger memories.’

‘Yes, maybe. Let me look.’ Tom walks towards the hall.

‘Would it be OK to use your loo? It’s all that coffee,’ Faith says apologetically.

‘You can use the one upstairs – up to the landing and turn left,’ he offers, going into the downstairs toilet to retrieve an album.

The bedroom doors are open, and Faith can see Alison’s nighttime ephemera on the bedside table in the spare room. Not sleeping together, then? She enters the master bedroom and spies the cat bathing in the shaft of sunshine. She extracts a small, hooped earring from her pocket and places it on the floor between the bedside table and the bed. Then she goes into the bathroom and shuts the door. She looks at her reflection in the bathroom cabinet mirror. When did she get so old? She tries to remember what her sister looked like. Strong features and dark hair that she liked to keep short. A pixie cut, they called it. If she were alive today, would people think they were sisters?

She slides the glass to reveal the usual collection of pills and lotions, noticing the packs of fluoxetine alongside antihistamine tablets and a tube of Voltarol. She picks up a tub of expensive-looking moisturiser and gently strokes it into her cheeks and forehead. A fleeting memory of her and Nina sitting at their mum’s dressing table, putting on her makeup. Nina, with her lips bright red. Her own blue eyeshadow inexpertly applied. Their father had walked in, furious at the mess. Nina had told her to go downstairs and that she would calm Dad down.

She closes the cabinet, slides the moisturiser into her bag and flushes the toilet. Downstairs, Tom is clutching a few photos and looking anxiously at his watch. 'I'm sorry, but I've got a Zoom call I can't be late for.'

'Don't worry, we can talk again.' She glances at the photos he's chosen. There's a few of Alison at University and a couple from their wedding. She takes them from him and hands him her card. 'If you think of anything that might help me understand Alison better, perhaps you could phone.'

He nods and looks relieved that she's going. 'Oh, and Tom, perhaps don't mention this conversation to Alison. I wouldn't want her to think we were ganging up on her or anything like that.'

'Of course not. No, I wouldn't,' he manages, walking upstairs and letting Faith see herself out.

How can men be so stupid? Of course, he won't mention any of this to Alison. She can see what Alison sees in him, though. He has kind eyes, and he's kept himself fit over the years. If he were hers, the beard would have to go. Sometimes, it hides a weak chin, but she doesn't think it does with Tom. He's tall, which she likes, and he's got that salt and pepper hair. She indicates to pass the parked cars on the high street and catches a glimpse of her face in the rear-view mirror. Women make so much more of an effort. Cut and colour every few months; all the lotions and potions; the waxing, the Botox.

Not that she's resorted to any of that. Considering the life she's led, her body has held up pretty well. Shame about the rest of her.

For the remainder of the drive, she imagines what her life would be like with Tom. She wonders what he's like in bed. He seems quiet, repressed even, but you never can tell. Some of the dullest men she's been with have been the most experimental. And Alison says that Tom's always playing golf, so if she were married to him, she could still indulge in some no-strings-attached sex on the side. She'd just need to be discreet.

She sighs. It's not really Tom she wants. It's the house, the family. A home where she doesn't have to use a pre-payment meter for her gas or worry about the rent going up every six months. Grown-up children who will ring up and say, "We're coming up next weekend, fancy a Sunday roast at the pub?" and a partner who will make a cup of tea and massage her feet without demanding a blow job in return. She blinks away the tears that are forming. Why is her life so hard? She's the one who lost a sister. She's the one whose parents chucked her out for not being Nina.

She parks at the garden centre and retrieves the photos from her bag. There are a couple of Alison at University. In one, she's wearing a boiler suit; in another, a floral skirt. This should have been Nina. She'd have been brilliant. Could have gone to Oxford or Cambridge if Alison hadn't caused her to fail the 11+. She was in all the top sets at school. After she died, they called her a star pupil. At her funeral, the headmistress had given a speech about unfulfilled potential. Faith finds she has crinkled the edge of the photo in her rage. She presses it flat and sifts through the others. There's one of Alison and Tom on their wedding day, all lace and leg of mutton sleeves. They look happy. Thirty-five years later, they are sleeping in separate beds, and Alison is having a nervous breakdown. She slips the photos back into the bag and gets out of the car.

She is meeting Lynne at lunchtime, and the garden centre is full of old people pottering around, picking up things that nobody needs, like overpriced humbugs or cats that hang off garden pots. Faith dreads the day when visiting the garden centre is the highlight of her week. She neatly sidesteps a geriatric in a mobility scooter and waves at Lynne, who has jumped the queue waiting for the midweek lunch special and secured a table by the window.

'I got you a flat white,' Lynne says, taking her bag off the spare chair. Lynne is organised and efficient, the polar opposite of Faith. In their late teens, they'd worked together at a sleazy pub, sharing tips and finding ways to avoid the unwelcome advances of dirty old men. When Faith moved away, Lynne kept in touch, letting her know all the local gossip - who was sleeping with whom, who was pregnant, who was leaving their husband. Bucking the trend, Lynne and Nick had married young and stayed together. She worked as a cleaner, and Nick got an apprenticeship at a butcher's shop. Fast forward twenty years, and they had struck gold. Who knew butchering could be such a profitable business? Lynne stopped working when Cara and Stacey were born, and they moved to a big house in Chorleywood, where Lynne had become the lynchpin of all the private school-gate gossip. It had been a natural progression to start looking after her friends' houses while they were away on their annual Caribbean cruise or taking a villa in Tuscany for the summer. By the time Nick took early retirement, Lynne's business was thriving. She expanded into home security and surveillance devices, helping the "ladies that lunched" to spy on their nannies or catch their husbands out.

When Faith's dad was dying, and she needed to move back to the area, Lynne was the person she turned to. She fabricated a backstory - a move to the States, an abusive partner, the need to change her name - and Lynne had lapped it up. She decided she could trust Faith with her client's houses without so much as a DBS check. *"What are friends for, if you can't help each other out."* And Faith was grateful. It had helped her pay the rent on her seedy flat and given her a glimpse of the life she was supposed to live. For a few nights each month, she could soak in a bubble bath, watch Netflix on an enormous TV and drink chardonnay chilled in a wine fridge. She was tempted to bring a man back to complete the picture. But sex in designer Egyptian cotton wasn't worth the risk, even for her.

'So, how's it going. Has Alison confessed yet?' Lynne asks, stirring a sweetener into her latte.

'Not yet. She still claims not to remember anything.'

'But it's going OK, with the sessions and everything?'

'Yes, slower than I'd like, but it's starting to get to her, I think. She drove back to our old house after the first session.'

'What? To yours and Nina's?'

‘Yep, sat outside, apparently.’

‘Did you see on Facebook that she asked anyone who knew Nina to contact her? It was on that page for old pupils.’

‘No, I didn’t see that.’

The news throws Faith. Why hasn’t Alison mentioned anything to her? She must know that Nina killed herself, and yet she’s said nothing. Has she known all along? Is she pretending not to remember Nina? Does she know who Faith really is?

‘You’ve gone pale, love. Don’t worry, it’s only Facebook.’ Lynne tries to reassure her.

Faith can’t be bothered with Facebook. ‘Did she get any responses?’

‘A few, the usual nutters. Mainly, people trolling her for trying to dig up dirt on someone that's died.

Don’t worry, no one said anything nasty about Nina – only good memories of how clever she was. That sort of thing.’

She doesn’t know why, but somehow this changes things. As if Alison has turned the tables on her. She tries to resist the bile of paranoia.

‘Yes, it’s fine. I’m just surprised Alison hasn’t mentioned it. Even more reason to pile the pressure on. Do you think Cara would be able to help one more time?’

Faith

'And when we got home, I knew he was the one. You can't share a couchette with someone and not know, really. Over the two months, I found out all his bad habits.'

Faith has just listened to the great Tom and Alison love story, and she's not sure she can take any more. She hoped for juicy titbits or some darker revelations – "*And when we got to the top of the leaning tower, I had this irresistible urge to push him off*"- but no such luck. How Alison, the mouse, could have done anything to take her sister to the verge of suicide, she has no idea. But we all have a darker side, don't we? Some of us just hide it better than others.

'So, was Tom your first lover?' she asks, keen to move the discussion onto more fertile ground. She notices hesitation and a momentary twitch in the muscle around Alison's mouth.

'Yes … I wasn't really interested in boys before I met Tom.'

'And were you Tom's first?' It amazed Faith what you could get away with asking under the pretence of therapy.

‘Umm – I’m not sure, probably not. I mean, he seemed way more experienced than me.’ Alison looks embarrassed by the admission.

‘And has sex always been good between you?’

Again, she notices the hesitation.

‘Yes, mainly good. We had a few rough spots after the children were born. I mean, most people struggle then … and during the menopause, of course. All those hot sweats. I just didn’t feel like it for a couple of years.’

Most of Faith’s recent conquests have been with men whose wives went off sex during menopause. She feels as if she’s doing the menopausal women of the world a favour. They can happily get into their PJs and let themselves go.

‘Why do you think that was?’

‘I suppose I just didn’t feel attractive. You know what it’s like.’

She doesn’t really – she had sailed through menopause and never doubted her sex appeal.

‘And how was Tom when you felt a bit low?’

‘Well, just as you’d expect from a man.’

‘Which is?’

‘He avoided talking about it. I think he missed the closeness. Like I’d withdrawn into myself a little. I think that’s what he’s worried about now.’

‘And do you feel the same? Is how you feel now the same as after the children were born or during the menopause?’

‘Not really. I struggled a lot when Charlie was born, with the sex – and other things.’ Alison looks awkward and takes a sip of her water. ‘And during menopause, it was more about feeling tired all the time. And I suffered from bad mood swings. I'd fly off the handle at the smallest thing. I must have been hard to live with.'

Poor Tom thinks Faith. Shame she didn't know him then.

'Now it's more anxiety I'm feeling. I keep checking that I've remembered to turn the iron off and lock the door properly. I mean, if I can't remember my best friend and a chunk of my childhood, how can I trust my memory at all?'

'And do you think that you can trust Tom? Given your previous experiences.'

Alison looks stunned. 'Trust Tom? Do you mean trust him to support me?'

'Yes, that … and trust him not to look elsewhere.' Faith stops, giving Alison just enough time to register her true meaning. 'Actually, don't answer that. Anyone can see he's not the sort to stray.'

Alison is staring at Faith as if she's woken from a dream to find a man standing over her with a hammer. Faith quickly changes tack.

'Did you take another look at the diary?'

FYI now would be the time to tell me about stalking my dead sister on Facebook, Alison. It takes Alison a few moments to compose herself.

'Yes, I've read all of the entries that you flagged. Sometimes, I feel as if I do remember Nina, but then it fades away. I wonder if a photo might help jog my memory.'

The alarm on Faith's iPhone goes off, and she thinks about the photo they used on the front of the funeral order of service. It showed a smiling Nina from the year before her death. Mum had taken it at the Aquadrome - you could see the water in the distance. It was meant to remind everyone that Nina had been happy once and that taking herself to a bridge, tying a rope around her neck and jumping off was a mistake, an anomaly. But you could see it in her eyes even then. They held the truth. It was just that no one wanted to see.

'Memory is a strange thing, Alison. Sometimes, we forget because we can't let ourselves remember. You have to want to remember enough that you're prepared to push past the fear and open doors that are locked from within.'

Alison is already standing, gathering her bag from the corner of the room. Faith is haunted by the image of her sister, squinting into the sun, her short hair edged in gold. Did she know even then? Was there a specific day that changed things, or had she always known? Did Nina ever close doors, or had she opened them all and let the doubt, fear, shame and guilt flood in until it was unbearable?

Alison smiles. 'Same time next week?' she asks.

Could this pathetic woman really be the person who started the chain of events that led to the bridge, the dogwalker and the police knocking on the door? A sliver of demon doubt has found a way into her eye. She blinks to remove it. 'Yes, same time, same place.'

After Alison has left, Faith feeds the cat, locks up and drives over to see her mother at the nursing home. The home phoned yesterday to say her mum still wasn't eating, and the doctor had been in to check on her. It's depressing how fast her mum has deteriorated, and Faith worries that it's her fault for insisting she moved to a nursing home. If Nina were alive, they could have shared the burden of responsibility. If Nina were alive, everything would be different.

She walks down the corridor, looks into the lounge and then goes to her mum's room. The radio is set to Classic FM, and Faith watches her mum's chest rise and fall in time with the music. She considers leaving now, letting her mum sleep peacefully, accompanied by *The Lark Ascending.* But she's worried someone will judge her when they see the arrival and departure times in the visitors' book. Instead, Faith pulls the wing-back chair over to the bed and sits quietly beside her. After an hour listening to Alison, she feels the need to talk.

So, Mum, I've met this lovely fella. I think you'd like him. He's kind and funny. I know, not my usual type…Yes, he's got a good job - something in financial services, I think. I know you won't like it, but he's still married…I know, I know, but the marriage is over, and he's going to leave her soon. She's been a right cow to him, and they don't even have sex anymore. They don't have anything in common, whereas we like all the same things…I just bumped into him through a friend of a friend…No, I promise I won't get my fingers burned like before. I was a different person then...Last night he told me that he loved me. He wants me to move in with him after the divorce. It's a lovely house with a garden. We might even get a dog…

'That's nice, dear.' Her mum's voice is weak and raspy. Faith stands up and passes her the sippy beaker of water. Her mother has reverted to being a baby, sustained by pureed food and wrapped in nappies. She strokes her forehead.

‘Did you hear all that, Mum? I’ve got a new fella.’

‘It’ll never last,’ her mum manages, and Faith remembers why she hates her.

‘Would you like me to show you a picture?’

She takes a photo of Tom on his wedding day out of her bag and brings it in front of her mum’s eyes. She’s folded it in half, the crease obliterating Alison.

‘Very smart,’ her mum starts. ‘Reminds me of my Bill. Always looked lovely in a suit.’ Bill was Faith’s grandfather, and he never wore a suit in his life, but at least her mum is awake and talking.

‘Do you remember our Nina Mum?’ Faith knows she doesn’t have long before her mum drifts back off again.

‘Oh yes, she was a one, Nina. I remember going to Hammersmith Palais with her. She loved to dance.’

‘I mean, Nina, my sister. You remember she was the smart one. The one who was going to University. The one who didn’t live long enough to disappoint you.’ She shakes her mum’s arm, desperate for some recognition. ‘Did you ever wonder why she did what she did?’

Her mum’s eyes are rheumy, so it’s hard to know if there are tears. She says something quietly, and Faith moves closer to try to hear.

‘What did you say, Mum?’

Her mum’s eyes are closing, and a dribble of moisture is caught in suspended animation at the corner of her mouth. It is only a whisper, but Faith is sure she hears her say, 'It was all his fault.'

A carer walks in, surprised to see anyone else in the room. ‘Sorry, I can come back later.’

‘Don’t worry, I was just leaving,’ Faith says, kissing her mother’s parchment-like cheek.

‘She’s such a lovely lady,’ the nurse continues the small talk as she rearranges the sheets and places a beaker of tea on the table.

‘Do you know what the doctor said?’ Faith asks. Her mother seems much sleepier than usual.

‘You’ll have to ask at reception. Or maybe phone later when the manager is here.’ The hierarchy of these places irritates Faith. Why can’t anyone answer a simple question? She switches off the radio as she leaves. Her mum hates classical music.

Back in the car, she flicks through the messages on her phone. She feels profoundly lonely. By her age, most people have collected an array of friends and acquaintances - people on the fringes of your existence who you follow on Facebook and reveal the life you aspire to. Faith usually despises the fake photos and the cheery messages, but the nursing home has depressed her, and she suddenly craves the conventionality of a weekend break or a day taking her grandchildren to the park. A therapist she once saw was a proponent of visualisation techniques. She played hockey for Wales and used to rabbit on, in her irritating sing-song accent, about a game where she had visualised scoring a penalty corner. “And you know what, Fiona, it happened just as I saw it. I made it happen, Fiona, and you can make anything happen in your life, too.” Well, what a load of bollocks that turned out to be.

Her hand hovers over Tom's name on her mobile, and she composes a message:

Hi Tom - I thought I'd give you a quick update about my session with Alison today. I'm a little concerned about her as she seemed pretty upset when she left. Please keep an eye on her tonight. I don't think she should be on her own. I'm free later in the week if you'd like to meet and discuss some ways you can support her as the therapy intensifies. Faith

She presses send. It had been weird speaking about Tom to Mum. Of course, she doesn't want him or the suburban life he offers. She can remember exactly when she turned her back on all of that. The handsome prince. A Cinderella wedding dress. Roses around the door. Had it ever been her dream? A memory of sitting on her bed with Nina, reading from a book of fairy tales. Was there ever going to be a happy ending, or was she always destined to arrive at exactly this point? Sitting in the car park of a care home with no friends she can visit, no children she can call, a shit job looking after other people's homes, and a mother who doesn't know who she is. The phone vibrates on her lap.

Yes, let's meet. I want to do everything I can to help

Of course he does, she thinks, popping the phone into her handbag. As she drives off, she remembers the fairy tale she begged Nina to read her every night was *Little Red Riding Hood*. She never imagined herself as the princess; she always wanted to be the wolf.

THREE FOR A FUNERAL

Faith/Fiona. 1982

Patricia is already in the kitchen when Fiona comes down the stairs. The words "Don't you go sneaking off without your breakfast now," snake out of the back room on a wave of bacon fat. Fiona gags momentarily and then diverts to the kitchen. She hoped to disappear without a fifteen-minute conversation, but the squeaky second stair had ruined her plan. 'Good morning, Pat,' she says, more brightly than she feels. 'Nothing for me this morning, I'm in a hurry.'

'Ah, but you'll be needing something proper to eat. Michael will never forgive me for sending his girl out hungry.'

Mick wouldn't give a shit, as long as she gave him her pay packet at the end of the week and a blowjob on a Saturday night. But his mammy doesn't know that. When Fiona's parents threw her out, Patricia was the one to offer her somewhere to stay, and she would forever be grateful for that. She hoped it would be a temporary arrangement, but seven months on, it's clear that her parents aren't going to change their minds. Pat has happily taken on the role of foster mammy and clucks around Fiona, force-feeding her with bread, butter, potatoes and milk at every opportunity, while muttering, "What sort of mother throws her own daughter out onto the street," and insisting on prayers before tea, which always include, "And please forgive Fiona's mammy for all the evil she has done." The worst part is that she insists on Fiona having her bed, while she sleeps on the couch downstairs. As a Catholic, Patricia doesn't believe in sex before marriage, or, as Mick likes to joke, much sex at all, at any time. It was why his da left for Cork when Mick was only three. Still, Fiona feels guilty for taking her bed, which Mick sneaks into as soon as he hears his ma calling the cat and making her cocoa.

'And it's work this morning, is it? Is our Michael not after driving you in?'

Fiona has left Mick fast asleep. She feigned a headache last night when he stumbled back from a night at the pub with his mates. 'He's not feeling his best, Pat. I'd probably leave him be this morning.'

'Yer man never could hold his drink,' Pat laughs. 'And what about yourself? Is there nothing I can get you?'

'I'm fine, thanks, Pat, but I need to get off or I'll be late opening up.'

Fiona works every Saturday at the hairdressers in town, washing hair, taking out rollers, making coffee and sweeping up. They call her an apprentice, but really, she's a dog's body. The weekdays are quiet, just old ladies having a shampoo and set, but at the weekends she is rushed off her feet and barely gets a break. A few weeks ago, she had a funny turn and ended up throwing up in the tiny toilet out back. One of the stylists had seen her ashen-faced and immediately diagnosed the problem. "Morning sickness, that is. I had it with my first. When was your last period, love?" Fiona didn't want to believe it, but the lack of a red dot in her diary for the last two months suggested the stylist was right. At the end of her shift, one of the other girls handed her the phone number of the Pregnancy Advice Service. She'd spent all week trying to work out what to do for the best. She couldn't tell Mick because he'd freak out, and she daren't confide in Patricia or, after a lecture on the wages of sin, she'd have the two of them married before the bump was showing. Even before she made the phone call, Fiona knew she couldn't keep it. She was in no position to look after a child, and she didn't love Mick. She didn't even like him very much.

She closes the door behind her and walks to the phone box on the corner, where she rings in sick. Then she catches the bus, gets off at the stop by the library as the lady from the charity directed, and walks the ten minutes through the side streets to a large Victorian house with a discreet sign. She joins a roomful of other women, many of whom have a friend in tow. She longs for her mum. The nurse on the reception desk confirms her details and tells her to take a seat. At nine o'clock, they are ushered into a large room and allocated a bed behind a curtain. A nurse comes to see her and checks that she's still happy to go ahead. When she nods, the nurse inserts a pessary so roughly that it makes Fiona gasp. She lies on the bed, hearing the wheels squeak as one by one they are taken down to theatre.

The doctor who referred her to the clinic encouraged her to discuss it with her mum. “It’s a big decision to make on your own,” he said. She turned up at her mum’s front door when she knew her dad would be out. ‘Hi Mum, can I come in?’ For a moment, she thought her mum was going to say no. Then she ushered Fiona in, checking that no one in the street was watching and hurried Fiona into the kitchen where no one could see her. Her mother looked so much older than Fiona remembered, and there was a dark purple bruise seeping out from her blouse.

‘That looks nasty, Mum.’ Fiona goes to inspect it more closely, but her mother turns away.

‘It’s fine. I walked into the corner of the bookcase. Nothing to worry about.’ She starts drying the cups by the sink. ‘Anyway, what brings you here. If it’s money you’re after, the housekeeping’s all spent this month.’ Since her dad lost his job, her parents have been relying on Social Security and some cash-in-hand work.

‘No, it’s not about money, Mum. I wanted to talk to you about something.’

‘Well, make it quick, because your dad will be home soon, and I can’t be responsible for what he’ll do if he finds you here.’

Despite Patricia’s teatime prayers, technically, it had been her dad who had thrown Fiona out all those months ago. He’d called her “a useless good-for-nothing” and “a whore and a slut.” He’d grabbed her by the arm and pushed her out the front door, slamming it behind her. “Get out there with all the rubbish. You’re damaged goods. You’re an embarrassment to your mother and me.

Go live in the gutter where you belong." Her only crime was staying all night at a party. She'd slept the night on the beer-soaked floor of a friend of a friend and been deposited at her doorstep the next morning, on the back of Mick's motorbike. She knew her dad had a temper, but she hadn't expected the hatred in his voice. Her mum had tried to calm him, suggested he was being hasty, but he pushed her away with such force that her wrist smashed painfully into the radiator in the hall. As Fiona turned to leave, he screamed after her, "You're a tramp, just like your sister." When Fiona went to pick up her clothes later in the week, her mum tried to defend him, claiming he was under a lot of stress and would come round eventually. But it didn't add up, and when Fiona really needed her mum, she let her down. She always let her down.

Fiona sat at the kitchen table while her mum hovered around, constantly looking for things to do. 'I suppose you've fallen out with Mick. I could see that coming. Has Patricia chucked you out?

Her mum had a narrative all prepared. What was the point of talking to her? It would just make everything worse. But still, something pushed her on. She needed to reach the mum from her childhood who sat her on her knee and played *This is the way the ladies ride* and brought her Lucozade when she had an upset tummy. That version of her mum must be in there somewhere. It wouldn't just disappear.

'No, it's not that. We're still OK. It's just …' Fiona couldn't seem to get the words from her brain to her lips. 'I've … I'm …'

Her mum stopped her tidying and looked at Fiona properly for the first time. 'Of course. I should have known. You've got yourself into trouble, haven't you?' Her mum shook her head in disbelief. Fiona looked down at her hands. *This is the way the ladies ride: Trippety-tee, Trippety-tee.*

'Your dad was right all along. He said you'd come running back to us at the first sign of trouble.' Her mum pulled on her rubber gloves and took the scourer to the kitchen sink. 'I hope you're not thinking about keeping it?' Fiona squeezed her hands together tightly. *This is the way the gentlemen ride: Gallop-a-trot, Gallop-a-trot.'*

'What will people say? How could you do this to us?' The smell of the bleach catches in the back of Fiona's throat. 'No, you'll just have to get rid of it.' Her mother snaps off the yellow gloves, 'You've got yourself into this mess and you can get yourself out of it too.' Fiona dug her nails into her flesh, desperate to stop the tears. *This is the way the farmers ride: Hobbledy-hoy, Hobbledy-hoy ... and down in the ditch.*

The curtain is pulled back and the porters wheel Fiona's bed down the ward, along a corridor and into the operating theatre. A nurse holds her hand as the anaesthetist places the mask over her nose and mouth and tells her to breathe deeply. As she gradually fades into the nothingness, she looks to her left and sees Nina. She seems anxious to tell her something, but Fiona can't stay awake long enough to hear. She wakes an hour later, and there's a woman in a hospital gown stroking her forehead.

For a moment, she wonders if she's dead and this was what Nina was trying to tell her.

'You were crying out for your mum,' the woman says. 'It's OK, it's all over now.'

A nurse brings her a cup of tea and encourages Fiona to get dressed. The last girl returns from the operating theatre, and they sit around sipping their tea, waiting to go to the loo before they can be discharged. They chat in soft voices and listen to each other's stories. Two girls, only a little older than Fiona, came over from Ireland yesterday, stayed in a local B&B and are worrying about making the ferry home tonight. The older woman who comforted Fiona already has three children at home and can't afford another.

There's an intimacy blanketing the room, wrapping them up like a hug. Outside, they will each have to face their real lives, remember the lies they have told to get here, or face the judgement and pity of others. For Fiona, the emptiness she felt when she came round from the anaesthetic is now filled with relief. She doesn't have to have a baby or marry Mick. When her mum rejected her cry for help last week, something died inside her, but it also set her free. There's no point expecting everything to turn out OK. She's the girl whose sister killed herself, whose father's a bully, whose mother's a coward, and who had an abortion at 16. But she isn't going to waste her life; from now on, she's going to reinvent herself, become somebody who doesn't need anybody else. She might even change her name.

Faith

It's another blistering day with the smell of last night's Chinese lingering in her windowless kitchen. Faith had woken in the night, ringing wet and desperate for a glass of ice-cold water, only to find that she'd let the guy from the pub stay over again. She doesn't know what's happening to her. All her life, she's felt in control of who she is. Now everything is splintering, and memory shards threaten to derail her sense of self. Last night she dreamt she was in a clinic, lying behind a thick curtain. A woman whose face seemed familiar appeared next to her and handed Faith a baby. "It's OK, it's all over now," she said. Faith tried to give the baby back, but the woman was surprisingly strong. "It's yours, Fiona, you don't have a choice," she insisted. Faith could hear crying, but she refused to look. Something told her that if she did, she'd be lost forever. "She just wants you to be her mammy," the woman said. Finally, Faith turned and saw that it was Nina she was holding, except her neck was all twisted, and her lips were blue.

After the guy left, she tried to get back to sleep again but she was scared of where her unconscious mind might take her. She finally drifted into a fitful half-world where she wasn't sure if she was awake or asleep. Her phone buzzed her out of it with a message from Tom:

Where shall we meet tonight?

She feels a mix of excitement and anxiety. Can she really go through with this? For the last two years, her entire focus has been on getting justice for Nina and closure for her mum. It started with a phone call from a forgotten cousin, who had somehow tracked her down. The cousin spoke quickly, foregoing any small talk and allowing no space for Faith to respond. The bullet points of her message were:

- Your father is in a hospice
- Your mother is unable to live on her own
- You need to go home and sort it out.

By the time Faith had started to take anything in, the call was ended with the phone number withheld. At the time, Faith was living in Leeds, working a zero-hours contract as a cleaner in a conference-style hotel. She was drinking heavily and only just managing the rent on a room in a shared house. Even so, she was reluctant to return. She hadn't been home for nearly fifty years, hadn't seen her dad in all that time. She couldn't forgive him for how he'd treated her. Her mum was almost as much to blame, but, despite everything, an ember of empathy remained. Her mum was weak, and she'd had a shitty life. Perhaps Faith owed her something.

The coach had taken nearly six hours. Enough time to reach out to Lynne to ask if she could put her up for a few days and arrange for the adult social care team to assess her mum. The next few days had been traumatic. The housing association bungalow where her mum was now living alone, stank of urine and cancer. Piles of junk blocked access to the back door, and grime and dust invaded every surface. The fridge was full of out-of-date food, the washing machine heavy with once-wet bedding. One call later, and Lynne had sent over a team of cleaners, while Faith took her mum to a local café where they sat for hours drinking tea. On the surface, her mum appeared perfectly fine. She smiled at the waitress and ordered herself a buttered tea cake before telling a story about always eating tea cakes on a Sunday after church. But when Faith asked her how she was getting on without Dad, she didn't seem to realise that he'd gone.

'He's probably at the pub. Or the library. He'll bring us fish and chips for supper tonight. They are Nina's favourite, you know,' she said, taking a bite of the tea cake. 'You know we used to have tea cakes every week on a Sunday after church.'

A few days later, a lady from adult social care arrived to ask her mum questions to assess her memory. Her mum seemed to enjoy the attention and happily announced that the date was 1975 and the Prime Minister was Harold Wilson. It was as if everything had stopped the year Nina died. In a hushed conversation in the hall, the lady told Faith she would try to get a care home place sorted as soon as possible, but that it would be weeks rather than days. Faith wanted to flee back to Leeds, to turn her back on her parents, the way they had turned their backs on her. But something stopped her. She wasn't a monster. Instead, she bought a blow-up bed, slept in the tiny front room and tried hard to reconnect with this woman she hardly knew. Her mum was already living in the past, so Faith joined her there. For three weeks, she listened as her mum told stories from her childhood as if they were happening today. And as she listened, she packed up her parents' possessions. Her mother seemed unaffected by the reduction of her life to a series of boxes and suitcases. Occasionally, she would insist on keeping something – a hairbrush and mirror set she had been given for her 18th birthday, a children's book she claimed to have read to her girls every night. The only sign of upset was when Faith tried to get rid of an old shoebox housing Christmas decorations.

'I didn't realise you enjoyed Christmas so much, Mum,' Faith joked to calm the situation.

'It's Nina. It's what she wanted. Leave it. Leave it.' Her mother was the most animated she had been since Faith arrived. For a moment, Faith wondered if the box contained Nina's ashes, but of course, she'd been buried, not cremated.

'Mum, you do know that Nina died. It was a long time ago. We all miss her,' Faith gently stroked her mum's purple-veined hands.

'But why did she have to die? It wasn't right. Not when the other girl was to blame. It wasn't right. It wasn't fair.'

Faith knew her dad blamed the girl who lived up the alleyway for all the woes in the world. There had been some incident in the final year of primary school, after which they had moved house, and her dad had lost his job.

‘Do you mean Alison, Mum? The name came to her easily.

‘It was all that Alison’s fault. Little Miss Perfect. Little Miss, 'Butter wouldn’t melt in her mouth.’ Like a caged budgie, the words were emanating from her mum, but the vitriol was all her dad's.

‘We don’t know that, Mum. Nina hadn’t seen her in years. We can’t know that Alison had anything to do with her … accident.’

At this, her mum eased herself out of her chair as if propelled by anger. ‘She dumped her like a bag of rubbish. Left her alone in the woods. Ran home to mummy and daddy and told them all sorts of lies. If you stay around here, I’ll go to the police. If you let your daughter near my child again, I’ll tell everyone what she did. Naughty girl. Bad girl. Evil child…' Her mum was standing next to the door, her voice not her own. As she spoke the final words, she started slamming her forehead into the frame. ‘Take that. And that. You little liar. You little bitch.’

That night, after Faith had calmed her mum down, washed her hair and gently applied arnica cream to her forehead, she wondered what it could all mean. Had Alison done something so terrible to Nina that it had stayed with her all that time, festering? And could that have led Nina to take her own life? Faith had never seen her mum like that, and it saddened her that the harm that Alison had caused was the only thing her mum was able to remember through the mist of dementia.

By the morning, she had tracked Alison down online and found she was still living locally and teaching at a school in Bushey. By the time her mum finally got a place in a care home, Faith's dad had died, and she had all her plans in place to ruin Alison's life the way that she had ruined theirs. As she settled her mum into the sterile, soulless room of the home and carefully positioned a handful of pictures on the bare walls, Faith promised her mum that she would get justice for Nina.

Eighteen months on, and she's close to keeping her promise. But she has questions. She needs to hear Alison admit the truth, and for that to happen, she needs to unlock the part of Alison's memory that guilt has shut down. Her plan is working, but it's taking too long. Her mum is getting weaker by the day, and Faith is hungry for closure. Time to up the stakes.

What about *Ye Olde Greene Man* in Harefield? Could you make 7pm?

The dots are moving. Tom is typing.

7pm fine. Alison out with a friend

She wonders who Alison is seeing. From what she's heard so far, she doesn't have many friends. Perhaps she's on to her. The paranoia that she felt when she first tracked Alison down is back. She breathes deeply. Of course, she isn't on to her. Alison trusts Faith. It's probably an old work colleague. It will be fine. She replies with a thumbs-up emoji.

It had been easy to track Alison down, and it was a stroke of luck that Lynne's daughter was a newly qualified teacher looking for a job. One carefully worded application and some excellent references later, and Cara was on the payroll and happy to keep an eye on Alison.

She hadn't told Cara everything, just that Alison was an old friend of her sisters who had bullied her and then dumped her completely when they'd fallen on hard times. She said that her sister had been horribly lonely and tried everything to reconnect with Alison, but she'd ghosted her. Faith planted a seed of doubt about her suitability as a teacher and encouraged Cara to pass these concerns on to her head of department, who Cara was dating. When Alison's mother died, Faith stepped up the pressure. Friends of Lynne's with grandchildren at the school started to complain. Alison had been disrespectful of disabilities, rude about homework and dismissive at parents' evening. The pressure was working. The cracks were beginning to show. Alison had a meltdown in the playground, and the school suggested counselling. By now, Faith was following her in her mum's abandoned red Corsa. She witnessed the incident in the supermarket car park and helpfully left a note on the other cars' windscreen. She befriended Alison in the café and gave her a card. By the time Alison phoned, Faith was ready with her disguise. *Oh, Grandma, what big eyes you have.*

At six forty-five, Faith takes up her position in a quiet alcove with a good view of the door and en route to the ladies. She's taken trouble with her appearance. She looks around, keen to make sure there is nobody she knows. It's a big pub, with the alcoves providing a modicum of privacy and soundproofing. A group of men are having after-work beers, their voices getting louder with every pint. On another occasion, she might have made eye contact with one of them and offered to join him for a drink when his mates left. She could always spot the damaged ones. It was her speciality. At seven on the dot, Tom walks through the door, looking around nervously. She stands so he can see her and waves encouragingly.

‘Thanks so much for coming. I really appreciate you making the time,’ Faith starts, gesturing for him to sit down. ‘Can I get you a drink?’ She sounds professional. Anyone watching would think two colleagues were meeting to discuss a work problem.

‘Just a half, please. I’m driving.’

She goes to the bar, positioning herself so the staff can’t ignore her. ‘Half of London Pride and an Elderflower Pressé, please.’ She’s dying for a glass of wine, but that will have to wait. Tom is wearing chinos and a grey round-neck jumper. He looks good for his age.

‘Here you go,’ she hands him the glass, and positions herself beside him.

‘So, you’re worried about Alison? You said in your message …’ Tom starts.

‘Yes, I am. I suppose when we first met, I assumed Alison was probably struggling with workplace stress or grief at the loss of her mother. But the more she opens up to me, the more I wonder if it’s a little more fundamental than that.’ She stops and takes a sip of her drink.

‘What do you mean, more fundamental?’

‘She doesn’t seem very happy with her life. It’s as if she’s missing something, lacking fulfilment.’

Tom stares down at his beer, his brow lined with concern.

‘Do you think it’s me? Do you think she’s unhappy with me?’

Why do men always make it about them? It's so bloody typical.

'No, not you, Tom. She's always saying how supportive you are.' Flattery will get you everywhere. 'I think she's struggling with who she is. And a big part of that goes back to her childhood and this friend Nina, who she can't remember. Has she ever mentioned Nina to you?'

'No, never. Well, not until she found that diary. When we met, she didn't have many close female friends. She was always pretty independent. It's one of the things that attracted me to her.'

Faith smiles encouragingly. 'And what about boyfriends?'

Tom looks awkward. 'No, I don't think so. She was quite shy. I think I was her first proper boyfriend.'

Faith decides to change course; she's already heard quite enough about that bloody trip to Europe. 'And what about the future? Alison was saying you've both got different views about retirement.' She sees the surprise in his eyes.

'Really? I thought we were both set on moving closer to the boys. We discussed it with them when they came down a few weeks ago.'

Faith nods slowly. 'Yes, maybe. I just got the impression that she wanted to be more adventurous. See more of the world. I might be wrong…' She gives him time to let it sink in. All she needs to do is sow some doubt. 'And of course, she hates her job but feels pressure to keep working to pay for that new car and golf club membership.'

‘Really, she said that.’

She feels like shaking him. Of course, she didn’t, you stupid twat. I’m making it all up.

‘Not in so many words, but I know she’s struggling at work. It’s certainly not helping.’

He shakes his head slowly, looking bereft. Faith puts her hand over Tom's at the precise moment Cara walks past on her way to the toilet. Cara does the perfect double-take and stands by the table.

‘Tom, it is you, isn’t it?’

Tom looks up and pulls his hand away so fast that he knocks the glass over, spilling the remnants onto the stained wooden table. Faith can see he’s struggling to remember who this woman is.

‘It’s Cara. I work with Alison. We met at the pub a couple of times.’

‘Yes, Cara. Of course. Yes, I remember now. How is everything? Tom is stammering and trying to find a napkin to stop the beer dripping off the table onto his chinos.

‘It’s always good in the summer holidays,’ laughs Cara, waiting. ‘Sorry for interrupting …’

‘No, it’s quite alright. We were just finishing our meeting.’

Faith almost feels sorry for him. If the situation had been reversed, she would have aced it. But Tom's brain is whirring as he searches for a reason why he’s sitting at a pub holding hands with an attractive woman.

‘Send my love to Alison,’ Cara says, a twinkle in her eye. Who would have thought Cara would be so good at this? She ought to be a drama teacher.

‘Yes, will do,’ Tom manages as Cara continues towards the toilets.

They talk for a little longer, but Tom is distracted and eager to leave. Faith waves him off and says she needs the loo.

Cara is waiting in an alcove on the other side of the toilet, and Faith gives her £50 for her troubles. This whole exercise is costing a fortune, but she reassures herself it will be worth it.

The after-work group is breaking up, and Faith sees her opportunity. She stands at the bar and orders a bottle of prosecco and two glasses. ‘I don’t suppose you fancy joining me?’ she asks the guy she spotted earlier, who is taking his time finishing his pint.

‘What are we celebrating?’ he asks.

‘Your lucky day,’ Faith laughs.

Alison

It is a still, beautiful evening as Alison drives to Caroline's house in Harefield. Caroline messaged earlier to say she had found something that might interest Alison. Tom is meeting a friend, so Alison offers to go over. She follows the Satnav and tries to avoid the blinding sun as it drops in the sky. It's the same journey she's made a thousand times when her mum was alive, and Alison can almost hear her mum's voice saying, "Oh, that sun is a beast," as she joins the M25 and heads due west. Taking the exit towards Rickmansworth, she is hit by a wave of nostalgia. The journey has been as much a part of her life as the school run. She passes the aquadrome, where she first met Faith, then turns right at the roundabout and up the hill towards Northwood.

Alison wonders what sort of house Caroline will live in? She imagines a neat new build with an open-plan kitchen diner and bi-fold doors onto a manicured garden. She joins the queue of cars waiting to turn right at *Ye Olde Greene Man* and glances towards the pub car park. How lovely to be meeting friends after work for a drink. She envies Tom his friendships. Alison never progressed beyond the acquaintance stage with the mums she met at the school gates. In the corner of her eye, she spots a bright turquoise car at the front of the car park. It's the same shade as their new electric car. She wanted black or grey, but Tom insisted on something distinctive. It was obviously a more popular colour than he imagined.

The house she arrives at is not a new build but a thatched cottage. She rings the quaint metal bell, and Caroline walks her through a side gate and along a path lined with lavender to a ramshackle garden. A Jack Russell barks from behind the stable door that connects the kitchen to the patio. He rushes out and starts chasing bees as Caroline collects a jug of lemonade and the photos.

'I thought you might find these interesting. After we met, I searched the loft for some boxes I remember bringing from the old house. It's silly, really, keeping all these things. The kids will only throw them out when we die.'

Caroline hands the bundle to Alison, who scans the black and white photos of near-identical faces for someone she recognises.

'This is me,' Caroline points to a small girl with curly hair in the middle of the second row.

'I hated that boy next to me. He kept pinching my arm.' She identifies a tall girl at the end of the row. 'And this is Nina. Does her face ring a bell at all?'

'I don't think so.' Alison is starting to doubt herself. Perhaps she's lost her memory altogether.

'I've got something here that might help.' Caroline says, holding a leaflet with Nina's face on the front.

‘When Nina died, the local vicar came to school the day after the funeral and ran an assembly for all her classmates. I remember these pamphlets being on every seat as we filed into the hall. We sang *All Things Bright and Beautiful* and *Morning Has Broken.* I think some of us read poems we had written. I’m not sure why I’ve kept it all these years…’

Alison tenderly traces her finger across the face on the front. There’s something so familiar - the hair, that smile. It’s the girl who came to the front of the class all those years ago, the girl who went with her to the Saturday morning cinema. Jigsaw-sized fragments, not the whole picture. But it’s something. It’s a start.

'You can have the leaflet, if you like,' Caroline offers. Alison takes it and searches the order of service for clues. She pictures the family sitting in the waxed pews. Who would have been there to say goodbye? The family, of course. But who else? She imagines the little sister, hands clasped, biting the inside of her mouth to stop the tears. She finds a name at the back of the pamphlet – Fiona, that's it. It’s coming back to her now. A solemn little girl who always wanted to join in with Nina’s games. Another fragment. She returns to the front cover, searching for something more, something she's missed. Below the photo, in a fancy serif font, is the announcement, **Nina Harris, 23rd September 1959 – 25th August 1975.** For a moment, she’s confused. What is her birthday doing there? And then she understands. Their two birthdays, the alpha and omega, the bookends of Nina’s life. And she knows it can’t be a coincidence.

The drive home passes in a blur. Caroline has been kind; she doesn't think it means anything. Why would it? It was a Bank Holiday at the end of the summer holidays. She was probably worrying about the imminent return to school or the start of O-levels. Nina was a high achiever, so perhaps her parents were pressurising her. But Alison can't shake the idea that it is significant. What had Faith said? Something about facing up to what she'd done to Nina. Could this have been her fault? Was Nina trying to tell her something? She tries to remember her 15th birthday. Had there been a party? She'd never been one for parties. Still isn't.

Her route home takes her within touching distance of where Nina walked all those years ago. She tries to put herself in Nina's place, but it's impossible. Even in Alison's darkest spells, and there have been a few of those, she's never contemplated suicide.

Arriving back, she's irritated that Tom has taken the space outside their house, leaving her to park miles down the road. He's now sitting in the lounge watching a documentary. 'Thanks for leaving me the parking space,' Alison says sarcastically.

'Err, sorry.' He doesn't sound it.

'Who were you seeing?' Alison asks, going into the kitchen to get a glass of wine.

'Just Joe. He wanted to run something past me.'

Joe is getting divorced and seems intent on hiding as much money from his soon-to-be ex-wife as possible. 'Where did you go?'

'Just down to the *Coach and Horses*.'

She joins him for fifteen minutes, but it's a dull programme about F1. It's not until she is lying in bed, thoughts from the evening swirling through her head, that she wonders why Tom has taken the car to a pub that is only a ten-minute walk away.

The next day, Alison sits in the kitchen with her laptop, trying to find out as much as she can about Nina. It is a frustrating search. These days, intimate details are everywhere, but finding out about someone who existed before Google or Facebook is nearly impossible. She feels sorry for young people who are living their lives in this cyber goldfish bowl. It was easier to make mistakes in the eighties. Not that she had. Not that she remembered.

The funeral order of service provides the names of Nina's parents and sister:

Dave, Sue, and Fiona thank you for coming, and ask you to join them to celebrate Nina's short life at The Duck in the Pond. Family flowers only.

She searches for Dave Harris, but hundreds of entries come up: Playwright, Councillor, Consultant. None of these seems likely. Adding *"Rickmansworth"* to the search reveals Boatbuilder and Personal Trainer. Only when she adds "*obituary*" does she get anywhere. There are a few lines in the Watford Observer:

David HARRIS sadly passed away after a long illness. Originally from Pinner and later living in Carpenders Park. The funeral will take place at West Herts Crematorium on November 15th.

The search for Sue is even less illuminating. There is nothing in the local papers, so Alison assumes she must still be alive. Has she been lucky enough to live independently at home, like her mother, or is she in a care home somewhere? When her mother suffered a mini-stroke, Alison considered creating a granny annexe at theirs. Her mother had seemed as horrified by the idea as Tom had and underlined the point by having a full-blown stroke two weeks later. "It's the best way to go," everyone said. For her mum, perhaps, but not for Alison. She didn't want to find her on the floor, mouth open, eyes staring. She didn't want to pick up the remote from the floor and turn the television off, noticing the dust and crumbs that had accumulated under the TV stand. She didn't want to wait in the hollow house, with the kitchen clock ticking in time with her grief. She didn't want to let the paramedics in, and worry that as they lifted her mum, she might have soiled herself. She wanted to sit next to her mum in a room with large windows looking out onto a garden full of trees. She wanted a bed with neat hospital corners and a kind nurse to bring fresh flowers and cups of hot, sweet tea. She wanted classical music playing quietly in the background. And she wanted to tell her mum how much she loved her, how rich her life had been with her in it, how loved she had always felt.

Her mobile rings insistently, snatching Alison from her memories. 'Hi, Alison. It's Cara.' Alison stands up and walks to the position in the kitchen where the signal is best. Her head is so full of the past that she needs a moment to refocus.

'Hello Cara. How are you enjoying the holidays?' She wonders if Cara's been asked to check up on her. See how she's doing. There's been no follow-up from the school about the counselling, and in a few weeks, they'll be expecting her back into the endless five-period days with a stack of marking to do at night. She isn't ready for the onslaught. The last few weeks have been full of panic attacks and intrusive thoughts. She can't imagine ever feeling normal again, and standing up in front of a class of hormone-fuelled teenagers seems like a fever dream.

‘Yes, all good, thank you. I went to Ibiza a couple of weeks ago. It was such a laugh.’ Alison wonders if Ben had gone with her. They talk about nothing much for a while, but Alison senses there’s something more that Cara wants to say. The conversation stalls awkwardly before Cara pounces. ‘I hope you don’t mind me saying something. I know we’re only colleagues, and it might be crossing the line. But, if it were me, I’d want someone to say…’ The irritating sing-song tone is back, made worse by the false hesitancy. She’s waiting for approval from Alison, and, of course, she provides it.

‘Don’t worry, you can say anything. What is it?’ Alison responds, certain she is about to tell her that the school doesn’t want her back in September.

‘It’s about Tom.’ Heart pounding, Alison balances the phone under her chin and opens the door to the garden. Where is Tom now? Has there been an accident? How does Cara know?

‘What about Tom?’

‘Well, last night I went to the pub to see my mate from Northwood. She’s a scream. You’d like her…’

Just get on with it. ‘Anyway, when I went to the loo, I was nosing as you do, seeing if there was anyone I knew, and Tom was in one of those little private booths,' her voice drops to a whisper. 'With a woman.'

Alison has an unexpected urge to laugh. Cara must be joking. She sounds like a bad actor in a Victorian melodrama. "A *private booth*. A *woman*." She knows it's her turn to speak, but she can't form the words. Cara must sense her discomfort because she starts talking again. 'Are you OK? I'm so sorry. I shouldn't have said anything. There's probably a perfectly innocent explanation …'

Alison interrupts, words suddenly flooding her throat and vomiting out of her mouth. 'Yes. Thank you, Cara, but you don't have to worry. Tom was meeting the wife of one of his friends last night. He's a bit of a shit, the husband that is. Plays golf with Tom. He's trying to hide all his money, so she gets nothing in the divorce. Tom felt uneasy about it, so he wanted to tip her off. They probably chose somewhere quiet where they wouldn't be seen.' Her words reach their dénouement, her breath extinguished by the effort of the lie. She takes a moment to compose herself.

'Oh, OK. That would explain why she was holding his hand. She must have been grateful for the support,' Cara says. Long after they say goodbye, Alison can still hear the honeyed venom in her voice.

Alison

Alison had gone to bed early and feigned sleep to avoid seeing Tom when he got home last night. He phoned at six, but she ignored him and then turned her phone to silent. In bed, she couldn't keep the intrusive thoughts at bay, remembering times when he seemed distracted, the lack of argument when she moved into the spare room. She re-examined recent disagreements for clues. Had she been dismissive when he suggested going away this year? Was that when he was going to tell her? Or was that the opportunity to save their marriage? She heard him come home at ten, felt the weight of his stare at the bedroom door, and then his carpeted steps and the TV being turned on. She strained her ears, expecting late-night endearments. "*No, I don't think she suspects anything, she's trusting like that. Yes, love you too.*"

By five o'clock in the morning, she is too angry to sleep. How dare Cara bring this to her? Who does she think she is? Is it even true? It had taken one phone call to shake her belief in nearly forty years of marriage. That must mean something. How dare Tom? When she was so vulnerable. Had he ever loved her? Did the boys know?

Had they met her? Were they all pretending because she was falling apart? Did they pity her?

She must have fallen asleep eventually, because she wakes to the front door closing as Tom leaves for work. Now she lies in bed, spent from the nightmare of her own insecurities. Turning on the radio, she tries to concentrate on the news, anything to distract her overactive mind. It feels as if she is teetering on the perimeter of an abyss. She recognises the desire to fall. Once before, after Charlie was born, she had plummeted. Taking the same route that her mother had after each miscarriage. It had been a relief to let go. Tom eventually spotted the signs and insisted on getting her help. He had taken time off work, kept their baby safe, and gently helped her find her way back. Who can she trust if she can't trust Tom? She knows she should get up, shower and take control, but instead, she pulls the sheet over her weary body and closes her eyes.

A few hours later, she drags herself out of a fitful sleep, aching like she's got the flu and desperate for a glass of water. The post is on the mat, and she half expects to see a pink-scented envelope addressed to Tom. She considers checking the Ring doorbell for evenings when she was out. Get a grip. Get a grip. But she's spiralling, and there's nothing solid to hold on to, no point in the distance to spot.

The family organiser on the fridge shows a circled F against today. Her third session with Faith is looming. Three for a funeral. She is meant to have done her homework, but she's struggling to concentrate on anything but the fact that a friend she no longer remembers killed herself on her birthday, and Tom is having an affair. Perhaps she can skip tonight. On her phone, there's a WhatsApp from Faith confirming the time for this evening. Maybe not.

Upstairs, she wanders around in her pyjamas, not quite committing to the day. In Tom’s bedroom, she billows the duvet and plumps the pillows, half hoping she'll find something to corroborate Cara’s call. Does she want it to be true? Is she looking for a way out? They’ve been married so long that she can’t imagine life without him. It would be like losing an arm. And yet she feels angry with him a lot of the time. Sometimes, she wants to abandon this life and find a different Alison. She moves to the side of the bed that was hers before she decided to sleep in the spare room. She has slept on the same side for all their married life. As she straightens the duvet, something glints on the carpet.

That evening, Alison leaves early. She doesn't want to be home when Tom gets back. She’d rather wait outside Faith's than have to pretend. The earring isn’t hers. It’s the earring of a younger woman. She imagines one of the pampered divorcees at the golf club spending their exes' money on spa days and Botox. How she despises women like that. Moving from one man to the next, not caring who they hurt. Tom had taken her to a charity dinner at the club last year. There were auction items to bid for, and it became an unedifying orgy of one-upmanship, with plastic women whispering in the ears of their older investment banker husbands. Could one of them have snared Tom? She can’t imagine it, but women can be predatory. They would be disappointed if they thought

Tom would pay thousands for a weekend in the Cotswolds. She feels intensely protective and achingly furious at the same time.

She parks across the road and is surprised to see Faith's red Corsa parked in the drive already. Her own car is stifling with the air conditioning off, so she takes a chance and rings the bell. Faith answers. For a moment, she looks irritated.

'Oh, sorry, Alison. I wasn't expecting you yet.' Faith says, recovering her composure.

'Sorry. I had to get out of the house.' Alison swallows hard, but not hard enough to stop the tears.

'Come in. Come in. Let me get you some water.' Faith seems embarrassed by the emotion and shepherds her into the house. Alison takes her shoes off, anxious about the pale carpets that smother the hall and the large living room. She follows Faith into the kitchen.

'Is your friend away?' she asks.

'Yes, she's away for a few days, so I offered to house-sit. She likes someone to look after the cat.' On cue, a Russian Blue walks in and rubs against Alison.

'She likes you,' smiles Faith.

'Now, just give me ten minutes to get the room ready. You can stay here and compose yourself. Don't worry. Whatever it is, we can talk about it.' Faith disappears through the back door, and Alison wanders around the kitchen. She can't imagine Faith having a friend who lives in a house like this. It's so sterile and expensive looking. On the island, there's a stack of cards promoting Bluebell Aesthetics. Alison wonders whether she should spend her money on a tummy tuck and jawline fillers rather than this therapy that seems to be making everything worse. On the American fridge is a planner with an arrow marking every Thursday–Sunday in August, and the words *Spa Masterclass, York*. Faith coming through the door makes Alison jump like a guilty child.

'OK, it's all ready. Let's take a jug of iced water with us. It's hot today.'

They leave the studio doors open, and Alison tries to relax on the sofa, undecided about how much she wants to disclose.

'Today we were going to talk about your three for a funeral story. Have you had a chance to think about that at all? About something you've given up, perhaps something you regret.'

Faith presses the record button on her phone. Alison sits silently, hands clasped, turning her wedding ring in slow circles. She wonders if she can sit in silence for the whole hour. That would be nice, except silence won't stop the knot of unbidden thoughts sitting in a triangle between her eyebrows and hairline. The thoughts start as a whisper and then gather momentum. Am I happy? Have I ever been happy? What is happiness? Do I want this husband? Do I want these children? The more she attempts to brush the ideas away, the more they push themselves to the front, bustling against each other like shoppers at the Boxing Day sales. Finally, the doors burst open. 'My life. I regret my life. It's all wrong. It's not what I want. I want to bury everything. My job. My children. My husband. Most of all, my husband. Put them all on top of a fucking great pyre.'

There is silence in the room, and Alison wonders if she has said the words out loud. Eventually, Faith speaks. ‘And how long have you had these feelings?’

Since you started playing around in my head. Since my husband started screwing a slapper from the golf club. Alison composes herself. She’s paying for this, so she might as well use the time.

‘My job, for a long time. I mean, I don’t particularly like children. But no one suggested any other career back then. They pretended we could have wonderful lives and encouraged us to go to grammar school and university. And then, when it came to jobs, they offered us teaching or nursing while the boys became engineers, scientists, pilots and journalists.’

‘Who are the “they” you keep blaming?” Faith asks, her voice neutral.

‘Well, teachers, parents, I suppose. Society,’ she is irritated by Faith’s tone.

‘So, it’s your parents and teachers' fault that you are in a job you dislike.’

Well, obviously not, you sanctimonious cow. ‘Not now. But at the start…’ Why is she here? Why did she ever think that this would help? She doesn’t even want to go back to teaching. She should have quit, rather than be forced into this intimate invasion of her privacy. ‘Now I stay because it’s too late to start again. I’m too old to start again. And I’m a good teacher. An excellent teacher. Why should they force me out?’

‘There’s that “they” again. Who is trying to force you out of teaching Alison?’

Alison feels defeated by this line of questioning. She stops trying to defend herself. Eventually, Faith moves the conversation on. 'Let's talk about another thing you regret – your children. Why do you think that is?'

The energy that sparked Alison's outburst at the start has drained away. Did she say she regretted her children? What will Faith think of her? Is it true?

'It was the next step - school, university, job, find a man, get married, have children. I'm not sure I ever considered the possibility of not having children. It was expected. Everyone expected us to have children…'

'Ahh, "everyone," the rebrand of "they",' Faith mutters. Alison ignores her.

'…and I loved them, still love them. Present tense. But they drain you, don't they? All of your time, energy, and money. And, of course, they bring you joy and pride and fun. But that's alongside dread, fear and constant anxiety. And then you lose yourself. You forget the person you were, the journeys you wanted to take, the ambitions you had.' Alison's voice has become shaky. She clears her throat.

'Sorry, Faith. I'm sorry I sound so down on everything. Do you have children?' She realises she knows nothing about Faith at all.

'No, no children. But I have to tell you, life is no picnic without them either. And everything you fail to achieve is entirely down to you.' She sounds both wistful and bitter. A moment later, she prompts Alison again. 'And what about Tom. You said, "Most of all, my husband." The emotion sounded raw.'

Alison is not sure she is ready to speak about Tom. Can she trust Faith with her vulnerability? Can she trust herself? 'I mean, we've been married a long time. I'm sure most women would be happy to ditch their husbands after thirty-plus years,' she laughs unconvincingly.

'It sounded like more than that. I've noticed you often downplay the things that matter the most and use humour to cover your emotions.' Faith responds. 'Has something happened?'

Twenty minutes later, Alison is sipping water, letting an ice cube sting against her lips. She feels dirty as if it is she, not Tom, who has been unfaithful. She has told Faith everything. How patronising he is. How everything he does annoys her - the way he stacks the dishwasher and leaves mugs around the house, the way he clears his throat, the practical presents he always buys her at Christmas. Fifteen minutes of petty irritations, the normal stuff of married life. It felt like a betrayal. And then the final five minutes – the call from Cara, the earring by the bed. The big stuff, the two incidents that have punctured the tight bond of trust and respect and love that seals a marriage.

Faith had been patient and let her rant, scream and cry. She had given her a tissue and told her to take all the time she needed.

'Thank you for listening.' Now that Alison has calmed down, she feels embarrassed by her outburst.

'It's what I'm here for,' Faith reassures.

'I know, but I'm not sure why I've had such an extreme reaction. There's probably a reasonable explanation. I haven't even spoken to Tom about it yet. I wonder if it's because ...'

'Because?'

'Well, there was something else that I found out this week that upset me.' Faith looks more alert. Has she shifted forward on her chair? 'Something about Nina that's rattled me and made me doubt everything again.'

'What did you find out about Nina?' Faith's voice sounds urgent and invested.

'I found out that she killed herself on my 15th birthday.' Alison lifts her eyes to Faith's. 'And then I remembered that I already knew.'

Alison. 24th August 1975

Alison hates being a teenager. Everyone says they are the best days of your life, but not everyone has a stye developing and the faint cramps that indicate your period is arriving.

Today is a special day. It's a Bank Holiday weekend and it's her birthday tomorrow, and it's the first time her parents have let her have a party. Well, the first time since she was eight and one of her friends was sick all over their new carpet. It's to be a small gathering with just a handful of friends, but her parents have agreed to make themselves scarce for a few hours. This is a big thing. A party where your parents are out is valuable currency, and in the last few weeks, Alison has never been so popular. Friends who haven't spoken to her in ages have invited her to the cinema. A girl she hardly knew from down the road knocked and asked if she wanted to hang out at her house. Party numbers now stand at ten, five girls and five boys. She's invited her four best friends from school and asked them each to choose the boy they fancied. None of her friends has been out with a boy yet. Not properly. There have been a few snogs, and Julie claimed to have reached second base, but over her jumper, not under it, so it didn't really count. Alison is happy to hear all about it from her friends, but the thought of doing anything more than talking to a boy petrifies her. She's invited Christopher, the shyest boy in her class. They sometimes play chess at lunchtime, and she feels safe with him and knows he won't get the wrong idea.

Her friends have been gradually accumulated. When she started at the mixed grammar school, she knew no one. Her mum drove her the four miles every morning, and after school, she took the 209 bus and then walked home along the tree-lined roads. The final part of her journey took her past Nina's old house. She always walked on the other side of the road and kept her eyes down, looking at the pavement. As she ducked under the bars at the end of the alleyway, she held her breath and ran the short distance to her own front door.

Initially, anxiety followed Alison around like a scent, and she struggled to make friends at the new school. Life would have been easier if she'd been super clever. She could have sat in the library at break-time or joined the debating society to avoid double games. But that was not to be. Her end-of-year report summed it up: Alison is a polite girl who tries hard. She made her first friend in the second year. She and Carol were united by a dislike of hockey and a shared interest in drama. They both signed up to be in the school play and landed parts as Child One and Child Two. Their big moment was in the Christmas morning scene where Alison got to say, "Oh Mama, when can we open our stockings?" During rehearsals, she and Carol would sit in the assembly hall and huddle by the huge radiator, chatting about other cast members in off-stage whispers. By the end of the year, Julie, Susan and Wendy had joined their small group. They were not destined to be lifelong friends, and they would not be the ones remembered in later years when people make lists of their classmates. They were just five forgettable girls who needed each other.

Downstairs, Alison's mum is tidying up and preparing for the party. Bored with waiting, Alison joins her and helps her move a folding table from the garage into the front room. Her mum conceals the dried-on paste with a paper tablecloth and pushes the table against the wall.

'What time did you tell people to come?' her mum asks, returning to the kitchen and covering a grapefruit in tin foil.

'Seven, like we agreed,' Alison says, looking at the chunks of cheese and pineapple waiting to be speared. Her mum has insisted on making party food, and Alison is worried her friends will think it's babyish.

'Why don't you make yourself useful and vacuum the stairs. There's so much to do.'

Instead, Alison goes back to her bedroom and tries to decide what to wear for the party. Her wardrobe is packed with handmade outfits, a world away from the fashion she sees in *Jackie*. Eventually, she chooses a knee-length plaid skirt that can be hitched up and turned into a mini the moment her parents leave, an orange blouse and a brown tank top. She will wear the new pair of platform shoes her parents bought for her birthday and gave her this morning. For the past two weeks, they had been in the window of Freeman, Hardy and Willis - brown leather with a cherry embroidered on the side and a two-inch cork platform. Her mum must have noticed her wistful looks when they were in town on Monday. A vague memory of Nina standing at the window of the same shop, raising one arm and leg in unison. Doing a Harry Worth, it was called. The manager shouted at Nina to get lost, and they ran down the high street laughing. The words, “Little tearaways. What would your parents think?” followed them all the way to Woolworths.

Carol arrives first, quickly followed by Susan and Wendy. Mum and Dad are fussing around, reluctant to leave. Alison and her friends go into the garden, gossiping about when the boys will come, and Alison opens her presents. Carol has bought her the new Mud LP. Fifteen minutes later, Mum pops her head around the door.

‘OK, your dad and I are off now. We’ll be home around nine-thirty. Don’t do anything we wouldn’t.’

The other girls arrive soon after and pounce on the party food. Later still, three of the boys ring the doorbell. They have a can of Party 4 and some bottles of sweet cider. ‘How did you manage to get those?’ Alison asks, regretting her parents' absence.

‘My brother bought them from the offie,’ one of the boys says proudly. ‘Along with these,’ another says, pulling out a packet of Benson and Hedges. They go into the garden, and she can hear the boys coughing and the girls giggling. When Christopher and the other boy arrive, the girls are drinking cider, a glass has been smashed, and beer has been spilt on the front room carpet. Christopher goes into the kitchen and sits by himself.

'I don't want to get into trouble, and I don't like beer,' he says when Alison tries to get him to join the others. Instead, she turns on the tape recorder and plays this week's Top 10, wishing she'd never suggested a party. By nine, things are getting out of hand. One of the boys has been sick in a plant pot, and another has his hand inside Julie's bra. When Alison joins Christopher in the kitchen, he's sitting at the table reading one of her mum's cookery books.

'When do you think they will go?' Alison asks, reaching for the reserve party food her mum has left in the fridge.

'I heard Steven say that his brother and some mates are coming round later.' Christopher says, looking like he might cry. 'Can I phone my dad and ask him to pick me up?

Before Christopher can do anything, the phone rings, making them both jump. Alison answers, hoping it will be her parents saying they are on their way home. The coins drop, followed by a lengthy pause before a hesitant girl's voice says, 'Hello, can I speak to Alison?'

'Yes, this is Alison,' she says, more abruptly than she means to. Her mind is playing tricks on her, and she has a sudden premonition that something has happened to her parents. 'Is it about Mum and Dad? Are they OK?' and then, when there is no reply, 'Who is this and what do you want?'

Christopher is standing next to her, thinking it might be for him. She opens the kitchen door and walks the phone to the other side, the cord expanding like a slinky as it wraps around the door frame.

'It's Nina…' Another long pause. 'Do you remember? I was thinking about you. It's your birthday tomorrow.'

Alison shivers. Nina was on her mind, and now she's on the phone. It's as if she conjured her. Hearing her voice after all this time is confusing. 'Nina. I'm not sure you should be phoning. I mean Mum and Dad said I shouldn't talk to you.' She knows that this is true and that there is a reason she shouldn't be speaking to Nina. She just can't remember what it is. Still, words form unbidden, 'I never said anything, Nina, I promise …' Alison's legs are jelly, so she slides down and sits on the floor, her back to the pimpled glass.

'I know. I know you didn't. But you should have. I mean, I shouldn't have asked you not to. It was my fault. Everything is my fault.'

The silence tastes of bitten lips and slow tears. Alison is aware of the tap, tap of Christopher's knuckles against the glass. 'I really need to go now, Alison. I think I'm getting a migraine,' Christopher whinges in the background. A burst of noise breaks the heavy silence of the hall as Julie runs out of the front room, slamming the door behind her. More coins are added.

'I can't even remember what happened. I've managed to blank it all out. It was such a long time ago,' Alison confesses into the phone. It's not entirely true. There are certain smells and sounds. Cigarette smoke. A dog barking. Twigs breaking.

'I can't forget, though.' Nina's voice is a whisper. 'I just can't stop thinking about everything. There's so much going on in my head all the time. I can't tell anyone how I feel.'

You could tell me. I'd understand.

'I'm so alone. Everyone hates me.'

I don't. I don't hate you.

'… and I miss you, Alison. I miss you and I know I don't deserve you and I'll never forgive myself.' The words pulsate down the line. Alison thinks about the girls at her house now. None of them is Nina. She knows she shouldn't trust her. She's betrayed her before. Let her down. But hearing her on the phone makes her heart contract.

'I miss you too.' Alison's words are interrupted by the brutality of the pips. Did Nina hear?

The key turns in the lock, and her parents walk in, assessing the damage.

'Don't do that to the phone or you'll break it,' her mother says, taking the receiver and returning it to the cradle. 'What are you doing in here, Christopher, and why are you crying?' Lights are turned on. Julie comes downstairs, her mascara spidered across her face. The boys look sheepish. Alison's dad escorts them out of the house and phones one of the girls' fathers to come and collect them. Christopher's mum arrives. They start the tidy-up. Collecting cocktail sticks from the side of the sofa, picking up pieces of pineapple.

'Can I go to bed?' Alison asks, suddenly feeling deflated.

'Of course, love. I hope it was worth it,' Dad laughs, rubbing at the stain on the front room carpet with a dishcloth. As she gets to her bedroom, her mum calls up the stairs, 'Who was that on the phone when we came in?' Alison pretends not to hear.

A week later, Alison is back at school. The weather is sunny and soporific, and everyone is struggling to re-adjust to school hours after weeks of staying in bed until lunchtime. Alison is sitting in the lower field with Carol and Julie, picking daisies, using their sharp fingernails to slice through the stems.

'Did you hear about that girl?' Julie asks.

'What girl?'

'The one who killed herself - she was only our age. Mum keeps wanting to have chats with me. Says I can talk to her about anything.'

Alison turns onto her back and looks up at the sky, shielding her eyes from the sun. 'That's awful. I wonder what happened? Why she did it?'

'Are they sure it wasn't an accident?' Carol asks, stringing her daisies together.

'She hung herself from a bridge by the aquadrome, so it wasn't an accident. Can you imagine? I mean, I'd just have taken a load of pills or eaten arsenic,' Julie replies. She has just finished reading Madame Bovary.

'Will you shut up, Julie. It's not one of your tortured heroines we're talking about. It's a girl, just like us. We might even know her,' Alison interrupts sternly.

'You know, we might. Or rather, you might, Alison. Mum said she used to go to the same primary school as you.'

The prickling sensation starts in her fingers as if ants are crawling on her hands. Alison tries to lift her head to check but finds herself unable to move. She clenches her fists, crushing the daisies she is holding.

‘What was her name?’ Her voice no longer seems to belong to her. The words ring in her ears. Has she said them aloud? The others don’t seem to notice.

‘Umm … Nancy or Nora. No, I’ve got it now, Nina. That’s it, Nina. I mean, what sort of name is that?’

A dark cloud passes in front of the sun. The buzzing in Alison’s ears grows louder and louder. Sweat trickles down her neck, and the ants are all over her body. She scratches at her skin, trying to stop them and shakes them out of her hair. Julie and Carol are on their knees. A long way in the background, there are voices. “Jesus, what’s wrong with her? Go and get someone.” But it’s too late. The ants are inside her mouth. She turns onto her knees and vomits.

FOUR FOR A BIRTH

Faith

Faith is loading her empties into the car when she sees Lynne's Range Rover approaching. The last few hours have been spent cleaning the place from top to bottom. The owner has an arduous list of requirements, including washing out the bins, dusting the curtain rails and changing the cat litter. The cat has free run of the garden but saves its most disgusting shits for the litter tray. It makes Faith retch every time. Lynne has arrived early to do the final checks and collect the keys. Faith is relieved that the empty wine bottles are no longer in the kitchen.

'Hi, Faith. I thought I'd come early and get an update.' Since Faith disclosed her plan, Lynne's been ingesting it like a Netflix series. Does she know you're following her? Has she found the earring? Has she confronted him yet? It irritates Faith to think her life is being treated as salacious gossip, but she needs Lynne and Cara on side, so she bites her tongue.

'No problem. Let me finish packing up the car, and I'll tell you what's happened.' Ten minutes later, they are sitting in the kitchen having a coffee.

‘So, she’s started to remember things. That’s good,’ Lynne gobbles up the latest titbit.

‘Yes, that is good...’

‘I sense a but coming,’ Lynne adds.

‘She recalls Nina ringing her the night before she killed herself. She doesn’t know exactly what she said, but she thinks Nina was sad that they had lost contact and weren’t still friends,’ Faith explains.

‘Your dad always said Nina felt rejected by Alison, so perhaps that was it. And if she phoned expecting friendship, and Alison rejected her again, then maybe that pushed her over the edge. This could be the proof you are looking for, Faith.’ Lynne is excited as if she’s worked out an important clue.

‘Maybe.’ Faith isn’t so sure. Something doesn’t quite add up.

‘And what about the husband? Does she suspect he’s having an affair?’

‘She is suspicious. Thinks it might be someone from the golf club. Cara was quite vague with the description.’

‘That’s my girl! And has she found the earring?’

‘Yes. I think that’s rattled her. It’s one thing thinking your husband might be meeting someone for drinks, but an earring by your bed is another thing altogether.’

‘So, what happens next? Lynne is hungry for the next episode.

‘I haven’t decided yet...’

‘And what will you do when she finally admits the truth? Do you have some great plan for vengeance, or is wrecking her marriage enough?’

Faith doesn't know. At first, she thought the truth would suffice. But why should Alison get away with what she did? She's had everything that Nina hasn't – a husband, a family, a career. She needs to pay for what she did, and ending her career and marriage won't be enough. No, Faith needs to finish her; she just hasn't worked out how.

'I'm working on it, Lynne. And I promise you'll be the first to know.'

'Well, don't take too long, or you'll have to find a new therapy space. Bluebell's mum will be home in three weeks,' Lynne says.

Faith spends the afternoon re-listening to the session with Alison and editing together all the negative things she has to say about Tom. She is pleased with the result.

> I was so in love with him, but now it feels like we are just going through the motions… Everything I do seems to annoy him. He follows me around, and sometimes I want to hit him… I just want to stop working and go and see some of the world. All he wants to do is play golf and watch quiz programmes… He never asks me what I want or how I feel. It's exhausting… You know what he bought me for Christmas last year – an electric toothbrush because it annoyed him that I still use the normal ones… And now he wants to sell up and move to Bath. Well, he can go alone, and I'll buy a campervan and see the world.

There is nothing that Alison says that is surprising. But men never really know what women think about them. If they eavesdropped on any conversation between girlfriends, they would hear worse. Faith wonders how Tom will feel when he listens to the recording. Surprised? Hurt? Angry? Confused? What type of reaction is she after? She's not sure. It's just another pebble being thrown into the pond of their marriage. Faith wishes she had kept a record of what annoyed her about the men in her life. It would have made for more interesting reading than Alison's trivial upsets. Among the flings, affairs and one-night stands, there had been four proper relationships and only one that hurt when it ended. Tom reminds her of him. The same build. The same serious look in his eyes. She'd met him through a friend who set them up on a blind date. The chemistry had been instant, but the trust took longer to build. Two years later, Faith felt as secure as she ever had. The night he broke up with her at their favourite Italian restaurant, she was expecting a grand gesture. She imagined a ring hidden in the tiramisu or the key to his two-up two-down hanging around a bottle of something expensive. Instead, he said he didn't love her enough and wouldn't want to stop her from finding happiness with somebody else. He made it sound as if he was doing her a favour.

The real reason, the unsaid words woven between the lines of this standard breakup speech, was that Faith didn't want children. She told him one night early in their relationship, when they were taking a break in their lovemaking and playing a game of two truths and one lie. Her truths were, I don't want children, and My sister hung herself. Her lie was There's nothing you can do to make me fall in love with you. He'd been so lovely about Nina and knew just what to say. He'd have made a great doctor;

his bedside manner was textbook. The truth about not wanting children was ignored. He probably thought it was something she would grow out of, but she knew she wouldn't. The abortion had left her with hidden scars, and being rejected by her own mother had cut deep. She couldn't risk repeating the pattern.

Now, two decades later, she mostly feels regret. Regret at the abortion. Regret that she didn't take a chance with this lovely man who would have made a great dad. And anger that there are so many more options today than there were then. She could have had her eggs frozen like Cara. She could have had a baby on her own. Someone to love. Someone to love her. Instead, she spends her days seeking revenge for a sister she barely remembers and her nights drinking until she forgets. It has to change. She can't go on like this. As soon as Alison admits what she did, Faith will be a different person. A better person. She'll stop hooking up with random strangers and join AA. Then she'll get a proper job and find a divorcee or a lonely widower, and they'll move in together. A widower would be better. She can do without an ex-wife, making things difficult. Hopefully, her widower will have children, and in a few years, they'll be grandparents. She won't be Grandmother or Grandma. She isn't 90. Perhaps something unconventional like Gigi or Mimi.

Her mobile vibrates on silent. The words Mum Care Home show on the screen. She lets it ring through to voicemail. She doesn't want to be shaken out of her manifestation.

There is nothing as lonely as sitting by a bed waiting for your mum to take her last breath. Faith knows that this is the start of the end, but there's no timetable. It could be hours, or it could be days. The doctor who visited earlier said it was unlikely to be a week. She encouraged Faith to talk to her mum because "even when they are unresponsive, people can still hear their loved ones." Faith had hardly spoken to her mum when she was alive, so what could she possibly say now that she was dying?

There will be no answers now. It's too late. But the silence is killing her, so she talks anyway.

I remember you taking me to the shops to buy school shoes. I wanted a pretty pair with a pattern on the toes, but you made me buy the ugly ones. I remember the day we all went to the zoo. You asked us to pick our favourite animals, and I chose the penguins. I can't remember what Nina picked – a monkey, perhaps. You got cross with us in the gift shop at the end, and I cried all the way home on the bus. I remember hearing you and Dad fight, and Nina covering my ears with her hands. I remember Dad coming home from the pub drunk and throwing a plate of fish fingers at the wall because we had started dinner without him.

Why are all her memories so sad? Where was the happy childhood she thought she had before Nina died? She thinks perhaps she should stop, but the memories are leaking from her, and she doesn't think she can.

I remember the morning we found out about Nina. Your scream filled the whole house. You told me I had to be a brave girl and try not to cry. You made me promise to be good and not to upset Daddy. At the funeral, you crushed my hand in yours as we walked to our seats at the front. I asked if Nina was going to heaven, and you told me to be quiet. I remember standing next to you, thanking the people who had come to the funeral. And Dad saying, *"Bloody ghouls"* and refusing to go to the wake.

Faith's brain is flooded with memories. She squeezes her eyes shut to block them out. The night duty nurse comes by to check on her mum, and Faith stands and stretches. The nurse writes on the clipboard at the end of the bed and gives Faith a sympathetic glance as she leaves. She has never felt so alone. Who else cares that her mother is dying?

At some time in the night, she wakes from a restless half-sleep and sees Nina sitting on the chair at the foot of the bed. 'You came,' she says, and Nina turns slowly towards her. *Of course I did.* Faith is suddenly angry. Her sister is smiling at her as if she's bloody Mother Theresa. *How could you? How could you leave me? I was only a child. I needed you.* Faith isn't sure who her anger is directed at. She looks across at her mother, whose chest is rising and falling slowly, and back again to the chair. Tears burst from Faith's sleep-swollen eyes, and she is no longer sure whether there is a figure in the chair, or it's the light catching her mother's dressing gown. *You abandoned me. You destroyed me.* Faith walks over to the other chair. She picks up the dressing gown and pulls it around her, breathing in the remembered smell of her mother. In the pocket, she finds a small white handkerchief embroidered with the letter F, and she hears her sister's voice. *We didn't abandon you, Fi, we saved you.*

In the morning, her mother is still alive, and Faith is aching from a night spent in a chair. The manager promises to let her know if anything changes. At home, she takes a shower and drinks three cups of coffee. She is in some weird limbo that is preventing her from doing anything. What did Nina mean by "we saved you?" From what or from whom? The address book, filled with the names of old friends and relatives, is on the coffee table beside her. Her only job is to look through the names and phone any of them who are still alive. The book was a wedding present to her parents. The pages have acquired a brown patina from breathing in the smoke of a twenty-a-day habit. Many names and addresses have been struck through and altered over the years. Fiona doesn't feature, even though she always told her mum where she was living. By the time she has gone through the entire book, she is left with five names – three friends who are probably as gaga as her mum; a distant relation who lives in Australia, and Mum's sister, Aunty Betty, who Faith hasn't spoken to in ages. After Faith's Grandma had died, Betty had moved in with her father and inherited the house when they died. The phone number in the address book is a landline for that address. She dials the number, hoping that no one answers. It rings for an inordinately long time, and Faith is about to hang up when a sharp, reedy voice answers.

'Lymington 2480,' the voice announces as if it is the talking clock. Faith's heart sinks.

'Hello. Is that Betty?'

'Yes,' the voice is hesitant.

'It's Fiona here, Sue's daughter.'

It feels odd claiming to be anyone's daughter, and using her old name is destabilising. 'I wanted to let you know that Mum isn't very well. She's in a care home, and I don't think it will be long now.'

'Not long until what, dear?'

Faith had hoped to avoid saying the words. Despite everything, she feels shaky.

'They don't think she's got much longer to live. She's stopped eating and drinking …' Faith lets the words tail off. There's a long pause, and then she hears her aunt clearing her throat.

'She never had a big appetite. I used to finish off her meals when Mother wasn't watching. And look how I ended up.' Betty manages a sad laugh.

Faith tries to steer the conversation to a conclusion; she's tired and not up for a long chat with a woman she hardly knows. 'I'll let you know if there's any change. Or you can ring me at any time.'

'It's sad she hasn't had a happier life.' Betty isn't ready to stop yet.

'So awful about Nina, and then all that stuff with your dad. A terrible situation, but she always was a poor judge of character.'

Even in her current stupor, Faith's interest is piqued. What stuff with her dad? What terrible situation? 'I don't think it was easy for her after Nina died. I mean, we didn't exactly see eye to eye. But she and Dad stuck together. A lot of couples wouldn't have.' Faith isn't sure why she's defending her parents after they abandoned her.

'She tried to leave him many times. I wish I'd helped her more. But she could be very stubborn.' Her aunt's revelations are disorienting. Had her mum tried to leave her dad several times? It seemed unlikely. To Faith, her mum always seemed to be his biggest supporter. 'Are you sure, Aunty? I thought they were happy together. It was me that Mum never wanted around.'

'That's not true. Your mum adored you, Fiona. She was proud of how independent you were. Do you remember the week she came and stayed with you in Cornwall? I hoped she'd stay with you, but back she trotted to him. It was such a horrible time. I should have done more.'

Eventually, Faith manages to calm her aunt down and promises to phone the next day with an update. She sits on the sofa and turns on the television. Anything to distract her from all the questions. She flicks through the address book and wonders about all the people her mother has known. There are friends and relatives, doctors and dentists, the woman mum saw about her bunions. Is this really all there is at the end? A handful of names and addresses. There's a pocket at the back that Faith hadn't noticed before. Inside are the business cards of window cleaners and chimney sweeps. Buried amongst them are a handful of index cards, each with one of Faith's addresses written out in her mum's spindly handwriting. Faith holds them to her chest and pushes her tongue to the top of her mouth to stop the tears that threaten to overwhelm her.

Faith. Cornwall 2008

The letter lands on the mat in the middle of a shouting match with Nathan. They have the same argument every day. She leaves for work at 7am, and all she wants when she gets back from her shift is a tidy kitchen and a fire in the front room. Nathan doesn't know why she expects so much. He is a dreamer, a failed poet, an absent father, a surfer, and an alcoholic. When Fiona met him, she thought he was a beautiful soul that the world didn't understand. She always was a lousy judge of character. Most days, when she gets home, he'll be in one of three places – in bed sleeping off a hangover, hanging out at the beach with kids that are young enough to be his children, or down the pub with a bunch of bums who think the answers to all life's woes lie at the bottom of a pint of Guinness.

The handwritten white envelope looks anaemic amongst the buff-coloured demands. Fiona recognises her mum's handwriting and opens it with trepidation like a puppy expecting to get kicked. It is laid out like a formal letter with the address in the top right-hand corner, followed by a date from earlier in the month. She speedreads the letter, expecting disaster in every paragraph – a terminal diagnosis, the death of their cat. There is nothing of the sort, just everyday grumbles about the weather and her knees. It is only on the last page that her mum gets to the point. She is planning a visit/hopes it will be convenient/always wanted to see Cornwall.

Everything about the language is so unlike her mum that it worries Fiona. They have only spoken a handful of times in the last ten years and have not seen each other in person since her uncle's funeral. This has come out of the blue. Worse still, the letter has been delayed, and she is arriving tomorrow. It couldn't be any more inconvenient. The house looks like a shithouse, and she and Nathan are sleeping in separate rooms. Reluctantly, she calls in sick. She won't get paid, and they might even sack her - she's already on a second warning.

The unexpected arrival of a septuagenarian has had a surprising effect on Nathan. Fiona can hear him charming the pants off her mother in the other room while she rustles up soup for lunch. In return, her mother is giggling like a schoolgirl and praising his poetry as if he's John fucking Betjeman.

Her mother is so much smaller than Fiona remembers. She seems fragile and vulnerable, like a consumptive from a Victorian novel, visiting to take the air. But she insists there is nothing wrong with her. For the last few days, Fiona has juggled work shifts to spend time with her. They walk along the cliffs, skirting around their differences with bland conversations. Inside, Fiona is raging. How can her mum carry on as if things are normal? What about the abortion, Mum? What about

Nina? What about the fact that we haven't seen each other for a decade? Fiona looks at the uneven edge and the drop below and thinks, *one little push*.

At night, forced back into the double bed with Nathan, she seethes as he enthuses about her mum's qualities. "But she's lovely, Fiona - you never said. I sense she's damaged, but she has a strong aura. If she were my mother, I'd cherish her." Well, she's not your mother, Nathan. And you know nothing about her. She breathes into her pillow and bites her tongue.

One question follows them around all week, hanging in the air, gradually gaining weight. Why are you here? Why are you here? Why are you here? Why are you here? Not asking is suffocating her. Tomorrow, her mother will leave, and Fiona needs an answer. They are sitting on a bench, surveying the rough, unforgiving sea. A handful of swimmers circle near the beach, their colourful swim caps bobbing like apples on the swell. Fiona holds the collar of her winter coat in a tight grip around her throat. Her mother is wearing a quilted puffer coat bought from a charity shop. It was designed for a much younger, taller person.

'Why are you here, Mum?' Fiona finally gives in and asks. Her mother seems not to hear. 'Why are you here, Mum?' Less kindly now.

'I needed to get away, love. Things were getting on top of me. I've not been sleeping.'

Her mum's words are whipped around by the sea breeze. Fiona refuses to provide sympathy. How dare she bring her troubles? Fiona has enough of her own. She keeps the emotion out of her voice.

'Have you been to the doctor?'

'Oh no. I wouldn't want to worry them with my troubles.'

It's exasperating that this generation holds doctors in such high regard that they won't worry them unless they are at death's door.

'It's what doctors are for Mum - mental health issues are just as important as anything else. You'd go to see him if you had a lump, wouldn't you?'

'There's nothing wrong with my mental health,' her mother snaps.

'You should try that cold water swimming. It's meant to be good for stress,' Fiona says, hoping to lighten the mood.

'I don't have stress either. You lot think you invented stress. Imagine sitting in an Anderson shelter, never knowing when the next bomb would find you. Or being held in a prisoner-of-war camp. That's proper stress, not this namby-pamby mental health rubbish.'

Fiona can see that her mum is shaking. 'Why don't we go and get a hot chocolate?' She has a flashback to being in the kitchen at their old house. Her mum is making cocoa. Nina has adapted a nursery rhyme – *Nina puts the cocoa on, Nina puts the cocoa on*, and Fiona has the giggles. They were happy once.

At the café, Fiona helps her mum disrobe from the enormous puffer coat, noticing her wince as she removes her left arm from the sleeve. 'Are you sure you're OK? Perhaps it's arthritis. That's a proper condition you could see the doctor about,' she teases. Her mum stays silent. 'Come on, Mum, you can tell me.'

‘It’s nothing, I’m just being stupid.’ There’s a long pause where her mum sips at the too-hot chocolate. ‘Betty said I should leave him.’

‘Who? Dad?’ Despite everything, it’s a shock. ‘Why would you leave him, Mum? You’re almost at your fiftieth anniversary. Why would you leave him now?’

‘That’s what I said to Betty?’

Having a three-way conversation with an absent Betty is annoying Fiona. ‘Why Mum? Why does Betty think you should leave Dad?

‘Oh, you know, he can be a bit rough,’ her mum mumbles into her drink.

‘What do you mean, a bit rough?’ Her mother has always spoken in euphemisms. Her out-of-work dad was between jobs, and a fat friend was big-boned. ‘Do you mean he hits you?’

‘No, not really. He just gets a bit worked up and needs to take it out on someone. Better me than … well, you know what he can be like.’

She doesn’t know really. Her dad is absent from most of her childhood memories. She remembers his temper. That evening, when Alison’s dad banged on the door and demanded to see Nina. He’d been angry then. She can picture his bright red face and his fists tight and ready behind his back. She thought he was a lion protecting his cubs. Soon after, they moved to a council house in a rough area, and he always blamed Alison and her family for that. Then he’d lost his job, and Fiona barely saw him. He was either working one of a stream of low-paid jobs or, when the money ran out for the month, he would sit brooding in the front room. A caged animal, smoking roll-ups and waiting for the month to tick over so he could go to the pub again. Did he even want children? She doesn't remember any signs of affection. She does remember the rows with Nina – huge shouting matches and slammed doors if she went to a party or came home late. That awful argument the weekend she died.

'I don't know Mum. I haven't seen him for years, and you and I hardly speak. You don't have to stay with him, though. It's the noughties. Women leave their husbands all the time,' she says more generously than she feels. Her mum is looking out of the misted-up windows at the bleak seascape beyond. A few hardy souls are being swept along on their dog walks. They sit in silence and finish their drinks.

At eleven, Fiona's mum is still in her bedroom with the door shut. A taxi is booked to get her to the station for the midday train, so Fiona taps on the door. 'I've got you a cup of tea. Is it all right to come in?' Fiona asks, not waiting for an answer as she pushes the door open with her knee. Her mum is sitting in bed, leaning against the pink headboard and staring out the window at the skinny trees beyond. The suitcase on the blanket box at the end of the bed is half-packed.

'We need to get you packed, or you'll miss the train home,' Fiona says as if speaking to a child. She's starting to panic that her mum might change her mind and ask to stay longer. Her dad phoned a couple of times during the week, and Fiona has tried to piece together what's happening from overhearing a one-sided conversation.

No, she isn't coming back yet. Yes, she knows what she's doing. No, Betty hasn't put her up to this.

Fiona wonders if her dad knows she is staying at hers. Would it make things better or worse if he did? She half pictures him jumping on a train, hammering on the door, and hauling Mum home.

'You are going home, Mum?'

Her mum sighs, and, in that one exhale, Fiona hears fifty years of regret. 'Where else would I go?'

The taxi hoots its arrival, and Nathan takes her mum's case to the car. They stand in the kitchen and try an awkward embrace. Her mum flinches at the pressure, and Fiona releases her grip. *I hardly touched you.*

'I have something for you,' her mum says, reaching for the old-fashioned handbag Fiona remembers playing with as a child. The satisfying click of the haughty gold clasp. Her mum pulls out an envelope and hands it to Fiona. 'It's no good to me now, but hopefully, it will help you. If things don't work out with Nathan …' She snaps the handbag shut. 'I know it doesn't make up for anything.'

Before Fiona can say more, her mum has shuffled down the hall and is climbing into the taxi. Fiona raises her hand to wave, but the taxi has already left.

That evening, with Nathan at the pub and the sheets changed ready for her return to the spare room, Fiona opens the envelope. Inside is a note that says, "I'm sorry" and a cheque for £5,000.

Faith

The car park at the care home is full of activity at this time in the morning. The night staff are leaving, and the day shift is arriving. The chef is pacing up and down, earphones in, drawing on his cigarette. An ambulance has been sitting outside the front door of the home since she arrived, and Faith is petrified that it is for her mum. It's only seven o'clock. She wonders what time they will phone her to tell her the news. Her mother inside - dead or alive, like Schrodinger's cat. She'd once dated a physicist. He was good husband material. Her mum would have approved, but he didn't want her in the end. She would probably have tired of him eventually. She always did.

She's tempted to ask the chef for a cigarette even though she gave up years ago. Bad news requires nicotine. When she broke up with Nathan, he was chain-smoking roll-ups. She'd surprised him at the pub a week after her mum had left. The cheque had been banked, and an old banger rapidly purchased. Everything she could fit had been bundled into the car. Nathan had not taken his rejection well, but he'd not followed her out of the pub. Instead, he joined his mates to rant about the prick-teasing sluts who took them for all they had. By the time he returned to the depleted house, she was halfway up the M5.

Faith had hardly slept. She had tossed and turned, her brain refusing to switch off. The conversation with her aunt kept rewinding in her brain as she drifted in and out of fitful sleep. Deep down, she must have known that the gift from her mum was the money she intended to use to leave Dad. And yet she'd taken it without a second thought. She deserved it after everything her parents had put her through. Didn't she? And what good had the money done? It had got her away from Nathan, but then she'd frittered it on rent and drugs and booze. And her mum had gone back to what? A man who made her feel worthless and used her as a punchbag for his own inadequacies?

Now is not the time to let doubt in. She repeats the mantra. Her dad was a good man, made angry by grief. Her mother was a weak woman, overwhelmed by sadness. Her sister died because her best friend deserted her. And Faith – what was Faith? As Fiona she was a victim, unloved and unlovable. But, as Faith, she is powerful. She uses people to get what she wants. And what she wants is revenge for her sister. Empowered, she sends Tom a WhatsApp:

Could we meet? There's something I need to discuss with you about Alison

The day manager has just pulled into the space beside her, so Faith puts her phone in the glove box and gets out of the car.

The ambulance is for Richard. One too many escapes. This time, he has caught pneumonia and is being whisked away to the hospital. There is no change with her mum. Still breathing. The notes at the foot of the bed show she's taken on fluids and eaten some mushed-up Weetabix in the middle of the night. Perhaps there's still time for a miraculous recovery. By the side of the bed, Faith restarts her monologue.

Do you remember when you came to stay with me in Cornwall? When I was with Nathan. We had hot chocolate in the beach café. Do you remember?

A nurse comes in to check her mum's notes, and Faith feels silly for talking to herself. She waits until she hears the nurse leave.

I spoke to Aunty Betty last night, and she will come to see you if she can get someone to drive her. She mentioned that you wanted to leave Dad. That he wasn't very nice to you. She can feel Nina's presence looming in the ether as if using her dad's name has summoned her.

I wanted to tell you that I didn't know, Mum. If I'd known, I would have let you stay. We could have gone away somewhere together. A road trip, like Thelma and Louise. I wouldn't have let you go back to him. I wouldn't. She is twisting her mum's pink floral bed jacket between her thumb and first finger like a comfort blanket, and tears are trickling down her face. *You did know. We all knew. But it was Mum's job to keep you safe.*

Faith goes to find the manager for an update. She tells her that her mum is very peaceful and not in any pain. She doesn't think it will be long now. Faith crosses the words off some invisible end-of-life bingo card. 'I'm just going to get a coffee. I'll be back later. Do phone me if there's any change.' Faith feels the manager's judgement as she pulls the glass doors behind her.

Two messages are waiting when she retrieves her phone. One from Aunty Betty asking if there has been any change and apologising for not coming to see her sister. And one from Tom suggesting they meet at lunchtime at a café near where he works. There's nothing Faith can do for her mum now, so she drives home for a shower and a sleep. If they don't make her feel better, she knows that playing Tom the tape will.

The nap makes her feel worse, and she is headachy and sluggish as she drives to meet Tom. She pulls into a petrol station and grabs a meal deal, which she eats across the road from the greasy spoon that Tom has chosen for their rendezvous. She can't imagine it's one of his usual haunts. He's obviously keen to avoid meeting anywhere where people will recognise him. As she finishes her sandwich, Tom arrives. He checks his phone and looks around nervously. Faith picks up the earphones from the seat beside her and joins him in the café. He's chosen a table in the back corner, and she waves to acknowledge she's seen him. She needs to be careful how she plays this. Alison may already have said something about her doubts. She needs to be on his side - suggest that Alison's paranoia is a symptom of her worsening mental health and reassure him that, whilst upsetting, none of what Alison says is surprising.

'Hi, Tom. Do you want a coffee? Something to eat?'

'Just a coffee. I don't have long. I've got a meeting at two.'

Faith orders the drink and then goes to sit down.

'Well, thanks for making time to see me. As you are short of time, let me get to the point. I'm still very concerned about Alison. When we met last week, she was very emotional. I'd not seen her like that before. Have you noticed anything recently? Any mood changes?'

'I'm not a doctor. I thought that was your job.' He sounds defensive.

'Yes, of course. It is. But background insight can help. I wondered if there had been any problems between you lately. Alison was quite angry, and I wondered if you'd had a fight?' Faith sees his face drop. He looks mortified.

'No. We never fight. I mean, we disagree sometimes, but only about silly things. Why, what did she say?'

'Nothing specifically, she seemed very low about everything – teaching, the future, you …'

Tom stirs his coffee thoughtfully. 'What did she have to say about me?'

Faith can feel the bite. Now she needs to strike.

'I probably shouldn't, but I have a recording from our last session. It helps me remember what's been said without relying on my notes. Would it help if you listened to it? There's nothing terrible. But it will give you an idea of her state of mind.'

Tom nods his head in agreement. Faith places her mobile on the table and hands him the earphones. 'I think it's at the right place.' She presses play and watches his face as he listens. He has his eyes closed, but she notices the tension in his shoulders and his tight jaw twitching.

She stops the recording at exactly the right place, and, when he opens his eyes, she can see his sadness.

'I can't believe she feels like this. Why hasn't she said something about moving to Bath? I mean, we discussed it with the boys last Christmas. I thought she was looking forward to it.' He is crestfallen.

Faith intervenes, keen to soften the blow. She needs him on her side. 'I mean, couples often stop communicating when they've been married as long as you have. People make assumptions. To be honest, I wasn't so worried about what she said; I was more concerned about how she said it. She was very volatile. A little manic in places. Has she ever been like that before?'

Tom looks blankly in her direction. She can tell that he's still processing the idea that Alison finds him patronising and doesn't like the filing cabinet he bought her for Christmas. How pathetic men are. The recording doesn't contain Alison's suspicions about Tom's infidelity. Faith stopped it before that point. She's trying to engineer a conversation between Tom and Alison where Tom is hurt, and Alison is paranoid. 'Tom!' Faith speaks sharply to shock him out of his well of self-pity. He looks like he'd forgotten she was there.

'Umm … well, yes. Alison had post-partum psychosis after Charlie was born. It was a terrible time. They took her to a psych unit. They worried she would hurt herself. I mean, she's nothing like that now.' Tom looks haunted by the memory.

Wow, the bitch really is crazy. This is something she can use to her advantage; she just needs to figure out how. 'That's terrible, Tom. It must have been a devastating time for you all. I can't imagine…' Her sympathy sits between them like a pillow. After a few minutes, she squeezes his hand. 'Right, we need to be careful not to trigger another episode by putting her under too much pressure. I will tread gently, and Tom, could you watch for any signs that she's becoming more unwell?'

'What sort of signs?'

'Anything out of the usual – mood swings, paranoia. Did Alison hallucinate when she was ill before?'

'Yes, hallucinations and delusions. She thought people were coming out of the television to take Charlie. It was so frightening.'

He looks so devastated that Faith feels a contraction of sympathy. 'I'm sure it won't get that bad again,' she promises. 'And if you are worried, you can always phone me. I'll pick up day or night.'

'We're lucky to have you,' Tom says.

After Tom has paid and left, Faith sits sipping at an enormous mug of tea and picking at the Formica that's coming away from the cheap chipboard. In the middle of the table, there's a slug of congealed ketchup nestling around the base of a giant plastic tomato. It reminds her of the Wimpy Bars of her youth and the years between losing Nina and leaving home. At school, she was the weird kid whose sister had killed herself. No one knew what to say to her. She'd walk into classrooms, and the conversation would stop. Teachers would overcompensate and let her get away with missing homework or daydreaming during lessons; few friends wanted to come back to hers. It was as if the house was cursed. It was as if she were cursed. During those years, she tried on multiple personalities. Sad, hard-working teacher's pet; geeky know-it-all; cigarette-smoking school absconder. She didn't know who she was supposed to be without her sister. Her dad didn't seem to care - he was too drunk or too angry to acknowledge that he still had a daughter. Her mother was the opposite. She wouldn't let Faith out of her sight. At first, it had felt reassuring, but as she became a teenager, it became oppressive. Her mum wouldn't leave her alone in the house, even with her dad, particularly with her dad. And on the rare occasion she was allowed to go out, her mum wanted to know exactly where she was going and when she would be home. This led to almighty, door-slamming rows, and groundings and curfews. She hated them both, but she hated her mum the most. Because wasn't her mum supposed to be on her side?

The day she left home to live with Mick felt like freedom, but being fussed over by Patricia had ended up being just as cloying. If she had learnt anything from those awful teenage years, it was that the only person you can rely on is yourself. It had stood her in good stead as she faced one crap life choice after another. But where had it left her? In a greasy spoon, desperate to get revenge for her long-dead sister. She was getting close, and she should be feeling what? Excited? Exhilarated? Instead, she feels dirty and empty. A builder in grubby overalls looks over at all and raises his mug at her. She gets up and leaves before she does something she'll regret.

Alison

Is Tom having an affair? A week ago, the suggestion would have made Alison laugh out loud. When the children were younger, Alison and Tom would spend New Year's Eve with three other couples they met through the boys' school. They all lived within walking distance, so no taxis were required, and the children got on well. The kids would disappear into one of the bedrooms and play on the Xbox. At the same time, downstairs, the adults gradually lost their inhibitions. They would drink too much and end up dancing to *Right Said Fred* - declaring that they were too sexy for their car, or their shirt, or this party. Most evenings ended with someone opening the Port and a made-up game they called the person least likely to. They generated a list of topics – who was the person least likely to ... go nude in a sauna? Take cocaine? Have an affair? Without fail, Tom would be voted the person least likely to have an affair. It was a running joke; they included it every year just to crown Tom the winner.

Alison badly needed that reassurance now. Why had they thought it so unlikely? She wished she could phone those couples up and ask them. But those transitory friendships hadn't survived as the boys grew older. Two of the couples were now divorced, and one of the wives had recently come out as gay. They had never had that as a category – the person least likely to be a lesbian!

When Tom went to bed last night, Alison had gone downstairs for a glass of water and stood for ages staring at his phone as it charged silently on the kitchen island. Should she look? She knew his code. In the end, she resisted the temptation. It wasn't who she was, and she couldn't let herself start down that path. In the morning, she cleaned the bedroom from top to bottom, desperately hoping not to find anything. Then she emptied the pockets of Tom's suit, promising herself it was a sensible thing to do before taking it to the dry cleaners.

Does she want it to be true? Would finding the receipt for a fancy restaurant be such a bad thing? She would be the one to get all the sympathy and be able to bathe in righteous indignation. "*What a total bastard. How could he do that to you?*" The boys would hate him. Everyone would hate him. Or would they? Maybe, at first, and then, perhaps, there would be a different narrative. "*She was always quite a difficult person. Not the easiest to live with. Poor Tom. Poor Dad.*"

She doesn't think it is true, not really. She can't imagine Tom kissing another woman, touching another woman, the way he used to touch her. Her mobile ringing breaks the spell.

'Hi Alison, it's Faith.'

'Hello, Faith.' She can't think of anything else to say. Faith breaks the awkwardness.

'How are you doing? I was worried the last time we met. How are you feeling now?'

'OK, I suppose.' She knows she sounds flat.

'You don't sound OK. Have you decided what you are going to do yet?'

'What I'm going to do about what?'

'About Tom. About how you are feeling.'

'I'm mostly feeling numb,' Alison answers honestly.

'We discussed this, Alison.' Faith sounds disappointed in her. 'Letting all this anxiety build up won't do you any good. Communication is key to recovery. You need to be honest about your feelings, and you need to tell Tom. Be vulnerable about your concerns.'

Alison lets the silence grow between them. She knows Faith is expecting a response, but she doesn't have the energy. She thinks she hears an exhale of irritation. 'Perhaps focusing on our next session will help,' Faith says more gently.

Why is she treating her like a child? Faith drones on in the background. 'Our next session is your four for a birth session. It will help you focus on a positive time in your life. Think about something you enjoyed or something you are good at.'

'I don't think I'm good at anything. I used to think I was a good teacher ...'

Faith talks over her. 'Or maybe, if you are hoping to delve back into your forgotten relationship with Nina, you could try and think about what made that friendship so strong.'

Alison is about to tell Faith she can't remember anything about Nina when she experiences a flashback.

There is a kitchen she doesn't recognise and a little girl with red hair and freckles. Who is it? Does she know her? Alison is holding a spoon out, and the girl has her mouth open like a baby bird. The next moment, the child is screaming, her eyes tight shut, tears tumbling down her blotchy cheeks. And then Alison hears a voice in her ear. *You did that. You were so unkind. And she was my sister. How could you be so cruel? She was only little. She only wanted to play.* Alison holds the phone away from her ear. It sounds as if the words are coming from the mobile phone. Alison frantically presses buttons, anything to make it stop. The words are followed by the distorted sound of a lullaby. It slows down like a child's toy running out of batteries. And then, as quickly as it started, it stops. She puts the phone back to her ear, and she can hear Faith again.

'Could we have the next session at your house, Alison? My friend has got the workmen in.'

It all sounds so ordinary, so every day, that Alison starts laughing. It's ridiculous, her phone is talking to her, playing broken lullabies, and all Faith wants to talk about is some building work.

'Are you OK, Alison?'

'Yes, I'm fine. It's just you said your friend had the workmen in. We used to say that when we were having a period. "I'm sorry I can't go swimming; I've got the workmen in." Or was it the decorators? Yes, the decorators. That makes more sense. Painting the whole room red.' She can hear the hysteria rising in her voice. And then the walls in her living room start dripping. Just tiny little splashes – drip, drip, drip. Little spots of blood dripping on the carpet. She knows it's not real. She knows what this is because it happened before. The same but different. Last time, people came and took her away. She won’t let Tom do that to her again. He must not know what’s happening. She needs to find a way to appear normal. She closes her eyes tight.

‘Yes, of course, we can meet here,’ Alison says, using her fake voice. ‘Shall we say tomorrow at four o’clock. Before Tom gets home from work. Would that be convenient?’ She sounds like she’s organising an appointment at the dentist.

‘Alison, are you OK? Would you like me to come round now? You don’t sound like yourself at all.’

‘Yes, lovely. Four o’clock tomorrow it is. I’ll see you then.’

By the time Alison opens her eyes, the room is back to normal. She is animated by her plan to appear normal. How hard can it be? Just do "normal" things and block out the voices. Do not speak out loud to them. When it happened before, she didn’t know what to do. She’d just had a baby. It was meant to be the happiest days of her life. When they cut the cord and handed the baby to her, she thought he looked like a skinned rabbit – all scrawny and red. The midwife encouraged her to offer him her nipple, but he opened his mouth and screamed instead. For the first week, all he did was cry. He wouldn’t latch on. He was hungry all the time. She was failing as a mother, and all she wanted to do was sleep. She couldn’t even get that right. When he finally stopped screaming, she’d be wide awake, scared to close her eyes in case she never woke up. She hardly recognised the face she saw in the mirror. Her hair was unwashed, her skin blotchy, and her eyes still bloodshot from hours of pushing. After ten days, Tom went back to work. *I'll be fine. It's fine.* Only it wasn't. Still no sleep. Get out and meet other mums, people said. But she couldn't risk their judgment, so she double locked the door and left the baby to scream in the garden. Now, when she looked in the mirror, she saw the distorted faces of strangers. *He doesn't love you. You have the wrong baby. They switched your baby at the hospital – that's why he won't feed. You're not his mother. He hates you. He wants you dead.* She knew Tom was worried about her, but she was past caring. He took time off work and made her go to bed. But she couldn't sleep. She just wanted it all to go away. She wanted him to go away. Tom called the health visitor. When she arrived, Alison was hiding under the stairs. "He hurt me," she whispered. "he made me do things to him. When I was a little girl. I didn't want to. He made me." She was picking at the skin around her fingernails.

"Who did dear?" the lady asked.

"He did," Alison answered. "The baby is his, and I don't want him."

She was in the hospital for three weeks and in a special mother and baby unit for another month. At first, she wasn't allowed to see Tom or the baby. They tried different drugs and made her eat and sleep. Then there were the endless chats with doctors, asking her how she felt. By the time they let her see Charlie, she was much calmer. She wasn't frightened of going to sleep anymore, and when she looked in the mirror, she saw a face she remembered. At first, Tom and Charlie came for short visits, but gradually, she was allowed to spend time alone with her beautiful boy. The last week in the unit was the first time she felt like a proper mother - she fed and bathed him and changed his nappies. She kissed his dimpled legs and blew soft raspberries on his tummy as he fed hungrily from her breast. He was making up for lost time, and she had never known so much love.

She and Tom had thought long and hard about having a second. The doctors said it was fifty-fifty whether the psychosis would return. But, for whatever reason, it didn't. Tom took more time off work, and her mum lived with them for a while. They were all looking for the signs. Of course, Alison didn't remember much of what happened with Charlie. Tom had gradually revealed the details and explained how terrified he'd been. She could only imagine how frightening it would be to see the person you love turn into a mad person before your eyes. Her mum opened up to her about her own depression brought on by all the miscarriages. It bonded them as mothers. Once, when they were sitting together when Charlie was still little, her mum asked about the revelations to the health visitor. "You said he abused you. You didn't mean Tom, did you?"

"No, of course not. Tom would never do anything to hurt me."

"And no one else ever did anything? I mean, when you were younger …?" But Charlie had woken at that moment and demanded attention, so the question never got answered.

Alison spent the rest of the day ignoring the voices and focusing on cleaning the house. The hum of the vacuum drowned out any intrusive thoughts. She closed her eyes as she cleaned the bath; the memory of the blood-filled tub kept at bay by her refusal to acknowledge it. While she worked, she kept her brain active, trying to think of a four for a birth story that would satisfy Faith and prove her sanity. What was she good at? Apart from the first few months with Charlie, she'd been a good mother. Even the boys would acknowledge that. But Faith had asked for something more specific – a hobby she'd taken up. She wasn't really a hobby person. She'd done a pottery class one summer. The boys were both enrolled in sports camps, and she'd wanted to try something creative in an attempt to reinvent herself and find some friends of her own. She'd been hopeless at it. She didn't have the dexterity to use her hands and feet in unison, and the pot she made looked like something you would hide at the back of your cupboards if one of the children presented it to you. *You never were very good at anything, were you?* It's her head of department's voice this time. She shakes her head to clear the thought away. There must be something she's good at. Something she enjoys. She thinks about teaching. She used to enjoy that. There was one school she taught at where they offered pupils the chance to go on volunteer holidays. She loved to travel and offered to go as one of the responsible adults. They travelled to Costa Rica for two weeks of fun and one week helping on an environmental project in a national park. The fun consisted of trekking through the rainforest, sliding down waterfalls and climbing volcanoes. They volunteered at a ranger station and helped build a wooden bridge over a river. They saw sloths, tapirs, spider monkeys, toucans and crocodiles. Today, it would have failed the risk assessment, but they all survived. It had rejuvenated her and made her feel connected to a world away from the drudgery of home and work. It was why she wanted to travel when she retired.

She decides that this is the story she will tell Faith. It will prove there was a time when she was happy. *But can you ever be happy knowing what you've done?* She's let her guard down for a second, and the voices are back. Shut up! Leave me alone! She must try not to answer back. Tom must not hear her talking to herself. She must act normal.

When Tom arrives home from work, Alison greets him with a glass of wine and a kiss, like a Stepford wife, all false cheer. She must be careful not to overdo it, or he'll suspect something. It is hard pretending to be her usual self when she's lost sight of who that is.

'How has your day been?' Tom asks.

'Yes, OK.' She doesn't trust herself with conversation. 'Actually, I'm feeling a bit tired. I might get an early night. Perhaps I'm getting that cold that's going around.' Safer to stay away from Tom. She can listen for hushed calls later, although suddenly Tom having an affair feels like the least of her troubles. She needs to hold on to reality with both hands, but as she walks up the stairs and lies under the cool sheets in the spare room, the room starts to spin, and it feels like everything is slipping away.

Faith

The morning call to the nursing home confirms that time is running out. Overnight, her mum had taken minuscule sips of water and thimblefuls of mush. "It won't be long now," they keep saying. Death is inevitable, but the timetable is anyone's guess. Faith feels like an expectant father, pacing the corridors, waiting to hear the news. Her mother is taking her time. You would think it would be easy. Stop eating. Stop drinking. Stop breathing. But it's not like that. Faith visits twice a day and expects every time to be the last. How many goodbyes can you say?

Faith is impatient for a confession from Alison, before it's too late. They have a session later where Faith hopes to move her closer to an admission. Even though her mum is in limbo, more dead than alive, Faith wants to be able to tell her that she has finally got justice for Nina. But she feels further from the truth than ever and worries that Alison is seriously spiralling. On the phone yesterday, Alison sounded like she was reading a script. Her tone was too bright; her vowels clipped like some later-day Eliza Doolittle. Faith can't allow her to fall over the edge yet. She needs her sane enough to realise what she did. After today, there are just two sessions left, and Faith needs to double up next week as Lynne's client is finishing her contract a week early. She will miss the luxury of that house. It's given her something to look forward to, and she's grown fond of Bluebell. When all this is over, she might get a cat. If her mum dies soon, there might be a little money left for Faith to put a deposit down on her own flat. Then she'll have to get a proper job to pay the bills. Perhaps she'll resume online dating and try to find a husband – a divorcee or a widower. She considers herself a good catch. Still attractive. No children or aged relatives making demands, and she's still up for regular sex. She should use that as her profile.

Today, Faith plans to pick up the keys from Lynne before she goes to Alison's, then she'll pop in to see her mum and say yet another goodbye. The thought that she's got her mother all wrong haunts the fringes of her consciousness. That call with her aunt has unsettled her. What if her mother did love her as much as Nina, but they never found a way to acknowledge it?

At four o'clock, Faith rings Alison's doorbell. The front room curtains are closed as if the house is in mourning. Alison opens the door with the chain still attached.

'Come in. Come in,' Alison hurriedly beckons Faith through.

The house is suffocatingly warm.

'Hi Alison, are you feeling any better today?'

'Yes, much better.' The bags under her eyes say otherwise.

'Are you sleeping OK?'

'Oh, you know, not great. But nothing that coffee can't fix.' There is something wired about her. Perhaps it is caffeine.

'Where would you like to do our session today?' Faith asks, and Alison indicates the front room.

'I've the start of a headache – are we OK to keep it dark in here?'

'Yes, of course. Whatever you want.'

For the first ten minutes, Faith listens to Alison's story of her school volunteering trip with a bunch of hormone-fuelled teenagers. Alison keeps getting distracted and, at times, starts arguing with somebody else in the room. "You don't know what it was like because you weren't there. Stop talking to me. I shouldn't be talking to you." After a while, Faith jumps in. 'Do you think this love of travel is a way of escaping problems at home? Of running away?' She lets the question hang in the gloom. Alison is fidgety and distracted. At times, she seems surprised that Faith is in the room.

'I don't know. I don't think so. Possibly. I liked seeing other cultures and expanding my horizons. It felt like we were making a difference.' Alison is picking the skin around her fingernails. For God's sake, taking a bunch of middle-class kids to brush some paths in the jungle is hardly making a difference.

'Yes, I see,' Faith manages. She needs to find a way back to Nina before Alison loses all sense of reality. 'It's just that people often use travel as a means of escape. And I wondered if you considered that? I still believe that the key to unlocking everything lies in your friendship with Nina. All my experience suggests there is some trauma that you are covering up. Going into teaching could have been a way of compensating for what happened. Being able to help children develop – perhaps it's helping to right a wrong from your own childhood. And, of course, Nina never had a chance to grow up and experience the world. Perhaps at some level, the travelling is a way of making amends.'

Faith worries she is moving too fast, leading Alison too far, too quickly. But the clock is ticking, and she wants this over. She thought she would enjoy this, finally having her moment with her sister's tormentor. But the longer it goes on, the more it's costing her. She's starting to doubt herself. Her dreams are a maze of missed paths and dead ends. She needs it to stop.

Faith's suggestion has had a visceral effect on Alison, who has pulled her knees up to her stomach and is rocking slowly, to and fro. Faith thinks back to the woman she met only a few weeks ago at the café. She feels powerful, reducing Alison to this.

'I didn't mean to upset you. It can be hard to process trauma. I think not knowing what you did, what happened, is causing you all this pain.' Faith keeps her voice soft, and her words calm. She sits beside Alison and tries to hold one of her hands, which are clasped together and wrapped around her knees rigidly, like one of the calcified bodies in Pompeii. Faith puts her arms around Alison in an attempt to unfreeze her body. Then, she massages her back with long, rhythmic strokes. Back and forth, back and forth. Little by little, Alison unfurls.

'I'm sorry I upset you. You are doing so well and making great progress,' Faith lies.

When Alison turns towards her, all Faith can see is fear. ‘I’ll get you a glass of water.’

In the hall, Faith spots Tom’s golf jacket hanging from the hooks by the door. She slips a piece of paper from her pocket to his before running the water cold in the tap in the kitchen and bringing two glasses into the lounge. Alison greets her as if she’s just arrived.

‘Hello, Faith. When did you get here? Did Tom let you in?’

The too-proper voice is back. Faith decides to change tack. ‘How are things with Tom? Have you spoken to him properly yet?’ There is a long pause.

‘No. I don't need to. I was just being stupid. I think the earring is mine. A present from one of the boys that I hardly ever wear.’

‘That’s good. Maybe find time to talk to Tom about the future, though. It sounds like being able to travel in your retirement is important to you. He needs to know that.’

‘Yes, maybe. I don’t know. I’m struggling to imagine a future at all at the moment.' Alison sounds defeated. 'Perhaps Tom's right and moving nearer the boys would make things easier. I used to find it so easy to make decisions ...' There's another long pause before Alison resumes. 'I just wish I could get to the bottom of how I’m feeling.’

‘That’s what I’m here for. And you are making such good progress. I’ve been thinking of ways to help you unlock your past memories, and I wonder whether we should revisit some of the places you mention in the diary – the park where you and Nina were heading, for example.’

‘Would that work, do you think? It was all such a long time ago.’

‘‘I hope so. It’s not an exact science, but I’m hopeful. Sometimes smells and sounds act as sensory triggers, and emotions can resurface when you return to a place where something important happened. I’ve had good results with other clients.’ Has she always found it this easy to lie? ‘But I don’t want to push you into something you might find uncomfortable.’

‘I’m not sure,’ Alison shivers, ‘What if it’s too much for me?’ Despite the words, Faith spots a glimmer of hope behind Alison’s worried eyes.

‘All you need to do is trust me, Alison. I will be with you all the time, and we’ll take it slowly. I’ll help you relax with some breathing exercises and gently guide you through some of your recent memories. If you start feeling intense feelings at any stage, we can stop.’ Faith has been using her most gentle voice to lull Alison into agreement.

‘If you think it will help …’ Alison’s voice is a whisper.

‘Let’s see how we get on next week – we can try the relaxation and breathing techniques. If nothing else, we get to sit in a park and enjoy a change of scene.’

‘OK,’ Alison says quietly. They sit for a few minutes more in the dark before Faith gathers her things. As she walks towards the door, Alison grabs her arm. ‘I don’t feel safe here,’ she whispers. ‘People are watching me, you know.’ There is something about the intensity that frightens Faith.

‘You're fine, Alison. No one is watching you. Tom will be home soon, and I promise we’ll get to the bottom of what’s causing you this anxiety,’ she says with more confidence than she feels. For a moment, she regrets the note. It won’t take much to tip Alison over the edge, and then all this will be lost. All she needs is another week. As Faith walks away, the door is double locked behind her.

At the nursing home, they say her mother is comfortable. The alternative is agitated. "Comfortable" is the preferred state; it means she is causing them no trouble. Faith would prefer to go out fighting, railing against the world, shouting and screaming. Perhaps some fitting last words, not “I told you I was ill,” something more furious, ideally with expletives. Her mother has never been one to make a fuss. When Nina died, her father did the yelling. He was angry at everyone. At the police. At the dog walker who found Nina. At the family liaison officer. But mainly at Mum. Throughout the day, he hissed venom at her - “How could you let her go out? “I’d grounded her – how dare you disobey me?” “If you hadn’t let her go, she wouldn’t be dead.” “It’s all your fault.” Faith heard his rage from her bedroom. She’d kept the door shut and her fingers tight in her ears. La, la, I can’t hear you. Night after night, her mother let it rain down on her, absorbing all the nasty words like a cushion. Sticks and stones may break your bones, but words will never hurt you. But they did. They do.

Was this where it started? Her father was always drunk, or angry, or both. Her mother made herself invisible, a ghost figure tidying up after him and making sure everything was just how he liked it. But it was never good enough. At the first opportunity, Faith left, slamming the door behind her. She thought her mum had abandoned her, but what if it was the other way around?

Her mother stirs slightly, and, for a few seconds, it looks like she has stopped breathing. Faith holds her breath, too. Is this it? Then, a gasp, and she is back in the rhythm. How long can this last? Her breathing has changed since yesterday. There's a wheezy crackle that Faith hasn't heard before. It sounds like someone gargling with insufficient liquid. She considers trying the relaxation techniques out on her mum – think of somewhere warm, the sun is in your face, there is birdsong and the faint lapping of waves. In and out. In and out.

Can she really pull it off with Alison? Up until now, she's been acting a part, but this is where it gets serious. What if it doesn't work? What if it does? A therapist once tried to hypnotise her, but Faith could never take it seriously. Ever the people pleaser, she had played along, altered the tone of her voice and pretended she was in a place of calm. It was meant to stop her smoking, but she reached for the cigarettes as soon as it was over. She could do with one now.

The breathing sounds awkward, and Faith is scared. She stands and stretches, cracking her neck to each side. There's not much in the room, but as soon as her mum is gone, it will need to be cleared, and there will be a funeral to organise. Her mum wants to be cremated like Dad, with her ashes sprinkled on the towpath near where Nina died. It seems macabre, like a punishment rather than a resting place. And what about the practicalities of carrying out these last wishes? Will she need permission from the

Canals and River Trust? Or can she cut a hole in her pocket and let the ashes seep out, like Hansel and Gretel? Faith walks across the corridor and into the kitchen, where two carers are having a cup of tea. Another is standing by the open door to the garden, holding a cigarette out of sight.

'My mum's breathing sounds strange,' Faith says and is grateful when one of them follows her back into the room. She stands by the window and cradles her elbows in her arms, rocking them side to side. Moments later, she realises the gargling noise has stopped. She feels foolish for getting someone to come. The carer checks her mother's pulse and then strokes the hair from her forehead with latex-covered fingers. 'I'm sorry, she's gone,' she says, and then, 'It was very peaceful at the end.'

Faith collapses into the chair by the end of the bed. Even though it was expected, it has come as a shock. A breath ago, her mother was in the room. A moment ago, Faith could have told her she loved her. A second ago, she could have said she was sorry. The room already feels hollow. She's aware of the clock ticking too loudly and the sickly smell of the flowers on the windowsill. She feels like a child who doesn't know what's expected of her, so she stands up and walks out of the room.

FIVE FOR YOU FIRST THOUGHT, SIX FOR YOUR LAST

Saturday

Faith hadn't expected there to be so much to do. Mum has been dead for less than a day, and there are already questions to answer. Which funeral directors will she use? When will she come to clear out her room at the care home? It's overwhelming. She got home yesterday and slept for twelve hours straight. Faith hoped to feel lighter without the responsibility of visiting her mum, but she just felt empty. Alison had left a voice note yesterday that would previously have ignited a spark of intrigue. But she feels nothing but boredom, and all the anger she has carried for the past two years seems to have dissipated. In its place, a complication of guilt, grief and exhaustion.

Today, she must clear the room at the care home, or they will charge her for another week. The manager is apologetic, but it was in the terms and conditions, and they can't make exceptions. A new resident is moving in, and they have to decorate before they do. In a few days, they will have obliterated her mum with a stroke of magnolia, and there will be another name on the door and another son or daughter dreading the visits. She phones Lynne, who offers to help, and they agree to meet at the home at two o'clock. Getting dressed seems beyond her, so she makes a cup of coffee. The milk curdles as she pours it into the mug, forming white specs on the surface. The sour taste stays with her all day.

Half of the clothes don't belong to her mother. The elasticated waistbands are far too large for her tiny frame, and the names written in marker pen on the labels read June, Mary and Sunita. She folds them, and Lynne separates them into piles.

After her mum was moved into the care home, Faith finished clearing out the two-bedroom council bungalow where her mum and dad had lived for the last five years. The only thing worth keeping was the car. The rest she took to the dump. There were no photo albums to look through, no evidence that Nina or Fiona even existed. After her dad was taken to the hospice, her mum deteriorated quickly. Neighbours reported odd conversations, where she claimed people were breaking into her house at night and stealing her jewellery. There were a couple of times when the police sent drones up to find her, after neighbours discovered the front door open and no sign of Mum. Eventually, social services tracked down her sister Betty, who asked her daughter to phone Faith and remind her of her responsibilities.

'Not much to show for a life,' Lynne observes. There were a few pictures brought from the family home, designed to trick her mum into thinking she was still living there, alongside some tapestry cushions, a brush and comb set, and a small bookcase full of Mills & Boon books her mum hadn't been able to follow for years. The box of Christmas decorations and a cabinet full of paperwork had all been given to the solicitor handling her dad's will. Even through her dementia, her mother had been insistent about that. A carer brings them a cup of tea and a rich tea biscuit. Faith sits on the bed, which sighs under her weight.

'How's it going with Alison? Does she know about your mum yet?' Lynne asks, packing a dressing gown into a Tesco bag.

'I'm not going to tell her. I don't want her to know anything about me,' Faith replies, dunking the biscuit into her tea. 'To be honest, I'm not sure I can be bothered anymore. I mean, what's the point? Mum and Dad are both dead, and I was only doing this for them.'

'I thought you were doing this for Nina – to get justice for her.'

'Yes, maybe. It was all so clear at the start. It gave me something to focus on. But with mum gone, I've lost the motivation. And Alison is so needy. Seriously, Lynne, she's messaging and phoning me all the time. And maybe she won't ever remember what happened …'

'And maybe she will. It's only another two sessions. What have you got to lose?'

Lynne sounds desperate, like somebody who's been told their favourite Netflix thriller has been cancelled. To her, it's a game, a thrill, and something to gossip about with Cara. It annoys Faith that Lynne is so invested in what happens next. The responsibility for a good ending is weighing her down and stopping her from thinking clearly. Lynne has finished the insipid tea and looks ready to make a move.

‘Well, let me know about next week and whether you can do the house-sitting. I’ll need to sort something out if you can’t,’ Lynne says, and Faith detects a slight threat in her tone.

‘Yes, I’ll let you know. There’s something I need to do first,’ Faith replies.

The cemetery is more shambolic than she remembers. When she was last here, it was an ordered place full of white and grey tombstones laid out in a neat grid, like Milton Keynes. Now, it is more like a maze. She has already followed two winding paths, convinced they were the route to Nina’s grave, only to arrive at the outer boundaries and the low hum of the A41. Retracing her steps, she avoids eye contact with the handful of other visitors she passes. It has the feel of a vast open-air library. People keep their voices low, and their heads bowed, tutting inwardly at anyone who fails to follow the rules. In the end, she asks at the office beside the red brick chapel, and they give her directions. It’s been nearly ten years since she last visited, but once on the right path, her feet seem to know the way. She rubs her fingers over the St Christopher that she’s worn every day since Nina gave it to her the Christmas before she died. It was new and shiny then. Faith has replaced the chain several times since. She looks down, half expecting to see the Clark's sandals she wore to the funeral. She’d been ten and deemed old enough to attend. The service in the church had been comforting. They’d sung hymns she knew, and the vicar said lovely things about her sister.

It was a family-only burial. Fiona held her mum's hand as they followed the coffin, keeping in step with the pace of the coffin bearers. Grey angels lined the route, their lifeless eyes staring through her. She started crying when she saw the deep hole in the ground, worried she might topple in and never be able to get out. Her mum pinched her fingers to stop her from making a fuss. The vicar tossed a clot of mud onto the coffin, and then everyone was given a rose to throw into the hole. She grasped hers so tightly that the thorn stabbed her thumb.

Today, she has bought summer flowers from a posh florist on her way. The pink and purple scabious and blue nigella are tied with brown twine. They look more like a bridal bouquet than grave flowers. Faith kneels down to place them in front of the headstone. Next week will be the anniversary. Forty-nine years. Perhaps it is time to let it rest. *What do you think, Nina? Should I carry on? Were Mum and Dad right?*

The air is still; with nothing she can interpret as a sign from her sister. No sudden gust of wind in the trees. No voice in her ear. The grave is a mass of daisies and dandelions. When she was little, she and Nina sat in the garden and blew dandelion clocks. If the clocks told the same time, they would link little fingers and whisper, "sisters forever." It was a promise that they would always be there for each other. Except they weren't. Except they aren't. Where is Nina now that she needs her? She picks a dandelion clock. If it says 4 o'clock, it will be the sign she's looking for, and she will see it through to the end with Alison. Anything else, and she will walk away. She starts to blow, and the spores drift into the air like angels.

Fiona. Christmas 1974

Fiona is sitting in the kitchen playing with the Spirograph that Aunty Betty bought her for Christmas. Her cousin Julie is cutting out a Shrinky Dink, and Nina is waiting to put it in the oven. In the front room, Mummy and Aunty Betty are talking. Nina says they mustn't disturb them because they are discussing important grown-up things. Daddy has gone to the pub, and Uncle Frank has gone for a walk to clear his head. Last night, there had been lots of shouting downstairs after Fiona had gone to bed. This morning, she found her mum throwing broken glass into the dustbin, saying, "Never again, never again," to herself. Nina said it was because it had been difficult having Aunty Betty and the family to stay. Fiona likes having her cousin here, it's nice not being the youngest in the house for once, and it means she gets to sleep in Nina's bedroom, so that Aunty Betty, Uncle Frank and Julie can have hers.

On Christmas Eve, Nina had looped paper chains across the ceiling and tied tinsel around the bed knobs so that Father Christmas would know where to find them. Fiona tried ever so hard to stay awake long enough to see

Santa, but she must have fallen asleep. When she woke at six, she could feel the weight of a stocking on the end of the Z-bed. But she waited until she heard Nina stirring before getting into bed with her and opening their stockings together. Before they went downstairs to see what presents were under the tree, Nina reached under the bed and pulled out a little parcel, which she handed to Fiona. It was so small that there was more Sellotape than paper, and Fiona struggled to get through to the present. Inside was a St Christopher on a fine silver chain. 'I bought it from the Littlewoods catalogue with my own money,' Nina smiled, 'Do you like it?'

'I love it, you're the best sister ever.' Fiona hugged her tightly.

'I wanted you to have it, to keep you safe, when you go to big school.'

'But you'll be there to keep me safe, silly,' Fiona answered, as Nina did the clasp up for her. A silence filled the room, and Fiona turned her head to see Nina, who looked pale in the winter morning light.

'But I might not always be there,' Nina said gently, stroking Fiona's hair. 'And if I'm not, then, well, if you're wearing this, you'll know I'm always with you.'

Fiona is making a Spirograph thank you card for Aunty Betty. She has used a purple pen to draw the centre of a flower, and then a pink pen and smaller circles to create the petals. When she finishes, she folds the card in half and uses the purple pen to write her thank-you note inside. Nina is busy helping Julie, so Fiona goes to give the card to her aunty in person. At the door, she hesitates.

Her mum and aunty are speaking in loud whispers. Her aunt sounds cross.

‘Honestly, Susan, when will you learn? He’s never going to change.’

Fiona looks through the gap where the door hasn’t quite closed. Her Mum is sitting on the sofa, with her head in her hands.

‘It was an accident. He isn’t usually like that. I think having you over for Christmas was a mistake.’

Her Aunt does a fake laugh. ‘Marrying him was the mistake, Susan. Thinking he’d change was the mistake. Everyone warned you about him.’

Fiona knows it’s wrong to listen at the door, but she can’t make herself move away. She knows they are talking about Daddy, and why he gets so cross. She’s heard Mummy and Nina talking about the same thing. Once, Fiona laughed when her dad tripped over in the hall. He had come at her with his fist raised and his eyes glaring. Somehow, Nina heard the commotion and flew out of the kitchen to rescue her.

‘Why don’t you and the girls come and stay with us? Just until the end of the holidays. It will give you time to think.’ Her aunt is speaking again, her voice softer. ‘Or if you won’t, at least let the girls come. It’s not right. Can’t you see how scared Nina is of him?’

Suddenly, Nina is beside her. ‘Let’s go back into the kitchen, the slinky dinks are all finished, and Julie’s made one for you. She steers Fiona away from the door.

When Uncle Frank gets back from his walk, he announces that they are leaving straight away, even though they were meant to be staying another night. At teatime, her dad is still at the pub, so Fiona, Nina and their mum make turkey sandwiches and eat them in the front room watching *Chitty, Chitty, Bang, Bang.*

'Why did Aunty Betty want us to go and stay with her?' Fiona asks. A look passes between her mum and Nina.

'I think they just enjoyed seeing us, love. It was fun having Julie here, wasn't it?'

'Yes, I really like Julie,' Fiona agrees, taking a big bite of her sandwich, 'But if they liked seeing us so much, why did they leave early?'

'Anyone for Christmas cake?' her mum asks, gathering the plates and sweeping some crumbs off the sofa.

When their mother is in the kitchen, Nina sits next to Fiona. 'I don't think Aunty Betty likes Dad,' she says in her grown-up voice, 'And they all had an argument last night and Dad got cross and threw a glass at Uncle Frank. I think Aunty thinks it might be better if we left Dad on his own for a bit.'

'And what do you think? Do you think we should go and stay with them?'

'I don't know, Fiona. I think if we left, we might never want to come back.'

An hour later, the film has ended, and their mum is asleep on the sofa, her head tipped backwards, a quiet snore escaping from her open mouth. Nina and Fiona are playing Connect 4. It's Fiona's favourite and she is two-nil up when they hear a key in the door. Fiona sees Nina's body tense.

‘Let’s clear this away and play in my room,’ Nina suggests, releasing the catch at the bottom to let all the counters escape.

Their dad looms at the door, ‘Where the fuck have Lord and Lady Muck gone? And what’s all this?’ he says, staggering towards them and pointing at the plates. ‘Been having a nice little tea party without me, have you? Didn’t think to wait?’ he sneers threateningly. By now, Fiona’s mum is fully awake and trying to acclimatise to the anger in the room.

‘No, we just had a piece of cake while we waited for you. I’ll go and get supper now,’ she goes to stand, but he pushes her back into the sofa, his hand hard against her chest.

‘I’ll tell you when I want food,’ he says menacingly.

‘Are you OK, Mum?’ Nina asks, gripping the Connect 4 board as if it’s a weapon.

‘Of course, she’s OK. Now fuck off out of here, or I’ll give you a Christmas present you’ll never forget.’

For the rest of the Christmas holidays, Fiona and Nina tiptoe around their Dad. They mainly stay in their rooms, reading books or playing games. When Dad goes out, they go downstairs and watch TV or help with the chores. The days feel fragile, as if they are walking on a tight rope carrying a precious object. One slip, one wrong word and the whole world will come crashing down and shatter into tiny shards of unhappiness. The Friday before they go back to school, Mum asks them to take down the decorations. The tree is looking bare, and there are needles all over the carpet.

‘But it’s bad luck to take down the decorations before Twelfth Night,’ Nina moans.

‘It will be more bad luck if your dad comes home and finds it's still up,’ her mum jokes, but they all know she means it.

Fiona gently takes each bauble off the tree and wraps it in tissue paper, before placing it in an old shoe box. She likes the way they sit so tightly together, like eggs waiting to hatch.

‘Was Aunty Betty right, Nina. Are you scared of Dad?’ She can’t stop thinking about the overheard conversation. She’s always thought Nina was invincible.

‘No, don’t be silly, Fi. I’m not scared of anything.’ Nina gets a chair from the kitchen and stands on it to reach the angel at the top.

‘Everyone’s scared of something,’ Fiona answers. ‘I mean I’m afraid of spiders and the dentist, and nobody liking me at big school.’

‘There are worse things than having no friends.’

‘Like what?’

‘Like having friends and losing them. Like feeling sad all the time. Like hating yourself.’

Fiona looks up at the sad tree. Just three weeks ago, it was happy and healthy, growing in the wood, and now its arms are limp and lifeless. ‘You don’t really mean that, do you?’ Fiona asks. Why would her sister hate herself?

‘No, of course not, silly. What have I to be sad about with a sister like you?’

They finish the tree, putting the tinsel in a bag and laying the angel on top of the baubles. ‘Should we get the ladder and put the decorations away in the attic?' Fiona asks.

'No, don't worry. I'll do it later, there's something I need to do first,' Nina replies.

That night, Mum says that Fiona can sleep on the Z-bed in Nina's room as a special treat. She lies there turning the St Christopher over in her fingers and worrying about growing up. The future is full of big things that she knows nothing about. She thought her sister would be able to guide her through it, but perhaps she is as frightened by everything as Fiona is. She sits up and taps Nina gently on the arm. 'Do you promise to never leave me?' she asks, but Nina must be asleep because there is no reply.

Sunday

Alison has been dreading the weekend. During the week, she's avoided seeing anyone by cocooning herself in the house, with the doors locked and the curtains closed. She's spent her time on the couch in the front room with her eyes closed. If she keeps her breathing below ten breaths a minute, then the voices won't come. She tries not to think of anything else, but this takes concentration, and sometimes bad thoughts slip through. She has unplugged the TV and placed her phone on silent because she knows the voices are cross with her, and they will find a way to communicate unless she's very careful indeed.

This morning, she pretended to be asleep when Tom brought her a cup of tea, but he touched her shoulder to wake her and asked if she minded if he played golf. Of course, she said yes, even though the voices explained the crude things he would do with his golf partner because Alison was such a worthless piece of shit. After he left, Alison resumed her breathing practice and kept the voices at bay all morning.

The postman ringing the bell sets her heart racing, and she holds her breath, hoping he will leave whatever it is on the doorstep. When the doorbell rings again, she peers through the curtain and signals for him to leave it outside. However, he mimes a signature, so she reluctantly opens the door. Avoiding eye contact, she signs hastily.

‘Are you OK, love?’ The postman asks kindly. She nods.

‘Summer flu,’ she manages by way of explanation.

‘There’s a lot of it about. What you need is a holiday,’ he says jovially. He is making a joke – the package is Tom’s passport.

‘It’s my husband's,’ she says, keen to finish this unwelcome conversation.

‘He’s not going to leave you, is he?’

She looks up sharply, but the postman is already walking up the street. She places the package on top of the shelf by the door. Above the shelf are coats and rain jackets, the odd umbrella. She notices Tom’s golf jacket and wonders why he hasn’t worn it today. There’s mud around the hem, so she takes it into the kitchen to wash. As she empties the pockets of old scorecards and tees, a scrap of paper falls out. She unfolds it.

I enjoyed playing "a-round" with you. Congratulations on your hole-in-one. See you next week. S xxx

Alison only just makes it to the sink before she throws up.

She is sitting in the front room when Tom gets home. ‘Hi, love. Are you feeling any better?’ She has told him she has the summer flu. It explains why she is in bed early and sitting in the dark. 'Can I get you something to eat? I could make you an omelette – something light if you're still not hungry,' he continues.

While he was out, Alison planned all sorts of revenge. Her anger had even kept the voices away for a while. But now he's back and acting as if everything is normal, she doesn't know what to do. The note was cheap and smutty. She can't believe he would fall for a woman who deals in innuendos and uses air quotes. And it could be a joke. His golfing buddies are immature idiots; perhaps one of them has written it. She needs to buy herself time to decide what to do. She joins him in the kitchen.

'Don't worry about food. I had something earlier. I think I'll have a nap.' Just act normal. Just act normal. She runs the tap for a glass of water, and Tom puts his arms around her. The unexpected familiarity makes her jump.

'Hey, can't I even give my wife a hug?'

She squirms inwardly. 'Sorry, I don't want you to catch what I have,' she mumbles, trying to break free.

'I'm not worried about that, Ali. I just want a hug. It's been a while.' Her body tenses, and she reluctantly lets him hold her. 'If you're feeling a bit better, could we chat? I need to talk to you about something,' he says, kissing her on the cheek.

Is he going to tell her now? She sits on a bar stool. She doesn't trust her legs. *He's too good for you. He's always been too good for you.*

'I'm worried about how you've been the last few weeks. All this sitting in the dark and staying in your pyjamas all day. It's not like you.'

Alison can feel the anger percolating. How dare he? He's the one having an affair. It's his fault she can't shut her mind off, even for a minute.

'I know you're seeing Faith, but something isn't right. It feels like you are getting worse after each session. I mean, are we even sure she's a proper therapist? You hear stories all the time. I wonder how ethical some of her practices are.'

How ethical? What's he fucking talking about? And how dare he question Faith when she's the only one who's been there for her? She wants to argue back and spit out the venom she's feeling, but something holds her back. As Tom talks, he unpacks the dishwasher. She hates the way he places all the knives and forks in order on the top before he puts them away. His voice sounds reasonable. Anyone would think he is a caring husband who is worried about his wife. But Alison knows differently. He's trying to stop her from seeing Faith.

'She said you'd try and stop me seeing her. It's because you don't want me to get better. It suits you if I'm like this,' Alison spits.

'What? Faith said that?' Tom shakes his head in disbelief. 'You can't believe that.' He turns to place the glasses in the cabinet, dismissing her opinion. 'I just want my feisty old Alison back. Not this person who's frightened of her own shadow.'

Alison picks up a vase. It's full of dead roses, their sad, withered heads bowed in supplication. She launches it with all her strength, and it explodes against the tiles. Tom ducks, his arms protecting his head as if he's been shot, and then he turns towards Alison, his mouth gawping like a goldfish.

'Is that feisty enough for you?' Alison screams before falling to the ground, sobbing. The stench of stagnant water fills the room.

Monday

They don't speak on the way to the doctors. Tom booked the appointment first thing this morning. She heard him tell the receptionist it was an emergency, but not a 999 emergency. The smashed vase frightened Tom. It had frightened her, too. Something inside her snapped, and, in regaining control, she had let all her anger out. She wonders what she is capable of. What if there had been a knife? Tom had cleaned up in silence. He threw the empty shards in the bin and took the roses to the compost heap. While he was outside, Alison went to the bedroom and locked the door. Later, Tom left a sandwich and a glass of milk outside the room as if she were a prisoner. She heard him on his mobile phone downstairs, pacing, and then Charlie phoned and begged her to see the doctor. He made her promise. She phoned Faith later and told her about the row and what Tom had said about her. She left out the bit about the vase. Faith described it as "classic controlling behaviour," and encouraged her to find a way to get Tom out of the house.

Now she is sitting in the waiting room at the surgery, with Tom beside her, his knee bouncing up and down irritatingly. He's anxious about getting back to work and he hates to be kept waiting. The posters on the wall preach the need for flu and Covid jabs. Another encourages you to check your poo. A voice she tries to ignore is telling her that vaccinations contain microchips that the government use to control you. She must not think mad thoughts. She rehearses what Faith had suggested she say to the doctor in her head – I'm just over-tired. I'm seeing a therapist, and I'm sure it's helping. I just need sleeping tablets to help my brain from racing when I close my eyes. Tom sits beside her, reading an old copy of *House and Gardens*. She doesn't know why he's here. She's perfectly capable of seeing the doctor on her own. The clock ticks over to eleven-thirty. The appointment was booked for half an hour ago. Tom's knee continues to jiggle.

'I'm sure it will be soon. The receptionist was kind to squeeze us in.' He returns to the refurbishment of an Arts and Crafts villa in Surrey. The LED sign keeps flashing patients' names and GPs' room numbers. She plays a game. It involves looking at the others in the waiting room and guessing their name and conditions. The young mum with the grizzly toddler, she decides, is Britney Taylor, who has depression. The old gentleman in the corner, too nervous to pick up a magazine, is Albert Metcalfe, prostate. She wonders what they think of her, sitting here with her husband, like a child. Perhaps they think she is expecting bad news. A breast cancer diagnosis. A brain tumour. She takes her eyes off the screen for one second, and it pings with a new name: Nina Harris, Doctor Guthrie, Surgery 3. She feels as if the whole surgery is staring at her. ‘Come on, love, that’s us,’ Tom says, returning the magazine to the table.

‘It’s not me,’ she whispers and shakes his hand away as he tries to pull her up from the chair. She looks again at the display, and it’s her name, not Nina’s. She stands up, embarrassed.

‘So, what can we do for you today?’

Alison is sitting on a chair opposite the doctor, who is reading her notes on a computer screen. Tom is behind her on a child-sized chair. She doesn’t want him in the room.

‘I’m just feeling a bit under the weather. A bit down, you know. Since my mum died. And I seem to have caught the summer flu. I’m not sleeping very well.’ Why has she gone off-script? It sounded so much more coherent in her head.

‘I see. And how long have you been feeling like this?’

‘Only a few weeks, really. And I’m seeing somebody. A therapist – I’m seeing a therapist, and that’s helping. I just need something to help me sleep.’

‘Mmm hmm.’ The doctor is still looking through Alison’s notes. Then he presses a button, and the printer beside his desk whirs into action.

‘It’s good that you are already engaging in talking therapies. We always encourage that rather than medication. But some people need a little more help. On the phone, your husband mentioned that you’ve been distressed and acting out of character. And I can see you had an episode of post-partum depression…’

‘That was years ago, and this is nothing like that,’ she snaps. She can feel herself losing control. Are they ganging up on her again? Are they looking for a way to lock her up? The doctor looks over her head towards Tom. How dare he?

'No, it's nothing like that,' Tom says. He's obviously playing the nice cop. 'It just feels as if the sessions with the therapist are making her worse.'

'Well, of course they are,' she hears herself saying. 'You have to get worse before you get better. It's obvious. It's just that you are so perfect, you've never needed counselling.' The tension cuts through the room like broken glass. The doctor retrieves a printout and passes it to her.

'I wonder if you would mind filling this in for me, Mrs McKenzie. It's a questionnaire to help us gauge how you are feeling. If you take a seat in the waiting room, I'll have a quick chat with your husband.'

She doesn't want to leave them alone together, but she can't risk being seen as difficult, so she goes back to the waiting room and fills in the questionnaire. She's careful how she answers the questions. She could tick "nearly every day" for all of them, but they would use it against her. Tom emerges, and she takes the form back to the doctor. He glances through it.

'Did he tell you he's having an affair?' Alison asks, checking Tom hasn't followed her back into the room.

'I'm sorry?' The doctor is too busy printing out a prescription.

'He's having an affair. I found an earring. That's why I can't sleep.' She speaks rapidly, desperate to change his opinion of her.

‘You could try couples therapy, Mrs McKenzie, but in the meantime, I’ve prescribed you sleeping tablets. They should help you get some rest.’ Whatever Tom has said, it’s clear the doctor has her down as a mad woman. *He doesn’t believe you. No one believes you.* Alison snatches the prescription from him and walks out the door.

At home, Alison phones Faith’s number obsessively. Eventually, she leaves a message. ‘Where are you. It’s urgent. Tom and the doctor are trying to get me sectioned. I need your help. Pick up the fucking phone.’ Later, Tom makes her a mug of Horlicks and brings her a sleeping tablet.

‘Why don’t you take one of your tablets and have a bath?’ Why don’t you leave me alone? She thinks, ignoring him.

‘Love, come on. I’m trying to help.’

‘Like speaking to the doctor behind my back is trying to help. Like treating me like a six-year-old is trying to help. Like fucking someone at the golf club is trying to help.’ There she’s said it. See how he likes it. Tom stares at her, his mouth opening and closing like a ventriloquist dummy.

‘Is that really what you think? Is this what this is all about?’

‘Cara saw you. You were at the pub. Holding hands. The night you were meeting Joe at the pub down the road. But you took the car.’

Her words are staccato, and she feels her breath escaping haphazardly. It makes her dizzy.

Tom looks appalled. ‘But … But …’

'But … But …' she mimics him cruelly. She is triumphant. Now, she has the upper hand.

'Love, it's not what you think.'

'Don't "love" me. And don't tell me what to think. You've been doing that all our married life. How dare you. You're just a weak, pathetic man who can't keep it in his trousers.'

She flings the Horlicks across the room.

'And now you're trying to drug me. Was that the plan you hatched up with your mate at the surgery? Get her to take a pill, and then we'll send an ambulance to take her to the funny farm. I've seen the films. I know what you're trying to do.'

There's a long silence. Tom looks like he wants to say something more. She takes a breath.

'So, what's her name? This tart at the golf club.'

Tom continues to shake his head. 'You've got it all wrong. I'm not having an affair.'

'So, who did Cara see you with, Tom? Explain that if you can.' He shakes his head again and sighs.

'If you really want to know, I was meeting Faith at the pub. She wanted to talk to me about you. She's worried about you…'

Alison feels everything collapsing in on her. Could this be true? Is Faith in on it, too? Is that why she's not answering her phone? Or is this Tom trying to hurt her? The room is spinning, but her anger gives her focus.

'Get out, Tom. Get the fuck out now.'

Tuesday

The Funeral Director's waiting room smells of mothballs and air freshener. The receptionist greets her with fake formality and indicates that Faith should sit on a reproduction Regency chair with a gold frame and red velvet cushion. She wishes she hadn't worn jeans. When they asked where Faith wanted her mum to go, it was a toss-up between the local independent Funeral Directors, "who had been caring for the local community for over one hundred and seventy-five years", and the Co-op. She chose the former, and they whisked her mum away to their “facility” within an hour. Faith imagined a giant refrigerator and decided it was the right decision not to go with the Co-op.

When she phoned yesterday to book an appointment, they told her to bring clothes for her mum. This morning, she sifted through the suitcase Lynne had filled, not knowing what she was looking for. Did she need to include underwear, tights, and shoes? It felt like a huge decision, but what did it matter? It would all be cremated anyway. She chose a skirt, blouse, sandals, and underwear, but no tights, as if her mum was going on a city break to Barcelona.

Her phone is filled with messages from Alison and Tom. The first is a voicemail from yesterday lunchtime. Alison's distress and urgency are palpable. Later that night, there were more missed calls and a series of incoherent WhatsApp messages. It seemed there was a row. Alison told Tom she knew about the affair, and he left. A second hysterical voicemail accused Faith of being in on a plot to abduct Alison. Tom's message had been more direct:

I don't know who you are, and I don't know what you want, but leave my wife alone before I do something I regret

She deletes the messages from Alison but keeps the one from Tom in case she needs it.

'Ms Harris - I'm sorry for your loss.' A tall, bald man walks towards her, head down, with his hand outstretched. His voice is obsequious, like a modern-day Uriah Heep, and he pronounces Ms as if he has disturbed a hive of bees.

'Thank you, yes. Call me Faith,' she stutters. Over the next hour, he peppers her with questions she is unprepared for. Buried or cremated? Religious or secular? What style of coffin? Do you want cars? How many copies of the order of service? Shall we arrange the flowers? Who will deliver the eulogy? What sort of casket for the ashes? She feels like she is sitting an exam for which she has failed to revise. In the end, she asks for more time and promises to get back to them with answers to all the questions. She throws the paperwork in the back of the car and drives to Alison's. In just under two weeks, all this will be finished. Alison will have confessed, her mother's funeral will be over, and Faith can look forward to the future.

When she arrives, Alison's front room curtains are still closed, and Faith feels a frisson of anticipation. Who knows what she'll encounter behind that front door? She messaged before she left the Funeral Directors, apologising for not being available yesterday. She is vague about the reason, mentioning a family emergency. After five minutes of ringing the doorbell and banging on the door, she is starting to worry. At the back door, she shouts Alison's name through the cat flap and searches for a spare key. She is about to phone 999 when she hears the door being unlocked, and Alison's grey face appears. She is dressed in pants and an unbuttoned Pyjama top, which she clasps together in one hand.

'Alison, let me in. It's me, Faith.' There are bags under Alison's eyes, and her pupils are like pinpricks. Trance-like, she unlatches the door. 'Have you taken something?' Faith's voice is unsteady. The idea that something might happen before she knows the truth is devastating. She steers Alison into the front room and fetches a glass of water, which Alison gulps down noisily. Returning to the kitchen, Faith makes two cups of strong coffee and some toast. When she returns, Alison is crying silent tears. 'Drink this.' Faith places the mug in her hands, and Alison turns towards her as if she's only just realised she is there.

'Did you take something?' Faith asks more forcefully. Alison shakes her head, but Faith goes to her bedroom to check. Next to the bed is a pack of sleeping tablets with two tablets missing. The dosage is one tablet, but two wouldn't kill you, would it? Downstairs, she makes Alison eat the toast and drink more coffee. Then she helps her back to bed. As Alison drifts off again, Faith moves around the room, picking up clothes and collecting cups and glasses as if she's the mother of a teenage boy. As she picks up some pyjama bottoms, she spots Alison's phone poking out from under the bed. She picks it up, wondering whether she can guess Alison's passcode. Her finger finds the home button. The phone flashes up the message: Fingerprint doesn't match. Alison's arm is draped drunkenly over her body. Faith holds her wrist and directs her finger to the button.

While Alison sleeps off the effects, Faith looks through her emails and messages. Nothing to suggest that she suspects anything about Faith. A few emails from a Facebook contact mention Nina. The history reveals that she has searched for Fiona Harris but failed to find anything. There is a series of WhatsApp messages from Tom that Alison hasn't read yet. Faith deletes them all. Then she sends him a message:

Please stop messaging me. I need time and space to work out how I feel and what I want. And you're wrong about Faith

Three hours later, there is movement from the bedroom and the sound of a toilet flushing. Alison is propped up on the pillows, looking a little better.

'How did you get in?' Alison looks confused.

'You let me in. Don't you remember? It was hours ago now. I was worried, and I didn't want to leave you alone. I think you took some sleeping tablets.'

'What's the time? Is Tom here?'

'It's nearly six. And Tom's not here. I think you might have asked him to leave. You left me some WhatsApp messages …'

Alison closes her eyes and rubs her temples. Her face contorts as memories of last night resurface.

'Yes, we had a fight. I said I knew about the affair, but Tom insisted I was wrong. He said I shouldn't trust you.'

'And yet I'm here, and he's not.' Faith lets the significance hang in the air.

'Can you get me my phone? I need to see if he's messaged me.'

Faith retrieves the phone from downstairs and waits while Alison realises there's nothing from Tom.

'Perhaps having time apart will help you both,' Faith suggests gently.

Alison looks doubtful. 'I'm scared to be on my own. I mean, I can't remember letting you in. I'm not sure it's safe for me to be alone.'

'Well, I suppose, if it would help, I could come and stay for a couple of days. I've promised my friend I'd cat-sit Bluebell over the weekend, but I'm sure she wouldn't mind if you stayed too. Then next week, after our last sessions, you can decide what you want to do about Tom.'

'I'm not sure I'm really up to any more therapy. My head feels like it's going to explode,' Alison says uncertainly.

‘If I’m here with you, we can just chat. It won’t feel so overwhelming. And I'll make sure that you get enough rest between sessions. It’s the least I can do.’

‘If you're sure it wouldn’t be an imposition. Haven’t you got things you need to do at home? Other clients?’

‘Nothing as important as this,’ Faith smiles. ‘For the next few days, you’re my number one priority.’

Later that night, Faith sits propped up in a king-size bed, drinking wine. It’s been a successful evening. She left Alison for an hour and went to the flat to grab some things for the next few days and then popped into Lynne’s and picked up one of her spyware cameras. When she returned, she crushed a sleeping tablet into Alison's cup of cocoa and tucked her up in bed. Then, she carefully positioned the camera inside the photo frame on the chest of drawers.

She is using Alison’s phone now to check the clarity of the image. She opens the app, and Alison’s comatose body is revealed, prone and vulnerable. If she wanted to, she could end it right now. But that would be too easy. Instead, she opens Google and starts typing into the search bar. She’s channelling her inner Alison, reaching for the words that she would use. Can my family have me sectioned? She deletes the question mark. Not even a teacher would use a question mark in a Google search. How do you know if your husband is having an affair? She’s getting into the swing of it now. How many sleeping tablets does it take to overdose? Is that obvious enough? The question could be misinterpreted. Finally, she goes for the jugular - what’s the best way to kill yourself? Faith ignores the advice to talk to the Samaritans and turns off the phone. She doesn't want to get carried away, just enough to highlight Alison's state of mind and make Tom feel guilty for the rest of his life. She turns off the light and falls quickly into a satisfied sleep.

Wednesday

Alison wakes at around five, covered in sweat with a racing heart. Something has woken her. She was dreaming about being in an underground tunnel. It was a maze and, however far she walked, she could never find a way out. Then, in the distance, she spotted a door. As she got closer, she could hear a tap, tap, tap, so she ran to open it. On the other side of the door was a shaft of light, and she realised that she was at the bottom of a deep hole. Above her, she could see Tom, Charlie and Hugo, but they couldn't see her. Someone was throwing mud into the hole as if it were a grave.

She is disoriented. The faces have gone, and she is in her bedroom, but the tapping continues. She wonders if this is a dream within a dream. It's happened before when she's been stuck in limbo and unable to wake herself up. But this is different. She doesn't remember opening the window, but the room is familiar. Tap, tap, tap. She slips her feet into her slippers and walks towards the window. Tap, tap, tap. There is nothing there. As she pushes the window shut, there is a maelstrom of movement, a rush of energy, and a thud. The magpie seems as surprised as she is. He sits on the sill and stares through the glass at her. His brown eyes look mournful. Alison has never seen a magpie close-up. It looks magnificent. She gently taps the glass three times with her fingernail, and he taps back. Tap, tap, tap. He flies off but returns moments later and taps again. What can it mean? Does he want her to follow him? Somewhere deep in her memory, there's a meaning she can't reach.

She can hear other noises coming from downstairs. Who is in her house? And then she remembers. Yesterday, she was relieved that Faith offered to stay. Now, she's not so sure. A flashback to the dream, and she can see the face of the person throwing the clods of mud into her grave. Thud, thud, thud. It's Faith.

'Good morning. I thought I heard you moving around up here. How did you sleep?'

Faith, appearing at the bedroom door, startles Alison. 'Not great. I had some vivid dreams.'

'I think that's to be expected, given the sleeping tablets and everything.' Alison sits back on the bed.

'Noises from outside woke me this morning. I swear the window was closed last night.

'I popped in earlier to open it. It was getting really stuffy in here. It's good to get some fresh air. Now, what do you fancy for breakfast?' Faith says, opening the window again.

'I'll just have a shower and then I'll join you,' Alison manages. It makes her uncomfortable to think that Faith was in her room while she slept, and she wonders whether she should say something. It was kind of her to move in, but it has changed the balance of power. Alison locks the bathroom door and tries to wash away the feeling of vulnerability. Halfway through her shower, she hears the distinctive tone of her mobile phone and wraps herself in a bath sheet, anxious to answer it. By the time she gets to the bedroom, it has stopped ringing, and the phone is not where she left it on the bedside table. 'Was that my phone, Faith?' she shouts down the stairs.

'No, I didn't hear anything,' Faith replies.

Alison turns her bedroom upside down and then searches the main bedroom for her phone. The small suitcase on the stool next to the dressing table is the only evidence that Faith slept there last night. She is about to leave when she hears a beep. It is the noise her phone makes when there is a voicemail. She opens the case and sees her mobile.

'Hey Alison, breakfast's ready,' Faith shouts from downstairs. Why is the phone in Faith's bag? She can see a stream of missed calls and messages from Tom, Hugo and Charlie. Should she say something to Faith about it? Could there be an innocent explanation?

'Coming,' she shouts before hiding her phone under a pile of T-shirts in a chest of drawers in the spare room.

Faith has set breakfast up in the garden. There is Greek yoghurt with berries, croissants and fresh orange juice. 'I thought you deserved a nice breakfast after everything you've been through. I hope you don't mind, but I started without you,' Faith says, adding marmalade to her croissant.

'That's fine. I don't have much appetite,' Alison says, swirling the blood-red berries into the creamy yoghurt.

'You need to keep your strength up. The next few days will be pretty intense, but I'm sure we can make progress.' Faith's tone is meant to be reassuring. 'I thought we could start with a little warm-up today if you feel up to it.'

'What sort of warm-up?' Alison tries a mouthful of yoghurt, but it is thick and gloopy, and she doesn't want to swallow it.

'I thought we could drive to the park you mentioned in your diary. It's such a lovely day. Perhaps walking around where you and Nina used to hang out might unlock something. We could take the diary as a prompt. Physical artefacts can be a powerful reminder. Alison forces down the yoghurt, and it makes her chest hurt.

'I don't know. I'm not sure that's a good idea, after all.' Alison feels the panic rising like stomach acid.

'Don't worry. I'll be there with you every step of the way. You are going to be fine. Now, I suggest you take half a sleeping tablet and go back to bed. I've got a few chores to do, and then I'll make us some lunch before we drive to the park.'

Alison takes the orange juice back to the bedroom and retrieves the phone. The boys are worried about her. They can't understand why she's told Dad to leave. They offered to come up and take her out for her birthday on Sunday. She sends a quick message telling them she's fine and not to bother with her birthday. She doesn't know how to respond to Tom. She can hear the hurt, fear, and anger in every message. *He's never had an affair. He only loves her. He's worried about her. He doesn't trust Faith.* She wants to believe him, and part of her does. But if he's right, what does it mean for her? Without Faith, will she ever get to the bottom of what's troubling her? Will the voices ever leave her alone? She messages Tom back:

Please don't worry about me, I'm fine. Let's talk on Monday x

She deletes and reinstates the kiss. It will give Tom hope. And it will buy Alison some time, because perhaps Faith is right. Maybe this is what it will take - kill or cure. She takes her sleeping tablet and slips away into the darkness.

Hours later, she is woken by Faith shaking her. 'Wake up, Alison. We need to leave soon.' Alison has forgotten where she is and why Faith is there.

'Come on, you've been asleep for hours,' Faith admonishes, putting some clothes on the bed for her to dress in. 'By the way, I see you found your phone. There was a reason I hid it.' Faith is busy moving things around the room, so Alison can't see her expression. 'I think it's important for your recovery that there are no outside influences. You are in quite an emotionally vulnerable place at the moment. I think it's better not to have contact with Tom or the boys until we have discovered the source of that.'

'But they'll worry if they don't hear from me,' Alison manages. She feels like a teenager who's been found out by their mum.

'It's fine. I've spoken to Tom, and he's happy you are getting proper help.' Can that be right? Her brain is so muddled that she's finding it hard to tell the truth from fiction.

'But I thought Tom wasn't sure ...,' her voice fades away. Does Faith know about Tom's doubts about her?

'Wasn't sure about me? Was that what you were going to say? I spoke to him earlier and sent over my professional certificates.'

'You spoke to him?'

'Yes - he sent his love and said to concentrate on getting better. Now come on or we'll be late.'

Alison still feels sluggish when they arrive at the park. They leave the car by the cricket pavilion and walk past the unused public tennis courts. Faith has told her to keep her mind open for any memories of Nina. They find a bench, and Faith removes the diary from her bag. 'Right, let's try some word association.' Toddlers are playing close by, and the sun is bright.

'I'm not sure this is going to work,' Alison says.

'That's not really the attitude, Alison. I need you to shut out distractions and concentrate.'

'Could we go somewhere a little quieter?'

Faith picks up her bag and walks towards the woods, Alison lagging behind. She feels like Faith is cross with her. As soon as they enter the Dingles, Alison feels uneasy. 'I think this is far enough,' she says. In the distance, she can see the swoop of the chalk pits. Under her feet is a maze of white caverns. 'I don't want to go any further,' she insists.

They sit on a bench under an oak tree, away from the main path. Faith explains what she will do and what is needed from Alison. Then she speaks softly, inviting Alison to close her eyes and imagine herself on a beach surrounded by palm trees. The water is gently lapping in and out, in and out. The sun is soporific, and even though she isn't entirely comfortable, Alison starts to relax. Faith reminds her to breathe deeply in through her nose and out through her mouth and to imagine herself gradually letting go. Alison's eyes feel so heavy that she can no longer keep them open, so she gives in and lets her chin fall onto her chest.

After what feels like only a few minutes, she can hear Faith's voice again, encouraging her to flex her fingers, roll her neck side to side and open her eyes. The first thing she sees is Faith, who is as white as the chalk paths and staring at her as if she's seen a ghost.

'Was that OK? I don't think it worked. I must have just fallen asleep.' Alison is embarrassed. Faith is looking around anxiously, her eyes flitting between the trees. 'Did something happen? Is there someone there?' Alison can feel the tension in her shoulders. She doesn't feel safe. There's a sudden howl of wind through the branches of the oak.

'I think that's enough for today,' Faith says. There's a wobble in her voice, and she is rubbing a small medallion on a chain around her neck that Alison hasn't noticed before. By the time Alison has gathered herself, Faith is already halfway to the car.

Thursday

Bluebell greets Faith at the door like an old friend. When Faith first saw the house a few months ago, she thought it cold and soulless, with the sharp lines and bright white fittings reminding her of an operating theatre. Now, she welcomes its sterile anonymity. Faith has left Alison at home to prepare the house and studio for the next few days. She opens the spyware app on her phone like an anxious babysitter, and a clear view of Alison's room jumps into view. Alison is asleep with her right leg over the bedsheet, snoring gently. Faith estimates she has another three hours before she wakes up, which should be long enough to do the regular cleaning and make up the spare bed for tonight.

She usually hates housework, but she is finding physical work therapeutic. Yesterday's trip to the park has rattled her, and she hasn't quite recovered. The session had been successful, and the relaxation techniques had worked well, probably helped by Alison being doped up on sleeping tablets. Faith guided her into a deeply relaxed state before reading the first and the last entries from the 1971 diary - five for your first thought, six for your last.

Everything went well with the 1st of January entry. Alison recalled how she'd felt about Nina and remembered a petty argument over a holiday project. Then Faith read her the entry from the 14th of May. Almost immediately, Alison became agitated and began rocking back and forth. When Faith touched her hand to reassure her, Alison's eyes shot open, and she began speaking in a weirdly childlike voice. *You shouldn't have come here. You shouldn't have followed. It's not safe for you here*. The sudden change in demeanour made Faith uncomfortable, and she was about to bring Alison out of the trance when, out of the corner of her eye, she saw a small child running amongst the trees. The child was about five years old and wearing a yellow dress, long white socks and blue sandals. As Alison continued her strange incantation, the child ran around the clearing, flitting in and out of sight. Worried the child might be lost, Faith turned her head towards the park and checked to see where her parents might be. A few families were playing and picnicking, but no one looked worried. When she turned back, the girl had disappeared, and Alison had stopped rocking and was sitting in silence. On the drive home, she reassured Alison about the session and tried to put the haunting memory of the little girl out of her mind.

The mobile vibrating on the kitchen island makes her jump. 'Hello Fiona, it's Betty.' Hearing her old name confuses her for a moment.

'Hello, Betty. I was going to ring you.' She hasn't spoken to her aunt since she told her about Mum. She has been so focused on Alison that she's almost forgotten about the funeral.

'Hello, dear. I wondered if you'd thought any more about the funeral and whether you need any help?'

Faith can do without this conversation. She is doing all she can to keep her grief for her mum locked away. 'I think I'm OK, thank you, Betty. The funeral directors are looking for a date. I'll let you know as soon as I hear,' she replies, concentrating on the practicalities.

'Thank you, dear. I really want to come, but it's not an easy journey with my hip. Julie will need to bring me.'

'Yes, of course. I hoped Julie might come too. We are pretty short on numbers …'

'I'll ask her. Everyone is so busy these days.'

Faith is about to finish the call when her aunt begins again. 'Are you going to do a eulogy? I could give you some stories from Sue's childhood if that would help. I hate it when the vicar gives the address - you feel they hardly know the person.'

'Well, yes, I could have a go, I suppose,' Faith says hesitantly. But what would she say? She doesn't know anything about her mum. Not really.

'And have you chosen a photo for the front of the order of service? She would want to look her best.'

Why does everyone think they have a right to interfere? Faith is sure her mum wouldn't care what she looked like. 'I don't have that many photos of her, actually, Betty. I got rid of most of the boxes when Dad died,' Faith says.

'I have some from when she was younger. And lots of lovely ones of you and Nina. I'll ask Julie to email some over to you. You could do a montage.'

Faith swallows down the lump in her throat. She longs to see pictures of her and Nina.

'It must be a difficult week for you, with the anniversary on Sunday. You must miss her terribly, particularly at times like this.' Faith is touched that her aunt has remembered. She's been so alone for so long that even this simple acknowledgement makes her emotional. Is this what it's like to have a family?

After the call, Faith tries to get on with the cleaning, but her heart isn't in it. Instead, she sits in the garden with Bluebell on her lap and googles *How to write a eulogy*. ChatGPT suggests incorporating a mix of heartfelt memories, personal anecdotes and reflections. She tries *How to write a eulogy for someone you don't really know*. This time, it suggests starting with a brief overview of the deceased's life. Faith knows the basics - born in July 1934, the second daughter of Stan and Edna Day; left school at fifteen; married at twenty-three; first baby at twenty-four; second at thirty-one. After that, it's all downhill.

She is about to give up when an email arrives from her cousin. Faith clicks on it expectantly and downloads a folder of photos. The first few are of her mother as a child, some on her own and some with Betty and her parents at the beach. The girls look so wholesome and clean in their towelling swimsuits with their fringes held in place by hair clips. There are a couple of her mum and dad on their wedding day, where her mum looks more startled than happy, and a few of her mum on her own. Betty has marked one as a possibility for the funeral pamphlet, and Faith saves it to the desktop for later. The last few photos are of her and Nina. It makes her throat ache to look at her sister.

The final photograph was taken in the back garden of the house in Pinner. Her sister is sitting on a tartan rug, and Faith is on a rocking horse, managing a gappy smile for the camera. It's a typical photo of its time - slightly out of focus, the colours dulled by age. But it’s not the familiar setting or the missing teeth that Faith is staring at - it’s the yellow dress, white socks and blue sandals that she is dressed in.

Friday

Alison wakes in an unfamiliar bed with no idea how she got there. The bed linen feels crisp against her naked skin. She is lying flat on her back with a sheet across her shoulders, like a corpse awaiting an autopsy. Her eyes flit around the room, noticing the tasteful wallpaper and expensive-looking curtains. For a moment, she wonders whether Tom has taken her away on a spa break. Sitting up in bed breaks the spell. Of course not. They had a row. She asked him to leave. She wraps herself in a dressing gown from the ottoman at the end of the bed and opens the curtains. She is still confused about where she is. There's a red car parked in the driveway that looks familiar. Gradually, the mist rises. Faith must have driven her here last night. This must be Faith's friend's house, the one where they have the therapy sessions. *Why can't she remember getting here?* Another thought - *had Faith undressed her and put her to bed?* She blushes and pulls the dressing gown tighter around her.

A glass of water and an empty packet of sleeping tablets sit like a still life on the bedside table. She had expected them to last longer. They have been surprisingly effective, even though her head feels full of cotton wool most of the time. At least they've kept the voices at bay. At night, she sleeps heavily, and ever since the outing to the park, she has had vivid dreams about her childhood. Nina haunts each one - sometimes hanging upside down on the bars in the alley or other times blowing giant bubble-gum balloons that explode on her face. She never speaks, and Alison feels a sense of unease around her as if they share a terrible secret. In last night's dream, another child was hiding in the shadows, carrying a key. Somehow, Alison knew she needed to take the key from her, but the girl moved too quickly, and as soon as she got close, the child disappeared. Faith claims these dreams tap into Alison's unconscious mind and encourages her to record them, so she puts on her slippers and goes downstairs to find a pen and paper before the image of the girl and the key fade.

From the kitchen, she sees Faith pacing in the garden studio. Her body language is animated, and her hands are expressive. The next moment, Faith throws the phone across the room and storms out. Frightened that she will bring all that anger into the house, Alison flees upstairs, but Faith doesn't come in, and when she looks out of the window again, her car is gone.

The house across the street has a removal van outside. Alison wonders if the owners are downsizing. People move so often these days. She's only lived in three homes her entire life, four if you include the one where she was born. The removal van triggers a memory of the day that Nina and her family left their home in Pinner. It was at the end of the summer holidays, just before Alison started at the Grammar school. The holidays had dragged, and apart from a week in Hearne Bay, Alison had mainly been bored at home. It was just after lunch when Alison heard the distinctive Greensleeves jingle that meant the ice cream van was somewhere in the neighbourhood. It was a hot day, so her mum had given her some change and told Alison to track down the van. Alison had avoided walking down the alleyway all summer, but the lure of ice cream was too great. Her parents had forbidden her from meeting up with Nina, and she had only seen her from a distance since Pinner Fair. As she got to the bars, she spotted a removal van in Nina's driveway. Her parents would be glad they were leaving. She knew they blamed Nina for everything, even though she had never told them what happened. Alison just wanted to forget all about it. She walked along the far side of the road, refusing to look at Nina's house, her eyes fixed on the ice cream van. In the queue, she stared at the pavement until it was her turn and then ordered a ninety-nine with strawberry sauce. As she walked home, she could hear the removal men joking as they carried furniture to the van. The desire to look was overwhelming, an itch that needed scratching, and at the bottom of the alley, she finally gave in. The sun was in her eyes, but in the window, there was a silhouette of a girl, and as she turned to go home, she was sure she saw her wave.

Alone in a stranger's house, Alison doesn't know what to do with herself. She wanders around admiring the gold fittings and puddled curtains and tries to imagine the woman who lives there. She guesses at a fifty-year-old divorcee with a generous settlement from an ex-husband who moved on to a younger model. Perhaps Faith was her therapist, and later they became friends. Alison is curious about Faith's other clients. She never talks about them, and Alison never sees anyone arriving as she leaves. It makes her feel special to think she is Faith's priority. Perhaps they will be friends when this is all over.

Alison finds Faith's laptop in the kitchen and idly opens the cover. A photo of large lily pads fills the screen as a blinky eye tries to recognise Alison. Eventually, it gives up and asks her to enter her PIN. She hadn't intended to snoop, but she can't get Tom's words out of her head – *"Are we even sure she's a proper therapist?"* Faith knows everything about Alison, but she knows so little about her. She tries some random combinations – 1234, 1212, 1111, 0000. Nothing. Alison read somewhere that most people use a significant number, such as their birthday or wedding anniversary. She idly types in her own birthdate – 2508 and the laptop springs to life. Alison wonders if she is trapped in a dream. How else can Faith's PIN be her birthday? The odds of guessing would be trillions to one. But there can be no other explanation. *You were meant to find it. She's not who she says she is. Don't trust her.* The voices are back, but this time it's different. They are kind. They want to help her. They sound like Tom. The desktop is covered in folders; it would drive Tom mad. *Where should she start?* She right-clicks on the desktop and selects Sort By and then Date Modified. Top of the list is a folder named Funeral. Alison hesitates with the mouse poised over it. It's an invasion of privacy. It's not who she is, but something is compelling her to act out of character. She finds three files in the folder: Funeral Plans, Eulogy, and Photos. The funeral plans are for Susan Harris, who died a few days ago. The name seems familiar to Alison, but she can't remember why. She clicks into the Eulogy file, which contains a few notes and a copy of an article headed *How to write a eulogy for someone you don't really know*. She wonders if Faith is a lay celebrant. Or maybe it's the mother of a friend who has died, and she has offered to help out. Curious, she opens the file of photos. The first few are of a woman, whom Alison assumes to be Susan. Some are from her childhood, followed by a couple from her wedding, where a young-looking Susan stands beside a tall man with thick dark hair. Alison doesn't recognise the woman, but she would know that man anywhere. Suddenly, she feels sick. She should never have opened this Pandora's box. What had possessed her? Her finger hovers over the mouse. *Look at the next one. Look at the next one*. She's so absorbed she doesn't hear the kitchen door open, but she hears it slam. 'What the fuck are you doing on my laptop?' Faith screams, dropping the shopping bag and rushing towards Alison. But Alison isn't looking at her. She's transfixed by what she sees on the screen. And then everything goes black.

Saturday

In the garden, Faith opens the second bottle of wine. She needs to be careful, just enough to take the edge off and help her to sleep. If she drinks too much, she won't be at her best tomorrow. In her twenties, she would go on a bender every August bank holiday, where she would drink until the small hours and then sleep through the whole fucked up day. Tomorrow weighs heavily on her mind. The prospect of finally knowing the truth has driven her for the past two years, but now the anticipation is tinged with a fear she might never find out.

Yesterday almost ruined the whole thing. It started with a call from Tom. One moment, she was pottering around getting the studio ready, and the next, she was speaking to a madman demanding to know where his wife was and why she wasn’t answering her phone. Faith knew she had fucked up. She should have told him Alison was staying with her. She tried to calm him down, but he wouldn't listen. When he accused her of being a fake therapist and threatened to get the police involved, she reluctantly agreed to meet. He was standing on the doorstep when she arrived, his face a mix of anger and despair. 'Where is she? Where's Alison?'

Had he really expected Faith to bring her back?

'She's safe. She's fine, Tom. You really need to calm down.'

He grabbed her by the arm and dragged her inside. 'Don't tell me to calm down. You've abducted my wife. She's unwell and she needs help.'

'And she's getting the help she needs. Honestly, Tom, I've not abducted her. She wanted some space, somewhere she could escape from memories of you and your betrayal.'

'I haven't betrayed her. I'd never cheat on her. I love her.' She could see that her words had hit home. Tom sounded broken.

'If you love her, let her work this out for herself. You can't make her believe you.'

'Do you believe me? Or are you poisoning her against me?

'Of course, I believe you.' Faith tried to sound reasonable. She only needed another couple of days.

'Listen, I promise I'll bring her home on Monday. She's doing so well with the counselling.'

'Really? Do you think she's going to be OK?' He was desperate for reassurance.

'I do, Tom. I know she's seemed volatile lately, but I genuinely think we've made a breakthrough these last few days. And I know you're not sure about me, but I am getting through to her. She trusts me.'

'Are you even a real therapist?' Tom asked, but this time, it was more a genuine question than an accusation.

‘Of course, I am. You’ve seen my certificates.’

‘But I can’t find you listed with any professional bodies…’

‘I qualified in the US, that’s why. I assure you, Tom, I am a therapist. You really don’t need to worry.’ The anger and bluster that he greeted her with were waning.

‘And you promise you’ll bring her home on Monday?’

By the time she left, he was calm and hopeful. As she walked out the door, she heard him on the phone to Hugo repeating everything she had just told him.

Back at the house, she could see Alison sitting in the kitchen in her dressing gown, Faith’s laptop open in front of her. Fear and fury took over, and Faith stormed into the house - What the fuck are you doing on my laptop? Alison first looked alarmed and then desperately tried to shut down the screen. The next thing Faith knew, Alison had slipped from the stool and fallen to the floor. Her face was grey, and her eyes had rolled back in her head. Faith thought she was dead. She moved her fingers from Alison’s wrist to her neck, desperate to find a pulse. This wasn’t part of the plan. She couldn’t die. She was so close to the truth. The pulse was faint, but it was there. Faith moved her into the recovery position, and within a few moments, Alison had come to. Seconds later, she vomited all over the floor. When Faith was sure Alison wouldn’t be sick again, she took her to the bathroom and sat her in the bath. Alison was shivering from the shock, so she showered her with hot water and wrapped her in towels before putting her back to bed. While Alison slept, Faith considered her options. She either had to conjure up a good reason why Nina’s photo was on her laptop, or she needed to delete the folder and convince Alison that she was imagining things. She decided on the latter and carefully moved the files to another folder before changing her passcode.

When Alison woke up a few hours later, Faith patiently explained what had happened: you were sleepwalking. I was scared you were going to hurt yourself. I shouted, and you collapsed. Alison asked about the funeral and the photos of Nina, so Faith took the laptop upstairs and invited Alison to open it. *You see, you couldn't possibly have known my password*. At Alison's insistence, she showed her the folders on the desktop. *There's nothing named 'Funeral'. I don't know anyone who's died.* She felt like St Peter denying her own mother. Had Alison believed her? Maybe. At the very least, it had bought her some time. She didn't dare leave Alison alone again, so she phoned Lynne and asked her to bring more Valium. One more sleep, she thought to herself as she made Alison her nightly cocoa. One more sleep.

The wine is doing its job. In the distance, Faith can hear people laughing and the familiar smell of barbeques. As the light fades, she lies back on the lounger and looks at the stars. Faith has never believed in heaven, never believed in anything beyond the here and now. But there's something about the infinity of space. *Are you up there somewhere, Nina?* She's hoping for a signal because right now, she feels so alone. The alcohol is making her maudlin. Now is the time to drink more or go to bed, so she pours herself another glass. *I'm doing this for you, Nina*, she whispers into the night air.

It's nearly two before Faith makes her way to bed. She can hear Alison snoring in the other room. This time tomorrow, it will all be over. Faith closes her eyes and imagines herself in her childhood bed, with Nina asleep beside her. If ever she had a bad dream, Nina would be there to stroke her hair and soothe her back to sleep. Had she had a nightmare that night? Or a premonition? She remembers the bruises on Nina’s arms. Perhaps it was Nina who couldn’t sleep. Perhaps it was Nina who needed her. Sisters forever, she whispers, and it sounds like a prayer. The idea that she might have let her sister down is unbearable. She won’t let her down again.

SEVEN FOR A STORY TOLD FROM YOUR PAST

Faith

Morning dawns still and muggy. Faith has hardly slept all night. Even with the windows open, the heat is oppressive. Her head thumping, she goes downstairs to get a glass of water and a couple of painkillers. Out on the patio, Bluebell has left a tiny, foetus-like mouse as an offering. Faith imagines her soft paws playing with it, willing it to scamper so she could leap again. Finally, the time came to put it out of its misery. A magpie sits on the fence observing the mouse. Faith goes inside for a dustpan and brush, and some rubber gloves. When she returns, the mouse and the magpie have gone.

She makes herself a coffee, keen to dispel the despondency that has settled over her. It is always a difficult day, she reminds herself. Today will be better. The final session has been set for seven. Faith hopes it will be cooler by then, and Alison's sleeping tablets will have worn off. She needs Alison to be lucid and relaxed. She has promised her a birthday lunch in the garden – coronation chicken followed by Eton mess. She goes upstairs and stands at the bedroom door to check that

Alison is still fast asleep, before leaving the house and locking the back door behind her.

The funeral directors doesn't look open, but when she rings the bell, she is greeted by a young man she doesn't recognise. 'Hello, Ms Harris. I'm sorry for your loss,' he says as if he's reading from a script.

'Thank you,' Faith answers, wondering how he knows about Nina and then realising her mistake.

'Are you ready, or would you like a few moments first?' he asks, clearly keen for this to be over so he can get on with his Bank Holiday.

'Yes, I'm ready.' Although she's not sure that she is. Faith has never seen a dead body before. Never wanted to. But something has shifted in her, and the one person she wants to be with on her sister's anniversary is her mum. The young man opens the door to the chapel of rest and lets her in. 'I'll be right outside if you need anything. Take as long as you like.' She wonders how long is usual. Five minutes? Twenty? An hour? Will she be judged if her stay is too short? Once inside, she sits on a chair at the side, away from the coffin. Today's the day, Mum. The day we finally find out why.

She wonders if not knowing had haunted her mum the way it has haunted Faith. Had she lain awake at night wondering what she had done wrong, or had she just believed Dad and blamed Alison? Her sister hadn't left a note, so there were no lines to read between. All that was left were the facts - that she had overdosed on paracetamol and then tied a rope around her neck and jumped. If she had stopped at the paracetamol, they could have pretended it was a cry for help. The rope left no room for ambiguity.

Faith had hoped that Nina would join her today to whisper words of encouragement. But the room is empty of ghosts. Finally, she finds the courage to walk up to the casket. The woman inside is a reduction of her mother with hollow cheeks and waxy skin. The makeup the undertaker has applied is macabre, and Faith wants to spit on a hanky and wipe it off like a mother cleaning a child's face. Instead, she kisses her fingers and places them gently against her mother's cold cheek. I'm doing this for you, Mum, she says, as if saying it out loud will make it true.

By six o'clock, the sky looks threatening. The mare's tails that had hooked across the sky at lunchtime have been replaced by towering cumulus clouds, and, even with the patio doors open, the air is stagnant. Alison is using a magazine to fan herself, which is annoying Faith. Eventually, she snaps. 'Shall we get started?'

'I thought we were aiming for seven,' Alison replies, like someone on death row who has just had their execution brought forward by an hour.

'There's an air conditioning unit in the studio. It's got to be better than this.' Faith pours a couple of glasses of iced water and walks up to the studio. A breeze picks up, catching a pile of leaves that swirl haphazardly across her path. It feels like a sign, and suddenly she wants to stop the whole thing and say, I'm not who you think I am. I'm Nina's sister. I'm not a therapist. I'm not even called Faith. Your husband isn't having an affair. Cara isn't your friend. I'm a fraud. She takes a breath. I can do this. I will do this for Nina and for me.

Ten minutes later, Alison is lying on the corner sofa, her eyes closed. The air conditioning hums in the background. 'Let's start by helping your body to relax, starting with your toes. As you breathe in, tense your toes for three, two, one, and then as you breathe out, let your toes loosen. Feel how heavy they are. Continue to breathe evenly and deeply. After a few minutes, Alison's body relaxes. Faith opens her notebook and starts.

'Alison, I'm going to take you back to the fifteenth of May 1971. It's a Saturday, and you are getting ready to meet Nina. I want you to place yourself in your bedroom at home and tell me your feelings.' There is a pause before Alison starts speaking in a soft, measured voice.

'I'm feeling excited. We are going to meet the boys at the park. I've put some makeup in my bag because Mummy doesn't like me wearing it. Nina says we can put it on at her house.'

'That's great. Now take your time and try to remember what happens when you get to Nina's?'

Faith can see that Alison is grasping for the memory. Behind the lids, her eyes are moving rapidly.

'Her dad opens the door to me. He's wearing a white vest. I go upstairs to Nina's room. She's cross because her dad is going out and expects her to babysit Fiona.'

The mention of her own name excites Faith. 'That's a powerful memory, Alison. Can you remember how that made you feel?'

'I was a bit scared, because I didn't know what would happen.'

‘And can you remember what did happen next?’ Another pause while Alison searches for the memory.

‘Yes, Nina says we should go to the park, because otherwise the boys won’t want to be our boyfriends. She says that Fiona will be OK on her own for a bit.’

Would her sister have said that? She was only five.

‘And is that what you do. Do you leave Fiona at home?’ Faith is so invested in the answer that she struggles to keep the anxiety from her voice.

‘No, we don’t. Fiona is upset, so I tell her she can come with us. Nina is furious with me and walks off on her own. I hold Fiona’s hand, and we walk the long way round to the park.’

Faith looks down at the thin skin and dark veins of her ageing hand. She closes her eyes and pictures the little girl in the yellow dress, walking hand in hand with Alison. Had she been there that day? Is it possible that she witnessed everything? She grasps her hands together to try to stop them shaking.

‘Now think very carefully, Alison. What happens to Fiona when you reach the park?’ Another pause.

‘I’m not sure. I think Nina was already there with the boys. I tell them we should stay in the park with Fiona, but the boys want to go to the Dingles. Fiona is playing with another little girl, so Nina tells her to stay there, and we will come and get her later.’

Faith feels her chest contract. How could her sister have been so cruel? Suddenly, she is five years old again, standing on the roundabout, holding on to the bars as it whips around faster and faster. She can see the boy's faces as they increase the speed with each turn, and she can hear

Nina's laugh as she runs off into the woods, knowing that Fiona won't be able to follow her.

Faith is having difficulty detaching from these memories and staying in the room with Alison. In the distance, she hears a voice saying, "What happened in the Dingles, Alison?" But she is too distracted to concentrate on Alison's answer.

She is at the park. Some ladies sit on the bench, their children playing on the swings. Where is her mummy? Why is she there on her own? Where is her sister? Fiona feels sick. She wants to get off the roundabout, but it is taking ages to slow down. When she eventually jumps off, she misjudges the speed and stumbles, scraping her knee. She doesn't want to cry, so she bites the inside of her mouth like Nina showed her. Another little girl is playing on the slide, so Fiona follows her and pretends she is her sister. They are having fun, but Fiona knows it won't last.

One by one, the other children leave. She is still playing with the girl. The girl's mummy presses the end of the seesaw up and down, up and down. Sometimes, Fiona's bottom leaves the seat and then bangs down hard against the plastic. She doesn't know if she likes it or not. After the seesaw, they run to the swings. "Is your mummy here?" the girl's mummy asks Fiona. She doesn't want to get Nina into trouble, so she says her sister has gone to the sweet shop and will be back soon. They play hopscotch, throwing a stone into a square and hopping along the chalk ladder. The girl's mummy says it's time to go. She wants Fiona to go with them, but Fiona knows she isn't allowed.

The lady is reluctant to leave her and tells Fiona to stay at the park while she finds her sister at the shop. Fiona doesn't want to stay on her own. It isn't fun anymore, and she wants to go home. When the lady disappears from sight, she runs along the path into the woods, following the sound of a dog barking. Off the path, the trees have thick roots that look like snakes. She trips over and scrapes her other knee. She starts to cry. Nina is in a clearing with some boys. They are all sitting on the ground, and the boys are laughing and whistling. Nina is wearing pants and the bra that Mummy bought her at Woolworths. Fiona has a funny feeling in her tummy as if she needs to go to the toilet. She waves at her sister, but Nina doesn't see her. Fiona follows her sister's gaze and sees Alison kneeling on the ground in front of an older boy, her head bowed as if she's saying her prayers. It reminds Fiona of being at church. The boy has his hands behind Alison's head, and he's using them to pull her towards him. Back and forward. Back and forward. The other boys are shouting, "Suck it. Suck it. Suck it." Why isn't Nina doing something? Fiona is frightened. She hides behind a tree, but one of the boys spots her and points.

She hears a scream. Is it her, or is it Alison? It starts as a low rumble of anger and then grows louder before it explodes with a crack of energy that pierces the air. In the trees above, a tribe of magpies are startled by the scream and take flight, scattering through the sky like a kaleidoscope.

For a moment, Faith can't remember where she is. A deafening clap of thunder is followed by sheet lightning, so brilliant it illuminates the whole studio. And then the rain starts, at first timidly with a pitter patter, before a crescendo of sharp, hard rain creates an overwhelming cacophony of sound. Woken violently from her memories, Faith rushes to close the bifold doors before the floor is soaked. Each new flash of lightning makes her recoil until she gives in to the fear and sits on the floor like a child, with her eyes closed and her hands clamped to her ears.

Gradually, the storm passes, and the rain eases. It has been a welcome distraction, drowning out the horror of the past. How could she have got it so wrong? How had she kept all that locked inside her for so long? How had Alison?

Alison! She looks towards the sofa, expecting to see her lying there, traumatised but safe. But only the imprint of Alison remains. She runs back to the house, not caring about the rain. In the kitchen, the contents of her bag are strewn over the floor. Perhaps Alison is in the bedroom. Perhaps it will be all right. At the top of the stairs, she almost trips over Bluebell. Fucking cat. Fucking cat. There is no sign of Alison in the bedroom. How long ago did she leave? Where would she go? She won't have gone far in this weather. Faith will find her. She'll explain; Alison will understand.

Back in the kitchen, Faith scrabbles on the floor for the car keys. She bundles everything back into her bag and runs into the hallway. The front door is wide open, the rain slicing through the porch and soaking the carpet. The kitchen door slams shut behind her with such force that her hands tremble as she double locks the front door and sprints for the car.

Nina. 25th August 1975

It's the end of the day at the aquadrome. Families are packing up their picnic bags, and children are chasing each other around on scooters. It's just a normal Bank Holiday. Only it isn't.

I am sitting on a bench that's inscribed *In Loving memory of Phyllis Perrin, who loved this view*. In front of me is a lake, and behind me is the canal. In my pocket are 32 paracetamol. Out of the corner of my eye, I can see a single magpie hopping around on the grass. One for sorrow. I almost start the ritual: bow three times, spit three times, hello Mr Magpie. But I don't need my luck to change. Not anymore. The magpie skips in front of me, looking for insects in the grasses that surround the lake. He looks at me, and I stare at him. Magpies are so intelligent that they even recognise themselves in a mirror. I hardly recognise myself these days. At least not the girl I used to be. That girl disappeared years ago, the day I betrayed my best friend.

I still remember the day Alison walked into class, and the teacher asked me to show her around. I took her under my wing and tried my hardest to be nice. But I knew I didn't deserve somebody as kind and funny as her, because deep down, I knew I was bad. *I was a chip off the old block*; Dad told me as he beat me for speaking back to him. *I was a nasty little bitch*; he reminded me when he punched me for not cleaning up my room. *I was a spiteful little cow*; he hissed as he whipped me with his belt for telling Mum that he had left Fiona alone in the house. And he was right. I was. Alison was my best friend, but I loved seeing her scared and upset, because then she would know how it felt, and I wouldn't feel so alone.

That day at the park, I went too far and mucked everything up. It all felt like a game until Fiona screamed. The shriek that reverberated through the trees didn't sound human, more like a fox or an animal caught in a trap, and it pierced through everything. Alison snatched her clothes and ran. The boys grabbed their bikes and scarpered, the dog barking at their tyres. And I rushed to Fiona, wrapping her in my arms and covering her eyes with my hands. It was a silly game. A silly game. We were playing mummy's and daddy's. It's all OK. You're OK. Don't tell Mummy. Don't tell Daddy. I'm going to buy you the biggest ice cream ever. Don't cry. It's going to be OK. Why didn't you stay in the park like I told you? If you tell Mummy or Daddy, I'll say you made me bring you to the park. No, don't cry. It was only a game.

Alison was halfway home when I caught up with her. She was shaking, and she stared blankly when I made her promise not to tell. I scared her into silence, and then I told Dad that it was all her fault. He was waiting at home when Fiona and I got back. I told him that Fiona had followed us there, that I'd tried to come back, but Alison wouldn't let me. He sent Fiona to her room, and then he took me into the garage, locking the door behind us. I told him that it was all Alison's idea to meet up with the boys. I said she'd been leading them on for ages and that she was a right little prick-tease. I swore on my mum's life that I hadn't wanted to go and that I hadn't done anything with any boy. I thought it would save me, but it just made everything worse.

I've been planning today for a while. I mean, I didn't know exactly which day, but I knew I didn't want to feel like this anymore. I've been saving the paracetamol from the ones Mum doles out every month. Then this morning, I went to the Wavy Line and stole a bottle of vodka. It was exciting. I still felt the rush. That's the problem: you think you're a better person, but deep down, all that evil is still festering inside, waiting for a way out.

A dog comes snuffling around my bag, followed by a mum and a couple of kids. 'No, Bonnie. Stop it,' the mum says, trying to grab the dog's collar. 'She probably thinks there's food in there!' she says, re-attaching the lead. The bench is too exposed, so I wander towards the gate that takes you onto the canal and find a quiet spot away from anyone. I take the blister packs and pop the pills into my palm. *Am I really going to do this?* The first few are easy, but it gets harder and harder as I work my way through the packs. The vodka is burning my throat, and the pills taste disgusting. By the time I reach the final pack, I'm already starting to feel odd. I hold the pills in my mouth for a moment, allowing myself to register the bitterness, and then I swallow them with a glug of vodka. There are a few of the tablets still lurking in my throat. *Are you sure you want to do this? Are you sure?* I almost gag, but I force myself to take another swig of vodka. *All gone.*

There was alcohol at the party the other night, but I didn't have any. I'd only gone because Caroline said one of the boys fancied me. I didn't even like him, but I still went to this lame party where they all sat around playing Spin the Bottle, because I was desperate to fit in. When this boy and I were chosen to go upstairs and kiss, I tried to act normally. I mean, act normally for a nearly sixteen-year-old who hadn't already got to third base when she was eleven or watched her best friend as she was forced to give a stranger a blow job. The boy had his tongue down my throat and was nuzzling around my neck when his best mate threw the door open and took a Polaroid of us. "I was only doing it for a bet," he laughed, as I ran out of the room. *"Do you really think I'd fancy a frigid cow like you?"*

One of the girls tried to run after me to see if I was OK, but I screamed at her to leave me alone. I walked around for ages, trying to think what to do. I almost rang Alison then. I really needed a friend. But I bottled it and went home instead, where Dad hit me first for being an hour late and then for having a love bite on my neck. I was so angry I wanted to kill him. I even planned how to do it. I'd bash him over the head with a shovel and lock him in the garage with the car engine running, like I'd seen someone do on *The Sweeney.* As I checked my bruises in the mirror, I practised my reaction when Mum opened the garage door in the morning and found him. That's how fucked up I am. Then I went into Fiona's room and climbed into bed with her. She was fast asleep, so I hugged her tight and whispered, *"sister's forever"* into her messy bed hair.

I'm not sure how long the pills will take to work, and I'm frightened someone will find me before they do. I reach into my school bag and feel for the rope. It's my safety net, but I need to get to the bridge before the vodka takes over. I can already feel a warmth in my chest and a blurriness in my brain. I stumble across the grass and find my way onto the canal. A few people pass by in the other direction, but I don't make eye contact, and soon I'm on my own.

In the years since I let Alison down, I've tried to be better. I've worked hard at school and at home. I've kept out of trouble, and I've looked after Fiona by letting Dad take all his anger out on me. But nothing makes any difference. I tried to talk to my aunty last Christmas. She can see what Dad's like, and she knows I'm scared of him. She even told Mum we could go and stay with her for a bit. When they went home without us, it felt like all hope had left with them. That's when I made my plan. I wrote a note explaining everything and hid it in the box of Christmas decorations. It will be safe from Dad there. He hates Christmas. I imagine Mum getting the ladder from the garage and standing on the top step as she pulls the boxes and bags towards her. In one, she'll find the fairy lights and tinsel for the tree. Another contains the paper chains and honeycomb bells I used to decorate my bedroom this year. And finally, there's the old shoe box full of tree decorations. I can picture Mum in the front room with the tree she insisted on getting. She'll want to make an effort for Fiona, because it's not every year your sister dies. She'll open the box, and under the tissue paper, there will be an angel with tinsel wings lying on top of a nest of baubles. Buried underneath, she'll find a note where I tell her all about Dad and beg her to keep Fiona safe from him. I hope Mum will feel bad for not believing me. For not believing that a man who's been hitting her since the day they married, might actually be hitting his daughter as well. *But he wouldn't do that. He wouldn't.* He would, Mum. He does. And if you don't stop him from doing it to Fiona, I'll haunt you for the rest of your days.

I'm feeling sleepy now, and it's getting dark. The canal path is overgrown, and I'm finding it hard to walk in a straight line. Nettles keep stinging my legs, and I feel really sick. Perhaps I could sit down here and sleep? But I can't risk it. My head feels all mushy, and I can't see the path properly. The remains of a disused factory loom into view, and I squint because it keeps going blurry. Some of the kids from school come here to smoke and drink. It's called the Hanging Monkey because years ago, someone suspended a 6-foot gorilla from a hoist at the top. I can see it hanging there now with its head drooping forward like some sort of premonition.

It's really dark, and I can't get Alison out of my head. She sounded happy on the phone yesterday. It's her birthday today. If it were my birthday, I would blow out the candles and wish for everything to be different. Perhaps if I had told Alison about Dad. But what could she do? *I could have believed you.*

In front of me, I see the fuzzy outline of a bridge. Everything is such an effort. Putting one foot in front of the other is just too hard. I lie next to the canal and put my head down against the rough bricks. Everything is spinning. The stars are spinning faster and faster, and I have to blink to make them stop. But I can't make them stop, and then I'm on my hands and knees and vomiting. Milky white bile traces along the edges of the bricks towards the lock. *No. No. No. I've come too far to stop now.*

I empty my bag onto the ground and feel the roughness of the rope. Dad fashioned it into a tow rope, with a loop at each end. *All the better for beating you with.* In the middle of the bridge, there's a carving of a rose that stands proud of the stonework. I slip one of the loops around the rose and use it to pull myself up the steep hill by the bridge and then manoeuvre myself onto the parapet. I sit there, rope in hand, my legs dangling towards the water. I can already start to feel myself sobering up. Perhaps if I went home now? Perhaps I could tell a teacher at school? Or go to the police? I wonder whether anyone will miss me when I've gone? I hope that boy who kissed me for a bet feels bad. I hope Dad sits in the garage with his engine on. I hope Mum finds my note and finally believes me. Most of all, I hope that Fiona will be safe and that Alison will forgive me. I slip the other end of the rope around my neck and practice pushing forward against the rough fibres. And then I let myself fall.

Alison

She has always been scared of thunder and lightning. The low rumble of a hungry giant, followed by a sharp dagger thrown by an angry witch. At home in bed, she would cover her head with a pillow and close her eyes so tightly that she saw patterns inside her lids. It kept all the bad stuff locked outside.

Alison isn't sure what she's running towards, but she knows what she's running from. She should have stayed in the park with Fiona. It was safe there with the adults. She thought she was safe with Nina, but she wasn't. She hasn't had that nightmare in a long time, but it's been hiding in her subconscious, waiting to eat her up. A wolf in grandma's clothing luring her away from the safety of the swings and roundabouts. Come this way. It will be fun. It's only a game. The snap of a twig, the sting of nettles, a dog straining on his lead, a warm sour taste in her mouth.

It was the same scream that woke her today, bringing her gasping and scrabbling to the surface. She emerged into a room she didn't recognise. In the chair opposite, Faith was screaming. She couldn't remember why she was here; she only knew she had to run. So, she had. Through the house, knocking a bag onto the floor, the contents skidding and scattering. Then out through the front door. There was a red car in the driveway. It's the car that's been following her. It was at the supermarket that morning when she had her accident, and at the charity shop the day she met Faith.. Despite the rain and the spreading darkness, things seem clearer to Alison. The world is a dangerous place. Everyone is out to get you. No one is safe. The bad stuff that she had locked outside is banging against the door. Little pig, little pig, let me come in. At the end of the road, she turns towards the aquadrome.

The gates are locked to cars, but there's a hole in the wire fencing that she squeezes through. Her skirt pocket snags on the jagged edge, the wire ripping the stitching, scratching her leg. She finds shelter and sits curled up under a wooden table while the rain batters down. Fifteen minutes later, a boom of thunder sounds in the distance. She counts to ten before the lightning flashes and cracks. It's moving away. The surroundings, so benign in the day, have taken on a nightmarish quality. She remembers her first meeting with Faith. They had walked around the bottom lake. She'd felt so comfortable with her; she should have seen it then. Those same green eyes luring her in, tempting her to reveal everything about herself. The last few weeks had been a peeling away. She'd let her guard down and let all the bad stuff in.

She stands up and eases herself into a jog, her muscles complaining with every step. At an intersection of paths, she hesitates. The lake is in front of her. But which lake?

The geese that rear and hiss at dogs and small children in the day are resting in the water. In the weird half-light, she can see them lined up on one leg, creating a pier that stretches into the lake. One is looking straight at her, his eyes alert, a sentinel protecting its flock.

Come and find me. A whisper in the ear teases, and Alison looks behind her. *This way. Catch me if you can.* The wind blows through the trees, catching some leaves on the ground. An eddy of chill air catches her unexpectedly and propels her towards the right-hand path. In the distance, she thinks she sees a familiar figure. Lithe and long with a tight pixie crop, she is darting between the trees, a flash of silver amongst the russet bark.

Alison's shoes are making her stumble, the heels unsuitable for this terrain. She slips them off and throws them into the lake, enjoying the feeling of silt beneath her toes. She feels like a child again. She's at the seaside wearing a seersucker swimming costume. It's a typical English summer's day, and the wind is whipping through the windbreakers. In the distance, someone has lost their hat and is chasing it as it tumbles across the shore. She's been swimming and is starting to shiver. Her mum wraps her in a large towel, pulls off her costume and rubs her dry. Alison breaks free of the towel and dances around in the sand. Over her mum's shoulder, a man is looking at her, like a wolf.

Come on, slow coach. A flash of lightning illuminates the way. Without her shoes, Alison starts to run, stumbling on the uneven paths and tripping over snakelike roots. Before long, she has left the aquadrome and is on the canal. The running is making her sweat. She can feel it congealing on her skin, under her arms, at the back of her neck. She unbuttons her blouse and throws it to the ground. She thinks of Tom. How tenderly he would undress her. The butterfly kisses on her neck, his fingertips brushing her skin. He won't want to touch her now. It would disgust him. Knowing. It disgusts her. Had it been her fault? Had she led him on? Why hadn't she run away? What was wrong with her?

It's dark now. Every so often, she stops to catch her breath and then runs again, gradually reeling the figure in. Beside her, the canal waits, deep like treacle, the occasional bat skimming its surface. The rain begins again and within seconds is torrential. Alison takes temporary cover under the thick trees that line the canal. Her skirt is useless, stuck to her legs, sodden. She peels it off and hangs it over the lower branches of a hawthorn.

Before Faith, she had been happy; she had a rewarding job, a good marriage, and children who came home for Christmas. The darkness that had plagued her late teenage years had been trapped like a spider under a cup. After Charlie's birth, it had escaped, its pedipalps sensing her weakness. That time, it had been harder to restrain, but she had tricked it with medication, sent it to sleep and then locked it away deep within her. Sometimes she felt it stirring - when her mother died, when she found the diary. Faith had made her believe she could be rid of it forever, but the darkness hasn't been sleeping; it's been building, feeding off her anxiety and paranoia, ready to overwhelm her. She is so tired of feeling like this. Today was meant to be the day she could move on, but she feels more stuck than ever.

Come this way. I can help you. The figure is impatient. Alison stands up slowly. She is wretched, wet through, her bra and pants soiled by grass, bark and mud. Just when she thinks she can walk no further, she turns a corner and there is Nina. She looks magnificent, otherworldly. She is sitting in the middle of the lock gates, her legs reaching towards the water like two streaks of lightning.

'Is it really you?' Alison whispers from the towpath. *Who else would it be silly? Why did you run away like that? It spoiled everything.*

'I didn't know. I was frightened. And Fiona was there. We shouldn't have left her alone.' *It was only a game. We were having fun, weren't we?*

The moon moves behind a cloud, and for a moment, Nina disappears. 'Don't go. I don't want you to go.' Alison wraps her hands around her bare arms, rubbing them to warm herself up. *I promise I won't leave you ever again. Why don't you come and sit with me?*

The lock is still encased in darkness as Alison feels her way along. Sheet lightning illuminates the sky, and she almost loses her footing, grasping for the inadequate handrail. *Don't look down.*

Nina is levitating above the lock. It makes Alison giddy. 'Please sit down, Nina,' she says. *This is where I did it, you know. Well, not here, but over there.* Nina is pointing to the bridge. She swoops, Tinkerbell-like, under the bridge and then back to the lock. Alison uses the handrail to help her sit down. *Do you remember when we would play on the bars at the bottom of the alley?* Nina does a double somersault over the rail to demonstrate.

‘You’re just showing off now,’ says Alison, but she thinks how wonderful it would be to be weightless, to twirl and turn and tumble like Nina, without a care in the world. *You know who Faith is, don’t you? You thought she was your friend, but she isn’t.* Nina is beside her now, standing on one leg on the narrow beam. She performs a perfect cartwheel. *I was always your friend, Alison, and I’ve been so lonely without you. We could be friends again.*

Nina is reaching out a hand to help her stand. Alison has missed Nina too. Someone who knew what really happened. Someone she could confide in. Slowly, she stands and lets go of the rail, first one hand and then the other. She stretches her arms out wide. Perhaps she could fly?

Faith

Pick up Tom, for fuck's sake, pick up.

Faith has been driving around for fifteen minutes, the rain drumming down on the roof, her windscreen wipers struggling to clear the deluge even at triple speed. Pick up the fucking phone. Throwing the phone onto the seat beside her, she takes off again. Minutes later, she's at Alison's house. There's a light in the front room, and she rushes to the door, pounding against it. Tom opens it in grey tracksuit bottoms, a beer bottle in his hand.

'Why didn't you answer your phone, arsehole?'

Tom tries to shut the door, but Faith pushes past like a whirlwind. 'Is she here?'

'Is who here?'

'Your fucking mistress! Alison, of course. Is she here?'

'She's with you, remember. You told her I was having an affair and spirited her away.' Tom is slurring his words. It's not his first beer.

'Right.' Faith turns to go, but Tom grabs her arm.

'Where is she?' he demands, the sarcasm turning to fury. 'What have you done with her?' And then, 'I'm coming with you.'

Faith provides the rudiments – hypnotherapy, trauma, thunder crash, fight or flight. It's enough for now. She can't open the floodgates, or she'll be dragged under by a torrent of guilt and shame.

'We need to find her. She can't have got far.' They drive back to Bluebell's house, peering up side streets for any sign.

'So, she just ran out? Is she still in a trance?' Tom asks, trying to understand.

'Not a trance, more like when you wake from a nightmare and don't know whether it's real,' Faith explains.

'And this nightmare, this trauma – where did that happen? Could she have gone back there?'

'It's too far. Unless she got a taxi. But she hasn't got any money with her. Or her phone.'

'Why hasn't she got her phone?'

'Because she wasn't well enough to have one.'

'For fucks sake.'

Another crack of thunder and lightning. The storm is right overhead. Faith's knuckles are white on the steering wheel.

'She's not on any of the roads around here. It's where I looked first.'

'We should go to the police; they could get a drone up …'

'No, it will take too long. I don't think you understand Tom; she's not in her right mind.'

'You think I don't understand. You think I don't know,' Tom shouts, punching the glove box. 'You've done this to her. You've pushed her and pushed her. If she's done anything to herself, it's all on you. You'll have blood on your hands.'

Faith shuts out his angry words and tries to focus. It's been less than half an hour, and, in this rain, Alison really couldn't have got far. Perhaps she's sheltering in a shed or a garage. She must be so confused and scared. If Faith were Alison, where would she run? A sheet of perfect light illuminates the purple black clouds over the canal, and suddenly Faith knows.

Inside the aquadrome, she works on instinct. They find a snagged piece of Denim by a gap in the fence, which Faith holds tightly in her hand. Tom is cursing the fact that Alison doesn't have her phone, so they can't track her path. But Faith knows where she's gone. She's gone to find answers from the one person who can give them to her. 'This way. Hurry up.'

They pass the café and skirt the side of the lake before turning onto the canal. The path is uneven, and Tom keeps stopping to catch his breath, threatening to call the police.

'This is all your fault. You need to pay for what you've done,' Tom shouts, desperately pressing buttons on his phone. Faith grabs it off him.

'Don't you get it? If we wait for the police, it will be too late. When we find her, I'll hand myself in. I'll admit to everything. I'll tell her you're not having an affair. I'll do anything. I'll say anything …'

But Tom isn't listening to her; he's staring at the towpath behind her. 'What the fuck? Is that her shirt? Was that what she was wearing?'

Faith's heart sinks: it's as if Alison is shedding her skin, peeling back the layers.

‘You don’t think…?’ Illuminated by the moonlight, Tom’s face is pale as he imagines the worst.

‘No, of course not. Who else would be out on a night like this? She’s probably just soaked to the skin and thought it would be easier without,’ Faith says with more confidence than she feels. She thinks of Alison as a child in her vest and pants and shivers. Further along, they find her skirt twisted in the hawthorn bushes, its pocket torn.

‘What if she’s wandered off towards the road? The trees aren’t so thick here, perhaps she’s left the skirt to show us which way to go.’ Tom starts pushing through the brambles, convinced that he’s right.

‘You go that way, and I’ll stay on the canal. Oh, and Tom, take your phone and ring me if you find her,’ Faith says, throwing the phone over to him. It’s easier without him, even though she’s petrified of what she’ll find. The moon has disappeared behind the clouds, so she uses her phone torch to light the way. Even though she knows every step of this stretch of towpath, it’s still a surprise when she rounds the bend and sees the bridge with the lock in front. She lifts the torch from her feet and squints her eyes to see into the distance. The lighting is dim, and the rain is dripping off the hood of her rain jacket, but just for a moment, she’s sure she sees two figures on the lock gates, one standing and the other sitting. As she gets closer, one reaches down to help the other stand. And then it’s just one figure. And it’s Alison. And what looked balletic now seems ungainly and dangerous. Alison’s arms are outstretched, her feet too wide for the narrow beam. Faith runs faster, scared that a scream will frighten her. She’ll get closer, talk her down with soft words. It’s not your fault. A distant clap of thunder destroys the calm and unbalances Alison. Faith shouts, “Be careful,” and Alison looks straight at her, her eyes wide with astonishment. And then everything is in slow motion. Faith thinks that Alison has steadied herself and is reaching for the handrail. But it's a trick of the light, and Faith can only watch in horror as she loses her balance and topples forward, plunging down, down into the darkness.

Shit. Shit. Alison’s body has dropped like a rag doll into the water, her head glancing against the wooden gates as she fell. Faith runs to the ladder that stretches into the lock, stripping off and leaving her clothes in a pile by the side of the canal. The cold water is shocking, and she struggles to slow her breathing. *Please, God, help me*. She dives down, forcing herself to keep her eyes open, but it's pitch black. *Please God, don’t let her die. Please God.* As she resurfaces, the moon emerges from the cloud, and the silvery light illuminates the water. A few feet away, she sees something. An arm? Hair? Diving again, her hands find a body, and she manages to feel her way to the shoulders. Supporting the weight, she kicks to the surface. Thank God. Treading water, she just about manages to keep Alison’s head above the surface. But the adrenaline that had given her superhuman strength is dissipating fast, replaced by a mounting panic that is adding weight to her legs. Alison seems to be breathing, but there’s blood on her temple, and Faith knows she hasn’t got long. With great effort, she side-swims towards the ladder and grabs one of the rungs. It feels more stable, but there’s no chance she’ll be able to climb out and get Alison to safety.

Instead, she tries to scream help at the top of her voice, but it sounds like a whisper. The cold has taken over her body, and she is shivering so violently that the water is swelling around her. She is cradling Alison's head in the crook of her arm, but it feels so heavy that she wants to let go. In the distance, she hears her phone ringing with its stupid ringtone. She wants to answer it, but she's feeling so sleepy, and she has to keep hold of Alison. Minutes later, it rings again. Her arms are numb and heavy. Perhaps she can let go, and then everything will be OK.

'Faith!' Far away, she hears a man's voice shouting her name. Or is it her name? Isn't she called Fiona? Is it her dad? Has she done something wrong? He locked her in a cupboard once and wouldn't let her out even when she cried. Nina found her. Nina kept her safe.

'Faith! Alison!' The voice is louder. She tries to shout back, but the words sound all wrong. She is just hanging on. And then the voice is on top of her. Arms reach down. She tries to fight as they take Alison from her.

'It's OK. She's going to be OK. You can let go.'

Then there are sirens and more voices, and she is being lifted and wrapped in blankets and foil.

In the ambulance, they strip her of her wet clothes and wrap her in more blankets. They won't tell her how Alison is. 'You did well, you kept her afloat. You did everything you could.'

Even with all the blankets, she can't get warm. She feels safe in the ambulance. Nothing feels real, and she has an ache around her heart. In the background, she hears worried voices. Someone is taking the St Christopher from around her neck. She tries to tell them not to.

Something cold is placed on her chest. Then, just when she thinks she will never warm up, she feels Nina’s body slip in beside her, her arms squeezing her so tightly that it almost hurts. *Sisters Forever,* she hears Nina sigh, and she knows that everything will be alright.

Alison. 25th December

Alison sits propped up in bed, drinking the mug of tea that Tom brought her before he left for the Christmas Day Parkrun. He'd hoped to cajole the boys into running it with him, but they were sleeping off their Christmas Eve hangovers after a night meeting up with old-school friends on their festive pub crawl. She is glad that Tom has got back into running. At first, he wouldn't let her out of his sight, and even now, four months on from the accident, she knows he's haunted by memories of that night.

When she came round in the ambulance, Tom was the first face she saw. Dear, kind, devoted Tom, who kissed her hands, told her everything would be all right and sat all night on a hard hospital chair beside her bed, checking for signs of concussion. In the morning, once they were happy with her body temperature, she was visited by the psych doctor. He drew the curtains around the bed and asked Tom to go for a cup of coffee before gently asking Alison if she had meant to kill herself. She told him what he needed to hear - it was an accident, she overbalanced, she was frightened by the storm. And, largely, this was true. The sleeping tablets and hypnotherapy had distorted everything. But she didn't mention Nina or how good it had felt to let go.

They waited until she was strong enough to tell her about Faith. Alison's memories of the events were muddled. She could remember being on the canal and standing on the lock gates, but she couldn't recall being in the water or Faith's arms keeping her afloat. The news broke some invisible barrier, and Alison fell headfirst into a swell of fear, sadness and remembering. She cried for Nina. She cried for herself. But mostly she cried for Faith.

Tom couldn't understand why she was so upset. Faith had tried to destroy their marriage. She was toxic, manipulative, evil. Couldn't Alison see that? And, of course, she could. But she could also see that little girl left alone in the park and hear her scream as it echoed through the trees.

From the other room, she hears Hugo on the phone with his girlfriend. She wonders if there might be a wedding next year – it is good to have things to look forward to. She feels lazy staying in bed this late. Usually, there would be a turkey to stuff or roast potatoes to prepare. Then she would drive to collect her mum, and they would sit in the kitchen drinking fizz as they peeled the parsnips and crossed the sprouts. This year, Tom has booked Christmas lunch at a fancy hotel to save any stress. She hopes he will stop treating her with kid gloves soon, but it is a kind gesture, and she will try to enjoy it. They are both readjusting.

She had left the hospital with a letter of referral from the psychiatric team. Tom vetted all the therapists and chose the one with the most letters after her name. It felt strange opening up to somebody other than Faith, but the counsellor was calm and supportive. She focused on the childhood rape and helped Alison process what had happened to her. And she gave her ways to challenge the intrusive thoughts when they threatened to overwhelm her. It was only recently that Alison felt able to talk about the accident. It still felt too raw. She couldn't understand why she had lived, and Faith had died. She felt guilty for surviving. Week by week, session by session, the counsellor provided insights and coping strategies, and very gradually, Alison felt stronger.

The therapy forced her to reflect on what made her happy, so when the school contacted her about a return in January, it didn't take long to decide. Her GCSE results had been the highest the school had achieved in ten years, and the Headmaster had phoned to offer her a new role, and a salary rise. It had felt good telling him what to do with his promotion.

It's nearly ten, and she can't remember the last time she was still in bed at this time on Christmas morning. As she gets out of bed, she hears something land on the floor and goes to investigate. One of Tom's golf socks is lying at the foot of the bed, filled with small presents – a pack of walnut whips (her favourites), a satsuma, some massage oil and an envelope. For a moment, the fear returns, and her hands shake as she rips it open. Inside are two tickets to New Zealand and a note – *It's what we both need. Love Santa x*

The mood on the way to lunch reminds Alison of holiday trips with the boys. The two gently tease each other in the back, and Tom joins in with jokes and funny anecdotes. For the first time in a long time, she feels that things are going to be alright.

She has asked Tom if they can take a diversion on the way, and after a few minutes, they pull up outside the cemetery. 'Are you sure you don't want me to come with you?' he asks, but she would rather do this alone. She hadn't been strong enough to attend Faith's funeral but heard all about it from Cara when she called round to apologise for her part in all that had happened. Nina's suicide note had been kept by the family solicitor with strict instructions that it should only be released to Faith after her mother's death. At the bottom, her mum had added her own words:

My darling Fiona,
I have not been a good mother to you or Nina. I couldn't save Nina from the monster I married, but I could save you. I know it felt as if I was pushing you away, but I didn't know what else to do. God will judge me for my actions, but I hope you can find it in your heart to forgive me. Mum x

Alison walks along the central path to the red brick chapel before turning right and following the path as Cara had directed her. Eventually, in a quiet corner of the cemetery, she finds two graves - one older with daisied grass and a greying headstone, the other, a raised bed of disturbed soil and a carved white stone. The aunt had decided on a simple ceremony for Fiona, followed by burial in the plot beside Nina. They had sprinkled their mother's ashes across the two girls. Alison props the Christmas wreaths she has made against the gravestones.

The holly berries gleam like rubies against the dark green foliage. Lunch is calling, and then the New Year with the promise of travel and adventure, maybe even a wedding. She has so much to live for. As she makes her way back along the path, two magpies swoop down, collect the berries and disappear into the winter sky.

About the author

Bridget grew up in the 1960s in suburban Middlesex. She went to Harrow Weald Grammar, where she met her future husband and developed her love of creative writing. After attending the prestigious Watford Copywriting Course, she moved into branding and communications, where her main claim to fame was naming Wispa for Cadbury. Bridget now lives in Addington where she writes, gardens and hosts an Airbnb.

Other books by Bridget Roe

Bridget's first novel *Consequences* tells the story of three women, unknown to each other but connected by the choices they make.

In 1944, radar operator Margaret, released by the war from the confines of her middle-class upbringing, is contemplating what to do about an unplanned pregnancy. In 1965, lonely Christine walks into the local library and falls head-over-heels for the only man in her Writers' Circle. And in 2004 in Canada, Erin collects a mysterious package for her grandfather and wonders whether to open it. As their stories unfold across the generations, long-buried secrets are revealed, new relationships uncovered, and the unintended consequences of their decisions reverberate through time.

Consequences is available to buy on Amazon.